Buch

»Ruark ist nicht nur ein raffinierter Macher, er hat auch ein echtes und großes Thema, das ewige Thema des Mannes. Unser Held, der Journalist und Romancier Alec Barr, ist besessen von Sex. Zugleich haßt er die Frauen und die Liebe. Er kann nicht leben ohne Sex, aber arbeiten, schreiben kann er nur, wenn er den Genuß der Liebe entbehren muß. Nur dann wird er – aus Mangel – zum Schöpfer. Er verläßt seine erste Frau Amelia, weil sie ihn ganz ›haben‹ will. Nun beginnt für ihn die Jagd nach der zugleich vollerotischen und ihn verstehenden Frau. Er verliert seine Geliebten immer aufs neue. In Wirklichkeit hat er nur eine Geliebte: seine Schreibmaschine. Der fleischliche Macht- und Besitztrieb der Frau steht hier gegen den geistigen Freiheits- und Schöpferdrang des Mannes. Am Ende seines Lebens und seiner Jagd kehrt Alec zu Amelia zurück, krank, erschöpft. Aber Amelia ist im Grunde glücklich... Der Selbstmord Hemingways wird in diesem Buch wieder und wieder erwähnt und analysiert. Auch für Alec Barr konnte nur der Tod aus dem unlösbaren Dilemma Sex oder Werk, Frau oder Freiheit herausführen.«

(Helmut Günther in »Welt und Wort«)

Autor

Robert Chester Ruark, geboren am 29. Dezember 1915 in Wilmington (North Carolina) als Sohn eines Bücherrevisors, war einer der meistgelesenen und höchstbezahlten Journalisten der Vereinigten Staaten, ehe er auf einer Afrika-Reise die Themen seiner Bücher »Die schwarze Haut« (1955), »Uhuru« (1962) und »Safari« (1962) fand, deren künstlerisches und soziales Engagement weltweites Aufsehen erregte. Andere seiner Werke zeigen Ruark als unbestechlichen Kritiker an Zuständen der amerikanischen Gesellschaft, so »Nie mehr arm« (1959), die Geschichte vom Aufstieg und Fall eines zynischen Managers, und das fesselnde Schriftstellerporträt »Der Honigsauger« (1965), das hier im Taschenbuch erscheint. Ruark starb am 1. Juli 1965 in London.

Außer dem vorliegenden Band sind von Robert Ruark als Goldmann-Taschenbücher erschienen:

Nie mehr arm. Roman (6333/6334)
Die schwarze Haut. Roman (6304)
Uhuru. Roman (6405)
Safari (6478)

ROBERT RUARK

Der Honigsauger

Roman

Wilhelm Goldmann Verlag

Ungekürzte Ausgabe
Aus dem Amerikanischen von Egon Strohm
Titel der Originalausgabe: The Honey Badger

Made in Germany · 1/84 · 1. Auflage · 1.–20.Tsd.

Drei Auszüge aus diesem Roman erschienen ursprünglich im Jahre 1965 im »Playboy«
»September Song« (Seite 466), Musik von Kurt Weill, Text von Maxwell Anderson, wird mit freundlicher Erlaubnis von Chappell & Co. Ltd. abgedruckt

Umschlagentwurf: Atelier Adolf & Angelika Bachmann, München
Druck: Presse-Druck Augsburg
Verlagsnummer: 6657
MV · Herstellung: Sebastian Strohmaier
ISBN 3-442-06657-3

Dieses Buch ist all
den netten Mädchen
gewidmet, die,
wissentlich oder auch
nicht, die wesent-
lichen Unterlagen
lieferten, ohne die es
kein Buch gäbe

I Amelia

1

Es war entsetzlich heiß – dampfend, stinkend, übeldunstig aus den Abflußkanälen, feucht wie nur in New York, niederschmetternd, herzbeklemmend heiß. Die siebzehn Stockwerke über East Side Manhattan thronende Dachwohnung brüstete sich der auf ihren Terrassen gepflanzten Pfirsichbäume. Keine Brise raschelte in den Pfirsichbäumen, und die Terrassen waren von einem Film feinen lockeren Rußes bedeckt. Die Wohnung hatte keine Klimaanlage, sie hatte dicke Mauern und war altmodisch und daher im allgemeinen bemerkenswert kühl. Alexander Barr, nur mit Shorts bekleidet, war gerade unter der kalten Dusche hervorgetreten, und kaum hatte er sich zwei Schritte vom Badezimmer entfernt, rann ihm der Schweiß schon wieder über Gesicht und Körper.

Amelia, Alexander Barrs Frau, zog sich vor dem Toilettentisch die Lippen nach und wirkte wahnsinnig kühl. Ungleich Alec Barr sah sie nicht wie jemand aus, der soeben aus einer übervollen Welt anonymer Menschen, alle von ihren kleinlichen, egoistischen Gedanken besessen, hereingeplatzt war. Ein anscheinend mit Gin-and-Tonic halbgefülltes Glas stand schwitzend neben ihr. Eine schlaffe Zigarette mit rot beschmiertem Mundstück qualmte verdrießlich in einem gelackten Aschenbecher daneben. Alec Barr hatte, als er von der Straße hereingekommen war – schmutzig und schmierig wie ein Heizer, schlüpfrig vor Schweiß, das Hemd völlig durchnäßt und klebrig –, einen Drink hinuntergestürzt, aber das hatte ihn nur noch heißer gemacht. In der Hoffnung auf einen mitleidigen, noch so kümmerlichen Luftzug hatte er sein Glas auf die rußige Terrasse hinausgenommen, und als er über das mit Bäumen gesäumte Geländer des Dachgartens auf die tief unter ihm liegenden Straßen blickte, fand er sich von dem Gedanken an einen unergründlichen, von so vielen winzigen, alle von ihren persönlichen Problemen hysterisch bedrängten Ameisenmenschen bevölkerten Planeten zutiefst deprimiert.

Plötzlich griff die ganze weite Welt nach Alexander Barrs Kopf, nahm ihn in ihre großen, platten Hände, preßte mit aller Kraft und drückte ihm das Hirn wie Marmelade aus den Ohren. Er konnte spüren, wie die Seiten seines Schädels einbrachen, sich dann dehnten, und wo vorher das entsprechende Hirn gewesen war, war jetzt nur noch massiver Zement. Er wollte schreien, wollte davonlaufen und sich verstecken. Er wollte sich in eine mit Spinnweben bedeckte Ecke kauern und eine Decke über seinen mit Zement gefüllten Schädel stülpen. Er wollte – er wollte – er wußte nicht, *was* er wollte. Aber er wußte, was er *nicht* wollte. Er wollte nicht zum Dinner zu den Hazeltines gehen.

„Nein", sagte er. „*Nein.* Ich will nicht. Unter gar keinen Umständen will ich."

„Was willst du nicht?" fragte Amelia mit ihrer Standard-Kinderaufmunterungsstimme, sich vom Spiegel umwendend, vor dem sie sich mit einem Farbbürstchen neue Augen malte. „Beeil dich, Süßer. Hör bitte endlich auf herumzutrödeln. Wir werden noch zu spät zum Dinner bei den Hazeltines kommen."

Alec Barr starrte seine Frau wie eine nur mäßig interessante Fremde mit trüben, leeren Augen an. Sie war schrecklich hübsch, dachte er unpersönlich. Sie saß in ihrem Slip da, dem sexy-schwarzen mit Spitzenbesatz. Ihr kastanienbraunes Haar trug sie dieses Jahr lang. Sie sieht so hübsch aus, dachte Alec Barr wieder, aber sie ähnelt so sehr einem Cockerspaniel mit ihrem lang herunterhängenden Haar. Sie hatte sich schon frisiert und die Nägel manikürt. Ihr elegantes schwarzes Dinnerkleid – ein kleines Hattie – lag sorgfältig auf dem roten Überwurf des riesigen Doppelbettes ausgebreitet. Sobald sie mit ihren Augen fertig wäre und ihr Gesicht neu zurechtgemacht hätte, würde sie das kleine schwarze Hattie über den Kopf ziehen, dabei vorsichtig ein Stück Seidenpapier verwendend, damit kein Lippenstift ans Kleid käme. Dann würde sie ihrem Haar noch den letzten Schliff geben, die Lippen einziehen, um den Lippenstift gleichmäßig zu verteilen, *fertig*, und dann würde sie sich wieder umwenden und sagen, wie Alec Barr verzweifelt wußte:

„Ehrlich, Liebling, wir sind bereits spät dran. Hör endlich auf herumzulaufen, und zieh dich an. Du weißt doch, wie die Dienstboten bei den Hazeltines einen auf die Minute pünktlich an den Tisch setzen. Falls überhaupt noch Zeit für einen Drink bleiben soll, wenn wir hinkommen, mußt du dich jetzt aber wirklich *beeilen.*"

„Nein." Er sagte es wieder – hatte er es schon einmal gesagt oder nur gedacht, er habe es gesagt? „*Nein.* Ich will nicht. Unter gar keinen Umständen."

Amelia beendete das Nachziehen ihrer neuen Augen und sah ihn wieder an, diesmal aber ärgerlich.

„Was redest du eigentlich für Unsinn? *Was* unter gar keinen Umständen?"

„Ich will unter gar keinen Umständen zu spät zum Dinner bei den Hazeltines kommen."

„Das sage ich doch gerade." Amelias Stimme klang so gereizt-geduldig wie die jeder Mutter. Sie stand jetzt da, eine große, beklemmend gesunde Frau Mitte der Dreißig, der schwarze BH formte die feinen, festen Brüste angenehm nach, und das prächtige Hinterteil wurde von ihrem Hüfthalter gehorsam zusammengepreßt. Sie hatte eine zarte, helle Haut, dunkle, leere blaue Augen und das hübsche, ausdruckslose Gesicht eines Milchmädchens, es sei denn, man berücksichtigte die kurze, gerade Nase, die Fältchen bildete, wenn sie lächelte, und ihr ein ziemlich kaninchenhaftes Aussehen gab.

Sie lächelte jetzt nicht.

„Bitte, beeil dich, wenn du nicht zu spät kommen willst. Siehst du, ich bin schon fertig. Bleibt bloß noch das Kleid überzuziehen."

Alec Barr sah weder die feinen, festen Brüste noch das prächtige Gesäß. Sah nicht die zarte, helle Haut oder die dunkelblauen Augen. Sah keine große, beklemmend gesunde Frau Mitte der Dreißig. Er sah eine von Dali oder Artzybasheff gezeichnete hübsche Frau.

Alec Barr sah ein in das prächtige Gesäß gestecktes Thermometer. Er sah eine Tabelle mit den eingetragenen Tagen und Stunden zwischen den Menstruationen, mit roten Markierungen an wichtigen Daten. Er sah Taxis mit laufendem Motor am Randstein, in Erwartung des Lebensfluidums (durch Onanie hervorgebracht, vom Kondom aufgefangen, durch schnelles Zurückziehen in ein Glas praktiziert), damit der Empfänger des sehnlichst gewünschten neuen Lebens eiligst zum Gynäkologen rasen konnte, der das Lebensfluidum in den Gebärmutterhals injizieren würde, um dergestalt Vaginalsäuren zu vermeiden. Er sah das langsame Watscheln des Spermiums unter dem Mikroskop (genügend, aber träge) und ein klares Bild von mit Sandstrahl durchgeblasenen Eileitern, um festzustellen, worin die Ursache der Sterilität lag.

Er sah sich selbst, Alexander Barr, als sterilen Zuchthengst, zu einem hohen Preis gekauft, getestet und wieder getestet, mit Weizenkeimen vollgestopft, bis ihm Quasten aus den Ohren wuchsen – Alec Barr, Zuchthengst des Gestüts, der keinen Wurf von der willigen Stute hervorbringen konnte. Das physische Vergnügen war noch da, wenn man Thermometer und Flitspritzen für den Gebärmutterhals und wartende Taxis und Stellungen mit bis zur Brust hochgezogenen Knien und durchgepustete Eileiter und rot angekreuzte Kalender vergessen konnte – wenn man den peinlichen Unsinn altmodischer Lustiger Witwen vergessen konnte, die er seit seiner Collegezeit nicht mehr benutzt hatte und die im Augenblick Lust erregten und Erektionen lösten – ja, das körperliche Vergnügen war noch zu haben. Und Amelia war eine sehr hübsche Frau, wenn man montierte Bilder von Dali oder Artzybasheff mochte, in denen die Maschinerie über das Fleisch dominierte.

„Ich werde auf gar keinen Fall zu spät zu den Hazeltines kommen, zum Essen oder zu sonstigen Gelegenheiten, nie wieder. Das verspreche ich dir." Die Worte marschierten steif wie kleine Zinnsoldaten über Alec Barrs dünne Lippen. „Weil ich nämlich keinerlei Absicht habe, zum Dinner zu den Hazeltines zu gehen."

„Was redest du da eigentlich?" Jetzt lag echter Ärger in Amelias Stimme, während sie ihren Mann ansah, der mit der einen Hand das

Hemd in die Hosen stopfte und mit der anderen, blind nach einer Krawatte suchend, in seinen Kleiderwandschrank griff.

„Ich gehe jetzt nicht zu den Hazeltines, *jetzt* nicht, *morgen* nicht und *nie* wieder, nicht zum Dinner und nicht zu irgend etwas anderem." Jetzt hatte er die Krawatte erwischt, eine blaue, und band sie sich schnell, nachlässig um. Er langte nach einem Jackett, das über der Rückenlehne eines Sessels hing.

„Ich gehe *aus*."

Amelia runzelte die Stirn und schüttelte den Kopf. Die Cockerspanielfrisur baumelte, hopste wie ein Frosch um ihre Schultern.

„Ausgehen, wohin? Was ist denn los mit dir?"

„In Beantwortung beider Fragen: Ich habe nicht die blasseste, gottverdammte Ahnung", sagte Alec Barr und torkelte in den Augustabend hinaus. Der Eintritt der Dunkelheit hatte dem Tag nichts geholfen. Es dampfte immer noch, stank förmlich nach New Yorks Spezialsorte eines unmöglich hohen Feuchtigkeitsgehalts. Der Geruch nach geschmolzenem Asphalt hing nach wie vor in der frischen Nachtluft. Alec Barr hatte eine Stinkwut, eine gewaltige, unbändige Wut, geboren aus einer überwältigenden Ansammlung gewisser Dinge – kleiner, ärgerlicher, unangenehmer, nervenaufreibender Dinge. Er fragte sich im Gehen, kochend vor Wut, worüber er sich eigentlich so aufregte, warum er sich so enttäuscht fühlte, warum er sich wegen einer so einfachen Sache wie eines Abendessens bei den Hazeltines so dämlich aufgeführt hatte.

„Ich hab's satt", sagte Alec Barr zu sich selbst. „*Satt*. Hab' alles satt. Die ganze verdammte Schmiererei. Ich hab's satt, mich anzustrengen und Kompromisse zu schließen. Ich *will* keine Kompromisse mehr schließen. Ich möchte, daß jemand zur Abwechslung mal was für *mich* tut. Es muß schließlich noch mehr im Leben geben, als zum Dinner bei den Hazeltines zu spät zu kommen."

Es schien Alec Barr jetzt, als gäbe es Tage, an denen alles schiefging – haufenweise schief. Natürlich waren die Dinge früher auch schon mal schiefgegangen, und er hatte sich damit abgefunden. Er hatte sich immer abgefunden. Er war der geborene Abfinder. Aber jetzt hatte er es satt, ein geborener Abfinder zu sein. Er wollte, dachte er bei sich, ein bißchen Spaß haben, ohne daß er sich mit etwas abzufinden hatte. Vielleicht hatte die geschäftsmäßige, halb entschuldigende Mitteilung eines Magazinredakteurs die Reaktion ausgelöst. Es war kein ungewöhnliches Schreiben; Alec hatte einen dicken Ordner voll mit solchen Briefchen. Es lautete nur: „Es ist nicht ganz so ausgefallen, wie ich es mir vorgestellt hatte, als wir darüber sprachen. Etwas schwach in der Mitte. Würden Sie es sich bitte noch einmal vornehmen?"

Marc Mantell hatte noch den üblichen kleinen Agentenschrieb mit einem entschuldigenden Kommentar hinzugefügt. „Lieber Alec, ich weiß, es ist lästig für Sie, aber ich finde, diesmal hat Denby nicht ganz unrecht. Diese letzte Sache klingt wirklich nicht nach Wachstum Barr. Es ist etwas zu ausgefallen für Denbys Leser. Ich glaube, Sie sind im mittleren Teil vielleicht doch etwas abgerutscht, wo Sie Steven Ellen verlassen lassen. Es bestand wirklich nicht genügend Anlaß zur Rechtfertigung des Zusammenbruchs einer so soliden Ehe. Jedenfalls nicht bloß ein einziger heißer Tag. Versuchen Sie es noch mal, ja? Schließlich geht es um einen Hunderttausender für Abdrucksrechte. *Und bitte, passen Sie auf sich auf.* Vielleicht brauchen Sie wieder eine Erholungsreise nach Australien oder Afrika oder sonst wohin. Ich finde, Sie sind schon zu lange in New York ..." Es sammelte sich noch mehr an, einschließlich schwindender Bankguthaben. Im New Yorker Sommer schienen die Bankguthaben, genau wie der Asphalt, immer die Tendenz zu haben, sich unter der heißen Sonne aufzulösen.

Dann war da der übliche Brief Tante Sals von zu Hause aus Karolina, in dem die Ausgaben des letzten Vierteljahrs fein säuberlich aufgeführt waren. Eins mußte man Tante Sal zugute halten: Sie war peinlich genau mit ihrer Abrechnung über das Geld, das sie unnötig zum zweifelhaften Wohl von Alecs Eltern und natürlich auch für sich selbst ausgab. Außerdem war von der Agentur Mantell eine Liste von Auslagen und Vorschüssen für zu Hause zu erwarten. Ausgiebige Erfahrungen mit den Einkommensteuerprüfern hatten Alec Barr gelehrt, alles mit Scheck und so oft wie möglich über die fehlerlose Buchhaltung seines Agenten zu bezahlen.

Die Vierteljahresabrechnung der Agentur Mantell pflegte immer eine neue und entsetzlich hohe Rechnung für einen Krankenhausaufenthalt seiner Eltern zu enthalten. Es gab Eltern, die altes Porzellan oder Schmetterlinge sammelten. Alecs Eltern sammelten exotische Krankheiten psychischer und körperlicher Natur, die die Inanspruchnahme gleichermaßen exotischer Sanatorien und durch Ferngespräch beorderter Unfallwagen erforderten. Alles, was ihnen zustieß, wurde als dringender Notfall interpretiert. Sie schrieben nie; sie telefonierten – R-Gespräch – oder sandten ein Nachnahmetelegramm. Alecs Bruder Martin trank nur; noch hatte er die Phase des chronischen Säufertums nicht erreicht.

„Aber", sagte Alec eines Tages ironisch zu seinem Agenten Marc Mantell, „er ist noch jung. Solange Leben ist, besteht Hoffnung, und ich möchte nicht, daß Martin Schande über die Familie bringt."

Alec war es an diesem heißen Sommerabend mit seinen ablehnenden Redaktionsbriefen und unerwünschten Dinnereinladungen nicht eben sehr ironisch zumute. Gereizt und voller Selbstmitleid wäre eine Definition, die seine Stimmung besser träfe. Er war Marc Mantell nicht eigentlich dankbar für dessen offensichtlich wohlgemeinte Bitte, auf sich aufzupassen, sich zu schonen. Alec schien es, daß jedermann, angefangen bei seiner Frau Amelia bis zu seinem Agenten Marc Mantell, sich auffällig um sein Wohlbefinden kümmerte. Nicht so sehr, dachte er, seiner Person als vielmehr der rein beruflichen Fähigkeit wegen, eine Handelsware zu fabrizieren, die in Magazinen oder in Büchern erschien oder von den beschmierten Lippen früherer Kellnerinnen gekünstelt nachgeplappert wurde, welche sich durch die Laune des Schicksals und weil sie sich mit den Neffen der Produzenten ins Bett legten, den Titel „Schauspielerin" verdient hatten. Alec war die primäre Quelle der Energie, die, wurde sie von seinem mit Papieren überhäuften Schreibtisch in die richtigen Kanäle gelenkt, sauber auf den Bestsellerlisten der *Times* und der *Herald Tribune* landete, die ihrerseits dann wieder ein gewisses Maß an Berühmtheit und ziemlich häufig auch ein kleineres Vermögen hervorbrachten.

Wenn es Alec perverserweise eingefallen wäre, ohne Galoschen im Schnee herumzustapfen und sich eine ernste Lungenentzündung zuzuziehen, sich absichtlich zu Tode zu trinken, an Krebs zu erkranken oder sich in einer seiner verzweifelten Depressionen, die ihn oft befielen, eine Kugel in den Kopf zu schießen, wäre er das unangenehme und peinliche Gefühl nie losgeworden, daß Amelia und Marc Mantell, seine Mutter und sein Vater, seine Steuerberater und sein Anwalt, seine Sekretärinnen und sein Verleger sich insgesamt als persönlich betrogen betrachten würden, als habe ihnen jemand etwas so Konkretes und Greifbares wie ein Auto, einen Nerzmantel oder vielleicht die Einnahmen aus einem Film gestohlen.

Jedermann stellte sich Alec gern als etwas Abstraktes und Unzerstörbares vor – außer Alec selbst, der von Zeit zu Zeit das Bedürfnis hatte, zu schreien, sich auf den Boden zu werfen und dann still in Schlaf zu weinen. Aber im allgemeinen pflegte er sich zusammenzunehmen und sich abzufinden. Jetzt wollte er sich nicht mehr abfinden. Es war einer dieser Tage des Schreiens, des Hinwerfens und Weinens. Alec kam zu dem Schluß, daß es gerade die richtige Jahreszeit sei, sofort nach Tierra del Fuego zu fahren.

Während er durch die Straßen ging, schweißüberströmt in der späten Dämmerung, dachte er mißmutig, daß er seit seiner Reise nach Chikago unter einer vagen Unzufriedenheit gelitten hatte. Es war kein Schuldgefühl; Alec Barr war schon öfter untreu gewesen, und die kleinen Messer seines Gewissens stachen nicht mehr nach ihm, wenn er gelegentlich in ein fremdes Bett stolperte. Nein, ein physisches Schuldgefühl war es nicht; es war mürrische Unzufriedenheit, Unzufriedenheit mit Amelia, mit ihrem Leben zu zweit, mit sich selbst. Chikago hatte eine neue Tür geöffnet – oder eigentlich die alte wieder geöffnet. Es war eine Tür, die zugeschlagen worden war, als der Krieg zu Ende ging, als er heimkehrte, um sich den grauen, breiigen Realitäten des

Friedens zu stellen. Die alte Geheimtür war einen Augenblick in Chikago aufgesprungen und hatte einen Alec Barr gezeigt, den er schon fast vergessen hatte. Ein Teil seiner Ruhelosigkeit ließ sich vielleicht auf Barbara zurückführen, aber mehr als der reizvolle Seitensprung mit Barbara Bayne, mehr vielleicht als der grimmige Mechanismus des Kindermachens, mehr vielleicht als die freundliche Notiz von Verleger und Agent, mehr vielleicht als die öde Abrechnerei der öden Tante Sal über die öden Auslagen für seine öden Eltern, mehr vielleicht als der unsagbar heiße Tag und die Notwendigkeit, sich eiligst für einen Abend raffinierter Qual bei den Hazeltines umzuziehen – hatten vor allem vielleicht die verfluchten Uniformen damit zu tun. Amelia hätte sie wirklich rauswerfen sollen, statt sie zusammen mit all ihren anderen Ressentiments auf dem Boden des großen Hauses in New Jersey aufzustapeln.

Mit zweiundvierzig befand sich Alexander Barr in einem bedenklichen Alter, um sowohl mit dem Fehlschlag der Vaterschaft wie der Erinnerung an einen glücklichen Urlaub von seinen ehelichen Pflichten konfrontiert zu werden, der dem kürzlichen kleinen Abenteuer mit Barbara Bayne in Chikago heiß und unmittelbar auf den Fersen folgte. Es war schade, daß er in diesem verschwitzten Augenblick auch an Sheila denken mußte. Das war eine andere Art Krieg gewesen.

2

Alec Barr hatte in einem Bodenraum des Jersey-Hauses nach der schon lange verlegten Angeljacke gestöbert, als er die Uniformen sah. Alle – Galauniform, Gabardineblusen, Brückenmantel, Regenmantel, Mützen (beide mit Schild und längsseits eingekniffi) und sogar ein paar von den gräßlichen grauen Arbeitsuniformen, die der verstorbene Ernie King anstelle des hübschen verschossenen Khaki eingeführt hatte. Sie hingen hinter einem verschwiegenen Vorhang, er hatte sie – und er war ein unheilbarer Plünderer seines eigenen Bodens – die ganzen Jahre seit dem Tag, an dem die Japsen den letzten Schuß abgefeuert und ihm gestattet hatten, nach Hause zu gehen, übersehen.

Er lächelte, als er die Fregattenkapitänsmütze mit den staubbedeckten Goldblättern auf dem Schild sah.

„Bei Gott", sagte Alec Barr laut, eine Gewohnheit, die immer mehr bei ihm eingerissen war und die ihm mißfiel, wenn er darüber nachdachte, „bei Gott, da hatte ich meinen Ehrgeiz aber ganz schön aufgemöbelt, als ich dieses Häubchen mit dem Lametta auf dem Schnabel bestellte. Damals schien es unwahrscheinlich, daß die Japsen mich so schnell im Stich lassen und zusammenklappen würden."

Er setzte sich die Fregattenkapitänsmütze auf und ging hinunter, um sich vor einen Spiegel zu stellen. Die Fregattenkapitänsmütze sah zu seiner augenblicklichen Literatenarbeitsuniform, Jersey und Slacks, ziemlich seltsam aus; er ging also auf den Boden zurück und schüttelte eine blaue Galauniform mit zweieinhalb mattgoldenen Streifen auf den Ärmeln aus. Er schlüpfte in die Jacke und knöpfte seinen blauen Jersey bis zum Hals zu, wie ein deutscher Unterseebootler. Dann betrachtete er sich kritisch im Spiegel, zog die aufgeputzte Mütze keck über ein Auge. Die Jacke saß noch bequem.

„Bei Gott", sagte er wieder laut. „Ich hätte einen schönen Rühreikommandanten abgegeben. Wer weiß? Wenn der Krieg noch zwei Jahre weitergegangen wäre, hätte ich's vielleicht zum Konteradmiral gebracht." Verdammt unwahrscheinlich allerdings, dachte er. Die Marine hatte ohnehin schon zu viele picklige Konteradmirale, seitdem man aufgehört hatte, aus halbstarken Kapitänen Admiralsjünglinge zu machen.

Er zog die Jacke wieder aus und beschloß, sie gelegentlich der Heilsarmee oder sonst jemand zu schenken. Die Fregattenkapitänsmütze würde er sicher zum Spaß behalten. Sie war zum mindesten ein ebenso guter Witz wie die Allerwelts-Heldenmedaillen, die er angesammelt hatte, und ungefähr ebenso beweiskräftig für seinen Heroismus, den er nie anerkannte, selbst als er ihm aufgezwungen worden war.

Er ging wieder in sein Arbeitszimmer hinunter und war, wie üblich, einigermaßen erstaunt, im kleinen Morgenzimmer keine Amelia bäuchlings auf dem Diwan liegend und lesend vorzufinden. Amelia fuhr nie mehr ins Jersey-Haus hinaus. Eigentlich hatte er nie verstanden, warum Amelia beim Lesen diese unbequeme Stellung einnahm. Aber andererseits hatte er Amelia nie sehr gut verstanden, mit einer Ausnahme: Er hatte verstanden, daß sie eine ausgesprochene Begabung besaß, eine engagierte Berufung für das Aufspüren kleiner Tatsachen, deren Kenntnis sich am Ende als unangenehm, wenn nicht als geradezu entsetzlich herausstellen würde. *Das* hatte er verstanden. Das Aufspüren der kleinen Defekte in seinem Charakter hatte allmählich überhandgenommen, bis er schließlich entgeistert vor dem gesamten Ausmaß seiner Sünden stand, der kleinen Beschwerden, die sie im Lauf der Jahre angesammelt hatte. Das, nahm er an, geschah mit seiner Ehe – das *war geschehen*. Das – und er konnte ein verlegenes, verschämtes Grinsen nicht unterdrücken – und die Tatsache, daß er viel mehr als den üblichen Anteil an Stacheln beigesteuert hatte, wenn ein Mädchen es darauf anlegte, Dornen zu sammeln.

„Ich hab' einen ziemlich guten Brunnen vergiftet", sagte er jetzt laut. „Aber warum hat sie wohl diese verdammten Uniformen die ganzen Jahre aufbewahrt? Eine Art härenes Hemd, um sie an das einzige Mal zu erinnern, wo ich außer Haus war, ohne den Verdacht eines anderen konkurrierenden Interesses oder einer anderen Frau, die gerade über dem Berg drüben wohnte?"

Es war lange her, daß Alec Barr sich in Gedanken wieder ernstlich mit dem Krieg beschäftigt hatte. Andere Gedanken nahmen selbstsüchtig von ihm Besitz; quälende finanzielle Komplikationen, Schwierigkeiten mit dem Entwurf der Romanhandlung und gereiztes Nachgrübeln darüber, ob er bei dieser neuen Arbeit die Technik der Rückblendung anwenden oder versuchen sollte, chronologisch vorzugehen und dabei das Risiko auf sich zu nehmen, daß er seine Leser zu Tode langweilte. Wenn Alec Barr ein neues Buch gebar, war er zu nichts anderem mehr zu gebrauchen, wie Amelia vor allen anderen jederzeit bestätigen konnte. Alec Barr *vermißte* Amelia, wenn er arbeitete; sie fehlte ihm als die erste, die's ihm immer gleich gesagt hatte, aus leidenschaftlicher Ehrlichkeit, in seinem eigenen besten Interesse. Diese engagierte Beschäftigung mit seinem eigenen besten Interesse hatte schließlich viel von der Verbindung zwischen ihnen zerstört. Alec Barr gehörte zu den Männern, die es nicht lieben, dauernd ihr bestes Interesse aufs Butterbrot geschmiert zu bekommen, weil er ungern die unbeugsame Wirklichkeit seiner persönlichen Fehler eingestand. Er wußte, daß er sie hatte, diese flüchtigen Fehler, aber wenn er sie übersah, würden sie eines Tages vielleicht verschwinden. Daher ließ er seinen Agenten nie das Konzept eines Buches lesen; er wollte es gut durchgearbeitet, poliert, ohne rauhe Kanten haben, ehe er es den scharfen Augen der Kritik vorlegte. Das war auch der Grund, weshalb er jetzt schon seit Jahren seine Projekte nicht mehr mit Amelia besprach. Möglicherweise, dachte er wieder in schmerzender Selbstkritik, war das die Ursache, weshalb sie sich aus seiner Arbeit und seinem Leben ausgeschlossen fühlte. Komisch, wenn ein Bursche sich nur glücklich fühlte, wenn er entweder allein und vergrämt war oder im Begriff stand abzureisen und in der Reisestimmung übertrieben fröhlich wurde. Vielleicht hatte er sich aus diesem Grunde in dem längst vergangenen Krieg so wohl gefühlt. Ein Krieg war lediglich eine lang ausgedehnte „Heiligabend-kurz-vor-Antritt-der-Weihnachtsferien"-Angelegenheit, selbst wenn man schon abgefahren und schon verzweifelt lange fort war. Da kritisierte einen niemand, weil man verreiste. Da gab es vorher keinen Krach und keine Repressalien seitens der Ehehälfte hinterher. Die Regierung übernahm die Haftung für die Abreise. Man konnte ein gebührenpflichtiger Ausreißer mit Mr. Roosevelts voller amtlicher Billigung sein.

„Ich muß schon sagen, Commander", sagte Alec Barr wieder laut, während er den papierübersäten Schreibtisch und die halbbeschriebene Seite in seiner uralten Underwood-Maschine betrachtete, die wieder den Buchstaben „o“ durchschlug. „Ich muß schon sagen, daß Sie nie ein gutes Geschäft für eine Dame waren, besonders für eine Dame mit der komischen Vorstellung, daß Ehemänner gelegentlich zum Essen nach Hause kommen und vielleicht auch darüber sprechen müßten, was sich tagsüber im Büro zugetragen hat.“

Diese blödsinnige persönliche Abneigung, irgendwas mit irgend jemand zu teilen, hatte sogar auch dem Krieg gegolten. Ohne sein eigentliches Zutun war Alec Barr im Krieg allerhand Aufregendes zugestoßen, und selten konnte er sich überwinden, darüber zu sprechen. Jemand hatte ihn einmal gefragt: „Aber was haben Sie in diesen vier Jahren *gemacht*?“, und er hatte geantwortet, ohne unhöflich sein zu wollen: „Nicht viel.“

„Aber wo *waren* Sie überall?“ hieß es, wenn der Fragesteller hartnäckig blieb.

„Oooch, an allen möglichen Orten“, pflegte Alec Barr zu antworten. „Nordatlantik. Mittelmeer. Südpazifik. Inseln. England. Australien. Hawaii. Eben an Orten. War immer ziemlich beschäftigt mit Packen und Auspacken. Manchmal hab' ich vor Angst fast den Verstand verloren, wenn ich mich nicht zu Tode langweilte. Nie genug Whisky die meiste Zeit. Aber der Krieg zwang mich, mit den Händen zuzupacken.“ Und tat alles mit einem kurzen, völlig unaufrichtigen Lachen ab.

Der Krieg, dachte Alec Barr oft, wenn er in der Wanne saß und sich den Kopf über den Tiefstand seines Bankkontos und die Handlung seines neuesten Romans zerbrach, der Krieg war die größte, einzigartige Wohltat eines kurzen und sehr glücklichen Berufslebens gewesen. Der Krieg hatte Alec Barr endgültig, vollkommen und unwiderruflich rechtmäßig aus dem Haus geholt. Es war schade, daß solche Kriege heute nicht mehr gemacht wurden.

Der Krieg hatte Alec Barr auf eine glorreich-unwichtige Ziffer in einer nicht unterscheidbaren Massenunternehmung reduziert. Für einen Romancier oder Stückeschreiber oder Skriptschreiber war kein Platz in einem Krieg. Nicht einmal für eine Persönlichkeit. Niemand kümmerte sich einen Dreck um eine Titelzeile oder den Mann, der sie schrieb. Als Leutnant Alexander Barr und schließlich als Korvettenkapitän Alexander Barr hatte Alec auf seine Manieren geachtet, hatte sich zusammengenommen, war hingegangen, wohin man ihn befohlen hatte, hatte seine Pflicht genau nach Vorschrift getan und denselben Sold empfangen wie jeder andere Marineoffizier, der es statt zum Fähnrich zum Leutnant zur See geschafft hatte, weil er dank seinem Jahrgang gerade noch auf die richtige Seite der Dreißigjahrsgrenze gerutscht war, um anderthalb Streifen zu tragen.

Alec Barr hatte sich zur Marine gemeldet, sagte er, weil Blau seine Lieblingsfarbe war und weil er nicht scharf auf eine beschwerliche Armeekarriere war, falls das Schicksal ihn an die vorderste Front verschlagen sollte. Alec hatte sich in letzter Zeit zu sehr verwöhnt, hatte sich absichtlich zu gut eingerichtet, um sich dem Dreck und den Läusen, der Kälte und Hitze, den wunden Füßen und den GIs auszuliefern. Die Marine war ein so gut erzogener Zweig der Streitkräfte, und wenn man schon bei der Praktizierung des Marinespiels umkam, dann waren dic Chancen eins zu null, daß man sauber und schnell und im allgemeinen sofort getötet wurde. Alec hatte nicht die Absicht, sich töten zu lassen; er sammelte Marinematerial für mehrere Bücher, die er nach Kriegsende, wenn er genügend Zeit dazu hätte, schreiben wollte. Aber er war der Meinung, daß er sich um viele Erfahrungen betrügen würde, wenn er sich seine Pressevergangenheit zunutze machte und sich gestattete, als Auslandskorrespondent für ein großes Syndikat von außen nach innen zu sehen. Es war nur Selbstsucht, was Alec praktizierte. Er wollte die Nachkriegswelt nicht um seinen persönlichen Beitrag zu einem großen Krieg betrügen. Er hatte das Gefühl, seinen Körper dem Krieg von heute zu schulden, und sei es auch nur, um morgen das Versprechen eines sauberen Gewissens zu erfüllen.

Durchaus möglich, daß er die Marine hätte überreden können, ihm eine halbzivilistische Reportertätigkeit innerhalb seines Dienstes zuzuweisen. Alle drei Streitkräfte konkurrierten miteinander in der Abfassung selbstlobender Dokumentationen. Aber Alec Barr wollte kein Berichterstatter mehr sein, und besonders kein Berichterstatter in Seemannsuniform. Alec war mal ein echter Reporter, ein Reporter mit Leib und Seele gewesen, und der Gedanke, eine falsche Jugend vortäuschend zu verewigen, war ihm widerlich. Es schien Alec Barr eine ziemlich läppische Berufsausübung für Männer eines gewissen Alters und mit gewissen Erfolgen zu sein; so als ob man Somerset Maugham dabei erwischte, wie er Charleston lernte, oder Sir Alexander Fleming, wie er sich im Krankenrevier mit einem Tripper meldete.

Nach anfänglicher und ziemlich erschreckender Aktivität hatte Alec still und unauffällig Stabsatmosphäre um sich geschaffen. Er besaß das Aussehen und die Haltung eines Stabsoffiziers; er war hager, hatte ein schmales Gesicht, sah auf eine recht melancholische Weise gut aus, und seine Bewegungen, obgleich sie eigentlich so präzise waren wie die Rolex an seinem Handgelenk, wirkten in ihrer täuschenden Langsamkeit beinahe schleppend. Alec Barr machte nie jemand durch angeberische Betriebsamkeit nervös. Er erledigte seine Arbeiten mit lockerer Hand, gemütlich, und seine Vorgesetzten waren immer wieder überrascht, daß seine Aufgaben nicht nur mit einem Minimum an Aufregung, sondern auch mit phantasievollerer Energie, als die Dienstvorschriften es verlangten, erledigt worden waren. Alec Barr hatte nicht damit gerechnet, dienstlich zu Orten wie Murmansk und Tarawa und Iwo Jima geschickt zu werden. Wenn er aber einmal da war, seufzte er und nahm seine lärmenden Inseln ruhig mit seinem schlürfenden Schritt ein. Inseln zum Beispiel wie England.

3

Alec Barr war dreißig Jahre alt, als der Patriotismus ihn mit Beschlag belegte, und schon hatte er eine vornehme Menge grauer Haare über seinen hübschen Ohren angesammelt. Er war stets glatt rasiert – der einzige Schnurrbart, den er sich im College hatte wachsen lassen, war eine Katastrophe gewesen –, und für einen Autor, der den größten Teil von fünf Jahren erfolgreich gewesen war, sah er bemerkenswert unliterarisch aus. Er trug das aschblonde Haar halblang, da er das falsche Aussehen von Knabenhaftigkeit haßte, das sich reife Männer durch den Bürstenschnitt zu geben versuchten, genau wie ihm der Gedanke an einen Reporter in Seemannsuniform verhaßt war. Über sein Gewicht würde er sich nie zu sorgen brauchen. Mit seinen sechs Fuß und den 155 Pfund, die seine Knochen spärlich bedeckten, war er leidlich drahtig, und er hatte die Art von Körper, an der alle Anzüge, vom Smoking bis zur blauen Uniform, in der legeren Attitüde eines Tweedjacketts hingen.

Die meisten Menschen fühlten sich bei der ersten Begegnung mit Alec Barr versucht zu fragen, an welcher Universität er lehre, und schienen immer überrascht, wenn er erklärte, er lehre nicht, er schreibe bloß. Darauf erwiderten sie mit bemerkenswerter Regelmäßigkeit und jetzt gewöhnlich mit aufgerissenen Augen:

„Oh, aber Sie können doch nicht *dieser* Alexander Barr sein!", worauf Alec mit einem für solche Fälle eingeübten bescheidenen Lächeln zu antworten pflegte: „Ich fürchte, Sie werden sich mit der Tatsache abfinden müssen, daß ich *dieser* Alexander Barr bin, was immer das wert ist. Zumindest bin ich der einzige mir bekannte Barr, der schreibt, um seinen Lebensunterhalt zu verdienen."

Das Fehlen identifizierender Prozeduren, wie sie sich mit unveränderlichem Stumpfsinn und tödlicher Sicherheit in seinem Zivilleben als Junge und Erwachsener wiederholt hatten, war einer der Hauptgründe, weshalb Alec Barr die Marine liebte. Die Höhe seines Soldes zwang ihn nicht, entweder einfältig zu lächeln oder hämisch zu schmunzeln. Die Obermaate und jüngeren Offiziere unter ihm kümmerten sich einen Dreck um sein Buch oder seine Magazinartikel, nicht einmal um sein einigermaßen erfolgreiches erstes Stück, das noch lief, als er seine Kommandantenuniform kaufte und ein paar Ehrenbezeigungen vor dem Spiegel einübte. Und Alec Barr konnte nichts dagegen tun, wenn jemand ihn zufällig auf eine beschissene Insel versetzte. Diese Transaktion spielte sich außerhalb des Geschäftsbereichs seines Agenten ab.

In der Marine hatte Alexander Barr eine Heimat gefunden. Er hatte in der Mitte und gegen Ende des Kriegs schon genügend Dienstjahre, um ein Junggesellenoffiziersquartier ohne Stubenkameraden beanspruchen zu können. Schließlich wurde er stellvertretender Sicherheitsoffizier eines Admirals, der von der Schriftstellerei nichts verstand und keinen Wunsch hatte, das Konzept seiner eigenen künftigen Memoiren zu verwirren. Der Admiral war ein U-Bootler mit geäderter Nase, der durch ein schlechtes Gesundheitsattest in ein Küstenkommando gepreßt worden war, aber in seinem schwachen Herzen noch auf dem Grunde des Ozeans lebte, ein sehnsüchtiges Periskop zur Hand, um irgendwas Großes anzuvisieren, das gleich in die Luft gehen würde. Der Admiral fühlte sich mit Alec Barr glücklich; Alec Barr schwatzte nicht dauernd von zivilistischen Bagatellen. Der Admiral, der in süßer Erinnerung der Zeit nachhing, als er an einem einzigen Tag mehr oder weniger zufällig zwei Japsen-Zerstörer versenkte, pflegte Alec Barr nur als Höflichkeitsgeste oft zu fragen: „Was werden Sie tun, wenn das hier vorbei ist, Barr? Sie werden nicht jünger. Und diese letzte Sache da in Saipan ist nicht gerade eine Jungmännerarbeit gewesen."

Und Alec antwortete dann jedesmal mit seinem glatten, sich in den Schatten stellenden Lächeln:

„Dasselbe, Sir. *Schreiben.* Es ist eigentlich die einzige Branche, die ich kenne, außer jetzt noch 'n bißchen Marine."

Dann pflegte der rot werdende Admiral sich tief in der Kehle zu räuspern und zu sagen: „Oh, natürlich. Ich vergesse immer wieder, daß Sie ja der Schreiberbursche sind. Vielleicht dumm von mir, aber Sie sehen eben nicht wie ein Schreiberling aus. Ich hab' mir Schriftsteller immer als 'ne Art kommunistischer Agitatoren mit wildem Blick, jüdischen Geliebten und ewiger Whiskyfahne vorgestellt. Und da wir gerade von Whisky reden, glauben Sie nicht, daß die Sonne genügend übers Rahnock gesunken ist, daß wir beide die Großbrasse spleißen könnten?"

Alec lächelte immer in sich hinein, während er auf das Ginfach in dem „Streng geheimen Archiv" zuging. Der Admiral war wirklich ein sehr anständiger Kerl und ganz und gar nicht dumm, aber er drückte sich in Marineklischees aus, die er offenbar schon von der durch einen Schuß Regierungsrum angeregten Mutterbrust mitbekommen hatte. Es war unvorstellbar, daß er etwa sagen würde: „Nehmen wir doch einen Drink" oder „Genehmigen wir uns einen". Es hieß stets „Die Großbrasse spleißen", genau wie der Admiral, der dauernd vom Dienst auf See dispensiert war, immer „an Land ging", wenn er in Makalapa die Straße überquerte, um im Offiziersklub einen doppelten Old Fashioned zu kippen.

Bei einer Großzahl von Zivilisten war das Militär im Krieg nicht beliebt, aber Alec Barr als aufmerksamer Schriftsteller war voll Bewunderung für die Art gefesselter Mentalität, die in anerkannter militärischer Weise funktionieren konnte. Er kannte Leute, die mit Vergnügen auf Spitznamen wie „Dreißig-Knoten"- oder „Unter-den-Wind"- oder „In-den-Haufen"- oder „Laß-sie-sausen"-Jones oder -Smith oder -Brown antworteten und ihre Firmennamen mit Stolz und Selbstbewußtsein trugen. Sie glaubten blind an ihre kleinen Kriegsspiele, und der Gedanke kam ihnen nie in den Sinn, daß die Japsen und Deutschen, die zu töten sie heute so versessen waren, morgen ihre besten Freunde und Geschäftsnachbarn von nebenan sein würden. Sie hatten wirklich eine Mordswut auf den Feind. Alec Barr, der im allgemeinen eines umfassenden Zorns unfähig war, bewunderte ehrlichen, jugendlichen Zorn, wenn er auf einen stieß, selbst wenn der Zornige ein erwachsener Idiot war. Er war nie wütend, wenn der kindliche Marinedienst ihn in einen schrecklichen Kindergarten à la Tarawa verschlug. Die persönliche Sandkastenwut überließ er dem Admiral. Schließlich hatte die Marine die meisten anderen Spielzeuge des Admirals gestohlen, als sie ihn wegen seines Blutdrucks vom Hochseedienst zurückzog. Alec Barr war Sachverständiger in den Spielzeugen anderer Leute, hauptsächlich, weil er als junger Mann so wenig eigene besessen hatte.

4

Da waren, dachte Alec Barr jetzt – mein Gott, waren es wirklich mehr als zehn Jahre her, seit die Japsen Pearl Harbor beharkten und alles sich Uniformen kaufte? –, da waren so viele reizende Aspekte an einem guten, sauberen Krieg, der die Jungs den Kneipen fernhielt und nicht alles auf rein zivilistische Art platzen ließ. Der allumfassende *Friede* eines guten, altmodischen Kriegs war unglaublich. Nichts eilte, gar nichts. Ein vernarbter und sonnverbrannter alter Obermaat, der alle salzigen Requisiten seines uralten Berufs außer einem teerigen Zopf besaß, hatte einmal zu einem übereifrigen Marschierer von einem Leutnant zur See gesagt: „Ruhig, ruhig, Sohn. Wir haben genug Krieg für uns alle hier, und wenn er aus ist, müssen wir wieder zu unserer Arbeit zurück." Alec hatte aus der Entfernung „Bravo" gerufen.

In einem Krieg gab es keine Schwierigkeiten, eine Fabel auszuknobeln. Man wußte, wie er ausgehen würde, bevor er anfing. Es gab keine wirklichen Termine. Wenn man den Feind heute verfehlte, konnte man damit rechnen, daß sein Bruder morgen oder nächsten Monat oder nächstes Jahr da war, um sich umbringen zu lassen. Man konnte einen Krieg mit anderen Leuten teilen. Ein Schriftsteller vergrub sich irgendwo im dunklen Schoß eines freudlosen Hinterzimmers, um den unfruchtbaren Leib der Eisernen Jungfrau anzufallen, eines von Underwood oder Remington ohne Liebe gezeugten reizlosen Weibes. Kein Gefängnis war menschlich je so kontaktlos, keine Einzelzelle je so verzweifelt in ihrer öden Einsamkeit wie die von einer Schreibmaschine, einem Mann und einem Blatt sauberen weißen, billigen Papiers geschaffene; jungfräulichen Papiers, danach schreiend, von dem unfreiwilligen Spermium eines lieblosen Orgasmus befruchtet zu werden. Im Krieg unterzeichnete man lediglich ein Blatt Papier und gab es dem Vergessen preis, wie wenn man schnell im Hinterhof mal Pipi machte. Man brauchte später nie Korrekturfahnen nach anerkannter Geburtshelferart zu lesen oder auch nur einen Blick auf das Geschmier im Gesichtsfeld zu werfen.

Im wirklich gerechten Krieg eines Volkes gab es keinen Ärger mit Steuern. Es gab keine ordinäre Konkurrenz bezüglich des finanziellen Status. Jeder wußte, was der andere verdiente, wenn der Adler schrie, vom Admiral herunter bis zum letzten Maat. Der Rang hatte seine Vorrechte, und man akzeptierte, daß ein Leutnant zur See nicht soviel Sold bezog wie ein Mann mit silbernen Tressen oder einem Goldblatt auf dem sonnenbraunen Kragen. Der Status eines Admirals war unfaßbar, man machte sich also keine Gedanken darüber. Beförderungen kamen meist der Reihenfolge nach, und wenn man seine Karten richtig ausspielte und der Krieg lange genug dauerte, brachte man es vielleicht sogar zum Kapitän und durfte die gewissen Rühreier auf sein Mützenschild sprenkeln. Wenn man die gebogene Goldblattdekoration auf der Mütze, die zu dem silbernen Dienstgradabzeichen am Kragen gehörte, nicht schaffte, na und? Man nannte einen Korvettenkapitän einfach „Kapitän", genau wie man einen Kapitän mit „Kapitän" ansprach. Halt deine Nase sauber, und eines Tages werden sie dir den Entlassungsschein geben. Und wenn man formell verabschiedet worden war, würden die Sorgen des Zivillebens wieder beginnen, aber darüber brauchte man sich jetzt noch keine Gedanken zu machen. Es war immer noch genug Krieg für jeden übrig, selbst für Ernie Pyle.

Mein Gott, dachte Alec Barr. Was für einen Reichtum besaßen wir an einem anständigen, altmodischen Krieg! Ein Zustand dauernden Scheintods und ein völliges Fehlen von Selbstbestimmung. Kein Schweiß. Keine Entscheidungen. Keine wirkliche Anstrengung. Bloß eine „ausgewogene Anstrengung", eine, die ein „sauberes Schiff" macht, hätte der Admiral ganz ernsthaft gesagt, wenn er die Truppen bei seiner allmonatlichen Kenntnisnahme der Tatsache abkanzelte, daß noch andere Leute in der Welt lebten, die er in seiner klösterlichen Zelle in der häßlichen Kaserne von Makalapa bevölkerte. „Ich will keine gottverdammten ehrgeizigen Biber", hätte der Admiral gesagt. „Ich will keinen Hundesohn, der nach einer Medaille giert. Geben Sie mir eine ausgewogene Anstrengung, und das Schiff wird sauber bleiben. Wir brauchen an Land keine Helden."

Ich war auch mal ein ehrgeiziger Biber, dachte Alec. Ich war das richtige ringelschwänzige Yankee-Doodle-Wunderkind. Damals hatte ich Pfeffer im Hintern und Feuer in den Augen, trug den klassischen Trenchcoat und fuchtelte mit einer Reiseschreibmaschine als Fähnlein herum. Damals vertrug ich Gin als Schlafersatz und aß den Fraß der Fluglinien, ohne ins Krankenhaus zu müssen. Damals war mir kein Berg zu hoch, kein Fluß zu breit. Damals war ich wie Jimmy James und all die anderen Jim James. Meist widerfuhr es ihnen, daß sie entweder berühmt oder entlassen oder unbrauchbar wurden oder starben. Jimmy James ... Alec Barr zuckte zusammen. Das war schon ziemlich lange her, und es war wirklich unrecht, daß ein junger Mann Besitzer einer Holzkiste im Dauerstadium des Todes werden sollte, ohne die Chance gehabt zu haben, berühmt oder gefeuert zu werden oder unbrauchbar und im ungewissen gelassen über all die Probleme, die so deutlich mit Zebrastreifen aufgezeichnet zu werden pflegten. Jim James ... und Alec Barr war zweiundvierzig Jahre alt.

„Warum muß ich eigentlich ausgerechnet jetzt an Jim James denken?" fragte Alec Barr sich gereizt, sich mit Abscheu in einem Raum umblickend, der immer wieder den Kommentar hervorrief: „Was für ein perfekter Arbeitsplatz für einen Schriftsteller! Hier müssen Sie *wunderbar* schreiben können."

Es *war* ein schönes Zimmer ... tatsächlich zu verdammt gut für die Einzelhaft. „Für einen Nachtklub würde es sich viel besser eignen", murmelte Alec durch den augenblicklich angesammelten Alaun im Mund. Jim James hätte nie genug Geld verdient, um sich ein solches Zimmer leisten zu können. Nicht einmal, wenn ... na ja, man konnte nie wissen. Wenn man Zeitungsreporter sein konnte, dann konnte man ein Magazinmann werden. Wenn man für Magazine schreiben konnte, konnte man auch ein Stück schreiben. Wenn man ein Stück schreiben konnte, konnte man ein Filmskript schreiben. Wenn man genug Berufserfahrung hatte, konnte man für ein Magazin eine Erzählung schreiben, die einen Roman zeugen, der wiederum ein Stück hervorbringen würde, aus dem schließlich ein Film hervorginge. Wenn man also Rechtsanwalt sein konnte, konnte man auch Richter werden; konnte Senator werden; konnte sogar Präsident der Vereinigten Staaten werden. Dann wäre man reich genug, ein Zimmer wie dieses sein eigen zu nennen; und würde es möglicherweise gerade wegen seiner kostbaren Einrichtung hassen.

Die Arbeit des Morgens lag auf einem Schreibtisch verstreut, der groß genug für einen Elefantenzwinger war. Da lagen sie – zehn Schreibmaschinenseiten. Die Arbeit des Nachmittags würden wieder zehn Seiten sein. Wenn man ein bißchen schwindelte, würden zwanzig Seiten siebentausend Wörter ausmachen. Das war die Tagesproduktion, sechs Tage pro Woche in diesem reich eingerichteten Zimmer eines reichen, reichen Schriftstellers. Das erhielt den reichen Schriftsteller reich. Sechs mal sieben macht zweiundvierzig, und zwei mal zweiundvierzig macht vierundachtzig, und zwei mal vierundachtzig macht hundertundachtundsechzig. *Tausend* muß es heißen. Hundertundachtundsechzigtausend. *Wörter.* So viele Wörter in einem vierwöchigen Monat, abzüglich eines Tages in jeder Woche, um Luke die Korrespondenz zu diktieren. Der gute alte Luke. Allzweck-Luke saß in der Ecke eines Büros, das für einen bloßen Sekretär viel zu reich eingerichtet war, jedoch nicht so reich wie das Büro des Chefs vom Sekretär. Man mußte die richtige Perspektive einhalten, sonst respektierten die Truppen den Kommandeur nicht.

Das Arbeitszimmer war riesig. Es war von Amelia für den ausdrücklichen Zweck entworfen worden, Den Meister Bei Seiner Arbeit Glücklich Zu Stimmen. Amelia war in Sachen wie Den Meister Bei Seiner Arbeit Glücklich Stimmen sehr tüchtig oder, um es deutlicher zu sagen, in Sachen des Kindes im Manne, das in jedem schöpferischen Mann schlummert, und man *weiß* ja, wie schöpferisch die Menschen sind. Daher trinken sie auch so viel, aber was kann man dagegen tun?

Es war ein vollendetes Spielzimmer für ein reiches kleines Kind. Seit dem Krieg hatte Alec einige der exotischeren Aspekte des robusteren Lebens im Freien erforscht, wie zum Beispiel die Großwildjagd, weil es eine Zeit gegeben hatte, in der ein Schriftsteller, der nicht zumindest einen dicken Wälzer über Afrika geschrieben hatte, des Haars auf seiner Schriftstellerbrust nicht würdig war. Hier starrten die Jagdtrophäen auf ihn herunter: Elefantenstoßzähne und Hörner, Häute und Köpfe, Schilde und Speere, Bogen und Pfeile. Geschmackvoll arrangiert natürlich, wie zum Beispiel der große Tiger über dem Kamin. Zur Decke gereckt, riesig und lohfarben . . . und alles, was man braucht, um den Raum wirklich schön zu gestalten, Süßer, ist eine Kupferschale mit Narzissen.

Mein Gott, ich hab' eine Menge unschuldiger Tiere im Namen der Literatur gemordet, dachte Alec. Größere Kudus, kleinere Kudus, Säbelantilopen und Nyalas, Elefanten und Büffel, Wasserböcke und Impalas, Grants und Gerenuks, Tommys und Dik-Diks. Warzenschweine wuchsen einem aus den Ohren, Wildschweinhauer auf den Bierkrügen, und Stoßzähne dienten als Flaschenöffner auf der Bar. Zebra lag auf dem Boden, Leopard über dem Bett, Löwe vor dem Kamin. *Ich* Tarzan? *Du* Jane? Alles im Namen der Literatur.

Bücherborde über Bücherborden. Die beste in Leder gebundene Ausgabe der *Encyclopaedia Britannica. Grundformen der Handlung. Außergewöhnliche Täuschungen und die Verrücktheit der Massen.* Hemingway Maugham Steinbeck Faulkner Wolfe Lewis Kipling Capote Stevenson Poe Conrad Dickens Lamb Boccaccio DuMaurier – Sie brauchen's bloß zu nennen, wir haben's, einschließlich Dashiell Hammett und Ray Chandler. Bücher über Baseball, Bücher über Boxen, Bücher über die Unzucht. Saubere Bücher und schmutzige Bücher, das Dekameron und Emily Dickinson. Gallico und Galsworthy. O ja: eine ganze stolze Reihe, wunderbar in tiefgeprägtem Leder mit Goldtiteln gebunden. *Bücher von Alexander Barr. Bühnenstücke von Alexander Barr. Anthologien, in denen* – dreimal dürfen Sie raten – *wer vorkommt?* Jesus, hilf uns, dachte Alec Barr. Wann hatte ich je Zeit, auf die Toilette zu gehen? Wann hatte ich je Zeit, die Reisen zu machen, die Tiere zu schießen, den Schnaps zu trinken, den Weibern nachzusteigen? Jesus auf Krücken! Wann hatte ich Zeit, zur Post zu gehen und den zweiten Durchschlag abzuschicken? Lange her, seit ich mir über den zweiten Durchschlag Sorgen machte.

Die Möbel sind wirklich hübsch, dachte Alec Barr. Die Aschbecher sind phantastisch tauglich in einer im Grunde untauglichen Welt. Wir besitzen vielleicht die größten Aschbecher und die breitesten Diwane und die prächtigsten Sessel, die sich ein Schriftsteller je gekauft und mit seiner kleinen Seele, mit seinen eigenen kleinen zwei Fingern bezahlt hat. Wir haben mehr Brücken aufeinandergeschichtet, mehr Eistabletts, größere und bessere aus alten Hydranten umgearbeitete Lampen und kratzendere Langspielplatten als fast jedermann. Wir haben Handtücher und Kleenex und keine Rasierklingen. Ich habe wieder vergessen, Klingen zu kaufen. Amelia hat sich immer um diese Einzelheiten gekümmert. Vielleicht schiebe ich sie lieber auf Luke ab. Betreff: Rasierklingen, Beschaffung von; zusätzliche Sonderpflicht, hätte der Admiral gesagt.

Ich vergaß auch, das Talent für die nächsten sechs Bücher zu kaufen, dachte Alec Barr, wie ich vergessen haben muß, ein Talent für die Liebe zu kaufen. Das haben sie mir vorenthalten, genau wie die Rasierklingen. Du armer, selbstbemitleidender Bastard, dachte Alec Barr. Du hast alles gehabt, und es ist alles deine eigene, selbstgeschaffene Asche in deinem eigenen bitteren Mund. Jeder sonst würde sich eine Lizenz kaufen müssen, um du zu sein, und hier sitzt du und hältst Monologe mit dir selbst wie ein Idiot.

Was möchtest du sein, ein Jimmy James? Tot, bevor du die Enttäuschung schluckst? Das ist eine lange Zeit, dieses *Totsein*. Und was zum Teufel ist Enttäuschung – das, was du dir selbst bereitest, ganz allein du selbst, du Wurm? „Du gefällst mir heute nicht sehr, Alec Barr", sagte Alec Barr. „Krampf paßt nicht zu dir, und in einen Krampf quatschst du dich rein. Du bist viel, unbedingt viel zu alt für einen Krampfburschen. Es paßt weder zu deinen distinguierten grauen Schläfen noch zu den charakteristischen Zügen deines Gesichts à la Archibald MacLeish. Der politische Dichter. Das hätte ich vielleicht werden sollen, ein politischer Dichter. Ein zweiundvierzigjähriger politischer Dichter."

Er sah wieder auf die getippten Seiten.

„Vielleicht würdest du's lieber noch vom Kommandostand aus diktieren", sagte er wieder laut und ging zur Bar, um sich einen Drink einzuschenken, den er eigentlich nicht wollte. „Vielleicht hättest du dein liebes kleines Ich im Dienst umbringen lassen sollen. Alle Besseren haben sich umbringen lassen. Jim James wird umgebracht, und du wirst bloß reicher, damit du in einem reichen Zimmer reiche Stücke für reiche Leser schreiben kannst. Unter uns gesagt, ich glaube, Sie stinken, *Mister* Barr", sagte Alec Barr und goß sich einen doppelten Schuß Gin in das altmodische Glas. Meist nahm er einen Drink, wenn er sich gestattete, an die Jugend zu denken – an die Jugend und Sheila. Er wußte, ohne daß man es ihm zu seinem Besten sagte, daß es schlecht für seine Leber war.

5 Sheila

Sheila. Alec Barr seufzte. Er hatte Sheila beinahe vergessen. Sheila *Was*? Audrey? Nein. *Aubrey*, das war's. Mit den kurzgeschnittenen schwarzen Locken, dem milchweißen irischen Teint, der so gut zu den violetten irischen Augen paßte, den guten Brüsten, die sich fest unter dem einfachen Sweater abzeichneten. *Süße* Sheila.

Und das war sehr lange her. Etwa 1943 – März 1943, wenn er sich richtig erinnerte. Damals war Alec kein Admiralsassistent gewesen; nur ein schäbiger Leutnant (Unterstufe), Befehlshaber einer Marinegeschützmannschaft in einer lumpigen Einheit, genannt Bewaffnete Wacht. Die Bewaffnete-Wacht-Offiziere und -Soldaten wurden an Bord von Handelsschiffen postiert, aus denen die Konvois zusammengestellt wurden, die Amerikas riesige Produktion zu so öden Orten wie Murmansk und Kalkutta und dem Persischen Golf verfrachteten.

„Fischfutter“ nannte man die Bewaffnete Wacht in den frühen Tagen des Kriegs, als die Luftwaffe noch den Himmel beherrschte und die U-Boot-Wolfsrudel der Nazis frech genug waren, vor amerikanischen Flußmündungen herumzulungern, um die alliierte Schiffahrt in die Luft zu jagen, bevor die Schiffe tatsächlich ausliefen. Die Bewaffnete-Wacht-Männer wurden an Bord der Handelsschiffe geschoben, angeblich, um die Geschütze zu bemannen, in Wirklichkeit aber, um eine massenhafte Umleitung amerikanischer Handelsschiffe nach Rußland zu verhindern, falls die Russen plötzlich einen Separatfrieden mit Deutschland schließen sollten.

Alec war willkürlich zur Bewaffneten Wacht abgestellt worden, wie so viele andere Reserveoffiziere ohne wirkliche technische Kenntnisse – Lehrer, Schriftsteller, Juristen –, und das nach nur kurzer Schulung. Drei Monate nachdem er sich seine ersten Uniformen gekauft hatte, war Alec damit beschäftigt, während einer Küstenfahrt von Charleston aus mit einer Fünfzollkanone, die bestimmt vom Rasen vor einem Amtsgebäude stammte, auf Unterseeboote zu schießen, bevor er überhaupt eine Chance bekam, einen Konvoi in New York zu bilden. Bei Schießübungen ließ er seine unerfahrene Crew auf die Masten versenkter Schiffe feuern, die wie Antennen entlang der amerikanischen Küste aus dem Wasser ragten.

Jeder Konvoi – in dem sich bis zu hundert der langsamen Liberty-Schiffe zusammenfanden – hatte einen technischen Kommandeur mit dem Ehrentitel „Commodore“, der die Signale der Zerstörer- und Korvetteneskorte empfing, um sie an die anderen Schiffe im Verband weiterzugeben. Dieses „Commodore“-Schiff wurde auf einer Konvoikonferenz vom Direktor des Marinehafens willkürlich ausgewählt, ehe die langen Reihen der Schiffe sich draußen formierten und hoffnungsvoll Kurs auf Murmansk nahmen, durch den bösen grauen Atlantik von einer erbärmlichen Ansammlung amerikanischer, englischer und kanadischer Korvetten und Zerstörer behütet. So wurde Alecs Schiff auf seiner zweiten Fahrt ausgewählt, die dünnhäutigen, unveränderlich mit hochbrisanter Munition oder Benzin beladenen Schäfchen durch die Wolfsrudel von Unterseebooten zu geleiten, die von New York bis zum Nordkap angriffen, und sie gegen die Heinkel- und Dorniermaschinen zu schützen, die wie wütende Krähen den Himmel bevölkerten, sobald die erschöpften Konvois das Nordkap rundeten. Murmansk war das Todesrennen; die Russen hungerten nach Material, und die Luftwaffe hatte mit ihren Angriffen in der Schlacht um Britannien zeitweilig nachgelassen, um sich auf Rußland und die Nachschublinien, die Rußland versorgten, zu konzentrieren. England, im ersten Blitz beinahe k. o. geschlagen, erholte sich wieder und räumte etwas von seinem Schutt auf.

Die Wolfsrudel machten dem Konvoi Fox auf der ganzen Strecke von Sandy Hook bis zur Küste von Schottland das Leben zur Hölle. Explosionen blitzten auf und verwandelten die Nacht in einen makabren Mittag. Unterwasserbomben schlugen dumpf und erschreckend gegen die zerbrechlichen Rümpfe der acht Knoten laufenden Frachter, die durch dichten Nebel pflügten, Bug an Heck kratzend und karambolierend wie eine kopflose Viehherde. Es war unglaublich kalt; die MGs und Oerlikons wurden mit Lötlampen aufgetaut. Bärte klumpten zu Eiszapfen zusammen – jeder war bärtig, weil der Stahl beim Schaben ganze Streifen aus der Haut riß.

Vierundzwanzigstundendienst war das übliche, und einmal war Alec acht Tage lang auf den Beinen, nickte nur gelegentlich im Ruderhaus kurz ein, wenn er von seinem Posten auf der fliegenden Brücke herunterkam. Als die Angriffe einmal ausblieben, wagte er es, seine papiergefütterte Konvoiuniform auszuziehen, um seinen stinkenden Körper zu duschen. Während er sich einseifte, ertönte wieder der Angriffsalarm, und er sprang nackt, nur den Helm auf dem Kopf, auf das gefrierende Deck.

Kein Tag und keine Nacht vergingen ohne die massive Zurschaustellung explodierender Munitionsschiffe oder die flammende, fettigrauchende Zerstörung von Tankern. Leicht getroffene Schiffe und Fahrzeuge, die das schwarze Knäuel wegen Maschinenschadens blokkierten, fielen ab, scherten aus dem Konvoi aus und wurden bekümmert zurückgelassen, um von den U-Booten nach Belieben abgeknallt zu werden. Es gab keine Versuche, die Überlebenden von getroffenen Schiffen zu retten. In dem von schwimmendem Eis durchzogenen Wasser war die Lebenserwartung etwas unter fünf Minuten.

Als der gelähmte Konvoi in den Loch Ewe in Nordschottland keuchte, erinnerte Alec sich bitter, daß er der letzte Überlebende eines Pokerspiels war, das vor Antritt der Fahrt in New York seinen Anfang genommen hatte, und daß drei der vier auf der Strecke gebliebenen Teilnehmer ihm Geld schuldeten.

Als Commodore kletterte Alec über das Fallreep in eine auf und ab hüpfende Barkasse, die von schwarzbestrumpften, rotwangigen Marinehelferinnen geführt wurde, um an einer Konferenz über die Zukunft von Konvoi Fox teilzunehmen. Ein Überschlag wies einen Verlust von 32 Schiffen von 120 auf – und das Schlimmste sollte erst noch kommen, wenn sie das Kap rundeten.

Der diensthabende britische Marineoffizier war für seine drei Ärmelringe noch sehr jung. Er hatte müde, rotumränderte blaue Augen und einen langen, gekräuselten blonden Bart.

„Ihr Jungs habt auf dieser Fahrt wirklich Saures gekriegt", sagte er.

„Ich habe mich mit dem Führungsstab in Verbindung gesetzt, und wir sehen wenig Sinn in einer Fortsetzung dieses Gemetzels. Die gesamte verdammte Luftwaffe wartet nur drauf, daß Sie das Kap umfahren. London ist im Augenblick so friedlich wie ein Pfarrer. Seit Wochen keine Einflüge – wofür wir Gott danken, da wir, glaub' ich, nur sechs einsatzfähige Spitfires zur Verfügung hatten."

Der NOIC hielt eine Sekunde inne und sah auf die kleine Gruppe der Amerikaner.

„Natürlich weiß ich, daß dieser Konvoi eine rein amerikanische Schau ist, aber Sie gehören jetzt zu uns. Was würden Sie von einem Abstecher in die Themsemündung halten? Nicht viel unterwegs, was Sie stören würde, außer gelegentlich einem E-Boot. Flitzen Sie hinein, in einer Woche haben Sie entladen und können blitzblank wieder auf Fahrt gehen."

Er sah Alec an, der grinste.

„Ich sage ‚Aye' und Gott sei Dank. Ist gar keine Luftwaffe über London?"

Der NOIC schüttelte den Kopf.

„Haben sich zurückgezogen, um sich den Rußkis zu widmen – und allem, was auf dem Weg zum alten Iwan ist. Ich schätze, die Murmansk-Masche ist erledigt. Das Ganze wird jetzt durch den Persischen Golf gehen und dann über Land von Abadan. Nicht, daß das für euch Jungs zu einfach sein wird, aber wenigstens wird's wärmer sein. Ich glaube, ihr Burschen habt 'ne trockene Marine. Habt ihr Lust auf 'n Schluck Rum?"

„Ich hab' Lust auf 'ne Büchse voll Hitze, wenn nötig", sagte Alec. „Ich bin immer noch durchgefroren."

Am nächsten Morgen glitten die Pontons der Anti-U-Boot-Netze zurück, und der Konvoi bildete sich neu, Korvetten längsseits tutend, um die schnelle und schmutzige Fahrt zur Themsemündung anzutreten. Mit E-Booten, die schnelle, fruchtlose Ausfälle machten und sich zurückzogen, nachdem zwei im Wasser hochgegangen waren, hatten sie den geringsten Ärger. Ruhig segelten sie in die Themse, und Alecs Schiff machte an den Royal Albert-Docks fest.

Das Schiff war gerade festgemacht worden, als ein anderer bärtiger Knabe – Kriegsmarine diesmal, ein Leutnant – an Bord kam.

„Sie haben Ihre Geschütze zu sichern und Ihre Munitionskästen zu verschließen", sagte er. „Es gibt *keinen* Einsatz, ich wiederhole: *keinen* Einsatz Ihres Schiffs, wenn Fritz uns einen Besuch abstatten sollte. Wir haben unsere eigene Artillerie und wollen nicht, daß ihr übereifrigen Burschen unsere Jungs aus Versehen abknallt. Sie können Ihr

Schiff dichtmachen und Ihren Leuten Landurlaub geben. Wir werden unsere eigenen Leute an Bord schicken."

Er sah Alec aufmerksam an.

„Würde mich ein bißchen aufmöbeln, wenn ich Sie wäre", sagte er. „Trimmen Sie sich wenigstens den Bart, und machen Sie sich frisch. Sie sind nämlich auf neun morgen früh in Ihr Hauptquartier bestellt. Hat was mit dem Nachrichtendienst und Public Relations zu tun – Informationen nach Hause schießen, um die Stimmung zu verbessern. Danach, könnt' ich mir denken, sind Sie bis zur Abfahrt beurlaubt." Er streckte die Hand aus und lächelte. „Viel Spaß. Kümmern Sie sich nicht um die Trümmerhaufen. In London ist immer noch was los, selbst hinter den Verdunkelungsrollos. Jede Menge enttäuschter Weiber läuft rum, und ein versteckter Schnapsladen ist hinter jeder dritten Tür. Wie ich höre, gibt's ein feines Lokal in Orange Court, wo man ein wunderbares Schwarzmarktsteak bekommt. Jemand wird Sie reinlotsen."

Er wandte sich zum Gehen, fuhr dann aber wieder herum.

„Ich vergaß ganz. Man schickt Ihnen um acht Uhr fünfzehn einen Wagen. Möchte nicht, daß Sie sich in unserem Bussystem verirren oder was davon noch übrig ist."

Alec schüttelte den Kopf, als er zu seinem winzigen Quartier mit dem aufgemalten „Leutnant (Unterstufe) Alexander Barr, Artillerieoffizier" zurückkehrte. Ihm schien es, daß die Briten sehr zwanglos mit ihrem Krieg umgingen, den sie anscheinend zu Land, zur See und besonders in der Luft verloren. Die Russen wurden stetig zurückgeschlagen; die amerikanische Muttersöhnchen-Amateurarmee bekam Hiebe in Nordafrika, Rommel beherrschte das Feld in der westlichen Wüste; die Nachschublinien von Amerika – wenn sein Trip ein Beispiel bot – wurden amputiert, und die RAF war über Britannien fast völlig vernichtet worden.

Er ging den Gang hinunter zu der winzigen Duschecke und schrubbte sich wund. Erleichtert rasierte er sich den rauhen Bart ab und beschloß, als erstes nach dem Kanoniermaat III zu brüllen, der im Zivilleben Friseur war, und sich gratis die Haare schneiden zu lassen. Dann würde er sich um seine Geschütze und Munitionskisten kümmern, das Magazin verschalen und einen kleinen Spaziergang an Land machen, um sich wieder an festen Boden zu gewöhnen (die alte Kiste hatte um achtzig Grad geschlingert, vierzig Grad nach der einen und vierzig Grad nach der anderen Seite, war verdammt beinahe gekentert, und er hatte sich trotzdem auf den Füßen gehalten) und sich vielleicht nach einer Kneipe in der Nähe der Docks erkundigen, wo man eine Pinte Mild-und-Bitter und vielleicht ein Stück Käse bekommen könnte, das nicht so nach Rüben schmeckte wie alles andere aus dem Tiefkühlschrank des Schiffs.

Alec Barr war ziemlich guter Stimmung, während er sich anzog. Die blaue Galauniform fühlte sich an seiner frisch gewaschenen Haut festlich an, nachdem er wochenlang seinen eigenen, plombierten Gestank in der Konvoi-Teddybäruniform mit der Gesichtsmaske aus Filz gerochen hatte.

Er war jetzt zweimal durchgekommen, während andere in den berghohen, schneeig schäumenden Wellen dieses grausamen Atlantiks umgekommen waren, der so grau wie der Tod, so beständig wie die Ewigkeit war. Viele waren gestorben, aber er, Alexander Barr, lebte noch.

Und, dachte er, er hatte seine Sache gut gemacht, wenn er auch entsetzlich Angst gehabt hatte. Nicht nur Angst vor der See, sondern Angst vor dem Gedanken an die Schulung. Alec Barr hatte keine Begabung für mechanische Dinge; er konnte allenfalls ein neues Farbband auf die Schreibmaschine ziehen, und die einfachen Handgriffe des Reifenwechselns brachten ihm immer aufgeschürfte Knöchel ein. Er hatte sich die Regeln der Navigation, der Geschützbedienung und der Seemannskunst eingeprägt und hatte mit den anderen seine Prüfung, ohne zu betrügen, bestanden.

Bei den Artillerieübungen auf den Schießschiffen hatte er gut abgeschnitten, da er als ziemlich guter Schütze mit der Büchse die Grund- und Anfangsregeln beherrschte, die die primitive Geschützmannschaft, welche er ausbilden sollte, anscheinend verblüfften. Mit Beben und Bangen übernahm er sein erstes Schiff in Charleston, doch es gelang ihm, mit Hilfe eines aktiven Zweiten Maats der Marineartillerie, der wegen beträchtlicher, an Land begangener Sünden in die Bewaffnete Wacht versetzt worden war, eine Wachliste für Backbord und Steuerbord aufzustellen.

Jetzt schien alles ziemlich leicht. Er hatte seine Crew gut in der Hand. Auf diesen letzten beiden Fahrten hatte er viel Wertvolles gelernt. Die Kontingente der Bewaffneten Wacht wurden im allgemeinen aus dem Abschaum der Rekruten gebildet – unerfahrene Bauernlümmel aus Iowa, Rabauken aus New Jersey, Straßenstrolche aus Brooklyn. Zerstörer, Zerstörereskorten und Kreuzer bekamen die Creme. Das Gesocks ging in eine Truppe, die niemand wollte, zu Offizieren, die Steuerbord von Backbord nicht unterscheiden konnten und die ein Schott immer noch „Wand“ und Leitern „Treppe“ und Decks „Stockwerk“ nannten.

Alec hatte eine besonders geriebene Type unter seinen Leuten, einen gedrungenen, schiefen Jungen aus New Jersey, einen Polen namens Zabinski. Jedes Schiff hat ein Sorgenkind, und Zabinski war Alecs Kreuz. Wenn jemand an Land betrunken in Schwierigkeiten kam, dann war's Zabinski. Wenn jemand im Magazin rauchte, während die Bakerflagge zum Munitionsladen gehißt war, dann war's Zabinski. Wenn jemand auf Wache rauchte oder auf Wache schlief oder den

Landurlaub überschritt, schien es stets Zabinski zu sein, dessen pokkennarbiges, flaches Gesicht einen dauernden Ausdruck mit mürrischer Arroganz verbundener Dummheit trug.

Alec, der das „Blaujackenhandbuch“ und die Kriegsmarine-Ausführungsbestimmungen gelesen hatte, versuchte alles, von Ausgangssperre über Extradienst zu geduldigem Ins-Gewissen-Reden. Zabinski war allen Versuchen unzugänglich. Er pflegte „Yah“ zu sagen und dabei das „Sir“ zu vergessen und mürrisch davonzutrotten, die flache Mütze falsch aufgesetzt, das Halstuch schief, die Bluse schlampig.

Eines Tages riß Alec die Geduld. Er verlor auch das Vertrauen zu sich, denn es schien, als ob Zabinski ihm allmählich sein Schiff wegnähme. Gott wußte, es war schwierig genug, ein kleines, unterbezahltes Detachement auf einem Handelsschiff zu führen, auf dem der chinesische Messeboy doppelt soviel Gehalt bezog wie Alec und die Bewaffnete Wacht von der Frachterbesatzung als Emporkömmlinge bitter befehdet wurde. Die Disziplin war auch ohne Zabinskis Verstöße schon schwer genug aufrechtzuerhalten.

Eines Tages, als es ihm zu dumm wurde, ließ Alec Zabinski in seine kleine Kabine kommen.

„Ich habe versucht, vernünftig mit Ihnen zu reden“, sagte Alec zu dem verdrossenen Polen. „Ich habe Sie mit allem, außer dem Kriegsgericht, bestraft. Aber nichts scheint in Ihren dicken polnischen Schädel einzugehen. Daher bin ich zu dem Schluß gekommen, daß nur Gewalt bei Ihnen etwas ausrichtet. Ich schlage also vor, daß ich mir diese Abzeichen vom Kragen nehme und mit Ihnen auf Deck gehe, und da, Zabinski, werde ich Sie in Klumpen schlagen, werd' ich Ihnen vor meiner Mannschaft und der Crew des Frachters die Knochen zusammenhauen. Ich habe Boxhandschuhe. Die Ausführungsbestimmungen der Navy besagen, daß man sie zur Erholung benutzen soll. Wir werden eine kleine Erholung arrangieren.“

Ein langsames Lächeln breitete sich über Zabinskis dicke Lippen.

„Ist m'r sehr recht, Luuutenant“, sagte er. „Wollt' schon immer mal einem gottverdammten Offizier eins in die Fresse hauen.“

„Können Sie haben“, sagte Alec. „Gehen wir.“

Sie kletterten auf Luke Nummer drei, nachdem Alec eine Faustkampfschau zwecks Freizeitgestaltung und zur Aufpulverung der Stimmung angekündigt hatte, und die Luke war von dem grinsenden Marinepersonal umgeben, dessen Grinsen noch zunahm, als es die Männer nackt bis auf die Shorts sah. Alec war hager und drahtig, aber Zabinski war ein Bierfäßchen klumpiger Muskeln. Er schattenboxte kurz in einer Ecke der Luke, und Alec, der als jüngerer Mann Sportberichterstatter gewesen war, fühlte, wie ihm das Herz in die Hosen sank, als er Zabinskis Fußarbeit sah. Die watschelnde Plumpheit war verschwunden; dieser Mann war schon mal im Ring gewesen. Zabinski schob seine Füße richtig vor und zurück; er fintierte, duckte ab und konterte unsichtbare Gegenhiebe.

„Der Alte hätte einen von uns fragen sollen“, flüsterte einer von Alecs Männern einem anderen zu. „Dieser Tölpel von einem Pollakken war Mittelgewicht in den Jersey Golden Gloves. Der wird den Boß todsicher aufs Kreuz legen.“

Es dauerte nicht allzu lange, bis Leutnant (Unterstufe) Alexander Barr entdeckte, daß er sich in einem nichtabgeseilten Ring mit einem Halbprofi befand. Zabinski spielte mit ihm, benutzte nur die schlangenartig zuckende Linke, die stetig Alecs Gesicht bearbeitete; eine gelegentliche kurze Rechte landete im Magen mit beherrschter Kraft. Alecs Arme waren länger, und manchmal gelang ihm auch ein Treffer, doch Zabinski nahm sich nicht einmal die Mühe, den Kopf zu bewegen, wenn der Handschuh landete.

Sie fochten Zweiminutenrunden, der Frachterkapitän hielt die Uhr, und von den ersten fünf Sekunden der ersten Runde an wußte Alec, daß Zabinski ihn mit einem einzigen Hieb k. o. schlagen konnte, wenn er wollte. Aber Zabinski wollte nicht; er spielte mit seinem kommandierenden Offizier, und das Gekicher auf der Lukenseite wuchs zum Gelächter an. Alec sah sich schon sein Schiff verlieren, als Zabinski ihm hämisch schmunzelnd leichte Dosen des Leders verabreichte.

In der dritten Runde – sein Gesicht war ein einziges blutiges Geschmier, und seine Taille war rosarot geschlagen – hielt Alec einen Handschuh empor und sagte „Time!“

„Ich kann nicht sehen“, sagte er. „Ich gehe schnell in mein Quartier und pflastere mir ein paar Risse zu. Legen Sie eine Atempause ein, Zabinski. Ich bin gleich wieder da.“

Er drehte sich um, lief die Leiter zum Bootsdeck hinauf und ging in seine Kabine. In der Kabine war ein Safe. Zu den Sonderpflichten eines Offiziers der Bewaffneten Wacht gehörte auch die Funktion eines Zahlmeisters in ausländischen Häfen. Alec tupfte sich das Blut aus dem Gesicht, klebte ein Stück Leukoplast auf eine aufgerissene Braue und drehte die Skalenscheibe seines Safes. Er langte hinein und zog eine in Papier gewickelte Rolle Zehncentstücke heraus. Er schob diese Rolle Kleingeld in seinen Handschuh, bog die Finger bequem um das Silbergewicht, schnürte den Handschuh fest zu und glitt elegant die Leiter hinunter, den Körper mit den behandschuhten Händen auf dem Geländer abstützend, die Füße von den Sprossen freihaltend, auf erprobteste Seemannsart. Er sprang auf die Luke und sagte: „Okay, weiter!“, stieß die Boxhandschuhe gegen Zabinskis und griff an.

Es hatte Zabinski gefallen, Alec gelegentlich einen Treffer zu erlauben, in hämischer Mißachtung von Alecs Schlagkraft und auch, weil es ihm Gelegenheit zu kurzem, schmerzendem Kontern gab. Er griente über die Schulter zu seinem Publikum hinunter, wenn er Alecs besten Hieb aufs Kinn bekam.

Jetzt wiederholte er seinen Akt, stieß leicht mit einer linken Geraden in Alecs Gesicht und ließ dann die Hände fallen, um Alec freie Bahn zum Kinn zu geben. Alec sah grünes Licht, das steinharte Kinn vor sich, und warf sich von den Fersen aus vor. Der silberbeschwerte Handschuh krachte in Zabinskis Kinn, und man konnte den Kiefer von Norfolk, Va., bis Archangelsk in Rußland brechen hören. Es fing unter dem einen Ohr an zu knacken und brach bis zum anderen Ohr durch.

Zabinski war aus, kalt, lag flach auf dem Gesicht. Alec sah kurz auf Zabinski und starrte dann kalt seine eigenen Leute an, dann noch kälter die Seeleute des Frachters. Er schüttelte den Kopf. Blut floß ihm vom Gesicht.

„Setzt ihn ein bißchen unter Wasser“, sagte er. „Wenn er wieder zu sich kommt, bringt ihn in die Kabine des Oberingenieurs. Wir werden eine Art Klüse anbringen müssen, um ihn durchzukriegen, und ich bin kein gottverdammter Techniker.“ Leichtfüßig sprang er von seiner Luke herunter, bahnte sich einen Weg durch die gaffende Menge der Seeleute und ging in seine Kabine, um sich die Risse zu säubern und die Rolle Zehncentstücke ins Safe zurückzulegen.

Danach hatte Alec Barr keinen Ärger mit seinem Personal an Bord mehr, und seine Crew war schon Sekunden vorher an den Geschützen, fertig und gefechtsbereit, ehe das Signal von der Kommandobrücke ertönte.

Jawohl, er hatte seine Crew in der Hand, und, was wichtiger war, *er war durchgekommen.* Wenn er die Rückfahrt schaffte und noch eine Überfahrt und wieder zurück ... nun, dann, nach sechsmonatigem Dienst auf dieser Route, war man an der Reihe für eine Versetzung – wenn man noch lebte.

Und Alec hatte die Absicht, zu leben. Er hatte erlebt, wie andere seiner Ausbildungskameraden förmlich nach Tod rochen, nach dem Todesgefühl, und meist waren sie innerhalb von zwei Konvoifahrten *hops* gegangen. Alec hatte nicht das Gefühl, er werde *hops* gehen. Er wollte aus diesem Munitionsschiffgeschäft aussteigen und einiges darüber schreiben, was sich an die Magazine verkaufen ließ, und dann würde er zu etwas Besserem aufrücken, vorzugsweise etwas an Land in einem komfortablen Quartier.

Aber immerhin, dachte er, *ich hab's geschafft*, und ich bin froh, daß ich gleich von vornherein mit einem harten Schlag aus der Knallkiste bedacht wurde. Mein Alter wollte im ersten Großen auch in den Krieg ziehen – er grinste –, möglicherweise, um von meiner Mutter loszukommen, und *er* endete mit einer Grippe, bevor er noch aus der Nationalgarde rauskam. Er starb nicht mal an der Grippe, wurde nicht in der Uniform krank. Er wurde zu Hause im Bett krank, während Mutter als Freiwillige Pflegerin mit einem roten Kreuz auf der Haube ganz groß war. Alec erinnerte sich noch sehr genau, wie sie immer abends voll Florence-Nightingale-Begeisterung nach Hause gekommen war, wo alles krank lag, einschließlich Großvater, Großmama, Daddy und ihm.

6

Ein kalkfarbener Wagen mit einer wenig mitteilsamen ATS-Fahrerin am Steuer, einem mausartigen weiblichen Wesen mit kurzem Haarschnitt, das seinen Bemühungen um freundliche Unterhaltung mit Schweigen begegnete, brachte Alec zum amerikanischen Marinehauptquartier.

Mein Gott, dachte Alec, den Blick über das zerbombte East End, die ausgebrannten Gebäude, die riesigen Bombenkrater schweifen lassend, der alte Hunne hat den Ort hier ganz schön beharkt.

Er fand die Marineleute sehr freundlich, gar nicht so herablassend wie die Schreibtischhengste in den Staaten drüben. Der Nachrichtendienst testete ihn kurz, nachdem man sich sein Logbuch angesehen hatte, und gab ihn dann an die Abteilung Public Relations weiter, die mehr an Alec persönlich interessiert zu sein schien als am Schicksal der Konvois.

„Sehen Sie", erklärte der PRO-Korvettenkapitän etwas entschuldigend, „Sie sind seit Beginn des großen Blitzes der erste Konvoi, der in die Themse einfährt, und als solcher sind Sie für zu Hause natürlich eine heiße Nachricht. Und die Tatsache, daß Sie nicht gerade unbekannt sind, macht Sie für die Presse noch wertvoller. Die Armee hat eine Menge Kriegsberichte aus Nordafrika geschickt, die Ledernacken schicken ihre Knüller aus dem Pazifik, und die Kriegsmarine ist, was die Publizität in den Staaten betrifft, da etwas ins Hintertreffen geraten. Vielleicht können Sie mir erzählen, wie es war und, als Romancier und Dramatiker, genau, was Sie dabei fühlten."

„Ich war eigentlich die meiste Zeit während der Angriffe wie betäubt", sagte Alec und dachte dabei: *Barr, mein Junge, du wirst das meiste des „Wie's war" zur späteren Verwendung für dich behalten. Gib der Marine die Tatsachen und behalte das Copyright der Interpretationen für dich. Du wirst sie sicher eines Tages für ein Buch brauchen.*

„Es ist eigentlich nicht viel dazu zu sagen", meinte Alec. „Es war eisig kalt, und wir hatten auf der Überfahrt meist Stürme und eine Menge Nebel und große Schwierigkeiten, im Konvoi zu bleiben und Kurs zu halten. Ich persönlich hatte mehr Angst, daß einige dieser Handelsschiffarmer, die wir Kapitäne nennen, mit mir kollidierten, als vor den U-Booten. Wir wurden den größten Teil der Route bis Schottland angegriffen. Ich persönlich sah nur ein U-Boot. Die Zerstörereskorte warf Unterwasserbomben und zwang eins mitten im Konvoi zum Auftauchen. Wir nahmen's alle aufs Korn und machten Kleinholz draus."

„Waren Sie dran beteiligt?"

„Ich weiß es nicht. Alles schoß drauflos, auch meine Jungs. Wer es nun wirklich traf, ist schwer zu sagen. Einer hat auf jeden Fall getroffen."

Der PRO-Korvettenkapitän lächelte.

„Sparen das meiste für sich selbst auf, hm? Aber Sie wissen ja, daß Sie die Freigabe von der Zensur in Washington brauchen."

„Ich weiß." Alec lächelte zurück. „Ich dachte in diesem Augenblick nicht ans Schreiben. Mehr oder weniger hatte ich vor, mir einen Schwips anzutrinken und das Vergnügungspotential der Stadt zu erkunden. Vergessen Sie nicht, wir sind lange auf See gewesen. Und wie sieht's hier mit Hotels aus?"

„Es gibt mehrere, in die wir Sie einquartieren können. Aber ich kenne das PRO-Mädchen im Savoy ziemlich gut. Wenn Sie sich's leisten können, kann ich Ihnen dort ein Zimmer bestellen."

„Bestellen Sie mir eins", sagte Alec. „Als Schiffsjunge in der Handelsmarine hab' ich's mir angesehen und mich gefragt, wie es wohl wäre, mal da zu wohnen. Und wo tut sich sonst noch was?"

„Freund", erwiderte der PRO feierlich, „es tut sich *überall* was. Ich würde die American Bar im Grosvenor House empfehlen. Ich würde einen kleinen Klub namens The Deanery empfehlen, gleich an dem Platz gegenüber vom Dorchester – das ist Park Lane, und The Deanery ist in der Deanery Street. Ich würde jede Hotelhalle, jede Bar, jedes Café, jede Straßenecke, jeden Park in London empfehlen. Wie ich höre, ist in Washington viel los. Aber Washington ist ein Nonnenkloster im Vergleich mit London in diesem Jahr des Herrn. Die Bombenangriffe haben eine gewisse Menge britischer Drüsenreserve beim weiblichen Geschlecht gelöst."

„Soll mir recht sein", meinte Alec. „Wenn Sie so nett wären, Ihre Freundin im Savoy anzurufen, fahre ich schnell zum Schiff zurück und hole mir was zum Anziehen. Wo treffen sich die Zeitungsleute hauptsächlich?"

„Auch im Savoy. Quent Reynolds führt eine Art offenes Haus für jedermann dort. Kennen Sie ihn?"

„Ich kenne ihn", antwortete Alec. „Wer ist sonst noch da, den ich vielleicht kenne?"

„Harrison Salisbury. Walter Cronkite. Tom Wolf. Ed Murrow. Red Mueller. Jede Menge. Tagsüber im Savoy und nachts im Deanery."

„Werd' ich mir merken", sagte Alec. „Ist das alles, Kapitän?"

„Ich schätze, ja. Schreiben Sie ein paar gute Sachen, und vergessen Sie nicht, sie Washington vorher vorzulegen, oder die ziehen Ihnen die Haut ab – und die Streifen."

„Wenn und falls ich schreibe, werd' ich's der Zensur einreichen. Danke."

„Es muß eigentlich Spaß machen, zur See zu fahren", meinte der Korvettenkapitän nachdenklich.

„Auf eine scheußliche Art schon", erwiderte Alec, sich zum Gehen wendend. „Das Land fühlt sich auf einmal so zuverlässig unter den Füßen an."

7

London, verkohlt und narbenbedeckt und von Bomben gezeichnet, verdunkelt und höllisch schwarz bei Nacht, von Verknappung heimgesucht und bis zum Verhungern dürftig, Sklave der Anstellschlangen und der Lebensmittelkarte, hatte immer noch eine beinahe hektische Fröhlichkeit an sich. Angst und Furcht schienen überhaupt nicht zu existieren, und Tapferkeit war nicht gespielt, schien selbstverständlich.

London war – nun, zwitschernd fröhlich bei Tag und ausgelassen bei Nacht. Bei Tag wimmelten die öffentlichen Anlagen, Green Park und Hyde Park, von Urlaubern, die sich mit ihren Mädchen unter ausgebreiteten Zeitungen verlustierten. Nachts waren die Bars und privaten Trinkklubs und heimlichen Schnapsläden reine Rendezvousstätten. Man betrat die American Bar irgendeines größeren Hotels, nickte einer Dame zu und schob kurz darauf in die eigene oder in ihre Wohnung ab. Sie konnte eine Herzogin oder eine Nutte gewesen sein.

Alec spürte erneut die Erregung des Krieges. Amerika, in Sicherheit jenseits des Meers, konnte dieses Gefühl nicht kennen. Amelia, die er in Washington zurückgelassen hatte, wußte nichts von Bomben oder Bombenangriffen, von Unterseebooten und sinkenden Schiffen, von der Art – nun, Freundschaft, Kameradschaft, die der Krieg erzeugte. Polnische Flieger, RAF-Typen mit strammen Schnurrbärten, bärtige

Marinetypen, WAAFs, WRENs, ATS- und ATC-Mädchen – Mädchen aus Irland, Schottland und Wales, die sich zur Arbeit in diesem oder jenem Ministerium gemeldet hatten und nach Büroschluß auf den Bummel gingen –, alle tranken sie und tanzten und trieben freimütig Unzucht, weil Krieg war und weil der Krieg besondere Freundschaften hervorbrachte.

Es gab einiges Ressentiment gegen die zunehmende Zahl amerikanischer Soldaten, welche die Kneipen bevölkerten und das schlecht besoldete einheimische Kriegsvolk im Wettbewerb um die Gunst der einheimischen Liebchen überboten, aber das beschränkte sich hauptsächlich auf die umliegenden Landstädte. In London war jedermann beinahe selbständig und gleichberechtigt; nur die Offiziere hielten sich hauptsächlich auf ihrem eigenen Gelände, während die einfachen Soldaten sich an die Damen der einfachen Soldaten heranmachten, abgesehen von den Nutten in der Gegend von Piccadilly, im Strand, in der Curzon Street und in der Mall.

Bei einem solchen Überfluß an Weiblichkeit war es ungewöhnlich, daß Alec Sheila Aubrey nicht in The Deanery oder bei Sandy oder in einer der Cocktail Lounges kennenlernte.

Er traf auf sie, während er sich eiligst in einen Torweg duckte, als die Luftwaffe die erste massive Angriffswelle des zweiten Blitzes startete, drei Tage nachdem Alec seinen Konvoi die Themsemündung hinaufbugsiert hatte.

Sie war bemerkenswert hübsch, dachte Alec, schwarzes, enganliegendes lockiges Kraushaar, die Augen fast purpurn in ihrer Bläue, milchweißer Teint, und der Körper angedeutet reif in dem Mantel über langen, schlanken Beinen. Sicherlich Irländerin, dachte er, als sie ihm hinter den schweren Filzvorhang folgte.

Er zog ein Päckchen Zigaretten aus der Tasche und schüttelte es ihr hin.

„Rauchen Sie?“ fragte er. „Das wird sicher ziemlich schnell vorübergehen.“

„Danke.“ Sie sah ihn offen an. „Ich glaube nicht, daß es *ziemlich schnell* vorübergehen wird. Es klingt nicht danach.“ Sie ließ sich Feuer geben. „Das klingt, als wär's ein Großangriff. Ich hatte schon fast vergessen, wie's war.“

„Ich kenn' mich da nicht aus“, sagte Alec. „Es ist mein erster. Aber ich fürchte, es ist zum Teil auch meine Schuld.“

Sie sah ihn durch den Rauch an und hob eine Augenbraue.

„Wie ist das möglich? Wieso kann es Ihre Schuld sein?“ Wieder so ein Großmaul von Yankee. In der nächsten Minute wird er zudringlich werden. So eine Verdunkelung macht doch die ganze Welt gleich.

„Nun, ich hab' ihn nicht gerade in Berlin bestellt“, überschrie Alec das Flakfeuer. „Aber ich hab' kürzlich einen Konvoi die Themsemündung raufgebracht, und ich schätze, Fritz hat Wind davon bekommen. Wie man mir sagt, haben Sie ziemlich lange Urlaub von unseren Freunden da oben genossen. Vielleicht ist dieser kleine Besuch eine Entmutigungsgeste für künftige Marineaktionen meiner Sorte."

„Sie haben wirklich eine ganz gute Spionageorganisation", schrie sie zurück und lächelte jetzt. „Vielen Dank, daß Sie die Dinge ein bißchen für uns in Schwung bringen. Ich fürchte, wir sind schon wieder ziemlich verweichlicht – und das Wetter war in letzter Zeit so reizend, man wußte kaum, daß Krieg ist, wenn man nicht die BBC hörte."

„Mein Name ist Alec –" Der Rest ging in einem Einschlag in der Nähe unter, und das ganze Gebäude bebte. Glas krachte und splitterte. Motoren dröhnten, verstärkt noch durch das donnernde Rattern von Flakbatterien, so daß er brüllen mußte: „Barr!"

„Freut mi –" Wieder eine ungeheure Explosion auf der anderen Seite und verstärktes Flakfeuer. „– mich", schrie sie. „Heut abend haben wir Glück. Sie werden nicht noch eine in unserer Nachbarschaft werfen. Ich heiße Sheila –" Wieder erschütterte eine Mordsexplosion das Gebäude. „– Aubrey!"

„Ihr Spionagedienst taugt keinen Schuß Pulver", brüllte Alec. „Der Blitz schlägt sehr wohl zweimal an derselben –" Wieder eine Explosion. „Jemand da oben sucht uns. Wie sagten Sie, heißen Sie?"

„Aubrey. Sheila Aubrey", schrie das Mädchen. „Hören Sie." Das Dröhnen der Motoren über ihren Köpfen ließ etwas nach. „Unsere Jungs machen ihnen Beine. Sie hätten uns nicht die Möglichkeit zum Verschnaufen geben dürfen. In einem Augenblick werden Sie die Entwarnung hören. Sehen Sie. Die Flak läßt nach."

Ein paar Minuten später heulten die Entwarnungssirenen.

„Das ist alles für heute nacht", erklärte das Mädchen. „Heim und ins Bett, was mich betrifft. Ich muß morgens früh raus. Das Luftfahrtministerium braucht mich. Es war nett, Sie kennengelernt zu haben, Leutnant – Barr, sagten Sie? Obgleich Sie uns die Herrschaften wieder auf den Hals gehetzt haben."

Alec warf einen Blick auf seine Armbanduhr.

„Es ist noch sehr früh. Ich kann Sie wohl nicht mit einem Drink und einem Bissen zum Abendessen reizen? Ich hab' schließlich für einen Abend genug Schaden angerichtet." Er lächelte etwas schüchtern. „Ich bin ziemlich knapp an Gesellschaft in dieser großen Stadt. Bin neu."

Das Mädchen sah ihn kühl, abschätzend an, schien im Innern einen kurzen Kampf mit sich auszufechten. Dann nickte sie.

„Ich schätze doch. Sie sehen nicht eigentlich wie diese Sorte Yank aus. Ich will nicht unhöflich sein", fügte sie eilig hinzu, „aber ich –"

„Ich glaube, ich weiß, was Sie meinen", entgegnete Alec, sie am Ellbogen nehmend, als sie auf die Straße traten. „Überfüttert, übersext und über den Atlantik. Ich beiße nicht. Außerdem bin ich glücklich verheiratet, wenn Ihnen das was sagt. Wir sind nicht zu weit von einer Bar namens The Deanery entfernt, wo eine ganze Menge meiner Kameraden aus den Staaten rumlungert – Zeitungsleute, Korrespondenten, Radioburschen, so was. Oder etwas später könnten wir uns vielleicht ein Taxi ins Savoy schnappen."

„Heut nacht werden wir kein Taxi ins Savoy schnappen können", sagte sie. „Schauen Sie sich *das* an. Aber The Deanery ist gerade richtig. Ich wohne ein paar Häuserblocks weiter, in der Hill Street. Man kann zu Fuß gehen."

The Deanery war proppenvoll, verraucht, lärmend, die Bar umdrängt, jeder Tisch besetzt, alles wild vor hysterischer Heiterkeit, die sich nach Luftangriffen einstellt, bei denen man nicht umkommt. Halb London schien es als Luftschutzkeller benutzt zu haben. Das ganze Pressekorps hatte anscheinend in The Deanery einen gehoben, als die erste Bomberwelle herüberkam.

„Das geht nicht", sagte Alec. „Ich glaube, wir sollten's lieber im Grosvenor oder im Dorchester versuchen."

„Die werden auch nicht besser sein, nicht heut abend", erwiderte Sheila Aubrey. „Passen Sie auf. Wenn man im Luftfahrtministerium angestellt ist, hat man einige Vorteile. Ich wohne bloß einen Katzensprung von hier, hab' eine winzige Wohnung und ein paar ziemlich illegale Sachen im Kühlschrank. Wenn Sie Lust haben – Das einzige, was ich nicht habe, ist Schnaps, außer vielleicht noch einen Schluck Sherry."

„Das kann ich mit meinem ordinären amerikanischen Geld in Ordnung bringen", sagte Alec und bahnte sich einen Weg zur Bar, wo er den Barkeeper belästigte. Der Barkeeper schüttelte zuerst verneinend den Kopf, verwandelte das Kopfschütteln dann in ein Lächeln und winkte Alec, ihm in Richtung der Toilette zu folgen. Einen Augenblick später tauchte Alec mit leicht ausgebauschtem Jackett wieder auf.

„Gehen wir", sagte er. „Heim in die Hill Street." Er gluckerte leise, während er dahinging.

8

Die Wohnung war wirklich winzig; ein kleines Schlafzimmer, ein etwas größeres Wohnzimmer, in einer Nische ein Küchelchen mit Gaskocher plus Kühlschrank, und ein Bad, in dem man von jeder Stellung aus alles erreichen konnte. Aber es war hell und lustig mit den Chintzüberzügen hinter den schweren Verdunkelungsrollos, und auf einem Kaffeetischchen vor einem orangedunklen Sofa standen Narzissen. Alec stellte eine Flasche Scotch auf das Kaffeetischchen.

„Wahrscheinlich selbstgebrannt", sagte er. „Aber es ist das Beste, was ich kriegen konnte. In *der* Bar. Zu *dieser* Stunde."

„Es ist ein Wunder", sagte sie. „Das ist die erste volle Flasche privaten Whiskys, die ich seit Kriegsbeginn gesehen habe – oder beinahe." Sie schlüpfte aus ihrem Mantel und trug ihn ins Schlafzimmer. „Es ist nicht sehr groß", meinte sie. „Aber ich brauch's wenigstens mit niemand zu teilen. Im Badezimmer ist bloß Platz für ein Paar Strümpfe gleichzeitig. Im Eisschrank müßten ein paar Eiswürfel sein, wenn Sie Ihren Whisky *on the rocks* trinken wollen, wie die meisten Amerikaner, hör' ich."

„Ich kann's halten, wie ich will", erwiderte Alec. „In diesem Augenblick nehm' ich mir welche. Sie?"

„Bloß mit einem Schuß Sodawasser. Ich mag ihn warm. Bin gleich wieder da. Während Sie sich das Eis besorgen, können Sie mal sehen, was in der Speisekammer ist. Müßte eigentlich etwas Käse und Kekse und möglicherweise etwas Wurst dasein. Oder ich kann Ihnen ein Ei machen; gestern hat's Rationen gegeben. Auf jeden Fall ist Büchsenfleisch da, Gefälligkeit Ihrer Leute."

„Hört sich wie ein Festmahl an", meinte Alec. „Ich bin einer der wenigen Militärs, die Büchsenfleisch tatsächlich mögen. Donnerwetter, Mädchen, Sie haben sogar noch Bücklingsfilets und Sardinen! Sie müssen einen Schwarzmarktladen haben."

„Ein Mädchen tut ihr Bestes", meinte Sheila Aubrey, aus dem Schlafzimmer zurückkommend. Sie hatte ihre schwarzen Locken zurechtgemacht, ihren Lippenstift aufgefrischt und trug einen einfachen Jersey über einen Tweedrock. Der Jersey zeigte Kurven, die bislang zwar angedeutet, aber nicht bestätigt worden waren.

„Erzählen Sie mir von sich", sagte Alec, als sie sich mit ihren Drinks hinsetzten.

„Einfach. Geborene Irländerin. Britisch erzogen. Früh Waise – Vater in der IRA, Mutter starb an Herzeleid, nehm' ich an. Eine Art Einzelgängertante ließ mich holen, und ich wuchs in Sussex auf, daher kein irischer Akzent. Ging bis zum Kriegsausbruch zur Schule und dann arbeiten. Uniformen lagen mir nicht, nicht sehr – ich meine, ich konnt' mich nicht als eine WREN oder Fannie sehen –, worauf ich mir einen Job im Ministerium besorgte. Das ist ungefähr alles."

„Ist das wirklich alles?"

„Na ja, da war auch ein Verlobter, 'ne Art von Verlobter." Sheila Aubrey deutete mit dem Daumen nach oben. „RAF. Eines Tages kam er nicht wieder. Seither nicht viel außer Arbeit. Ich hab' mich früh entschlossen, kein Mitglied der Offiziersmesse zu werden. Obgleich es heutzutage gar nicht leicht ist, wo alles sich schon nach dem ersten Cocktail ins Bett schmeißt..."

„Es wäre schwer, dem Impuls zu widerstehen, Sie schmeißen zu wollen", sagte Alec und hob die Hand. „Keine Angst. Ich bin für die Gastfreundschaft dankbar und werde sie nicht mißbrauchen."

„Wenn ich glaubte, Sie würden's, hätte ich Sie nicht mit nach Hause genommen", entgegnete Sheila Aubrey. „Es ist mein einziges Zuhause. Leider wurde meine Tante ausgebombt. Und wie steht's mit Ihnen?"

„Schreiberling", antwortete Alec, ihren Telegrammstil annehmend. „Mäßig erfolgreich. Verheiratet. Keine Kinder. Das ist ungefähr alles."

„Was schreiben Sie?"

„Zunächst für Zeitungen. Dann Artikel für Magazine. Dann Bücher. Kürzlich erst ein Stück. Es lief noch, als ich abfuhr."

Er zündete zwei Zigaretten an und reichte ihr eine.

„Danke. Wie heißt das Stück?"

„‚Nicht ohne Gelächter'. Kein sehr gutes Stück, fürchte ich. Aber sehr lukrativ."

Sie runzelte die Stirn.

„Ich hab' von dem Stück gelesen, und ich glaube, ich hab' auch ein Buch von Ihnen gelesen. Wenn Sie *dieser* Barr sind, was tun Sie dann in einer Marineuniform? Warum sind Sie nicht Kriegskorrespondent? Oder, wenn Sie verheiratet sind, warum sind Sie nicht einfach zu Hause geblieben? Ich glaube, man stellt verheiratete Männer drüben uk."

Alec lachte und kippte in beide Gläser noch einen Zoll hoch Scotch.

„Ich wollt's nicht verpassen. Ich wollte der erste Barr sein, der tatsächlich in den Krieg zieht. Großvater brachte es fertig, sich gleich am Anfang von den Yankees gefangennehmen zu lassen, und mein Vater bekam die Grippe, als der Erste Weltkrieg fast zu Ende war. Ich wollte Held wider Willen sein und die Sache von innen her sehen."

„Sie halten mich zum Narren", sagte sie. „Ich kann nicht glauben –", und dann heulten draußen die Alarmsirenen, und das dumpfe Dröhnen war wieder zu hören. „O Gott, da sind sie wieder!" rief sie über den Lärm hinweg. „Ich glaubte, für heute nacht blieben sie endgültig weg. Ich hab' ja nichts gegen einmal, aber zweimal –"

Alec sah, daß sie zitterte, und legte ihr sanft den Arm um die Schultern.

„Ruhig, ruhig", brüllte er freundlich. „Sie ziehen bald wieder ab. Und wir sind heute abend noch mal davongekommen. Zum mindesten ist das –" Ein neuer Einschlag erstickte seine Stimme.

„– was?"

„Ein besserer Luftschutzkeller als der Torweg vorhin. Wir haben Whisky und Licht hier drin und alle Chancen für uns."

Nach der Entwarnung sagte Sheila Aubrey:

„Ich will keine Heulsuse sein, aber es geht einem wirklich auf die Nerven. Ich meine, nachdem es so oft vorkam, und die Fenster zersplittern, die Lichter gehen aus, und immer ist hinterher ein großes Loch, wo etwas Bekanntes gestanden hat –" Sie zitterte immer noch.

„Beruhigen Sie sich. Ich schau' mal raus." Er löschte die Lichter, zog die Verdunkelungsvorhänge zurück und blickte in die Nacht hinaus. Halb London schien in Flammen zu stehen.

„Es war ziemlich schlimm", sagte er ernst. „Ich werde warten müssen, schätze ich, bis ich ins Savoy zurücklaufen kann. Auf jeden Fall, bis die Straßen ein bißchen aufgeräumt sind und die Feuerwehr in Tätigkeit ist."

„Sie können heut nacht nicht mehr ins Savoy zurück", sagte Sheila Aubrey. „Es ist zu weit zu gehen. Sie werden hierbleiben müssen. Und auf jeden Fall möcht' ich, daß Sie hierbleiben – ich möcht' heut nacht nicht allein sein. Und ich meine nicht, was Sie denken. *Nein* – ich *meine* ..."

Alec lächelte.

„Ich weiß, was Sie *meinen*. Und ich weiß, was Sie *nicht* meinen. Klar werd' ich hierbleiben, und ich bin dankbar dafür. Ich werd' mich einfach aufs Sofa kuscheln und bis zur Dämmerung schlafen. Oder wir können beide aufbleiben und uns bis zum Morgen unterhalten."

Sheila wandte sich um und küßte ihn leicht auf die Wange. Sie lächelte ungewiß. „An sich hätt' ich gar nicht so viel dagegen, aber heute nacht möchte – möchte ich bloß jemand in meiner Nähe haben, ohne – ich möcht' im Arm gehalten werden, ohne –"

„Ich werd' Sie im Arm halten, ohne, ich wiederhole: *ohne*", sagte Alec Barr. „Darauf können Sie sich verlassen."

Alec Barr lag im Bett, der linke Arm verkrampft durch den Kopf, der sich an seine Schulter schmiegte. Er wagte nicht, sich zu bewegen, aus Angst, das Mädchen, das jetzt so süß schlief, aufzuwecken. Er war in Shorts und Unterhemd, und das Mädchen trug einen Pyjama. Sie war sehr weich und duftend, wie sie so regelmäßig neben ihm atmete.

Alec Barr sah zur Decke empor, dachte an seinen erstarrten Arm und lächelte trocken. Er hatte sie in den Schlaf gestreichelt, wie man ein Pferd oder ein Kind besänftigt.

Leise schüttelte er den Kopf.

Unter allen Frauen Londons, mit denen du ins Bett gehen kannst, dachte er, *muß der Seemann frisch von der See ausgerechnet bei einer platonischen Zimmergenossin enden.* Hier liege ich mit einem schönen Mädchen im Bett, das ich nicht einmal geküßt habe. Amelia würde mir's nie glauben...

Er döste wieder ein, bis er durch eine leichte Berührung an der Schulter geweckt wurde.

„Tee ist fertig, wenn du eine Tasse haben willst", sagte Sheila, die in einem Morgenrock ins Zimmer getreten war. „Hast du überhaupt geschlafen? Und mir tut's leid, daß ich gestern nacht so eine Enttäuschung war. Aber ich danke dir, Alec. Vielen, vielen Dank."

Alec fuhr sich mit der Hand übers Gesicht. Sein Mund fühlte sich trocken und verklebt an.

„Schlief wie ein Holzklotz", log er. „Und du brauchst dich nicht zu bedanken. Hättest du vielleicht so was wie einen Rasierapparat zur Hand? Ich möcht' nicht gern mit so einem grünen Bart ins Savoy – falls es noch steht – reinlaufen. Marinevorschriften und so weiter."

„Hab' ich", sagte sie. „Und das Ei auch, das wir gestern abend nicht gegessen haben."

„Wir haben eine ganze Menge Dinge gestern abend nicht getan", sagte Alec, sich die Hosen anziehend. „Es war eine ziemlich ungewöhnliche Nacht."

Sheila lächelte und runzelte das Näschen.

„Heute abend bin ich ganz frei, wenn du nichts Besseres vorhast", sagte sie. „Ich mach' früh Schluß. Um fünf rum."

„Ich hab' nichts Besseres zu tun, was ich nicht absagen würde. Treffen wir uns im Savoy – in der Bar?"

„Mit Vergnügen", antwortete sie und küßte ihn kurz auf die Wange, als er zur Tür hinausging, um ein Taxi zu suchen.

Alec meldete sich später im Marinehauptquartier und wurde unterrichtet, daß sein Schiff bei den Bombenangriffen der vergangenen Nacht etwas abbekommen hatte. Nichts wirklich Ernstes, aber immerhin ernst genug, um die Anwesenheit des Kommandanten zu rechtfertigen. Das Heckgeschütz Nummer eins war aus seiner Verankerung gerissen, und ein Paar Oerlikons konnten nicht mehr repariert werden. Unter Deck war auch Schaden angerichtet worden. Man wäre dankbar, wenn –

Von einer anderen mausig-anonymen Fahrerin wurde Alec ins East End hinuntergefahren und fand eine britische Reparaturmannschaft mit Lötlampen und Schweißapparaten bereits bei der Arbeit vor. Um vier Uhr nachmittags war er immer noch beschäftigt. Er ging an Land und rief das Luftfahrtministerium an. Schließlich wurde er mit einer Miß Aubrey unter Decknummer verbunden.

„Tut mir furchtbar leid“, sagte er, „aber ich fürchte, unsere Savoy-Verabredung ist im Eimer. Meine alte Kiste hat gestern nacht was abgekriegt, und ich hab' vollauf zu tun mit einem Haufen deiner Landsleute, die anscheinend eine Vierundzwanzigstundenschicht einlegen wollen. Unter Deck ist einiger Schaden, der nachts repariert werden kann – Schaden, der die Entladung unmöglich macht, es sei denn, wir können ihn rasch in Ordnung bringen, und wir wollen doch schnell zurückfahren. Tut mir leid. Vielleicht morgen?“

„Morgen paßt großartig“, erwiderte Sheila Aubrey. „Aber ich hab' eine bessere Idee. Warum kommst du nicht, wenn du irgendwann vor Mitternacht fertig wirst, zu mir in die Wohnung, und wir verbringen noch einen ruhigen Abend zusammen? Vielleicht brauchen wir nicht einmal zu schreien. Von deinem Whisky ist immer noch was übrig.“

„Großartig. Wenn ich's irgendwie hier schaffe, werde ich an deine Tür klopfen.“

Um acht Uhr abends zog Alec sich seinen Arbeitskhaki aus, pfiff vor sich hin, während er sich noch einmal sorgfältig rasierte und schnell mit der Bürste über seine Uniform strich. Das mußte man den Britischern lassen, dachte er. Sie hatten an einem Tage bewerkstelligt, wozu die in Hampton Roads drüben eine Woche gebraucht hätten. Die zusammengeschlagene alte Kiste war so gut wie neu geschweißt worden – vielleicht sogar noch besser. Vielleicht hatte der Blitz den Britischern Pfeffer unter den Schwanz gemacht und ihnen beigebracht, die Dinge in Eile zu erledigen – den Luftschutzwarten, der Feuerwehr, den Bombenentschärfungstrupps. Er pfiff. Jetzt war es erst kurz nach acht, und wenn er Glück hatte, würde er gegen neun im West End sein. Wenn er das Glück hatte, ein Taxi zu kriegen ...

Der Abend war vielversprechend. Was für ein reizendes Mädchen, diese Sheila, auf die er da im Torweg gestoßen war – was für ein schönes Mädchen, was für ein nettes Mädchen, was für ein süßes Mädchen – und, nach seinem musterhaften Benehmen gestern nacht, was für herrliche Aussichten auf künftige Dinge, ernstere Dinge! Er pfiff vor sich hin und beglückwünschte sich im stillen, daß er das nahe Beieinander gestern nacht nicht ausgenutzt hatte. Wenn es soweit war, würde der Augenblick mit voller Begierde auf beiden Seiten kommen, weil die Zeit kurz war und sie wußte, daß sie kurz war, wußte, daß er in einer Woche oder früher wieder auslaufen würde.

Sheila war kein Nuttchen, keine Militärmatratze wie die leichten Mädchen, die er in den Hotels, Bars und Klubs gesehen hatte. Andererseits aber war sie ganz Frau – war im Krieg verlobt und halb verwitwet gewesen und kannte die Kürze der Zeit im Krieg. Hier gab's auch keinen Gedanken an Amelia, an Untreue. Dies war London im Krieg.

Unter der Oberfläche des Meers lauerten Unterseeboote, und oben donnerten Flugzeuge. Die Zeit war kurz, und die Zeit war auch süß. Und heute nacht würde Sheila sich so süß in seine Arme schmiegen, nicht nur um Trost zu suchen wie ein Kind in der Dunkelheit.

Gott lächelte. Alec verließ die Docks und hielt ein Taxi an. Der Fahrer ließ mit sich reden, er fuhr ohnehin in Richtung West End.

„Haben uns ganz schön beharkt gestern nacht", sagte der Fahrer fast stolz. „Wohin, Chef?"

„Hill Street", antwortete Alec. „Und geben Sie Gas, soviel Sie können. Eine schöne Dame erwartet mich."

„Recht so, Chef", meinte der Fahrer und kniff ein Auge zu. „Geht nix über'n Krieg für schöne Damen, was?"

„Stimmt", erwiderte Alec kurz und lehnte sich in die Ecke des Taxis zurück, um über das Schicksal und Verdunkelungen und Luftangriffe und Torwege und schöne Mädchen namens Sheila nachzudenken.

Sie bogen gerade auf den Grosvenor Square ein, als die Alarmsirenen heulten.

„Gott", sagte der Fahrer, „da isser wieder. Ich kann Sie noch bis zum Grosvenor House fahren, es sei denn, Sie wollen in einen Luftschutzbunker."

„Fahren Sie zum Grosvenor House", sagte Alec. „Himmelherrgottsakrament! In fünf Minuten wär' ich bei Sheila gewesen. Na ja, nach der Entwarnung kann ich vollends hinlaufen."

„Was ist los?" fragte der Fahrer, während das Dröhnen zunahm und die Flak in der Ferne bellte.

„Nichts", sagte Alec. „Geben Sie Gas."

Der Fahrer hielt vor dem Grosvenor House. Alec zahlte und sprang hinein. In der Halle herrschte ein Mordsgedränge, auch in der American Bar unten, aber es gelang ihm, sich zur Theke durchzuwinden und dem Barkeeper einen großen Scotch zu entsteißen.

Fritz kam heute abend mit starken Kräften herüber und schien das Gebiet der Docks aufgegeben zu haben, um das West End noch einmal zu beharken. Das Krachen großer Bomben ließ die Fenster klirren. Einmal schien das Hotel eingedeckt worden zu sein – wie nah, war schwer zu sagen. Die Flakbatterien im Hyde und im Green Park ließen die Zähne klappern, nicht bloß die Fenster, und man konnte das Kreischen der Spitfires über dem steten Dröhnen der großen Bomber hören. Nach einer halben Stunde erstarb das Dröhnen wieder wie in der vorhergegangenen Nacht, und das Flakfeuer verstummte, als die Naziangriffskeile wieder nach Holland abzogen.

„Scheußlich war der", sagte der Mann neben Alec. „Ich hab' nichts dagegen, solange sie sich auf die Docks konzentrieren. Wenn sie aber direkt vor dem Café de Paris eine fallen lassen, wird mir unbehaglich. Die Hunde haben kein Klassenbewußtsein. Das fehlt den Hunnen."

Als die Entwarnung ertönte, trat Alec in die Nacht hinaus und fand London wieder verwundet und von Flammen umlodert. Sanitätswagen heulten, und die Bergungs- und Löschmannschaften waren bereits an der Arbeit.

Er bahnte sich einen Weg durch den Schutt in der allgemeinen Richtung der Hill Street, unsicher noch in der Londoner Topographie, und kam nach einigen Häuserblocks zu dem Schluß, daß er sich verlaufen hatte. Doch nein – die Flammen waren hell genug, daß er ein Schild ausmachen konnte: Hill Street. Er erkannte auch die Ecke.

Seine Füße trugen ihn betäubt in die Richtung, in die sie gestern nacht gegangen waren, im Dunkeln, und plötzlich krampfte sich ihm der Magen zusammen.

Es war keine Glocke zum Läuten da.

Es war keine Tür zum Klopfen da.

Es war kein Mädchen im Haus, stand nicht hinter der Tür, die keine Glocke zum Läuten hatte.

Kein Mädchen. Nie mehr ein Mädchen – nicht *dieses* Mädchen.

Alec Barr erwachte am anderen Morgen, einen scheußlichen, faulen Whiskygeschmack im Mund. Das Mädchen, ein liederliches, angemaltes Mensch, das er irgendwo aufgegabelt hatte – wo, wußte er nicht mehr –, war fort. Sein Kopfkissen war noch naß – vermutlich von seinen Tränen.

9 Barbara

Alec Barr redete sich Jahre später oft ein, er habe nie etwas wirklich Ernstes mit Barbara vorgehabt. Er hatte eine Lesungstour von Chikago aus angetreten, kurz nachdem ein neues Buch von ihm herausgekommen war, hatte sich betrunken, weil er die ganze Sache haßte, und hatte im Flugzeug einen so ungeheuren Kater, daß er erst nach einer Stunde seine Sitzgefährtin bemerkte, die sich in einer Art blonden Nebels neben ihm niedergelassen hatte.

„Man scheint auf diesem Flug keinen Alkohol zu servieren“, weckte ihn eine leise, klare Stimme aus seinem dösenden Elend. „Ich bin nun mal so ein altmodisches Mädchen, das sich einen Flakon in die Handtaschc steckt. Ich glaube, Sie sollten entweder wieder zum Leben erweckt oder völlig außer Betrieb gesetzt werden, Mr. Barr. Was von beiden soll's sein?"

„Sie kennen mich?" fragte Alec, albern blinzelnd. Das Licht tat seinen blutunterlaufenen Augen weh. „Irgendwo getroffen?"

„Ich kenne Sie. Sie sind nicht ganz unbekannt. Tatsächlich getroffen haben wir uns nicht, aber Ihr Bild ist ja auf den Buchumschlägen und in den Zeitungen. Im übrigen sind wir im selben Fernsehforum, nachdem Sie Ihren kleinen Seiltrick für die Verleger vollführen. Ich heiße Barbara Bayne, bin von Beruf schlechte Schauspielerin."

Alec blinzelte wieder, diesmal etwas weniger albern, und nahm den viertellitergroßen Flakon aus gehämmertem Silber an. Schmerzend faßte er ihn ins Auge.

„Natürlich kenn' ich Sie, hab' Dutzende Ihrer Filme gesehen. Aber damals waren Sie brünett. Und dieses letzte Stück, das –"

„Nach fünf Aufführungen abgesetzt wurde? Das haben Sie auch gesehen und sind immer noch willens, meinen Whisky zu trinken?" Barbara Baynes Stimme klang für einen Morgenflug in eine schmutzige, windzerzauste Stadt, die Alec bis zu diesem Augenblick überhaupt nicht hatte besuchen wollen, sehr fröhlich.

„Ich fand das Stück gar nicht so schlecht. Und Sie fand ich –"

„‚Adäquat', sagten die Kritiker. Das ist ungefähr alles, was sie je in mir sahen. ‚Adäquat', ein häßliches Wort. In Wirklichkeit lass' ich mich vom Regisseur leicht führen und hab' selten Krach mit den anderen, besseren Schauspielern. Daher bin ich dauernd gefragt. Wollen Sie Wasser zum Scotch?"

„N-nein." Alec schüttelte den Kopf, verbeugte sich dann leicht vor Barbara Bayne. „Ich beabsichtige, diesen da pur zu trinken. Ich brauch' die Transfusion. Nehmen Sie keinen?"

„Erst, wenn Sie mich in Chikago zum Lunch ausführen", erwiderte Barbara Bayne süß. „Auf diesen Augenblick hab' ich jahrelang gewartet. Und ich fand Ihr letztes Buch, dieses ‚Totalverlust', phantastisch. Das müssen Sie direkt aus den Eingeweiden geholt haben."

Alec Barr nahm einen großen Schluck aus dem Flakon, und ihn schauderte.

„Ist es. Aus den Eingeweiden, mein' ich. Aber das ist die letzte Regung dieser Art. Auf jeden Fall ist es ein sehr hübsches Kompliment von Ihnen, und ich würde Sie mit Vergnügen zum Lunch ausführen. Ich würde Sie auch mit Vergnügen zum Dinner einladen, und ich würde Sie auch –"

Barbara Bayne lächelte, und ihr Grübchen vertiefte sich.

„Nein. Das wird viel später kommen müssen."

Alec spürte, daß er rot wurde. Er kramte nach Zigaretten und bot ihr eine an, die Bewegung als Tarnung für eine nähere Prüfung benutzend. Barbara Bayne hatte ein klares Kameengesicht und dieses eine sehr tiefe Grübchen.

„Ich wollte sagen, daß heute abend ein anständiger Boxkampf zu erwarten ist, der Sie vielleicht amüsieren würde, dachte ich." Er machte Konversation.

„Ich liebe Kämpfe", sagte Barbara Bayne, „alle Arten. Ich würd' mir gern einen echten Boxkampf ansehen."

„Auf der Bühne sehen Sie größer aus", sagte er durch den Zigarettenrauch. „Und älter. Im Film sehen Sie sehr lasterhaft und irdisch aus. Aber ich schätze, das kommt daher, daß Sie brünett waren. Vielleicht hassen Sie mich, wenn ich sage, daß Sie aus der Nähe jünger und hübscher aussehen. Und bedeutend unschuldiger."

Barbara Bayne neigte den glänzend blonden Kopf und brachte so etwas wie eine Imitation von G'schamigkeit hervor.

„Das ist mein Friseur", meinte sie. „Ich weiß wirklich nicht, was diese Schwulen von einem Tag zum anderen aushecken. Man sagt mir, die Flaumige-Entchen-Note passe sehr gut zu meiner besonderen Art brauner Glasperlenaugen."

„Mir würden Sie auch gefallen, wenn Ihre Augen rosa wären. Und schielten. Das ist mein erstes Kompliment nach Ihrem Whisky, und so werd' ich mich wohl noch mal an der Flasche vergreifen, um in einem späteren Stadium einigermaßen normal zu erscheinen. Dann sprießen die Komplimente auf meinem eigenen Mist."

Er trank wieder und gab den Flakon zurück.

„Heißen Sie wirklich Barbara Bayne?"

„Das Barbara stimmt. Aber es paßte nicht recht zu O'Shaughnessy, als die ich geboren wurde, und der erste Agent, den ich hatte, entschloß sich für Bayne. Ich glaube, er meinte eigentlich *bane*, verderblich, was ich zweifellos für seine Existenz damals auch gewesen sein muß. Mein Ehename ist Emory. Sie wissen ja – *jener* besondere Emory mit der edlen Nase und dem absoluten Mangel an jeglichem schauspielerischen Talent. Wir befinden uns im Stadium endgültiger Ernüchterung, juristisch. Ich finde, zwei schlechte Mimen machen noch lange keinen Sommer."

„Ein erfrischender Standpunkt", meinte Alec. „Alle Schauspieler und Schauspielerinnen, die ich je kennengelernt habe, auf der Bühne oder privat, scheinen der Meinung zu sein, die Duse stelle eine persönliche Beleidigung ihrer individuellen Begabung dar und Sarah Bernhardt habe allenfalls mal auf einer Sommertournee Kasse gemacht."

„Das ist eine allgemeine Schwäche in der Branche, und offen gestanden, finde ich keinen großen Unterschied zwischen Schauspielern und Schriftstellern. Aber ich muß sagen, Sie sehen nicht wie ein Schriftsteller aus. Eher wie ein leidlich erfolgreicher Börsenmakler. Benehmen Sie sich wie ein Schriftsteller?"

„Nein, danke." Alec Barr schüttelte wieder den Kopf. „Die meisten Leute sagen, ich sähe wie ein leidlich erfolgreicher Professor aus. Und ich hab' sehr wenig Haare auf der Brust und praktisch keine pittoresken Besonderheiten."

„Für einen Professor sind Sie viel zu ordentlich. Nicht genug Tweed. Wo ist Ihre Pfeife, wenn Sie ein echter Autor sind? Wo ist das Ding, mit dem Sie sich die Nase reiben, um die Ware des Verlegers zu verbessern?"

„Hab' ich nicht. Hasse Pfeifen. Beulen das Jackett aus und stinken in den Aschbechern. Geben den Anschein unechter Männlichkeit. Anschein falscher Intellektualität. Liebe Zigaretten. Werde sicher mit fünfzig Lungenkrebs haben. Scheußliche Angewohnheit, aber lieber würd' ich Essen, Whisky oder Sex aufgeben als Nikotin."

„In welcher Reihenfolge?" murmelte Barbara Bayne. Bei Gott, sie war nicht bloß eine hübsche Larve. Es waren Sauberkeit und Kraft in ihrem Knochenbau.

„Nun, Essen und Whisky auf jeden Fall", lächelte Alec. „Sagen Sie mal, Sie sind wirklich eine reizende Frau, nachdem der Alkohol jetzt wirkt. Vielleicht sogar ohne. Sie haben ein hübsches Frühmorgengesicht."

„Vielen Dank, sehr gütig, mein Herr. Das ist nett gesagt. Ich könnte dasselbe von Ihnen sagen. Selbst mit diesem Kater, den Sie anstelle einer Pfeife tragen. Und Sie kommen mir wirklich nicht wie der geheimnisvolle Typ Schriftsteller für die Öffentlichkeit vor, der etwas furchtbar Wichtiges zu sagen hat, was niemand außer ihm wirklich versteht."

„Ich bin eigentlich nur ein Profischriftsteller, der sich mit der Feder anständig durchbringt. Wenn was Wichtiges dabei rauskommt, ist es größtenteils Zufall. Ich fürchte, ich eigne mich nicht für die Faulkner-Hemingway-Schule der Exzentrizität hinter den Kulissen. Ich schreib' eben drauflos, langweilig, täglich, und hoffe, mein Agent schneidet nicht zu viel Grimassen, wenn er den Durchschlag bekommt. Er ist dafür bekannt. Fürs Grimassieren, mein' ich. Er hat das Gesicht dafür."

„Kein Autorenstolz? Keine Hochschätzung der kostbaren Perlen, die von Ihren Fingern tropfen? Kein gewaltiger Kriegszustand mit Ihren Arbeitgebern wegen eines heiklen, vielleicht sogar strittigen Punktes Ihrer Kunst?"

„Sehr wenig. Praktisch keiner." Alec Barr grinste verlegen. „Ich möcht' nicht selbstgefällig erscheinen, aber ich bin nun schon so lange in diesem Beruf. Ich bin wie 'ne gute, derbe Hure. Ich kann jede Anzahl Matrosen in jeder beliebigen Nacht vernaschen."

„Das hört sich an, als wären Sie ein Traumautor, das Ideal jedes Verlegers", entgegnete Barbara Bayne. „Noch andere edle Charaktermerkmale? Nicht einmal einen Anflug von gewöhnlichem künstlerischem Temperament? Verdreschen Sie Ihre Frau nicht manchmal? Treten Sie Ihren Hund? Hassen Sie Kinder? Natürlich weiß ich, daß Sie eine Frau haben. Ich hab' sie ziemlich oft im ,21' gesehen. Sie ist sehr hübsch."

„Vielen Dank. Sie ist wirklich sehr hübsch, und sie ist auch eine sehr nette Frau. Sie hat nur einen Grundfehler. Ich hab' das Gefühl, daß sie mich zu gut versteht. Soll heißen, ich glaube, sie weiß, daß ich ein schlechter Ehemann bin. Ich glaube, sie haßt die Geliebte, die ich mir im Hinterzimmer halte."

Auf Barbara Baynes Gesicht lag kein absichtlich sprödes Nichtverstehen.

„Diese lausige Schreibmaschine?"

„Diese lausige Schreibmaschine. Das Unglück will's aber, daß ich keine andere Möglichkeit kenne, mir meinen Lebensunterhalt zu verdienen. Und ebenso unselig ist es, daß man als gleichzeitiger Direktor, Produktionsmanager, Produzent, Skriptschreiber und Schauspieler in allen Rollen, jung und alt, männlich und weiblich, schwarz und weiß, am Ende eines Tages in der Umarmung der Eisernen Jungfrau so verdammt müde geworden ist, daß man seine Identität verloren hat. Man will bloß noch schnell ein paar Martinis kippen und ins Bett sinken, das neue Buch im Unterbewußtsein, um am anderen Morgen aufzustehen und das ganze öde, verhunzte Zeug von neuem anzupacken. Am Ende mag man ein neues Buch haben, aber man hat sich im traurigen Prozeß seiner Herstellung als Mensch meist ausgelöscht."

Barbara Bayne mimte ein Schaudern.

„Ich möcht' mich nicht in Ihre Privatangelegenheiten einmischen, aber was tut eigentlich Ihre Frau, wenn Sie mit einem neuen literarischen Baby schwanger gehen?"

„Ich weiß es wirklich nicht", antwortete Alec Barr ernsthaft. „Das Übliche, schätze ich. Hausarbeit, Friseur, Kleider, Theater. Dann liest sie auch viel. Treibt irgendeinen karitativen Unsinn, nehme ich an. Das Übliche. Kinder haben wir keine."

„Meine Güte", sagte Barbara Bayne, „ich glaube nicht, daß ich Sie dauernd als Hausgenossen haben möchte. Haben Sie denn nie ein bißchen Vergnügen?"

„Nicht, wenn ich arbeite. Im allgemeinen bin ich viel zu müde. Dann und wann bin ich mal ausgegangen und hab' etwas, was man vielleicht Vergnügen nennen kann, gesucht, aber ich stelle fest, daß ich nicht mehr viel für Saufereien übrighabe. Ich krieg' einen scheußlichen Katzenjammer und bin irgendwie zu schüchtern, mit Leuten zu schlafen, die ich nicht sehr gut kenne."

„Es ist meine persönliche Überzeugung, daß Ihre Chromosomen von einer Krankheit befallen sind, Freund", sagte Barbara Bayne. „Ich glaube, Ihre Gene sind eingefroren oder so was Ähnliches. Ihre Psyche muß mal aufgerüttelt werden. Sollen wir's heute abend versuchen, nach getaner Arbeit? Nach dem Boxkampf?"

„Betrachten Sie mich als aufgerüttelt", sagte Alec Barr. „Nun, da ist Chikago. Sie haben den Trip sehr kurzweilig gemacht. Vielen Dank. Hoffentlich gibt's keine Bruchlandung auf diesem reizend untauglichen Flughafen."

„Wir würden nur der augenblicklichen Mode folgen, wenn wir abstürzten", meinte Barbara Bayne. „Und jetzt bin ich hungrig und schrecklich durstig und bin eine Ewigkeit nicht in der Zapfstelle gewesen. Ich warne Sie, ich bin teuer zu füttern. Ich bin ein sehr kräftiges Mädchen und brauche meine steten Portionen."

„Ich hab' ein bißchen Geld mit und außerdem noch schöne Kreditscheine", erwiderte Alec Barr. Die Maschine landete mit kurzem Holpern. „Nun, wir haben's wieder lebend überstanden. Kommen Sie, sehen wir uns nach einem Taxi um, und eilen wir in die Zapfstelle. Ohne dem handlichen Flakon zu nahe treten zu wollen, der mir das Leben gerettet hat – aber um die Mittagszeit herum bin ich hauptsächlich ein Martini-Mann."

„Da haben Sie die richtige Gesellschaft gefunden", sagte Barbara Bayne. „Gehen wir. Ich hoffe, Sie haben nichts gegen Händchenhalten in der Öffentlichkeit. Es ist eine blöde sentimentale Gewohnheit von mir."

„In Ihrem Fall werd' ich eine alteingeführte Regel gegen öffentliches Händchenhalten brechen", entgegnete Alec Barr. „Kann sogar sein, daß ich Geschmack dran finde."

„Wissen Sie was, Barr?"

Sie verließen jetzt die Piste, gingen auf das Flughafengebäude zu.

„Was?"

„Ich glaube, Sie haben nicht die geringste Chance", sagte Barbara Bayne.

10

„Ich weiß nicht, ob diese Sache unsern Aufwand wert sein wird", meinte Alec. „Mir scheint, es sind mehr Nichtskönner da als in meiner Jungenszeit. Der letzte wirklich gute Kampf, den ich sah, war der erste Louis – Conn, gleich nach dem Krieg, als Conn den alten Joe schon am Kippen hatte und dann zu frech wurde und Joe ihn abkühlte."

Sie aßen vor dem Boxmatch noch schnell etwas zu Abend.

„Ich hab' noch nie von den beiden Burschen gehört, aber ich verfolge heutzutage nicht mehr viele Kämpfe. Ich kenn' ein paar Namen wie Sugar Ray und Marciano und Graziano natürlich, aber Barney Rosses oder ähnliche sind nicht da – kein Henry Armstrong, kein Lou Ambers, ganz zu schweigen von Buddy Baer und Ceferino Garcia und – Gott helfe uns allen – Tony Galento. Ich hab' die meisten guten – eigentlich alle wirklich guten – vor dem Krieg gesehen. Nach dem Krieg bin ich von Boxkämpfen zu Stierkämpfen übergegangen. Der Stier ist wenigstens ehrlich."

Barbara nahm einen Bissen von ihrem Steak.

„Ich liebe sie, Nichtskönner hin und her", sagte sie. „Ich seh' sie mir immer im Fernsehen an. Aber direkt hab' ich noch nie einen gesehen."

Alec schüttelte den Kopf.

„Das Fernsehen – und die Prosperität –, die haben den ganzen Beruf ruiniert. Die Television brachte all die kleinen Klubs um, wo die Jungs wirklich boxen lernten, bevor sie gegen wirkliche Gegner ausgelost wurden. Und die Prosperität ruinierte den brennenden Ehrgeiz. Wer will heutzutage noch eine eingeschlagene Nase und ein Blumenkohlohr, wenn er als Bürojunge hundert Piepen pro Woche und dreihundert als Klempner verdienen kann? Der knurrende Magen machte die guten Boxer. Es war ihre einzige Chance, sich von der Straße nach oben zu kämpfen." Er sah auf seine Armbanduhr und bat um die Rechnung. „Wird langsam Zeit, daß wir aufbrechen, wenn wir sehen wollen, wie Tiger Taggert Bolo Bermudez zusammenhaut. Es ist für unsere Zeit ein ungewöhnlicher Kampf. Der Tiger ist nämlich weiß. Ich glaubte schon, wir hätten gar keine weißen Boxer mehr."

Sie zwängten sich den Mittelgang zur dritten Reihe durch.

„Sie haben ja Presseplätze!" sagte Barbara beeindruckt.

„Jesus, Liebling, alles von der ersten bis zur hundertsten Reihe heißt heute ‚Presseplätze'. Es ist ein Symbol für den Status. Und einige der Jungs erinnern sich noch an mich von den guten alten Tagen in Jacob's Beach her, als ich über diese Dinge berichtete."

Ein gnomartiger Mann, beinahe Albino, wandte sich von einer Ecke des Ringes um, fing Alecs Blick auf und winkte.

„Hallo, Whitey“, rief Alec durch den Rauch. „Das ist Whitey Bimstein, wahrscheinlich der größte und unvergänglichste Manager aller Zeiten. Wenn Sie Whitey mit ein paar Wattebäuschchen im Mund sehen, können Sie Gift drauf nehmen, daß niemand den Kampf wegen Blutverlusts abbricht. Er und Ray Arcel waren die besten.“

Jemand anders, ein eulenäugiger Italiener, winkte von der anderen Seite des Rings.

„Chris Dundee. Ist jetzt sein eigener Promoter. Ich kannte ihn, als er noch Manager und Hungerleider war. Wahrscheinlich kannte ich sie alle. Lou Diamond. Wir nannten ihn ‚Den Ehrlichen Bremser‘, weil er nie einen Güterwaggon klaute. Al Weill, der für Ambers arbeitete und ihn außer Dienst setzte, als Lou keinen Mumm mehr in den Knochen hatte. Ich glaube, ich kannte sie alle, als ich noch jung und lernbegierig war.“

„Sie erinnern sich gern dran, nicht wahr?“

„Wahrscheinlich. Ich erinnere mich gern an den Abend, an dem Galento, bis an den Hals voll Bier, einen Louis in bester Form mit einer überraschenden Linken schnappte und ihn verdammt beinah k.o. schlug. Und ich erinnere mich an einen Abend in Washington, als Buddy Baer, der kein großer Boxer war, mit der Rechten Joe am Kinn erwischte und Joe glatt aus dem Ring und mir in den Schoß flog. Sie hätten meine Augen mit Löffeln abkratzen können. Aber Joe kam immer zurück und schlug die Leute zusammen, die Glück bei ihm hatten – das heißt, bis seine Beine nachgaben und Marciano ihn mit einem Haufen rechter Haken überredete abzudanken.“

Der Ansager stellte jetzt die Kämpfer vor.

Der weiße Bursche, Tiger Taggert, war hager, hatte Sommersprossen und einen Wuschelkopf und sah hinterhältig aus. Aber er sah auch dauerhaft aus. Der Farbige, Bolo Bermudez, war kompakt, ohne rauhe Kanten, ohne Ecken.

„Er ist Kubaner“, sagte Alec. „Es gibt ein Land, das noch hungrig genug ist, um gute Boxer auf den Zuckerrohrfeldern zu produzieren. Sie kriegen eine Menge Übung durch das *Machete*-Schwingen für zehn Cent pro Tag. Ich setze gegen Sie zwei zu eins – zehn Dollar zu fünf – auf den Cubano.“

„Haben Sie die Voraussagen gesehen?“

„Bei einem solchen Kampf gibt's keine wirklichen Voraussagen. Sechs zu fünf in freier Wahl. Wenn Sie's andersherum haben wollen, geb' ich Ihnen zwei zu eins und nehm' den weißen Jungen.“

„Ich setze auf den Tiger“, sagte Barbara. „Er sieht wie 'n Schläger aus. Ein Haufen Hebelkraft in diesen langen Armen.“

„Nun, wir werden sehen“, sagte Alec. „Da ist die Glocke.“

Der Tiger war ein Ausweicher. Er bewegte sich plattfüßig zur Mitte des Rings, die Hände tief, und als der kompakte Kubaner mit Schwingern angriff, setzte der sommersprossige weiße Bursche eine lange Linke auf seine Nase. Es schien wenig Kraft dahinterzusitzen – nicht viel mehr als ein Stoß –, aber aus Bermudez' Nase schoß Blut. Immer noch plattfüßig, rückte der Tiger ihm auf den Leib und grub ihm die Rechte in den Magen, daß er nach vorn knickte. Der Tiger wich zurück und landete eine scharfe Linke auf dem Kinn des Kubaners. Man konnte den Kopf zurückschnellen sehen.

„Sieht aus, als würde es ein kurzer Abend", murmelte Alec, als Bolo in den Clinch ging. „Soll ich Sie jetzt schon auszahlen?"

„Nicht gerade in diesem Augenblick", erwiderte Barbara heiser. „Da, schauen Sie sich *das* an!"

Bolo Bermudez biß den Tiger in den Hals, und im Clinch trommelte er wütende, kurze Hiebe gegen den mageren, muskulösen Bauch des Weißen. Als der Schiedsrichter sie auseinanderstieß, brachte der Kubaner den Weißen durch einen harten Haken auf den Kiefer ins Wakkeln, und der Schiedsrichter hielt den Kubaner zurück und warnte ihn, noch einmal während des Trennens nachzuschlagen. Das Blut auf der Schulter des Tigers stammte zwar von Bermudez' blutender Nase, aber über dem Gürtel hatte sich die Haut seines Bauchs zu einem bösen Rot verfärbt – Spuren des Nahkampfs.

„Vielleicht ist mein Junge zäher, als wir dachten", murmelte Alec. „Schauen Sie sich *das* an."

Bermudez griff ungestüm an, nahm wieder eine linke Gerade zum Mund, schüttelte sie ab und gab dem Tiger einen soliden Haken auf den Kiefer zu schmecken, von einer geraden Rechten aufs Kinn gefolgt. Das Mundstück des Tigers flog in einem Sprühregen von Speichel heraus, und der Bolo war auf ihm, drängte ihn gegen die Seile, trieb Kolbenstöße in seinen Bauch.

Taggert schnellte sich von den Seilen ab, schaffte sich mit der Linken Luft und ließ die Rechte fliegen, die den Farbigen aufs Knie zwang. Er wartete bis acht und stand, als der Gong kam, wieder auf den Füßen.

„Nun, mein Junge verliert die da nach Punkten. Schon weil er beim Trennen gefoult hat", sagte Alec. „Aber wir sind noch nicht zu Hause."

In der zweiten Runde stürmten beide Kämpfer in die Mitte des Rings, plattfüßig, fest verwurzelt schlagend. Alec warf einen Blick auf Barbara Bayne, deren Atem in kurzem Zischen aus der weiß zugekniffenen Nase kam. Ihre Lippen waren zu einem geraden Strich zusammengepreßt, und ihre Brust hob sich jedesmal, wenn einer der beiden Männer einen Treffer landete.

Von Finessen war bei diesem Kampf keine Rede. Die Männer schwangen die Fäuste wie einst Tony Zale in seinen großen Stunden, dachte Alec; wie Henry Armstrong, als er noch eine wirbelnde Windmühle aus Leder gewesen war. Das rechte Auge Bolos war völlig geschlossen, ein tiefer Riß klaffte in der Braue, aus dem Blut quoll. Der Schiedsrichter bemühte sich kaum, die beiden Kämpfer zu trennen, die sich auf den Fersen drehten und verbissen aufeinander eindroschen. Für einen Moment erinnerte sich Alec daran, wie ein wildes Tier namens Ace Hudkins einmal Ruby Goldsteins Herz, Körper und Geist gebrochen hatte, indem er ihn buchstäblich lebendig auffraß, als der jüdische Klassemann den Kampf nach Punkten bereits in der Tasche gehabt hatte. Das hatte Gallico damals gut beschrieben.

Der weiße Bursche, Tiger, war mit dem Blut des Kubaners beschmiert. Er selbst war nicht verletzt, aber beide Augen waren zu Schlitzen verschwollen, und seinen Bauch hatten die wilden Infighttreffer fast so gerötet wie seine Schultern. Die Menge war schreiend aufgestanden, und Alec wunderte sich über die wilde, schrille Stimme des hübschen blonden Mädchens neben ihm.

„Kill ihn, Tiger! Jetzt, jetzt, die Rechte, die Rechte!“ kreischte Barbara Bayne, und Alec konnte das Weiße über ihren Pupillen sehen, wie bei den Augen eines verrückten Pferdes.

Der Gong kam, als die Männer Zehe an Zehe aufeinander einschlugen, und der Schiedsrichter mußte sie energisch trennen.

„Meine Schuld“, sagte Alec sanft zu Barbara. „Wir scheinen hier auf ein richtiges Massaker gestoßen zu sein.“

Barbara schien ihn gar nicht zu hören. Sie hatte sich schwer atmend vorgelehnt, die Augen gespannt auf die Ecke des Weißen gerichtet, in der die Sekundanten hektisch damit beschäftigt waren, ihrem Schützling wieder zu Mumm zu verhelfen.

Der Gong für Runde drei schepperte, und beide Männer stürzten wieder hinaus, ohne erst Finten oder Abwehrtricks zu versuchen. Beide schwangen weitausholend Rechte, und jeder landete auf des anderen Kinn. Beide gingen zu Boden wie gefällte Rinder – der Weiße aufs Gesicht, der Farbige aufs Kreuz. Die Menge stand, ein kompaktes, tierisches Brüllen erfüllte die Arena, und wieder war Alec verblüfft und nicht wenig schockiert, einen scharfen, beinahe wimmernden Laut aus Barbara Baynes Mund zu hören. Ihre Lippen waren jetzt von den Zähnen zurückgezogen.

Ganz offensichtlich hatte der Schiedsrichter noch nie mit einer solchen Situation zu tun gehabt. Schließlich baute er sich in gleicher Entfernung von beiden Männern auf und begann zu zählen. Bei sieben stemmte sich Bolo Bermudez auf ein Knie. Bei neun war er auf den Füßen. Er taumelte zur neutralen Ecke hinüber und klammerte sich keuchend an die Seile. Bei zehn hatte sich der Weiße noch nicht gerührt. Der Schiedsrichter näherte sich der neutralen Ecke, winkte Bolo Bermudez zu, und der schwarze Kubaner kam schwankend heraus. Der Schiedsrichter hob seine Hand empor.

Als er sie losließ, sank der Kubaner wieder zu Boden, erledigt und kalt wie sein Gegner.

Sich mit den Ellbogen durch die Menge drängend, sagte Alec: „Hol' mich der Teufel, wenn ich bei all den Kämpfen, über die ich berichtete, je so was gesehen habe – zwei Burschen, die sich mit demselben Schlag auf die Bretter legten. Nun, man lebt und lernt. He, was ist denn mit Ihnen los?"

Barbara war totenblaß.

„Ich – ich kann nicht atmen. Ich brauche Luft – Luft und vielleicht einen Drink. Und ich muß mich setzen. Ich schätze, ich hab' mich zu sehr hinreißen lassen. War ich zu laut?"

„Ganz schön laut", erwiderte Alec grinsend. „Ich hatte schon Angst, Sie würden mit einem Schuh in der Hand in den Ring stürzen, um Ihrem Boy beizustehen. Wie kommt's, daß Sie noch nie einen echten Boxkampf gesehen haben?"

„Niemand hat mich eingeladen", antwortete Barbara Bayne. „Aber es war wunderbar. Ich bin noch nie in meinem Leben so aufgeregt gewesen."

„Ich werd' Sie lieber von Stierkämpfen fernhalten", murmelte Alec, „wenn der Anblick von Blut so auf Sie wirkt. Die Stierkämpfer haben eine Redensart, wenn das Gefühlsleben einer Dame durch eine *Corrida* allzu stürmisch aufgewühlt wird: ‚*Qué mantenga el taxi corriendo.*'"

„Und was heißt das?"

„Laß das Taxi während des letzten Stiers laufen, damit du die Dame schnell nach Hause schaffen kannst, bevor sie abkühlt."

„Haben Sie ein Taxi laufen?" fragte Barbara Bayne, und ihre Augen waren sehr groß.

„Es gibt 'ne Menge freier Taxis in Chikago", meinte Alexander Barr.

11

„Man hat mir gesagt, daß es so was gibt", sagte Alec Barr. „Ich hab's nicht geglaubt. Ich glaub's immer noch nicht. Nicht so bald – nicht so schnell. Einmal, in London, wär's beinah so gegangen, vor langer Zeit, unter ähnlichen Umständen ... hatten auch mit Blut und Erregung zu tun. Aber ich schob auf morgen auf, was gleich hätte getan werden sollen, ob wir beide es nun wußten oder nicht."

Barbara Bayne war schamlos nackt, als sie durchs Zimmer lief, um Zigaretten zu holen.

„Wahrscheinlich hältst du mich für geil", sagte sie. „Aber eigentlich bin ich's nicht. Wahrhaftig nicht – ich bin nicht der Typ."

„Ein bekannter Vers", meinte Alec. „Hab' ihn zum letztenmal in London gehört."

„Und was war London?"

Alecs Stimme wurde bitter.

„Ich kam in die Lage, indirekt verantwortlich für den Tod eines Mädchens zu sein, in das ich mich gerade verliebte. Es ist eine lange Geschichte, sie kann warten. Wir hätten uns dem Impuls hingeben sollen, wie du und ich heute abend, aber –" Er schüttelte den Kopf. „Damals wußt' ich noch nicht, daß man die Gelegenheit beim Schopf packen, das Glück im Augenblick, in dem's angeboten wird, ergreifen soll. Am nächsten Abend kam ich wieder, um meine Liebe in Empfang zu nehmen, und traf ein ausradiertes Haus vor. Die Deutschen waren mir zuvorgekommen. Genug davon."

„Es tut mir furchtbar leid", sagte Barbara Bayne. „Aber unser überstürzter Sprung ins Bett tut mir gar nicht leid. Und mach bloß den Boxkampf nicht dafür verantwortlich. Ich hätte dich früher oder später ohnehin genommen, obgleich –" Sie kicherte. „Ich muß schon sagen, das mit dem Taxi war eine feine Idee. Jetzt", sagte sie lebhaft, „ist es noch früh. Ich schlage vor, daß wir uns anziehen und ausgehen, um uns das Dorf anzusehen. Es ist noch eine Menge Nacht übrig."

Alec stieg aus dem Bett, und Barbara gab ihm einen leichten Klaps auf die Kehrseite.

„Ich glaube, du könntest dich noch mal rasieren", sagte sie. „Du bist ein bißchen borstig. Im Badezimmer findest du einen Rasierapparat."

Alec zuckte zusammen. Es war viel zuviel Sheila im Zimmer heute abend. Seine Gedanken rasten, während er sich duschte und dann seinen Mitternachtsbart abschabte. Solche Dinge passierten dicken, professoralen Typen, verheirateten Autoren nicht. Nicht sich am Morgen kennenlernen und vor elf ins Bett hopsen. Es war zu schnell, viel zu schnell. Aber trotzdem, es war passiert, war nicht billig, nicht peinlich und alles in allem – *wunderbar*. Barbara Bayne. Berühmte Schauspielerin. Drei verfluchte Boxkampfrunden und rein ins Bett. Er schüttelte wieder den Kopf wie ein benommener Boxer. Plötzlich fühlte er sich leichtsinnig und seltsam gereinigt und jung – und *wunderbar*.

„Du kannst nicht die ganze Nacht da drinbleiben“, sagte ihre Stimme. „Gib ’nem Mädchen eine Chance, auch mal die Dusche zu benutzen, ja?“

„Bitte sehr“, sagte Alec und kam, ein Handtuch um die Lenden gewickelt, heraus. Barbara gab ihm im Vorbeigehen einen Kuß und tätschelte ihn wieder.

„Mmmm“, sagte sie. „Was für ein sauberer, gut riechender, reizender Mann. Bin in einer Minute wieder da. Mein Flakon steht dir zur Verfügung.“

„Ich brauch’ nichts zu trinken“, sagte Alec. „Ich bin schon betrunken. Laß die Tür offen, und ich erzähl’ dir ein Gleichnis aus der Zeit, als ich einen toten Stierkämpfer aufstehen, einen Stier ins Maul kicken und ihn dann mit dem Degen töten sah. Worauf Stierkämpfer und Stier sich hinlegten und zusammen starben. Niemand wußte, wessen Ohren man wem als Trophäe geben sollte – mehr oder weniger wie beim Boxkampf heute abend.“

„Ich versteh’ kein Wort“, rief sie durch das Rauschen der Dusche. „Zieh dich an. Ich bin in festlicher Stimmung.“

„Du bist ein sehr seltsamer Mann“, sagte Barbara Stunden später. „Irgendwann in deiner Vergangenheit mußt du mal zum Narren gehalten oder, was wahrscheinlicher ist, von jemand verdroschen worden sein. Mutterkomplex?“

Sie saßen in einem Lokal namens *Le Bœuf* und hörten dem schmalzigen Klavierspiel eines Mädchens zu, das sich Jeri nannte, mit einem „r“, und mit verhaltener Stimme sang und häufig einen Schluck Brandy, doppelt, aus einem Wasserglas nahm. Die Wände waren mit rotem Plüsch ausgeschlagen, auf die ein heruntergebranntes Kaminfeuer zukkende Schatten warf.

Barbara Bayne hatte eben die Hand ausgestreckt und Alec Barrs Wange zärtlich mit den Fingerspitzen berührt, hatte sich leicht von ihrem Sitz erhoben und ihn auf die Lippen geküßt.

„War noch nie jemand nett zu dir?“ fragte Barbara Bayne. „Hat dich noch nie jemand auf den Po geklopft, weil ihr danach zumute war?“

„Ich weiß es wirklich nicht“, antwortete Alec. „Vielleicht hab’ ich mir nie Gedanken darüber gemacht. Ich bin, scheint mir, immer, seitdem ich mich erinnern kann, zu beschäftigt gewesen. Vielleicht hab’ ich keine Zeit gehabt für jemand, die, wie du dich ausdrückst, ‚nett‘

zu mir hätte sein können. Vielleicht hab' ich ihr keine Gelegenheit gegeben."

„Du bist ein Dummkopf, weißt du", sagte Barbara Bayne. Sie sah schön aus im Kaminfeuerlicht, das ihre Backenknochen und die feine, gerade Nase wunderbar hervorhob und ihr Grübchen noch tiefer erscheinen ließ.

Sie trug ein einfaches schwarzes Kleid mit einem engen Perlenhalsband und Perlenohrringen, dazu nur einen Anflug von Augen-Makeup und kein Lippenrot.

„Du bist ein Dummkopf", wiederholte sie. „Weil du nämlich ein nichtbegriffenes Talent fürs Vergnügen hast. Ich hab' dich in diesem schrecklichen Lokal in der Rush Street beobachtet, wo die Strip-teasers Troddeln von ihren Lendenschnüren runterbammeln ließen. Es war roh und ordinär, und du lachtest dich tot. Du warst glücklich heute beim Lunch in der Zapfstelle, und du warst ehrlich erfreut – vielleicht ein bißchen geschmeichelt –, als Phil sich an dich erinnerte und Kup zu einem Drink rüberkam. Du warst glücklich, als man dich beim Boxkampf erkannte. Du hast eine nette Art mit den Leuten – ich hab' dich mit den Kellnern und Taxichauffeuren beobachtet. Du bist – entschuldige den Ausdruck – groß im Bett. Aber läßt du dich nie richtig gehen, haust du nie auf die Pauke?"

„Ich fürchte, auf die Pauke hauen ist in meiner Familie nicht Tradition, ausgenommen vielleicht ein Onkel, der sich immer betrank und Gott für unfähig erklärte. Das war vielleicht ein Onkel! Er haßte auch Sankt Nikolaus."

„Betrinkst du dich gelegentlich mal? Ich meine richtig. Stinkend besoffen und häßlich. Mit Krach. Möbel zerschlagend und einfach stinkhagelbesoffen?"

„Ich kann mich nicht erinnern", erwiderte Alec Barr. „Ich kann mich, wenn du's so nennen willst, im Zaum halten. Soll heißen, daß ich im allgemeinen weiß, wann's Zeit ist, ins Bett zu gehen, ehe es mir jemand rät. In Wirklichkeit werd' ich einfach schläfrig."

„Bei Gott, du hältst dich wirklich im Zaum", sagte Barbara Bayne. „Ich weiß nicht, ob ich gern dabeisein möchte, wenn du auf die Pauke haust. Wahrscheinlich würdest du erst die Scheune anzünden und den Schutzmann erschießen, bevor du die Herzogin vergewaltigst."

„Ich hab' sehr wenig Erfahrung mit Herzoginnen", meinte Alec. „Aber ich hab' mal auf dem Schiff eine sehr nette Vicomtesse kennengelernt."

„Du erzählst die verfluchtesten Anekdoten", sagte Barbara. „Und was dann?"

„Nicht viel. Ich hab' kein Talent, mich ins rechte Licht zu rücken. Jeder tut was Ungewöhnliches im Krieg, und wenn's nur ein Befehl ist, der die Welt verändert. In meinem Fall kam mein bester Befehl, als ein Geschütz auf unwahrscheinliche Art ausfiel und guter Rat teuer war."

„Was hast du gesagt? ‚Hol' die Torpedos der Teufel'?" fragte Barbara. „‚Volle Kraft voraus'?"

„Nein", erwiderte Alec. „Ich sagte zu dem Geschützmaat über Bordtelefon bloß: ‚Bringen Sie's in Ordnung.' Die Geschichte kam mit der Zeit ziemlich in Umlauf."

„Du hast einen ganz schönen Komplex von wegen deinem Krieg, nicht wahr?"

„Ich wußte nicht, daß es so deutlich zu merken ist. In Wirklichkeit hatte ich Mordsangst."

„Auch heute noch?"

„Nicht eigentlich. Nun ja, vielleicht doch. Manchmal. Häufig hab' ich das Gefühl, daß mir jemand, was immer ich habe, eines Tages bestimmt wegnehmen wird – wenn man mich durchschaut, meine ich. In Wirklichkeit glaube ich nicht, je in einem Krieg gewesen zu sein. Ich glaube nicht, all das geschrieben zu haben, was ich geschrieben habe. Jedesmal, wenn ich einen Scheck unterschreibe, fürchte ich, die Polente wird mich wegen Urkundenfälschung einsperren. Ich glaube nicht, je einen Elefanten geschossen oder eine hübsche Frau geküßt oder eine im Bett befriedigt zu haben."

„Ich habe, wie man so sagt, eine Neuigkeit für dich, Freund. Vielleicht bist du nie in einem Krieg gewesen. Vielleicht hast du nie einen Roman geschrieben. Vielleicht hast du nie einen Elefanten erlegt. Vielleicht kommt eines Tages jemand und nimmt dir alles weg. Aber weißt du noch was?"

„Ich glaube ja", Alec Barr senkte den Kopf. „Ja, das glaube ich."

„Hoffentlich", sagte Barbara Bayne und lehnte sich über den Tisch, um ihn zu küssen. Diesmal waren ihre Lippen warm, weich und schmachtend.

„Es ist ein alter Witz", sagte Alec Barr. „Aber ich wiederhol' ihn. Mein Zimmer oder deins?"

„Streit nicht mit mir", erwiderte Barbara Bayne, nach ihrer Handtasche greifend.

12

Die roten Augen zweier Zigaretten blinzelten in der Dunkelheit. Barbara lag warm und nah, den Kopf in die Höhlung von Alecs nackter Schulter gebettet. Schließlich setzte Alec sich auf und knipste die Nachttischlampe an.

„Ich möchte dich nicht an die Dunkelheit verschwenden“, sagte er. „Du bist viel zu reizend, um im Dunkeln vergeudet zu werden. Ich möchte genau sehen, was ich hier habe. Ich weiß beinahe nichts davon, was ich hier habe.“ Er langte nach hinten und knüllte ihr ein Kissen unter den Kopf. Das blonde Haar war feucht und zerzaust, bildete kleine, feuchte, babyhafte Ranken um die Vertiefungen ihrer Kehle und ihrer Schultern. Die klaren braunen Augen lagen stetig auf Alec Barr, und die vollen, scharfgeschnittenen Lippen waren leicht geöffnet.

„Du hast eine sehr glückliche Frau hier“, sagte Barbara Bayne. „Ich kann mich nicht erinnern, je auf so was gestoßen zu sein – zwei Fremde, Elektrizität, *puff*! Direkt in des anderen Arme und ins Bett. Reizendes, wundervolles, herrliches Bett.“

„Ich bin selbst noch ein bißchen erschüttert“, sagte Alec, sich aufsetzend und die Beine über den Bettrand schwingend. „Ich glaube, ein Drink würde mich vielleicht beruhigen. Ich bin Wunder nicht sehr gewohnt. Du?“

„Mhm. Eigentlich ist mir's gleich. Ich schwebe im Augenblick sozusagen im Weltraum, und ein Drink scheint so oder so jetzt nicht sehr wichtig. Ich glaube, ich hab' dich intuitiv richtig eingeschätzt, Mr. Barr. Wag's ja nicht, mich je lange allein zu lassen.“

Alec stand auf. Er goß zwei Drinks aus einer Flasche Scotch auf der Kommode ein, zündete noch zwei Zigaretten an und trug ein Glas und eine Zigarette zu Barbara hinüber. Er setzte sich auf den Bettrand und ließ eine Hand auf ihrem mit dem kühlen Laken bedeckten Schenkel ruhen.

„Ich sagte vorher, daß ich nicht viel dazu tauge, mit Fremden zu schlafen“, sagte er. „Vielleicht sollte ich ein klein wenig mehr von dir wissen, wenn das hier zu einer steten Gewohnheit werden soll, Barbara Bayne. Im Augenblick komm' ich mir wie jemand aus einem Märchen vor. Wer *bist* du eigentlich?“

Barbara lächelte ihn langsam an und ließ dann die Lider sinken.

„Ich hab's dir ja gesagt. Ich bin eine berufsmäßige schlechte Schauspielerin. Ein Produkt des Systems. Eine Ersatzware. Ich wurde in einem Reagenzglas geboren, beruflich. *Ich* bin nicht eigentlich *ich*. Ich bin eine Fließbandschöpfung, gleichermaßen zusammengesetzt aus

Presseagenturen, Sprachunterricht, Gesangsunterricht, Tanzstunden, Schauspielunterricht, Manageremsigkeit, Hollywooder Kastensystemen, Produzenten, Produzentenneffen, wohltätigen Unterstützungen, Halbweltgesellschaft, Hilfsregisseuren zuerst, später dann richtigen Regisseuren, Schauspielern natürlich und endlich aus etwas persönlicher Neugier, die mir eine Collegebildung in meiner freien Zeit einbrachte. Ich bin die originale Galatea, Mode Vorweltkrieg II. Das bißchen, was von meinem ursprünglichen Ich noch übrig ist, hast du soeben weitgehend freigelegt."

„Und werd's wieder tun, hoffe ich zuversichtlich." Alec lächelte, küßte seine Fingerspitze und tippte ihr auf die Nase. „Und das bald. Wer warst du in Wirklichkeit, bevor Pygmalion dich in die Hand nahm?"

„Ob du's glaubst oder nicht, ich war mal ein kleines, sommersprossiges Mädchen namens Barbara O'Shaughnessy, das den üblichen Zopf und ein geschecktes Pony hatte. Ich hatte nie viel für Puppen übrig. Außerdem wurde ich ziemlich früh reif. In Kilgore haben die Mädchen sehr früh ausgebeulte Sweater; Kilgore, Texas, wo ich gezeugt, geboren und von nicht ganz armen und sehr ehrlichen Eltern aufgezogen worden bin. Physisch war ich frühreif. Ich war so frühreif, daß meine Mutter und ich Dad überredeten, mich zu einem Schönheitswettbewerb anzumelden. Er fand in Verbindung mit einem Rodeo statt. Und Pygmalion trat mit einer Glatze und einem reizenden Bäuchlein in mein Leben. Sein Name war Shelley Waxman – ein Talentsucher für Agenturen. Willst du's wirklich hören?"

„Ich möcht's wirklich hören. Das kleine O'Shaughnessy-Mädchen kenn' ich. Jetzt erzähl mir von der Schöpfung."

„Gib mir noch 'ne Zigarette", sagte Barbara. „Und leih mir dein Hemd. Ich kann viel besser im Sitzen reden, und in diesem Augenblick komm' ich mir sehr, sehr nackt vor, viel nackter als vorhin. Die ganze Sache fing mit dem Wettbewerb an, durch den ich nach Houston kam, nachdem ich Miß Kilgore, Texas, 1936, geworden war ..."

13

Barbara Bayne lachte, und ihre Stimme klang tief, voll und akzentlos. Sie sah wie eine lockende französische Postkarte aus, nur mit Alec Barrs Hemd bekleidet.

„Um deine Frage zu beantworten, Mr. Barr", sagte sie. „So wird ein Mädchen aus Osttexas Filmschauspielerin. Oder das ist zum mindesten der erste Schritt. Es gibt noch mehrere weitere Schritte. Ich hab' in Hollywood vieles gelernt, einschließlich einer Vielfalt von Ringergriffen. Einer der ersten Ringergriffe, die ich lernte, war, mir Miß Plum vom Leibe zu halten – so hieß sie tatsächlich, Miß Primula Plum –, meine Englischlehrerin. Sie war ein lederartiges, altes Roß, das mir feine Worte beibrachte, meine Stimme bildete, Atemkontrolle mit mir machte und keine Gelegenheit versäumte, mich im Vorbeigehen zu betatschen. Sie trug Wollstrümpfe, selbst in dem Klima da unten, und sah wie eine Charakterrolle aus, aber sie war eine energische alte Puppe und hatte unter ihrem dicken Korsett das Herz eines Errol Flynn. Von Miß Plum lernte ich erstmalig, daß Damen die Lokustür abschließen müßten – was man in Osttexas versäumt hatte mir beizubringen. Aber mit der Zeit lernte ich englisch sprechen wie sie. Miß Plum bügelte die Härten am Ende meiner Sätze aus, polierte meine Nasallaute und pfefferte mein heimatliches Genuschel mit scharfen Konsonanten auf. Wir übten nicht gerade ‚h*a*ow – n*a*ow – br*a*own – c*a*ow', aber am Ende von zwei Jahren merkte man nicht mehr, woher ich kam, es sei denn, ich war maßlos wütend und fiel wieder in den alten Texasdialekt."

„Hört sich wie schwere Arbeit an", meinte Alec. „Kommt mir wie meine eigene Lehrzeit vor. Manchmal glaubte ich zu platzen, weil ich wußte, daß ich ganze Arbeit leisten könnte, wenn man mich nur ranließe."

„Die Sprache war nicht alles", fuhr Barbara fort. „Ich mußte in die Highschool gehen – besondere Kurse für Filmgören –, und natürlich nahm ich Gesangsunterricht. Ich mußte Tanzstunden nehmen, Unterricht im Gehen und in der Haltung. Ich weiß wirklich nicht, warum sie sich so anstrengten, weil sich's nämlich rausstellte, daß ich nie viel Begeisterung auslöste. Ich war Klasse mit meinem Arsch – entschuldige den Ausdruck –, sonst aber hatte ich wenig Talent."

„Wann hast du gearbeitet? Ich meine, wirklich gearbeitet?"

„Wenn ich nicht in die Schule ging. Heute kommt's mir irgendwie vernebelt vor. Ich war noch nicht alt genug, um Rendezvous zu haben – da waren sie sehr vorsichtig, weil sie sich immer noch an Fatty Arbuckle erinnerten –, aber ich war auch nicht mehr zu jung, um vorzuzeigen, was ich hatte, um von den Sexkameras ein paarmal pro Woche aufgenommen zu werden. Das bezahlte die Unterrichtsstunden. Sid Polman, mein Agent, hat während der Lehrzeit nichts an mir verdient. Ich war bloß 'ne Art schmutziger Postkarte, die umsonst arbeitete. Meine Beine waren fast so wohlbekannt wie die Betty Grables, und mein Buuusen war der Öffentlichkeit ebenso vertraut wie der von Elsie der Kuh.

Ich war Miß Alles – Miß Bratkartoffel, Miß Essen-Sie-mehr-Joghurt –, alles, wofür die Handelskammer eine Woche lang Reklame machte. Mein Bild war öfter in den Zeitungen als das Hitlers. Ich war in mehr Filmmagazinen als die Crawford oder die Davis. Ich machte alles, bloß nicht schauspielern. Schließlich wurde ich achtzehn Jahre alt – alt genug für Rendezvous, ohne Gefahr zu laufen, vergewaltigt zu werden.

Dann kam ich auf Die Liste. Sei-nett-zu-dem-Feuerwehrmann-Liste. Presseliste. Verwandtenbesuch-aus-Chikago-Liste. Er-ist-zum-Totlachen-Liste. Da lernte ich *alle* Ringergriffe. Und durch irgendein Wunder, hauptsächlich war's Mama, behielt ich mein kostbares Juwel, bis ich neunzehn war und vor unterdrückter Vitalität platzte. Dann heiratete ich – echt Hollywood, schnelle Werbung, nach Vegas ausgebüxt – einen Regieassistenten, der der Meinung war, das sei die einzige Möglichkeit, mich ins Bett zu kriegen. Die Ehe währte nicht lange, aber er besorgte mir eine Rolle in einem ziemlich guten Film, eine kleine Rolle in einem der besseren Bogarts, und ganz plötzlich hatte ich in Hollywood Erfolg. Ich war legitim entjungfert, wurde in den Klatschspalten gelegentlich erwähnt, konnte die paar Zeilen in mein Sammelbuch kleben, und Sid verlangte plötzlich anständig Geld für mich."

Alec Barr trat ans Fenster, das Handtuch um die Lenden gewickelt.

„Frühdämmerung", sagte er. „Ich muß schon sagen, wir haben den Abend ganz schön ausgedehnt. Ich halt's für sinnlos, zu versuchen, jetzt noch zu schlafen. Trinken wir noch einen, und dann ruf' ich unten an und bestelle Frühstück. Was passierte übrigens mit dem armen, kleinen Mann, der dich in Galveston fand?"

Barbara zuckte die Schultern. „Nicht sehr viel. So geht's da draußen. Sid halfterte ihn nach einer Weile ab. Ich schätze, ich war das einzige Juwel, das Shelley je fand. Sid behielt ihn im Büro, bis meine Ausbildung beendet war – ich schätze, Kindermädchen bei mir spielen war alles, was er je tat –, und warf ihn dann raus. Ich glaube, der arme, kleine Mann war in mich verliebt, obgleich er's nie sagte. Tatsächlich hab' ich ihm einen ziemlich guten Job besorgt, später – stellvertretender Publicity-Boß bei den Falcon-Leuten. Ich bezweifle, ob er je zum ersten Chef aufrückt. Wir treffen uns immer noch dann und wann zum Dinner, wenn ich an der Küste bin. Er ist mit einem hübschen kleinen Pummel von Frau verheiratet und hat zwei Kinder, eins davon heißt Barbara."

„Und Polman? Hat er sich dir gegenüber als Schurke benommen?"
Barbara zuckte wieder die Schultern und spreizte die Hände.

„Nicht schlimmer als die meisten, besser als eine Menge. Er hat mir Arbeit verschafft und hat nie die Bilanz verschleiert, soviel ich weiß. Sein Büro sorgte dafür, daß ich keinen Ärger mit der Steuer bekam, und beschränkte mich auf ein ziemlich strenges Taschengeld in der ersten Zeit, als anständig Geld reinkam. Übrigens kam mein Dad eines Tages angefahren, mit seiner Flinte, konnte aber nichts Unrechtes finden, um jemand über den Haufen zu schießen. Ma blieb bei der Stange, sah immer reicher aus – so ziemlich die erste große Sache, die ich kaufte, war ein Nerz für Ma –, bis ich neunzehn war und heiratete. Dann fuhr sie nach Kilgore zurück, um bei den Kaffeetanten mit ihrer Tochter zu protzen. Sie leben immer noch in Kilgore, in einem von Rosen umgebenen Cottage. Nette Leute eigentlich."

„Ich wünschte, ich könnte von meinen dasselbe sagen", murmelte Alec. „Und?"

„Die ganze Sache war so einfach, daß es fast kitschig klingt. Ich hatte nie Grund, mich über Shelley oder Sid zu beklagen. Sie gaben am Anfang eine ganze Menge für mich aus und investierten jede Menge Vertrauen in mich. Sid stand mir immer bei – wahrscheinlich hab' ich nur halb soviel eingebracht wie die durchschnittliche Klasse-B-Schauspielerin, und ich brauchte mir nie eine Rolle durchs Bett zu erobern, und in Studiointrigen hab' ich mich nie eingemischt und hatte auch nicht darunter zu leiden. Aber natürlich – ich war auch nie ein Spitzentalent. Der arme alte Sid züchtete sich vor lauter Kämpfen um seine exotischen Kundinnen einen Herzfehler an. Kurz nach Pearl Harbor starb er dran. Ich suchte mir keinen neuen Agenten. Ich machte einfach einen Vertrag mit MCA und ließ die den Laden schmeißen."

„Ich erinnere mich noch gut, im Krieg eine Menge Filme mit dir gesehen zu haben", sagte Alec. „Wenn Filme überhaupt dahin kamen, wo ich gerade war. Wenn ich zurückdenke, scheint's mir, als ob du etwa einen pro Monat gemacht haben mußt. Du mußt acht Millionen Männer unsterblich in dich verliebt gemacht haben. *Ich* jedenfalls war's. Und die Japsen ebenfalls. Sie pflegten sich an Orten wie Peleliu in die Berge zu setzen und sich mit Ferngläsern die Filme anzusehen. Wenn die Schauspielerin nicht gefiel, ließen sie ein paar Geschützsalven los und pfefferten der Filmleinwand eins auf. Deine Filmleinwand haben sie nie durchlöchert."

„Wir machten 'ne Menge Jungmädchenmist zum schnellen Verbrauch", sagte Barbara. „Die armen Jungs in Übersee nahmen alles ab, schätze ich. 1944 hatte ich's satt und schloß mich der Truppenbetreuung an. Man brauchte nichts Besonderes zu tun, 'n Lied singen, mit den Hüften wackeln, einen Witz verzapfen. Die armen Jungs waren schon zufrieden, wenn sie ein Mädchen mit den üblichen Rundungen zu Gesicht bekamen. Meine Filmkarriere wurde dadurch allerdings etwas beeinträchtigt. Nach dem Krieg tauchte eine neue Ernte junger Schönheiten an Bord auf, und ich war – und bin – nicht mehr ganz jung genug, um mit der neuen Schönheit in Wettbewerb zu treten, oder als Schauspielerin gut genug, um als Charaktertyp was Sensationelles auf die Beine zu stellen. Auf der Bühne, wo ich ein bißchen Eigenstruktur zeigen kann, bewähre ich mich viel besser. Gewiß, dann und wann ein Film, aber ich werd' nie ein solider Sexartikel wie Jean Harlow werden oder als Schauspielerin so dauerhaft bleiben wie Bette Davis."

„Darüber läßt sich streiten. Hast du jetzt Hunger?"

„Ich glaub' nicht. Paß auf, Süßer, wie wär's, wenn du ein Nickerchen machtest? Ich geh' in mein Zimmer rauf und mach' mich zurecht, komm' dann wieder runter und weck' dich. Und dann können wir essen. Okay?"

Alec gähnte.

„Fein. Ich bin plötzlich entsetzlich müde. Ein Schläfchen könnte mir nichts schaden. Aber vergiß nicht, mich zu wecken. Es war eine wundervolle Nacht – und ein herrlicher Tag –, Barbara. Wiedersehen in ein paar Mi –"

Barbara lächelte über das leise Schnarchen, während sie ihre Kleider zusammenraffte und auf Zehenspitzen ins Bad ging. Als sie angezogen war, setzte sie sich an den Schreibtisch, suchte ein Blatt Papier, fand einen Kugelschreiber in Alecs Jackett und kritzelte eine kurze Notiz.

14 Amelia

Amelia Barr saß vor ihrem Toilettentisch und betrachtete sich aufmerksam im Spiegel. Die Augen waren tadellos, aber der Lippenstift war wirklich etwas zu bogig aufgetragen. Sie korrigierte den Fehler mit einem Stück Kleenex und blickte zu dem kleinen schwarzen Hattie auf dem Bett hinüber. Gereizt schüttelte sie den Kopf, ging zum Bett, setzte sich auf den purpurroten Überwurf und hob das Telefon vom Nachttisch. Schnell drehte sie mit dem Bleistift vom Notizblock eine Nummer.

„Mrs. Hazeltine, bitte", sagte sie, zündete sich eine Zigarette an und klopfte mit dem Fuß auf den Boden, während sie wartete. Dann:

„Hallo, Ruth? Amelia." Pause zur gegenseitigen Erkennung.

„Ich *weiß*, daß wir spät dran sind. Und es sieht sehr danach aus, als ob wir überhaupt nicht kämen. Nein – Augenblick mal." *Gottverdammt noch mal* durchblicken lassend.

Dann:

„Aber ich kann nichts machen. Es ist Alec. Er hat irgendeinen Wutanfall gekriegt. Marschierte einfach aus dem Haus und in die Nacht raus. Nein, wir hatten keinen Krach, nichts dergleichen. Er sagte bloß auf einmal, er ginge nicht zum Dinner; wohin er wollte, wußte er nicht, aber auf keinen Fall zum Dinner. Sprach's und enteilte ..."

„Nein, er war nicht betrunken. Nicht einmal ein kleines bißchen. Er hatte bloß plötzlich einen wilden Blick in den Augen ... wie vor den Kopf geknallt."

„Nein, ich weiß nicht, wo er ist, und ich glaub' nicht, daß es eine andere Frau ist."

Lange Pause, während das Telefon summte.

„Aber ich möchte deine Tischordnung nicht durcheinanderbringen. Sieben ist schlecht. Nimm einfach zwei Teller weg und mach sechs."

Weiteres Summen am anderen Ende.

„Nun, ich glaube, er würde schon, wenn er frei ist. Aber ich wäre dir dankbar, wenn du ihn nicht ‚meinen Hausschwulen' nennen wolltest. Er ist ein sehr charmanter und wichtiger Mann in seiner Branche. Oh, all right, all *right*. Ich rufe ihn an – er ist um diese Zeit meist zu Hause – und sage ihm, er soll mich bei dir treffen."

Summsummsummsumm. Amelia blies eine Rauchwolke ins Telefon.

„Nun, Darling, ich kann wirklich nichts dafür, wenn ich keinen Geliebten auf Lager habe wie einige andere Leute. Ich bin froh, Francis zu haben, selbst wenn er ein bißchen ... heikel ist. Gut, gut. Aber schieb das Dinner lieber noch fünfzehn Minuten auf, damit dem armen lieben Jungen Zeit bleibt, sein After-Shave-Lotion zu wechseln. Bin gleich bei dir. Wiedersehen."

Amelia hängte auf und wählte eine andere Nummer.

„... und beeil dich", sagte sie.

Amelia zog das kleine schwarze Hattie über den Kopf und ging zum Spiegel zurück, um ihrem Haar den letzten Schliff zu geben. Sie besah sich das lange Büschel, schüttelte es gereizt und erinnerte sich an einige säuerliche Bemerkungen, die Alec über Cockerspanielfrisuren gemacht hatte. Sie habe nicht das Gesicht für so viel Haar auf beiden Seiten, selbst wenn alle Mädchen das Haar dieses Jahr so trügen.

„Hol' ihn der Teufel", sagte sie und zerrte wild an dem langen Haar. Sie schob es hoch und über die Ohren, türmte es auf dem Hinterkopf auf, steckte wütend Haarnadeln hinein, um den Knoten festzuhalten. Ohren und Nacken waren jetzt frei. Aufgeregt durchwühlte sie ihren Schmuckkasten nach dem richtigen Paar Ohrringe, fand sie, schraubte sie in die Ohrläppchen und bohrte noch ein paar herausstehende Haarspitzen in die hochgesteckte Frisur. Sie betupfte den bloßen Nacken mit Parfüm, berührte die Ohren mit parfümierten Fingern, tätschelte das Ganze noch einmal und glättete ihr schwarzes Kleid um die Hüften.

„Hol' ihn der Teufel", sagte sie wieder und ging zur Hausbar, um sich schnell noch einen einzuschenken, bevor sie den Portier anrief, um sich ein Taxi besorgen zu lassen.

Ins Taxi zurückgelehnt, glänzende, nylonbestrumpfte runde Knie übereinandergeschlagen und eine frische Zigarette sorgfältig in den behandschuhten Fingern haltend, dachte Amelia, daß sie wirklich glücklich zu schätzen sei, Francis auf Lager zu haben. Natürlich war er ein unglaublich komischer Kerl, aber er war kein so großes Klatschmaul mehr und auch nicht mehr so knickerig mit seinem Geld. Und er *war* ein Mann – zum mindesten trug er Hosen – und sah auch für seine Jahre noch wirklich gut aus, nicht wie eine Menge Schwuler, die irgendwie vergilbten und einschrumpften. Er war klug und witzig und – nun, verfügbar. Ganz gleich, ob Alec seine Witze über Francis gemacht hatte, der sich nicht scheue, Matrosen auf der Straße aufzulesen, und für einen Gratis-Martini seine Mutter umbringen würde – eine Frau mußte eine männliche Eskorte haben, über die die Leute nicht redeten und auf die man sich in dieser Art Krisis verlassen konnte. Und wenn man mit einem Alec Barr verheiratet war, gab es immer eine Art Krisis.

Schriftsteller, dachte sie, *hol' sie alle der Teufel!* Ein Mädchen war dumm, sich mit einem Schriftsteller zu verheiraten. Ihre Familie hatte sie gewarnt. Ihr Frauenarzt hatte sie gewarnt. Ihre besten Freunde hatten sie gewarnt. Und – sie seufzte – wie recht hatten sie behalten! Selbst wenn ein Schriftsteller körperlich zu Hause war, war er im Geist woanders.

Sie ließ ihre Gedanken kurz zu den frühen Zeitungstagen zurückschweifen und erinnerte sich an die vielen Nächte, in denen sie allein zu Hause gesessen hatte, während Alec einem Bericht nachjagte. Oder später, als er nicht mehr bei Zeitungen arbeitete und zu den Magazinen ging, auf Reportagefahrten Gott weiß wohin – die U-Boot-Geschichte damals, zum Beispiel – tagelang, wochenlang. Dann kam er heim, voller Eindrücke, und vergrub sich im Hinterzimmer, bis er den letzten Tropfen seiner Informationen aus dem Hirn gepreßt und zu Papier gebracht hatte.

Und dann Bücher, mein Gott, und Stücke, Proben außerhalb der Stadt, mein Gott, und der Krieg, mein Gott – der Krieg war das schlimmste gewesen, vier ganze einsame Jahre mit Zigarettenknappheit und Lebensmittelkarten und keinem Mann im Haus außer dem sehr, sehr gelegentlichen Schreibtischhelden oder militärischen Feuerwehrmann auf Besuch, die sie in ihre Bar und manchmal auch ins Bett gelassen hatte, aus Langeweile und Unerfülltheit –, mein Gott, sie konnte sich nicht einmal mehr an ihre Gesichter erinnern, ganz zu schweigen von ihren Namen. Als Untreue war das nicht zu bewerten – es war Krieg gewesen, und jede war mit jedem ins Bett gesprungen.

15

Eine Weile machte der Krieg in Washington schon Spaß, nachdem man sich an den Wandel der Lebensbedingungen gewöhnt hatte – nachdem man sich an kubanischen Zuckerrohrsprit und kanadischen „Scotch" und kalifornischen Kognak und Lebensmittelabschnitte und fleischlose Tage und den schwarzen Markt und an mehrere Männer im Bett statt bloß einem gewöhnt hatte.

Und nachdem sich ihre Wut über ihren Mann gelegt hatte, der davongelaufen war, um Seemann zu spielen, obgleich er's eigentlich gar nicht nötig gehabt hatte.

Amelia war wütend auf Alec – Alec, der vor Inkrafttreten des Selective Service Act geheiratet hatte und darum der Dienstpflicht nicht unterlag; Alec, der ebenso leicht Kriegsberichterstatter hätte sein können; Alec, der sich ebenso leicht um einen Schreibtischposten in Washington hätte bewerben können und ihn auch bekommen hätte, oder in Public Relations oder im Nachrichtendienst; Alec, der sich ebenso leicht hätte untauglich schreiben lassen können und statt dessen einige seiner körperlichen Defekte unterschlagen hatte, um für den Seedienst voll geeignet zu sein.

„Warum *mußt* du? Warum mußt du dich als Held aufspielen, wenn du nicht einmal zur Musterung aufgerufen bist? Warum wartest du nicht ab, bis du an der Reihe bist? Wenn man dich braucht, ruft man dich schon." Amelias Stimme hatte heiser geklungen.

Alec hatte sein verrückt machendes Lächeln aufgesetzt.

„Ich möcht' nicht warten, bis man mich holt. Ich möcht' nicht in den Krieg ziehen *müssen*. Ich möchte nicht warten, bis der ganze Glanz matt geworden ist und alles von Farmern und zurückgestellten Ehemännern wimmelt. Es ist das einzige große Abenteuer, das ich wahrscheinlich jemals erleben werde, und ich möchte dabeisein."

Amelia schrie beinahe auf.
„Warum bist du dann nicht Auslandskorrespondent, Kriegsberichterstatter? Da kannst du wenigstens ziemlich gut leben und vielleicht öfter Heimaturlaub bekommen!"
Alec zündete sich eine Zigarette an und blies kühl einen Ring in die Luft.
„Ich möcht' nicht Korrespondent sein. Ich möchte einen Krieg nicht von außen nach innen sehen. Ich möchte einen Krieg von innen nach außen sehen. Ich möchte Teil davon sein. Und wenn er vorbei ist, möcht' ich nicht auf einer Cocktailparty in die Ecke gedrängt werden und ein paar Leuten, sehr wenigen Leuten, Zivilisten, erklären müssen, weshalb es praktischer war, draußen zu bleiben als mitzumachen. Vielleicht, wenn wir Kinder hätten ..." Seine Stimme schwebte im Raum.
„Es ist nicht mein Fehler, daß wir keine Kinder haben! Ich hab' seit den ersten sechs Monaten nichts benutzt! Wenn wir keine Kinder haben, ist es –"
„Ich weiß. Es ist *meine* Schuld." Alecs Stimme klang gedehnt und machte Amelia wie immer wütend. „Vielleicht ist das der Grund, weshalb ich in den Krieg ziehen will ..."
Jetzt wütete sie.
„Du willst in den Krieg ziehen, wie du ins Frühjahrstraining gehen willst! Du willst in den Krieg ziehen, wie du immer nach New York fährst, um über Boxkämpfe und Baseballspiele zu berichten! Du willst in den Krieg ziehen, weil du aus dem Haus willst!" Amelia bedeckte das Gesicht mit den Händen und blickte ihn dann durch ihren Tränenschleier böse an. „Dann zieh in deinen gottverfluchten Krieg, und laß dir den Kopf abschießen!"
Alec erwiderte sanft:
„Es freut mich, daß du meine kriegerischen Wünsche nicht auf etwas so Simples wie Patriotismus zurückführst und daß die Worte ‚Pearl Harbor' und ‚Nazi' und ‚Japse' nicht vorkamen. Auch daß keine Andeutung von ‚Mom' oder ‚Apple Pie' oder der ‚Amerikanischen Lebensweise' gefallen ist, die die Streitfrage komplizieren könnte. In Wirklichkeit ist der Krieg lediglich ein großes Picknick, und ich möchte das Sackhüpfen nicht verpassen. Auf jeden Fall ist es schon zu spät, es mir anders zu überlegen. Die Einberufung kam heute." Er reichte ihr ein Bündel Papiere. „Hier sind die Befehle. Du kannst mich von jetzt an mit ‚Leutnant' anreden ..."
Amelia sah blind durch einen Tränenschleier auf die vervielfältigten Seiten.
„Wann gehst du?"
„In vierzehn Tagen. Aber nicht, um gleich zu sterben. Erst kommen noch acht Wochen Schulung in Dartmouth, um zu lernen, wie man

Knoten macht und zünftig die Seemannssprache spricht. Und dann, bei meinem Pech, werd' ich wahrscheinlich in Washington stationiert, und du hast mich für die Dauer des Kriegs auf dem Hals. So, und jetzt wollen wir auf Leutnant (Unterstufe) Alexander Barr, USNR, Geißel der Japsen und Nemesis der Nazis, trinken . . ."

Der verschlagene Halunke hat sich wahrscheinlich freiwillig für ein Himmelfahrtskommando gemeldet, dachte Amelia bitter einige Monate später, als ihr Mann ihr mitteilte, daß er zu einem geheimnisvollen Einsatz, genannt „Bewaffnete Wacht", abgestellt worden sei, der etwas mit dauernd in die Luft fliegenden Munitionsschiffen auf dem Weg nach Murmansk zu tun hatte. Mein Junge Barr, dachte sie, muß immer etwas beweisen, wie damals, als er den Fußballer in die Fresse schlug und dafür ein gebrochenes Nasenbein einheimste.

Aber als praktische Frau war Amelia sich bald klar, daß sie nichts gegen den Krieg, nichts gegen Alec Barr und nichts gegen die Einsätze, zu denen er abgestellt wurde, tun konnte. Sie vermietete das Haus für eine Riesensumme an einen reaktivierten Fliegeroberst, der bombensicher den ganzen Krieg über in Washington bleiben würde, und zog in eine Wohnung, die sie mit zwei anderen Mädchen teilte, Norma und Betty, beide jung verheiratet und beide Strohwitwen durch Armee und Marinekorps.

Norma war blond und sehr hübsch. Betty war brünett und sehr hübsch. Amelia war braun und sehr hübsch. Alle wurden von ihren Männern finanziell unterstützt. Alle hatten sie irgendeinen Posten. Und die einzige Mahlzeit, die sie wirklich aus eigener Tasche bezahlen mußten, war das Frühstück.

Das *Thème pathétique* Washingtons im Krieg war das Übermaß an weiblichem Putzzubehör, das die Wohnungen von Frauen verschandelte, die plötzlich einen kratzenden Bart und den Männergeruch entbehren mußten, an die sie alle gewöhnt waren. Amelias Wohnung war ein Dickicht weiblichen Zubehörs – Unterhöschen und BHs und zum Trocknen ausgelegte Strümpfe im Badezimmer; dauerndes Ausleihen von Strümpfen („Verdammt! Das war mein letztes gutes Paar Nylons!"); Töpfe und Dosen und Schachteln mit Creme und Puder und Lotions und Nagellack.

Die Küche war in Wirklichkeit die Bügelstube; die Eiskiste barg mehr Kosmetika als Nahrungsmittel; der Frigidaire enthielt in seinen Fächern Erdnußbutter und persönliche Milchflaschen. Es gibt keinen grausameren, einsameren Dschungel als einen Wald voll Weiblichkeit mit seinen weiblichen Gerüchen und halbnackten oder im Morgenrock herumlaufenden Frauen in Lockenwicklern, die sich gegenseitig um Kleider und Binden und ziemlich häufig auch Männer anpumpen. (Das ist *meine* Milchflasche!)

Nach einer beträchtlichen Zeit in diesem Nonnenkloster der Unerfülltheit, wenn Hinzens und Kunzens Feldpost später eintraf als gewöhnlich und das liebende Gedächtnis allmählich abnahm, zogen die Mädchen ihre Hüftgürtel stramm und begannen, sich umzusehen. Die Slips hingen nicht mehr an Haken in der Küche. Trocknende Wäsche verschwand bei Einbruch der Nacht. Die praktischen Schönheitshilfen wurden in Schubladen verstaut; die Werkzeuge weiblicher Hygiene hingen nicht länger mehr schamlos hinter der Badezimmertür, und die Mädchen begannen, den Direktor des Supermarkts zu umschmeicheln, um sich Alkoholmarken einzuhandeln, die sich als Schlummertrunk für ihre Gentlemenfreunde besser eigneten als kubanischer Gin.

Und die Wohnung war von sechs Uhr abends an Zeuge einer großen Parade von Uniformen – alles Offiziere natürlich, Armee, Handelsmarine, Kriegsmarine, meist junge Männer im Dienst. Durchreisende auf dem Weg zum Einsatz. Jedes der Mädchen hatte einen festen Freund, mehr oder weniger kompakt, gewöhnlich mit beginnender Glatze, sehr oft dick und noch häufiger mager, der auf irgendeinem Schreibtischposten auf Dauer in Washington saß. Diese Männer hatten die entsprechenden Namen – Namen wie Jeb und Josh und Horace und Elmer –, während die jungen, durchreisenden Vögel alle Don und Tom und Tony und Mike zu heißen schienen. Sie trugen unweigerlich Crewcut und waren blauäugig und blond oder schnurrbärtig und brünett mit schmeichelnden Augen. Sie schienen auch alle verheiratet zu sein, mit irgendeinem hübschen Mädchen in Wichita oder Boston oder Chikago oder San Franzisko. Sie trugen Bilder ihrer Frauen und, wenn vorhanden, ihrer Kinder in der Brieftasche bei sich.

Die Washingtoner Strohwitwe, wenn sie zufällig jung und attraktiv war, hatte eigentlich nur die einfache Wahl zwischen zwei Dingen. Sie tat's, oder sie tat's nicht. Wenn sie's tat, war allerhand los; Drinks und Lustigkeit und markenfreie Steaks bei Fan und Bill. Wenn sie's nicht tat, ging sie ins Kino, verschwendete ihre Unterwäsche und las Bücher, weil Don und Tom und Tony und Mike es ungeheuer eilig hatten, an Orte mit unaussprechlichen Namen zu fahren, um dort zu sterben, und eine an einen Versager vergeudete Verabredung genügte. Den-Hof-Machen war in Washington derart zur Formsache geworden, daß es beim ersten sondierenden Cocktail im Mayflower oder im Willard beinahe schon feststand, ob eine Verabredung den Preis eines Dinners wert war.

Eine Weile ließ sich Amelia in diesem leichtfertigen Strom von Rendezvous mit den übrigen Mädchen treiben. Aber das Vorhandensein von nur zwei Schlafzimmern in der Wohnung und der Umstand, daß das überzählige Mädchen den Wohnzimmerdiwan benutzen mußte, widerten sie schließlich an. Dieses fast sterile geschlechtliche Durcheinander Des Spiels hatte sie satt. Amelia war nicht prüde, aber sie war von der Idee wenigstens einer gewissen Beständigkeit besessen, und das Spiel mit den musikalischen Betten ergötzte sie nicht. Jeden Morgen gab es neuen Katzenjammer, und im Badezimmer rasierte sich ein neues Mannsbild. Manchmal wurde es schwierig zu unterscheiden, wer zu den verschiedenen, über Sessel geworfenen oder an Türen gehängten Uniformhosen gehörte. Amelia verabredete sich, aber sie teilte ihr Bett nicht und wurde daher sehr selten wiederholt eingeladen.

Amelia rebellierte. Sie hörte auf, sich zu „verabreden", und verbrachte ihre Mußestunden auf Wohnungssuche. Schließlich fand sie eine kleine Atelierwohnung zu einer vernünftigen Miete und zog trotz des Risikos, künftig einsam zu sein, in ihre gesegnete Zurückgezogenheit – wo, schätzte sie, jeder Mann, den sie dort im Bett anträfe, zum mindesten als der ihre zu identifizieren sein würde, ohne daß sie erst die Erkennungsmarke nachprüfen müßte, und das Badezimmer nicht ständig durch trocknende Strümpfe und Unterwäsche verunziert wäre.

Sie ging weiter auf Cocktailpartys, aber sie hielt sich die massiven Angriffe von Leutnanten zur See und Zweiten Leutnanten vom Leibe und ging ziemlich häufig allein nach Hause, bis Francis Hopkins auf der Bildfläche erschien. Und in ihrem Leben.

Amelia gestaltete ihre Tage einigermaßen klösterlich, auf kleinmädchenhafte Weise, nachdem sie in Francis Hopkins, einem ziemlich delikaten Herrn, der keine Bedrohung der Schiffahrt darstellte und mit dem es Spaß machte, sich zu unterhalten, zu trinken und gelegentlich auch auswärts zu essen, einen Freund und Vertrauten hatte. Francis war von New York in irgendeiner Verteidigungsangelegenheit heruntergekommen und war eine willkommene Abwechslung von den üblichen Draufgängern.

Während sie mit den Mädchen in der großen Wohnung zusammen hauste, war sie die Anständige gewesen, die nicht überall herumschlief, die die Wohnung sauberhielt, die einkaufte. Sie war das Mädchen gewesen, das auf der Couch übernachtete, wenn Norma oder Betty weit über Mitternacht in den Schlafzimmern Gesellschaft hatten. Sie war entschlossen, nicht in den alten Trott allnächtlichen Gefährtenwechsels zu verfallen. Nachdem sie jetzt ihre eigene Wohnung hatte, wären die leichten Untreuen Washingtons eine einfache und private Angelegenheit gewesen, aber etwas Unbestimmtes hielt sie zurück.

Sie hatte keine Verbindung mit Alec und konnte nur annehmen, daß er auf See war. Solange ihr Mann auf See war, fand Amelia es leicht, ihre Unerfülltheit durch Museums- und Zoobesuche, durch Kinos und gelegentliche Verabredungen ins Theater mit Francis abzustumpfen. Sex verbannte sie entschlossen in den Hintergrund, für künftige Verwendung vorgesehen, und im übrigen arbeitete sie bis zur Erschöpfung im Warenhaus.

Außer mit Francis traf sie sich noch mit einem anderen Mann, einem Journalisten aus Washington, der in London Korrespondent gewesen und jetzt zu neuer Verwendung nach Washington zurückgekehrt war und darauf wartete, in den Nahen Osten oder nach Rußland oder an welche Front auch immer geschickt zu werden, die seinen Vorgesetzten am blutigsten erschien.

Er war ein gemütlicher Bursche, Timothy, Enddreißiger, geschieden und Vater zweier Kinder. Er war mit Alec oberflächlich befreundet gewesen, und sie hatten dann und wann zusammen auswärts gegessen und getrunken, ehe Alec in den Krieg zog.

Amelia war glücklich, Tim gelegentlich um sich zu haben. Es war ein Verbindungsglied zu Alec und zu den guten alten Tagen, als Journalisten noch Reportagen schrieben, die nichts mit Landungen, Explosionen und abgestürzten Flugzeugen zu tun hatten. Tim kam sie offensichtlich gern besuchen. Meist brachte er eine Flasche mit – eine wahre Gottesgabe! – und ziemlich häufig auch ein Steak. Er machte sich in der Küche nützlich, und sie verbrachten gemütliche Abende zusammen. Im allgemeinen empfahl Tim sich früh.

Tim Jason machte eher den Eindruck eines soliden Bürgers als den eines Mannes, der die Streifen eines Kriegsberichterstatters an der Uniform einer Einheit trug, der er in irgendeinem Teil der Welt zugeteilt war. Er sah wie ein Zivilist aus: ziemlich untersetzt, blühend, mit tiefer Stimme und herben Gesichtszügen. Er war ein amüsanter Mann, der seinen Alkohol vertragen konnte und über einen offenbar unerschöpflichen Fundus von Geschichten und Anekdoten gebot. Tim war Kriegsberichterstatter, seitdem die Deutschen in Polen eingefallen waren; vorher war er Auslandskorrespondent gewesen.

Ein sehr attraktiver Mann, dachte Amelia und fragte sich so nebenbei und ein bißchen pervers, warum er ihr nie Avancen machte, und das in einer Stadt, in der schon eine bloße Vorstellung genügte, um sich jede Freiheit herauszunehmen. Aber sie war's zufrieden, mit untergeschlagenen Beinen im Sessel zu sitzen und zwischen den Nachrichtensendungen Tim zuzuhören.

An diesem Abend war es Ed Murrow mit seiner Sendung „Hier – ist London". Mr. Murrow sprach trocken und farbenreich wie immer über das Gemetzel der fünften Nacht des zweiten Blitzes, in der die Nazis mit starken Kräften eingeflogen waren und London wieder an allen Ecken brannte.

„Es ist nicht so schlimm, wie's klingt", sagte Tim Jason. „Sie werfen einen Haufen Bomben und zerstören eine Menge Gebäude, aber es ist erstaunlich, wie wenig Menschen sie tatsächlich töten, und noch erstaunlicher, wie das gewöhnliche Leben weitergeht. Es scheint, als hät-

ten die Bombenangriffe die Briten aufgeweckt und ihnen bewußt gemacht, daß sie Blut in den Adern haben. Besonders die Frauen..."
Er lachte in sich hinein.
„Ich hab' zu meiner Zeit eine Menge scharfer Mädels gesehen und eine Menge flotter Geselligkeit, aber das heutige London läßt Washington wie ein Nonnenkloster erscheinen. Man kann zwischen den sich windenden Paaren in den Parks kaum treten, und wenn die Alarmsirene heult, läßt sich die nächste Frau flugs unter den nächsten Mann fallen. Mars ist nicht der Kriegsgott. In England zumindest flattert seine Fahne über dem Piccadilly Circus, und sein Name ist Eros."
„... Die Wiederaufnahme des Blitzes", sagte Mr. Murrow, „wird hier auf die erste Umleitung atlantischer Konvois in die Themsemündung zurückgeführt, durch die der größte Teil der Luftwaffenstreitkräfte von Rußland abgezogen wurde, wo sie die Konvois nach Murmansk unaufhörlich angegriffen hatten..."
„Für jeden Toten werden hunderttausend gezeugt", meinte Tim Jason. „Alle Hemmnisse in der lieben alten Heimat sind gefallen, weil die Jungs bloß auf Kurzurlaub nach Hause kommen und die ganze Insel läufig ist. Nun, ich glaube, ich verschwinde jetzt."
An der Tür fragte er: „Hast du was Neues von Alec gehört?"
„Nichts", antwortete Amelia. „Ich warte schon dauernd auf diese schreckliche Vieruhr-Nachmittagsbotschaft der Western Union, aber es ist nichts gekommen. Ich kann daher nur annehmen, daß es ihm gutgeht. Gute Nacht, Tim." Sie hob das Gesicht und küßte ihn auf die Wange. „Vielen Dank für das Steak – und die Flasche."
„Ich komme morgen vorbei und trinke die zweite Hälfte, wenn ich darf", sagte Tim Jason. „Wenn du nichts Besseres vorhast."
„Nichts Besseres, und ich freue mich", sagte Amelia. „Gute Nacht."
Am nächsten Morgen erhielt Amelia ihren ersten Feldpostbrief in sechs Wochen. Er trug einen Marinezensurstempel. Er lautete:
„Amelia Liebling,
ich zensiere meine eigene Post, aber ich darf sagen, daß ich in London bin, da wir in Sicherheit sind und die Deutschen wissen, wo wir sind, nach dem Krach über unseren Köpfen in den letzten paar Nächten zu schließen. Außerdem plant Public Relations, die Tatsache propagandistisch auszubeuten, daß wir's den Fluß hinauf geschafft haben und die RAF wieder mehr als operationsfähig und schlagkräftig ist. Public Relations will diese Sache ganz groß aufziehen, und ich wäre gar nicht überrascht, wenn Du mein Bild in der Zeitung sähest, wie ich sozusagen die Herde ins Dock führe. Unterwegs haben sie uns ganz anständig Saures gegeben, aber mit der neuen U-Boot-Abwehr kommen wir jetzt immer besser zurecht.
Ich kann nicht sagen, wohin es weitergeht und wann, aber an sich sollte ich noch ein paar Tage oder sogar Wochen hierbleiben. London

ist in Stücke gehauen, wie Ed Murrow zweifellos nach drüben berichtet oder wie Du's zweifellos lesen kannst, wenn Du Reynolds in *Collier's* siehst. Er kabelt sein Zeug ja jede Woche rüber.

Aber es ist eine großartige, lustige Stadt, trotz der Dresche, die sie bezogen hat, und ich glaube, die Fritzen werden langsam ein bißchen entmutigt. Ich habe ein paar reizende Leute kennengelernt, und das Bier ist trinkbar, wenn auch warm. Aber ich habe nichts gegen Wärme, nicht nach dieser kalten Fahrt über den scheußlichen, alten grauen Ozean.

Sehr viel mehr kann ich nicht sagen, außer, daß man sich ein Steak besorgen kann, wenn man weiß, wo, und Whisky ist auch nicht völlig ausgeschlossen. Die Leute hier sind sehr tapfer und seltsamerweise offenbar ganz furchtlos. Ich werde schreiben, was ich kann, wenn ich kann. Aber was sagst Du dazu? Inmitten all dieser Schießerei bin ich im Begriff, zu einer Cocktailparty im Savoy zu gehen. Muß schrecklich entmutigend für den Hunnen sein.

Schreib mir, und mach dir keine Sorgen, wenn Du nicht von mir hörst.

Alles Liebe,
Alec"

Amelia klopfte mit den Nägeln auf den Feldpostbrief. Die erste Freude darüber, daß Alec wieder in Sicherheit war, ebbte bei der Erwähnung der Cocktailparty leise ab. Was für eine Cocktailparty? Mit wem, im Lichte dessen, was Tim Jason ihr gestern abend erzählt hatte, ging er zu einer Cocktailparty? Wie sagte Tim doch gleich? „Wenn die Alarmsirene heult, läßt sich die nächste Frau flugs unter den nächsten Mann fallen." Entmutigend für den Hunnen, daß ich nicht lache! dachte sie. Er ist im Savoy, und ich sitze auf meiner Tugend in einer Stadt, wo jede mit dem Mann einer anderen im Bett liegt.

Amelias Gedanken wanderten weit umher, während sie sich ihrer Arbeit im Warenhaus widmete. Es war wunderbar, daß Alec in Sicherheit war. Natürlich war es wunderbar, daß er in London war und daß in London trotz der Bomberei etwas los war – wunderbar, daß es Steaks und Whisky und – Mädchen gab. Jeder Mann, der in einem Konvoi über den Atlantik gefahren war, verdiente ein bißchen Spaß am anderen Ende, selbst wenn – was sie nicht wußte, tat ihr nicht weh, klar, aber ihre Phantasie fuhr fort, ihr lebhafte Bilder vorzugaukeln.

Amelia Barr hatte mit zwei Mädchen zusammen gewohnt und wußte, was sich im Kriegs-Washington tat, auch ohne Bomben, die die Keimdrüsen zusätzlich aufmöbelten. Wenn der Bezirk Columbia schon durch einen unblutigen Krieg auf dieser Seite des Atlantiks in eine einzige Matratze verwandelt werden konnte, wie um Gottes willen mußte London aussehen, wo jeder Augenblick sehr wohl der letzte sein konnte? Amelia Barr war eine Frau und wußte einiges von den Nöten, die selbst ein Fußballspiel an einem frischen Herbstnachmittag hervorbringen konnte, ein Säen, dessen Ernte unter einem Erntemond mit Hilfe von etwas Whisky und leiser Musik eingebracht werden würde. Wie also wirkten Bomben und das Dröhnen von Flugzeugmotoren? Besonders auf eine Frau, die damit rechnen mußte, vielleicht schon am nächsten Tag ihren Mann zu verlieren?

Alec Barr war ein Mensch, und sein Heim war fern, zeitlich, räumlich und was die Wahrscheinlichkeit seiner Rückkehr betraf. Wie konnte man ihn tadeln, wenn – gereizt verwarf sie den Gedanken.

Sie war fast böse auf Tim Jason, als er sie um sechs Uhr an der Ecke traf. Er sah verändert aus – natürlich. Er trug wieder Uniform statt des Zivilanzugs, den er seit der Rückkehr von seinem letzten Einsatz so gern getragen hatte. Er bemerkte ihren überraschten Blick und grinste. „Du hast recht“, sagte er. „Es geht wieder los – Gott sei Dank! He, Taxi!“

„Aber wohin, *wohin?*“ fragte sie, als sie sich ins Taxi gesetzt hatten und in Richtung Connecticut Avenue fuhren.

„Kann ich nicht sagen“, antwortete Tim, glücklich grinsend. „Großes militärisches Geheimnis. Aber es sieht aus, als ob’s lustig werden würde.“

„Und wann?“

„Kann ich nicht sagen. Ich schätze, morgen. Auf jeden Fall –“, und er deutete auf ein großes, in braunes Packpapier gewickeltes Paket, „ – hab’ ich uns das Rohmaterial für eine Abschiedsparty besorgt. Da drin ist ein Steak, das noch nie eine Lebensmittelkarte gesehen hat. Und da ist eine Flasche, die niemals überm Ladentisch aufgetaucht ist. Da ist ein Karton echte Chesterfields. Ich hab’ die Absicht, mit dir zu feiern.“

„Natürlich weißt du, daß du mir in diesen letzten Wochen sehr ans Herz gewachsen bist“, sagte Tim Jason. Er hatte es sich, halb ausgestreckt, auf dem einen Ende des Diwans bequem gemacht, genießerisch an einem Brandy nach dem Dinner nippend. „Du wirst mir furchtbar fehlen. Diesmal wird’s ein langer Abschied werden, vielleicht bis zum Kriegsende, bestimmt aber bis zum großen Umschwung, so oder so. Ich wünschte – ich wünschte . . .“

„Was wünschst du, Tim?“ Amelia, von den Cocktails und dem Wein zärtlich gestimmt, berührte sacht seinen Schenkel. „Sag mir, was du wünschst . . .“

„Ich glaube, ich hab’ mich unsterblich in dich verliebt. Und das ist unser letztes Zusammensein. Ich hab’ zu lange gewartet, gottverdammt noch mal! Jetzt ist es zu spät.“

Plötzlich küßten sie sich wild, und es war Amelia, die nach hinten langte und das Licht ausknipste ...

„Ich glaube, ich müßte mir Alec gegenüber eigentlich wie ein Halunke vorkommen", sagte Tim Jason viel später, während er, wieder angezogen, einen Nightcap süffelte. Amelia lag in einem hellseidenen Morgenrock auf dem Diwan, Tim hockte auf dem Boden neben ihr. „Aber ich komm' mir gar nicht schuftig vor. Ich bin nur traurig, daß ich jetzt fort muß, nachdem wir – nachdem ..."

Amelia legte ihm den Zeigefinger auf die Lippen.

„Ich komme mir auch nicht wie ein Luder oder eine Verräterin vor", sagte sie. „Auch Alec hat sicher keine Schuldgefühle, was immer er in London gerade tut. Und", sagte sie etwas zu heiter, „ich bin sicher, daß er was tut. Es wird ein sehr langer Krieg werden, selbst wenn wir ihn alle überleben. Und jetzt, Tim Liebling, mußt du nach Hause gehen und mich ein bißchen schlafen lassen. Ich bin ein schwer arbeitendes Mädchen, kein Kriegsberichterstatter. Gib mir einen Gutenachtkuß, und ruf mich vor der Abfahrt morgen an."

Tim Jason rappelte sich auf und langte nach seiner Jacke. Dann beugte er sich hinunter und küßte sie zart.

„Ich werde anrufen", sagte er. „Und hab Dank, reizende Amelia."

Sein Anruf kam kurz vor Mittag am anderen Tag. Seine Stimme klang fröhlich.

„Meine Pläne sind geändert worden", sagte er. „Für mich eine gute Nachricht, eine sehr gute Nachricht. Die Armee hat meinen Einsatzbefehl um mindestens eine Woche aufgeschoben. Glücklich?"

„Sehr", erwiderte Amelia. „Paß auf, ich hab' gerade einen Kunden. Komm zum Essen heut abend heraus. Der Schlüssel liegt unter der Matte."

Als Tim Jason an jenem Abend zum Essen kam, brachte er wieder ein Filetsteak und seinen Handkoffer mit. Er verließ Washington erst nach zehn Tagen und hatte das Abendessen meist schon halb fertig, wenn Amelia von der Arbeit nach Hause kam. Als er schließlich abfuhr, mit ungenanntem Ziel, hatte Amelia sich wieder an einen Mann im Haus gewöhnt.

Während die Monate vergingen, war sie immer noch sehr auf die stete Gesellschaft Francis Hopkins' angewiesen, aber wenn Francis sie langweilte, fiel es ihr nicht schwer, gelegentlich einen attraktiven Mann zu einem Nightcap heraufzubitten. Wenn ihr dann manchmal in den frühen Morgenstunden das Gewissen schlug, weil ein fremder Kopf neben ihr auf dem Kissen ruhte, sagte sie sich, daß die Alliierten jetzt in Italien seien, und Alec sei sicherlich dabei. Na, und die italienischen

Mädchen waren von notorisch lockerer Moral und natürlich attraktiv. Tim Jason jedoch tat ihr eigentlich leid. Sie bekam immer seltener Post aus Moskau von ihm und hatte gehört, daß die Russen sehr auf ihre Frauen aufpaßten und daß anständiges Essen und Trinken schwer zu haben waren.

Washington fing an, sie zu langweilen, als der Krieg sich weiter hinschleppte, und auf Francis Hopkins' wiederholtes Drängen beschloß sie, nach New York zu ziehen. Wenn sie arbeiten wollte, sagte Francis, könnte er ihr leicht einen Job in seinem eigenen Laden besorgen. Francis war immer sehr überlegt in solchen Dingen, wie in den meisten Dingen. Wenn Francis bloß nicht so eindeutig schwul gewesen wäre!

Francis Hopkins war aus dem ziemlich einleuchtenden Grund uk gestellt, weil in den Streitkräften schon zuviel unauffällige Homosexuelle waren, als daß sie einen so offensichtlich Abartigen wie Francis hätten brauchen können, dessen Augen mit einem *Smörgasbord*-Glitzern aufleuchteten, wenn er durch die Reihen nackter Männer im Musterungszentrum schritt. Francis war für die Dauer des Krieges als vorm Feinde sichergestellt erklärt worden. Er sei aus New York nach Washington gekommen, sagte er, um „Kriegsarbeit zu leisten", ginge aber gern wieder nach New York zurück.

Er war groß, schlank, graziös. Er hielt sich sehr aufrecht, verstand es aber, sich wie schmelzendes Speiseeis jeder Haltung anzupassen. Wenn er durch ein Zimmer ging, schritt er nicht energisch aus, sondern schlich eher wie eine Katze. Sein grau werdendes Haar trug er im Crewcut, und er hatte einen dunklen, olivfarbenen Teint, der seine fast violetten Augen mit ihren dichten schwarzen Wimpern hervorhob. Er zog sich elegant in Grau, Blau und Schwarz an, zwitscherte nicht, hielt beim Sprechen die Hände ruhig und wackelte auch nicht mit den Hüften. Aber der schmollende Mund, der Haifischschnitt seines Unterkiefers und die herausgestoßenen Obszönitäten, häufig mit mädchenhafter Betonung vorgebracht, stempelten ihn sofort als das ab, was er war, selbst wenn man nicht bemerkt hatte, daß er beim Übereinanderschlagen der Beine den Spann des einen unter das Gelenk des anderen schob, genau wie ein wohlerzogenes Mädchen. Er hatte auch die Angewohnheit, übertrieben lange seine Konsonanten zu dehnen, besonders die „S" und „C", und seine abgedroschenen Phrasen waren *ganz* Mädchen – „zum Sterben", zum Beispiel, und „einfach göttlich". Komisch mit Francis. Als Mann wäre er schön gewesen. Als Schwuler konnte man sich eigentlich kaum an die Form seines Gesichts erinnern.

Francis war ein häufiger Besucher in der Wohnung geworden. Er kochte großartig und war sehr tüchtig im Geschirrwaschen, wenn keine Haushilfe da war. In der Kriegszeit machte man viel Wesens von unbegleiteten Frauen in Bars und Restaurants, so daß Francis ihr traditioneller Beau wurde, wenn die Decke über Amelia einzufallen drohte und sie das Gefühl hatte, absolut wahnsinnig zu werden, wenn sie nicht ein hübsches Kleid anziehen und in eins der Restaurants gehen könnte, die anständiges Fleisch servierten, und später in einen Nachtklub, wo man wirklichen Scotch bekam. Anfänglich bezahlte Amelia bei diesen Ausgängen in Washington immer ihren Anteil an der Rechnung, und Francis trank immer ihren Whisky, wenn er in die Wohnung kam. Aber er *war* ein Mann ... trug Hosen – und war ihr zugetan. Und er hatte nichts dagegen, in Konzerte und sonstige Veranstaltungen zum Zeittotschlagen zu gehen. Er liebte das Theater. Er war entzückt, sie zu den wenigen Modenschauen zu begleiten, die der Krieg gestattete, und wählte mit unheimlicher Treffsicherheit die richtigen Kleider und Hüte für ihren Typ aus.

Dieser exquisite Kleidergeschmack war bei Francis nur natürlich, da er in seiner Kindheit und frühen Jugend viel Zeit damit verbracht hatte, in den Kleidern seiner Mutter „Modenschau" zu spielen. Er war das einzige Kind einer willensstarken, verwitweten Näherin, die nichts dagegen hatte – ja, es sogar sehr unterhaltsam fand –, wenn Francis ihr Parfüm klaute und gelegentlich in dramatischem Aufputz bei Bridgepartys in einem ihrer alten Hüte mit neuen Federn erschien.

„Ein *entzückendes* Kind", sagten die anderen Damen. „So gut *erzogen*." Und übersahen völlig dabei, daß die Katze ihm auswich und der Hund scheute, wenn er ihn streicheln wollte.

16

Amelia bezahlte das Taxi, und während sie im Aufzug zu den Hazeltines hinauffuhr, dankte sie Gott für Francis, jetzt und früher. Wenn Alec Barr ein Buch konzipierte, war er hoffnungslos. Er wanderte wie in Trance im Haus herum, den Kopf voll mit der Fabel und den Charakteren, sein physisches Sein eine Million Meilen weit weg im Weltraum. Auch im Bett war er in dieser Zeit nutzlos, weil er am Ende des Tages so erschöpft war. Er nahm seine Charaktere mit ins Bett und arbeitete im Unterbewußtsein an der Fabel weiter. Die wenigen Male, die Amelia versucht hatte, die Barriere zu durchbrechen, hatte sie das bestimmte Gefühl gehabt, daß sie die Couch mit mindestens einem Dutzend anderer Leute teilte und daß Alec Barr seine Erektion durch Bestellung im Reuben-Delikatessenladen um die Ecke zustande gebracht hatte.

Beinah jedermann mochte Francis, weil er, wie man sagte, nicht eigentlich ein Luder sei, außer wenn es sich um frühere Freunde handelte. Man sagte weiter, er sei auch klug und schrecklich diskret, was sein Privatleben anlangte. Er sagte nicht „Versteh mich, Mädchen" zu beiden Geschlechtern. Soweit man wußte, ging er nicht offen auf den Strich, und wenn es ein oder zwei Lieblingsbars auf der Third Avenue oder in Greenwich Village gab, waren sie nicht ausgesprochen jungen Herren ähnlicher Veranlagung gewidmet. Francis war *persona grata* im Einundzwanzig, im Stork Club und in der Oak Bar im Plaza. Er verachtete das Fire Island, traditionelles Lokal für ausgesprochene Männerhuren, und wenn er sich gelegentlich mal einen Geliebten nahm, dann still und absolut unauffällig.

Francis war sehr mitfühlend mit seinen Lady friends und lieh ihren Problemen – Ehemann, Liebhaber, Dienstmädchen und Hauswirt, Inneneinrichtung und Kleidung – ein offenes Ohr. Während seiner Lehrzeit war er viel für Mandell's Stores gereist und hatte zahllose Bekannte in Dallas und San Franzisko, Boston und Detroit, Chikago und Cleveland. Daher zogen es viele seiner beruflichen Lady friends, wenn sie alljährlich zu den Modenschauen oder zur Theatersaison nach New York kamen, vor, ein Wochenende bei Francis zu verbringen, statt ihr Geld in einem Hotel zu verschwenden. Francis war *so* amüsant, und seine Wohnung in den East Sixties war einfach eine *Wucht*. Und zu Hause schenkte Francis die Martinis großzügig ein. Er gab kleine Partys für seine Lady friends und erfreute sie bis spät in die Nacht mit dem neuesten und saftigsten Klatsch über kürzliche Abtreibungen und andere abartige Exkursionen der Reichen und Zelebritäten.

Francis war jemand, mit dem ein Mädchen ernstlich *reden* konnte und von dem man sowohl die männliche als auch die weibliche Reaktion auf das jeweilige Dilemma erfuhr. Er spendete Amelia zwar keinen sexuellen Trost, da er in dieser Hinsicht abgeneigt war, aber er hörte sich ihre Klagen aufmerksam an und dachte sich amüsante Dinge zu ihrer Ablenkung aus – zum Beispiel eine Reise nach Jamaika oder Europa –, und manchmal nahm er sich auch die Zeit, sie zu begleiten, sosehr er auch im Geschäft überlastet war. Es war natürlich stillschweigend ausgemacht, daß Amelia die Hauptkosten trug, obgleich Francis sehr tüchtig im Bezahlen kleiner Extragenüsse war.

Sie kehrten von solchen Ausflügen immer bester Laune zurück. Francis war ein gnadenloser Herunterhändler. Er verstand sehr viel von ausländischen Möbeln und hatte einen passablen Fundus als Kunstkritiker. Sie durchstreiften die Nebenstraßen und Flohmärkte und kamen meistens mit einem Schatz billig erstandener Antiquitäten und absolut verblüffender Proben ruhmloser Künstler zurück, die irgendwie von den Sammlern übersehen worden waren. Er kannte auch die *couturières* mit Vornamen, und Amelias Garderobe fand sich gewöhnlich bedeutend bereichert, wenn sie heimkam, um Alec zu fragen, ob er mit seinem Buch Fortschritte gemacht habe.

O ja, Francis war unbezahlbar, und sei es auch nur, weil er immer da war, wenn ein Mädchen ihn brauchte – nicht nur für etwas so Simples wie das Einspringen in letzter Minute bei einer Dinnereinladung, auch für das Wiederkäuen nach dem Dinner jetzt in Amelias Wohnung. Sie hatten sich nach dem Kaffee und Brandy nicht mehr lange aufgehalten; die Party war ganz besonders langweilig gewesen, selbst für die Hazeltines. Unter den Gästen hatte sich eine Art Forscher mit einer lederhäutigen Frau befunden, die endlose Vorträge über die Fortpflanzungsgewohnheiten der Pinguine hielt – unter anderem schleppt das Männchen seiner schönen Dame offenbar einen Kiesel an und läßt ihn ihr vor die Füße fallen, um seine Liebe zu bezeigen. Dann war ein Auslandskorrespondent da, der offenbar persönlich den Reichstag angesteckt hatte oder zum mindesten Einzelheiten über den kannte, der das erste Streichholz anzündete. Und ein paar andere Leute, deren einziger Beitrag zur Unterhaltung des Abends in einem wiederholten „Wirklich?" bestand.

„Jesus", sagte Amelia, auf einen Diwan im Wohnzimmer sinkend und ihre Pumps herunterkickend, „was für ein Abend! In gewisser Hinsicht mache ich Alec keinen Vorwurf, daß er in den Osten ausgebüxt ist, oder wo immer er hinfuhr. Sei lieb, Francis, und hol mir einen Scotch – einen doppelten, dunkelbraun, mit einem Haufen Eis. Es ist reichlich Whisky da."

Als Francis mit den Drinks zurückkam, hatte Amelia die Nadeln aus dem Haar genommen und schüttelte heftig den Kopf, um die Durchblutung anzuregen und ihre Locken zu lockern. Sie nahm einen großen Schluck und lächelte.

„Gott segne dich, Francis", sagte sie. „Du bist wirklich eine Kraftquelle in Notzeiten."

Francis vergrub das Gesicht in seinem Drink und blickte Amelia mit warmen violetten Augen an.

„Ich wollt' dich sowieso wegen dieser Frisur fragen. Was hast du dir dabei gedacht? So hat man das Haar seit Pearl Harbor nicht mehr getragen."

Amelia schüttelte wieder den Kopf, gereizt diesmal, und wieder wirbelten die langen Locken.

„Ich weiß nicht. Alec mochte es immer so. Ich glaube, er haßt es, wenn es runterhängt. Als er mich sitzenließ, hatte ich wahrscheinlich eine Art Rückfall in die Kindheit. Ich war ungezogen gewesen und wollte, nachdem ich Dresche bezogen hatte, mich irgendwie bessern. So ähnlich – Dummes-kleines-Mädchen-Zeug."

„Wer ist sie eigentlich?" Francis platzte mit seiner Frage heraus. „Kennst du ihren Namen? Jemand, den wir kennen?"

„Wer ist *wer*?" Amelias Augen wurden groß.

„Die Frau. Es muß eine Frau geben. Alec Barr ist kein Mann, der einfach wegläuft, wenn nicht irgendwo eine Frau dahintersteckte."

„O nein. Da ist keine Frau. Ich wüßte es, wenn eine existierte. Er hat schwer gearbeitet und ist müde und ..."

„Hör mir mit diesem ‚unschuldigen' Quatsch auf", erwiderte Francis grob. „Es muß eine geben. Unbedingt. Es ist immer eine Frau im Hintergrund. Er wär' nicht so mir nichts, dir nichts abgehauen, wenn er nicht was im Sinn gehabt hätte, und dieses Etwas ist kein Buch, Süße."

Amelia strich sich übers Kinn.

„Ich kann mir keine denken. Er hat sich in letzter Zeit schrecklich viel daheim aufgehalten. Ich mußte ihn zu einem Drink bei Toots oder Tim oder sonst einer seiner Stammkneipen geradezu jagen, und entweder ging er nicht oder kam nach 'ner Stunde wieder zurück. Nein, ich glaub' nicht, daß es eine Frau ist."

Francis Hopkins zündete zwei Zigaretten an, gab Amelia eine und kreuzte die Fußgelenke. Mit dem einen großen Fuß wippte er rhythmisch auf und ab.

„Als er das letztemal wegfuhr –", seine Stimme kroch jetzt förmlich, langsam und pelzartig wie eine Raupe, „– wo fuhr er da hin?"

Amelia setzte sich plötzlich auf, verschüttete dabei etwas von ihrem Whisky. Ihr Mund war ein einziges *O*.

„Natürlich. Vor drei Wochen, vielleicht einem Monat. Ich hatt's ganz vergessen. Aber er war nur einen Tag und eine Nacht fort. Chikago. Eine Art Autogrammtour mit Lesung und Fernsehauftritt. Er erzählte, er sei auch zu einem Boxkampf gegangen. Aber er war nur eine Nacht und nicht ganz zwei Tage weg."

Francis kniff die Augen zusammen und sah dem sich emporringelnden Rauch nach.

„Rom ist nicht an einem Tag erbaut worden, heißt es. Aber manches Baby ist in einer Minute gemacht worden. Eine Nacht und ein Tag sind genug, um Ärger zu schaffen. Flugzeuge, weißt du. Hotels. Der Salonlöwe. Die Herden anbetender Weiber ... Der gutaussehende Autor."

„Ich glaub's nicht", sagte Amelia scharf. „So ist Alec nicht."

„Alle sind sie so, Liebling", erwiderte Francis, wieder die Worte dehnend. „Es gibt keine anderen. Und um Noel Coward oder wen weiß ich zu zitieren: Jede Minute wird ein Depp geboren, und zwei Weiber stehen schon da, um ihn sich zu krallen. Alec Barr ist ein gutaussehender Mann und ein großes Tier im literarischen Bezirk. Er war lange im Krieg – könnte sich's angewöhnt haben. Es gibt eine schreckliche Menge erwachsener Studentinnen in diesen Provinzstädtchen, Mädchen."

„Du bist wirklich ein Halunke", sagte Amelia. „Wahrhaftig."

„Ich bin kein Halunke. Ich bin Realist. Die Herren kriegen ihre Frauen gelegentlich satt. Es ist immer die alte Geschichte, tagaus, tagein. Nichts Geheimnisvolles dran. Und außerdem bist du zu dick."

„Ich bin nicht zu – bin ich zu dick?" Amelias Tonfall veränderte sich mitten im Satz.

„Nicht gerade dick, würd' ich sagen. Ich hab' dich bloß auf die Schippe genommen. Aber du fängst an, an den Oberarmen und Schenkeln ein bißchen gewichtig zu werden, Amelia. Ich hab's bei der letzten Anprobe bemerkt. Wenn dich dieses Gewicht erst mal gepackt hat, ist es furchtbar schwer, es wieder loszuwerden. Und du bist ein großes Mädchen, weißt du. Wenn du's einmal hast, behältst du's."

Amelia tastete sich an Arm und Schenkel ab. Sie berührte ihr Kinn.

„Nur ein Anflug von Doppelkinn, keine Sorge", sagte Francis. „Aber das ist auch schwer wegzukriegen. Hast du in letzter Zeit viel gegessen?"

„Wahrscheinlich. Ich war ziemlich unglücklich. Ja. Schleckereien – Ausflüge zum Eisschrank. Du kennst das ja. Seltsame Lüste. Schokolade zum Beispiel."

„O mein Gott, lieber würd' ich dich Rattengift essen sehen. Und sag mir bloß nicht, auch Coca-Cola?"

Amelias Stimme klang kleinlaut.

„Nun, ja. *Cuba libres*. Ich hab' mich morgens immer ziemlich durcheinander gefühlt, und ein *Cuba libre* am Morgen beruhigt mich wieder."

„Wie viele *Cuba libres* am Morgen?" Jetzt klang Francis' Stimme streng, die Stimme des Hausarztes.

„Zwei – vielleicht drei, während ich mich zum Mittagessen anziehe."

„Und wie viele Martinis mittags?"

„Zwei. Na ja, ganz selten mal drei. Kommt drauf an, mit wem ich zu Mittag esse."

„Großer Gott. Und ich schätze, weitere drei vor dem Dinner und Wein und Brandy hinterher und dann einen Schluck Scotch und dann einen Nightcap, und wenn du nicht schlafen kannst, noch einen, und dann nimmst du noch einen mit ins Bett?"

Amelia sah ihm über die Schulter und nahm einen Schluck, ehe sie antwortete.

„Ja. Ja, ich glaube, das stimmt. Ich weiß, daß ich zuviel getrunken habe. Aber was gibt's denn sonst schon zu tun?"

„Ich werd' dir sagen, was es sonst zu tun gibt." Francis' Stimme hob sich. „Ich werd' dir genau sagen, was es sonst zu tun gibt!"

„Was? Ich komm' mir so verhunzt vor ..."

„Genau. Mein liebes Mädchen, gib Geld aus. Gib 'ne Menge Geld aus. Du verdienst es. Kauf dir einen neuen Körper und einen neuen Kopf und einen ganzen Haufen neuer Kleider. Mach eine Reise nach Europa. Kauf dir einen neuen Nerz. Rüttle ihn auf. Er braucht's. Er hat dich zu lange für selbstverständlich gehalten."

„Ich weiß nicht." Amelia schüttelte langsam den Kopf. „Wir haben schrecklich viel Geld ausgegeben. Steuern und seine Eltern und das Leben hier –", sie wischte mit der Hand übers Zimmer, „– ganz zu schweigen von dem Haus in Jersey."

„Er hatte nichts dagegen, für diese Jersey-Monstrosität ein Vermögen auszugeben ... dieses Jagdhaus, das ihr nie benutzt", spuckte Francis heraus. „Er hat nichts dagegen, ein Jahreseinkommen für eine dieser Safaris zu verschwenden, die er immer mit den anderen haarigen Supermännern macht. Allein seine Rechnungen für Tierpräparierungen ... Und jetzt –", seine Stimme schnurrte, „– und jetzt kann ich mir nicht vorstellen, daß er das Geld zählt, das er für diese andere Dame ausgibt ..."

Amelia setzte sich gerade in ihrem Sessel auf und stieß dabei ihr Glas vom Tischchen.

„Reg dich nicht auf, Süße, ich mach' das sauber und bring' dir einen neuen Drink", sagte Francis. „Warte eine Minute, bis ich ein Handtuch hole."

Er kam mit dem Drink zurück.

„Natürlich", sagte er, „wissen wir nicht, ob's eine andere Frau gibt. Aber wenn ein Mann die üblichen Sorgen nicht ertragen kann, lastet im allgemeinen irgendwas auf seinem Gewissen. Warum sonst sollte er sich so verdrücken? Ihr habt doch in letzter Zeit keinen Krach gehabt, oder?"

„Krach? *Krach?*" Amelias Stimme klang bitter. „Jesus Christus, wir haben nicht mal zusammen geredet. Wir haben nichts getan. Er besucht seinen Agenten. Er schließt sich in sein Büro hier ein oder fährt nach Jersey raus, bleibt wochenlang dort. Ich krieg' 'ne Gänsehaut, wenn ich nur an das Haus denke. Man kann nichts da draußen tun als lesen oder in die Röhre gucken. Alle Nachbarn sind entweder Farmer oder – na, du weißt schon."

„Was sonst?"

„Du weißt doch. Spießer. Freiluftkocher. Die Zwei-Jungs-zwei-Mädchen-Sorte. Jedermann so verflucht herzlich, daß man kotzen könnte. Es wär' nicht so schlimm, wenn Alec sich noch mit mir unterhielte oder –"

„Oder?"

„Oder es mit mir triebe, als ob's ihm ernst wäre – als hätte er nicht eine Pistole im Rücken oder so. Aber wenn dieser Mann sich in ein neues Buch vergraben hat, ist er zu nichts und für niemand mehr zu gebrauchen.“

„Nun“, sprach Francis entschlossen, „da gibt’s genau drei Ausweg-möglichkeiten, mein Mädchen.“

„Was für Möglichkeiten? Und laß den ‚Ausweg‘.“

„Nimm dir einen Liebhaber, oder laß dich scheiden. Oder tu, was ich sagte. Mach eine neue Frau aus dir, und rüttle ihn ein bißchen auf. Das Geld wird ihn auf jeden Fall aufrütteln.“

„Ich möchte keinen Liebhaber. Und auf keinen Fall möcht’ ich eine Scheidung. Mir gefällt die Art, wie ich lebe – wenn – wenn ich bloß meinen Mann aus der Stratosphäre runterholen könnte. Liebhaber und Scheidungen sind so verdammt unordentlich. Ich bin ungefähr die einzige, die ich kenne, die nicht das eine oder andere oder beides hatte.“

Francis gab seiner Stimme eine gedehnt spöttische Note, schnurrend wie eine Katze vor dem Feuer.

„Es täte mir leid, wenn man dich an der Nase rumführte, Süße. Vielleicht wirst du deine Meinung über das eine oder beides ändern, wenn du ein oder zwei Pfund runtergeholt und dir eine neue Frisur gekauft hast. Jetzt“, lebhaft, „seh’ ich dich blond, ziemlich kurz geschnitten, mehr oder weniger ein Heiligenschein. Ich seh’ da auch schon die Anfänge von Grau, und wir sollten das gleich von vornherein unterbinden.“

„Aber mir gefällt mein Haar in dieser Farbe“, sagte Amelia, sich verteidigend. „Ich möchte keine Blondine sein. Und mit einem Heiligenschein würd’ ich scheußlich aussehen.“

„Ich mach’ jede Wette, daß die andere eine Blondine ist“, sagte Francis sanft. „Sie sind’s immer – die ersten ernstlichen, mein’ ich.“

„Aber wir wissen’s doch nicht, verdammt noch mal, wir wissen’s nicht ...“

Francis hob die Hand und nahm seine Fußgelenke voneinander. Er stand auf.

„Abwarten, Schätzchen, abwarten. Und jetzt muß ich gehen. Ich hab’ einen schrecklich anstrengenden Tag morgen und bin immer noch erschöpft von dieser Forschersgattin. Ganz zu schweigen von deiner Freundin Mrs. Hazeltine. Ich muß mich beeilen. Bleib sitzen, Süße. Bleib sitzen und hoff aufs Beste und überleg dir, was ich über das neue Du gesagt habe.“

„Gibt’s denn außer Elisabeth Arden was anderes zur kompletten Überholung?“

Francis lachte in sich hinein.

„Komischerweise ja. Mindestens ebensogut. Es ist in Colorado. Wunderbares Klima, sagt man. Es nennt sich El Rancho Nuyu. ‚*New you*‘, verstehst du? Aber furchtbar teuer. Etwa tausend pro Woche – ohne die Trinkgelder. Nun, gut Nacht, Liebling. Träume süß.“

Und Mr. Francis Hopkins schlüpfte hinaus, ließ Amelia Barr zurück, die in ihren Drink starrte. Nach einer Weile trank sie mit einem großen Schluck aus und ging in Strümpfen zur Bar, um sich einen neuen zu mixen.

17

Die Mädchen saßen am Mitteltisch im vorderen Barzimmer des Einundzwanzig.

Sie waren beim zweiten Glas Bloody Mary angelangt. Sie waren an jenem Morgen alle beim Friseur gewesen, und die Frisuren waren beinah alle gleich, ein Zebrastreifen da und dort war der einzige Unterschied. Großartige Hüte saßen auf den neuen Frisuren, und der Schmuck war kein Plunder. Der eine oder andere war etwas größer als die anderen, und die Perlen waren alle echt.

„Ich finde, ihr Aussehen hat im letzten Jahr nachgelassen. Mir gefiel sie als Brünette besser. Als Blondine sieht sie so hart aus", meinte Ruth Hazeltine.

„Wen hecheln wir jetzt durch?" fragte Amelia. „Jemand, den ich kenne?"

„Oh, ich glaub' schon. Barbara Bayne. Hast du sie in letzter Zeit mal gesehen?"

„Bloß im Kino. Dann und wann im Fernsehen. Und in diesem letzten Stück." Amelia lachte kurz auf. „Ich glaube, es war das letztemal, daß ich's fertigbrachte, Alec aus dem Haus zu lotsen. Ich find' sie schön."

„Ach, ich dachte, du kennst sie", sagte Mary Ferris und wandte sich an den Ober. „Ich nehme den gemischten Salat mit Zitrone und das Hamburger nicht durch, bitte, Vincent. Aber zuerst wollen wir noch einen Bloody Mary trinken, einverstanden, Girls?"

„Ich sollte eigentlich nicht, aber ... na schön", sagten die Mädchen *unisono*. „Und ich nehm' auch den Salat und das Hamburger, Vincent. Nicht durch, bitte."

„Mit einer kleinen Portion Spinat, Madame?"

„Na ja. Es erinnert mich trotzdem an Babynahrung", sagte Dolly Norton. „Aber den Drink noch, bevor Sie mir was zu essen bringen, bitte."

„Sehr wohl, meine Damen. Soll ich Ihnen den Weinkellner schicken?"

„Um Himmels willen, nein“, riefen die Damen, wieder *unisono.* „Schwarzen Kaffee dazu.“

„Danke verbindlichst, meine Damen“, sagte der Ober, die Speisekarten unter den Arm klemmend, und die Mädchen machten es sich wieder im anheimelnden Halbdunkel bequem.

„Wieso sollte ich sie eigentlich kennen?“ fragte Amelia Barr.

„Wen?“

„Barbara Bayne.“

„Oh“, antwortete Mary Ferris. „Ich dachte irgendwie, sie sei eine Freundin der Familie. Hat mit Alec ein Stück zusammen gemacht oder so ähnlich. Vielleicht arbeiten sie an einem neuen? Besprechen es zusammen?“

„Nicht, daß ich wüßte.“ Amelias Lippen fühlten sich plötzlich hart an. „Wie kommst du drauf?“

„Keinen besonderen Grund, Süße. Gestern nachmittag ging ich kurz in die Plaza Bar und sah sie in angeregtem Gespräch zusammen in einer Ecke. Ich dachte mir nur, daß sie an einem Stück arbeiten. Ich wollte nicht – ich meine, die Oak Bar *ist* ziemlich öffentlich, nicht wahr?“

Amelia stellte ihr Glas sehr vorsichtig hin. Ihr Gesicht war blaß geworden. Sie zündete sich eine Zigarette an, und ihre Hand zitterte nur leicht.

Dann sprach sie, ihre Stimme klang falsch und hell und scharf.

„Die Hitze muß mir zusetzen“, sagte sie. „Ich verlier' schon mein bißchen Grips. Natürlich. Da ist eine Wiederaufführung dieses alten Stücks von Alec im Gespräch – ‚Nicht ohne Gelächter‘, erinnert ihr euch, vor dem Krieg? Sie haben vor, ein Musical draus zu machen, und sie wollen außer einem Gesangs- auch einen Sprechpart drin haben. Darum ist es wahrscheinlich gegangen. Aber was die Dame betrifft – ich bin ihr noch nie im Leben begegnet.“

Der Ober kam mit den neuen Bloody Marys, und Amelia trank den ihren mit einem Schluck halb aus.

„Gott, macht das heute durstig“, sagte sie. „Ich glaube, ich werd' vielleicht den Hauptteil meines Lunchs trinken. Bringen Sie mir diesmal einen Martini, bitte“, sagte sie zum Ober. „Ich hab' genug Tomatensaft gehabt. Gesundheitsnahrung langweilt mich.“

Den Salat schaffte Amelia noch, schob das Hamburger aber beiseite, nachdem sie es mit der Gabel zerteilt hatte. Ostentativ sah sie auf ihre Armbanduhr.

„Verdammt, es ist später, als ich glaubte“, sagte sie. „Ich muß doch noch zum Zahnarzt. Entschuldigt mich bitte, aber ich muß mich beeilen. Vincent! Setzen Sie meinen Anteil auf die Rechnung. Ich unterschreibe dann das nächstemal.“ Sie lächelte die Mädchen heiter an. „Auf Wiedersehen bald – ruft mich an“, und eilte durchs Foyer und die Treppe hinauf. Es gelang ihr noch, in ein Taxi zu steigen, ehe die Tränen kamen.

„Das war wirklich reizend von dir", sagte Ruth Hazeltine zu Mary Ferris. „Entzückend."

„Hack nicht auf mir rum, Süße. Was hab' ich denn verbrochen?"

„Du wußtest wohl nicht, daß Alec Barr Amelia letzte Woche verlassen hat? Nein, in dieser Klatschbase von Stadt hat's dir niemand erzählt?"

Mary Ferris hob abwehrend die Hände.

„Schlag mich nicht", sagte sie. „Ich war kein Aas. Ich kam gestern früh erst vom Kap zurück. Um was handelt sich's eigentlich?"

„Mr. Alexander Barr, der bekannte Autor und Stückeschreiber, ließ seine Frau am Abend meiner Dinnerparty letzte Woche sitzen", erwiderte Ruth Hazeltine. „Zuerst wurde angenommen, es sei ein Nervenzusammenbruch auf Grund des heißen Wetters. Als aber vom Bellevue-Hospital nichts gemeldet wurde, nahm man an, er hätte sich mit einer Hure zusammengetan. Du hast nun seiner liebenden Gattin die Nachricht überbracht, daß die Hure niemand anders als Barbara Bayne, der bekannte Barracuda, ist. Du hast beste Tagesarbeit geleistet für ein Mädchen vom Lande, mein Herzchen."

„Jesus, das tut mir leid. Hat niemand von euch Privatdetektiven die Tatsachen aufgespürt?"

„Bis gestern ist Mr. Barr mit seiner Liebe im Untergrund geblieben, Händchen haltend in halbdunklen Lokalen, die von besseren Leuten nicht frequentiert werden", antwortete Ruth Hazeltine. „Gestern ist er zum erstenmal an die Oberfläche getaucht, sonst hätte eine von uns es bestimmt erfahren. Die Rechnung, Vincent!"

„Hätte jemand Lust auf einen ganz, ganz winzigen Nachtisch?" fragte Dolly Norton. „Das Gebäck sieht köstlich aus."

„Heute nicht", sagte Ruth Hazeltine. „Das erlaubt meine Figur nicht." Sie sah Dolly Norton prüfend an. „Und die deine auch nicht, mein Mädchen. Rechnung!"

Wieder zu Hause, stöberte Amelia Barr alte Nummern von Life Magazine durch, bis sie auf ein Titelblatt mit der Fotografie Barbara Baynes stieß. Sogleich zerriß sie das Blatt, ging ins Schlafzimmer und attackierte ein großes Bild ihres Mannes mit dem Pfennigabsatz eines Schuhes, bis das Glas zersplitterte. Dann warf sie sich aufs Bett und schluchzte.

Schließlich raffte sie sich auf, ging ins Bad und wusch sich das vom Weinen gerötete Gesicht in kaltem Wasser. Dann ging sie zur Bar, goß sich einen kräftigen Scotch ein und hob das Bartelefon. Sie wählte eine vertraute Nummer.

„Ich möchte Mr. Hopkins sprechen, bitte", sagte sie. „Hier ist Mrs. Barr."

Sie nippte mit zusammengekniffenen Augen und mit dem Fuß auf den Boden tippend an ihrem Drink. Dann:

„Francis? Amelia. Du hattest völlig recht. Wie ist doch der Name dieser gottverfluchten Gesundheitsfarm?"

18 Alec

Es war sehr angenehm gewesen, dieses Zwischenspiel in Chikago, aber Alec war in New York ein sehr beschäftigter Mann, und Amelia war ziemlich schwierig, und Babys ließen sich schwer produzieren, und es war heiß, kochend heiß, außerdem war es nötig, in aller Eile einen Haufen Geld zu verdienen, und es war die Sorte Jahr, in dem alle Verleger immer das *ganze* Manuskript wollten, so daß es nie so richtig klappte. Daher hatte Alec seine neue Freundin von der Chikago-Reise nicht angerufen, zumal er sich nicht gern in irgendeiner Ecke verkriechen und sich andererseits auch nicht in den netteren, vertrauten Bars zur Schau stellen wollte, wo allenfalls lose Geschäftsbekanntschaften bei ihrem Anblick nicht erstaunt die Augenbraue heben würden – abgesehen von der Möglichkeit, daß Amelia mit Betty oder Tess oder einem der allseits akzeptierten Freunde hereinplatzen könnte, die heutzutage stets zu einem gutgeführten Haushalt zu gehören schienen.

Barbara Bayne hatte eine schnell hingekritzelte Notiz auf dem Nachttisch zurückgelassen, als sie Alecs Hotelzimmer in Chikago morgens verließ, um eine früher abfliegende Maschine zu nehmen: „Du schliefst so süß, daß ich nicht das Herz hatte, Dich zu wecken. Ruf mich gelegentlich an, wenn Du wieder in New York bist und Dich einsam fühlst. Ich werde meine eigenen häuslichen Probleme in Ordnung bringen. Dir wünsche ich nur das Beste bei den Deinen. Und gestern nacht – *alles* – war wundervoll. Leb wohl, Kamerad. B." Das „alles" war mit Lippenstift unterstrichen gewesen.

Jetzt war Alec blind wie ein brünstiger Stier aus der Wohnung gestürzt, mit der eingestandenen Absicht, irgendwohin zu gehen – wohin? Als seine Erregung sich gelegt hatte und er in dem Taxi in Richtung Uptown saß, nagte die Frage an ihm: wohin? Ein kleiner Junge, der von Zuhause wegläuft, dachte er, geladen vor Wut und entschlossen, hinter dem Horizont zu verschwinden – *denen* werd' ich's zeigen –, aber völlig unwissend, in welcher Richtung der Horizont lag.

Alec Barr schnalzte mit den Fingern. Er erinnerte sich an ein Hotel aus seiner Anfangszeit in New York, ein schäbig-feines kleines Hotel in den Fiftys, das bei englischen Emigranten beliebt war. Es hatte eine lustige, rotlederne, eichen-verräucherte Ähnlichkeit mit einem typischen Landklub gehabt, und da würde er voraussichtlich niemand treffen, den er kannte.

„Ich hab' kein Gepäck mit", sagte er, auf den Empfang zugehend. „Wahrscheinlich lass' ich's mir morgen holen. Inzwischen möchte ich gern im voraus bezahlen."

Der Empfangschef setzte ein uraltes, zynisches, kameradschaftlich-verschwörerisches Lächeln auf, das roquefortgrüne Zähne entblößte, die besser bedeckt geblieben wären, und zupfte an seinem winzigen blonden Schnurrbart. Plötzlich roch es nach Kohl – Rosenkohl vielleicht – in der verschossenen Halle.

Alec schrieb mit großen, klaren Buchstaben: „Alexander Barr, 30, Rockefeller Plaza", und schob den Block dem Empfangschef wieder hin. Der warf ihm einen Seitenblick zu. Er entblößte alle seine grüngefleckten Zähne. „Was für ein Zimmer möchten Sie haben, *Mister* Barr?"

„Ein Doppelzimmer." Er legte einen Geldschein auf das Pult. „Das sollte für ein paar Tage genügen. Wenn ich mein Zeugs kommen lasse, nehm' ich mir vielleicht eine Suite."

„Sie verstehen, ich mache die Vorschriften nicht", sagte der Empfangschef, „aber ohne Gepäck –"

„Ich verstehe. Vergessen Sie's. Und jetzt geben Sie mir eine Quittung für das Geld, und reichen Sie mir den Schlüssel."

Alec fuhr in dem gebrechlichen Aufzug hinauf. Der Geruch nach Kohl stach ihm immer noch in die Nase. Das Zimmer mit seinen abgenutzten Chintzvorhängen und dem schwülstigen, durch langen Gebrauch abgeschabten gelben Satinüberzug über den beiden Betten war gar nicht übel. Er öffnete die Tür zum Badezimmer und stellte fest, daß es wenigstens sauber, wenn auch beengt war.

Er wusch sich das Gesicht, das vor Schweiß fettig glänzte, und wünschte, sich umziehen zu können. Melancholie überfiel ihn. Er dachte daran, nach einem Drink hinunterzutelefonieren, kam aber zu dem Schluß, daß er in diesem dürftigen, schäbigen, von vielen Fremden abgenutzten Zimmer nicht trinken könnte. Er fuhr wieder hinunter und warf seinen diebessicheren, beschwerten Schlüssel aufs Pult.

„Zimmer all right?" fragte der Empfangschef.

„All right", antwortete Alec scharf und machte sich auf den Weg zu Shor. Es war Trinkzeit. Shor hatte eine Klimaanlage, die die Schweißbäche, welche ihm das Hemd an den Rücken klebten und seinen Krawattenknoten zusammenschrumpfen ließen, trocknen würde. Außerdem wäre sicher jemand da, mit dem er sich unterhalten konnte. Es war immer jemand zum Unterhalten bei Shor, selbst an einem Sonnabendabend Ende August in der verlassenen Stadt New York.

19

Alec wachte auf, als die hellen Sonnenstrahlen ihm schmerzend in die Augen stachen. Seine Kehle war trocken und wund, er hatte einen scheußlichen Geschmack nach Grünspan im Mund. Hinter seinen Augäpfeln war ein schmerzhafter Druck, und sein Kopf hämmerte im Takt mit seinem rasenden Herzklopfen. Er trug noch seine kurzen Unterhosen. Er riß sie sich herunter und steuerte dem Badezimmer zu.

Er besah sich in dem fleckigen Spiegel über dem Kleiderschränkchen und zuckte wieder zusammen. Irgendwie sah ein nackter Mann bedeutend nackter aus als eine nackte Frau. Die Dusche hatte sein grau werdendes Haar auf die Schädeldecke geklatscht. Sein Bart nahm sich grünlich-grau gegen seine ungesunde und fahle Haut aus. Seine Augen trieften – waren blutunterlaufen und trübe, die Lider geschwollen und fleckig. Aber seine Hose hing sauber an einem Bügel.

Sein Jackett war vom Schwitzen in der Ellbogenbeuge faltig, aber es hing ebenfalls korrekt über einem anderen Bügel. Auch das Hemd war über einen billigen Drahtbügel gehängt, aber der Kragen war vom Schweiß weich, und es roch muffig. Die schweißfleckige Krawatte lag über einem Sessel, und die Socken waren auf seine Schuhe gelegt.

„Jemand muß mich zu Bett gebracht haben", murmelte er. „Weiß Gott, ich hätte nichts aufgehängt – in der Verfassung, in der ich war. Jemand – o Gott! Kann niemand anders als Dinah gewesen sein – es sei denn . . . ? Nein, Jesus! Jetzt erinnere ich mich, es *war* Di."

Während er sich anzog, kramte er noch mehr aus seinem Gedächtnis hervor, mit zitternden Fingern an Knöpfen fummelnd und sich unbeholfen mit der noch feuchten Krawatte abmühend. Als er sich bückte, um seine Schnürsenkel zu binden, stach ihm der Schmerz wieder in den Schädel. Er fühlte sich schwach, eklig, zum Erbrechen, und bitterer Gallengeschmack stieg ihm faulig in die Kehle. Alec Barr war selten sehr betrunken und trank beinah nie morgens, außer bei gutkameradschaftlichen Männergesellschaften wie Jagd- und Angelpartien. Er sah auf die Uhr: Erst zwölf Uhr mittags, und sonntags machten die Saloons erst um eins auf. In diesem Augenblick hätte Alec Barr, von einem schlechten Gewissen gequält und mit einem Mordskater behaftet, beinah alles in der Welt für einen doppelten Bloody Mary, einen doppelten Whisky Sour oder einen langen, kalten Orangensaft mit Gin gegeben. Er rief den Zimmerdienst an und wurde belehrt, daß die Hotelbar nicht vor eins öffne.

Alec fühlte sich wie ein Landstreicher von der Bowery unbehaglich und schmuddelig in seinen nach Zigarettenrauch riechenden Kleidern und sah sich im Zimmer um. Er langte in seine Taschen – kein Geld.

Aber da, sauber auf dem Nachttisch aufgehäufelt, war welches, und daneben lag eine hastig gekritzelte Notiz.

„Autor: Ich versuchte, Dich zu überreden, zu mir nach Hause zu kommen, aber Du lehntest hartnäckig ab. Es blieb mir also nichts anderes übrig, als Dich hierher zu lotsen und ins Bett zu stecken. Wenn Du wieder mal einen klaren Kopf hast und in Stimmung bist, ruf mich im Büro an, dann holen wir *l'amour* nach. Gestern nacht war ich nicht für eine Romanze aufgelegt, besonders, da Du mich dauernd *Amelia* nanntest. Paß auf Dich auf. Es ist alles halb so schlimm."

Die Notiz war einfach mit „Dinah" unterschrieben.

Alec zuckte wieder zusammen. Jetzt kam ihm alles klar und deutlich ins Gedächtnis zurück, vom ersten einsamen Drink bei Shor, wo er verlogen mit Ziggie herumgealbert hatte, bis Dinah Lawrence in die Bar getreten war.

„Hallo, Buchautor", sagte sie, „was tut denn unser illustres und allerhöchstes literarisches Genie ganz allein an einem Sonnabendabend in New York? Ich dachte, ihr Reporterburschen gingt jedes Wochenende zu den Hamptons."

„He, Skribente", sagte Alec fast hysterisch froh, Dinah Lawrence zu sehen. „Komm und heb einen mit mir. Oder bist du verabredet?"

„I wo. Ich bin ein Sonnabendabend-ist-der-einsamste-Abend-in-der Stadt-Mädchentyp. Hatt's satt, in die Röhre zu gucken und mir über die Hoffnungslosigkeit meiner unfruchtbaren Zukunft Gedanken zu machen, und beschloß einfach, downtown zu fahren und mir einen Matrosen oder so was zu schnappen. Und dies schien mir der richtige Ort für den Anfang zu sein."

„Im Großen Krieg", sagte Alec, „war ich selbst mal ein alter Seemann. Komm an Bord, Kamerad, und spende mir Trost. Was soll's denn sein?"

„Gin. Große, verschwenderische Mengen. Zuerst Tonic, und dann misch' ich's. Was führt dich eigentlich hierher zu den Sportfexen?"

Alec fühlte sich schon wohler. Er blickte Dinah Lawrence mit fast glücklicher Billigung an. Sie sah sehr hübsch aus, dachte er, wenn sie auch etwas älter geworden war.

Di Lawrence war, was man im Krieg früher „einen guten Joe" nannte. Das war ihr Hauptproblem als begehrenswerte Frau, ein guter Joe zu sein. Die Männer waren gern mit guten Joes zusammen, aber im allgemeinen schienen sie die Süße-Alice-Typen zu heiraten. Sie war wirklich verdammt hübsch – rauchblaue Augen, lockiges, schwarzes Haar, schon mehr als angegraut, aber sie gab sich keine Mühe, es zu färben. Sie mußte ungefähr Ende Dreißig sein, vielleicht sogar schon Anfang Vierzig. Sie war ein hochgeachteter alter Journalist in der Stadt – niemand hätte sie je eine Journalist*in* genannt –, und Alec kannte sie schon aus seinen frühen Tagen in Washington. Sie hatte nichts

Mädchenhaft-Zimperliches im Stil, schrieb klare, sachliche Nachrichten und Features, bezog ein hohes Gehalt und verachtete Aufträge, die offensichtlich zu der rührseligen Schnulzenkategorie gehörten. Sie war genauso tüchtig beim Spinnen flotten Mordgarns wie die besten ihrer Kollegen; sie hatte mehr als ihren fairen Anteil an der Berichterstattung über Überschwemmungen, Blut, Erdbeben und allgemeine Katastrophen gehabt.

Sie war einmal verheiratet gewesen mit irgendeinem unbekannten Burschen, der bei einer anderen allgemeinen Katastrophe umgekommen war und als einzige Erinnerung an ihn eine sehr hübsche Teenagertochter hinterlassen hatte, auf deren Erziehung Di viel Zeit verwendete. Die Tochter war jetzt irgendwo auf einer Schule – Gott, dachte Alec, wahrscheinlich schon auf dem College. Wie schnell die Zeit vergeht! Das Gör muß jetzt beinah zwanzig sein, natürlich ist es auf dem College. Wenn ich dran denke, daß ich einmal Babysitter bei ihr gespielt habe, wenn ich aus dem Haus mußte, um bei Verstand zu bleiben.

Nun, ihre Mutter ist immer noch ein Leckerbissen. Vielleicht ein bißchen zuviel Kurven, aber die Beine sind noch gut, die Hüften straff, wenn sich auch der Gürtelrand abzeichnete.

„Wie geht's meinem Lieblingskind?" fragte Alec, die Frage übergehend, was ihn an einem New Yorker Sonnabendabend in die Welt hinausgeführt habe. „Wo ist meine hübsche Penny?"

„Großer Gott", sagte Di Lawrence, „deine hübsche Penny ist im dritten Semester in, ausgerechnet, Northwestern. Ich könnte jeden Augenblick Großmutter werden, der Himmel verhüt's. Aber du hast meine Frage nicht beantwortet."

Alec sah sich, diesmal noch zustimmender, wieder Dinah Lawrence an. Sie trug ein einfaches graues Kammgarnkostüm, streng geschnitten, darunter einen hochgeschlossenen Pullover und nur eine Brosche am Revers, um die Strenge zu mildern. Auf keinen Fall erinnerte sie auch nur entfernt an die durchschnittliche Nachrichtenkuh, dachte er.

„Das ist aber eine tolle Aufmachung, um sich einen Seemann anzulachen", meinte Alec. „Viel zu damenhaft. Ich freu' mich, daß du einen Freund getroffen hast. Einen Freund in Not, könnte man sagen. Ich hab' soeben Amelia verlassen. Die Decke fiel mir auf den Kopf. Ich bin einfach in dem, was ich am Leibe trug, verduftet. Zusammentreffen verschiedener Umstände. Allzu gemeines Zusammentreffen, als daß ich's noch hätte ertragen können."

„Du hast Amelia schon seit Jahren verlassen", erwiderte Dinah Lawrence. „Jetzt hast du's also wirklich und endlich getan, was? Hat sie dich mit dem Beil bedroht?"

„Ich hab's wirklich und endlich getan, und, wie Tim Costello sagen würde, min Herz ist schwarz, und min Seel' ist krank und wund, und sie hat mich nicht mit dem Beil bedroht. Eigentlich hatte ich die Absicht, mich zu besaufen. Machst du mit?"

„Warum nicht? Wär' nicht das erstemal, daß ich dich durch deine melancholischen Anfälle gelotst hätte. Erinnerst du dich an den Konvent damals in Philadelphia?"

„Und ob! Auch an die Folgen."

Dinah Lawrence sah auf ihren Drink und wurde leicht rot.

„Sei kein verfluchter Schuft, Amigo. Wir haben uns beide nötig gehabt. Ich hab' im allgemeinen keinen Sinn für Romanzen im Beruf. Es muß Trumans Gebt-ihnen-Saures-Rede gewesen sein, die meine mädchenhaften Drüsen in ungewöhnliche Aktion versetzte."

„Es war 'ne nette Nacht", sagte Alec. „Ich hab' mich oft gefragt, warum wir sie nicht wiederholt haben."

„Ich wildere nicht im Eigentum anderer Leute auf ihrem eigenen Areal", entgegnete Di Lawrence. „Schließlich war immer noch Amelia da. Ich war glücklich, wenn du gelegentlich auf 'ne Tasse Kaffee vorbeikamst. Weißt du, daß Penny dich immer noch anbetet, und das als erwachsenes Mädchen und so weiter?"

„Es hat mir großen Spaß gemacht, ihr Babysitter zu sein. Sie war ein reizendes Kind. Sehr hübsch jetzt? Ich hab' sie seit, mein Gott, einer Ewigkeit nicht mehr gesehen."

„Sie ist verdammt hübsch. Schwarz wie ich, aber in der Figur wird sie weniger hausfrauenhaft werden. Hier ist ein Foto." Dinah Lawrence öffnete ihre Tasche und nahm eine Brieftasche heraus. Sie holte ein Farbfoto aus der Plastikhülle und reichte es Alec. Er sah ein lächelndes Mädchen mit großen blauen Augen, breitbeinig in Shorts und Jersey dastehend. Sie hatte schon Kurven und würde sicher reizende Beine bekommen, wenn der Babyspeck einmal von ihren Schenkeln verschwunden wäre. Sie trug das Haar kurz, es war dunkel und lockte sich natürlich um die Ohren.

„Wie alt ist sie jetzt? Sie ist wirklich reizend."

„Wird zwanzig. Aber verdammt auf Draht. Ich glaube, deine Babysitterei ist ihr sehr gut bekommen. Nachgeburtlicher Einfluß. Sie liest viel. Bestand ihre Collegeprüfungen mit ersten Noten. In der Schule hat sie immer Einsen gehabt. Ich glaube, sie will Ärztin werden. Oder Atomwissenschaftlerin. Oder Missionarin. Oder Journalistin – bloß nicht! Oder Ballettänzerin. Du verstehst, bemerkenswert uninteressiert am frühen Heiraten soweit, Gott sei Dank. Aber das wird sich ändern."

Alec gab dem Barkeeper ein Zeichen für eine neue Runde. Der Gin brachte seinen Magen wieder in Ruhe und Ordnung. Ein Großteil der früheren Niedergeschlagenheit, des Schocks über das, was er getan hatte, verflog. Dinah Lawrence lockerte ihn immer auf. Gott allein wußte, sie war weiblich genug; die Nachtsitzung damals in Philadelphia war durchweg stürmisch gewesen. Aber sie hatte auch die wundervolle Gabe der Kameradschaft, dieses Verdammt-noch-mal-keine-Rücksicht-weil-ich-unwohl-werde in ihren Beziehungen zu Männern im Beruf. Alec fühlte sich besänftigt, wie sie ihn immer besänftigte, wie er seine angegriffenen Ganglien stets sanft massiert gefühlt hatte, wenn er von Zeit zu Zeit Dinah in ihrer bücherüberladenen Wohnung besuchte, um einen Schluck Kaffee zu trinken, mit dem Baby zu spielen – *Baby*? – und seine Probleme in ein sympathisch aufnehmendes Ohr zu träufeln. *Vielleicht hätte ich sie heiraten sollen*, dachte er kurz und schüttelte den Kopf.

Dinah bemerkte das Kopfschütteln.

„Was ist los? Wanzen?"

„Hatte gerade einen flüchtigen Gedanken. Vielleicht hätt' ich dich heiraten sollen. Andererseits, zwei Schriftsteller in einer Familie ..."

„Taugt nichts, Jack. Zwei Schriftsteller? Denk nicht mehr dran, Charlie. Du bist zwar ein großartiger Babysitter und einmal –", sie lächelte, „– einmal warst du ein außergewöhnlicher Liebhaber. Aber Ehemann? Huiii! Da hätt' ich schon lieber Lepra." Sie forcierte einen jüdischen Akzent in ihrem Tonfall.

„Hab' ganz vergessen, daß du Jüdin bist", sagte Alec. „Wer war übrigens dieser Lawrence? Ich hab' ihn nie kennengelernt."

„Du weißt also, daß ich einen *Goi* heiratete? Mama sagte, es sei reiner Mord. Mama hatte recht. Was für ein Ärger. Was für ein Mann."

„Jetzt erinnere ich mich. Undeutlich. Er hat sich nie um Penny gekümmert – sie unterstützt, mein' ich?"

„Ich wollt's nicht. Brauchte es auch nicht. Penny gehörte mir. Und ich hatte einen netten Gratis-Babysitter." Sie lächelte. „Hör auf, auszuweichen. Was war los mit Amelia?"

„Nicht viel. Es war bestimmt nicht ihre Schuld. Ich hatte einfach plötzlich das gottverdammte Gefühl zu ersticken – als ob mir die Luft ausginge. So eine Art Das-Leben-geht-an-mir-vorüber. Wechseljahre, nehm' ich an. Und es war einer dieser Tage, an denen nichts klappt. Plötzlich glaubte ich, wahnsinnig zu werden, wenn ich nicht sofort verschwände. Wahrscheinlich nichts Originelles."

„Durchaus nicht." Dinah Lawrence tätschelte ihm die Hand. „Klingt mehr nach ablehnenden Verlegerbriefen und heißem Wetter und Mutter-weiß-es-am-besten. Hab' ich recht?"

„Völlig recht. Wir brauchen also nicht mehr drauf rumzuhacken. Trinken wir noch ein paar, und essen wir ein riesiges Dinner, und seien wir kurz höflich zu dem Großen Mann. Und dann stürzen wir uns in die Nacht und lassen uns im Dorf sehen. Das heißt, wenn in New York an einem Sonnabendabend im August überhaupt was los ist."

„Da hast du allerhand vor. Ich geh' los, um mir einen Matrosen zu angeln, und schnappe mir einen Korvettenkapitän. Das Baby hat also immer noch Klasse. Vielleicht sind's meine hübschen Beine und meine unerschütterliche Verdauung."

Alec drehte die Olive am Zahnstocher in seinem Martini herum.

„Erklär' mir eins", sagte er. „Warum muß jedermann in dieser verfluchten Stadt immer so scharf, so naßforsch, so borstig reden? Wie kommt's, daß jemand nicht dann und wann ‚Ich liebe dich' oder ‚Hau ab, du Scheißkerl' oder ‚Nein, ich freu' mich nicht, dich zu sehen, ich hasse dich' sagen kann, statt dauernd mit Liebling und Gags und komischen Bemerkungen um sich zu werfen? Warum sind sie alle so verdammt witzig?"

Dinah summte die ersten zwei Takte von „Manhattan".

„Es ist eine Grundhaltung, von Hollywood aus der Madison Avenue gezeugt. Alle Männer nennen sich ‚Honey', und jedermann sonst nennt jeden andern ‚Süße'. Wenn man eine Gefühlsregung hat, muß man sie begraben und dann zum Psychiater gehen, um für viel Geld feststellen zu lassen, warum man frigide oder was weiß ich ist. Der größte Rammler, den ich in dieser Stadt kenne, behauptet, er könne nicht mit seiner Frau schlafen, weil er eine Wunschtraumhure heiratete und mit seiner Mutter im Bett aufwachte."

„Du hast damit doch nicht etwa mich gemeint?" fragte Alec Barr.

„Gehen wir und essen wir einige von den erstklassigen Rippen des Großen Mannes", meinte Dinah Lawrence. „Und ich hab' nicht dich gemeint."

„Vielleicht war's dir nicht bewußt, aber in Wirklichkeit hast du mich gemeint", sagte Alec Barr. „Schick uns noch eine Lage an den Tisch, Zig."

Als der Ober sie brachte, grinste Alec und sagte:

„Erinnerst du dich, wie wir Washington, D.C., eroberten, ohne einen Schuß abzufeuern?"

„Worauf du dich verlassen kannst. Manchmal denke ich noch Gott für H. L. Mencken."

20

In jenen Tagen gab es Frauen in den Zeitungsredaktionen, doch hielten sie sich meist an Spezialitäten der Innenseiten – Gesellschaft, Klubs, Das Schöne Heim, Musik, Drama und gelegentlich an die Lokalglosse, die aus Gründen der Schockwirkung einen Frauenblickpunkt erforderte. Im allgemeinen traf man die Damen nicht auf den Stadtrundgängen an, bei der Polizei etwa, den Gerichten, im Rathaus, außer wenn was Besonderes nach weiblicher Beurteilung verlangte.

Der junge Alec Barr tummelte sich mit Erfolg in jenen munteren Vorkriegstagen, bevor das Fernsehen seine neugierige Nase ins Nachrichtengeschäft steckte. John Barry, der Chefredakteur, probierte den jungen Barr in allem aus – eine Zeitlang beim Sport, dann im Innendienst, ein halbes Jahr im Theaterfeuilleton, als Berichterstatter beim Polizeigericht und jetzt auf Dauereinsatz im District Building (das im nicht emanzipierten, nicht stimmberechtigten Washington das Rathaus umfaßte). Als nächstes würde das Bezirksgericht, dann Capitol Hill und schließlich die oberste Stufe, die allgemeine Berichterstattung, kommen.

Alec fand im District Building eine geschlossene Gesellschaft vor. Der *Star* war fest durch einen quengelnden Veteranen verwurzelt; dasselbe galt für die *Times*, die *Post* und den *Herald*. Es war eine Zeit im Zeitungsgeschäft, in der ein Lokalreporter, der seine Tour meisterte und seine Verbindungen gefestigt hatte, seinen Posten dauernd behielt – außer vielleicht bei den *News*, der fünften Zeitung im Rennen, arm an Reportern, forsch und geneigt, den Redaktionsstab ein- oder zweimal pro Jahr auf den Kopf zu stellen.

In flauschigem Filzhut und schottischem Sportjackett stürmte Alec ins Pressezimmer und machte sich bekannt. Seine Anwesenheit erregte wenig Interesse. Die Jungs blickten von ihrem Pokerspiel auf und grunzten. Sie sahen wie Lokalreporter aus; schäbige, mit Asche bestreute und nach Alkohol riechende Geschöpfe, die ihre Notizen im allgemeinen an ihr Ressort telefonierten und das Schreiben der Redaktion überließen. Gelegentlich stöhnten sie über einem Nachtbericht oder einem befohlenen Aufsatz für die Leitartikelseite, aber Schreibmaschinen waren im allgemeinen mit dem Bann belegt. Harry Barrett, glatzköpfig und zierlich, von der *Times*, pflegte einen Schluck aus der Flasche in seinem Schreibtisch zu nehmen und zu Mike O'Creary, auch von der *Times*, zu sagen: „He, du bist heute morgen an der Reihe, den alten Schwätzer (das war der Bezirkskommissar) auszuhorchen. Sag dem alten Windbeutel, er soll sich kurz fassen, ganz gleich, was es ist." Und das endlose Pokerspiel wurde wiederaufgenommen, bis

O'Creary samt seinem schmierigen Schnurrbart mit ein paar gekritzelten Notizen und der Nachricht wieder erschien, daß es wegen der Autobahnverlängerung oder der Wassergesetzesvorlage oder was immer den Bürgermeister ehrenhalber einer Stadt beschäftigte, deren Stadtrat der Kongreß war, einigen Staub im Kongreß geben werde.

Sie sahen Alec Barr leer und ablehnend an, weil er erstens jung war, weil er zweitens von der draufgängerischen *News* kam und wahrscheinlich ehrgeizig sein würde und weil dies drittens mehr Arbeit für alle bedeutete. Worauf sie sich alle dranmachten, den Eindringling zurechtzustutzen. Routinenachrichten wurden ihm vorenthalten. Kleine Exklusivmeldungen wurden nur unter den Veteranen ausgetauscht. Es verging kein Tag, an dem die Redaktion nicht Alec anrief und fragte: „Wo, zum Teufel, waren Sie bei dieser Sache?", während die ersten Ausgaben der Nachmittagsblätter schon in den Straßen verkauft wurden. Alec lief sich die Absätze krumm, tippelte auf der Suche nach Nachrichten durch die Hallen, aber die Stadtväter hatten wenig Antworten, weil Alec auf seiner ihm noch fremden Tour wenig Fragen hatte, und wenn sich irgendeine Geschichte von Wichtigkeit ergab, stießen die Nachmittags-*Times* und der *Star* Alec mit der Nase drauf, und die *Post* und der *Herald* bestätigten die Sache am anderen Morgen.

Alec kam sich ungefähr vor, als würde er von *Piranha*fischen in Stücke gerissen. John Barry war vielleicht verständnisvoll, aber Tom Freeland, der Lokalredakteur, war es nicht. Die *News* wurden ermordet, und die Redaktion machte einen Heidenkrach.

Der Mann von der *Post*, Peter Shotton, war nett gewesen, weil er nicht zu einem direkten Konkurrenzblatt gehörte, und hatte Alec von Zeit zu Zeit gegen die Nachmittagsopposition beigestanden. Aber es bestand die eiserne Regel, daß neue Nachrichten in regelmäßigem Turnus innerhalb des Veteranenklubs verteilt wurden, und das Beste, was Alec erreichen konnte, war ein trauriges Wiederkäuen der Morgenmeldungen von *Post* und *Herald* für die erste Ausgabe seiner Nachmittagszeitung, wonach die Story gekillt wurde, da die Nachmittagskonkurrenz sie mit neuen Informationen von den Seiten fegte.

Eines Tages erlitt Shotton, in dem Whisky und Langeweile tiefe Spuren hinterlassen hatten, im Pressezimmer einen tödlichen Schlaganfall. Gerade hatte er noch auf seine abgeklapperte alte Remington eingehämmert, und in der nächsten Minute lag er schon über der Maschine, mit dem krampfhaft wedelnden Arm eine Pinte Whisky auf den Boden fegend. In diesem Augenblick war Alec der einzige in der Bude, worauf er die *Post* anrief und vorschlug, den Leichenwagen und einen neuen Mann herzuschicken.

Alec war auf die Vertretung nicht vorbereitet, war zu sehr an ledrige alte Burschen in unordentlichen Anzügen gewöhnt; an halsstarrige alte Burschen mit geplatzten Adern in Wangen und Nase und orangefarbenen Nikotinflecken am Zeigefinger.

„Ich bin der neue Mann von der *Post*", sagte eine Stimme, und Alec blickte von seiner Maschine auf, weil die Stimme des neuen Mannes nicht die eines Mannes war. Der neue Mann war schätzungsweise einundzwanzig, hatte rauchblaue Augen und schwarzlockiges Haar. Der Sweater des neuen Mannes war mit höchst unmännlichen Kurven ausgefüllt, und der neue Mann trug einen haferflockenfarbigen Tweedrock, der sehr unmännliche Hüften sehen ließ.

„Ich bin Dinah Frankel", sagte der neue ‚Mann'. „Ich soll den armen alten Pete Shotton ersetzen. Ist er leicht gestorben?"

„So!" sagte Alec, mit den Fingern schnalzend. „In den Sielen."

„Schade", sagte Dinah Frankel. „Aber mir gibt's eine Arbeitsstelle. Ich hab' genug Klubnachrichten und Frauenseitenblödsinn zusammengeschrieben, um eine Ziege mundtot zu machen. Wir sind augenblicklich knapp an Leuten – wieder mal eine Umbesetzung –, und jemand, Gott segne ihn, erinnerte sich, daß ich in Ohio Zeitungsmann gewesen bin, bevor ich in Washington, D.C., Zeitungs*frau* wurde. Können Sie mich ein bißchen einführen, oder krieg' ich das von den alten Hasen? Übrigens, wie heißen Sie?"

„Alec. Alec Barr. Und bitten Sie lieber einen der alten Hasen, Ihnen das Nähere zu erklären. Mir ist es gerade mal gelungen, die Herrentoilette ausfindig zu machen. Dieser Laden ist ein richtiges Monopol. Die alten Jungs wollen es sich nicht durch unnötige Arbeit verderben."

„Hmmm." Dinah Frankel sah Alec prüfend an. „Ich kenne die Praktiken. Wir hatten in Columbus ziemlich scharfe Sicherheitsmaßnahmen. Es hat mich ein ganzes Jahr und 'ne Menge Rumrennerei gekostet, um die Jungs davon zu überzeugen, daß ich nicht eigentlich ein Mädchen, sondern ein Reporter bin. Wollen mal sehen, was wir tun können, um dieses Männermonopol zu brechen."

Einer nach dem anderen kamen die Lokalreporter herein, und ihre Gesichter wurden lang, als sie Shottons Nachfolger sahen. Ein kecker Bursche von einer jungen Zeitung war schon beleidigend genug für ihr Königreich gewesen, aber jetzt – Jesus Christus! Eine Frau im Pressezimmer! Nicht mehr fluchen, keinen Tabaksaft auf den Boden spucken können und womöglich noch Blumen auf dem Redaktionstisch der *Post*! Wohin mochte es mit der Branche noch kommen? An den verschiedenen Redaktionsschreibtischen machte sich anhaltendes Gemurmel bemerkbar, und es gab sogar formelle Proteste bei Chefredakteuren. Damen seien all right auf der Frauenseite, aber im *Außendienst* . . . Jesus!

Dank ihrem Sex hatte Dinah Frankel mehr Glück als Alec. Sie schwenkte keck die Hüften an ressentimentgeladenen Sekretärinnen vorbei, trug engere Pullover und brachte es fertig, eine saubere Anzahl Exklusivmeldungen zu ergattern, indem sie einfach ihre weiblichen Reize gegen die Kerle einsetzte, die vom Kongreß damit beauftragt waren, die Angelegenheiten des Bezirks in Ordnung zu halten. Aber noch immer wurde sie stur von ihrer Opposition umgelegt, dem Gentleman des Morgen-*Herald*, der rachsüchtiger zu sein schien als jeder andere in der Pressebude.

Als Unterlegene, beide jung und die eine weiblich, verbündeten sich Dinah und Alec und fingen an, ihre eigenen kleinen und sehr seltenen Triumphe untereinander aufzuteilen, so daß sie gelegentlich die knurrende Bemerkung hören konnten: „Und wo, zum Teufel, waren Sie bei dieser Sache?" Durch die Telefone der Opposition.

„Aber das genügt noch nicht", sagte Dinah Frankel. „Wir kriegen immer noch Hiebe bei den wichtigen Sachen. Das ist auf jeden Fall ein Witz-Außendienst, und keiner von uns beiden wird lange dabeisein. Aber ehe ich ausscheide, möcht' ich diese alten Mooskoöppe auf Vordermann bringen."

„Bin ganz deiner Meinung", sagte Alec. „Noch ein Bier, bevor wir essen?" Sie hatten die unwandelbare Gewohnheit angenommen, im Ceres auf der anderen Seite der Pennsylvania Avenue zusammen zu Mittag zu essen, und wenn sie in der Redaktion nichts mehr zu tun hatten, gingen sie ebenso unwandelbar einen Wohnblock weiter ins Café of All Nations in der Fifteenth Street zu einem oder zwei Cocktails, ehe Alec Amelia abholte und Dinah aufbrach, zu was immer Zeitungsmädchen in Washington aufbrachen. Alec vermutete einen festen Freund – sie erwähnten selten Alecs Frau oder Dinahs Boy friends. Im Laufe der Zeit hatten sie sich in ihrer Arbeit fast zu einer Ehemann-Ehefrau-Beziehung zusammengefunden – Alec erfreut, doch nicht aufgeregt, einen Arbeitstag mit einer hübschen und sehr gescheiten jungen Frau zu verbringen, und Dinah durchaus nicht enttäuscht, daß der frisch gebackene, ziemlich gut aussehende Ehemann Alec Barr nicht versuchte, sich ein verschwiegenes Verhältnis nach Feierabend anzuschaffen.

Als sie eines Tages bei ihren Zwielichtgetränken in der Fifteenth Street saßen, zog Alec ein Magazin aus der Tasche. „Lies das mal", sagte er. „Ist von H. L. Mencken. Offenbar hatte er als junger Reporter in Baltimore dieselben Schwierigkeiten wie wir."

Dinah überflog den Artikel schnell, und ihre Augen leuchteten auf. „Das ist die Lösung. Das ist die einzig richtige Antwort", sagte sie. „Wir werden sie ermorden."

Indem sie buchstäblich ein Blatt aus Menckens Buch rissen, fingen Alec und Dinah an, Geschichten zu *erfinden*. Einer allein konnte das nicht machen; man brauchte die Bestätigung einer anderen Zeitung, um zu verhindern, daß man von der Konkurrenz ertappt und überfahren wurde.

Alec schrieb zum Beispiel eine Geschichte über den Ausbruch von Tollwut in Südost-Washington für die Spätnachmittagsausgaben, und Dinah bestätigte sie für die Frühausgaben ihrer Zeitung. Beide hackten dann auf den Stadtstiefvätern herum und verlangten zu erfahren, was das Amt für Öffentliche Gesundheit unternehmen werde, während die Opposition im dunkeln tappte und versuchte, tatsächliche Fälle von Tollwutbissen ausfindig zu machen. Oder Dinah erfand für ihre Zeitung einen Skandal im Wohnungsbau, und Alec bestätigte es für seine Zeitung mit einer ähnlichen Meldung, und wieder hackten beide auf die gequälten Ausschußmitglieder ein, während die Opposition lange Gesichter machte. Wenn Alec einen Pockenalarm erfand, bestätigte es Dinah. Wenn Dinah einen neuen Plan erfand, wonach ein Wohnblock abgerissen werden sollte, um Platz für eine Autobahn zu schaffen, bestätigte es Alec.

Nach Ablauf eines Monats kamen die anderen drei Zeitungen auf den Knien angerutscht, die Schreibmaschinen bildlich in Händen. Der dienstälteste Reporter, der Mann vom *Star*, sagte einfach:

„Wir sind geschlagen. Wir wissen, was ihr zwei gemacht habt, und haben versucht, es der Redaktion zu erklären. Aber die hörte gar nicht hin. Die sagte einfach, wir seien doof, säßen auf unsern fetten Hintern, während die jungen Leute die Nachrichten ausgrüben. Wir geben auf. Wir wollen einen Friedensvertrag mit euch machen. Von jetzt an bilden wir eine Interessengemeinschaft, niemand bringt Erstmeldungen, und ihr Kinder könnt aufhören, Romane zu schreiben. Okay?"

„Okay", sagten Dinah und Alec händeschüttelnd.

„Aber sagen Sie mir", fragte der *Star*-Mann nachdenklich, „hat's wirklich einen Ausbruch von Tollwut im Südosten gegeben?"

„Selbstverständlich", erwiderte Dinah. „Sie glauben doch nicht etwa, wir würden so was erfinden, oder?"

Kurz danach wurde Alec zur allgemeinen Verwendung zurückberufen, und Dinah folgte ihm als Starreporter ihrer Zeitung. Sie berichteten über alles, von Morden über Prozesse, Überschwemmungen, Vergewaltigungen bis zu Kongreßangelegenheiten, und unterstützten sich immer, wenn sie im Druck waren. Dinah nahm sich eine Seite der Straße vor, Alec die andere, und wenn sie sich am Ende eines erschöpfenden Tages trafen, legten sie, ob sich's nun um einen Mordprozeß in Hagerstown oder eine Baseballserie in New York handelte, ihr Material zusammen.

Es war ein wahres Wunder, daß sie bis zu den 1948er Wahlen in Philadelphia brauchten, um zusammen ins Bett zu fallen. Inzwischen hatte Dinah jemand namens Lawrence geheiratet und ein Kind zur Welt gebracht, und Alec war im Krieg gewesen, hatte drei Bücher, zwei Stücke, unzählige Magazinartikel geschrieben und war im Begriff, sich seiner Frau zu entfremden.

„Und das, mein Junge, war reiner Zufall", sagte Dinah, während sie aßen. „Ich wünschte, es wär' schon früher passiert, und mit Absicht."

„Ich auch", sagte Alec. „He, erinnerst du dich an den Mordfall, den wir lösten, als wir uns mit der Bezirkspolente anlegten?"

„Und ob ich mich erinnere", erwiderte Dinah, den Mund voll Steak. Sie lachte und verschluckte sich beinah. „Verdammt gut erinnere ich mich noch! Ich dachte schon, wir würden beide eingesperrt."

Kurz vor dem Krieg hatte es in Washington einen besonders empörenden Mordfall gegeben, bei dem eine Dame von nicht gerade wählerischen moralischen Grundsätzen zu Tode gehackt worden war und vereinzelte Teile ihres zerstückelten Körpers in einem Abzugskanal in der Nachbarschaft der Bowie-Rennbahn aufgefunden wurden.

Die Polizei murkste herum und tat sich wichtig, und die Zeitungen brachten Leitartikel, in denen die Untüchtigkeit der Polizei angeprangert wurde, da der Mord offenbar in Washington begangen und die Leiche in einem Koffer nach Maryland transportiert worden war.

„Sieht so aus, als ob wir jede Minute Krieg haben würden", sagte Alec Barr bei ihrem zeremoniellen Drink zu Dinah. „Mir scheint, ich sollte mindestens eins für unsere Polizeikumpels tun, bevor der Patriotismus mich in seine Fänge nimmt. Es heißt, sie hätten keine Anhaltspunkte; wie wär's, wenn wir ihnen Anhaltspunkte lieferten?"

„Was hast du im Sinn?"

„Mir wär's lieber, wenn du die genauen Einzelheiten nicht erführst", sagte Alec. „Aber deine Zeitung wird den ersten Anhaltspunkt finden, den ich für die Nachmittagsausgabe erhärten werde. Du wirst mir dann erlauben, den zweiten zu finden, den du wiederum mit deinem Namenszug bestätigen wirst. Nach drei Tagen spätestens werden die Jungs von den Redaktionen uns alles abnehmen –"

Alec machte verschiedene Einkäufe – eine kleine, schwarzhaarige Ziege in Virginia, ein paar Jutesäcke, eine rostige Axt bei einem Schrotthändler, ein altes, stumpfes Fleischermesser und eine kleine Spitzhakke samt Schaufel. Er las seinen Huckleberry Finn noch einmal durch – nur den ersten Teil, in dem Huck einen Mord vortäuscht, um Pap zu entkommen, und ging an die Arbeit.

Mit der Picke brachte er schaudernd die Ziege um, schnitt ihr die Kehle durch und machte sich daran, ihren blutenden Kadaver durch ein Gebüsch nahe der Stelle zu schleifen, wo die abgetrennten menschlichen Überreste gelegen hatten. Er beschmierte die Axtscheide mit Blut und schwarzem Ziegenhaar und vergrub sie. Dann schleifte er die tote Ziege weiter und vergrub das Fleischermesser. Und schließlich zog er die geopferte Ziege aus dem Jutesack, verbrannte den blutgetränkten Sack halb und verstreute dann unidentifizierbare Stücke der Ziege in der Landschaft.

Darauf schrieb er einen kleinen, aber eindrucksvollen Leitartikel des

Inhalts, wenn die vereinten Kräfte der Bezirks- und Marylandpolizei diesen Mordfall nicht aufklären könnten, sei es die Pflicht der Zeitungen, sich der Sache anzunehmen. (Ein kleiner, aber scharfer Hinweis auf „Timberline", die Geschichte von Bonfils und Tammen von Gene Powler, kam hier sehr gelegen.)

Wenn der Chefredakteur John Barry ahnte, woher der Wind wehte, ließ er es jedenfalls nicht merken; und Dinah stachelte ihre eigene Zeitung auf und erhielt ähnliche Unterstützung von der Exekutive. Worauf die beiden Amateurdetektive sich aufmachten, den Mordfall zu lösen.

Dinah verfolgte die Blutspur der in den Sack gesteckten Ziege als ersten Anhaltspunkt, und eine riesige Schlagzeile folgte. Die Polizei schloß sich ihnen wie ein Rudel gut trainierter Jagdhunde an, und ein Verdächtiger um den anderen wurde in Haft genommen. Am nächsten Tag grub Alec die blutige, haarverschmierte Axt aus, der Jagdruf wurde lauter, und die anderen Zeitungen stimmten mit brüllenden Balkenüberschriften ein.

Es war eine großartige Story, eines Charles MacArthur oder Ben Hecht in den haarigeren Tagen Chikagos würdig. Jedermann wirkte mit. Die Konkurrenz begann, ihre eigenen Anhaltspunkte aufzustöbern; die Bezirkspolizei stritt sich heftig mit der Marylandpolizei, und beide Hüter von Gesetz und Ordnung platzten vor Wut auf die Presse. Laut schallende Artikel wurden geschrieben, in denen der Rücktritt von Polizeibeamten gefordert wurde, und in Washington wurde mit einer Kongreßuntersuchung der Bezirkskommission gedroht.

Nachdem die Story von den anderen übernommen worden war, brauchten Alec und Dinah lediglich über deren Berichte zu berichten, bis durch die hektische Aktivität der an der Nase herumgeführten Polizei eines Tages ein kleiner, ziemlich welker Filipino ausgegraben wurde, der gestand, daß er die Dame seines Herzens tranchiert habe, als er sich gerade mal kein Heroin hatte besorgen können, und die Polizei zu den wahren Mordwaffen und zu einigen höchst unbestimmbaren spärlichen Resten der Dame führte, die ungefähr zu dem zersägten Inhalt des Abzugskanals paßten.

Alec und Dinah prosteten sich ernst zu, wie es zwei öffentlichen Wohltätern zukam, die der Allgemeinheit einen Dienst erwiesen hatten.

Es hatte noch weitere bemerkenswerte Beispiele jugendlichen Draufgängertums gegeben, einschließlich eines Falles an der Meeresküste von Maryland, als Dinah zu dick Lippenstift und Lidschatten aufgetragen, ihr Dekolleté tief heruntergezogen und mehr von ihren Beinen als nötig gezeigt hatte, um einen klebrigfingrigen Politiker zu bestricken, der für Fleisch ebenso empfänglich war wie für Geld. Alec hatte den anderen Part des uralten Honigleckerspiels übernommen, hatte sich hinter dem Vorhang einer Badehütte versteckt, während

Dinah den Politiker mit Whisky und Versuchung traktierte. Der Politiker lockerte die Zunge etwa zur selben Zeit, als Dinah ostentativ ihr Korsett lockerte, und Alec knipste mit der Blitzlichtkamera, die den ganzen Politiker und ein Großteil von Dinah, allerdings ohne Gesicht, auf die Platte brachte. Kurz danach hatte es eine außergewöhnliche Bereinigung der politischen Situation in der Grafschaft Montgomery gegeben.

Dann zogen Dinah nach New York und Alec in den Krieg. Er hatte irgendwie davon gehört, daß sie mit jemand namens Lawrence verheiratet sei, und später, daß sie ein Kind bekommen habe. Er kreuzte ihren Weg nicht mehr bis zum Konvent 1948 in Philadelphia, wo sie glücklich in ihre alte Gewohnheit fielen, ihre Storys miteinander zu teilen – und endlich auch ein Bett.

21

In Erinnerung schwelgend, hatten sie reichliche Mengen Wein zum Abendessen getrunken, und der Große Mann hatte dazwischen mehrere Runden Brandy spendiert. Sie besuchten verschiedene andere Lokale einschließlich einer mexikanischen Spelunke in West Side, um *Mariachi*musik zu hören, und Alec erinnerte sich, daß er ziemlich laut *Tequila* zu trinken verlangt hatte. Sie gingen in den Blauen Engel, um da irgend jemand zu treffen, und Alec erinnerte sich, daß sie mit dem Presseagenten in der Außenbar gesessen und Scotch getrunken hatten. Sie fuhren ins Village hinunter und sahen verschwommen jemand den *Flamenco* tanzen und tranken noch mehr Whisky. Der letzte Aufenthalt, an den Alec sich erinnerte, war eine Spelunke auf der Second Avenue mit einem Klavierspieler, wo ein alter Freund aus der Vorkriegszeit darauf bestand, daß alle Drinks auf Rechnung des Hauses gingen. Und dann wirbelte die Welt davon, abgesehen von einem lichten Moment im Hurrikan: Alec erinnerte sich, Dinah trunkene, alberne, ungeschickt herumfummelnde Avancen und undeutliche Liebeserklärungen in aller Öffentlichkeit gemacht und sie an einem privaten Ort irgendwann einmal heftig bestürmt zu haben ...

„Jesus Christus, es muß hier gewesen sein", sagte Alec Barr mit steifen Lippen und geschwollener Zunge, während er sich sein Hotelzimmer in *The Bishop* ansah, mit einem Kater, der nach Achtelmeilen zu messen war. „Sie brachte mich nach Hause, und ich hab' versucht, sie aufs Kreuz zu legen. Ich muß ein großartiges Kind gestern nacht gewesen sein. Was dieses Mädchen von mir denken muß!"

Ich müßte sie anrufen, dachte er. Aber nicht in diesem Zustand, nicht in dieser scheußlichen Verfassung. Ich werd' mich zusammenreißen und sie vielleicht später heute anrufen. Nein, nicht heute. Ich geb' ihr ein paar Tage Zeit, sich von ihrem Ausgang mit einem betrunkenen Monstrum zu erholen. Ich schätze, ich sollte eigentlich auch Amelia anrufen, aber ich kann's nicht. Ich kann einfach nicht. Ich hab' den Bruch herbeigeführt und hab' nicht den Mut, sie jetzt anzurufen. Es hat keinen Zweck, mit ihr zu brechen, wenn man am nächsten Tag wieder zu ihr zurückläuft, nach Reue und alkoholischen Gewissensbissen stinkend.

Was ich in diesem Augenblick am nötigsten brauche, dachte Alec Barr, *ist ein Drink*.

Er sah wieder auf die Uhr. Zwölf Uhr fünfunddreißig. Noch fünfundzwanzig Minuten, bis die Bar für den Zimmerdienst öffnete. Zum mindesten, dachte er, hätte jeder, der kein Idiot ist, sich schon gestern eine Flasche heraufkommen lassen, für künftigen Bedarf. Nur ich nicht. *Idiot Barr*. Der kleine Junge, der von zu Hause ausbüxt und seinen Ranzen vergißt. Ich kann diesen Nichtsnutz am Empfang nicht bitten, die Regel zu durchbrechen, und ich werd' mich nicht mehr erniedrigen und Freunde anrufen. Nicht am Sonntagmittag.

„Nun, Barr", sagte er laut, „du wirst deinen Grips ein bißchen strapazieren müssen. Ein Spaziergang ist gerade richtig dafür. Frische Luft ist gut gegen einen Kater. Und vielleicht gibt's heute irgendwo ein Baseballspiel. Bist du im Zweifel, geh zum Baseball! Dort wird man immerhin ein Bier haben, um deine krächzende Kehle zu netzen. Und dort wird man auch nichts dagegen haben, daß du das gestrige Hemd noch anhast."

Er schloß seine Tür ab und fuhr in die Halle hinunter, seiner Bartstoppeln, seiner Triefaugen und seiner zerknitterten Kleidung bewußt.

Am Empfang stand ein neuer Chef – der ihn ansah, als wäre er eine neue, seltene Insektenart.

„Gibt's heute ein Baseballspiel?" fragte er.

„Ich glaube ja", sagte der neue Empfangschef. „Es wird in den Zeitungen stehen. Eine *News* ist noch da."

Alec legte eine Münze auf den Tisch und zog sich in eine Ecke hinter einen staubigen Gummibaum zurück. Er blätterte schnell zu den Sportseiten durch und sah die Anzeige: „Yankees gegen Red Sox, 14 Uhr." Dann folgte eine Geschichte über Joe DiMaggios trefferlose Pechsträhne über siebzehn Spiele.

„Na, wenigstens werd' ich mich rasieren und mir 'ne Zahnbürste kaufen", sagte Alec zu sich. „Ich werd' mich rasieren, selbst wenn ich's mit beiden Händen tun muß", und machte sich auf den Weg nach einem Drugstore, der sonntags geöffnet war.

Die Rasur, bei der er sich nur einmal schnitt, verbesserte seinen körperlichen Zustand ein bißchen, aber die Schmetterlinge in seinem Bauch flatterten immer noch herum, und Orangensaft samt Kaffee, die er im Drugstore getrunken hatte, verließen ihn ungestüm, sobald er ins Hotel zurückkehrte.

In Ermangelung von etwas Besserem – er konnte nirgendwo hingehen, es gab keine Bar, an die er sich lehnen konnte, und der Gedanke an die *Sunday Times* war ihm widerlich, selbst wenn er sie in diesem Zustand hätte vor die Augen heben können – brach Alec Barr auf, um hundert Häuserblocks zum Yankeestadion zu wandern.

Der Spaziergang beruhigte ihn etwas, aber in seinem Kopf wütete das Elend der Schuld. Amelia, dachte er, wie kann ich Amelia das antun? Ich bin alles, was Amelia hat, dachte er. Amelia ohne mich ist verloren. Du eingebildeter Halunke Barr, dachte er. Du selbstsüchtiger, eingebildeter Halunke. Als im Krieg das Schiff in die Luft zu gehen drohte, glitt dein ganzes Leben nicht in ein paar Sekunden an deinem inneren Auge vorüber, wie es in Büchern immer behauptet wird. Dein einziges Sinnen und Trachten drehte sich um die Wachteln, die unerlegt bleiben würden, um die Menge ungeschriebener Bücher, die Menge ungegessener Steaks, die Menge unbeschlafener Mädchen – und daß Amelia es schwer haben würde, einen andern zu finden, mit dem sie harmonisierte. Immer das „Ich". Immer „Ich", Barr, im Mittelpunkt.

Egozentrischer, dämlicher, selbstsüchtiger Halunke Barr.

Während er über die sonntäglichen Trottoire schritt, verschärfte das Bohren der Gewissensbisse noch seinen Kater. Er dachte an die frühen, hungrigen Tage, als er nicht mehr als dreißig die Woche verdiente und die Unverschämtheit besessen hatte zu heiraten. Er dachte an Amelia, die im Warenhaus gearbeitet hatte, um die zwanzig Extrapiepen zu verdienen, mit denen sie sich eine Flasche Whisky unter Markenpreis und gelegentlich einen Ausgang abends leisten konnten. Er dachte an die nachfolgenden Gehaltserhöhungen, die in ihrem ersten Häuschen gipfelten; er stöhnte in Gedanken, als er sich an die Nächte erinnerte, in denen er und Amelia in dem kleinen Arbeitszimmer gesessen hatten, er die Magazinartikel schreibend, die sich nicht verkauften, den Roman, der nirgends angenommen wurde, das Stück, das postwendend zurückkam. Er schwelgte in Selbsterniedrigung, als er sich das erste Mal ins Gedächtnis zurückrief, daß ein Magazin einen Essay kaufte und tatsächlich vierhundert Dollar dafür bezahlte – er erinnerte sich noch genau an das Thema des Essays, wenn ihm auch die folgenden Hunderte nur noch verschwommen gegenwärtig waren. Die vierhundert Dollar waren zwei Monatsgehälter, und er und Amelia hatten ein

Gutteil davon in einer wilden Nacht in der Stadt auf den Kopf gehauen. Das war das Wochenende, nachdem er Marc Mantell kennengelernt hatte, der ihm den Zauberschlüssel gab.

Er erinnerte sich Amelias, wie sie lächelnd von ihm Abschied nahm, als er in den Krieg zog, und die Tränen für später aufsparte; er gut aussehend, besonders schmuck und ungeheuer aufgekratzt in seiner blauen Uniform mit den anderthalb Streifen am Ärmel. Er erinnerte sich des Wochenendes, an dem Amelia ihn in Princeton in der Mitte des Schulungskursus besuchte; er erinnerte sich, wie Amelia immer dem Lager gefolgt war, als er zur weiteren Ausbildung von der Navy an die unmöglichsten Orte wie Biloxi, Miss., geschickt wurde, wo sie buchstäblich im Bordell wohnten, weil nichts frei war für vorübergehend anwesende Herren und ihre Frauen und Kinder. Die Huren waren freundlich gewesen, hatten bei den Kindern Babysitter gespielt und den Offizieren sogar Geld geliehen, wenn die Soldauszahlung bei der Navy mal nicht klappte und der Adler zu krächzen vergaß; das war eine schöne Zeit gewesen, eine spaßige Zeit, wie es in Boston und New Orleans schön, komisch und traurig gewesen war. Jeder war jung und furchtbar tapfer und ungeheuer aufgeregt, daß er in den Krieg zog, um zu sterben. Alec machte sich keine Gedanken ums Sterben. Er hatte sich eingeredet, er sei nicht der Typ dafür.

Wieder nagte Reue an ihm, als er an seine ersten ernsthaften Untreuen dachte – in Washington aus Ärger, in London, weil die Bomben fielen und man den morgigen Tag vielleicht nicht mehr erlebte. In San Franzisko, weil es in den letzten Kriegseinsatz ging und man wußte, daß man entweder leben oder sterben, aber nicht zurückkommen würde, bevor die Japsen besiegt waren. In Melbourne und Sydney, weil man sich inzwischen daran gewöhnt hatte und nach vier Jahren das Gewissen nicht mehr schlug, wenn man einem hübschen Mädchen begegnete und es ins Bett nahm, sich kurz gestattete, halb und halb verliebt zu sein oder zum mindesten die Liebe zu lieben, und empfänglich fürs Gernhaben war.

Und die Nachkriegszeit, die Nachkriegszeit, als das Zeugs, das man geschrieben hatte, um die Langeweile des Kriegs totzuschlagen, einen wunderbarerweise von Alec Barr, Lt. Cmdr. USNR, in Alexander Barr, Schriftsteller, verwandelte und die Zeitungen mit Rezensionen und Interviews voll waren und die Magazine sich bequemten, Essays über einen *selbst* zu schreiben, und Mantells Büro ganz plötzlich mit Anfragen überschwemmt wurde, ob Barr das schreiben würde und Barr jenes schreiben würde und ob Barr auf Vorlesungsrundreise gehen und im Fernsehen sprechen wolle, und wie Amelia hilflos vor den neuen Umständen stand, die aus ihrem sanften Mann eine fremde, monströse Figur gemacht hatten, jedermanns Eigentum und niemandes Eigentum.

Dann, Gott habe Mitleid mit mir, dachte Alec, kam das erste Buch des Monats, das erste verkaufte Drehbuch, der erste Pulitzerpreis, das erste Magazintitelbild und das erste Geld mit allen damit zusammenhängenden Problemen. Und die Eltern. Immer die verdammten Eltern mit ihren Problemen, der verfluchte Bruder mit seinen Problemen und Amelia mit ihren Problemen oder – offen gesagt, dachte er – einem Problem. Ich. Alec Barr. Alec Barr, der Romancier. Der Homme de Lettres. Der Schürzenjäger, der Hurer, der Zuchthengst. Alecbarrscheißkerlhalunkeautorbarr.

Alec lief jetzt stetig durch Harlem, seine eigenen Angelegenheiten im Kopf und nicht auf die spanischen Flüche achtend, die ihm von den auf den Trottoiren herumlungernden Portorikanern nachgerufen wurden. („Seht euch den weißen Hurensohn an", sagte ein milchkaffeefarbener Sambaanzug mit Koteletten zu seiner Kohlekopie. „Hol's der Teufel, ein Weißer rennt allein in Harlem rum. Vielleicht ist er hinter einer schwarzen Frau her oder hinter einer neuen Rauschgiftlieferung.")

Ich hab' geheiratet, um verheiratet zu bleiben, dachte Alec. Wo ich herkomme, wird fürs Leben geheiratet. Ich geh' lieber wieder zurück; ich *werde* zurückgehen, bei Gott. Ich bin's Amelia schuldig. Es ist nicht ihre Schuld; niemand hätte sich ernsthafter anstrengen können. Es ist alles meine Schuld. Ich weiß nicht, was zum Teufel bei mir nicht stimmt, bloß daß ich alles auf einmal haben will. Schieb's ja nicht auf den Krieg, Kapitän, dachte er. Dem Krieg verdankst du nur einen langen Urlaub und eine Menge Zeit zum Denken. Gott segne den Krieg. Gib dir selbst die Schuld, Kapitän. Schreib's in deinen eigenen Gesundheitsbericht.

Ganz plötzlich begann Alec Barr, sich besser zu fühlen. Er würde edel sein; er würde zu Amelia zurückkehren. Er spürte, wie sein Kater kleiner wurde, und plötzlich hatte er auch nicht mehr das wahnsinnige Verlangen nach einem Drink, obgleich er sah, daß die Saloons auf der Lennox Avenue aufmachten.

Er fühlte sich plötzlich großartig. Edelmut war eine feine Sache. Sei edel. Geh zu Amelia zurück. Er hielt ein Taxi an. Er war lange genug gelaufen.

Alec Barr kaufte sich einen Platz hinter der dritten Basis, eine Vorderloge. Frankie Crosetti, mager und drahtig wie immer, wandte sich in der Trainerloge um und lächelte herüber. Crosetti war ein Teil von Alecs Vergangenheit, als er bei der Zeitung angefangen hatte, etwa zur gleichen Zeit, als Toni Lazzeri plötzlich ausschied. Jetzt war Rizzuto an der Reihe, der untersetzte kleine Phil, der in jener längst vergangenen Saison mit Gerry Priddy von Kansas City heraufgekommen war; es war das Jahr, in dem Ted Williams mit den Bostons glänzte; das Jahr, in dem DiMaggio sich bereits als Unsterblicher etabliert hatte. Crosetti war als Spieler erledigt; DiMag, der kleine Phil und Williams waren noch sehr im Schwange und lebendig. Außer DiMaggio, der in siebzehn Spielen hintereinander keinen Treffer gelandet hatte.

Die Sonne schien warm und freundlich. Das Stadion war zu weniger als einem Viertel besetzt, denn der August erschöpfte die Sonntagsbürger immer noch am Strand und im Gebirge. Alec winkte einem Verkäufer und kaufte sich ein Bier. Es war auch warm, lag ihm aber angenehm im Magen, und als der Würstchenverkäufer das nächstemal vorbeikam, bestellte Alec sich ein Paar Frankfurter. Die Fahne rührte sich nur kurz in der Brise. Das Spielfeld war eisenhart gebrannt, und das Gras war von den langen Sommersonnentagen gelb geworden.

DiMaggio schlug sauber ab, und als er nach dem ersten Lauf zum Abwurfmal zurückkam, Rizzuto dran und zwei entfernt, wurde er von der Zuschauermenge mächtig ausgebuht. Die Buhrufe nahmen zu, als er zwei Schläge ausließ und spreizbeinig, unerschütterlich, das Resultat auf drei und zwei ausdehnte. Beim dritten war der Boston-Werfer sauer. Er machte keine Bewegung, Rizzuto beim ersten Mal zu halten, und Klein Phil tänzelte davon bis halbwegs zum zweiten. Der Bostoner bog sich zurück und feuerte einen Geraden die Mitte herunter. DiMaggio schwang sich in seinen unvergleichlich ausgeglichenen Schlag, und beim Schlaggeräusch drehte sich sein Bruder Dominic, für die Red Sox im Mittelfeld, um und rannte los. Der Ball flog aufwärts steigend weit ins mittlere Spielfeld, von Dom DiMaggio wie von einem Jagdhund gehetzt. Er riß ihn vom Rasen und zeigte, zu was für unglaublichen Würfen selbst ein kleiner Mann imstande ist. Ted Williams, plattfüßig im linken Spielfeld stehend, sah hingerissen zu, als hätte er Eintrittsgeld bezahlt.

Dominics Einwurf kam schnurgerade aufs dritte Mal, und sein Bruder glitt eben noch unter ihm durch. Rizzuto, der sich beim Abschlag sofort auf die Socken gemacht hatte, war schon im rettenden Hafen, als Joe DiMaggio in einer Staubwolke neben ihm zu Boden ging. Der Schiedsrichter spreizte flach die Hände. DiMaggio stand auf und klopfte sich den Staub von den Flanellhosen. Er warf seinem Bruder im Mittelspielfeld einen langen Blick zu, hob den Daumen in einem Zeichen, das „Okay, Junge“ in der Air-Force-Sprache bedeuten konnte, aber ebensogut „Du mich auch, Bruder“ auf italienisch hätte heißen können. Crosetti, der andere Katzelmacher aus San Franzisko, kam aus der Loge und sagte etwas, was DiMaggio zum Lachen brachte. Dann wandte sich DiMaggio zu Alec Barrs Logenplatz um und zwinkerte langsam und bedeutungsvoll.

Alec Barr zwinkerte zurück und prostete DiMaggio mit der Bierflasche zu. Ganz plötzlich fühlte er sich sehr viel besser. Der schlimme Tag war vorüber; die quälenden Gewissensbisse waren verschwunden. Es war ein sonniger Sonntag in New York. DiMaggio hatte seinen Tiefstand überwunden. Die Yankees lagen vorn, 1:0.

„Zum Teufel mit ihr", sagte Alec Barr laut. „Sie hat so viel Gutes von mir gehabt wie ich von ihr. Zum Teufel mit ihr. Ich geh' nie wieder nach Hause zurück."

22

DiMaggio erzielte drei für fünf an jenem Tag, einschließlich eines gemütlichen Homeruns nach einem tollen Schlag weit übers Spielfeld hinaus. Rizzuto machte es ihm mit einem kürzeren nach und verlor seine Mütze, als er mit Volldampf ums dritte Mal galoppierte. Williams schaffte mürrisch null für vier. Alec Barr trank drei Bier. Die Yankees gewannen mit überwältigendem Vorsprung, und Alec Barr beschloß, nicht noch zum zweiten Spiel zu bleiben.

Plötzliche Müdigkeit befiel ihn, dasselbe leicht fiebrige, knochenweiche, ausgehöhlte Gefühl, das er manchmal bei Stierkämpfen erlebt hatte, wenn die *faena* echt war und Matador und Stier gut aufeinander eingespielt waren und jeder des anderen Bedürfnisse vorausahnte. Er kam sich ausgepumpt vor, verbraucht, satt. DiMaggios dreifacher Erfolg hatte einen Pfropfen aus seinem Gefühlsmechanismus gezogen.

Er fuhr ins Hotel zurück, bestellte sich beim Zimmerdienst eine Flasche Scotch und schlief ein, als das erste Glas noch halb voll auf seinem Nachttisch stand. Er schlief die Nacht durch, und keine schweren Träume bedrückten ihn.

Am anderen Tag stand er um Mittag auf und zog wieder seinen geschundenen Anzug an. Er hatte daran gedacht, Dinah anzurufen, doch der Schlaf hatte ihm die Höflichkeit gestohlen. Er warf den Schlüssel auf den Empfangstisch vor den Chef mit den Roquefortzähnen und verlangte die Rechnung. Er hatte sich wieder rasiert, aber der Anzug, das Hemd, die Krawatte waren ausgesprochen unerfreulich.

„Wollen Sie uns so bald verlassen?" fragte der Empfangschef, seine jämmerlichen Fänge entblößend. „Ich dachte, daß inzwischen vielleicht –", er musterte Alec von oben bis unten, „– ich dachte, daß inzwischen vielleicht Ihre frischen Anzüge angekommen sein könnten."

Alec sah auf seine Rechnung, nahm den Rest seines deponierten Geldes in Empfang und schob die Rechnung zusammen mit einer Fünfdollarnote lässig dem Empfangschef wieder zu.

„Wenn ich Sie wäre", sagte Alec Barr, „würd' ich mir diesen Schnurrbart abrasieren."

Drehte sich um und ging zur Tür, den Chef mit offenem Mund und seinen grünbelegten gelben Zähnen hinter sich lassend.

Er wandte sich westwärts, kreuzte Park Avenue und beschloß, einen Bummel zu machen. Es war noch heiß, sehr heiß, aber der Druck schien sich irgendwie zu heben, die Feuchtigkeit abzunehmen. Es war so etwas – vielleicht bildete er sich's auch nur ein – wie ein leiser Anflug von Herbstluft, von Frische gleich um die Ecke. Er begann, ein beliebtes Lied zu summen, dessen Text er nicht kannte, von den ersten paar Worten abgesehen. Es hieß „Herbst in New York".

„Die Erregung der Premiere", sang Alec Barr, von einer netten alten Dame befremdet angestarrt, „ist oft mit Pein verbunden." Es war zwar die falsche Versfolge, aber in Erinnerung an einige der Bühnenaufführungen, mit denen er zu tun gehabt hatte, lachte er hell auf, diesmal den soliden Tadelsblick eines soliden Gentlemans in einem soliden steifen Hut auf sich ziehend.

„Es geht nichts über einen Mann im Haus", sang Alec Barr sodann, „selbst wenn er sich entpuppt als Laus. Und ich bin draußen, draußen, draußen! Hörst du mich, Barr? Draußen! Und jetzt geh' ich einfach ins Ritz. Es wird nett sein, wieder einen Zimmerkellner zu haben, ein paar Klingelknöpfe drücken zu können und einen Diener zu haben, der mal hereinschaut und sich erkundigt, ob deine nicht existierende Garderobe in Ordnung ist. Und ich mach' jede Wette, daß keine billigen Witzchen hinter dem Empfangspult gerissen werden, nicht nach dem vielen Geld, das ich ausgegeben habe, um die Entchen in der Promenade zu betrachten ... Entchen? Entlein! Natürlich Entlein!" Das Lächeln, zuerst säuerlich, wurde süß. „So hat sie ihre Haarfarbe genannt: ‚flaumiges Entchen, passend zu braunen Perlaugen.' Jetzt wollen wir mal sehen, ob wir Glück haben, Barr. Wir werden uns die größte Suite in Mr. Ritz' Carlton nehmen und in die Little Bar hinuntergehen, und dort werden wir einen doppelten Martini bestellen und ein paar Telefonnummern nachschlagen und sehen, ob Miß Barbara Bayne, geborene O'Shaughnessy, immer noch das Dorf unsicher macht und ob sie diesen schrecklichen Mimen inzwischen losgeworden ist."

Alec schritt in das verwitterte alte Ritz und wünschte, er könnte einen Spazierstock schwingen. So ging's ihm immer mit dem Ritz; ganz gleich, was er auf dem Leibe trug – er sehnte sich nach einem grauen Flanellanzug, nach Boxkalfschuhen, einer Nelke im Knopfloch, einem Trilby auf dem Kopf und einem Spazierstock zum Schwingen. Es gab in New York nicht mehr viele Hotels wie das Ritz, bei all diesen neuen Grundstücksveränderungen, und es würde nur noch eine Frage der Zeit sein, bis es abgerissen würde, um Platz zu schaffen für so ein schreckliches Grabmal aus Stein und starrender Glasfront.

„Oh, Mr. Barr", sagte der Empfangschef. „Wie geht es Ihnen? Wie reizend, Sie zu sehen. Suchen Sie jemand? Bis jetzt habe ich noch keinen Ihrer Verleger im Schwarzen Loch da unten verschwinden sehen. Aber ich schätze, die meisten sind am Kap oben. Wie man mir sagt, fahren alle guten Verleger in einem so heißen Sommer dahin."

„Wie reizend, Sie zu sehen – Can – Cantrell, nicht wahr?"

„Beinah", lächelte der Chef. „Sie haben ein sehr gutes Gedächtnis. Cantwell wäre ganz richtig. Kann ich etwas für Sie tun?"

„Das können Sie", erwiderte Alec Barr. „Ich möchte eine Suite. Ich möchte eine sehr große Suite. Und ich möchte ein paar Tage lang halb inkognito bleiben. Ich hab' keinen Faden Gepäck mit, ich möchte also, daß Ihr bester Hausdiener zu Brooks fährt und mir ein halbes Dutzend Hemden, zwei Schlafanzüge, ein halbes Dutzend Paar schwarze Sokken, dieselbe Anzahl kurzer Unterhosen und zwei oder drei unischwarze Krawatten aussucht. Außerdem brauch' ich Rasiergerät, Zahnpasta, Zahnbürsten, harte, Deodorant – Sie wissen ja, die ganze Ausrüstung. Ich werde Mr. Florian bei Brooks anrufen und ihm sagen, daß Ihr Mann vorbeikommt, und sonst noch ein paar Einzelheiten klären. Sie haben alle meine Maße."

„Feuer im Haus ausgebrochen?" Der Empfangschef schob Alec den Anmeldeblock hin und gestattete sich den Luxus der Vertraulichkeit zwischen Beinahe-Gleichen.

„So kann man's nennen", sagte Alec Barr. „Genau so. Ich nehme an, Sie wollen, daß ich im voraus bezahle, da ich kein Gepäck mithabe."

„Mr. Barr!" Das Gesicht des Empfangschefs drückte unglaubliches Entsetzen aus. „Nicht einmal spaßeshalber. Sie sind hier zu Hause."

„Es ist nett, sich zu Hause zu fühlen", erwiderte Alec. „Jetzt mach' ich mal schnell einen kleinen Ausflug in die Little Bar, trinke was und erledige einen Telefonanruf, während Ihr Mann mir meine Sachen holt. Und – o ja. Würden Sie mir den Gefallen tun, den Zimmerservice anzurufen und zu sagen, daß ich je zwei Flaschen Scotch, Bourbon, Gin und Brandy – Chivas, Jack Daniel, Beefeaters, Otard – und was sonst noch dazu gehört brauche? Kann sein, daß ich eine kleine geschäftliche Unterredung haben werde."

„Aber selbstverständlich, Mr. Barr", sagte der Chef, nach dem Telefonhörer greifend. „Sofort."

„Gott sei Dank", murmelte Alec, zur Little Bar hinuntergehend. „Gott sei Dank, daß es noch Ritz-Hotels gibt. Ich versteh' nicht, warum ich nicht gleich hierhergegangen bin. Schock, schätze ich."

Ihre Stimme plätscherte schnell und kühl ins Telefon, nachdem er dreimal hatte läuten lassen.

„Gott sei Dank für all Seine Gnade", sagte Alec Barr. „Ich scheine heute meinen Gottesdanktag zu haben. Ich hatte schon den schrecklichen Verdacht, du seist zum Lachsfischen nach Kanada oder zuallermindest nach Paris gefahren. Hier ist ein alter Freund eines Freundes aus Chikago. Ich hab' eine Notiz von dir, mit altem Lippenstift drauf. Können wir sprechen?"

„Wir können. Ich bin eine freie Frau in ihrem fast freien Eigenheim. Wie reizend, von dir zu hören, Alec. An sich hatte ich deinen Anruf früher erwartet. Kannst du sprechen?"

„Ich kann. Ich bin ein freier Mann in jemandes anderen Hotel, um's genau zu sagen: im lieben alten Ritz. Augenblicklich trink' ich einen in der Little Bar unten. Ich bin in diese Kneipe ohne Gepäck eingezogen. Ich frage mich, ob du Interesse hättest, ein Pfund von Mr. Romanoffs bestem Kaviar mit einem Mann ohne Gepäck zu verdrücken und dann das Nachtleben einer Stadt zu erforschen, in der ich mich nie habe tummeln dürfen. Ich hab' nämlich soeben meine Frau verlassen und bin eigentlich der Meinung, daß es größtenteils deine Schuld ist."

„Nun", sagte Barbara Bayne, „du kennst sicher die Redensart über die Chinesen. Wenn man einen aus dem Wasser zieht und ihm das Leben rettet, dann hat man ihn für immer auf dem Hals. Die Frage ist nun die, Freund: Wer hat wen auf dem Hals?"

„Ich möchte behaupten, daß die Verantwortung für mich deutlich bei dir liegt", antwortete Alec. „Und ich möchte kein Schuft sein, aber –"

„Ich liebe dich als Schuft. Du bist ein charmanter Schuft. Hättest dir das schon vor Jahren angewöhnen sollen. Einigen Leuten steht's. Gauguin zum Beispiel."

„Ich muß mich zusammennehmen und an meine Manieren denken. Erstens hab' ich mich am Telefon eigentlich nicht ausgewiesen. Also: Hier ist Alec Barr, Mrs. Emory. Es ist ein öder Montag Ende August, und ich bin außer mir vor Langeweile und hab' mich inkognito unter meinem eigenen Namen im Ritz eingetragen, und ich dachte – obgleich's bis zum nächsten Lunch noch lange hin ist, nämlich bis morgen –, daß man ein charmantes Mahl in der Promenade einnehmen könnte, wo flaumige Entlein herumschwimmen, die mich an dein Haar erinnerten. Daher frage ich dich, was du in diesem Augenblick tust und ob du herüberkommen und etwa ein Pfund Belugakaviar essen möchtest."

„Du hörst dich ein bißchen verrückt an und scheinst Hilfe sehr nötig zu haben. Wäre eine halbe Stunde zu früh für Euer Gnaden? Ich bin ohnehin ungefähr nur zu zwei Drittel angezogen."

„Ich lechze. Ich schmachte. Ich werde ohnmächtig. Versuch, es in zwanzig Minuten zu schaffen. Ich weiß nicht, in welcher Suite ich bin, aber sie ist groß und respektabel genug. Gin oder Wodka oder was sonst zum Kaviar?"

„Aquavit", sagte Barbara. „In Eis vergraben. Und Sekt, um den Aquavit damit zu jagen. Es ist Sonnabendabend, nicht wahr?"

„Es ist zwar Montag, aber er kommt mir wie Sonnabend vor."
„Ich glaube, ich werde mich schrecklich in dich verlieben, du dummer, ernster, närrischer Mann."
„Beeil dich. Es ist ansteckend", sagte Alec.
„Sie sehen sehr glücklich aus, Mr. Barr", sagte der Ober, als er die Rechnung brachte.
„Ich bin wie neugeboren", erwiderte Alec Barr. „Ich bin in einem anderen Körper wiedergeboren. Außerdem bin ich, wie mir scheint, ein bißchen betrunken. Und verliebt bin ich auch."
„Ich bin sehr glücklich für Sie, Mr. Barr", sagte der Ober. „Über Ihre Wiedergeburt, meine ich."
„Behalten Sie den Rest", sagte Alec.
„Aber das war ein Zwanzigdollarschein, Mr. Barr, und Sie hatten nur zwei –"
„Behalten Sie den Rest, wie ich sagte. Wiedersehen im Himmel. Fragen Sie nur nach Alec. Jemand wird Sie schon reinlassen."
„Ich bin *sehr* glücklich für Sie, Mr. Barr", sagte der Ober und rollte mit den Augen, als Alec, „Herbst in New York" pfeifend, hinausschritt. „Zwei Martini, zwanzig Piepen, und er sagt, behalten Sie den Rest", sagte der Ober zu seinem Kollegen. „Ich weiß, die meisten Schriftsteller sind verrückt, wir sehen ja genug von den Brüdern hier, aber der da muß schon komplett meschugge sein."
„Zähl deine Wohltaten, und vergiß nicht, daß wir die Trinkgelder in diesem Laden in einen Topf werfen", sagte der Kollege. „Danke *dir*, Kamerad."
Es war noch ziemlich früh, und Alec sah auf die Uhr. Er sprach mit dem Hausdiener, der gerade seine neuen Behelfsanzüge auspackte.
„Sagen Sie – wie heißen Sie? Ich werd' einige Zeit hierbleiben."
„Albert, Sir. Mein Kollege heißt Sidney."
„Fein. Passen Sie auf, Albert, ich erwarte in Kürze eine Dame, ein ziemlich besonderer Besuch. Seien Sie bitte so freundlich, noch einmal nach dem Zimmerkellner zu läuten und ihn zu bitten, er solle mir zwei Pfunddosen Romanoff-Kaviar und alles, was dazu gehört, bringen und etwas später *Blini* mit saurer Sahne, wenn ich läute. Den Grundschnaps hat er schon gebracht, aber ich werde zwei Flaschen Aquavit brauchen – da, wollen Sie's aufschreiben?"
„Nicht nötig, Sir." In der Stimme des Dieners lag leiser Tadel. „Aber – habe ich richtig verstanden: zwei Pfunddosen Beluga?"
„Sehr richtig. Ich bin nach Festefeiern aufgelegt und fühl' mich leichtsinnig, und bis heute abend hab' ich nie gewußt, wieviel Kaviar ich essen kann."
„Ich verstehe sehr wohl, Sir. Und der Sekt?"
„Überlassen Sie das dem Ober. Mumm war immer ein treuer Freund der Familie, aber ich akzeptiere die Empfehlungen Ihrer anderen Kol-

legen ebenso gern. Ich möchte bloß, daß der Sekt sofort in den Kühler kommt, und sagen Sie ihm, er soll den Aquavit in zerstoßenes Eis stellen, wie's die Dänen tun. Klar?"

„Klar, Sir."

„Fein. Jetzt möcht' ich mich schnell duschen, und inzwischen werden Sie mit meinen Schuhen zurück sein, ja?"

„Jawohl, Sir. Verzeihung, Sir, sind Sie Amerikaner?"

„Ich war Amerikaner", erwiderte Alec Barr. „Im Augenblick bin ich nicht viel mehr als ziemlich glücklich. Und nun verschwinden Sie, Sie haben noch 'ne Menge zu tun."

„Danke Ihnen, Sir", sagte der Diener und drückte auf den Knopf für den Zimmerkellner, der augenscheinlich in einer Hundehütte direkt vor der Tür hauste.

Also, sinnierte Alec Barr unter der Dusche – die altmodische Sorte mit einem Dutzend ergötzlicher Griffe zum Drehen und allen Arten überraschender Wasserstrahlen, die einen an den unwahrscheinlichsten Stellen bespülen. Also. Sind Sie Amerikaner, Mr. Barr, entschuldigen Sie die Frage, natürlich? Ich frage mich, hab' ich mich so weit von meiner Heimat entfernt? Wahrscheinlich doch wohl. Hungrig kamst du aus einem Ort namens Kingtown, Südkarolina, und jemand fragt dich, ob du Amerikaner seist, bloß weil du dich ziemlich lange in der englischen Sprache und mit Engländern getummelt hast und weißt, wie man mit Zimmerkellnern spricht, und deine Maße für den Notfall in der Kartei eines Dutzends Ausstatterfirmen in einem Dutzend Städte hast.

Ich schätze, Sie sind eigentlich kein Amerikaner mehr, Mr. Barr, dachte Alec. Die Flugzeuge haben das alles geändert. Jedesmal, wenn man an einem Tag durch die halbe Welt fliegen kann, verliert man was von seiner Insularität. Die Schrankkofferverkäufer in den Warenhäusern müssen höllische Qualen leiden. Mit den Kutscherpeitschen vom Markt verschwunden.

„He, Barr", sagte Alec laut, als er sich abtrocknete und nach dem Rasierapparat griff, der mit seinen anderen Toilettensachen herausgelegt worden war. „He, du, Barr! Ich glaube, du bist glücklich. Ich glaube, du bist schon lange auf diese Entscheidung losgesteuert. Und, Barr –", er sah sich streng an, während er sich tüchtig einseifte, „– sei vorsichtig, Barr. Du bist noch ziemlich neu in diesem Liebesgeschäft, und eine schrecklich, fürchterlich, entsetzlich lange Zeit schon hast du dich mal so richtig verknallen wollen. Du kannst furchtbar was abkriegen, Barr, und das ist kein beschönigender englischer Ausdruck für Mord."

Die neuen Hemden streichelten seine Haut, fühlten sich wunderbar an, wie gute, noch nicht gewaschene Hemden sich immer anfühlen, und er stellte fest, daß sein einziger Anzug vom Hausdiener rasch durchgebügelt worden war, während er unter der Dusche herumgetrödelt hatte. Die neuen Schuhe standen ausgepackt da – die einzigen Schuhe, die er je selbst gekauft hatte, waren von Church in New York oder Peal in London, wenn ihm genug Zeit geblieben war, sie nach Maß machen zu lassen –, glattes schwarzes Boxkalf mit glänzenden rosafarbenen Sohlen wie die Handflächen eines Negers.

Heute abend würde es gehen mit sauberer Unterwäsche, sauberem Hemd, frischer Krawatte, gebügeltem Anzug und neuen Schuhen und Socken. Morgen standen ihm die drei Aushilfsanzüge Mr. Florians zur Verfügung, und dann würde er zusehen, ob er sich nicht ein paar Kleidungsstücke aus der Wohnung holen lassen könnte. Das jedoch würde von Amelias Laune abhängen.

Im Augenblick hatte er keine Lust, an Amelia oder ihre Launen zu denken. Er wollte an Barbara Bayne mit ihrem flaumigen Entchenhaar denken und was sie heute abend als freie Menschen tun würden. Während er die Füße in die neuen Schuhe schob und die Berührung des lieblich duftenden Leders mit den frischen Seidensocken auskostete, dachte er ungeduldig:

„Jesus, ich wünschte, sie würde sich beeilen. Zum erstenmal in meinem Leben komm' ich mir wie ein Bräutigam vor."

Genau in diesem Augenblick klang der Türgong, und er eilte, die Tür zu öffnen. Es war aber nur der Ober mit Kaviar und Champagner. Alec Barrs Gesicht drückte tiefe Enttäuschung aus.

„Oh, Sir, ich würde nicht so ein Gesicht machen, wenn ich Sie wäre", sagte der Zimmerkellner fröhlich. „Direkt hinter mir in der Halle ist eine reizende Dame. Wo soll ich den Kaviar hinstellen?"

„Wohin sie wollen", erwiderte Alec Barr, stürzte am Ober vorbei und schloß Barbara Bayne beinah brutal in die Arme. „Entschuldigung", rief er über die Schulter dem Ober zu, und dann küßte er Barbara fest, endlos, ohne Rücksicht auf ihr Make-up, sie eng an sich drückend.

„Ich glaubte schon, du würdest nie kommen", sagte er. „Es kam mir wie Jahre vor."

Barbara Bayne sah auf ihre Armbanduhr. „Es sind jetzt genau siebenunddreißig Minuten, seitdem ich aufgehängt habe."

„Ich fürchte, so viel Zeit meines Lebens ohne dich kann ich mir in Zukunft nicht mehr leisten", meinte Alec Barr. „Möchtest du Kaviar haben?"

„Nicht gerade jetzt", antwortete Barbara Bayne.

23 Amelia

Amelia Barr fühlte sich hundeelend. Sie drückte sich, wie ihre Freundinnen glücklich berichteten, selbst an die Wand. Von Alec keine Nachricht, aber tägliche Kommuniqués strömten vom Spionagenetz Friseur–Lunch–Schneiderin–Cocktailparty herein. Alec war beim Lunch mit Barbara Bayne im Brussels gesehen worden. Alec war im Persian Room mit Barbara Bayne beim Tanz gesehen worden. Alec war in Greenwich Village, in Harlem, auf der Third Avenue, im Ritz, im Marguery, im Penthouse Club gesehen worden – und stets mit Barbara Bayne.

Amelia durchsuchte emsig Alecs Anzüge und Papiere nach einem Brief, einem Anhaltspunkt, der etwa auf eine frühere Verbindung mit Barbara Bayne hingewiesen hätte, und fand nichts. Sie fand auch nichts irgendeine andere Frau Betreffendes, aber ihre Phantasie gaukelte ihr grotesk lebendige Bilder von Ausschweifungen mit einer Auswahl von Glamourgirls bei jeder Gelegenheit vor, bei der ihr Alec seit ihrer Heirat auch nur für einen Moment aus den Augen gewesen war.

Ihre Freundinnen drückten ihr ihr Mitgefühl aus, trösteten sie demonstrativ, wenn sie zur Teezeit auf drei oder vier Martinis vorbeikamen, aber Amelia hatte das Gefühl, daß das Mitgefühl trügerisch war und ihre Lunch- und Wohltätigkeitsballgefährtinnen sich insgeheim über den Neuzugang eines Leidensgenossen zu ihrer elenden Gesellschaft freuten. Die meisten Freundinnen Amelias waren Opfer früherer Ehekatastrophen; alle hatten sie so oder so mal „Ärger" mit Bill oder Dick oder Jim gehabt. Einiges davon war Sekretärinnen-Ärger gewesen – eine Freundin, reizbarer als die übrigen, *war* einst die Sekretärin gewesen, die den Ärger verursachte, und mißtraute ihrem Mann natürlich doppelt, weil sie nicht vergessen konnte, wie sie ihn eingefangen hatte –, und einiges war einfach Routine-Ärger, Geschäftsreisen-Ärger, Außerhalb-der-Stadt-Ärger oder Ärger wegen hübscher Nachbarinnen oder sonst ein Ärger gewesen, der sich in durch die Zeit abgenutzten Ehen einstellte. Es gab eine fast wahrnehmbare Schadenfreude über Amelias Aufnahme in diese traurige Schwesternschaft.

Amelia Barr betrachtete sich lange und prüfend im Spiegel, sah eine ansehnliche, blauäugige, braunhaarige Frau Anfang Vierzig – gute Brüste, guter Teint, gute Hüften, gute Beine (und sie mußte es zugeben: starker, unersättlicher Geschlechtstrieb) – und fragte sich elend, was sie eigentlich falsch gemacht habe. Sie war immer, dachte sie, eine verständnisvolle und liebende Frau gewesen. Sie betrachtete ihr Heim und sah Geschmack und Komfort. Sie besah sich ihre Garderobe und sah teure konservative Kleider und feine Schuhe und prächtige Wäsche. Sie besah sich ihre Küche und fand sie sauber und ordentlich; sie besah sich ihr Hauspersonal und fand es tüchtig. Der Kamin rauchte nicht; der Aufzug knarrte nicht allzusehr. Im Kühlschrank waren genügend Eisfächer. Der Vorrat in der Bambusbar war stets angemessen, und die Reserve in der Speisekammer überreichlich. Sie hielt sich viel in dieser Bar auf. Sie betrachtete sich wieder im Spiegel und stellte fest, daß sie sich zu oft in dieser Bar aufhielt. Der reine Teint fing an, leicht trübe zu werden; kleine Äderchen zeigten sich im Weiß der blauen Augen, und die Fleischpolster unter den blauen Augen waren schon etwas mehr als aufgedunsen.

Sie stellte fest, daß sie sehr wenig Unterstützung oder Trost von ihren Freundinnen erhielt, und überlegte sich, daß sie in all diesen New Yorker Jahren vielleicht eine – allerhöchstens zwei Freundinnen erworben hatte. Der Rest waren uralte Bekanntschaften – Bekannte, die man bei Cocktailpartys auf die Wange küßte, mit denen man lunchte, die man beim Friseur traf, neben denen man beim Dinner saß oder die man zufällig in Paris, London und Rom traf. Amelia Barr war eine großmütige, freigebige Frau. Sie hatte keine Kinder, die ihre Zeit in Anspruch nahmen. Sie wollte verzweifelt gerne geben, und in New York war niemand, dem man etwas geben konnte. Niemand, außer vielleicht Francis Hopkins.

Alec Barr hatte einmal in einer seiner groben Stimmungen mit zu epigrammatischer Schärfe gewetzter Zunge bemerkt, nachdem Francis das Haus verlassen hatte: „Ein guter, zuverlässiger Hausschwuler ist für eine moderne New Yorker Ehe so nötig wie die Heiratslizenz und der Pfarrer." Schmerzend fing Amelia jetzt an, es zu glauben.

Sie hatte Angst – nun, nicht eigentlich Angst, aber sie zögerte, in die gewohnten Badeorte zu fahren, weil sie befürchtete, zufällig Alec und dieser Frau Barbara über den Weg zu laufen, die sich nach allem, was man hörte, ganz schamlos in der Öffentlichkeit zeigten; sie hielten Händchen, knutschten sich und senkten die Blicke ineinander. Allein trinken und essen machte sie einfach wahnsinnig, daher wurde sie täglich mehr von Francis Hopkins abhängig. Francis war eine wahre Säule der Kraft. Er lud sie zum Abendessen in seine Wohnung ein. Er führte sie zum Dinner in die dunkelsten Lokale aus, die, wie er sagte, „Alec und diese Frau unmöglich kennen können". Nachdem das Dienstmädchen Feierabend gemacht hatte und gegangen war, pflegte er in Amelias Wohnung ein schönes Rührei zu machen oder einen seiner Spezialsalate zuzubereiten. Meistens jedoch hörte er geduldig zu und ließ sie weinen, soviel sie wollte. Er stimmte ihr zu, wenn sie wütend erklärte, alle Männer seien Halunken und Barr sei der schlimmste, war aber gescheit genug, nicht selbst mit anklagendem Finger auf Alec zu deuten. Diese Weisheit war langsam gewachsen; er hatte gesehen, wie Amelia wie eine Tigerin Leute angesprungen hatte, die anzudeuten gewagt hatten, Alec Barr sei nicht der beste Autor der Welt und das Muster aller Männlichkeit.

Genau vierzehn Tage nachdem Alec von seiner Sitzstange weggeflattert war und die meisten besseren Bars mit großem Genuß über die neueste und heißeste Romanze der Stadt klatschten (in den Zeitungen stand noch nichts davon, weil all diese verheirateten Skribenten wie Pech und Schwefel zusammenhielten), reichte Francis Amelia ihren fünften Scotch nach dem Dinner und verlieh seinen Zügen den besten, wohlwollendsten Onkelausdruck.

„Du mußt mit diesem Unsinn aufhören", sagte Francis. „Du säufst wie ein Loch und machst dich verrückt, und, ganz offen gesagt, du fängst an, wie Gottes Zorn auszusehen. Du bist völlig durcheinander, Süße, und wirst noch mehr durcheinanderkommen. Ich hab' dir an dem Abend, als Alec fortlief, gesagt, was du tun sollst, und du hast bis heute nichts davon getan. Ich wette, du hast nichts mit dieser Nuyu-Gesundheitsfarm unternommen. Du hast dir keine neue Garderobe gekauft. Das einzige, was du getan hast, ist herumsitzen und dich selbst bedauern. Alec ist das nicht wert. Kein Ehemann ist es wert."

Amelias Augen waren von den letzten Tränenergüssen rosafarben verquollen.

„Ich hatte wirklich die Absicht, mich mit dieser Gesundheitsfarm in Verbindung zu setzen, aber ich hab' eigentlich immer drauf gewartet, daß Alec doch zurückkäme – als wär's ein schlechter Traum, der sich bald verziehen würde –, und ich hasse es, mich wie eine Verbrecherin mit einem Haufen dicker Weiber einzusperren, blöde Gymnastik zu treiben und rohen Mohrrübensaft zu trinken."

Francis stand gähnend auf, sah auf seine Uhr.

„Es ist drei Uhr morgens", sagte er. „Vielleicht erlaube ich dir, dich selbst umzubringen, aber ich erlaube dir nicht, mich umzubringen. Nun hör zu." Er zwang seine Stimme zur Strenge. „Gleich morgen früh werd' ich mich mit den Nuyu-Leuten in Verbindung setzen und werde dir eine Flugkarte nach Denver lösen. Pack alle deine besten Kleider zusammen – zum Teufel mit der Überfracht! –, denn diese Weiber werfen sich da draußen zum Dinner toll in Schale. Zum mindesten bei Arden. Und ich werd' dich in diese Maschine verfrachten, und wenn ich dir Handfesseln anlegen müßte."

„Aber ich will nicht fort", sagte Amelia widerspenstig, das Kinn vorstreckend. „Ich bin in Ordnung. Ich werde in Ordnung sein." Sie trommelte mit den Fingern.

„Einen Dreck bist du in Ordnung", erwiderte Francis gereizt. „In Kürze landest du in Bellevue, und ich werd' in der Zelle daneben sein. Scherz beiseite jetzt, Mädchen. Trink aus und nimm eine Pille und geh schlafen und pack deine Sachen morgen, und ich hol' dich mit dem Wagen ab und bring' dich selbst zum Flugzeug. Ich werd' dir auch ein

Hotelzimmer für morgen nacht in Denver bestellen, und am nächsten Tag kannst du zur Ranch rausfahren. Hast du mich verstanden?"

Amelia brach wieder in Tränen aus, vergrub ihr Gesicht in Francis' Kragen. Francis zuckte vor der Berührung zurück.

„Schluß jetzt", sagte er freundlicher. „Los, komm schon. Zieh dir dein Nachthemd an, und ich bring' dich zu Bett. Nun komm, oder ich versohl' dir den Hintern."

Amelia zog die Nase hoch und brachte ein Lächeln hervor.

„Du bist schrecklich nett zu mir, Francis", sagte sie. „Ich weiß nicht, was ich ohne dich täte."

„Ich auch nicht", murmelte Francis, zur Decke blickend. „Ich, bei Gott, auch nicht."

24

Amelia war ziemlich betrunken, als Francis sie ins Flugzeug schob, die Unterstützung eines Luftlinien-Public-Relations-Mannes dabei in Anspruch nehmend, der ekelhaft schnell auf den Namen Alexander Barr reagierte. Trotz der Hitze trug sie einen Nerz – volle Länge – und zwei Stolen, da es in Kolorado kühl sein sollte und die Hausordnung, wie Francis behauptete, große Abendtoilette zum Dinner vorschrieb. Ihre Knie zitterten nur ein wenig, und sie brachte ein Lächeln zuwege, als Francis Lebewohl winkend unter einem „Nichtraucher!"-Schild stand.

Eine Woche darauf erhielt Francis das erste Bulletin.

Es lautete:

„Lieber Svengali,

aus der Einzelhaft und weil einer der Wärter mir eine Feder und Schreibpapier lieh, hier ein paar Zeilen. Ich weiß nicht, ob Du im Bilde bist, was sich in diesen Anstalten alles tut, für tausend Piepen die Woche, daher will ich's Dir, weil ich nichts Besseres zu tun habe, beschreiben. Erstens: Du wirst mich nicht wiedererkennen. Sie haben das alte Chassis hochgewunden und einen neuen Wagen druntergeschoben. Jedenfalls fühlt sich's so an.

Bevor Du wieder mal einer Freundin so lustig rätst, diese harte Kur zu machen, tue ich lieber so, als ob Du keine Ahnung hättest, was sich hinter diesen Mauern abspielt, und mach' Dich mit den Spielregeln bekannt. Sie sind ganz und gar nicht komisch, McGee.

Allein hierherzugehen ist sehr *déclassé*. Anscheinend bin ich sehr *déclassée*. Ich hätte Dich mitbringen sollen.

Es *ist* teuer. Vielleicht tausend die Woche. Über die Trinkgelder weiß ich noch nicht Bescheid. Jedermann ist zu gut erzogen, um von Geld zu sprechen. Wir wohnen in kleinen Häusergruppen ums Hauptgebäude herum, das sich Zentralstation nennt. Wenigstens fühl' ich mich nicht einsam.

Zuerst wird der Befund Deines eigenen Arztes geprüft, und dann wird man gründlich untersucht. Als nächstes wird Dir eine Kurvorschrift aufgebrummt. Wenn man hier ist, um abzunehmen – und wer ist es nicht! –, sieht die Sache mehr oder weniger folgendermaßen aus:

Man jagt einen in aller Herrgottsfrühe aus dem Bett. Man gibt entzückende, kleine pfirsichfarbene Hemdchen aus, die sehr kurz und lokker gegürtet werden, so daß man verdammt wenig von seiner wirklichen Taille verrät. Jedermann trägt das gleiche wie in einer Mädchenschule. Man läuft in Sandalen herum, die auch ausgegeben werden. Es scheint, wenn man sich als gutes kleines Mädchen benimmt, kann man sie behalten. Zwei reizende Schuhe, das Stück zu fünfhundert Piepen!

Das Frühstück besteht aus ‚einfach köstlichen' Früchten und Säften und schwarzem Kaffee oder Tee. Die Früchte sind alle frisch und sauber und entzückend und auf eigenem Grund und Boden gewachsen. Der Gärtner trägt eine Chirurgenmaske, um sie rein zu halten. Es ist ein sehr füllendes Fruhstück. Wenn Du Frühstück *magst*. Ich *hasse* Frühstück.

Als nächstes haben wir eine Gymnastikstunde – eine große Gruppenangelegenheit. Jeder legt sich auf blitzsaubere Matten (pfirsichfarben wieder), während diskrete Musik gespielt wird und ein hübsches, mageres Weib (ich *hasse* sie) Anweisungen gibt, wie man mit den Hüften rollt und sich aufsetzt, um Bauchspeck zu verlieren. Wir machen das jeden Tag ein bißchen länger, aber im Grunde wird's *nie* besser.

Dann haben wir eine Vormittagspause für Erfrischungen. Sie bestehen entweder aus Tomatensaft oder verschiedenen Tees aus alten Gummischuhen oder möglicherweise sogar importiertem exotischem Seetang, hängt ganz davon ab, welche *besondere* Behandlung unser allwissender Doktor vorgesehen hat. Die Seetangteegruppe hat Snobwert. Das Zeug schmeckt wie Rizinusöl oder noch schlimmer, und die Tatsache, daß wir's nicht nur im Magen behalten, sondern auch behaupten, es schmecke, gibt uns die Note Eins in der Prestigeabteilung.

Nach der Saft-plus-Tee-Pause gehen wir schwimmen, aber unter strenger Aufsicht. Miß LaRoache führt uns zum großen, überheizten Schwimmbecken, wo wir bedachtsam die nötigsten Brustschwimmstöße machen, um unsere schlaffen Brustmuskeln und so weiter aufzubauen. Wir tragen Kappen und sehen *schrecklich* aus. Wir tragen ausgegebene Badeanzüge, albern plissiert, von neogriechischer Abstammung, die unsere Figuren nicht sehen lassen, vorausgesetzt, daß wir nicht total durchnäßt sind. In diesem Fall mustern wir uns verstohlen aus dem Augenwinkel, vermeiden aber jeden Kommentar. Wir sind nicht in der Lage zu kritisieren. Wir sitzen *alle* im selben Boot.

Diese Schwimmerei erledigen wir auf die leicht-schwere Tour. Manchmal strampeln wir bloß ein bißchen im Wasser, mit Maßen, um nicht müde zu werden, während wir am Rand des Beckens hängen. Ertrinken wird von der Direktion nicht gern gesehen.

Nach dem Schwimmen können wir ein Spielchen Federball spielen, aber das ist fakultativ, wie Krebs. Die meisten von uns ziehen es vor, zu duschen und in die pfirsichfarbenen Hemdchen zu schlüpfen (kurz und griechisch, mit pfirsichfarbenen Trikots drunter), aber mit Muße. Etwa um diese Zeit könnt' ich jemand für einen Martini *verstümmeln;* und für einen Bloody Mary *töten.*

O Junge, *Junge.* Jetzt kommt der Lunch. Halb gekochtes oder ekelhaft rohes Gemüse mit wenig Kalorien, gesundheitsfördernd mit Tomatensaft, natürlichen Gewürzen und aus Mineralien gewonnenem Öl zubereitet.

Zu Deiner Unterrichtung, Süßer: Mineralöl wirkt wundervoll abführend, aber es hat auch die Tendenz, auszulaufen, wenn man's am wenigsten erwartet.

Als nächstes haben wir Freizeit, in der wir einen Gesundheitsspaziergang machen oder einfach im Bett liegen und klatschen können. WER IST GERADE HIER ist das beliebteste Thema. Das ist sehr wichtig. Es ist furchtbar, in der Woche *nach* der Herzogin von Windsor oder *vor* Mamie Eisenhower hierzusein. Es ist wie russisches Roulett, man muß die richtige Woche erwischen.

Danach kommt die Behandlung oder Therapie. Die ist verschieden. Die Kur empfiehlt dringend das Schlammbad für DEIN BESONDERES PROBLEM. Die Behandlungen sind recht verdrießlich. Erstens kann's passieren, daß eine jungfräuliche Dame eine männliche Masseuse bekommt. Zwar entblößt er jeweils nur *einen* Körperteil und ist (ehrlich!) nie das, was man ungezogen nennt. Aber es ist meist der Gedanke, daß ein Mann einen gegen den Strich massiert, der einem dann *wirklich* gegen den Strich geht.

Es gibt bei dieser Therapie alle Arten von Möglichkeiten, aber meistens ist es verflucht langweilig. Es geht so vor sich:

1. *Der Dampfraum oder die Schlammpackung*

In jedem Fall ist es heißer, als menschliches Fleisch es verträgt, und wir schwitzen unbedingt PFUNDE von FETT herunter, Liebling! (Oder ist es dieses verdammte angesammelte Wasser?)

2. *Die Massage*

Hier kannst Du nie sicher sein, ob Du Dein Lieblingsmädchen bekommst, weil sie immer schon im voraus belegt ist. Man muß sich also von einer wildfremden Schweizerin oder Schwedin bearbeiten lassen, die kaum ein Wort englisch spricht, so daß es später peinlich werden wird, wenn man von Kopf bis Fuß mit blauen Flecken bedeckt zu seinem Mann zurückkehrt, weil diese gottverfluchte Masseuse mich nicht verstand, als ich sagte: Verdammt noch mal, Sie brechen mir ja alle Knochen!

3. *Ruhepause*

Es macht nervös, in der Kabine zu liegen, ohne Schloß, nur hinter einem Vorhang. Der Tisch ist hart und paßt nicht ganz, ganz gleich, wie wir uns drehen, weil sich die Knochen trotz unserer natürlichen Polsterung stets in den dünn bezogenen Ledertisch bohren oder umgekehrt. Irgendwann einmal dösen wir ein.

4. *Die Dusche*

Munter und kalt. Wir trocknen uns ab. Wir ziehen unsere pfirsichfarbenen, kurzen Hemdchen an und trapsen dann rechtzeitig zu unseren Cottages zurück, um uns für Cocktails und das Abendessen umzuziehen.

Cocktails und Dinner sind Abendkleid-Angelegenheiten und finden bei Kerzenlicht statt, das die Runzeln nicht hervortreten läßt. Für Abnehmer gibt's die Wahl zwischen Sauerkraut-, Tomaten-, Orangensaft (Trauben haben zu viele Kalorien) oder irgendeiner Verbindung von gemischten und gepreßten Früchten und Gemüsen. Es gibt sogar etwas namens Ausscheidungscocktail. Ich kann nur annehmen, daß es im Grunde Pflaumensaft ist.

Wir trinken die Cocktails aus nach Cocktail aussehenden Gläsern. Man kann sie pur wie einen Martini haben oder *on the rocks* oder mit Wasser oder Soda. Wir stehen herum, nippen und plaudern elegant. Wir tragen große Abendgarderobe und alle unsere *echten* Diamanten und Perlen. Kein Mann ist anwesend, außer möglicherweise *Doktor Gott* hoch da oben, der unser aller Arzt und SO ein charmanter Mann ist. Heute morgen hat er mir gesagt, er sei SCHRECKLICH zufrieden mit den Fortschritten, die ich mit meinem INNEREN-SCHENKEL-PROBLEM gemacht habe.

Jetzt, Süßer, schlendern wir in den Speisesaal zur richtigen Zeit, wenn der Gong *gongt*. Zu zweit und zu dritt schlendern wir. Lässig. Schleppen hinter uns herziehend, prunkend mit Federn. Wir klassifizieren einander, soll heißen: Wieviel Geld kann man auf einmal tragen und trotzdem guten Geschmack beweisen? Außerdem sind wir scharf drauf, die Designers unserer Abendkleider diskret bekanntzugeben. Wir geben also furchtbar an, ungefähr so:

‚Chanel sagte, es würde mir ausgezeichnet stehen, aber ich hab' mich nie richtig wohl drin gefühlt.'

‚Ich geb's ungern zu, daß es drei Jahre alt ist, aber natürlich hat Charles James es entworfen, und ER ist zeitlos.'

‚Zu süß von dir, daß du's sagst, aber Trigeres großer Fehler ist eben, daß man seinen Bauch einziehen muß.'

‚Ja, es ist ein Rentner, aber seit dem letzten Baby hat's nie richtig gepaßt. Sie wissen einfach nicht, was es heißt, im kritischen Alter ein Kind zu kriegen ... aber wir beten den kleinen Nachkömmling förmlich an.'

Das Dinner ist ganz formell. Wir sitzen in Gruppen je nach unserer Diät. Für unsere Abnehmergruppe gibt's mageres Fleisch, gekochtes Gemüse (meist Stengel und Blätter, weil die Wurzeln mehr Kohlehydrate enthalten) und Salate. Manchmal gibt's Fisch. Die Saucen sind immer auf eine ekelhafte Art ausgezeichnet. Es wird eine Menge Kräuter, Zitronensaft und Essig verwandt.

So sieht's ungefähr aus. Wenn ich hier rauskomme, seh' ich wahrscheinlich wie Betty Grable aus – oder zum mindesten wie Betty Grables Mutter. Wenn es Neuigkeiten gibt, zum Beispiel, daß Alec sich in Mexiko von mir hat scheiden lassen, dann laß mich's wissen. Und bitte, schau mal in die Wohnung und kontrolliere, ob das Mädchen die Pflanzen gießt. Du weißt ja, wo die Bar ist.

Alles Liebe,

Trilby, *née* Amelia, Barr"

Drei Tage später erhielt Francis wieder ein Bulletin von der Kampffront. Es lautete:

„Lieber Pygmalion,

wir Mädchen sind inzwischen nicht mehr wiederzuerkennen. Auf keinen Fall. Wir sind keine Frauen – wir sind *Kreationen*! Inzwischen sind wir von dem berühmten Monsieur de Quatrefages persönlich völlig neu gestaltet worden, der, falls Du's vergessen hast, Antoine, Michel und Mr. Kenneth absolut in den Schatten stellt, wenn sich's um Frisuren, Teintbehandlung, Schönheit und allgemeine Atemtechnik handelt.

Ein paar von uns sprachen Monsieur de Quatrefages von Anfang an richtig aus, aber es gibt eine gewisse Gruppe hier, die immer noch unsicher ist, wenn's drauf ankommt, seinen Namen auszusprechen. Quatrefages klingt sehr komisch mit einem Texasakzent.

Er sieht nicht nach was aus. Er ist gewandt und lebhaft. Der Grund für seine Lebhaftigkeit ist ganz einfach der, daß er's verdammt nötig hat, lebhaft zu sein. Man zahlt ihm ein hohes Gehalt dafür, daß er einer Anzahl von uns seine GANZ PERSÖNLICHE Aufmerksamkeit widmet, und es ist eine GANZ hübsche Anzahl.

Zuerst kommt die persönliche Analyse, die einem an die Nerven geht. Man wird in sein Privatbüro geführt, das so streng ist, daß man erwartet, schon vorm Hinsetzen sterilisiert zu werden. Er sitzt hinter einem strengen Schreibtisch. Er trägt einen schwarzen Straßenanzug, der zu seinem Schnurrbart und seinen Augen paßt. (Und seinem Herzen.) Im Gegensatz dazu kommt man sich im knappen kleinen Pfirsichhemd absolut nackt vor. Ich zupfe dauernd am Saum von meinem.

Eine Batterie Jupiterlampen ist wie in den Gangsterfilmen auf Dein Gesicht gerichtet. *Er* sitzt im Schatten, um *Dich* zu prüfen. Man ist sich unklar bewußt, daß die Wände mit allen möglichen gerahmten Urkunden bedeckt sind, aber Gott allein weiß, wozu – man hat nie die Möglichkeit, sie zu lesen. Wahrscheinlich Vivisektionen.

‚Sprechen Sie nicht', sagt er, einen Finger hebend, während er Dich studiert. Man fühlt sich sofort schuldig, und ein paar kleine Muskeln um den Mund werden ganz straff und beginnen zu schmerzen. Mein rechtes Augenlid fängt an zu zucken.

‚Ah, Madame Barr', sagt er schließlich, ‚Sie haben wirklich eine wunderbare Knochenstruktur und herrlich geschmeidige Züge, aber Sie haben nicht auf sich aufgepaßt, nicht wahr?' Dabei schüttelt er langsam und bedeutungsvoll den Kopf wie ein Gynäkologe, der einem die verhaßte Wahrheit sagt.

Du schüttelst den Kopf in beschämtem, kindlichem Schuldgefühl. Er ist *Die Wahrheit* und *Das Licht* und durchschaut Dich völlig.

‚Ein Glück, daß wir zusammengekommen sind, bevor es zu spät ist. Wir werden Sie wieder auf den richtigen Weg führen. Wir werden Ihre verborgene Schönheit ans Licht heben.' Und plötzlich weißt Du, daß er recht hat. Man hatte Schönheit, ohne es zu wissen.

Und dann fängt er an zu zeichnen, aber man kann nicht sehen, *was* er zeichnet. Wir ahnen plötzlich den Grund für Mona Lisas Lächeln – ihr Mund zuckt aus schierer nervöser Erschöpfung, sie kann ihn nicht ganz beherrschen.

‚*Voici!*' ruft Monsieur Quatrefages, den Skizzenblock umdrehend, damit ich mir's ansehen kann. (Ich sprang einen Fuß hoch.) Aber mein Gesicht ist wirklich großartig getroffen, nur *völlig* ohne Haar. Es ist GANZ UND GAR MEIN WESEN, sozusagen glorifiziert, *aber ohne jedes Haar!*

Ich forderte den Zorn Jupiters heraus und murmelte: ‚Vielleicht ein bißchen goldenen Heiligenschein, bitte?'

Er sagt vorwurfsvoll, seinen gottverdammten Finger schüttelnd: ‚Ah, Madame, *Sie* sind *hier*, um sich *meiner* Entscheidung zu unterwerfen!'

Er versteckt die Zeichnung wieder vor mir, während er die neue Frisur für UNSEREN BESONDEREN TYP VERBORGENER SCHÖNHEIT entwirft. Ich geb' mir Mühe, über den Zeichenblock zu luchsen, aber er verbirgt die Skizze, bis er fertig ist.

‚*Voici!*' ruft er, und diesmal sprang ich nur sechs Zoll hoch. Er zeigt mir die fertige Skizze mit dem neuen Haarstil. Sie ist groß und zeigt mich von vorn. Zwei kleinere Skizzen weiter unten zeigen Profil und Rückenansicht.

In meinem besonderen Fall *ist* es eine Art goldener Heiligenschein. Hurra! *Olé!* Verdammt wenigen von uns fällt es auf, daß sein Haarstil DAS GENAUE GEGENTEIL unseres gegenwärtigen Stils ist. Es gibt uns HOFFNUNG.

Jetzt schreibt er meinen Namen wie einen Titel drunter und unterzeichnet mit seinem wie ein Künstler.

Dann nimmt er meine Karte „Persönliche Hautbehandlung" und Schönheitsanalyse" aus der Kartei. Zum erstenmal spricht er wirklich – zuerst über Hautbehandlung, dann über Kosmetik. Mich wie eine Art Wanze prüfend, macht er Eintragungen in sein Diagramm, Punkt für Punkt, während er Unser Problem mit Ausdrücken Schamloser Schmeichelei erörtert, die abscheulich wäre, wenn *wir* sie nicht so nötig brauchten. (Gottverdammt das *wir*!)

Runzeln auf der Stirn sind lediglich ‚Sorgenlinien'. Was sagste dazu? Die ganze Zeit glaubte ich, sie kämen von der Sonne.

‚Ah, Madame, das Leben war nicht immer leicht für Sie', murmelt er mitfühlend. (DAS darf er noch mal sagen!) ‚Aber aus den Lachfältchen um Ihre Augen kann ich schließen, daß Sie immer versucht haben, Ihren Sinn für Humor zu wahren – er ist Teil Ihrer charmanten Natur –' Die Sorte Pferdemist. *Lachfältchen?* Es ist zum *Heulen.*

Nach der Menge Zeichen zu schließen, die er ins Diagramm einträgt, werd' ich eine Tonne Creme und Kosmetika brauchen, aber was zum Teufel, Junge, was zum Teufel!

Er spricht sogar über Das Problem Unserer Fingernagelpolitur mit tiefem, mitfühlendem Verständnis. Von Mitleid ganz zu schweigen. Es tat mir wahrhaftig leid, als die Sitzung schließlich zu Ende ging. Ich kam mir vor, als wär' ich zur Kommunion gewesen.

Er klingelt nach seiner Ersten Assistentin, die allen *salons* vorsteht. Mlle. Lorette erscheint wie der Genius aus der Flasche. Man braucht hier nicht zu warten, bis man den ganzen Mist gekauft hat.

Der Maestro deutet auf die Skizzen und die Liste der neuen Produkte. Mlle. Lorette betrachtet diese, als hätte sie zum erstenmal etwas so Bewundernswertes gesehen. Dann betrachtet sie *mich*, ich immer noch unter den Jupiterlampen, wie eine Schlangenspezies. Sie kann ihre Begeisterung kaum zurückhalten. Aber es gelingt ihr.

Mit gottähnlicher Gebärde winkt er, und wir sind entlassen. Sie führt mich in den großen Salon hinaus.

Ich bin noch wie betäubt und halb blind von den Jupiterlampen. Ich würde *alles* und *jedes* beichten.

Der Salon ist gepolstert wie das Innere eines Schoßes, soweit ich mir meiner schwachen Erinnerung nach das Innere eines Schoßes vorstellen kann. Er ist ganz in Pfirsichfarbe gehalten, außer den Apparaturen, die sie fürs Haar brauchen. Selbst die Leuchtstoffröhren sind pfirsichfarben. Alles in diesem Laden ist pfirsichfarben. Erst sehr viel später erfahren wir, daß eine alte Umfrage (zirka 1846) feststellte, daß die Pfirsichfarbe die schmeichelhafteste Farbe für den menschlichen Teint ist. Manchmal plappern die Wärter hier solche Geheimnisse an die Häftlinge aus.

Ein Mädchen zieht uns einen pfirsichfarbenen Kittel an, während Mlle. Lorette darauf wartet (zu welchem *Stundenhonorar!*), uns mit Monsieur Paul, dem Friseur, bekannt zu machen.

Mit Hilfe von etwa zwanzig anderen Leuten verwandelt Monsieur Paul uns in eine *natürliche* Blondine mit einem richtigen *Heiligenschein.* Sein Haarschnitt ist radikal, aber nicht im entferntesten so schlimm wie ein Kaiserschnitt. Ich bin erbärmlich froh, daß er die Haarrolle und das Auskämmen selbst macht. Manchmal schiebt er Kundinnen für diese kritischen Stadien der Operation an einen Einheimischen ab. Dann merkt das JEDERMANN im Salon, und die Kundin verliert das Gesicht, wer immer sie sei.

Unter der Trockenhaube reicht mir jemand ein Magazin zum Lesen. Es ist eine elegante, glänzende Angelegenheit namens ‚*Connaissance*'. Alles auf französisch. Die setzen voraus, daß wir Französisch lesen können. Das einzige Französisch, das ich kenne, ist *bidet*, aber ich scheute mich, nach *Field and Stream* zu fragen. Ich las, „*Connaissance*".

Im Grand Finale wählt Monsieur Paul UNSER BESONDERES Haarspray aus und lackiert die neue Frisur zur Härte eines Schildkrötenpanzers auf meinem schmerzenden Schädel.

In diesem goldenen Augenblick der Vollendung reicht uns Monsieur Paul einen Spiegel, und plötzlich nehmen Monsieur Quatrefages, Mlle. Lorette und all die anderen Schlingel Gestalt an, um einen Moment über diesem absoluten WUNDER zu beten.

Aus dem Augenwinkel bemerke ich, daß M. Q. eine leise Verbeugung vor Unserer Neuentdeckten Schönheit macht.

Im Salon für Hautbehandlung und Make-up, wo Mr. Donald (US-Bürger, was sagste nu?) mich in die Mache nimmt, ist es dasselbe. Sorgfältig Monsieur Quatrefages' Aufzeichnungen folgend, zeigt er uns unser richtiges Ritual für Tag und Nacht. Für so unwichtige Dinge wie schlafen und essen wird wenig Zeit übrigbleiben.

Er reinigt die Haut, bis Blut aus den Poren spritzt. Dann verschönt er UNS. Zum Schluß montiert er die neuen falschen Wimpern an. Sie jucken.

Wieder, im Finale, schnellt der gesamte Stab aus der Wunderlampe. An diesem Punkt hatte ich das Gefühl, daß Monsieur Quatrefages von Unserer Neuentdeckten Schönheit ganz entzündet ist und mich hinter dem Kosmetiktisch schnell mal vergewaltigen könnte. *Tat er nicht.* Herzchen.

(Ich wüßte gern, was Alec von alldem hielte, angenommen, er ist mit dieser Hure nicht nach Tahiti verduftet.)

Aber wir sind noch nicht am Ende. Es scheint, daß wir besondere Gesichtsmuskelübungen brauchen, um die schöne, klare Linie unseres Kinns zu spannen, damit *Wir* uns dem hageren Katherine-Hepburn-Typ noch mehr nähern können, für den *Wir* in Wirklichkeit bestimmt waren, bis irgendwas schiefging. Außerdem müssen wir UNSERE tägliche Gesichtsmassage haben, um unser Gewebe ‚abzustimmen'.

Obgleich wir seit Jahren treu an Chanel No. 5 hingen, hat Monsieur Quatrefages uns das ausgetrieben. Es könnte die TOTALWIRKUNG des Neuen *Wir* vermurksen.

Kurz gesagt, wir haben auch ein neues *Parfüm*. Für unseren Besonderen Neuen Typ.

Achtung! Kleopatra kommt nach Hause!

Alles Liebe,

Galatea Barr"

25 Alec

Alec Barr war plötzlich in eine Lebensweise hineingeraten, die ihm so fremd war, als hätte er eine Freistatt in einem tibetischen Lamakloster erhalten oder – vermutlich der Wirklichkeit entsprechender, dachte er – als wäre er aufs linke Seineufer der zwanziger Jahre in Paris zurückversetzt worden, als Fitzgeralds beliebter Salontrick noch darin bestand, auf dem Kopf stehend Gedichte herzusagen, und Hemingway sich geräuschvoll der Sünde schämte, von Morley Callaghan zusammengehauen worden zu sein. Niemand arbeitete viel in jenen Tagen; trinken und von der Arbeit reden nahm ein Großteil der Zeit in Anspruch, und Alec hatte dauernd das Gefühl, daß im nächsten Augenblick Sylvia Beach anrufen würde, um ihm zu sagen, James Joyce sei für *niemand* zu sprechen außer für Sylvia Beach.

Für Alec Barr war die Schreibmaschine immer so etwas wie ein Schrein gewesen, etwas, was man täglich aufsuchte und wovor man betete, auf daß Gott nicht schreckliche Rache nähme und ein dunkler Engel käme und Alecs Hoden stähle.

Selbst wenn Alec einen Mordskater oder eine elende Erkältung hatte, verspürte er heftige Gewissensbisse an den Tagen, an denen er nicht schrieb. Und wenn er die Schreibmaschine nicht malträtierte, las er wenigstens gezielt. Er las alles, von Zeitungen über Plato zu *Vogue*, in der Absicht, etwas zu lernen, irgendwas, was ihm eines Tages von Nutzen sein könnte.

Amelia hatte Alec in halb scherzhaftem Ton vorgeworfen, er schreibe wie eine alte Jungfer jeden Unsinn fein säuberlich in Notizbücher, hamstere nutzlose Zeitungsausschnitte und stapele ganze Berge langweiliger Bücher auf, die zu lesen er nicht die Absicht habe. Auch beklagte sie sich, daß er sich auf einer Party oder selbst auf einer Auslandsreise nie gehenlassen könne; er wisse nicht, wie man spiele, sondern stehe immer als Zuschauer öde draußen, weigere sich, sich der Herde anzupassen.

„Du bist kein Mann", hatte Amelia mehr als einmal gesagt. „Du bist eine gottverdammte Registratur. Du interessierst dich nicht dafür, was die Menschen tun; dich interessieren nur deine Gedanken über die Motive ihres Tuns. Um Himmels willen, kannst du dich nicht mit der Tatsache abfinden, daß jemand dann und wann mal Verstopfung hat oder aufs Kreuz gelegt wird oder stinkhagelvoll ist, ohne Analyse des Motivs?"

„Süße, ich war lange Zeit arm", pflegte Alec dann zu erwidern. „Mein Mannestum ist völlig in diese Tastatur verstrickt. Solange es billiges gelbes Papier und Kohlepapier gibt, bin ich ein Mann. Ich will – ich kann die alte Maschine nicht lange einsam lassen. Sie vermißt mich, und ich vermisse sie."

Worauf Amelia den Kopf zu schütteln pflegte.

„Ich hab' keinen Mann geheiratet. Ich hab' eine Vorrichtung geheiratet – die eine Hälfte Bleistift, die andere Schreibmaschine. Ich besitze Aktien im Holzzellstoffgeschäft statt eines Manns."

„Du hast einen Schriftsteller geheiratet", hatte Alec entgegnet. „Ein Seemann fährt zur See. Ein Geschäftsmann reist. Ich schreibe für meinen Lebensunterhalt, und wenn ich nicht schreibe, gibt's keinen Lebensunterhalt. Und wenn's keinen Lebensunterhalt gibt ..."

„Ich weiß. Keinen Nerz. Dein Bruder kann nicht ins College gehen. Meine alte Mutter verkauft Streichhölzer im Schnee. Vater muß wieder arbeiten. Deiner Mutter geht's schlecht. Dein Vater muß seinen Whisky selbst bezahlen. Hab' ich alles schon mal gehört. Ich kann's nicht mehr hören."

Amelia brach in Tränen aus. Amelia war nicht attraktiv, wenn sie weinte. Weinende Frauen, attraktiv oder nicht, machten Alec ausgesprochen nervös, und statt Mitgefühl erreichten sie bei ihm genau das Gegenteil, nämlich Zorn.

„Es gibt hier wirklich nichts zu weinen", sagte Alec verdrießlich. „Warum, um Himmels willen, müssen Frauen als Reflex auf ein verlorenes Argument immer heulen?"

Amelia hörte sofort auf zu weinen.

„Das ist typisch mein Junge. Jeder andere Mann auf der Welt würde mir entweder einen Kinnhaken geben oder einfach sagen: ‚Zum Donnerwetter, willst du zum Donnerwetter endlich mit dem Quatsch aufhören!' Aber nicht *mein* Junge, der Schriftsteller. Der sagt kalt, analysierend: ‚Warum müssen Frauen als Reflex auf ein verlorenes Argument immer heulen?' Ich liebe dich, aber manchmal machst du mich ganz krank. Heute machst du mich wirklich krank."

„Danke", sagte Alec. „Nett zu wissen, daß ich die Fähigkeit besitze, bei anderen Übelkeit hervorzurufen. Vielleicht füll' ich sie auf Flaschen und verkauf' sie, dann brauchte ich nicht mehr zu schreiben, und du wärst nicht mehr krank. Aber verdammt hungrig wärst du, wenn ich sie nicht verkaufen könnte."

„Ach, hör auf, Dialoge zu schreiben", sagte Amelia. „Spar dir's für die Schreibmaschine auf. Weißt du was, Baby?"

„Was?" fragte Alec, nicht sehr interessiert.

„Bei den spärlichen Gelegenheiten, wenn wir's miteinander treiben – hab' ich das Gefühl, daß du nicht nur deine eigenen Stöße zählst, sondern auch jede neue Bewegung, die ich mache, registrierst. Man hat richtig Angst, mit ehrlicher Begeisterung zu wackeln."

„Du hast einen sehr guten Tag heute für ein Mädchen, dem übel ist", meinte Alec. „Vielleicht solltest *du* der Schriftsteller in der Familie sein. Inzwischen schlage ich vor, daß du gleich was mit deinem Haar anfängst. Du hast nicht das Gesicht für eine Hundezottelfrisur. Wiedersehen. Vielleicht."

„Oh, verflucht, zum Teufel mit dir, zum Teufel!" hatte Amelia gerufen, als Alec leise, aufrechten Ganges, zur Tür hinausging. Er vermied es immer sorgfältig, sie zuzuschlagen.

26 Barbara

Es hatte sich alles wunderbar verändert in diesem ausgehenden Monat August. Alec hatte eine ganze Woche keine Taste auf der Schreibmaschine angerührt. Er hatte eine Woche lang noch nicht einmal an eine Maschine gedacht. Es lagen ein halbfertiger Roman und ein paar rohe Entwürfe von Magazinbeiträgen im Arbeitszimmer seines „Heims", woran er nicht gern dachte, und Alec hatte die Charaktere und ihre verschlungenen Probleme vergessen. Möglicherweise war das passiert, als er den Mülleimer umkippte, am ersten Abend, als er und Barbara die Stadt unsicher gemacht hatten.

„Das war aber 'ne ganze Menge Kaviar", meinte Barbara. „Das war die größte Menge Kaviar, die ich je gesehen habe, ganz zu schweigen vom Essen. Fütterst du deine Frauen immer mit so viel Kaviar?"

„Nur die, die ich liebe, und sie müssen zuerst mit mir ins Bett", sagte Alec. „Du hast dich in beiden Punkten bewährt. Es ist tatsächlich das erstemal, daß ich ein *Hors d'œuvre* vor einem *Hors d'œuvre* hatte."

„Oh, was bist du für ein urkomischer Mann, außer vielleicht im Bett. Im Bett scheinst du ganz ernst zu sein."

„Im Bett mit dir, Liebe, *bin* ich ganz ernst. Ich kann mir nicht vorstellen, daß irgendein Mann es *nicht* wäre."

„Es ist eigentlich zu heiß dafür im August. Trotzdem haben wir uns, glaube ich, alles in allem sehr gut bewährt", meinte Barbara. „Aber hol' mich der Teufel, wenn's nicht das erstemal ist, daß ich mich für ein Pfund Kaviar verkaufte."

„Man lebt und lernt", erwiderte Alec. „Und jetzt schlag' ich vor, daß wir in die Nacht rausgehen und was Verrücktes unternehmen, bevor ich dich wieder anfalle. Es ist immer noch ein Pfund Kaviar übrig, um deine physische Gunst damit zu erkaufen."

„Hoffentlich krieg' ich für den Rest meines Lebens kein Korn Kaviar mehr zu sehen. Meine physische Gunst, wie du's so hübsch ausdrückst, kannst du gratis und franko haben. Aber ich bin jetzt nicht in Stimmung für ein Dinner. Gehen wir doch ein bißchen Musik hören oder so was. Die Piaf ist in der Stadt. Gefällt sie dir?"

„Sie ist das einzige aus Paris, was mir wirklich gefällt. Wo ist sie?"

„Im Versailles."

„Es hat den Vorteil, in der Nähe zu liegen, aber es ist noch zu früh. Ich vermute, du wärst nicht bereit..."

„Unter keinen Umständen. Es gibt einen alten Witz von einem Mädchen, das zuviel Kaviar aß, ehe es verführt wurde. Ich möchte das nicht demonstrieren."

„Okay. Mach dich also wieder anständig. Du siehst im Oberteil des neuen Pyjamas ziemlich ordinär aus. Hast dir nicht einmal die Mühe gemacht, das Preisschildchen abzumachen."

„Du bist ziemlich albern für einen Liebhaber, Freund. Liebhaber sollen mit langem Gesicht und kummervoll abwesender Miene rumlaufen."

„Das liegt alles hinter mir", erwiderte Alec. „Was meine Gesichtszüge betrifft, mag ich einem Pferd ähneln, aber meine Seele gehört Cupido, der begierig Psyche nachstellt."

„Ich werd' mich wirklich anziehen", sagte Barbara. „Bei dir ist man in halbnacktem Zustand nicht sicher."

„Zimperliche Person", sagte Alec und vergegenwärtigte sich, daß er in seinem ganzen Leben nicht so viel dummes Zeug geredet hatte wie in der letzten halben Stunde. „Um die Wahrheit zu sagen, ich rede so blöd, weil ich bis über beide Ohren verliebt bin und nicht viel Übung drin habe, es meinem Opfer zu schildern."

„Das nehm' ich dir ab", meinte Barbara. „*Liebling.*"

Die Piaf war einfach großartig. Es war etwas Besonderes an dem kleinen Pariser Spatz, eine süße Traurigkeit, die extra für Liebende zugeschnitten zu sein schien. Sie sah der Braut eines Fleischers zu ähnlich in ihrem kleinen, schlecht gemachten schwarzen Kleid, aber aus ihren großen Augen und ihrer erstaunlich robusten Stimme leuchtete die ganze Bittersüße französischer Liebe. Sie war, wie Barbara sich ausdrückte, eine Wucht von einem Mädchen zum Händchenhalten. Sie hatte nichts dagegen, wenn ein Mädchen mit ihrem Mann Händchen hielt.

„Anders als bei Lena Horne, möcht' ich sagen", meinte Barbara. „Die möcht' ich nicht mit einem Mann, den ich mag, zusammen sehen, *nie.* Ich hab' das deutliche Gefühl, wenn ein Mann Lena hört und Lena sieht, wünscht mein Bursche, ich würde verschwinden und ihn mit Lena allein lassen."

„Du hast im großen ganzen recht. Ich kannte mal einen Burschen, der schrieb, ihre Stimme erinnere ihn an das frische Rascheln sauberer Leinwand und das Geräusch ausgeknipster Lichter", sagte Alec.

„Du bist wirklich sex-toll", meinte Barbara. „Wie dieser Russe."

„Wir scheinen alle dieselben Witze zu kennen", entgegnete Alec. „Und ich stimme mit dem Russen überein. Heute abend erinnerte mich alles an du-weißt-schon-was."

„Ich weiß, was. Wir werden zu gegebener Zeit wieder drauf zurückkommen. In der Zwischenzeit schlag' ich vor, daß wir in die *Lantern* gehen, ein zartes, kleines Wiener Schnitzel essen, um uns bei Kräften zu halten, natürlich, und uns dieses reizende, lausige Gefiedel anhören. Ich bin jetzt aus der *Vie-Parisienne*-Laune raus. Ich brauch' etwas *Weltschmerz* – Wien, Wien, nur du allein."

„Bitte sehr, eilen wir zum *Weltschmerz*. Aber muß es ein Wiener Schnitzel sein?"

„Ich bin bereit, Kartoffelpuffer zu essen, wenn dich das glücklich macht", erwiderte Barbara. „Bist du eigentlich noch nie in New York bummeln gegangen?"

„Einmal hat man mich in den Stork Club geschleppt", sagte Alec, „aber wir saßen einfach im Cub Room und sahen uns Morton Downey an. Ich war nicht sehr erbaut vom Cub Room. Und ich hab' mich nie so richtig für den Tanzboden im El Morocco begeistern können. Auch Chauncey Gray hat mich nicht sonderlich bewegt. Ich bin ein Piaf-Mann, ein Bushkin-Fan, ein Fidel-*Aficionado*. Fair?"

„Ein Mädel könnte sich nichts Faireres wünschen“, erwiderte Barbara. „Aber du darfst eins nicht vergessen, bevor wir übers Händchen-Halten-Stadium rauskommen. Ich bin mit Joe E. Lewis verlobt, selbst wenn das bedeutet, daß ich jeden Abend ins Copa gehen muß.“

„Das ist eine Lüge“, sagte Alec. „*Ich* bin mit Joe E. Lewis verlobt. Er war seit Jahren mein einziges Laster. Ich bin ein geheimer Copa-Schleicher. Und später gehen wir einen Mülleimer umkicken.“

27

Der Mülleimer rollte klirrend und kam zitternd in Macdougal Street zum Halten. Er war der erste einer Folge von Abfalltonnen, die den entfesselten Fuß Alec Barrs zu spüren bekamen, nachdem er und Barbara vom *Condon* aufgebrochen waren, wo Wild Bill Davisons Trompete und Joe Sullivans Klavier den Alkohol in ihrem Blut wieder zum Kochen gebracht hatten. Es schien ein Mordsspaß, dieses Mülleimerkicken. Zu dieser frühen Morgenzeit, zwei Uhr, dachte Alec Barr, daß er einen großen Teil seines Lebens vergeudet habe, weil er *keine* Mülleimer in Greenwich Village umgekippt hatte, mit einem hübschen blonden Mädchen nach Kinderart die Arme schwingend, während sie Händchen haltend durch die Straßen liefen. Aber da war jetzt dieser Polizist. Er war plötzlich aus dem Schatten hervorgetreten und stand unter der Straßenlaterne.

Alec Barr sah den Polizisten an. Der sah Alec Barr an. Der Polizist hatte das Gesicht eines Boxers, die lange Nase viele Male zur beträchtlichen Verbesserung ihrer ursprünglichen Dimensionen plattgeschlagen; eine Narbe, die sich durch eine hellblonde Braue zog, fuchsrote Koteletten unter der Mütze, hellblaue Augen, zu einem Boxerblick zusammengekniffen. Es hätte gut ein irisches Gesicht sein können, aber nicht die würzige Sorte, die einen sofort an kuttenlose Priester, schlauäugige Jockeys und nicht gar gegrilltes Steak denken ließ. Eher war's ein jüdisches Gesicht, von Fäusten aus seiner ursprünglichen Sensitivität herausgemodelt – ein rothaariges, blauäugiges jüdisches Gesicht, das sich als Kind mit irischen Banden auf der unteren East Side herumgeprügelt und dann sein Recht auf Selbstbestimmung durch einen Sieg in der Mittelgewichtsmeisterschaft der *Golden Gloves* geschützt hatte, bevor es sich entschloß, bei der Polizei einzutreten. Es war ein Gesicht, das es nie zur Sittenpolizei schaffen, nie rasch zum

Detektiv befördert und, durch dunkle Nebeneinnahmen mehr als mäßig wohlhabend, pensioniert werden und in einer Doppelhaushälfte in Queens wohnen würde. Das Haar würde zweifellos weiß werden, aber das Gesicht nie rot.

Der Polizist sah erst Alec Barr, dann seine Begleiterin an. Der Polizist dachte, die sehen nicht danach aus, als ob sie gewohnheitsmäßig in einer schmutzigen Greenwich-Village-Straße um zwei Uhr eines Dienstagmorgens Mülleimer umkippen. Sie waren beide stockhagelbetrunken, das war klar, aber der Bursche sah wie ein leicht verrückt gewordener Charakter von James Thurber aus – der Polizist war ein andächtiger Leser des *New Yorker* –, und er war verdammt sicher, das Weib schon mal irgendwo gesehen zu haben. Sie mußte eine Art Schauspielerin sein – *natürlich* war sie Schauspielerin, sie hieß Barbara Bayne, und er hatte im Krieg eine Million Filme mit ihr gesehen, als er auf den Inseln im Pazifik Dienst gemacht hatte. Er konnte sich nicht vorstellen, daß eine Barbara Bayne gewohnheitsmäßig durch die Gegend lief und mit gekonntem Kick Mülleimer umkippte; andererseits hatte der Polizist schon sehr komische Sachen erlebt, seit er nach dem Krieg in die Polizei eingetreten war.

„Was eigentlich glauben Sie, was Sie hier tun, Kamerad?" fragte der Polizist. Er hatte Dienstschluß; sonst war's eine ruhige Nacht, und er war herumgeschlendert, die Zeit totschlagend. Ohnehin hatte er schon seit zwei Stunden Feierabend und wollte heimwärts ziehen, um sich mit einem juristischen Schmöker in den Schlaf zu lesen. Wenn O'Dwyer aus dem Polizeikorps zum Bürgermeister aufsteigen konnte, konnte auch Nathan Shapiro aus dem Polizeikorps zum Bürgermeister aufsteigen. Es war auf jeden Fall höchste Zeit, daß mal ein Jude ins Gracie Mansion einzog. Die Katzelmacher und Irländer hatten das Monopol schon viel zu lange.

„Was ist also los mit dieser Mülleimerumschmeißerei?" fragte Wachtmeister Nathan Shapiro zum zweitenmal, nachdem er registriert hatte, daß Alec Barrs langes, sanftes, ziemlich pferdeartiges Gesicht nicht zu der Sorte Heinis paßte, die Fenster einschlugen, wenn sie betrunken waren.

„Aber, Wachtmeister", erwiderte Alec Barr sanft, „ich denke doch, daß ich mich ziemlich unmißverständlich aufgeführt habe. Die Dame und ich kickten Mülleimer um. Der Weg zur Hölle ist mit nicht umgekickten Mülleimern gepflastert, und wir bringen das in Ordnung. Sie können die Dame aufschreiben, wenn Sie wollen. Sie hat keine feste Adresse, kein nachweisbares Einkommen, und außerdem, wie's in der Bibel heißt, hat mich die Frau versucht."

„Das ist eine schmutzige, gemeine Verdrehung der Wahrheit, Wachtmeister. Ich hab' in meinem ganzen Leben noch keinen Mann versucht", sagte die Dame. „Wir machen diese Sache zusammen. Wir haben viele, viele Jahre und einen Haufen Geld der Kunst, Mülleimer umzukicken, gewidmet", sagte die blonde Dame mit Grübchen, die wie Barbara Bayne aussah. „Nicht jeder hat Talent genug, einen Mülleimer mit echtem *élan* umzukicken. Ganz zu schweigen von *éclat*."

„Sie hörten, was die Dame sagte, Wachtmeister", sagte Alec Barr. „Wir sind schon seit Jahren im *élan*- und *éclat*-Geschäft. Manchmal sogar Schokolade-*éclat*."

„Junge, Junge", meinte der Polizist, „was habt ihr Leute eigentlich zu euch genommen? Lachgas?"

„Nur Alkohol, Wachtmeister, nur Alkohol. Es gibt Leute, die behaupten, wenn man mit Aquavit, großzügig mit Kaviar gemixt, beginnt, können einem nachfolgende Einflößungen von Sekt, Kognak, schottischem Whisky und Edith Piaf nichts schaden. Es verhilft lediglich zu einer gewissen sorglosen – um nicht zu sagen: verächtlichen – Haltung gegen die Dauerexistenz von Mülleimern als gesellschaftlicher Institution."

Der Polizist schob die Mütze zurück und kratzte sich den Kopf.

„Ich sehe und höre 'ne Menge seltsamer Dinge auf meinem Rundgang", sagte er. „Ich sollte vielleicht ein Buch schreiben."

„Bloß nicht!" sagte Alec Barr. „Es ist eine ausgesuchte Form von Martyrium. Sie sprechen mit jemand, der Bescheid weiß."

„Jetzt fällt mir's ein", sagte der Polizist. „Sie sind Alexander Barr, der Bücherschreiber. Das macht's auch möglich, daß die Dame Miß Barbara Bayne, die Schauspielerin, ist. Irr' ich mich sehr?"

Alec verbeugte sich tief, und Barbara versank in einen ausladenden Knicks. Eine verhungerte Villagekatze strich um den Rand des Laternenlichts, auf der Jagd nach einem frühen Frühstück.

„Es sind tatsächlich wir, wenn das ein richtiger Satz ist", erwiderte Alec Barr. „Und Sie können uns nicht als gewöhnliche Stopplichtdurchfahrer oder öffentliche Unfugtreiber auf städtischen Trottoiren klassifizieren."

„Das letzte ist wirklich eine schmutzige, dreckige, gemeine Lüge!" rief die Dame. „Eine wahre Königin der silbernen Leinwand – ich meine der Breitwand, zum Teufel damit, des Films – hat in ihrem ganzen Leben noch nie aufs Trottoir gepinkelt. Und ich bin wirklich eine Königin der Silberwand. Hinter Rhododendronbüschen vielleicht. Oder auch Petunien. Aber *Trottoire*? Niemals! Noch nie in meinem Leben bin ich so beleidigt worden. Wachtmeister, ich verlange, daß Sie diesen Mann verhaften!"

„Ich glaube, ihr seid beide verrückt", sagte Wachtmeister Shapiro. „Was immer ihr getrunken habt – ich wünschte, ich hätte was davon."

„Wagen Sie ja nicht, sich auf Grund von Nüchternheit um Ihre Pflicht zu drücken", sagte die blonde Dame mit eiskalter Stimme. „Schauen Sie ihn an, da – wie er diesen armen, hilflosen Eimer kickt!"

Alec hatte gerade mit zärtlichem Fuß nach dem Eimer gezielt, der ein lautes Klirren von sich gab, ein paar Meter übers Pflaster ratterte und müde am Rand des Bürgersteigs zur Ruhe kam.

„Ich darf Sie drauf aufmerksam machen, daß dies ein respektabler Bezirk ist, Wachtmeister", fuhr die Dame mit hochmoralischem Ton in der Stimme fort. „Wenn hier jeder Mülleimer umkickte, was passierte mit den Pfarrschulen? Was passierte mit den Vereinten Nationen? Und Kardinal Spellman? Kickt *der* Mülleimer um?"

„Schwarzen Kaffee", sagte Wachtmeister Shapiro, „halte ich für angezeigt. Bevor ein besonders pflichteifriger Mann des Gesetzes vorbeikommt und Sie wegen Ruhestörung einsperrt. Ich, ich hab' Feierabend. Bin im Begriff, heimzugehen und mir einen irischen Kaffee zu machen, eine schlechte Gewohnheit, die ich vom irischen Bevölkerungsteil auf der Third Avenue übernommen habe. Ich hab' einen Vorschlag, Miß Bayne und Mr. Barr. Ich wohne gleich um die Ecke. Bin ein einsamer Junggeselle, kann nachts nicht schlafen. Ich lade Sie in meine bescheidene Bude zu einem irischen Kaffee ein. Er schleift die rauhen Kanten ab, ohne den schönen Glanz zu mindern. Wie wär's?"

„Flankierungstempo", sagte Alec Barr. „Gehen wir im Flankierungstempo vor. Ihr Name, Sir?"

„Nate Shapiro. Erfolgloser Boxer. Ehemaliger Kanoniermaat 2. Klasse, USNR, Pazifik, keine Auszeichnungen. Augenblickliche Beschäftigung: Polizeiarbeit. Zukunftspläne: Studium der Rechte. Mit einem Gesicht wie meinem kann ich als Irländer gelten. Freut mich, Ihre Bekanntschaft zu machen, Miß Bayne, Mr. Barr. Ihre Flankierungstempo-Bemerkung sagt mir, daß Sie auch in der Navy waren."

„Vierzigknoten-Barr wurde ich im Pentagon genannt, mehr neidisch als zutreffend. Korvettenkapitän. Papierkrieg, Pazifik. Keine Auszeichnungen. Miß Bayne war Marketenderin. Ich war Schoßhund eines Admirals."

„Ich wünschte, sie wäre *meine* Marketenderin gewesen", sagte Wachtmeister Shapiro nachdenklich. „Los, Kinder, gehen wir von der Straße runter, ehe wir alle verhaftet werden."

„Ein Vergnügen, mit Ihnen ins Geschäft zu kommen, Mr. Shapiro", meinte Barbara, den Polizisten unterhakend. „Entschuldigen Sie den blöden Dialog. Wir fühlten uns bloß ein bißchen leichtsinnig und benommen, wahrscheinlich, weil wir uns plötzlich ineinander verliebten. Es wird vorbeigehen. Der Leichtsinn, mein' ich."

„Hab' ich mir gedacht", sagte Shapiro. „Die Wohnung liegt gleich da drüben unter der Laterne. Ist nichts Besonderes, aber ich brauch' auch nichts Besonderes. Nicht bei diesen Preisen jedenfalls. Da sind wir schon, zweiter Stock, kein Aufzug. Los, h-i-n-a-u-f!"

Wachtmeister Shapiro drückte einen Lichtschalter herunter. Das kleine Wohnzimmer verriet die Sauberkeit eines Junggesellen. In einer

Ecke stand ein Plattenspieler auf einer Kommode neben einem sauber geschichteten Haufen Platten in ihren Umschlägen. Vor einem Kamin, der offenbar funktionierte, stand ein grüner Ledersessel. Drei Wände waren mit Bücherregalen bedeckt. Ein Regal enthielt fast ausschließlich Rechtsliteratur und Aktenordner. Ein paar frische Nelken ragten aus einer Vase in der Mitte eines langen Kaffeetischs aus dunklem Holz vor einem mit grün-rot-gemustertem Chintz überzogenen breiten Diwan. Ein Ecktischchen trug eine kleine Anzahl Flaschen. Die eingeschalteten Lampen hatten starke Birnen. Es war ein sauberer, heller Raum, und er sah glücklich bewohnt aus.

„Sieht nicht nach viel aus", sagte Shapiro wieder. „Aber während des Kriegs hab' ich meine Ehe aufgelöst und mich nicht wieder verheiratet. Da hinten gibt's noch 'ne kleine Küche, ein Bad und ein Schlafzimmer." Er fuhr mit dem Arm in Richtung einer Tür. „Und ich komme zurecht. Entschuldigen Sie mich kurz, bis ich mich umgezogen habe, dann mach' ich uns Kaffee. Haben Sie sich das auch bei der Marine angewöhnt, Commander?"

„Und ob, Kanonier", antwortete Alec. „Und ob. Die Kaffeegewohnheit war ungefähr alles, was ich aus der Marine mit nach Hause brachte. Inzwischen werd' ich unhöflich sein und mir Ihre Bücher ansehen, wenn ich darf. Hoppla! Was sehe ich da, zwei von mir. Ein Bücherwurm, Barbara. Stell dir vor, ein Bücherwurm in diesen öden Fernsehtagen."

„Lassen Sie sich nicht stören, stöbern Sie ruhig." Shapiro zog seine Jacke aus, schnallte den Pistolengürtel ab und hängte ihn mitsamt der Pistole über die Schulter, während er auf sein Schlafzimmer zuging. Sein blaues Hemd war unter den Achseln dunkel verschwitzt. „Wenn Sie was trinken wollen, dort stehen die Flaschen. Eis im Eimer unten. Ich wasch' mir's Gesicht und zieh' mir ein Sporthemd an, bevor ich den Silex anstelle."

„Wir werden auf den irischen Kaffee warten", sagte Barbara. „Sie haben eine reizende Wohnung hier, Mr. Shapiro. Nett von Ihnen, uns reinzubitten nach all dem blöden Geschwätz."

„Manchmal begegnet man netten Leuten", meinte Shapiro, ins Schlafzimmer verschwindend. „Kommt immer als Überraschung nach der üblichen Kost von Zuhältern, Schiebern und Landstreichern, Huren, Gangrandalierern, Dummköpfen, Kriechern, Schwulen, Extravaganten und all dem anderen charmanten Gesocks, das mir in diesem interessanten Beruf übern Weg läuft. Bin gleich wieder da."

Alec setzte sich auf den Diwan und zog Barbara neben sich herunter. Er gab ihr schnell einen Kuß und langte nach seinen Zigaretten.

„Netter Junge, dieser neue Freund von uns", meinte er. „Frage mich, warum er uns einlud? Für zwei Erwachsene haben wir uns ziemlich unmöglich benommen."

„Ich stell' mir vor, er witterte den Liebesfaktor unter der Oberfläche unseres blöden Benehmens. Der Bursche scheint Einfühlungsvermögen zu besitzen. Und *einsam* ist er. Seltsam, daß so ein Mann bei der Polizei endet."

„Gar nicht so seltsam", meinte Alec, sich die juristischen Bücher ansehend. „Ich könnt' ihn jetzt genau beschreiben. Kämpfte sich als magerer jüdischer Junge in einer irischen Nachbarschaft aus den Slums heraus. Versuchte es bei den Amateuren, ließ sich das Gesicht zusammenschlagen und fand heraus, daß er's bei den Profis nicht schaffen konnte. Dann kam der Krieg, und er heiratete die kleine Sarah Cohen um die Ecke. Die kleine Sarah Cohen ließ ihn sitzen und schenkte ihre Gunst einem uk gestellten Dentisten. Exkanonier Kamerad Shapiro kehrte heim zu einem Haufen zivilistischer Konfusion, nachdem er auf genügend Schiffen und Inseln eingesetzt worden war, die sein waches jüdisches Hirn in Übung hielten. Exkanonier Kamerad Shapiro kam zu der Überzeugung, daß er genug Muskeln besaß, um sich bei der Polizei zu bewerben – ein Job, der seinen Geist nicht allzusehr anstrengen, ihn aber mit irischem Whisky, Zigaretten und juristischen Lehrbüchern versorgen würde, während er sein waches Hirn nach Feierabend aufs Studium juristischer Lehrbücher konzentrierte. Und eines schönen Tages wird er auf der Straße an der kleinen Sarah Cohen und ihrem ehemals uk gestellten Dentisten vorbeigehen und dabei ruhig und höhnisch lächeln, denn Nate Shapiro wird plötzlich ‚mein Sohn, der Rechtsanwalt', in der Hierarchie sein und später zweifellos ‚mein Sohn, der Senator'. Und mit diesem seinem zusammengeschlagenen, rotschopfigen Gesicht ist es gar nicht unwahrscheinlich, daß er schließlich in Gracie Mansion enden wird. Das wäre im großen und ganzen meine Charakterisierung des Polizisten und Exkanoniers Kamerad Nate Shapiro."

„Ziemlich gute Charakterisierung, wenn man's bedenkt." Shapiro kam wieder rein. „Wir haben hier dünne Wände. Ich hab' gehorcht. Abgesehen von ein paar nebensächlichen Punkten lagen Sie genau richtig, aufs I-Tüpfelchen richtig, Käpt'n."

Sie sahen, daß Shapiro sich gewaschen hatte; sein feuchter Rotschopf ließ die scharfen Spuren eines Kamms erkennen. Er trug ein abscheulich blumenreiches hawaiisches Sporthemd und hatte sich Khakishorts angezogen. An seinen nackten Füßen trug er mexikanische *huaraches*.

„Ich zieh' mich gern in was Lockeres um", sagte er grinsend. „Der Kaffee kocht. Ich werd' jetzt bloß den Schnaps eingießen." Er ging zu dem Tisch mit den Flaschen. „Für einen Mann, der noch vor ein paar Augenblicken Mülleimer umkippte, sind Sie ein ziemlich scharfer Charakterisierer, Käpt'n."

„Ich zieh' ‚Alec' dem ‚Käpt'n' vor", erwiderte Alec. „Schnelle Charakterisierung gehört zu meinem Beruf. Sie haben 'ne Menge Haken mit Ihrem Gesicht aufgefangen, Nathan."

„Es war eine Frage des Stolzes. Als ich noch 'ne lange Nase wie mein Großvater hatte, nannten mich alle Itzig. Jetzt haben sie sich an Nate gewöhnt. Es geht nichts über ein zusammengeschlagenes Gesicht, um einem in einer irischen Nachbarschaft, oder sogar im Krieg, Würde zu geben. Nach 'ner Weile braucht man nicht mehr zu kämpfen. Und ich sage Ihnen, ich hab' mehr Zeit verbracht, mich mit Südstaatlerrabauken im letzten Krieg rumzuschlagen als mit Japsen. Diese verdammten Kaugummiburschen mögen die Juden einfach nicht. Aber was ich nicht verstehe, sind Sie, Käpt'n – Alec. Wie kommt's, daß Sie und Miß Bayne so losgelassen sind? Ich meine die Sache mit den Mülleimern. Sie kommen mir nicht besonders gewalttätig vor."

„Ich bin ohne Zweifel der ruhigste, sanfteste, süßeste, rücksichtsvollste Feigling der Welt", sagte Alec Barr. „Aber neulich wollt' ich einfach nicht zum Dinner bei Leuten namens Hazeltine gehen. Außerdem kam ich mit dem Mittelteil einer Geschichte nicht zurecht."

„Ich schätze, Sie wissen, worüber er redet, Miß Bayne?" wandte Shapiro sich an Barbara.

„Barbara, bitte. Nur ungefähr. Er scheint in düsterer, aufrührerischer Stimmung zu sein und versucht, mit Hilfe von Kaviar Selbstmord zu begehen. Abgesehen davon, daß er Mülleimer umkippt."

„Das zeigt bloß, daß eine Frau im Grunde nichts von dem Mann weiß, den sie liebt, anbetet, bewundert. Von dem Mann, der ihr Nerzmäntel schenkt, ihr ein Rudel Kinder macht, sie mit Cadillacs betört, mit Rubinen und Saphiren behängt und der gelegentlich sogar abends mal zum Essen nach Hause kommt, ohne dran erinnert zu werden. Diese Frau – dieser Polizeilockvogel – weiß sogar nicht, daß ich mal einem Admiral ein paar Steine an den Kopf geschmissen habe."

„Redet er immer so?" wandte Shapiro sich fragend an Barbara Bayne. „Oder gibt er vielleicht ein bißchen an, wie Musiker? Oder prahlt zuviel?"

„Ich glaube, er ist bloß ein Fall von gehemmter, plötzlich toll aufgeblühter Entwicklung. Was soll das heißen mit den Steinen und dem Admiral?"

„Einfache, beweisbare Tatsache. War die einzige Möglichkeit, bei ihm vorzukommen. Unwichtig. Die Japsen verrieten mich und beendeten den Krieg, zwangen mir den scheußlichen Gedanken an Arbeit auf. Ergo – ich liebe dieses Wort, ergo' –, ergo beschloß ich, das Kriegshandwerk an den Nagel zu hängen, heimzufahren und die schöne blaue Uniform auszuziehen, ehe – entschuldigt den Ausdruck –, ehe vierzehn Millionen Männer wie unser Freund hier nach Hause kamen und die ganzen Jobs wegstibitzten. Worauf ich ziemlich außerhalb der Legalität ein paar Befehle ausschrieb, die mich aus Australien nach

Hause schickten, einer Gegend, die äußerst angenehm gewesen war, jetzt aber stagnierte. Fast hätte ich vergessen, daß ich beim Arrangieren meines Transports einem General die Flugkarte wegnahm, aber der war bloß von der Infanterie und im Raumzeitalter sowieso nutzlos. Der Adjutant des Admirals wollte mich nicht vorlassen, worauf ich sein Fenster mit Steinen bombardierte."

„Der Adjutant muß verrückt gewesen sein", sagte der Polizist Shapiro. „Man stelle sich vor: einen Deserteur nicht bei einem Admiral vorzulassen! Wahnsinn!"

„Genau, was ich mir dachte. Also ging ich in die Constitution Avenue raus, sammelte eine Handvoll Steine und bewarf damit das Fenster des Admirals. Das war schwieriger, als es klingt. Damals war in Washington niemand unter Vierstreiferrang, so daß ich bei meinem Steinbombardement häufig pausieren mußte, um vorübergehende Vorgesetzte zu grüßen."

„Und die fanden's nicht seltsam, daß ein Korvettenkapitän einem Admiral mit Steinen das Fenster einwarf?" fragte Barbara in gleichmütigem Ton.

„Natürlich nicht. Es war in Washington. Der Krieg hatte lange gedauert. Wahrscheinlich hielten sie mich für einen Doppelspion von der Luftwaffe und die Steine für Handgranaten." Alec hielt sein Gesicht ebenfalls ausdruckslos. „Wo war ich stehengeblieben?"

„Beim Salutieren zwischen deinen Bombardements", entgegnete Barbara. „Was dann, Junge auf dem Brennenden Deck?"

„Nun, gerade als mir die Munition auszugehen drohte, erschien das Gesicht des Admirals am Fenster. Er schien beunruhigt zu sein. *Ärgerlich* wäre vielleicht das bessere Wort. Ich konnte nicht hören, was er sagte, aber seine Lippen bewegten sich und schienen ungefähr folgendes auszudrücken: Du dreckiger Soundso eines Soundso, du solltest doch bei den Briten in Australien sein. Was zum Dies-und-das Undruckbaren, Gottverfluchten tust du in Washington?"

„Logisch, logisch", sagte Barbara. „Warum hat man dich also nicht erschossen?"

„Yeah", sagte der Polizist Shapiro, „warum hat man Sie nicht erschossen? Mich hätte man bombensicher erschossen."

„Aus rein praktischer Überlegung. Der Admiral winkte mir, an Bord zu kommen, und diesmal ließ mich seine Marinerotznase rein. Ich muß zugeben, daß ich damals der einzige Offizier war, der nach Washington, D.C., zur Abmusterung geschickt worden war."

„Und wie haben Sie nach Ihrer Abmusterung die Friedenszeit gefunden?" fragte Exkanonier Kamerad Polizist Shapiro.

„Es stinkt", erwiderte Alec Barr. „Zu viele Zivilisten."

„Da ist was dran", erwiderte Shapiro. „Da ist wirklich was dran."

Sie verließen den Polizisten Shapiro im Morgengrauen, nüchtern jetzt, friedlich und glücklich, mit der Zusicherung, daß ihr neuer Freund an seinem ersten freien Abend mit ihnen dinieren werde. Die Sonne kroch über den East River empor, und der Morgen war köstlich kühl, eine träge Brise raschelte in den Bäumen. Sie gingen zum Park hinüber und waren der Meinung, daß der Morgen zu hübsch sei, um ein Taxi zu nehmen.

„Netter Kerl, unser Polizist“, meinte Barbara. „Ich wußte gar nicht, daß es so was heute noch gibt.“

„Er scheint 'ne Menge gesunden Menschenverstand zu haben. Es ist wirklich angenehm, jemand zu begegnen, der weiß, wo er hingeht. Ich wünsch' mir oft, daß ich's wüßte.“

Barbara blieb stehen und hauchte Alec einen schnellen Kuß auf die Wange. „*Ich* weiß, wohin du gehst“, sagte sie. „Du gehst nach Hause und ins Bett. Und weißt du noch was? Ich komme mit. Es war ein reizender Abend, Alec. Ich hoffe, wir werden noch einen Haufen mehr dieser Art haben, wenn auch etwas weniger toll.“

„Du hast dir schon einen Jungen angelacht“, sagte Alec. „Ich sag' das jetzt ziemlich oft, was? Komm, hier ist ein Taxi. Nach dieser letzten unanständigen Anspielung möcht' ich nicht mehr zu Fuß gehen.“

„Ganz mein guter Bursche“, sagte Barbara. „Spar deine Kraft für die wirklich wertvollen Dinge auf.“

28

Es kamen die gesegneten Tage, die glitzernden Tage des süßen Septembers, die goldenen, glänzenden Tage des Frühherbstes in New York, einer wie der andere eine Offenbarung für Alec Barr. Er begegnete keinen Polizisten mehr, stieß keine Mülleimer mehr um, aber wie er viele Jahre danach zu Barbara Bayne sagte, hätten sie mehr Händchen vor mehr Oberkellnern gehalten als irgendein anderes Paar in der überlieferten Geschichte der Liebe.

Barbara machte den ersten Teil eines Films in New York; Alec kehrte widerwillig zur Arbeit an den lange vernachlässigten Magazingeschichten zurück (im Ritz hatte er zwar Sommerrabatt, aber Kaviar und ein Haufen neuer Grammophonplatten und große, zottige Chrysanthemensträuße erforderten einen gewissen Geldbetrag, und Amelias entschlossener Rückzug ins Matronenkloster Rancho Nuyu verlangte ebenfalls Geld auf der Bank.

Aber es lag ein Zauber in ihrer Liebe. Fremde lächelten ihnen zu. Gewöhnlich unfreundliche Kellner zeigten sich lächelnd aufmerksam. Sie verbreiteten das Leuchten von Hochzeitsreisenden, und die Sonne schien warm und hell, die Sterne glänzten frisch am Himmel. Die einzige Schwierigkeit war, daß Alec offenbar nicht arbeiten konnte.

„Ich glaube, es ist wirklich der Anzug“, sagte Alec eines Tages zu Barbara in einer dunklen Restaurantecke. „Keine Frau hat mir je zuvor einen Anzug gekauft.“

„Es ist ein schöner Anzug“, sagte Barbara. „Ich bin unbedingt dagegen, daß du deine anderen Sachen trägst, das meiste jedenfalls. Ich bin ein graues Flanellmädchen für den Herbst, und du bist ein grauer Flanellautortyp. Es war mir ein Vergnügen.“

Alec Barr war noch immer nicht wenig über diese Transaktion schokkiert. Er hatte Barbara gebeten, ihn bei seinem Schneider zu treffen, dessen Geschäft um die Ecke von ihrer Wohnung lag. Er wollte ihr weibliches Urteil über eine Anzahl neuer Anzüge hören, die er sich auswählte. (Barbara hatte bereits begonnen, ihm Krawatten bei Sulka & Bronzini zu kaufen.)

Sie schauderte über die Muster, die der Schneider vorlegte und die Alec zu gefallen schienen.

„Nein“, sagte sie. „Großer Gott, nein! Du bist kein Kolumnist vom Broadway. Du bist kein Hollywoodtyp. Du bist ein *Schriftsteller*, ein echter Autor. Du mußt dich wie ein Bankier anziehen, wenn du ein richtiger Schriftsteller bist. Und das bedeutet auch, daß du dir niemals einen Bart wachsen lassen darfst. Hier, das nehmen wir ... und das und das“, Stoffballen gesetzten Blaus, Nadelstreifengraus und ein gedämpftes kariertes Sportmuster beiseite fegend. „Das genügt. Und jetzt gehen wir in den Zoo.“

Als Alec zur ersten Anprobe ging, war er überrascht, als der Schneider noch ein viertes und fünftes Anzuggerippe anbrachte, beide aus grauem Flanell, einer anthrazit, einer mittelgrau.

„Die hab' ich aber nicht bestellt“, sagte er. „Sie haben sich geirrt.“

„Nein, Mr. Barr, es stimmt schon. Ihre Dame rief an und bestellte sie als Geschenk für Sie. Es geht auf ihre Rechnung.“

„Aber sie kann mir doch keine Anzüge kaufen“, erwiderte Alec.

„Sie sagte, genau das würden Sie entgegnen“, erklärte der Schneider. „Und sie gab mir den Auftrag, Ihnen zu sagen, es habe keinen Zweck zu protestieren, sie sei fest entschlossen. Und das schien sie auch, Mr. Barr.“

„Nun, es sind hübsche Stoffe“, meinte Alec. „Machen Sie sie, und ich bring's später mit ihr in Ordnung.“

Als die Anzüge fertig waren, schien es, daß kein Anzug je so zärtlich seinen schlanken Körper umhüllt hatte wie diese. Er fand es gar nicht erstaunlich, daß er sich eine Nelke fürs Knopfloch kaufte und sogar mit dem Gedanken spielte, sich einen Spazierstock zu kaufen. Den Trilbyhut kaufte er sich jedoch; Barbara ging mit ihm zu Cavanagh, um zwei auszuwählen, einen perlgrauen und einen mitternachtsblauen. Dann begleitete sie ihn zu Sulka, um ein paar Seidenhemden auszuwählen.

„Du bist im Grunde deines Herzens wirklich ein festlicher Junge", meinte Barbara. „Du bist *mein* festlicher Junge. Wir müssen festlich aussehen und uns festlich fühlen."

Alec Barr war niemals ein Nachtschwärmer gewesen. Meist hatte er nachts gearbeitet, wenn das Telefon endlich still war und die Verkehrsgeräusche nachließen. Er pflegte bis zwei oder drei morgens zu arbeiten und sich dann mit einem starken dunkelbraunen Whisky in den Schlaf zu wiegen. Für Alec war die City bei Nacht so gut wie unerforschter Dschungel.

Jetzt fand er sich bei Versuchen, morgens zu arbeiten, ließ das Mittagessen meistens ausfallen und schuftete fruchtlos mit nervöser Ungeduld bis zum Eintritt der Dunkelheit weiter, bis das Telefon läutete und der Empfangschef ankündigte: „Mrs. Riley ist unterwegs zu Ihnen." Er arbeitete zwar, aber er brachte nichts zuwege.

„Riley" war ihnen beiden als netter Name vorgekommen, als guter und privater Name für sie beide. Wenn sie gelegentlich übers Wochenende zum Kap fuhren, trugen sie sich schamlos als Mr. und Mrs. Riley ein. Sie waren schnell in die Art sexueller Zwanglosigkeit geglitten, die dumme Kosenamen gestattete, und „liebste Mrs. Riley" oder „liebster Mr. Riley" war für den fast schmerzvollen Frieden reserviert, der einem schreienden Höhepunkt folgte.

Jedes Zimmer, jedwedes Zimmer wurde hell, wenn der eine oder andere es betrat. Erstaunlicherweise suchten sie die Öffentlichkeit nicht, um gesehen zu werden, sondern um umgeben zu sein. Sie suchten die dunkleren Cocktailbuden heim, immer auf der Suche nach einem unaufdringlichen Klavier; sie erforschten Spelunken im Village und Schwulenkneipen auf der Third Avenue und Swingbuden in Harlem. Barbara schien jedermann als „Liebling" zu kennen – Musiker, schwarze und weiße, schwule und normale, und überall die meisten Chefkellner. Alec, von Natur aus schüchtern, hatte stets gezögert, aus seinem Namen als Schriftsteller Kapital zu schlagen, und sich früher auf ein paar Restaurants beschränkt, wo er sicher sein konnte, willkommen zu sein. Jetzt entdeckte er, daß dicke schwarze Swingsängerinnen ihn „Alec" nannten, Trompeter sagten: „Da kommt der alte Barrsie-Junge, spielen wir ihm eins", und die Chefkellner schoben ihm plötzlich einen Tisch hin, der unvermeidlich für ihn und Barbara reserviert war.

Natürlich tranken sie viel zuviel. Barbara konnte ungeahnte Mengen Alkohol vertragen, und noch unbegrenzter war ihre Kenntnis von verschwiegenen, unbekannten Bars in Nebenstraßen, wo sie erste Favoritin beim Besitzer und Barkeeper und dem Trio in der rauchigen Ecke zu sein schien.

Alec entdeckte plötzlich, daß sechs Stunden Schlaf mehr als genug waren, um auf Draht zu sein, wenn nicht als Schriftsteller, so doch als Liebhaber. Er bedauerte die Tausende von Stunden, die er früher nur schlafend im Bett verbracht hatte.

29

Während seiner Jahre mit Amelia hatte Alec Barr sporadisch immer wieder aufgemuckt – meist wegen Nebensächlichkeiten, wie sie in den meisten jungen Ehen vorkommen. Sie hatten sich wegen Geld gestritten oder weil sie keins hatten; wegen Verschwendung auf beiden Seiten, ob sich's nun um Kleider für Amelia oder eine völlig unnötige Schrotflinte für Alec handelte. Sie hatten sich schrecklich über Alecs Abwesenheiten gestritten, als er noch ein junger Reporter gewesen war. Amelia sah in jedem Einsatz außerhalb der Stadt, jedem Spätbericht ein von der Redaktion sorgfältig geplantes Komplott, ihr den Mann zu stehlen und ihn den räuberischen Anwandlungen anderer Frauen auszuliefern.

Alec hatte schwach protestiert, hatte ihr erklärt, er springe nicht auf die erste Frau, die ihm in der ersten Minute, die er aus dem Haus sei, über den Weg laufe.

„So stark bin ich nicht, Süße", hatte er immer wieder gesagt. „Wirklich nicht." Aber er bekam es vor jeder Abreise tagelang mit düsteren Launen zu tun und mit verschlagenen Ausfragereien nach seiner Rückkehr. Mit der Post hatte er keine sonderlichen Schwierigkeiten, denn er bekam seine persönliche Korrespondenz ins Büro; aber gelegentlich stopfte er einen Brief von einer Freundin außerhalb der Stadt sorglos in die Tasche, und wenn er ihn bei späterem Suchen nicht in seinem Jackett fand, nahm er an, er habe ihn verloren. Wochen, manchmal Monate später wurde er plötzlich mit der leisen, aber brisanzgeladenen Frage überfallen: „Hörst du eigentlich noch was von Pamela Miles?"

Und Alec, über eine späte Magazinarbeit gebeugt, die sich nicht verkaufen ließ, blickte verständnislos auf und fragte: „Von wem? Pamela Miles? Wer, zum Teufel, ist Pamela Miles?"

Dann der kalte, anklagende Blick und etwa diese Antwort: „Oh, du hast so viele Freundinnen, daß du dich nicht mal an ihre Namen erinnern kannst? Pamela Miles aus Dayton, Ohio."

„Ach so." Schwach. „Klar. *Die* Pamela Miles. Dayton. Klar. Mädchen bei der Zeitung dort – erinnerst du dich, als ich über diesen Mordprozeß berichtete. Nettes Mädchen. Hat mir den lokalen Hintergrund gezeigt. Nahm sie eines Abends mit ein paar anderen Berichterstattern zum Essen mit. Woher kennst du Pamela Miles?"

Dann kam der vernichtende Blick.

„Wirklich, Liebling, wenn du die Briefe deiner Freundinnen schon in deinen Anzügen steckenläßt, kannst du mir kaum einen Vorwurf machen, wenn ich sie beim Umkrempeln der Taschen finde, bevor ich die Anzüge zur Reinigung schicke." Es klang, als sei die Sache ganz spaßig. Dann, wie ein Schuß: „Hast du sie oft getroffen?"

Die Antwort klang immer defensiv, ja schuldbewußt.

„Nein. Eigentlich nicht. Bloß beim Prozeß. Haben ein Sandwich gegessen oder 'ne Tasse Kaffee zusammen getrunken. Du weißt ja, wie's ist..."

„Ja." Scharf und schnippisch. „Ich weiß sehr genau, wie's ist. War sie hübsch?"

„Nicht sehr. Na ja. Nun, vielleicht könnte man sie hübsch nennen, wenn man den Typ mag. Hauptsächlich angenehm."

Dann prägte sich der Name Pamela Miles tief in die Registratur von Amelias Bewußtsein ein, um nie vergessen zu werden, um sich mit der Zeit anzureichern, zu kochen und zu sieden, so daß sie eines späteren Datums, wenn Alec vielleicht von seinen Zeitungstagen sprach und den einen oder anderen Mordprozeß erwähnte, mit süßem Augenaufschlag dazwischenfahren konnte: „Erzähl ihnen von dem Blutigen da in Dayton, Liebling. Als du mit dieser hübschen Pamela Wie-hieß-siegleich – Miles, nicht wahr? – rumliefst." Und mit einem hellen und falschen Lachen in Richtung des Publikums: „Alec hat's als Reporter *so* gut gehabt. Es war so gut für ihn, aus dem Haus zu kommen, und er schien auf seinen Reisen immer so nette Leute kennenzulernen, selbst bei Mordprozessen." Und mit einem völlig unechten Kichern: „Du mußt ihnen unbedingt von der Lokalredakteurin bei der Tagung erzählen, Liebling, oder war's das Mädchen von *Time Magazine*? Du weißt doch, die, die in BH und Schlüpfer an deine Tür klopfte."

Das Mißtrauen hatte geblüht, nachdem Alec einen Agenten gefunden und begonnen hatte, Magazinartikel mit solcher Regelmäßigkeit zu verkaufen, daß er es sich leisten konnte, aus der Zeitung auszuscheiden und, meist auf Grund von Aufträgen, ganz als freier Mitarbeiter zu arbeiten. Jetzt wurden die Aufträge exotischer: eine Reise nach Hollywood, um eine Serie über bestimmte Filmstars zu schreiben; eine Woche in New York, um Projekte mit verschiedenen Redakteuren zu besprechen. Amelia war in einem Warenhaus beschäftigt, so daß sie ihn selten begleiten konnte. Manchmal war Alec einen ganzen Monat lang an der Küste, und obgleich er Amelia zwei- oder dreimal die Woche anrief und ihr häufig schrieb, konnte er die nicht existierende Schuld nie ganz aus seiner Telefonstimme oder aus den auf Notizpapier getippten Zeilen bannen. Er vermied es zuzugeben, daß er sich überhaupt amüsierte, und scheute sich, irgendwelche Namen zu nennen, besonders, wenn er weibliche Filmstars interviewte. Bei seiner Rückkehr pflegte Amelia ihn unbarmherzig auszufragen, wobei sie nach winzigsten Unstimmigkeiten in Einzelheiten suchte, um Alec manchmal Monate später, wenn er eine kleine Bemerkung in die allgemeine Unterhaltung einfließen ließ, etwa mit der Frage zu überfallen: „Aber du hast mir nie erzählt, daß sie dich in ihr Haus in Palm Springs einlud, Süßer. Warst du *sehr* lange da?“

Jedes zufällige Zusammentreffen in späteren Jahren mit früheren Bekannten, von denen Amelia nichts wußte, brachte meist eine frostige, unnahbare Höflichkeit auf seiten Amelias hervor und einen verletzenden Blick, der einer Leibesvisitation des betreffenden Freundes oder der Freundin gleichkam. Amelia hatte eine starre Trennungslinie gezogen: Jeder, dem sie unter unanfechtbaren Umständen zusammen begegneten, war ein Freundschaftskandidat. Jedermann, den oder die Alec vor ihr gekannt hatte, war unverzüglich suspekt. War es zufällig eine Frau und war sie attraktiv dazu, nahm sie von vornherein an, daß Alec mit ihr geschlafen hatte. War es ein Mann, nahm sie an, daß er und Alec Orgien zusammen gefeiert hatten; oder gelegentlich auch, daß der Mann schwul und im Augenblick auf Alec scharf war.

Nach dieser Logik hatte Amelia Alec nie verziehen, daß er in den Krieg gezogen war. Sie war es ganz zufrieden gewesen, ihn den Schrecknissen der See ausgesetzt oder auf kahlen Inseln isoliert zu wissen; als er aber in den Stab versetzt wurde und anfing, mit Generalstäblern in solch weiberverpesteten Orten wie London und Australien rumzubummeln, änderte sich ihre Einstellung zum persönlichen Patriotismus radikal. Mit bewundernswertem Mut hatte sie die sechs Monate ertragen, in denen Alec im Einsatz gewesen war und nichts von sich hatte hören lassen, und sie verzieh ihm nie, daß er den Krieg in Sydney und Melbourne beendete. Reste seiner Vergangenheit aus den Londoner und australischen Tagen trieben in ihr Leben in der Nachkriegszeit, und Amelia betrachtete sie alle mit entsetztem Mißtrauen, wie zweifelhafte Verschwörer in einem geheimen Dasein, das sie nie kennenlernen würde und von dem Alec nicht sprechen wollte.

Also stritten sie sich. Aber sie zankten mehr, als daß sie sich wirklich ernstlich in die Haare gerieten, und nur ganz gelegentlich ließ Amelia sich in ihrem rasenden Zorn hinreißen, ihr Glas Alec ins Gesicht zu werfen oder weinend ins Bett zu rennen, die Tür mit lautem Knall hinter sich zuschlagend.

Aber Amelia hatte Alec ihren Stempel aufgedrückt, auch den Wohnungen, die sie für ihn einrichtete. Amelias Stempel war möglicherweise die Ursache des ersten großen Streits zwischen Alec und Barbara. Es hatte ganz unschuldig begonnen. Alec hatte kurz in die Dachgartenwohnung gehen wollen, um ein paar Unterlagen und einiges an Extrakleidung zu holen. Sie waren beide bis dahin peinlich darauf bedacht gewesen, weder in Alecs Wohnung noch in Barbaras schmalem Sandsteinstadthaus zusammen zu schlafen, das eigentlich immer noch das Eigentum ihres Schauspielermannes war, solange die Scheidung noch nicht ausgesprochen war.

„Willst du sehen, wo ich als verheirateter Mann gehaust habe?" fragte Alec eines Tages beim Lunch. „Ich muß hei – ich muß in die Wohnung fahren und ein paar Notizen und Kleidungsstücke holen. Wird nicht lange dauern. Ich schenk' dir einen Brandy in meiner Privatbar ein, während ich mein Zeugs zusammensuche, und dann hauen wir wieder ab."

„Klar. Warum nicht?" Es war ein reizendes Mittagessen gewesen; ruhig, noch waren erst wenige Sommerurlauber in die Stadt zurückgekehrt, und die meisten Homosexuellen waren noch auf Fire Island. Alec und Barbara waren schön gesättigt und zufrieden, als sie ein Taxi anhielten, um zur Dachgartenwohnung zu fahren.

Sie traten aus dem Aufzug ins Foyer, und Barbara schritt ins Wohnzimmer. Es war ein riesiger Raum mit einem Kamin für Holzscheite auf der einen Seite, darüber ein goldgerahmter, ovaler Spiegel mit einem wildblickenden Adler auf der Spitze. Ein weitgeschwungenes weißes Sofa stand vor dem Kamin, von zwei hochlehnigen Ohrensesseln aus gelbem Leder mit Messingknöpfen flankiert. Ein niedriger runder Kaffeetisch mit sehr viel Platz für Magazine und waschbeckengroße Aschbecher machte sich zwischen Kamin und Sofa breit. Zwei flache, mit Leopardenfellen bezogene Podeste stießen unter einem quadratischen italienischen Spiegel zusammen, der den größten Teil einer ganzen Wand bedeckte, und ein schwarzschimmernder Steinway stand schräg in einer Ecke. Der riesige Teppich war aprikosenfarben, indianisch aus Samt geknüpft. Die Wände waren sparsam mit Primitiven, haitianisch, und Neoprimitiven, afrikanisch, behängt. Barbara erhaschte durch einen breiten Türdurchgang einen Blick auf einen Louis-XV-Eßzimmertisch im nächsten Zimmer; seine glänzende Oberfläche war eine Insel in einem Meer teuer restaurierter Kajütstühle.

„Hier könntest du ein Fußballspiel veranstalten", meinte Barbara. „Aber ich muß sagen, die Dame versteht ihr Handwerk. Was ist mit diesem anderen Spiegel?"

„Stammt aus einem neapolitanischen Puff, glaube ich", antwortete Alec. „Ich versteh' nichts von diesen Sachen. Überlasse das alles Amelia."

„Es ist ein hübscher Raum, ein sehr hübscher Raum", sagte Barbara, sich den doppelten Balkontüren nähernd, die sich auf eine Terrasse öffneten, auf der kleine Bäume blühten, siebzehn Stock hoch über der Stadt, und Blumen in Kästen wuchsen. „Jesus, was für eine Terrasse! Wie lang ist sie?"

„Fast hundert Meter. Es gibt noch eine, auf der Madison-Seite, vor meinem Arbeitszimmer. Und eine dritte hinten –", er nickte zum Foyer hin, „– für die Armen."

„Zeig mir, wo du arbeitest."

„Hier entlang." Alec führte sie ins Foyer zurück, einen schmalen Gang hinunter und in ein riesiges Wohnschlafzimmer, das auf die lange Terrasse hinausging, mit Seitentüren auf eine zweite, breitere und kürzere Terrasse. Hier war auch ein Kajütkamin, ähnlich wie der im Wohnzimmer; Regale bis halbwegs zur Decke waren mit Büchern vollgestopft, einige wenige in bunten Umschlägen, die meisten abgegriffen vom Nachschlagen. Der Teppich war flaumig schwarz; vor einem schwarzledernen Sessel lag ein Leopardenfell.

Alec ging zu einem der Schränke hinüber, duckte sich unter die Bücher und drückte auf einen Knopf. Eine Tür ging auf und gab den Blick auf eine Bar frei, die auch einen kleinen Kühlschrank enthielt.

„Einen Drink? Brandy? Whisky?"

„Brandy. Da brauchst du dich nicht mit dem Eis rumzuärgern. Ich muß schon sagen, mein Junge, du verstehst zu leben. Gibt's auch Musik?"

„Klar." Alec ging zu einem anderen Schränkchen, drückte wieder auf einen Knopf, und ein kombinierter Hi-Fi-Plattenspieler plus Radio plus Fernseher trat in Erscheinung. Schnell wählte er ein paar Platten aus einem anderen Schrank, und alsbald strömte „Herbst in New York" durch den Raum.

„Ein Herr von Distinktion, um nicht Geschmack zu sagen", murmelte Barbara, die Nase in ihrem Kognakglas. „Und an diesem Monstrum da in der Ecke, an diesem obszön schwarzen Schreibtisch schreibt der große Mann seine großartige Prosa, wenn er zu Hause ist?"

„Dort schreibt er sie. Es ist ein guter Schreibtisch. Jemand, ich hab' vergessen, wer, hat ihn mir geschenkt. Jemand von den Plastikleuten. Hat 'ne Menge Knieplatz. Ich hab' festgestellt, daß weder Hirn noch Rücken weh tun, wenn ich lange Zeit auf meine Maschine einhämmere, nur meine verdammten Beine."

„Bei dieser großen Wohnung – und Schlafzimmer und Küche hab' ich noch nicht mal gesehen und will sie auch nicht sehen", sagte Barbara. „Bei diesem soliden Komfort, den du hier hast, wozu brauchst du da noch diese Hazienda in New Jersey? Das ist der reine Himmel hier."

Alec schritt vor dem Kamin auf und ab.

„Ich bin vom Lande", sagte er. „Ich muß mein Landleben haben. Das hier ist fein. Großartiges Leben – Mittelsiebziger, fashionable East Side, all dieser Unsinn –, aber von Zeit zu Zeit muß ich einen echten Baum sehen, hinter dem nicht so ein Stadtfatzke steht. Ich muß eigenes Wasser sehen. Ich muß Luft atmen, die nicht von Bussen benzingeschwängert ist. Ich möchte gerne Enten hereinfliegen und die Rehe am Abend zur Tränke kommen sehen. In weniger als einer Stunde kann ich all das mit dem Wagen an einem Ort mit einem so unschönen Namen wie Wykcoff, N.J., gleich jenseits der Grenze von Suffern erreichen. Wenn ich Wilde brauche, haben wir immer noch die Jackson Whites. Die sind genauso eingeboren wie alles, was man in Tennessee bekommt."

„Aber du kannst dich nicht lange da aufhalten. Bei dieser Wohnung und deinen Reisen ..."

„Länger, als du denkst. Wenn ich mal richtig in einem Buch drinstecke, brauch' ich Platz, Raum. Ich kann einen Birkenstamm, so lang wie ein Kanu, anzünden, durch die Scheibe auf meinen kleinen See blicken und mich durch diesen Trick jünger machen. Ich fühl' mich wohl; ich schau' mir die Jagdtrophäen an der Wand an, den Tiger über dem Kamin, und irgendwas in mir lockert und entspannt sich. Ich weiß es nicht. Wenn ich in New York arbeite, hab' ich immer das Gefühl, ich wünschte, endlich zum Schluß zu kommen. Wenn ich in Jersey arbeite, bin ich richtig traurig, wenn die Müdigkeit mich übermannt und ich aufhören muß. Wahrscheinlich bin ich ein Idiot. Ich bin ein seltsamer Mann, der seine verhaßte Arbeit tatsächlich liebt."

„Verbringt Amelia viel Zeit da draußen?" Die Frage war sorgsam sanft ausgesprochen, und sofort wurde Alec an die Art erinnert, wie Amelia plötzlich aus heiterem Himmel fragen würde: „Und wer ist Marilyn Thompson?"

„Nicht viel. Sie nennt das Haus mein Kloster. Sie mag die Stadt. Ich verbringe die meiste Zeit – meine Arbeitszeit, mein' ich – allein da draußen. Es ist mein eigentliches Heim. Ich hab' meine Schätze und den besseren Teil meiner Bibliothek draußen." Er wies mit der Hand über die stattlichen Bücherreihen. „Ein Großteil dieser Sachen sind Duplikate, aus Bequemlichkeit. Wie viele Leute kennst du, die *zwei* Ausgaben der *Encyclopaedia Britannica* haben?"

„Warum ist Amelia nicht gern auf dem Land? Es hört sich wundervoll an."

Alec kratzte sich am Kinn.

„Ich weiß es nicht. Vielleicht, weil es sie nicht besonders *einbezieht*. Vielleicht, weil's ganz mir gehört, wie eine Jagdhütte, wie ein Baumhaus, wie die Höhle eines kleinen Jungen. Ich fürchte, ich bin ziemlich primitiv, Süße Schenk' mir Feuer und Wasser, und ich brauch' von niemand ein Almosen. Würdest du gern mal mit mir rausfahren und *mein* Haus ansehen?"

Sehr ruhig antwortete Barbara: „Nein. Ich glaube nicht. Ich glaube, ich fange an, Amelia vielleicht ein bißchen besser zu verstehen. Komm, Kamerad, kratz deine Habseligkeiten zusammen, und fahren wir in die Stadt. Irgendwie fühl' ich mich nicht wohl im Haus einer anderen Frau – zum mindesten nicht in ihrer Abwesenheit."

„All right. Dauert keine Minute mehr. Noch einen kleinen Brandy?"

„Nein. Aber ich würde gerne auf die Toilette gehen."

Alec machte eine Geste zur Tür hin. „Die Diele. Gleich rechts und wieder rechts."

Barbara nahm ihre Tasche und wandte sich nach rechts und dann in die angegebene Richtung. Hier also, dachte sie, schlafen sie – schliefen sie. Es war dunkel, und sie knipste ein Licht an. Ihr erster Blick fiel auf das Bett, eine enorme Angelegenheit mit dunkelroter Decke. Dann glitt ihr Blick zum Toilettentisch und zu dem riesigen, vergrößerten Foto Alec Barrs, das eingerahmt hinter den Stehlämpchen hing. Alec lächelte schief – schiefer noch, weil das Glas der Fotografie in der Mitte zerschmettert und das Gesicht wahrscheinlich von dem scharfen Pfennigabsatz eines Schuhs attackiert worden war.

Barbara floh ins Badezimmer, und als sie herauskam, werkelte Alec immer noch mit seinen Unterlagen herum.

„Mir fiel eben ein", sagte Barbara, „ich hab' eine Verabredung – eine wichtige Verabredung mit einem Regisseur. Laß dir nur Zeit, Liebling, ich will dich nicht drängen. Ich treff' dich dann im Hotel um sechs. In Ordnung?"

„In Ordnung, Mrs. Riley", antwortete Alec abwesend, in einen Aktenordner blickend. „Der Portier besorgt dir ein Taxi. Da sind wirklich noch ein paar Sachen, die ich hier erledigen muß; ich hatte sie ganz vergessen. Sei mein gutes Mädchen."

„Ich werd' dein gutes Mädchen sein", sagte Barbara spitz. „Ich werde ein sehr gutes Mädchen sein."

30

Plötzlich, aus keinem besonderen Grund, vielleicht nur von den kreischenden, aufgeregten Schwulen ausgelöst, die Barbara ausgiebig küßten, mit den Händen in der Luft herumfuhren und sich gegenseitig, Barbara und Alec „Mädchen“ nannten, wurde Alec äußerst nervös und dazu von erdrückender Langeweile und unvernünftigem Zorn befallen. Sie hatten in einer Spelunke an der Third Avenue gesessen, glücklich plaudernd und Händchen haltend, als die Schwulen hereinstürmten, die Stimmung verdarben und den Raum mit ihren schrillen Stimmen füllten.

„Gehen wir“, sagte Alec, abrupt aufstehend. „Es ist schwül hier.“

„Klar ist es schwül“, sagte Barbara. „Und ich weiß, woher's kommt. Setz dich. Ich möcht' mich mit meinen Freunden unterhalten.“

„Zieh ihn dir, Mädchen“, sagte einer der Schwulen, keck die Augenbraue hebend. „Dein neuer Boy friend mag uns nicht. Ich dachte, du sagtest, er sei ein sensibler Künstler, Barbara.“

„Ich bin kein sensibler Künstler“, brummte Alec. „Ich bin ein unsensibler Mann, der Hundertfünfundsiebziger haßt. Alle Hundertfünfundsiebziger, aber dich ganz besonders.“ Er drückte die Hand gegen die Brust des zunächst stehenden Schwulen und stieß zu. Der Bursche stolperte rückwärts und fiel über einen Sessel. „Mach, daß du zum Teufel kommst“, sagte Alec und wandte sich an Barbara. „Kommst du mit oder nicht?“

„Nein, ich komm' nicht mit!“ Barbaras Stimme hob sich. „Und ich verbitte mir, daß du so mit meinen Freunden redest!“ Alec bemerkte wieder, daß in Barbaras Stimme, wenn sie sich hob, etwas erschreckend Blechernes mitschwang.

„Gut.“ Alec warf eine Zehndollarnote auf den Tisch. „Das genügt wohl für die Drinks. Wenn dich die Mädchen hier langweilen, triffst du mich im Hotel.“ Ohne auf eine Antwort zu warten, drehte er sich jäh um und verließ das Café.

„Na, Barr“, sagte er halblaut, als er mit zornig klappernden Absätzen auf dem Trottoir entlangging, „das war bestimmt kindisch von dir. Aber warum, *warum* muß sie sich immer mit all diesen Leuten umgeben? Warum werden wir immer von Schwulen betätschelt und von Lesbierinnen und schwarzen Musikern und halbsmarten Mimen und diesen miesen Leuten überfallen, die sie im Sommer und in Hollywood und am Kap kennenlernt? Warum, zum Teufel, muß sie so viele scheußliche Leute kennen?“

Du bist unfair, Barr, dachte er, im Aufzug zu seiner Suite hinauffahrend. Du weißt verdammt genau, daß dir die letzten Wochen großartig gefallen haben. Du weißt verdammt gut, daß du ein Leben gelebt hast, nach dem du hungrig warst – ein Leben, für das du Amelia aufgegeben hast –, du hast Spaß gehabt. Du hast in vollen Zügen gelebt. Du warst lebendig. Zum erstenmal vielleicht warst du *lebendig* – verliebt und lebendig. Alec schloß seine Tür auf, knipste die Lichter an, ging zur Hausbar und mischte sich einen starken Scotch. „Aber vielleicht paßt es dir nicht, lebendig zu sein", sagte er. „Vielleicht bist du im Grunde ein sehr langweiliger Hund, dem die Leine fehlt. Vielleicht ist es zu verflucht anstrengend, verliebt zu sein."

31

Genau das sagte Barbara ein paar Stunden später, als sie wütend und mehr als beschwipst zusammensaßen.

„Du kannst nicht du selbst sein! Du willst auch nicht lernen! Du willst nicht glücklich sein – du willst dich nicht loslösen, entspannen, Spaß haben und das Leben genießen!" Es *stimmte;* Barbara, zornig jetzt, hatte eine ganz andere Stimme. Sie war rauh, metallisch, kreischend. Sie hatte keine Ähnlichkeit mehr mit dem reizenden, tiefen Timbre ihrer üblichen Redeweise.

„Dir fehlt Amelia, gib's doch zu! Du möchtest zurück und dich an eine Schreibmaschine ketten, möchtest wieder winseln und gelangweilt sein, damit du wieder fortlaufen und dann mit hängenden Ohren zu deiner Mama nach Hause trotten kannst. Du willst keine echte Frau, Alec, mein Junge. Du brauchst eine Mutter, die dir den Hintern versohlt, wenn du ungezogen warst, und einen Kuß gibt, um alles wiedergutzumachen, die dir die Höschen zuknöpft und die Rotznase putzt. Du hast Angst, es mit einer echten Frau auf die Dauer aufzunehmen. Du bist nicht groß genug für eine Frau! Was du brauchst, ist eine Krankenschwester!"

„Ich seh' wirklich keinen Grund für hysterische Ausbrüche", erwiderte Alec ersatz-sanft. „Ich seh' nicht ein, wieso meine Abneigung, mich mit einem Haufen Schwuler und schauderhafter zweitklassiger Schauspieler und versoffener Musiker zu umgeben, aus mir einen Kandidaten für einen Ödipuskomplex machen soll. Ich seh' nicht ein, was an meiner Vorliebe, zu Hause zu bleiben oder still mit dir in einem Restaurant zu sitzen, ohne ein Dutzend Leute, die ich nicht kenne und nicht kennenlernen will, küssen zu müssen, so seltsam ist."

„Du machst mich ganz krank! Wirklich, *ehrlich* krank.“ Barbara senkte jetzt die Stimme. „Zuerst glaubte ich, du seist eben ein Bursche, der noch nie Gelegenheit hatte, von der Leine gelassen zu werden. Jetzt zweifle ich; ich zweifle sehr. Ich fing an zu zweifeln, als wir 's erstemal über Politik sprachen. Und noch mehr, als ich dich mit meinen Freunden beobachtete. Ich glaube, du magst die Juden nicht. Ich glaube, du haßt die Neger. Ich glaube, du bist nicht gern mit schöpferischen Menschen zusammen. Ich glaube – ich glaube, du bist auf *wirkliche* Menschen, ehrliche Menschen, die sich nicht fürchten, ehrlich ihre Meinung zu sagen und nach ihren Überzeugungen zu handeln, eifersüchtig. Ich glaube –“

„Ich glaube, du redest einen Haufen Mist“, fuhr Alec dazwischen. „Und versuchen wir um Himmels willen, Mrs. Roosevelt und Adlai Stevenson und die *National Association for the Advancement of Colored People* aus diesem Gespräch zu lassen. Ich mag Lesbierinnen nicht, schwarz oder weiß, jüdisch oder arisch. Ich mag Schwule nicht, ganz gleich welcher Farbe oder Art. Und ganz gewiß mag ich keine drittklassigen Mimen, die schreien und mit den Armen rumfuchteln, oder schmutzige Komiker mit ihren abgedroschenen sogenannten komischen Zoten. Ich mag nicht –“

„Ist mir völlig Wurscht, was du nicht magst. Aber ich glaube wirklich, du magst *mich* nicht. Du magst meine Freunde nicht, also kannst du mich nicht mögen. Dabei schienst du sie zuerst ganz gern zu haben, im Stadium deiner Mülleimerkickereien.“ Barbara zischte ihn an. „Als wir das erstemal zusammen schlafen gingen, mein' ich. *Das* war in Ordnung, nicht wahr? *Damals* waren meine Freunde in Ordnung, nicht wahr?“ Ihre Stimme klang wie Fingernägel auf einer Schiefertafel, kratzte an seinen Nerven.

„Laß uns bitte nicht mehr streiten, Barbara. Wahrscheinlich bin ich im Grunde ein sehr langweiliger Bursche, der nicht sieben Tage in der Woche spielen kann. Ich brauch' 'ne kleine, stumpfsinnig-alltägliche Schablone, und sei's auch nur zum Denken. Mir tut's leid, daß ich grob zu deinen Freunden war, aber ich muß mich ein bißchen zusammennehmen und zu 'ner richtigen Arbeitsordnung zurückkehren. Ich glaube, ich muß mir eine Wohnung suchen. Diese Hotelangelegenheit fängt an, mir lästig zu werden. Zuerst hat's Spaß gemacht, aber –“

„Ich verstehe. Ich verstehe vollkommen, Liebling.“ Barbara sprach jetzt rauh, falsch, monoton, sarkastisch. „‚*Twere a far, far better thing I do.*‘ Das heißt – leb wohl. Ich könnte dich nicht weniger lieben, liebte ich Amelia nicht mehr – oder so 'n Quatsch. Ich weiß, wenn ich rauskomplimentiert werde. Ich lass' mich sehr leicht rauskomplimentieren. Okay, ich lass' dich also bei deinen Musen. Geh zu deiner verfluchten Amelia zurück, und langweil dich zu Tode.“

„Ich geh' nicht zu Amelia zurück.“

„O ja, mein Lieber, du gehst zu Amelia zurück. Ob du's jetzt schon weißt oder nicht, du gehst zu Amelia zurück, und sei es über Pago Pago. Du bist akut an aufgestautem schlechtem Ehegewissen erkrankt. Baby lief davon, aber Baby bekam Angst in der Dunkelheit, und Baby wird jammernd zu Mama zurückkehren. Baby gefällt's gar nicht allein da draußen in der Dunkelheit, allein in einer Welt voll böser Fremder."

Alec stand auf und ging, die Hände im Rücken verschränkt, auf und ab.

„Ich sagte, ich will nicht streiten. Aber du bist nicht fair. Ich möchte dich nicht verlassen. Ich liebe dich. Und ich möchte dich nicht ändern. Andererseits kann ich aber keinen Dauernachtschwärmer aus mir machen. Nun komm, Liebling. Tut mir leid, daß ich so ein Scheißkerl war, gehen wir schlafen. Es ist spät, und ich muß unbedingt morgen noch ein paar Korrekturbogen fertigmachen."

„Geh *du* schlafen, damit du deine verfluchten Korrekturbogen fertigmachen kannst. Ich bleib' noch auf, trink' was und lese Zeitung. Ich bin zu wütend, um ins Bett zu gehen."

Sie drehte sich um und ging zur Hausbar. Alec zuckte die Schultern, seufzte und wandte sich dem Schlafzimmer zu. In der Tür blickte er zurück, aber Barbara stand immer noch stocksteif neben der Hausbar, ohne sich etwas einzuschenken.

Alec zuckte wieder die Schultern und fing an, sich auszuziehen. Nachdem er sich die Zähne geputzt hatte, warf er noch einen Blick in den Salon. Barbara stand jetzt am Fenster. Die Zeitungen lagen noch unaufgeschlagen auf dem Boden. Alec war müde – vom Streit wie von allem anderen. Er knipste das Licht aus und war in wenigen Augenblicken eingeschlafen.

Er wachte durch die Nähe eines warmen Körpers neben sich auf. Er legte die Hand auf ihre nackte Hüfte.

„Ich wollt' dich nicht aufwecken", sagte sie leise. „Ich glaubte, ich könnte still reinkriechen. Schlaf weiter, Liebling."

„Wie spät ist's?"

„Fast vier. Oh, Alec, es tut mir leid, daß ich so ein Luder war. Ich war nicht fair. Ich hab' ein scheußliches Mundwerk, wenn mein irisches Temperament losgelassen ist."

Alec drehte sich herum und zog sie an sich. Er fühlte noch nasse Tränenspuren auf ihren Wangen.

„Vielleicht waren's die Martinis", sagte er. „Vielleicht sollten wir sie überhaupt aufgeben."

Er spürte jetzt, wie sie lächelte.

„*Und* einige meiner exotischeren Freunde. Ich liebe dich wirklich, Alec Barr, so spießig du bist", sagte sie und suchte seinen Mund.

In der weichen Dunkelheit des Bettes, das sich plastisch den festen, heißen Kurven von Barbaras Körper anschmiegte, befreite sich Alec einen Augenblick von Zorn und Gegenvorwürfen. Das heftige, wissende Drängen von Barbaras Hüften, die warme Fessel ihrer Arme, der harte Druck ihrer Brust und das weiche Gefängnis ihrer Schenkel entführten ihn aus der Zeit und hoch in den Raum empor, um ihn dann in eine schauernd-kurze Ewigkeit fallenzulassen. Danach, nachdem Barbara ihn zärtlich gesäubert hatte, fiel er in tiefen, dankbaren Schlaf, wie ein Löffel um die weiche Kurve von Gesäß und Schenkel gekuschelt, eine Hand wie ein Baby an ihrer Brust, gleich einem Kind, das sein Lieblingsspielzeug festhält, wenn es das erschreckende Reich des Traums betritt.

Als er am anderen Morgen erwachte, war sie fort, und Alec betrachtete seinen neu erregten Körper mit Ekel; nicht nur mit Ekel, sondern mit Furcht. Das Bett war noch warm und duftete nach ihr. Alec vermißte sie schrecklich, verlangte schrecklich nach ihr und verspürte furchtbare Angst, weil er so schrecklich nach ihr verlangte.

32

Ben Lea war möglicherweise Alec Barrs bester Freund, mit Ausnahme Marc Mantells, seines Agenten, mit dem er sich zu einem späten Lunch verabredet hatte, den Alec fürchtete. Er fürchtete ihn, weil er genau wußte, was Marc Mantell ihm sagen würde, und er wollte es nicht hören, weil er wußte, daß es wahr war. Worauf Alec Ben Lea angerufen hatte, wie immer, wenn er in der Bredouille war, um sich durch ihn vorher stärken zu lassen.

Es war Mittag, und sie saßen im Marguery-Hof bei einem ersten Gin-and-Tonic. Ben Lea war dick, sommersprossig und hatte fröhliche blaue Augen. Er trug sein steifes hellrotes Haar in einem lächerlich kurzen Crewcut. Er war Vizepräsident einer großen Werbeagentur, hatte sich vorwiegend mit der Literaturbranche befaßt – Zeitungen, Magazinen, Radio, den großen Presseagenturen – und jetzt einen langfristigen Vertrag mit dickem Spesenkonto und einem Scheffel Anteilsoptionen mit einer der größeren Agenturen abgeschlossen. Er hielt sich nie an regelmäßige Arbeitsstunden und hatte sich eine lange Liste von Freunden für seinen täglichen Gin angelegt.

Ben Lea ging auf die Sechzig zu und lag in freundschaftlichem Streit mit der Flasche. Er hatte auch einen freundlichen, glücklichen Krieg als Mariner jenseits der Altersgrenze geführt. Er war fünfmal verheiratet gewesen und stand immer noch, obgleich die Verwüstungen des Kriegs, seiner Ehen und des Weins immer deutlicher wurden, in Manhattan und Umgebung im Ruf eines exzeptionellen Liebhabers.

Aber bei Männern war Ben Lea unveränderlich ein Mann von beißendem Humor und Scharfsinn, in Verbindung mit unerschöpflicher Gutmütigkeit. Er hatte Freunde mit vielerlei Interessen. Er ging mit Toots Shor und George Jean Nathan zu Baseballspielen; er sprach über Poesie (schrieb auch welche) mit Robert Frost; er ging zu Stierkämpfen und unterhielt sich sachverständig über Stiere mit Rex Smith; mit Alec Barr unterhielt er sich über die Schriftstellerei und Frauen und Stiere und Baseball und Poesie und übers Theater. Im Augenblick sprach er über Frauen.

„Offen gesagt, sehen Sie zum Kotzen aus, Alec", sagte er. „Sie sind ausgepumpt. Sie sehen nervös, krätzig und schlecht ernährt aus. Erzählen Sie mir bloß nichts von Schwierigkeiten mit Ihrem Roman. Die Liebe ist Ihre Romanschwierigkeit, mein Junge. Sie eignen sich nicht zum Liebhaber. Gehen Sie lieber zu Amelia und in Ihr gewohntes Heim zurück."

Alecs Stimme klang gereizt.

„Jeder erzählt mir, ich soll zu Amelia zurückgehen. Ich *möchte* aber nicht zu Amelia zurück. Ich war noch nie glücklicher in meinem Leben. Ich bin nicht ausgepumpt. Ich fühl' mich großartig."

Ben Lea gab dem Ober ein Zeichen, ihm noch einen Drink zu bringen. Er seufzte.

„Mein Gott, Amateurcasanovas! Es müßte gesetzlich verboten werden, Freund. Sie haben zu spät angefangen, sich als Liebhaber zu betätigen. Im Grunde werden Liebhaber geboren und entwickeln sich früh. Nehmen Sie mich – ich bin ein richtiger, reiner Liebhaber. Liebhaber sein ist ein Ganztagsjob. Das ist auch der Grund, weshalb ich mich nie sehr lange an eine bestimmte Arbeit gehalten habe."

Alec lächelte. „Fünf Frauen, und Sie sind ein Liebhaber?"

„Im Ernst. Sie haben mich nie verlassen. Ich verließ *sie*. Ein Liebhaber verläßt immer und bleibt verlassen. Außerdem ist ein Liebhaber ein sehr moralischer Bursche. Er heiratet im Vorbeigehen, bis er über Fünfzig ist. Ein Liebhaber ist kein kurzfristiger Lothario, der sich von Ladenmädchen und Modistinnen nährt. Er zielt hoch und kassiert hoch. Aber von einem Mann, der Schauspielerinnen, Ballerinen und Schlagersängerinnen sammelt, kann nicht erwartet werden, daß er lange verheiratet bleibt. Haben Sie die Absicht, diese Barbara zu heiraten, der Sie die Ringe um die Augen verdanken?"

Alec starrte bekümmert auf sein Zigarettenende.

„Ich weiß nicht, Ben. Ganz offen gesagt, ich weiß es nicht. So was hat's für mich noch nie gegeben – Sie verstehen, Geschütze feuern, die Decke fällt ein, man rast auf und ab, bis das Telefon klingelt, all solch kindischer Unfug. Aber ich hab' das Gefühl, daß es mir langsam zuviel wird."

„Wieso?"

„Nun, mir scheint, daß wir jeden Tag achtzehn Martinis kippen, uns dann über irgendwas streiten, wieder versöhnen und hinterher ins Bett gehen, und draußen dämmert's bereits, bevor wir endlich einschlafen, denn mit Barbara Bayne kann man nicht ins selbe Bett klettern und gleich einschlafen. Ehrlich gesagt, bin ich's nicht gewohnt, mich *jede* Nacht als Liebhaber zu bewähren. Das bißchen Schreiben, das ich fertigkriege, erledige ich, wenn Barbara ihre Tage hat. Ich glaube, nach allem bin ich doch kein Liebhabertyp."

„Stimmt. Sie sind kein Kraftprotz, sind zu zart, Sie brauchen Ihre Ruhe. Sie müssen sich langweilen, damit sich schöpferisch was rührt. Und Sie sind bestimmt nicht wie ich. Ich würde lieber sterben als zu Hause essen. Sie brauchen ein Heim, mein Freund, ob's Ihnen paßt oder nicht."

„Das sagt mir jeder. Sie. Barbara. In einer halben Stunde bestimmt auch Marc. Zu meinem Besten. Gott verdammt noch mal, ich hab's satt, mir immer Dinge zu meinem Besten sagen zu lassen. Aber –", Alec lächelte verschämt, „– ich muß zugeben, daß dieses hektische Nachtleben allmählich ziemlich fadenscheinig wird. Allmächtiger Gott, können Sie sich vorstellen, daß ich neulich nacht sowohl im Stork Club wie im Morocco war? Ich fange an, zum Pin-up-boy der Chefkellner zu werden! Gräßlich!" Alec schauderte.

Ben Lea lachte hohl.

„Mein armer Freund. Alec Barr, der stille Schriftsteller, der nüchterne Eremit, der geniale Schöpfer, das Traumboot des Verlegers, die Wonne des Agenten. Geknechtet von der Liebe und einem Betthupfer um drei Uhr morgens bei P. J. Clarke. Wie mein Jungchen sich rausgemacht hat! Offen gestanden, ich hab' mir nie träumen lassen, daß Sie's in sich haben. Wie kam denn das alles, sagen Sie mal?"

Alec schüttelte den Kopf.

„Ich weiß nicht so richtig. Ich lernte Barbara ganz harmlos kennen. Wir trafen uns im Flugzeug. Und eines Tages, vor ein paar Monaten, hielt ich's zu Hause einfach nicht mehr aus. Ich arbeitete an ungefähr fünf Entwürfen zugleich. Die Manuskripte kamen mir schon zu den Ohren raus. Ich steckte bis zum Hintern in Korrekturbogen. Es war heiß. Ein paar Sachen wurden mir zurückgeschickt. Mit der Fabel kam ich nicht weiter. Es war *heiß*. Amelia schikanierte mich mit ihren ewigen Vorwürfen mehr als sonst. Wir waren bei den Hazeltines zum Dinner eingeladen. Ich pirschte mich richtig bibbernd aus dem Haus, so, als wär' mir der Kopf zusammengepreßt und im Aufzug stünden zu viele Leute. Ich nahm mir ein Zimmer im Ritz. Dann rief ich Barbara an. Wir begossen uns in der Stadt die Nase, und ich kippte einen Mülleimer um, und schließlich tranken wir irischen Kaffee mit einem jüdischen Polizisten. Dann fielen wir ins Bett, und seitdem hab' ich nicht mehr Luft schnappen können."

Ben Lea rieb sich seinen borstigen hellroten Crewcut. Er gluckste. „Ich kann's nicht glauben. Doch nicht mein Junge, der ruhige Barr. Mülleimer umkippen? Ober, bringen Sie mir einen doppelten Martini."

Alec grinste wieder mit kleinem, verschämtem Gesicht.

„Plötzlich merkte ich, daß ich wirklich lebte. Ich tat Dinge, die ich noch nie zuvor getan hatte. Ich lernte eine Menge Leute kennen, die *Sie* kennen, mit denen ich aber früher nie verkehrt hatte. Schauspieler, Musiker. Verrückte. Nachtschwärmer. Sängerinnen. Vagabunden. Kopfstandakrobaten. Negerklavierspieler. Pillenschlucker. Eine Weile war's ganz lustig. Jetzt aber ..." Er seufzte. „Ich vermisse die alte langweilige Routine. Wahrscheinlich fehlt mir auch Amelia."

„Wo ist sie? Amelia, meine ich."

„Fuhr nach Europa. Spanien oder Italien, glaube ich. Ich hab' keine Nachricht von ihr."

„Lassen Sie sich raten, mein Junge. Machen Sie ihren Aufenthaltsort ausfindig, und fahren Sie eine Weile zu ihr. Dann kehren Sie nach Hause und an die Arbeit zurück. Dieses Weib Barbara gefällt mir, nach allem, was ich von ihr gesehen habe, aber sie hat zuviel Spannung für Ihr Stromnetz. Sie werden noch als einer dieser betrunkenen Schwätzerskribenten enden, die den ganzen Tag über einer Bar hängen. Geben Sie's auf, Freund, Sie sind zu alt für so ein Amüsierleben."

„Was, zum Teufel, stimmt denn bei mir nicht, Ben?" Alecs Stimme klang jetzt verdrießlich. „Ich bin doch ein normaler Bursche, möchte glücklich sein. Aber wenn ich zu Hause bin und das Halsband umhabe, fühl' ich mich elend, und wenn ich das Band abschüttle und den Hintern in der ganzen Stadt zeige, fühl' ich mich durch die Freiheit ebenso gefesselt wie vorher durchs Gefängnis. Jesus, Barbara wird schon mehr Ehefrau als Amelia. Ich hab' das Gefühl, mich jedesmal entschuldigen zu müssen, wenn ich mal eine Nacht Schlaf brauche oder ein bißchen arbeiten muß. Was, zum Teufel, stimmt bei mir nicht?"

„Sohn, Sie sind ein Schriftsteller", erwiderte Ben Lea. „Es gibt keine Tierspezies, die sich glücklicher Schriftsteller nennt. Ein Schriftsteller ist nur glücklich, wenn er sich elend fühlt – wenn er mit seiner Schreibmaschine und einem Haufen unbeschriebenem Papier im Hinterzimmer sitzt. Dann faucht er und knurrt und schreit, es sei die reine Folter, aber in Wirklichkeit ist er glücklich. Er ist ein *Schriftsteller*. Solche Leute sind nicht wie normale Menschen."

„Kann sein. Kann sein. Aber manchmal wünschte ich doch, ich hätte mir einen anderen Beruf ausgesucht."

„Das ist alles Quatsch. Sie wären tief unglücklich bei jeder anderen

Tätigkeit. Wissen Sie, was ein Schriftsteller ist? Er ist der schlechteste Mime, den Gott erschaffen hat. Er behauptet, er haßt die Schreiberei, aber schauen Sie sich mal an, was sie aus ihm macht: Wenn er sich an seine Maschine setzt, ist er der Übermensch im besten Nietzsche-Sinn. Er ist Vater und Mutter. Er ist Gott der Allmächtige, weil er Leben gibt. Er ist der Allerhöchste, und sein Sexus wird von der Zwischenraumtaste völlig in Anspruch genommen."

Alec rief nach der Rechnung.

„Zahlen", sagte er. „Jetzt muß ich mir von meinem Agenten dasselbe sagen lassen. Aber dafür lass' ich *ihn* zur Abwechslung für den Lunch bezahlen. Wahrscheinlich haben Sie recht, Ben. Wie ich höre, geht die Angelsaison in Montauk los. Wollen Sie dieses Wochenende mit mir fischen gehen?"

„In die Hölle würd' ich für Sie gehen, *Amigo*. Mein Hemd würd' ich für Sie hingeben. Mein Bankkonto steht Ihnen zur Verfügung. Über Flaschenscherben kriech' ich für Sie. Aber fischen würd' ich nicht mal mit Jesus Christus persönlich, und wenn die Geschichte mit den Broten und Fischen in der Bibel neu geschrieben werden müßte. Vielen Dank, nein. Fahren wir lieber nach New Orleans zum Pimpern."

Alec Barr schauderte. Er hob die Hand.

„Bitte", sagte er, „nicht dieses Wort. Gott sei Dank fangen die Klassenspiele nächste Woche an. Baseball wird mich wenigstens auf andere Gedanken bringen, weg von *l'amour*."

„Rufen Sie mich an, wenn Sie wieder regelmäßig arbeiten", sagte Ben Lea. „Ich begleite Sie zur Rockefeller Plaza, da können Sie das Spiegelbild Ihres Gewissens im Wasser einfangen, den großen Mr. Mantell."

„Lieber würd' ich die letzte Meile zum elektrischen Stuhl zu Fuß gehen", sagte Alec. „Los. Guillotine, hier komme ich."

II Alec

33

Der einzige Mensch vielleicht, den Alec Barr wirklich und ohne Einschränkung gehaßt hatte, war seine Mutter, und diese uralte Fehde ließ den Rest seines Krieges gegen die Welt – einschließlich des Krieges, in dem er tatsächlich gedient hatte – lauwarm, nebensächlich erscheinen. Er konnte sich nicht dazu aufraffen, seine Frau zu hassen. Irgendwie schien es Zeitverschwendung zu sein.

Selbst jetzt genügte schon der Gedanke an seine Mutter, um Alec Barr unruhig zu machen. Sie war eine große, lebhafte Frau, stolz darauf, daß sie im Männersitz ritt und nicht, wie richtige Ladys, im Damensattel. Sie hatte gearbeitet, als echte Damen nicht zu arbeiten pflegten. Sie prahlte damit, ihre Kinder zu „verstehen", der „Kamerad" ihrer Kinder zu sein, mit den Freunden ihres Kindes „gut auszukommen".

Diese unerwünschte Gemeinschaft war eine Quelle beträchtlicher Peinlichkeiten für Alec, besonders, als er in die Pubertät kam und einige seiner Schulkameraden sich zum Baseballspielen im großen Vorderhof des geräumigen, großen, zweistöckigen Backsteinhauses auf dem bewaldeten Hügel zusammenfanden oder in selbstgegrabenen Höhlen hinter dem Haus Cowboys oder Indianer spielten. Emma Barr mischte sich ständig in diese Spiele ein, wollte den Ball schlagen, fragte seine Freunde auf verschlagen-freundliche, unecht-interessierte Art nach ihren Familien oder plauderte Geheimnisse aus dem Hause aus, so daß Alec sich vor Verlegenheit förmlich wand. Emma Barr war einer der Gründe, weshalb Alec wenig Interesse am Schulsport oder an sonstigen Massenzusammenkünften der Jungen zeigte.

Seitdem er sein Dasein bewußt empfand, wünschte er sich Eltern, die nicht vorgaben, auf gleicher Stufe mit ihm zu stehen. Er wollte Eltern, wie andere Jungen sie hatten – Eltern, die nicht prächtig waren, sich ihren Kindern nicht aufdrängten und einen properen grauen Hintergrund der Achtbarkeit für ein Haus lieferten, in dem es einen regelmäßigen Tagesablauf mit festgelegten Mahlzeiten gab. Er wünschte, daß Emma Barr – selten dachte er als „Mutter" an sie – seinem Vater mehr Zeit widmen und sich weniger bemühen würde, aus Alec Barr einen Kameraden zu machen und vor seinen Freunden ewige Jugend zu mimen.

Vielleicht war es kein richtiger Haß, was Alec für seine Mutter wegen ihrer arroganten Mißachtung seines Vaters, ihrer kreischenden Verwerfung jeglicher Meinung, die er äußerte, und ihrer Beschämung James Barrs – und seines Sohnes Alec – empfand, indem sie sich angewöhnte, Hosen zu tragen und zum Fischen zu kommen, unaufgefordert und unerwünscht, unter Männern, die keine Frauen bei ihren männlichen Eskapaden haben wollten. Aber er schämte sich immer in ihrer Gegenwart. Wenn er als Kind gelegentlich von den Erwachsenen des Bezirks zur Waschbär- oder Rotwildjagd eingeladen wurde, war er nie ganz sicher, ob Emma Barr nicht plötzlich mit viel lautem Kameradschaftsgetue auftauchen würde, eine Flinte über der Schulter, mit der sie so unvorsichtig herumhantierte, daß der haarigste tabakkauende Sportsmann vor Entsetzen zusammenzuckte.

Vielleicht hatte James Barr anfangs versucht, seine Frau in ehelicher Unterwerfung im Hause zu halten. Aber James Barr war ein enttäuschter, untüchtiger, schlanker Mann, blond wie Alec, schüchtern bis zur Selbstaufgabe und mit Stottern und der Angewohnheit behaftet, sich ständig zu räuspern und an den Nägeln zu knabbern, wenn er nervös war. Emma Barr, strotzend und aufdringlich, nörgelte dauernd an ihm herum und reduzierte jede zaghaft geäußerte, von ihren eigenen Ansichten abweichende Meinung zum nutzlosen Wimmern eines Kindes. Emma übertraf ihren Mann an Körpergewicht um vierzig Pfund und um vierzig Tonnen an Autorität.

James Barr war ein fuchsgesichtiger Mann mit schütter werdendem Haar, einem auffallenden Adamsapfel und Muskelknoten in den sensiblen Mundwinkeln. Die Leute behaupteten, Alec Barr sei seinem Vater wie aus dem Gesicht geschnitten und würde, wie sein Vater, auch ein stiller Mann werden.

Alecs Vater hatte sehr früh die Verantwortung eines Erwachsenen übernehmen müssen. Sein Vater Angus war kränklich gewesen und hatte sich früh von jeder Arbeit zurückgezogen. James hatte vier Jahre Mittelschule durchlaufen, bevor er die Bürde seiner Mutter, seines jüngeren Bruders und zweier Schwestern auf sich nahm. Ein älterer Bruder, Joseph, war dem Nest früher entflogen. Die ältere Schwester Annie hatte einen durchreisenden Yankeeschulmeister geheiratet und war mit ihrem Mann nach Norden gezogen.

Mit vierzehn Jahren hatte James eine Anstellung als Bürogehilfe in einer Kolonialwarengroßhandlung bekommen und durch Fernkurse und Heimstudium bis Mitternacht allmählich die Grundlagen der Kostenrechnung erlernt. Insgeheim schrieb er Gedichte und zeichnete bemerkenswert gute Bilder, die er schamhaft vor jedermann verbarg.

Jessie Barr, James Barrs Mutter, nahm Kostgänger ins Haus, und James Barrs früheste Erinnerungen drehten sich um Fremde am Tisch, Fremde in dem kleinen Wohnzimmer, Fremde, auf die immer Rücksicht genommen werden mußte, selbst bei der Qualität des Essens. Sie hackte bitter auf ihrem Mann Angus herum, einem Veteranen der Konföderiertenarmee, der ewig klagte, daß seine Verwundungen ihm zusetzten und daß er wegen seines Rückens keine schwere Arbeit verrichten könne.

Sohn James brachte seine Lohntüte unangetastet seiner Mutter nach Hause, die ihm anfangs pro Woche fünfzig Cent auszahlte; später, als sein Wochenverdienst auf zehn Dollar gestiegen war, erhöhte sie sein Taschengeld auf einen Dollar, wobei sie klagte, sie wisse gar nicht, was er mit dem vielen Geld anfange.

Sein dichter blonder, welliger Haarschopf, sein knochiger Körper, an dem selbst sein schäbiger Anzug noch gut aussah, dazu eine gute Baritonstimme – dies alles trug dazu bei, James Barr bei den Mädchen beliebt zu machen. Aber Miß Jessie, wie James Barrs Mutter genannt wurde, gelang es im allgemeinen immer, jede ernsthafte Romanze durch dauernde Verunglimpfung des betreffenden Mädchens zu hintertreiben, sobald sie erfuhr, daß ihr Sohn sich „abends fein machte und ausging".

Böse Zungen behaupteten, James Barr sei von Emma Davis gewählt worden, weil niemand sonst eine so stiernackige, eigensinnige, antreiberische Frau hätte haben wollen. Sie sagten, der arme Jamie Barr habe keine andere Wahl gehabt, nachdem Emma sich einmal gegen den Gedanken einer Altjungfernschaft entschieden hatte, weil sie fünfundzwanzig Jahre alt war und nicht jünger wurde. Einige deuteten an, sie sei von einem anderen Mann geschwängert worden und habe Jamie das Kind aufgehalst – eine glatte Verleumdung, denn Alec Barr wurde erst ein Jahr nach der Eheschließung geboren. Auf jeden Fall waren sie verheiratet, und Jamies Mutter, Miß Jessie, zog sich in ihr Zimmer zurück und weigerte sich eine ganze Woche lang, wieder herauszukommen. Vater Angus Barr betrank sich bei der Hochzeit und blieb so lange betrunken, bis sich Jessie Barr von ihrem Nervenzusammenbruch soweit erholt hatte, um aus ihrem Zimmer wiederaufzutauchen und Angus mittels heißen Kaffees, Schleimsuppe und ihrer messerscharfen Zunge auszunüchtern.

Amerikas Kriegseintritt stand unmittelbar bevor, und die Geschäfte gingen gut. James Barr studierte nebenbei Handelsrecht und bereitete sich auf die Zulassung als öffentlicher Buchprüfer vor. Sein Gehalt war auf fünfundsiebzig Dollar pro Woche aufgebessert worden, und er fing an, Grundrisse für ein neues großes Backsteinhaus zu entwerfen. Jedermann sagte, er sei zu beglückwünschen, daß er eine so feine Frau wie Emma geheiratet habe, die ihm Mut und Energie einimpfe. „Ohne Emma hätte Jamie nicht genug Mumm in den Knochen, um auch nur eine Gans zu reizen", sagten die Leute. „Die hat genug Rückgrat für beide und darüber hinaus noch so viel, daß es bis Weihnachten reicht."

Als Amerika in den Krieg eintrat, gab es für James Barr keine Chance, eingezogen zu werden. Die Grippe raste durchs Land, sein jüngerer Bruder Dan und seine Schwester Gertrude fielen ihr zum Opfer, und er selbst behielt für alle Zeit eine schwache Brust zurück. Emma Barr hatte sie alle gepflegt und verbrauchte ihre grenzenlose Extraenergie noch außerhalb, ganz in ihre Arbeit versessen und von ihrem weißen Häubchen mit dem Roten Kreuz erfüllt. Die Arbeit am neuen Haus wurde bis nach dem Waffenstillstand aufgeschoben, doch kurz danach wurde es am Stadtrand errichtet, und die Familie Jessie und Angus Barr, James und Emma Barr mit dem jungen Alec Barr zog ein. Das verwirrte die gewissen bösen Zungen, die gesagt hatten, James Barr habe Emma Davis nur geheiratet, um der Herrschsucht Jessie Barrs zu entrinnen. Noch bösere Zungen hatten gesagt, Jamie Barr habe sich durch den Austausch von Mutter Jessie gegen Emma Davis lediglich einen anderen Gefängniswärter eingehandelt. Und wieder andere sagten, der einzige Grund, weshalb Jamie um ihre Hand angehalten habe, sei der gewesen, daß er zwischen Emmas und Jessies Herrschsucht nicht habe unterscheiden können. James Barr hatte sie verraten; mit beiden, Mutter und Frau, war er schließlich im selben Nest gelandet. Allgemein wurde in der Stadt angenommen, daß James Barr, als er Emma Davis mit vierundzwanzig heiratete, noch unberührt gewesen sei, da keiner der jungen Stutzer sich erinnern konnte, ihn je bei einem ernstlichen Flirt mit anderen Mädchen, als Rumtreiber mit leicht lädierten Schönen außerhalb der Stadt oder als Stammkunden eines der städtischen Puffs erlebt zu haben. „Ich sage euch“, erklärte ein Freund namens Alexander Leslie, nach dem Alec Barr getauft worden war, „ich sage euch, Jamie hat sich noch nicht mal ein Niggermensch angelacht, soviel ich weiß.“ Alexander Leslie war Trauzeuge bei der Hochzeit James Barrs und jahrelang innig mit ihm befreundet gewesen, bis Jamie Barrs seltsame Gewohnheiten beim Geldpumpen die Freundschaft auf Grund gerichtlicher Auseinandersetzung in die Binsen gehen ließ.

Dieser charakterliche Defekt, der Trieb zum Geldpumpen ohne Rückzahlung, sollte James Barr sein ganzes Leben bedrücken. Seine Absichten waren gut, wie jedermann sagte, aber irgendwie brachte er's nie fertig, zu Ende zu führen, was er angefangen hatte. Wenn er ein Auto kaufte, ging der Wagen nach kurzem gewöhnlich wieder in den Besitz des Händlers über. Eine beim Versandhaus Sears & Roebuck auf Raten gekaufte Schrotflinte wurde von der Firma zurückgenommen, und einmal verlangte jemand sogar einen teilweise bezahlten Hühnerhund wieder zurück. James Barr borgte guten Glaubens; wenn das Geld aber einmal in seiner Tasche gelandet war, vollzog sich ein geheimnisvoller alchimistischer Prozeß: Das Geld gehörte ihm, von einer Verpflichtung zur Rückzahlung war keine Rede mehr.

Es war unvermeidlich, daß James' Mutter Jessie James' Frau Emma haßte. Solange Jessie Barr lebte, verwandelten sie und ihre Schwiegertochter die verschiedenen Heime in eine Serie von Schlachtfeldern. Der junge Barr wuchs in einer Atmosphäre dauernden Gezänks, gebrüllter Gegenbeschuldigungen auf geknurrte Anrempeleien und Retourkutschen auf; keine Mahlzeit verging ohne Aufregung. Die Barr-Männer sagten wenig: James Barr stotterte, wenn er um die Kekse bat, und sein Vater Angus ließ schweigend Essen in seinen ungepflegten Bart tröpfeln. Der junge Alec saß nervös in sich gekehrt da und schlang hastig sein Essen hinunter, um sich so schnell wie möglich entschuldigen und den Tisch verlassen zu können.

Alec konnte seine Großmutter lediglich wegen der ewigen weinerlichen Vorwürfe, die sie seinem Großvater machte, und ihres dauernden Kampfs um das Schlüsselbund mit seiner Mutter nicht leiden. Aber Emma haßte er förmlich, weil sie die Autorität seines Vaters als Haushaltsvorstand dauernd usurpierte. Er haßte ihre herabsetzenden Vergleiche der kümmerlichen Leistungen James Barrs mit denen anderer Männer, ihr unaufhörliches Herausstreichen ihrer eigenen Kraft und Stärke in einer Familie rückgratloser Männer. In späteren Jahren pflegte Alec sich oft zu fragen, wie die regelmäßigen Schwangerschaften, die stets mit totgeborenen Kindern endeten, in solchem Aufruhr sexuellen Widerstreits je zustande gekommen sein mochten.

Sein Haß – oder vielleicht seine kalte Abneigung – hatte eingesetzt, als er ungefähr drei oder vier Jahre alt gewesen war und zum erstenmal gemerkt hatte, daß seine Mutter bei all ihrer selbstbehaupteten Tüchtigkeit, ihrer herzhaften Aktivität im öffentlichen Leben der Stadt wirklich ihren Mann verachtete; daß sie dem Gedanken der Mutterschaft ablehnend gegenüberstand, auf ihren Bruder eifersüchtig, auf ihren Vater neidisch war und ein ausgesprochenes Talent hatte, sich in das Leben jedes Menschen ihrer Umgebung einzumischen, während ihr eigenes Geschirr ungewaschen herumstand und ihre Betten ungemacht blieben. Einmal hatte sie in einer Laune mißgeleiteter Freigebigkeit alle Anzüge Alecs einer bettelarmen Fabrikarbeiterfamilie geschenkt. Ihre Leidenschaft für gute Werke hielt ihre physischen Kräfte achtzehn Stunden am Tag auf Hochtouren, und ihre Leidenschaft, ihre Passion für gute Werke zu schildern, hielt ihre Zunge zwanzig Stunden am Tag in rasender Bewegung.

Ihr Bruder war Arzt; Emma Barr lechzte nach Skalpell und Lanzette. Einmal hatte sie Krankenschwester werden wollen und sich in schöner Selbsttäuschung auf die Aufnahme in ein Krankenhaus vorbereitet. Stets sammelte sie Gelder für irgendwelche Krankenhauszwecke und verwandte die von ihr gesammelten Gelder falsch. Alec überfiel sie schon im frühesten Kindesalter mit unerwünschten medizinischen Kenntnissen: scheußlichen Glanzfotos von Hinterteilen, von blühendem Schanker, schrecklichen Aufnahmen von Geschwüren, Entzündungen, Ausschlägen und krebsartigen Mißbildungen aus ihrer reichhaltigen Bibliothek pseudowissenschaftlicher medizinischer Bücher.

Ihr Entzücken an allen Krankheiten persönlicher und öffentlicher Natur kam gleich hinter dem Stolz auf sich selbst als geistigen und gesellschaftlichen Nonkonformisten. Beim leisesten Anzeichen eines Unwohlseins ließ sie den Arzt oder den Krankenwagen holen; zur selben Zeit las sie Gedichte, die sie nicht verstand, und zitierte Philosophie, die sie noch weniger verstand. Und ebenfalls zur selben Zeit pflegte die jeweilige Köchin aus einem unvernünftigen – für Emma natürlich unvernünftigen – Grund zu kündigen, wie zum Beispiel wegen des Ausbleibens der Grundnahrungsmittel für die Mahlzeiten oder weil der Lohn längst überfällig war.

Während der ersten paar Jahre seines bewußten Lebens war Alec der ungezügelten Energie, ziellosen Aktivität und entfesselten Schwatzhaftigkeit seiner Mutter hilflos ausgeliefert. Er war ein kleines, schlankes Rohr von einem Kind mit einer schlaffen blonden Haarlocke, die ihm immer in die Augen hing, von seiner übertüchtigen, einschüchternden Mutter überwältigt.

Als er knapp zwölf war, widerfuhr Alec Barr etwas Wunderbares. Sein Vater, der schon immer schwach auf der Lunge gewesen war, erkrankte an einer möglichen Lungenentzündung, die sich zu einer wahrscheinlichen Tbc auswuchs, die ihrerseits wieder die Einweisung in ein Lungenhospital in Asheville, N.C., nötig machte. Jessie Barr starb widerwillig entweder an Asthma, Morphium oder der Scham über den Tbc-kranken Sohn, und kurz darauf verschied Großvater Angus an seinem Krebs und dem selbstgebrauten Whisky, mit dem er seine Schmerzen linderte.

Emma Barr mußte arbeiten gehen. Bislang gab es noch keinen Bruder Martin, der verpflegungsmäßig zu berücksichtigen gewesen wäre. Martin sollte eine Fußnote zur Entlassung von Alecs Vater aus der Räusper-und-Spuck-Akademie in Asheville werden. Zunächst war nur der junge Alec zu berücksichtigen, als Mutter Emma sich gezwungen sah, ihre grenzenlosen Energien in die erniedrigend bezahlten Pflichten einer Verkäuferin umzuschleusen, und eine vollbusige Schlampe von Negerin namens Lil die Hausarbeit übernahm. Lil war eine Ersparnis; der damals gängige Lohn für Hauspersonal war zwei Dollar die Woche einschließlich gewisser Vorrechte zur Eigenverpflegung, wenn man nicht zuviel „eigenverpflegte“. Und in Alec Barrs Haus blieb nicht allzuviel zum „Eigenverpflegen“ übrig, weil der Kredit im örtlichen Gemischtwarenladen, dem sich undeutlich abzeichnenden Vorläufer des Supermarket, verdammt mager war.

Lil hatte ein kleines Mädchen, das letzte einer ungezählten Crew rotznäsiger Kinder, namens Pudding. Pudding nahm ein Großteil von Lils Zeit in Anspruch, genau wie Buster, ihr an Gonorrhoe erkrankter Mann, von dem man wußte, daß er absichtlich schwarzgebrannten Schnaps trank und gelegentlich einen Kumpel mit einem großen, altmodischen Rasiermesser tranchierte.

Dieses glückliche Zusammentreffen sozialer Umstände bewirkte, daß

Alec Barr in den seinen Charakter bildenden Jahren viel allein war, und er genoß diese Einsamkeit in vollen Zügen. Er ging täglich zur Schule, wo er als des Lehrers Lieblingsschüler angesehen wurde, da er sich durch seine Lesewut mit einem ungeheuren Arsenal von Erwachsenenkenntnissen ausgerüstet hatte. Wenn er mit seinem Fahrrad von der Schule nach Hause kam, war üblicherweise niemand da. Lil war meist mit Pudding beschäftigt, gelegentlich auch mit dem Versuch, Buster, der wegen eines außerlegalen Tranchierunternehmens wieder mal saß, gegen Bürgschaft aus dem Gefängnis zu holen. Und die Mutter war bis sechs Uhr abends im Laden festgehalten. So blieb Alec während der Tagesstunden meist sich selbst überlassen.

Nachdem Alecs Großeltern väterlicherseits starben, als Alec ungefähr zwölf Jahre alt war, vermietete seine Mutter die nun leerstehenden Zimmer im Oberstock an vier Lehrerinnen – auf eine krude Art hübsche, ziemlich deftige Landmenscher, von denen jedes einen endlosen Anhang kaltschnäuziger Boy friends zu haben schien. Meist kamen die Boy friends Alec zu alt für die Mädchen vor, die Anfang Zwanzig waren. Die Boy friends kamen nachts, und oft konnte man das kreischende Gelächter der Lehrerinnen und die dunkleren Baßstimmen der Männer durch die dünnen Sperrholzwände hören, die jetzt das Treppenhaus, das oben mit unten verband, abteilten. Die Männer kamen im Hinterhof vorgefahren und parkten ihre Wagen hinter dem Haus. Sie schleppten sich stets mit dicken Paketen, die klirrten und gurgelten. Die Eltern hatten Alec verboten, nach Eintritt der Dunkelheit hinter das Haus zu gehen, aber gelegentlich schlich er sich nachmittags nach oben, um eine verbotene Zigarette zu paffen. Er fühlte sich von der Atmosphäre zerzauster Weiblichkeit stark angezogen; von den Höschen und Strümpfen, die überall herumlagen, dem Duft von Puder und Parfüm und dem ziemlich häufig aus der Küche dringenden Geruch unverdünnten Whiskys.

Er näherte sich gerade dem Ende der Pubertät. Die Mädchen faszinierten ihn und weckten seltsame, unklare Emotionen. Sie zogen sich ungeniert vor ihm an und aus, liefen in Büstenhaltern und Schlüpfern herum, lachten, plauderten, rauchten und neckten ihn gelegentlich mit einem schnellen Kuß oder einem derben Kitzeln. Eine, Hazel, ein großes dunkles Landmädchen, das mit Hinterwäldlerakzent sprach und Volksschullehrerin war, war sein besonderer Liebling. Sie war sehr hübsch, fand Alec, sie hatte lange Beine und war vollbusig. Sie küßte ihn öfter als die anderen, zog ihn mit seinen Girl friends auf und betatschte ihn an peinlich intimen Stellen. Sie pflegte ihm eine Zigarette zuzustecken und ließ ihn einmal eine Mischung aus Coca-Cola und einem scharfen Schnaps kosten, die ihm Tränen in die Augen trieb, obgleich er männlich das Husten unterdrückte. Sie pflegte ihn auf ihrem Schoß zu liebkosen, ihm das Haar zu zerzausen und den anderen

Mädchen zu sagen, Alec sei ihr Spezialjunge, sie spare ihn sich für später auf, wenn er noch etwas erwachsener sei. Alec gefiel der körperliche Kontakt; der Geruch nach warmem Fleisch, der leicht nach Moschus riechende Frauenduft, der über allem lagernde Pudergeruch, der Hazel anhaftete, erregte wunderbare Gefühle. Sie zog seinen Kopf an ihre vollen Brüste oder nagte an seinen Ohren, und Alec spürte eine seltsame Hitze in seinen Lenden und eine peinliche Muskelreaktion in seinen unteren Regionen. Er wurde rot und eilte, die Hände in den Taschen, nach unten, und die anderen Mädchen brüllten vor Lachen. „Der wird mal ein Teufel mit den Mädchen werden, wenn er erwachsen ist", sagte Hazel immer. „Noch ein paar Jahre, und wir werden uns vorsehen müssen, ihn hier raufzulassen. Seine Mutter würde uns umbringen."

„Seien wir lieber jetzt schon vorsichtig, Hazel", sagte Clara, eins der anderen Mädchen, eines Tages zu Alecs großem Mißbehagen, als er die Treppe runterrannte. „Der kleine Halunke hat 'n ganz guten Ständer, hab' nie einen besseren gesehen."

„Das müßtest du inzwischen bestens beurteilen können", meinte Hazel trocken, und die anderen Mädchen kreischten vor Lachen. „Bei deiner ausgedehnten Praxis."

Da die kommende Mannbarkeit Alec erschreckende Gedanken eingab und noch erschreckendere Sensationen zeitigte, wenn er in seinem Bett auf der Schlafveranda lag, bildete er sich ein, in Hazel verliebt zu sein, und spielte mit dem Gedanken, sie eines Tages zu heiraten. Er befand sich damals im Sir-Walter-Scott-Stadium und plante ernsthaft, sie über den Widerrist eines edlen Renners zu werfen und mit ihr in die weite Welt hinauszugaloppieren. Er gedachte sogar, ihr davon zu erzählen, aber in der köstlichen Erinnerung an ihren halbnackten Körper, wenn sie ihn streichelte und liebkoste, fehlte ihm der Mut, sich der Wirklichkeit zu stellen.

Eines Abends, als sein Vater krank in Asheville lag und seine Mutter sich auf einem ziellosen karitativen Gang befand, schlich Alec sich hinauf. Er wußte, daß Hazel allein zu Hause war; die anderen Mädchen waren lachend mit einem Sortiment grobschlächtiger Männer mit blaurasierten Wangen fortgegangen. Alec sammelte seinen ganzen Mut, ging zur Hintertür herum und stieg leise die Treppe hinauf. Das Haus war still, nur ein Licht brannte – das Licht in Hazels Schlafzimmer. Alec ging durch die Diele und bemühte sich, seine Anwesenheit zu verbergen. Er fühlte sich einsam und wollte ins Licht seiner Liebe flattern. Plötzlich hörte er leises Lachen und eine rasselnde Männerstimme, und dann sagte der Mann: „Du bist zuerst auf, Baby. Bring du die Drinks."

Alec blieb wie angewurzelt stehen, als Hazel splitternackt lachend durch die Tür trat. Alec sperrte Mund und Augen auf. Er hatte noch nie eine lebendige nackte Frau gesehen, obgleich er durch die medizinische Bibliothek der Familie bestens über die weibliche Physiologie unterwiesen worden war.

Er schnappte nach Luft, unfähig, sich zu beherrschen, und Hazel sprang wie eine Tigerin auf ihn zu. Sie packte ihn wild, schüttelte ihn, und ihre nackten Brüste wippten dabei auf und ab. Ein unanständiger Geruch haftete ihr an, wie er ihn noch nie wahrgenommen hatte.

„Was soll das heißen, hier oben rumzuschnüffeln, du kleiner Teufel?" Sie schüttelte ihn wieder, und er starrte fasziniert auf die wippenden runden Brüste. „Was soll die Rumschnüffelei hier oben bedeuten?!"

Die Männerstimme sagte: „Was is'n los, Baby?", und man hörte das Rascheln von Bettzeug. Ebenso nackt trat der Mann durch die Tür. Alec starrte nun den Mann an, einen riesigen, haarigen Burschen. Es war ein stellvertretender Grafschaftssheriff namens Tom Soundso, den Alec flüchtig vom Sehen kannte.

Hazel gab Alec eine schallende Ohrfeige.

„Raus mit dir! Raus!!! Und wenn du mich bei deiner Mutter verpetzt, bring' ich dich um!" schrie sie. „Und nun verschwinde, und laß dich ja nicht mehr hier oben sehen!"

Alec floh in Entsetzen und Enttäuschung.

„Du hättest ihn nicht ohrfeigen sollen, Liebling", brummte der große Mann, als Alec die Treppe hinunterstürzte. „Ich hätte ihm einen Dollar Schweigegeld gegeben. Jetzt wird er's seiner Ma bestimmt erzählen."

Alec hörte nichts mehr. Er rannte in den Hof hinaus, warf sich ins Gras und weinte bitterlich. Es kam ihm nicht in den Sinn, seiner Mutter etwas davon zu erzählen. Er weinte, nicht wegen der Ohrfeige, die ihm immer noch im Gesicht brannte, sondern wegen des Verlustes seiner ersten jungen Liebe in einer schrecklichen Vision nackten Fleischs.

Er ging nie mehr nach oben. Er haßte jetzt alle Mädchen, aber am meisten haßte er Hazel. Dann und wann sah er sie heimkommen oder fortgehen, aber er sprach nie mehr mit ihr.

Ein Jahr später, jetzt völlig dem Knabenalter entwachsen, wurde um Mitternacht an der Haustür geläutet. Er ging zur Tür, knipste das Verandalicht an und sah die Gesichter von vier Männern.

„Was wünschen Sie?" fragte er. „Es ist niemand zu Hause außer mir."

„Allmächtiger Gott!" sagte einer der Männer, und Alec erkannte ihn jetzt. Es war der neue Friseur, der vor kurzem aus Charleston in die Stadt gekommen war. „Das ist ja der kleine Alec Barr! Ich hab' ihm erst letzte Woche die Haare geschnitten. Da kann was nicht stimmen. Wir haben uns in der Adresse geirrt, Sohn. Entschuldige die Störung."

„Wir können uns nicht geirrt haben", sagte ein anderer. „Dieses Manikürmädchen im Hotel unten sagte, es seien vier –"

„Halt 's Maul, du Esel", sagte der Friseur. „Wir müssen auf der falschen Hausseite reingekommen sein. Und jetzt nichts wie weg hier." Er dämpfte die Stimme. „Dieser Junge ist Sohn ehrbarer Leute. Es ist unwahrscheinlich, daß die einen Puff betreiben."

„Ich weiß bloß, was das Manikürmädchen mir gesagt hat. Sie hat die Adresse sogar auf eine Karte geschrieben. Da."

Er knipste eine Taschenlampe an und zog etwas aus der Tasche.

„Seht her", sagte er. „Es ist das richtige Haus."

„Ganz egal, richtiges oder falsches Haus", sagte der Mann, der Alec erkannt hatte. „Wir machen, daß wir hier wegkommen. Der arme kleine Bursche ... was, zum Teufel, soll man nur von solchen Leuten halten?"

Der Motor donnerte, als der Wagen um die kreisförmige Auffahrt herumfuhr. Diesmal weinte Alec nicht. Und plötzlich wurde ihm auch klar, wie die elliptischen Gummiballons, die wie riesige Spargel in der blubbernden Senkgrube bei den Feuerlilien unten an die Oberfläche tauchten, da hingekommen waren. In dieser kleinen Stadt gab's keinen Jungen von sechs an aufwärts, der nicht boshaft gekichert und mit diesen Dingern herumexperimentiert, in diese sogenannten „Lustigen Witwen", von denen je drei in runden Blechdöschen mit der Aufschrift „Agnes, Mabel und Becky" lagen, Wasser gekippt oder Luft geblasen hatte ...

In der Liebe enttäuscht, allen Frauen mißtrauend, ja sie verachtend, seine Familie hassend, weil sie zuließ, was er als böse und häßlich und als Vergehen gegen sein Heim ansah, gab Alec Barr die Gesellschaft der Menschen auf und konzentrierte sich auf Gottes freie Natur und auf die Bücher toter Leute. Einsam wanderte er durch den Wald und las, bis ihm die Augen rot wurden und brannten.

Die Barr-Bibliothek war mehr als ausreichend, da Großvater Angus Barr Bücherlesen und Whisky der Arbeit oder der Unterhaltung mit seiner Frau vorgezogen hatte. Alec fraß sich geradezu in einer Art Panik durch die Bibliothek, als ob jemand die Bücher stehlen könnte, bevor sie an die Reihe kämen. Als er den Vorrat zu Hause ausgelesen hatte, wurde er Dauerkunde der Stadtbücherei und wankte schwer beladen mit Bücherstapeln nach Hause.

Das Barr-Haus schmiegte sich an einen grünen Hügel in einem noch fast unerschlossenen Stadtteil, was dem Jungen Feld und Wald nahebrachte. Er war zu zart und klein für den organisierten rohen Sport der älteren Jungen, die seine Schulklasse tyrannisierten, und er besaß weder Boote noch Hunde oder Gewehre oder sonstige herzhafte, deftige Spielzeuge der munteren Jugend. Aber er liebte die hoch aufragenden Bäume hinter dem Haus, wo Opa früher eine mickrige Milchkuh gehalten hatte; er liebte den Mühlteich mit seinen flink verschwindenden Seetauchern, und er liebte die lärmenden Vögel, die schimpfenden blauen Eichelhäher, die rotschultrigen Amseln, die hellroten

Farbkleckse der Edelfinken und das goldene Glitzern des Pirols. Er ging mit einem Buch unterm Arm in den Wald und haßte es, wenn die untergehende Sonne hinter die blauen Wälder tauchte und er heimtrotten mußte zu Emma und dem schlecht gekochten Abendessen, das Lil, je nachdem, ob Pudding und Buster wieder in eine Patsche geraten waren, vorbereitet oder auch nicht vorbereitet hatte.

Emma Barr war eine gutaussehende dunkelhaarige Frau nach dem Geschmack des ausgehenden neunzehnten Jahrhunderts, was bedeutete, daß sie gut vierzig Pfund blassen, prallen, weich aufgetragenen Fleischs zuviel wog, und sie betrat einen Raum mit außerordentlicher Energie. Sie war in der Tat ein pathetisches Erzeugnis ihrer Zeit; viele Jahre später wurde Alec sich klar, daß seine Mutter das Zeug zu einer ausgezeichneten Lesbierin gehabt hätte, wenn die lesbische Liebe schon als halbwegs normale weibliche Kondition anerkannt gewesen wäre.

Alecs Mutter war ungezügelt, irregeleitet, unerfüllt und gehässig. Sie war ausgesprochen genial in der Kunst der Einmischung in die Privatsphäre anderer und scheute sich nicht, Alec ins Badezimmer nachzugehen, nur um ein sinnloses Argument weiterzuspinnen. Sie mißbilligte sein unablässiges Lesen und verbot ihm, nachts im Bett zu schmökern. Alec löste dieses Problem mittels einer Taschenlampe, die er sich stehlen mußte, weil er nicht genug Taschengeld hatte. Er las heimlich unter der Bettdecke auf der Schlafveranda des Bungalows.

Vieles an seiner Mutter war Alec Barr ein Rätsel. Er konnte zum Beispiel nicht verstehen, weshalb sie immer mit totgeborenen Kindern niederkam – abgesehen von dem Nachkömmling Martin –, obwohl sie ihre Verachtung für den schwächlichen Vater James so unverhohlen äußerte und ihre Abneigung gegen die Mutterschaft so lärmend bekundete. Unmöglich, daß Alec Barr damals schon das Symptom erkannte, aber Emma trieb anscheinend aus purer Laune ab, brachte immer wieder ein totes Kind als Vorwurf gegen ihren Mann zur Welt. Katzen, sagte sie, erschreckten sie; eines Tages ließ Alec ein Kätzchen auf ihre Schulter plumpsen, und noch Jahre danach warf sie ihm vor, er habe seinen Bruder ermordet.

Als James Barrs Mutter an Asthma starb, legte Emma sich sofort Asthma zu. Asthma wurde damals mit Betäubungsmitteln behandelt, und ein Arzt brauchte nicht unbedingt ein Rezept auszuschreiben. Und wegen ihres berühmten Bruders, des Chirurgen, und ihrer berühmten Sammeltätigkeit für die Krankenhäuser und ihrer ständigen Anwesenheit in den Kliniken und ihrer Neigung, alle von ihr Abhängigen ins Krankenhaus zu schicken, und ihrer ausgedehnten Bekanntschaft mit

Ärzten brauchte Emma Barr selten ein Rezept, um ihr Plagiat der Lieblingskrankheit ihrer Schwiegermutter zu kurieren. Sie ging einfach in den Drugstore und kam mit einem kleinen Paket nach Hause, das sie bestimmt brauchen würde, wenn ihr Atem pfeifend und kurz durch die Lungen fuhr und ihre Fingernägel sich blau färbten.

Es war in Alecs letztem Jahr auf der High-school, als sie ihm auf herzhafter Mann-zu-Mann-Basis zu Leibe rückte und ihn fragte:

„Was würdest du sagen, wenn Gott dir einen kleinen Bruder schickte?"

„Ich glaube nicht, daß Gott kleine Brüder schickt", antwortete Alec. „Und wenn, wird der dann auch rauschgiftsüchtig?"

Emma Barr sah sich nach etwas um, mit dem sie ihren Sohn schlagen könnte. Als sie nichts fand, brach sie in Tränen aus und wurde kurz darauf zu Bett gebracht, um Martin zu gebären, der von Anfang an ein Zuckerbaby war, mit Pfirsichwangen, feuchtgoldenen Haarlocken und einer Neigung, bei jeglicher Gelegenheit zu heulen.

Geraume Zeit vor der Ankunft Bruder Martins war Vater Barr wieder aus Asheville aufgetaucht, mit dem Befund, daß er nie Tbc gehabt habe und alles ein Irrtum der nichtsnutzigen Mediziner gewesen sei. Emma war wütend über diese Beeinträchtigung ihrer superdiagnostischen Talente, und ihr verletztes Selbstgefühl besänftigte sich erst, als James Barr ihr einen Nervenzusammenbruch als Linderungsmittel für den Reinfall mit der Tuberkulose präsentierte. James Barrs Nervenzusammenbruch fand ungefähr zu der Zeit statt, als Martin Barr geboren wurde, hiermit die Überzeugung seiner Frau bestätigend, daß Männer bestenfalls labil seien.

Die Gelegenheit des Nervenzusammenbruchs gestattete Emma Barr, sich in Form töchterlicher Erpressung ihrer eigenen Familie zuzuwenden und ihren Vater, einen ziemlich dummen, aber tüchtigen Eisenwarenhändler, zu überreden, eine Hypothek auf sein Häuschen in dem Küstenstädtchen aufzunehmen, in dem er gelebt hatte, seit seine Frau am Herzschlag gestorben war. Emma war damals wütend auf ihren Vater. Denn Vater Edmund Davis hatte sich mit einer superoxydblonden Witwe unsicherer Moral zusammengetan, und Emma war der Meinung, das sei eine Beleidigung der kleinen Ansammlung von Medizinfläschchen, die im Badezimmer noch immer an ihre Mutter erinnerte.

Wenn sie in Bedrängnis war, erwies sich Emma Barr als eine überwältigende Frau, und so feierte sie Martins Geburt mit einer ausgewachsenen Rauschgiftsucht, einer verfallenen Hypothek auf das Haus ihres Vaters, völliger Verarmung seitens ihres mit den Nerven zusammengebrochenen Mannes, einem neuen Verputz des großen Bungalows auf dem Lande, einer internationalen Depression, der Pleite aller ansässigen Banken und der Beschuldigung, an der Veruntreuung der von ihr gesammelten Krankenhausgelder, für die andere Säulen der Gesellschaft der Stadt ins Gefängnis mußten, mitschuldig zu sein.

Das war das Jahr, in dem Alec Barr mit dem besten Zeugnis seiner Klasse graduierte und durch Test als Besitzer des höchsten Intelligenzquotienten im Bundesstaat ausgewiesen wurde. Es war das Jahr 1929.

34

Jedesmal, wenn Alec Barr bei Brioni in Rom oder bei Caruso in New York erschien, um sich einen Packen neuer Anzüge auszuwählen; jedesmal, wenn er sich klarmachte, daß ein Auftrag auf Seidenhemden oder Maßschuhe ohne weitere Fragen auf Grund seiner ständig registrierten Maße ausgeführt würde; jedesmal, wenn er von einem Chefkellner in New York, Nairobi oder London mit überschwenglicher Höflichkeit begrüßt wurde; jedesmal, wenn er weniger als die Hälfte seines Steaks aß oder von der Direktion der verschiedenen teuren Restaurants, in denen er, abgesehen von der Schreiberei selbst, den größten Teil seiner Geschäfte erledigte, einen Likör nach dem Dinner kredenzt bekam, dachte Alec Barr ans College. Er dachte ans College, wie man sich eines schlechten Traums erinnert, den man sich aus dem Kopf zu schlagen hofft.

Die meisten alten Graduierten erinnern sich in trunken-sentimentalem Zustand der Tage auf der Universität gern als der guten alten Tage, der feinen, glorreichen Tage der Verbindungsbälle und kühlen, goldenen Herbstnachmittage auf dem Fußballplatz; an williges, duftendes weibliches Fleisch auf Autorücksitzen oder unter Decken im Stadion oder auf Diwanen, zärtlich bebend zur Musik von Hal Kemps Schallplatten und dem Jasminduft der Frühlingsnächte. Die vom Glotzen auf Kulturen und vom Lesen juristischer Kommentare scharfzügig und kurzsichtig gewordenen Büffler mögen voller Ergötzen der triumphalen Überreichung des Phi-Beta-Kappa-Schlüssels, der Auszeichnung *summa cum laude*, des triumphierenden Erwachens von Kenntnissen in den Laboratorien, der speziellen Gunst eines bestimmten Professors in einem bestimmten Hörsaal gedenken. Dem nun fett gewordenen und Versicherungspolicen verkaufenden Athleten dröhnen vielleicht noch die Ohren vom Brüllen einer herbstlichen Menge, vom rollenden Donner eines Stadions. Das Gedächtnis zerrt den rasanten Angriff in die Gegenwart zurück, der den Weg zum lebenswichtigen Wurf hinters Mal frei machte, oder das wunderbare dumpfe Fanggeräusch eines langen Zuspiels über die Schulter mit nichts vor sich als den Kreidelinien des Tors. Der Athlet wird sich an die große Blockzahl auf dem dicken Sweater, den goldenen Fußball für die Uhrkette, die lärmenden Schmeicheleien der betrunkenen Alten Herren im Verbindungshaus nach dem Großen Spiel – oder vielleicht an die weniger überschwengliche, dafür aber ehrlicher demonstrierte Bewunderung der Mädchen erinnern, der hübschen Mädchen in ihren plissierten Röcken und kurvigen Sweatern, mit glatten braunen Beinen, die über Sattelschuhen und dicken weißen Bobbysocken schimmern. Der Athlet mag sich auch in gelegentlicher, beißend-ehrlicher Selbsterkenntnis daran erinnern, daß er gewisse ungesetzliche Gelder für rein akademische Aufgaben im Schokoladeladen des Dormitoriums oder in der Schneiderei des Campus bezogen hat und daß er auf Gedeih und Verderb von seiner Verbindung abhing. Er mag sich erinnern, daß ein von einem reichen Alten Herrn gewährtes Stipendium sein Studium bezahlte, während ein anderer Alter Herr die Rechnung für Zimmer und Verpflegung honorierte. Aber er wird nie vergessen, wie sich die Mädchen in ihren Ballkleidern anfühlten, wie ihre weißen Schultern und Brüste sich weich an das gestärkte Hemd und das Tuch des Smokings schmiegten, selbst wenn das gestärkte Hemd und der Smoking gratis vom College Shop geliefert worden waren. Den Triumph auf dem Sportplatz lieferte der Athlet sich selbst; Sex auf dem Campus nach Beendigung des Trainings war etwas, was kein Alter Herr dem Helden kaufen konnte.

Der Große Mann auf dem Campus, jetzt als junger Abgeordneter in der Bundesstaatslegislative tätig nach zwei- oder dreimaliger vergeblicher Bemühung um einen Sitz im Kongreß, mag sein durch eine dürftige Anwaltspraxis und eine nörgelnde, überlastete Frau mitgenommenes Selbstbewußtsein vorm Einschlafen mit Hilfe der Erinnerung lindern, daß er einmal Herausgeber des Jahrbuchs, einmal gewählter Präsident der Studentenschaft, Autor der Kolumne über Weltpolitik in der Collegezeitung und „Mann mit den größten Erfolgsaussichten“ gewesen war, damals in seinem letzten Semester, als sein Bild samt einer stattlichen statistischen Aufstellung seiner Leistungen im Jahrbuch erschien.

Alec Barr besaß keine solchen lindernden Erinnerungen. Jedesmal, wenn er ans College dachte, zuckte er zusammen und schob den Gedanken schnell wieder von sich. Das College war für Alec Barr heute etwas Undeutlich-Verschwommenes, Gott sei Dank vorbei und am besten vergessen. Als er zur Schule abfuhr, befand sich die Depression auf dem tiefsten Punkt; als er das College beendete, war die Depression immer noch schmutzig offenbar.

Von Zuhause bekam er keinen Cent. Sein Vater, der sich mehr oder weniger von der angeblichen Tuberkulose und dem tatsächlichen Nervenzusammenbruch erholt hatte, versuchte, Versicherungspolicen zu verkaufen, und kein Mensch kaufte Versicherungspolicen. Die Lehrerinnen im oberen Stock waren durch Krankenschwestern ersetzt worden. Das Haus, trotz der verfallenen Hypothek nach wie vor von den Barrs bewohnt – nach den Bankzusammenbrüchen hatte niemand Geld, Hypotheken aufzukaufen –, war in eine Privatklinik verwandelt worden. Wenigstens stand im Vorhof ein großes Schild mit der Aufschrift „Genesungsheim", obgleich nur wenige Patienten es sich in jenen Tagen leisten konnten, außerhalb ihres eigenen Hauses krank zu sein, und die Klienten, die zur Ausnüchterung eines Rauschs oder zur Nachkur nach einer Operation auf den Hügel kamen, spärlich gesät waren.

Alec fuhr selten nach Hause und brachte nie Klassenkameraden mit. Die Erinnerung an die Lehrerinnen quälte ihn, und er fragte sich, ob die Krankenschwestern ihren Patienten nicht etwa besondere Pflege und besonderen Trost zukommen ließen. Einmal war er in den Weihnachtsferien nach Hause gekommen und über das ordinäre Schild erbleicht, das da im Vorderhof aufgepflanzt war und den Boden entweihte, auf dem er Baseball gespielt hatte.

Er hatte in dem Sommer, bevor er zur Universität ging, auf einem Parkplatz gearbeitet, und es war ihm gelungen, fast seinen ganzen Lohn für drei Monate zu sparen. Der Lohn war zehn Dollar die Woche gewesen, so daß Alec Barr fast hundert Dollar in der Tasche hatte, als er sich im Dekanat vorstellte und von da an das Büro des Darlehensfonds für Studenten gewiesen wurde. Er konnte noch kein Stipendium beantragen, aber mit den Hundert würde er seine Bücher kaufen und die Immatrikulationsgebühren bezahlen können, und um Essen und Unterkunft würde er sich später Sorgen machen. Später arbeitete er im Sommer – einmal als Rettungsschwimmer, in einem anderen Sommer auf dem Parkplatz, in wieder einem als Sodawasserverkäufer in einem Drugstore. Das bißchen Geld, das er ansammelte, gestattete ihm, sich wieder in die Schule zu quetschen, jetzt mit Stipendien zur Unterstützung und zeitweiligen Jobs in Campusnähe, um sich einigermaßen ernähren und kleiden zu können.

Er hatte fast kein Geld; seine Hände waren runzlig und fettig vom Geschirrwaschen in der Mensa, und sein Stolz bekam jedesmal einen Stoß, wenn er wieder ein Darlehen vom Fonds beantragen mußte. Wohl war er von einer Verbindung aufgenommen worden, aber er zahlte seinen Beitrag, indem er die Bücher der Verbindung führte, und er zahlte für sein Essen im Verbindungshaus, indem er seine Brüder vom geheimen Handschlag und der geheiligten Nadel bei Tisch bediente. Seine Kleidung war mehr als dürftig; sein einziger guter Anzug glänzte vor Abgetragenheit, die Sweater waren abgenutzt und an den Ellbogen mit Lederflecken versehen, die Schuhe so oft gesohlt, daß das Oberleder rissig wurde und in die Binsen zu gehen drohte.

Er hatte sich weder die großen Tanzwochenenden leisten noch sich ein Mädchen zu den großen Hauspartys einladen können. Er hatte mehr Zigaretten zusammengeschnorrt, als er sich ins Gedächtnis zurückrufen wollte, auch jetzt noch, und er zuckte wieder zusammen, wenn er an die Unehrlichkeit dachte, die einen freundlichen Sodawasserverkäufer bewog, ihn aus dem Drugstore entwischen zu lassen, ohne seinen Milkshake oder sein Päckchen Zigaretten bezahlt zu haben. Einmal hatte er dringend einen Wecker gebraucht, und da er vollkommen abgebrannt war, hatte er ihn aus demselben Drugstore gestohlen.

Alec Barr war kein großer Mann auf dem Campus. Nicht mal ein kleiner Mann auf dem Campus war er. Er war ein Niemand auf dem Campus. Er war im allgemeinen zu sehr damit beschäftigt, sich die nackten Lebensnotwendigkeiten zu erschnorren, als daß er sich um irgendeine Tätigkeit auf dem Campus hätte kümmern können. Als weniger als mittelmäßiger Athlet in einer Schule, die ihr festes Fleisch und ihre Muskeln aus den Bergwerken von Pennsylvanien importierte, war er kein Anwärter auf irgendwelche athletischen Ehren. Soweit er wußte, besaß er auch keine Begabung für die hochgeistigeren Bezirke des Campuslebens und arbeitete bei keiner der Publikationen mit. Seine dürftigen Geldmittel hielten ihn aus dem Pokerspiel für Zehncentseinsätze heraus, ebenso aus den Sonnabendabend-Sauftouren und den Abstechern in die Hurenhäuser des nahe gelegenen Durham. Kino kostete Geld und Sodalimonade auch; Alec Barr verabredete sich selten mit Mädchen, weil es außerordentlich wenig Mädchen auf dem Campus gab.

Also studierte Alec Barr hauptsächlich, weil ihm das Spiel verweigert wurde. Mondlicht war ihm nicht wichtig, denn wenn es lieblich auf den Garten herunterschien, lag er nie mit einem Mädchen unter den Büschen. Dafür saß er höchstwahrscheinlich in der Campusbibliothek, weil es in der Stadt keinen anderen interessanten Ort gab, der gratis und franko zugänglich war. Er hielt sich nicht für einen Bücherwurm, eher für einen Kriegsgefangenen. Eines Tages würde der Krieg aus sein, und dann wäre er frei. In der Zwischenzeit mußte man den alten, täglichen Trott weitergehen, denn selbst als junger Mann hatte Alec Barr festgestellt, daß Hosen keine Rolle spielten, wenn man welche hatte, aber sehr, sehr wichtig waren, wenn man keine hatte. Dies, war er überzeugt, traf auch auf die Collegeausbildung zu, denn im kommerziell bestimmten Leben der Zukunft würde der Mann ohne akademischen Grad ohne Hosen in den Hallen der Wirtschaft stehen.

Also las er alles, was er finden konnte, wurde immer lesehungriger, je mehr er sich die Riesenhaufen von Büchern in der Collegebibliothek ansah. Manchmal wurde er von einem Gefühl ungeheurer Nutzlosigkeit befallen, wußte, daß es ihm nie gelingen würde, diese angesammelte Kenntnis, die der Mensch seinem Hirn abgequält und zu Papier gebracht hatte, in sich aufzunehmen. Aber verbissen machte er sich daran, wenigstens eine Kerbe tief einzudringen, und rückte so, schäbig und meist unglücklich, wenn er nicht gerade las oder studierte, ins Frühjahrssemester seines letzten Jahres vor.

Doch in diesem Frühjahrssemester, einem lärmenden März, der einem linden, südlichen April und einem süß duftenden, sich mit blühenden Blumen und Vogelgesang manifestierenden Mai wich, in diesem Frühjahrssemester fielen Alec Barrs Zwischenzeugnisse alarmierend ab.

Ihr Name war Fran.

35

Damals, in seinem einundzwanzigsten Jahr, wurde Alec Barr von einigen seiner Kommilitoninnen als gut aussehend, ja sogar als „reizend" angesehen. Sein Gesicht hatte sich geformt, war erwachsen geworden; tatsächlich hatte es etwas von einem Pferd, aber die Mädchen behaupteten, er sehe mit seinem aschblonden Haar und seinen hageren, beherrschten Zügen wie Leslie Howard aus. Es lag ein gewisser lässiger Stil in der Art, wie er seine schäbigen Kordhosen und abgewetzten Sweater trug; er sprach leise und präzise, beinahe elegant, und das in einem Land, in dem die Stenografie als vokale Ausdrucksweise praktiziert wird und jedes dritte Wort „wissen Sie" oder „wie heißt er gleich" ist. Er war groß, kam beinahe an einsachtzig heran, und schüchtern, wenn es galt, in der Klasse seine Kenntnisse zu demonstrieren. Seine Belesenheit war schon ein Witz auf dem Campus geworden, selbst unter den Professoren, besonders unter den wenigen, die ihn in Kenntnis seines Hungers nach Gesellschaft gelegentlich in ihr Heim zu Kaffee und Kuchen oder, wichtiger, zu einer anständigen Mahlzeit einluden. Bei besonders kitzligen Fragen in Volkswirtschaft oder Philosophie kam es vor, daß der Professor ein Drittel der Klasse fragte, um dann überdrüssig die Schultern zu zucken und zu sagen:

„Ich schätze, wir werden wieder mal Mr. Barr fragen müssen. Würden Sie so liebenswürdig sein, *Mister* Barr?"

Alec stand dann auf und gab die erforderliche kurze Erklärung, worauf der Professor sich ernst verbeugte und sagte: „Danke, Mister Barr." Dann, zur Klasse gewandt: „Sehen Sie, es ist doch nicht unmöglich!" Eines Tages, nach einer besonders präzisen Interpretierung eines Zitats von Kant oder Hegel, war der Professor zur Tür gegangen.

„Mister Barr", sagte er, „wird die Klasse für den Rest des Tages unterrichten. Ich habe Frühlingsfieber, und zudem fühle ich mich plötzlich von Ehrfurcht ergriffen, daß unser Staat es fertiggebracht hat, einen Studenten hervorzubringen, der potentiell imstande ist, zu verstehen, was man ihm zu lesen gibt."

Alec hatte nicht den Fehler begangen, den Professor ernst zu nehmen. Schnell sagte er: „Da ich ebenfalls Frühlingsfieber habe, erkläre ich diese Sitzung auf morgen vertagt." Rasch folgte er dem Professor durch die Tür und schlenderte gemütlich den Kiesweg unter den uralten Eichen hinunter, als eine Mädchenstimme rief: „He, Professor, warten Sie auf mich."

Sie war ein kleines, zurückhaltendes Mädchen mit indianisch-schwarzem Haar und schwarzen Augen. Sie trug einen gelben Kaschmirsweater und einen genoppten grünen Wollrock. Ihre Beine waren nackt und braun über den unvermeidlichen Sattelschuhen und kurzen wollenen Sportsöckchen. Alec hatte sie natürlich schon öfter gesehen, aber heute war sie zum erstenmal in einer seiner Klassen aufgetaucht. Er wußte – jeder wußte alles über jeden auf dieser kleinen Universität –, daß sie in der Pi-Phi-Verbindung und in den ersten Semestern war, daß sie aktiv an der Arbeit des dramatischen Klubs des Colleges teilnahm und Zeitungswissenschaft belegt hatte.

Ihren kühlen braunen indianischen Teint belebten gesunde rote Flekken auf den vorstehenden Backenknochen, ihr Mund war durch Lippenstift noch heller getönt. Die Backenknochen reichten zu hoch in ihr Gesicht hinauf und gaben den blanken schwarzen Augen ein seltsam babyhaft schmollendes Aussehen.

„Hallo", sagte Alec Barr. „Wie kommen Sie in Van Gelders Vorlesung? Ich dachte, sie wollten Schauspielerin werden, auf der anderen Seite des Campus."

„Wenn ich jetzt smart wäre, könnte ich antworten, weil ich Sie kennenlernen wollte", sagte das Mädchen. „Aber da ich nicht smart bin, muß ich gestehen, daß mein Dekan sagte, es wäre keine schlechte Idee, dann und wann mal zu Van Gelder zu gehen und herauszufinden, wie die Intellektuellen leben. Aus demselben Grund hat er mich auch zu Merriwether in Antike Geschichte und Maxwell in Archäologie geschickt, und dabei krieg' ich nicht mal ein Zeugnis darüber. Ich kenne Ihren Namen; ich heiße Fran – Fran Mayfield. Hätten Sie Lust, uns eine Tasse Kaffee bei Greek zu spendieren? Wir haben volle dreiviertel Stunden bis zur nächsten Vorlesung totzuschlagen."

Alec wurde rot, steckte beide Hände in die Taschen.

„Verdammt, würd' ich zu gerne", sagte er. „Aber ich hab' heute morgen eine andere Hose angezogen und vergessen, das Geld aus den Taschen mit rüberzunehmen. Eine schlechte Gewohnheit von mir."

„Dann darf ich Sie vielleicht zu einer Tasse Kaffee einladen?" sagte sie lächelnd, ihre starken weißen Zähne zwischen den hellroten Lippen entblößend. „Das ist einer der wenigen Vorteile, die Mädchen haben. Sie müssen immer eine Tasche mit sich rumtragen, in der alles drin ist, was sie so die ganze Zeit über brauchen."

„Ich sag' nur unter der Bedingung ja, daß ich Sie heute abend ins Kino mitnehmen darf", erwiderte Alec. „Es gibt eine Reprise mit der alten Jean Harlow. Schon gesehen?"

„Nein, hab' ich nicht, und ich würde sie gerne sehen", antwortete das Mädchen. „Kommen Sie. Ich hab' heute morgen verschlafen und kein Frühstück gehabt. Ich glaube, ich könnte auch einen gefüllten Pfannkuchen vertragen."

Sie saßen in einer Eckkoje bei Greek und tranken Kaffee, und Alec zerbrach sich den Kopf, wo er den Dollar für zwei Kinokarten plus etwas Kleingeld für einen Milkshake am Schluß hernehmen sollte. Spielt keine Rolle, sagte er sich, ich werd' einen auftreiben, und wenn ich jemand umbringen müßte.

„Wo kommen Sie her?" fragte er.

„Von da oben, wo's Indianer gibt", erwiderte sie. „Waynesville. Ich bin eine Art Mischling. Nicht ganz eigentlich. Vielleicht ein Viertel Irokesin. Meine Großmutter war eine vollblütige Indianerin. Ich könnte sogar sagen, daß sie eine Art Prinzessin war, und es gab einen Mordsstunk im Stamm, als sie mit meinem weißen Großvater davonlief. Man hielt das für einen Rückschritt, gesellschaftlich, und möglicherweise stimmte es auch. Und Sie?"

„Südkarolina. An der Grenze. Kingtown. Dürftiges Städtchen mit einer Papierfabrik, von Millionären und Wachteln umgeben. Nach 'ner Weile gewöhnt man sich an den Gestank der Papierfabrik ... die Millionäre hab' ich noch nicht gerochen."

„Den Geruch kenn' ich. Wir hatten eine Fabrik außerhalb Waynesvilles. Wir hatten auch 'ne Menge Millionäre in der Gegend, aber die Sache hatte einen Haken: Die meisten hatten Tbc. Sie kommen wegen des Klimas."

„Ich weiß. Mein Alter Herr war eine Zeitlang in Asheville", entgegnete der Junge. „Schließlich stellte sich's raus, daß es gar nicht so ernst war. Oder wahrscheinlicher: Das Geld ging ihm aus."

Sie saßen dann schweigend da, und Alec dankte Gott, daß er ein Päckchen Zigaretten bei sich hatte. Die verlegene Gesprächspause wurde mit dem Anzünden von Zigaretten, Rauchen und einer zweiten Tasse Kaffee ausgefüllt.

„Wissen Sie", sagte das Mädchen nach einer Weile, „Sie müssen eigentlich schrecklich smart sein. Aber Sie sehen nicht wie der Prototyp des smarten Jungen an der Uni aus – Sie wissen, was ich meine, die mit Pomade im Haar und Hornbrille. Sie sehen aus wie – ach, ich weiß nicht –, wie ein netter, freundlicher *junger* Professor. Wollen Sie später mal lehren?"

„Großer Gott, nein!" sagte Alec. „Ich ertrag' den Gedanken nicht, in einer Hinterwäldlerschule anfangen und mich die nächsten zehn Jahre an einer Sommerschule schinden zu müssen, bis ich den Magister kriege und dann hoffen darf, daß sie einen anstellen, statt Professoren auf die Straße zu setzen. Ich brauch' was Schnelleres und mit mehr Zukunft – irgendwas, was meine Augen beim Heftekorrigieren nicht überanstrengt. Wenn ich bloß wüßte, *was*?"

„Wie wär's mit Jura? Ich wette, Sie würden einen großartigen Anwalt abgeben."

„Das erfordert Zeit und Geld, und Geld hab' ich keins. Es ist mir gerade mal gelungen, für die letzten vier Jahre das Geld zusammenzukratzen, und wenn ich in diesem Sommer fertig bin, muß ich mir einen Job suchen – einen echten Job, einen Job, der Geld einbringt, und wenn ich irgendwo die Spitzhacke schwingen müßte. Ich hab's satt, mit der einen Hälfte meines Hirns zu studieren und mit der anderen meinen Lebensunterhalt zu verdienen. Und in 'ner Universitätsstadt ist es nur ein halber Lebensunterhalt."

„Sie werden schon was finden", meinte das Mädchen. Dann sah sie auf ihre Armbanduhr. „Oje, ich muß mich beeilen. Ich hab' um elf Vorlesung. Zeitungswissenschaft, Seminar vier. Wo gehen Sie hin?"

„Nirgends, vielleicht zum Haus zurück. Ich hab' was um zwölf – lachen Sie nicht: Musiktheorie. Kann man wunderbar dabei schlafen, und es gibt keine Examen. Ich hab' letztes Jahr mein Soll quasi doppelt erfüllt und hab' mehr gute Noten, als ich brauche, so daß ich mich in diesem Frühjahr sozusagen auf die faule Haut legen kann."

„Na, dann", sagte das Mädchen Fran mit entwaffnender Ehrlichkeit, „dann seh' ich nicht ein, weshalb Sie nicht ein bißchen einfache Zeitungswissenschaft mitnehmen können, um Ihr Studium abzurunden. Wir könnten uns zu einem Kaffee treffen –", ihre lebhafte Gesichtsfarbe vertiefte sich, „– wir könnten uns zu einem Kaffee treffen und uns während der Pause unterhalten, und dann könnten Sie mich zum zeitungswissenschaftlichen Seminar begleiten, und ich wette, Sie werden den alten Prof Henry lieben. Er redet jeden mit Vornamen an und flucht ungeniert in der Klasse."

„Nichts dagegen einzuwenden", sagte Alec Barr. „Nur eins, Fran: Ich muß ganz offen sein. Es wird bei Greek gelegentlich morgens wieder vorkommen, daß Sie für den Kaffee bezahlen müssen. *So* pleite bin ich."

„Ich weiß, daß Sie pleite sind. Ich sah, wie Sie rot wurden, und hörte Sie lügen, als sie die Hände in die Taschen steckten. Wo wollen Sie eigentlich das Geld fürs Kino heute abend hernehmen?"

„Ich hab' einen Geheimschatz für Notfälle", erwiderte Alec lächelnd. „Keine Sorge. Ich werd' mit gekämmtem Haar, Krawatte, Geld und in meinem einzigen anständigen Anzug erscheinen."

„Nun", meinte Fran, „wenn es Ihren einzigen anständigen Anzug nicht zu sehr strapaziert – wir haben am Freitag im Pi-Phi-Haus einen Tanztee, und ich hab' noch niemand eingeladen. Darf ich Sie also jetzt als meinen Partner dazu einladen?"

„Mit dem größten Vergnügen", sagte Alec. „Ich bin nie viel raus- und rumgekommen, weil –" Er zuckte die Schultern. „Sie wissen ja."

„Ich weiß", sagte Fran Mayfield und nahm offen seine Hand, als sie durch den Campus zum Zeitungswissenschaftlichen Institut gingen. „Ich weiß. Und es ist mir völlig Wurscht. Kommen Sie, ich stell' Sie dem alten Prof vor. Wenn Sie ihn besser kennen, nennen Sie ihn Skipper, aber nicht, bevor er Sie ein paarmal beschimpft hat."

„Sagen Sie mir eins", sagte Alec Barr, als sie die breite flechtengraue Steintreppe zum Institut hinaufschritten. „Ganz offensichtlich wissen Sie, daß ich ein Niemand bin und nur noch ein paar Monate auf der Uni sein werde, während Sie noch ein ganzes Jahr hierbleiben. Woher kommt dieses plötzliche Interesse an mir?"

„Meine frauliche Intuition sagt mir, daß Sie eine Zukunft haben", antwortete Fran Mayfield. „Und man kann nie wissen, ob ich nicht die Absicht habe, an dieser Zukunft teilzunehmen."

In diesem Zusammenhang darf angemerkt werden, daß Alec damals mit seinen einundzwanzig Jahren noch unberührt, des Umgangs mit jungen Frauen, guten oder schlechten, ungewohnt war. Zum zweitenmal an jenem Morgen wurde er rot.

36

Professor Henry, von den Leuten, die ihm sympathisch genug waren, um sie zu beschimpfen, Skipper genannt, sah wie eine wohlwollende alte Schildkröte aus, einschließlich des Kneifers. Seine Augen versteckten sich hinter Gläsern, die gefährlich am Ende einer Hakennase balancierten. Der Geruch nach selbstgebranntem Whisky haftete ihm an, denn Skipper Henry war der Überzeugung, daß die beste Methode, Rachen und Mundhöhle eines Mannes am Morgen klarzukriegen, ein anständiger Schuß Whisky sei; außerdem war er der Überzeugung, daß das Mittagessen eines Mannes nach zwei oder drei anständigen Schüssen Whisky besser schmeckte und daß ein Mann abends in einem Lehnsessel bei drei oder vier oder fünf anständigen Schüssen Whisky am besten denken könne.

Skipper Henry war ungefähr in den Sechzigern, war die meiste Zeit seines Lebens Zeitungsmann gewesen, hatte mit vierzehn Jahren als Setzerjunge angefangen. Er hatte nie seine große Zeit gehabt, war nie in die glänzenden Magazine gelangt, hatte nie über New York oder Washington oder Chikago berichtet. Er hatte nie ein Buch geschrieben. Aber als praktizierender Zeitungsmann hatte er die Zeit gefunden, genügend Zeugnisse für einen akademischen Grad zu sammeln, meist in Abendschulen und durch Fernkurse erworben, und außerdem hatte er die Zeit gefunden, in Raleigh und Norfolk und Greensboro und Charlotte eine Reihe politischer Leichen auszugraben, was ihn zum Totenbeschauer für politische Leichen in zwei Bundesstaaten gemacht hatte – Leichen, deren Gestank gelegentlich bis weit nach Norden, bis Washington, gedrungen war.

Er war zur Universität gekommen, weil ihm das Klima behagte, weil er nicht mehr schwer arbeiten wollte und die Universität der Urquell des politischen Lebens in diesem Landesteil des Südens war. Raleigh hatte das State House, den Regierungssitz; Greensboro hatte die Tabakmillionen; Charlotte hatte die Textilien; Wilmington hatte die Kultur, aber Chapel Hill bog und lenkte den politischen Muskel. Chapel Hill besaß Tradition, seine Alten Herren saßen in der Legislative, wurden Gouverneure und Senatoren und beeinflußten die geheimen Parteiausschüsse, die die Gouverneure und Senatoren nominierten, die ihrerseits wieder Gesetze machten, die Textilbarone und Tabakmillionäre hervorbrachten.

Der Skipper schrieb nach wie vor eine Kolumne, die in einem halben Dutzend einflußreicher Blätter, Tageszeitungen innerhalb des Staats, und unzähligen Halbwochen- und Wochenblättern erschien. Sie nannte sich „Grütze und Kaldaunen", und die hinterwäldlerische Einfachheit dieses Titels täuschte. Seine Artikel behandelten nicht wirklich die Innereien von Schweinen oder ein Gericht namens Maisbrei; sie deuteten mit aufklärendem Finger auf verschiedene dunkle Schränke, sprachen in Parabeln, die im State House genauestens studiert wurden, und wählten oder ruinierten von Zeit zu Zeit einen Politiker. Nach Whisky riechend, zerknittert, mit schildkrötenähnlichem Gesicht saß er als ordentlicher Professor im Zeitungswissenschaftlichen Institut, und jedesmal, wenn er mit zwei Fingern ein paar Tasten auf seiner alten, abgeklapperten Schreibmaschine für „Grütze und Kaldaunen" tippte, ging ein seismisches Zittern durch den Staat, und gelegentlich begrub auch ein Erdbeben einen dunklen Plan in den legislativen Hintergäßchen Washingtons.

Er war tatsächlich ein engagierter Mann, mit einem Lachen, das wie das Knirschen einer Baumsäge klang. Ein dicker, schlampiger alter Buddha, mit Asche besprenkelt, mit Eierflecken besät, mit schiefgebundener Krawatte, strähnigem Haar und Leberflecken. Er war ein delphisches Orakel, bei dem sich die Politiker für den Wahlkampf Rat holten, vor dem Lobbyisten Kotau machten und mit dessen Diensten als Ausbilder und Vermittler junger Nachwuchstalente die Herausgeber großer und kleiner Zeitungen allmählich rechneten. Jedes Jahr, wenn die Abschlußexamen stattfanden, wandten sich die Redakteure an Professor Henry mit der Bitte, ihnen die erste Wahl unter seinen Talenten zu lassen.

„Skip", sagte Fran Mayfield, „hier ist ein neuer Freund von mir. Seit heute. Er hat eine Stunde in diesem Semester totzuschlagen und möchte gern an unserem Seminar teilnehmen."

„Warum? Er sieht wie ein gottverdammter Intellektueller aus", erwiderte Skipper Henry. „Warum will er seine Zeit bei mir vergeuden?" Er schwang die verschleierten, kalten Schildkrötenaugen zu Alec hinüber.

„Das Institut liegt so praktisch, wenn ich Fran in der Pause eine Tasse Kaffee spendieren will", sagte Alec. „Ich brauch' nicht so weit zu gehen. Verzeihung, Sir", plötzlich eingedenk seiner guten Erziehung, „ich wollte nicht unhöflich sein. Ich schätze, es rutschte mir nur so raus."

Skipper Henry warf den massigen Kopf zurück und lachte schallend. „Bei Gott und Jesus, ich komm' mir wie Diogenes vor! Endlich, nach all den Jahren, ein ehrlicher Mann! Sie sind aufgenommen", sagte er, plötzlich ernst werdend und Alec Barr neugierig-prüfend betrachtend. „Wollen Sie arbeiten oder bloß rumsitzen und auf Frannies Beine starren?"

„Gegen ein bißchen Arbeit hätt' ich nichts einzuwenden", entgegnete Alec. „Wenn's Ihnen nicht zuviel ausmacht. Und mir nicht die Aussicht auf Frannies Beine nimmt. Ich weiß nichts, außer was ich in den

Zeitungen gelesen habe. Oder in Büchern. Aber ich hab' ein ‚A' in englischer Literatur bei Professor Jamieson. Wenn das eine Empfehlung ist."

„Sie haben ein ‚A' von diesem alten Mooskopp? Ich kenne ihn seit vierzig Jahren, und soviel ich weiß, hat er nie mehr als ein ‚B' an jemand gegeben, einschließlich des gegenwärtigen Gouverneurs."

„Yessir", sagte Alec. „Es steht in meinen Papieren."

Skipper Henry sah Alec Barr noch aufmerksamer an.

„Was ist Ihr Hauptfach?"

„Volkswirtschaft, hauptsächlich."

„Was meinen Sie mit *hauptsächlich*?"

„Na ja, ich hab' was für die englische Sprache übrig. Also fing ich mit Englisch als Wahlfach an, aber ich hab' dann noch genügend Extrakurse belegt, so daß man eigentlich sagen kann, daß ich Englisch auch als Hauptfach hatte."

„*Hmmmmm.*" Der alte Professor zündete sich eine Zigarette an, steckte sie fast bis zur Hälfte in den Mund und spie eine ganze Wolke Tabakkrümel aus.

„Was haben Sie vor, wenn Sie im Juni Examen gemacht haben?"

„Ich weiß nicht, Sir", antwortete Alec. „Ich weiß es wirklich nicht."

„Es gibt nicht sehr viele Jobs hierherum, die frisch gekirnten Volkswirtschaftlern und jugendlichen Fachleuten in englischer Literatur nachgeschmissen werden", meinte Professor Henry. „Juristerei vielleicht?"

„Kein Geld, Sir. Chronisch pleite. Mit der Juristerei ist es wie mit der Medizin: Man kommt als Werkstudent nicht durch."

„Lehrfach?"

Alec lachte. „Zu langer Weg. Am Ende nicht genug Geld. Verzeihen Sie, Sir."

Skipper paffte nach oben, in der allgemeinen Richtung seiner Zigarette, dabei Asche und Funken sprühend.

„Will Ihnen was sagen", meinte er. „Wir kriegen hier nicht viele Talente – entschuldigen Sie, Fran, aber Sie sind hübsch genug, um sich nicht beleidigt zu fühlen –, wirklich, wir kriegen hier nicht viele begabte Leute. Die meisten Jungs belegen den Kurs, weil ich im Ruf stehe, ein ordinärer, fluchender alter Trottel zu sein, der dreckige Witze erzählt und keine Schlußexamen abhält. Aber einmal, gelegentlich, nach langer Zeit, kommt so ein Talent, und einmal, gelegentlich, nach langer Zeit – kann ich's riechen."

Er machte eine Pause, um die zerkaute Zigarette in Richtung eines altmodischen Spucknapfs zu spucken.

„Haben Sie mal ans Zeitungsgeschäft gedacht?" Die bebrillten Augen zogen sich zu Schlitzen zusammen.

„Eigentlich nicht. Nein, Sir."

„Sie sehen nämlich so aus. Vielleicht haben Sie auch das Gefühl dafür. Will Ihnen was sagen: Sie kennen doch die alte Bibelgeschichte von Abraham und Isaak?"
„Yessir. Ungefähr."
„Sie kennen den Abschnitt über Esau und das Erstgeburtsrecht und seinen Verkauf für ein Linsengericht?"
„Yessir. Ich glaube."
„Gut." Der alte Mann sah zur Tür. „Hier kommen die Gläubigen auf der Suche nach Wissen. Wic ist gleich Ihr Name?"
„Barr, Sir. Alec Barr."
„Machen Sie, daß Sie rauskommen, Alec Barr, und schreiben Sie mir zwei Texte. Schreiben Sie mir ein pittoreskes Geschichtchen über Abraham und Isaak und den brennenden Busch, auf heute, auf die Gegenwart, zugeschnitten – als wär's ein Krimi, der nicht ganz hinhaute, weil die Prediger darein verwickelt wurden. Und schreiben Sie mir was Trauriges, wenn Sie können, über Esau und das Erstgeburtsrecht. Schreiben Sie Maschine?"
„Nein, Sir. Hab' noch nie eine besessen."
„Dann fangen Sie lieber jetzt damit an. Sie können meine im Büro benutzen. Das Zweifingersystem ist so gut wie jedes andere. Schreiben Sie die ersten Sachen mit der Hand – ich werd' mich dies eine Mal schon durchwühlen –, aber kommen Sie morgen herein, und sehen Sie zu, ob sich's nicht besser auf der Maschine schreibt, wenn's zuerst auch etwas langsamer geht. Mir gefällt Ihr Bursche, Indianerin", sagte er zu Fran. „Freut mich, daß Sie ihn an Bord gebracht haben."
Alec Barr sah den unordentlichen alten Mann an, und ein plötzliches Frösteln durchrann ihn und gab ihm eine Gänsehaut. Plötzlich wußte er haargenau, was er über Abraham und Isaak, über Esau und das Erstgeburtsrecht schreiben würde. Er sah die Geschichten schon Form annehmen, moderne Geschichten, umgesetzt in die erschütternden Verhältnisse südstaatlichen Aberglaubens, in die Begriffe der Depression, die das Land heimsuchte.
„Ich danke Ihnen, Sir", sagte er. „Sie werden die Geschichten morgen bekommen."
Der alte Mann zwinkerte mit einem Augenlid.
„Versuchen Sie nicht, das Buch aller Bücher zu sehr zu verbessern", sagte er. „Die alten Juden kannten den Wert eines guten, deftigen Verbs, auch wenn sie mit den Tatsachen ein bißchen durcheinanderkamen. Wiedersehen morgen." Langsam schüttelte er den Kopf. „Alec Barr. Netter Name für einen Schriftsteller."

37

Es gab keinen wirklichen Grund für Skipper Henry, besonderes Interesse für Alec Barr zu zeigen, der im Zeitungswissenschaftlichen Institut nicht eingeschrieben, ja nicht einmal offiziell im Seminar angemeldet war. Aber der unordentliche alte Mann, gottlos und derb, schien an Alec etwas Besonderes zu finden, was die anderen Mitglieder seines Seminars nicht hatten. Professor Henry schickte seine Studenten auf regelrechte Einsätze hinaus, in die Polizeigerichte, zu Sportveranstaltungen und zu Spezialreportagen über Irrenhäuser und Gefängnisse. Er hielt keine Vorlesungen, wie Vorlesungen im allgemeinen gehalten wurden, sondern ließ sie Berichte über die verschiedenen Aufgaben schreiben, und dann wählte er den Freitag, um die Geschichten in Fetzen zu reißen, sie ziemlich oft grausam zu sezieren.

Gelegentlich wurde eine Arbeit, meist ein Feature, mit Lob bedacht, und nach einiger Zeit fanden Alec Barrs Bemühungen immer häufiger die Billigung des alten Mannes. Alec hatte schon mit seinem ersten Versuch, den biblischen Stoff neu zu fassen, Eindruck gemacht. Beim Thema Abraham – Isaak war er jugendlich-zynisch gewesen, wohingegen er Esau und sein Erstgeburtsrecht ziemlich tiefschürfend soziologisch angepackt hatte.

„Sie haben einen netten Stil", meinte Skipper Henry. „Das Schreiben geht Ihnen leicht von der Hand. Vielleicht haben Sie zuviel Phantasie für sachliche Berichte. Vielleicht sollten Sie ins Werbefach gehen oder Kurzgeschichten, ja sogar Bücher schreiben. Haben Sie mal versucht, was Belletristisches zu schreiben?"

„Ja. Einiges. Seminararbeiten sozusagen. Eine Art Parodie über *Sanctuary* zum Beispiel. Im ersten Semester, als Neunmalkluger, hab' ich eine Kurzgeschichte ‚Weihnachtsbesuch im Bordell' geschrieben."

„Waren Sie je in einem Bordell?"

„Nein. Kann ich mir nicht leisten."

„Haben Sie die Seminarthemen noch? Sonst noch was?"

„Yessir. Da war mal eine Geschichte, die ich über meinen Vetter Tom schrieb, der nach einem ziemlich wilden Leben als Seemann gerade geheiratet hatte. Damals hatte ich 'ne Menge von Somerset Maugham gelesen und hab' mich auf zynische Kleine-Jungs-Tour über den Adler, dem die Flügel beschnitten wurden, lustig gemacht. Und dann war da noch eins – eine Art Kurzgeschichte zu meinem eigenen Vergnügen. Über die Wirkungen eines Unfalls, der bei einem Mörder, einem Maler, einem Geiger und einem Chirurgen zum Verlust der Hände führte. Wahrscheinlich hab' ich die Grundidee dazu aus einer Geschichte von Peter B. Kyne in *Cosmopolitan* über vier Flüchtlinge geklaut, die zufällig dasselbe Ende fanden, das ihnen beschieden gewesen wäre, wenn sie in ihren eigenen Ländern vor Gericht gestellt worden wären. Der Mexikaner bekam einen Genickschuß, der Spanier wurde von einem bewaffneten Haufen erdrosselt, und dem Franzosen wurde in einem Aufzugschacht der Kopf abgetrennt."

„Bringen Sie sie mir", sagte Skipper Henry. „Und kommen Sie heut abend auf einen Drink zu mir, damit wir uns unterhalten können. Trinken Sie?"

„Nun ja, schon. Aber nicht viel. Ich kann mir das Zeug nicht leisten und möchte die anderen Jungs im Haus nicht anschnorren."

„Es ist eine hübsche Gewohnheit, mit der man gar nicht erst anfangen soll, wenn man die ernsthafte Absicht hat, Schriftsteller zu werden. Ein Zeitungsfritze kann's eine Weile aushalten, wenn er verzinkte Kaldaunen hat, aber ein seriöser Schriftsteller hat genug Sorgen, ohne den Kopf in Alkohol zu stecken. Kommen Sie auf jeden Fall. Ich geb' Ihnen was Selbstgebrautes. Haut dieses Drei-Komma-zwei-Spülwasser mühelos in die Pfanne."

„Vielen Dank", sagte Alec. „Bloß eins: Ich hatte mich eigentlich mit Fran verabredet. Aber ich kann's verschieben."

„Tun Sie's nicht. Bringen Sie sie mit. Sie gefällt mir. Bringen Sie sie mit, wenn Sie keine Angst vor meinem Urteil über Ihre Geschichten haben. Ich rede gerade heraus, sage, was ich denke, wenn ich literarische Arbeiten kritisiere. Einige Leute in dieser Branche müssen rausgeschmissen werden, bevor sie richtig drin sind. Sollten lieber Schuhe verkaufen."

38

Der alte Mann saß auf der Vorderveranda seines von Ulmen beschatteten, grauverblichenen Bungalows, ohne Schuhe, die Füße auf einen Stuhl gelegt, den massigen Körper in einen zerlumpten, braunen Ledersessel zurückgelehnt, dessen Kapokpolsterung an allen möglichen Stellen herausquoll. Der Kneifer war im Laufe der Zeit bis zur Spitze der Hakennase vorgerutscht. Neben sich hatte er einen Krug Maiswhisky und ein halbvolles Glas.

„In der Eiskiste ist Bier kalt gestellt", sagte er. „Das Niggermensch ist irgendwohin verschwunden, Fran, die Küche ist geradeaus hinten. Würden Sie sich und Alec ein paar einschenken?"

Fran Mayfield verschwand in die Küche. Der alte Mann steckte sich eine Zigarette in den Mund und sah Alec an. Er nahm seinen Kneifer ab und legte ihn auf den Tisch neben den Whisky. Dann nahm er einen großen Schluck aus seinem Glas, hustete und wischte sich den Mund mit dem Handrücken. Er wartete, bis Fran zurückkam, bevor er sprach. Sie reichte Alec ein Glas schäumendes, selbstgebrautes Bier, setzte sich auf die Treppe, zog den blauen Flanellrock herunter und klemmte ihn unter die Knie.

Skipper Henry wies auf den Haufen Papier auf dem Boden neben dem Sessel.

„Ich sag's geradeheraus", begann er. „Sie haben was. Sie haben zwar keine Wortdiarrhoe wie Tom Wolfe, aber Sie verfügen über genügend Worte. Sie haben was Besseres als Tom Wolfe. Sie haben natürliche Disziplin, einen Sinn für die Form. Das kann man nicht lernen. Damit wird man einfach geboren. Sie haben Phantasie, und Sie haben – Sie haben das *Gefühl* dafür."

Fran Mayfield sah Alec Barr an, und ihre schwarzen Augen leuchteten.

„Ich weiß nicht, was ich sagen soll, außer – danke", erwiderte Alec einfach. „Danke. Vielen Dank."

„Nichts zu danken. Man trifft nicht oft auf ein unerwartetes Talent, nicht öfter als auf einen Diamanten in einem Misthaufen. Mir ist es nur ein- oder zweimal im Leben passiert. Aber worauf es ankommt: Sie haben keine Ahnung vom berufsmäßigen Schreiben, und es gibt praktisch niemand, der gleich ganz oben anfängt. Sie können sich nicht einfach hinsetzen und sich Romanautor oder Kurzgeschichtenverfasser nennen, bevor Sie eine Weile gelebt, Erfahrungen gesammelt, unter Druck zu arbeiten und die Tricks und Abkürzungswege gelernt haben. Und der kürzeste Weg ist, sich in eine Zeitung einzuschmuggeln. Da können Sie essen, während Sie lernen; Sie haben Schuhe an den Füßen und einen Anzug auf dem Leib, während Sie Ihr Werkzeug schärfen."

Alec schwieg einen Augenblick.

„Wir haben 1933, Skipper", sagte er dann. „Ich glaube nicht, daß die Zeitungen heutzutage soviel Leute einstellen, wie sie entlassen. Besonders keine Greenhorns."

Der alte Mann nahm wieder einen Schluck und zog einen Briefumschlag aus der Jackettasche. Er entnahm dem Umschlag einen frischen gelblichen Scheck und wedelte damit vor Alecs Nase herum.

„Sie sind bereits im Journalistenberuf", sagte Skipper Henry. „Das hier ist ein Scheck über zwanzig Dollar. Sie erinnern sich an die Geschichte über die neuen Behandlungsmethoden im Irrenhaus, die mir so gefiel? Ich hab' sie einem alten Freund geschickt, der die Features im *Observer* redigiert. Er hat zwanzig Piepen dafür gezahlt. Da." Er reichte Alec den Scheck und sah, wie Fran Mayfield aufstand und ihm einen Kuß gab. Dann küßte Fran Mayfield Skipper Henry, und ihre Augen leuchteten durch einen Schleier von Tränen.

Alec Barr besah sich den Scheck, als wäre er eine Schlange. Er schüttelte den Kopf.

„Es kommt mir nicht geheuer vor, den Scheck anzunehmen", sagte er. „Das ist wirklich das einzige unerwartete Bargeld, das ich in den letzten vier Jahren gesehen habe."

„Zum Teufel, Sie schrieben die Geschichte, Sie verdienten das Geld", sagte der alte Mann. „Und jetzt hören Sie zu. Mein Freund beim *Observer* sagt, normalerweise würde er Sie als Volontär anstellen, aber sie hätten neue Sparmaßnahmen von oben aufgebrummt bekommen und entließen alte Mitarbeiter, und von der Lohn- und Gehaltsliste sei ein Abstrich von siebenunddreißig Prozent gemacht worden. Er sagt, wenn die Lage sich besserte, würde er Sie nehmen, aber es sieht nicht so aus, als ob sie sich bald bessern würde, trotz Roosevelts Amtsübernahme und der Abschaffung der Prohibition und dieses ganzen New-Deal-Quatschs, der die Pumpe wieder in Gang bringen soll. Aber ich glaub' nicht mal, daß ich Ihnen erlauben würde, einen Job in Raleigh anzunehmen, selbst wenn man Ihnen einen anböte. Man bleibt in Raleigh oder Durham oder Greensboro in einem dieser Wurstblätter stecken, und man lernt nicht viel, was einem später groß von Nutzen sein könnte. Und außerdem kann's sein, daß Sie heiraten und Kinder kriegen, und dann sind Sie gefangen, verdienen fünfunddreißig oder vierzig Dollar die Woche und haben Angst, was zu riskieren. Nichts tötet ein junges Talent schneller."

„Was schlagen Sie dann vor? Es sieht von Anfang an aussichtslos aus."

„Fran, holen Sie sich und dem Jungen noch ein Glas Bier", sagte Skipper Henry. Als sie hinausgegangen war, sagte er leise: „Sie ist ein verdammt nettes Mädchen und wird eine Frau werden, die nicht verblüht oder einem auf den Wecker fällt. Haben Sie ernste Absichten?"

„Jesus, vielleicht schon, wenn ich irgendwelche Zukunftsaussichten hätte", antwortete Alec. „Aber sie hat noch ein ganzes Jahr Uni vor sich, und ich weiß nicht mal, wie ich mich ernähren soll. Mit zwanzig Piepen kann man keine Familie gründen."

„'s hat schon welche gegeben, und sie haben's ihr Leben lang bereut. Jetzt hören Sie mich weiter an. Ich hab' Verbindungen zu fast jeder Zeitung in Nordkarolina und Virginia. Die meisten meiner Studenten sind ungefähr gut genug für diese Blätter. Aber mit Ihnen hab' ich was anderes vor. Es gibt einen beschissenen Job in einem beschissenen kleinen Eisenbahnknotenpunkt namens Center City im Piedmont in einem beschissenen ländlichen Wochenblättchen. Es wird von einem knickerigen, hinterhältigen Halunken namens Roy Ketchum gemacht.

Er wäscht sich nicht oft und wechselt das Hemd nur einmal die Woche, und man kann ihn auf eine Meile gegen den Wind riechen. Er würde seine Mutter erwürgen, um einen Dollar zu sparen. Er ist so unglaublich knickerig, daß er keinen Mitarbeiter länger als sechs Monate halten kann, und die Bezahlung würde nicht mal einen Nigger reizen, von einem Weißen ganz zu schweigen. Ich kann Ihnen vielleicht zwölf, vielleicht sogar fünfzehn Piepen die Woche verschaffen, aber nicht mehr. Das ist das Unterste *und* das Oberste."

„Sie sagten, Sie könnten *mir* zwölf oder fünfzehn Dollar die Woche verschaffen?" Alecs Stimme klang ungläubig.

„Ich sagte, *Ihnen*. Es ist ein so fürchterlicher Job, daß ich ihn keinem sonst wünschen würde, aber ich glaube, Sie könnten ihn so lange nehmen, wie er Ihnen nützlich ist. Sie werden die Nachrichten schreiben – alle –, die Geschichten – alle –, Sie werden den Anzeigenraum und wahrscheinlich auch die Abonnements verhökern müssen. Ketchum hat keinen Schimmer von Journalismus, er interessiert ihn auch nicht. Er wird Sie in Ruhe lassen, solange Sie das Blatt einmal wöchentlich rausbringen, die Anzeigenkunden nicht vor den Kopf stoßen oder Leitartikel schreiben, in denen Sie die Autobusleute auf Kosten der Seabord Railway rausstreichen. Aber Sie werden lernen. Es gibt keine bessere Allrounderfahrung als in einer Landwochenzeitung. Sie werden alles von der Pike auf lernen, Setzerei, Redaktion, Vertrieb und so weiter. Sie werden lernen, wie man über jeden Vorfall in einer Kleinstadt berichtet, und glauben Sie mir, Kamerad, in einer Kleinstadt gibt's genauso viele reife Storys wie in einer Großstadt. Sie werden Texte zu Bildern schreiben und werden mit Graveuren, Setzern und Stereotypieleuten arbeiten. Sie werden über Kirchenpicknicks und Morde, Vergewaltigungen und Lynchen, Raub und Hochzeiten schreiben. Aber Sie werden viel mehr erfahren, als Sie schreiben. Sie werden Abtreibungen vertuschen und Frühgeburten nach eiligen Hochzeiten nicht zur Kenntnis nehmen. Sie werden über Brände schreiben – Himmel, wahrscheinlich werden Sie auch Mitglied der freiwilligen Feuerwehr –, und Sie werden sogar in die Kirche gehen, und sei's auch nur, um zu sehen, wie giftig-fromm eine Bande scheinheiliger Halunken am Siebenten Tag sein kann, nachdem sie den Rest der Woche damit zugebracht hat, zu stehlen, zu huren, heimlich Whisky zu trinken und über ihre Nachbarn herzuziehen."

„Davon hab' ich zu Hause schon einiges erlebt", entgegnete Alec. „Aber nicht viel. Ich war die meiste Zeit mit einem Hund im Wald."

„Es gibt Kleinstädte *und* Kleinstädte", sagte Skipper Henry. „Wo Fran zum Beispiel herkommt, gibt's nicht so viel konzentrierte Schweinerei."

„Meist Kontertänzer, betrunkene Indianer und Sommerfrischler", sagte Fran lächelnd. „Einige meiner Verwandten geben ganz schön an, wenn sie für ein paar Tage von der Reservation verschwinden, um sich zu amüsieren. Unsere schlimmsten Vergehen sind, glaube ich, Schwarzbrennen von Schnaps und gelegentlich mit einer Kleinkaliberflinte aufeinander schießen.“

„Dieses Center City“, fuhr der alte Mann fort, „ist eine Art Klein-Sodom, eine Art Konzentrat kleinkalibrigen Übels. Es hat nicht viel aufzuweisen außer ein paar Pfirsichbäumen in den Sandhügeln und der durchfahrenden Eisenbahn, aber alles, von der Coca-Cola-Fabrik bis zur Eisenbahn, gehört ein oder zwei großen Gangstern, und wenn sie mit der Peitsche knallen, springt jeder. Sie wählen den Polizeichef, den Sheriff und die Abgeordneten. Sie setzen die Steuern fest und die Gebühren für die Elektrizität. Sie werden in Center City eine ganze Menge über menschliche Gemeinheit lernen, Sohn, und das ist in Ihrem Beruf nötig. Wenn Sie's nicht mehr aushalten, schmeißen Sie den Bettel hin und gehen in eine große Stadt. New York ist ein bißchen zu groß, um sich mit den Ellbogen durchzusetzen, aber Washington hat eine Menge Zeitungen. Außerdem gibt's da einen ganzen Haufen neuer Gesichter, eine neue Regierung, einen neuen Präsidenten und in Zusammenhang mit dieser New-Deal-Geschichte offenbar einen neuen Kodex gesellschaftlicher Wertmaßstäbe und Regeln, eine ganz neue Regierungsidee. Es wird eine mächtig interessante Stadt für jemand sein, der sich den letzten Schliff in der Arbeit aneignen will. Irgendwie wünschte ich, ich hätt's selbst so gemacht.“ Der alte Mann seufzte und goß sich einen neuen Drink ein. „Ich wünschte, ich hätte eine ganze Menge Dinge anders gemacht, als ich noch jung war.“

„Ich kann Ihnen gar nicht sagen, wie dankbar ich Ihnen für alles bin, was Sie für mich tun“, sagte Alec. „Aber mir kommt plötzlich der Gedanke, daß ländliche Wochenzeitungserfahrung nicht gerade die beste Empfehlung für einen Job bei einer großstädtischen Tageszeitung ist.“

„Es gibt Mittel“, sagte Skipper Henry, „Mittel und Wege. Verbindungen sind natürlich gut, aber in den Großstädten hab' ich so recht keine, und ein Kongreßmann taugt nichts als Empfehlung. Aber große Zeitungen haben Sklavenjobs, die's in kleineren meist nicht gibt – Copyboys, Volontäre, meist Collegegraduierte, die Kaffee holen und Coca-Cola und Kleister mixen und die Artikel von der Lokalredaktion in die Setzerei bringen. Wenn Sie bereit sind, sich zu tummeln, die Augen offen- und die Ohren sauberzuhalten, können Sie eine Menge lernen. Es wird immer jemand dasein, der genug Zeit hat, Ihnen einiges beizubringen. Und eines Tages –“

Er ließ die Stimme schleppen.

„Und eines Tages?“ fragten Fran und Alec gleichzeitig.

„Eines Tages wird jemand betrunken oder krank sein, oder eine große Geschichte steht an, wenn in der Redaktion gerade niemand frei ist, und Sie werden sie wahrnehmen und drüber schreiben, weil Sie inzwischen gelernt haben, *wie* man das macht. Und wenn Sie am nächsten Tag aufwachen, werden Sie entdecken, daß man einen neuen Copyboy angestellt hat und Sie plötzlich Reporter sind. Wenn Sie's mal so weit geschafft haben, gibt's keinen Ort, wo Sie nicht hingehen können – von Stadt zu Stadt, von Zeitung zu Zeitung, immer lernend. Und wenn Sie smart sind, wenn Sie die Runzeln aus Ihrem Bauch gebügelt haben und einen richtigen Männerjob ausfüllen, werden Sie sich ausbreiten. Sie werden die Magazine studieren und versuchen, Artikel und Kurzgeschichten zu schreiben. Sie werden alles, was Ihnen in die Finger kommt, lesen und lernen, wie die besten Berufsschriftsteller es machen. Und eines Tages, wenn Sie genug gesehen haben und genug angeeckt sind, werden Sie sich hinsetzen und selbst ein Buch schreiben, und ganz plötzlich werden Sie auf dem hinteren Buchumschlag stehen, und wenn der Whisky mich inzwischen nicht ins Grab gebracht hat, werde ich ein sehr stolzer alter Mann sein. – Das Zeug steigt mir allmählich zu Kopf und macht mich schläfrig. Ziehen Sie los, und verjubeln Sie ein bißchen von Ihren zwanzig Piepen."

„Ich weiß nicht, was ich sagen soll", sagte Alec, während er sich von der Treppe erhob und Fran die Hand reichte. „Ich werde also, schätze ich, nichts sagen. Vielen Dank, Skipper."

Der alte Mann hielt abwehrend die Hand hoch.

„Psst. Noch eins. Es gibt nur ein paar Regeln in diesem Beruf. Schreiben Sie nichts, was Sie nicht genau wissen. Fangen Sie mit dem Schreiben erst an, wenn Ihr Kopf klar ist und Sie wissen, was Sie schreiben wollen. Hören Sie auf nichts, was nicht zur Veröffentlichung bestimmt ist, es verwirrt nur. Verpfeifen Sie Ihre Quellen nicht. Nehmen Sie keine billigen, kleinen Geschenke an, von niemand. Eine Menge Leute glauben, sie könnten einen Pressemann für einen Krug billigen Weihnachtswhisky kaufen. Seien Sie mäßig im Trinken, und küssen Sie niemand den Hintern, ganz gleich, wie groß er ist. Das ist ungefähr alles. Die Rechtschreibung beherrschen Sie ja."

An jenem Abend, nach dem Kino und einer Limonade, begleitete Alec Fran langsam nach Hause. Sie blieben immer wieder stehen, um sich unter dem duftgeschwängerten Laub des Baumgartens zu küssen. Die Luft war weich, frühlingshaft, roch schwer nach Jasmin. Zartes Mondlicht sickerte durch die blühenden Büsche, und einmal wenigstens war der Baumgarten nicht mit toll knutschenden Paaren bevölkert.

„Ich bin so stolz auf dich", murmelte Fran. „Du kannst alles erreichen. Ich weiß es. Ich liebe dich, Alec. Ich werde auf dich warten, wenn du willst – solange du willst."

Sie küßten sich wieder, und plötzlich schoß Frans Zunge scharf und heiß in seinen Mund, seine Lippen auseinanderdrängend. Ihr Körper bog sich ihm entgegen, sie ergriff seine Hand und führte sie an ihre Brust.

„Ich liebe dich", hauchte sie wieder, und Alec Barr schmeckte ihr Verlangen, scharf und beißend auf den weich geöffneten Lippen, fiebrig in der züngelnden Zunge. Fran Mayfields Körper wurde plötzlich schlaff. Weich sank sie auf den frühlingshaft mit Klee bedeckten Rasen und zog Alec mit sich herunter. Ihre Lippen saugten sich an ihm fest, sie hatte ihr Kleid vorn geöffnet, ihre kleinen Brüste leuchteten weiß mit dunklen Spitzen im Mondlicht. Er grub den Kopf zwischen ihre Brüste, und sie gab leise, seufzende Laute von sich, während sie über seine Hose tastete.

„Ich möchte dich haben", sagte sie. „Ich liebe dich. Ich möchte dich, möchte dich, möchte dich!"

Wie im Traum spürte er, wie er in sie drang, das Warme, Feuchte, das Süße und Heiße kostete, bis sein ganzer Körper explodierte und sich in ihr verlor. Ihre Arme umklammerten jetzt eng seinen Nacken, und sie gab kleine miauende, wimmernde Laute von sich, ihr Körper zitterte, als er schwer auf ihr lag.

„Ich liebe dich, Fran", sagte er, nachdem er sich ein wenig beruhigt hatte. „Ich möchte dich heiraten, sobald ich kann."

„Ich warte ewig auf dich, Liebling", sagte sie. „Komm jetzt, wir müssen uns beeilen, sonst werde ich zu Hause ausgeschlossen. Bring dich in Ordnung." Rasch glättete sie ihren Rock. Sie schwiegen auf dem kurzen Weg zum Pi-Phi-Haus, küßten sich einmal, lang und innig, und dann lief sie schnell die Treppe hinauf ins Haus.

Alec Barr ging langsam zum Verbindungshaus zurück, in den Wolken schwebend, ließ die Gedanken zügellos in Richtung Washington schweifen. Es würde eine Verschwörung zur Ermordung Franklin D. Roosevelts geben, und er würde sie aufdecken und die Geschichte an die Öffentlichkeit bringen. Oder – vielleicht würde der Präsident ermordet werden, und Alec würde als erster die Leiche finden – exklusiv. Er würde reich und berühmt werden. Würde Fran heiraten, wundervolle Bücher schreiben und eine Million Dollar verdienen. Sie würden Weltreisen machen, schöne Kinder haben und sich nie, niemals satt bekommen, sich niemals gegenseitig langweilen, weder geistig noch körperlich. Er würde zuerst einen Pulitzerpreis gewinnen, dann den Nobelpreis und dann ...

Sie trafen sich fast jeden Abend bis zum Schluß des Semesters, liebten sich an seltsamen, unbequemen Orten – im verdunkelten Stadion, im Baumgarten, am See, gelegentlich auch in einem geborgten Auto.

Als er unter ihren Augen graduiert hatte und bevor er noch am selben Abend zu seinem neuen Job in Center City abgereist war, hatten sie sich gelobt, sich täglich zu schreiben, und er hatte versprochen, sie in

Waynesville zu besuchen, sobald er sich genügend in seinen Job eingelebt hatte, um sich ein Wochenende zu stehlen.

Sie schrieben: leidenschaftliche, wiederholte, abgedroschene Versicherungen unsterblicher Liebe. Dann kamen vierzehn Tage keine Briefe, und Alec gab einen Teil seines kleinen Gehalts für ein Ferngespräch aus.

Durchs Telefon drang die Stimme einer älteren Frau mit rauhem, barschem Gebirgsakzent.

„Hier ist Alec Barr", sagte er. „Könnte ich Fran sprechen?"

„Frances ist nicht da. Auch sonst niemand von der Familie. Ich bin die Haushälterin."

„Sagen Sie, geht's Fran gut?" Schreckliche Vorstellungen schossen ihm durch den Kopf: Fran in einen Autounfall verstrickt, Fran in einem Gebirgssee ertrinkend, Fran im Krankenhaus. „Alles in Ordnung? Nichts passiert, meine ich?"

Die Frau schnatterte.

„Ihr geht's gut, großartig", sagte sie in nasalem Ton. „So gut, daß sie fortlief und heiratete. Ihre Eltern sind nach Asheville gefahren, um die Sache mit *seinen* Eltern in Ordnung zu bringen. Ich werde ihr sagen, Sie hätten angerufen, wenn sie heimkommt, um ihre Kleider zu holen."

So ganz war Alec die Sache noch nicht klar, bis er eine Woche darauf einen kurzen Brief erhielt, der ihm bewies, daß er bei der ersten Begegnung tatsächlich die Jungfrau und Fran Mayfield in ihren geschickten Manipulationen anscheinend sehr erfahren gewesen war.

Der Brief war, wie gesagt, kurz.

„Mein lieber Alec", lautete er, „ich kann Dir keinen Vorwurf machen, wenn Du mich jetzt haßt, aber ich hoffe, Du wirst wenigstens versuchen, mich zu verstehen. Was wir letztes Frühjahr zusammen hatten, war reizend und lieb, und ich liebe Dich wirklich. Aber es hätte so schrecklich lange gedauert, bis wir hätten heiraten können, und plötzlich konnte ich den Gedanken nicht mehr ertragen, noch ein Jahr auf die Uni zu gehen und dann wartend herumzusitzen, bis ich eine alte Jungfer wäre. John ist ein lieber Kerl – viel älter als ich –, er würde Dir sicher gefallen. Seine Eltern besitzen eine Papierfabrik und wohnen in Asheville. Ich hoffe ehrlich, Du versuchst, mir zu verzeihen, aber es ist eben einfach passiert. Ich wünsche Dir viel Erfolg und hoffe, Du findest ein anderes Mädchen, anders als ich, das Dich sehr glücklich machen wird. Solltest Du mal in die hiesige Gegend kommen, dann besuche uns bitte. Ich habe John viel von Dir erzählt – außer *einigen Dingen* natürlich.

In Liebe stets

Fran

(Mrs. John Dalrymple, Jr. Wir stehen im Telefonbuch.)"

Nachdem Alec Barr einen Riesenrausch ausgeschlafen hatte, seinen ersten, zählte er sein Geld und stellte fest, daß es für eine Fahrkarte nach Washington keinesfalls reichte, wenn er auf der Suche nach einem Job auch essen wollte. Wenn er fair war, konnte er seinen Wochenlohn nicht von seinem Arbeitgeber verlangen, der verständlicherweise wütend war, als Alec ihm bleich, schwitzend und zitternd mitteilte, er gebe seinen Job auf, sobald die morgige Ausgabe fertig sei.

Alec Barr packte seine dürftigen Habseligkeiten, stellte sich an den Straßenrand und hob den Daumen in die allgemeine Richtung von Washington, D.C. Schließlich beendete er seine Reise in Hamburg, Deutschland, auf einem Frachter. Später jedoch, als er mit den bemalten Weibern in der Großen Freiheit trank, in Gesellschaft zweier weiblicher russischer Seeleute und eines Negermessekochs, sagte er sich, daß er auf eine gewisse Weise Skipper Henrys Ratschlag befolge. Er lernte das Leben kennen, und wenn man Schriftsteller werden wollte, mußte man das Leben kennenlernen. Als er einige Monate danach in Norfolk, Va., abgemustert hatte, gelangte er tatsächlich nach Washington.

39

Amelia Macmillan hatte verblüfft bemerkt, daß Alec Barrs Lippen beinah jämmerlich zitterten, als er sie zum erstenmal küßte. Amelia Macmillan war sicherlich schon früher geküßt worden – auf Veranden, auf Klappsitzen, am Strand, in Studentinnenklubs, und sie hatte ihre Jungfernschaft beinah an einen Basketballspieler in einer leeren Turnhalle in Collegepark, Maryland, verloren. Aber noch nie war sie von einem jungen Mann geküßt worden, dessen Gefühle offenbar so zart waren, daß seine Lippen zitterten, als er sie zum erstenmal küßte, ohne die falsche Arroganz, die ihre ersten Beziehungen bis dahin gekennzeichnet hatte.

Aber natürlich, Amelia Macmillan war ein Washingtoner Mädchen, im Distrikt geboren und aufgewachsen, und ihre Familie hatte fast immer zwei vollbezahlte Automobile besessen. Ihr Vater zahlte pünktlich seine Rechnungen und gehörte mehreren Geheimgesellschaften an, deren Mitglieder mit diamantenbesetzten Nadeln am Rockaufschlag prunkten und an Festtagen besondere Hüte tragen durften. Ihre Mutter war so solide gefügt wie eine Sockelplatte in der Kirche, und um den kirchlichen Vergleich noch weiterzuspinnen: Amelias Mutter sah in ihrer Pflichtschuldigkeit der P.T.A., der Eltern-Lehrer-Vereinigung, gegenüber eine Art Architrav. Aber zitternde Küsse waren Amelias Erfahrungen als Mitglied der Chi-Omega-Studentinnenvereinigung auf dem Koedukationscampus der George-Washington-Universität fremd. Die Jungs, denen Amelia in letzter Zeit im Chi-O-Haus begegnet war, waren eher geneigt, ihr an die Brust zu fassen, bevor sie ihr die Gunst eines höflichen Kusses auf den Mund erwiesen.

Washington verwöhnte die Jungs nämlich. Die Zellenstruktur der Regierung war krebsartig durchzogen von hübschen weiblichen Angestellten aus Dörfchen im prähistorischen Mississippi und im entlegensten Süddakota, die nicht einmal auf der Karte zu finden waren. Sie führten ein steriles Dasein ungewollter, altjüngferlicher Einsamkeit, ein Leben, zusammengesetzt aus Cafeteriamahlzeiten, Wohnen in Zimmern zu dritt in modrigen Häuserblocks der K- und Sixteenth Street – früher vornehmen Häusern, deren sich senkende Böden und schiefe Wände mittels Bretterverschalungen in keusche Kerker für Onkel Sams Kinder verwandelt worden waren. In Washington öffnete solch ein Flüchtling aus Yemassee, Georgia, oder Butte, Montana, viel eher die Beine als ihr Herz, und sei es auch nur, um der schrillen weiblichen Lockenwicklerwelt ewig trocknender Strümpfe und feuchter Unterwäsche in Badezimmern zu entrinnen, deren Wannen stets Schamhaare früherer Hygienebeflissener aufwiesen. Nein, Washington verwöhnte wirklich seine jungen Männer – die eleganten Stutzer, die bei Tag als Assistenten im Kongreß arbeiteten, um ihre Anzüge bei Hecht & Co. und Joe-Cherner-Ford-Coupés auf Raten kaufen zu können, und die Abendkurse der George-Washington- und Georgetown-Universität mit dem hartnäckig bei Mondlicht verfolgten Ziel eines akademischen Grades in Jura oder eines Diplomatenpostens im Auswärtigen Dienst belegten. Meist wohnten die jungen Männer in umgebauten Ställen und teilten sich stets ihre Rechnungen für Mahlzeiten und Bar.

Daher war Alec Barr eine frische und schockierende Überraschung für Amelia Macmillan, das pflichttreue einzige Kind von Walker und Betsy Macmillan. Amelia war in dem freundlichen Feldsteinhaus in Chevy Chase geboren, einem englischen Fachwerkhaus mit Mauern, die dicht mit grünen Virginiakriechpflanzen berankt waren, und einem eigenen Spielzimmer, lange bevor Spielzimmer sich allgemeiner Beliebtheit erfreuten. Walker Macmillan war im Grundstücksmaklergeschäft, nebenbei hatte er noch die Generalvertretung einer Versicherung, die ihm ein ganz schönes Polster verschaffte. In der Babbitt-Hierarchie hatte er in der einzigen Großstadt der Welt, die von der Depression nicht schwer mitgenommen worden war, einen beachtlichen Rang erreicht. Walker Macmillan gehörte den Lions, den Elks, den Optimists und dem Shrine an. Er war ein großer, blühender, herzhafter Mann mit einer dröhnenden Baritonstimme, deren Timbre auf unzähligen Geschäftsessen zu einem Operntton dauernden Glückwünschens kultiviert worden war. Er spielte nicht Golf, war aber Mitglied dreier Landklubs wegen der „Kontakte", die er durch sie fürs Geschäft bekam. Er ging nicht in die Kirche, aber Betsy Macmillan sang einen leicht verstimmten Sopran im Kirchenchor und war ein Grundbestandteil der Gemeindezusammenkünfte – und außerdem, auf etwas weniger zynisch-direkte Art, ein geduldiges Gerüst für ihres Mannes Kontaktkarriere mit den Kontakten. Betsy Macmillan war die Sorte Elizabeth, die nie Betty oder Lisa oder Liz oder Beth genannt werden würde. Sie war eine vorbestimmte Betsy von dem Tag an, an dem sie erstmals mit ihrem Vater geschmust hatte – mit klaren Augen, klarem Teint, klarer Stimme, klarem Hirn, bar jedes verwirrenden Gedankenprozesses, der zu Komplikationen in ihrer täglichen gesellschaftlichen, sexuellen, religiösen und mütterlichen Schablone hätte führen können. Wäre sie in der Zeit ihrer Mutter geboren worden, hätte sie ihre Kinder sicherlich unter dem Nachthemd empfangen und ihren Mann „Mister" genannt, selbst im Augenblick der höchsten, uneingestandenen Lust, die sie sorgfältig als „nicht nett" verborgen hätte. Als sie Anfang Vierzig war, bezeichnete Amelias Mutter ihre Periode im Geist noch immer als einen Zustand des „Unwohlseins".

Aber Amelias Eltern waren ein liebenswürdiges Paar, ein gut gepolstertes, gut angezogenes, sich gut benehmendes Paar mit rosigen Wangen und einer behaglichen Gattenähnlichkeit. Sie waren zum Paar geboren; es war undenkbar, daß sie je nicht miteinander verheiratet gewesen wären, und man stellte sich immer vor, daß sie dasselbe Badezimmer benutzten. Man sprach in ihrer Abwesenheit nie als „Walker" oder „Betsy" von ihnen. Man sagte „die Macmillans", den Plural sinnvoll in seiner Singularbedeutung verwendend. Natürlich beteten sie Amelia an, die immer ein sehr folgsames kleines Mädchen gewesen und jetzt ein gutes großes Mädchen war – ein gutes großes Mädchen, das nachts nicht zu lange ausblieb und deren Boy friends tadellos rasiert und blitzsauber waren, den feuchten Glanz der allerletzten Dusche noch frisch auf dem unveränderlich kurzgeschnittenen Haar und den höflichen Fließbandgesichtern, die keine Spur von Bart oder Intellekt trugen.

Den Boy friends wurde von Walker Macmillan kein Drink angeboten, wenn sie Walkers Tochter Amelia abholten. Dafür langweilten sie sich und Walker Macmillan, peinlich gut erzogen, wie sie waren, mit einer halbstündigen höflichen Konversation über aktuelle Dinge, um den Eindruck zu erwecken, daß sie nicht die Absicht hätten, Amelia sofort in den Busenausschnitt zu greifen. Für diese Annehmlichkeit durfte Amelia genau eine halbe Stunde lang nach der Rückkehr vom Kino oder vom Tanzen im Auto knutschen – das heißt, wenn der Wagen des

Jungen direkt vor dem Haus in Hörweite des dunklen Familienschlafzimmers parkte. In einem solchen geparkten Wagen hatte Amelia erstmalig einem Jungen erlaubt, sie intim zu berühren, und sich erlaubt, ihn zu berühren. Beide waren über das Ergebnis bestürzt gewesen, das ihr Abendkleid aus Tüll derart verdorben hatte, daß sie in die Küche gegangen war, angeblich, um sich Kaffee zu machen, in Wirklichkeit aber, um sich den Kaffee zur Tarnung aufs Kleid zu kippen, was wiederum als Vorwand für eine sofortige geräuschvolle Wäscherei im Badezimmer diente. Der Junge, dessen jähe Ejakulation ihr Kleid verschandelt hatte, ließ sich nie wieder zu einer Verabredung blicken, möglicherweise aus Scham über seine Unbeherrschtheit, aber noch möglicher aus dem dunklen, altmodischen Verdacht heraus, daß Amelia, wenn sie ihm solches Vergnügen mit der Hand hatte bereiten können, schon früher mal an der Quelle gewesen sein mußte und daher keine ernstliche Heiratskandidatin darstellte.

Amelia sei ihrer Mutter aus dem Gesicht geschnitten, sagte jeder – die gleiche klare Stirn, die gleiche feine Haut, das gleiche lohfarbenbraune Haar mit blond schimmernden Schattierungen, der gleiche edle, vollippige Mund, die kurze, schnippisch gekrauste Nase, gute, stramme Brüste und nützliche Hüften auf langen, starkschenkligen Beinen. Sie war ein großes Mädchen, wie ihre Mutter eine große Frau war, aber sie würde nie dick werden, nie auseinandergehen, und keine berechenbare Anzahl Kinder würde ihren großen, festen Busen zum Hängen bringen. Amelias Mutter war sanft und gelassen, und dasselbe war auch Amelia. Amelias Mutter paßte sich gut an, das gleiche konnte man von Amelia sagen, wie die schnelle Reaktion des absichtlichen Kaffeeverschüttens beweist.

Amelia war klug wie ihre Mutter; in allen Kursen hatte sie meist A-Zensuren und war von Betsy Macmillan in der Verfeinerung des häuslichen Lebens streng unterwiesen worden. Amelia konnte einen fröhlichen Rigadoon zum Tanz aufspielen und tadellose Handarbeiten machen; sie konnte eine Kirschtorte backen, Junge, Junge, und verstand sich ausgezeichnet auf Krankenpflege. Ihr eigenes keusches Zimmer war ein wahres Wunder täglicher Ordnung; ihr Körper blitzte vor Lifebuoy-Sauberkeit; ihre Zähne waren blendend weiß von Ipana und zwei Besuchen beim Zahnarzt pro Jahr; ihre Periode trat so pünktlich ein, wie die Patek-Armbanduhr, die sie anläßlich ihrer Graduierung auf der High-school geschenkt bekommen hatte, die Zeit anzeigte. Nur mit dem Unterschied, daß Betsy Macmillan es vorzog, von ihrer fraulichen Indisposition als einem Zustand des Unwohlseins zu denken, während ihre Tochter ganz offen zu erklären pflegte, sie könne nicht zum Schwimmen kommen, weil sie „ihre Tage“ habe. Amelias Haar wurde allabendlich mit einer harten Bürste neunundneunzigmal scharf gebürstet, und ihre Nägel, Finger- und Fußnägel, wurden auf Hochglanz poliert. Ihre am Halter festgemachten Strümpfe zeigten nie Laufmaschen, und ihre Absätze waren nie schief; ihre Unterwäsche war für den Fall eines Unfalls stets makellos und ihre äußere Kleidung unfehlbar. Amelia war zu der Zeit, als sie Alec Barr begegnete, ein junges Ding, das bestens darauf vorbereitet war, seine Mutter zu verlassen.

Nachdem sie mehr oder weniger mit Bürstenhaarschnitten und offenherzigen Tweedjacketts aufgepäppelt worden war, mit ernsten, jungen FBI-Typen gezahnt hatte, von Senatsassistenten betastet worden war – nachdem sie ihr Teil an grienend zur Verfügung gestellten Appartements anderer Leute an regnerischen Sonntagnachmittagen gesehen hatte –, war Amelia über diesen jungen Alec Barr geradezu verblüfft. Alec Barr hatte kein Kabriolett, trug keinen Crewcut, hatte keine Familie, keinen Landklub, keine Sonntagnachmittagsfreunde mit Appartements und eine sehr fragwürdige Zukunft in einem höchst unsicheren Beruf.

Alec Barr bezeichnete sich sehr rührend als Zeitungsmann, aber Amelia wußte, daß zwischen einem echten Zeitungsmann und dem, was Alec Barr tatsächlich war, ein himmelweiter Unterschied klaffte. Doch sie hatte keine Lust, Alec Barr daran zu erinnern, daß er lediglich Copyboy bei einer Zeitung war, die ihre Copyboys nie zu wirklichen Redaktionsarbeiten aufrücken ließ, nicht einmal zur erniedrigenden Berichterstattung bei Polizeigerichten oder über Filmreprisen. Alec Barr war ein auf dem College graduierter Laufbursche. Er rührte Kleister an, machte Botengänge, holte Kaffee und half Pressefotografen mit ihren Blitzlichtausrüstungen bei nächtlichen Fußballwettspielen. Er trottete in aller Herrgottsfrühe von seiner Zeitung zu den Morgenzeitungen, um die ersten Ausgaben für den Lokalredakteur zur Durchsicht und Umarbeitung zu holen. Ehe er Copyboy geworden war, hatte Alec auf der niedrigsten Stufe aller Lebensformen innerhalb einer Zeitung gestanden – er war Detailboy gewesen.

Wenn minus Null unablässig mit zehn multipliziert würde, bezeichnete die Summe immer noch nicht adäquat die Stellung eines Detailboys in einer großen, hauptstädtischen Zeitung. Ein Pförtner hat vielleicht Würde, auch der Sportredakteur, der die Rennergebnisse sammelt und nebenbei Zweidollarwetten abschließt. Selbst ein Copyboy hat einen gewissen beruflichen *Chic*, der von seiner Verbindung mit dem zweiten Stock herrührt, wo die Reporter und Redakteure schuften. Aber ein Detailboy ist ein Leibeigener der Anzeigenabteilung im unteren Stock. Er arbeitet am Vorderschalter im Parterre, nimmt telefonisch Todesanzeigen und sonstiges Anzeigenmaterial sowie handgeschriebene Annoncentexte entgegen; er bringt Anzeigendruckseiten im Geschwindschritt zu Warenhäusern und Herstellern selbstgemahlenen Kaffees; er verkauft Zeitungen über den Ladentisch und verdiente damals, in jenem Zeitabschnitt, vierzehn Dollar bei zwölf Arbeitsstunden täglich in einer Siebentagewoche. Alec Barr hatte eine Lohnherabsetzung von zwei Dollar in Kauf genommen und einer Lehre abgeschworen, die ihn einem reicheren, volleren Dasein als Anzeigenverkäufer zuführen sollte. Um der engen Verbindung mit trunksüchtigen literarischen Denkern willen, die der Job des Copyboys ihm verschaffen würde, hatte er sich mit zwölf Piepen einverstanden erklärt.

Alec Barr hatte im Grunde wenig Zweifel, daß er eines Tages die Mauer des Erfolges erklimmen und das Ziel eines Wochenlohns von vollen fünfundzwanzig Dollar erreichen würde. In diesem Augenblick strebte er nicht höher; sein Traum von der Vereitelung des Anschlags auf den Präsidenten war beträchtlich geschwunden, und er nährte keine literarisch ausschweifenden Ideen über Pulitzer- und Nobelpreise mehr. Er wollte in den Redaktionsstab, selbst wenn das bedeutete, daß er über die Tätigkeiten der Citizens' Association in Seat Pleasant, Maryland, berichten müßte.

In der Zwischenzeit hatte er alle Hände voll zu tun, sich sauberzuhalten, sich zu ernähren, ein Dach über dem Kopf zu haben und am Leben zu bleiben. Er war vom hartnäckigsten aller Schmarotzerwürmer befallen, dem Bücherhunger, und eine Gesamtausgabe Somerset Maughams hatte ihn ein Jahr ohne Mittagessen gekostet. Die wirtschaftlichen Bedingungen seiner Existenz waren in der Tat kärglich. Eine Wochenkarte der Straßenbahn kostete eineinviertel Dollar. Sein halber Mietsanteil am möblierten Zimmer betrug drei Dollar fünfzig. Bei einem Einkommen, das schwindelnd von vierzehn auf zwölf Dollar abwärts torkelte, war die Möglichkeit, sich einen Rennstall oder einen Harem von Ballettratten zu halten, noch weniger als Null. Irgendwo und irgendwie, indem er außer dem Mittagessen auch noch das Frühstück ausließ, hatte er genügend Kapital angesammelt, um sich antiquarisch Websters's Collegiate Dictionary zu kaufen und eine Anzahlung auf eine Bibliothekskarte zu leisten. Zwei Liter Muskateller kosteten fünfzig Cent, worauf Alec Barr den größten Teil seiner Muße damit verbrachte, kalifornischen Wein zu trinken und sich von ausgeliehenen Büchern zu nähren. Er legte sich scharfe Zügel an; wenn er die Herkunft eines Wortes nicht kannte, langte er nach dem dicken Diktionär und lernte den winzigen Druck auswendig. An schönen Tagen ging er in den Zoo.

Alec Barr, nunmehr zweiundzwanzig Jahre alt, bot einer Periode ungeheurer Enttäuschung Trotz. Er sah sich in der Lokalredaktion der Zeitung um und sah abgenutzte Skribenten – betrunkene, nüchterne, junge und alte. Auf dem Weg zum Setzersaal las er sorgfältig, was sie geschrieben hatten; das Manuskript sah auf dickem, rohem, gelbem Schmierpapier nicht besser aus, als es morgen in der Zeitung aussehen würde, nachdem Setzer und Stereotypeure es mit der Unsterblichkeit genau eines Tages gesegnet hatten. Alec Barr juckte es. Alec Barr war gereizt. Es juckte ihn, und er brannte in leidenschaftlicher, lendenschmerzender Sehnsucht, an eine aktuelle Nachricht, eine eigene Schreibmaschine und einen beruflichen Status heranzukommen, der ihm gestattete, den Kopf von der Maschine zu heben und „Boy!" zu bellen, ohne bei diesem Wort zusammenzuzucken.

Manchmal des Nachts, wenn ihn die Augen vom vielen Lesen schmerzten, wiederholte er sich in Gedanken den letzten Ratschlag Skipper Henrys. Jetzt bezweifelte er, ob Skipper Henry wirklich wußte, was er da über Großstadtzeitungen geredet hatte. Soviel Alec Barr sehen konnte, hatten die Ritter der Feder zweier Zeitungen nicht die geringste Absicht zu erkennen gegeben, ihren sehnsüchtigen Schildknappen in den Stand eines Volontärschwerarbeiters im heraldischen Gewerbe zu erheben.

Alec besuchte allwöchentlich und pflichtschuldigst die anderen Zeitungen, und Washington hatte deren viele. Meist waren die leitenden Redakteure zu beschäftigt, um ihn vorzulassen. Einer, ein Schwede von alkoholisch angeheiztem cholerischem Temperament, ließ Alec im wahrsten Sinne des Wortes aus dem pompösesten Morgenjournal der Stadt werfen. Er versuchte es mit den Sportredaktionen; das Feld war Neuankömmlingen verschlossen. Er versuchte es mit Theaterkritik, er versuchte es mit Lokalnachrichten, er versuchte, als Korrektor anzukommen, er versuchte alles außer der Frauenseite. Und stets, stets – mit Ausnahme des verkaterten Schweden – wurde freundlich, aber tödlich mit dem Kopf geschüttelt. *Nein.* Kommen Sie nächste Woche wieder. Im Augenblick – Kopfschütteln. Nichts zu machen.

Inmitten dieser Enttäuschungen begegnete Alec Amelia. Er lernte sie durch einen Zimmergenossen kennen, der aus den hohen Karolinabergen nach Washington gekommen war, für die großartige Summe von sechzehnhundertundzwanzig Dollar pro Jahr, also ungefähr zweiunddreißig Dollar die Woche, im Dienste der Regierung arbeitete, ein Jackett mit Rückengürtel von Kaufman und ein unbezahltes graues Ford-Coupé mit Klappsitz besaß. Als ökonomischer Royalist, der er war, gab der Freund sein Geld großzügig für Frauen aus. Jimmy James studierte Jura nebenbei, in Abendkursen, weil man ihn wegen zu intensiver Beschäftigung mit einem Mädchen aus der Juristischen Fakultät in Karolina hinausgepfeffert hatte, zum äußersten Mißfallen seines schroffen, modern-primitiven Vaters, der, nebenbei bemerkt, ein scharfer Richter war.

Das Gewissen bohrte unaufhaltsam im Herzen des fahrenden Rechtsritters. Nach sehr kurzer Zeit hatte er die Regierungslaufbahn satt und in den Abendkursen genug gute Noten gesammelt, um ins Land seiner Väter zurückzukehren, wenn nicht im Triumph, so doch mit genügend Würde, um seine Studien der Rechtswissenschaft an der Universität wiederaufzunehmen, die ihn exmatrikuliert hatte. Mit Bedauern verkündete er seinem Zimmergenossen Alec Barr seine Entscheidung, erklärte ihm, daß der Gedanke an ein Vollstudium ihn doch wieder verführt habe und daß er wieder in die Berge heimzufahren gedenke, um sich weiter dem Jurastudium zu widmen.

„Du hast Amelia noch nicht kennengelernt, nicht wahr?" fragte Jimmy James seinen verarmten Zimmergenossen Alec Barr, während er mehr als einen Anzug in einem mit Etiketten reichlich beklebten Koffer unterbrachte.

„Wen?" Alec las in seinem dürftigen Einzelbett, das fast eine Hälfte des schmalen Zimmers einnahm. Abwesend blickte er auf, mit dem Daumen die Stelle im Buch markierend, wo er stehengeblieben war. Das Wörterbuch lag aufgeschlagen auf einem Stuhl zwischen den Betten, und Alec Barr hatte gerade einen Absatz angestrichen, der den Begriff „Wrackgut" erklärte. „Wen kennengelernt?"

Jimmy James schüttelte den gutaussehenden, jungen blonden Rechtsanwalt-in-spe-Kopf in liebenswürdiger Entrüstung.

„Amelia. Mele Mac. Macmillan. Du weißt doch – mindestens einer von uns ist gelegentlich nächtens in die weite Welt hinter die Sixteenth und U-Street ausgeflogen."

„Klar, klar." Alec schlug sein Buch zu und legte es auf das aufgeschlagene Wörterbuch. „Das ist doch diese große Sorte Blondine-aber-nicht-ganz-Blondine, die dich mit Lippenstift beschmiert hat. Ich sah sie mal draußen im Wagen warten, als du rauf kamst, um ein Päckchen Fromms Act zu holen."

Jimmy James schüttelte den Kopf, schüttelte ihn langsam hin und her in einer löwenartigen Geste des Tadels. Er ging zur Whiskyflasche auf der Kommode aus Fichtenholz hinüber und nahm einen Schluck direkt aus dem Flaschenhals.

„Du bist hoffnungslos, Genosse. Amelia würde dich wegen dieser Bemerkung umbringen, und auf jeden Fall bin ich nicht raufgekommen, um mir Gummis zu holen. Amelia gehört nicht zu dieser Sorte Mädchen. So was heiratet man."

„Sie pimpern alle", sagte Alec Barr. „Früher oder später, auf gut Glück pimpern sie alle."

„Was für einen Zyniker ich als Fast-Ex-Zimmergenossen habe!" sagte Jimmy James. „Einige tun's, Autor. Einige tun's nicht. Das ist zum Beispiel eine, die's nicht tut. Aber zum Teufel damit; ich wollte bloß sagen, daß sie ein nettes Mädchen ist. Vielleicht komm' ich sogar zurück und heirate sie, wenn ich als Anwalt zugelassen bin und der Alte mich in seine Praxis nimmt. Ich wollte dir bloß einen vorübergehenden Gefallen tun."

Alec Barr gähnte. „Die Mexikaner haben eine gute Redensart", sagte er. „Hab' sie aus meinem spanischen Buch gelernt."

„Okay, ich beiße an. Was für eine gute Redensart haben die Mexikaner?“

„*No me ayudes, por favor.*“

„Soll heißen, Dollbrägen?“

„Heißt: ‚Tu mir keinen Gefallen. Ich hab' selbst genug Sorgen.‘“ Alec nahm sein Buch wieder zur Hand. „Warum packst du deine Sachen nicht zu Ende? Du machst mich nervös.“

Jimmy James ließ sich aufs Bett plumpsen und nahm Alec das Buch aus den Händen.

„Das Leben geht an dir vorbei, Junge“, sagte er. „Du mußt raus und dir den Mond ansehen. Jetzt hör mal auf deinen Onkel Jimmy James. Ich bin älter als du. Du machst dich noch verrückt mit diesem Zeitungsunsinn. Du bist am Rande des Überschnappens. Halt's Maul!“ Alec hatte die Hand gehoben. „Halt's Maul. Ich weiß, daß du kein Geld hast. Das ist noch lange kein Grund, ein gottverdammter Eremit zu sein. Und Amelia ist die Lösung deiner Probleme.“

„Ich hab' keine Probleme, die eine Anstellung in der Redaktion und eine Gehaltserhöhung nicht lösen könnten“, sagte Alec Barr. „Ich hab's satt, ein Kuli zu sein und auf die große Chance zu warten. ‚Kommen Sie nächste Woche wieder.‘ Um Himmels willen! Und mir, bei meinem Einkommen, willst du 'n Frauenzimmer empfehlen?“

Jimmy James' Stimme klang ausgesprochen geduldig.

„Ich versuche ja nur, dir zu erklären, Dickkopf“, sagte er, „ich versuche ja nur, dir zu erklären, daß dies ein gutes Mädchen für dich ist. Ihre Familie ist ziemlich reich. Die Eiskiste ist voll Bier und köstlichem kaltem Braten. Sie darf auch den Mercury ihrer Mutter benutzen. Sie haben ein Spielzimmer, ein Grammophon und ein Radio. Es sind großartige Leute. Sie sind Mitglied von Landklubs. Und Amelia ist ein verdammt nettes Mädchen. Wenn's dir irgendwie hilft, sie liest sogar zum Vergnügen. Sie zitiert dauernd Dorothy Parker.“

„*Enough Rope* oder *Sunset Gun*?“

„Was?“

„Lassen wir's“, sagte Alec. „Befaß dich lieber mit dem klassischen M'Naghten-Fall. Der einzige Bursche, den ich je kannte, der auf der falschen Schale ausrutschte. Entschuldige. War ein Jurawitz, den du noch nicht verstehen kannst. Soweit bist du noch nicht.“

Jimmy James schüttelte wieder den Kopf.

„Ich kenn' mich wirklich mit dir nicht aus. Ich weiß nicht, was aus dir mal werden soll. Aber eins wette ich: Es wird bombensicher nichts Gewöhnliches sein.“

„Das ist ein reizendes Kompliment für einen nichtschwulen Fast-Ex-Zimmergenossen“, erwiderte Alec. „Und nun Schluß mit dem Amelia-Geschwätz, Herr Rechtsanwalt. Was hast du eigentlich im Sinn?“

Jimmy James' Seufzer war reine Entrüstung.

„O Bruder“, sagte er. „Nichts. Vergiß es. Ich biete dir lediglich an, dich mit einem hübschen Kind, mit einer geschwollenen Eiskiste, einer stubenreinen Familie und reichlichem Knutschraum im unteren Stock und auf der Veranda bekannt zu machen. Aber lassen wir's. Ich werd' sie jemand anders vermachen.“

Alec Barr setzte sich auf und schwang die Beine über den Bettrand. „Du wirst ein lausiger Anwalt werden, wenn du nicht genügend Verstand hast, dir zu sagen, daß ein Mann wie ich niemandes Ableger annimmt – keinen Gefallen annimmt und sich niemals, ich wiederhole: *niemals* den Liebenswürdigkeiten eines anderen aussetzt, bevor er sie nicht doppelt zurückzahlen kann. Du hattest einen *Monatswechsel* im College. Das ändert den persönlichen Standpunkt.“

„Gib bloß nicht so furchtbar an, kleiner Mann“, sagte Jimmy James. „Du bist nicht zu arm, um eins in die Schnauze zu kriegen.“

Alec lächelte schwach, etwas verschämt.

„Ich bitt' um Entschuldigung, Boss Man“, sagte er im Onkel-Toms-Hütte-Tonfall. „Ich bin 'n bißchen entgleist. Bitte, hauen Se den armen alten Mose nich'. Er hat nix Bös' gewollt.“

Jimmy James klopfte Alec Barr den Rücken, fuhr ihm ins Haar und strich es ihm nach vorn in die Stirn.

„Du Dussel. Wahrscheinlich wirst du nie einen besseren Freund haben als mich.“ Rauh strich er ihm das Haar wieder zurück. „Es geht dir schlecht, Alec. Du hast ganz recht mit meinem Monatswechsel auf dem College. Aber reicher Nichtsnutz oder nicht, Junge, ich hab' dir was zu sagen. Sei bloß nicht verbittert darüber, daß alles so langsam geht, während du noch so jung bist. Eines Tages wirst du's schaffen. Eines Tages wirst du ganz groß werden, und dann wirst du dich an den alten Richter James erinnern und dich fragen, wie du's je fertiggebracht hast, dich mit ihm als Zimmergenossen zusammenzutun, als du noch ein kleiner Stinker in Washington, D.C., warst. Trag mir also jetzt nichts nach. Okay?“

„*Mea culpa*“, sagte Alec Barr. „Und nun wollen wir diese ergötzliche Puppe von dir kennenlernen. Unter der Bedingung, daß wir meinen Armutsstatus ganz offen darlegen. Ich bin kein Finalehopser, wie mein Alter das genannt hätte. In Ordnung?“

„Das ist mein Kumpel“, sagte an jenem Abend Jimmy James zu Amelia, als sie vorbeikamen, um Alec Barr abzuholen. „Er ist das Genie der Gruppe. Noch unerprobt, aber in schnellem Aufstieg begriffen. Was er da trägt, ist meine Krawatte. Er ist augenblicklich etwas knapp in Krawatten, dafür aber um so unverschämter. Nimm dich seiner an, Mele. Er ist außerdem knapp an guter Laune, schrecklich arm, schrecklich stolz und sehr oft schrecklich hungrig. Nach Speis und Trank, meine ich. Der Hunger nach allgemeinem Beifall ist ihm sowieso angeboren.“

Amelia Macmillan sah Alec Barr an und lächelte, kräuselte das gerade Näschen und verengte ihre Augen zu glücklichen Schlitzen.

„Es wird mir ein selten schönes Vergnügen sein", sagte sie. „Ein wirkliches Vergnügen."

„Fein", entgegnete Jimmy James. „Und jetzt gehen wir und tütern uns am letzten Abend vor meiner Rückkehr in die Salzbergwerke einen an. Glücklicherweise hab' ich ein bißchen Geld dabei."

„*Ich* leider *nicht*", sagte Alec Barr. „Es ist ein Zustand, an den Sie sich gewöhnen werden, Amelia. Bei mir ist er chronisch."

„Halt's Maul", sagte Jimmy James. „Ich hab' deine edle Armut langsam satt, und ich prophezeie dir, sie wird in Kürze beendet sein. Aber red um Himmels willen jetzt nicht mehr davon."

Alec Barr schmeckten die Drinks im Hamilton nicht. Ihm schmeckten Papa Liveras Antipasti nicht, Papa Liveras Pilze in Butter nicht, Papa Liveras Spaghetti *al dente*, Papa Liveras Steak und geknoblauchter Salat und Rumkuchen und saurer Rotwein und zolldicker Kaffee nicht. Er sah nur immer Amelia Macmillan an, sah eine Figur ohne Fehl. Er sah ein Mädchen, das sich noch nie seiner Familie hatte schämen müssen; ein Mädchen, das noch nie mit dem Zulassungsdekan über ein Darlehen verhandelt hatte; er sah ein Mädchen, das sich seine Studentinnenverbindung unter mehreren aussuchen konnte und nicht mal wußte, was der Begriff „Kugelwahl" bedeutete. Er sah ein Mädchen, dessen Familie in ihrer soliden Zahlungsfähigkeit automatisch im Landklub unterschrieb. Er sah ein Mädchen, das ein Kleid bei Garfinckel oder Woodward und Lothrop bestellen konnte; ein Mädchen, dem nie das Geld für ein Taxi fehlte.

„Wenn ich mir ein paar Straßenbahnfahrscheine in der Lokalredaktion klauen kann, würd' ich Sie gern mal besuchen, wenn der Anwalt erst zu seinen Büchern zurückgekehrt ist", sagte Alec Barr. „Wie weit in Chevy Chase draußen wohnen Sie?"

„Ein gestohlener Fahrschein genügt, wenn es Ihnen nichts ausmacht, ein paar Häuserblocks zu Fuß zu gehen", antwortete Amelia. „Und wenn Sie kein Verbrecherleben führen wollen, dann leihe ich Ihnen den Fahrschein, und Sie können mir das Geld wiedergeben, wenn Sie reich und berühmt sind. Nächste Woche ist Thanksgiving Day. Können wir mit Ihnen zum Dinner rechnen – ich meine eigentlich Lunch, aber es ist die Hauptmahlzeit. Mutter versteht sich großartig auf Truthahn, und Pa kredenzt uns zur Feier des Tages vielleicht sogar einen einzigen Drink."

„Ich würde gern kommen, wenn wir nicht arbeiten", sagte Alec Barr. „Aber Sie wissen ja: Die Nachrichten warten nicht."

„Natürlich, ich verstehe", erwiderte Amelia. „Eine eilige Sache."

„Richtig", entgegnete Alec Barr. „Manchmal wird jeder einzelne Mann gebraucht." Und dann fragte er sich unglücklich, ob dieses gesunde, reiche, blühende Mädchen eine Ahnung von seiner wirklichen Arbeit hatte, die aus Kleistermischen, Botengängen und dem Rumsitzen in einem Bullenpferch bestand, bis die blecherne Stimme eines Vasallen „Boy!“ brüllte, in der Absicht, ihm beizubringen, daß der stellvertretende Feuilletonredakteur unbedingt einen neuen Schub Hundefutter für seinen geliebten Foxterrier brauche.

Amelia sah Alec Barr prüfend an. Sie sah einen hageren jungen Mann, der dringend eines Haarschnitts bedurfte und einen schmutzigen Trenchcoat trug, als wollte er die Welt in die Schranken fordern und sein Recht, ihn zu tragen, geltend machen. Sie sah ein abgenutztes Hemd und die Krawatte des Zimmergenossen, einen sensiblen Mund und schlimm abgeknabberte Fingernägel. Sie sah, dachte sie, einen jungen Mann am Rande der Explosion und fragte sich, mehr als müßig, wie es wäre, wenn sie an dieser Explosion teilhätte.

40

Alec Barr schaffte es nicht, das Macmillan-Haus zur Feier der Pilgerlandung zu besuchen. Das Wasser lief ihm im Mund zusammen, wenn er an den Puter dachte, denn sein Bauch knurrte unablässig trotz eines ökonomischen Arrangements, das einem Burschen, der sich des uneingeschränkten Besitzes von fünfundzwanzig Cent erfreute, ein prächtiges Dinner, bestehend aus harten weißen Bohnen, strohdünnen Frankfurter Würstchen, klumpigem Kartoffelpüree, wäßrigem Kraut, Brot ohne Nährwert und durchsichtigem Kaffee, in einem Einmannlokal namens Thompson erlaubte. Im letzten Augenblick verlor Alec Barr die Nerven, als er sein sauberes, aber am Kragen durchgescheuertes Hemd, einen Anzug, der schon bedeutend bessere Tage gesehen hatte, ein Paar ziemlich rührselig anmutende Schuhe und einen Bargeldbestand von siebzig Cent musterte, mit dem er übers Wochenende auskommen mußte. Er wartete einen günstigen Augenblick ab, in dem alles in der Lokalredaktion im Waschraum war, und bewog dann, seiner Stimme barschen Redakteurston verleihend, die Telefonvermittlung, ihm eine Verbindung mit draußen zu geben. Er war lächerlich brüsk und geschäftsmäßig, als er Amelia Macmillan mitteilte, daß die Zeitung ihn am Erntedankfest nach außerhalb schicke, um, wie er schamlos draufloslog, über einen Mordprozeß in einer Stadt zu berichten, die er sicherheitshalber so weit entfernt wählte, daß sein Schwindel nicht nachgeprüft werden konnte. Danach verbannte er Amelia Macmillan konsequent aus seinen Gedanken und nahm seine Angriffe auf die Redaktionsbüros jeder Zeitung der Stadt mit Ausnahme derer, die ihn angestellt hatte, wieder auf.

Außer von dem Skandinavier mit den vom Whisky zerrütteten Nerven, der ihn aus der Redaktion hatte werfen lassen, weil er die große Sünde begangen hatte, nach einem Reporterjob zu fragen, war Alec von den meisten angegrauten Männern mit geröteten Gesichtern, die hinter Schreibtischen hockten, auf denen neben aufgespießten Abzugsfahnen und Stapeln von Manuskripten in gelben Umschlägen Schildchen ihre Funktionen kündeten, im allgemeinen freundlich und höflich behandelt worden. Besonders einer, im kleinsten Nachmittagsblatt der Stadt, war ausgesprochen liebenswürdig gewesen. Vielleicht lag es an der Ähnlichkeit ihrer Namen – dieser Bursche, eine Art Chefredakteur auf Zeit, hieß nämlich John Barry, nur einen Konsonanten von Alec entfernt. John Barry hatte einen kurzgeschnittenen Kugelschädel, ein gutmütiges, breites, mit Sommersprossen übersätes Gesicht, haarige, sommersprossige Hände und, so kam es Alec jedenfalls vor, ein ehrliches, sympathisches Lächeln. Pünktlich um vier Uhr nachmittags jeden Donnerstag suchte Alec den großen Mann an seinem Schreibtisch unter der großen Uhr auf, da er im *Star* Frühschicht hatte und um 14 Uhr fertig war. Jeden Donnerstag erschien Alec und hob fragend die Augenbraue; jeden Donnerstag blickte John Barry kurz von einem Haufen Papiere auf, lächelte und schüttelte den Kopf. Aber das Lächeln blieb unverändert herzlich und das Kopfschütteln freundlich. Alec fürchtete sich nicht vor den wöchentlichen Besuchen, die sich allmählich durch Monate hinzogen. John Barry hatte ihm gesagt, wenn im Stab der Copyboys eine Stelle frei würde, bekäme Alec den Posten. Hoffnung ersetzte die Nahrung als Kraftstoff bei Alec Barr; er wußte, daß die *News* eine junge Zeitung mit zu wenig Mitarbeitern, einem verblüffend hohen Umschlag an Talenten und absoluter Fehlanzeige an unnützen Schmarotzern war.

Es war ein niederdrückend grauer, regenverhangener Heiliger Abend; die schmutzigbraunen Überreste eines ursprünglich festlichen Schnees lagen noch auf den matschigen Straßen, als Alec seine Runde zur Redaktion der *News* machte. Es war ein miserables Weihnachten gewesen. Das möblierte Zimmer schien unerträglich, und einmal wenigstens war es Alec unmöglich gewesen, sich in ein Buch zu versenken. Es kam Alec Barr vor, als ob jedermann in der Stadt für die Weihnachtsfeiertage heimgefahren und er der einzige Überlebende in Washington sei.

Als Alec das gedrungene rote Backsteingebäude der *News* betrat und die Treppe in Richtung der Klappergeräusche aus dem Setzersaal hinaufstieg, fragte er sich bitter, weshalb er sich überhaupt die Mühe machte. Es gab keinen Nikolaus; es gab keinen Bob Cratchitt für Alecs

Tiny Tim. John Barry war ein netter, sommersprossiger Mann, aber er würde Alec Barr nie anstellen. Er blieb vor der Tür der Lokalredaktion stehen, beinahe entschlossen, wieder umzukehren.

„Ach, zum Teufel damit", sagte er zu sich selbst. „Einmal werd' ich das Glücksrädchen noch drehen." Er ging am unbesetzten Archiv vorbei, an den leeren Sportschreibtischen und den Reihen unbenutzter Schreibmaschinen zu einem fast leeren Raum. John Barry saß in einer Ecke und wühlte sich durch einen Stapel Manuskripte, und eine der Reporterinnen, eine eckige, bläßliche alte Jungfer, die einen Bleistift in den Knoten ihres straff nach hinten gekämmten schwarzen Haars gesteckt hatte, tippte unlustig auf ihrer Maschine in einer anderen Ecke. Sie sah aus, als ob sie nur deshalb den Heiligen Abend im Büro verbrächte, weil sie nirgendwo sonst hingehen konnte. Die einzig wahrnehmbare Aktivität der Zeitung drang rasselnd aus der Setzerei.

Alec bewegte sich langsam auf den Schreibtisch John Barrys zu. Beim leisen Geräusch der Schritte blickte John Barry auf, und das sommersprossige Gesicht unter der kurzgeschnittenen Bürste verzog sich zu einem breiten Lächeln. Er nickte heftig. Diesmal sah die Kopfbewegung anders aus. Sie ging auf und ab, nicht von links nach rechts.

„Ich wollte Sie gerade anrufen", sagte John Barry. „Sie haben einen Job. Wir haben wieder ein paar Leute entlassen, und ich habe gerade zwei Copyboys in den Redaktionsstab geholt. Es ist ein Nacht-Copyboy-Job, wenn Sie ihn wollen – Mitternacht bis acht , und die Bezahlung ist fünfzehn die Woche. Wollen Sie ihn?"

Einen kurzen Augenblick zögerte Alec und entschied sich dann, es drauf ankommen zu lassen.

„Nein", sagte er. „Ich möcht' ihn nicht, wenn's bloß wieder ein Copyboyjob ist. Wenn die Chance besteht, bald in den Redaktionsstab aufzurücken, nehm' ich den Job mit Vergnügen. Auf jeden Fall sind's drei Piepen mehr pro Woche, als der *Star* zahlt. Das ist beinah meine Zimmermiete. Aber nicht ohne schnelle Zukunftsaussichten, Mr. Barry. Ich hab's satt, nach Kaffee und Coca-Cola zu rennen."

John Barry besah sich den nervösen jungen Mann im schäbigen Trenchcoat, sein Blick huschte von dem dünnen Gesicht zu den durchweichten, vom Winter ruinierten Schuhen hinunter.

„Könnten Sie heute nacht schon anfangen?" fragte er.

„Ja, könnt' ich. Aber ich hab' vierzehntägige Kündigung beim *Star*. Wenn ich morgens kurz vor acht verschwinden könnte, käm' ich gerade noch für die Tagesschicht im *Star* zurecht. Aber nur, wenn ich überzeugt sein kann, daß ich hier in aller Bälde *wirklich* was zu tun bekomme."

„Können Sie Nachrichten schreiben? Ein Feature? Manuskripte redigieren?"

„Ich kann Nachrichten schreiben. Ich kann ein Feature schreiben. Ich kann Manuskripte redigieren. Ich kann Schlagzeilen schreiben und denke, daß ich auch mit dem Feuilleton umgehen kann. Was ich nicht weiß, kann ich lernen."

John Barry lächelte den jungen Mann wieder an.

„Ich glaube, Sie schwindeln das Blaue vom Himmel runter", sagte er in bester Laune. „Aber ich hab' hier mehr oder weniger auch so angefangen. Bluff. Nur, daß ich damals Taxifahrer war, weil mich niemand für einen guten Klavierspieler hielt. Ich bewundere einen einfallsreichen Lügner. Okay, mein Junge – wie war gleich Ihr Vorname?"

„Alec, Sir. Ich schätze, meinen Nachnamen haben Sie behalten, er klingt ganz ähnlich wie Ihrer."

„Hab' ich. Und –", lange Pause und wieder ein Lächeln, „– ich glaube, ich werde ihn immer behalten. Wahrscheinlich werden wir dauernd unsere Post verwechseln. Sie sind angestellt. Und Ihre Strafe beim *Star* brauchen Sie nicht abzusitzen. Ihr Chef drüben ist ein Freund von mir. Ich ruf' ihn jetzt an, und er wird Sie von Ihren Fesseln befreien – wobei ich betonen will, daß ich Ihre Bereitwilligkeit, den Anstellungsvertrag bis zum Ende zu erfüllen, durchaus billige. Und der erste frei werdende Posten in der Redaktion ist Ihrer, selbst wenn sich's um Nachtklubs oder die Frauenseite handeln sollte. Einverstanden?"

„Einverstanden. Was hat Ihr Nachtcopyboy eigentlich zu tun? Ich meine üblicherweise."

„Kleistermischen. Dann lernt er, mit dem alten Fitz, dem Nachtmanuskriptleser, auszukommen. Wenn Sie's mit Fitz schaffen, setze ich Sie bei Tag mit Riley ein. Wenn Sie's mit Riley *und* Fitz schaffen, sind Sie automatisch Kandidat für meinen Job. Wiedersehen, Junge. Bis morgen früh."

„Ich werde pünktlich um –" Das Telefon auf John Barrys Schreibtisch läutete mißtönend. John Barry hob um Ruhe bittend die Hand und horchte. „O Jesus", sagte er in den Apparat. „Ich muß den Stab klein halten. Der Bereitschaftsdienst hat früh Schluß gemacht, und es ist niemand da außer Abigail und ..." Er streifte Alec Barr mit einem zweifelnden Blick. „Bleiben Sie am Apparat." Er legte den Hörer auf seinen Schreibtisch und sah Alec Barr wieder an.

„Haben Sie je über einen wirklich großen Brand berichtet?"

„Nein, Sir. Kleine Brände, ja."

„Nun, ein großer Brand ist bloß ein kleiner, über den sich's leichter berichten läßt. Der halbe Südwesten von Washington scheint in Flammen zu stehen. Es wird die große Story von morgen sein, und in unserem Laden ist niemand außer Ihnen und mir und Abigail – und Abigail ist keine Big-Story-Reporterin. Wollen Sie Reporter werden, schnell?"

Alec Barr antwortete nicht. Er nickte nur kurz. John Barry sprach wieder in den Apparat.

„Alles klar. Ich schick' einen Mann. Fahren Sie selbst raus, wenn Sie jemand auftreiben können, der nüchtern genug ist, um den Laden zu schmeißen. Ich werde die Bars nach Fotografen durchkämmen. Den neuen Jungen schick' ich jetzt." Kurze Pause, dann sprach John Barry wieder: „*Barr*. Alec *Barr*. Hab' ihn eben angestellt. Jawohl. Rufen Sie an, und ich werd' dafür sorgen, daß die Setzerei bereit ist, wenn der Barr-Junge schnell genug spurt."

Er legte den Hörer auf, sah Alec wieder an und bellte:

„Los, springen Sie! Fahren Sie zur Four-and-a-Half-Street raus, und suchen Sie die Stelle mit dem meisten Rauch. Haben Sie Geld?"

„Nicht viel", sagte Alec. „Ich hab' eine Sammelkarte für die Straßenbahn."

„Wenn wir's noch in die letzten Meldungen reinbringen wollen, die gerade gesetzt werden, geben Sie sich nicht mit der Straßenbahn ab. Hier sind fünf Piepen. Und nun machen Sie schnell, und rufen Sie mich an, sobald Sie eine ungefähre Schätzung der Toten und des Schadens, von Ursache und Wirkung haben. Springen Sie!"

Alec Barr schnappte sich den Geldschein und lief zur Tür. Als er verräuchert, mit versengten Augenbrauen nach sechs Stunden wieder durch die Tür trat, saß John Barry noch an seinem Schreibtisch.

Der Chefredakteur sah zu seinem neuen Copyboy auf.

„Verdammt gute Arbeit, Junge", sagte er. „Wir haben einen schnellen Kasten für die Letztmeldungen gemacht. Sie diktieren ziemlich gut. Wenigstens hat's Abigail verstanden. Wie ist die Story für einen Nachtbericht?"

„Es war 'ne ziemlich tolle Story", sagte Alec und setzte sich auf die Ecke des nächsten Schreibtischs. „Ein Betrunkener fiel offenbar in einen Weihnachtsbaum und setzte einen ganzen Wohnungsblock in Brand. Dehnte sich mächtig aus. War ziemlich scheußlich. Der Gestank, meine ich. Es war wie die Küche eines großen Restaurants, dessen Koch betrunken ist. Und was mich wirklich weich gemacht hat, das waren die toten Kinder und die toten Truthähne und die toten Puppen."

„Wie meinen Sie das, die toten Kinder und die toten Truthähne und die toten Puppen?" John Barry stieß seinen Sessel zurück, kreuzte die Arme über der Brust und sah Alec Barr fragend an.

„Es hat mich wirklich erschüttert. Es war so – nun, die kleinen toten Kinder waren zusammen in eine Reihe mit den kleinen verkohlten Putern und den kleinen geschmolzenen Puppen gelegt. Alle in einer Linie. Ein Kind, ein Puter, eine Puppe. Linie um Linie – auf den vom Feuer geschwärzten armseligen Rasen ausgestreckt."

„Könnten Sie's so schreiben?" fragte John Barry.

„Ich kann's so schreiben", erwiderte Alec Barr. „Welche Schreibmaschine kann ich benutzen?"

„Schreiben Sie's so", sagte John Barry. „Genau so, und Sie können jede Maschine im Laden benutzen. Lassen Sie sie laufen, und schreiben Sie, soviel Sie müssen, um die Geschichte zu erzählen." Er langte in seine Schreibtischschublade und brachte eine Flasche Whisky zum Vorschein. „Sie sehen ein bißchen blaß aus. Einen Drink?"

Alec Barr sah seinen neuen Arbeitgeber an. Und lächelte. Ein wenig Farbe kehrte in sein Gesicht zurück, und der Geruch verbrannten Fleischs stach ihm nicht mehr so sehr in die Nase.

„Nicht, bevor ich den Artikel fertig habe, Boß", sagte er. „Dann mit dem größten Vergnügen."

Alec Barr setzte sich und hämmerte seine Story herunter, wild und schnell mit zwei Fingern auf eine fremde Underwood lostippend. Er reichte das Manuskript John Barry, Seite um Seite. Als er auf die letzte Seite „Finis" geschrieben hatte, war es dreiviertel zwölf.

Er reckte sich, kratzte sich den Rücken, gähnte und ging zu John Barrys Schreibtisch hinüber. John Barry las die letzte Seite und langte noch einmal in die Schreibtischschublade.

„Ich bin zwar sehr dagegen, daß Copyboys im Dienst trinken", meinte er, Alec Barr die Flasche reichend. „Aber da Sie bloß eine Nacht in dem Job sein werden, soll mir's recht sein. Da, nehmen Sie einen ordentlichen Schluck, denn morgen früh um acht sind Sie entlassen." Er lächelte wieder, das breite, warme Lächeln, das seine Sommersprossen dehnte und zum Glühen brachte. „Sie haben einen neuen Job."

Alec verschluckte sich nicht, als er einen Mordsschluck rohen, billigen Whiskys aus dem Flaschenhals nahm. Er gab die Flasche zurück und sagte kurz: „Danke. Wo ist das Zeugs für den Kleister?"

„Meine *Reporter* brauchen keinen Kleister zu mixen", sagte John Barry und streckte seine breite, haarige, sommersprossige Hand aus. „Das überlassen wir den Copyboys. Ist dieser Fotograf noch zeitig genug erschienen, um was zu knipsen?"

„Ich glaube, ja", antwortete Alec Barr. „Ich hab' ihm gesagt, was er schießen soll. Wir verloren schnell Licht. Wir hätten nicht viel gekriegt, aber es müßte eigentlich in Ordnung sein, wenn Ihr Bursche was von seinem Elektronenblitz versteht. Am Schluß hab' ich selbst noch ein paar Blitzlichter für ihn gezündet. Er entwickelt die Bilder für die Erstausgabe."

Anderentags bedeckte Alec Barrs Story die gesamte Vorderseite; nur Kleinigkeiten waren geändert worden. Die von ihm ausgelösten Blitzlichter hatten gute Arbeit geleistet; beide, Alec Barr und der Fotograf, gewannen in jenem Jahr Preise für ihre toten Babys und kleinen toten Puppen und kleinen toten Truthähne.

41 Amelia

Das erste wirklich Bedeutungsvolle, was Alec Barr mit seinem neuen Reichtum anfing – der Sprung von zwölf Dollar die Woche auf fünfzehn für die Arbeit einer Nacht als Copyboy bei der *News* und dann die Zehndollaraufbesserung zum Überfluß von fünfundzwanzig versetzten ihn in schwindelnde Wohlhabenheit –, war der Kauf eines Autos.

Das Auto war ein gebrauchtes Ford-Coupé mit Klappsitzen, in den Anzeigen als „sauber, überholt", neu lackiert und in Getriebe und Bremsen tadellos funktionierend bezeichnet. Es würde Alec dreißig Dollar pro Monat Ratenzahlung auf genau achtzehn Monate kosten. Die Bürde drückte sein Budget nicht allzusehr. Bewaffnet mit Schild und Küraß eines Stabsreporters, verschaffte er sich mühelos einen Job als Werbetexter für ein kleines Hotel und einen Nachtklub und schraubte so sein direktes Wocheneinkommen auf die phantastische Summe von fünfzig Dollar hinauf. Der Sprung von zwölf auf fünfzig war atemraubend in seinen Möglichkeiten. Plötzlich hatte er einen festen Kredit für Anzüge bei Kaufman und Hecht. Plötzlich standen mehr als ein Paar Schuhe im Wandschrank der kleinen möblierten Zweizimmerwohnung in der Wisconsin Avenue, die er sich gemietet hatte, um sie – herrlich – allein zu bewohnen. Plötzlich spürte er gut verarbeitete, neue Wolle auf dem Rücken, das Streicheln ungetragenen Wäschestoffs weich auf der Haut. An den abgetragenen Trenchcoat klammerte er sich allerdings noch als an eine Art Berufsabzeichen, aber er glich ihn mit einem weichen Filzhut aus, den er in derselben kecken Schurkenart eingeknifft trug wie John Barry. Seine Krawatten waren neu, und er hatte Geld in der Tasche.

Mit klirrenden Sporen und in schimmernder Wehr, mit rasselndem Schwert und eingelegter Lanze ritt Alec Barr zu Hofe. Er ließ seine Namenszeile als Wimpel flattern, und sein Roß war kraftvoll mit Superbenzin aufgetankt, sein Fell auf Hochglanz poliert. Zwei Jahre nachdem er auf der Universität graduiert und sich den öden, enttäuschenden Lehrjahren erniedrigender Gesindedienste unterworfen hatte, war Alec Barr endlich ein Mann, der einen Männerjob für einen anständigen Männerlohn ausfüllte. Die Falten auf Bauch und Stirn waren, wenigstens vorläufig, verschwunden. Alec Barr war Reporter mit Namenszeile in einer hauptstädtischen Zeitung, wenngleich es das kleinste und ärmste Blatt der Stadt war.

Amelia Macmillan saß auf der Seitenveranda, lesend im Schatten einer Hollywoodschaukel, als Sir Alexander Barr, der fahrende Ritter, mit Fanfarenklängen auf seinem blitzenden, neuen schwarzlackierten Roß aus zweiter Hand erschien. Sir Alexander Barr dehnte die knochigen Glieder in seiner neuen Cheviotrüstung und schlenderte die mit Steinplatten gepflasterte Auffahrt hinauf, um sein schönes Burgfräulein zu begrüßen. Er hatte seine Zeitung mit und schien extra erfunden worden zu sein, um als Star in einem Zeitungsfilm mit dem Prädikat „wertvoll" mitzuwirken.

„Ich hab' Ihnen die letzte Ausgabe mitgebracht", sagte er lässig. „Mußte einen Blitzartikel schreiben. Wir sind nämlich heute knapp an Nachrichten. Sie haben ihn auf die Vorderseite gesetzt." Er ließ die Zeitung, Vorderseite oben, auf den Sitz der Hollywoodschaukel fallen.

„Zu nett, Sie wiederzusehen, Alec", sagte Amelia. „Ich dachte schon, Sie wären abgereist oder seien gestorben oder was weiß ich. Letzten Herbst haben Sie mir versprochen, mich zu besuchen, aber Sie sind nie gekommen." Sie würdigte das noch druckfeuchte Blatt neben sich keines Blicks.

„Hatte viel zu tun, schrecklich viel zu tun", sagte Alec. „Wir haben sehr wenig Personal."

„Oh", sagte Amelia. „Ich dachte, der *Star* hätte eine Menge Reporter." Sie hatte immer noch keinen Blick auf die Zeitung geworfen, auf den Dreispaltenkasten unten auf der Vorderseite mit der Verfasserzeile „Alexander Barr, Stabsreporter".

„Ich bin zu den *News* übergewechselt", sagte Alec. „Ist mehr Bewegung drin. Keine Familie, die dauernd dazwischenpfuscht."

„Wir lesen die *News* nicht", sagte Amelia. „Daddy will sie nicht im Haus haben. Das ist wahrscheinlich der Grund, weshalb ich nicht wußte, was Sie machen." Jetzt sah sie auf die Zeitung hinunter. „Oh, da steht ja Ihr Name! Wie himmlisch! Man muß was ziemlich Besonderes sein, wenn man als Verfasser einer Story genannt wird, nicht wahr? Und auch noch auf der Vorderseite."

„Nichts so Besonderes. Bloß Glück, schätze ich."

Jetzt sah sie schnell auf das Auto.

„Was für ein hübscher Wagen", sagte sie. „Könnt' ich mal mitfahren?"

„Klar", antwortete Alec. „Fahren wir doch zum Hot Shoppe rüber, und trinken wir einen Milkshake oder so was. Ich hab' den Wagen kürzlich gekauft, und als ich hier vorbeifuhr, erinnerte ich mich, daß Sie sagten, Sie wohnten hier, und da dachte ich, ich schau' mal rein und sage guten Tag. Haben Sie von Jimmy gehört?"

Sie erhob sich von der Hollywoodschaukel, strich sich das Kleid vorn glatt und griff dann nach der Zeitung.

„Ich will bloß Mutter schnell sagen, daß ich wegfahre", sagte sie. „Sie können sie dann kennenlernen, wenn wir zurückkommen. Nein, ich hab' nichts von Jimmy gehört. Wahrscheinlich hat er in Karolina ein neues Mädchen gefunden. Ich vermute, er muß ziemlich viel büffeln, um sich auf sein Juraexamen vorzubereiten."

„Ich bin froh, daß ich die ganze Studiererei hinter mir habe", entgegnete Alec. „Ich versteh' wirklich nicht, wo ein erwachsener Mann die Geduld hernimmt, noch weiter mit Kindern zur Schule zu gehen."

Amelia hob die Augenbraue und ging ins Haus.

„Ich bin gleich wieder da", sagte sie.

Es war ein warmer, früher Frühlingstag in Washington, die Kirschbäume im Potomacpark blühten bereits, und die Hartriegel im Rock Creek waren schneeweiß von Blüten. Amelia trug einen braunen Leinenrock mit blauseidener Hemdbluse, die beinah die Farbe ihrer Augen hatte. Ihre nackten Beine waren schon zartbraun. Ihre Hüften bewegten sich unter dem braunen Leinen weich und ungezwungen, während sie mit langen Schritten in ihren braun-weißen Pumps davonging.

Alec sah ihr nach, als sie im Haus verschwand, und blickte sich dann um, betrachtete Haus und Hof. Es war nicht gerade ein verblüffend luxuriöses Anwesen, aber es hatte genau das Aussehen – wertvoll, solide –, nach dem sich Alec Barr als Kind und mehr noch als junger Mann immer gesehnt hatte. Es sah zweckvoll und sachgemäß gepflegt aus: der Rasen sauber gemäht, die Narzissen knackfrisch und prangend, der fliesenbelegte Pfad tadellos gefegt, selbst die Feldsteine des Hauses sahen geschrubbt aus, wo sie durch das glänzende, netzartige Grün der Kletterpflanzen durchschimmerten.

Ebenso frisch, sauber gewaschen und geschniegelt schien das Dienstmädchen, das rasch auf die Seitenveranda glitt, um ein Eisteeglas, eine Platte mit den Resten eines frühen Snacks, zwei Bücher und ein Magazin abzuräumen. Sie nickte Alec Barr höflich zu, der das gefällige, unterwürfige Gesicht, die gute Figur in schwarzer Uniform mit weißer Schürze und das schneeweiße Spitzenhäubchen auf dem wohlondulierten Kopf anerkennend bemerkte. Alec hatte noch nie ein *weißes* Dienstmädchen aus der Nähe gesehen; seine einzige Verbindung mit Dienstboten war die aufgedunsene, vollbusige schwarze Lil seiner Kindheit und die gelegentliche Betrachtung von Filmsilberdienern gewesen, wie sie von Arthur Treacher gespielt wurden.

Amelia erschien in der Tür.

„Mutter möchte Sie gern kennenlernen", sagte sie. „Daddy macht ein Nickerchen, aber er wird wieder wach sein, wenn wir zurückkommen. Also los, probieren wir Ihren *neuen* Wagen aus."

„Er ist eigentlich nicht neu, wissen Sie", sagte Alec. „Ich kann mir fabrikneue Wagen noch nicht ganz leisten."

„Nun, er sieht auf jeden Fall neu aus", meinte Amelia, in den Wagen steigend, wobei ihr Schenkel kurz zu sehen war. „Er *riecht* sogar neu. Ich finde, es ist ein reizender Wagen, Alec, und Sie sind wirklich tüchtig, daß Sie sich einen so hübschen Wagen schon in Ihrem ersten anständigen Job kaufen können."

In diesem Augenblick wäre Sir Alexander Barr mit dem größten Vergnügen auf einen Drachen beliebiger Größe mit bloßen Händen losgegangen. Statt dessen schob er den Gang ein und bemerkte so nebenbei, daß man in *seinem* Beruf ein bißchen schlampig aussehen müsse, weil die Öffentlichkeit es erwarte und jeder, der idiotisch genug sei, sich einen Cadillac-Status zuzulegen, glatt aus dem Presseklub rausgeworfen würde. Während er das sagte, war er sich seiner blendend-eleganten neuen Kleidung bewußt.

Sie fuhren dahin, plauderten ungezwungen von der Schönheit des frühen Frühlingsabends im Rock Creek Park und von der Wahrscheinlichkeit, daß Amelia im Juni auf der George-Washington-Universität graduieren werde. Amelia spielte nicht mehr auf Jim James an, bis Alec erwähnte, er beabsichtige, die Universität zu den Junibällen zu besuchen – wär' doch nett, den alten Jim bei der Gelegenheit wiederzusehen –, und fortfuhr: „Meine Verbindung gibt eine Hausparty. Ich weiß nicht, wie Sie das hier machen –", lange Pause, um den versteckten Snobismus zu betonen, der gut zu dem schurkisch aufgesetzten Hut und dem absichtlich schäbigen Trenchcoat passen mußte, „– aber da unten werfen wir alle Kommilitonen aus dem Haus – meinem Verbindungshaus, meine ich –, und die Mädels ziehen ein. Die Hausmutter behütet die Damen, und alle Burschen ziehen in die Buden der Dekes oder der KAs oder der Kappa Sigs oder SAEs auf der anderen Straßenseite. Es ist ein Mordsspaß."

Jawohl, es würde wirklich ein Mordsspaß werden, sagte sich Alec Barr, während er seinen schimmernden Stahlrenner in die abgeteilten Parklücken vor dem Hot Shoppe manövrierte. Ein Mordsspaß, vor dem alten Delt-Haus im höchsteigenen Wagen vorzufahren, vielleicht mit dem hübschesten Mädchen aus vielleicht einer der besten Familien einer Großstadt à la Washington, D.C., mit einem funkelnagelneuen Smoking und Geld in der Tasche – richtigem Geld in der Tasche und einem halben Dutzend Flaschen guten Whiskys im Gepäckraum. „Well, hier ist der gute alte Bruder Barr", rezitierte er im Innern. „Wie geht's dir, Bruder Barr? Stimmt's denn, was wir da hören, daß du Starreporter in Washington bist und täglich auf der Vorderseite stehst?" Alec leckte sich in Gedanken die Lippen.

Dann sagte er leichthin mit einem leisen Anflug falscher Demut:

„Wird nett sein, mal zur alten Penne zurückzukehren, zumal ich jetzt über was Besseres als einen Bürojungenjob zu reden habe. Besonders freu' ich mich, den alten Skipper Henry wiederzusehen. Er hat mir meinen ersten Job bei einer Landwochenzeitung verschafft, müssen Sie wissen. Ich war ziemlich stolz, daß ich den Job kriegte, selbst wenn er nicht viel taugte. Ich war noch nicht mal als Journalismusstudent eingeschrieben, und der alte Professor Henry gab mir den ersten lumpigen Job, der sich anbot. Aber ich konnt's in diesem öden Nest einfach nicht aushalten, worauf ich kündigte, auf ein Schiff stieg und nach Europa fuhr.“ Alecs Ton deutete an, daß tiefere Ursachen wie etwa persönliche Verantwortlichkeit in einem Vaterschaftsprozeß seiner Abreise zugrunde lagen.

Amelia sah Alec mit neuem Interesse an.

„Ich wußte gar nicht – Jimmy hat mir nie gesagt, daß Sie in Europa waren. Das ist sehr aufregend“, sagte sie. Die Kellnerin des Drive-in-Restaurants näherte sich. Amelia hob fragend die Augenbraue. „Was bestellen wir?“

„Verlassen Sie sich auf mich“, sagte er. „Ich hab' etwas entdeckt. Zwei Gläser doppelten Limonensaft mit einem Haufen Eis“, sagte er zu der hübschen Bedienung. Dabei zwinkerte er Amelia zu. „Ich glaube, es ist nicht zu früh am Tage für einen Drink“, meinte er und langte ins Handschuhfach. „Ich hab' zufällig eine Flasche Gin mit. Dürfen Sie trinken?“

„Wir trinken zu Hause im allgemeinen keinen Alkohol. Aber seitdem ich auf der Uni bin, haben meine Eltern nichts dagegen, wenn ich hin und wieder bei einer Verabredung einen Kleinen kippe. Außer einmal abends.“ Amelia lachte. „Ich war auf einem Ball und kam ein bißchen angeschickert heim. Und beim Ausziehen schloß ich mich in einen Wandschrank ein, und Mutter mußte mich rausholen. Sie hat einen Mordsstunk an dem Abend gemacht.“

„In meinem Beruf muß man was trinken“, erklärte Alec gedehnt, beinah mit schweren Lidern. „Ich meine, wir berichten nicht gerade über Sonntagsschulen, und man muß für eine Durchschnittsstory manchmal ewig rumsitzen und warten. Irgendwie – Gott sei Dank, daß Roosevelt die Prohibition aufhob, denn ich hab' mir die Milchzähne an Maiswhisky ausgebissen – bringen wir's meistens fertig, das Warten in einer Kneipe zu erledigen. Aber Amerika ist, was das Trinken anlangt, noch ziemlich unzivilisiert. In London und Hamburg und Rotterdam und Antwerpen und Paris und ähnlichen Städten ist Trinken eine Selbstverständlichkeit.“ In seinem überheblich-gedehnten Ton schwang jetzt ein hämisches Grinsen mit. „In Washington kann man nicht mal an einer Bar stehen.“

„Waren Sie wirklich in all diesen Städten?“ Amelias Stimme klang angenehm erstaunt und beeindruckt.

„Nicht gerade erster Klasse. Aber wenigstens *war* ich da. Es gibt Leute mit reichen Eltern, die sie auf die Grand Tour schicken. Andere schaufeln Schafsdung und schieben acht Stunden Ruderwache. Ich hab' Schafsdung geschaufelt und acht Stunden Ruderwache geschoben. Aber ich schätze, die Mädchen sind überall gleich, ganz egal, wie man hinkommt.“ Alec mußte sich zusammennehmen, um nicht schlüpfrig ein Auge zuzukneifen und etwas besonders Dämliches zu bemerken, wie etwa: „Sie wissen ja, wie die Mädchen in der ganzen weiten Welt sind.“ Glücklicherweise schob er seinen Satz auf, fast sicher, daß Amelia die Frage stellen würde: „Und wie *sind* die Mädchen in Deutschland, England und Frankreich?"

„Ach, Sie wissen ja, wie Mädels in der ganzen weiten Welt sind", antwortete Alec, nun nicht mehr fähig, dem Satz zu widerstehen. „Manche hübsch, manche häßlich. Manche –" Er zuckte die Schultern. „Ein gewöhnlicher Seemann auf einem Trampfahrer bekommt im allgemeinen nicht viele junge Damen der Gesellschaft zu sehen." Junge, Junge, frohlockte Alec innerlich. Und wie war's bei *mir*?

„Es muß ein wundervolles Erlebnis gewesen sein. Wenn ich mich nicht verheiraten sollte, werd' ich vielleicht meine Eltern überreden, mich in diesem Sommer rüberzuschicken – wenn meine Zeugnisse in Ordnung sind und ich *cum laude* graduiere. Ich habe so 'ne Art kleine Reserve – hab' gerade genügend beiseite gelegt, um Phi Beta Kappa zu schaffen."

„Das lass' ich mir gefallen", meinte Alec. „Ich hab's auch so gemacht. Nicht leicht."

Jetzt kam die Bedienung mit dem geeisten Limonensaft. Alec bedankte sich, zahlte und wartete, bis ihre schmucke, gelbuniformierte Kehrseite im Labyrinth des Hot Shoppe verschwand, um für immer als Opfer des Minotaurus unterzutauchen, der seinen jährlichen Zehnten an Jungfern forderte, die erfolglos die Hallen der Regierung berannt hatten.

Dann goß Alec schnell einen Schuß Gin in die geeisten grünen Drinks und rührte mit den dicken Hot-Shoppe-Strohhalmen rasch um.

„Das wird Ihnen Haare auf der Brust wachsen lassen", sagte er grinsend und dann: „Entschuldigen Sie, war nicht persönlich gemeint. Und wie steht's nun mit Ihrer Aussicht, sich zu verheiraten?"

„Augenblicklich ist niemand Passendes da. Es war bloß so eine Redensart." Amelia grinste zurück, unter ihren Wimpern emporblickend, während sie an dem Drink nippte. „Oh, das schmeckt aber gut. Und wenn ich wirklich Haare auf der Brust haben wollte –", das Wort nahm das anzügliche Ausmaß von *Brüsten* an, „– wenn ich *wirklich* Haare auf der Brust haben wollte, würde das hier sie bestimmt rauslocken. Bloß meiner Mutter dürfen wir nichts davon erzählen." Sie grinsten wieder, wie Verschwörer, und Alec hatte plötzlich das selbstzufriedene Gefühl, er sei mit der Hand unter ihren braunen Leinenrock gefahren, hätte sie auf den festen, gebräunten Schenkel gelegt und sei nicht zurückgewiesen worden.

„Irgendwie sind wir zwischen Europa und den Haaren auf Ihrer Brust vom Thema abgekommen", sagte er, und nun lag verschmitzte Sicherheit in seiner Stimme. „Glauben Sie, Ihre Eltern hätten was dagegen, wenn Sie mit einem verrufenen Zeitungsmann zu den Junibällen gingen? Als eine Art Versuchsballon für Europa, meine ich? Lerne zuerst Amerika kennen, so ähnlich?"

Amelia nippte ihren Drink und lächelte wieder, den Mund in die grüne Flüssigkeit versenkt und durch ihre Wimpern blinzelnd, von denen Alec jetzt geschworen hätte, daß sie goldene Spitzen hatten.

„Ich glaube, sie werden nichts dagegen haben. Ich bin jetzt ein großes Mädchen. Einundzwanzig im Mai. Es bleibt nicht viel zu verbieten übrig, wenn man ein freies, weißes, einundzwanzigjähriges Mädchen ist und –"

„– kußbereit dazu?" beendete Alec den Satz.

„So heißt die Zeile", erwiderte Amelia leicht errötend. „Ich glaube, ich wollte sagen, daß ich schon geküßt worden bin und daß es jetzt keine gesetzliche Möglichkeit gibt, mir mehr davon zu verweigern. Oder so ähnlich."

„Wir werden sehen, wir werden sehen", sagte Sir Alexander fest und keck. „Das werden wir sicher sehen."

„Bloß, daß ich Bescheid weiß, wenn ich gefragt werde: Sie sind nicht katholisch, nicht wahr?"

„Nein", antwortete Alec Barr. „Ich bin Atheist."

42

Der spreizbeinig vor dem kalten Kamin stehende Walker Macmillan schien Alec Barr, als er das Wohnzimmer von Amelias Haus betrat, ungefähr zehn Fuß groß zu sein. Walker Macmillan entsprach an vollendeter Gediegenheit voll und ganz der hohen, von Eichenbalken getragenen Decke des Raums, wie auch Betsy Macmillan zu den Schutzdeckchen auf den gepolsterten Mahagonimöbeln paßte. Die Kirmanshahbrücke auf dem hochpolierten hellen Parkettboden war nicht reicher in ihrer Tönung als die Gesichtsfarbe von Amelias Vater; der weiße Tüll der Vorhänge nicht zarter als die Wangen von Amelias Mutter. Walker Macmillan trug einen Shrine-Halbmond im Knopfloch; Betsy Macmillan trug ein hauchfeines Spitzentuch um den nur leicht gerunzelten Hals.

„Meine Frau sagt mir, Sie seien einer von den Zeitungsjungs", sagte Walker Macmillan dröhnend, als brächte er ein unbestreitbares, schlagkräftiges Argument vor der Jahreskonklave des Optimistenklubs vor. „Im allgemeinen hab' ich festgestellt, daß sie ein Haufen ziemlich anständiger Burschen sind. Mit mir sind sie jedenfalls immer zuvorkommend umgegangen, wenn sie über etwas berichteten, womit ich zu tun hatte. Vielleicht nicht ganz akkurat – aber ich glaube sagen zu können, daß die Zeitungsleute zu meinen besten Freunden gehören."

Alec Barr unterdrückte ein Verlangen zu schreien, während er an einige der Bürgervereinstreffen und Kameradschaftsklub-Frühstücke dachte, über die er gelegentlich zur Aufstockung seines Gehalts als Copyboy berichtet hatte, als er noch bei Washingtons amtlicher Schwiegermutter, dem *Star*, gewesen war. Jede Minute würde Walker Macmillan jetzt sagen:

„Mir scheint, die Zeitungsjungs sind sozusagen unterbezahlt, nicht wie die Burschen im Anzeigengeschäft. Ich vergesse nie, ein paar Krüge zu Weihnachten rumzuschicken. Was für Nachrichten – äh – *bearbeiten* Sie?" Walker Macmillan lächelte, sich selbst beglückwünschend. Er hatte das richtige Wort so sicher gefunden, wie ein Shriner den anderen Shriner in einer fremden Stadt riecht.

„Allgemeine Einsätze, Sir", antwortete Alec Barr. „Alles, von Bränden bis –", schleunigst unterdrückte er „Vergewaltigungen" und „Optimistenklub" als Alternativen, „– zu Kongreßverhören."

„Das ist alles sehr interessant", dröhnte Walker Macmillan. „Ich wette, Sie lernen alle möglichen interessanten Leute kennen." Er zwinkerte und warf seiner Frau einen schwer mit Humor befrachteten Blick zu. „Ich schätze, es ist nicht zu früh, der Presse einen Drink zu servieren. Was meinst du, Mutter?"

„Oh, *du*", sagte Betsy Macmillan. „Ich muß schon sagen." Plötzlich wurde Alec klar, wo Amelia den Aufwärtsblick durch den Schleier ihrer Wimpern gelernt hatte. „Ich nehme an, es kann nichts schaden – nur dies eine Mal –, da Mr. Barr ein richtiger Zeitungsmann und alles ist."

Alec fühlte sich gehoben. Er war ein richtiger Zeitungsmann und alles, dem man in einem Haus einen Drink anbieten konnte, in dem nicht täglich getrunken wurde, das jedoch eine Ausnahme machte, weil er ein richtiger Zeitungsmann und alles war. Ein verwegener, liederlicher Bursche – und alles.

„Oh, ihr Männer", sagte Betsy Macmillan, „Ich denke, ich werd' auch ein Schlückchen trinken, wenn du nicht zuviel Alkohol reintust und die Kleine auch eins mit mir trinkt."

Die Atmosphäre geistesverwandter Verschwörung war vollkommen. Vater Macmillan holte die Drinks, schweren Whisky mit wenig Soda, außer für Mutter und Tochter, die leichten Whisky mit viel Soda bekamen.

„Ich glaube, für die Damen ist er mit viel Soda besser", meinte Walker Macmillan. „Nun, prost allerseits!"

„Prost", sagte Alec Barr, ein Viertel seines Drinks in einem Zug hinunterkippend, um die Maskerade fortzusetzen. „Das ist ein wirklich guter Whisky."

„Süffiger Whisky", erwiderte Amelias Vater. „Kannte ihn schon vor der Prohibition. Saure Maische. Heißt Jack Dawson. Ich trink' nie was anderes. Es sind die Cocktailmixturen, die einen umbringen."

„Bin ganz Ihrer Meinung", sagte Alec Barr und fragte sich, ob man sich in diesem Haus je setzte. Amelia ahnte seinen Gedanken.

„Kommen Sie, setzen Sie sich neben mich, Alec", sagte sie. „Daddy, Mom, Alec hat mich zu einer Hausparty der Universität von Nord-Karolina zum Semesterschluß eingeladen. Erinnert ihr euch an Jimmy James? Wir werden ihn dort sehen – und sein Mädchen." Sie betonte das *Mädchen*. „Und Alec sagt mir, es seien wundervolle Bälle."

„Wo würdest du wohnen?" Mrs. Macmillan mischte sich mit der Zartheit eines Panzerkreuzers ein. „*Übernachten*, mein' ich. Doch sicher nicht im *Hotel*?"

„Oh, Verzeihung", sagte Alec. „Amelia hat's Ihnen noch nicht gesagt. In meinem Verbindungshaus natürlich."

„Alec ist ein Delta Psi", sagte Amelia schnell. „Eine der besten."

Walker Macmillan begann, seine buschigen Brauen zu der Querfalte über seiner Nase herunterzuziehen. Alec unterbrach den Prozeß.

„Oh", sagte er und lächelte, wie er glaubte, auf gewinnende Art. „Es geht alles sehr förmlich und proper zu. Wir überlassen nämlich das Haus den Damen, und die Hausmutter wirft alle Burschen auf die Straße. Das heißt nicht eigentlich auf die Straße – wir schlüpfen sozusagen bei anderen unter. Und niemand darf in unserem Haus nach oben, bevor nicht alle Mädchen draußen sind, aus *meinem* Haus, meine ich – und die Hausmutter ist natürlich die ganze Zeit auf Posten. Sie heißt Macphail", fügte er schnell hinzu. „Mrs. Macphail. Sie ist Witwe."

Walker Macmillans Gesicht hellte sich bei dem schottischen Namen auf.

„Ich schätze, ein Verbindungshaus mit einer Hausmutter namens Macphail kann nichts Unrechtes sein, was, Mutter?" Er zwinkerte seiner Frau zu. „Wir haben ein paar Macphails unter den anderen Affen in unserem Stammbaum." Er belachte seinen eigenen prächtigen Witz. „Das muß ich mir merken: andere Affen in unserem Stammbaum. Ich weiß schon, wo ich's anbringen kann."

Dann drapierte er seine schweren, wie poliert glänzenden Backenwammen in väterlich besorgte Falten.

„Wir haben nur *ein* kleines Mädchen, Alec", sagte er gewichtig. „Wir müssen auf sie aufpassen. Aber ich seh' nicht ein, weshalb sie nicht zu den Bällen gehen könnte. Was meinst du, Mutter?"

„Wenn du dafür bist, warum nicht, Vater?" entgegnete Betsy Macmillan. „Du kennst dich in solchen Dingen am besten aus."

„Na gut, das ist also erledigt", sagte Walker Macmillan. Er sah Alec Barr mit zusammengekniffenen Augen an. „Ich glaube nicht, daß uns ein zusätzlicher kleiner Schluck was schaden könnte, wie?"

„Oh, wir möchten aber keinen mehr", tönten Mutter und Tochter im Chor.

„Für mich nur einen ganz schwachen, Sir", sagte Alec. „Ich muß morgen sehr früh im Dienst sein. Ich kann trinken oder arbeiten, aber ich kann nicht arbeiten *und* trinken."

„Bei Gott, das klingt gut", sagte Walker Macmillan. „Das muß ich mir auch merken. Arbeiten *oder* trinken, aber nicht *und.*" Er berührte Alec leicht an der Schulter. „Ist eine Art Stenographie, die ich mir angewöhnt habe, um mir was zu merken, bevor ich's aufschreibe."

„Dann darf ich wirklich auf die Bälle gehen, Mom?" Walker Macmillan war in die Küche gegangen, um die Drinks einzuschenken. „Wirklich?"

„Wenn dein Vater es erlaubt", erwiderte Betsy Macmillan. Sie sah Alec an und spreizte die Hände. „Ich mach' mir um mein kleines Mädchen nie Sorgen. Aber Väter! Sie wissen ja, wie sie sind, wenn sie nur ein Hühnerküken haben."

„Natürlich." Jetzt war Gelegenheit zur Entfaltung herzhaften Humors. „Wenn ich so ein hübsches kleines Mädel wie Amelia hätte, würd' ich auf der Vorderveranda ein MG aufbauen und die Jungs reihenweise niedermähen."

„Ich denke, eine Flinte genügt für eine einzige Tochter", sagte Walker Macmillan, der wieder hereinkam. „Und jetzt, junger Mann, verraten Sie mir, wie lange es her ist, seit Ihnen richtige, altmodische Hausmannskost vorgesetzt worden ist?"

„Zu lange", antwortete Alec wahrheitsgemäß. „Viel zu lange." Jesus, dachte er, ich bezweifle, ob ich je so was wie richtige, altmodische Hausmannskost zwischen die Zähne gekriegt habe; das traurige Viehfutter, das meine Mutter und die alte Lil gemeinsam zusammenschusterten, kann man nicht rechnen.

„In diesem Fall", sagte Walker Macmillan, „halte ich's für richtig, daß Sie zum Abendessen bleiben. Alec sieht aus, als könne er ein bißchen Futter vertragen, meinst du nicht, Mutter? Ich schätze, Sie haben in der Zeitung ziemlich schwer zu arbeiten – unregelmäßigen Dienst und so weiter?"

„Ja, Sir. Wir arbeiten ziemlich schwer, und die Dienststunden sind unregelmäßig. Im allgemeinen bin ich um halb sechs auf – Redaktionsschluß der ersten Ausgabe ist um halb neun –, und manchmal bin ich bis nach Mitternacht unterwegs. Aber nicht oft. Meist bin ich bis vier Uhr nachmittags fertig." Dann sah er Amelia hilfesuchend an.

„Was das Abendessen anlangt – ich – ich – vielleicht hat Amelia was vor, eine Verabredung oder so?"

„Stimmt, ich *hab'* eine Verabredung", sagte Amelia. „Aber erst um halb neun, und wir essen um sieben. Ich würde mich freuen, wenn Sie zum *Dinner* blieben –", sie betonte *Dinner*, „– wenn's Ihnen nicht allzuviel ausmacht, daß ich hinterher weg muß. Tut mir leid, aber die Verabredung ist schon eine Woche alt."

Alec starrte auf seine Fäuste.

„Ich würde gern bleiben – Mrs. Macmillan, Mr. Macmillan –, wenn Sie ganz sicher sind, daß ich nicht störe. Ich hatte nicht die Absicht –"

Walker Macmillan hob die tadellos manikürte Hand, an deren Ringfinger ein großer Diamant funkelte.

„Natürlich stören Sie nicht. Wir haben nicht viel Gelegenheit, Amelias Freunde näher kennenzulernen, und für einen Gast ist immer genug da. Wir kommen ursprünglich aus Virginia und führen noch eine altmodische, ländliche Küche. Wir beide, Mutter und ich, stammen aus Familien, in denen man immer drauf gefaßt sein mußte, daß sechs Vettern und Kusinen plötzlich zum Abendessen reinplatzten." Er klopfte Alec herzlich auf die Schulter. „Ich will Ihnen nur den Waschraum zeigen", sagte er. Unterwegs zwinkerte er. „Und wenn wir den Frauen nichts sagen, können wir noch einen Abstecher in die Küche machen und uns einen Kleinen genehmigen, bevor wir uns zu Tisch setzen."

Das weiße Dienstmädchen sah in seinem steifen Schwarz-Weiß jetzt noch untadliger aus, und der Tisch war schön gedeckt, mit einer rosengefüllten Silberschale in der Mitte. Geeister Tee war außer frischem Wasser das Getränk. Zuerst gab es einen Krabbencocktail mit Tomatensauce, dann Roastbeef mit winzigen, knusprigen neuen Kartoffeln und roten Beeten, grünen Bohnen, süßsaurer Melone und eingelegten Maiskölbchen. Alec hob überrascht die Braue beim Anblick der Bohnen und Beete, da die Jahreszeit für frisches Gartengemüse noch sehr früh war.

Betsy Macmillan bemerkte seinen Blick.

„Ich mach' sie immer noch für den Winter ein", sagte sie halb beschämt. „Eine alte ländliche Gewohnheit, die ich nicht lassen kann."

„Hoffentlich lassen Sie's nie", sagte Alec andächtig, ehe er wieder einen kleinen, heißen, in Butter getränkten Keks in den Mund schob. Die Bohnen und Beete schwammen ebenfalls in Butter, und das Roastbeef, für seinen Geschmack zu sehr durch, war so zart, daß es auf der Gabel zerging.

„Diese Melonenpickles sind das Beste, was ich je in meinem Leben gegessen habe", sagte Alec. „Haben Sie sie selbst eingelegt, Mrs. Macmillan?"

„Ich fürchte, ja", entgegnete sie. „Ich fürchte, ich verbringe zuviel Zeit in der Küche."

„Wir können sie nicht aus der Küche raushalten", dröhnte Walker Macmillan. „Wir haben ein Zimmermädchen *und* eine Köchin, aber Mutter glaubt, sie kämen ohne ihre Hilfe nicht zurecht. Vielleicht hat sie recht; ich hab's aufgegeben, sie zu reformieren. Mutter ist in einigen Dingen sehr dickköpfig, in puncto Pokerpartys zum Beispiel." Walker Macmillan lachte dröhnend, und seine Frau gab ihm einen leichten, zärtlichen Klaps auf die Schulter.

Amelia sagte sehr wenig während des Essens, pickte auf ihrem Teller herum, schob die Kartoffeln unlustig hin und her und aß hauptsächlich Kraut- und Tomatensalat.

„Du rührst ja kaum was an, Kleine", sagte ihr Vater scharf. „Fühlst du dich nicht wohl?"

„O doch. Wahrscheinlich ist der Frühling dran schuld oder so was Ähnliches. Mach dir um mich keine Sorgen."

„Nun, dafür esse ich genug für uns alle", sagte Alec, um die kritisch-väterliche Aufmerksamkeit von Amelia abzulenken. „Hoffentlich sind Sie mir nicht böse, wenn ich wie ein Scheunendrescher futtere. Aber das ist die beste Mahlzeit, die ich in sechs Jahren, knapp gerechnet, genossen habe. Mit dem bißchen Geld, das ich seit meinem Abgang vom College bis vor kurzem verdient habe, gewöhnt man sich wohl oder übel an den blauen Teller im Drugstore gegenüber für dreißig Cent. Und als ich zur See fuhr – na ja, verzeihen Sie, wenn ich's bei Tisch wiederhole, aber da mußten wir sozusagen die Küchenschaben aus dem Zwieback klopfen."

„Wie furchtbar, Sie armer Junge", sagte Betsy Macmillan, nach dem Mädchen läutend, um das Roastbeef noch einmal herumreichen zu lassen. „Es muß scheußlich gewesen sein. Wie kam es denn, daß Sie zur See fuhren?"

Alec setzte sein bestes, reuevolles Lächeln auf.

„Hatte keine andere Wahl. Ich war vollkommen pleite im Süden unten, und da kam ein Schiff, und ich hatte das Glück, angeheuert zu werden. Die Arbeit war schrecklich und die Verpflegung noch schlimmer, aber ich hab' eine Menge fremde Städte und Häfen gesehen, die ich sonst nie zu sehen bekommen hätte."

Jetzt ergriff Amelia das Wort, erleichtert, daß die Familie sich hauptsächlich mit Alec beschäftigte.

„Alec ist einfach *überall* gewesen", sagte sie. „Er hat's mir heute nachmittag erzählt. In Städten wie London und Hamburg und so."

„Na ja, ich schätze, die Welt zu sehen, ist an und für sich ganz gut", meinte Walker Macmillan. „Aber da gibt's noch große Teile von Klein Alt-Amerika, die Mutter und ich noch nicht kennen. In diesem Sommer fahren wir nach Kalifornien zum Shrine-Konvent, sehen uns das Yosemite-Tal und alle anderen Sehenswürdigkeiten an. Die Sequoien und so weiter. Letzten Winter machten wir Florida, aber ich war froh, wieder nach Hause zu kommen. Ich mag meine Winter kalt. Kommt mir unnatürlich vor, Leute im Februar in Sporthemden, über der Hose getragen, rumlaufen zu sehen. Vielleicht fahren wir eines Tages nach Europa, aber ich wette, Amelia wird uns da zuvorkommen, was, Kleine?"

„Das genau ist mein Plan und meine Absicht", erwiderte Amelia mit falscher Heiterkeit. „Vielleicht kann Alec euch erzählen, daß kleine Mädchen in Paris und London nicht in die Sklaverei verkauft werden."

„Die ich sah, bestimmt nicht", sagte Alec schnell, sich ebenso schnell daran erinnernd, daß er's nie weiter von den Docks entfernt als in der nächsten Hafenkneipe mit Mädchen zu tun gehabt hatte. „Aber ich seh' wirklich nicht ein, wie jemand sich's leisten kann, *nicht* nach Europa zu reisen, wenn er sich's leisten kann – finanziell, meine ich. Vor Ausbruch des nächsten Krieges, meine ich."

„Es wird keinen nächsten Krieg geben", sagte Walker Macmillan, als ob das die Frage endgültig erledigte. „Ich glaube, dieser Hitler ist gut für die Deutschen. Die brauchten einen Tritt, um wieder auf die Beine zu kommen nach dem letzten Krieg. Wenn Hitler nicht wäre, hätten die Kommunisten und die Juden Deutschland inzwischen eingesteckt. Erst neulich las ich –"

„O Vater, reden wir bei Tisch nicht über Politik", sagte Betsy Macmillan. „Du weißt doch, es bekommt deiner Verdauung nicht."

„Möchte trotzdem mal ausführlich über alles mit Ihnen reden, Alec, wenn keine Damen anwesend sind", erklärte Walker Macmillan, ihm das vierte Mal an diesem Abend zuzwinkernd. „Sie können mir dann von den französischen Mädchen und solchen Sachen erzählen." Er grinste verrucht und nahm ein Stück Apfelkuchen mit Schlagsahne von dem Dienstmädchen mit dem hübschen Popo entgegen.

„Im Ernst, Alec, was halten Sie von Deutschland?" fragte Amelia. „Ich wollt' schon immer mal hinfahren – lieber sogar als nach Frankreich oder England."

„Nun, es ist bestimmt ein ordentliches, gut geführtes Land", sagte Alec und dachte dabei an eine Schlägerei in der Nordstern-Bar in Hamburg, eine betrunkene Rauferei, bei der er unter einem umgeworfenen Tisch gelegen und mit einem abgebrochenen Stuhlbein nach vorbeirennenden Füßen geschlagen hatte, während Flaschen splitterten und die Flüche der Huren schrillten, die sich gegenseitig die Gesichter zerkratzten. Big Joe, der Negermessekoch, hatte den Tumult durch einen Streit mit einem weißen Burschen von einem anderen Schiff angefangen. Es ging um die Gunst einer rheinischen Maid mit flachsblonder Zopfkrone und Brüsten von der Größe von Wassermelonen ... „O ja, es ist schon ein ordentliches Land und scheint sehr zu prosperieren. Jeder hat Arbeit. Das Essen ist wunderbar, die Straßen sind sauber, und die Läden sind voller Waren. Natürlich sieht man eine Menge Uniformen, und überall wird marschiert. Sie verstehen, daß ich keine Gelegenheit hatte, viel vom Innern des Landes zu sehen. Wir dockten nie lange an einem Ort."

Großer Gott, dachte Alec, wie eine Bombe würde es einschlagen, wenn ich denen von der Nacht in der Zweimarkallee in St. Pauli erzählte, als ich betrunken war und das hübsche Weib im Fenster sitzen sah und reinstolperte. Und die legten mir eine alte Vettel in der Dunkelheit unter, und ich merkte nichts, bis ich mein Pulver verschossen hatte. Wenn ich ihnen erzählte, daß ich den Tripper eine ganze Woche lang ausschwitzte und mir dann im Großen Kasino noch einen holte . . .

„Nun, eins kann man sagen", meinte Walker Macmillan. „Hitler hat den Juden bestimmt Beine gemacht. War auch langsam Zeit. Wir könnten auch bei uns hier so was brauchen."

Alec knirschte in Gedanken mit den Zähnen und war auf Amelia stolz, als sie sagte:

„Daddy, ich weigere mich, hierzusitzen und mir solche Reden anzuhören. Ich hab' dir immer wieder gesagt, daß ich –"

„Schon gut, schon gut, mach keinen Skandal in Gegenwart unseres Gastes", sagte Walker Macmillan. „Du weißt sehr gut, daß ein paar von meinen besten Freunden Juden sind. Besonders bei den Shriners. Das schlimme ist bloß, daß sie den Laden gleich übernehmen möchten, wenn zu viele von der Sorte auf einem Haufen versammelt sind, und daß ein Weißer dann keine Chancen mehr hat. Schon gut, schon gut –" Er hob die rosa polierten Fingernägel. „Ich versprech's. Noch ein Stück Apfelkuchen, Alec?"

„Vielen Dank", sagte Alec und verschlang sein zweites Stück, die Augen auf den Teller gesenkt.

Sie tranken heißen, ziemlich dünnen Kaffee am Tisch, und dann entschuldigte sich Amelia, sie müsse sich jetzt für ihre Verabredung umziehen. Alec hörte das dumpfe Geräusch ihrer Absätze leise auf dem Läufer der Treppe. Walker Macmillan sagte:

„Es ist noch warm genug draußen. Gehen wir auf die Veranda eine Zigarre rauchen. Mutter hat's nicht gern, wenn ich im Haus rauche. Mögen Sie Zigarren?"

Alec lächelte einnehmend, freimütig, dachte er.

„Ich weiß nicht recht, Sir. Ich konnte mir nämlich nie Zigarren leisten. Ein Päckchen Zigaretten pro Tag war ungefähr alles, was ich mir bis vor kurzem erlauben konnte."

Walker Macmillan bot ihm eine Zigarre aus einem reich geprägten saffianledernen Etui an.

„Versuchen Sie die. Echtes, reines Havannablatt. Ich rauche eine nach jeder Mahlzeit. Gut für die Verdauung."

Er sah Alec zu, wie er die Zigarre anzündete, und sagte dann:

„Wissen Sie, Sie haben was an sich, was mir gefällt, junger Mann. Sie tun nicht vornehm. Sie sind arm – Sie *waren* arm –, und Sie schämen sich nicht, es zuzugeben. Sie halten nicht hinter dem Berg damit wie so viele dieser jungen, eingebildeten Großsprecher, die Amelia den Hof machen. Wie dieser – dieser Katholer, der heut abend vorbeikommt. Man könnte glauben, der Papst sei sein Onkel oder so was, nach seiner Angeberei zu schließen, und ich hab' verfluchte Angst, daß Amelia ernste Absichten hat."

Alec öffnete den Mund, aber Walker Macmillan unterbrach ihn.

„Augenblick, Augenblick. Ich weiß, Sie halten's für ziemlich merkwürdig, daß ich so über meine eigene Tochter zu einem Jungen rede, den ich erst ein paar Stunden kenne. Aber ich bin ein Mann schneller Entschlüsse, sonst hätte ich's nicht so weit gebracht." Er machte eine Pause, um unaufrichtig abwehrend zu lächeln. „Ich bin ein Mann, der schnell urteilt, und Sie *gefallen* mir. Mir scheint, Sie haben das Herz auf dem rechten Fleck. Und ich weiß, daß Sie nicht katholisch sind, weil ich Amelia nämlich gefragt habe."

Er blies eine Rauchfahne in die milde Frühlingsnacht.

„Wir mochten auch Ihren Freund Jim James sehr. Er war ein netter Junge, ziemlich wild allerdings. Trank ein bißchen zuviel. Wir wiegten uns in der Hoffnung, daß er und Amelia sich gut verstehen würden. Nun ist er aber auf seine Rechtsfakultät zurückgekehrt, wie Sie wissen, und – na ja . . ." Walker Macmillan zuckte die Schultern. „Sie wissen ja, wie junge Mädchen sind. Zwei oder drei Jahre zu warten ist eine lange Zeit."

„Aber, Mr. Macmillan, ich – äh – Sie kennen mich doch gar nicht", entgegnete Alec verlegen. Die Zigarre schmeckte gar nicht. Alec sehnte sich nach einer Zigarette.

„Ich brauch' Sie nicht näher zu kennen." Walker Macmillan spuckte einen feuchten Tabakkrümel aus, und seine glatten Wangen zitterten. „Ich weiß, wer einen vernünftigen Kopf hat, wenn ich ihn sehe. Sie mögen meine Tochter, nicht wahr?"

„Ja, Sir. Das wissen Sie."

„Also dann, wenn Sie unsere Amelia gern haben, möchten wir Sie recht oft hier sehen. Ich weiß, eine Menge Leute behaupten, Zeitungsreporter seien wild wie Rammler und tränken zuviel, aber Sie sehen nicht wild aus, und mir gefällt die Art, wie Sie mit Alkohol umgehen. Ich würde einem Mann, der nichts trinkt, nicht um die nächste Ecke trauen. Irgendwas stimmt mit so einem Abstinenzler nicht. Er verbirgt eine Schwäche. Wir wollen Sie also noch oft bei uns sehen. Kommen Sie nächsten Sonntag zum Mittagessen."

Alec fühlte sich durch den Befehl ein wenig überrumpelt.

„Gern, aber – aber ich weiß nicht, ob Amelia –"

„Amelia wird sich freuen, Sie zu sehen. Wir bitten *nie* einen Jungen zum Sonntagsdinner. Das ist eine reine Familienangelegenheit. Werden Sie kommen?"

„Ja, Sir. Mit dem größten Vergnügen, wenn Sie sicher sind –"

„Ich bin sicher. Wie schmeckt Ihnen die Zigarre?"

„Ich weiß nicht. Ich glaube, sie schmeckt. Aber sie nimmt gar kein Ende, nicht wahr?"

Walker Macmillan lachte und klopfte Alec auf den Rücken.

„Nicht schlecht. Sie sind in Ordnung, Alec. Ich bin ziemlich sicher, daß wir Freunde werden. Kommen Sie –" Er schnippte die halbgerauchte Zigarre in einem kleinen Funkenregen ins Gras. „Gehen wir zu den Damen rein."

Sie gingen ins Haus zurück, genau in dem Augenblick, als Amelia in einem rauchblauen Gabardine-Frühjahrskostüm mit weißem Blusenkragen, der eine dunkelblaue Windsorschleife prächtig zur Geltung brachte, die Treppe herunterkam. Sie trug hohe Absätze und hauchdünne Strümpfe und hatte das Haar straff über die Ohren gezogen und über dem Kopf hochgetürmt. Sie sah entzückend aus, das Gesicht war wie eine Blüte, dachte Alec und haßte den Jungen, der sie mit sich in die Nacht hinausnehmen würde, um – um *was* zu tun?

„Der junge Alec kommt zum Sonntagsdinner", erklärte Walker Macmillan sachlich. Alec warf Amelia einen fast flehentlichen Blick zu. Von mir stammt die Idee nicht, sagten seine Augen.

„Oh, das ist fein", erwiderte sie überraschend glücklich. „Und vielleicht können wir nachmittags eine lange Ausfahrt machen oder ins Kino oder sonstwohin gehen. Einverstanden, Alec?"

Alecs Verzweiflung schwand. Bis Sonntag waren es nur noch drei Tage. Er beschloß, sein Glück nicht zu sehr zu strapazieren; die dreitägige Pause war ganz gut.

Doch plötzlich besann er sich anders. Es war besser, gleich aufs Ganze zu gehen.

Er grinste, ein ehrliches, knabenhaft offenes Grinsen.

„Ich möchte nicht, daß Sie mich alle restlos satt kriegen, bevor ich überhaupt richtig anfange", sagte er. „Und ich vermute, daß Sie am Sonnabendabend schon was vorhaben. Aber wenn Sie frei sind, Amelia –", er richtete seine Frage über ihre Schulter an ihren Vater, „– wenn Sie frei sind, würde ich Sie gern ausführen. Im Cocoanut Grove gibt's eine gute Aufführung, oder wir könnten vielleicht nach Maryland zu Beverly Farms rausfahren. Es spielt eine großartige Band da draußen . . ." Er ließ den Satz ausklingen.

„Eigentlich hab' ich schon eine Verabredung", erwiderte Amelia. „Aber ich glaube, ich kann mich da rauswinden. Ja, ich würde gern mitkommen, Alec. Wenn meine Eltern . . ." Sie wandte sich an ihre Eltern.

„Aber natürlich", dröhnte Walker Macmillan. „Und Leute, die wir gern haben, können wir gar nicht zu oft sehen, nicht wahr, Mutter?"

„Natürlich, Lieber. Sie werden also zum Sonntagsdinner kommen? Wir essen um eins."

„Läßt uns auf jeden Fall noch Zeit für einen Mint Julep nach der Kirche", sagte Walker Macmillan. „Gehen Sie in die Kirche, Alec?"

Alec überlegte schnell.

„Wenn ich kann, ja", antwortete er. „Wann immer ich Gelegenheit habe."

„Guter Junge. Ein bißchen Kirche schadet nie, auch wenn man nicht alles glaubt, was der Prediger sagt. Dann sehen wir Sie also nächsten Sonntag. Und bleiben Sie Sonnabendabend nicht zu lange aus. Ich möcht' nicht, daß mein kleines Mädchen mit einem Kater in der Kirche erscheint." Er zwinkerte wieder bedeutungsvoll.

Alec war zappelig.

„Vielen Dank", sagte er. „Ich danke Ihnen für das wundervolle Abendessen. Jetzt werd' ich mich empfehlen. Vielen Dank nochmals. Gute Nacht."

„Gute Nacht", sagten die Eltern unisono. „Kommen Sie bald wieder." Als hätten sie die andere Einladung nicht schon bestätigt.

Amelia begleitete Alec zur Haustür, knipste das Verandalicht an, schloß die Tür hinter sich, ergriff Alecs Hand und kicherte.

„Was, um Himmels willen, haben Sie mit Daddy angestellt?" flüsterte sie. „Ich hab' noch nie erlebt, daß er einen Boy friend von mir derart herzlich aufnahm. Meistens ist er nicht mal höflich zu ihnen."

„Hol' mich der Henker, wenn ich's weiß", entgegnete Alec. „Hören Sie, Amelia, ich möchte nicht –"

„Seien Sie kein Dummchen", sagte sie und drückte ihm die Hand, während ihre Lippen flüchtig seine Wange streiften. „Und nehmen Sie Daddy nicht allzu ernst, so oder so. Er ist nicht so schlimm, wie's klingt – sein Antisemitismus und so weiter. Das impft man ihnen im Rotaryklub oder was weiß ich wo eben ein."

Die dunkle, niedere Form eines langgestreckten Wagens hielt am Bordstein.

„Oh", sagte sie. „Da ist meine Verabredung. Wann am Sonnabend?"

„Würde so um acht rum Ihnen passen?"

„Großartig. Wiedersehen also. Gut' Nacht." Sie drückte wieder seine Hand und lief ins Haus zurück.

Alec ging langsam den gewundenen, mit Steinplatten gepflasterten Pfad hinunter. Als er aufs Trottoir hinaustrat, um zu seinem eigenen Wagen zu gehen, kam er an der dunklen Gestalt eines jungen Mannes vorbei.

„Abend", sagte der junge Mann kurz.

„Abend", sagte Alec, seinem Ford zustrebend, der sich im Vergleich zu dem eleganten Buick-Kabrio, das gleich hinter ihm parkte, plötzlich sehr klein und schäbig ausnahm. Er glitt in den Ford und blickte durch die Dunkelheit zu dem jungen Mann hinüber, der ungeduldig wartend im hellen Verandalicht stand und läutete.

Der junge Mann war groß, breit in den Schultern und schmal in den Hüften. Selbst aus dieser Entfernung konnte Alec den lockeren Fall des Blazers über den helleren Flanellhosen sehen. Sogar der Nacken des jungen Mannes sah arrogant aus, und sein Haar schmiegte sich glatt wie Pelz um seinen Kopf.

„Mit dem aalglatten katholischen Halunken werd' ich schon noch fertig", sagte Alec Barr, die Kupplung runtertretend, während er die Scheinwerfer einschaltete. „Den werd' ich mir kaufen, ehe er weiß, woher der Schuß kam."

Er dachte an Amelia, während er durch den duftenden Frühlingsabend Washingtons fuhr; dachte berauscht, geradezu handgreiflich an sie, berührte sie im Geist hier und da. Er glaubte sie förmlich zu riechen, ihren weiblichen Duft, und er wußte ganz genau, wie sie sich anfühlen würde, weich und federnd unter seinen Händen. Er fand es ziemlich seltsam, daß ihr Vater sich derart ins Zeug legte und fast begierig um Alecs Gunst warb, als ob Amelia ein häßliches Nesthäkchen wäre, das man dem ersten besten an den Hals wirft. Dann schob er den Gedanken an Amelias Vater beiseite und ließ seine Phantasie zu der Unterhaltung zurückwandern, die er mit Jimmy James gehabt hatte.

In einer Hinsicht hatte Jimmy verdammt recht gehabt. Amelia Macmillans Eltern führten wirklich einen erstklassigen Tisch, und dabei war er noch nicht einmal bis zum Bier und zum kalten Braten im Kühlschrank vorgedrungen.

43

Der Frühling löste sich in eine einzige lange, fromme Prozession von Sonntagsdinners auf. Die Sonntagsdinners bestanden aus gebratener Rippe, Rinderbraten, Roastbeef, Hühnerfrikassee mit Klößen, Brathuhn und gekochtem Hühnchen. Die Sonntagsdinners bestanden aus Butterbohnen, grünen Bohnen, grünen Schoten, Karotten in Sahne, Blumenkohl mit Sahne, in Butter geschwenkten Beeten, süßen Kartoffeln, Kartoffelpüree, Bratkartoffeln, gerösteten Kartoffeln, Salzkartoffeln, Tiefkühlspinat, Zucchini, Tomaten, Krautsalat, Blatt- und Karottensalat, Salat aus Äpfeln, Nüssen und Rosinen. Die Sonntagsdinners bestanden aus eingelegter blaßrosafarbener Melone, rosigen Holzapfelpickles, gelbsüchtigen Pfirsichpickles, leberwurstfarbenen Pflaumenpickles und blassen Birnenpickles. Die Sonntagsdinners bestanden aus Maisbrot, Maiskolben, heißen Keksen und heißen Brötchen. Die Sonntagsdinners bestanden aus Apfelkuchen und Apfelcobbler; Pfirsichkuchen und Pfirsichcobbler; Brombeerkuchen und

Brombeercobbler; Erdbeermürbekuchen und Erdbeercobbler; Rhabarberkuchen und Rhabarbercobbler; Kirschkuchen und Kirschcobbler. Die Sonntagsdinners bestanden aus Vanille-, Schokolade-, Pfirsich-, Kirsch-, Kaffee-, Nuß-, Hickorynuß-, Zitronen-, Orangen- und Pfefferminzeiskrem am Stiel. Der Kaffee war stets heiß und stets dünn.

Die Sonntagsdinners bestanden aus Tante Hattie und Onkel Fenwick, Vetter Randolph und Kusine Emily, Onkel Jasper und Tante Naomi, Vetter Wilbur und Kusine Sally, Onkel Joseph und Tante Olivia, Vetter Norman und Kusine Debbie, Tante Cynthia und Onkel Raymond, Kusine Tess und Kusine Cass.

Die Sonntagsdinners bestanden aus Alexander Barr, einem gehetzten Wild, das vor der Familie äste.

Die Sonntagsdinners bestanden aus Alec Barrs Angst vor den Sonntagsdinners, Alec Barrs Knechtung durch die Sonntagsdinners, Alec Barrs ersten kümmerlich-nutzlosen Versuchen, sich den Sonntagsdinners zu entziehen, Alec Barrs schließlicher Ergebung in die Sonntagsdinners und letztlich, als der Mai heiß in den Juni hinüberblühte, aus Alec Barrs Ausbruch aus der Kette der Sonntagsdinners zum Frühjahrsfinale in ein gesegnetes Wochenende in Chapel Hill, N.C., wo das Sonntagsdinner aus Milchpunsch im Zeta-Psi-Haus bestand.

44

Alec und Amelia waren ganz normal beim Knutschen in dem mit elterlicher Erlaubnis vorm Haus parkenden Wagen angelangt, nahe genug dem Hauptquartier, um nächtlich streunende Lustmolche und Mörder abzuschrecken, nahe genug, um Amelia die Möglichkeit zu geben, um Hilfe zu rufen, falls Alecs von Frühlingsgefühlen aufgepulverte Zärtlichkeiten sich zu einem ernstlichen Angriff auf Amelias Tugend auswachsen sollten.

Doch Alec wurde keineswegs zudringlich. Die Erinnerung an seine Universitätsliebe Franny Mayfield hielt ihn zurück, bei Amelia bis zum Äußersten zu gehen, obgleich die Knutscherei sich schnell zu intimeren Liebkosungen und die Liebkosungen sich zu rasenden Umarmungen gesteigert hatten, die alles einbezogen, außer dem Letzten. Amelia war mehr als willig, wenn die leidenschaftlichen Augenblicke fast unerträglich wurden, und Alec war schockiert und entzückt zugleich, wenn ihre schlanken, wissend zugreifenden Finger ihm Erleichterung in ein schnell bereitgehaltenes Taschentuch brachten. Sie waren stillschweigend verlobt; Alecs gutaussehender, glatthaariger Nebenbuhler, der von Walker Macmillan so gehaßte Katholik, war schon lange von der Bildfläche verschwunden. Amelia verabredete sich mit niemand sonst. Doch aus einer Ruhelosigkeit heraus, die er weder rechtfertigen noch ganz verstehen konnte, nahm sich Alec gelegentlich einen Abend Urlaub von seiner wahren Liebe und suchte die reinigende Erlösung purster, gemeinster Lust.

Die profane Liebe wurde ihm im Vordersitz seines Wagens oder auf einer Decke im Rock Creek Park oder gelegentlich auch in seiner eigenen Wohnung von einer drahtigen, vogelgesichtigen Nymphomanin, einer Regierungssekretärin namens Harriet, gewährt, die bei der geringsten Berührung wie eine gezupfte Lautensaite zitterte und selbst beim Klang einer leicht schwülen Melodie sofort erregt keuchte. Harriet stöhnte und wand sich, biß und kratzte, sagte „ayiee", wenn Alec sie hier, und „oyyee", wenn er sie dort berührte. Harriet verlangte weder nach Kino noch nach Geschenken, weder nach Alkohol noch nach Tanzen, ja nicht einmal nach einer formellen Verabredung als Gegenleistung für den Besitz ihres fiebrigen Körpers. Ihre Fähigkeit, sich zur äußersten Bequemlichkeit des Partners in die seltsamsten Ecken zu drücken, hätte einem Schlangenmenschen Ehre gemacht, und ihre kreischenden Orgasmen verliefen so scharf betont und gleichmäßig rhythmisch wie der Schlag einer Kesselpauke. Weder Regen noch Schnee, noch Unwohlsein lenkten Harriet von ihren Verabredungen, ihrem Grundziel ab. Sie beschränkte ihre Neigungen nicht auf Alec; sie war jedes Mannes Frau unter jeder Bedingung. Sie freute sich nur, Alecs Stimme am Telefon zu hören, und richtete es im allgemeinen immer so ein, daß sie auf seinen Wink hin hurtig, den Gürtel schon auf Halbmast, erschien.

Alec hatte ein köstliches Gefühl der Schlechtigkeit in seinem Doppelleben – nicht eigentlich ein Schuldgefühl, eher ein teuflisches, beinahe adliges Gefühl der Unterjochung seines inneren Schweinehundes außerhalb von Amelias Einfluß. Irgendwo in einem Roman aus dem achtzehnten Jahrhundert hatte er den Satz gelesen „Sie ist zum Heiraten da", und das genau war seine Einstellung Amelia gegenüber. Amelia heiratete man, obgleich er inzwischen wußte, daß sie keine Jungfrau mehr war.

Diese Tatsache hatte Amelia eines Nachts ehrlich bekannt, als sie nach dem Kino den Wagen vor dem Haus parkten und Alec einen hochgespannten, lendenschmerzenden Gipfelpunkt der Leidenschaft erreicht hatte, während Amelia den Kupferpennygeschmack des Verlangens in ihrem leicht geöffneten Munde spürte. Sie hatten sich gegenseitig heiß und feucht berührt, und ihre Körper bogen sich sehnsüchtig einander entgegen. Alecs Hose war aufgeknöpft; Amelias Rock war bis zu den sich langsam und unbewußt bewegenden Hüften zurückgeschlagen. Ihre Bluse war bis zur Taille aufgeknöpft, der BH aufgehakt, die Brüste leuchteten weiß in der Dunkelheit.

„Du kannst, wenn du willst, Alec, Liebling", murmelte sie. „Ich möchte es. Bitte, bitte, ich möchte es."

„Nein. *Nein.*" Alec zog schnell und jäh die Hände von ihrem Körper zurück. „Ich will nicht. Ich will nicht – nicht, bevor wir verheiratet sind. Ich möcht' nicht mit der Erinnerung an einen Haufen Autositze und möblierte Zimmer in die Ehe gehen."

„Ich – ich hab's schon früher getan. Es wär' nicht das erstemal. Es würde – es würde nicht weh tun – ich liebe dich, Alec. Ich möchte nicht warten, bis wir verheiratet sind." Amelias bittende Stimme klang heiser.

Alec saß aufrecht hinter dem Steuer seines Wagens und begann, sich die Hose zuzuknöpfen. Er zog Amelias Rock kurz und bündig über ihre weißleuchtenden Schenkel herunter und zündete zwei Zigaretten an.

Sie rauchte, die Zigarette zwischen den Lippen, während sie rasch den BH wieder einhakte und die Bluse zuknöpfte.

Alec rauchte bewußt, vor sich über das Steuerrad starrend.

„Wer? Jimmy?"

„Ja." Amelias Stimme klang sehr leise. „Jimmy."

„Andere?"

„Nein. Nicht eigentlich. Na gut, noch einer."

„Der andere Bursche? Den dein Vater haßte? Der Katholik?"

„Nein. Der nicht. Ein Älterer. Du kennst ihn nicht. Ich glaubte, ihn sehr zu lieben. Ich – ich wollt' ihn heiraten. Wir – wir gingen fast ein Jahr lang bis zum Äußersten. Schließlich entdeckte ich, daß er mich an der Nase rumführte. Er – er hieß Harry –"

„Ich will seinen gottverfluchten Namen nicht wissen", sagte Alec. „Aber ich möcht' ihn umbringen, den Schweinehund."

„Er – hat sich eine Art Sammlung von Mädchen auf dem Campus angelegt. Ich – ich entdeckte, daß es ein richtiger Witz war, wie viele Mädchen er zur Strecke brachte. Ich hab' ein paar von den Burschen drüber lachen hören, als wir einmal in die Wohnung eines seiner Freunde gingen –"

„Also wußten eine Menge Leute davon? Eine Menge anderer Leute wußten Bescheid?"

„Ich glaub', ja. Wir – wir sind oft zusammen ausgegangen – gingen zusammen wohin –"

„Was heißt: wohin?"

Amelia schüttelte den Kopf. Trotz der Dunkelheit konnte Alec ihre Tränen glitzern sehen.

„In seine Wohnung. In die Wohnung seines besten Freundes. Einmal – nach einem Fußballspiel in Baltimore – in ein Hotel. Ein Motel eigentlich."

Alec nagte an seiner Lippe. Er warf die Zigarette weg und zündete sich eine andere an. Für Amelia zündete er keine neue an.

„Und du wolltest ihn heiraten?"

„Ich liebte ihn sehr – wenigstens hab' ich mir's eingebildet. Außerdem glaubte ich, ich sei – ich glaubte, ich sei schwanger. Ich hab's ihm gesagt." Amelias Stimme kam jetzt schnell, tränenerstickt. „Ich sagte ihm, ich sei schwanger, und fragte ihn, ob wir heiraten könnten – er hatte eine gute Stellung –, und dann lachte er – er – er –"

„Er *was*?"

„Er lachte und fragte mich, woher ich so genau wüßte, daß er der Vater sei. Er wisse, daß ich mit der Hälfte der Burschen im Campus schlafen ginge und daß – daß er sowieso nicht die Absicht hätte, zu heiraten."

„Schweinehund. Dreckiger Schweinehund."

„Ich wollt' mich umbringen, kaufte mir einen Haufen Tabletten. Dann dacht' ich dran, mich zu ertränken, wollte den Wagen über eine Klippe fahren. Ich wollte mir die Pulsadern durchschneiden. Ich –" Dann kicherte Amelia halb hysterisch. „Ich konnt' mich nicht entscheiden, *wie* ich mich umbringen sollte, also brachte ich mich zunächst nicht um, und dann – dann fing ich mich wieder. Ich war wieder in Ordnung. Vielleicht war ich schwanger gewesen, oder vielleicht ist meine Periode bloß einen Monat weggeblieben, aus Einbildung oder Kummer oder was weiß ich. Auf jeden Fall war ich nicht schwanger und war schrecklich froh, daß ich mich nicht umgebracht hatte."

„Hast du ihn je wiedergesehen?"

„Ja. Ein paarmal."

„Und – du hast ihm wieder erlaubt, dich zu berühren? Du –?"

Amelias Stimme war sehr leise.

„J-ja. Ich konnt' mich gegen ihn nicht wehren. Aber nach allem, was vorgefallen war, kam mir alles so furchtbar und gemein und schmutzig vor. Und dann lernte ich Jimmy kennen."

„Und gingst sofort mit Jimmy ins Bett?"

„Nein, bestimmt nicht sofort. Wir hatten viel Spaß zusammen. Er – Jimmy half mir ein bißchen über die Erfahrung mit Harry weg. Wir gingen zu Fußballspielen und zum Tanzen, ins Kino und auf Picknicks und so, und natürlich, als er mich küssen wollte, ließ ich ihn. Und – du weißt ja, wie's ist –"

„Ja", sagte Alec scharf. „Ich weiß sehr wohl, wie's ist."

„Nun, als er wollte, ließ ich ihn. Ich liebte ihn nicht, mochte ihn aber sehr, und als er wollte, nun, da ließ ich ihn. Weil ich ihn mochte – und – daß du's genau weißt", sprudelte Amelia heraus, „ich mochte *es*. Ich *tu's* gern. Ich würd's furchtbar gern mit dir tun. Aber ich nehme an, du willst mich jetzt nicht mehr, nachdem ich dir alles erzählt habe. Jungen

– Jungen lieben keine Ehrlichkeit bei Mädchen, schätze ich. Sie wollen hintergangen werden, selbst wenn sie wissen, daß sie hintergangen werden."

Alec zündete eine neue Zigarette an und gab sie ihr. Er tätschelte sanft ihr Knie, zog sie an sich und küßte sie auf die hochrote Wange. Er konnte die salzigen Tränen schmecken.

„Ich liebe dich, Amelia", sagte er. „Ich liebe dich, und ich möchte – möchte dich nach wie vor heiraten. Ich hab' nichts gegen den anderen – den ersten wenigstens. Das kann jedem Mädchen passieren. Aber es schmerzt doch ein bißchen, wenn ich dran denke, daß mein Freund – daß Jim dich einfach weitergereicht hat wie eine –"

„Eine *was*?" Jetzt klang Amelias Stimme scharf. „Mich weitergereicht hat wie eine *was*?"

Alec antwortete lahm:

„Wie eine Art Lebensmittelkarte. Eine gute Sache. Essen und Pimpern frei. Das letztere hab' ich eigentlich nicht sagen wollen – aber es macht dich billig, und es macht mich billig."

Härte, frostige Härte lag jetzt in Amelias Stimme.

„Vielleicht hast du aus dem Pimpernprivileg nicht vollen Nutzen gezogen. Aber ich hab' nicht bemerkt, daß du das Gratisessen abgelehnt hättest."

„Das hab' ich wahrscheinlich verdient." Er gab sich verletzt.

„Nein, wirklich nicht. Ich bin ein Luder. Und ich hab' mich dir eigentlich an den Hals geworfen. Und die ganze verdammte Familie hat mich dir an den Hals geworfen. Daddy hätte sonst was getan, um Timothy loszuwerden. Er hat einen eingefleischten Haß auf Katholiken. Mehr als auf die Juden. Nein, nein, du warst wirklich großartig, und es tut mir leid, daß ich dir das alles auf einmal an den Kopf geworfen habe. Aber ich liebe dich, Alec. Wirklich – als Frau, nicht als dummes Mädchen, und ich bin der Meinung, du solltest alles über mich wissen, ehe wir weitergehen. Oder wir schütteln uns einfach die Hand und trennen uns als Freunde. Wenigstens haben wir beide keinen Grund, Bitterkeit gegeneinander zu empfinden."

„Ich möchte dir jetzt nicht die Hand schütteln und mich als Freund von dir trennen. Ich möcht' auch nicht, daß wir Bitterkeit gegeneinander empfinden. Ich möchte dich weiter lieben. Ich möchte dich mein ganzes Leben lang lieben. Genaugenommen, sind mir die anderen völlig gleichgültig." Alec stieß ein kurzes Lachen aus. „Ich weiß wahrhaftig nicht, weshalb die Leute solches Theater wegen der Reinheit der Frauen machen und es für smart halten, wenn ein junger Mann sich die Hörner abläuft. Ich bin auch kein unbeschriebenes Blatt, wenn du die Wahrheit wissen willst."

Amelia hob ihm zart den Mund zum Kuß entgegen. Schnell schlüpfte sie aus dem Wagen, glättete ihren zerknitterten Rock, brachte ihre Bluse in Ordnung, strich sich das zerzauste Haar zurück. Alec stieg aus und legte den Arm um sie, während sie die Auffahrt hinaufgingen.

„Morgen abend sprech' ich mit deinem Vater", sagte er langsam. „Wir werden irgendwann im Herbst heiraten – nachdem wir zum Ball in Chapel Hill waren – nachdem ich meine nächste Aufbesserung bekommen habe. Vielleicht sogar noch früher, wenn ich's schaffe. Ich bin froh, daß du mir alles erzählt hast, Baby. Bin froh, daß ich weiß, was ich *jetzt* weiß. Ich will, daß wir alles neu und frisch anfangen; frisch, sauber, aber hauptsächlich *proper*. Ich hab' eine Menge häßliche Unordnung in meinem Leben kennengelernt."

Amelia wandte sich ihm zu und küßte ihn, preßte ihren ganzen Körper an ihn, als sie auf der dunklen Veranda standen. Ihre Lippen schmeckten immer noch nach Metall. Dann knipste sie das Licht an und schloß die Tür auf.

„Ich wußte nicht, daß es jemand wie dich geben könnte", sagte sie. „Gute Nacht – Liebling."

„Gute Nacht." Alec drehte sich um und ging schnell, mit klappernden Absätzen, über die Steinplatten der Auffahrt zu seinem Wagen hinunter. Im Mund hatte er einen Geschmack nach erregter Frau. Seine gespannten Hoden schmerzten. Ein seltsames Gefühl perversen Frohlockens stieg ihm zu Kopf. Er fühlte sich leicht und frei und ein bißchen betrunken. Er fühlte sich wie ein *Mann*. Wie ein erfahrener, weltkluger Mann – ein Mann, dem bourgeoise Konventionen nichts bedeuteten. Er hatte die Konvention zum Teufel gejagt. Er würde eine befleckte Frau heiraten, aber er selbst würde sie nicht noch mehr beflekken.

Er fuhr auf den Parkplatz des Hot Shoppe und trat in eine Telefonzelle.

„Hallo", sagte er. „Harriet?" Eine schläfrige Stimme antwortete murmelnd.

„Tut mir leid, daß ich dich geweckt habe. Aber es ist noch nicht sehr spät, und ich dachte, daß wir vielleicht –?"

Die Schläfrigkeit war aus der Stimme am anderen Ende verschwunden.

„Gut. In zehn Minuten hol' ich dich vor deinem Haus ab." Ein spöttisches Lächeln verzog seine Lippen. „Aber zieh dir nicht zuviel an. Du mußt das Zeug bloß wieder ausziehen."

Er hängte an und fühlte sich wieder in bester Stimmung. Er beging keine Sünde, niemand gegenüber. Er war nicht untreu. Er verriet kein in ihn gesetztes Vertrauen. Plötzlich war er hungrig. Es würde gerade noch genug Zeit übrigbleiben, um ein Barbecue-Sandwich zu essen und ein Bier zu trinken, bevor er Harriet abholte, die zuverlässig im Schatten vor ihrer Wohnung warten würde. Hol' diese Stubenkameradin der Teufel! Er würde Harriet wahrscheinlich in seine eigene Wohnung schmuggeln müssen, dachte er. Im Vordersitz seines Wagens war noch zuviel duftende Erinnerung an Amelias erregten Körper, als daß er dort außeremotionellen Trost hätte finden können. Und außerdem hatte er Vordersitzsex zum Kotzen satt.

45

Der leise Kuß des Frühlings zitterte noch über Chapel Hill, obgleich der gewichtige Juni angebrochen und die Schule aus war. Alec fühlte sich großartig, als er in seinem blitzenden Wagen vor dem Delt-Haus vorfuhr – er hatte vor der Stadt bei einer Tankstelle angehalten und schnell den Staub vom Lack gewischt, während Amelia die Damentoilette aufsuchte. Er trug einen neuen grünen Gabardineanzug mit Gürtel im Rücken und Raglanärmeln (jeder trug Gabardine in diesem Jahr), und im Gepäckraum lagen ein Smoking mit weißem Jackett, ein kariertes Sportjackett mit dazu passenden grauen Flanellhosen, ein blauer Blazer und eine weiße Gabardinehose. Er hatte eine halbe Kiste assortierten Alkohols mitgebracht, hatte Geld in der Tasche, und das hübscheste Mädchen des Studentenballs stieg neben ihm aus. Sie trug lindgrünes Leinen – sie hatte ihren Handkoffer in die Damentoilette mitgenommen und schnell ihre Reisekleidung, Sweater und Rock, gewechselt –, und in ihren braun-weißen Pumps und den toastfarbenen Strümpfen an den langen, schönen Beinen weckte Amelia ein wahres Pfeifkonzert auf der mit Kletterpflanzen bewachsenen Veranda des Verbindungshauses. Jimmy James stellte sein Glas auf das breite Geländer und schlenderte die Auffahrt hinunter, um sie zu begrüßen. Er war so blond, so groß und ungezwungen wie immer.

„Hallo, Mele. Kriegt ein einfacher Jurastudent einen Kuß?"

Alec verspürte ein seltsames Gefühl, als Jimmy James Amelia Macmillan lässig auf den Mund küßte – leicht, aber immerhin auf den Mund. Es war nicht Eifersucht, sondern ein schnelles Aufwallen des Possessivtriebs, was ihn veranlaßte, Amelia einen Arm um die Schultern zu legen, während er Jimmy James die Hand schüttelte.

„Hallo, Jim", sagte er – und glaubte, es kühl zu sagen. Auch glaubte er, einen blitzschnell vorüberhuschenden Ausdruck des Verstehens in den Augen seines früheren Stubenkameraden zu bemerken. „Nett, dich wiederzusehen – nett, wieder mal hier zu sein. Hast du eine Idee, wo Amelia wohnt? Sie wird ihre Sachen raufschaffen wollen."

„Ich hab' sie mit Liz zusammengesteckt", sagte Jimmy James mit seinem breiten, offenen Lächeln. „Du kennst Liz noch nicht. Auch eine Pi Phi. Ich scheine aus der Gewohnheit nicht rauszukommen." Er griff nach einem Handkoffer, den Alec aus dem Kofferraum genommen hatte. „Ich bring' das bloß schnell rein, und die Hausmutter wird sich dann deiner annehmen, Amelia. Liz nimmt ein Bad oder schläft oder was weiß ich. Du wirst sie gleich erkennen an –" Er machte eine ausladende Geste in Brusthöhe. „Nicht zu übersehen."

„Und wo wohne ich?" Alec spürte wieder den alten Inferioritätskomplex, als Jimmy James eine Hand unter Amelias Ellbogen schob und sie der Tür zusteuerte, den Handkoffer in der anderen tragend.

„Gegenüber. Zeta Zips. Stan Roberts bleibt nicht zum Aderlaß. Hat liebenswürdigerweise sein Zimmer zur Verfügung gestellt. An einem klaren Tag können wir von unserem Fenster aus alle Mädels beim Anziehen beobachten. Gib mir 'ne Minute, bis ich unser Mädchen untergebracht habe."

Sie verschwanden durch die Tür, und Alec blieb schlecht gelaunt am Randstein zurück, kam sich ausgeschlossen und einsam vor, trotz seiner neuen Anzüge, seines fast neuen Wagens, seiner Ladung Whisky und des in seiner Tasche heiß brennenden Geldes. Es hatte so viel Eigentümerstolz in Jimmys sofortiger Besitzergreifung Amelias gelegen. Alec hörte die vertraute Stimme rufen: „Mrs. Mac!", und dann das Murmeln von Frauenstimmen. Jim James kam strahlend zurück.

„Bei Gott, es ist schön, dich wiederzusehen, Autor", sagte er. „Und diese Amelia wird jede Minute schöner. Hab' ich dir nicht gesagt, sie sei das richtige Mädel für dich? Und ich hatte recht, stimmt's? Komm, Junge, stellen wir das Zeugs in Stans Zimmer ab, und dann gehen wir in unsere Bar runter und nehmen einen Schluck. Ich sage dir, Sohn, ich bin stolz auf dich. Du siehst reich aus – und – na ja, siehst aus, als ob du gleich berühmt werden würdest. Los. Guter Whisky wartet auf niemand, und dein Mädchen sagt, sie brauche eine Weile, um sich frisch und knusprig zu machen."

Alec spürte, wie sein ursprüngliches Ressentiment dahinschmolz. Um seinen großen blonden Freund da war so viel herzliche, zutraulich-ungehemmte Kameradschaft. Als sie einen Augenblick später in der kühlen, nach Malz riechenden Bar des Verbindungshauses saßen – der Bar, in der er als Student der schäbigen Armut seines Studentendaseins und seines überspitzten Stolzes wegen so selten gesessen hatte –, fand er es schwierig, sich das Bild einer nackten, in den Armen eines ebenfalls nackten Jimmy sich windenden Amelia selbstquälerisch wieder vors innere Auge zu rufen; seines Freundes Jimmy, der ihm Amelia überlassen hatte. Ihm Amelia überlassen hatte, dachte er mit flüchtiger Bitterkeit, wie ein Paar gebrauchter Golfschuhe oder einen alten, aber geliebten Tennisschläger.

Aber es änderte sich; es änderte sich tatsächlich, und was es änderte, war er selbst, Alec Barr. Der Wandel verlief von innen nach außen; Selbstvertrauen glühte jetzt in ihm wie eine Kontrollflamme. Er betrachtete den gutaussehenden, gutmütigen Exstubengenossen mit dem großen Monatswechsel und dem späteren guten Regierungsjob, mit dem grauen Coupé und den eleganten Anzügen und sah einen Studenten – einen Lehrling, noch unerprobt im Beruf. Das genau war's; Amelia war kurz mit einem *Collegeboy* ins Bett gestiegen – sie war nicht mit einem *Mann* im Bett gewesen.

Amelias Mann war *hier*; er hatte gerade eine Flasche guten schottischen Whiskys aus Washington, D.C., aufgemacht und fragte seinen alten, reichen Stubengenossen an der aus der uralten in Carrboro gestohlenen Theke eines ländlichen Kramwarenladens gebastelten Bar – der Bar mit den nachempfundenen Doktor-Seuss-Zeichnungen von verkaterten Drachen an der Wand dahinter –, fragte ihn also: „Wieviel Soda?" Jetzt hatte er ein Recht darauf, in der Bar zu sein; er hatte seinen eigenen Whisky mit, und sein Anzug stammte von Lewis & Thomas Saltz in der F-Street in Washington, D.C., einer Stadt, in der auch Franklin D. Roosevelt wohnte.

„Wir wollten, daß du's als erster erfährst", sagte Alec. „Amelia und ich werden im Spätsommer oder im Frühherbst heiraten." Aufmerksam musterte er das Gesicht seines Freundes, erwartete irgend etwas, was er nicht definieren konnte, und war fast enttäuscht, nur echtes, freudiges Erstaunen zu bemerken. Irgendwie hatte Alec erwartet – beinah gehofft –, daß Jimmy James von dieser Ankündigung förmlich erschlagen sein würde. Statt dessen breitete sich über das glückliche, offene Gesicht ein breites Grinsen, und ein mächtiger Schlag auf Alecs Rücken renkte ihm fast die Schulter aus. Der erwartete Triumph blieb aus.

„Bei Gott, das ist aber wunderbar!" brüllte Jimmy James. „Ich könnte mir kein feineres Paar denken! Ich verlange nur eins: Trauzeuge zu sein, weil's in erster Linie meine Schuld ist!" Ja, du fröhlicher Halunke, dachte Alec, du hast mir die Hochzeitsnacht vorweggenommen. Aber ich hab' das Mädchen. Nichts von diesem Drecksgeschwätz „Vielleicht komme ich eines Tags zurück und heirate sie selbst", das du mir bei dem großen Dinner, zu dem du uns einludest, vorgequatscht hast. Bei diesem letzten Souper.

„Klar, James", erwiderte Alec sanft. „Brich mir nicht das Rückgrat, sonst gibt's keine Hochzeit. Ich würde mir niemand außer dir als Trauzeugen aussuchen." Hatte er den *Zeugen* besonders betont, und hatte Jimmy leicht die Stirn gerunzelt? *Nein.* Es war dunkel in der nach Malz riechenden Bar des Delt-Hauses.

Jimmy James' Stimme klang jetzt ernst.

„Du mußt besser vorangekommen sein, als ich dachte, wenn du so bald ans Heiraten denken kannst. Du könntest dir kein feineres Mädel aussuchen – ich hab's dir gesagt –, aber kannst du dir's leisten, auf dein Zeitungsgehalt hin zu heiraten? Ich meine, Jesus, es ist erst sechs Monate her, daß du im Stab der *News* bist. Das letzte, was ich von denen hörte, war, daß sie jeden am ersten Januar rauspfeffern, an *jedem* ersten Januar. Heiraten ist ein großer Schritt, und du bist immer noch schrecklich jung, Sohn."

„Ich bin nicht zu jung, um zu wissen, was ich will", erwiderte Alec Barr. „Ich bin nicht zu jung, um zu wissen, was ich kann. Und ich bin nicht zu jung, um zu wissen, daß ich's nicht sein werde, wenn jemand rausgepfeffert wird."

„Mir scheint, du bist ein bißchen beleidigt. Weshalb? Du machst dir doch hoffentlich keine Sorgen darüber, was zwischen Amelia und mir passiert ist. Nichts ist passiert. Wir sind bloß zusammen ausgegangen und haben uns großartig amüsiert."

„Ich bin nicht beleidigt. Und ich mach' mir keine Sorgen darüber, was Amelia vielleicht vor mir gemacht hat. Sowieso ist niemand vollkommen. Ich möcht' mich bloß in einem sicheren Hafen niederlassen, damit ich endlich arbeiten kann. Nicht Zeitungen, nicht für immer. Ich hab' Pläne, Jimmy, und die lassen sich nicht verwirklichen, solange ich in der Stadt rumlaufe und den ganzen Whisky austrinke, den man den Jungs von der Presse anbietet, um die Jungs von der Presse bei guter Laune zu halten. Ich möcht' was Ordentliches aus meiner Schreibmaschine rausholen."

Jimmy James stand auf und ging zur Bar hinüber. Er drehte sich um, stemmte die Hände flach auf die Theke und schwang sich gelenkig in Sitzstellung.

Dann sah er Alec Barr nachdenklich an. Er runzelte die Stirn und kratzte sich am Ohr.

„Das hätt' ich nicht geglaubt", sagte er. „Wirklich nicht. In Washington ließ ich einen verwirrten kleinen Jungen zurück, und was haben wir hier? Bei Gott, einen zähen, erwachsenen Mann. Einen richtig zähen Mann – mit einer Ausnahme. Mir kommt's so vor, als ob da noch immer ein bißchen kleinjungenhafte Eifersucht über Amelia und mich rumgeisterte. Vergiß es, Sohn. Ich hab's dir gesagt: *nichts*. Absolut nichts."

„Ich hab' mir nie Gedanken drüber gemacht", entgegnete Alec. „*Du* machst dir Sorgen." Er schob Jimmy James plötzlich sein leeres Glas zu.

„Schenk uns noch einen ein", sagte er. „Mein Arsch tut mir weh vom langen Fahren, und in einer Minute muß ich mich saubermachen, um *mein* Mädchen zum alten Skipper Henry rüberzunehmen und ‚Hallo' zu ihm zu sagen."

„Heimkehr des verlorenen Sohns, was? Mit schmetternden Fanfaren? Nicht schlecht." Jimmy James ließ sich von der Bar heruntergleiten und goß feste, drei Finger hoch, ins Glas. Eingehend widmete er sich Eis und Soda. Dann reichte er Alec den Drink und sagte schnell:

„Bist du jetzt zufrieden, nachdem du mit deinem Wagen und deinem Mädchen und deinem neuen Anzug zurückgekommen bist, um ihnen allen zu sagen, sie könnten zum Teufel gehen?"

Alec sah ihn fest an.

„Ich war schon zufrieden, bevor ich losfuhr", sagte er. „Man braucht nur zurückzukommen, um es zu wissen. Ich werde nicht mehr zurückkommen. Wenn ich irgendwas von hier brauche, lass' ich's mir schikken."

46

Der Gedanke an die Ehe übte einen perversen Reiz auf Alec Barr aus – durch die von ihm suggerierten Vorstellungen von legalisierter Unzucht, Besitzerstolz, der neugewonnenen Möglichkeit, ganz offen vor aller Welt, einschließlich Amelias Eltern, sozusagen mit einem Plakat um den Hals zu erscheinen, das verkündete: „Ich schlafe mit dieser hochklassigen Frau, die meine Ehefrau und meine Hure ist." Da er in einer Atmosphäre von heimlichem Sex aufgewachsen war, übte die gespreizte, offen ausgebreitete, schwitzende Sinnlichkeit einer gesetzlichen Ehe eine viel stärkere erotische Wirkung auf den jungen Alec Barr aus als jede Menge Autorücksitzromanzen oder Liebschaften in düsteren Torwegen. Alec Barr sehnte sich nicht nach einem aus einer Decke bestehenden Strandbett; er wollte eine Romanze, bestehend aus einer Doppelbettmatratze, abgeschlossener Tür, anschließendem Badezimmer und griffbereitem Handtuch; wenn er das nicht haben konnte, wollte er überhaupt keine Romanze. Omar Chaijâm kam in seinen ehelichen Plänen nicht vor; Tannennadeln hätten kratzen können.

Kleine Versuchungen in dieser Richtung hatte es allerdings an jenem Wochenende der Bälle in Chapel Hill gegeben. Hal Kemp hatte eine besonders brillante Folge von Tänzen gespielt, denn auch Kemp kehrte im Triumph zur Alma mater zurück. Kemp spielte zwei Spezialnummern, die sein eigenes Copyright trugen und denen man nachsagte, daß sie die Stärke in den Höschen der verstocktesten Jungfrau garantiert zum Schmelzen brächten. Beide wurden von Skinnay Ennis gesungen: Die eine hieß „Heart of Stone", die andere „I've got a Date with an Angel". Es war die Zeit, in der man den berühmten Kapellen eher zuhörte als zu ihrer Musik tanzte. Man hielt die Dame seines Herzens fest an sich gepreßt, bewegte sich kaum von der Stelle, wiegte sich leise vor dem Orchester. Zur Musik Hal Kemps und seiner aus Ennis, Maxine Grey, John Scott Trotter, Earl Geiger und Saxy Dowell bestehenden Spezial-Crew zu tanzen wäre als Gotteslästerung angesehen worden – ebenso entheiligend, als hätte man nach Kenny Sargents Song „Under a Blanket of Blue" oder zu den hohen Falsettönen seines „For You" das Tanzbein geschwungen.

Die verarmten frühen dreißiger Jahre wälzten sich geradezu in zartempfundenem *Weltschmerz*. Jeder Film mit Rogers und Fred Astaire, jeder Crosby-Film heckte ein paar langlebige Gassenhauer, denn die Gershwins, Arlens, Porters, Mercers, Burkes, Yagers, Yellens und Van Heusens schrieben das dauerhafte Zeug, das Sinatra dreißig Jahre später immer noch singen sollte. Die mit Ruhm bekränzte Band nahm die Stellung einer absoluten Gottheit ein; Kemp, Artie Shaw, Ellington, Grey, Nichols, Weems, Lombardo, Ray Noble, die Dorseys waren alles Zaubernamen, und Chikagos Blackhawk war die Hauptmoschee für die Winsellieder der Muezzins. Die weiblichen Verteidigungswälle brachen bei Al Bowllys Vortrag von Nobles „The very Thought of You" zusammen, und jeder, der „Stormy Weather" oder „Body and Soul" sang, verursachte ein spürbares Straffen der BHs, hervorgerufen durch keuchende Atemstöße, die frische, junge Busen dehnten. Es war die Zeit des „Crooners", die Ära des Musikhörens. Die Gymnastik hatte den Tanzboden noch nicht erobert.

Alec Barr war sich der Dauerwirkung dieser beschwörenden Kunstform undeutlich bewußt, während er Amelias zartes Fleisch im Arm hielt und sich mit ihr wiegte, steif in seinem weißen Smokingjackett, angenehm aufgekratzt von den in den Pausen schnell runtergestürzten Drinks, froh erregt über seinen Empfang durch seinen alten Freund Professor Henry, beinahe schwindlig stolz darauf, daß er das hübscheste Mädchen auf den Tanzboden gebracht hatte. Jungen, jüngere Verbindungsbrüder und Fremde, alle klatschten Amelia ab, wenn sie überhaupt tanzten, daher tanzten sie meistens nicht, wiegten sich nur und hörten zu.

Das Wochenende glich all das aus, was Alec Barr als Collegemann an Universitätsleben verpaßt hatte. Alle Triumphe, nach denen er sich gesehnt hatte, all die kleinen, undeutlich formulierten Bedürfnisse, die entgangene Kameraderie, sprangen ihn wie eine Flut an einem einzigen Wochenende an, während dessen Dauer Alec Barr eine Art Collegeemeritus war. Im Lokalwochenblatt hatte ein Artikel über die Rückkehr des Sohns der Stadt gestanden; Skipper Henry hatte die Hälfte seiner Kolumne „Grütze und Kaldaunen" seinem erfolgreichen Protegé gewidmet; selbst die Raleigh-Morgenzeitung hatte etwas über den Jungen aus der Heimatstadt gebracht, der sich in der großen Stadt bewährt hatte. Für Alec Barr war es eine Zeit des Überflusses, Speis und Trank, Milch und Honig, Rosen und Mondlicht; er fühlte sich jung, wie er sich als junger Mann nie jung gefühlt hatte.

Sie hatten stetig getrunken, ohne je betrunken zu werden – Milchpunsch morgens, wenn sie von Verbindungshaus zu Verbindungshaus trabten; deftige Portionen Bourbon-Whisky beim alten Skipper Henry, der Amelia anstrahlte und jedem, der es hören wollte, stolz erzählte, er habe Alec Barrs Talent sofort erkannt, als er ihn mit diesem hübschen, kleinen Indianermädchen zum erstenmal gesehen habe, das später auf und davon gegangen sei und geheiratet habe (Amelia sah Alec fragend an; er zuckte mit der Unbekümmertheit des geborenen Schauspielers die Schultern). Es folgten unvermischte, harte Getränke, wenn die Nacht fortschritt und die Jungs vor der Turnhalle Flakons aus den Hüfttaschen zogen; die Jungs tranken pur aus dem Flaschenhals, die Mädchen kippten ihre kleineren Portionen aus Feldflaschenbechern, in denen sich auch Coca-Cola befand. Es wurde wie wahnsinnig Kleidung gewechselt; einigen Mädchen wurde es schlecht, man mußte ihnen den Kopf halten; eine Hure, spaßeshalber von einem der liederlicheren Bundesbrüder eingeschmuggelt, wurde von der Collegeatmosphäre so überwältigt, daß sie sich selbst zur Hausmutter der frischen, jungen Küken von Peace und St. Mary ernannte und sich das ganze Wochenende über beharrlich weigerte, mit ihrem Begleiter zu schlafen.

Das Wechseln der Kleidung übte eine tiefe Wirkung auf Alec Barr aus, der in einem einzigen schäbigen Anzug, zwei Sporthosen und ein paar an den Ellbogen geflickten Sweatern durch die Universität gegangen war. Es war ein rein animalischer Luxus, sich für die morgendlichen Runden modisch in Sportjackett und Flanellhose zu werfen, zum Fünfuhrtee in blauem Flanelljackett und weißer Hose aufzukreuzen und nach dem Abendessen ins weiße Smokingjackett mit schwarzer Hose zu schlüpfen. Die gestärkte Brust des Hemdes fühlte sich angenehm hart auf der von der Seife einer dritten Dusche an diesem Tage glühenden Haut an, das Jackett lag weich auf den Schultern, und die glänzenden Lackpumps umspannten leicht wie Glacéhandschuhe die Füße.

Die runden, nackten Schultern der Mädchen blühten in ihren Tüll- und gelegentlich auch Satinkleidern – Jimmy James' Mädchen trug Satin, und die milchweißen Kurven, die aus dem tiefen Dekolleté ihres weinroten Satinkleids nach oben drängten, ließen einen an Eiskremsoda denken. Der durchdringende Geruch kam von Gardenien an der Korsage und Parfüm und leicht schwitzenden, sauberen, jungen Frauen, während die Jungs im Zweifel nach Seife, Shaving Lotion und ganz deutlich nach Whisky rochen. Niemand brauchte Schlaf – die Veranden der Verbindungshäuser wimmelten bis zum Morgengrauen von den Glühwürmchen brennender Zigarettenenden, bis jemand auf den Gedanken kam, einen Schwimmausflug zum Sparrow's Pond und später ein Milchpunschfrühstück zu organisieren. Für Unzucht blieb im wahrsten Sinne des Wortes keine Zeit. Unzucht war den Wochentagen vorbehalten – das hier war Das Wochenende.

Alec Barr hätte damals nicht erklären können, daß er die ordnungsgemäße, propere Romanze gesucht und endlich entdeckt hatte, nach der er in seinen Studententagen mit durchgewetzten, schäbigen Hosen gehungert und gedürstet hatte. So hatten die anderen immer gelebt, und Amelia war ein sehr wichtiger Teil davon. Alecs kurze Romanze und sein ebenso kurzes, konfuses erotisches Erlebnis mit Fran Mayfield waren auf der Basis des mageren Geldbeutels verlaufen; es war keine Rede von Autos und Whisky und Geldausgeben und guten Anzügen und ungezwungener Geselligkeit mit den bessergestellten Kommilitonen gewesen. Alec war bis zum Schluß der gesellschaftliche Asket geblieben, der sympathische Büffler, der das Glück gehabt hatte, in den letzten Wochen seines Studentenlebens eine gutaussehende junge Frau von entschieden nymphenhaftem Einschlag gefesselt zu haben. Fran Mayfield hatte einem Bettler verächtlich Almosen zugeworfen.

Es war in keiner Weise mit dem erhebenden Triumph, dem Frohlokken, *dazuzugehören*, vergleichbar gewesen, das Alec Barr jetzt empfand. Seine wirkliche Laufbahn als Collegemann hatte am Freitag begonnen, und sie würde Sonntag nachmittag zu Ende sein, wenn er die lange Rückfahrt nach Washington antrat, mit vor Schlaflosigkeit brennenden Augen und einem Kater von zwei Tagen steten Trinkens, der ihm an den Nerven zerren und Magendrücken verursachen würde.

Es war ihm gelungen, sich die Illusion studentischer Unschuld zu bewahren, selbst noch nach dem letzten Ball am Sonnabendabend, als Jimmy James nach heißen Pastrami-Broten und Bier bei Greek vorgeschlagen hatte, eine Flasche mitzunehmen und zum Spatzenteich hinauszufahren, um im Mondlicht zu baden. Von vornherein wurde angenommen, daß man nackt baden würde; wenigstens wurden keine neckischen Fragen wegen Badeanzügen von Amelia oder Jimmys üppiger Liz gestellt, deren Unterhaltung hauptsächlich auf Kichern begrenzt zu sein schien.

Der Mond schien hell, ein großer Krug, der eine riesige Milchpfütze in Sparrow's Pond vergoß. Da und dort parkten Wagen; Rufe, Schreie, Kichern und Plätschern waren vom Teich her zu hören. Andere Leute hatten offenbar dieselbe Idee gehabt; als sie ankamen, fingen Alecs Scheinwerfer die undeutlichen weißen Konturen eines weiblichen Körpers ein, der wie ein Reh über seinen Weg huschte.

Amelia und Liz zogen sich hinter den Wagen zurück, um sich auszuziehen. Alec und Jimmy entledigten sich ihrer Kleider hinter einem Baum. Beide Mädchen hatten Handtücher mit, die sie züchtig über Busen und Schenkel drapierten, bis sie den Rand des Teichs erreichten, und dann sah Alec Amelia nackt – splitternackt im blassen, flimmernden Mondlicht –, zum erstenmal. Er war sich wippender Brüste, des dunklen Dreiecks des Venushügels und des lebhaften Blitzens von Schenkeln scharf bewußt, als die Mädchen kreischend ins Wasser rannten, aber die Nacktheit rief keine Sinnlichkeit in ihm wach. Die Erotik erwachte ganz natürlich im warmen Wasser des Teichs, als er sich ihr schwimmend näherte und sie nackt in die Arme nahm. Sie öffnete die Beine, während sie Wasser trat, und er schob sich behutsam von hinten zwischen ihre Schenkel, ihre Brüste mit beiden Händen umfassend. Sie wandte den Kopf und küßte ihn flüchtig, machte sich dann frei und schwamm in einem hochspritzenden Gestöber mondsilbernen Wassers davon.

Sie zogen sich leicht fröstelnd wieder an und nahmen einen Schluck aus der Flasche im Wagen, bevor sie in die Stadt zurückfuhren. Der Mond war untergegangen, und die Sonne färbte den Himmel schon rosarot, als sie vor dem Verbindungshaus anlangten, wo sich bereits ein Grüppchen zu einem frühen Glas Milchpunsch auf der Veranda versammelt hatte. Es schien dumm, noch ins Bett zu gehen, und ebenso dumm, die Abendkleidung vom vergangenen Abend anzubehalten. Die Mädchen gingen nach oben, um sich in Sweater und Rock umzuziehen, doch die Jungs blieben auf der Veranda, trinkend und sich Platten anhörend, jungenhaft eitel auf ihre zerknitterten Smokinghemden und mit Lippenstift beschmierten Kragen.

Später gingen Alec und Amelia zu einem Frühstück zu Professor Henry. Jimmy und seine vollbusige Liz waren nicht eingeladen. Statt dessen hatte Skipper Henry einige seiner alten Freunde von der Fakultät gebeten – Van Gelder von der Philosophie, Maxwell von der Archäologie, Carson von der Nationalökonomie und Merriweather, den Altertumsgeschichtler –, alles zottige, zerknitterte, schlampige Männer mit altersbuschigen Brauen, Haargestrüpp in den Nasenlöchern und rauhen, borstigen Schnurrbärten. Amelia war das einzige Mädchen der Gesellschaft und fühlte sich außerordentlich geehrt durch den Respekt, mit dem die älteren Männer, ordentliche Professoren, ihren jungen Verlobten behandelten. Die Ehrerbietung war Amelia schwer verständlich; schließlich war Alec nur ein junger Reporter bei der kleinsten Zeitung Washingtons, der als Beweis für seine Bemühungen nichts Greifbareres vorzuzeigen hatte als eine kleine Namenszeile, die sich gelegentlich auf den Vorderseiten bemerkbar machte. Amelia wußte zwar, daß Alec arbeitete, schwer arbeitete; sie wußte auch, daß er schrieb, aber es war ihr unerfindlich, warum dies von den tabakfleckigen, narbigen alten Männern, die alle den Doktortitel hatten, so hoch geschätzt wurde.

„Werden Sie in den Krieg gehen?“ war eine der ersten Fragen, die Skipper Henry Alec stellte, als wollte er sich erkundigen, ob er noch ein Glas von dem sauer-maischigen Bourbon-Whisky haben wolle, den der alte Mann seinen Gästen vorsetzte.

„Nicht als Berichterstatter", antwortete Alec. Amelia sah erstaunt von einem zum anderen. Es *gab* doch keinen Krieg, in den man ziehen konnte, außer diesem Unsinn zwischen Chinesen und Japanern auf der anderen Seite der Welt.

„Ich glaube, Sie haben recht", sagte Van Gelder, der Philosophieprofessor. „Es ist ein viel zu großes Erlebnis, als daß man's von außen beurteilen könnte. Ein Krieg muß von innen erlebt werden. Es ist kein Spektakel für Fremde, die sich die Sache gelegentlich aus der Ferne ansehen. Ein Krieg ist etwas Intimeres als eine Ehe."

Amelia wandte schüchtern ein:

„Aber es *ist* doch nicht Krieg. Entschuldigen Sie, Sir, aber Sie reden, als hätten wir Krieg und Amerika wäre bereits drin."

Der alte Skipper Henry mit seinen Schildkrötenlidern und seiner Hakennase lächelte.

„Aber natürlich haben wir Krieg", sagte er. „Unser Freund Van Gelder könnte es Ihnen vom Standpunkt des Absoluten und Unfaßbaren in bester griechischer Verworrenheit erklären, aber ich bitte ihn nicht darum. Wir befinden uns im Krieg, seit Hitler aufhörte, Häuser anzustreichen. Es ist nur eine Frage des Zeitpunktes, wann wir ihn formell erklären."

„Wann glauben Sie?" fragte Alec. „Ich meine, wann werden wir ihn erklären?"

Der alte Mann zuckte die Schultern.

„Nicht in den nächsten zwei oder drei oder fünf Jahren. Die Verrücktheit der Massen ist noch nicht genügend auf Touren gebracht. Wir befinden uns noch im Stadium der großen Täuschung – hören zwar auf Peter, den Eremiten, sind aber noch nicht zum Kreuzzug bereit. Wenn der kommt, wird's ein großer sein. Ich bedaure nur, daß ich zu alt bin, um ihn noch zu erleben. Aber vergessen Sie eins nicht, Alec: Kein Schriftsteller kann sich's leisten, einen Krieg zu verpassen. Besonders, wenn er die Absicht hat, Bücher zu schreiben. Es ist die tiefschürfendste Grundlagenforschung."

„Henry sagte mir, Sie heiraten bald?" Es war Merriweather, Altertumsgeschichte, der sich mit der Frage an Amelia wandte. Alec antwortete für sie.

„So bald können wir's uns noch nicht leisten, Dr. Merriweather. Amelia ist gerade erst von der Schule runter – hat neulich erst graduiert –, und ich bin noch nicht lange bei meiner Zeitung."

„Ich glaube, die Ehe ist eine gute Sache für einen Schriftsteller", meinte Dr. Merriweather. „Zügelt ihn, macht ihn verantwortungsbewußt. Geht nichts über eine Frau und ein paar Kinder, um den alten Federkiel auf den Papyrus zu zwingen. Die Schwierigkeit mit Schriftstellern ist eben, daß sie meist keine steten Gewohnheiten entwickeln, es sei denn, sie laden sich eine schwere Verantwortung auf. Und – ich bin sicher, mein Freund Henry wird mir zustimmen – Schreiben ist keine Sache der jeweiligen Stimmung. Auch sonst keine schöpferische Tätigkeit, einschließlich bildender Kunst.“ Er wandte sich an Maxwell, den Archäologen. „Würden Sie sagen, die Griechen hätten herumgestümpert, Chick?“

„Nein“, erwiderte der Archäologe. „Ebensowenig, wie ich den Ägyptern Faulheit vorwürfe, als sie ihre Pyramiden zusammenleimten. Kleinvieh macht auch Mist, sozusagen.“

Alec fühlte sich irgendwie unbehaglich – beinahe wie in einer Falle gefangen. Es hagelte Klischees, und der Hauptgedanke der meisten war, es gehe nichts über die Liebe einer guten Frau, um einen Mann schöpferisch anzuregen und ihn zum Schaffen zu zwingen. Was ihn aber am unbehaglichsten stimmte, war die Tatsache, daß der größte Teil von ihm sich nach Stetigkeit sehnte, nach Respektabilität, nach der ruhigen Ordnung der Ehe, den acht Stunden Schlaf und der geregelten, unkomplizierten Erotik, nach den guten Mahlzeiten, der Mäßigkeit, den Abenden am Kamin, aber der unruhige Teil von ihm sehnte sich nach diesem Krieg, von dem sie sich so ruhig unterhielten – diesem ungeborenen Krieg, der ihn von genau den Dingen, die er sich ersehnte, verjagen würde.

Er wußte, daß das Wochenende vorüber war. Seine gesamte Collegelaufbahn hatte er auf die Zeit von Freitag nachmittag bis Sonntag mittag zusammengedrängt. Plötzlich spürte er, wie Amelia ihn sanft am Ärmel zupfte. Die Männer sprachen alle durcheinander über den kommenden Krieg, über die Japsen, die Deutschen, die englische Befriedungspolitik und die Schwächen der Franzosen. Mr. Roosevelt und der New Deal waren nicht einmal erwähnt worden, obgleich man das Jahr 1935 schrieb.

„Ich glaube, wir sollten bald gehen“, flüsterte Amelia. „Ich versprach Mutter, wir würden versuchen, noch vor Dunkelwerden zu Hause zu sein. Du weißt ja, wie sie ist: Sie wird uns das Abendessen warm halten.“

„Ich glaube“, sagte Alec, „es war ein langes Wochenende, und ich schulde der Redaktion einen Tag.“

Sie verabschiedeten sich, und der alte Professor für Zeitungswissenschaft umarmte Alec mit väterlicher Sympathie.

„Ich sagte Ihnen ja, daß Sie's schaffen würden“, meinte er. „Sie sind auf dem richtigen Weg. Lassen Sie sich wieder mal bei uns sehen, wenn Sie können.“

„Das werde ich“, erwiderte Alec. „Bestimmt, wenn ich kann.“ Und während er das sagte, wußte er, daß er höchstwahrscheinlich nie wieder hier vorbeikommen würde. Nicht einmal überraschend wurde ihm klar, daß er die Schule endgültig absolviert hatte.

47

Im Oktober heirateten sie. Alec hatte noch einmal Gehaltsaufbesserung bekommen – auf fünfunddreißig Dollar die Woche, was ihn wohlhabend genug machte, um seine Nebenarbeit im Publicitygeschäft aufgeben zu können, und Amelia hatte einen Verkäuferinnenjob bei Garfinckel gefunden. Ihre zwanzig Dollar die Woche machten sie vorläufig ziemlich reich – reich genug jedenfalls, um sich eine Wohnung für sechzig Dollar den Monat zu leisten –, und außer ein paar notwendigen Möbelstücken brauchten sie nicht viel zu kaufen. Es war eine festliche Hochzeit gewesen, und die Freunde der Familie hatten das junge Paar reichlich beschenkt. Es hatte fünf Waffeleisen, sechs elektrische Toaströster und ein Sortiment anderer elektrischer Haushaltswaren gegeben, die, den Geschäften, aus denen sie stammten, zurückgebracht, genügend Kapital lieferten, um andere notwendige Dinge für den Haushalt wie Extralampen, Aschbecher und Bratpfannen zu kaufen.

Die mehr als ausreichende Wohnung lag in einer nicht ganz feinen Gegend, weit genug von der Innenstadt entfernt, um Parkmöglichkeiten zu bieten, ganz in der Nähe eines Supermarktes, ziemlich nahe einem Vorstadttheater und außerdem so nahe der Marylandgrenze, daß man sich an einem trockenen Sonntag im Distrikt von Columbia einen Drink besorgen konnte. Die Wohnung war geschmackvoll möbliert – Amelia hatte die meisten Sommerausverkaufstage wahrgenommen, „*antiquieren*" nannte sie es, und hatte sogar eine ruhige Ecke für Alec eingerichtet, die sie als sein Studio bezeichnete. Die Ecke bestand aus einem billigen gelben Fichtenholzschreibtisch, einem Wörterbuch, einem Konversationslexikon, einer auf Vordermann gebrachten Standard-Underwood-Schreibmaschine und einem Haufen mit Rotstift vollgekritzelter Magazine. Alec versuchte, sich die Form eines verkäuflichen Artikels und einer Kurzgeschichte einzuprägen, kam aber nicht damit zurecht, fand es schwierig, wenn nicht unmöglich.

Aber die Hochzeit und die Flitterwochen waren ruhig verlaufen. Sie waren auf eine Woche nach Atlantic City gefahren – an sich hatten sie vierzehn Tage vorgehabt –, aber infolge einer Krise im Stab der chronisch unterbesetzten Redaktion seiner Zeitung war Alec zurückgerufen worden und beinahe froh, wieder nach Hause zu kommen. In der Hochzeitsnacht hatte es keine Schwierigkeiten gegeben; sie waren ungezwungen und ganz natürlich ins Bett gegangen, mit einem erstaunlichen Mangel an leidenschaftlicher Erwartung auf beiden Seiten, und hatten die Angelegenheit mit einem entsprechenden Minimum an Verlegenheit zu Ende gebracht.

Vielleicht hatte Alec seine Erwartungen mit dem ersten zitternden

Kuß erschöpft. Vielleicht hatte er sich eine Milchstraße von Sternschnuppen und das Krachen von Kanonensalven vorgestellt. Statt dessen erfuhr er eine fast tierisch-träge Hinnahme seiner drängenden, gierigen Stöße. Ihre Bewegungen waren geschickt und, wie es Alec schien, ein wenig zu erfahren für eine soeben angetraute Frau, selbst für eine regelwidrig entjungferte junge Frau. Aber sie war eifrig und voll Liebe und willig und ganz und gar nicht schüchtern, wenn es um die Technik der Wiedererweckung seines abgeebbten Verlangens ging. Sie hatten beschlossen, nicht sofort Kinder zu haben; Amelia hatte sich vor der Hochzeitszeremonie ein empfängnisverhütendes Diaphragma einsetzen lassen und trug es gewohnheitsmäßig jede Nacht. Die Überfütterung mit Sex hörte auf, als sie eine kleine Unpäßlichkeit meldete, eine Entzündung der Vagina, und Alec schämte sich im geheimen, daß er sich erleichtert fühlte. Was ihn nicht erleichterte, war die Tatsache, daß seine Gedanken gelegentlich zu der animalischen Harriet abirrten, deren Fähigkeit, ihn zu erregen, Amelias stille Pfirsich-und-Sahne-Hingabe, so hingebungsvoll in der Praxis und ausschweifend in der Erfüllung sie auch war, rückblickend weit übertraf.

Sie gewöhnten sich bald an die eingefahrene eheliche Langeweile. Der Montagabend war jetzt unerbittlich dem Abendessen bei der Familie gewidmet, und Alec entwickelte in sich einen akuten Fall von psychosomatischer Magenverstimmung bei dem Gedanken eines ganzen Lebens von Mahlzeiten, die vom Sonntagnachmittagsdinner zum pünktlich um sieben einzunehmenden Montagabendessen gewechselt hatten. Dieses Leben würde die einfachen Bestandteile enthalten, die bislang dem Sonntagsdinner fehlten. In alle Ewigkeit würde das Essen aus Schweinekoteletts, panierten Kalbskoteletts, Lammstew, Hackbraten, Spaghetti und Buletten, Makkaroni und Käse, gebratenem Huhn und gebratenem Schinken, Gehacktem vom sonntäglichen Rindfleisch, Corned beef, Haschee mit einem Ei darauf und endlosen Ozeanen von Spinat, weißen Bohnen und Mais bestehen. Zum Nachtisch würde es immer Brown Betty und gelegentlich Tapiokapudding geben.

Die starre Fixierung der Montagzusammenkünfte enttäuschte Alec; sie war auch die Ursache ihres ersten richtigen Zanks.

„Warum, zum Teufel, muß es immer und stets Montag abend sein?" Alec redete sich schließlich in Wut. „Ich liebe deine Eltern, das weißt du, aber warum können wir nicht Dienstag oder Mittwoch hingehen oder vielleicht mal eine Woche überspringen und gar nicht gehen? Warum hab' ich mein Lebtag nichts anderes zu erwarten als montägliche Abendessen und Lowell Thomas? Warum, zum Donnerwetter, müssen wir nach der Schablone leben – nach *ihrer* Schablone?"

„Steigere dich bloß nicht in Wut", erwiderte Amelia mit aufreizender Ruhe. „Für sie ist dieser Abend praktisch. Daddy hat seine Klubtreffen und ähnliches am Dienstag und Donnerstag, und Mom hat ihre Kirchenversammlung am Mittwoch und irgendein Kränzchen am Freitag, und ich weiß, daß du deine Wochenenden gern frei hast. Was, zum Teufel, ist also so schlimm mit Montag, wenn wir die Familie auf jeden Fall mal besuchen müssen? Du mußt zugeben, daß sie sich tadellos benehmen, nicht unangemeldet reinschneien und sich nicht in unser Leben einmischen, und du mußt außerdem zugeben, daß wir noch nie ohne einen Korb mit irgendwas aus Daddys Garten oder ein paar Gläsern von Moms Eingemachtem nach Hause gefahren sind. Außerdem ist es eine Mahlzeit, die *ich* nicht zu kochen brauche. Und wir brauchen sie auch nicht zu *kaufen*."

Darauf fand Alec keine Antwort, aber das Ressentiment wuchs unlogisch, bis er schon Sodbrennen zu entwickeln begann, bevor er sich überhaupt an den schön gedeckten Tisch setzte und der langweiligen Aufzählung all dessen zuhörte, was sich in der Kirche, im Shrine, bei den Optimists, wieder in der Kirche, auf dem Grundstücksmarkt, im Versicherungsgeschäft, in der Elternschaft der Schulen zugetragen hatte, und das alles gespickt mit Klubklatsch und der Verdammung von Katholiken in direktem Bezug zu den Machenschaften „dieses Juden Rosenfeld" im Weißen Haus. Gelegentlich meldete er sich freiwillig zu einer Abendberichterstattung, wenn sie auf einen Montag fiel, aber der Trick zog nicht. Amelia durchschaute die Ausflucht unweigerlich und machte entweder Krach oder weinte gekränkt.

Der andere quälende Aspekt seiner Routinepflichten war für Alec ebenso ärgerlich, obgleich er sich über die Unvernunft seiner Haltung durchaus im klaren war. Amelia hatte um sechs Feierabend, und es war Alecs häusliche Aufgabe, unter allen Umständen, ob Sintflut oder Hungersnot, sie um sechs Uhr zehn an der Ecke abzuholen. Diese Uhrzeit – zehn nach sechs – war unwiderruflich in sein Hirn eingegraben. Sie schwärte wie eine Eiterbeule zusammen mit dem Montagabendessen bei seinen Schwiegereltern. Ganz gleich, wo er war, ganz gleich, was er in der Redaktion oder auswärts gerade zu tun hatte, um sechs Uhr zehn blitzte das Warnzeichen auf, ging an, ging aus wie ein ärgerliches Signal an einem sich leerenden Benzintank, und er fühlte sich unweigerlich unbehaglich, bis er Amelia an der Ecke entdeckte, ungeduldig mit dem Fuß auf den Bürgersteig klopfend und ebenso ungeduldig einen schnellen Blick auf ihre Armbanduhr werfend, während er aus dem Verkehrsstrom ausscherte und an den Bordstein heranfuhr. Gelegentlich ließ es sich nicht vermeiden, daß er sich verspätete; einmal wegen einer Reifenpanne, ein andermal war es eine Verkehrsstockung auf der Baltimorechaussee, und Amelia war eisig und wütend. Sie sei den ganzen Tag auf den Beinen, sagte sie, und das mindeste, was sie von ihm verlangen könne...

Im allgemeinen jedoch verlief ihr Leben ausgeglichen und angenehm-langweilig. Denn das Leben war billig. Mit einem Fünfdollarschein konnte man zwei riesige Tüten voll Gemüse und Salat kaufen, dabei schaute aus der einen noch ein Karton Chesterfields und aus der anderen eine Flasche Golden-Wedding-Whisky für einen Dollar neunundsechzig heraus. Beide waren am Ende des Tages erschöpft – Alec, weil er um fünf Uhr dreißig aufgestanden war und besonderes Glück haben mußte, um, bevor er sich mit Amelia traf, zwischendurch ein kurzes Nickerchen einlegen zu können (Brände und ähnliche Katastrophen schienen sich immer gegen Ende seiner Tagesschicht einzustellen), und Amelia, weil sie von neun bis achtzehn Uhr auf den Beinen war, alles nur mögliche verkaufend, denn das Warenhaus versetzte sie von einer Abteilung in die andere. Ziemlich häufig hielten sie unterwegs bei einem billigen Restaurant oder einer Teestube, um etwas zu essen, zu früh und eigentlich ungern. Häufiger jedoch öffnete Amelia einfach eine Dose Spaghetti und warf ein paar Klopse in die Pfanne. Sie tranken selten in der Woche, sondern sparten sich das Fest für Sonnabend abend und Sonntag vormittag auf. Dann kamen meist Freunde zu ihnen in die Wohnung, und es war eine stillschweigende Regel, daß die Freunde ihre eigenen Getränke mitbrachten. Keine von Amelias früheren College-Kommilitoninnen hatte sich bislang verheiratet, und der Ehestand der Barrs prädestinierte sie großartig für den Posten des Anstandswauwaus, besonders an Wochenenden, an denen sie sich das Strandhäuschen der Familie borgten. Das Strandhaus sank in seinem Status bald zum Absteigequartier herab, wobei Alec und Amelia den Schein der Achtbarkeit lieferten, für den ansonsten die Madame zu sorgen hatte.

Die Mahlzeiten in der Barr-Wohnung wurden besser, als Amelia (die ihr Wochengehalt freudig in die gemeinsame Kasse warf) gescheiterweise vorschlug, daß Alec, da er im allgemeinen um die Mittagszeit oder am späten Nachmittag eine Menge freier Zeit habe, einholen ginge. Wäre das nicht wirklich nett? Ohne eigentlich zu wissen, wie er in diese Gewohnheit hineinschlitterte, wurde Alec plötzlich gewahr, daß er mit der Einholtasche auf Supermärkten und in Fleischerläden herumstreifte. Tatsächlich lernte er die Fleischer und Gemüsehändler gut kennen und wurde auch durch besseres Fleisch zu günstigeren Preisen belohnt. Dem folgte dann die Gewohnheit, in seiner nachmittäglichen freien Zeit selbst das Abendessen vorzubereiten, das Steak zurechtzuschneiden, den Salat zu waschen, die Ingredienzen kalt zu stellen, das Hühnchen zu braten und den Tisch zu decken. Es schien leichter als früher. Sie brauchten bloß noch heimzukommen, Amelia brauchte bloß schnell die Schuhe auszuziehen, und das Abendessen war fertig, mit Ausnahme des Fleischs, das noch schnell zu Ende gebraten werden mußte. Jeder sagte, Alec Barr sei der rücksichtsvollste Ehemann, von dem man je gehört habe.

Nach dem ersten Jahr ihrer Ehe fingen sie an, gewohnheitsmäßig einen Drink vor dem Abendessen zu nehmen. Alecs Gehalt war auf fünfzig Dollar aufgebessert worden, und sie waren in eine große Wohnung in der Wisconsin Avenue gezogen. Sie hatten keine Köchin, aber eine Aufwartung kam fünfmal die Woche ein paar Stunden zum Waschen, Abstauben und oberflächlichen Putzen. Aus dem einen Drink wurden zwei, und dann folgten ganz normal ein Nightcap, dann ein Vor-Nightcap, und schließlich bürgerte sich so etwas wie ein Ritus ein, wenn sie nach dem Essen still beisammen saßen, jeder mit eigenen Dingen beschäftigt. Alecs Beschäftigung bestand im Schreiben von Magazinartikeln, die hartnäckig unverkäuflich blieben; Amelias Beschäftigung war das Herausschneiden und Ablegen von Magazinartikeln über Innendekoration, Architektur, Möbel oder Dekorationsstoffe. Es war ihr gelungen, einen festen Posten als Verkäuferin in der Möbelabteilung zu erhalten, und sie hatte ihr Auge fest auf eine eventuelle Karriere als Innendekorateurin geworfen. Gegen zehn Uhr abends brach Alec unter unaufhörlichem Gähnen zusammen und ging betäubt zu Bett. Die ungleichen Zeiten des Aufstehens ärgerten sie beide; Alec war schon in der dunklen Morgendämmerung auf und verschwunden, um noch vor sechs Uhr früh in der Redaktion zu sein und die erste Stadtausgabe vorzubereiten; Amelia konnte bis halb acht schlafen und trotzdem noch pünktlich um dreiviertel neun im Warenhaus sein.

Beinahe sofort hatte sich ihr Sexleben verschlechtert, sehr zum Unwillen Amelias über das Versäumnis und zum Unwillen Alecs über ihr aufdringliches Bestehen auf lustloser erotischer Betätigung. Am Ende des Tages war Alec todmüde. Er hatte den Kopf voll von Nachrichten über Brände, Morde, Vergewaltigungen, Gerichtsverfahren und Grillen von Verrückten, die noch von der Redaktion her in ihm herumspukten, und von der monotonen Nutzlosigkeit, nachts Magazinartikel und Kurzgeschichten zu schreiben, die keiner haben wollte. Amelia, gesund und vital wie irgendein Farmmädchen, gewann ihre Spannkraft wieder, und ihr Geschlechtstrieb erwachte, sobald ihre Füße nicht mehr schmerzten. Um zehn Uhr abends war Amelia für die erotischeren Aspekte des Bettes bereit, und Alec, von unwiderstehlichem Gähnen übermannt, war plötzlich eingeschlafen, bevor sie ihr Pessar einführen konnte.

Tragischerweise pflegte Alec frühmorgens mit gestärktem Körper und einer wackeren Erektion aufzuwachen, gierig nach der duftenden Gegenwart Amelias, die in ihrem Nest an seiner Seite zusammengekuschelt lag. Aber dann kam die andere Seite der Medaille: Alecs Versuche, frühmorgendliches erotisches Interesse zu erregen, brachten nur ein schläfriges Knurren und abwehrendes Grunzen bei Amelia zuwege, die ihren Rücken unbeugsam als Bastion präsentierte und die Brüste flach auf die Matratze drückte, unerreichbar für seine suchenden Hände. Nach einigen schwächlichen Versuchen, eine frühmorgendliche Umarmung zustande zu bringen, gab Alec es auf und unterdrückte seine erwachte Lust, indem er ungefähr dreitausend Wörter für das Vormanuskript der ersten Zeitungsausgabe heruntertippte, und löschte seine frühe Begierde mit einer Tasse Kaffee aus dem Pappbecher.

Die Unvereinbarkeit ihrer freien Stunden wuchs sich allmählich zu einem grimmigen Witz aus.

„Der Sonnabend steht bevor", pflegte Alec mit falscher Lustigkeit zu sagen. „F-Tag. Morgen ist der Fick-Tag. Sonntag auch. Fünf Tage sollst du arbeiten, und am sechsten und siebten sollst du pimpern, es sei denn, die Dame ist unwohl oder dem Ehemann böse, weil er zu lange auf Berichterstattung war –"

„Harriet?" fragte Amelia eines Tages mit anklägerisch zusammengekniffenen Augen. „Berichterstattung über Harriet?"

„Harriet? Was für eine Harriet?" Alec brachte es gerade noch fertig, nicht nach Luft zu schnappen, aber sein Gesichtsausdruck zeigte, was für ein miserabel schlechter Schauspieler er war. Amelias Augen nagelten ihn an die Wand, ein aufs Brett gespießter Schmetterling.

„*Diese* Harriet." Sie fuchtelte mit einem Blatt Papier vor ihm herum. „Genau die Harriet, die dir dieses Briefchen schickte und schrieb: ‚Bist Du mir böse? Warum rufst Du mich nie mehr an? Ich weiß, daß Du verheiratet bist, aber Du bist nicht tot, und ich bin's auch nicht. Du kannst doch nicht alles so bald vergessen haben. Laß von Dir hören. Viel Liebe – Harriet.'" Amelia spuckte fast vor Wut. „*Diese* Harriet, und mit Lügen wirst du dich nicht rausreden können."

Alec zuckte resigniert die Schultern. Diesen verdammten Zettel hatte er total vergessen. Er war ihm in die Redaktion geschickt worden, und dummerweise hatte er ihn zusammen mit einem Haufen anderer Notizen in die Tasche gestopft, in der Absicht, ihn später zu vernichten. Aber dann war irgendwas dazwischengekommen – höchster Feueralarm oder eine unbekleidete Leiche in einem Abwässerkanal oder etwas gleichermaßen Ablenkendes –, und er hatte ihn einfach vergessen.

Amelia sagte: „Und versuch bloß nicht, dich rauszuwinden, indem du mir vorwirfst, ich schnüffelte in deinen Taschen rum. Ich hab' nicht geschnüffelt, hab' lediglich einen Anzug für die Reinigung rausgelegt und dabei das in einer Tasche entdeckt. Wer, zum Donnerwetter, ist also diese Harriet? Hast du dich mit ihr getroffen, seit wir verheiratet sind? War das der Grund, weshalb du so verdammt edelmütig warst und mich nicht aufs Kreuz gelegt hast?"

Jetzt brach Amelia in Tränen aus. Alec tätschelte sie verlegen. Tränen machten ihn fertig. Statt Mitleid oder Reue in ihm zu wecken, irritierten ihn weinende Frauen, ja sie brachten ihn tatsächlich in Wut. Er überlegte fieberhaft.

„Nun, nun, Süße, es gibt wirklich nichts zu weinen. Ich hab' die verdammte Frau schon lange vor unserer Hochzeit nicht mehr gesehen. Sie

ist bloß eine frühere Bekannte von mir – ich bin auch ein paarmal mit ihr ins Bett gegangen. Aber das ist schon lange her – als du noch mit Jimmy gingst. Sie wohnte im selben Haus und war auch einsam."
Amelia hörte jäh mit Weinen auf.
„War sie hübsch?"

Alec seufzte innerlich vor Erleichterung.

„Nein. Sie war häßlich wie die Nacht. Aber sie hatte verdammt heißes Blut und kam sehr gelegen. Sie kannte niemand in Washington – stammt aus so 'ner Ölstadt in Indiana –, und ich hatte kein Geld zum Ausgehen und kannte auch eigentlich niemand näher. Wir fielen aus schierer Einsamkeit und Langeweile ins Bett – man könnte auch sagen, aus Verzweiflung. Aber es war nichts Ernstes, eine Gelegenheitsaffäre."

Amelias Gesicht hatte sich aufgehellt, doch ihre Stimme nahm einen scharfen, zornigen Ton an.

„Vielleicht war's für dich nur eine Gelegenheitsaffäre. Aber dieser Brief –", sie schnappte sich das Blatt, „– dieser Brief zeigt mir, daß es für sie viel mehr als eine Gelegenheitssache war. Du wirst auf der Stelle wegen dieser Frau etwas tun, Alec. Du wirst den Telefonhörer nehmen, sie anrufen und ihr sagen, daß ich alles über sie weiß, und ich hör' genau zu, wenn du es sagst."

„Um Himmels willen, Mele, das ist nicht nötig. Es hat keinen Sinn, aus einer Mücke einen Elefanten zu machen. Harriet ist erledigt und vergessen. Wahrscheinlich fühlt sie sich noch einsam und war vielleicht auch ein bißchen betrunken, als sie diese dummen Zeilen schrieb."

„Du rufst sie an, oder ich verlasse dich", sagte Amelia rundheraus. „Du rufst sie auf der Stelle an."

„Es gefällt mir nicht, daß du einen Streitpunkt aus dieser Geschichte machst. Ich tu's, aber ich tu's ungern. Wenn ich dich nicht liebte – und wenn ich dich nicht behalten und eines solchen Unsinns wegen keinen Streit heraufbeschwören wollte –, ich glaube, ich würde dich geradenwegs zum Teufel schicken."

„Ruf sie an! Das ist alles. Ruf sie an! Hast du dir ihre Nummer aufgeschrieben?"

„Wenn, dann hab' ich sie schon lange weggeschmissen. Vielleicht steht sie im Telefonbuch."

„Das wird nicht nötig sein", entgegnete Amelia. „Ich hab' dir das PS nicht vorgelesen, obgleich ich glaube, daß du dich genau dran erinnerst. Falls es dir aber entfallen sein sollte, es lautet so." Amelia sprach sarkastisch-geziert. „‚Endlich habe ich eine eigene kleine Wohnung in der Georgia Avenue draußen bekommen, die Hausnummer ist 1908. Auch eine neue Telefonnummer: Decatur 7762. Bitte, rufe mich an, wenn Du mal Zeit hast. Ich bin meist gegen fünf zu Hause.'"

„Ist das nicht reizend?" sagte Amelia. „Sie ist meist gegen fünf zu Hause. Nun, jetzt hast du Zeit, Kumpel. Ruf sie an!"

Alec biß sich auf die Lippe und langte nach dem Apparat.

Er brauchte nur zweimal läuten zu lassen, bis am anderen Ende abgehoben wurde.

„Hallo, Harriet? Alec Barr. Nein, es ist nicht *meine* wundervolle Idee, dich anzurufen." Alec zwang sich zu einem brutalen Ton. „Es ist Amelias wundervolle Idee. Sie steht hier neben mir. Sie hat dieses Briefchen gefunden, das du mir geschrieben hast. Ich *weiß*. Mir tut's auch leid. Ich will dir nur sagen, daß ich dich nicht besuchen werde, und schreib mir bitte nicht mehr, und ruf mich auch nicht mehr an. Tut mir leid –"

Amelia riß ihm den Hörer aus der Hand. Ihre Stimme hob sich zum Kreischen eines Fischweibes: „Und lassen Sie Ihre gottverdammten Hände weg von meinem Mann, Sie Hure!"

„Das war sehr hübsch", sagte Alec. „So damenhaft und kultiviert. Nun, bist du jetzt zufrieden?"

Amelia drehte sich um und verschwand im Schlafzimmer. Alec nahm die Autoschlüssel von einem Tischchen und ging ins Schlafzimmer, um sein Jackett zu holen. Amelia lag bäuchlings auf dem Bett, das Gesicht im Kopfkissen vergraben.

Alec zog sein Jackett an und sagte:

„Wiedersehen nach 'ner Weile."

Amelia hob das tränenüberströmte Gesicht. Ihre Stimme klang immer noch streng.

„Wohin gehst du?"

„Aus", antwortete Alec Barr und schlug die Tür zu. Zehn Minuten später hielt er vor einem roten Backsteinappartementhaus, das auf einem Messingschildchen die Nummer 1908 trug. Er ging in die Halle und sah sich nach einer Telefonzelle um.

„Harriet?" sagte er. „Hier ist wieder Alec. Hoffentlich hast du begriffen, daß ich einen Revolver in den Rippen hatte. Nein, ich bin *nicht* zu Hause. Ich bin unten in der Halle. Nein – ich glaube, es ist besser, ich komm' nicht rauf. Dein Telefon wird bestimmt pausenlos klingeln. Der Wagen steht draußen. Komm runter, und wir suchen uns ein Motel. Fein – in zwei Minuten."

Alec Barr war noch eisig wütend, während er wartete. Er war auf sich selbst wütend wegen der Lügen, die er erzählt hatte, und er war noch wütender auf Amelia, weil sie ihn in die Enge getrieben und zum Lügen veranlaßt hatte. Aber im Grunde war er auf Amelia wütend, weil sie ihn gezwungen hatte, Harriet anzurufen wie ein ungezogener Junge, der sich wegen schlechten Betragens vor der gesamten Klasse entschuldigen muß.

„Okay", sagte Alec Barr halblaut, auf Harriet wartend. „Wenn sie glaubt, ich betrüge sie, kann ich's ebensogut auf mich nehmen. Soso, sie kommt um fünf nach Hause, was? Nun, von jetzt an werd' ich mit meinen Nachmittagen was Besseres anzufangen wissen, als in einem gottverfluchten Supermarkt rumzulungern, um das Abendessen für die liebe Mama einzukaufen."

Harriet trat jetzt heraus, den Po hübsch eng in den Rock gezwängt, mit ihrem scharfen, mannstollen Gang daherschlendernd. Sie sah großartig aus, dachte Alec – hungriger Mund mit breiten brandroten Lippen, der die flatternde, spitze Zunge verbarg; kleine, steile Brüste, tiefe, unbefriedigte dunkle Augen.

Sie ließ sich in den Wagen gleiten, und Alec legte kurz die Hand zwischen ihre Schenkel. Sofort entspannte sie ihre Beine, öffnete sie ihm und stieß den Atem wie einen zischenden Hauch aus.

„Es ist viel zu lange her", sagte sie mit belegter Stimme.

„Ja", erwiderte Alec Barr, während er zur Fahrt in Richtung Maryland startete, „es ist viel zu lange her. Das kann man wohl sagen. Entschieden und ganz und gar zu lange."

48

Amelia Macmillan Barr sah sich diesen seltsamen Mann, ihren Gatten, manchmal mit großer Verwunderung und Verblüffung an. Sie verstand Alec nicht; ihre Eltern verstanden Alec bestimmt auch nicht. Sie liebte ihn, und ihre Eltern mochten ihn gern, dessen war sie gewiß. Aber selbst mit vierundzwanzig, ein Jahr nach ihrer Heirat, war er ein in sich gekehrter, verschwiegener Mensch geblieben, sparsam im Vertrauen zu anderen, zögernd, sich an andere anzuschließen. Der schüchterne, unsichere Junge, den sie kennengelernt und in den sie sich verliebt hatte – der ängstliche Junge, dessen Lippen gezittert hatten, als er sie zum erstenmal küßte –, hatte sich in einen ziemlich erschreckenden jungen Mann verwandelt. Wenn Alec innerlich aus einer Menge verstörter Komplexe bestand, war er äußerlich der selbstbewußte Karrieremann auf seinem schnellen Weg nach oben.

In der Zeitung war er schnell emporgestiegen. Es war ein unverläßliches Journal – zweimal pro Jahr packte der Herausgeber die Zeitung an den Füßen und schüttelte sie mit dem Ergebnis, daß der Nachrichtenredakteur von gestern sich plötzlich in der Sportredaktion wiederfand, während der Theaterkritiker die Lokalseite bekam und der Lokalredakteur auf das Nebengleis des Capitol Hill abgeschoben wurde. Aus solchen Umwälzungen ging Alec Barr jedesmal mit einer stärkeren Position hervor.

Mit vierundzwanzig war er der Spitzenreporter der Zeitung. Er hatte über alles zu berichten gelernt und war als Einsatzmann im Notfall hochgeschätzt, wenn der District-Building-Reporter betrunken war oder der Mann fürs Weiße Haus sich für einen nicht eingeplanten Kurzurlaub mit einer Blondine entschied. Darüber hinaus schrieb Alec täglich eine kurze Spalte Notizen und Kommentare, die von der Stadt, besonders aber von den Angestellten der Regierung, mit Wohlwollen aufgenommen wurde. Alec nannte die Kolumne „Onkel Sams Stiefkinder", und die Auflage ging steil in die Höhe, als man die *News* neben jedem Cafeteriatablett im Regierungsviertel von Washington auf Seite drei aufgeschlagen liegen sah.

Mit vierundzwanzig verdiente Alec Barr die beispiellose Summe von fünfundsiebzig Dollar pro Woche, fünfundzwanzig mehr als der Lokalredakteur. Fünfundsiebzig die Woche bedeutete Reichtum, und wenn man sie den fünfundzwanzig hinzuzählte, die Amelia jetzt verdiente, waren sie in die Klasse der Buick-Fahrer und Cape-Cod-Villenbesitzer aufgerückt. Villen bauten sie alle und sie infolgedessen desgleichen – ein weißverputztes Backstein-Cape-Cod-Haus mit verglaster Seitenveranda, ausgelegten Böden, mit einem Schlafzimmer, das beiden auch als Arbeitszimmer diente, einem Spielzimmer mit Bar im Kellergeschoß, zwei Kaminen und einem Viertelacker von Ahornbäumen beschatteten Landes in einer der weniger teuren Vorstädte von Maryland. Die Garage hatte Platz für zwei Wagen, und auf dem Haus lagen eine erste und eine zweite Hypothek. Der für den gesellschaftlichen Rang symbolische Buick, in Hellblau, stand vor dem kleinen, tadellos in Ordnung gehaltenen Rasen, und an der weißen Haustür glänzte ein Messingklopfer.

Alec rackerte sich immer noch mit Kurzgeschichten und Artikeln ab, die beinah, aber eben nie ganz ankamen. Die Ablehnungen waren zwar durch lobende Worte gemildert, aber stets mit „Wenn" und „Aber" und „Versuchen Sie es noch einmal" gespickt.

Schließlich – nachdem er sich an einen Artikel gemacht hatte, der den Titel seiner Kolumne, „Onkel Sams Stiefkinder", trug und die Einsamkeit und Isolierung der Zuwanderer aus den Provinzen beschrieb, die in die Bundeshauptstadt gekommen waren, um Beschäftigung bei den zeitlich und im Etat begrenzten Notstandsprogrammen des New Deal zu suchen – erhielt Alec einen Brief von einem der Redakteure von *Collier's Magazine*. Sein Ton war freundlich.

„Lieber Mr. Barr,

ich habe mit Interesse die allgemeinen Fortschritte in Ihren Einsendungen an uns verfolgt und mich sogar zweimal für eine Annahme eingesetzt, wurde jedoch überstimmt, weil meine Chefs der Meinung sind, daß Sie die Techniken auf den Gebieten der Kurzgeschichte und des Essays noch nicht ganz im Griff haben. Es gibt, wie Sie sicherlich wissen, wenn Sie so aufnahmefähig sind, wie Ihre Manuskripte es annehmen lassen, beinahe eine Klischeeform für das Material, das im allgemeinen für eine Veröffentlichung in Zeitschriften akzeptabel ist. Sie sind bislang im dunkeln getappt.

Wenn Sie sich einen Tag frei machen – ein Wochenende würde mir durchaus passen, da ich in Manhattan wohne – und mich in New York besuchen könnten, glaube ich, daß ich Ihnen helfen kann. Mein Interesse ist rein egoistisch. Es ist bei *Collier's* hier kein Geheimnis, daß ich aus dem Magazin ausscheiden werde, um mich als literarischer Agent zu betätigen. Ich fange nicht mit nichts an; eine Reihe guter Schriftsteller, deren Arbeit ich gefördert habe, kommen in meinen Stall. Aber es sind meist etablierte Männer vom Fach, und zwar großenteils auf begrenzten Gebieten, und um ganz offen zu sein: Ich muß mit neuen Talenten und neuem Material für die Zukunft sorgen.

Ich bin an der Art Mann interessiert, der Sie möglicherweise sind, und daran, was wir vielleicht zusammen erreichen könnten. Sie kennen die Büronummer; meine Privatnummer finden Sie unter der Adresse Christopher Street. Ich hoffe, das Vergnügen zu haben, Sie bald kennenzulernen – und vergessen Sie nicht, das Manuskript ‚Onkel Sams Stiefkinder' mitzubringen. Ich glaube, ich kann Ihnen aus erster Hand sehr schnell zeigen, was Sie falsch gemacht haben.

Mit den besten Grüßen

Marc Mantell"

Alec zeigte Amelia ganz aufgeregt den Brief. Sie teilte seine Begeisterung nicht.

„Irgendwo muß da ein Haken sein", meinte sie. „Was holt ein Agent aus einem Schriftsteller raus? Und wenn er willens ist – und klug genug –, dir beizubringen, wie man schreiben muß, damit es angenommen wird, warum hält er dann nicht einfach den Mund und verkauft sein eigenes Zeug? Ich wette, er stiehlt dir deine Ideen, und das wird das letzte sein, was du von diesem Mr. Marc Soundso hörst."

„Du kriegst es fertig, ein Wunder mit kaltem Wasser zu begießen", erwiderte Alec. „Kannst du nicht verstehen, daß das vielleicht genau die Chance ist, auf die ich warte? Kannst du nicht verstehen, daß es wirklich berufliche Tricks in dieser Branche gibt und daß mir bis jetzt niemand in der Beziehung weitergeholfen hat? Kannst du nicht –"

„Ich verstehe, daß du in der Zeitung gut verdienst und daß du jeden Abend todmüde nach Hause kommst. Ich verstehe, daß du, so müde du auch bist, trotzdem aufbleibst und Sachen schreibst, die keiner haben will, bis du kaum noch imstande bist, das Schlafzimmer zu finden. Ich verstehe, daß die paar Male, die wir wirklich *zusammen* ins Bett gehen, als eine Art Nationalfeiertag begangen werden sollten. Und ich halte diesen Mr. Mantell oder wie immer er heißt für einen durchtriebenen

Gauner, sonst würde er nicht auf Treibjagd nach unbekannten Schriftstellern gehen. Wenn er das Zeug zu einem guten Agenten hätte, würden die Autoren an *seiner* Tür anklopfen."

„Na ja", sagte Alec bitter, „nachdem du mir den Hauptteil des Windes aus den Segeln der Begeisterung genommen hast, willst du mit nach New York kommen oder nicht? Wir können uns ein Wochenende leisten. Ich kann mir von der Anzeigenabteilung eine Gutschrift für ein Hotel geben lassen, und wir können hinfahren. Es wird uns kein Vermögen kosten, und die Abwechslung wird uns beiden guttun."

„Oh, ich komme sehr gern mit. Ich werde froh sein, aus dieser Stadt mal ein Weilchen rauszukommen. Bist du dir klar, daß wir seit unserer Hochzeitsreise nirgends mehr waren? Und ich war seit fünf Jahren nicht mehr in New York."

„Ich war überhaupt noch nie da, so komisch es klingt", erwiderte Alec. „Ich freu' mich sehr drauf."

„Wenigstens können wir mal ins Theater und in einen Nachtklub gehen", sagte Amelia. „Du hast mich ziemlich oft ausgeführt, bevor du anfingst, an fünf Abenden der Woche den Großen Amerikanischen Roman zu schreiben. Jetzt gehen wir noch nicht mal ins Kino – weil du zu müde bist."

„Nun hör schon auf, Mele", sagte Alec und küßte ihren Nacken. Sie zuckte gereizt die Schultern. „Eines Tages werd' ich einen Treffer landen, und wenn ich einen Treffer lande, werf' ich dieser gottverfluchten Zeitung den Bettel hin, arbeite pro Tag bloß zwei Stunden, und wir können uns jeden Abend einen antütern. *Und* in New York leben. Das ist die nächste Station. Dort wächst das große Geld."

„Mir gefällt's hier – hier in dieser Stadt, in diesem Haus. Oder es würde mir gefallen, wenn ich einen Mann hätte, den ich dann und wann mal sehen würde, wenn er nicht gerade in einem Buch vergraben ist oder auf eine Schreibmaschine loshämmert. New York ist mir zu groß, Geld hin, Geld her."

„Was mich betrifft", entgegnete Alec Barr, „ist nichts zu groß. Man muß nur lernen, wie man's anpacken muß."

49

Marc Mantells Wohnung war nicht sehr beeindruckend, und Alec reagierte nicht eben begeistert auf Greenwich Village. Er fand die schmalen, unordentlichen Straßen, die verhungerten, räudig herumstreunenden Katzen, die in den Torwegen lungernden besoffenen Landstreicher und die unrasierten Bohemiens vom Washington Square niederdrükkend. Alec hatte sich irgendwie vorgestellt, daß jedermann in New York in einem Penthouse wohne; er war einigermaßen enttäuscht, als er entdeckte, daß Mantell in einer Atelierwohnung mit hoher Decke im Erdgeschoß hauste, hinter der sich ein winziger Garten befand. Der riesige Raum war beinahe schmucklos, abgesehen von einigen kühnen modernen Gemälden an den Wänden, einem glänzenden Steinwayflügel und ein paar typischen schwarzledernen Junggesellensesseln. Doch gab es auch eine Nische, in der ein mächtiger Schreibtisch mit hohen Stößen von Manuskripten stand. Die Wände waren durch Hunderte von Büchern aufgehellt, und der echte Kamin war riesig. Eine Tür führte anscheinend zu Schlafzimmer, Bad und möglicherweise auch Küche.

Alec hatte Amelia im Hotel zurückgelassen. Sie wollte einkaufen gehen, und Marc Mantell hatte Alec vorgeschlagen, zuerst zu ihm ins Village zu kommen; dann könnten sie zum Mittagessen in die Stadt fahren. Mantell hatte elf Uhr vorgeschlagen, und Alec war sehr darauf bedacht, auf die Minute pünktlich zu sein. Es war ein schöner, sonniger Novembersonnabend mit einem leichten Geschmack nach Apfelmost in der Luft, und Alec fühlte sich ohne Mantel ganz wohl.

„Daß du mir nichts unterschreibst", hatte Amelia gesagt, als er das Hotel verließ. „Untersteh dich nicht, irgendwas zu unterschreiben!"

Wenn Alec Marc Mantells Wohnung ein wenig enttäuschend fand, so machte der Mann selbst die Enttäuschung mehr als wett. Mantell war Anfang Vierzig, sein Haar hatte die Farbe von gebleichten Knochen, ausgenommen die buschigen schwarzen Augenbrauen. Er war schlank bis zur Magerkeit, und seine Züge waren messerscharf. Er hatte durchdringende schwarze Augen hinter einer dicken Hornbrille, und die klare Wirkung seines Gesichts war die eines Bildes der kubistischen Schule – gerader Strich für die Nase, Querstrich für den Mund, Wangen, Kinn und Stirn scharf viereckig geschnitten und in verschiedenen Winkeln einander zugeordnet. Er trug an diesem Morgen eine alte Wollweste über einem Flanellhemd, eine Kordhose und geflochtene Sandalen. Alec kam sich in seinem besten Sonntagsstaat plötzlich reichlich deplaciert vor.

„Herein, herein!" sagte Marc Mantell. „Stoßen Sie sich nicht an meiner Arbeitskleidung", fügte er hinzu, und ein Lächeln milderte die Winkel seines scharfgeschnittenen Gesichts. „Ich ziehe mir schon noch was Anständiges an, bevor ich Sie dem Mittagessen in öffentlichen Lokalen aussetze. Möchten Sie jetzt was trinken?"

„Nein, danke", antwortete Alec. „Bei Tag trinke ich meist nicht."

„Nun, ich lebe von Kaffee und hab' mir soeben eine frische Kanne aufgebrüht."

„Das hätte ich gerne", sagte Alec. „Vielen Dank."

Mantell, der sich lässig und ungezwungen bewegte, schenkte den Kaffee ein, schob Alec ein Zigarettenkästchen hin, setzte sich ihm gegenüber und verschränkte die Arme über der Brust. Wie er so dasaß, unter dichten Brauen durch die dicken Brillengläser aufblickend, erinnerte er an einen hungrigen Habicht.

„Haben Sie die Arbeit, die ich erwähnte – die ‚Stiefkinder' –, mitgebracht?"

„Natürlich. Hier."

Alec reichte ihm einen großen Umschlag.

„Gut. Jetzt werde ich Ihnen mit Hilfe eines Bleistifts einige Tricks zeigen – werde Ihre Geschichte ein bißchen sezieren, nachdem ich Ihnen ein Diagramm gezeichnet habe, wie eine Magazinarbeit aussehen soll. Sie hat genauso eine architektonische Form wie ein Gebäude oder sonst eine bestimmte Struktur. Das kaufen die Herausgeber – und wenn man nicht gerade Hemingway oder Faulkner heißt, kaufen sie *nur* das. Die Form der Kurzgeschichte ist anders, aber davon sprechen wir später. Tatsächlich hätte sich diese Arbeit hier besser zu einer Kurzgeschichte als zu einem Artikel geeignet, aber da Sie sie als Artikel geschrieben haben, werden wir sie also als Sachliteratur sezieren."

Marc Mantell ging zu seinem Schreibtisch hinüber und kam mit einem weichen schwarzen Bleistift und einem Notizblock zurück. Er skizzierte schnell, zeichnete eine Anzahl Dreiecke, Quadrate und dicke Rechtecke, die mit Kreisen, Kreuzen und Häkchen gespickt waren. Die fertige Skizze sah wie zwei geschmückte Weihnachtsbäume aus, die mit ihren unteren Enden zusammengefügt waren.

„Das ist die Anatomie eines Magazinartikels – sagen wir, von der ungefähren Länge des Ihren, fünftausend Wörter. Das obere Quadrat ist Ihre Einleitungsanekdote; sie soll Szene und Stimmung festlegen und den Charakter der Arbeit deutlich machen, ob es sich nun um eine Person oder eine Sache handelt. Das untere Quadrat entspricht wieder der Einführung; es ergänzt sie und führt in derselben Stimmung aus der Arbeit heraus. Ich zeige Ihnen gleich, was ich meine. – Nun dieses nächste, schmale, auf den Kopf gestellte Rechteck, das ich schräg schraffiert habe, das ist Ihr Kundenfänger. Er kommt gleich hinter Ihrer Einleitung und ist Ihr Verkaufsangebot an den Leser. Hier packen Sie den Halunken am Kragen und stupsen ihn mit der Nase in Ihre Geschichte.

Hier verlangen Sie, daß er Ihre Arbeit liest; hier garantieren Sie ihm persönlich dafür, daß er die Stunde, die er an die Lektüre Ihrer Arbeit wenden soll, nicht vergeuden wird. Die Sätze sollten kurz sein, treffend und unstreitig wahr."

„Ich glaube, ich hab's verstanden", sagte Alec. „Wollen gleich mal sehen, ob's stimmt. Ich schreibe eine Story über, sagen wir, mich – wie ich nach Washington kam, total blank, ohne Kredit, fand keinen Job, klapperte die Redaktionen ab, verkaufte schließlich Äpfel, überlegte mir, ob ich Selbstmord begehen sollte, aber eines Tages half ich einer netten alten Dame aus dem Rinnstein auf, und es stellte sich raus, daß sie die einzige Eigentümerin des *Washington Star* war. Das ist die Anekdote. Dann geh' ich zur Rechtfertigung über. Die lautet ungefähr so: ‚Heute, fünf Jahre später, ist Alec Barr Chefredakteur des *Star*, gewann soeben den Pulitzerpreis, heiratete die Tochter des Präsidenten, hat einen Rennstall, eine blonde Mätresse und zwei Milliarden Dollar auf der Bank.' Wenn ich den Leser so gepackt und ihm mein Garn verkauft habe, fahr' ich fort und erzähl' ihm, wie das alles zustande kam."

„Richtig, Junge. Als nächstes müssen Sie Ihren Kundenfänger erweitern, beträchtlich länger gestalten. Das wird in der Gegenwartsform geschrieben und schildert, was Sie tatsächlich tun – was Sie tatsächlich taten –, um zu Ihrem gegenwärtigen ordinären Überfluß zu gelangen. Das ist dieses große, dicke Rechteck hier. Die Kreise in ihm sind Anekdoten – Anschauungsmaterial. Die Kreuze bedeuten faktische Erhärtungen. Jedesmal, wenn Sie eine Behauptung aufstellen, müssen Sie sie entweder mit einer kurzen Anekdote oder zum mindesten mit statistischen Angaben untermauern. Wenn Sie zum Beispiel schreiben, ein Mann sei ein guter Pferdetrainer, müssen Sie hinterher berichten, daß seine Zossen letztes Jahr zehn Erste, zwanzig Zweite und dreißig Dritte von fünfundsechzig Starts gewannen – so ungefähr. Sachliteratur oder Belletristik, Ihre Leser müssen Ihnen *glauben*."

Alec war ganz aufgeregt. Seine Gedanken schweiften zu Artikeln zurück, mit denen er sich, immer konfuser werdend, abgeplackt hatte, und jetzt sah er deutlich, wo die Form ihm aus dem Griff gerutscht und die Geschichte zu breit geraten war. Er hatte versucht, die Zeitungstechnik des Was-Wo-Wann bei einem anderen Medium anzuwenden, und was war dabei herausgekommen? Ein trauriges Abbild seiner selbst – ein Monstrum mit einem Riesenkopf und einer kümmerlichen Schwanzspitze. Das Fleisch hatte er immer besessen, aber die Knochen hatten ihm verdammt gefehlt.

„Ich verstehe Sie vollkommen, Mr. Mantell", sagte er. „Bitte, fahren Sie fort."

Eine Stunde danach nahm sich Alec Barr seine abgelehnte Arbeit vor.

„Würden Sie mir bitte Ihren Bleistift leihen?" fragte er. „Und mich fünf Minuten entschuldigen?"

„Klar. Ich gehe mich inzwischen umziehen“, erwiderte Marc Mantell. „Lassen Sie sich ruhig Zeit.“

Alec trat an die Lampe in der Arbeitsnische und begann, seinen Artikel auseinanderzunehmen. Er machte Kreise, strich, zeichnete Pfeile und schob gewisse Absätze nach vorn, andere nach hinten. Einzelne Abschnitte merkte er mit „Neu schreiben“ an und strich aus anderen Stücke heraus. Hastig kritzelte er eine Einleitungsanekdote, angeregt durch einen Vorfall, an den er sich plötzlich erinnerte, und rückte einen Abschnitt aus der Mitte ganz ans Ende des Artikels. Er war eben fertig geworden, als Marc Mantell wieder erschien, blendend angezogen, in einer Aufmachung, mit der Alec ihn für immer identifizieren sollte: quergestreiftes Hemd, weißer steifer Kragen, blasse Seidenkrawatte und strenger grauer Bankiersanzug. Eleganz umhüllte ihn, und er strahlte Redlichkeit aus. Im Vergleich mit ihm kam Alec sich fast schäbig vor. Sein Sonntagsanzug hatte Glanzstellen entwickelt.

„Da“, sagte Alec, ihm den Artikel reichend. „Er ist noch unfertig, aber ich denke, ich habe die Sache richtig getroffen. Um ihn mit Ihren Bedingungen in Einklang zu bringen, braucht er, glaube ich, nur noch ins reine geschrieben zu werden.“

Marc Mantell nahm den Artikel, setzte sich und blätterte die Seiten schnell um, dabei zustimmend nickend. Dann warf er das Manuskript auf den Tisch und nickte noch einmal.

„Sie haben's erfaßt, ohne Zweifel. Ich garantiere Ihnen, daß er angenommen wird. Wenn nicht von uns, dann bestimmt von einer anderen Zeitschrift. Vergessen Sie nie das kleine Diagramm, das ich Ihnen aufzeichnete. Es ist der Wegweiser zum Erfolg. Und ich hab' noch eins in petto, wenn Sie sich an Belletristik machen. Aber jetzt schlage ich vor, daß wir in die Stadt fahren und was Schönes, Kräftiges essen. Dabei können wir uns dann auf einer weniger technischen Ebene weiter unterhalten.“

„Kann ich Ihr Diagramm haben, und würden Sie mir ein Autogramm drauf geben?“ fragte Alec, als sie aufstanden.

„Gern. Was wollen Sie damit machen?“

„Einrahmen lassen“, erwiderte Alec Barr.

III Barbara

50

Jetzt saßen sie, fast fünfzehn Jahre später, in Marc Mantells Stammecke im English Grill, die Marc Mantell als Nebenstelle seines Büros im Rockefeller Plaza benutzte. Marc Mantell wurde jetzt als einer der letzten klassischen Agenten angesehen; kein Fleischhausierer im Hollywoodsinn, kein Schnellverkäufer nach kurzer, oberflächlicher Prüfung, sondern ein Mann, der seinen eigenen Ruf als Agent ebenso hoch einschätzte wie den Ruf seiner Autoren. Wenn das Manuskript im lohfarbenen Fiberhefter mit den tief eingeprägten grünen Buchstaben „Marc Mantell“ sein Büro verließ, konnte man sicher sein, daß es keine Druckfehler enthielt. Ebenso sicher konnte man sein, daß es von Marc Mantell sorgfältig durchgelesen worden war und seine grundsätzliche Zustimmung gefunden hatte. Sonst wäre es gar nicht angeboten worden.

Die Redakteure leisteten Marc Mantell keinen Widerstand. Im Gegenteil, sie luden ihn ein. Marc Mantell war ein guter Herausgeber und Redakteur gewesen, sowohl für ein Syndikat wie für ein Magazin, bevor er ins Agenturgeschäft übergewechselt war. Er entsprach im Aussehen eher einem Juristen als der landläufigen Vorstellung von einem Mann, dessen Leben mit Theater, Film und Verlagen verbunden war. Und tatsächlich waren seine Verträge, wenn sie endgültig gebilligt wurden, vom juristischen Standpunkt aus hieb- und stichfest. Die verschiedenen Direktoren und Verlagsleiter, die seinen Klienten im Jahresdurchschnitt fünf Millionen Dollar für ihre Waren und Dienstleistungen zahlten, beklagten sich über seine Geschäftstüchtigkeit, aber sie grinsten gutmütig dabei, denn Marc Mantell lehnte es ab, sich die vorübergehende Popularität eines Autors zunutze zu machen und das Erfolgsbuch mit einem wertlosen Produkt zu verkoppeln. Ein Händedruck Marc Mantells galt als verläßlicher als jeder Vertrag mit einem anderen, und in den letzten fünfzehn Jahren hatte er wahrscheinlich Abschlüsse für wenigstens fünfzig Millionen Dollar übers Fernamt getätigt.

Außerdem, wie er jetzt so dasaß, groß, kühl, weißhaarig, mit dem Gesicht eines Habichts, mit weißem Schnurrbart, karg in seiner unveränderten bankiersgrauen Uniform mit dem steifen weißen Kragen zum gestreiften Hemd, repräsentierte er Alec Barrs schmerzendes Gewissen.

„Diese letzte Zwischenlieferung von Ihrem neuen Buch, die Sie mir schickten, war ziemlich scheußlich“, sagte Marc Mantell. „Es las sich, als hätten Sie's für ein Frauenmagazin geschrieben. Sie hatten doch immer Disziplin. Das letzte Magazinzeugs hab' ich gegen mein besseres Wissen weitergegeben: Hier ist ein kurzer Brief von Carl Hendricks.“

Alec nahm den Brief und las. Er war vom Chefredakteur eines der wichtigsten, weitestverbreiteten Magazine.

„Lieber Marc", hieß es da, „tut mir leid, daß ich die letzte Barr-Serie zurückschicken muß. Ich glaubte, er würde es durch eine Überarbeitung hinkriegen, muß mich aber sehr wundern, daß Sie so etwas aus dem Haus geben. Wir schätzen Alec, und wir schätzen Sie hier im *Globe*, aber das entspricht nicht dem, was wir von Barr gewohnt sind, und bestimmt nicht dem, was wir von der Mantell-Agentur gewohnt sind. Was, zum Donnerwetter, ist eigentlich mit Barr los? Wechseljahre, Liebe oder der Suff? Sagen Sie ihm, er soll's nochmals überarbeiten, und ich schlage vor, Sie hämmern ihm ein, daß wir hier eine kultivierte Zeitschrift sind. Er schreibt keine Happy-End-Schnulze für *Woman's Weekly*. Grüßen Sie Alec schön, und treffen wir uns mal zu einem langen Lunch mit viel Alkohol.

Alles Gute

Carl"

Alec blickte auf und zuckte die Schultern.

„Ich schätze, ich kann sie nicht alle gewinnen", sagte er. „Der eine sagt, ich sei zu anspruchsvoll, der andere sagt, ich schreibe für die Hausfrau. Ich kann nicht besser schreiben, als ich eben schreibe, sonst tät' ich's. Es ist derselbe Autor, den sie seit vielen, vielen Jahren gekauft haben, Marc."

Marc Mantells tiefliegende glänzendschwarze Augen zogen sich hinter den Brillengläsern zusammen. Er trug wieder einmal seinen hungrigen Habichtsausdruck.

„Sie sind jung, Freund", sagte Marc Mantell. „Ich nähere mich schon verdammt den Sechzigern, und Sie sind noch nicht mal vierzig. Sie haben noch viel Stoff in sich. Aber es wird gemunkelt, daß Sie abgerutscht seien. Sie wissen, daß *Time* Ihr Foto gleichzeitig mit dem Erscheinen Ihres neuen Buchs als Titelbild bringen wollte? Hier hab' ich noch einen Brief, von den *Time*-Jungs." Er kramte wieder in seiner Aktenmappe herum.

Alec hob die Hand.

„Ich möcht' ihn nicht sehen", sagte er. „Ich weiß, was drinsteht." Er gab seiner Stimme einen affektierten Ton. „‚Wir haben uns entschlossen, das Barr-Titelbild zurückzustellen, bis wir beurteilen können, wie das nächste Buch aufgenommen wird. Wir glaubten, er hätte sich einen Dauerstatus geschaffen; seine letzten Magazinarbeiten scheinen aber abgesunken zu sein, und es geht das Gerücht, daß er mit dem neuen Roman nicht vorankommt. Wir wollen warten, bis wir die Fahnenabzüge sehen, bevor wir das Titelbild neu festlegen.' So ungefähr?"

„Genau so", sagte Marc Mantell. „Von dem einen oder anderen Wort abgesehen."

„Also? Ich bin bereit für den väterlichen Rat. Sagen Sie mir die Meinung, Maestro. Zu meinem Besten."

„Passen Sie auf, Freund. Wir sind jetzt zusammen, seit Sie noch die Eierschalen hinter den Reporterohren hatten und hoffnungsvolle Magazinartikel schrieben, die sich nicht verkaufen ließen. Sie sind einer der wenigen, die's in sich haben und es auch in sich behalten sollten. Ich möchte nicht, daß Sie Ihr Talent verlieren. Hören Sie mit diesem halbstarken Unfug auf, von dem man überall in den billigen Klatschspalten liest. Sie sind kein alberner Playboy vom Broadway, zum Donnerwetter. Sie sind Alec Barr, nicht Sinclair Lewis."

„Zum Teufel noch mal, Marc. So schlimm hab' ich's auch nicht getrieben. Klar, ich hab' Amelia verlassen. Klar, ich bin mit einem anderen Mädchen ausgegangen. Klar, ich hab' mich viel in der Öffentlichkeit sehen lassen. Wahrscheinlich hab' ich eine Menge Stoff für die Müllspalten geliefert. Aber, Jesus, Vater, ich bin ein Mann! Ich bin keine gottverfluchte Maschine. Ich amüsier' mich ein bißchen. Und ich hab' ein Anrecht drauf."

„Sie irren sich, Freund. Sie amüsieren sich *nicht*. Sie reden sich's bloß ein. Sie laufen wie ein verdammter Student im zweiten Semester rum und schnuppern nach Ihrem ersten Rock. Sie versuchen, den ganzen Schnaps von New York zu trinken, und pimpern sich zu Tode. Und Sie geben einen Haufen Geld aus – *hier*." Er griff wieder in die Aktentasche. „Hier ist die letzte Vierteljahrsabrechnung, Freund. Ich bezahle die Rechnungen, die Sie unterschreiben. Sie haben wie Aga Khan gelebt. Und wie man so sagt: Alles geht raus, und verdammt wenig kommt rein. Langsam landen auch schon ein paar Zettel von Amelia für Europa auf meinem Schreibtisch, mein Junge. Sie spart nicht. Sie ist verrückt und gibt Geld aus wie Wasser, und ich kann's ihr noch nicht mal übelnehmen."

„Stecken Sie das Ding weg", sagte Alec schaudernd. „Das letzte, was ich sehen möchte, ist eine Punkt-für-Punkt-Aufstellung meiner eigenen Missetaten. Wir haben doch noch ein bißchen was auf dem Konto, oder?"

„Ein bißchen. Nicht allzuviel. Die letzte Steuerrate hat uns nicht reicher gemacht. Und da sind immer noch Ihre Eltern zu Hause. Ihr Vater war wieder mal im Krankenhaus."

Alec Barr schlug sich mit der flachen Hand auf die Stirn.

„Ich versteh's nicht, Marc, ich versteh's einfach nicht", sagte er. „Wieviel hab' ich letztes Jahr verdient? Hundertfünfzig? Zweihunderttausend?"

„Den Vorschuß auf den letzten Filmkontrakt eingerechnet, so ungefähr. Aber die Steuerjungs haben sich eine dicke Scheibe abgeschnitten. Und seien Sie sich klar, Junge, dieses Penthouse, das Sie da gemietet haben, und Ihre Auslandsreisen kosten einen Haufen Geld. Ganz zu schweigen von Ihrem Landsitz. Ich brauche Ihnen nicht zu sagen, wo das Geld hingeht."

„Ich *versteh's* einfach nicht", sagte Alec wieder. „Wenn mir vor zehn Jahren jemand gesagt hätte, daß ich in zehn Jahren zweihunderttausend Dollar verdienen würde, hätt' ich ihn für verrückt gehalten. Ich hab' seit dem Krieg den größten Teil einer Million verdient, und dabei sieht's aus, als wär' ich ewig blank. Es ist mir einfach schleierhaft."

„Sie brauchten das Haus in Jersey draußen *wirklich* nicht zu kaufen", sagte Marc Mantell. „Erinnern Sie sich, daß nicht nur ich Ihnen abgeraten habe. Der Bank gefiel's auch nicht, bei den Lasten, die Sie zu tragen haben."

„Ich wollte es haben", erwiderte Alec, sich verteidigend. „Es gefiel mir. Ich arbeite auch gut da draußen. Da ist der See, und es ist ruhig und –"

„Und es kostet viel Geld, und die halbe Zeit sind Sie sowieso nicht draußen. Die halbe Zeit sind Sie auf Ihren verrückten Afrikatouren oder hetzen im Fernen Osten rum oder gondeln auf einem langsamen Schiff nach Australien oder was weiß ich."

„Ich brauchte einen Ort, wo ich meine Jagdtrophäen aufhängen konnte", sagte Alec Barr hartnäckig. „Und gegen meine verrückten Afrikatouren, wie Sie's nennen, können Sie auch nichts sagen. Sie haben ihr Geld hundertmal eingebracht. Ich bin nach Afrika zum Jagen gefahren und dageblieben, um zu lernen. Und das Haus in Jersey ist ein besseres Geschäft als die Farm in Kenia, die ich mir zuerst hab' kaufen wollen."

„Das will ich nicht bestreiten", entgegnete Marc Mantell. „Bei der heutigen politischen Weltlage fehlte zum völligen Ruin bloß eine Sisalpflanzung irgendwo da unten. Aber wir reden am Problem vorbei. Das Problem ist, Freund, wann werden Sie endlich erwachsen sein und wieder an die Arbeit gehen? Wann machen Sie Schluß mit dieser Vagabundiererei, versöhnen sich mit Amelia und werden wieder Alec Barr, der Schriftsteller, statt Alec Barr, der Liebhaber, Bonvivant und Knilch?"

„Ich werd's von Ihnen wohl einstecken müssen", sagte Alec. „Von Ben hab' ich mein Fett schon weg. Er und Sie scheinen sich gegenseitig den Text geschrieben zu haben. Los, sagen Sie mir also, daß Amelias Einfluß förderlich für mich sei, daß ich ohne sie keine anständige Zeile schreiben könne. Wollten Sie mir das sagen?"

„Nicht genau." Marc Mantell lächelte dünn. „Aber beinah. Fast. Sie müssen zugeben, daß sie eine Atmosphäre der Ruhe schafft, und Sie arbeiten in ruhiger Atmosphäre gut. Denn es ist gottverdammt klar, daß Sie in einem Hotelappartement oder in einem Nachtklub oder bei Toots Shor oder in einer dieser Spelunken in Greenwich Village nicht gut arbeiten. Es soll Leute geben, die im Bett gut arbeiten, aber dann im Bett ohne eine Frau daneben. Unzucht bringt vielleicht Menschen hervor, aber es ist verflucht sicher, daß sie keine Worte hervorbringt."

„Sie raten mir also, mich mit Amelia in Verbindung zu setzen, sie um Verzeihung zu bitten, mich zum zweitenmal auf Hochzeitsreise zu begeben – wenn das Geld dazu reicht – und dann heimzukehren und mich wieder in den Kerker schließen zu lassen?"

„Genau das. Sie haben eine große Begabung, Alec, aber Sie betätigen sich auf einem sehr heiklen Gebiet, und Sie können sich's nicht leisten, auch nur ein schlechtes Buch zu schreiben. Schauen Sie sich den Mist an, den Lewis schrieb, als er versuchte, dem jungen Gemüse nachzujagen und die Welt trockenzusaufen. Jesus, seit ‚Arrowsmith' hat er kein Buch, kein anständiges Buch, mehr rausgebracht. Und Hemingway? Von dem hat man seit ‚Wem die Stunde schlägt' nichts Vernünftiges mehr gelesen. Wo ist Dos Passos geblieben? Irgendwo auf einer Farm in Maryland unten? Man wird schnell vergessen in dieser vergeßlichen Stadt, mein Junge. Saroyan? Wo, zum Teufel, ist Saroyan?"

Marc Mantell legte eine Pause ein und winkte dem Ober.

„Geben Sie uns die Karte", sagte er und wandte sich wieder an Alec Barr. „Sie werden's mit scharfer Konkurrenz zu tun bekommen. Sie zeichnet sich schon ab. Junge Leute. Es ist eine neue Literaturepoche. Jones hat mit ‚Verdammt in alle Ewigkeit' ein phantastisches Buch geschrieben. Mailer schreibt einen glänzenden Stil. Wouk gewann einen Pulitzer mit seiner ‚Caine-Meuterei'. Guthries ‚Großer Himmel' ist eine großartige Leistung. Es laufen da ein paar Rotznasen rum, die Ihnen bald an den Fersen knabbern werden, weil der alte graue Gaul nicht mehr ist, was er war, und wir wollen doch keine Zielscheibe für Spott oder Mitleid im Stall, nicht wahr? In unserer Branche muß man sich umbringen, bloß um auf der Höhe zu bleiben."

„Ich freue mich, daß Sie ‚wir' sagen", meinte Alec Barr trocken. „Okay, Chef, eins zu null für Sie. Ich akzeptiere Ihren Standpunkt. Zwischen Amelia und mir war alles ausgetrocknet, und ich hab' bloß versucht, einen kleinen Funken in meine wirbelnde Asche zurückzufächeln. Wahrscheinlich hab' ich bloß noch mehr Asche aufgehäuft. *Gut.* Ich gehe zurück. Ich werd' mich wieder an die Eiserne Jungfrau anschirren und mein Bestes geben. Ich werde die Fleischtöpfe meiden und mir wieder das Mönchsgewand anlegen. Ich werde – ach, zum Teufel! Ich werd' noch einen Martini trinken."

Der Ober stand jetzt mit der Speisekarte neben ihnen.

„Worauf haben Sie Lust?" fragte Marc Mantell. „Das Mixed Grill ist gut."

„Auf nichts." Alec Barrs Stimme klang bitter. „*Nichts.* Ich bin plötzlich nicht mehr hungrig."

51

Alec Barr mußte es sich eingestehen: Sie fehlte ihm schrecklich. Das Leben mit Barbara war nach dem ersten Streit sehr süß und fast heiter gewesen, und jetzt war sie fort – plötzlich nach Spanien verschwunden, um den Film in Andalusien zu Ende zu drehen. Alec versuchte, im Hotel zu arbeiten und dann, aus lauter Verzweiflung, im Arbeitszimmer der öden Wohnung. Nichts half; im Hotel fiel ihm die Decke auf den Kopf, und überall lagen Papiere und Notizen herum, die ihn störten. Die Wohnung war zu groß, zu leer, und zuviel Amelia war darin. Amelias Spuren waren überall. Das Haus in New Jersey war immer ein sicherer Ausweg gewesen, wenn er sich festgefahren hatte – jetzt schien es zu weit entfernt von den städtischen Schlupfwinkeln zu liegen, die er gewohnheitsmäßig mit Barbara besucht hatte. Er ging zu Bett – allein – mit Barbara, und er erwachte – immer noch allein – mit Barbara. Trotz aller Bemühungen brachte er es nicht fertig, sich zu einem steten Arbeitspensum durchzuringen, und was er schließlich an Geschreibsel zustande brachte, schien ihm gänzlich über den Daumen gepeilt zu sein.

Schließlich gab er es auf. Er kabelte Barbara nach Sevilla, ihm ein Hotelzimmer zu besorgen, und rief TWA an, ihm eine Flugkarte nach Madrid mit Anschluß nach Sevilla zu reservieren. Er kam sich eher wie ein Jagdhund als wie ein Mann vor, als er Marc Mantell anrief und ihn rundheraus anlog, mit seiner Ernährung stimme was nicht, er werde sich eine Woche Urlaub nehmen und mit Freunden in Texas auf Rotwildjagd gehen.

Es war eine Reihe von Jahren her, seit Alec in Spanien gewesen war, aber der schlampige Flughafen in Barajas hatte sich nicht verändert, auch nicht das kleine weißschimmernde Flugfeld mit den Blumenrabatten und Orangenbäumen am Rande Sevillas. Auch die dunklen, grübelnden Arabergesichter Andalusiens nicht, trotz des wachsenden Zustroms von Touristengeldern und der Anfänge einer Filmindustrie. Alec suchte weder pittoreske Spanier, noch verschwendete er Gedanken an die spanische Volkswirtschaft. Er war enttäuscht, daß Barbara ihn nicht auf dem Flughafen erwartete, obgleich er sich logischerweise sagen mußte, daß sie einen Film drehte, daß es ein Arbeitstag war und daß sie die Aufnahmen nicht aufhalten konnte, nur um einen Liebhaber vom Flugzeug abzuholen. Trotzdem grübelte er schlecht gelaunt während der langen, staubigen Fahrt in die Stadt. Er fühlte sich schäbig, unrasiert, zerknittert und schmutzig vom langen Flug und verspürte, als er der *recepción* in der kühlen Halle des *Alfonso Trece* zuschritt, panische Angst, daß der Empfangschef sagen könnte, er habe noch nie von ihm gehört, und ihn auf die dampfende, staubige Straße würfe.

Doch seine Stimmung besserte sich sofort, als der Empfangschef ihn ausgesucht höflich begrüßte, ihm eine Mitteilung Barbaras überreichte und den Portier anwies, sich um sein Gepäck zu kümmern. Alec las die Notiz auf dem Wege zu seiner Suite. „Liebling, wir drehen ziemlich weit außerhalb der Stadt, in Carmona, ich werde nicht vor ungefähr acht Uhr zurück sein. Wie wär's, wenn Du Dich ein bißchen hinlegtest, damit Du gut ausgeruht bist, wenn ich zurückkomme? Ich hoffe, Deine Zimmer gefallen Dir. Ich habe sie neben dem meinen reservieren lassen. Wundervoll, daß Du gekommen bist. Alles Liebe. B."

Alec fühlte sich schon viel besser. Er telefonierte nach unten und bestellte Eis, Limonensaft, eine Flasche Gin und *agua tonica*, pellte die Reisekleidung herunter und stellte sich eine halbe Stunde unter die Dusche. Dann lag er in dem kühlen, durch heruntergelassene Läden verdunkelten Schlafzimmer, vom Gin erfrischt, auf die Geräusche der Straße lauschend, war aber zu aufgeregt, um zu schlafen. Er sah auf seine Uhr und stellte fest, daß es erst vier Uhr nachmittags war. Er stand auf, zog sich an, ging nach unten, um sich eine Pferdedroschke zu nehmen, durch die Straßen zu streifen und die Düfte nach Staub, kochendem Öl und Pferdemist zu schnuppern, die jede arabische Stadt charakterisieren. Seine Stimmung hob sich beträchtlich, als er den trägen, schmutzigen Guadalquivir sah, an der großen Stierkampfarena mit ihrem goldenen Sand vorüberfuhr, schmale, kopfsteingepflasterte Straßen hinunterklapperte und in urinstinkende Gassen mit messingbeschlagenen maurischen Türen einbog, die die Welt von mit Bougainvilleas berankten Mauern, verborgenen Höfen und Gott weiß wie vielen Jahrhunderten von Blut, Lust und Intrige ausschlossen.

Die Nachmittagssonne brannte schmerzhaft herunter. Deshalb bat er den Kutscher, ihn zu einem Hutladen zu fahren, wo er sich den flachrandigen schwarzen Cordobés-Sombrero dieser Landschaft kaufte. Den Hut schief übers Gesicht gezogen, kam er sich weniger wie ein Tourist vor und war plötzlich hungrig. Sie kamen an einem passabel aussehenden Trottoircafé vorbei, und Alec ließ die Droschke von neuem halten. Sie waren jetzt in der Triana, dem Zigeuner-*Barrio*. Alec bezahlte den Kutscher und setzte sich an einen schattigen Tisch. Er schob den Hut noch weiter über die Augen, bestellte einen Krug Bier und einen Teller *cigalas* – große Krabben –, ein paar schrumplige grüne Oliven und einen Teller harten Serrano-Schinken. Er aß hungrig, das Bier schmeckte köstlich, bis er alles vertilgt hatte und die kleinen feuchten Tropfen vom Bierkrug verschwunden waren. Dann bestellte er Kaffee und ein *anis* und schickte den Ober nach einer Zigarre. Kaffee und *anis* vor sich, mit dem Cordobés-Hut die Augen beschattend, die *puro* im Mund, betrachtete Alec die vorüberflutende Menge und fühlte sich plötzlich sehr *flamenco*. Er döste ein bißchen, sich an die leuchtendweiße Wand zurücklehnend, und als er erwachte, lag seine Zigarre kalt im Aschbecher, und es war fast halb acht. Er winkte sich wieder eine Droschke heran und fuhr klappernd zum prächtigen Portal des *Alfonso Trece* zurück. Zu seiner Erleichterung meldete ihm der Empfangschef, die Señorita Bah-iin sei noch nicht von den Dreharbeiten zurück, werde aber jeden Augenblick erwartet. Alec ging nach oben, stellte sich wieder unter die Dusche und dachte dabei, daß der Name Bayne in *Spain* einen Haufen „i" erforderte, und lächelte über sein eigenes Wortspiel. Ruhelos ging er barfuß, die Lenden mit einem Handtuch umgürtet, im Zimmer auf und ab, bis sein Telefon läutete.

„Ich bin zurück", sagte die vertraute Stimme. „Aber ich denk' nicht dran, mich deinen kritischen *americano*-Augen auszusetzen, bevor ich nicht eine halbe Tonne andalusischer Ackerkrume und eine ganze Menge Schminke und Augentusche abgewaschen habe. *Bienvenido* in Sevilla, mein Geliebter. Guten Flug gehabt?"

„Nicht übel. Warf mich in eine Koje und schlief ein bißchen. Wollte frisch und schön für dich sein."

„Nun, warum gehst du nicht in die Bar runter und schaust dir die *señoritas* an, während ich mich frisch und schön für dich mache? Ich bin in einer halben Stunde unten. *Bueno?*"

„In Ordnung", sagte Alec etwas säuerlich. Da kommt man durch die halbe Welt angeflogen, um sich mit einer Dame zu treffen, und die sagt einem, *triff mich in der Bar;* und dann dachte er, du bist ein ausgemachter Idiot, Barr. Kein sensibler Mensch ist in den ersten Stunden nach einer Trennung, und sei sie noch so kurz, ganz ungezwungen, und es ist absolut albern, mir einzubilden, sie würde sich sofort nach der Rückkehr von einem Tag schwerer Arbeit für mich aufs Bett schmeißen. Ich muß mich wohl erst ein bißchen zurechtfinden.

Er zog sich an, ging in die Bar hinunter, setzte sich in eine stille Ecke und hörte dem Gewirr spanischer Stimmen zu, in dem gelegentlich Worte wie „Schuß", das er als „Schießen mit der Kamera" interpretierte, und „Set" und „Panorama" vorkamen, alles durcheinander in einem Maschinengewehrfeuer von halbverschlucktem Andalusisch. Alle Männer, bemerkte Alec, trugen einen mit unglaublich mathematischer Präzision gestutzten Schnurrbart, und die Zähne stachen von den dunklen Gesichtern ebenso unglaublich weiß ab. Alle hatten tadellos geschnittenes Haar, und kein Anzug war ausgebeult, unordentlich oder schien sich allenfalls mehr als eine Minute am Leibe seines Besitzers zu befinden.

Mürrisch überlegte er sich, daß man ihm, wenn *er* sich die Haare schneiden ließ, entweder die Haut abzog oder Stufen und Sättel und zottige Stellen übrigließ. Er blickte durch den Rauch auf nichts Besonderes – anscheinend waren die *señoritas* noch nicht eingetroffen –, als kühle Lippen seine Wange berührten, und da war Barbara.

Er sprang auf, und sie umarmten sich kurz, ohne sich zu küssen. Dann schob er sie von sich, um Inventur zu machen. Sie trug ein weißes, einfaches, ärmelloses Kleid und war von der andalusischen Sonne wie ein Toast gebräunt. Ihr Lippenstift war flammend rot, dazu hatte sie sich eine einzige rote Rose ins blonde Haar gesteckt, so daß der Kontrast ihrer braunen Haut, der leuchtenden roten Lippen und der Rose gegen das Weiß ihres Kleides verblüffend war.

„Willkommen in unserem kleinen Pueblo", sagte sie. „Es hat zwar ein paar seltsame Gerüche, aber wir nennen's Heimat. Es ist wunderbar, daß du kommen konntest, Liebling", sagte sie, sich an seine Hände klammernd und sich zurückbeugend. „Komm, setzen wir uns, und erzähl mir alles. Zuerst aber bestell mir etwas Langes und Kaltes. Ich bin ausgedörrt, innen und außen."

„Du siehst aus, als kämst du direkt aus einer Oper von Bizet", sagte er. „Nur die roten Schuhe und Rüschen fehlen."

„Glaub ja nicht, daß ich sie nicht habe. Und ein Kleid mit roten Punkten. Und ich kann den verdammt besten *flamenco* tanzen, seit Carmen Amaya die hiesige Shirley Temple war. Es hat keinen Zweck, dich zu fragen, was dich nach dem sonnigen Spanien bringt. Aber es war *wirklich* plötzlich."

„Nur ein Klischee kann dir darauf Antwort geben", erwiderte Alec. „Du hast mir schrecklich gefehlt. Ich konnt' nicht mehr denken, nicht schreiben, konnte nicht mal mehr lesen. Worauf ich dir ein Telegramm schickte und in ein Flugzeug hopste. Ich liebe dich. Das ist es, was mich ins sonnige Spanien brachte."

„O Liebling", sagte sie, seine Hand mit beiden Händen drückend. „Mir hast du auch gefehlt, aber die nehmen einen so scharf ran bei dieser Filmerei mit kleinem Etat – dieser Regisseur ist wirklich ein Halunke –, daß ich keine Zeit hatte, dich so zu vermissen, wie ich's gern getan hätte. Bei Tagesanbruch sind wir schon auf den Beinen und kommen erst kurz vorm Aufstehen ins Bett. Kein Mensch dieser Stadt ißt vor Mitternacht, und dann schlägt jemand ein neues *flamenco*-Lokal in einer neuen Gasse vor, und inzwischen hat man genug *vino* intus, um es interessant zu finden und . . ." Sie ließ die Stimme ausklingen.

„Ich hatte schon Angst, dich mit einer Rose zwischen den Zähnen, einem Schildpattkamm im Haar und Kastagnetten an den Fingern bis Sonnenaufgang auf Tischen zu Zigeunergitarren tanzend anzutreffen." Er grinste. „Ich glaube, du hast dich nicht viel verändert, New York oder Sevilla. Findest es immer noch schwer, abends ins Bett zu gehen, was?"

Barbara sah ihn offen an.

„Ich sagte dir doch, hier ißt niemand vor Mitternacht, und jetzt ist es erst kurz nach neun. Wenn du mir noch eins dieser netten Limonendinger da bestellst, bin ich so gut wie jedem Vorschlag, die Zeit bis Mitternacht totzuschlagen, zugänglich."

Alec schnippte die Finger zum Kellner hinüber und lächelte.
„Ich dachte, wir könnten ausgehen und uns in ein Trottoircafé setzen, aber das hab' ich heute nachmittag schon getan, und für eine Stadtrundfahrt ist es zu dunkel. Ich schätze, da gibt's nur eine Alternative."
„Mir scheint, du hast recht", sagte sie und rieb die Wange an seiner Schulter. „In Spanien läßt sich wirklich wenig unternehmen ..."

„Das wird meine dritte Dusche seit meiner Ankunft sein", sagte Alec. „Und das dritte Mal, daß ich meinen Anzug wechsle. Weißt du, wir hätten Zeit sparen können. Als du mich zuerst anriefst, war ich noch nicht angezogen."
„Schieb's auf meine mädchenhafte Schüchternheit", erwiderte Barbara. „Nicht auf Mangel an Neigung."
Sie setzte sich im Bett auf und gähnte. „Ich bin eingeschlafen, nicht wahr? Nach ..."
„Du bist fast mittendrin eingeschlafen", entgegnete Alec lächelnd. „Ich beschloß, dir eine Stunde Ruhe zu gönnen, damit du für die *flamenco*-Bumslokale frisch und schön bist."
Barbara gähnte wieder und streckte die Arme aus.
„Komm her", sagte sie. „Es gibt 'ne Menge Leute, die nicht vor *ein Uhr* morgens essen."

52

Es gelang ihnen, drei verschiedene *flamenco*-Lokale nach dem Essen aufzusuchen, das um zwei Uhr dreißig beendet war. In jedem Seitenstraßencafé leuchteten die Gesichter auf, wenn sie eintraten, und die Zigeuner riefen: „*Hola! Señorita* Barbara!" Oder einfach: „*Olé*, Barbara!" Die *guitarristas* traten in jedem der Lokale, die sie besuchten, sofort an den Tisch und spielten, was anscheinend ihre Lieblingslieder waren. Die Sänger brüllten mit heraustretenden Adern und geschwollenen Froschhälsen in höchster Lautstärke ihre Lieblingssongs. Zweimal stand sie auf allseitiges Drängen auf, um, wie es Alec schien, einen ziemlich glaubwürdigen *flamenco* hinzulegen, den lautes Händeklatschen und häufige *Olé's* und *Ay, que tia!* der Ausführenden wie der paar dunklen Männer begleiteten, die an der Bar lehnten und *manzanilla* tranken.

Am Tisch verschwanden ganze Armeen von *manzanilla*-Flaschen, als die *flamenco*-Sänger und Gitarristen Barbara Privatvorstellungen gaben, wobei der Chef-*cholo* tadelnde Blicke auf eine Rivalengruppe schoß, die für einen anderen Tisch in einem anderen Teil des Lokals ein Lied anstimmte.

Es war fünf Uhr, als Alecs Gähnen das hölzerne Klappern der Kastagnetten fast übertönte.

„Ich bin in den letzten vierundzwanzig Stunden weit gereist", sagte er schließlich. „Ich glaube, das Klappern und Rasseln reicht jetzt für eine Nacht, meinst du nicht auch?"

Barbara sah auf ihre Armbanduhr.

„Mein Gott! Und ich muß um sechs wieder auf sein! Zwecklos, jetzt noch ins Bett zu gehen. Du kannst mir in einem anderen Lokal, das ich kenne, Frühstück servieren lassen, und dann bade ich und zieh' mir schnell meine Arbeitskleider an. Willst du morgen mit mir zu den Aufnahmen rauskommen, ich meine heute morgen?"

„Großer Gott, nein", gähnte Alec wieder. „Ich möcht' nur meine morschen, alten Knochen ins Bett legen."

„*Mein* Bett?"

Alec schüttelte nachdrücklich den Kopf.

„Großer Gott, nein. Nach dem Flug und dem F..., der Liebesstunde, mein' ich, und dem Futter und dem *flamenco* kannst du mich schon einen 4-F-Mann nennen. Bring mich ins *Trece* zurück, führ mich in mein Zimmer, und ich werde die Tür von *meiner* Seite aus verriegeln. Ich hab' die Absicht, in einem Zug zwölf Stunden zu schlafen."

„Dir hat's schon immer an Ausdauer gefehlt", meinte Barbara. „Komm! Das Frühstück lassen wir sausen. Ich lass' mir Tee und Toast aufs Zimmer bringen und esse, während ich mich umziehe."

„Für diese kleine Wohltat bin ich dir tief zu Dank verpflichtet", sagte Alec. „Ich vertrage Gitarren zu den meisten Mahlzeiten, bloß nicht zum Frühstück."

Alec fuhr einmal zu den Dreharbeiten raus und fluchte. Es war derselbe faule Hollywoodzauber, den er so gut kannte, nur daß er sich unter einer kupferfarbenen Sonne abspielte und einen im Mittleren Osten gedrehten Ölquellenfilm ergeben sollte. Aber es war leichter, die örtlichen Kamele zu benutzen und die Andalusier mit Burnussen auszustaffieren, was immerhin einigen Sinn ergab. Die Zigeuner waren ohnehin alles Mauren; die Kamele kamen aus einem in der Nähe gelegenen Wildreservat; die falsche Bohranlage wirkte überzeugend, und Statisten lieferte immer noch die spanische Armee. Der Krach war auch derselbe. Take und Retake und Retake – das gleiche Klatschen der Take-Tafel, das gleiche gequälte Skriptgirl, der gleiche schlechtgelaunte Regisseur und das gleiche störende Hustengeräusch auf dem Tonstreifen. Dann und wann brummte ein Flugzeug tief vorüber und ruinierte die Aufnahme, oder ein Jeep trieb die Kamele durcheinander, aber so war das Filmen in der ganzen Welt: eine verdammt stumpfsinnige Methode, sich seinen Lebensunterhalt zu verdienen, dachte Alec mürrisch, während er ankündigte, in Zukunft werde er morgens ausschlafen, um sich auf die nächtlichen *flamenco*-Strapazen vorzubereiten, und nachmittags gehe er wahrscheinlich sightseeing. Barbara nahm seinen Entschluß liebenswürdig auf.

„Ich versteh' dich vollkommen, Süßer", sagte sie. „Es muß schrecklich langweilig für dich sein, hier rumzustehen, während wir Großaufnahmen und Synchronaufnahmen und Halbnah und Totalen und Sicherheitsaufnahmen und den ganzen Kram lebenswichtiger Bagatellen drehen. Aber ich hab' eine gute Nachricht für dich. Das Wochenende ist frei: Svengali hat meine Szene auf Eis gelegt und wird von Freitag bis Montag jemand anders foltern. Wir können also tun und lassen, was wir wollen. Ist das nicht großartig?"

„Das ist es. Meine Reise kann demnach als lohnend bezeichnet werden. Angesichts dieser wundervollen Neuigkeit wär's vielleicht möglich, den Raßlern und Klapperern heute abend ein bißchen Ruhe zu gönnen und den örtlichen Sitten ein Schnippchen zu schlagen, indem wir einfach auf dem Zimmer essen und bald ins Bett gehen?"

„Armer, armer Alec", sagte Barbara und fuhr ihm übers Haar. „Was du zu leiden hast!"

„Einige Aspekte meines Leidens sind nicht so übel", meinte Alec. „Aber es genügt, die ganze Nacht mit einer Bande Zigeuner aufzusitzen, ohne auch noch den ganzen Tag von einer Bande Kamele höhnisch angegrinst zu werden."

53

Sie schlenderten durch die Straßen, kauften sich da und dort etwas – Alec erstand zum Beispiel einen prächtigen, scheußlich riechenden, verzierten Lederschutz für Stierkämpfer, den er nicht brauchte, und ein verrucht aussehendes Jagdmesser, das er nicht brauchte, und ließ sich ein Paar Stiefel anmessen, die er nicht brauchte, und kämpfte gegen die Versuchung, sich *trajes cortos* zu kaufen, die er bestimmt nicht brauchte.

„Aber du siehst wunderbar in ihnen aus", sagte Barbara. „Ich hab' welche für die *tientas* –" Sie schlug sich mit der Hand auf den Mund. „Ich hab's vergessen, wirklich total vergessen! Wir sind auf Juan Mendozas *finca* eingeladen – *ganadería* eigentlich, Sonntag zu den *tientas*. Eine *ganadería* ist eine Stierzuchtfarm, und eine *tienta* ist . . ."

Alec zwickte sie in die Nase.

„Ich weiß, was eine *ganadería* ist. Und bei einer *tienta* testet man die Kälber auf Mut, weil der Kampfgeist der *casta* von der Mutterseite kommt. Ich bin der Stierfachmann in dieser Familie, vergiß das nicht. Du bist wahrhaftig verdammt *flamenco* geworden für ein Mädchen, das erst ein paar Wochen in Spanien ist. Warum versuchst du nicht, englisch mit mir zu reden? Das versteh' ich auch."

„Mein Junge Barr, der anmaßende Halunke, ist wieder da", sagte Barbara ohne Groll. „Warum versuchst du immer, mir mein Spielzeug zu klauen?"

Alec schüttelte den Kopf.

„Ich will dir nicht dein Spielzeug klauen. Aber ich amüsier' mich ein bißchen drüber, wie vollkommen hispanisiert gewisse Damen nach einem vierzehntägigen Aufenthalt im Stierkampfland oder nach sieben Tagen Rom und einem schmutzigen Wochenende auf Capri italianisiert werden können. Ich mache jede Wette, daß Amelia das reinste Römisch spricht, wenn sie schließlich wieder mal in den Staaten landet."

„Ach, ist sie in Italien? Hast du von ihr gehört?"

„Ich hab' nichts von ihr gehört. Aber der letzte Haufen Rechnungen kam aus Florenz, das sie bestimmt immerdar Firenze nennen wird."

„Wie wirst du mit ihr zurechtkommen?"

„Ich weiß es nicht. Das wird größtenteils von dir abhängen."

Barbara schüttelte den Kopf.

„Reden wir nicht mehr von ihr. Wir sind in Spanien, und wir amüsieren uns, und zum Teufel mit ihr. Ich möcht' nicht an sie denken. Möchtest du zu diesem Kälbertest gehen oder nicht? Es macht Spaß, sagt man mir. Große Fiesta – eine Menge hübscher Leute und viel Alkohol und feines Essen."

„Klar.“ Alec mußte über die kindliche Aufregung in ihren Augen lächeln. „Ich bin eine Ewigkeit nicht mehr bei einer gewesen. Nicht seit Mexiko mit Ben Lea.“

Sie setzten sich an einen Cafétisch und bestellten *manzanilla* und *tapas*, *cigalas* und Oliven und Anchovis und gebratene Kraken und Schinken und Käse.

„Es gibt so viel, was ich noch nicht gesehen habe“, sagte Barbara, nachdenklich an einer großen Krabbe kauend. „Das ist wahrscheinlich der Grund, weshalb ich so gern angebe, wenn ich irgendwas Neuem begegne. Ich hab’ noch nicht mal einen Stierkampf gesehen, ganz zu schweigen von einer *tienta*. Was ist eigentlich der Sinn und Zweck, abgesehen vom Spaß und von den Spielen?“

„Es ist meist ein Vorwand, sich einen Rausch anzutrinken“, erwiderte Alec. „Eine große Hausparty. Aber die ursprüngliche Idee ist, die zweijährigen *becerros* auf ihre Tapferkeit zu prüfen. Man stellt die Kälber, Jungstiere und Jungkühe, gegen einen *picador* zu Pferd, um zu sehen, wie oft sie sich piken lassen. Die tapferen Färsen, die trotz des Schmerzes immer wieder angreifen, werden zur Fortpflanzung mit den Zuchtbullen ausgesondert. Die nervösen Jungfern werden zu Kalbfleisch für den Markt verarbeitet.“

„Und was geschieht mit den kleinen Jungstieren?“

„Die kriegen auch eins mit der Pike. Der Unterschied ist nur, daß man die Kühe nach der *picador*-Phase spaßeshalber mit den *capas* reizt, aber die Jungstiere nicht. Die sollen keine *capa* zu Gesicht bekommen, jedenfalls nicht vor dem feierlichen Augenblick der Wahrheit – an dem Tag, an dem sie vier Jahre alt sind und als Jungfern in den Tod gehen. Die tapferen Kämpen gehen auf die Weide zurück, um sich auf den Tod vorzubereiten. Die Feiglinge enden sofort als Rindfleisch.“

„Hört sich alles sehr verwickelt an. Woher weißt du, daß der Mut vom Muttertier kommt?“

„*Ich* weiß es nicht. Ich weiß nur, was man *mir* erzählt hat. Und Spanien ist ein sehr kompliziertes Land. Wo ist diese *ganadería*?“

„Nicht weit von hier. Etwa dreißig Minuten außerhalb. Ich hab’ den Namen der *finca* vergessen. Aber Juanillo schickt gegen Mittag seinen Wagen, um uns abholen zu lassen, wenn’s dir recht ist.“

„Oh, mir ist es sehr recht“, erwiderte Alec. „Woher kennst du diesen Juanillo?“

„Rein zufällig. Er ist nett. Bin ihm mit anderen Leuten bei einem *flamenco* begegnet. Er hat mich ein paarmal zum Dinner ausgeführt.“

„Und was hat er so lange mit seiner Frau gemacht, wenn er dich zum Dinner ausführte?“

„Frau?“ Barbaras Reaktion war ehrliche Verwirrung.

„Ja, Frau. Sie sind alle verheiratet. Aber ich glaube nicht, daß du ihr Sonntag begegnen wirst. In der Regel werden Ehefrauen nicht zu einer *tienta* eingeladen. Nur hübsche *Americanas* und *Francesas* und *Inglesas* und andere Feuerwehrmänner auf Besuch, beispielsweise Schriftsteller und Filmschauspieler, werden zu *tientas* gebeten. Wie gesagt, Spanien ist ein kompliziertes Land."

„Er hat nie von einer Frau gesprochen", sagte Barbara gedankenvoll.

„Natürlich nicht. Eine alte arabische Gewohnheit, die sich aus acht Jahrhunderten maurischer Besatzung noch erhalten hat. Dieses Andalusien ist nicht Europa, mein Liebling, sondern Afrika. Europa hört an den Pyrenäen auf. Eine Unzahl Leute macht sich immer noch nicht klar, daß Spanien nach wie vor maurisch ist. Alles, was mit *el* oder *al* beginnt, von Algebra über Alfalfa zu Alhambra, ist arabisch. Dieser nette, schmutzig gelbe Fluß, wo die Bobadillas den Kaviar züchten, ist nicht eigentlich der Guadalquivir. Er heißt Wadi al Kebir, verballhornt."

„Du machst mich manchmal wahnsinnig", sagte Barbara ohne Anzeichen von Wut. „Du bist ein richtiger Klugscheißer, weißt du das? Ich komm' mir vor dir so dumm vor."

„Ich bin nicht absichtlich ein Klugscheißer", sagte Alec. „Ich bin Schriftsteller. Genau wie du 'n Mime bist. Wir sind beide Mimen. Du nimmst die Schutzfärbung eines Landes oder einer Situation oder einer Gruppe an, wie ein Chamäleon seine Farbe wechselt. Dein Mimentum ist Oberfläche – sagen wir: Smithfield-Schinken. Ich nehme meinen Kontakt mit bestimmten Situationen in mich auf und leg's auf Vorrat. Das macht aus mir einen Serrano-Schinken. Ich werde im Schnee gepökelt, nachdem ich vom Schwein tranchiert worden und bevor ich konsumfertig bin. Aber am Ende sind wir beide Schinken. Und ich hätte ebenso leicht *por fin* oder *au fond* sagen können, wenn ich protzen wollte."

Barbara streckte ihm die Zunge raus.

„Gehen wir ins Hotel zurück, und hören wir mit der Klugscheißerei auf", sagte sie. „Ich will keinen Lunch. Diese *tapas* sind zuviel. Was ich möchte, ist ein Nickerchen in einem kühlen, dunklen Zimmer."

„Dein Ziel ist edel, wenn auch nicht gerade im Geist", meinte Alec und klatschte in die Hände nach der Rechnung.

54

Vor dem Hotel stand ein klotziger Jaguar, als Alec und Barbara herunterkamen. Der Chauffeur in Korduniform berührte seine Mütze.

„*Buenos dias, Señorita*", sagte er. „*Señor*", hinterher, als er Alec bemerkte. „*Don Juan envia su complimentos, pero no era posible encontraes personalmente. La finca esta cumplida con invitados desde anoche.*"

Ich wette einen Batzen, dachte Alec, daß dieser Don Juan, obgleich das Haus voller Gäste ist, es *posible* gemacht hätte, die *señorita personalmente* abzuholen, wenn sich nicht das Gerücht verbreitet hätte, daß die *señorita* einen Yankee-Boy-friend in der Stadt habe. Ich liebe die Spanier, besonders die Südspanier. Alles vom Badezimmer übers Frühstück bis zum Bett ist *muy torero – molinetes* mit Ei, *veronicas* mit Speck.

„Hübscher Wagen", meinte Alec. „Muß ein Vermögen gekostet haben, den einzuführen." Er klopfte auf das rote Lederpolster. „Ich wundere mich nur, daß es kein Mercedes oder Rolls Royce ist."

„Die reserviert er für Franco", sagte Barbara. „Und jetzt sei bitte liebenswürdig, nicht zynisch, und sprich um Himmels willen englisch. Juan ist sehr stolz auf sein Englisch. Überfall ihn nicht mit spanischem Slang, bloß um Eindruck zu schinden, weil du ein Tweedjackett statt *trajes cortos* trägst. Mit Snobismus kommst du hier nicht weiter, selbst wenn er umgekehrt ist."

„Wieso?" fragte Alec sanft. „Ich trag' doch nur Tweed, weil ich keine *trajes cortos* besitze. Ich hab' nicht die Absicht, heute gegen Kühe zu kämpfen wie die anderen Touristen. Und da wir gerade von *trajes cortos* sprechen, darf ich sagen, daß du in den deinen sehr reizend aussiehst?"

Sie sah tatsächlich sehr schick in dem *ranchero*, der ländlichen Tracht, aus. Ein flacher grauer Cordobés war über das blonde Haar gestülpt, das sie eng angelegt in einem Knoten trug. Der Hemdkragen war steif, schmuck und fast kleinmädchenhaft. Die schmale Krawatte lag schwarz und proper auf der gefältelten Hemdbrust, und die Bolerojacke war taubengrau. Ein schwarzer Kummerbund umspannte die schlanke Taille ihrer von Hosenträgern gehaltenen Hosen, die schwarz-grau, nach Art eines Bankiersanzugs, gestreift waren. Sie waren kurz, unten geschlitzt und schlossen sich an ihre flachabsätzigen, rohledernen *botas* gleich unterhalb der Waden an.

„Wann hast du dir diese Ausstattung bestellt?" fragte Alec.

„Am zweiten Tag nach meiner Ankunft hier", antwortete sie. „Man weiß nie, wann ein netter Mann einen zu einer *tienta* einlädt. Ich wollte keine Einladung in *tweeds* annehmen. Auf jeden Fall sagt Juanillo, er habe vor, mich den Stierkampf zu lehren, und das kann man im Rock nicht."

„*Olé* für die Mutter der Virgén von Macarena“, sagte Alec und erntete eine Reaktion des Chauffeurs. Alec schloß aus ihr, daß der Chauffeur keinen großen Wert auf seine Anwesenheit legte.

Die Fahrt durch die ebenen Weizen- und Reisfelder war nicht begeisternd, lediglich staubig. Andalusien ist nur ein Ausläufer von Afrika. Seine wie Kamelhöcker aussehenden Hügel und ausgedehnten Ebenen sind ebenso langweilig. Kamelland, dachte Alec. Kamele, Ziegen und Stiere. Sonne und Felsen. Kleine Bäume und wenig Wasser. Gutes Stierland – müssen über die Felsen zum Wasser laufen – und immer eine Oase in der Mitte.

Die Oase war in die Augen fallend. Eine Insel voll Grün tauchte plötzlich vor ihnen auf, als der Chauffeur von der staubigen Hauptstraße auf einen noch staubigeren, gewundenen Weg abbog. Er hielt an, um ein Tor zu öffnen, fuhr hindurch und stieg aus, um das Tor wieder zu schließen. Schwarze Klümpchen von Stieren erschienen auf den riesigen Weideflächen. Das Übermaß an Vegetation rückte näher, und der Weg war jetzt von Blumen in gewaltigen Töpfen – Geranien – und, je näher sie dem Haus kamen, großen Beeten mit *cresta de gallo* gesäumt – Narrenkappen mit Blüten, groß und massiv wie Brotlaibe und rot wie das Innere der Granatäpfel, die an saftigen, grünblättrigen Bäumen wuchsen, dazwischen gestreut die goldenen Kugeln der Orangen.

Die *casa grande* war weiß verputzt, von roter und purpurner Bougainvillea eingesponnen. Sie war im klassischen spanisch-maurischen Stil gehalten, mit roten Ziegeln gedeckt, von einer weiten, gepflegten Rasenfläche umgeben, nur erreichbar durch einen Bogengang mit Säulen. Links blitzte blauäugig ein Swimming-pool – Bäume beschatteten das große Haus. Ein riesiger Patio umgab die vielen bogig überwölbten Türen. Weiße Tauben flatterten herum und hinterließen kleine schwarze Rinnsale auf den roten Dachziegeln. Die gewundene Auffahrt war vollgestopft mit Cadillacs, Jaguars, Bentleys und Mercedes-Benz-Wagen. Es schien einen ganzen Acker voll Rosen und einen weiteren Acker mit Orangen, Zitronen und Oliven zu geben.

„*Ya está*“, sagte der Chauffeur, den Jaguar zum Stehen bringend, als sei er ein Pferd. „*Creo qué el dueño está en ellotro patio. Es la hora de cokteles.*“

Frecher Halunke, dachte Alec. Selbst ich weiß, daß es Martinizeit ist, Stierfarm hin, Stierfarm her. Und natürlich ist der *dueño* im anderen Patio, weil's dort schattig ist, und es ist genau ein Uhr mittags, andalusische Standardzeit.

„*Gracias para su bondades*“, sagte Alec, als sie ausstiegen. „*Donde está la ruta para los cokteles?*“

„*Este lado*“, antwortete der Chauffeur, die Hand an die Mütze hebend. „*A sus ordenes, Señorita.*“ Pause. „*Señor.*“

„Und was hieß das alles?“ fragte Barbara.

„Nichts Besonderes. Ich dankte ihm nur für seine Liebenswürdigkeit und fragte ihn, wo es zu den Drinks ginge. Ich hab' das Gefühl, daß er was gegen mich hat. Ich trage kein ländliches Stierkampfkostüm und scheine mich zwischen den Chef und sein Girl friend zu drängen."

„Jetzt hör bloß auf", sagte Barbara. „Hör sofort auf. Schluß mit deinem Zynismus und dem Überlegenheitsgetue. Wir sind hier Gäste, und du bist ein zusätzlicher Teilnehmer."

„Das weiß ich", sagte Alec. „Und ich komm' mir auch ganz wie 'n zusätzlicher Teilnehmer vor. Spielt keine Rolle. Ich werde folgsam sein und nur englisch sprechen und vielleicht ein bißchen pidgin-spanisch, um zu zeigen, daß ich ein Tourist bin. Ich wünschte, ich hätte meinen Cordobés-Hut aufgesetzt, aber er paßt so gar nicht zu meinem irischen Tweed, meinst du nicht auch?"

„Du –" Barbara hielt inne, als ein großer brauner Mann den mit Fliesen belegten, von Blumenhecken gesäumten Weg mit ausgestreckten Händen entlangkam.

„Barbar*á*!" sagte er. „Bin entzückt, daß Sie kommen und Ihren Freund mitbringen konnten." Er ergriff ihre beiden Hände, beugte sich über sie und küßte die rechte, pflanzte den Kuß auf seinen eigenen Daumen. Dann wandte er sich an Alec, verbeugte sich und streckte ihm die nervige Hand entgegen.

Der Griff war fest. Die Augen hatten das Blaugrün des Südens, klar im braungebrannten Gesicht. Der Schnurrbart war ein kohlschwarzer Strich über den roten Lippen, und die Zähne blitzten. Er trug *trajes cortos*, aber als Gastgeber gestattete er sich eine rote Krawatte. Sie paßte gut zu dem gefältelten Hemd und der grauen kurzen Jacke.

„*Alec Barr, a su disposición*", sagte Alec unwillkürlich. „*Encantado, y muchisimas gracias para su bondad de inclurme.*"

Eine feingezeichnete Augenbraue hob sich.

„Es ist Ihr Haus", sagte der Eigentümer. „Sie sprechen gut spanisch, Señor Barr. Es gibt so wenig Amerikaner, die gut spanisch sprechen; es ist immer überraschend. Es ist mir eine Ehre, Sie kennenzulernen, Mr. Barr. Barbara hat mir viel von Ihnen erzählt. Sagen Sie, *guapa*, wie steht's mit dem Film?" fragte er, ihr seine Aufmerksamkeit zuwendend. „Nein, erzählen Sie es mir später, jetzt müssen wir erst unsere anderen Freunde begrüßen und einen Drink nehmen, und dann müssen Sie mir alles erzählen. Hier entlang bitte, dorthin, wo Sie den Krach hören."

Barbara schielte drohend zu Alec hinüber, während sie dem Krach entgegengingen. *Du hast versprochen, dich zu benehmen*, sagten die Schlitzaugen. *Du hast versprochen, nett zu sein und kein Klugscheißer über Stiere oder Spanien oder sonst was.*

Alec nickte, und sie schritten in eine summende Menschenmasse hinein. Im anderen Patio war eine Bar aufgebaut worden. Wieder flankierten ihn große Tonkrüge mit Geranien, und riesige Beete großäugiger Stiefmütterchen, brotlaibgroße Narrenkappen und an Bäumen hochrankende Kletterrosen säumten ihn ein. Dieser Patio lag dem Swimming-pool ganz nahe, und die Bar war durch eine Art polynesisches Strohdach aus Palmwedeln und Rohr geschützt.

„Jetzt holen wir uns zuerst etwas zu trinken, und dann stelle ich vor", sagte der Gastgeber. „Es sind so viele Leute hier, und mir liegt das Vorstellen gar nicht. Einige kennen Sie schon von der letzten Party, Barbara – Pepe und Chelo und Teresa und Ramón und Ygnacio und Blanca und Abundio und Paco und Linda und Pilarin. Die anderen sind meist *Ingleses* und natürlich Ihr Regisseur. Dazu ein paar aus Madrid – ein Künstler und ein guter Stückeschreiber, glaube ich, und zwei Stierkämpfer auf Urlaub. Der eine ist nicht schlecht. Der andere –" Er zuckte die Schultern. „Aber *simpático*. Und was wollen Sie trinken?"

„Martini, bitte, mit Wodka", sagte Barbara. „Wenn Sie welchen haben?"

„Natürlich haben wir welchen. Und Sie, Sir?"

„Vermutlich haben Sie keinen Pink Gin?" Alec hätte sich in den Hintern treten können, weil er wieder unhöflich war, aber etwas an Don Juans Schnurrbart und Zähnen ärgerte ihn. Auf jeden Fall saß sein Anzug zu gut.

„Natürlich haben wir Pink Gin. Ich bin in England zur Schule gegangen", sagte Don Juan. „Würden Sie den Magenbitter lieber selber schütteln? Obgleich Eladio –", er machte eine Geste zum Barmixer hin, „– ein Könner in dieser Beziehung ist."

Touché, dachte Alec. Man muß selbst ein Könner sein, um das zu sagen. Er neigte den Kopf respektvoll in Richtung des Barmixers. Wieder sprach er spanisch, aber zum Barmixer.

„Es wäre mir ein Vergnügen", sagte er, den Konjunktiv benutzend, „mich in die fähigen Hände Ihres *peon de confianza* zu begeben."

„*Un martini drry on the rrocks*", sagte der Gastgeber, „und *un peenk geen à la Inglésa*."

Der Barmixer Eladio lächelte Alec schwach zu, während er das Glas schnell herumdrehte, um den Angostura gleichmäßig zu verteilen. Sollte mich nicht wundern, wenn sein Barmixer den Halunken auch nicht sonderlich schätzte, dachte Alec. Und dann: Warum ist er in meinen Gedanken ein Halunke? Eifersüchtig auf einen Mann, der mir nichts getan hat, oder bloß aus dem Gleichgewicht gebracht durch diese vielen spanischen Aristokraten? Durch Leute, die zur Unterhaltung am Sonntag gegen Kälber kämpfen? Durch Leute, die noch nie in ihrem Leben gearbeitet haben? Hör endlich auf, ein *Junge* zu sein, Junge. Alles schon mal dagewesen, im College.

Alec hob das Glas.

„Gesundheit", sagte er, diesmal auf englisch. „Chinchin." Er schmeckte seinen Drink und hob das Glas wieder dem Barmixer entgegen.

„Tadellos zusammengestellt“, sagte er auf spanisch. „Sie müssen eine englische Großmutter haben.“

Das leise Lächeln des Barmixers breitete sich zu einem Grinsen aus.

„*Irlandesa*“, sagte er. „Irisch, Señor.“

„Und jetzt machen wir die Runde und lernen all die netten Leute kennen“, sagte Juan Mendoza. Er nahm Barbara am Ellbogen. „Ich glaube, Sie kennen meinen Bruder Tomás noch nicht, auch nicht meine Kusine Carolina.“

Es war eigentlich alles in Ordnung, dachte Alec – alles. Aber ich fühl' mich nie ganz dazugehörig. Ich weiß, wer ich bin und was ich tue. Ich weiß, was ich habe und wie ich's verdiene und wer mich um meiner Arbeit und meines Besitzes willen respektiert. Da sind Stierköpfe ohne Ohren in diesem schönen, kühlen Adobehaus mit den schwarzen Balken vor weißem Stuck und den roten Blumen in den Krügen. Da sind mottenzerfressene Köpfe von Rehen und Steinbockköpfe und Wildschweinköpfe in den langen Gängen, und ich hab' bessere Tiger und Löwen und Elefanten und Leoparden. Sie nennen es Jagd in der *casa grande* hier und kommen sich wunder wie großartig vor, wenn sie einen armen *ciervo* mit einem Geweih auf dem Kopf schießen. Sie geraten glatt aus dem Häuschen, wenn sie zusehen, wie ein bartloser Bursche in engen Hosen einen Stier tötet – dreißigtausend Leute in einer *plaza de toros* sterben stellvertretend, während ein Bursche in goldverbrämter Jacke und engen Hosen einem Stier ein rotes Tuch vorhält und das Risiko eingeht, seine Männlichkeit zu verlieren. Wenn er so was zu verlieren hat, was zweifelhaft ist.

Und jetzt sind wir hier alle zu diesem endlosen Lunch versammelt – mein Gott, *gazpacho*, *gambas*, *zarzuela*, *pollo*, *judias*, *filete*, *ensalada*, *patatas*, *pan*, *flan*, das ganze verdammte Zeug, dazu drei Weinsorten in Steingutbechern, bevor wir zum *anis del mono* gelangen, um uns wieder eine andere Sorte Appetit zuzulegen und in die private Stierkampfarena hinauszustiefeln und zuzusehen, wie ein Bursche zu Pferd eine Lanze in ein Kalb sticht.

Dann wird eine Bande Betrunkener, die dringend einer Siesta bedürften, in die Arena gehen, der Gastgeber wird sich das eine Ende einer *capote* schnappen, das hübscheste Mädchen das andere, und dann spielen sie Stierkampf mit den Kälbern.

Nur mit den Jungkühen natürlich. Die kleinen Stiere werden nicht mit der *capa* gereizt; denen geben sie nur drei Stiche mit den *varas*, weil sie ihren Haß auf Berittene nicht mindern wollen – Berittene, denen sie, um ihr Leben kämpfend, zwei Jahre später gegenüberstehen werden, wenn der als tapfer beurteilte kleine Stier in die hübsche Arena hinausgehen wird, um zu Steaks verarbeitet zu werden. Möglicherweise für die Armen oder zum Verkauf in den Fleischerläden als *carne de toro* – Stierfleisch – statt des einfachen alten *carne*.

„Sie verstehen etwas vom Stierkampf?“ fragte der Gastgeber höflich. „Sie haben schon *corridas* gesehen, Mr. Barr?“

„Ein bißchen. Ich habe einige wenige *corridas* gesehen.“

„Gefallen sie Ihnen?“

„Sehr. Wenn der Mann den Stier nicht ruiniert. Und wenn die Hörner nicht abgefeilt sind. Und wenn der Stier nicht zuviel Abführmittel schlucken mußte, bevor er aus dem *toril* kommt.“ Warum hab’ ich das bloß gesagt? fragte Alec sich.

Und schon hoben sich die Augenbrauen wieder.

„Wen haben Sie gesehen?“

„Den letzten Belmonte. Manolete. Den frühen Arruza, Dominguin – Luis Miguel – nach dem Krieg. Ordoñez ganz am Anfang. Seinen Vater kannte ich nicht, außer als Manager. Niño de la Palma war ein bißchen vor meiner Zeit. Auch Gaona. Einige andere kannte ich in Mexiko. Zum Beispiel Silverio.“

Olé für dich, Vater der Angeber, *el rey de los adornos*.

„Haben Sie vielleicht über Stiere geschrieben?“

„Nein.“

„Warum nicht? Sie scheinen gut über sie Bescheid zu wissen.“

„Ich kann den Dreh mit den Pferden nicht vertragen.“ Alec machte einen müden Witz für die Engländerin zu seiner Rechten.

Wieder die Augenbraue. Kein Sinn für Humor hier.

„Aber Sie wissen doch, daß wir sie jetzt polstern?“

„Das ist es ja gerade.“ *O verflucht, ich kann’s nicht lassen*, dachte Alec. Er fordert mich heraus.

„Tatsache ist, daß ich Pferde hasse, und seitdem es sie nicht mehr in den Gedärmen erwischt, macht’s mir keinen rechten Spaß mehr. Mir gefällt’s auch nicht, daß man ihnen die Stimmbänder durchschneidet, damit die Touristen sie nicht mehr schreien hören können.“

„*Ooooooh.*“ Dünnes Quieken der britischen Lunchpartnerin.

Don Juan lachte herzlich, ganz der amüsierte Gastgeber.

„Einen Augenblick dachte ich, Sie meinten es ernst. Jetzt sehe ich, daß Sie einen Witz machen. Auf spanisch nennen wir es ‚*chiste inglés*‘ – englischen Humor. Aber, aufrichtig, warum haben Sie nicht über Stiere geschrieben?“

Alec zuckte die Schultern.

„Aufrichtig, alles, was wert ist, über Stiere geschrieben zu werden, ist schon lange geschrieben worden – Hemingway, Tom Lea, Barnaby Conrad, eine Frau, deren Namen ich vergessen habe, ein paar Mexikaner, mindestens tausend Spanier und schließlich ein Amerikaner, ein Freund von mir namens Rex Smith, der eine Biographie aller Stiere und

Stierkämpfer schrieb. Mir scheint, das Thema ist abgeklappert – ausgeschöpft. Stiere sind jetzt zum Eigentum der Touristen geworden."
Don Juan Mendoza, der Gastgeber, griff jetzt zur Lanze.
„Die Stiere erregen Sie also nicht mehr?"
„Nein. Sie erregen mich nicht mehr. Weder sie noch die Stierkämpfer. Seit Manolete nicht mehr."
„Und Manolete erregte sie? Warum?"
„Weil der Mann und die Stiere noch ehrlich waren. Der Mann erledigte Tag für Tag seine *corrida*, ohne nach Winterverträgen für Mexiko und Venezuela zu schielen. Und der Stier hatte starke Beine und keine abgefeilten Hörner."
„Sie waren schon mal bei *tientas*, Mr. Barr?"
„Bei mehreren. Vielen." Da, schon wieder. Hoch geht die Augenbraue.
„Haben Sie je die Kälber ausprobiert? Haben Sie je das Gefühl kennengelernt, das man verspürt, wenn man zusammen mit einem wilden Tier – selbst mit einem zweijährigen Kalb – in einer Arena steht?"
Alec schüttelte den Kopf und zündete sich eine Zigarette an.
„Nein, Sir."
„Würden Sie es heute nachmittag gern selbst einmal mit dem Cape versuchen? Wir könnten Ihnen leicht brauchbare Kleidung besorgen."
Alec schüttelte den Kopf.
„Nein, Sir. Im Grunde hab' ich Angst vor Kühen. Ich wurde mal als Kind auf die Hörner genommen."
Die Tischrunde brach in schallendes Gelächter aus, von drei Ausnahmen abgesehen. Die Ausnahmen waren Alec, der Gastgeber und Barbara Bayne.
Alec wandte sich an seine britische Nachbarin.
„Ich hab' das mit den Pferden nicht ernst gemeint", sagte er. „Im Gegenteil, ich liebe Pferde. Ich war oft mit ihnen auf Jagd."
„Oh", sagte die quiekende Stimme, wieder vertrauensvoll. „Füchse? Wildschweine?"
„Nein." Alec hob ein wenig die Stimme. „Wenn ich zu Pferde jage, sind's meist afrikanische Elefanten und dann und wann Löwen."
Das wird den Halunken zum Schweigen bringen, dachte er und machte sich an seinen *flan*.
Doch der Gastgeber war noch nicht fertig.
„Sie jagen Elefanten und Löwen zu Pferd?"
„Ja. Manchmal auch Nashörner."
„Aber vor Kühen haben Sie Angst?"
„Genau. Ich verstehe Elefanten, Löwen und Nashörner. Kühe reizen mich nicht. Ein zwölf Zoll langes Horn im Hintern ist genauso lang wie das beste Horn eines vierjährigen Miura. Die Aussicht amüsiert mich nicht."

„Aber Elefanten bewegen Sie." Es kam als Feststellung.

Alec lachte.

„Oft. Wahrscheinlich bin ich vor mehr Elefanten ausgerissen als Rafael El Gallo je vor Stieren. Wenn man's mit Elefanten zu tun hat, gibt's keine Helfer, die den Elefanten mit einem Cape ablenken, und kein *callejon*, über das man springen kann. Im allgemeinen such' ich mir dicke Baumstämme, hinter denen ich mich verstecke."

Wieder Gelächter, mit den bekannten drei Ausnahmen.

„Schade", sagte der Gastgeber. „Ich würde gern zusehen, wie ein Mann, der Elefanten zu Pferd jagt, vor einem meiner Kälber mit dem Cape umgeht."

„Tut mir leid, daß ich Sie enttäuschen muß, Don Juan", sagte Alec. „Aber im Grunde bin ich ein *aficionado* des Zuschauersports. Ich werde mich, mit Ihrer Erlaubnis, in die Schiedsrichterloge setzen, Brandy trinken und für die beste Leistung Ohren austeilen. Seitdem ein Leopard mich erwischt hat, hab' ich unüberwindliche Abneigung gegen enge Kontakte mit Tieren in mir entwickelt."

„Ein Leopard hat Sie erwischt?" Jetzt schoben sich beide Augenbrauen einen Stock höher.

Diese ganze *mierda* hängt mir langsam zum Hals raus, dachte Alec. Machen wir ein für allemal Schluß.

„Wollen Sie die Narben sehen?" Er zog die Manschette seines Jacketts hoch und rollte einen Hemdsärmel zurück. Der linke Arm war mit alten Wundnarben bedeckt, die bis auf den Knochen gingen. Er tat, als wolle er sein Jackett aufknöpfen, dann lachte er.

„Nein, nicht in Anwesenheit von Damen. Aber ich hab' einige sehr interessante Sehenswürdigkeiten auf Brust und Bauch."

„Ich glaube, wir werden den Kaffee im Patio nehmen", sagte der Gastgeber und erhob sich. Barbara Bayne sah Alec Barr mit demselben Gesichtsausdruck an, den er an ihr bemerkt hatte, als er die Bande kreischender Schwuler zum Teufel gejagt hatte. Es war ein Ausdruck, der Alec eindeutig als „gesellschaftlich unmöglich" definierte.

55

Alec Barr saß einsam auf einem der *dueño*-Sitze der privaten Stierkampfarena. Beinahe jeder versuchte sich mit den *becerros*. Die zwei Berufsstierkämpfer – der eine guter Durchschnitt, der andere eine Null – hatten ihre Schau mit den Capes abgezogen und die zweijährigen Färsen von dem Berittenen weggelockt. Der Gastgeber, Don Juan, hatte seinen Lederschutz umgeschnallt und weiteres Zauberwerk mit dem Cape in den *quites* vorgeführt, annehmbare *reboleras* und *chiquelinas*, das Cape in einem Gepränge von Magentarot und Gelb um sich gewickelt. Bruder Tomás spielte die Rolle des *picador*, handhabte die Pferde geschickt, legte sich wacker auf die *vara* und stach das Eisen in die Schultern der Kälber, ohne sie ungebührlich roh zu behandeln.

Es gibt ein paar verdammt gute Embryo-Stiere da unten auf dem gelben Sand, dachte Alec, gegen die schräge Sonne des Spätnachmittags blinzelnd, allein für sich im weißen Rund der kleinen Privatarena sitzend. Die letzte da brauchte sechzehn Stiche, bevor sie aufgab. Sie wird zu den Zuchtbullen abgestellt werden und ein paar großartige Kälber fürs tapfere Festival liefern.

Ich frage mich, dachte er, was mich so verdammt niederträchtig macht. Ich hab' diesen armen Halunken Juan am Mittagstisch in die Enge getrieben. Ich war unverzeihlich ungezogen. Wahrscheinlich ist es nur Unsicherheit in fremden Häusern, aber ich würde gern eins dieser Großmäuler mit den Amateurcapes vor einem wirklich bösartigen Elefanten im dichten Busch oder mit einem Leoparden im Schoß sehen. Er massierte sich das narbige Handgelenk, während er sich des fauchenden Ungetüms erinnerte, das er sich vor vielen Jahren knapp vom Leib gehalten und schließlich mit den Läufen einer Schrotflinte zu Tode gewürgt hatte.

Ich hab' Bücher zu schreiben, dachte er. *Ich hab' Rechnungen zu bezahlen. Ich brauch' kein Horn in meinem Hintern.* Es sei denn, ich könnte das Produkt über Marc Mantell loswerden. Diese Sache da mit den angetrunkenen Oberen-Zehntausend-Herrschaften, die mit Kälbern rumspielen, ist genau dasselbe wie das Autospiel. Zwei preschen aufeinander los, und der erste, der abschwenkt, ist ein Feigling. Erinnere dich an die Schauspielerin, die einen Huftritt ins Gesicht bekam, in eben diesem Spanien, als sie lernte, gegen einen Stier vom Pferd aus zu kämpfen. Es bedurfte einer Menge Gesichtschirurgie, um ein gewisses Grübchen wieder hinzukriegen, und sie läßt Großaufnahmen nur von links machen, weil sich rechts die Lippe beim Lächeln nicht heben will.

Zum Teufel damit, dachte er und nahm einen Schluck Kognak. Jetzt kommt das Starprogramm. Klein Miß Twitchett, die Barbará Bah-ini aus Hollywood, wird jetzt den Stier angehen. „*Qué tengas la suerte*", flüsterte er. *Mögest du Glück haben.*

Barbara da draußen auf dem goldenen Sand der Arena sah wundervoll aus. (Goldener Sand der Arena? Was soll das heißen? Arena heißt „Sand" auf spanisch, außer in Katalonien, wo es *arenys* geschrieben wird. Klugscheißer.)

Ihren Cordobés-Sombrero hatte sie genau im richtigen Winkel aufgesetzt, ein bißchen nach vorn. Ihr Gesäß saß prall in der gestreiften Hose. Dic Schultern hatte sie gut zurückgenommen, die phantastischen Brüste drängten das gefältelte Hemd nach vorn, die wie eine Weste geschnittene Jacke schwang locker, als sie das Cape hob, um das Kalb anzugehen. (Kalb? Genug Hörner, um sie vom Nabel bis zum Hals aufzuschlitzen.)

„*Olé Barbará! Olé la Señorita Americana! Olé la actriz brava!*" Die Stimmen schwollen an, alle zwanzig, als Barbara die Füße fest in den Boden pflanzte – ein-zwei, tapfer wie Manolete, der tot ist – und den *becerro* herausforderte. (Barbara hatte das typische Schauspielertalent für großartige Mimikry. Im Augenblick spielte sie „Blut und Sand" – zweite Version, Tyrone Power – mit ihm, Alec Barr, in der Rolle des Kritikers.)

„*Huh! Huh! Huh! O hey, toro!*" Es kam ihm vor, als zitiere die geübte Schauspielerinnenstimme aus einem Roman von Hemingway. „*Eh hah! Hohohoho hah! Toro!*"

Tadelloser Take. *Schneiden.*

Und nun kam die tapfere Kuh. (Die Hörner gute vierzehn Zoll lang und nadelspitz. Gewicht vierhundert Pfund und voll *plomo*.)

Barbara (Belmonte) Bayne schwang das Tuch hübsch langsam zigeunerhaft aus dem Handgelenk heraus, hielt es tief, statuenhaft, senkte den Kopf und starrte auf die Füße des brüllend herangaloppierenden Kalbs, dem das Blut dick aus den Schulterwunden quoll. *Ay, qué torera!*

Das Kalb galoppierte an ihr vorbei und riß das Tuch mit. Dann schüttelte es das Tuch gereizt von den Hörnern und sah sich wieder nach einem Feind um. Es fand den Feind. Er trug schön geschnittene *trajes cortos* – enganliegende Hosen–, feine Bolerojacke, korrekten Cordobés-Hut, schwellende Brüste unter der Hemdkrause. Stand allein und unsicher da.

„*Huh!*" Diesmal war es das Kalb, das herausforderte und angriff. Der Gastgeber und sein Bruder rannten mit Capes in die Arena, aber nicht schnell genug. Barbara lief dem *burladero* zu, der hölzernen Schranke, hinter die zu entschlüpfen Stierkämpfer sich zuweilen genötigt sehen, das Kalb ihr dicht auf den Fersen.

Barbara stolperte und fiel in dem Augenblick, als sie eben den *burladero* erreichte. Die Kuh senkte den Schädel (sie ist linkshändig, gemeiner linker Haken, stellte Alec fest) und riß Barbaras enge Hosen auf, als sie sich hinter den *burladero* in Sicherheit zu bringen suchte. Der Gastgeber und sein Bruder wedelten das Kalb mit dem Tuch weg, und Barbara tauchte aus dem *burladero* auf.

Ihre Kehrseite glänzte weiß in der Sevillaner Sonne. Ihren Hut hatte sie verloren. Die Hosen schlackerten ihr um die Fußknöchel. Die Vorderseite ihrer Bluse war übel zugerichtet, ihre Nase vom Sand verschrammt, ihr Gesicht aschfahl, Tränen liefen ihr über die Wangen.

Der Gastgeber Juan lief herbei und legte ihr eine Muleta um.

Alec schauderte. Er kam zu der Überzeugung, daß dies keine Nacht mit spätem Dinner und *flamenco* bis zum Morgengrauen werden würde, falls ihr jemand eine Hose oder sonst irgendwas zum Anziehen für die Rückfahrt zum Hotel besorgen könnte.

„Es ist weniger das hastige Klettern auf einen Dornbaum, wenn man von einem Nashorn verfolgt wird, das so schmerzt", murmelte er in sich hinein. „Es ist der lange Weg wieder runter." Es würde ein langer Weg zum *Alfonso Trece* zurück werden, und ein kluger Mann war gut beraten, wenn er seinen Mund hielt.

56

Zigarettenrauch kräuselte ätzend aus dem Aschbecher hoch, durch das Korkmundstück einer anderen mit Betriebsstoff versorgt. Vermischt mit dem schwefligen Lackgeruch des Aschbechers, kräuselte er geradewegs in Alec Barrs Nase. Es stank wie ein schwelender Stiefel auf einem glühenden Aschenhaufen und erzeugte ein Kitzeln in Alecs Hals, so daß er husten und niesen mußte.

Er nieste siebzehnmal hintereinander. Barbara betrat den Salon der verdunkelten Suite. „Was ist los? Heuschnupfen?"

„Das." Alec zeigte auf die rauchende Zigarette. „Das da." Er putzte sich die Nase und wischte sich die tränenden Augen. „Ich wollte sehen, wie lange du sie brennen lassen würdest. Warum müssen bloß *alle* Frauen ihre stinkenden Zigaretten in Aschbechern rumliegen lassen? Wenn du das gottverdammte Ding rauchen willst, dann tu's. Du bist jetzt fünf Minuten aus dem Zimmer gewesen, und während der ganzen Zeit brannte dieses Kartoffelkrautfeuer. Ich kann deinen Weg durchs Hotel an den abgelegten Zigarettenkippen, die ein Loch in die Fenstersimse gebrannt haben, verfolgen. Abgesehen von der Brandgefahr sind das schlechte Manieren."

„Du bist natürlich ein Muster an Vollkommenheit, nehme ich an?"
„Es handelt sich nicht darum, ob ich ein Muster an Vollkommenheit bin. Es handelt sich um Leute, die sich Zigaretten anzünden, um sie in Aschbecher zu legen, wo sie qualmen und stinken und den Rauch ins Gesicht anderer Leute blasen. Wir reden von Leuten, die schlampige Manieren haben und keine Rücksicht auf andere nehmen."
„Ich bin also schlampig, ja? Und rücksichtslos?"
„Wenn du von Zigaretten redest, ja, dann bist du schlampig. Ganz verflucht schlampig." Alec verlieh seiner Stimme einen kalten, sachlichen Ton. „Und rücksichtslos."
Jetzt hob Barbara ihre Stimme in aufsteigender Wut.
„Und du bist ein unduldsamer, voreingenommener Halunke! Nichts ist richtig, außer so, wie du es siehst! Du hast einen Kopf voll kleiner Schlitze und Schubfächer, und alles, was nicht in diese engen, privaten Fächer paßt, wird zurückgewiesen!"
„O Gott!" Alec schüttelte den Kopf. „Ich hab' lediglich drei- bis vierhundertmal erwähnt, daß es kein schlechter Gedanke wäre, wenn du deine Zigaretten entweder rauchtest oder die verdammten Dinger ausmachtest, und jetzt bin ich unduldsam und hab' Schlitze im Kopf. Wenigstens sind die Schlitze in meinem *Kopf.* Wenigstens habe ich keine Eierstöcke, mit denen ich denke."
Barbara starrte ihn böse an.
„Da haben wir's wieder – des alten Doktor Barrs Lieblingsthese, daß die Frauen durch ihre Fortpflanzungsmaschinerie denken, während der edle Mann ein Hirndenker sei. Erzählen Sie mir doch noch mehr drüber, Professor."
„Ich möchte keinen Streit wegen einer Bagatelle wie eine Zigarette. Alles, worüber wir uns streiten, sind ohnehin Albernheiten. Wir scheinen uns nie um was zu streiten, was es wert ist. Wir geraten uns wegen Mrs. Roosevelt und Gangstern und Stierkämpfen und Leberfrikadellen und Paul Robeson und Charlie Chaplin und Frank Sinatra und Adlai Stevenson in die Haare. Jesus Christus, es wird schon langsam so, daß ich mich nicht mehr traue, den Mund aufzumachen, aus Angst, du kriegst einen Wutanfall."
„Ich einen Wutanfall? *Ich?* Du bist der Wutanfaller, mein Junge, nicht ich."
„Ich weiß." Alecs Stimme klang vollendet gelangweilt und aufreizend. „Jungs sind schlecht, Mädchen sind gut. Mädchen sind im Recht, Jungs im Unrecht. Aus solchem Stoff ist der Mondstrahl gemacht. *Scheiße!*"
„Und Scheiße retour, mein Freund. Du weißt, wie du mich verletzen kannst. Dir macht's Spaß, mich zu verletzen. Ich bin also ein Trottel. Ich glaube, daß es vielleicht ein oder zwei hübsche Dinge im Leben gibt und daß die Menschen ganz nett sein können. Du mit deinem li-

terarischen Zynismus, du mußt alles in Stücke reißen, unter allen Betten schnüffeln und alles in Frage stellen; jede einfache, ehrliche, anständige –" Barbara fing an zu weinen.

„Ja, Amelia. Natürlich, Amelia." Alecs Stimme klang grausam. „Ganz, wie du meinst, Amelia ... wein nur weiter, Amelia. *Olé*, Amelia!"

„Nenn mich nicht Amelia!" Barbara hörte auf zu weinen und schrie ihn an. „Wag's nicht, mich Amelia zu nennen!"

„Es besteht eine bemerkenswerte Ähnlichkeit, Verehrteste", gab Alec gedehnt zurück. „Nur, daß Amelia keine so erfahrene Komödiantin ist. Sie ist nicht so gewandt in der Kunst, sich selbst zu dramatisieren."

„Komödiantin? Bloß weil ich –"

„Genau. Bloß weil du – und ich kann den Satz beenden, wenn du's wünschst", unterbrach Alec. „Wenn du bereit bist, mir eine Minute zuzuhören, kann ich dir ein paar schöne, neue Beispiele der Kunst des Komödienspielens liefern. Neulich nachts hast du eine vollkommene Technicolorvorstellung gegeben. Und worüber? Bloß, weil ich die harmlose Bemerkung machte, daß Schwindler Schwindler blieben, ob sich's nun um Spieler oder Nachtklubbesitzer oder sonst eine Sorte Strolch mit Crewcut handelt. Dies, wie du dich erinnern willst, war beim Dinner, und du verließest den Tisch in einem Gießbach von Tränen und abgestandener Sarah Bernhardt. Dafür wurde ich ebenfalls als unduldsam, voreingenommen und arrogant abgestempelt."

„Und ich denke immer noch genauso über Spieler. Bei meiner zweiten Scheidung haben sie mich mächtig unter Druck gesetzt, und die einzigen, die nett zu mir waren, waren ein paar ‚Strolche', wie du sie nennst, die ich irgendwann mal im Show Business kennengelernt habe. Meine piekfeinen Freunde von Palm Springs und Acapulco kümmerten sich einen Dreck um mich, als dieser Schuft von einem Exmann von mir eine Menge lausiger, verlogener Beweise gegen mich ausheckte und mir mein kleines Mädchen wegnehmen ließ – es gegen mich einnahm, ihm diesen ganzen Schmutz einredete ..."

„Welcher *Ex*mann war denn das?" Alecs Stimme klang bewußt grausam. „Ich find's ein bißchen schwierig, ohne Karteikarten mit all deinen Früheren mitzukommen."

„Du weißt sehr genau, welcher *Ex* es war, du sarkastischer Schuft. Wir haben oft genug von ihm gesprochen. Josh. Josh Lewis. *Der* Josh Lewis."

„Ah ja. Der Regisseur. Augenblick mal: Zuerst hatten wir einen Regieassistenten, der uns nicht verstand. Dann hatten wir *die* Sorte Regisseur, der uns nicht verstand, und jetzt haben wir einen Schauspieler, gegenwärtig im Begriff, abserviert zu werden, der uns nicht verstand –"

„Und jetzt sind wir im Begriff, uns einem arroganten Hundesohn von Schriftsteller zu entfremden, der *mich* nicht versteht, mich nicht und keine andere Frau!" Barbaras Stimme schepperte wie Messing. Nur zu bald würde sie blechern klingen, und aus irgendeinem seltsamen Grund fragte sich Alec, wie weit er sie wohl noch reizen mußte, um sie vom kultivierten Brustton zu ordinärer, nasaler Texasschrille zu steigern.

„Auf jeden Fall haben wir aus meiner sachlichen Feststellung, daß mir an der Gesellschaft von Gaunern nichts liegt, selbst wenn sie das achtbarste Kasino in Las Vegas leiten, eine Streitfrage auf Bundesebene gemacht und damit unsern Abend versaut."

„Gauner oder nicht, sie haben ein Herz. Es sind einfache Menschen, freundliche Menschen, nicht wie . . ."

„Yeah, es sind gute, einfache, herzliche, freundliche Menschen. Zugegeben. Bei Schauspielern hat jeder Herz. Ich stimme mit dir überein, daß sie Herz haben, bis zu dem Augenblick allerdings, wo man ihnen ein bißchen Geld schuldet und sie einen bezahlten Rowdy schicken, der einem die Beine bricht oder die Kinder verstümmelt. Dann sind sie nicht mehr so herzlich, freundlich, einfach, reizend, keine simplen Naturkinder mehr. Sie sind Gauner. Manikürte Landstreicher. Polierte Läuse. Nach Maß angefertigte Verbrecher. Und es ist mir völlig Wurscht, wie viele Hotels sie besitzen oder wieviel sie einer Sängerin bezahlen, die ihre Gäste unterhalten soll. Es sind trotzdem Gauner."

Barbara stand auf und ging schnell im Zimmer auf und ab, die Hände ineinander verkrampfend und wieder lösend.

„Okay, Bette Davis", sagte Alec wieder gehässig. „Den Gang kenn' ich. Schneiden."

Barbara drehte sich wütend um, kniff die Augen zusammen und spuckte vor Wut.

„Bei Gott, ich weiß nicht, was ich in dir gesehen habe! Kleinliche, boshafte, falsche, arrogante Mittelklasse, ein gehässiger *kleiner* Mann!"

„Zugegeben." Alec brachte ein Gähnen zustande. „Ich bin unverbesserlich. Und ich geb' auch zu, daß ich mich leicht langweile, wenn ich's mit dauernder Entfaltung mühsam erworbenen Feuerwerks zu tun kriege. Es ist wirklich ein Jammer, daß man Schauspielern methodisch die Kunst des Theaterspielens beibringt. Es erzeugt eine Tendenz zur Selbstüberschätzung, einen fatalen Reiz, nicht abzutreten. Ganz gleich, um was es sich handelt. Als Beispiel für mein Argument darf ich kälbertestende *tientas* anführen . . ."

Barbara brach wieder in Tränen aus. Blind ging sie zum Hocker hinüber und schenkte sich einen Drink ein, Whisky verschüttend und die Hälfte in einem Schluck hinuntergießend.

„Na, das ist eine schöne Hilfe", meinte Alec gedehnt. „Im Zweifel gib den Iren immer einen kräftigen Schluck Schnaps . . ."

Barbara schüttete ihm den Rest ihres Glasinhalts ins Gesicht. Alec sprang auf, wischte sich das Gesicht ab und nahm ihr das Glas aus der Hand. Dann schlug er sie leicht, spöttisch-spielerisch auf die Hand.

„Ungezogen", sagte er. „Darfst guten Whisky nicht einfach so vergeuden. Wo er doch das dramatische Feuer anfacht. Das ist kein richtiger *flamenco.*"

„Wenigstens hab' ich's versucht. Wenigstens bin ich in die Arena gegangen und hab's versucht. Ich hab' mich nicht auf die Tribüne gesetzt, um Kognak zu trinken und dem Spaß anderer Leute eine kalte Dusche zu versetzen. Und ich war nicht verdammt unhöflich zu einem Gastgeber, der uns nur nett unterhalten wollte. Und dann dieses Geschwätz bei Tisch über Elefantenjagd zu Pferd, Löwenjagd zu Pferd – wenigstens versuch' ich nicht immer, andere Leute in den Augen der Umwelt zu Gartenzwergen zu machen."

„Ich versuche *nicht*, andere Leute in den Augen der Umwelt zu Gartenzwergen zu machen." Alec gab seiner Stimme einen überdrüssigen Klang. „Ich erhebe bloß Einspruch gegen eine Engrosdarstellung von Scheiße. Und ich verwahr' mich dagegen, von einem aalglatten Gigerl an der Nase rumgeführt zu werden, der sich in deine Hosen einschmuggeln will, indem er versucht, mich die meinen verlieren zu lassen."

„Vielleicht war er schon in meinen Hosen, wie du's so reizend ausdrückst! Vielleicht hat er dich deswegen eingeladen? Vielleicht war er eifersüchtig – oder einfach enttäuscht, daß ich mit Spießern rumlaufe, die sich nicht dem Leben des Landes anpassen wollen, keinen Spaß dran haben, zu tun, was andere Leute tun!"

„All das, weil ich keinen Sinn drin sehe, von einer Kuh verfolgt zu werden. Wenn ich schon zu Tode getrampelt werden soll, dann hoffentlich wenigstens von einem Elefanten statt von einer verfluchten Färse."

„Du und deine verdammten Elefanten! Du und deine Löwen und Tiger! Nun, ich bin kein weißer Jäger. Nach der Erfahrung neulich zweifle ich sogar, ob du das Zeugs wirklich selbst geschossen hast. Und ich bin kein Fachmann in irgendwelcher Hinsicht. Du und dein gönnerhaftes Geschwätz über Stierkampf am eigenen Tisch dieses Mannes – du und diese gehässige Bemerkung über seine Frau. Ich wünschte nur, ich *hätt'* ihn rangelassen –"

„Es ist noch nicht zu spät. Ein kurzer Anruf genügt. Und auf jeden Fall hab' ich nur gesagt –"

„Ja, ich weiß, was du gesagt hast, du verfluchter Fachmann. Du bist Autorität auf jedem Gebiet. Du und Hemingway. Die allwissenden Brüder. Die Jungs mit dem selbstangebauten Haar auf der literarischen Brust. Warum hast du dir nicht jemand anders zur Nachahmung ausgesucht? Warum gibst du dich damit zufrieden, bloß ein blasser Schatten des *echten* realistischen Schriftstellers zu sein?"

Alec Barr wurde aschfahl und ballte die Hände zu Fäusten. Er starrte an Barbaras Schulter vorbei, und seine Kiefermuskeln spannten sich. „Eigentlich sollte ich dir dafür eine runterhauen", sagte er. „Leider bin ich kein Anhänger der Noel-Coward-Methode ‚Frauen und die

Peitsche‘. Aber du kannst dich für deine unverschämte Bemerkung als geohrfeigt betrachten.“

„Nur keine Vergünstigungen, Autor. Wenn du schlagen willst, schlag zu. Es wäre nicht das erste Mal, daß ich von einem großen, tapferen Mann zusammengeboxt wurde, dem es nicht gelang, sich um die Wahrheit rumzudrücken. Los, schlag mich, wenn du dich dadurch besser fühlst. Es stimmt ganz mit der Tradition überein. ‚Wie man sich fühlt, wenn man eine Frau schlägt, von Alexander Barr‘ . . .“

„Weißt du – du bist tatsächlich so“, sagte Alec. „Ich hätte es nicht geglaubt, und ich kann's auch jetzt noch nicht glauben, aber du bist tatsächlich so.“

„Was bin ich tatsächlich?“ Barbaras Stimme klang rauh und krächzend wie die eines feindlichen Ausländers. „*Was* bin ich tatsächlich?“

„Wie die anderen. Es scheint nirgends eine Ausnahme zu geben.“ Überdruß stahl sich wieder in Alecs Stimme. „Es ist alles eierstockbedingt. Zuerst der gute Kamerad und das mädchenhafte Getue. Dann wird's Ernst. Dann der verwundete Liebesausdruck. Dann der gequälte Ausdruck der Buße für die Liebe. Dann die außerordentliche Reizbarkeit wegen der Liebe. Dann die Tränen. Schließlich die Streitereien. Dann der kalte Haß. Dann das geräuschvolle Ende. Alles auf den weiblichen Fortpflanzungsorganen beruhend. Ich geb's zu: Ich versteh' die Frauen nicht. Und ich hab' große Zweifel, ob die Frauen die Frauen verstehen.“

Für einen Augenblick schlich sich ein kurzes Funkeln der Beinahe-Belustigung in Barbaras Augen. „Was diese letzte Bemerkung betrifft, räume ich ein, daß du einiges Recht auf deiner Seite hast. Aber du mußt zugeben, daß du gerne streitest. Du liebst geradezu den Klang deiner eigenen kühlen, logischen Stimme, wie sie Argument um Argument anhäuft. Und du stichelst gern jemand, bis er zurückschlägt und dir das berauschende Gefühl männlicher Überlegenheit gibt. Nun, ich hab' eine Neuigkeit für dich, Freund. Ich würde lieber mit einem einfachen LKW-Fahrer ins Bett gehen, wenn er gütig wäre. Ich wäre lieber mit einem Dockarbeiter verheiratet, wenn er nur ein Jota Verständnis dafür aufbrächte, was eine Frau ist.“

„Daran zweifle ich nicht“, murmelte Alec. „Absolut nicht.“

„Und jetzt, gottverdammt noch mal, sage ich dir genau meine Meinung.“ Der flüchtige Versuch eines Waffenstillstands war aufgeflackert und erloschen, und Barbaras Stimme erreichte wieder die kreischende Höhe eines Fischweibs. „Das ist genau, was ich meine! Du unterhältst dich nicht, du streitest nicht wirklich, du bist nicht wirklich interessiert! Du liest bloß deine verfluchten Zeilen runter! *Ich* eine Komödiantin? Mann, ich kann dir als Komödiant nicht das Wasser reichen! Es hat noch nie einen Schauspieler gegeben, der's als Komödiant mit einem Schriftsteller hätte aufnehmen können!“

„Ich bin geneigt, dieses Argument zu bestreiten", sagte Alec trocken. „Soll ich dir einen Drink mixen?" Ohne die Antwort abzuwarten, goß er Scotch und Wasser in zwei Gläser.

„Es gibt keine Frau auf Erden, die keine vollendete Lügnerin und Betrügerin wäre; die der schmerzenden Wirklichkeit nicht geschickt auswiche, von dem Tag an, an dem sie zum erstenmal ihren Vater piesackt, ihr ein zweites Eis-am-Stiel zu kaufen, bis sie, pietätvoll weinend und in der schicksten Trauerkleidung, die sie sich leisten kann, am Sarg erscheint", sagte Alec Barr, als spräche er mit sich selbst. „Die ganze Laufbahn der Weiblichkeit ist bewußt auf Täuschung aufgebaut. Sie weigert sich, die Wahrheit anzuerkennen, wenn diese Wahrheit persönlich beleidigend ist, und ist immer fähig, Unannehmlichkeiten mit kreischenden, von lange aufgestauten Ressentiments angeheizten persönlichen Beschuldigungen und einem reinigenden Hochwasser von Tränen zu beenden."

„Aus welchem Buch ist das? Oder dichtest du schon auf Vorrat für einen künftigen langweiligen Tag im Dialoggeschäft?"

„Kein Buch. Kein Vorrat. Nur die häßliche Wahrheit. Von der Krippe bis zur ersten Niederkunft, von den Puppen bis zur Entjungferung, von der Windel bis zum Tod ist alles ein großer Akt, bestimmt, die Tatsache ungeschehen zu machen, daß Männer und Frauen verschieden geschaffen sind, daß der Wind den Rock hochbläst und Einsamkeit und Kälte erzeugt, daß die Frau ein widerwilliger Fruchtboden für die Lust des Mannes ist. Das Ressentiment kommt nicht so sehr daher, daß das Mensch ein Kind erwischt, sondern eher daher, daß sie bei einem Picknick nicht so leicht Pipi machen kann. Die Psychologen nennen es Penisneid. Ich nenne es das größte Beispiel von Schauspielerei, seit Eva den Adam mit diesem verfluchten Granatapfel, oder was immer es war, betrog."

Barbara lachte laut und falsch. Sie klatschte höhnend Beifall.

„Nur weiter so, Professor", sagte sie. „Du bist ganz schön in Fahrt. Du haßt uns also, was? Ich muß zugeben, daß du im Bett recht gut bist, aber nun komm, sei ehrlich und beichte. Du haßt uns wirklich und wahrhaftig, nicht wahr? Weil du uns nicht verstehen kannst, haßt du uns."

„Nein." Alecs Stimme klang gedehnt und sehr ernst. „Nein, ich hasse euch nicht. Mir mißfällt nur verschiedenes an den Frauen – am meisten die Täuschung, die ihr in eurem Privatkrieg gegen die Menschheit und die Welt praktiziert. Einiges davon belustigt mich. Einiges ärgert mich nur. Der Rest macht mich wütend, weil der Mann sich gegen die geschulte Hurerei nicht verteidigen kann, die auf dem Sandhaufen beginnt und andauert, bis Papa begraben ist und das Testament eröffnet wird."

„Eine hinreißende Erklärung", sagte Barbara spöttisch. „Ich dachte, alle kleinen Mädchen seien aus Zucker und Zimt gemacht und so weiter und so weiter."

„Das, zum Beispiel, ärgert mich am meisten. Und alle Jungs bestehen nicht ausschließlich aus Nägeln, Schnecken und Hundeschwänzen. Es ist die Anmaßung, die mich aufbringt – die selbstgefällige Anmaßung, die euch in den Unterleib eingehämmert ist – du bemerkst, daß ich weder Herz noch Hirn sagte –, in euren Unterleib, von der Zeit an, wo ihr laufen lernt, bis zu eurem ersten Fall in eines Mannes Bett. Es ist alles weiblicher Betrug, von der Mutter an die Tochter überliefert."

„Ich wundere mich, daß du so viel Zeit mit uns verbringst, wenn wir so gräßlich sind. Erzähl mir noch ein bißchen mehr von dieser Betrugsmasche, diesem Hurereijazz, Professor. Ich lerne gern. Bin ganz Ohr."

„Du bist ganz *Eierstock*", sagte Alec. „Es gibt kein Tier namens ‚zuhörende Frau'. Ihr hört mit dem Schoß. Ihr zieht eure Röcke gegen den schmeichelnden Wind herunter, schlingt aber eure nackten Beine um den Nacken des Mannes, der euch gefällt. Im Salon werden die Knie züchtig gekreuzt, aber am Strand sitzt ihr im Bikini mit gespreizten Beinen und eurer Vaginaspalte da, die zu schützen ihr euch verschworen habt, bis ihr sie für eingebildete Liebe oder hartes Geld verkaufen könnt."

„Donnerwetter, unser Junge ist heut abend aber wirklich bitter." Barbara verlieh ihrer Stimme einen künstlich leichten und spröden Ton. „Unser Junge schreibt uns eine wirklich schöne Rede. Du hörst dich an wie ein ziemlich schlechter Abklatsch von Philip Wylie. Spiel, Phil, und ich werd' mit meinem Schoß zuhören, wie du das so taktvoll ausdrückst."

„Okay, spotte nur", sagte Alec. „Aber ich glaube, tief unten, irgendwo in dieser komplizierten Spule lebenerzeugender Maschinerie, weißt du, daß ich recht habe. Ihr werdet beim Anblick einer Maus ohnmächtig, aber einen Elefanten bringt ihr mit bloßen Händen um, wenn er eure weibliche Sicherheit bedroht. Ihr praktiziert so lange zimperliche Schüchternheit, bis ihr irgendeinen armen Teufel durch vorenthaltenen Sex total verwirrt, während ihr euch fragt, wann der blöde Kerl sich endlich ein Herz nimmt und euch unter den Rock greift. Ihr täuscht Jungfräulichkeit vor, obgleich die halbe Stadt euch schon bestiegen hat, und ihr wackelt mit falscher Begeisterung, die nur durch den mechanischen Schwindel eines nichtempfundenen Orgasmus übertroffen wird, um den armen Dussel in sein großartiges männliches Überlegenheitsgefühl zu wiegen. Und wenn alles andere schiefgeht – die schlauen, kleinen, schmutzigen Tricks, die ihn glauben machen sollen, daß *er's euch* erst beigebracht hat, der Schlingel –, wenn alles andere schiefgeht, gibt's immer noch Wutanfälle und Tränenergüsse. Kein Mann ist kräftig genug, Wutanfällen, Tränen, vorgetäuschten Ohnmachten, tränenüberströmten Zusammenbrüchen zu widerstehen. Alles falsch. Alles Täuschung. Alles angeboren. Keine Frau braucht in die Schule zu gehen, um schauspielern zu lernen. Sie ist eine vollendete Schauspielerin seit dem ersten Tag, an dem sie an der Brust ihrer Mutter nuckelte und nach mehr Milch schrie."

Barbara gähnte jetzt, ausgiebig, klatschte sich mit der Hand auf den Mund. „Ich bin nur überrascht, daß du dir um uns so viel Gedanken machst, wenn du uns so verachtest. Es muß doch einen Ersatz für die armselige kleine Hilfe und den Trost geben, die ihr von uns empfangt."

Alec grinste verschlagen, schüchtern, einfältig.

„Leider gibt's den nicht. Ihr habt eine Ecke auf einem gewissen Markt und, wenn ihr euch die Mühe nehmt, eure Tricks zu unterlassen und das Dramatisieren zu vergessen, eine gewisse Süße, die unersetzlich ist. Wenn ihr ehrlich seid, seid ihr wunderbar. Wenn ihr euch mit euren verlogenen Attitüden aufspielt, seid ihr ekelhaft."

„Ihr würdet uns gar nicht ehrlich haben wollen", erwiderte Barbara böse. „Ihr würdet uns hassen, wenn wir wirklich ehrlich wären. Auf eine gewisse Weise – eine bittere Weise – muß ich dir zustimmen. Es hat noch nie einen Mann auf der Welt gegeben, der die ehrliche Meinung einer Frau über sich ertragen konnte. Ihr seid alle verwöhnte Bälger, und ihr macht nicht mit, wenn wir euch nicht dauernd versichern, wie wunderbar ihr seid –", sie klapperte schnell mit den Wimpern, „– ihr großen, starken, alten, herrlichen, gutaussehenden, wundervollen Männer ihr. Ich schwör', Honey, ich weiß nich', wie ihr's alle macht, ich schwör', ich weiß nich'. Mist. Alles Mist. Ihr würdet's nicht gern hören, wenn wir euch genau sagen würden, was wir von eurem In-die-Brust-Schmeißen und Zur-Schau-Stellen und euren armseligen Anstrengungen halten, die kleine Frau davon zu überzeugen, daß sie im Bett glücklich ist. *Glücklich?*" Sie lachte gellend. „Kein Wunder, daß wir so tun müssen, als ob's uns gefiele. Kein Wunder, daß wir unsere Orgasmen vortäuschen müssen. *Glücklich?* Daß ich nicht lache!"

Alec verzog den Mund. Er nickte.

„Richtig. Das hab' ich erwartet. Es ist die logische Folge unserer früheren Unterhaltung – das ‚Ich fühl' dich gern in mir' und die verdrehten Augen und das leise Stöhnen und die feuchten, zerknitterten Laken der Liebe. Richtig. Es ist alles Täuschung, und du paßt dich dem Geschäft nur an."

„Oh, ich meinte nicht *dich*. Ich meinte natürlich die anderen Burschen." Barbara rollte die Augen. „Niemals *dich*. Es sind nur die anderen Burschen – all die alten Exmänner und alten Boy friends und Ersatzburschen für eine Nacht in Chikago." Die letzten Worte hieb sie ihm wie eine Peitsche um die Ohren. „Das sind die lausigen, herumfummelnden, unfähigen Karnickel. Nicht du, mein Lieber." Sie schüttelte den Kopf heftig von einer Seite zur anderen, daß ihr das Haar ins Gesicht fiel. „Niemals, niemals *du*."

Alec zündete sich wieder eine Zigarette an und stellte fest, daß seine Hände ruhig waren.

Plötzlich schrie Barbara auf: „Du dreckiger Bastard!“ Sie warf Alec das Glas ins Gesicht, aber er duckte sich, und das Glas zersplitterte an der Wand. „Du dreckiger Hund! Ich komm’ mir schmutzig vor, nur, weil ich dich kennengelernt habe! Ich möcht’ dich nie mehr wiedersehen!“

Sie sprang auf, stürmte in die Diele und schlug die Tür zu. Alec rieb sich gedankenvoll das Kinn und begann methodisch, die Glasscherben aufzulesen. Er konnte das sich entfernende, lange sich entfernende scharfe Geklapper ihrer Absätze hören.

„Ich schätze, das ist das Ende“, sagte er laut und ging, sich einen Drink zu mixen. „Ich schätze, das ist das Ende vom alten Alexander Barr, dem unwahrscheinlichen Liebhaber.“ Er hob das Glas, sich bitter zuprostend. „Heil, schwacher Geist! Liebhaber, der du nie warst – jedenfalls nicht sehr lange. Es ist im großen ganzen zu anstrengend.“

Er ließ sich in einen Sessel fallen und atmete tief aus. Plötzlich fühlte er sich wieder frei, so frei wie an dem Tag, als er in unvernünftiger Wut Amelia verlassen hatte. Eine Last war von ihm genommen. Er brauchte nicht mehr Hausvater zu spielen. Er brauchte keinen neuen Hunden alte Tricks beizubringen. Er konnte sich wieder an die Arbeit machen und aufhören, so zu tun, als wäre er ein Student im zweiten Semester – was hatte Marc Mantell gesagt? –, ein Student im zweiten Semester, der seinem ersten Unterrock nachschnüffelt – oder so ähnlich.

Plötzlich war er hungrig. Zimmerservice? Nein. Er wollte aus diesem Zimmer raus. Er sah auf seine Uhr. Für Sevilla noch zu früh – erst etwas nach eins. Er blickte zum Fenster hinaus und stellte mit Befriedigung fest, daß die Nacht klar und frisch war und ein Halbmond hoch am Himmel stand.

„Du unmöglicher Halunke, Barr“, sagte er wieder laut und ging zum Schreibtisch, wo sein Notizbuch lag. Er setzte sich und kritzelte schnell zwei Seiten mit Notizen voll.

„Man kann nie wissen, wann man die Szene braucht“, sagte er zu sich. „Das ist die Schwierigkeit bei dem meisten Boy-Girl-Zeug. Die Streitereien werden nie richtig geschildert. Niemand kriegt sie ganz richtig hin – das Hin und Her und Vor und Zurück, das schließlich mit Glasschmeißen und bitteren Tränen endet, das sorgfältige, fast fröhliche gegenseitige Anstacheln.“

Er legte den Notizblock beiseite und ließ die Hand kurz auf der Reiseschreibmaschine ruhen. Morgen, dachte er, mach’ ich mich wieder an die Arbeit. Ich fahre heim, wo ich hingehöre – nach Amerika rüber, nach Jersey raus, in mein Haus zurück –, und ich mach’ mich wieder an die Arbeit. Ich bin frei, und ich fühle mich großartig.

57 Jill

Er fuhr im Aufzug runter und wies ein Taxi ab. Er würde zur Third Avenue hinüber zu Fuß gehen; er hatte heute abend Lust zu laufen. Er atmete tief ein, schob die Hände in die Taschen und ging mit langen Schritten in die dunkle Stadt, seine Absätze klapperten Stakkato aufs Trottoir. Seine Arbeit hatte ihm gefehlt, seine ganze, gesamte Arbeit – nicht bloß die verdammte Nebenbeschäftigung zwischen dem Bereitschaftsdienst als Zuchthengst und dem Warten auf Telefonanrufe, um wie ein liebeskrankes Kalb nach Spanien abzufliegen. Das ist für kleine Jungs, dachte er. Nicht für Männer. Besonders nicht für Schriftsteller. Und jetzt bin ich wieder ein Mann. Morgen ruf' ich Dinah Lawrence an, vielleicht kann sie übers Wochenende ins Haus rauskommen. Das ist eine feine Frau, Di – eine tröstliche, unkomplizierte Frau. Bei Di braucht man nicht jeden Augenblick zum Appell anzutreten, und sie denkt nicht immer mit den Drüsen.

Er war ein bißchen traurig, während er die Straße entlangging, daß seine kurze Glücksflut mit Barbara so abrupt, so häßlich geendet hatte – so gemein, das war das richtige Wort. Gemein, mit fliegenden Whiskygläsern, schrillem Geschrei, Beschuldigungen, Schimpfworten und der bewußten Absicht auf beiden Seiten, den anderen zu verletzen. Aber das war etwas, was er bei den Frauen kannte; wenn sie kämpften, dann mit dem Ziel, den anderen zu verwunden. Manche sprangen einem an die Gurgel, aber die meisten traten unweigerlich nach den Hoden.

„Wir sind beide – Männer wie Frauen – ein bißchen schwach auf diesem Gebiet", murmelte er, als er nach links in die Third Avenue einbog, den tröstlichen Reklamelichtern von Paddy Clarkes Lokal zu. „Ich glaube, ich könnt's als Erfahrung werten. Bei meiner kümmerlichen Kompetenz in konzentrierter, lebensnaher Romantik ist es bestimmt eine Erfahrung. Ich glaube, Amelia hatte recht. Ich glaube, Barbara hatte recht."

Alec Barr zuckte zusammen. Nachdem Barbara Bayne die Tür im *Alfonso Trece* zugeschlagen hatte, hatte sie ihm noch ein paar endgültige, verletzende Worte an den Kopf geworfen.

„Du Dummkopf, du Dummkopf", hatte sie gesagt, die Tür noch einmal aufreißend. „Du weißt ja gar nicht, was du wegwirfst!" Ihre Augen glänzten vor Tränen, und die Wimperntusche lief ihr in kleinen Rinnsalen die Wangen herunter. „Keine Frau in der Welt ist so groß, daß sie sich zwischen dich und diese gottverfluchte Schreibmaschine stellen könnte!" Danach hatte sie die Tür nicht wieder zugeschlagen, so daß er das zornige Klappern ihrer Absätze den Gang hinunter hatte hören können.

Er ging durch die Schwingtür von Clarkes Lokal, in den Rauchdunst hinein, und war glücklich, Ben Lea, beide Ellbogen fest auf die Theke gestemmt, in seinen Drink stieren zu sehen. Ben war allein. Sein hellrotes Haar bedeckte stachelig seinen Kopf, und als er sich bei Alecs Gruß umwandte, sah Alec, daß er schon ganz schön einen sitzen hatte.

„Well, well", sagte Ben Lea. „Da ist ja unser alter Allerweltsliebhaber, ganz allein und wieder frei und ledig in dieser verruchten Stadt. Was ist passiert? Hat die neue Mama dir einen Abend freigegeben?"

„Halt's Maul und spendier mir einen Drink", sagte Alec. „Außerdem hab' ich Hunger. Essen wir einen Hamburger. Ich war in Spanien. Das Idyll da drüben ging wegen einer *tienta* in die Binsen, so unwahrscheinlich es klingt."

„Iß nie, niemals, während du trinkst", sagte Ben Lea. „Tommy, noch zwei große Whiskys. Essen, während man trinkt, ist eine schändliche Vergeudung von Schnaps."

Er fixierte den Freund mit seinen blauen Triefaugen. „He, Kumpel, du hast dich aber seit dem letzten Mal verändert. Siehst nicht mehr ganz so verrückt aus. Was ist nun wirklich passiert? Siehst aus, als ob sie dich eben aus der Schule entlassen hätten. Ich wußte nicht mal, daß du in Spanien warst. Erzähl mal alles."

Alec nahm sein Glas und ging zu einem Tisch hinüber. Ben Lea folgte ihm, und sie setzten sich beide.

„Cheeseburger", bestellte Alec beim Ober, „und eine Tasse Kaffee." Er wandte sich wieder an Ben Lea. „Ich bin tatsächlich, wenn man's so ausdrücken will, aus der Schule entlassen worden. Wir haben sozusagen Schluß gemacht. Ich schätze, du hattest recht damals im Marguery, Ben. Ich bin nicht zum Liebhaber geschaffen. Und sie wurde von einem Kalb verfolgt, während ich den Überlegenen spielte und außerdem noch zu ihrem Gastgeber unhöflich war."

„Wie ich schon sagte. Du bist ein Schriftsteller. Schreiben nimmt den ganzen Mann in Anspruch. Geh also und schreib, und überlaß die Liebe den alten Profis – wie mir, zum Beispiel." Ben Lea nickte trunken, traurig, spöttisch-weise.

„Hab' ich auch vor", sagte Alec, das Glas hebend. „Und zwar sofort. Ich zieh' ins Jersey-Haus, um mich mit ganzer Kraft auf mein neues Buch zu stürzen."

Ben Lea kniff die Augen zu blauen Schlitzen zusammen. Seine Augen waren jetzt nicht mehr so triefig. Er nickte.

„Siehst trotzdem besser aus", sagte er einen Augenblick darauf. „Nett und gelockert. Ich glaube, diese Barbara war gut für dich. Hat dich ein bißchen aufgeknöpft. Du warst zu lange zu gespannt und gehemmt. Hast sie wohl sehr gern gehabt?"

Alec blies einen Rauchkringel in die Luft und durchstieß ihn mit dem Finger.

„Wahrscheinlich ja. *Ja.* War was Neues für mich, wie ich dir damals sagte. Ich hatte noch keine Erfahrung in großen Emotionen gehabt. Die war dann allerdings zu groß für mich. Sagte *sie.*" Er zuckte die Schultern. „Ich bin geneigt, ihr zuzustimmen, wenn's auch weh tut. Ja, ich hatte sie sehr gern. Aber nicht genug, um den ganzen Tag zu streiten und es die ganze Nacht durch wiedergutzumachen und mich völlig aus dem einzigen Gebiet, auf dem ich sicher bin, verdrängen zu lassen. Ich bin im Grunde ein schwerfälliger Hund, Benjamin. Zu alt für neue Tricks. Ich kann nicht dauernd nach Spanien oder Griechenland oder Hollywood oder Greenwich Village ausbüxen."

„Nun, es ist nett, daß du's weißt. Es geht nichts über eigene Erfahrungen. Du – hallo, Liebling! Komm und trink einen mit uns, und bilde dich!" Er winkte einem Mädchen zu, das soeben durch die Tür getreten war, hinter ihm ein ganzer Haufen Leute. Alec wandte sich in die Richtung, in die sein Freund gewinkt hatte. Die Frau war groß, mit ungewöhnlich breiten, nackten Schultern über einer Nerzstola. Sie hatte helles, fast karottenfarbenes Haar, von Lachfältchen eingerahmte Augen, die aus der Entfernung grün zu sein schienen, und einen breiten, spaßigen Mund, der sich in den Winkeln nach oben kräuselte wie der überschminkte Mund eines Clowns, als sie lächelte und Ben Lea zuwinkte. Ihre Zähne glänzten beim Lächeln.

„Kann nicht – gehör' zu 'ner Bande", rief sie über den Lärm ihrer Begleiter hinweg. „Rufst du mich morgen an und lädst mich zum Lunch ein?"

„Wenn ich noch lebe", rief Ben Lea zurück.

„Morgen", sagte sie und wurde in den anderen Raum abgedrängt.

„Wer ist das?" fragte Alec. „Ein Pfundsweib."

„Die ist nicht für dich. Für niemand augenblicklich. Englische Dame. Lebt in London. Sie flog während des Kriegs im Air Transport Command. Sehr elegantes Luder. Der letzte Mann ist vor kurzem gestorben. Irgendein georgischer Prinz. Sie ist rübergekommen, um ihre Vermögensverhältnisse zu ordnen. Ich schätze, er hat ihr einen ganz schönen Batzen hinterlassen. War irgendwie im Export-Import-Geschäft. Ein alter Chinaexporteur. Tanger-Typ. Du kennst die Sorte. Sie hatte ihn noch kurz vor seinem Tod verlassen, aber ich schätze, er vergaß, sein Testament zu ändern."

„Wie heißt sie?"

„Jill. Sie benutzt jetzt ihren Mädchennamen – Richard. Der Mann hatte einen dieser langen russischen Namen aus der alten zaristischen Aristokratie, Aghmashvani oder so ähnlich. Sehr noble Familie. Er war ein ziemlich charmanter Gauner und gut in seinem Beruf. Ich glaube, er hat sie sehr geliebt."

„Kann ich verstehen. So viel Stil und Eleganz hab' ich in Jahren nicht bei einer Frau gesehen. Was sonst noch über sie?"

Ben Lea nahm einen großen Schluck und sah unter seinen struppigen hellroten Augenbrauen zu Alec auf. Er runzelte die Stirn.

„Was soll das alles? Ich dachte, du hättest die Nase voll, du hättest dich gerade von einer tragischen Liebe gelöst."

„Nichts. Mir schien sie nur verdammt attraktiv. Ein sehr glückliches Gesicht. Ich mag die aufgebogenen Mundwinkel. Sie sieht wie Emmett Kelly aus."

„Ich bezweifle, ob's ihr sehr gefallen würde, mit einem Clown verglichen zu werden, selbst wenn's ein Kompliment sein soll. Sie hatte ein Höllenleben. Als junges Ding mit einem britischen Schauspieler verheiratet, der voller Komplexe war. Zwang sie, ihm Kricketspielergebnisse aufzusagen, während sie im Bett lagen und sich umarmten, oder sonst ähnlich Ungewöhnliches. Durch einen Unfall im Krieg verlor er alle Haare. Dann verliebte sie sich in einen RAF-Burschen – das, nachdem sie sich von dem haarlosen Kricketfan hatte scheiden lassen – und sah zu, wie ihre heiße, wahre Liebe brennend über London abgeschossen wurde. Lernte später den edlen Georgier – er flog in einer dieser polnischen Staffeln – in der Messe auf irgendeinem Flughafen kennen und heiratete ihn schließlich. Niemand war mehr überrascht als sie, als er sich nach dem Krieg tatsächlich bewährte und Geld verdiente. Sie zogen in der ganzen Welt herum. Ich hab' sie vor drei oder vier Jahren in Hongkong kennengelernt. Sehr elegantes Weib."

„Auf jeden Fall hat sie phantastische Beine", meinte Alec. „Wohin führst du sie morgen zum Lunch?"

„Weiß noch nicht. Einundzwanzig, denk' ich. Vielleicht auch Laurent. Warum?"

„Vielleicht komm' ich mit, wenn du mich freundlich bittest. Jetzt werd' ich mich auf den Heimweg machen und mich in die Falle hauen. Morgen – wahrscheinlich nach dem Lunch – *muß* ich mich wieder der alten Underwood widmen. Ich hab' verdammt beinah vergessen, wie man auf ihr spielt." Alec warf eine Fünfdollarnote auf den Tisch. „Zahl für mein Sandwich, ja? Morgen darfst du mich zum Lunch einladen. Gute Nacht, Kamerad."

Munter schritt er durch die Tür, nicht ohne noch über die Schulter zu dem Tisch zurückzublicken, an dem Jill Richard lachend saß, von einer Gruppe außerordentlich gutaussehender Männer und Frauen umgeben.

Ben Lea starrte Alec Barr nach und sah dann zur Decke auf.

„Mir scheint, der Junge ist läufig", sagte er zu niemand im besonderen und gab dem Ober ein Zeichen, ihm noch einen Drink zu bringen.

Als sie eintrat, saß Alec allein an der Bar – Ben Lea hatte sich nicht verspätet, Alec war nur früher gekommen –, und er bemerkte wieder die Breite und Eleganz ihrer Schultern, die hohen, doch nicht fülligen Brüste und eine so schmale Taille, daß die Hüften fast einen rechten Winkel zur Gürtellinie bildeten. Sie erkannte Alec, als sie ihn sah, und lächelte. Alec hoffte in diesem Augenblick, sein Freund Ben Lea bräche sich auf dem Weg zum Lunch ein Bein.

Alec stand auf und ging hinüber, um sie zu begrüßen, als sie sich kühl und fragend in dem dunkelgetäfelten, mit rotem Plüsch ausstaffierten Raum umsah.

„Ich bin Alec Barr", sagte er. „Ich war gestern abend mit Ben bei Clarke. Er war so freundlich, mich dazuzuladen – natürlich erst, nachdem ich ihn einigen auserlesenen chinesischen Foltertricks ausgesetzt hatte." Er hoffte, es klänge nicht zu unverschämt, und offensichtlich war's auch nicht der Fall. Sie lächelte wieder.

„In diesem Fall laden Sie mich vielleicht zu einem Martini ein, während wir auf den guten Mann warten", sagte sie und ließ sich von Alec an Bens Tisch führen.

Nun saßen sie in einer gemütlichen Ecke des Laurent, gut abgeschirmt gegen die cocktailschlürfenden Geschäftsleute.

„Nett, daß Sie sich uns anschließen konnten", meinte Jill Richard. „Ich habe Sie gestern abend sofort nach den Fotos Ihrer Bücherbesprechungen erkannt. Ich glaube, ich habe alle Ihre Bücher gelesen, meist in der englischen Ausgabe. Wird da viel geändert?"

„Nicht viel. ‚Jail' wird im Englischen ‚Goal'. ‚Curb' ist ‚kerb'. ‚Gefütterte Sportjacke' ist ‚Anorak'. So ähnlich. Und dann und wann eine kleine Streichung, um Ihren ziemlich archaischen Postverordnungen entgegenzukommen. Nichts von Wichtigkeit. Haben Sie was Besonderes vor hier in Amerika?"

„Ich muß ein paar unerledigte Dinge aus dem Nachlaß meines verstorbenen Mannes in Ordnung bringen. Er hatte viele Geschäftsbeziehungen mit Amerika. Wir hatten ein Haus hier. Ein paar Möbel und sonstige Einrichtungsgegenstände möchte ich nach England zurückschikken. Und dann bin ich ins Theater gegangen und habe natürlich viel zuviel getrunken."

Sie lächelte und blendete Alec mit ihren phantastischen Zähnen. Das helle Rotgold ihres Haars glänzte wie ein antiker Helm, und die smaragdenen Augen hoben sich wunderbar gegen den weißen Teint ab. Alec bemerkte ein paar verstreute Sommersprossen auf der Beinahe-Stupsnase. Wenn sie lächelte, bogen sich ihre Mundwinkel tatsächlich wie bei einer Clownsmaske nach oben. Sie trug ein streng geschnittenes, fast männliches moosgrünes Kostüm mit einem weißen Spitzenjabot. Alec kam sich in ihrer Gegenwart wie ein Schuljunge vor. Er wünschte, etwas Brillantes sagen zu können, etwas sehr Witziges, ein Bonmot, das ihre Augen verengen und ihre Mundwinkel nach oben biegen würde. Aber nichts dergleichen. Statt dessen kam die banale Frage:

„Kennen Sie Ben schon lange?" Die Antwort kannte er ja.

„Seit etwa drei Jahren. Er hatte geschäftlich mit meinem verstorbenen Mann in Hongkong zu tun. Wir haben die kleine Stadt ein bißchen aufgemöbelt. Ich mag Ben. Er ist wirklich vergnüglich. Sehr alter Freund von Ihnen, nehme ich an?"

„Ewig. Mindestens, seit ich vor dem Krieg nach New York kam. Einer der ersten – und ich muß sagen, nützlichsten – Männer, die ich damals kennenlernte. Kannte einen Haufen wichtiger Leute, von sämtlichen Chefkellnern der Stadt abgesehen. Ich war damals ziemlich schüchtern und linkisch, der typische Junge vom Lande, und Ben machte einen Großstädter aus mir."

Das klang schon besser. Er gab dem Ober ein Zeichen und bestellte noch zwei Martinis.

„Ich kann Sie mir gar nicht schüchtern, linkisch und frisch vom Lande vorstellen, nach Ihren Büchern zu schließen." Ihr Lächeln war jetzt leiser, aber immer noch blendend. „Mir kamen Sie wie ein recht selbstbewußter, von sich eingenommener und ziemlich zynischer junger Mann vor."

Alec winkte erhaben ab – und stieß prompt die eben ankommenden Drinks vom Tablett des Obers. Er entschuldigte sich beim Ober und wandte sich wieder an Jill Richard.

„Sehen Sie, was ich meine? Ich bin immer noch linkisch und frisch vom Lande und sogar noch schüchterner als damals."

„Der Erfolg hat Sie also nicht verdorben. Nett, das zu wissen."

„Völlig unverdorben." Alec wollte sehen, ob er sie zum Lachen bringen konnte. „Wie Ben sagt: ‚Der Erfolg hat Alec Barr nicht verdorben. Er ist immer noch derselbe stupide Hundesohn, der er war, als ich ihn adoptierte.'"

Da lachte sie, zwar nicht laut, aber warm und herzlich. Es war ein ganz anderes Lachen als das Barbara Baynes. Barbara pflegte den Kopf zurückzuwerfen und laut herauszuwiehern, wenn sie etwas belustigte. Privat war es ganz amüsant, aber in einem Raum voller Fremder doch recht beunruhigend. Alec kam zu der Überzeugung, daß er es lange mit Jill Richards Lachen aushalten könnte.

Der Ober brachte einen Telefonapparat an den Tisch.

„Für Sie, Miß Richard", sagte er. „Mr. Ben Lea."

„Entschuldigen Sie mich", sagte sie zu Alec und griff nach dem Hörer.

„Oh, tut mir schrecklich leid", sagte sie. „*Natürlich* habe ich etwas dagegen, versetzt zu werden, besonders, weil du es bist. Aber du hättest mir keinen netteren Ersatz bieten können. *Klar* amüsiere ich mich." Sie kniff die Augen über dem Apparat für Alec zusammen. „Nein, ich fürchte, es wird nicht gehen. Ich fliege heute abend nach England. Natürlich bin ich wütend auf dich, aber ich will dir verzeihen, wenn du bei deinem nächsten London-Aufenthalt bei mir wohnst statt im Savoy. Ja, werde ich ihm bestimmt sagen. Gute Reise, Liebling. Lebwohl."

Sie hängte auf, und Alec bat den Ober, den Apparat wieder wegzunehmen. Er sah Jill Richard an und hob fragend die Augenbraue.

„Das, wie Sie sich denken können, war Ihr und mein Freund, Mr. Benjamin Lea", sagte sie. „Sieht so aus, als säße ich auf dem trockenen, und Sie haben mich zum Lunch auf dem Hals. Hoffentlich haben Sie nicht allzuviel dagegen."

„Dagegen? Bevor Sie reinkamen, hoffte ich, er bräche sich ein Bein. Aber ich hoffe auch, ich bin nicht allzu weitblickend gewesen. Was ist los mit Ben?"

„Wurde irgendwie in eine Krise in Los Angeles verwickelt, als er eben sein Büro verlassen wollte. Sagte, er hätte kaum Zeit gehabt, sich in aller Eile noch eine Flugkarte zu besorgen, und daß es sich um eine Krise handle – was auch immer für eine Krise –, die nur er erledigen könne, und zwar nicht telefonisch. Nähere Angaben machte er nicht."

„Muß von beachtlicher Wichtigkeit gewesen sein. Meinen Segen hat er. Aber was heißt das, Sie wollen nach England fahren? Ich hatte schon vor, Sie voll und ganz mit Beschlag zu belegen."

Jill Richard nippte an ihrem Drink, steckte eine Zigarette in ihren Halter und wartete auf das Aufflammen von Alecs Feuerzeug, bevor sie antwortete.

„Ich fühle mich natürlich höchst geschmeichelt, aber Ben ist nicht der einzige, der sich persönlich um eine Krise kümmern muß. Ich *muß* morgen in London sein. Ich habe die Reise ohnehin schon zu lange aufgeschoben."

Alec tränkte seine Stimme mit komischem Entsetzen.

„Sie werden doch nicht etwa *heiraten*? Könnt' ich nicht ertragen."

Jill blies ihren Zigarettenrauch aus und lachte.

„Nichts so Aufregendes, fürchte ich. Ich versuche nur, die restlichen Geschäfte meines Mannes abzuwickeln – Export-Import liegt immer im argen, wenn man sich nicht persönlich darum kümmert –, und da sind verschiedene vertragliche Knoten, die entwirrt werden müssen. Da sind vielbeschäftigte Leute aus fernen Orten wie Hongkong und Tokio gegenwärtig in London, und die Rechtsanwälte sitzen herum und kauen an ihren Nägeln."

Alec stieß einen übertriebenen Erleichterungsseufzer aus und nahm einen großen Schluck aus seinem Glas.

„Ich glaube, wir können noch einen vertragen, während wir uns die Karte ansehen", sagte er, dem Ober zuwinkend. „Dasgleiche noch mal und die Karte bitte." Dann zu Jill Richard: „Ich hatte schon eine Mordsangst, Sie würden in die Arme eines gutaussehenden jungen Burschen eilen, der Sie zusammen mit einem Priester sehnlichst auf dem Flughafen erwartet."

Sie schüttelte den Kopf.

„Ich kann mir vorstellen, daß Ben Ihnen einiges von meinen emotionellen und ehelichen Komplikationen erzählt hat. Ich werde langsam eine alte Dame und glaube, daß ich das Risiko einer neuen Ehe vermeiden und mich auf einen ruhigen Witwenstand einstellen sollte." Dann kicherte sie, zum erstenmal, ein Kleinmädchenkichern. „Und außerdem hat niemand um mich *angehalten*. Die Einladungen, die knusprige Witwen und chronisch geschiedene Frauen heutzutage bekommen, sind nur Vorschläge, sofort ins Bett zu hopsen."

„Ich wünschte, Sie hätten noch Zeit genug, Ihrer Sammlung meinen Skalp hinzuzufügen", erwiderte Alec. „Aber mir scheint, Sie sind für eine ordnungsgemäß ablaufende Romanze ein bißchen in Zeitnot."

Wieder lächelte Jill Richard.

„Es ist wirklich schade, aber ich bin ein bißchen alt für das, was ihr Amerikaner ein schnelles Mädchen nennt. In meinen rapide schrumpfenden Dreißigern bin ich eher ein Typ für Liegestühle und lange Seereisen. Außerdem möchte ich gern Näheres über die Leute wissen, denen ich möglicherweise meine Gunst schenke. Etwas mehr als ein Lunch, sagen wir mal, nach dem noch gepackt und ein Flugzeug erwischt werden muß."

„Widerwillig muß ich Ihnen zustimmen", sagte Alec, die Speisekarte vom Ober entgegennehmend. „Obgleich ich mich auf die Gefahr hin, als übergierig angesehen zu werden, fragte, ob ich Sie nicht zum Dinner ausführen und dann zum Flughafen bringen dürfte..."

Ihre Stimme schien ihm ehrlich zu klingen, mit einem Unterton echten Bedauerns.

„Ich fürchte, das ist ganz unmöglich", sagte sie. „Sehr alte Freunde von mir – die Leute, mit denen Sie mich gestern abend sahen – haben zu einer Cocktailparty geladen und bringen mich dann *en masse* nach Idlewild. Aber –", Alec hätte schwören können, daß ihre Stimme heiterer wurde, „– die Sache ist ganz zwanglos, es kommt ein Haufen Leute, und ich bin sicher, daß Tess und Bill es begrüßen würden, wenn Sie auf einen Drink hereinschauten. Sie kennen Sie natürlich alle und würden sich bestimmt geschmeichelt fühlen, wenn Sie kämen."

„Es wäre wunderbar, obgleich ich im allgemeinen kein großer Partyheld bin", sagte Alec. „Aber ich würde glatt mit einem Shermantank anrollen, wenn ich dadurch die Chance bekäme, Sie noch einmal zu sehen. Ist das sehr unverschämt von mir?"

„Würde ich eigentlich nicht sagen." Jill Richard sah ihn offen an. „Nein, würde ich nicht sagen. Wie gesagt, ich mochte Ihre Bücher, und jetzt, scheint mir, mag ich auch den Mann, der sie schrieb."

Alec verneigte sich.

„Ich bin ziemlich ungewandt Komplimenten gegenüber und in dieser Stadt auch wenig verwöhnt in puncto Aufrichtigkeit. Auf Grund der drei Martinis, die ich intus habe, darf ich sagen, daß ich beabsichtige, Sie mit Ihrer Erlaubnis in Zukunft sehr viel öfter zu sehen, als es die geräucherte Forelle, die wir jetzt bestellen, und ein Abschiedsdrink am Büfett Ihrer Freunde rechtfertigen. Darf ich?"

„Sie dürfen. Kommen Sie oft nach London?"

„Früher nicht. Aber ich glaube, daß ich in allernächster Zukunft sehr wichtige Geschäfte mit meinem britischen Verleger erledigen muß, die nur persönlich erledigt werden können – Dinge, die man nicht übers transatlantische Telefon besprechen kann." Er grinste.

„Es gefällt mir, wenn Sie lächeln", meinte Jill Richard. „Sie lächeln nicht sehr oft. Es verändert Ihr Gesicht vollkommen. Was mich betrifft, fletsche ich immer die Zähne. Bei einem so breiten Mund wie meinem kann man bloß wie eine Cheshirekatze grinsen. Wenn man ihn geschlossen hält, macht man nur auf seine Größe aufmerksam."

„Ich finde, wir geben ein sehr erfreuliches, um nicht zu sagen gutaussehendes und distinguiertes Pärchen ab. Nun, was halten Sie von dieser Forelle? Wie man mir sagt, fängt Eisenhower sie persönlich."

59

Alec half Jill Richard in ein Taxi und beschloß, zu Fuß in sein Hotel zurückzugehen. Er wollte überlegen, und er konnte besser im Gehen denken.

Es war absolut unreif von ihm, dachte er, sich so schnell, nachdem er mit Barbara gebrochen hatte, wieder an eine Frau zu hängen – sehr unreif und mehr als ordinär. Ganz zu schweigen von der unpraktischen Seite – das Mädchen lebte in London, und er hatte sein Hauptquartier in New York. Und es gab keinen Zweifel, die Arbeit war zum Teufel! Diese Herumliebeleien hatten seine alten, regulären Gewohnheiten praktisch zugrunde gerichtet. Und so, wie Amelia das Geld in Europa zum Fenster rauswarf, mußte er sich verdammt bald am Riemen reißen und wieder geregelte Arbeitsstunden einführen.

Amelia. Da mußte etwas geschehen, so oder so. Sie konnte nicht ewig in Europa bleiben, und er konnte nicht ewig in Hotels wohnen, sich mit klapprigen Reiseschreibmaschinen rumärgern und seines alten Arbeitskomforts beraubt bleiben. Ihm fehlte seine Sekretärin, die er auf einen langen Urlaub geschickt hatte, als die Affäre mit Barbara Bayne begonnen hatte, und – mit einem Schock wurde es ihm klar – ihm fehlte Amelia.

Ich glaube, du mußt der Sache ins Auge sehen, Barr, dachte er. Du bist ein egoistischer Halunke, dir fehlt deine Bequemlichkeit, und es war bequem, Amelia um sich zu haben. Es war nett, jemand im Haus zu haben, der nicht allzuviel von einem verlangte; jemand, der nicht versuchte, einen Liebhaber aus dir zu machen, wenn du bis über die Ohren in der Arbeit an einem Buch stecktest, und der sich ehrlich anstrengte, dir lästige, kleine Unannehmlichkeiten vom Leib zu halten, wenn der Geist ganz auf die Arbeit eingestellt war.

Inzwischen – was für eine Frau war diese Jill! Die Enddreißiger waren ein wundervolles Alter für eine Frau, die Geist und Körper gut in Form gehalten hatte. Der Körper war fabelhaft, allem Anschein nach, und hatte sich wahrscheinlich nicht um ein Pfund verändert, seit er den Babyspeck verloren hatte. Die Haut war jung und rein, und das fröhliche Gesicht hatte keine Ähnlichkeit mit den aus der Form geratenen Teichgesichtern so vieler amerikanischer Frauen. Es trug alle Anzeichen der Reife mit wenigen Fältchen. Der großmütige, komische Mund lachte leicht, aber in ihren Augen lagen ein erfülltes Leben und auch Leiden. Sie war kein augenliderklappernder Flirt. Sie war auf die Grundfrage einer möglichen Verbindung mit ihm so direkt losgestürmt wie eine Schwalbe ins Nest. Alec Barr hatte keinen Zweifel, daß sie nach einer weiteren Woche der Werbung, einer Woche, in der sie sich besser kennenlernen konnten, auch glücklich zu ihm ins Bett gestiegen wäre.

Nun, sie flog heute nach England. Er würde auf einen Drink zu diesen Bill und Tess hineinschauen, deren Adresse er in der Tasche hatte, sich ihr noch ein bißchen tiefer einprägen und ihr das nächstemal, wenn er nach London führe, einen Ring schenken. Vielleicht war's ganz gut, daß sie heute abend abreiste. Es steckten eine Menge ungesagter Worte schmollend in seiner alten Schreibmaschine.

60 Dinah

Alec rief ein Taxi und beschloß, in seine verlassene Wohnung zu fahren. Das Dienstpersonal war nicht da, war früh gegangen. Ohnehin hatten sie nur in halben Schichten gearbeitet, hatten unnötig mit Staublappen rumgewedelt und die Blumen gegossen, seitdem Amelia abgereist war. Er würde das Hotel anrufen und Auftrag geben, seine Sachen zu packen und sie ihm morgen zuzuschicken.

Die Wohnung war deprimierend; Alec ging herum und knipste die Lampen an. Die Zimmer rochen leer, waren erfüllt von dem eigenartigen traurigen Duft von Heimen, die von der Liebe verlassen und der Teilnahme an jedweder Aktivität beraubt sind. Es lagen keine ausgelesenen Zeitungen neben dem Ohrensessel, keine *New Yorkers* oder *Lifes* oder *Times* waren nachlässig auf den großen Kaffeetisch geworfen. Und in den Vasen waren keine frischen Blumen. Wenn Amelia daheim war, standen immer frische Blumen herum.

Er ging in sein Büro und knipste das Licht an. Der Hauswart hatte mit ein paar Worten alles gesagt, als er an die Mütze getippt und ihn begrüßt hatte: „Guten Abend, Mr. Barr. Sie waren aber lange weg. Viel zu lange."

Das Büro war natürlich sauber aufgeräumt, und alle seine Schätze waren unberührt. Aber es sah unfruchtbar aus, wie der lange ungeliebte Körper einer Frau unfruchtbar aussehen mochte. Außerdem schien es zusammengeschrumpft, und der Gedanke, in ihm zu arbeiten, deprimierte ihn sehr. Er lief da- und dorthin, strich über Bücher, hob den Deckel von seiner Schreibmaschine und legte ihn wieder auf, öffnete seine kleine Hausbar, um sich einen Drink einzuschenken, konnte sich nicht dazu entschließen, das Eis aus den Einsätzen zu nehmen, und auf jeden Fall wollte er in dem trübsinnigen, leeren Appartement nicht allein trinken. Sobald seine Anzüge kämen und er ein paar Rechnungen und Post und sonstige unangenehme Dinge aussortiert hätte, würde er Luke telegrafieren und ihm mitteilen, daß sein langer Urlaub beendet sei, daß er seinen Hintern gefälligst nach Jersey zurückhieven solle, weil sie wieder im Büchergeschäft seien. Alec hatte nichts dagegen, im Jersey-Haus einsam zu sein. Es war ganz sein Haus, wie diese Wohnung, mit Ausnahme seines Büros, ganz Amelia gehörte.

Es würde fein sein, sich wieder an die Arbeit zu machen, und Montag würde er sich mit seinem Agenten zusammensetzen, vielleicht zum Lunch, und die unbeendeten Projekte mit ihm durchsprechen.

Aber heute abend wollte er nicht allein sein – nicht bevor ihm die Bettzeit und eine Tablette seinen Aufenthaltsort gleichgültig machten. Ins Hotel wollte er auch nicht zurück; es lag zuviel Erinnerung, zuviel

Duft von Barbara Bayne in diesen Zimmern. Plötzlich schnippte er mit den Fingern und langte in seine Schreibtischschublade nach dem großen Adreßbuch.

„Hallo, Dinah? Hier ist Alec. Wie geht's dir?"

„Fein. Großartig. Vorzüglich. Ich hab' eine Menge Sachen über dich gehört, mein Junge. Und du hast dich wahrhaftig lange nicht mehr in der Stadt sehen lassen."

„Ja, kann schon stimmen", erwiderte Alec. „Aber ich hatte ziemlich viel zu tun."

Dinah Lawrence kicherte.

„Ich hab' gehört, was du so zu tun hattest. Junge, Junge, allerhand zu tun."

„Ist nicht wichtig. Ich ruf' dich an, weil ich mich einsam und traurig fühle und dich fragen wollte, ob du mit mir eins trinken und hinterher mit zum Essen kommen willst. Ich versprech' dir, daß ich mich besser im Zaum halten werde als das letztemal. Hab' ich wirklich versucht, dich zu vergewaltigen?"

„Wenn du fähig dazu gewesen wärst, hätt' ich's wahrscheinlich zugelassen", sagte Dinah Lawrence. „Aber in dem Zustand, Sonny, hättest du nicht mal eine Singer Liliput überwältigen können. Und was den Drink und das Dinner anlangt, im allgemeinen mit dem größten Vergnügen, aber mein Kind ist übers Wochenende eingetrudelt, und wir haben Cocktails und Dinner hier in der Wohnung."

„Oh. Ich könnte euch *beide* ausführen." Jetzt heiterte sich seine Stimme auf. „Ich würde meine hübsche Penny gern wiedersehen."

Es trat eine Pause ein, während der eine andere Stimme undeutlich im Hintergrund zu hören war. Dann sagte Dinah Lawrence:

„Das war deine hübsche Penny persönlich. Sie besteht darauf, daß du herkommst und mit den Mädchen Abendbrot ißt. Komm gleich. Ich mixe gerade einen Schub Martinis. Du wirst uns aber nicht in Abendkleidern vorfinden; wir sind in Hosen und haben Haarwickler auf dem Kopf. Wenn du den Anblick riskieren willst, bist du willkommen."

„Ich riskiere den Anblick, vielen Dank. Stell mir einen Martini kalt. Ich komme, so schnell mich ein Taxi fahren kann."

Alec duschte sich eilig, rasierte sich und zog einen anderen Anzug an. Vor dem ersten Blumengeschäft hielt er an und kaufte einen Armvoll Rosen.

Seltsam begierig klopfte er an die Tür der unteren Wohnung des umgebauten Sandsteinhauses und war völlig unvorbereitet auf das Mädchen, das ihm öffnete.

61

Alec Barr erinnerte sich nur an das Kind. Er hatte unlängst zwar einen Schnappschuß von Penny Lawrence gesehen, aber irgendwie war das Bild des Kindes haftengeblieben – des dickbeinigen kleinen Mädchens, das ihm über den Schoß gekrochen war und sich an seine Knie geklammert und ihn Onka Alec genannt hatte.

Dieses neue Mädchen da war ein großes Mädchen, rassig gebaut wie eine Rennjacht, mit üppigen kohlschwarzen Locken, riesigen blauen Augen unter schwarzen Wimpern, hohen Backenknochen, die ihn an die junge Hepburn erinnerten. Der Mund war zart, vollippig und weich. Sie war noch ziemlich gebräunt, und die Augen stachen in ihrer Helle blendend gegen den braunen Teint ab.

„Herein, Onka Alec", sagte sie lächelnd und küßte ihn leicht auf die Wange. „Was für herrliche Rosen! Es ist eine lange, lange Zeit her."

„Großer Gott", sagte Alec Barr, ins Zimmer tretend. „Das kann doch nicht *meine* Penny sein – nicht die Penny, der ich den Po tätschelte und die ich in den Zoo mitnahm. Nicht die Penny, mit der ich ins Aquarium ging. Nicht die Penny, der ich Geschichten vorlas ... Großer Gott!"

„Es ist viel mehr als zehn Jahre her", sagte das Mädchen. „Die Menschen verändern sich eben. Obgleich du dich nicht sehr verändert hast. Etwas grauer – vielleicht besser aussehend. He, Ma! Der Mann hat einen ganzen Friedhof voll Rosen mitgebracht. Es ist schön, dich nach so langer Zeit wiederzusehen, Alec. Setz dich und ruh deine Füße aus."

Alec ließ die Augen im Raum herumwandern. Er hatte die beiden Bücherwände, den kleinen Kamin, die hellgrünen Wände, die bequemschäbige Einrichtung fast vergessen. Dinahs Geschmack neigte nach wie vor zu Grün und Gelb. Der Sessel war gelb, die Brücke ein warmes Orange, aber das Ledersofa neu in Schwarz bezogen. Es war ein Raum, der ihn früher besänftigt hatte; die alte Fußbank war noch da, immer noch bequem eingebeult. Das Holz der Möbel sah geölt und gut poliert aus; die chartreusefarbenen Vorhänge waren neu und frisch. Des modernen Silberkrugs – ein herrliches Ding, aus einer einzigen, fließendsinnlichen Kurve bestehend – erinnerte er sich ebensogut wie der beiden chinesischen Elfenbeintänzer, denen er bei einem Sonntagsbummel durch die Antiquitätenläden nicht hatte widerstehen können. Er erinnerte sich auch, daß auf dem Büfett das Hi-Fi und das Radio standen.

Dinah Lawrence kam mit den Martinis auf einem silbernen Tablett herein, das sie auf die Anrichte stellte, bevor sie zu Alec Barr hinüberging und seine beiden Hände ergriff.

Er zog sich empor, packte sie an den Schultern und küßte sie auf beide Wangen.

„Wo sind die Lockenwickler?“ fragte er. „Und wie geht's dir wirklich, Di? Und wo hast du so eine Tochter her?“

„Trink erst was. Du siehst gut aus, Alec, aber ein bißchen müde.“

„Du siehst wundervoll aus und ganz und gar nicht müde. Du siehst schön aus.“

Dinah Lawrence sah wirklich gut aus. Das Haar war jetzt ganz silbrig und fiel, in weichen Wellen frisiert, über eine Augenbraue. Die Augen waren rauchblau und klar, und das völlige Silbergrau ließ sie erstaunlich jung erscheinen.

Alec Barr streckte die Hand aus und berührte ihr Haar.

„Ach, das. Ich hatte ziemlich viel graue Strähnen, und ganz schwarz wär' ich mir albern vorgekommen. Gefällt's?“

„Wunderbar. Macht dich um Jahre jünger, wenn das einer Dame gegenüber eine höfliche Bemerkung ist. Ihr beide könntet glatt als Zwillinge durchgehen, wenn du's ganz schwarz hättest färben lassen.“ Er musterte sie von Kopf bis Fuß, bemerkte die makellose Körperlinie in einem hautengen blauen Tafthausanzug. Er puffte sie in die Hüfte.

„Du hast noch was anderes angestellt“, sagte er. „Hast ein oder zwei Pfund da und dort abgenommen.“

„Langer, heißer Sommer. Viel Schwimmen. Ein paar verschwiegene Gänge zur Masseuse. Setz dich, ruh dich aus und erzähl alles.“

„Gibt gar nicht so viel zu erzählen. Amelia ist in Europa, und wie ich so hintenherum erfahre, fährt sie vielleicht in den Fernen Osten weiter. Ich hab' kein Wort von ihr gehört. Ich hab' mich ziemlich fleißig in der Stadt umgesehen –“

„Das hab' ich gehört.“ Dinahs Stimme klang trocken.

„– und auf jeden Fall muß ich mich wieder an die Arbeit machen – schwere Arbeit. Ich hab' ein Buch, das ich vollkommen vergessen habe, dazu ein paar Serien, weißt du –“ Alec spreizte die Hände. „Außerdem hatte ich gerade ein Stück angefangen. Aber ich kann in dieser leeren Wohnung nicht arbeiten. Vermutlich fahr' ich morgen ins Jersey-Haus raus, räum' da ein bißchen auf und bereite mich auf die Plackerei vor. Will dir was sagen.“

Er hob einen Finger.

„Warum fahrt ihr zwei, du und das Kind, nicht morgen nach einem frühen Lunch mit mir raus? Du hast das Haus nie gesehen, und in dieser Jahreszeit ist es reizend. Die Blätter verfärben sich, und die Nächte fangen an, frostig zu werden. Keine Dienstboten im Haus, aber ein Haufen Zeugs in der Tiefkühltruhe und ein Haufen Schnaps im Kasten. Wir könnten Sonntag frühzeitig genug zurückfahren, damit Penny ihr Flugzeug erreicht.“

„Hört sich an, als würde es großen Spaß machen. Aber ich muß Penny fragen.“

„Hört sich auch für Penny an, als würde es großen Spaß machen“, meinte Penny, eben wieder ins Zimmer tretend. „Hier kochen, da kochen, mir ist das gleich. Der Salat ist fertig, Ma, und das andere Zeugs auch. Wir brauchen bloß noch das Steak in die Pfanne zu werfen."

Alec sah sich das Mädchen wieder an. Die Küchenhitze hatte ihre Wangen gerötet, und die blauen Augen waren sehr hell. Sie trug enganliegende, hochtaillierte blaue Hosen, und er hatte mit der Vermutung recht gehabt, daß sie ihren Babyspeck verloren hätte. Den hatte sie bestimmt verloren.

„Ich würde rasend gern sehen, wie ein richtiger, lebender Autor arbeitet", sagte Penny. „Besonders, da ich jetzt einen in der Familie habe."

„Was heißt das – ‚Autor in der Familie'?" Alec hob eine Augenbraue. Dinah warf ihrer Tochter einen leicht ärgerlichen Blick zu.

„Du und dein vorlauter Mund", sagte sie. „Ich wollte doch nicht drüber reden, bis ich weit genug wäre, um wirklich überzeugt zu sein, daß aus der Idee auch ein Buch würde. Aber da Miß Großmaul hier die Katze aus dem Sack gelassen hat, also: Ich hab' mir bei der Zeitung ein halbes Jahr Urlaub genommen, um rauszufinden, was alle Zeitungsskribenten glauben – ob irgendwo unter dem täglichen Geschmiere ein Buch versteckt liegt."

Alec reichte ihr eine Zigarette und bot Penny das Päckchen an. Das Mädchen schüttelte den Kopf.

„Nein, danke, ich gehöre zur Krebsangstgeneration. Weiter, Ma, erzähl ihm von dem Buch."

„Es ist natürlich nicht mit dem zu vergleichen, was du schreibst, Alec. Ich würd's nicht wagen, so was in meinem Alter noch zu versuchen, nach all diesen Jahren kurzfristigen Reportierens. Aber dein Agent hält die Idee für vernünftig."

„Ich weiß, daß sie vernünftig ist, wenn sie Mantell gefällt. Um was geht's denn?"

„Eine Art weiblicher ‚Front Page' – ‚Eva unter einer Million von Adamen', das ist die Idee. Über den Titel sind wir uns noch nicht klar, aber Mr. Mantell meint, es wäre auch der Stoff für ein Stück drin, wenn wir das Buch erst richtig hingekriegt haben."

„Wieviel hast du schon?"

„Nicht sehr viel. Ich fange gerade mit den Ferien an. Ich hab' Angst davor, viel drüber zu reden, bevor ich nicht sehe, wie's läuft. Macht's dir was aus?"

„Durchaus nicht. Aber es ist richtig, über Bücher mit jemand zu sprechen, der die gleichen Sorgen hat, weil man sich manchmal eine Menge Mühe sparen kann, wenn man das Problem frei und offen einem guten Zuhörer darlegt. Du wirst finden, daß Mantell dir gern behilflich ist, und wenn ich was für dich tun kann, brauchst du bloß zu brüllen. Wenn ich mich recht erinnere, hab' ich dir früher auch dauernd mit meinen Handlungsproblemen in den Ohren gelegen."

„An einiges erinnere ich mich vage. Heute wirst du wohl sicher darüber hinaus sein."

Alec schüttelte den Kopf.

„Glaub das nur nicht. Je länger ich schreibe, desto verwickelter scheint alles zu werden. Letzthin warf mir ein Verleger vor, ich sei nicht genug an meiner Geschichte *beteiligt*, und ein anderer sagte, ich stecke zu sehr *drin*. Als junger Mann hab' ich mein Zeugs noch frisch aus der Schreibmaschine an den Mann gebracht. Jetzt, ein paar Millionen Wörter später, scheint irgend jemand immer eine Überarbeitung zu verlangen."

„Nun, ich werd' dich nicht belästigen – nicht oft jedenfalls", sagte Di Lawrence. „Penny, gib Alec noch einen Drink, und amüsier ihn, während ich das Dinner fertigmache."

„Weißt du, ich liebe Ma", sagte Penny. „Ich liebe sie, weil sie es fertigbringt, aus allem einen Witz zu machen. Ich weiß zufällig, daß dieser Mr. Mantell der Meinung ist, sie hätte ein verdammt gutes Manuskript in Arbeit; sie zeigte mir einen Brief von ihm. Man könnte meinen, sie schüttle bloß eine neue Featuregeschichte aus dem Ärmel. Aber so war sie auch, während sie mich aufzog. Sie zog mich ein bißchen auf, und plötzlich stellte ich fest, daß ich genau das tat, was sie wollte, und zwar ohne viel elterliches Getue."

„Bekommst du von Di auch geistige Hilfe und Ratschlag bei der Wahl deiner Lebensziele und deines Lebensinhalts? Du bist jetzt im dritten Semester im College, stimmt's?"

„Ja. Ich hab' mit vielen Ideen geliebäugelt, und Ma hat nicht versucht, mich in irgendeine Richtung zu drängeln. Ich hab' vermutlich die meisten Phasen durchgemacht: soziale Wohltäterin auf weltweiter Basis, Anstellung bei den Vereinten Nationen, Auslandsreisen und Errettung des Heiden vor sich selbst –"

„Gott bewahre!" murmelte Alec.

„Aber das hab' ich ziemlich fix hinter mich gebracht. Im ersten Collegejahr dachte ich gelegentlich dran, Rechtsanwältin zu werden, später dann erster weiblicher Präsident –"

„Gott bewahre uns doppelt!"

„Dann kam das Arztstadium – du weißt schon, Entdeckung des Krebsvirus –, aber das Medizinstudium ist eine lange Schinderei, und die meisten Ärztinnen, die ich kenne, wirken schrecklich antiseptisch und sozusagen zu hornbebrillt. Schließlich überlegte ich, ob ich nicht in Mas Fußstapfen treten und zu schreiben versuchen sollte, aber, ganz offen gesagt, ich glaube nicht, daß ich begabt genug bin. Nach dem, was Ma mir erzählt, ist es schon schwer genug, ein guter Schriftsteller zu werden, und geradezu furchtbar, ein schlechter zu sein."

„Deine Ma ist eine weise Frau und eine gute Schriftstellerin. Was hältst du von der Bühnenlaufbahn? Hübsch genug dazu bist du auf jeden Fall. Hast du dich mal als Schauspielerin versucht, im Collegetheater oder auf sonst einer Laienbühne?"

„Bißchen. Nicht viel. Aber ich glaube, da würd' ich auch nicht viel taugen. Ich bin nicht engagiert genug. Ich brenne nicht mit dieser verrückten Flamme. Ich bin faul und glaube, ich würde diese aufgeflitterte Trübseligkeit hassen, die sich einstellen muß, wenn man dauernd jemand anders ist, Abend für Abend auf der Bühne, Tag um Tag vor der Kamera."

Alec nickte und zündete sich eine Zigarette an. Sein Glas war leer, und Penny ging, es neu zu füllen. Alec bemerkte den fließenden Schwung ihrer Hüften in den engen Torerohosen und dachte gereizt: Bei Gott, Barr, bist du schon so weit, daß du ohne erotische Gefühle nichts mehr ansehen kannst, nicht einmal Kinder?

„Danke, Süße", sagte er. „Du scheinst eine sehr intelligente junge Frau zu sein. Aber *etwas* mußt du anfangen. Was?"

„Wahrscheinlich hältst du mich für eine Art Versager, Alec", sagte Penny grinsend. „Aber ich glaube, ich möchte am liebsten jemand eine gute Frau sein – eine tüchtige Frau. Natürlich brauchte ich dazu einen guten Mann – jemand, den ich achten könnte – als Rohmaterial für dieses Projekt. Es würde mich nicht sonderlich interessieren, was er macht oder wo er's macht. Klingt das komisch?"

„Ich bin verblüfft. Es klingt gar nicht komisch. Aber was machst du, bis du diesem feinen Burschen begegnest? Es sei denn, du heiratest einen Collegeboy."

„Ich hab' beschlossen, Naturwissenschaften als Hauptfach zu nehmen, dazu ein paar Nebenkurse in Betriebswirtschaft. Auf diese Weise kann ich einen Job bekommen, wenn ich fertig bin – in einem Laboratorium, einer Fabrik, einem Anwaltsbüro, einem Warenhaus –, und mir meinen Lebensunterhalt verdienen und Ma entlasten."

Alec lächelte das Mädchen an.

„Ich finde, das ist sehr gescheit von dir. Die halbe Welt will was tun und weiß nicht, was und wie, und die andere Hälfte tut's schlecht. Hast du im College schon mal gearbeitet – so nebenbei, meine ich?"

Penny schüttelte den Kopf, und die schwarzen Locken hüpften.

„Nein, Ma war dagegen. Sie sagte, das College sei fürs Studium und zum Amüsieren da, die Arbeit beginne früh genug und würde bis zum Lebensende dauern. Ich hab' also nicht nebenher gearbeitet, obgleich es eine Menge Jobs gibt – Mensabedienung, Bibliothekarin, solche Sachen. Ich hab' studiert, hab' mich verabredet und bin auf Bälle gegangen, das ist alles."

Alec nickte zustimmend.

„Deine Mutter ist wahrhaftig eine seltene Frau. Ich werde dir mal erzählen, was es heißt, auf die Uni zu gehen, ohne auf die Uni zu gehen. Mir ist das passiert. Ich mußte mich so emsig nach dem täglichen Brot abrackern, daß das wirkliche Universitätsleben an mir vorbeiging. Ich hätte genausogut einen Fernkurs nehmen können."

Dinah Lawrence kam ins Wohnzimmer.

„Worüber quasselt ihr zwei?"

„Leben", antwortete Alec. „Und Steak. Ich kann's riechen und brauchen."

Sie saßen um einen kleinen Tisch, in dessen Mitte eine Silberschale mit einigen von Alecs Rosen stand. Es war ein Mahl, das Alec gefiel, eine einfache Folge von Krabbencocktail, Salat mit Roquefort, Steak mit Pommes frites, einem guten Rotwein und zum Schluß Kaffee.

„Mein Gott", sagte Alec, „das ist die erste anständige Mahlzeit, die ich in Monaten gegessen habe. Ich bin seit Ewigkeiten auf der Einheitssoßen-Hotelküchentour. Ich bin voller als eine Zecke." Er rieb sich genießerisch den Magen. „Ich glaube, ich spür' da schon einen Anflug von Bauch. Das war wunderbar, Di. Vielen Dank euch beiden, daß ihr mich aus der Kälte zu euch geladen habt."

„Es ist so nett, einen Mann im Haus zu haben", zwitscherten Mutter und Tochter zusammen. „Du mußt öfter kommen, Alec, wie früher."

„Aber ich werd' niemand haben, bei dem ich Babysitter spielen kann", erwiderte Alec, Penny zulächelnd. „Jetzt ist sie zu groß, um noch auf meinen Schoß zu passen."

„Na, das würde ich nicht so unbedingt sagen", meinte Pennys Mutter. „Und wenn Penny nicht da ist, kannst du ja bei *mir* Babysitter spielen."

„Du kannst gleich damit anfangen", gähnte Penny. „Ich bin heute morgen in Chikago vor Sonnenaufgang aufgestanden, und so ein Flug ist ganz schön anstrengend nach einem ganzen Tag voll Vorlesungen. Gut Nacht allerseits."

Sie beugte sich hinunter, küßte ihre Mutter und hauchte Alec dann schnell einen Kuß auf die Wange.

„Ich hab' das Gefühl, irgendwie ins Fettnäpfchen getreten zu sein", sagte Alec. „Stimmt's?"

„Gar nicht. Eine der netten Seiten Pennys ist, daß ich ihr von Anfang an nicht mit den albernen Mutter-weiß-es-am-besten-Erklärungen kommen mußte. Das einzige, was ich versuchte ihr einzuprägen, war ein Grundgefühl für Höflichkeit und Verantwortung. Wenn sie mit fünfzehn die Jungens entdecken, kann man sehr wenig dagegen tun."

„Du hast eine großartige Leistung vollbracht, Di. Sie ist ein reizendes und, wie ich glaube, auch verständiges Kind. Sie scheint mir nicht so flatterhaft zu sein wie die meisten dieser jugendlichen Besserwisser über den Zustand der Welt. Ich hätte lieber einen kleinen Hinterbänklertramp in der Familie als eine chronische Intelligenzbestie mit sechs Graden in politischer Wissenschaft und Suaheli als Nebenfach."

Dinah gähnte und klopfte sich auf den Mund.

„Sieht so aus, als müßten wir früh in die Falle gehen, wenn wir diese

Safari ins dunkelste New Jersey machen wollen. Was ziehen wir denn an – nach dem Lunch, mein' ich. Hosen?"

„Hosen und Sweater. Ich schlage vor, ich treff' mich mit euch im ‚21' um halb eins. Wir können uns einen angemessen eiligen, maßvollen Lunch einverleiben und auf dem Land sein, bevor die Sonne hinter den Bäumen verschwunden ist. Ich möchte, daß ihr das Anwesen noch bei Tageslicht seht. Du kennst es ja noch nicht."

„Müssen wir fürs ‚21' morgen sehr schick sein?"

„Teufel, nein! Tweeds, das ist das richtige. Sonnabend ist der Nicht-Perlentag im ‚21'. Ich zieh' ein Sportjackett und Flanellhosen an. Sag Penny, sie soll was anziehen, worin sie reisen kann. Wir können sie auf dem Heimweg am Flughafen absetzen."

„Klingt nicht übel. Und jetzt verdufte, Liebhaber. Du magst ein Nachtschwärmer sein, aber deine Tante Dinah hat sich die letzte Woche mordsmäßig angestrengt, um mit einem Autor zu wetteifern."

Sie führte ihn zur Tür und küßte ihn kühl, flüchtig auf die Wange. Alec trat auf die Straße, nach den Scheinwerfern eines Taxis Ausschau haltend. Er grinste schief und klopfte an der Ecke mit dem Fuß aufs Trottoir.

„Scheint dein Spezialabend für baldigen Hinauswurf zu sein, Barr", sagte er laut, als das Taxi heranfuhr. „Vielleicht könnt' ich zu einem letzten Drink noch bei Toots oder The Blue vorbeisehen. Zum Teufel damit, du trinkst zuviel, Barr."

Das Taxi hielt, und Alec öffnete die Tür. „Uptown, Ecke Park", sagte er. „Man erkennt das Lokal daran, daß es keine Lichter im Fenster hat."

„Was is'?" fragte der Fahrer. „Was sagten Sie, Mister?"

„Entschuldigung", antwortete Alec. „Ich hab' laut gedacht. Park, Ecke 79th genügt. Und wollen mal sehen, ob wir unterwegs an einem Zeitungskiosk vorbeifahren können."

Heim ins Bett mit den Frühausgaben, dachte Alec. Das ist das Leben, das ein glücklicher Junggeselle in New York führt. Gott sei Dank, daß es die *Daily News* und den *Mirror* gibt. Wenigstens hab' ich Winchell, um mich warm zu halten.

Als er ausstieg, blickte er prüfend zum Himmel empor. Die Nacht war frisch, und die Sterne glitzerten kalt. Es sah aus, als ob der morgige Tag auf dem Land schön werden würde.

62

Alec Barr stieg in einer uralten, abgetragenen rostbraunen Jacke mit Sämischlederflecken und kalbsledernen Reitstiefeln in dem Augenblick aus seinem Taxi, als hinter ihm das Taxi mit seinen Gästen hielt. Mit Anerkennung musterte er Mutter und Tochter; Dinah proper in grauem Tweed, Penny für die Reise in blaugrauem Gabardinekostüm.

„Passen Sie bitte auf mein Gepäck auf, Red", sagte er zum Pförtner. „Jemand wird meinen Wagen gegen zwei herfahren." Dann zu den Frauen: „Mein Gott, sehen wir nicht großartig nach Tweed und Land und Wochenende aus, und was für einen schönen Tag wir erwischt haben!"

„Wir haben dich beim Wort genommen, Gutsherr", sagte Dinah Lawrence. „Du sagtest, nichts Elegantes. Hoffentlich treffen wir drin nicht auf einen Haufen Nerze. Ich komm' mir vor, als käm' ich direkt aus einer englischen Schenke."

„Du warst nie lieblicher", sagte Alec. „Und Miß Penny sieht wie eine Reklame in der *Vogue* aus. Kommt rein in die Hochburg des Spesenkontos, und laßt euch den Futtersack umbinden."

Er steuerte die Frauen die Treppe hinunter, an den kleinen eisernen Jockeis vorbei, und die schweren Türen öffneten sich. Ein großer, dunkler, düster aussehender Mann und ein kleiner, plumper, fröhlicher Mann hielten das Empfangspult besetzt. Das Gesicht des dunklen, düsteren Mannes hellte sich auf, und der kleine, fröhliche Mann setzte ein breites Lächeln auf, als sie eintraten.

„Willkommen zu Hause, Mr. Barr, guten Tag, meine Damen", sagte der große Mann. „Ihr üblicher Tisch, Mr. Barr?" fragte der kleine, fröhliche Mann. „Sie haben uns in letzter Zeit gemieden."

„Hallo, Monte. Hallo, Jimmy. Ja, danke. Nett, Sie wiederzusehen. Aber gemieden hab' ich Sie eigentlich nicht. Arbeit, Reisen und so weiter. Wie geht's der Familie?"

„Fein", antworteten beide Männer. „Hier entlang, meine Damen."

„Danke", sagte Alec und ließ sich von einem großen jungen Mann in die kühle, dunkle Höhle führen, den ersten von drei Räumen, an deren Decken Flugzeugmodelle hingen und deren Wände mit alten Karikaturen von Peter Arno behängt und in Nischen mit uralten Kannen geschmückt waren.

Alec nickte und lächelte einem halben Dutzend Angestellter zu, die ihn ohne Ausnahme mit „Willkommen zu Hause, Mr. Barr" begrüßten. Ein großer, gebräunter Mann mit Sommersprossen kam ihnen entgegen, als sie die Bar betraten. „Hallo, Alec", sagte er. „Sie sind wahrhaftig ein Fremder geworden. Keine Liebe mehr für uns?"

„Hallo, Pete", sagte Alec. „Doch, ich liebe euch. Sie kennen sicherlich Mrs. Lawrence? Ich bezweifle, ob Sie *Miß* Lawrence kennen. Das ist Pete Kriendler, einer der fünftausend Verwandten im Laden. Wie geht's allerseits?"

Pete Kriendler wies ihnen einen kleinen Tisch in der Mitte des vorderen Raumes an.

„Hat sich nicht viel verändert. Mac ist in Europa, Schnaps kaufen. Bob steckt in einem Marinemanöver. Charlie und Jerry sind da. Sheldon und ich tun die ganze Arbeit. Haben Sie sich wieder in ein Buch vergraben?"

„Mehr oder weniger ja. Ich hoffe, ich werd' mich ziemlich bald wieder ausgraben." Er sah sich um. „Nette Leute für die frühe Stunde."

„Die meisten Stammgäste sind aus Europa und den Hamptons zurück", sagte Pete Kriendler. „Vincent, gib diesen netten Leuten einen Drink von mir. Es hat mich sehr gefreut, Sie kennenzulernen, meine Damen. Alec, wir müssen später im Jahr eine Ente oder so was zusammen schießen. Bis dann."

In der ersten Gesprächspause fragte Dinah Lawrence:

„Wie lange warst du nicht mehr hier?"

„Rund zwei Monate", antwortete Alec.

„Jesus", meinte Dinah, „ich hätte geglaubt, mindestens zwei Jahre."

„Ist dir je klargeworden", sagte Dinah Lawrence, als die Drinks serviert worden waren, „daß es in Manhattan so was wie Abstinenzler überhaupt nicht gibt? Alles, was man tut oder sagt, jedes Geschäft, das man abschließt, jede Story, hinter der man her ist, jedes Flugzeug, das man nimmt – alles spielt sich in der Nachbarschaft einer Kneipe ab. Man braucht keinen Intellekt, um Erfolg zu haben; man braucht nur eine gußeiserne Leber und einen verzinkten Magen."

„Nun, da ich keins von beiden besitze, bleibt mir die unerfreuliche Aussicht, mich trockenlegen zu müssen, bis die Arbeit getan ist. Ich kann's einfach nicht mehr – trinken *und* arbeiten, mein' ich."

„Wann beginnt denn die schwere Prüfung? Vielleicht schließ' ich mich deiner Trockenlegungsaktion an. Ich weiß verdammt gut, daß ich zuviel trinke, und als Bücherschreiberin bin ich ja noch ein Neuling." Dinah schien es ernst zu meinen.

„Dienstag, schätze ich. Montag muß ich mit Mantell zusammenkommen, und das ist bei Eiswasser nie erfolgreich. Und wahrscheinlich müssen Mantell und ich ein paar Redaktionsleute beim Lunch oder bei Cocktails treffen. Aber von Dienstag an werd' ich ein sehr artiger Junge sein, ein bißchen zitterig, aber edel. Mir graust jetzt schon davor."

„Wenn man euch beide hört, könnte man meinen, ihr seid Kandidaten für den Verein ehemaliger Alkoholiker", sagte Penny. „Dann und wann ein Drink macht *mir* gar nichts aus."

Alec und Dinah warfen sich einen Blick zu.

„Es gibt Zeiten, in denen ich die unschuldige Jugend ausgesprochen hasse", sagte Alec.

„Besonders morgens", meinte Dinah. „Nun, hier kommt der Krebs *und* der Weinkübel. Verschieben wir das Opfer auf nächste Woche, und fahren wir mit dem Trinkgelage fort."

Die Mahlzeit wurde mit der üblichen Präzision, die die Preise rechtfertigte, serviert, und von Zeit zu Zeit kam einer der Gäste an den Tisch, grüßte und erkundigte sich, wie die Arbeit am nächsten Buch fortschreite. Alec erhob sich, um ein paar hübsche Damen auf die Wange zu küssen – meist Schauspielerinnen oder Angehörige verwandter Berufe, Sängerinnen, auch Redakteurinnen –, und der Reigen der Vorstellungen kam Penny wie ein Querschnitt der Zelebritäten aus Fernsehen, Film und Bühne vor. Die Herren waren andere Typen, meist breitgesichtige, glattrasierte Männer, entweder im förmlichen blauen Stadtanzug mit grauseidener Krawatte oder in Tweed mit offensichtlichem Wochenendcharakter. Sie entsprachen dem abgedroschenen Klischee von Konzern, Produktion oder Werbung. Penny schien es, als ob ihr Onka Alec jede einflußreiche Persönlichkeit in New York kenne und daß sie sich alle freuten, ihn zu sehen und seinen Freunden vorgestellt zu werden.

„Verdammt, man kommt überhaupt nicht zum Essen", sagte Dinah. „Ich dachte, du sagtest was von schnellem, einfachem Lunch?"

„Ich find's großartig", sagte Penny seufzend. „Wenn ich im College ausgehe, landen wir gewöhnlich in einer Würstchenbude oder in einem miesen Chinesenladen, und die halbe Zeit mit getrennter Kasse. Es ist so nett, zur Abwechslung mal keinen Haufen Crewcuts sehen zu müssen. Ich hatte fast vergessen, daß Männer Krawatten tragen."

„Laß dich dadurch nur nicht für ein intellektuelles Leben verderben", sagte ihre Mutter. „Komm, Liebe, suchen wir noch rasch den gewissen Ort auf, bevor wir uns auf die Reise machen."

„Links um die Ecke", sagte Alec zerstreut.

„*Ich* weiß, daß es links um die Ecke ist", sagte Di scharf. „Es ist Penny, nicht *ich*, die noch nie im ‚21' war."

Alec ging zur Bar, um mit den Barkeepern Henry und Emil über Baseball zu sprechen, und ließ sich von der in einer Ecke zusammenstehenden Männergruppe noch zu einem schnellen Kognak überreden. Es war gut, dachte er, wieder auf seinem eigenen Territorium zu sein. Er hatte die alten Stammlokale absichtlich gemieden, in die er nur in Gesellschaft Amelias oder mit Geschäftsbekannten zu gehen pflegte. Keineswegs rätselhaft war die Überschwenglichkeit der Begrüßung; ihm fiel plötzlich ein, daß er nicht mehr im „21" gewesen war, seit er Barbara Bayne kennengelernt hatte.

63

Als er jetzt die Landstraße entlangsauste, das Verdeck zurückgeschoben – der frühe Nachmittag war noch warm genug – und zwei hübsche Frauen neben sich auf den breiten rotledernen Vordersitz gekuschelt, war er sich eines intensiven Wohlgefühls bewußt. Er fuhr heim, und er fuhr heim, um zu *arbeiten*. Das nagende Gewissen war besänftigt, und der extravagante Lunch lag ihm noch warm im Magen.

Die Frauen waren still, horchten auf das schwirrende Geräusch der Reifen und hörten dem leise spielenden Radio zu.

„Penny", sagte Di Lawrence plötzlich.

„Ja, Ma?" Pennys Stimme klang schläfrig.

„Ich meinte nicht dich, Kind. Ich offerierte Mr. Barr bloß deinen Namensvetter – einen Penny – für seine Gedanken. Was geht dir in deinem hellen Autorenköpfchen herum, Alec, an diesem schönen Herbstnachmittag?"

„Nichts. Alles. Ich hab' gerade nachgedacht. College. Jugend. Unsicherheit. Wie schnell sich alles bewegt. Hauptsächlich hab' ich mich gefragt, wann Luke zurückkommt. Ich hab' ihm heute morgen telegrafiert."

„Wer ist Luke?" Pennys Stimme klang jetzt ganz wach.

„Luke? Er ist die andere Hälfte meiner Einsiedelei. Luke ist Luca Germani, Exobermaat, United States Naval Reserve, italienischer Abstammung, hier geboren, Held von tausend Schlachten mit der Marinebürokratie und seit langem der Mann, der in mein Arbeitsleben so was wie Ordnung bringt. Luke lenkt mein Leben, wenn ich in Jersey draußen bin, und er verwaltet Jersey, wenn ich nach Manhattan, Afrika oder ins dunkelste Sonstwo in den Krieg ziehe. Kurz gesagt, Luke ist mein Chefkoch und Faktotum und Sekretär und Aufseher und Sklave."

„Erkläre. Ich glaube nicht, daß ich dich je von ihm hab' reden hören." Das war Dinah, jetzt auch hellwach.

„Da gibt's nicht viel zu erklären. Luke und ich waren zusammen im Großen Krieg. Er war dem Stab meines Admirals zugeteilt und wurde mir sozusagen als persönlicher Sekretär zugewiesen, der so heldenhafte Dinge wie Aktenordnen, Ablegen von Befehlen und Vermurksen der Mannschaftsakten zu erledigen hatte. Magerer Itaker – tüchtig wie der Teufel –, machte alles, was in der Kanzlei zu tun war. Kochte großartigen Kaffee. Ich hab' erst lange nach dem Krieg wieder von ihm gehört, ungefähr zu der Zeit, als ich das Haus in Jersey baute. Es war wie ein Wunder. Ich war kaum eingezogen und hatte einen Haufen Kummer mit den Dienstboten. Die in der Stadt wollten nicht dauernd hin und her fahren, und von den Jackson-Weißen am Ort kriegt man nicht viel Hilfe. Ich brauchte meine Sekretärin in der Stadt, und Amelia haßte das derbe Landleben an einem See in Jersey. Sie haßte auch Kochen. Nun, eines Tages bekam ich einen Brief von Luke, in dem er mir schrieb, er hätte die Sorte Jobs satt, die man einem Exmaat anbiete. Er habe ein paar meiner haarigeren Bücher gelesen und ob ich was für ihn hätte, das Stenografie mit Fischen, Jagen und frischer Luft verbände. Ich schrieb ihm, er solle mich besuchen, vielleicht hätte ich was für ihn."

Alec bog scharf aus, um einen Frontalzusammenstoß mit einem Bastelreimwagen zu vermeiden, und zündete sich eine Zigarette mit dem Zigarettenanzünder des Wagens an.

„Es erwies sich in jeder Hinsicht als Erfolg. Luke war im Krieg bestens behandelt worden, und offenbar hat er an keiner der örtlichen *ragazze* in der Gegend von Scranton, Pa., nach dem Krieg Gefallen gefunden. Ich schätze, er war so was wie ein Weiberfeind und höchstwahrscheinlich auch ein Friedensfeind. Ein Obermaat auf einem Schiff oder einer Küstenstation hatte eine Menge Ansehen, und Oberschreiber an Land zu sein konnte einem Mann nicht sonderlich passen, der den Innenbetrieb eines Flugzeugträgers geleitet hatte. Also lebt Luke die meiste Zeit bei mir in Jersey. Er kann immer noch schnell tippen, wenn seine Orthographie auch wacklig ist. Aber er hackt gern Holz, macht Feuer und angelt im See, und, was höchst wichtig ist: Er will kein Schriftsteller sein. Kochen kann er nicht sehr gut, aber man kann sich mit Spaghetti und Fleischbällchen ernähren, wenn man muß, und ich bin selbst ein ganz guter Koch, wenn's sich um einfache Sachen wie Steaks und Rühreier handelt. Ich hoffe zu Gott, er bringt ein paar neue Rezepte, sagen wir, für gute *scaloppine*, von seinem letzten Besuch bei Mama und seinen fünf Schwestern mit nach Hause. Aber zwischen Tiefkühlnahrung und dem Büchsenzeugs haben wir eine ziemlich gute Itaker-Speisekarte."

„Seltsame Mischung, Sekretär-Handlanger-Koch", meinte Dinah.

„Nicht so seltsam. Die meisten Italiener wachsen in der Küche auf. Sie sehen nichts Entehrendes darin, mal die Bratpfanne in die Hand zu nehmen. Sie haben ihre Mama in den sie formenden Jahren immer am Herd stehen sehen."

„Nun, ich hoffe bloß, dein Musterknabe bringt dir einen Haufen Rezepte statt einer Frau mit nach Hause", sagte Dinah. „Ich würde einen weiblichen Eindringling in dieses Männerparadies nicht gern sehen."

„Keine Sorge", sagte Alec, von der Hauptstraße abbiegend. „Gar keine Sorge. Wenn eine Frau reinkommt, raus mit Luke, und das weiß er."

„Das ist aber sehr kleinlich von dir", sagte Dinah. „Du schrecklicher, alter Misanthrop."

„Himmel, wie schön das Land jetzt aussieht!" rief Penny. „Schaut euch diese herrlichen Bäume an. Sie verfärben sich gerade."

Sie waren auf eine Straße zweiter Ordnung eingebogen, die dicht mit dem in Gold und Rot prangenden Laub von Ahorn und Buchen eingesäumt war, alles gegen den tieferen Hintergrund von Immergrün. Silberschäfte von Birken standen wie helle Staketen im dunklen Grün, an den Spitzen von den Farbtupfen der herbstlichen Verwandlung gekrönt. Die Luft wurde kälter, und die Sonne malte den Himmel, während sie sich anschickte, hinter die blauen Hügel in der Ferne zu gleiten. Der in wenigen Minuten vollzogene Wechsel von der schmierigen Fabrikstadt mit ihren von Autos wimmelnden Straßen war verblüffend.

„Deshalb liebe ich's", sagte Alec. „Zwei Kurven, und man könnte ebensogut in Kenia sein. In ein paar Minuten sind wir zu Hause."

„Hoffentlich", sagte Dinah. „Meine alten Knochen fangen an zu frieren."

Er lenkte den Wagen auf einen Kiesweg. Der Weg wand sich zwischen silberglänzenden Birken, einem Dickicht von Dornensträuchern und sonstigem Gestrüpp, während große Tannen und Fichten eine Art Baldachin über ihm bildeten. Die Reifen knirschten, als er den Gipfel des Hügels erreichte und den Cadillac schwungvoll hinter einem Sandsteinhaus zum Stehen brachte. Der Birkenwald reichte beinah bis in den kiesbedeckten Hinterhof.

„Daheim", sagte er und ging zum Gepäckraum zurück, um die Koffer auszuladen. „Wir gehen durch den Hintereingang rein, wie richtige Landleute. Geh durch die Küche, sage ich immer, und sieh dir an, was für Leute im Haus wohnen."

Er schloß die Tür auf und drückte auf einen Lichtschalter. Die Küche schien riesig, voll glänzender emaillierter Dinosaurier.

„Das ist eine Do-it-yourself-Küche", sagte er. „In dieser Tiefkühltruhe ist genug Platz, um ein paar Stiere drin zu lagern. Selbst ein Erwachsener kann auf dem Herd kochen, und wir braten sowieso fast alles draußen auf dem Rost. Nun kommt rein ins Hauptquartier. Wir machen uns lieber gleich ein Feuer."

Er ließ die Koffer in der weiten Halle, die auf den ersten Blick in freie Luft zu führen schien, auf den Boden plumpsen. Aber die Luft hatte einen mit Fliesen ausgelegten Boden, rechts einen großen Steinkamin und wurde auf beiden Seiten von zwei riesigen Glaswänden begrenzt. Der Blick ging direkt auf einen Berg und über ihn hinaus, dazwischen lag die von der Sonne gebleichte Fläche eines Sees. Unmittelbar vor der verglasten Terrasse fiel der Boden senkrecht zum See hin ab. Ein trockener Swimming-pool war links in die Fliesen eingelassen und das Ganze wiederum von Silberbirken begrenzt.

„Mein Gott!" sagte Dinah. „Ich hatte das Gefühl, direkt in die Stratosphäre hinauszutreten! Du hast ja eine großartige Aussicht hier, Junge. Wie kommst du zum See runter? Mit einem Kopfsprung?"

Alec bückte sich, um die Birkenscheite anzuzünden. Er blickte über die Schulter zurück.

„Ganz leicht. Du kannst es von hier nicht sehen, aber der rechte Hang ist in Wirklichkeit sehr sanft und der Blick von den anderen Zimmern weniger frei. Außer von oben natürlich. Ich hab' dieses Haus auf einer Art Klippe gebaut."

Er richtete sich auf, als die gerollte, pergamentene Rinde der Scheite zu knistern begann.

„Das wird uns gleich aufwärmen. Ich hab' Ölheizung für den strengen Winter, aber ich hasse diese Art Heizung, wenn ich genug Wärme aus dem Kamin rausholen kann. Wir essen sehr oft da draußen. Die Terrasse fängt im Winter eine Menge Sonne ein. So, und jetzt die Bar."

Er wandte dem Ausblick den Rücken zu und ging zu einer langen, auf einer Art Anrichte montierten Eichenplatte hinüber, die die Hälfte der Rückwand des Raums einnahm. Eine Trophäe, ein schwarzmähniges Tier mit gewölbtem Hals und langen, zurückgebogenen Hörnern, blickte arrogant auf einen Winkel des Sees hinaus.

„Was ist das für 'n Ding?" fragte Dinah. „Ein Elch?"

„Nein, kein Elch. Ein ‚Sable'."

„Oh", rief Penny. „Daraus werden doch diese schönen Mäntel gemacht!"

„Ich fürchte, da irrst du dich", sagte Alec lächelnd. Er hatte diese Vermutung schon hundertmal gehört. „Das ist kein Zobel. Woraus diese schönen Mäntel gemacht werden, ist eine Art schwarzes Wiesel, das in Rußland frei rumläuft. Das hier ist eine afrikanische Säbelantilope, und sie wird auf englisch nur ‚Sable' genannt, weil sie schwarz ist."

Er stand jetzt hinter der Bar vor einer farbenprächtigen, stattlichen Reihe von Flaschen und Gläsern auf Regalen.

„Was soll's denn sein für die beiden Mädchen?"

„Irgendwas mit Gin", sagte Dinah. „Würde ein Gibson zuviel Arbeit machen?"

„Durchaus nicht, wenn du eine Sekunde aufs Eis warten kannst", sagte Alec und verschwand in die Küche. Er kam mit einem blutenden Finger und einem verzinkten Eimer, wie Fluglinien sie haben, zurück. Er versenkte ihn in ein Loch in der Bartheke und lutschte an seinem blutenden Finger.

„Ziemlich lange her, seit jemand hierherum was entfrostet hat", sagte er. „Luke hat diesen Idioten im Dorf ausdrücklich angewiesen, einmal die Woche hereinzusehen. Wahrscheinlich ist er betrunken."

„Willst du ein Pflaster drauf? Wahrscheinlich hast du so was auch unter der Bar." Dinah versuchte ihren Drink. „Du machst aber 'n starken Gibson, Mann. Prost." Sie ging zum Kamin hinüber und hob die Rückseite ihres Rocks gegen das Feuer, das jetzt zu lodern begann. „Ich weiß nicht, weshalb ein Mädchen hinten immer mehr friert als irgendwo anders, aber es ist eine wissenschaftliche Tatsache."

„Wenn ihr ein bißchen aufgetaut seid, zeig' ich euch den Rest des Ladens und auch eure Zimmer", sagte Alec. „In der Zwischenzeit, da seht!" Er wies zum entgegengesetzten Seeufer. Fünf Böcke, drei Rehe und ein paar Kitze trippelten zierlich zur Tränke hinunter. Gleichzeitig flog eine Staffel schwarzer Enten ein und klatschte spritzend mit den Schwimmern auf das Wasser auf.

„Das gefällt mir eben an diesem Haus", sagte er. „Es ist noch richtiges Land."

„Werden sie durch das Schießen nicht verjagt?" fragte Penny.

„In der Nähe dieses Sees schießen wir kein Wild. Es gibt eine Menge Rehe – viel zuviel –, etwa eine Meile entfernt, und wir schießen nur die vorbeiziehenden Enten von den entfernteren Teichen."

„Ich muß sagen, es ist wirklich schön", bemerkte Dinah. „Man könnte meinen, man wäre eine Million Meilen vom Times Square entfernt."

Die Decke des nächsten Zimmers war hoch und seine Ausdehnung riesig. Ein ungeheurer Schreibtisch nahm eine Ecke des Raums ein, der wie ein L in ein weiteres Zimmer überging.

„Mein Gott, finden hier alle alten Elefanten ihren Tod?" fragte Dinah. „Penny, wir haben uns in einen Zoo verirrt."

Alec sah etwas reuig aus.

„Ich hab' meine Lieblinge eigentlich gern", meinte er. „Dieser Löwe war ein persönlicher Freund von mir. Diesen Elefanten da –", er wies auf zwei riesige, krumme Elfenbeinzähne links vom Kamin, „– diesen Elefanten hab' ich fast zwei Monate lang gejagt. Und dieser Tiger –", er zeigte mit dem Daumen auf das monströse gestreifte Biest über dem Kamin, „– hat mich beinah das Leben gekostet. Aber in gewisser Hinsicht besänftigen sie mich. Wenigstens erinnern sie mich nicht an Verleger und Agenten und Verkehrsstockungen."

„Hast du all die Biester wirklich selbst geschossen?" Pennys Stimme klang ehrfurchtsvoll. „Zum Beispiel diese großen schwarzen, häßlichen Dinger an der anderen Wand? Hast du nicht in Todesängsten geschwebt?"

„Wahrscheinlich, damals, besonders bei diesen großen schwarzen Dingern. Es sind Kapbüffel. Aber meist ist man bloß sehr aufgeregt, und die Angst stellt sich erst später ein. Ich erinnere mich, daß ich mich hinter einem Busch übergeben mußte, nachdem ich diesen Löwen erlegt hatte."

„Ich hätt' mich übergeben, *bevor* ich diesen Löwen geschossen hätte", murmelte Dinah. „Kannst du wirklich behaglich mit diesen Dingern hier leben, die du – sagen wir mal, ihrer Freiheit und ihres Strebens nach Glück beraubt hast?"

„Du würdest staunen, wie behaglich ich mit ihnen leben kann. Sie wachsen einem ans Herz. Und wenn's dir ein Trost ist – die meisten von ihnen wären ohnehin bald tot gewesen. Es sind alles alte Männchen, längst übers Fortpflanzungsalter raus, aus dem Stamm ausgestoßen und all den Gebresten ausgesetzt, die alte Geschöpfe eben zu gewärtigen haben.“ Seine Stimme klang plötzlich ein wenig ungeduldig.

„Wahrscheinlich macht das einen Unterschied“, sagte Penny. „Wenn man alt, krank und einsam ist und im Sterben liegt, mein' ich.“

„Ich möchte nicht anmaßend sein“, sagte ihre Mutter. „Aber hab' ich recht, wenn ich einen Anflug von Mr. Hemingways Einfluß hier entdecke?“

Alec führte sie zu ihren Plätzen auf einem halbkreisförmigen grünen Sofa vor dem Kamin, setzte sich an den runden Kaffeetisch, dessen Platte aus einer messingbeschlagenen, hölzernen arabischen Kohlenpfanne bestand. Er stellte seinen Drink an den Rand.

„Kann sein“, sagte er. „Man hat mir das schon öfter vorgeschmissen. Wir schreiben beide. Wir sind beide Jäger. Wir tummeln uns beide auf dem Gebiet der kommerziellen Auswertung unserer Arbeiten. Man macht lausige Filme aus dem, was wir zum Glück verkaufen konnten, und wir sind für das Geld dankbar. Wir beide lieben den Sport in der freien Luft. Und außerdem ist er ein alter Freund von mir.“

„Oho, ich glaube, ich bin ins Fettnäpfchen getreten“, sagte Dinah leichthin. „Entschuldige. Wollte nicht unhöflich sein. Könnt' ich noch ein Schlückchen von diesem köööstlichen Gin haben und dann den Rest deines Schlosses sehen?“

„Es sei dir vergeben“, sagte Alec auf dem Wege zur Bar. Er blickte über die Schulter zurück und deutete mit dem Kinn.

„Die Damentoilette ist dort, aber ich fürchte, ihr werdet auf ein Warzenschwein stoßen, das euch anstarrt, wenn ihr sie benutzt. Wenn ihr allergisch gegen Warzenschweine seid, gibt's noch eine, die von der Halle rechts abgeht. Keine Warzenschweine.“

Die Mutter sah die Tochter an.

„Ich glaube, wir haben ihm auch aufs Hühnerauge getreten“, murmelte sie.

„Ich finde, du warst ziemlich scheußlich“, sagte Penny. „Er ist so stolz auf sein Haus – und ich glaube, er fühlt sich einsam drin, trotz des Geredes über diesen Luke.“

„Wir wollen versuchen, es wiedergutzumachen“, sagte Dinah. „Da kommt er mit dem Gin.“

64

K*ein Wunder, daß Amelia in der Stadt bleibt*, dachte Dinah, als Alec sie in das doppelbettige Gastzimmer führte, das ein weiteres von der Wand knurrendes, geflecktes Monstrum barg – einen Jaguar, erklärte Alec. *Ich werd' die ganze Nacht Alpdrücken haben.*

„Beißt das Liebchen da oben?“ fragte sie, auf die große Katze deutend. „Ist neben dem Bett irgendwo ein Gewehr zur Hand?“

„All right, verkohl mich nur“, antwortete Alec gutmütig. „Ich bin also erst vierzehn Jahre alt. Aber, worauf es ankommt, ich mag's, und ich kann drin arbeiten. Die Kamine heizen gut, und die Aschbecher sind groß genug. Es ist mein Haus, wie ich's mir wünsche – nicht dieses verlogene, kitschige Park-Avenue-Zeugs.“

„Ich finde, es ist ein wundervolles Haus“, sagte Penny mit erstaunlicher Heftigkeit. „Ich finde, es ist ein *phantastisches* Haus“, was ihre Mutter veranlaßte, sie spöttisch zu mustern.

„Natürlich ist es ein wunderbares Haus“, sagte Dinah. „Aber ich kenn' Alec schon so lange, daß er's sehr seltsam fände, wenn ich ihn plötzlich mit Schmeicheleien überfiele.“

„Stimmt“, sagte Alec. „Nun, wenn ihr Damen euch ein bißchen zurechtmachen wollt, dann geh' ich runter und kümmere mich um die Steaks. Holzkohle dauert eine Weile. Ihr braucht euch nicht zu beeilen. In der arabischen Kommode im großen Zimmer ist ein Hi-Fi-Apparat, und den Weg zur Bar kennt ihr ja jetzt. Macht's euch bequem, bis ich brülle.“

„Könnt' ich nicht den Tisch decken oder mich sonst nützlich machen?“ fragte Penny.

„Das wäre nett. Wir werden am großen Tisch in der Halle essen. Die Sterne sehen hübsch aus durch die Glaswände. Alles Notwendige wirst du im großen Küchenbüfett finden.“

Pfeifend ging Alec hinunter, um sich um sein Holzkohlenfeuer zu kümmern.

Dinah sah ihre Tochter wieder neugierig an.

„Was hast du vor, Mädchen? Willst du dich um Lukes Job bewerben oder was?“

„Lukes Job ist mir schnuppe. Ich bin bloß der Meinung, du solltest ihn nicht so auf die Schippe nehmen. Er liebt sein Haus, und du hältst ihn zum besten. Ich wette – ich wette –“

„Was wettest du, Liebling?“

„Ich wette, seine Frau hat's ihm verdorben, und deswegen hat er sie verlassen.“

„Woher weißt du, daß Alec seine Frau verlassen hat?“ Dinahs Stimme wurde scharf. „Ich hab' nie davon gesprochen. Sie ist lediglich in Europa, soviel ich weiß."

„Ich hab's in der Damentoilette im ‚21' gehört. Jemand sagte – du warst gerade rausgegangen – so was wie: ‚Nun, wie ich sehe, gibt der alte Alec ganz schön an, seitdem er Amelia hat sitzenlassen. Zuerst war's dieses Bayne-Weib, und jetzt lacht er sich gleich zwei Sommerersatzfrauen an, Mutter *und* Tochter.'"

Dinah Lawrence stupste ihre Tochter an.

„Paß auf, Kleine", sagte sie. „Was immer der Grund war, weshalb Alec Barr Amelia verließ, es hat bestimmt nichts damit zu tun, daß sie diesem Jagdrefugium keinen Geschmack abgewinnen konnte. Und kümmere dich nicht allzuviel um das, was du in Damentoiletten hörst. Meist ist es ein Haufen Lügen."

„*Mir* klang's nicht wie ein Haufen Lügen. Es klang wie ein Haufen Wahrheit. Und du liebst Alec, nicht wahr? Hast ihn schon immer geliebt, nicht wahr? Und er hat seine Frau schon immer betrogen, nicht wahr? Und ihr habt zusammen geschlafen, nicht wahr?"

Dinah Lawrence gab ihrer Tochter eine schallende Ohrfeige.

Penny Lawrence fuhr sich mit der Hand an die Wange, ihre Augen weiteten sich verletzt.

„Das hättest du nicht tun sollen", sagte sie nach einem Augenblick. „Das werd' ich nie vergessen. Du hättest es nicht tun sollen. Ich bin eine Frau, kein Kind mehr."

„Du bist noch nicht so sehr Frau, daß du nicht geschlagen werden könntest, weil du unhöflich und kindisch und entgleist bist." Dinah Lawrence gab ihrer Stimme einen kalten, sachlichen Ton. „Du bist halb verliebt in einen Mann, der dein Vater sein könnte, und du stolperst herum wie ein Hündchen. Meine Gefühle für Alec Barr gehen niemand was an. Besonders *dich* nicht, und ich wär' dir dankbar, wenn du dich an die paar Manieren erinnertest, die ich dir beigebracht habe. Ist das klar?"

„Sehr klar. Und es bestätigt nur, was ich gesagt habe."

Pennys Stimme klang ebenso sachlich und kalt. Ihre Augen funkelten, und sie waren tränenlos. „Und schlag mich *nie* mehr, verstehst du?"

Dinah schüttelte den Kopf und fuhr sich durchs Haar.

„Tut mir leid, Baby", sagte sie. „Wirklich leid. Es gibt Dinge ..."

„Schon gut", erwiderte ihre Tochter. „Vergessen wir's. Aber nenn mich nicht mehr Baby."

65

Das Essen war keine völlige Katastrophe. Alec hatte ein paar gefrorene Maiskolben ausgegraben und gegrillt, ohne sie allzusehr zu verkohlen, und mit Hilfe einiger weiterer Tiefkühlgemüse ein Mahl zusammengestellt, auf das er ziemlich stolz war. Das Steak war am Rand nur ein bißchen versengt und in der Mitte bloß leicht blaurot und halb kalt.

Die Wärme des Kaminfeuers und die frische Landluft hatten sie schläfrig gemacht, und sie gingen bald zu Bett und schliefen bis spät in den Morgen. Als Dinah und Penny herunterkamen, pusselte Alec schon, fröhlich vor sich hinpfeifend, herum. Er hatte bereits den Frühstückstisch gedeckt.

„Schaut euch diesen Tag an!" sagte er, auf den wolkenlosen Herbsthimmel und das unanständige Übermaß goldenen Sonnenscheins deutend. Das Licht überflutete die Halle, und er hatte eine auf die Terrasse hinausführende Tür geöffnet. „Wie habt ihr geschlafen?"

„Wie Tote", sagte Dinah Lawrence. „Und das Liebchen hat mich kein einziges Mal gebissen. Ich muß schon sagen, so ein Gin und dieser herrliche Rotwein haben wirklich was Gutes. Darf ich fragen, was unser Gastgeber fürs Frühstück vorbereitet?"

„Zuerst Scotch Sours, wenn euch das gefällt, dann Waffeln und harten Schinken aus Virginia. Dann gibt's noch englischen Teekuchen und schönes, frisches Obst aus der Dose. Das ist ungefähr das Beste, was ich im Augenblick anbieten kann."

„Führ uns zu diesen Sours", sagte Dinah. „Glaubst du, wir machen eine Trinkerin aus Penny?"

„Teufel, ich hab' mit fünfzehn Jahren Kornschnaps aus dem Kochgeschirr getrunken", erwiderte Alec, „und es hat mich nie im Wachstum behindert. Außerdem werden wir morgen – oder zum mindesten Dienstag – alle Abstinenzler sein. Wie schmecken sie?"

„Du hast ungeahnte Talente, Barr", sagte Dinah. „Ich wußte, daß du schon vieles im Leben warst, aber daß du auch Hausfrau warst, das wußte ich nicht. Ich glaube wahrhaftig, du liebst dieses Pfadfinderleben."

„Ja, ich muß es zugeben. Gib mir ein gutes Stück Fleisch zum Verderben, blas mir Rauch in die Augen, und wirf einen Haufen Sand in die Suppe, und ich bin glücklich wie der Vogel in der Luft. Komm, Di, es wird Zeit, das Waffeleisen in Tätigkeit zu setzen. Penny, du kümmerst dich ums Kaffeekochen, und ich werd' den Schinken braten."

Nach dem Frühstück, bei einer dritten Tasse Kaffee, sagte Alec:

„Während ich in den Papieren rumstöberte und auf euch zwei Schlafmützen wartete, kam mir ein Gedanke. Penny, könntest du angesichts der Tatsache, daß deine Mutter und ich Bücher schreiben, bestenfalls ein reichlich ödes Geschäft, deine Ma nicht überreden, zu mir rauszuziehen? Wir werden anständig bemuttert werden, denn Luke kommt morgen oder übermorgen zurück. Nein, einen Augenblick –", Dinah Lawrence wollte etwas sagen, „– hört mich erst zu Ende an. Es ist vernünftig. Kein Lärm, keine Telefone, eine riesige Nachschlagebibliothek – wir werden deine Arbeitsstätte *in* der Bibliothek aufschlagen, Di –, eine eingebaute Kopiermaschine und jemand, mit dem du dich unterhalten kannst, wenn des Tages Arbeit getan ist. Außerdem jemand, mit dem du deine Ideen besprechen kannst. Es ist einsam wie die Hölle, in einer Stadtwohnung zu arbeiten, und man ist immer in Versuchung, schnell auf einen Drink zu Tim oder P. J. zu gehen, statt auf seine Maschine einzuhauen. Was hältst du davon, Pen?"

„Ich finde, es ist eine wundervolle Idee." Pennys Stimme klang kalt, als sie sich an ihre Mutter wandte. „Schließlich ist es dein erstes Buch, Mutter, und Alec hat so viel Erfahrung, und es ist so still hier draußen, und ich bin sicher, daß Luke viel besser kocht, als Alec behauptet."

Dinah Lawrence hob die Hand.

„Halt", sagte sie. „Und noch mal halt! Einen Augenblick mal. Abgesehen von der zweifelhaften Schicklichkeit solcher Kumpelei mit einem verheirateten Mann, gibt's gar kein Haus, das groß genug für zwei Schriftsteller wäre. Ich glaube, darüber haben wir schon früher gesprochen. Du schreibst dein Buch, und ich schreibe meins – jeder in seiner eigenen, stillen Ecke. Wir sind schon lange Zeit Freunde, Alec. Ich möchte, daß es so bleibt."

„Aber Mutter, Alec möchte dir doch nur helfen."

„Denk nicht mehr dran. Ich weiß, was ich sage. In drei Tagen, wenn nicht noch früher, würden wir uns an die Kehle springen." Dinah sah ihre Tochter starr an.

Alec zuckte enttäuscht die Schultern.

„Es war bloß ein Vorschlag. Ich dachte ..."

„Es war ein schöner, großzügiger und gänzlich undurchführbarer Vorschlag. Nichts zu machen. Penny, du hast mehr zu packen als ich. Wie wär's, wenn du deine Sachen jetzt im Koffer verstautest, damit wir uns zum Flugplatz nicht zu sehr zu beeilen brauchen?"

„Ja, Mutter", sagte Penny leise.

„Was ist zwischen dir und Penny vorgefallen?" fragte Alec, nachdem Penny gegangen war.

„Nichts Besonderes. Kleiner Mutter-Tochter-Streit. Geht vorüber. Achte nicht drauf."

Alec zuckte die Schultern. „Frauen", sagte er, „jeden Alters."

Langsam fuhren sie durch den leuchtenden Herbstnachmittag zum Newark Airport, bedrückt, wie Menschen sind, wenn das Wochenende vorüber ist und Freunde zurückgelassen werden müssen. Alec stellte mit dem Scherzwort das Radio an, daß „jetzt die Zeit gekommen sei, eine Meldung über ein zweites Pearl Harbor zu hören", und wurde von beiden Frauen strafend angesehen. Er schaltete die Station aus und fuhr schweigend weiter.

Werde ich Amelia um die Scheidung bitten? Seine Gedanken wanderten. Es macht eine Unmenge Ärger und Kummer, und außerdem kostet's verdammt viel Geld. Sie hat eigentlich nichts getan, wodurch sie's verdient hätte. Ich bin der Halunke im Grunde. Was find' ich schon Besseres, wenn ich mich wirklich von ihr scheiden lasse? Die Arbeit muß getan werden, und man kann – verdammt noch mal! – nicht arbeiten, wenn man das Silber und die Bücher aufteilen muß.

Wenn ich nur verzweifelt in jemand verliebt wäre. Dinah ist wunderbar, aber meine Gefühle für sie sind eigentlich ziemlich brüderlicher Art, trotz – und Dinah kennt mich zu genau. Es hat keinen Sinn, eine neue Falle zu bauen, aus der ich nur wieder ausbüxen werde, betrügend – lausiges Wort das, *betrügen* –, sobald ich mich langweile und fickerig werde. Er seufzte tief auf.

„Was ist los?" fragte Dinah Lawrence. „Der Seufzer kam so richtig aus tiefster Seele."

„Nichts. Eigentlich nichts. Ich fühl' mich bloß mutlos, wenn ich an morgen denke. Arbeit, kein Alkohol und die rauhe Wirklichkeit. Die Flitterwochen sind vorbei."

„Flitterwochen, wieso?" fragte Penny. Ihre Stimme klang immer noch sehr dünn.

„Nicht gerade Flitterwochen, Süße", erwiderte Alec. „Sagen wir: Ferien von der Verantwortung. Die Zeit fürs Büffeln ist gekommen, und das stimmt mich traurig. Eine kleine Weile in diesem Sommer glaubte ich, ich sei jung. Aber das ist ein Fehler, den wir alten Burschen alle machen. Wann kommst du wieder nach Hause?" Die Frage kam plötzlich, heiter.

„Thanksgiving Day, glaube ich."

„Nun, wenn deine Ma nicht so tief in ihrem Buch steckt, daß sie zu nichts zu gebrauchen ist, wollen wir uns einen Abend mal anständig besäuseln und kräftig auf die Pauke hauen. Bis dahin werd' ich garantiert eine Pause brauchen. Wir werden Kaviar essen, Jazzmusik hören und ein paar Mülleimer um – und die Stadt unsicher machen."

„Hört sich wundervoll an, wenn Mutter nicht zuviel zu tun hat. Und vielen Dank für das schöne Wochenende, Alec. Dein Haus gefällt mir sehr, und ich hoffe, du lädst mich wieder mal ein."

„Danke, Pen. Nebenbei bemerkt, hast du mein letztes Buch schon gelesen, ‚*Total Loss*'?"

„Nein, ich schäme mich, gestehen zu müssen –"
„Hab' ich mir gedacht. Wenn du ins Handschuhfach langst, wirst du ein Exemplar finden. Da hast du im Flugzeug gleich was zu lesen. Es ist handsigniert, aber zeig's deiner Ma nicht. Warte, bis du im Flugzeug sitzt, bevor du dir das Deckblatt ansiehst."
„Donnerwetter, danke dir, Alec. Und ich werd's meiner Mutter nicht zeigen. Sie wäre nur eifersüchtig."
„Ich bezweifle, ob eine einfache Unterschrift eine moderne Frau eifersüchtig machen kann", sagte Alec lächelnd. „Auf jeden Fall war's reizend, daß du herauskamst. Jetzt soll deine Mutter dich zum Flugzeug bringen." Er hielt vor der Gepäckabfertigung und winkte einem Träger. „Wiedersehen, Süße, und vielen Dank."
Penny stieg aus, lief zum Fahrersitz herum und küßte Alec auf die Wange. Sie flüsterte:
„Wenn du mir den Vorschlag gemacht hättest, den du meiner Mutter gemacht hast, hätt' ich dich beim Wort genommen."

66

„Sonntag ist eigentlich der Tag für langes, trauriges Schweigen, nicht wahr?" Dinah Lawrence war wieder auf ihren Platz geglitten und legte eine Hand leicht auf Alecs Knie. „Er fängt am Morgen so schön und heiter an, voll sonniger Festlichkeit und zwitschernden Vögeln, und gleitet immer in nächtliche Traurigkeit ab. Ich wette, an Sonntagabenden betrinken sich mehr Leute als am Sonnabend."
Alec nickte. Er achtete auf den Verkehr, und es gab eigentlich nichts darauf zu erwidern. Er hatte jetzt den Kopf mit seinem Buch voll, das er morgen beginnen wollte; es war das gespannte, der Explosion zusteuernde Gefühl, immer das Vorzeichen der eingesperrten, gleich berstenden Energie.
„Ich glaube, du weißt, daß ich dich liebe", fuhr Dinah in freundschaftlichem Unterhaltungston fort. „Wahrscheinlich weißt du auch, daß ich nie fähig war, mich in jemand anders zu verlieben, seitdem wir beide in der Stadt nach Storys jagten – oh, wie lange ist das her! Ich hab' mich nur einmal gehenlassen – damals in der Nacht in Philadelphia –, und hinterher hätt' ich mich ohrfeigen können." Sie schien mit sich selbst zu sprechen.
„In den Anfangszeiten, als du einen Haufen Kummer hattest – wahr-

scheinlich mit Amelia ebenso wie mit den Redakteuren –, wartete ich drauf, daß du anrufen und fragen würdest, ob du vorbeikommen könntest. Du hast immer davon geredet – es war deine Lieblingsredensart –, ich ‚sollte mir meinen gesunden Verstand bewahren'. Vielleicht war ich dir von Nutzen. Aber mir hat's nicht viel genutzt. Würde es dich überraschen, wenn ich dir sagte, daß ich seit Philadelphia mit keinem anderen Mann mehr im Bett war?"

Alec war verlegen. Das war nicht die Dinah, die er kannte, die schnippische, schlagfertige Dinah, die es in jeder Bar und mit jeder Story mit jedem der anderen Burschen aufnehmen konnte. Dies war plötzlich eine sanfte, verletzliche Frau, die er gar nicht kannte. Dieser Seitensprung in Philadelphia war das Ergebnis von zuviel Alkohol und zu müheloser Gelegenheit gewesen. Am nächsten Tag hätte er sich kaum erinnern können – an die Einzelheiten –, wenn das Kopfkissen neben ihm nicht eingedrückt und auf der anderen Bettseite kein warmes, duftendes Nest gewesen wäre. Dinah hatte nicht mal eine kurze Nachricht hinterlassen.

„Ich weiß wirklich nicht, was ich sagen soll, Liebling." Das Wort schmeckte seltsam auf seinen Lippen. Dinah war kein „Liebling"; sie war „Kamerad" oder „Kleine" oder „Kumpel" oder „Süße", aber niemals „Liebling". „Ich wußte natürlich, daß wir Freunde waren und daß ich dich auf eine besondere, persönliche Art liebte, aber es ist mir nie in den Sinn gekommen –"

„Es sollte dir auch nicht in den Sinn kommen. Deswegen bin ich mit beiden Füßen fest auf dem Boden geblieben. Ich hatte nicht die Absicht, mein Herz zu verschenken und mich lächerlich zu machen. Ich hätte nebenbei mit dir schlafen können, solange wir offen und ehrlich zueinander gewesen wären, aber so, als ein Stück nach dem anderen von mir abbrach und du's noch nicht mal merktest –"

„Amelia –"

„Hol' Amelia der Teufel. Wegen Amelia hab' ich mir keine Sorgen gemacht. Über *mich* hab' ich mir Sorgen gemacht. Amelia hatte nichts zu verlieren, weil sie schon lange nichts mehr geben konnte. Zum mindesten dir, so, wie du's haben wolltest. Daß du in Philadelphia damals so leicht mit mir ins Bett fielst, war ein Zeichen, daß diese Betthupfer für dich schon zur Gewohnheit geworden waren, und davon wollte ich nichts wissen. Ich wollte auch am anderen Morgen was haben, sonst lieber gar nichts. Für einen weltklugen Schriftsteller bist du ein ziemlich blinder Junge, Alec Barr."

Alec hob den Bruchteil einer Sekunde die Hände vom Steuerrad. Seine Knöchel wurden weiß, als er den Volant wieder packte.

„Weißt du", sagte er nach einem Augenblick ehrlich, „ich hab' das Gefühl, daß ich in meinem Leben nie was richtig gemacht habe. Bei Amelia nicht, bei dir nicht, nicht – nun, du weißt ja alles über meinen

Ausbruch –, nicht mal bei Barbara Bayne. Ich bin ein kleines Kind in einem Wald voll Frauen. Ich wollte – ich *will* – ich strecke die Hand nach Liebe aus, und was ziehe ich? Eine Niete. Falls Liebe da ist, weiß ich's nicht. Irgendwo fehlt mir was Vitales. Was ist bei mir nicht in Ordnung?"

Dinah zündete zwei Zigaretten an und gab ihm eine.

„Ich glaube, du hast nie Zeit gehabt, dich zu verlieben", sagte sie, und Alec, dessen Augen fest auf die Straße gerichtet waren, konnte die plötzlichen Tränen in ihren Wimpern nicht sehen. „Ich glaube, du hattest einfach nie Zeit dafür."

„All right, ich hatte also nie Zeit dafür." Seine Wangenmuskeln zogen sich zusammen und zuckten. „Nehmen wir mal an, ich bäte Amelia wirklich um Scheidung! Angenommen, mir würde klar – was einem in den Romanen heute nicht mehr abgenommen wird –, angenommen, mir würde plötzlich klar, daß ich dich die ganze Zeit geliebt hätte! Für Zeitschriftenschmarren genügt das noch immer als Motivierung. Würdest du mich dann heiraten?"

„Nein", sagte Dinah Lawrence. „Ich würde dich nicht heiraten, und wenn du der letzte Mann auf Erden wärst, nicht in deiner augenblicklichen Verfassung."

„Und wenn ich durch irgendeinen Umstand meine augenblickliche Verfassung verbesserte, irgendwann in der Zukunft? Wenn ich ein Mensch würde statt der Filiale einer verdammten Schreibmaschine? Würdest du mich dann heiraten?"

„Dann brauchtest du mich nicht mal zu heiraten. Ich würde sonst was tun, um mit dir zu leben und deine Liebe zu sein." Dinah langte nach einem Taschentuch und putzte sich die Nase. „Das ist eine verdammt blöde Unterhaltung für zwei alte Profis", sagte sie. „Entschuldige, wenn ich mich wie ein kleines Mädchen benehme. Im allgemeinen tu' ich das nicht."

Alec schüttelte den Kopf.

„Meine Unterweisung in puncto weibliches Geschlecht scheint wirklich sträflich vernachlässigt worden zu sein", sagte er. „Im Greisenalter von etwas über vierzig stelle ich fest, daß ich nichts weiß, absolut nichts, trotz der neunmalklugen Bücher und spritzigen Dialoge, die ich geschrieben habe. Ich fühl' mich ein bißchen angeschlagen." Wieder schüttelte er den Kopf. „Ich glaube, ich verlege mich in Zukunft auf Sportbücher für die Jugend."

Sie hatten die Triborough-Brücke überquert und bogen auf den West-Side-Highway ab, in Richtung Manhattan.

„Kannst du ein Heilmittel vorschlagen?" fragte er, sich mit dem Wagen durch die doppelten Parkreihen der Seitenstraßen schlängelnd. „Oder ist mir gar nicht zu helfen?"

„Dir ist schon zu helfen, durchaus zu helfen. Du brauchst bloß jemand zu finden, dem du dich geben kannst – ganz, gegen jede geschäftsmäßige Praxis, gegen jede großstädtische Sophisterei, gegen alle gesellschaftliche Rücksicht. Und sag mir bloß nicht, das klinge wie ein Zitat aus einem Roman der Schwestern Brontë. Es ist die einzige Kur für deine Krankheit, Alec Barr."

Er hielt vor ihrem Sandsteinhaus und ließ den Motor laufen. Dann ging er zum Gepäckraum nach hinten, holte ihren Handkoffer heraus, trug ihn zur Treppe und sagte:

„Wenn du eine Minute wartest, bis ich einen Parkplatz gefunden habe, würde ich gern auf einen Drink mit reinkommen und das Thema weiter besprechen."

Dinah Lawrence legte ihm beide Hände an die Wangen, zog sein Gesicht herunter und küßte ihn leicht, sanft auf die Lippen.

„Nicht heute abend, Lieber", sagte sie. „Ich glaube, meine Tochter wäre nicht einverstanden. Meine Tochter liebt dich nämlich auch."

„Ich verstehe die Frauen immer noch nicht", sagte Alec hilflos. „War's das, was zwischen dir und Penny den ganzen Tag nicht stimmte?"

„Das war's, was zwischen mir und Penny den ganzen Tag nicht stimmte. Sie warf mir vor, ich liebte dich und ich hätte mit dir geschlafen, als hätte sie ein Recht auf dich. Darauf hab' ich ihr eine geknallt. Ich glaube, ich tat's aus Angst vor dem Älterwerden. Eifersucht, wenn du willst."

„Gute Nacht", sagte Alec Barr. „Ich ruf' bald wieder an."

„Jesus", murmelte er, als er den Gang einlegte und nach Hause fuhr.

67 Alec

Es gibt nur einen Zustand, der noch schlimmer ist als ein schrecklicher Sonntagabend in New York nach einem auf dem Lande verbrachten Wochenende, und das ist ein winterlicher Sonntagmorgen in den verlassenen Straßenschächten von Wall Street und Umgebung, wenn der Wind die Zeitungen vom Vortag wie verrücktes, entwurzeltes Unkraut durch die leeren Korridore der Wirtschaft wirbelt. Es regnet unweigerlich am Sonntagabend in New York; aber selbst wenn der Himmel klar ist und die Sterne hell leuchten, liegt immer noch eine Andeutung von Regen in der Luft. Nur wenige Restaurants sind geöffnet; Kinos und chinesische Restaurants liefern allein die Waffen gegen die Geier, die auf die Augen des Geistes einhacken.

Alec überlegte sich, ob er ins Kino gehen sollte, und verwarf den Gedanken wieder. Mit den angetrunkenen, einsamen Säufern bei Toots wollte er sich nicht über Baseball unterhalten, wollte nicht bei *The Embers* den Sonntagsersatzspieler am Klavier hören. Und auf keinen Fall wollte er durchs Village streifen. Worauf er sich zu einem deprimierenden Abendessen im *House of Chan* entschloß, und nicht mal der Besitzer war da, um ihn mit seinem gebrochenen Englisch zu amüsieren. Alec stocherte in den Rippenstückchen, der Frühlingsrolle und in den klebrigen chinesischen Gemüsen herum und beschloß, nach Hause zu gehen, obgleich der Abend gerade erst angebrochen war. Er fühlte sich leer im Magen, schwach in den Knien, zittrig in den Händen, als erholte er sich von einer ausgedehnten Besäufnis.

Die Wohnung war genauso leer, genauso deprimierend – vielleicht noch eine Spur deprimierender, weil es Sonntag abend war. Er ging in sein Schlafzimmer, pellte sich aus der Wochenendkleidung, zog einen Schlafanzug und einen Morgenrock an und setzte sich mit den Frühausgaben der Zeitungen in einen Sessel. Er las die Schlagzeilen immer wieder, bis er aus lauter Verzweiflung zur Bar ging und sich einen sehr braunen Drink mixte. Er schmeckte scheußlich. Er kam sich alt und häßlich vor. Aber beim Ausziehen hatte er sich im Spiegel betrachtet, und es war ihm in seinem Gesicht nichts aufgefallen. Es war immer noch lang, grob, und seine Schläfen waren auch nicht silbriger geworden.

Er dachte ans Wochenende. Er hatte Barbara am Donnerstagabend verloren – für immer, ein angenehmer Verlust –, und er war Jill Richard am Freitag begegnet. Am selben Freitag hatte er Jill Richard verloren – höchstwahrscheinlich für immer. Am Sonnabend und Sonntag war er einer gänzlich neuen Dinah Lawrence begegnet – Sonntag war ja noch heute – und hatte den pfeilgeraden Verlauf seines Lebens in dem fraulich gewordenen Gesicht eines Kindes gesehen, das er einst in den Zoo geführt hatte. Wahrscheinlich war's auf Penny zurückzuführen, daß er sich mißhandelt, verbraucht und zurückgewiesen vorkam – hohl – *hohl*, das war das richtige Wort. Er hatte Amelia verjagt; selbst diese tröstlich-irritierende Gegenwart war ihm versagt. Er war unfähig, sich auf eine Zeitung zu konzentrieren. Bücher konnte er nicht ausstehen. Der Gedanke ans Fernsehen widerte ihn an. Und Dinah Lawrence hatte Weiberkrach mit ihrer eigenen Tochter.

Nun, Barr, dachte er, da ist immer noch die Arbeit. Immer die verfluchte Arbeit. Morgen ist ein anderer Tag, und wir haben immer die Arbeit. Zurück zur Ranch, sobald mir Marc wieder mal die Hölle heiß gemacht hat; zurück nach Jersey und zu Luke, zur langweiligen Routine und zu alten Pullovern, und keine Weiber mehr! Keine Weiber mehr – wenigstens längere Zeit nicht. Steck sie in die Bücher, wenn du willst, aber bleib, zum Donnerwetter, aus ihren Betten.

Bett. Allein im Bett. Allein im Bett ist kein Heilmittel gegen die schrecklichen Stimmungen, diese traurige Mischung aus überfälligem Gewissen und künftiger Angst. Der Mensch lebt nicht vom Bett allein. Alec grinste über das scheußliche Wortspiel, nahm eine doppelte Portion kohlensaures Natron und ließ sich auf seine einsame Couch fallen. Unruhiger Schlaf überfiel ihn, um höhnisch wieder zu entfliehen. Sein Hirn wimmelte von Storyfragmenten und einzelnen schwachen Dialogfetzen. Er überprüfte seinen Kontostand auf der Bank. Was ist, wenn ich zu krank werde, um dieses Buch zu Ende zu schreiben? Angenommen, ich bekäme Leberentzündung und könnte ein Jahr lang nicht arbeiten? Oder ich würde blind? Was geschieht mit allen, wenn ich zugrunde gehe? Die literarischen Stile wechseln dauernd. Sagt Mantell. Und das ist Evangelium. Ein Haufen Konkurrenz im Raumzeitalter. Erinnere dich an Peter B. Kyne. Peter war ein Bestseller, bis der Stil sich änderte. Erinnere dich an Jack London. Was weiß ich von *Sciencefiction*? Armer *alter* FPA. War mal die heißeste Kolumne von allen, dieser *Kommandoturm*, und dann jener letzte, pathetische Bettelbrief, in dem er um Ladenhüter aus den Schubfächern bat, um eine Anthologie zusammenflicken zu können, die letzte, hungernde Zuflucht einstiger Schriftsteller. Ich könnt's heute nicht mehr ertragen, arm zu sein, nicht in meinem Alter.

Alec wand sich, schwitzte leicht. Das Laken klebte an seinen Gliedern, Kissen und Decke erstickten ihn wie eine einbalsamierte Mumie. Ein Kopfkissenzipfel pikte ihm ins Auge, und sein Körper prickelte von oben bis unten, als ob Ameisen über ihn kröchen. Der Zusammenhang von übermäßigem Rauchen und Lungenkrebs, Leberschrumpfung durch zu vieles Trinken, Gehirnerweichung bei Leberschrumpfung ging ihm in Verbindung mit den Ablehnungsschreiben von eingesandten Manuskripten und dem Tod so vieler Magazine kurz durch den Kopf. Was geschieht, wenn's für meine Art Literatur keinen Markt mehr gibt? Selbstmord? Das haben schon bessere Männer getan. Jetzt juckte sein Kopf unerträglich, und alle Wörter, die er je geschrieben hatte, schienen ihm ohne Leben und Bedeutung zu sein. *Wie konnte ich sie so lange an der Nase rumführen*, dachte er, *wo nichts davon was taugte?*

Wo Amelia wohl in diesem Augenblick ist? Wahrscheinlich schickt sie den Mädchen, mit denen sie sich hier zum Lunch traf, den gackernden Hühnern vom College, gelegentlich eine Postkarte. Wahrscheinlich wissen die Hazeltines, wo sie sich aufhält, aber ich kann mir nicht vorstellen, daß ich die Hazeltines an einem Sonntagabend anrufe und frage, ob sie wissen, wo meine Frau ist. Alecs Gedanken rasten. Was für einen Trottel hab' ich in den letzten beiden Monaten aus mir gemacht, hab' mich wie ein blöder Student im zweiten Semester aufgeführt! Zweite Kindheit. Männliche Wechseljahre. Letzter Krampf Barr. *Knilch.* Trotzdem möcht' ich gern wissen, wo sie ist und was sie für

Pläne hat. Wer könnte es sonst noch wissen – wer kennt ihre Reisepläne? Francis Hopkins? Höchstwahrscheinlich. Aber soll mich der Teufel holen, wenn ich diesen verfluchten Kerl anrufe, um's rauszufinden.

Alec sprang aus dem Bett, ging ins Badezimmer und nahm zwei Schlaftabletten. Er ging ins Bett zurück, strich das faltige Laken glatt und versuchte, seine Gedanken zusammenzunehmen. Gedanken und Einfälle schwirrten ihm immer noch durch den Kopf wie tanzende Teufel in einem wüsten Ballett. Jetzt kamen ihm seine Eltern in den Sinn, steif in schwarz-weißen Clownsanzügen. Von *dieser* Front hatte er in letzter Zeit keine Berichte erhalten; wahrscheinlich schickte Mantell treu und brav das Geld. Diese Menschen lagen heute weit hinter ihm. Komisch, wie der Liebesakt, der einem das Leben gab, sich schließlich in einen sterilen Terminus wie „diese Menschen" auflösen konnte. Und der jüngere Bruder Martin. Gefängnis? Möglich. Angenommen, Amelia war irgendwo in Europa erkrankt? Würde es ihm jemand mitteilen? Angenommen, sie starb allein, voll Haß gegen ihn? Angenommen, sie verzagte und brachte sich um? Er würde es nie mehr über sich bringen, eine Zeile zu schreiben, würde sich nie verzeihen können. *Nie mehr über sich bringen, eine Zeile zu schreiben.* Egoistischer Halunke, Barr. Alec wand sich, und die Mumienlaken würgten ihn. Der Schweiß strömte jetzt, kitzelte ihn unterm Kinn, kroch ihm hinter die Ohren und den Hals herunter. Haare waren aufs Kopfkissen geraten und juckten ihn an unerreichbaren Stellen der Schultern.

Er warf sich auf den Bauch und versuchte, auf dem Gesicht zu schlafen. Er versuchte, an angenehme Dinge zu denken: an den frühen Sonnenaufgang im Rift Valley; an ein Rudel heiterer Löwen im hohen gelben Gras der Massaisteppe; erster Feuerschein und der erste schöne Drink mit seinen afrikanischen Freunden, dabei die angeregte, übertriebene Schilderung der Abenteuer des Tages. Dann jener große Salm am Restigouche in Kanada und der große, große Elefant, dessen Stoßzähne jetzt in New Jersey montiert waren. Plötzlich überwältigte Alec große Traurigkeit wegen all der Tiere – sogar der Fische –, die er getötet hatte. Er wünschte, keinem Geschöpf je das Leben genommen zu haben, da sein eigenes Leben zu so erbärmlicher Kürze verurteilt war. Er konnte die sich schnell verglasenden Augen sehen, das schreckliche Stilleben des blutigen Ausweidens, die herumschwirrenden dicken blauen Fliegen und die immer kreisenden, schwebenden Geier. So würde auch er einmal enden, an einem letzten traurigen Tag, mit einer letzten Ejakulation, während sich sein Darm zum letztenmal entleerte. Er schauderte, knipste das Licht an und stand auf.

Er zog seinen Morgenrock über, ging zur Bar zurück und schenkte sich noch einen steifen Drink ein. Heute nacht würde es keinen Schlaf geben, nicht, solange er von den Teufeln geritten wurde. Wenn er nur wüßte, wo Amelia war. Wenn er nur wüßte, was sie vorhatte.

Alec Barr ging zum Telefon und blätterte das Telefonbuch durch, bis er zum Buchstaben „H“ kam. Er schnitt eine Grimasse und wählte die Nummer. Nach dreimaligem Läuten wurde am anderen Ende abgenommen.

„Hallo, Francis? Alec Barr. Verzeih mir, wenn ich zu so später Stunde anrufe.“

Die Stimme am anderen Ende plätscherte glatt und süßlich.

„Macht gar nichts, Alec. War gerade dabei, mich in Schlaf zu lesen. Der *New Yorker* ist heutzutage besser als jede Tablette. Was hörst du von Amelia?“

„Ehrlich gesagt, nichts.“ Alec schluckte seinen Stolz hinunter. „Gar nichts. Aus diesem Grunde rief ich dich an. Ich dachte, du wüßtest vielleicht –“

Francis lachte leise.

„Ich glaube, ich hab' so was wie einen Fahrplan von ihr. Natürlich hab' ich sie seit etwa sechs Wochen nicht mehr gesehen. Ich fuhr mit ihr nach Paris hinüber, und wir sahen uns ein paar Kathedralen an. Aber ich mußte wieder zurück – Arbeit, du weißt ja, wie's ist. Ich trennte mich von ihr in Rom. Einen Augenblick, Alec, ich muß schnell mal meine Papiere durchstöbern.“

Alec zündete sich inzwischen eine Zigarette an und runzelte die Stirn. Sie nahm also ihr Schoßhündchen mit, was? Und höchstwahrscheinlich hab' *ich* die Passage bezahlt. Jetzt war Francis Hopkins wieder am Apparat, die Stimme unecht triumphierend.

„Wie durch ein Wunder hab' ich zufällig ihre ungefähre Reiseroute gefunden. Allem Anschein nach sollten sie – ich nehme an, du weißt, daß sie sich mit Nancy Patton zusammentat, nachdem ich aus Rom abfuhr –, sollten sie diese Woche in Tokio sein, dann wollten sie eine Woche nach Hongkong und dann über Singapur und Hawaii zurück. Sie fuhr nach Tokio via Beirut, diese Route. Alles natürlich unverbindlich, könnte jederzeit geändert worden sein. Zwei attraktive Frauen frei und ledig, du weißt ja ...“

Hol' ihn der Teufel, dachte Alec, seiner Stimme höflichen Klang verleihend.

„Kennst du vielleicht den Namen der Reiseagentur, falls sie eine benutzt?“

„Ja, kenn' ich. Es ist die Firma Moffat, Hauptsitz London. In New York ist auch ein Büro, Madison Avenue, 45th – stimmt, 45th. Wahrscheinlich haben die eine Art Übersicht, wo sie sich augenblicklich aufhält.“

„Ich danke dir vielmals, Francis. Und entschuldige nochmals meinen späten Anruf, aber ich mache mir langsam Sorgen –“

„Jederzeit, jederzeit. Und wenn du dich langweilst und auf einen Drink reinschauen willst, tu's bitte. Ich hoffe, du kannst Amelia überreden, nach Hause zu kommen. Die Stadt ist so *langweilig* ohne sie. Gute Nacht, Alec. Träume süß."

Vielleicht hatte Francis Hopkins nicht gelacht, als er auflegte, aber Alec war sicher, Gelächter gehört zu haben, das die Anwesenheit eines andern in Francis' Zimmer verriet.

Alec Barr fluchte, trank seinen Drink in einem Zuge aus, knipste die Lichter aus und ging ins Bett zurück. Wenigstens war sie nicht tot, aber was sollte die witzige Bemerkung heißen: „Zwei attraktive Frauen frei und ledig"? Na ja, ich kann sie immer noch durch die Agentur finden, dachte er und grub das Gesicht ins feuchte Kopfkissen. Diesmal wirkten die Tabletten, und Alec Barr schlief alsbald schnarchend ein.

68

Marc Mantell hatte ihm nicht mehr Vorwürfe gemacht, als vernünftigerweise nötig war, zu seinem Besten natürlich.

„Ich freue mich, daß Sie losgeworden sind, was immer Sie in Ihrem Organismus hatten, Alec. Bei jedem von uns schwappt die Biologie eben einmal über. Aber von der Biologie abgesehen, sind wir so ziemlich pleite, Junge. Ihr Kontostand im Büro ist tief im Rot, und dieser letzte Schub von Schecks aus Europa –", Mantell pfiff. „Ich habe den überzogenen Betrag abgedeckt. Jetzt erhebt sich die Frage, ob Sie entweder die Serien zu Ende schreiben und mit dem neuen Buch weitermachen oder ob wir ein paar Aktien verkaufen müssen. Lassen Sie das Stück zunächst mal liegen, bis wir mehr Moneten auf der Bank haben. Wie fühlen Sie sich wirklich?"

„Miserabel", antwortete Alec. „Gerade miserabel genug, um zur Arbeit zurückzukehren. Mein Gewissen bringt mich um, und ich hab' viel zuviel getrunken. Ich müßte jetzt eigentlich arbeiten können. Trinken wir noch einen letzten Martini. Von morgen an bin ich Abstinenzler."

„Guter Junge", meinte Marc Mantell. „Lassen Sie mich wissen, wenn Sie genug zusammen haben, daß Sie's mir zeigen können. Dann komm' ich über Nacht raus, und wir können es durchhecheln."

Am Spätnachmittag fuhr Alec nach Jersey hinaus und freute sich, Rauch aus den Kaminen steigen und freundliche Lichter im Innern brennen zu sehen. Luke war also wieder da. Wenigstens würde er jemand haben, mit dem er nach der Arbeit über die Marine sprechen könnte, jemand, mit dem er einen heben könnte – nein, das war ja vorbei, von morgen an. Jäh mit dem Alkohol zu brechen war weiß Gott kein Spaß, aber es war leichter, als es endlos rauszuziehen.

Luke öffnete die Tür, als er den Wagen ankommen hörte. Er trat in den Hof hinaus, ein hagerer, dunkler, etwa vierzigjähriger Italiener. Er hatte eine Hakennase, aber kein haardünn ausgezogenes Schnurrbärtchen, und sein Haar war völlig grau. Er trug einen buntgewürfelten Pendleton-Lumberjack und alte grüne Kordhosen. In seinen braunen italienischen Augen lag ein ehrlicher Willkommensgruß.

„Nett, daß Sie wieder daheim sind, Boß", sagte er und streckte die knochige Hand aus. „Was hören Sie von der Missus?"

„Noch in Europa", antwortete Alec kurz. „Ich nehme an, Sie haben sich auch diesmal wieder nicht verheiratet?"

„Nein. 'n Haufen Küken, aber nix zum Heiraten. Meine alte Dame hat mich wegen Küken-*cacciatore* wieder rausgeschmissen. Und ich war froh fortzukommen, wenn Sie die Wahrheit wissen wollen. Ich hab' zu viele Schwestern. Kam mir vor, als könnt' ich mich im Badezimmer nicht umdrehen, ohne von einem Strumpf erwürgt zu werden. Wie ist es Ihnen ergangen?"

„Ganz gut. Sie sehen wohl aus."

Alec ging durch die Küche voraus.

Er sah sich um.

„Ah, gut. Wie ich sehe, haben Sie frisches Gemüse besorgt. Wir werden nach dem Abendessen eine Liste aufstellen, und Sie können morgen reinfahren und für etwa einen Monat Vorrat laden. Wir haben hart zu arbeiten, fangen mit klarem Kopf früh am Morgen an."

„Abstinenz?"

„Ab morgen."

„Oho!" Luke rollte die Augen. „Da werd' ich Ihnen lieber die ersten drei, vier Tage aus dem Weg gehen."

Alec lächelte.

„So schlimm wird's nicht werden. Ich denke, wir werden uns jetzt einen anständigen Abschiedsdrink mixen und dann sehen, was Sie uns zu einem frühen Abendbrot zusammenkratzen können. Hamburger, Spaghetti aus der Dose, irgendwas. Dann möcht' ich alle Hefter über das neue Buch sehen und den obersten Durchschlag der Serie – Sie wissen schon, die für den *Globe*. Sie wollen, daß ich die Mitte neu schreibe, Gott weiß, warum, aber sie kaufen und verkaufen schließlich."

„Haben Sie sich übers Wochenende hier gut unterhalten?" fragte Luke. „Das Wetter muß hübsch gewesen sein."

„Klar, hab' mich sehr gut – wir haben wohl nicht gründlich genug aufgeräumt, weil ich heute zurückkommen wollte? Eine alte Freundin und ihre Tochter. Ganz alte Freunde."

„Hat noch nie 'ne Frau gegeben, die einen anständigen Bettenbau fertigbrächte", sagte Luke. „Und außerdem liegt dann immer 'ne Haarnadel im Badezimmer rum."

„Hören Sie auf, Detektiv zu spielen, und überlegen Sie sich, was wir zum Dinner machen können", sagte Alec. „Und wechseln Sie die Farbbänder in den Schreibmaschinen."

„Schon gewechselt", sagte Luke. „Und wir werden keine Hamburger zum Abendbrot haben. Ich hab' mich eine Stunde frei gemacht und uns heute nachmittag ein paar Barsche geschnappt. Was halten Sie von einem bißchen frischen Fisch?"

„Großartig", erwiderte Alec, innerlich schaudernd. „Ganz wundervoll."

Er ging zur Bar und mixte einen Becher Martinis, goß zwei ein. Einen reichte er Luke und hob den anderen prostend.

„Willkommen an Bord, Maat", sagte er und korkte die Ginflasche fest zu.

69

Nach den ersten paar Tagen chronischer Sehnsucht nach dem Sonnenuntergangsdrink, der eher einer zeremoniellen Gewohnheit als einem tatsächlichen Bedürfnis nach Alkohol entsprach, begann Alec, sich großartig zu fühlen. Er stand um sieben auf, rasierte und duschte sich, machte einen Spaziergang um den See oder zum Damm hinunter und hatte gegen acht Uhr einen Bärenhunger. Er verschlang ein riesiges Frühstück von Speck mit Eiern, Pfannkuchen und Schinken und trank ungeahnte Mengen Kaffee.

Vor neun Uhr saß er an der Schreibmaschine und arbeitete stetig bis eins, wenn Luke mit den Zeitungen aus der Stadt zurück zu sein pflegte. Bis zwei las er Zeitung, nahm einen leichten Lunch zu sich und ging zur zweiten Hälfte der Tagesarbeit über. Alec Barrs Programm sah zwanzig Seiten pro Tag vor, wenn sich's um lange Belletristik handelte, doch war er mit weniger zufrieden, wenn Kurzgeschichten oder speziellere Magazinbeiträge dichtere Konstruktion erforderten. Bei Dunkelwerden aß er mit Luke ein einfaches Abendbrot und war mit dem Bleistift gegen acht Uhr wieder an der Arbeit. Zwei Stunden Korrektur und Neugliederung ermüdeten ihn genügend, so daß er gegen halb elf ins Bett sank.

Alec sagte sich, er sei jetzt glücklich und auf jeden Fall fit. Ein paarmal hackte er morgens Holz, aber immer ging er eine Meile oder auch länger spazieren. Er hatte einen Appetit wie eine Anakonda. Um seine Arbeitszeit betrog er sich nur, solange die Baseballspiele der Weltserie liefen, in jener ersten, zittrigen Woche ohne Alkohol, indem er den Fernsehapparat ein paar Stunden einschaltete. Danach sah er nicht mehr fern, mit Ausnahme der Siebenuhrnachrichten. Meist nahm er ein Buch mit ins Bett – einen alten, vertrauten Freund, der keiner Analyse bedurfte –, das ihm unweigerlich nach ein paar Seiten aus der Hand fiel.

Luca Germani hatte eine höchst unitalienische Begabung für Schweigsamkeit, so daß ihre Unterhaltung sich beinah gänzlich auf Fragen des Abschreibens oder der Haushaltsführung beschränkte. Luke hatte die Angewohnheit, mit Angelzeug oder der Axt zu verschwinden, sobald die Arbeit getan war, und das Haus auf dem hohen Hügel war ein Haus des Friedens, unterbrochen nur vom Klappern der Schreibmaschine.

Nur etwas stimmte nicht mit diesem Haus des Friedens, in dessen Umkreis bei Tag die Vögel sangen, die Haubentaucher auf dem See riefen und bei Nacht die Eulen schrien. Alecs Finger marschierten tapfer die Tasten auf und ab, und der Bleistift korrigierte und strich und verbesserte vor dem Kaminfeuer. Auf endlosen Streifen wurden Korrekturen über Korrekturen geklebt – und nichts änderte sich. Auch Lukes Reinschrift trug nichts dazu bei, die Qualität der Prosa zu verbessern. Schon zuvor hölzerne Charaktere verwandelten sich in Stein. Verzweifelte Versuche, die Fabel zu verdichten, führten Alec in Sackgassen – Sackgassen, denen Tausende von Wörtern vorangegangen waren – eben nur *Wörter*, bloße Ansammlungen von Buchstaben. Es mangelte ihnen nicht nur an Spannung, sondern auch an Resonanz.

Im Arbeitsdasein eines Romanciers übernehmen die erdichteten Charaktere, wenn er Glück hat, die Führung und werden zu Menschen von Fleisch und Blut mit festumrissenen Maßen und eigenem Verstand. Sie tun Dinge, die der Verfasser nie beabsichtigte. Sie sagen Dinge, von denen der Verfasser nie träumte. Dergestalt wird der glückliche Verfasser auf die nebensächliche Rolle des Kutschers beschränkt, der ohne Peitsche, nur mit lockeren Zügeln fährt und lenkt.

Alec Barr, nüchtern, fit, arbeitswütig, fand sich dagegen in der Rolle des Galeerenmeisters, der die Sklaven zu ihren Bänken quält – fluchend, um sich schlagend, hoffend, daß seine Peitschenhiebe den Rudertakt beschleunigen. Die Galeerensklaven strengten sich an, angetrieben von Alecs Peitsche, aber nur in mürrischer Unterwerfung, und die Galeere wälzte sich schwerfällig durchs Wasser.

Er hatte die Serie dreimal überarbeitet, fand sie immer bleierner. Er hatte den Roman wieder aufgegeben, als seine Charaktere sich von Pappmachéfiguren in Seidenpapierstreifen verwandelten und die Struktur seiner Fabel im Triebsand unterging. Schließlich rief er vor lauter Verzweiflung Marc Mantell an.

„Fahren Sie nicht rein“, sagte Marc Mantell. „Ich komme zu Ihnen raus. Vielleicht sind Sie einfach überanstrengt. Das passiert jedem.“

Mantell kam übers Wochenende heraus, in seinem Stadtanzug deplaciert aussehend.

Er saß den ganzen Freitagabend und den ganzen Sonnabend über Alecs Manuskript und machte sich auf dem gelben Block, den Alec einmal das „Haßbuch“ genannt hatte, Notizen.

Endlich, bei Eintreten der Dunkelheit, genehmigte sich Mantell einen kleinen Whisky und machte sich's vor dem Kamin bequem.

„Ich weiß nicht, was Sie wirklich von mir hören wollen“, sagte er, und seine Augen wirkten riesig hinter seiner Brille.

„Die Wahrheit“, erwiderte Alec, sich eine Tasse Kaffee einschenkend. „Hab' ich's verloren, Marc? Ist alles weg? Das da –“, er wies auf den Packen Manuskripte, „– ist doch die reinste Scheiße. Und jedesmal, wenn ich's überarbeite, wird's schlimmer. Solchen Mist hab' ich nicht mal früher geschrieben, als ich anfing. Nichts packt. Nichts hat Spannung. Nichts klingt echt. Ich glaube niemandem drin, und ich glaube nichts, was jemand drin sagt.“

„Das wäre so ungefähr auch meine Kritik. Mir scheint, Sie haben eine Art Handlungsskelett, ein skizziertes Treatment, geschrieben, das Sie ausführen könnten, wenn Sie sich ernstlich hinsetzten.“

„Aber ich hab' mich doch hingesetzt und geschrieben.“ Alecs Stimme hob sich verzweifelt. „Ich hab' noch nie in meinem gottverfluchten Leben so gottverflucht schwer gearbeitet! Und was kommt dabei raus? Mist!“

Marc Mantell rieb sich die Stirn und nahm einen Schluck von seinem Drink. Seine Stimme klang verträumt.

„Ein Schriftsteller“, sagte er, „ist ein empfindlicher, geheimnisvoller Organismus. Niemand wird je wissen, was einen Schriftsteller ausmacht. Schmerz und Armut kann einen schmieden, kann aber ebenso leicht einen anderen ruinieren. Einige schreiben am besten in stiller Zurückgezogenheit, andere wiederum bringen außerhalb des Krachs vom Times Square keine Zeile zustande. Reichtum verdirbt manche, und anderen gerät er zum Vorteil. Einige brauchen feste Termine – andere brauchen unbegrenzte Zeit. Dieser braucht Spanien oder eine Südseeinsel, jener fühlt sich elend, wenn er nicht in einem schmierigen Hotelzimmer oder in einer kalten Bodenkammer sitzt.“

„Und wo gehör' ich hin?“ fragte Alec grimmig. „Ich war arm, und ich war reich. Ich hab' in Stadtzimmern, auf Schiffen und auf Kisten und in Penthouses geschrieben, und das Beste, was ich je schrieb, schrieb ich in diesem Zimmer. In diesem *Zimmer*, wo ich in diesem Augenblick nicht mal das Wort ‚hallo‘ schreiben kann, ohne daß es gestelzt klingt. Wo, würden Sie sagen, gehöre ich hin, Maestro?“

Marc Mantells Stimme klang immer noch verträumt.

„Etwas anderes, was ich zu meinem Kummer in vierzig Jahren ständigen Kontakts mit Schriftstellern festgestellt habe, ist, daß sie auf persönliche Kritik sehr empfindlich reagieren. Ihnen würde ich diesen Fehler nicht vorwerfen, Alec. Ich erwähne es nur. Schriftsteller sind alle Egoisten – Schmierenkomödianten, wenn Sie wollen –, sonst wären sie nämlich keine Schriftsteller. Sehr wenige haben den Mut, der einfachen Wahrheit ins Gesicht zu sehen, wenn sie ihrem Ego entgegensteht."

Alec wurde ein wenig blaß. Er stand auf und ging zur Bar hinüber.

„Ich glaube, ein Monat dieses spartanischen Lebens hat mir nicht viel genutzt – hat meine geistigen Muskeln nicht gelockert. Ich werd' mir wohl auch ein Gläschen von diesem Scotch einschenken."

„Gießen Sie mir noch was zu, während Sie Ihren mixen", sagte Marc Mantell ungezwungen. „Man kann die Abstinenz auch übertreiben."

Alec schenkte die Getränke ein, nahm einen tüchtigen Schluck und sagte dann:

„Schießen Sie los. Geben Sie mir Saures."

„Sie sind ein seltsamer und besonders delikater Mechanismus, Alec. Sie brauchen ein Gewissen: ein eigenes und eins im Körper eines anderen. Sie brauchen ein härenes Gewand, das Sie zur schöpferischen Tätigkeit anstachelt. Ihr ganzes Leben lang sind Sie von Zuhause fortgelaufen. Es ist geradezu chronisch bei Ihnen. *Aber Sie können nicht fortlaufen, wenn Sie nicht jemand oder etwas haben, von dem Sie fortlaufen können.* Ohne Nörgeln, ohne das härene Gewand, ohne die Last um den Hals haben Sie nicht das Gleichgewicht, das Sie brauchen, um Höchstleistungen zu erzielen. Ich glaube, es ist eine Form von literarischem Masochismus. Sie sind nur in bester Schaffensform, wenn Sie den Eindruck haben, Sie würden mißbraucht. Sie schwelgen in dem, was Sie für Mühlsteine um den Hals halten, und Sie triumphieren, wenn Sie der Meinung sind, Sie hätten *trotzdem* was geleistet."

„Weiter", sagte Alec. „Ich kann's vertragen. Mir gefällt Ihr ‚Trotzdem'. Ich muß schon ziemlich wurmstichig sein."

„Sie *sind* ziemlich wurmstichig", sagte Marc Mantell. „Alle Autoren sind irgendwie verrückt. Kurz gesagt: Sie brauchen jemand, dem Sie davonlaufen können, und Sie brauchen jemand, zu dem Sie zurückkehren können."

Marc Mantell machte eine Pause.

„Ich brauch's Ihnen sicher nicht erst aufzumalen, nicht wahr? Sie brauchen Amelia!"

Alec öffnete den Mund, um zu protestieren, schloß ihn aber ebenso schnell wieder. Seine Schultern sackten ab, als er scharf den Atem ausstieß. Seine Hände zitterten leicht, als er das Glas sorgsam auf den Kaffeetisch stellte.

„Ich weiß es", sagte er unglücklich. „So wahr mir Gott helfe, ich weiß es. Wahrscheinlich hab' ich's schon immer gewußt und es mir nur nicht eingestanden."

„Na also", sagte Marc Mantell. „Holen Sie sie zurück. Sie sind nicht der erste Mann, der zu Kreuze kriecht. Das leichteste für eine Frau ist Vergeben, selbst wenn sie, wie der Elefant, nie vergißt und nie vergißt, einen zu erinnern, daß sie's nicht vergessen hat."

Alec seufzte, und sein Gesicht bekam wieder Farbe. Er nahm sich noch einen Drink und seufzte wieder mit Befriedigung.

„Verdammt, das schmeckt gut. Ich hatte schon fast vergessen, wie gut es schmeckt. Was schlagen Sie vor?"

„Wissen Sie, wo sie sich im Augenblick aufhält?"

„Ja. Ich glaube. Ungefähr jedenfalls."

„Nun", sagte Marc Mantell und erhob sich, „dann schnappen Sie sich das erste Flugzeug, und holen Sie sie heim. Und ziehen Sie dieses blöde Lumberjackzeugs aus, und fahren Sie mit mir nach New York zurück. Wir können im Stork Club zu Abend essen und Sie ein paar gesunde Zigarettenrauchwolken atmen lassen."

Alec legte kurz die Hand auf Marc Mantells Schulter.

„Amelia fragte mich immer, wozu ein erfolgreicher Autor eigentlich einen Agenten braucht", sagte er. „Ich fand's immer ziemlich schwierig, ihr eine plausible Erklärung zu geben."

„Zehn Prozent decken eine Vielzahl von Diensten", brummte Marc Mantell. „Beeilen Sie sich. Diese Landluft macht mich ganz krank."

70

Alecs Vorsatz war durchaus ehrlich gewesen. Marc Mantell hatte gesagt, holen Sie sie zurück, und Alec hatte die ehrliche Absicht gehabt, sie zurückzuholen. Aber eine gewisse schottische Vorsicht ließ ihn zuerst zur Reiseagentur gehen. Dort war als Amelias augenblicklicher Aufenthaltsort Singapur, The Raffles, verzeichnet. Worauf Alec, der nicht den Wunsch hatte, auf eine wilde, verwegene Jagd nach seiner Frau zu gehen, kabelte: „VERMISSE DICH SCHRECKLICH STOP MÖCHTE HINKOMMEN WENN EINVERSTANDEN STOP EILANTWORT LIEBE ALEC." Darauf hatte er folgende Antwort erhalten: „KOMMEN UNNÖTIG HABE REISEN SATT BEABSICHTIGE DIREKT HEIMZUFLIEGEN STOP VORSCHLAGE ERWARTE MICH NEW YORK KABLE FLUGNUMMER LIEBE AMELIA."

Das, dachte Alec mit einem hörbaren Erleichterungsseufzer, war's also. Flugkarte hin oder her; er steckte in einer finanziellen Klemme, und im Augenblick interessierte ihn der Gedanke an pittoreske Kulis, vergoldete Pagoden und romantische Strandgecken sowenig wie eine Gesellschaftsreise in eine Leprakolonie.

Er war mehr als sichtbar erleichtert darüber, daß er sich keinem unterwürfigen Boxmatch auf fremdem Terrain unterziehen und so tun mußte, als befände er sich auf einem glücklichen Ferientrip, während er in Wirklichkeit einige Demütigungen runterzuschlucken hatte.

Das Treffen würde ohnehin scheußlich werden, ganz gleich, wo es stattfände; auf heimischem Territorium verliefe es sicher weniger grimmig, ohne Gongs, Rikschas oder Sing-Song-Mädchen.

Amelias zweites Kabel teilte ihm mit, daß sie innerhalb einer Woche über San Franzisko mit American Airlines eintreffen werde, und je mehr Tage verstrichen, desto stürmischer erhöhte sich Alecs Panik. Was sagte man zu einer Ehefrau, die man hatte sitzenlassen? Was sagte man zu einer Frau, die genau und wahrheitsgemäß wußte, daß man einer heißen Liebschaft nachgejagt war? Was sagte man zu einer Frau, die zur Abwechslung mal den Spieß umgedreht und sich selbst auf Weltreise begeben hatte, während *du* den heimischen Herd wärmtest? Alec wußte es nicht. Da er's nicht wußte, griff er zum Telefonhörer und lud sich auf einen Drink in Dinahs Sandsteinhauswohnung ein. Widersinnigerweise kam Alec nicht der Gedanke, daß es nach Dinahs offener Erklärung ihrer langjährigen Liebe glatter Unsinn war, bei ihr Rat zu suchen. Er mußte mit einer Frau sprechen, *irgendeiner* Frau, und Dinah Lawrence war die einzige Frau, die fähig war, ihm eine offene, ehrliche Antwort zu geben. Barbara Bayne schrieb er als Quelle eines unvoreingenommenen Rates von vornherein ab.

Alec trat mit schuldbewußtem Ausdruck ein, wie ein kleiner, verlegener Junge bildlich die Mütze in den Händen drehend. Es war Cocktailstunde, aber Dinah hatte sich nicht die Mühe gemacht, sich für seinen Besuch umzuziehen. Sie trug verschlissene Jeans und Haussandalen. Um den Kopf hatte sie einen Schal gebunden, der möglicherweise Lockenwickler verbarg, und ihr nicht zurechtgemachtes Gesicht glänzte. Eine Hornbrille hatte sie hoch auf die Stirn geschoben.

Sie reichte ihm die Wange zum kameradschaftlichen Kuß, bat Alec herein und wies auf einen Sessel.

„Du mußt mein Beatnikaussehen entschuldigen“, sagte sie. „Aber ich stecke bis zum Hals in diesem verfluchten Buch –“, sie wies auf Haufen loser Manuskriptblätter, die auf Tisch und Boden verstreut lagen, und auf eine Schreibmaschine, in der noch eine halbbeschriebene Seite steckte, „– und ich hab' ganz einfach nicht die Zeit, mich besonders hübsch zu machen. Deine Stimme klang dringend am Apparat. Erzähl mir bloß nicht, du hättest dich schon wieder verliebt.“

Alec fuhr verneinend mit der Hand durch die Luft.

„So dringend ist es auch wieder nicht. Und ich hab' mich nicht, wie du's so drastisch ausdrückst, schon wieder verliebt. Aber erzähl mir zuerst, wie du mit dem Buch vorwärtskommst."

Dinah zuckte die Schultern.

„Wer weiß? Wie, zum Teufel, kann jemand sagen, wie's mit einem Buch vorwärtsgeht? Ich schreibe täglich eine bestimmte Anzahl Seiten, und es hört sich schrecklich an. Dann korrigier' ich, und es sieht noch schlimmer aus. Dann schreib' ich die mit Bleistift korrigierten Seiten neu, und es sieht eine Kleinigkeit besser aus. Ich hab' jetzt etwa hundert Seiten, vor denen ich mich nicht gerade ekle. Aber, Jesus, Alec, warum hast du mir nicht gesagt, daß Bücherschreiben wirklich Arbeit bedeutet? Wie ist's dir im Laufe des vergangenen Monats ergangen? Völlig eingesponnen und bereit zum nächsten Buch?"

Alec setzte sich und machte eine schwache Geste, zuckte die Schultern.

„Du bist wirklich eine Schriftstellerin. Du hast schon gelernt, wie ein Autor zu stöhnen. Seitdem ich dich vor fünf Wochen zum letztenmal gesehen habe, hab' ich wie sechs Galeerensklaven geschuftet. Ich war stinknüchtern, bin früh schlafen gegangen; ich hab' wieder und wieder umgeschrieben, bis alle Sätze rückwärts und nach unten marschierten wie bei den Chinesen. Und ich hab' keine einzige Seite zustande gebracht, die ich einer Ziege mit Selbstachtung zu fressen geben würde. Ich kann mir's nicht erklären, Di. Mein Kopf ist voll Stroh, und alles, was ich wußte, hab' ich vergessen."

Dinah schnalzte mitfühlend mit der Zunge.

„Immer noch Abstinenzler? Willst du was zu trinken? Oder eine Tasse Kaffee? Ich lebe geradezu davon."

„Ein Drink wär' mir recht. Mantell hat mich neulich vom Abstinenzlertum gerettet. Scotch, bitte. Marc ist einer der Gründe, weshalb ich dich besuche. Ich bin festgefahren, brauche Rat. Ich brauche zarten, liebenden Rat – eine vernünftige Unterhaltung mit einer vernünftigen Frau."

„Da bist du an die falsche Adresse geraten, Kumpel", sagte Dinah. „Aber den Drink kann ich dir liefern. Ich trinke auch einen, sosehr es gegen meine Arbeitsgrundsätze geht."

Sie ging zum Büfett, mischte zwei Whiskys und setzte sich dann auf den Fußschemel, die Hände um die Knie geschlungen. Ihr Drink stand unberührt auf einem Tischchen.

„Also, was hast du auf dem Herzen, Junge? Sag's deiner alten Tante Dinah, die in ihrem ganzen Leben noch nie eine Lösung für persönliche Probleme fand."

Alec nippte an seinem Getränk und sprach langsam.

„Folgendes: Mantell war neulich auf der Ranch draußen, einem dringenden Hilfeschrei von mir Folge leistend. Er sah sich eine Meile Manuskript an und warf die Hände hoch. Wir prüften mich auf Herz und Nieren, und das Ergebnis war eine Art Psychoanalyse. Nettoresultat: Es scheint, daß ich ohne Amelia nicht arbeiten kann. Ich brauch' ein härenes Gewand, ein Gewissen. Ich brauch' eine Mutterfrau, vor der ich ausbüxen und zu der ich zurückkehren kann." Alec zischte seine Sätze brutal heraus. „Was sagst du *dazu*?"

Dinah nickte langsam.

„Kann sein, daß er recht hat. Wahrscheinlich hätt' ich dir dasselbe gesagt, bloß glaube ich nicht, daß du mir's abgenommen hättest. Und nun weiter, wie passe ich ins Bild?"

Alec starrte in seinen Drink und drehte das Glas zwischen den Fingern. „Amelia kommt morgen nachmittag an – fliegt direkt durch: Singapur – Honolulu – San Franzisko – New York."

„Wo steckt denn nun dein Problem? Sieht doch aus, als wäre alles verziehen, als könntest du wieder Familienvater spielen."

„Das ist es ja gerade! Was, zum Teufel, soll ich zu ihr sagen?" Alecs Stimme klang unbeherrscht. „Was, um Himmels willen, fang' ich mit einer Frau an, die bombensicher mit spitzen Dolchen in den Augen und einem Herz voll angesammeltem Haß nach Hause kommt?!"

Dinah hob die Hand, den Zeigefinger mißbilligend schüttelnd.

„Moment mal. Hör auf, wie ein Autor zu sprechen. ‚Spitze Dolche in den Augen', schön, schön. Was du zu tun hast, ist ziemlich einfach. Kühl die Situation ab. Du füllst die Wohnung mit Blumen. Du nimmst einen Wagen und holst sie vom Flughafen ab. Du sagst ihr, du freutest dich, sie wiederzusehen, sagst ihr, sie hätte dir gefehlt. Du küßt sie ungezwungen und stellst ihr höfliche Fragen über den Heimflug. Du bringst sie nach Hause, damit sie sich vorm Umziehen ein bißchen ausruhen kann, und dann führst du sie zum Dinner aus – ins ‚21', könnt' ich mir denken, oder irgendwohin, wo du dich nie mit Barbara Bayne hast blicken lassen. Du stopfst sie mit Kaviar voll und ertränkst sie in Sekt, und dann bringst du sie nach Hause. Dann –"

„Dann?"

Dinahs Lippen wurden dünn.

„Dann nimmst du sie ins Bett. Und zwar mit Begeisterung, mit schwitzender Lust, deftigem Ungestüm, aber auf gar keinen Fall mit neuen Tricks, die du vielleicht von – die du vielleicht kürzlich gelernt hast. Und wenn sie welche hat, an die *du* dich nicht erinnerst, dann geh drüber weg. Das ist sehr wichtig."

Alec sah Dinah verblüfft an.

„Das kannst du sagen, kannst es so sachlich sagen, nach allem, was du mir das letztemal erzählt hast, nachdem ich deine Gefühle kenne?"

Dinahs Stimme klang rauh.

„Du bist hergekommen, um fraulichen Rat einzuholen, Söhnchen. Ich bin eine Frau. Ich geb' dir einen Rat. Es gibt nur eine Möglichkeit, von einer Frau wieder in Gnaden aufgenommen zu werden – einer verlassenen Frau –, nämlich in ihr Bett zurückzukriechen. Vielleicht hat sie auch was erlebt. Großartig. Um so besser. Dann wird sie sich auch irgendwie schuldig fühlen. Ist sie dir peinlichst treu gewesen, und du erweist dich nur als genügend hingebungsvoll, wird ihr's trotzdem sehr gefallen, weil sie sich überlegen fühlt ... diesem Wüstling überlegen, der endlich vernünftig geworden ist und sie seinen anderen, rein fleischlichen Liebschaften vorgezogen hat. Das war nur Fleisch, eine vorübergehende Laune, und man weiß ja, wie die Männer sind –"

„Aber –"

„Nichts aber. Sie hat die Schlacht bereits gewonnen. Sie wird *begehrt*. Du hast ihr das Gefühl gegeben, begehrt zu sein, als du ihr telegrafiertest, ob du zu ihr kommen dürftest. Das andere Weib ist im Mülleimer. Mama ist wieder da. Mama ist wieder da, bei ihren persönlichen Sachen, ihren eigenen Besitztümern, zu denen auch du gehörst. Mama hat die Leitung wieder uneingeschränkt übernommen. Mama will keine düsteren Bekenntnisse oder zerknirschten Beichten von Papa hören. Und noch was will Mama nicht hören –"

„Was?" Alec hatte es aufgegeben, Konversation zu machen. Einsilbige Wörter genügten.

„Mama will nicht wissen, *weshalb* du Mama wieder kommen ließest. Mama will nie, *niemals* hören, daß Papa ohne Mamas Inspiration und Gegenwart nicht arbeiten kann. Wenn du jemals in der Besäufnis beichtest, daß du sie zurückgeholt hast, weil du ohne sie nicht arbeiten kannst, erschießt sie dich hoffentlich. Und wenn sie's nicht tut, tu' *ich's*. Ist das klar, mein halb-reuiger, verlorener Sohn?"

„Die Worte sind mir klar. Die Frauen *nicht*", sagte Alec kopfschüttelnd. „Du willst sagen, wir sollten die alten Fäden wiederaufnehmen, als ob nichts geschehen wäre? Ich bin also nicht weggelaufen? Ich hab' mich nicht *zwei* Monate lang in der ganzen Stadt rumgedrückt? Es hat nie eine Barbara Bayne gegeben?"

„Genau, kleiner Junge. Vollkommen richtig. Es war ein langer, heißer Sommer. Daddy ist ein bißchen abgeirrt, der Hitze, überanstrengter Augen und der Überarbeitung wegen. Auch Mama war ein bißchen nervös, worauf sie beschloß, zu verreisen, bis die Luft rein sein würde und Daddy sein Gleichgewicht wiedergefunden hätte. Jetzt haben wir den schönen November in New York, das heiße Wetter ist vorüber, Daddy hat sich wiedergefunden, und die Chrysanthemen sind in voller Blüte. Es gibt eine Unmasse neuer Shows – ich schlage vor, du unterdrückst deine Abneigung gegen das Theater, gehst mit Mama in *alle* Premieren und hütest dich peinlich, irgendwelche Bemerkungen über die Kartenpreise zu machen. Nicht mal, wenn sie den ganzen Zaster verpulvert hat. Verkauf ein paar Aktien, laß dir Kredit auf der Bank geben, aber rede nicht von Geld. Und geh immer fleißig mit ihr ins Bett.

Es ist die einzige, sichere Methode, einer Frau den Mund zu schließen und sie vom Denken abzuhalten. Ich hab' dir eine Menge Geschäftsgeheimnisse verraten, Kamerad, weil ich dich liebe."

Alec stand auf und ging vor dem Kamin auf und ab, die Hände auf dem Rücken verschränkend und wieder lösend.

„Ich kann's nicht glauben, daß alles so einfach sein wird, Di", sagte er schließlich. „Ich kann nicht glauben, daß sie die letzten beiden Monate verbracht hat, ohne sich die schlimmsten Vorstellungen über mich und was ich in New York getrieben habe zu machen. Sie muß einen geheimen Groll gegen mich nähren. Vielleicht liebt Amelia mich, aber ich hab' was Unverzeihliches angestellt –"

Dinahs Stimme klang jetzt böse, entrüstet.

„Mach nur so weiter wie ein verfluchter Autor! Weiber haben eine unendliche Fähigkeit zur Verstellung. Ihr Leben ist im Grunde auf Verstellung aufgebaut. Wenn Amelia so tut, als sei nichts passiert, dann ist nichts passiert – *solange sie dich hat und das andere Weib dich nicht hat.* Verleg dich bloß nicht auf Hinterhältigkeiten, indem du grinsend Schuldbekenntnisse ablegst, als wärst du noch halb stolz drauf, ein ungezogener Junge zu sein. Vergiß das, Charlie", sagte sie. „Vergiß es. Und alles wird gutgehen, bis –" Dinah verzog den Mund.

„Bis *was?*"

„Jemand – ein sogenannter Freund oder eine Freundin – eine Bemerkung macht und die alte Wunde wieder aufreißt. Oder du bist schlechter Laune, oder du langweilst dich und bringst das Thema selbst aufs Tapet. Oder du bist in Geldschwierigkeiten, und es kommt drauf raus, wieviel *sie* in Europa ausgegeben hat und wieviel *du* im Ritz und in der Stadt verpulvert hast. Oder jemand, die du während ihrer Abwesenheit kennengelernt hast, begrüßt dich als Längstverlorenen, oder jemand – möglicherweise attraktiv –, den sie kennengelernt hat, wird eines Tages auftauchen und unbekannte Intimitäten andeuten, von denen sie nichts erwähnt hat. Du weißt schon, etwa so: ‚Sie können sich nicht vorstellen, was für eine wunderbare Zeit Amelia und ich in Bangkok verbracht haben. Wir sind *nie* ins Bett gekommen', andeutend, daß sie nie *aus* dem Bett kamen. Dann wird's für dich wieder die Hölle geben, und du wirst dich nach einem neuen Fluchtweg umsehen."

Alec seufzte.

„Es scheint mir kaum der Mühe wert." Er hielt ihr flehentlich das Glas hin. „Würdest du dem Verdammten noch ein Schlückchen spendieren?"

„Doch, würde ich, aber eine Lektion ist damit verbunden. Gin ist keine gesunde Grundlage für häusliche Diskussionen, wenn beide Seiten bestimmte Streitpunkte, die am besten begraben bleiben, vermeiden wollen. Ich möchte eine Diät der Mäßigkeit zu später Stunde empfehlen, weil Gin zuerst zu Konfessionen führt, dann zu Vorwürfen und schließlich zum totalen Krieg, selbst wenn niemand dem Feind zuhört. Ich würde meine Trinkgewohnheiten mit Amelia soweit wie möglich auf den Vor-Dinner-Cocktail beschränken. Und ich würde schwer arbeiten, sehr schwer, direkt im Blickfeld der Dame, und das eine ganze Weile. Nichts da mit Sich-Wegschleichen, um mit deinem Mann Freitag Indianer zu spielen und die Zeit zu vertrödeln."

Alec nahm seinen Drink entgegen und kratzte sich am Ohr. Er hob beide Augenbrauen und runzelte die Stirn.

„Ich stelle eine einfache Frage und bekomme einen ganzen Kursus über eheliche Beziehungen. Du weißt so viel. Wie kommt's da eigentlich, daß du nicht mehr verheiratet bist?"

Dinah Lawrence gab ihm eine Ohrfeige und brach in Tränen aus.

„Das ist, hol' dich der Teufel, genau, was ich gemeint habe! Eine einzige dreckige, schnoddrige, hämische Bemerkung wie diese, und das ganze Haus stürzt ein! Die Ehe ist ohnehin nichts als eine Folge sorgfältiger Täuschungen und Kompensierungen, meist auf gute Manieren und keinen verfluchten Spott begründet. Und um deine ekelhafte Frage zu beantworten: Der Grund, weshalb ich mich scheiden ließ, war, daß ich einen Knilch wie dich geheiratet und damals nicht genug Grips hatte, zu wissen, wie ich ihn bei guter Laune halten konnte! Zufrieden?" Dinah Lawrence blitzte Alec an und wandte sich ab.

Alec legte ihr die Hand auf die Schulter.

„Es tut mir leid", sagte er. „Ehrlich. So hab' ich's nicht gemeint. Es ist mein verfluchtes, unverschämtes Maul. Du hast aber eine ganz schön kräftige Handschrift für so ein schmächtiges Mädchen." Er rieb sich die Wange und grinste.

Dinah Lawrence fuhr herum und sah ihn an, und in ihren rauchblauen Augen war immer noch so etwas wie ein Tränenschleier. Sie lächelte leise.

„So eine Eheberatungsangelegenheit ist für ein Mädchen anstrengender, als ich dachte. Ich hatte Mr. Lawrence bis eben ziemlich gründlich vergessen. Verzeih, daß ich dir eine langte. Seit neuestem scheine ich jeden, den ich liebe, zu ohrfeigen. Entschuldige. Reiner Reflex. War nicht beabsichtigt ... galt eigentlich mir. Reden wir lieber von was anderem."

„Fein." Alec legte ihr einen Arm um die Taille, führte sie zum großen Sessel, ließ sie niederplumpsen, holte ihren Drink und hockte sich dann auf ein Kissen, die knochigen Knie zum Kinn hochgezogen. „Reden wir zum Beispiel von deinem Buch."

Dinah machte eine hilflose Geste zu den verstreuten Manuskriptblättern hin.

„Ich bin ganz durcheinander. Ich laufe im Kreis rum, komm' mir vor, als wär' ich in einem Tunnel, dessen beide Enden blockiert sind. Ich wälze mich in Papier, schwitze Druckschrift aus, und alle klaren Gedanken, die ich ursprünglich hatte, wirbeln in einer Art 4.-Juli-Feuerwerk um mich herum – alles Glitzern und Gleißen und keine Form."

„Aber du sagst doch, du hättest hundert Seiten, die dich nicht ankotzen. Das sind dreißigtausend Wörter – verdammt gute Arbeit für einen Monat. Hat Marc was davon gesehen?"

„Ja. Die ersten hundert. Hat er dir nichts gesagt?"

„Nein. Wir waren wohl zu sehr mit meinen eigenen Problemen beschäftigt. Und dann hat Marc Mantell eine wunderbare Eigenschaft. Nie – wenigstens sehr selten – spricht er über die Arbeit eines Autors mit einem anderen Autor, der selbst in der Arbeit steckt. Seiner Meinung nach ist ein angesehener Agent eine Art Hausarzt oder Rechtsanwalt oder Bankier, der die Angelegenheiten seiner Klienten nicht an die große Glocke hängt."

„Ich hatte gehofft, er würde dir davon erzählen, wartete eigentlich drauf, von dir zu hören, daß er's getan hätte. Als du heute anriefst, dachte ich, das sei der Grund."

„Um was geht's denn?"

Dinahs Gesicht entspannte sich und hellte sich auf, nahm einen fast kindlichen Ausdruck an.

„Ich wollt's dir eigentlich nicht sagen, weil ich wußte, daß du genug eigenen Kummer hast. Aber, ach, Alec, es ist so wundervoll! Marc hat die Vorabdrucksrechte auf die ersten hundert Seiten hin an McCalls verkauft, und er hat das Buch an McDonald-Enright verkauft, und auch die Verfilmungsrechte sind bereits im Gespräch. Natürlich kann ich kein Wort davon glauben, aber er sagt, es sei so!" Dinah warf Alec beide Arme um den Hals und drückte ihn an sich. „Ich kann's einfach nicht glauben, daß mir so was passiert, nach all meinen Zeitungsmeisterwerken, die als Fischeinwickelpapier benutzt werden!"

Alec Barr stand auf, zog Dinah empor und hielt sie kurz an sich gepreßt. Dann küßte er sie leicht auf die Lippen.

„Bei Gott!" sagte er und hoffte, es klänge so herzlich, wie er es ehrlich beabsichtigte. „Bei Gott und Jesus Christus, das ist wundervoll! Und jetzt sag' ich dir genau, was wir anstellen werden. Du gehst ins Badezimmer, ziehst diese schäbigen Hosen aus, nimmst die Lockenwickler aus dem Haar, schmierst dir einen Haufen Zeugs ins Gesicht, holst dein bestes Kleid aus dem Schrank, und wir gehen aus und essen den ganzen Kaviar der Stadt auf. Keine Widerrede. Ich hab' noch einen freien Abend in New York zur Verfügung und hab' die Absicht, ihn mit einem Riesenerfolg auf den Kopf zu schlagen." Er stupste sie an und gab ihr einen Klaps auf die Kehrseite. „Nun verschwinde, und gib mir einen Durchschlag zu lesen, damit ich feststellen kann, was Mantell und die übrige Welt zur Überzeugung bringt, du seist was Besonderes."

„Du bist wirklich goldig, Barr", sagte Dinah Lawrence. „Unter anderem ein anständiger Kerl. Anständiger Kerl." Sie gab ihm ein mit einer Büroklammer zusammengeheftetes Manuskriptbündel. „Das ist der erste Meilenstein zu Ruhm und Reichtum. Natürlich *brauchst* du's nicht zu lesen."

„Beeil dich. Ich *möcht's* lesen." Alec machte es sich im Sessel bequem. „Verdufte. Du störst mich."

Dinah verschwand mit einem kindlich-dankbaren Lächeln. Alec lehnte sich zurück und sah blicklos zur Decke empor. Blind streckte er die Hand aus, bis seine Finger das Glas auf dem Seitentischchen fanden. Er hob es zu einem stillen Prosit.

„Es könnte keiner famoseren Frau passieren, und ich bin so glücklich für sie, wie ich's sagte", meinte er zu sich selbst. „Ich bin entzückt, daß es ihr passiert ist, obgleich ich keine Zeile schreiben kann, die beim alten *American Boy* ankäme. Aber warum, warum mußte das *mir* heute passieren?"

Er langte in die Innentasche seines Jacketts und holte seine Lesebrille heraus. Die erste Seite, dachte er nach einem Augenblick, geht einem ein wie Sahne. Es liest sich, wie meine Sachen sich einst lasen, aber das ist lange, lange her.

71

Alec Barr schlief fast bis Mittag durch, wachte erst auf, als die ersten Blumen für die Wohnung geliefert wurden. Der Nachtbummel zur Feier von Dinah Lawrences frischem Erfolg war wirklich sehr anstrengend gewesen. Ein sehr, sehr teures Dinner im Pavillon hatte den Reigen einer Reihe geräuschvoller, rauchiger Lokale angeführt, einschließlich des El Morocco (das Alec prinzipiell zuwider war), der sie zu guter Letzt zu Eddie Condons Jazz-Haus im Village führte, wo Alec jedesmal der Hut einen halben Fuß hochging, wenn der wilde Bill Davison sich zurückbäumte und in die Trompete blies. Derselbe Hut ging ihm auch jetzt noch hoch, bildlich gesprochen, als er zwei Aspirin schluckte und dann in die Küche trottete, um sich einen Tomatensaft mit einem kleinen Schuß Gin zur Hebung seiner gesundheitsfördernden Eigenschaften einzuverleiben. Die Bloody Mary und halbstündiges, ausgiebiges Duschen restaurierten ihn einigermaßen und gaben ihm Mut, dem Tag ins Auge zu blicken.

Die Maschine sollte um halb fünf nachmittags ankommen.

Alec rasierte sich sehr sorgfältig und wählte seine Kleidung mit gründlicher Überlegung. Er hatte einen feinen blauen Kaschmiranzug, den Amelia besonders mochte, und dazu paßten ein cremefarbenes Seidenhemd und eine gedeckte kastanienbraune Krawatte. Anfang der Woche hatte er sich die Haare schneiden lassen, und wie er sich durch einen Blick in den Spiegel überzeugte, sah er für einen Polterer, der schätzungsweise um vier Uhr morgens heimgewankt war, nicht allzu schlecht aus.

Er sah sich in der Wohnung um. Carl und Elsa, das Diener-Köchin-Paar, war eiligst zurückgeholt und wieder in vollen Dienst genommen worden. Carl, ein glotzäugiger, stämmiger Deutschschweizer mit aufdringlich gelbem Haar, begegnete Alec im Wohnzimmer und wollte wissen, ob seine Blumenarrangements ihm gefielen. Wie sich herausstellte, hatte Elsa, deren stets hochrotes Gesicht nicht so sehr von der Küchenwärme als vielmehr von zu hohem Blutdruck herrührte, den größten Teil ihrer Ausbildungszeit in Basel verbracht, um das Arrangieren von Blumen zu lernen und sich für diesen besonderen Tag vorzubereiten. Elsa, die mit heruntergezogenen Mundwinkeln ihre Mißbilligung bekundet hatte, als Alec in der Küche erschienen war, um sich die Bloody Mary zu mixen, schmolz nun förmlich, als Alec bemerkte, die Japaner seien plumpe Amateure in puncto Blumendekoration im Vergleich mit in Basel geborenen Schweizerinnen.

„Wollen Sie Frühstück haben, Mister?“ fragte Elsa. (Alec hatte es längst aufgegeben, den „Mister“ aus ihrer Anrede auszumerzen.)

„Nein“, sagte Alec. „Ich bin zum Lunch verabredet. Ich esse nur eine Kleinigkeit.“ Er grinste bemüht herzlich. „Sorgen Sie dafür, daß alles in Ordnung ist, wenn Madame zurückkommt“, sagte er. Gatte und Gattin starrten ihn mit rechtschaffener Mißbilligung an.

„Alles ist stets korrekt, wenn wir *ganztägig* arbeiten“, sagte Carl.

„Ja“, sekundierte Elsa, sich endlose Orgien in ihrer Phantasie ausmalend.

Alec duckte sich in den rasselnden Aufzug, der von einem pickligen Jungen mit schlaffen Lippen, offenbar einem Schwulen, bedient wurde. Er stellte fest, daß der Pförtner nicht am Eingang stand, sondern vermutlich auf einen Sprung verschwunden war, um seine Pferdewetten zu tätigen. Er rief also selbst ein Taxi heran und beschloß, ins Laurent zu fahren, wo er in einer stillen Ecke wahrscheinlich der Sorte Freunde aus dem Weg gehen konnte, denen er möglicherweise bei Shor oder im „21“ begegnen würde. Das war zum mindesten *eine* Maschine, die er nicht verpassen würde, und man wußte ja nie, wie der Verkehr auf den Straßen war. Nahm man die Triborough-Strecke, konnte jederzeit jemand in der Mitte der Brücke einen Zusammenstoß haben, so daß sich an beiden Enden gewaltige Schlangen ansammeln würden. Nahm man den Midtown-Tunnel, war's eher noch schlimmer. Er beschloß, die längere Strecke über den Triborough zu nehmen, und wies einen der

Jungs bei Laurent an, sich mit Carey in Verbindung zu setzen und die Limousine auf drei Uhr zu bestellen. Anderthalb Stunden, dachte er, müßten mich eigentlich bis Philadelphia bringen, und ganz so weit ist Idlewild nicht.

Er genehmigte sich noch eine Bloody Mary vor dem Essen und nahm sich auffällig die frühen Nachmittagsausgaben vor, um nicht von Bekannten angesprochen zu werden. Er erspähte Marc Mantell in einer entfernten Ecke mit zwei Klienten und winkte, ohne hinüberzugehen und ihn zu begrüßen. Mantell wußte, daß dies der A-Tag war; Alec hatte mit ihm telefoniert, als er Amelias erstes und zweites Kabel erhielt.

Die Fahrt hinaus ging glatt. Der Chauffeur war nicht gesprächig, und Alec las alle drei Nachmittagszeitungen in Muße durch, leicht schaudernd, als er sich den Börsenbericht ansah. Er war früh dran, er würde noch fast eine Stunde totschlagen müssen, bevor die Maschine einflog. Er schickte den Fahrer auf einen Parkplatz, bewaffnete sich mit einer *Time* und einer *Newsweek* und ging in die Bar, um die Ankunft abzuwarten. Der Angestellte am Schalter hatte erklärt, die West-Coast-Maschine sei pünktlich.

Alec nippte langsam an einem langen, schwachen Scotch-mit-Wasser und versuchte, *Time* zu lesen, aber heute brachten ihn ihre verdrehten englischen Satzkonstruktionen nicht in Rage. Er blätterte die Seiten um, wandte sich zuerst den Buchbesprechungen zu und stellte fest, daß die Rezensenten, wie üblich, Bücher überhaupt nicht mochten. Dann ging er zu den Theater- und Filmbesprechungen über und zählte siebenundzwanzig Wortspiele auf zwei Seiten. Worauf er übelgelaunt in sein Glas starrte und den sehnlichen Wunsch verspürte, irgendwo in der Gegend von Marsabit an der Nordgrenze von Kenia oder, noch lieber, in Garissa zu sein, das von der zivilisierten Menschheit noch weiter entfernt lag.

Der Gedanke an sein erstes Treffen mit Amelia machte ihn krank. Das Gefühl der Schuld bohrte in seinem Herzen und bedrückte ihn. Die Ungewißheit beraubte ihn der Wirkung seines schönen blauen Kaschmiranzugs. Amelia würde ihm natürlich nicht die Augen auskratzen, und er glaubte auch nicht, daß sie die Absicht hatte, sich scheiden zu lassen, aber der Gedanke an die ersten peinlichen Stunden erschreckte ihn. Er bestellte noch einen Drink, diesmal „on the rocks", und fühlte sich bald etwas besser.

Nach einer Ewigkeit dröhnte aus dem Lautsprecher die Ankündigung von Amelias Maschine, und er begab sich in das gläserne Affenhaus oberhalb des Zolls hinauf, um sie zu erwarten. Die Zollabfertigung würde im Glücksfall eine gute halbe Stunde dauern, aber wenigstens wäre er *da* – in voller Sicht, nüchtern, gesund und, wie er ehrlich hoffte, nicht zu sehr nach dem Kater von der Dinah-Feier aussehend.

Aber natürlich hatte er die Paß- und Gesundheitskontrolle vergessen und hätte sich ohrfeigen können, daß er sich nicht noch einen dritten Scotch bestellt hatte. Die flüchtige Aufwallung falschen Mutes ebbte rasch wieder ab, und er kam sich schwach und sehr, sehr klein vor.

Er schritt auf und ab, rauchte, und endlich öffneten sich die Türen, und da war sie tatsächlich. Sie suchte die obere Galerie mit den Augen nach ihm ab, und er winkte wie rasend, hätte beinah der Versuchung nachgegeben, „Juhuuu!" zu rufen, vergegenwärtigte sich jedoch noch rechtzeitig, daß man erstens nicht mehr „Juhu!" rief und, zweitens, daß sie ihn durch das kugelsichere Glas ohnehin nicht hören könnte.

Ja, tatsächlich, da war sie. Sie war strahlend *blond* – die Erkenntnis kam entschieden als Schreck –, blond wie Barbara Bayne oder noch blonder. Sie wirkte unwahrscheinlich schlank in ihrem schicken beigefarbenen Gabardinereisekostüm. Über dem rechten Arm trug sie zwei Pelzmäntel, den langen, neuen Leopardenmantel und den alten honigbraunen Nerz. In der anderen Hand trug sie eine Tasche von der Größe eines Handkoffers, und vor dem Buchstaben „B", der ihren Platz bei der Zollabfertigung markierte, schien ein sechs Fuß hoher Stapel Gepäck aufgehäuft zu sein. Die Handtasche stellte sie ab, aber die Mäntel behielt sie über dem Arm.

Sie sah ihn, winkte, lächelte und, jawohl – krauste die Nase wie ein Karnickel, wie es ihre Art war. Sie sah wunderbar aus, soweit Alec es aus dieser Entfernung ausmachen konnte – gebräunt (oder vielleicht sah es wegen des hellen Haars nur so aus?), und natürlich hatte sie beschlossen, den langen Flug in Honolulu zu unterbrechen. Man merkte ihr die lange Reise gar nicht an. Dann trat sie näher an Abteilung „B" heran.

Sie sieht nicht beleidigt aus, dachte Alec. Im Gegenteil, sie sieht aus, als freue sie sich, mich zu sehen. Und, bei Gott, ich bin froh, sie zu sehen. Er winkte wieder, warf ihr eine Kußhand zu und deutete dann auf den Ausgang unten, wiederholt den Finger hinunterstoßend. Sie nickte und wandte sich dann rasch den Herren vom Zoll zu. Alec beschloß, nach unten zu gehen, seinen Cadillac heranzupfeifen und dann am Zollausgang zu warten, bis sie herauskäme. Sie drehte sich aus irgendeinem Grunde wieder um, und Alec fühlte, wie seine Begeisterung abflaute. Näher besehen, schien eine gewisse Abspannung, eine Verdrießlichkeit in ihren Zügen zu liegen, die, als er sie zuerst durch die ferne Tür der Zollabfertigung hatte treten sehen, nicht wahrzunehmen gewesen war.

O Gott, dachte Alec, wenn ich's bloß wüßte! Vielleicht kocht sie innerlich schon und spart sich die Explosion nur auf, bis wir zu Hause sind und eine echte, freimütige Aussprache haben können. Solche Aussprachen verliere ich stets, genau wie Von-Mann-zu-Mann-Aussprachen und Ich-will-nur-Ihr-Bestes-Aussprachen. Wenigstens wird sie die Feindseligkeiten nicht eröffnen, bevor wir aus dem Wagen gestiegen und zu Hause sind. Küsse ich sie auf den Mund oder bloß auf die Wange? Umarme ich sie, oder bewahre ich nur höflich Distanz und biete ihr an, die Mäntel zu tragen? Hätt' ich bloß Marc oder Ben mitgebracht! Aber ich bin verdammt sicher, daß sie das nur wütend gemacht hätte. Na schön, dachte er. Ich werd' jetzt den Wagen ranpfeifen, und der wird wenigstens neben mir stehen, wenn diese komischen Burschen von der Flughafenpolizei ihn nicht weiterwedeln.

Er stand, die Beine leicht gespreizt, auf einen Krach vorbereitet, vor dem Tor zur Freiheit der Zollabfertigung. Und jetzt, dachte er, kommt der Augenblick der Wahrheit. Jetzt kommt der Stier aus dem *toril*.

Sie trat lächelnd heraus, ein Negerträger rollte ihr Gepäck hinter ihr her. Sie sah ihn und beschleunigte keineswegs ihre Schritte. Er ging eilig auf sie zu und sagte faute de mieux:

„Well, hallo. Willkommen zu Hause, Liebling."

„Es ist so gut, wieder daheim zu sein, Liebling", sagte sie und bot ihm kühl die Wange zum Kuß.

„Laß dich ansehen", sagte er, einen Schritt zurücktretend. „Du siehst einfach phantastisch aus – einschließlich des neuen Haars. Zuerst hab' ich einen richtigen Schock bekommen."

„Ich freu' mich, daß ich dir gefalle – daß dir mein Haar gefällt. Ich hatte die alte Farbe satt. Du siehst auch gut aus, vielleicht eine Spur dünner. Oh, das sind meine Koffer auf dem Karren des Boys", sagte sie. „Vielleicht jagst du ihm am besten nach. Wir haben doch einen Wagen, oder?"

„Natürlich", antwortete er. „Komm, gib mir die Mäntel und folge mir. Ich hefte mich an deinen Boy. Der Wagen steht vorn."

„Ich bleibe bei dir", sagte sie mit liebenswürdiger Stimme, und Alec eilte dem Träger nach. Gott sei Dank, dachte er, das ging ja ganz leicht. Und wenn wir jetzt noch ohne Theater heimfahren können – Daß ich nicht auf den Gedanken gekommen bin, eine Flasche im Wagen mitzunehmen!

„Hier, Sohn", sagte er zum Träger, „das ist der Wagen" – und gab dem Träger eine Fünfdollarnote. Amelia sah mißbilligend auf das Trinkgeld, sagte aber nichts.

Die Fahrt in die Stadt war ein *succès fou* an bewußter Nichtigkeit auf beiden Seiten. Amelia betrachtete Alec abschätzend, suchte, wie es ihm schien, nach dem Kainszeichen oder wenigstens einer *fleur de lys*, die plötzlich auf seiner Stirn erschiene.

„Wo warst du überall?" fragte er schließlich verzweifelt und hätte fast hinzugefügt: „Und warum hast du mir nicht wenigstens eine Postkarte geschickt?" Aber er biß sich noch zur rechten Zeit auf die Zunge.

„Oh, ich hab' den größten Teil von Europa gesehen", erwiderte Amelia. „Wir – Francis Hopkins kam ein paar Wochen hinüber –, wir besichtigten die Schlösser und Kathedralen in Frankreich, Paris natürlich, und dann hab' ich eine Menge Kirchen in Italien heimgesucht. Francis fuhr etwa zu dieser Zeit zurück, und ich traf zufällig Nancy Patton, du erinnerst dich an Nancy, sie war vor dem Krieg mit Charlie Lyons verheiratet. Nancy und ich fuhren eine Weile nach Spanien, sahen ein paar Stierkämpfe und den Prado und ein paar *flamencos*. Nancy kannte einen Mann, der Stiere züchtet, und wir verbrachten ein sehr interessantes Wochenende auf einer Stierzuchtfarm."

„Hört sich sehr interessant an", meinte Alec höflich, auf seinem Platz hin und her rückend und denkend: Verdammtes Glück gehabt, daß wir nicht denselben Stierzüchter kannten. „Wie kamst du in den Osten?"

„Nancy kannte ein paar Leute in Beirut, worauf wir nach Beirut fuhren und beschlossen, von da weiter nach Osten zu fahren. Japan fand ich ziemlich öde. Vielleicht ist es für Männer ganz schön – die Frauen sind bestimmt hübsch und *unterwürfig* –, aber die japanischen Männer sind schrecklich. Sie sehen noch nicht mal aus, als gehörten sie derselben Rasse an wie die Frauen, dunkel, haarig und furchtbar grob, trotz allem, was man von der berühmten japanischen Höflichkeit hört."

„Und von da fuhrst du nach Hongkong?"

„Stimmt. Hongkong mochte ich sehr. Es ist die beste Stadt der Welt zum Einkaufen. Alles ist schrecklich billig. Ich fürchte, ich hab' einen Haufen Geld in Hongkong ausgegeben." Amelia sah ihn herausfordernd an.

„Das ist nett", erwiderte Alec albern. „Wie gefiel dir die Küche?"

„In Frankreich war sie zu schwer, nichts als Soßen und *Guide Michelin*. In Italien macht sie dick, nichts als *pasta* und noch mehr *pasta*. In Spanien war's furchtbar. Nancy und ich bekamen beide Durchfall – Früchte des Meeres, glaub' ich. Ich hab' immer so schöne Sachen über das warme spanische Essen gehört, aber es stimmt nicht. Es ist fade. Die tun sogar Mayonnaise auf den Reis. Die japanische Küche ist wunderbar. In Tokio hab' ich ein phantastisches chinesisches Restaurant entdeckt, und danach aß ich keinen Happen japanisches Essen mehr. Die chinesische Küche in Hongkong ist natürlich wunderbar. Wenn ich einen Reiseführer schriebe, würde ich den Reisenden in fremden Orten *nur* chinesische Küche empfehlen."

„Und Bangkok? Singapur? Hast du dich amüsiert? Interessante Leute kennengelernt?"

„Bangkok bestand nur aus Kanälen, Tempeln und Hitze. Mein Gott, war das heiß! Die Menschen sind hübsch, aber die Kanäle riechen noch schlimmer als in Venedig. Das Hotel Raffles in Singapur ist so richtig Alte Welt, im kolonialen Sinn, dunkel und langweilig. Ich weiß nicht, was ich erwartete, aber Singapur scheint mehr dem zu ähneln, was ich mir unter dem chinesischen Festland vorstelle, als einem Teil von Malaya. Lagerhäuser und Kulis und Rikschas und natürlich die Briten, die rumsitzen und ihre Martinis trinken und sich nicht genug tun können, zu erzählen, wie schön alles war, bevor die Japsen die Herrschaft übernahmen. Mir scheint, die Hälfte der erwachsenen männlichen britischen Bevölkerung von Singapur verbrachte den Krieg interniert auf der Rennbahn, die sie sich mit eigenen Händen angelegt hatten."

Sie fuhren jetzt durch die hohe Kurve der Triborough-Brücke, der letzten Strecke des Heimwegs zu, dem Himmel sei Dank, dachte Alec, während er Amelia eine Zigarette anbot und sie anzündete. (Mein Gott! Da war er aber mit knapper Not davongekommen! Beinahe hätte er automatisch *zwei* Zigaretten angezündet!)

„Da hast du aber eine Mordsstrecke in etwas mehr als zwei Monaten hinter dich gebracht", sagte Alec nach kurzem Schweigen.

„Wir blieben in den meisten Städten nicht lange", erwiderte Amelia. „Eine Woche genügt im allgemeinen. Die Cocktailpartys sind überall, wohin man geht, so ziemlich gleich. Ich hatte Glück, Nancy zufällig zu treffen. Sie schien Einführungsbriefe für jedermann zu haben. Nach einer Weile ähneln sie sich alle wie ein Ei dem anderen. Und man wird des ewigen Packens und Auspackens wirklich müde. Die Kleider riechen allmählich muffig, ganz gleich, wie oft man sie hat waschen und reinigen lassen. Ich hab' versucht, mir unterwegs gelegentlich was Neues zu kaufen, aber am Ende riecht alles gleich."

Jesus, dachte Alec, das sind also die kulturellen Vorteile des Reisens im Zeitalter des Flugzeugs. Alle Cocktailpartys gleich; die Menschen sehen alle gleich aus, und am Ende riechen alle Kleider muffig, und dafür bekommt man Durchfall und manchmal sogar die Ruhr, zum Preise von etwa einem Dollar pro Meile.

„... während ich fort war?" sagte sie jetzt.

Alec fuhr auf.

„Wie? Oh, Verzeihung. Ich war ein bißchen zerstreut. Wieder mal Schwierigkeiten mit der Romanfabel. Was hast du mich gefragt?"

„Ich fragte dich, ob du dich amüsiert hast, während ich fort war, oder ob du die meiste Zeit gearbeitet hast?"

„Ich schätze, die meiste Zeit gearbeitet. Das einzig Unangenehme war, daß nicht viel dabei rauskam. Ich war einen Monat auf dem Land, nur Luke und ich, und hämmerte wie ein Verrückter auf die Maschine ein, aber das Ergebnis schmeckte meist nach Sägemehl. Die Wohnung war zum Arbeiten zu einsam. Machte mich ganz krank." Jetzt lächelte er. „Ich fürchte, ich brauch' dich drin, um aus einem Haus ein Heim zu machen. Jemand, der die Möbel hin und her rückt."

Amelia reagierte nicht auf den schwachen Versuch einer Schmeichelei.

„Ich muß sagen, ich freu' mich sehr, wieder zu Hause zu sein. New York sieht fabelhaft aus. Es wird wunderbar sein, wieder ein paar Kleider zu tragen, die ich in fünfzig Tagen nicht fünfundzwanzigmal angehabt habe. Was gibt's in den Theatern? Was Gutes?"

„Süße, ich weiß es wirklich nicht“, erwiderte Alec. „Ich hab' die Kritiken nicht gelesen, und ich wollte lieber warten, bis du zurück bist, um mit dir alles nachzuholen.“

„Gut. *Wen hast du gesehen, während ich weg war?*“ Die letzte Frage schoß sie auf ihn ab.

„Gesehen? Ach, eigentlich nicht viele Leute. Niemand, solange ich draußen in Jersey war. In der Stadt die übliche Toots-„21“-Clique. Marc natürlich. Da und dort ein paar Verleger. Mit Ben bin ich zu ein paar Baseballspielen gegangen. Ein paarmal zu Condon runter. Nichts – niemand, ganz wenige. War ein ziemlich langweiliger September, und den ganzen Oktober hab' ich ja gearbeitet.“

„Hast du keine Partys oder ähnliches in der Wohnung gegeben?“

Alec schüttelte den Kopf. „Nein. Keine Partys. Keine Gäste. Tatsächlich bin ich erst vor etwa zehn Tagen zurückgezogen. Ich war, wie gesagt, in Jersey draußen, und als du nach Europa fuhrst, war mir die Wohnung ziemlich schrecklich, worauf ich eine Weile ins Ritz zog.“

„Das muß einen ganz hübschen Penny gekostet haben“, sagte Amelia gereizt, und Alecs Nerven spannten sich bei den Worten „hübscher Penny“.

„War nicht so schlimm“, sagte er sanft. „Es war außerhalb der Saison, und sie haben mir einen sehr anständigen Preis gemacht. Und es war nur für etwa einen Monat.“ *Wir wollen meinen kleinen Seitensprung nach Spanien vergessen.*

„Na, eher *zwei* Monate“, bemerkte Amelia.

„Vielleicht. Hier –“, Alec drückte auf den Knopf, und die Trennscheibe glitt herunter, „– biegen Sie hier rechts ein, und fahren Sie von der Fifth heran. Well“, sagte er zu Amelia, „willkommen zu Hause. Wir sind da.“

Jetzt war der Pförtner zur Stelle.

„Nehmen Sie sich des Gepäcks an, Mike“, sagte Alec und bezahlte den Fahrer.

„Willkommen zu Hause, Mrs. Barr“, sagte der Pförtner, an die Mütze tippend.

„Danke“, sagte Amelia ohne Begeisterung und trat in die Halle. Sie fuhren schweigend im Aufzug hinauf. Der Liftboy drückte auf ihren privaten Klingelknopf, und als die Tür, die direkt aufs Foyer ging, zurückglitt, standen Carl und Elsa wartend da, von Kopf bis Fuß auf Hochglanz poliert.

„Willkommen daheim, Madame“, sagte Carl, sich verbeugend.

„Willkommen, Missis“, sagte Elsa mit der Andeutung eines Knickses.

Dann sahen beide Alec an, als wollten sie sagen: *Wollen mal sehen, ob du dich da herausreden kannst, Kamerad.*

Amelia ging voraus und sah sich im Wohnzimmer um, das von Blumen wimmelte.

„Wie hübsch alles aussieht", sagte sie, wieder ohne große Begeisterung. „Die Blumen sind reizend. Sehr bedacht von dir, Alec. *Die* liebe ich besonders." Sie wies auf drei Dutzend gelber Treibhausrosen in einer Silbervase auf dem Steinwayflügel. „Meine Lieblinge zu jeder Jahreszeit."

„Die hab' ich aber nicht – ja, sie sind wirklich reizend", sagte Alec, eine an die Vase gelehnte Karte bemerkend. „Aber ich fürchte, die stammen von einem anderen Bewunderer. Dort ist die Karte."

Amelia legte ihre Mäntel auf die Ecke des Sofas und ging zum Flügel. Sie öffnete den Umschlag und las die Karte.

„Wie entzückend von ihm", sagte sie. „Sie sind von Francis. Hier." Sie schob ihm die Karte hin. Es stand darauf: „Wag's ja nicht mehr, so lange wegzubleiben. Das Village ist absolut öde und trostlos ohne Dich. Willkommen in der offenen Stadt. Liebe, Francis"

„Sehr nett von ihm", sagte Alec, die Karte zurückgebend. „Sehr bedacht. Aber woher wußte er eigentlich, daß du heute ankommen würdest?"

„Oh, ich schrieb ihm eine Zeile, als ich mich zur Abreise entschloß, und wahrscheinlich hat er die Flugpläne der Luftlinien durchgesehen. Francis ist in solchen Dingen schrecklich klug", meinte Amelia leichthin. „Wärst du so furchtbar nett, mir einen großen Whisky mit Wasser zu mischen, Alec? Ich bin völlig ausgetrocknet."

„Scotch oder Bourbon?" fragte Alec einfältig.

Amelias Lachen hatte einen falschen Klang.

„Oh, verzeih. Ich bin in letzter Zeit zuviel mit Briten zusammen gewesen. Vielleicht hast du's vergessen, aber Whisky ist nur eins – *Scotch* – für die Briten."

„Entschuldige, daß ich ein so dämlicher Kolonialer bin", murmelte Alec, der Bar zusteuernd. „Ich vergesse immer wieder, daß wir die Rollen vertauscht haben; du reist, und ich kümmere mich um den heimischen Herd. Bin gleich wieder da mit deinem *Whisky*, Madame."

72

Weder in seiner Hochzeitsnacht noch auf einem seiner außerehelichen Ausflüge hatte sich Alec Barr der Liebeslaube mit solch panischem Zögern genähert. Die Lage hatte sich am frühen Abend entspannt. Ein paar Drinks hatten die Spannung gelöst; Amelia hatte ihn allein gelassen, um ein Nickerchen zu machen, dann ein Bad zu nehmen und sich umzuziehen. Sie waren ins „21“ zum Dinner gefahren, und jeder, von den Managern bis zu der beträchtlichen Anzahl Freunde, hatte sich meisterlich in der Scharade benommen. Man hätte glauben können, Amelia Barr sei zu einem kurzen Besuch ihrer Eltern weg gewesen oder allerhöchstens auf ein Wochenende auf den Bermudas. Unzählige Leute kamen am Tisch vorbei, küßten sie und hießen sie wieder zu Hause willkommen. Alle waren freundlich und ungezwungen und Alec gegenüber sogar herzlich. Nicht die kleinste Andeutung ließ darauf schließen, daß nicht alles zum besten stand, nicht die leiseste Anspielung wurde laut, daß Alec Barr seine Frau habe sitzenlassen, um mit einer blonden Schauspielerin anzubändeln und offenkundig in Saus und Braus und Sünde zu leben, während besagte Frau auf Strafexpedition nach Europa und Asien gegangen sei. Niemand ließ auch nur ein Wort über die Tatsache fallen, daß Amelia Barr als Brünette aus New York abgereist und jetzt als unbestreitbare Blondine wiedergekehrt war.

Die Unterhaltung in den Herren- und Damentoiletten jedoch erging sich in emsigen Spekulationen – zumeist war's Enttäuschung darüber, daß es offenbar nun doch keine Scheidung geben würde. Da die meisten Herrschaften auch keine allzu reine Weste hatten, kam man schließlich beim aufgefrischten Make-up und bei geradegezogenen Strümpfen überein, daß Amelia Barr das Beste aus einem männlichen Sommerkoller mache und die Barrs wieder wie früher für Cocktailpartys, Dinners und langweilige Wochenenden auf dem Lande in Frage kämen.

Alecs Gedanken schweiften während der ganzen Mahlzeit ruhelos ab; er wiederholte sich immer wieder Dinah Lawrences Rat, den Mund zu halten und Amelia ins Bett zu nehmen. Bisher hatte er das erste Gebot peinlich befolgt und sich untadelig bewährt. Aber das zweite Gebot machte ihm Sorgen und erfüllte ihn mit Furcht. Es war nur natürlich, daß ein Mann, der die körperliche Neigung seiner Frau fast drei Monate lang hatte entbehren müssen, sich nach dem zurückgekehrten Körper sehnte. Etwas anderes wäre anomal gewesen, da Amelia in der Tat eine überaus attraktive Frau war, sehr sexy mit ihrer Nuyu-schlanken Figur und ihrem neuen blonden Haar. Verzweifelt fragte sich Alec, ob er überhaupt physisch fähig wäre, den Liebesakt zu vollziehen. Worauf er noch einen Brandy und eine frische Tasse Kaffee bestellte.

Auf dem ganzen Heimweg litt er Qualen, schwebte bis zur Geistesschwäche in Ängsten, und es war Amelia, die ihn rettete. In diesem Augenblick hätte Alec Barr sich beinahe wieder Hals über Kopf in seine Frau verliebt.

„Liebling", sagte Amelia, als sie die Wohnung betraten, „ich bin von der Reise absolut erledigt, und das meiste von mir ist noch mehrere Stunden zurück, wie verlorenes Gepäck. Außerdem kommt's mir so vor, als würde ich unwohl. Wär's dir schrecklich, für eine Nacht oder so im Gästezimmer schlafen zu müssen, bis ich mich wieder in dieser Hemisphäre zurechtgefunden habe? Ich bin's in letzter Zeit nicht mehr gewohnt, einen Mann im Bett zu haben, und du weißt ja, wie unruhig du schläfst. Ich brauch' wirklich ungefähr vierzehn Stunden ungestörten Schlafs."

„Natürlich, Baby", sagte Alec galant. „Mach dich nur fürs Bett fertig. Soll ich dir noch einen Nightcap bringen?"

„Nein, danke", sagte Amelia. „Ich nehm' lieber eine Tablette und schlaf' einfach ein. Meine Beinmuskeln zucken, und ich fühl' mich unsagbar scheußlich. Nimm du deinen Nightcap und lies Zeitung, und ich werde in aller Ruhe mein Zelt aufschlagen." Sie küßte ihn sanft auf die Wange und gab ihm einen kleinen Klaps auf die Schulter. „Gute Nacht, Liebling. Oh, bist du übrigens morgen zum Lunch zu Hause?"

Alec überlegte schnell. „Ich könnte. Ich habe zwar eine geschäftliche Verabredung, aber die könnte ich abblasen, wenn –"

„Tu's nicht. Dolly sagte, die Mädchen wollen sich morgen mit mir zum Lunch treffen und alles über meine Reise hören. Als du heute abend auf die Toilette gingst, kam sie nämlich an den Tisch und fragte. Geh also ruhig zu deinem Lunch, und ich werd' den Mädchen alles erzählen. Dann können wir ab morgen anfangen, uns auf eine Art regelmäßigen Fahrplan mit Abendbrot zu Hause einzustellen. Okay?"

„Fein", sagte Alec. „Großartig. Na, dann gute Nacht. Es ist furchtbar nett, daß du wieder da bist, Mele. Schlaf gut, Baby."

Er blieb inmitten des Wohnzimmers stehen, bis er das Schließen der Schlafzimmertür und das Rauschen des Wassers im Badezimmer hörte. Dann kehrte er zur Bar zurück, mixte sich noch einen Drink, ging ins Wohnzimmer, kickte die Schuhe von den Füßen, stieß einen riesigen Erleichterungsseufzer aus und nahm sich die Zeitungen vor. Es hatte zuerst so ausgesehen, dachte er, als würde es der schlimmste Tag seines Lebens werden, aber dann war die Sache doch noch ganz gut verlaufen.

Offenbar war Amelia mehr als bereit mitzuspielen. Ob sie nun wirklich unwohl war oder nicht, konnte er nicht sagen – vielleicht scheute sie im Grunde ihres Wesens ebenso wie er davor zurück, ihre körperliche Intimität wiederaufzunehmen, solange die Barriere von Barbara Bayne noch zwischen ihnen lag.

Aber offensichtlich hatte sie nicht die Absicht, daraus einen großen Streitpunkt zu machen, jedenfalls nicht sofort. Vielleicht wollte sie Vergangenes vergangen sein lassen, und vielleicht – hier kratzte sich Alec den Kopf –, vielleicht hatte sie selbst ein paar läßliche Sünden auf dem Gewissen, die zu ihrer Zurückhaltung beitrugen. Er hoffte es ehrlich, hoffte, daß sie in Singapur dem größten Hurenbock begegnet wäre und sich anständig von ihm aufs Kreuz hätte legen lassen, und sei es auch nur als Rachegeste ihrem Mann gegenüber. Wenn es so wäre, gäbe es keine Schwierigkeiten, wenn nicht, würde sich eines Tages der Name Barbara Bayne in die Unterhaltung einschleichen und dann gute Nacht! Haltet euch fest, Jungs.

Nun, dachte Alec mit schiefem Grinsen, *schlimmstenfalls kann ich immer wieder verschwinden*, und fühlte sich alsbald als Schuft, weil er einen solchen Gedanken am ersten Tag der Rückkehr der Frau seines Herzens nähren konnte. Jetzt fühlte er sich entspannt. Schließlich nickte er vor sich hin, schlief im Sessel ein und erwachte fröstelnd um fünf Uhr früh, um zum erstenmal in seinem Eheleben das Bett im Gästezimmer aufzusuchen.

Und auch das sollte sich als ein Fehler erweisen, weil Alec Barr nach drei aufeinanderfolgenden Nächten, in denen er ungestört mit den Armen fuchteln, mit den Zähnen knirschen, schnarchen und, was wichtiger war, sich in den Schlaf lesen konnte, ohne Amelias entrüstetes „Um Himmels willen, lösch endlich das Licht aus und schlafe!" hören zu müssen, sich für dauernd getrennte Schlafzimmer entschied.

73

Natürlich nahmen sie ihre geschlechtlichen Beziehungen wieder auf, als die Spannung sich löste und der körperliche Hunger sich wieder behauptete. Aber es war bestenfalls ein steriler Beischlaf, mehr einem schnellen Mitternachtsimbiß als einer schönen Mahlzeit vergleichbar. Es schien, als wäre einer immer zudringlich zum anderen; Spontaneität gab es nicht mehr, und Amelia führte dies ganz natürlich darauf zurück, daß Alec auf getrennten Schlafzimmern bestand. Sie genossen ihre Körper nur, wenn der Akt für den einwilligenden Partner nicht zu widerwärtig war. Sonst gaben Kopfschmerzen, Erschöpfung durchs Schreiben oder getroffene Verabredungen willkommene Ausflüchte ab.

Nicht ein einziges Mal fiel der Name Barbara Bayne in ihren Unterhaltungen, selbst wenn sie sich gelegentlich alltäglicher häuslicher Probleme wegen ein bißchen in die Haare gerieten. Sie fochten und parierten sorgfältig und gingen wie die Katze um den heißen Brei um alle Themen herum, die möglicherweise in eine Konfrontation mit häßlichen Tatsachen abgleiten konnten. Dieser Takt wurde bis zu lächerlichen Extremen praktiziert; selbst das Theater war als Gesprächsthema tabu, wie auch das Ritz nie mehr erwähnt wurde und Filme mit Barbara Bayne von abendlichen Exkursionen ausgeschlossen blieben – jedenfalls, wenn sie gemeinsam etwas unternahmen, denn Alec war sicher, daß Amelia sich insgeheim alle ansah.

Francis Hopkins wurde wieder der Vertraute des Hauses, und Alec empfand beinah echte Sympathie für ihn. Amelia hatte gesagt, sie wisse, daß Alec es hasse, drei Stunden lang in ein Theater eingesperrt zu sein, daß er genug Arbeit mit Worten habe, ohne seinem bereits überlasteten Budget noch mehr Worte hinzufügen zu müssen, worauf Francis ganz automatisch Amelias Begleiter bei allen Theatervorstellungen wurde, die sie sehen wollte.

Alec hänselte Amelia mit ihrem „Hausschwulen" nicht mehr. Francis zu bespötteln war tabu, wie der Name Barbara Bayne tabu war. Ein einziger roher Witz über Francis, davon war Alec überzeugt, würde das Pulverfaß zur Explosion bringen und den leicht gespannten Frieden seines Heims zur Hölle befördern.

Alec hatte versucht, Amelia über ihre Auslandsreise auszuhorchen, und dabei kaum mehr Einzelheiten zu erfahren bekommen, als er im Wagen während der Rückfahrt vom Flughafen aus ihr herausgeholt hatte. Amelia konnte verflucht komisch sein, wenn sie wollte; sie hatte eine gute Nase für Lächerliches und einen beißenden Witz, wenn sie über die Schwächen anderer – ausgenommen die Alec Barrs – sprach. Alec war überzeugt, daß sie auf der Reise viel Amüsantes erlebt hatte, und er war ebenso überzeugt, daß Amelia Francis, dem eifrigen Zuhörer, und den Mädchen bei ihren regelmäßigen Lunchzusammenkünften alles erzählte. Aber ihren Mann ließ sie an keinem Schnitzel rohen Fleischs, keinem saftigen Häppchen teilhaben, die einer meist alleinreisenden Frau in Europa und Asien zugefallen sein mußten. Alec wurde lebhaft an seine eigene Verschwiegenheit als Kind seinen Eltern gegenüber erinnert und mußte an das Buch von Robert Paul Smith denken: „*Wohin gingst du? Aus. Was hast du getan? Nichts.*"

Übrigens, dachte er reuig, um Amelia gegenüber fair zu sein – warum, zum Donnerwetter, dachte er in Zusammenhang mit ihr immer an Fairneß? –, war auch er nicht gerade mitteilsam. Er hätte ihr gern von dem komischen Schutzmann, der Mülleimerkickerei und sonst noch von allem möglichen erzählt, aber er hielt den Mund und vermied sorgfältig jede Vertraulichkeit, die die schlafenden Hunde um Barbara Bayne hätte wecken können.

Vielleicht bestand zwischen ihnen sehr wenig von dem, was Amateurpsychologen sich angewöhnt hatten, „Kommunikation“ zu nennen, aber wenigstens brachte Amelias Anwesenheit eine komfortable Ordnung der Existenz ins bewaffnete Lager, wie ein freundlicher und bedächtiger Wärter seinen Zellenblock in Ordnung hält. Carl und Elsa hatte sie in ihrer Arbeit tadellos auf Vordermann gebracht, und das Haus war immer hell und freundlich mit Blumen geschmückt. Sie nahm nicht zu viele Einladungen an, die Alecs Anwesenheit verlangten, akzeptierte jedoch viele Einladungen, die, wie sie sagte, Alec bestimmt bis zur Verzweiflung langweilen würden, weshalb sie Francis bitten würde, sie zu begleiten. Gleichzeitig aber war sie außerordentlich darum besorgt, Francis nicht zu oft im Haus zu haben. Sie sorgte dafür, daß er fast nie längere Zeit da war, wenn Alec nicht arbeitete. Und sie war immer zu einer intelligenten Unterhaltung über die Tagesnachrichten bereit, beim Abendessen, das sie grundsätzlich ohne Gäste einnahmen, wenn sie zu Hause aßen.

So hatte sich das Leben in eine ruhige, wenn auch gespannte Routine eingespielt. Alec ging abends selten allein aus. Dann und wann besuchte er einen Boxkampf oder ging zu einer Autorenparty, aber hauptsächlich verwandte er seine Tage zur Rekapitulation des Geschriebenen und seine Nächte für die Arbeit. Die Lunch- und Cocktailstunden machte er für seinen Beruf nutzbar und die Stunden dazwischen für Telefonanrufe, die er meist aus einem von drei Restaurants oder vom Büro seines Agenten aus führte, da es zu umständlich gewesen wäre, sich die Mühe des ganzen Wegs *uptown* zu machen, nur um zu einer Fünfuhrcocktailverabredung wieder *downtown* zu fahren.

Er arbeitete gut – noch nicht an dem neuen Roman, das war ein zu schwieriges Unterfangen. Er hatte alles, was er geschrieben hatte, zerrissen und begann nun, die Möglichkeiten des Stoffs neu zu prüfen. Aber das Geld für Brot und Butter, für die Steuer, für die Wohnungsmiete, fürs Restaurant, fürs Warenhaus, für Carl und Elsa, für die Eltern – *das* Geld kam wieder herein.

Er hatte seinen alten, leichten, flüssigen Stil in den Zeitschriftenbeiträgen wiedergewonnen. Er hatte die beiden Fortsetzungsserien schließlich überarbeitet, zur Zufriedenheit Marc Mantells und der Redaktionen, wenn auch nicht zu seiner eigenen, und ein stattliches Päckchen der nützlichen Banknoten hatte ihn für den Augenblick aus seiner finanziellen Bredouille befreit. Der Gedanke an sein neues Buch reizte ihn, aber etwas Grundlegendes darin entzog sich ihm, und er glaubte nicht, daß er es finden würde, wenn er bis drei Uhr morgens im Büro arbeitete und sich dann mit fünf Finger hoch eingeschenktem Whisky betäubte, um das schöpferische Feuer, das zu dieser Stunde in seinem Hirn brannte, zu löschen.

Gleichzeitig setzte die alte Langeweile wieder ein. Jeder Tag war genauso voraussehbar wie der nächste: auf, rasieren, baden, anziehen, Miß Withers, die Sekretärin, *downtown*, Lunch, Telefonanrufe, Verabredungen, nach Hause, Cocktails, Dinner, kurzes Schläfchen, Arbeit, Nightcap, schlafen. Es schien keine Lücke im Tag vorhanden zu sein, die Raum genug geboten hätte, sich mit einer wirklichen Idee herumzuschlagen. Und zweifellos trank er zuviel. Nicht bis zur Betrunkenheit, nicht auf dem Bummel, nicht zum Spaß. Nur eine stete, leicht trunkene Abhängigkeit von dem alkoholischen Gummireifen, der seine Nerven davor bewahrte, sich heißzulaufen. Er fühlte sich nicht besonders wohl oder angeregt oder lustig, wenn er jetzt trank. Er fühlte sich lediglich voll.

Der Dezember war eingezogen, und die hellen Blätter waren vergilbt. Mit einem schrecklichen Schuldgefühl hatte er Amelia gebeten, ihn auf ein Wochenende mit Ben Lea zum Fasanenschießen nach Connecticut fahren zu lassen. Amelia war gnädig gewesen; sie hatte ein Wochenende frei, das sie leicht – mit Francis – im Hause eines der Freunde von Francis in Bucks County verbringen konnte, und sie sagte, Alec sehe ziemlich kränklich aus, es würde ihm guttun, eine Weile von der Schreibmaschine wegzukommen – und von Toots Shor – und ein bißchen frische Luft zu atmen. Über einen Monat seit Amelias Rückkehr war Alec nicht einmal im Haus in Jersey draußen gewesen, hatte nur jede Woche verstohlen Luke angerufen, um sich zu erkundigen, ob alles in Ordnung sei. Alec versuchte mit allen Mitteln, Amelia gefällig zu sein. Er spürte in der Tiefe seines schlechten Gewissens, daß er es ihr schulde, zu Hause zu bleiben und sich gut zu benehmen. Und da sie Alec nun wieder bei sich hatte, schien Amelia ganz einverstanden, ihn fahren zu lassen – solange er keine Absicht zeigte, zu weit zu streunen. Sie rief ihn fast nie an, wenn er den Tag *downtown* verbrachte, aber wenn sie einen Anlaß zum Anrufen hatte, schien sie ganz zufrieden zu sein, ihn auch da vorzufinden, wo er seiner Ankündigung nach hätte sein müssen.

Das Wochenende in Connecticut wirkte beinah wie ein Schock auf Alec. Er hatte die Annehmlichkeiten ungezwungener männlicher Gesellschaft fast vergessen. Einmal frei in dem von Licht und Schnee durchflirrten grünen Wald, kam er sich vor, als sei er in seiner Wohnung ewig eingeschlossen gewesen. Es war, wie üblich, ein Vergnügen, mit Ben Lea zusammen zu sein – er war bewußt ordinär, von geschliffener Intelligenz, sorglos ungezwungen. Er war der einzige Mann, den Alec kannte, dessen Sommersprossen zu seiner Unterhaltung paßten. Ben legte nicht viel Wert auf die Jagd, aber er saß gern breitbeinig an einem lustig flackernden Kaminfeuer abends in einem Blockhaus, Whisky trinkend und seiner Phantasie bei jedem beliebigen Gesprächsthema die Zügel schießen lassend. Ben war in allem bewandert, wußte Bescheid über Stiere wie über Beethoven, und besonders über viele Frauen wußte er eine Menge Bescheid – zum mindesten, was den einzigen fraulichen Aspekt anlangte, den er für wichtig hielt.

Alec hatte in letzter Zeit seine Daniel-Boone-Neigungen unterdrückt, um Amelia zu schonen und zu besänftigen. Jetzt, im beißenden Winterfrost, hinter einem Paar tadellos abgerichteter Hunde über die rauhen Berge Connecticuts, durch den mit Rauhreif bestäubten Wald, über die mit einer leichten Schneeschicht bedeckten Stoppelfelder streifend, fühlte er sich wieder angenehm belebt. Die Langeweile der Großstadt verließ ihn, als ein großer Fasan mit grünem Kopf krächzend zum Flug anhob, in einer Wolke von Federn stürzte und pflichtgemäß von einem der Setter apportiert wurde. Sein Appetit nahm wieder zu, und er ließ seine Koteletten wachsen. Bei Tag wurde nicht getrunken; sie nahmen bloß ein Paar Schlückchen vor dem frühen Abendbrot und möglicherweise einen oder zwei Nightcaps, bevor sie müde ins Bett sanken.

Jetzt saßen sie, angenehm müde, im Blockhaus an dem kleinen See.

„Schöner Tag heute", sagte Ben Lea, und das Kaminfeuer färbte sein struppiges rötliches Haar noch eine Schattierung röter. Er saß bequem in einem alten Ledersessel, die rotbestrumpften Füße auf ein zerbeultes Ledersofa gelegt. In seinem karierten Wollhemd und den schandbaren Kordhosen entsprach Ben Lea durchaus nicht der populären Vorstellung von einem Public-Relations-Mann. Eine Flasche Bourbon-Whisky und ein halbgefülltes Glas standen neben einer halbleeren Schachtel Schrotflintenpatronen auf einem niedrigen Tisch daneben.

„Es war wirklich ein großartiger Tag", sagte Alec Barr mit einem glücklichen Seufzer. Er liebte diese kleine Jagdhütte mit ihrem großen Kamin aus Rauhstein, ihrem Gestell voll glänzender Flinten und ihrem einzigen, reichlich mottenzerfressenen Elchkopf. Er ließ die Hand nachlässig auf den Kopf des braun-weißen Setters sinken, der neben ihm schnarchte. „Der alte Ruff hat sich heut nachmittag ganz schön mit den Vögeln amüsiert, was?"

„Das kann man wohl sagen. Du hattest auch einen schönen Nachmittag mit der kleinen 20kalibrigen. Dieser eine Schuß über die Schulter, als du rücklings im Schnee lagst und versuchtest, den Fasan für mich aufzujagen, war das Dollste, was ich je sah. Machst du so was oft?"

„Immer. Gar nicht schwierig. Ich schieße nie im Stehen, wenn ich auf dem Rücken schießen kann, flach auf dem Rücken unter einem Busch im Schnee. Ich bin ein Sportsbursche. Liebling der Munitionsfabrikanten und ähnlicher Mist, alter Junge."

„Ein verdammter Pfadfinder biste. Überhaupt kein Schriftsteller. Hast du in letzter Zeit mal ein paar Mädchen durchgezogen?"

„Letzthin nicht. Bin zu Hause geblieben und hab' mich gut benommen. War verdammt vorsichtig und zahm. Versuchte zu arbeiten und tat so, als hätt' ich letzten Sommer keine Seitensprünge gemacht. Bin aber nicht weit damit gekommen. Amelia hat immer noch den kalten

Polizistenblick für mich, obgleich sie nie Farbe bekennt und was sagt. Aber was sie denkt, steht ihr auf der Stirn geschrieben. Macht die Lage ziemlich schwierig im Haus. Ich hab' den Verdacht, sie glaubt, daß ich jedesmal, wenn ich aus dem Haus gehe, schnurstracks auf ein Mädchen springe und es vergewaltige."

„Hmmmm." Ben Lea langte nach seinem Glas. „Du hast dieses Jahr mindestens auf eine andere Dame gewaltigen Eindruck gemacht. Ich muß sagen, ich bin gar nicht so scharf drauf, daß du mir meine Girl friends klaust, wenn ich mal den Rücken kehre."

„Was ist?" Alec blinzelte. Das Feuer hatte ihn schläfrig gemacht. „Wovon redest du überhaupt?"

„Jill. Jill Richard. Von dem hübschen Rotkopf aus England. Ich weiß nicht, womit du sie beim Lunch gefüttert hast, vielleicht mit spanischen Fliegen, aber der letzte Brief, den ich aus London bekam, enthielt eine Menge kindischer Bemerkungen über den Autor A. Barr."

Alec zog seinen Hintern hoch und füllte sich sein Glas neu.

„Ach, *die*. Die war wirklich ein Knüller. Schade, daß sie noch am selben Abend nach Hause fliegen mußte – obgleich ich an dem Tag, an dem ich dich beim Lunch vertrat, keine großen Don-Juan-Ambitionen hatte. Barbara war gerade durch die eine Tür rausgegangen, und es sah so aus, als ob Amelia bald durch eine andere eintreten würde. Manchmal denk' ich, es war falsch, nicht unbeweibt zu bleiben. Ich reib' mich schon wieder an den Ketten wund. Ich wünschte, ich wär' an deiner Stelle – ledig *und* frei. Wahrscheinlich hatte ich zuviel Gewissen, um den Bruch aufrechtzuerhalten."

Jetzt richtete Ben Lea sich auf und blinzelte schnell mit den blauen Augen.

„Manchmal amüsierst du mich wirklich, Kumpel", sagte er. „Wirklich. Du machst eine Kanaille aus Amelia. Haust wie ein schlimmer, kleiner Junge ab. Dann rennst du ein paar Wochen rum, bis dein puritanisches Gewissen dich peinigt, und dann willst du Amelia wiederhaben. Du kriegst sie wieder, und was willst du dann? Sie wieder loswerden. Eines Tages wirst du dich entscheiden müssen, so oder so. Ich hab' mich schließlich entschieden – nach fünf Fehlern."

„Hast du die Absicht, dich je wieder zu verheiraten?"

„*Ich?* Wieder heiraten? Kommt nicht in Frage. Ich bin zu alt und zu voll mit Whisky. Der Gedanke, noch mal einen bräutlichen Kindergarten zu leiten, erschreckt mich. Dafür werd' ich am ersten Tag der nächsten Woche nach Mexiko fahren, ein paar Rechnungen einkassieren und mir ein paar Stierkämpfe ansehen. Die Spanier sind für die Wintersaison angekommen. Warum fliegst du nicht mit mir runter, oder brennt dir das Buch zu sehr auf den Nägeln?"

Alec seufzte wieder, diesmal nicht vor Zufriedenheit.

„Das verdammte Ding läuft überhaupt nicht. Ich find' keinen Anfang.

Ich dachte zuerst, es würde klappen, wenn Amelia erst zurück wäre, aber jetzt komm' ich mir vor, als zupfte ich Werg unter dem strengen Auge des Wärters. Und was Mexiko anlangt – vergiß es. Und was Stierkämpfe betrifft – ich hab' genug. Ich brauchte bloß mit einem Mann *deines* bekannt schlechten Rufs zu fliegen und wäre in größeren Schwierigkeiten als vergangenen Sommer, als ich aus dem Gefängnis ausbüxte."

Ben Lea schnitt eine nicht unzufriedene Grimasse und rieb sich die graurötlichen Stoppeln am Kinn.

„Nun, ich muß zugeben, es gibt da drei oder vier oder fünf flotte Bienen, alles Volltreffer, in Mexico City und noch ein paar in Cuernavaca und Smörgasbord in Acapulco. Mir ist der Gedanke gekommen –"

„Nichts da! Weihnachten steht vor der Tür, und Amelia hat eine altmodische Vorliebe für Christbäume und Familienbesuche und Partys und all den übrigen Julklapp. Zu Weihnachten, bei Geburtstagen, zu Jahresfeiern, da bleibt Daddy zu Hause, packt Geschenke ein, mixt Eierflip und übt Weihnachtslieder im Badezimmer. An all diesen Festtagen ist irgendwas – ich versteh' nicht recht, was es ist –, was das Allerschlimmste aus den Frauen rausholt."

Ben Lea ging zum Kamin und trat nach einem Scheit, so daß Funken aufstoben. Er schielte zu seinem Freund hinüber.

„Weißt du was, Barr? Ich glaube, du hast einen latenten Zug von Weiberfeind in dir. Ich glaube, du *magst* die Frauen in Wirklichkeit gar nicht. Du liebst sie, ja. Legst sie aufs Kreuz, klar. Aber *mögen*? Da bin ich nicht so sicher."

Alec lachte. Ben hackte wieder mal auf einem seiner Lieblingsthemen herum.

„Okay, ich bin also ein verdrängter Schwuler. Weis mir das nach, aber dreh mir lieber nicht den Rücken dabei zu. Ich könnte gefährlich werden."

Bens Gesicht verdüsterte sich.

„So komisch ist das gar nicht. Irgendwo steckt in dir was Verdrehtes. Du hast diesen Mutterkomplex bei Amelia; beinahe einen Verfolgungswahn. Das Mädchen hat dir nie was zuleide getan. Sie hat dich bloß geliebt, geschützt und vielleicht ein paar rauhe Kanten bei dir abgeschliffen. Sieh mal, Freund, ich kenn' dich jetzt praktisch von deinem ersten Tag in New York her. Du warst zwar hell, aber ziemlich haarig, wenn nicht sogar rauh und klobig wie dunnemals Abraham Lincoln. Jetzt bist du glatt – mächtig gewandt. Du hast einen Haufen Geld verdient, wohnst in einem großen Penthouse und sitzt mit Barney Baruch auf derselben Parkbank. Du nennst Polly Adler ‚Pearl', und Billingsley setzt dich automatisch an den Tisch 50 im Cub Room. Du zahlst einen großen Batzen Einkommensteuer und treibst dich mit feinen Weibern à la Barbara Bayne rum, wenn du deine Seitensprünge machst. Stimmt's?"

„Stimmt. Und wieso macht mich das zum latenten Weiberfeind?“ Alecs Stimme hatte immer noch einen spöttischen Ton. „Ich hab’ eben Glück gehabt. Ich bin drin – wie du.“

Ben Leas Stimme wurde ernst.

„Vergiß die Bemerkung vom Weiberfeind. Ich wollt’ dich bloß hänseln. Aber das mit dem Verfolgungswahn ist nicht ganz ein Scherz. Ist dir schon mal der Gedanke gekommen, daß du ohne Amelia nicht viel mehr als ein Dreckhaufen sein könntest? Halt!“ Alec wollte unterbrechen, und Ben brachte ihn mit erhobener Hand zum Schweigen. „Hör mich an. *Ich* weiß, daß Amelia dein Zeug nicht schreibt. *Ich* weiß, daß sie dir deine Themen nicht liefert. Ich werf’ dir auch nicht vor, daß du unter ihrem Pantoffel stehst. Aber ich sage, daß ein Großteil des Mannes, der du bist, von deiner Lady-Frau abhängig war und noch ist. Du bist schon lange verheiratet, Sohn, und wenn zwei Menschen so lange verheiratet sind, dann läßt sich’s schwer sagen, wo der eine endet und der andere anfängt. – Du führst ein feines Haus. Du hast eine erstklassige Küche. Du bist mit den besten Leuten bekannt, gibst mit die besten Gesellschaften in der Stadt – ich kenne wahrhaftig niemand, der bei dir abgesagt und einer anderen Party den Vorzug gegeben hätte. Du wirst in alle besseren Häuser und Gärten eingeladen und stehst hoch, sehr hoch im Kurs bei deinen verschiedenen Auftraggebern und, was wichtiger ist, ihren Frauen. Auf wen, glaubst du, ist das zurückzuführen. Auf dich? Quatsch mit Sauce!“

Die Augen gesenkt, mit verkniffenem Mund, die Fingerspitzen aneinandergelegt, schüttelte Alec den Kopf.

„Ich weiß, ich weiß. Die Melodie hab’ ich schon mal gehört. Jeder singt sie – du, Mantell, sogar Dinah Lawrence. Ich bin Amelia, Amelia ist ich. Das vollkommene Team. Nun, laß *dir* was sagen, Bruder –“

„Nichts lass’ ich mir sagen, Bruder. Wir haben beide vollkommen recht. Du hast nach einer ziemlich wackeligen Jugend – hast es ja selber zugegeben – das Mädchen ebensosehr aus einem Bedürfnis nach Sicherheit und Solidität wie aus jeder anderen Emotion heraus geheiratet. Und sie hat sich seit damals als solide, verläßliche Freundin bewährt – als Rahmen für das Meisterstück, wenn ich mich mal ein bißchen geschwollen ausdrücken darf. – Du hast ein paar Frauen deiner berühmten Freunde mit gelockertem Korsett gesehen. Du kennst die Sorte, die ich meine – die ewig Besoffenen, die Klatschmäuler, die alle Welt in Verlegenheit setzen, die Tischgespräch-Usurpatoren, die ewigen Quellen des Wissens über alles und jedes, die Fäusteschwinger und Armefuchtler und wilden Kreuzfahrer für die blödsinnigsten Angelegenheiten. Du kennst die Sorte, die Papa sagen lassen: ‚Mutter fühlt sich nicht wohl, hätten Sie was dagegen, wenn ich allein käme?‘ Oder schlimmer: ‚Würden Sie’s uns übelnehmen, wenn wir früh aufbrechen?‘ – kurz nachdem Mama der Gastgeberin vorgeworfen hat, mit ihrem Mann herumgehurt zu haben oder eingeschriebenes Mitglied der Kommunistischen Partei zu sein oder ähnlich Reizvolles. – Amelia belastet dich mit nichts Derartigem, Junge. Sie hat dir bloß ein reizendes Heim geschaffen, hat deine Freunde mit Geschmack und Diskretion bewirtet, hat dir die Langeweile vom Hals gehalten, die Gesellschaftshyänen abgewehrt, hat sich unauffällig und gut angezogen, sich in der Öffentlichkeit nicht betrunken und, soweit ich weiß, auch privat nicht und hat der Welt die Zähne gezeigt, sobald sie auch nur leise daran zu zweifeln wagte, daß du der größte Schriftsteller seit William Shakespeare seist." Ben Lea machte eine Pause und nahm einen großen Schluck Whisky.

Alec öffnete den Mund, und wieder hob Ben Lea die Hand.

„Augenblick. Du kannst reden, wenn ich fertig bin. Sieh mal: Du bist ein Mordsbock bei den Weibern, schätze ich. Barbara Bayne jedenfalls fiel dir wie eine Tonne Backsteine in den Schoß, und die ist nicht leicht zu kriegen. Und wenn die Briefe, die ich aus England bekomme, irgendwas bedeuten, dann hast du jenseits des großen Wassers eine mögliche treue Kundin. Ist dir je eingefallen, daß du ohne Amelia im Hintergrund diese vielen Jahre lang möglicherweise keine Chancen gehabt hättest, mit diesen Damen intim zu werden? Wenn du sie überhaupt hättest kennenlernen können? Beim Militär hieß es immer, die Beförderungschancen eines Offiziers hingen nur von seiner Frau ab. Und ich sage im Effekt dasselbe von dir und einer Menge anderer Leute im öffentlichen Bereich. Einen Hintergrund ungezwungener Eleganz erwirbt man sich nicht leicht, Freund. Viele wichtige Männer schwirren aus dem Ehehafen, weil sie über ihre Frauen rausgewachsen sind, aber Amelia hielt eisern mit dir mit, Junge, ob du dir nun drüber klar bist oder nicht. Die meisten deiner Bekannten denken nicht an euch beide getrennt. Die denken ‚Die Barrs' oder ‚Amelia und Alec'. Sie denken *nicht:* ‚Der arme Alec mit dieser schrecklichen Amelia auf dem Hals.' Oder: ‚Der arme, liebe Alec! Wie schade, daß er über seine Frau rausgewachsen ist.' Kurz und gut – und das ist alles, was ich dir sagen will –, vergiß nie, daß Amelia sich weder direkt noch indirekt eingemischt hat, als du dir Barbara Bayne im Flugzeug angelacht hast und mit ihr ins Bett gingst oder einen so tollen Eindruck auf meine englische Freundin machtest. Die Obhut und Fütterung von Autoren ist nicht leicht für eine Frau, und ich bin der Meinung, Amelia hat auf einem schwierigen Gebiet Großartiges geleistet. *Sela!* Ich habe gesprochen. Hau mir in die Schnauze, oder schenk mir noch einen Drink ein."

Ben Lea setzte sich pustend hin.

Alec lächelte, nahm die Bourbonflasche und goß eine kräftige Portion in Ben Leas Glas.

„Ich werde dich bestimmt nicht schlagen", sagte er. „Und ich bin durchaus bereit, eine Menge Wahrheiten, die du sagtest, einzugestehen. Aber darf ich bitte, *darf* ich nur ein winziges Wort zugunsten von A.

Barr sagen, dem Autor, der mehr unerbetene Ratschläge erhalten hat als irgendein Homme de Lettres, seit der gute Herr Jesus das Wort auf dem Berg empfing?"

Ben Lea grinste und nahm den frischen Drink entgegen.

„Bitte, tun Sie das", sagte er. „Der Vorsitzende erteilt dem ehrenwerten Gentleman aus Südkarolina das Wort."

„Ist es einem von euch verschwenderischen Verteilern von Weisheit und Rat jemals in den Sinn gekommen, daß A. Barr es möglicherweise ein bißchen satt bekommen könnte, dauernd mit der Behauptung überfallen zu werden, er werde ohne seine ihn ewig liebende Gattin das Alphabet vergessen? Kommt's dir je in den Sinn, daß die Dame auch nicht ganz fleckenlos ist und daß es, genaugenommen, letzten Endes *mein* Hintern ist, der sich auf einen Stuhl vor eine Schreibmaschine setzt, und nicht Amelias sauber umgürteter Popo? Daß ich's bis zum Erbrechen über habe, gesagt zu bekommen, wie glücklich ich sei, ein solches Muster von Frau zu haben, die mich auf dem Pfad der Tugend hält? Der einzige Mensch, der mir das nicht dauernd aufs Butterbrot schmiert, ist Amelia selbst, und wahrscheinlich nur, weil sie viel zuviel damit zu tun hat, nach nichtexistierenden Bedrohungen ihrer Sicherheit im Nest unter Teppiche und Betten zu gucken. Inzwischen aber verdrießt mich am meisten, daß selbst ich bezüglich Amelias abergläubisch werde. Wenn ich sie verlassen sollte, geht mein Glück mit ihr – und was sich seit August zugetragen hat, ist lediglich eine Probe. Als Warnung."

Ben Lea grinste ihn an.

„Wir mäkeln bloß an dir rum, weil wir dich lieben. *Wen Gott liebt, den züchtigt er.* Das und die Tatsache, daß du in den Wechseljahren bist, sind die Gründe. Die Wechseljahre äußern sich bei verschiedenen Männern verschieden. Mir scheint, bei dir ist die Tendenz zur Selbstbemitleidung, ‚das Leben geht an mir vorbei', so etwa, zu bemerken. Das Leben denkt gar nicht dran, an dir vorbeizugehen, Kraftprotz. Du hast bloß ein bißchen zu schnell gelebt, und jetzt holt's dich eben ein. So ist es, nicht umgekehrt. Wer, zum Donnerwetter, möchtest du denn sein? Errol Flynn? Dylan Thomas? Lord Byron? Thomas Wolfe?"

Alec stieß ein hohles Lachen aus.

„Wahrscheinlich hast du recht. Höchstwahrscheinlich fließt genug irisches Blut in meinen schottischen Adern, um einen Romantiker aus mir zu machen, und ich bin im falschen Alter dafür. Aber, Mann, ich werde wirklich müde, bin's schon. Los, hauen wir uns in die Falle. Wir müssen heute glatt fünfzehn Meilen gelaufen sein, und ich bin so was nicht mehr gewohnt."

Ben Lea stand auf und steuerte dem Schlafzimmer zu. Als er sich auszog, sagte er:

„Noch eins. Hast du früher je so viel Schwierigkeiten mit einem Buch gehabt?"

Alec schüttelte den Kopf.

„Nein. Ich dachte, das hätte ich hinter mir. Das neue braucht etwas – und viel davon –, was es zum Klingen bringt. Ich weiß bloß nicht, was. Ich dachte, der Seitensprung mit Barbara hätte mich vielleicht aufgelockert, aber wahrscheinlich war's ein Irrtum. Ich dachte, Amelias Rückkehr würde mich wieder ins Lot bringen, und wahrscheinlich war's auch ein Irrtum. Ich glaube, wenn ich wieder heimfahre und unverdrossen auf die Maschine hämmere, kommt vielleicht schließlich doch was raus. Vielleicht bringt der heilige Nikolaus mir mein widerspenstiges Talent zurück. Gute Nacht."

„Gute Nacht", sagte Ben Lea. „Geh zu deinen seidenen Ketten zurück, Kamerad, und hau auf die alte Maschine ein. Das Geld können wir immer brauchen. Ich schick' dir eine dreckige Postkarte aus Mexico City."

74

Alec Barr haßte in Wirklichkeit Weihnachten, die Vorbereitungen dafür und die Nachwirkungen. Er haßte die Falschheit erzwungenen Schenkens, die Unechtheit der Familienbesuche und den Reigen überlustiger Partys, der einen vom 20. Dezember bis zum 2. Januar zu steten Ausschweifungen mit Leuten zwang, die man eigentlich gar nicht sehen wollte.

Als er nach New York zurückkehrte, war er in ätzend-bitterer Stimmung. Mexiko mit Ben Lea hätte Spaß gemacht – wirklichen Spaß, abgesehen von den Mädchen –, und die Mexikaner würden sich kaum unter Familienweihnachtsbäumen versammeln und in Oh- und Ah-Rufe über unerwünschte Taschentücher und scheußliche Krawatten ausbrechen. Alec Barr war streitsüchtig in mehr als einer Hinsicht; er haßte Truthahn in jeder Form, vom Braten bis zum kalt belegten Sandwich.

Amelia war noch nicht da. Wahrscheinlich kehrte sie von Bucks erst zurück, wenn der Verkehr nachließ. Die scheißfeine Gesellschaft schien immer eine große Sache aus Sonntagnachmittag-Cocktailpartys zu machen. Er zog seine Jagdkleidung aus und dachte, es sei doch eine feine Sache, frei zu sein wie Ben Lea, machte sich aber ebenso schnell klar, daß er, verdammt noch mal, frei gewesen *war* und sich nach den ersten Wochen seiner Freiheit ausgesprochen elend gefühlt hatte. *Er* hatte Amelia verlassen; Amelia hatte nicht *ihn* verlassen. Sie wäre bestimmt noch ein Weilchen fortgeblieben, wenn er nicht dieses Kabel „BEEIL DICH, KOMM HEIM, BABY BRAUCHT MAMA“ geschickt hätte. Was ihn auf einen zweiten ärgerlichen Gedanken brachte: Glaubst du, sie hatte es wirklich satt, oder war das alles bloß Schwindel? Zierte sie sich vielleicht nur und wartete in aller Ruhe auf das Rückruftelegramm?

Die ganze Sache kam ihm langsam lächerlich vor. Er hatte Freiheit gewollt, also ging er und kaufte sich Freiheit. Er hatte Liebe gewollt, also ging er und holte sich Liebe. Er mochte die Freiheit nicht – es hatte ihn geradezu nach dem Geschirr gejuckt. Er mochte die Liebe nicht, also hatte er sich der Liebe entledigt. Er hatte sich nach Amelias körperlicher Gegenwart gesehnt, und nachdem sie nun da war, rieb er sich schon wieder wund. Wenn nur –

„Wenn zum Teufel, Barr!“ sagte er laut. „Du und deine verfluchten *Wenns*. Du bist keine vierzehn Jahre alt. Neun entspräche dir schon eher. Aber *wenn* Amelia bloß nicht so kühl und beherrscht wäre, sich so offensichtlich von meiner Flucht aus der Respektabilität distanzierte! Wenn sie bloß was sagen würde wie: ‚Hat sich diese Blonde besser aufs Kreuz legen lassen als ich? Und wenn ja, warum, zum Teufel, hast du sie dann nicht behalten?‘ Dann könnten wir alles offen besprechen und dieses Katz-und-Maus-Spiel beenden. So, wie's jetzt steht, komm' ich mir jedesmal, wenn ich in Amelias Bett hopse, wie eine Art bezahlter Liebhaber vor, und ich bin verdammt sicher, sie fühlt sich wie eine Hure. Da ist nichts mehr übriggeblieben – nichts.“

Alec schlug sich dramatisch auf die Stirn.

„Und noch was, Barr“, sagte er. „Du mußt endlich aufhören, laute Selbstgespräche zu führen.“

75

In New York war Amelia Barr, von wenigen Ausnahmen abgesehen, recht unglücklich. Sie hatte sich auf ihrer Reise nach Europa und Asien ebenso elend gefühlt. Alle fremden Ansichten, Geräusche und Szenerien waren vor ihrem Blick wie zu einem schnell abgedrehten Film verschwommen. Sie war unfähig, sich auf Kathedralen zu konzentrieren, und das Cocktailgeschwätz langweilte sie. Es hatte mehrere Gelegenheiten zu flüchtigen Liebesabenteuern gegeben, und sie hatte sie alle verächtlich abgewiesen, obgleich mindestens zwei Männer aufgetaucht waren, die sie als wahrscheinliche Kandidaten für einen ernsten Flirt in

Betracht hätte ziehen können, wenn sie nicht so intensiv mit dem seltsamen Benehmen ihres Mannes beschäftigt gewesen wäre.

Der körperliche Aspekt von Alecs Untreue überwältigte sie an sich nicht. Sie und Alec hatten zu oft über die Bocksprünge zu vieler Ehemänner ihrer näheren Bekanntschaft gelacht. Die Männer waren eben so, und ein gelegentliches ungeplantes Ausscheren aus dem Ehestand war zu erwarten. Amelia akzeptierte eine gelegentliche Untreue bei Alec, wenn sie nichts davon wußte. Aber was sie wahnsinnig machte, war die Tatsache, daß sie einen verzehrenden Verdacht, den zwingenden Possessivtrieb, der sie ihr ganzes Leben lang gequält hatte, nicht meistern konnte. Die nagenden Zweifel, die ätzende Eifersucht betrafen nicht nur die Möglichkeit, daß Alec so nebenbei mit einem fremden Mädchen in ein fremdes Bett stolperte. Amelias Selbstquälerei betraf alles um Alec Barr außerhalb ihrer persönlichen Sphäre.

Amelia Barr war auf alles eifersüchtig, was sie vom Leben ihres Mannes ausschloß, ob es sich nun um seine Arbeit, bewußtes Spiel, ja selbst gelegentliche männliche Gesellschaft handelte. Diese Eifersucht hatte sie verzweifelt zu beherrschen versucht, und es gelang ihr nicht. Sie war ganz Ohr im Auffangen von Halbwahrheiten und purstem dummem Klatsch, kleiner Anspielungen hier, hinterhältiger Unterstellungen dort. Die Frauen, mit denen sie lunchte, einkaufen und zum Friseur ging, waren Verwalterinnen unbestätigter Leckerbissen; ihre Unterhaltung bei Martinis und Bloody Marys drehte sich unweigerlich um das *Allerneueste*. Es waren meist unbeschäftigte Frauen in besten Verhältnissen oder aus der höchsten Gesellschaft oder beides. Ihre Kinder, wenn sie welche hatten, waren erwachsen oder beinahe erwachsen. Sie waren längst über Hausarbeit oder wirkliche finanzielle Schwierigkeiten hinaus, und bis auf die letzte Frau hatten sie jede enge Verbindung mit ihren Männern verloren. Langeweile war ihr Brot und Bitterkeit ihr Fleisch.

Außerdem war da die unbestreitbare Tatsache, daß die meisten der Gruppe sich homosexuellen Schlachtenbummlern als Gesellschaftern zuwandten. Nicht den Transvestiten oder Angebern, sondern charmanten, willigen, bedachten Homosexuellen wie Francis Hopkins – scheinbaren Männern, die wirklich am weiblichen Leben interessiert waren. Diese Jungens langweilten sich nicht bei Modeschauen oder in Konzerten und Opern. Sie liebten das Theater. Sie stöberten begierig Klatsch auf, und vor allem waren sie immer *verfügbar*. Beinah jedes Mädchen in Amelias Gruppe hatte sein eigenes Gefolge schwuler Freunde; witzige, maliziöse Freunde, die amüsante Partys gaben, nie übler Laune waren, nie gähnten und einer Frau immer das Gefühl vermittelten, wichtig zu sein. Dies, dachte Amelia manchmal in Augenblicken schmerzlicher Klarheit, war im Grunde ungesund, wenn nicht ausgesprochen falsch. Aber da der ihr seit zwanzig Jahren angetraute

Mann sie von seinem Leben ausschloß, das Bett eine einzige Langeweile geworden war und es keine privaten kleinen Scherze mehr gab oder eifrig angestrebte Ziele oder Vertraulichkeiten, ja nicht einmal Tragödien, die man miteinander hätte teilen können, war der treue schwule Knilch zum festen Einrichtungsgegenstand geworden. *Die* hörten jedenfalls zu, wenn man was zu sagen hatte.

Amelia machte sich wirklich Sorgen um Alec. Er hatte sich seit ihrer Rückkehr höchst eigentümlich benommen – eigentümlich in einem anderen Sinne als damals, als er an jenem heißen Augustabend von Panik ergriffen aus dem Haus gestürmt war. Als Frau verstand Amelia, daß eine Zusammenballung kleinerer Reizungen sich zu einem vollen Temperamentsausbruch auswachsen konnte. Sie selbst neigte dazu, winzige Verdachtsmomente und Fetzen zweifelhafter Beweise so lange zu hegen, bis die Summe eine hysterische Proportion annahm. Alecs dramatischer Auszug störte sie als Handlung nicht allzusehr. Was sie halb wahnsinnig machte, war der immer wiederkehrende Gedanke, daß dieser wilde Exodus *geplant* und Teil einer Affäre war, die schon seit Gott weiß wie lange bestanden hatte – und, soweit sie wußte, immer noch bestand. Wenn nicht einer Affäre mit Barbara Bayne, dann eben mit einer von einem Dutzend in Frage kommender anderer Frauen. Amelia ertappte sich dabei, daß sie ihre Lunchkolleginnen mit Mißtrauen betrachtete, sich erinnernd, daß Gwen Griffiths auf einem Wochenende in Kuba nicht von Alecs Seite gewichen war oder daß Alec und Polly MacAvoy auf Partys eine Unmenge Stoff zum Kichern in verschwiegenen Ecken zu finden pflegten. Es war komisch – vielleicht war „komisch" nicht das richtige Wort –, wie die Saat des Verdachtes aufging, sobald sie gepflanzt und nur leicht gedüngt worden war.

Amelia Barr war vor Entzücken in Tränen ausgebrochen, als sie Alecs Kabel mit der Bitte, zu ihm zurückzukehren, erhalten hatte. Sie war nach Europa gefahren, darauf vorbereitet, den logischen Abschluß dessen abwarten zu müssen, was an ihrem Mann nagte. Sie war ganz aufgeregt zurückgekommen und bei Alec auf eine Haltung reservierter Distanz gestoßen. Sie hatte Übermüdung vorgetäuscht, die sie nicht empfunden hatte, hatte ein Unwohlsein erfunden, von dem keine Rede gewesen war, um ihnen beiden die Peinlichkeit des Bettes in der Nacht ihrer Rückkehr zu ersparen. Wie sich jetzt herausstellte, hatte sie damit einen Fehler begangen. Alec war ins Gästezimmer gezogen, und dort war er auch mit der Begründung geblieben: „Wenn die Menschen älter werden, entwickeln sie lästige Schlafgewohnheiten, die am besten auf getrennte Zimmer beschränkt bleiben." Vielleicht hatte er recht; er war bestimmt ein ruheloser, geräuschvoller Schläfer, besonders, wenn er schwer arbeitete. Vielleicht schnarchte sie. Sie wußte es nicht. Die meisten Erwachsenen schnarchten, besonders, wenn sie tranken.

Sie waren in einen blassen Abklatsch von Sex zurückgeglitten, als ihre gegenseitige Vorsicht nachließ, aber es war nahezu unbefriedigend. Ihre sexuellen Erlebnisse waren nie ungehemmt ekstatisch gewesen, nicht einmal wild. Amelia Barr wußte, daß es alle möglichen Tricks in dieser Branche gab, alle möglichen Dinge, die Frauen – wie Barbara Bayne? – anstellten, um den schwindenden Appetit ihrer Männer anzuregen, aber sie hatte Angst, zu sehr von ihren alten Gewohnheiten abzuweichen. Alec runzelte die Stirn über zu viel weibliche Begeisterung im Bett. Er hatte etwas gegen „Gymnastik", wie er sagte. Amelia wollte sich mit Leib und Seele hingeben, aber sie hatte wie ein Schulmädchen Angst davor, sich im Akt selbst als zu tüchtig zu erweisen.

Ihr körperliches Zusammensein hatte sich zu gelegentlicher Gymnastik entwickelt, bar jeder Spontaneität. Sie war eines schönen Sonntagmorgens spielerisch (und, gib's nur zu, Mädchen, bewußt erotisch) in Alecs Bett gekrochen und war mehr als böse angestarrt worden. Sie hatte den Eindruck, daß Alec, wenn er gelegentlich in ihr Zimmer kam, sich an den Fingern abgezählt hatte, jetzt sei es wieder mal Zeit, seine lästige Pflicht bei der kleinen Frau zu erfüllen. Fast alles an Spaß und Liebesspielen war aus ihren Umarmungen geschwunden, bei denen er den Eindruck erweckte, als ob er sich nur erleichtern wollte. Unter Tränen kam Amelia sich manchmal wie eine öffentliche Bedürfnisanstalt vor.

Auf das Nachlassen der Begierde war sie vorbereitet – das passierte jedem nach einer Weile –, aber auf das plötzliche Aufhören von Scherzen, Vertraulichkeiten und der engen Anteilnahme an den täglichen Problemen war sie nicht gefaßt gewesen. Wenn Alec Barr wollte, konnte er einer der komischsten Männer der Welt sein, auf seine eigene, trockene Art. Während ihres ganzen Ehelebens hatte er zu ihrem Wohlgefallen einen grinsend-trockenen Humor über sich selbst und andere bewiesen. Jetzt schien er diesen Humor verloren zu haben und lief mit einem Gesicht herum, das ums Doppelte zu lang war.

Sie verfügte über einen ganzen Fundus amüsanter Erlebnisse, die sie zu seinem Vergnügen hätte ausbreiten können, aber sie hatte das Gefühl, daß er über die Europa-Asien-Reise nichts hören wollte. Sie hätte sich begierig alles angehört, was er ihr über seinen Urlaub von der Ehe mit Barbara Bayne vielleicht gern erzählt hätte (und hätte ihm verziehen, ohne ihm den Seitensprung unter die Nase zu reiben, das glaubte sie fest). Aber er behielt diese fast dreimonatige Periode für sich. Nach dem, was Alec ihr darüber anvertraute, waren diese drei Monate offenbar in einem totalen Vakuum verlaufen.

Amelia wußte, daß ihr Mann schreckliche Schwierigkeiten mit seiner Arbeit hatte, und sie wollte ihr Mitgefühl äußern, wollte sein Vertrauen erwerben, ja vielleicht sogar da und dort einen kleinen Vorschlag machen, der nützlich sein könnte. Aber bei der geringsten Erwähnung von Schriftstellerproblemen wurde ihr der Kopf abgerissen. Alec brauchte kein Mitgefühl und nahm auch keine Hilfsangebote an. Amelia wollte dieses unglückliche Haupt in die Hände nehmen und zärtlich an ihre Brust drücken. Aber in diesen Tagen scheute er, abgesehen von wenigen, fast unpersönlichen Ausnahmen im Bett, vor jeder selbst zufälligen Berührung zurück.

Sie saßen manchmal lesend zusammen, oft aber starrte Alec an ihr vorbei ins Leere, eine ganze Stunde lang, ohne ein Wort zu sagen. Alec war nie sehr gesellig gewesen, seit neuestem aber schien er Unterbrechungen von außen willkommen zu heißen. Selbst Cocktailpartys war er zugänglich, die er sonst immer fluchend gemieden hatte. Sie wußte, daß er Francis Hopkins nicht mochte, jetzt aber war er übertrieben höflich zu ihm, fast wie zu einem Saufkumpan oder langjährigen Busenfreund, wahrscheinlich, wie Amelia bekümmert vermutete, mit dem geheimen Hintergedanken, daß Francis sie ausführen und ihm, dem Ehemann, abnehmen würde.

Gewiß tranken sie beide zuviel, aber es schien nicht viel anderes übrigzubleiben. Alec war nie ein streitsüchtiger Trinker gewesen; jetzt raunzte er. Zu den Dienstboten war er immer freundlich gewesen, jetzt fuhr er Carl und Elsa an, kritisierte so viel an ihnen herum, daß Amelia sich fragte, wie lange es wohl noch dauern mochte, bis die beiden kündigen würden.

Sie hatte über die meisten dieser Probleme mit Francis gesprochen – man konnte mit Francis wirklich offen reden, während man in der Gesellschaft der Mädchen nicht wagte, irgend etwas zuzugeben oder ihnen anzuvertrauen. Aber Francis war nicht sonderlich hilfreich gewesen.

„Natürlich könntest du dich von ihm scheiden lassen, liebes Mädchen", sagte er. „Gründe genug sollte es bestimmt geben."

„Ich sagte dir schon einmal, ich *will* keine Scheidung", rief Amelia. „Ich möchte bloß meinen Mann wiederhaben! Zufällig liebe ich ihn, und er macht mich wahnsinnig!"

„Du könntest ja deine Haarfarbe wieder ändern", meinte Francis gedehnt. „Vielleicht ruft dieser Blondineneffekt zu duftige Erinnerungen an vergangene Lieben wach. Oder du könntest ein Kind adoptieren –"

„Du bist . . . du bist unmöglich!" Amelia war den Tränen nahe. „Du bist wie alle –" Sie fing sich gerade noch zur rechten Zeit.

„Wie alle *was*, Liebe? Was wolltest du sagen?" Francis' Stimme klang giftig.

„Wie alle anderen!" sagte Amelia wütend. „Du gehst nie in die *Tiefe* eines Problems. Du bist wie alle die Frauen, die ich kenne! Tragödien zu Hause? *Ändere deine Frisur.* Das Baby im Swimming-pool ertrunken? *Kauf dir einen neuen Pelzmantel.* Dein Mann hat dich mit einem Tripper angesteckt, den er sich bei seiner Sekretärin geholt hat? *Eine neue Perlenkette wird das heilen!*"

„Ach, pfui! Es hat keinen Zweck, mit dir zu reden, wenn du solche Laune hast", sagte Francis beleidigt. „Ruf mich an, wenn du dich besser fühlst, dann führ' ich dich zum Lunch aus. Aber", sagte er, aufstehend, um zu gehen, „das mit dem Haar hatte ich eigentlich ziemlich ernst gemeint. Barbara hast du mit der Haarfarbe ausgestochen. Warum läßt du's dir nicht mal *ganz* grau färben wie diese charmante *neueste* Freundin von Alec mit der hübschen Tochter?"

„Was –?"

„Oh, nichts, gar nichts, hab' nur Spaß gemacht", sagte Francis. „Ich glaube, sie heißt Dinah Lawrence. Eine Zeitungsdame. Ich hab' ihre Bilder in der Zeitung gesehen. Sie ist sehr attraktiv." Und Francis Hopkins empfahl sich schnell.

Der Satz *in vino veritas* kam Amelia in den Sinn, nachdem Francis Hopkins gegangen war. Hol' die verfluchten Schwulen der Teufel! Die hatten eine Art, die Wahrheit ans Licht zu bringen, genau wie Gin versteckte Haßgefühle an die Oberfläche holte. Gelegentlich war auch *im Scheißkerl veritas* angebracht. Ein Kind adoptieren ... Besser als eine neue Frisur und Haarfarbe oder eine rachsüchtige Reise ins Ausland, besser als ein neuer Nerz?

Amelia war der Gedanke ganz und gar nicht sympathisch. Aber irgendwie blieb er haften. Es gab eine Menge Leute, die das *taten*. Und in Alec lastete eine große Enttäuschung über seine Sterilität, ein Ressentiment gegen sie als Folgerung dessen, was in Wirklichkeit nicht ihre Schuld war. Wenn sie an diese Temperaturtabellen und Weizenkeime dachte ... Es war sehr gut möglich, daß Alec enttäuscht war, weil er nicht Vater sein konnte. Vielleicht fehlte Alec wirklich nur ein Kind – ein kleines Mädchen, das er verwöhnen würde, ein kleiner Junge, dem er alle diese dummen Spiele und Sportarten im Freien beibringen konnte. Und vielleicht (Amelia war überzeugt, daß das, was sie dachte, ehrlich war) würde es – oder würden sie – uns beiden etwas zu tun geben, was nicht dauernd unsere Aufmerksamkeit aufeinander lenkte.

Hank und Janie Holloway hatten dicht vor der Trennung gestanden, als sie in jenes Institut gingen – *Die Wiege*, hieß es nicht so? – und charmante Kinder fanden, und jetzt schienen sie überaus glücklich. Sie schütteten einander sogar keine Martinis mehr ins Gesicht. Und es wurde so viel Propaganda mit verlassenen, ausländischen Kindern gemacht. Sie hatte einige wirklich schöne Waisen in den Ländern gesehen, die sie vor kurzem besucht hatte.

Höchstwahrscheinlich gab's auch eine Menge schöner Bastarde, besonders in Italien, wo die Pfarrschulen voller Überbleibsel aus dem Zweiten Weltkrieg waren.

Wahrscheinlich gab es viele japanische und chinesische Flüchtlinge – auch deutsche vielleicht? –, aber es wäre besser, sich an Leute zu halten, die weniger mit Problemen beladen waren. Keine Juden, keine Araber, nichts mit Schlitzaugen oder anderer Hautfarbe. Die Schule würde man auch bedenken müssen – die *Schule* und später das College.

„Ich *würde* es im Laufe der Zeit lieben", sagte Amelia laut. „*Wirklich*. Aber man muß in diesen Dingen praktisch denken, besonders, wenn man's mit einem so sensiblen Mann wie Alec zu tun hat. Ich meine, ich könnte mir nicht ernstlich vorstellen, daß ich ihm ein Paar chinesische Waisen aufschwätze, wo englische oder italienische oder französische Kinder es ebensogut täten."

Das ist eine verdammt skurrile Denkweise für eine potentielle Mutter, dachte sie, aber man muß in diesen Dingen praktisch sein. Ich meine, ein amerikanisches Kind zu adoptieren wäre fein, aber was für eine amerikanische Mutter gibt schon ihr eigenes Baby weg?

Nicht, daß ich keine Mutterinstinkte hätte oder hartgesotten oder dergleichen wäre. Aber es hat keinen Sinn, einer Ehe noch weitere Komplikationen hinzuzufügen, es sei denn, Alec will's auch. Ich meine, Adoptivmutter und Eltern-Lehrer-Vereinigung und religiöser Erzieher und das alles zu sein –

„Ich werd' ihn auf jeden Fall darüber aushorchen", sagte sie wieder laut. „Ein Versuch kann nichts schaden. Weil wir *etwas* tun müssen. Wenn ich dran denke, was für Mühe wir uns gegeben haben, ein Baby zu kriegen ... Er ist seit damals nicht mehr derselbe gewesen."

„Alec", sagte Amelia Barr kurz vor Weihnachten, „wir müssen etwas mit uns anfangen." Sie saßen ruhig lesend in ihrer New Yorker Wohnung.

„Was?" Alec ließ seine Zeitung sinken. „Was sagst du?"

„Ich sagte, wir müssen etwas *tun*. Wir haben die Verbindung zueinander verloren. Wir haben keine Beziehung mehr zueinander."

„Erzähl mir nur nicht, du seist bei einem Psychiater gewesen", sagte Alec. „Wir haben genug Schwierigkeiten. Was soll diese Verbindung-Beziehungs-Sache bedeuten?"

„Ich hab' in Europa und Asien viel drüber nachgedacht. Wir leben ein egoistisches Leben zusammen. Wir haben kein Gemeinschaftsinteresse mehr." Amelias Stimme nahm einen berufsmäßigen Ton an.

Alec schlug sich leicht aufs Knie.

„Du warst nicht bei einem Psychiater. Du hast ein paar von diesen ‚Sind-Sie-glücklich-mit-Ihrem-Mann'-Testen in Frauenmagazinen gelesen. Was genau hast du also im Sinn?"

„Nur dies. Ich möchte ein Kind. Ich möchte etwas, an dem wir uns aufrichten können. Ich möchte –"

„Du möchtest etwas, was uns zusammenhält, was die Ehe zementiert, damit wir im Alter was zu reden haben. Dabei weißt du ganz genau, daß ich dir kein Kind geben kann. Das haben wir doch schon alles durchexerziert. Wenn wir eins haben könnten, würde ich's dir geben. Sechs oder ein Dutzend, wenn du wolltest. Aber ich kann's nicht. Tut mir leid. Denk nicht mehr dran."

Er nahm seine Zeitung wieder auf und schüttelte sie ungeduldig.

„Nein, fang nicht wieder zu lesen an", sagte Amelia. „Bitte, hör mich an. Ich weiß, es ist nicht deine Schuld – oder *meine*", fügte sie eilig hinzu. „Keiner von uns hat Schuld, daß wir keine eigenen Kinder haben können. Aber wir könnten adoptieren – oh, Alec, ich hab' die schönsten Kinder in Waisenhäusern in Italien gesehen ..."

„GI-Versehen." Alecs Stimme klang gereizt.

„Es ist mir gleich, wessen Versehen sie waren, es sind reizende Kinder. Wir könnten eins oder zwei annehmen und –"

„Und dann könnten wir vielleicht noch ein paar Chinesen und Algerier und Japsen adoptieren, und du könntest mich Josephine Baker nennen, und wir könnten bis in alle Ewigkeit mit unserem eigenen Kleinen Völkerbund glücklich weiterleben. Bloß, damit *du* was zu tun hättest. Etwas, was dich aus diesen dämlichen Mädchen-Luncheons heraushält. Etwas, was meine Schreiberei verbessert. Wenn ich mit einer Story nicht weiterkomme, kann ich jederzeit jemandes Bastard die Grundbegriffe von Baseball beibringen. Nun, vergiß es, Freund."

„O du –" Amelia versuchte verzweifelt, sich zu beherrschen. „Viele Leute haben bei Adoptionen Erfolg gehabt und liebten die Kinder mehr als –"

„In diesem Haus beendet niemand mehr einen Satz. Ich werde also diesen zu Ende führen", sagte Alec. „*Nein.* Ich werde keine Kinder aus einer puren Laune heraus adoptieren. Ich werde die Verantwortung für ein fremdes Leben nicht übernehmen, bloß um dich vor Langeweile zu bewahren. Ich werde kein Kind zum Vorwand einer nichtsnutzigen karitativen Tätigkeit herabwürdigen, die ihr Frauen als Ausrede benutzt, um gemeinsam Martinis kippen zu können. Und ich werde, bei Gott, mich nicht in ein schäbiges Zusammengehörigkeitsgefühl locken lassen auf Kosten eines kleinen Fremden, der letzten Endes von Kinderfräuleins aufgezogen wird, während Mammi in irgendeinem Komitee sitzt – oder in Europa oder Southampton oder Palm Beach oder wo immer ist!"

Alecs Stimme hob sich.

„Hol' euch egoistische Luder alle der Teufel! Ihr kommt mit eurem eigenen Mann nicht klar und glaubt, alles mit dieser Adoptionsidee in Ordnung bringen zu können – besonders, wenn das arme Ding Schlitzaugen oder eine schwarze Haut hat, die ihm *Chic* geben! Du glaubst, du kannst all die alten Übel reparieren und das schlechte Gewissen mit dem Leib eines unschuldigen Kindes kurieren, das du dir kaufst, weil die ganze Welt es auch tut! Nein und nein und zwanzigmal *nein*! Eigene

Kinder sind schon schwer genug aufzuziehen. Wir praktizieren hier keine Ehetherapie mit dem Leib eines Kindes!" Dabei schlug er mit der Faust in die geöffnete Hand.

„Ich dachte nur, es wäre eines Versuches wert", sagte Amelia kalt, trockenen Auges. „Ich hab' mich also sehr geirrt und schäme mich, daß ich's überhaupt vorschlug. Ich würde dich nicht mal zum Vater unserer eigenen Kinder haben wollen. Auf keinen Fall würde ich ein kleines Kind ins Haus nehmen, wenn es so viel Feindseligkeit gegen sich hätte. Nicht mal, wenn's mein eigenes wäre."

„In diesem Fall hast du vollkommen recht." Alec knatterte mit der Zeitung. „Als Haushaltstherapie beabsichtige ich jetzt, Art Buchwald zu lesen, wenn's gestattet ist. Und du suchst dir ein neues Komitee, um die Ungerechtigkeit in der Welt in Ordnung zu bringen, und sammelst Mitgliederbeiträge in einer Kneipe. Gib einen Wohltätigkeitsball. Aber kauf mir keine fremden Kinder, um sie in einem Haus zu ruinieren, das bereits –" Er zögerte.

„Das bereits *was* ist?"

„Zugrunde gerichtet war das Wort, das mir vorschwebte", sagte Alec und klatschte wieder mit der Zeitung.

Amelia stand auf und verließ das Zimmer. Alec ließ die Zeitung fallen, ging zur Bar hinüber und schenkte sich einen Drink ein.

Armes, armes Mädchen, dachte er, das Eis schwenkend. Alles andere geht schief – aus Mangel an einem liebenden Mann –, und jetzt glaubt sie, wir könnten mit dem Baby eines anderen alles wieder zusammenflicken. Klein Sonnenschein tritt in unser Haus und bleibt bei uns, um zwischen Mammi und Daddy alles wieder wunderbar süß und zuckrig zu machen. Shirley Temple auf Toast. Adoptiere den kleinen Bastard aus einer Kriegsnacht in der Etappe, und mach aus dem alten Haus ein neues Heim.

„Das kann ich augenblicklich gerade brauchen", sagte Alec Barr und schlug mit der Faust auf die Bar. „Jemandes anderen Bastard, um mein Leben vollkommen zu machen! Ich brauche dringend Rezepte und Kindermädchen und gekochten Spinat und die Kleine Liga, wenn's ein Junge ist, und Sorgen, ob sich's mit vierzehn Jahren mausert, wenn's ein Mädchen ist! Und Kinderpartys, die hier übernachten, und Picknicks und Boy Scouts und die Eltern-Lehrer-Vereinigung! Allmächtiger Gott!"

Dann dachte er: *Arme Amelia. Die letzte Chance. Arme Amelia. Aber was wir haben, genügt vollkommen, uns beide zugrunde zu richten. Wir brauchen keine zusätzlichen Anreger in Form unschuldiger Opfer.*

Er trug seinen Drink zu seinem Sessel zurück und nahm die Zeitung wieder auf. Irgendwie war Art Buchwald nicht so komisch wie sonst. Vielleicht, weil Alec sich das Schluchzen im hinteren Zimmer vorstellen konnte, obgleich es akustisch unmöglich zu hören war.

76

D*inah Lawrence.* Der Name klang ihr in den Ohren. Wahrscheinlich kannte er sie von früher her. *Dinah Lawrence?* Alec hatte häufig von seinen Jugendfreunden aus der Hungerepoche gesprochen. Warum sollte er sich über eine alte Kollegin aus den Zeitungstagen so ausschweigen? Amelia hatte nichts dagegen, daß er *sehr* alte Freunde und Freundinnen hatte, deren Bekanntschaft sie nicht mit einschloß. Zum Teufel hat Amelia nichts dagegen, dachte Amelia wütend. Das Bayne-Luder genügt also nicht, ihn zu beschäftigen. Er hat nebenbei noch ein festes Verhältnis, was erklären würde – *natürlich.* Es würde eine Menge Verspätungen zum Abendessen erklären. Wie mein Junge sich entwickelt hat – alle Achtung! *Cinq à sept* – Schäferstündchen. Schnelle Nachmittagsbeischläfchen. Ich hätte es wahrhaftig nicht für möglich gehalten, daß Alec zu so was fähig ist!

Amelias ganzes Mitleid für ihren gequälten Mann schwand. *Der heimtückische Halunke,* dachte sie. Wahrscheinlich hat er die ganzen Jahre eine stille Geliebte gehabt, als er so verdammt edel war und es ablehnte, mit seinen Kumpels abends auszugehen. Warum, zum Teufel, sollte er abends mit den Burschen ausgehen, wenn er sich jeden Nachmittag bis zum Umfallen austobte?

Kein Wunder, daß er sich um mein Bett drückte – der arme Gute war einfach *müde.*

Aber ich werde ihm nichts sagen. Ich werd's nicht, nein, nein, *nein.* Wenn er so eine schleimige Reporterin mit Tinte unter den Fingernägeln haben will, kann er sie haben, mit Vergnügen, der heimtückische Bastard! Und ich, ich Dummkopf, bin die ganzen Jahre nicht einmal drüber gestolpert. Ich muß mit Steinen im Hirn geboren worden sein.

Dinah Lawrence gesellte sich also der Geisterschar hinzu, die Amelia im Schlaf heimsuchte. Dinah wurde eins mit Barbara Bayne und führte den ganzen Rest namenloser Mädchen in Sydney, Australien, und Columbus, Ohio, und London, England, und Pittsburgh, Pennsylvanien, an, die Amelia nie kennen und immer hassen würde. Amelia nährte ihre Ängste jetzt mit reinstem Haß; ihr Haß wurde von besonderem Mißtrauen gespeist.

Und als Ruth Hazeltine Alec Barr am Heiligabend unter dem Mistelzweig herzhaft unter dem vereinten Einfluß von Julgeist und Gin küßte, durchbohrte Amelia Barr ihre beste Freundin mit einem giftigen Blick und verkündete laut, daß sie sich zu Tode langweile und nach Hause zu fahren gedenke. Alec könne bleiben oder mitkommen oder tot umfallen, ihr sei's gleich. Alec entschied sich, mitzukommen.

Im Taxi saßen sie in frostiger Schweigsamkeit während der ganzen

Fahrt nach Hause. Alec hatte eine kalte Wut, und außerdem stand er vor einem Rätsel. Amelia machte dünne Lippen und war blaß vor Zorn. Sie warteten steif, bis sie ins Wohnzimmer traten, dann brach der Damm.

Alec zog sein Smokingjackett aus und hängte es über eine Stuhllehne. „Einen Drink?" fragte er ohne spürbares Interesse.

„Ja", zischte Amelia. „Ich möcht' nicht nur einen, ich möchte mehrere Drinks. Ich möcht' mich am liebsten total besaufen."

„Warte, bis ich mit dem Schnaps zurückkomme", sagte Alec und ging zur Bar. Gleich darauf kam er zurück und reichte ihr ein dickes Glas puren Whisky auf sehr wenig Eis.

„Das sollte für den Anfang genügen", sagte er. „Und jetzt, um Himmels willen, welche Laus ist dir so plötzlich über die Leber gekrochen?"

„Nichts ist mir über die Leber gekrochen – *so plötzlich*. Es kroch mir langsam, allmählich über die Leber. Es hat jeden Tag an mir genagt. Und heute abend hatt' ich's einfach verflucht satt und über zuzusehen, wie du diese Ziege Ruth Hazeltine abknutschst! Du hast noch ihren Lippenstift im Gesicht!"

Alec setzte sich und schlug die Beine übereinander. Er trug seinen besten Ausdruck beleidigter Unschuld.

„Ich weiß immer noch nicht, was dich so aufregt. Schließlich ist sie *deine* Freundin, nicht meine. Sie war ein bißchen angetütert, ließ sich gehen und drückte mir unter dem Mistelzweig einen auf. Irgendwas Schlimmes war nicht dabei, abgesehen davon, daß ich wünschte, sie würde eine andere Sorte Lippenstift benutzen. Himbeere hab' ich nie gern gehabt."

„Ja, ja, red dich nur raus! Sei komisch! Noch fünf Minuten, und sie hätte dich in der Toilette gehabt, und du hättest die Hosen runtergelassen!"

„He, jetzt aber langsam!" sagte Alec sanft. „Wir sind in der fröhlichen Weihnachtszeit. Friede auf Erden und so weiter und so weiter. Noël. Noël."

„Fröhlich mein Hintern. Ich hab' alles dick und satt – alles, die Nase voll von –"

„Mir?"

„Von dir auch. Die Nase voll von der ganzen verfahrenen, widerlichen –"

Alec stellte sein Glas ab, beugte sich vor, die Vorderarme auf die Knie gestützt.

„Um was geht's hier eigentlich? Um mehr als um einen nassen Kuß unter dem Mistelzweig von einem Weib, das ich hasse, wie du ganz genau weißt? Was hast du unter der Decke?"

„Dich nicht, darauf kannst du wetten. Wenigstens nicht mehr als einmal im Monat. *Wer ist Dinah Lawrence?*" Die Frage kam knallend wie ein Gewehrschuß.

„Was? Ich versteh' nicht. Was hat Dinah Lawrence mit dem ganzen Feuerwerk zu tun?"

„Ist sie besser im Bett als Barbara Bayne?" zischte Amelia. „Oder hast du die Übersicht über alle deine Frauen verloren?"

„Augenblick mal, Augenblick, meine Dame", sagte Alec Barr. „Reffe deine Segel mal ein bißchen, und fangen wir ganz von vorne an. Es sieht wie der Beginn einer langen Nacht aus."

Amelia trank ihr Glas mit langen, schnellen Schlucken aus.

„Gib mir noch einen", sagte sie. „Ich brauch's."

„Wie du willst. Betrink dich nur, es wird dein Kater sein, nicht meiner", sagte Alec. Er stand auf, ging zur Bar und ließ sein volles Glas unberührt auf dem Tisch stehen.

„Da", sagte er, mit dem zweiten Drink zurückkehrend. „Und jetzt wollen wir mal sehen, ob wir nicht von vorn anfangen können. Wie kommt Dinah Lawrence plötzlich überhaupt ins Gespräch?"

„Das frage ich *dich*", sagte Amelia mit funkelnden Augen. „Das mußt *du mir* sagen. Seit wann legst du *sie* schon aufs Kreuz?"

„Ich hab' nicht die geringste Ahnung, wovon du redest", sagte Alec. „Glaub mir. Woher weißt du eigentlich was von Dinah Lawrence?" Er schnalzte mit den Fingern. „Oh, natürlich. Unser lieber, süßer Freund hat uns wieder besucht. Die liebe Tante Francis mit ihrer tragbaren Senkgrube. Irre ich mich sehr?"

„Ausnahmsweise irrst du dich mal nicht. Francis hat's mir wirklich erzählt. Offenbar wußte jeder in der Stadt über Dinah Lawrence Bescheid außer mir. Wie lange läuft *diese* Sache schon?"

Alec gähnte.

„Ungefähr zwanzig Jahre. Vor dem Krieg. Wir waren zusammen bei den Pfadfinderinnen. Du mußt total verrückt sein, Amelia. Dinah Lawrence ist ein Zeitungsmädchen, das ich kenne, seitdem ich erwachsen bin. Sie ist eine alte Freundin. Ich hab' eine Menge Berichte mit ihr zusammen geschrieben."

„So, wie ich's verstehe, hast du nicht bloß Berichte mit Dinah Lawrence geschrieben", sagte Amelia bösartig. „Ich bin bloß überrascht, daß ich noch nie was davon gehört habe. Wenn sie so eine alte *Freundin* ist, warum haben wir sie dann nie hier im Haus gehabt?"

„Ich weiß nicht, was dieser kleine Schweinehund dir erzählt hat." Alecs Stimme wurde jetzt böse. „Und es ist mir auch gleichgültig. Wir haben sie nicht hier gehabt, weil ich sie in Jahren nicht mehr gesehen habe. Dinah Lawrence ist mit mir befreundet wie Ben Lea, wie John Barry, wie Marc Mantell."

„Ach, mit denen treibst du's auch? Das ist eine Seite von dir, die ich noch gar nicht kenne."

„So, jetzt reicht's mir aber. Ich weiß nicht, was dich so aufbringt, aber Dinah Lawrence als Bedrohung unseres zweifelhaften Glücks kannst du ausschalten. Ich mag sie. Ich fühlte mich einsam, während du fort warst. Ich traf sie zufällig in einer Bar. Sie lud mich zum Abendessen in ihr Haus ein, ihre Tochter war dabei. Ich revanchierte mich, nahm sie beide zum Lunch ins ‚21' mit. Im ‚21' kann man sich nicht verstecken. Wahrscheinlich sah mich jemand da – zweifellos eins der Gestapo-Mädchen –, und dein matrosensüchtiger Boy friend erfuhr davon."

„Mein mädchensüchtiger Mann hat völlig recht. Könnte nicht mehr recht haben. Wie alt ist die Tochter?" Amelias Augen zogen sich zu einem Strich zusammen, als sie die Frage herausstieß.

„Neunzehn, zwanzig, so ungefähr. Ich weiß es nicht genau."

„Alt genug *und* groß genug. Benutzt du sie nur als Anstandsdame, oder erziehst du sie dir als Sommerersatz für die Zeit, wenn die alte Dame anfängt, reizlos zu werden? Spare in der Zeit, so hast du in der Not?"

Alec wurde bleich, und er ballte die Fäuste, bis die Knöchel weiß wurden.

„Dafür verdienst du eine saftige Ohrfeige", sagte er. „Das ist schon eine Gemeinheit erster Güte."

„Ich glaub's unbesehen. Du bist Fachmann in puncto Gemeinheiten. Wie war das eigentlich mit deinem Mädchen Barbara? Hat sie von deiner anderen Freundin erfahren und dich sitzenlassen, oder was?"

Alec schüttelte den Kopf und seufzte tief.

„Es hat wirklich nicht viel Zweck, mit dir heute abend ein offenes Wort zu reden."

„Wenn du's tätest, wär's in Jahren das erstemal. Ich hab' mir nie recht klargemacht, daß ich einen praktizierenden Casanova unter meinem Dach habe. Ich glaubte immer, mit einem engagierten Schriftsteller verheiratet zu sein. Hast du in letzter Zeit ein paar gute Bücher geschrieben?" Amelias Stimme wurde herber, metallischer, bösartiger, die Silben begannen schon zu verschwimmen. Alec schloß die Augen. Gott sei Dank, daß *ich* wenigstens nüchtern bin, dachte er. Wenn ich betrunken wäre, könnte ich denken, ich hörte Barbara Bayne. Sie hören sich alle gleich an, wenn sie gemein werden.

„Diese letzte Bemerkung von dir wollen wir ignorieren", sagte er. „Sie war deiner nicht würdig, selbst nicht in deinem augenblicklichen Zustand."

„Augenblicklicher Zustand mein schmerzender Hintern!" sagte Amelia. „Klar hab' ich einen Zustand. Ich hab' einen Zustand, weil der Mann, mit dem ich die ganzen Jahre verheiratet bin, mich praktisch, ohne ein Wort zu sagen, sitzenläßt und mit einer superoxydblonden Hure einen neuen Hausstand gründet."

„Was für hübsches blondes Haar *du* hast, Oma. Natur, nehme ich an?" Alec konnte nicht widerstehen.

„Laß *mein* Haar aus dem Spiel. Dann entdecke ich die Sache mit diesem Dinah-Weib und deiner Familie von der Stange. Und da wir gerade das Thema des reichen, vollen Lebens von Alexander Barr vorhaben, wie ist's mit deinem Rotkopf?"

„Was für ein Rotkopf, um Himmels willen?" Alecs Stimme klang ehrlich verblüfft.

„Du weißt genau, was für ein Rotkopf um Himmels willen. Die, die du beim Lunch im Laurent bestiegen hast."

„Ach, *der* Rotkopf. Den ich auf dem Teppich vergewaltigte?"

„Ja, *den* Rotkopf. Ich kenn' ihren Namen nicht, aber wie ich höre, ist sie sehr hübsch. Gehört sie auch zum Harem?"

„Ich wünschte, sie gehörte dazu", sagte Alec bitter. „Wenigstens kann man sich angenehm mit ihr unterhalten, und sie hat gute Manieren. Wenn's dir zum richtigen Weihnachtsgeist verhilft – obgleich du nicht viel Hilfe brauchst, wenn's wahr ist, daß Geben glückseliger macht als Nehmen –, ich kenne die Dame nur oberflächlich. Sie ist mit Ben Lea befreundet. Ich weiß nicht, warum ich mir die Mühe mache, dir das alles zu erzählen, aber ich war mit Ben zum Lunch verabredet, und er konnte im letzten Augenblick nicht kommen, worauf ich mit seiner anderen Lunchverabredung dasaß. Sie flog am selben Abend nach England."

„Wie schrecklich schade für dich! Aber ich hätte nie geglaubt, daß du deinen kostbaren Ben Lea als Zuhälter brauchtest. Ich dachte, du hättest genug eigenes Talent auf diesem Gebiet", sagte Amelia.

„Ich glaube, jetzt reicht's, danke sehr", sagte Alec aufstehend.

„Da du schon stehst, bring mir noch einen Drink", sagte Amelia mit feucht glitzernden Augen. „Schließlich mußt du zu etwas im Haus taugen. Bei mir taugst du auf jeden Fall nichts."

„Ich hol' dir deinen Drink", sagte Alec. „Und ich trag' dich sogar ins Bett, wenn er dich benebelt."

„Das wird auch das einzige sein, was du in puncto Bett tust", rief Amelia ihm nach. „Mich hintragen, mein' ich. Sonst passiert nichts *im* Bett."

Alec kam gleich wieder zurück. Er reichte ihr grob das Glas, verschüttete dabei ein wenig Whisky.

„Ich hab' die letzte Bemerkung noch mitbekommen", sagte er. „Du bist heute abend wirklich voll weihnachtlicher Heiterkeit, mein Liebling."

Amelia nahm einen gierigen Schluck und fingerte im Kästchen nach einer Zigarette. Sie verfehlte das Zigarettenende zweimal mit der Flamme des Feuerzeugs und riß ihre Hand zornig weg, als Alec versuchte, ihr zu helfen.

„Rühr mich nicht an!"

„Bitte sehr, zünd dich an, wenn du willst", sagte Alec, sein Glas hebend. Ohne getrunken zu haben, stellte er es wieder zurück.

Amelia brachte die Zigarette schließlich zum Brennen und paffte wütend.

„Meine Spione berichten mir, du hättest mit dem Bayne-Weib nur einen Monat zusammen gelebt. Stimmt das?“ Die Stimme klang jetzt grausam, hart und kalt.

„Wenn's jemand etwas angeht, ja, das stimmt. Deine Informationen sind genauer als sonst. Und?“

Amelia sprach jetzt bewußt betont.

„Nun, ich kann nur sagen, wenn du Barbara Bayne nicht besser befriedigt hast als mich, bin ich erstaunt, daß sie's überhaupt einen ganzen Monat bei dir aushielt!“ Amelia warf Alec einen einzigen Blick zu und fuhr fort: „Los, schlag mich! Das fehlt uns noch zum perfekten Heiligabend!“

„Ich würde dir gern eine runterhauen“, sagte Alec. „Weiß Gott, und *wie* gern! Aber ich denke, ich werd' dir diesen Gefallen nicht tun. Meinst du nicht, es wäre besser, du würdest dich zusammennehmen und zusehen, ob du's ins Bett schaffst? Vergiß nicht, in etwa zehn Minuten ist Weihnachten, und wir müssen die übliche Pilgerfahrt nach Washington machen und deine Eltern besuchen. Die hätten kein Verständnis für ein blaues Auge. Es paßt nicht zu der von Eierpunsch inspirierten Orgie fröhlicher Geselligkeit unter dem nadelnden Christbaum.“

„Du spöttischer Halunke“, sagte Amelia, sich unsicher auf die Füße rappelnd. „Du Halunke mit deiner losen, unverschämten Zunge. Ich würde dich nicht zu meinen Eltern mitnehmen, und wenn du so hungrig wärst wie damals, als du anfingst, vom Tisch meiner Eltern zu leben.“

„Das Mädchen zielt heute abend wirklich unter die Gürtellinie“, sagte Alec. „Diese letzte Anspielung war wirklich nett. *Süß*, wie Francis sagen würde.“

„Laß Francis in Ruhe. Ich glaube, ich werde Francis morgen zu meinen Eltern mitnehmen. Wenigstens wird er nicht den ganzen Tag rumsitzen und sie verhöhnen.“

„Nimm Francis von mir aus in die Hölle mit“, sagte Alec. „Und jetzt solltest du wirklich zu Bett gehen, Amelia.“

Seine Frau schwankte im Sessel.

„Geh' ins Bett, wenn's mir verdammt paßt“, sagte sie, aufstehend. Sie verschüttete etwas aus ihrem Glas, als sie wieder einen Schluck nahm. „Warum fährst *du* denn nicht weg? Vielleicht mußt du dich von all deinen Frauen erholen. Vielleicht solltest du irgendwo hinfahren, wo du keine Frauen kennst und keine Zuhälter hast.“

„Was würdest du vorschlagen? Timbuktu?“ fragte Alec hämisch.

„Nicht weit genug.“ Amelias Stimme wurde allmählich immer undeutlicher. „Nicht annähernd weit genug. Jetzt geh' ich ins Bett. Aber *du* schickst mich nicht, verstanden? Geh' aus eigen' gottverdammt' frei' Willen.“

Sie drehte sich um und stieß an die Ecke des Flügels. Sie packte den Flügel mit einer Hand und richtete sich auf. Mit der anderen Hand schwang sie das Glas, Whisky auf den Teppich verschüttend.

„Warum fährst du nicht in dein gottverdammtes Pfadfinderlager raus und genießt die Natur mit deinem gottverdammten Matrosenlakaien? Vielleicht kannst du Wie-heißt-sie-gleich, Dinah Lee oder was weiß ich, überreden, rauszukommen und die Feiertage mit dir und Luke zu verbringen! Es sei denn, Luke ist alles, was du brauchst. Ich hab' schon einiges von Matrosen *gehört*", sagte Amelia und torkelte in Richtung des Bettes davon.

Alec Barr seufzte und ging zum Tisch hinüber, auf dem sein unberührtes Glas stand. Er nahm es und goß die Hälfte des Inhalts in einem Schluck hinunter. Er hob das Glas und prostete sich in dem großen Spiegel zu.

„Jetzt bin ich also schwul, impotent und ein Hurenbock, alles in einem", sagte er. „Was für ein begabter Bursche ich eigentlich sein muß. Frohe Weihnachten, Mr. Barr. Und ein recht glückliches neues Jahr, Mr. Barr." Er hörte, wie Amelias Tür wütend zugeschlagen wurde. „Frohe Weihnacht allerseits. Und allerseits gute Nacht!"

Er setzte sich wieder in seinen Sessel und betrachtete sinnend sein Glas.

„Eine verdammt gute Sache, daß die Japsen nicht Amelias Geheimdienst besaßen", murmelte er. „Hätten sie ihn gehabt, dann hätten wir den Krieg verloren."

Schließlich ging er zur Bar und goß sich noch einen Drink ein. Amelia in ihrem gegenwärtigen Zustand würde Alec Barr zu scharfem, nüchternem Denken zwingen, und nachts konnte er immer besser denken, wenn alles still war und er ein Glas in der Hand hielt.

77

Am Weihnachtsmorgen hatte Amelia einen Mordskater und war leidlich reuevoll. Alec brachte ihr ein Tablett mit Aspirin, Bromselters und einem großen Wodka Bloody Mary ans Bett.

„Frohe Weihnacht", sagte er. „Hier ist der Jüngste der Drei Weisen aus dem Morgenlande mit Geschenken von Weihrauch und – entschuldige den Ausdruck – Bloody Myrrhe. Wie fühlst du dich?"

„Entsetzlich", sagte Amelia. Ihr Gesicht war verquollen und vom Schlaf verschwitzt. „*Tot*. Danke für das Sankt-Bernhard-Zitat. Ich glaube, ich sterbe glatt. Es waren zuerst die Martinis und dann der Eierpunsch und zum Schluß der Scotch und die Wut. Hab' ich irgendwas wirklich Schlimmes angestellt, als wir heimkamen? Ich erinnere mich nicht mehr an viele Einzelheiten gegen Schluß."

„Du warst ganz schön in Fahrt", sagte er. „Sehr schön in Fahrt. Gegen Schluß gelang es mir, impotent, sextoll und schwul zu sein, und das alles im selben Paket, was gar nicht übel ist, selbst für einen Mann meiner unbestrittenen Begabungen."

„O Gott, jetzt erinnere ich mich", sagte Amelia. „Ich hab' *alles* allein getrunken und das meiste geredet. Aber du hast mich auch ganz schön in Wut gebracht. Ganz schön." Und sie nickte ernst und bestimmt.

Sie spülte ihr Aspirin mit einem Schluck Bloody Mary hinunter und stützte sich auf die Bettkante.

„Ich bin zu schwach, unser Gespräch da wiederaufzunehmen, wo wir aufgehört haben. Aber es war alles ziemlich wohlbegründet. Sag diesem Nazi in der Küche, er soll eine große Kanne heißen, frischen Kaffee kochen, ja? Werd' mal sehen, ob ausgiebiges Duschen und dieses Brom mich wieder lebendig machen. Oh." Sie sah ihn mit blutunterlaufenen Augen an. „Frohe Weihnacht."

„Frohe Weihnacht. Ich kann mich an kein Weihnachten erinnern, an dem wir uns nicht irgendwie gestritten haben. Wenn du am Leben bleibst, liegt ein Geschenk für dich da. Ich werd' jetzt den Morgenrock ausziehen und mich in Schale werfen. Bis dann. Ich nehme an, wir fahren immer noch nach Washington?"

„*Ich* fahre nach Washington", sagte Amelia, mit den Zehen nach ihren Hausschuhen angelnd. „Du brauchst nicht. Mir wär's tatsächlich lieber, wenn du nicht mitkämst. Wir können noch drüber reden, nachdem ich mich zusammengerappelt habe."

Alec überlegte scharf, während er sich anzog. Sie hat nicht das geringste von gestern abend vergessen, und ich bezweifle, ob sie so betrunken war, wie sie sich gab. Sie hat bloß ihren Mädchendrüsen freien Lauf gelassen – und wie sie sagte, war alles ziemlich wohlbegründet. Ein Glück, daß ich nichts von dem Wochenende mit Dinah und Penny bei mir in Jersey erwähnt habe. Was machen wir jetzt, Daddy? fragte er sich, fünf Krawatten ausschlagend, bevor er sich schließlich für die erste entschied. Etwas muß geschehen. Dieses Mädchen ist voll aufgestauter Ressentiments.

Dann dachte er an den neuen Nerzmantel – vorbehaltlich natürlich eines Umtauschs, wenn ihr die Farbe oder die Machart nicht gefiele; und er stammte *nicht* aus Francis Hopkins' Laden –, den er sorgfältig übers Sofa gebreitet hatte.

„Es heißt, mit Nerz kann man alles heilen", murmelte er. „Irgendwie kommt mir's aber so vor, als wär' dies die eine Sache, die man *nicht* mit Nerz heilen kann."

Er trank einen Salty Dog, die geheiligte Mischung von Grapefruitsaft, Salz und Gin, um sich fürs Frühstück in festliche Stimmung zu versetzen, das Frühstück, das er nicht mochte und das er hinunterwürgen würde, und wenn's ihn umbringen sollte. Der Salty Dog erfrischte ihn ein wenig, und er schob ein poschiertes Ei auf dem Teller hin und her, als Amelia in einem blumigen Morgenrock und mit frisch zurechtgemachtem Gesicht hereinkam.

„Oje“, sagte sie, beim Anblick des Eis die Stirn runzelnd. „Sieht schrecklich aus. Ich bleibe bei Obst und Kaffee. Und vielleicht noch einem Bloody Mary.“

„Ich würde mich ein bißchen zurückhalten, wenn ich du wäre“, sagte er. „Das heißt, wenn du wirklich deine Familie besuchen willst. Ich nehme an, ich bin nicht eingeladen. War das dein Ernst?“

„Es war mein Ernst“, sagte sie, sich ihrer Grapefruit ohne Begeisterung widmend. „Nach gestern abend fühl' ich mich nicht sehr weihnachtlich, und ich weiß, wie du es haßt, zum Geschenkeauspacken hinzufahren. Es hat keinen Zweck, daß wir uns beide elend fühlen. Ich glaube, ich bleibe über Neujahr da. Übrigens, ich entschuldige mich für einiges, was ich gestern abend sagte – zum mindesten, wie ich's sagte.“

Alec neigte den Kopf und erwiderte nichts.

Amelia versuchte ihren Kaffee und schnitt wieder ein Gesicht.

„Zu stark gefiltert, wie üblich“, sagte sie. „Eines Tages bring' ich die den Kraut um. Ja“, fuhr sie fort, „es tut mir leid. Aber nicht sehr. Da waren eine Menge verdrängter Dinge, die endlich mal gesagt werden mußten. Es tut mir nur leid, daß ich einen sitzen hatte, als ich sie sagte.“

Alec goß sich eine frische Tasse Kaffee ein und erwiderte noch immer nichts.

„Willst *du* etwas über gestern abend sagen?“ Amelia schob die halbgegessene Grapefruit beiseite.

„Ich glaube, das meiste ist gesagt worden“, entgegnete Alec. „Es flogen reichlich viel Worte umher. Ich glaube, wir haben kein einziges Wehwehchen unberücksichtigt gelassen.“

„Um Himmels willen, sei bloß heute morgen nicht komisch. Ich weiß nicht, was wir tun sollen. Am liebsten möcht' ich die ganze miserable Schweinerei bis nach den Feiertagen ruhen lassen. Warum bist du nicht ein smarter Junge und verbringst eine Woche in Jersey – schießt eine Ente, angelst dir einen Fisch durch ein Eisloch, fällst wieder mal einen Baum? Vielleicht sind wir nach Neujahr beide in besserer Verfassung.“

„Kein schlechter Gedanke. Ich bin zu allem bereit, um dieser Cocktailpanik nächste Woche zu entgehen. Ich glaube, ich werd's vielleicht tun, Amelia. Bitte, könnten wir heute etwas freundlicher zueinander sein, wenigstens bis ich dich zum Flugzeug bringe? Es ist schließlich Weihnachten, ob's uns nun sehr danach zumute ist oder nicht. Und ich hab' dich auch noch kein Wort über dein Geschenk sagen hören.“

„Was für ein Geschenk? Ich hab' keins gesehen."
„Es liegt auf dem Sofa im Wohnzimmer. Ich dachte, du hättest es im Vorbeigehen vielleicht gesehen."
„Ich hab' nichts im Vorbeigehen gesehen. Ich glaube nicht mal, daß ich die Augen offen hatte. Was ist es?"
„Wie wär's, wenn du's dir ansähest?" entgegnete Alec. „Ich hoffe, es gefällt dir."
Amelia stand auf, und er folgte ihr.
„Da", sagte er, auf den hingeworfenen Nerz deutend. „Frohe Weihnacht."
Amelia warf ihm einen schnellen Blick zu, und er sah, wie ihr Tränen in die Augen stiegen. Dann wurde ihr Mund hart.
„Das können wir uns nicht leisten", sagte sie. „Du weißt, daß wir's uns nicht leisten können. Und der Teufel soll mich holen, wenn ich mich bestechen lasse, Alec Barr!" Mit wütender Geste fegte sie den Nerz auf den Boden, brach in heftige Tränen aus und lief ins Schlafzimmer. Wieder wurde die Tür zugeschlagen.
„. . . und ein glückliches neues Jahr", sagte Alec Barr, den Nerz sorgfältig vom Boden hebend und sanft der Länge nach aufs Sofa legend. „Friedensangebot abgewiesen. Krieg geht weiter. Lage normal. Bei Gott, ich *werde* eine Woche aufs Land ausbüxen, und ich *werde* einen verdammten Fisch durchs Eisloch fangen."
Er kratzte sich das Kinn.
„Ich nehme an, sie hat *mir* kein Weihnachtsgeschenk gekauft", sagte er. „Wenigstens nichts Wichtiges, was ich verächtlich abweisen könnte."
Er ging ins Eßzimmer zurück, um noch eine Tasse Kaffee zu trinken.
„Wer immer sich diesen Nerz-Rat ausgedacht hat, ist schief gewikkelt", murmelte er. „Ich bin bloß froh, daß ich nicht auf die Idee gekommen bin, ihr einen Wagen zu kaufen. Wahrscheinlich hätte sie mich mit ihm überfahren."
Kurz darauf kam Amelia wieder zum Vorschein, für die Reise angezogen. Ihre Augen waren gerötet und noch verquollener vom Weinen.
„Ich glaube, wir sollten heute nicht mehr miteinander reden", sagte sie. „Und mach dir nicht die Mühe, mich zum Flughafen zu bringen. Ich hab' einen Wagen von Carey bestellt. Fahr zum See raus und amüsier dich. Tut mir leid mit dem Mantel. Aber wir können ihn uns wirklich nicht leisten, und unter den augenblicklichen Bedingungen möcht' ich ihn nicht annehmen." Aus Gewohnheit reichte sie ihm die Wange zum Kuß und läutete dann nach dem Aufzug.
Alec ging in ihr Schlafzimmer und holte ihren Koffer, stellte ihn neben sie auf den Boden.
„Viel Vergnügen in Washington", sagte er, als die Aufzugstür sich öffnete. „Grüß deine Eltern herzlich."

Er überlegte hin und her, was er am besten mit seiner Woche anfangen könnte. Ich könnte, dachte er, zum Beispiel schnell mal bei Dinah und dem Kind vorbeischauen, aber am ersten Weihnachtsfeiertag ist es schlecht, eine Familie zu überfallen, und außerdem hab' ich ihnen keine Geschenke gekauft. Andererseits könnt' ich sie vielleicht einladen, ein paar Tage mit nach Jersey rauszukommen, um mir beim Fischen durchs Eis zu helfen.

„Sei nicht blöd", ermahnte er sich laut. „Amelia wird sechs Detektive unter jeder Birke postiert haben."

Nach einer Weile rief er die Garage an, man solle ihm den Wagen schicken. Darauf telefonierte er mit Luke und sagte ihm, er komme einige Tage nach Jersey raus und er solle dafür sorgen, daß genug Schnaps im Haus sei. Dann teilte ihm der Summer mit, daß sein Wagen vor der Tür stand.

„*Weihnachten*", sagte Alec Barr, als er in seinen wärmsten Mantel schlüpfte. „Weihnachten. Was für ein scheußlicher Tag, um auf die Welt zu kommen."

78

In der Mitte war der See noch nicht zugefroren, und in den offenen Stellen drängten sich die Enten in großer Zahl zusammen. Es war nett auf dem Land; die Bäume bogen sich unter dem Schnee, die Hügel sahen wie Kuchen aus, das dünne Eis des Sees hatte kleine Schneebuckel, und die Rehe kamen zaghaft herunter, um mit den Hufen Löcher ins zerbröckelnde Eis zu scharren und zu trinken. Luke hatte einen Riesenvorrat an Brennholz angelegt, und das Haus war wunderbar warm und gemütlich. Alec ließ seine Koteletten sprossen und lungerte in rotkarierten Mackinawhosen und Jumper mit Reißverschluß herum. Er überlegte kurz, ob er Ben Lea verführen sollte, ihn auf ein paar Tage zu besuchen, gab den Gedanken aber wieder auf, als er sich vergegenwärtigte, daß Bens Berufsleben sich fast hundertprozentig in der Gesellschaft abspielte und daß in New York jetzt die Zeit der Partys herrschte.

Zwei Tage nach Weihnachten saß Alec in der Küche und half Luke, einen Fisch zu säubern.

Da läutete das Telefon. Es war Marc Mantell.

„Etwas Wichtiges." Marc Mantells Stimme klang entsprechend.

„Hören Sie: Vor allem, wie kommen Sie mit Amelia zu Rande?"

„Überhaupt nicht. Deswegen bin ich ja hier. Wir hatten einen Mordskrach am Heiligabend. Mir wurde vorgeworfen, ich legte jedermann in Amerika aufs Kreuz außer den Schwestern Gish. Es war ein heißes Gefecht. Sie flog allein zur alljährlichen Familiensafari nach Washington und meinte, Timbuktu sei viel zu nah, falls ich etwa dran dächte, hinzufahren."

„Das ist ja großartig." Alec hörte Marc Mantell in sich hineinlachen. „Sehr gut."

„Was, zum Teufel, ist da sehr gut?" Alec langte nach einer Zigarette und gab Luke ein Zeichen, ihm ein Streichholz zu bringen. „Also, was ist wichtig?"

„Nun, das macht's um so leichter. Abzureisen, meine ich."

„Abreisen? Wohin? Wozu?"

„Afrika. Ostafrika. Etwas weiter weg als Timbuktu. Nairobi, um's genau zu sagen."

„Ich bin schon in Kenia gewesen. Ich war vorletztes Jahr da, erinnern Sie sich? Es kostet Geld. Ich hab' im Augenblick nicht viel Geld für Dummheiten übrig. Auf jeden Fall hab' ich genug Elefantenzähne und Geweihe."

„Es handelt sich nicht um Dummheiten. Auch nicht um Elefantenzähne und Geweihe. Sondern ums Geschäft. Geld auf die Hand. Wichtiger – Geld in der Zukunft. Passen Sie auf: Sie haben sicher in den Zeitungen von dieser Mau-Mau-Sache gelesen, die in Kenia ausgebrochen ist? Über die Gang-Morde und Rituale und so weiter?"

„Natürlich. Ausschnitte jedenfalls. Aber niemand scheint viel drüber zu wissen."

„Genau", sagte Marc Mantell. „Ganz richtig. Deshalb habe ich einen Auftrag für Sie, rüberzufliegen, unter dem Vorwand einer Safari der Sache auf den Grund zu gehen, Material zu sammeln und ein paar nette, kleine Stücke für *Life* zu schreiben, mit einem *Digest*-Abdruck als Garantie im Hintergrund. Alle Auslagen bezahlt – drei Monate. Wie klingt das?"

„Klingt großartig, wenn ich weiß, wieviel wir für die Spritztour kriegen. Ich meine, sie schneiden wirklich Köpfe ab da drüben. Wieviel ist mein Kopf wert?"

„In diesem Fall nur dreißigtausend Dollar fürs Ganze, einschließlich des Kopfs, plus Aufwand natürlich. Wenn Sie aber der Alec Barr sind, für den ich Sie halte, müssen genügend Romane und Kurzgeschichten dabei abfallen, um Sie für die nächsten fünf Jahre mit Arbeit einzudekken. Wer weiß? Vielleicht kriegen Sie sogar Ihren *Krieg-und-Frieden*-Roman durch einen Szenenwechsel wieder flott."

„Vielen Dank für den Sarkasmus. Immerhin könnten Sie recht haben. So, wie's jetzt steht, komm' ich nicht weiter. Es ist nicht gerade ein

Haufen Geld, der mir da angeboten wird, aber ich kann *jeden* Betrag brauchen. Wann soll dieses großartige Abenteuer beginnen?"

„Je früher, desto besser. Sofort. Es sind zahlreiche Morde um Weihnachten passiert, und fürs neue Jahr sind weitere angekündigt. Truppen sind aus England rübergeschickt worden. Es ist eine große Story, und man wird ziemlich schnell Vorabdrucksmaterial vom ersten Bericht haben wollen. Mit dem zweiten können Sie sich Zeit lassen."

„Ich bin Belletrist, vergessen Sie das nicht. Es ist lange her, seit ich in der vordersten Front gearbeitet habe. Ernsthafte Reportertätigkeit ist Sache von jungen Männern. Ich hab' Senkfüße."

„Sie haben in letzter Zeit nicht eben übertrieben viel Belletristik geschrieben, wenn ich Sie erinnern darf", meinte Marc Mantell trocken. „Vielleicht wird's Zeit, daß Sie sich wieder als Reporter betätigen."

„Alle Welt war in letzter Zeit so *furchtbar* freundlich zu mir", sagte Alec, die Hand zu Lukes Vergnügen aufs Herz legend. „Es geht mir durch und durch. Ich bin ganz atemlos. Was glauben Sie wohl, was Amelia sagen wird, wenn ich wieder auf Jagd nach Wilden gehe, kaum einen Monat nach ihrer Rückkehr aus dem Exil?"

„Nach allem, was ich höre, wird sie Sie kaum vermissen", antwortete Marc. „Sie geben ja selbst zu, daß bei Ihnen im Augenblick der Haussegen schief hängt. Nun, ich muß den Jungs Bescheid geben. Ja oder nein?"

„*Ja*", sagte Alec. „Unbedingt *ja*. Rufen Sie die Briten an, und beantragen Sie das Visum für Kenia, ja? Ich bringe meinen Paß morgen früh mit."

„Gut. Was machen Sie mit Amelia? Holen Sie sie zurück, oder fahren Sie nach Washington, oder was?"

„Nichts dergleichen. Ich werd' mich telefonisch von ihr verabschieden. Hat keinen Zweck, noch weitere traurige Abschiedsszenen zu veranstalten. Schließlich ist es nicht für immer, und vielleicht ist ihr die Abkühlungszeit ganz willkommen."

„Gut also. Wiedersehen morgen zum Lunch, und ich bring' Sie dann zum Flugzeug. Kann ich sonst noch etwas für Sie tun?"

„Eins noch. Telegrafieren Sie meiner Safarimannschaft, daß ich komme, die Adresse haben Sie ja, und fragen Sie, ob Bronson oder Duffy oder Denton frei ist, mit mir zu jagen. Jeder ist mir recht."

„Mach' ich. Leben Sie wohl."

„Okay", sagte Alec und legte auf. Er wandte sich an Luke.

„Machen wir Schluß mit den Enten. Sieht so aus, als ob Sie sie essen würden. Sie haben das meiste mitgekriegt?"

„Ich konnte nicht anders, Boß. Fahren Sie wirklich nach Afrika in dieser Sache?"

„Ich glaube, ja, Luke, ich glaube, ja. Ich glaube, es ist genau das, was der gute Onkel Doktor verschrieben hat. Sie wissen ja: In Gefahr oder im Zweifel hebe man ein neues Spiel ab. Sie werden inzwischen hier die Stellung halten."

„Klar, Boß. Noch eins: Was halten Sie davon, wenn ich die alte Dame und ein paar von meinen Schwestern mal hierher einladen würde? Wir würden für unser Essen und den Schnaps selbst bezahlen. Es wird nämlich ein bißchen einsam hier so ganz allein. Und Weihnachten hab' ich dieses Jahr übersprungen. Ich hatte das Gefühl, diesen Wirrwarr nicht aushalten zu können."

„Sie und ich nicht", erwiderte Alec. „Klar. Lassen Sie die ganze Familie herkommen, sooft Sie wollen. Und machen Sie sich über Essen und Schnaps keine Sorgen, soweit es in Grenzen bleibt. Es sieht so aus, als ob wir in der nächsten Zukunft nicht gerade pleite sein werden."

„Ich wünschte, ich könnte mitkommen", sagte Luke nachdenklich. „Ich würde dieses Land zu gerne kennenlernen."

„Eines Tages vielleicht. Eines Tages gehen wir auf eine richtige Safari. Bis dahin halten Sie sich an den alten Grundsatz: Er reiset am schnellsten ... und so weiter. Und jetzt gehen wir und kippen einen – die Enten scheinen gerupft zu sein."

79

Alec Barr frohlockte bei dem Gedanken, innerhalb weniger Stunden wieder auf dem Weg nach Afrika zu sein. Der Magazinauftrag war an sich schon aufregend; Alec hatte die Zeitungen nach Nachrichten über die Eingeborenenaufstände in einem Land durchgestöbert, das er auf zwei Safaris ein bißchen kennengelernt hatte und das ihm sehr ans Herz gewachsen war. Er hatte Geschichten oder Gerüchte über verschiedene Sekten und Kulte gehört, zum Beispiel über die von einem Verrückten organisierten *Dini ya Msambwa* oder die *Watu ya Mungu*, deren „Gottesmänner" schlichtweg mordeten, ohne sich mit Wahnsinn zu entschuldigen. Vor Jahren hatte Alecs alter Freund Negley Farson ein sehr scharfsinniges Buch geschrieben, in dem er die Kulte „lediglich als das Produkt religiösen Wahns" definierte und direkt auf die „allem gemeinsame Ursache, die den Blutkreislauf des Schwarzen Erdteils vergiftet", hingewiesen hatte. Im Rückblick schien Farson recht zu behalten, wenn diese neue Mau-Mau-Bewegung nur entfernt dem gleichkam, was von ihr berichtet wurde. Und das war, dachte Alec, nicht bloß eine Bande zufälliger Rowdys und flüchtiger Gauner, die gelegentlich eine Farm überfiel und die Besitzer hinschlachtete, sondern eher eine organisierte politische Rebellion, die ihrer Führung entglitten war. Der Name Jomo Kenyatta tauchte in Zusammenhang mit der Mau-Mau-Terrororganisation immer wieder auf, und Alec Barr, der eifrige Leser, wußte, daß der Kikuyuführer ein Mann von großer Intelligenz und umfassender Bildung war, die er sich sowohl in London wie in Moskau erworben hatte.

„Wenn der alte Jomo der Obermops in dieser Sache ist", sagte Alec laut, während er und Luke seine Ausrüstung und die Gewehre zusammentrugen, „ist das nicht bloß ein Haufen mißverstandener Robin Hoods auf dem Berg."

„Ich versteh' nicht, Boß", sagte Luke. „Wie meinten Sie das?"

„Schad' nichts", meinte Alec. „Wo sind die Stiefel für die Vogeljagd?"

„Ich hab' sie hier", sagte Luke, ein Paar kurze Jagdstiefel hochhaltend. „Sie werden mit ziemlich schwerem Gepäck reisen – die vielen Gewehre und das Zeugs."

„Spielt keine Rolle", sagte Alec, am Lauf einer Büchse entlangschielend. „Auslagen werden bezahlt. Haben Sie gestern die Flinten gereinigt?"

„Jawohl. Welche – oder vielleicht sollte ich fragen, wie viele – nehmen Sie mit?" grinste Luke.

„Bloß die 12kalibrige. Die kleine 20er ist gut für leichte Arbeit, aber ich hab' den komischen Verdacht, daß ich mehr groben Schrot als Feinschrot brauchen werde."

„Machen Sie keine Dummheiten, und bringen Sie sich nicht in Lebensgefahr", entgegnete Luke. „Ich bin zu alt für Dauerarbeit. Sie müssen an mich denken. Ich hab' niemand sonst, auf den ich mich verlassen kann."

„Ich pass' schon auf", sagte Alec, aus reinem, jungenhaftem Übermut lachend. „Bei Gott, Luke, Sie können sich nicht vorstellen, wie es ist, wieder rüberzufahren. Nicht bloß wegen der Arbeit – sondern wegen des Landes, der Tiere, der Menschen – *eben wegen des Landes*. Mir ist's gleich, ob ich was schieße. Mir kommt's nur drauf an, alles wiederzusehen. Man kriegt eigentlich nie genug."

„Ich schätze, Sie haben recht. Sie sehen seit diesem Telefonanruf etwa um zwanzig Jahre jünger aus. Jetzt aber zur Sache, Boß. Die Stiefel haben wir. Doppelbüchse, .318er, .30-06, .375er. Eine Pistole, Kaliber .38, eine Schrotflinte, 12kalibrig. Drei Fernrohre. Feldstecher. Zwei Kameras, Hasselblatt und Rolleiflex. Keine Jagdkleidung?"

„Nein, kauf' ich mir bei Ahamed Brothers in Nairobi und schenk' sie hinterher den Safariboys. An Kleidung nehm' ich nur einen Smoking mit – man zieht sich dort draußen immer noch zum Dinner um, müssen Sie wissen. Den werde ich mir in der Stadt holen. Und *das* –", er wies auf ein altes Harris-Tweedjackett, „– ein paar Flanellhosen und einen Extraanzug, die ich mir auch in der Stadt mitnehme. Wo ist der Arzneikasten?"

„Hier." Luke zeigte auf ein quadratisches braunes Lederköfferchen. „Ich hab' alles durchgesehen. Sie haben da eine Flasche mit Pillen, auf der steht: ‚Löwenbisse'. Machen Sie Scherze?"

„Nein. Dann und wann werden Menschen von Löwen aufgefressen. Reichen Sie mir mal den Koffer." Er sah sich kurz den Inhalt an, nahm eine Flasche heraus und warf sie Luke zu. „Die brauch' ich nicht."

„Aber Sie reisen doch immer mit Schlaftabletten", wandte Luke ein. Alec schüttelte den Kopf. „Auf dieser Reise nicht, Chef. Dort draußen hab' ich die größte Mühe, nach neun Uhr abends noch wach zu bleiben. Wir stehen im allgemeinen um fünf Uhr auf, wenn's draußen noch stockdunkel und eiskalt ist."

„Ich dachte immer, in Afrika sei es heiß?"

„Kommt drauf an", erwiderte Alec. „Oh, holen Sie mir zwei Paar lange Unterhosen raus, ja? Im Süden – im Massaigebiet wie in Tanganjika – ist es so kalt wie in Vermont im Januar, wenn die Winde vor Sonnenaufgang von den Ebenen hereinfegen. Nur nach Norden zu – dort drüben ist alles umgekehrt – wird's heiß."

„Nun", meinte Luke, die roten Flanellhosen in den Koffer stopfend, „vielleicht werd' ich's eines Tages mit eigenen Augen sehen."

„Würde ich Ihnen nicht raten", sagte Alec, mit einem Arm voll Waffen hinuntergehend. „Es ist eine zähe Gewohnheit, von der man nicht so leicht loskommt, wenn sie einen mal gepackt hat."

80

Das Telefongespräch mit Amelia war nicht allzu schmerzvoll gewesen. Sie verstehe vollkommen, sagte sie – bezüglich des Geldes und der einmaligen Gelegenheit. Ihr ginge es gut. Er solle ihr dann und wann ein paar Zeilen schreiben, und sei *vorsichtig*. Sei nicht leichtsinnig, und begib dich nicht in Gefahr. Wenn Alec einverstanden sei, würde sie von Washington nach Miami hinunter- und von da für ein paar Tage zu den Dunlaps nach Haiti hinüberfliegen. Sie hätten ihr geschrieben und sie eingeladen. *Und bitte, Liebling, paß auf dich auf.*

Alec hängte an und kratzte sich den Kopf. Vielleicht sah er Gespenster, aber er hätte schwören können, daß in Amelias kühler Zustimmung zu seiner Absicht, wieder in den Krieg zu ziehen, ein Unterton von Erleichterung gelegen hatte. Als ob – als ob sie beide dies vielleicht brauchten, um wieder quitt zu werden; um die Decks von Barbara Bayne und anderen Sommerirrungen reinzufegen; von scheußlichen, hinterhältigen häuslichen Krachs.

„Wenn sie einverstanden ist, bin ich erst recht hundertprozentig einverstanden", sagte Alec, der schon daran dachte, wie wunderbar ein bald zu erwartendes Wochenende in Mawingo oben, dicht bei Manyuki, sein würde, wenn der Mount Kenia einem jeden Morgen durchs Fenster guckte und die Boys die Feuerstellen mit duftend-öligem Zedernholz anheizten. Und Nairobi machte sowieso immer Spaß. Stets kam jemand durch, den man schon kannte oder den man bestimmt sympathisch fand. Was Alec Barr auf einen anderen Gedanken brachte.

„Was für ein vergeßlicher Halunke ich eigentlich bin", murmelte er. „Ich hab' großmäulig versprochen, die Firma Dinah & Co. zum Thanksgiving Day zu besuchen, und ich hab' mir noch nicht mal die Mühe gemacht, sie kurz anzurufen, obwohl sie mir so gute Ratschläge gegeben hat. Das werde ich jetzt sofort gutmachen."

Als er die Nummer wählte, dachte Alec, er habe wirklich jemand nötig, der für sein Geschwätz aufnahmefähiger wäre als Luke, bevor er sich ans große Abenteuer machte. Dinah war darin großartig. An sie konnte man hinreden. Sie schien nie neidisch auf das Glück anderer, und obgleich sie einen mordsmäßig auf die Schippe nahm, fühlte man sich bei ihr nie albern, wenn man überschäumte.

Penny Lawrence war am Apparat.

„Ich dachte schon, du hättest uns vergessen", sagte sie nach der Begrüßung und der Frage, wie's gehe. „Dachte, du seist vielleicht verreist."

„Nicht verreist, sondern im Begriff zu verreisen", erwiderte Alec. „Mitternacht. Ostafrika. Ein toller Job. Ich dachte, ich bekäme vielleicht eine Chance, mich zu revanchieren und dich und Ma zu dem längst überfälligen Dinner einzuladen, das wir für den Thanksgiving Day geplant hatten."

„Nichts wär' mir lieber", sagte Penny. „Aber leider mußte meine Mutter, die Autorin, heute morgen nach Washington fliegen und wird erst morgen wieder zurück sein. Muß irgendwas Wichtiges nachschlagen, was sie nur in der Kongreßbibliothek finden kann."

Pech, dachte Alec, aber da ist nichts zu machen.

„Nun", sagte er, „wenn du nicht einen Haufen Verabredungen mit muskelstarken Boy friends hast – das Dinnerangebot gilt immer noch. Vorausgesetzt, du glaubst nicht, deine Ma hätte was dagegen, daß ihre Tochter mit einem schmutzigen, alten Mann ausgeht."

Pennys Stimme zwitscherte. „Mit Vergnügen, Alec. Bitte, komm her und erzähl mir alles über den Afrikaauftrag, und sag mir, was ich anziehen soll, wo wir hingehen. Und bitte –"

„Ja?“ Alec war von der Begeisterung des Mädchens angenehm berührt.

„Könnt' ich zum Flughafen mitkommen und dich ans Flugzeug nach Afrika bringen? Ich hab' noch nie jemand zum Flugzeug nach Afrika gebracht.“

„Natürlich. Will dir was sagen: Ich muß jetzt in die Stadt und ein oder zwei Stunden mit meinem Agenten konferieren. Zieh dir dein bestes schwarzes Kleid an, und ich komm' dann vorbei und nehm' dich mit. Dann können wir hierherfahren, und du kannst mir beim letzten Packen helfen. All right?“

„Fein. Ich würde dir sehr gern beim Packen helfen – und ich würde auch gern dein *anderes* Haus sehen, auch wenn's mir bestimmt nicht so gut gefallen wird wie das auf dem Land. Eine Stunde, hast du gesagt?“

„Ungefähr anderthalb.“

„Prima. Das gibt mir die Möglichkeit, mein Haar noch in Ordnung zu bringen.“

Nun, nun, Barr, der Wiegenräuber, dachte Alec, in sich hineingrinsend. Wie war doch gleich Amelias schnoddrige Bemerkung über die Tochter als Sommerersatz für die liebe Mama gewesen? Alles falsch, alles unbegründet. Sie ist ein nettes Kind, ein süßes Kind, tüchtig, und es gibt mindestens eins, worüber sie sich keine Sorge zu machen braucht, ganz gleich, was Amelia argwöhnt. Und das bin nämlich ich.

Die kurze Besprechung mit Marc Mantell verlief zufriedenstellend. Marc pflegte ein reizendes Abschiedszeremoniell. Er war wie ein guter Fußballtrainer, der dem Ersatzläufer einen Klaps auf den Hintern gibt und ihn mit Selbstvertrauen und hohen Hoffnungen auf den Platz schickt. Wenn Mantell einem Lebewohl sagte, war man sicher, daß man mit einem neuen Pulitzerpreis und einer Million Dollar in der Tasche wieder nach Hause kam. Was Marc Mantell genau gesagt hatte, war dies:

„Jesus, ich hab' noch nie so eine Verwandlung bei einem Mann gesehen. Sie sehen aus wie der junge Mann, der mich vor tausend Jahren mal besuchte, um schreiben zu lernen. Wenn Ihnen die Reise in ein Land, wo Ihnen möglicherweise die Kehle durchgeschnitten wird, zu solchem Aussehen verhilft, werde ich dafür sorgen, daß Ihre gesamte künftige Arbeit sich ausschließlich in einer Atmosphäre abgeschlagener Köpfe und giftiger Schlangen abspielt.“

Alec neigte feierlich den Kopf.

„Dasselbe sagte mein treuer Sklave Luke. Ich glaubte, er wollte mir nur schmeicheln. Aber Sie schmeicheln mir nie, nicht wahr, Maestro? Doch ganz ernstlich, ich fühl' mich wie ein Fohlen. Ich schätze, wenn man mal den Reporterfimmel intus hat, kriegt man ihn nie wieder ganz los.“

„Alles, was ich Ihnen anbieten kann, ist ein Abschiedsschluck“, sagte er. „Oder soll ich Sie zum Flughafen fahren? Irgendwelche guten Ratschläge kann ich Ihnen nicht geben."

„Nein, danke. Ich werde nach dem Abendessen von einer charmanten jungen Dame zum Flugzeug begleitet."

„O Gott!" sagte Marc Mantell. „Erzählen Sie mir bloß nicht, daß Sie –"

Alec lachte und zerstreute mit einer Handbewegung eine imaginäre Wolke.

„Nein, nein, nichts dergleichen", sagte er. „Beruhigen Sie sich. Es ist die Tochter einer Klientin von Ihnen. Dinah Lawrences Kind. Ich rief die Mutter an und hab' jetzt mehr oder weniger die Tochter zum Dinner auf dem Hals. Keine Vergewaltigung beabsichtigt."

Marc Mantell lehnte sich in seinen großen Ledersessel zurück und verschränkte die Hände hinter dem Kopf. Er sah eindrucksvoll aus, vor Hunderten von Büchern in leuchtenden Umschlägen, alle von Angehörigen des Mantell-Stalls geschrieben.

„Sie wissen, daß ich im allgemeinen nicht über meine Klienten zu anderen Klienten spreche", sagte er langsam. „Aber hier kann ich eine Ausnahme machen. Haben Sie was von Dinahs Buch gelesen?"

„Nur die ersten hundert Seiten", antwortete Alec. „Was Sie, wie sie mir erzählte, ans Magazin und die Verleger verkauft haben. Sie erwähnte auch was von einem Film –"

„Das ist ein Gewinner. *Prächtig.* Warum sie die vielen Jahre vergeudete, um für Zeitungen zu kritzeln, ist mir ein Rätsel. Das ist kein Ein-Buch-Mädchen, und schon dieser Erstling wird einschlagen. Dieses Mädchen hat genug Bücherthemen in sich, um für den Rest ihres Lebens beschäftigt zu sein. Sie ist großartig, einfach großartig", schwärmte Marc Mantell.

„Freut mich", sagte Alec. „Freut mich wirklich. Es ist schön zu wissen, daß nette Leute auch gelegentlich guter Leistungen fähig sind. Meist sind's die Halunken, die den Rahm abschöpfen."

„Sie sind eine der netteren Ausnahmen", sagte Marc Mantell. „Und das ist kein Scherz, Sohn. Auf meine eigene, seltsame Art hab' ich Sie ziemlich gern, Alec."

Alec stand auf.

Marc kam um den Schreibtisch herum.

„Ich glaube, ich empfehle mich jetzt lieber. Sonst breche ich in der nächsten Sekunde in Tränen aus." Er legte die rechte Hand kurz auf Marc Mantells Schulter. „Ich schicke Ihnen die erste Lieferung, sobald ich die Lage gepeilt habe. Wenn es drei werden, schreibe ich drei, ohne Extrahonorierung."

„Sie sind wohl nicht bei Trost", sagte Marc Mantell schnell. „Wenn Sie drei Teillieferungen schreiben, kriegen wir drei bezahlt. Seien Sie nicht dumm. Und lassen Sie sich von diesem Reporterjob nicht so hinreißen, daß Sie dabei umkommen. Vergessen Sie nicht, Sie schulden mir ein großes Buch."

„Das ist wieder mal ganz mein Junge", sagte Alec. „Leben Sie wohl, Boß. Wiedersehen in etwa drei Monaten."

„Hüten Sie sich vor diesen Eingeborenenweibern", rief Marc Mantell Alec nach. „Sie könnten zufällig auf eine Kannibalin stoßen."

81

Alec ließ das Taxi am Bordstein halten. Die Tür von Dinahs Wohnung öffnete sich auf sein Läuten beinahe sofort. Penny Lawrence trat ihm lächelnd entgegen und wirbelte vor ihm auf sehr hohen Absätzen herum.

„Mein Gott", sagte Alec. „Du siehst fabelhaft aus. Und all das für den alten Onkel Alec."

„Natürlich, Alec."

„Wirklich ehrlich?"

„Wirklich ehrlich." Das Kleid war schmal, klassisch und schwarz. Die Perlen sahen echt aus. Penny griff sich an den Hals.

„Ma. Mein Weihnachtsgeschenk. Ich glaube, sie hat ihr Buch gefeiert. Um also meine Dankbarkeit für die Perlen – echte Perlen, bitte! – auszudrücken, hab' ich mir Mas bestes schwarzes Kleid ausgeliehen. Ich dachte, sie würde nichts dagegen haben, wenn sie wüßte, für wen ich's trage."

„Nun, vielen Dank, meine hübsche Maid. Und jetzt wollen wir noch ihren Nerz klauen."

„Geht nicht. Sie hinterging mich und trug ihn nach Washington. Ich werde mich mit meinem geschorenen Biber begnügen müssen."

„Du scheinst mir ziemlich aufgekratzt", sagte Alec im Taxi. „Die Perlen?"

„Ein bißchen. Aber ich fühl' mich wirklich aufgekratzt, mir ist richtig weihnachtlich zumute. Erstens bin ich so verdammt glücklich wegen Ma und ihres Buchs. Und deinetwegen auch. Du siehst – ich kann dir gar nicht sagen, *wie* du aussiehst. Wie ein vollkommen neuer Mann."

„Muß was dran sein. Ich hör' das nämlich jetzt schon zum drittenmal in zwei Tagen. Sag mir's noch ein paarmal. Ich hör's gern."

„Nein, im Ernst." Penny drehte sich zu ihm herum. „Eine Menge Linien sind aus deinem Gesicht verschwunden, die Sorgenfalten, meine ich. Du siehst – nun, du siehst *jung* aus. Und aufgeregt. Nicht", fügte sie schnell hinzu, „daß du je sehr alt ausgesehen hättest –"

„Ich weiß, wie ich aussah." Alec tätschelte leicht ihr Knie. „Und so, wie ich aussah, fühlte ich mich auch. Komisch, daß wir auf das Wörtchen aufgekratzt kamen. Ich bin's nämlich auch. *Und* schwatzen möchte ich. Deswegen hab' ich meine Lieblingsfreunde angerufen. Es tut mir schrecklich leid, daß ich Di nicht angetroffen habe. Ich wollt' sie zu dem neuen Buch herzlich beglückwünschen. Ich war gerade bei Mantell. Wenn ich nicht schon so viele Jahre mit dem alten Krokodil zu tun hätte, würde ich schwören, daß er in deine Mutter verliebt ist."

„Hört sich wundervoll an. Aber was sagt er über *dich*?"

Alec lächelte.

„Er meint, ich sei geheilt. Er glaubt, diese kleine Reise sei vielleicht genau das, was der Onkel Doktor verschrieben hätte, um den Alten Mann Barr aus seiner persönlichen literarischen Sackgasse rauszulotsen. Kurz gesagt, er meint, es sei noch nicht alles verloren und daß ich eines Tages wieder fähig sein würde, einen Artikel, der Hand und Fuß hat, zu schreiben." Das Lächeln wurde breiter. „Tatsächlich war er beinahe höflich zu mir. Sagte mir, ich solle aufpassen, daß ich nicht umkäme, weil ich ihm noch ein großes Buch schuldete."

Das Taxi hielt, und Alec bezahlte den Fahrer.

„Ich kann's nicht erwarten, alles zu erfahren", sagte Penny, als sie das Gebäude betraten. „Ich weiß nichts über deine Pläne oder wie du sie ausführen wirst, aber ich möchte alles wissen. Ma wird mich aus purer Eifersucht umbringen."

„Das bezweifle ich." Sie traten ins Wohnzimmer, und Alec half Penny aus dem Mantel.

„Was für ein reizendes Zimmer", sagte Penny. „Aber dein Puppenhaus gefällt mir doch am besten. Das hier sieht mehr wie – wie das Zimmer einer Frau aus."

„Da hast du völlig recht. Aber das Büro ist so ziemlich mein Reich, und ich schlage deshalb vor, wir trinken erst mal vor dem Kamin da hinten zusammen ein Schlückchen. Ganz offen gesagt, hab' ich eine Mordsangst. Es ist schon sehr lange her, seit ich auf Berichterstattung ging."

„Ach, Unsinn. Ma hat mir über dich als Reporter einiges erzählt", sagte Penny.

„Das ist ein netter, bequemer Sitz", sagte Alec, auf seinen eigenen Ledersessel deutend. „Was möchtest du trinken, und was hat sie dir erzählt? Über mich als Reporter, meine ich?"

„Whisky on the rocks, bitte." Penny setzte sich und kreuzte die Beine. „Sie sagte (ich zitiere): ‚Barr in bester Verfassung war unvergleichlich. Schlimmstenfalls war er immer noch besser als wir anderen. Was er sich nicht leihen konnte, stahl er. Was er nicht überspringen oder umgehen konnte, hat er einfach zusammengeboxt. Er konnte heulen, beten oder fluchen, ganz, wie die Situation es verlangte, und wenn die Situation es wirklich erforderte, konnte er auch einer neunzigjährigen Schreckschraube den Hof machen – falls eine Story winkte.‘ “

„Ich glaube nicht, daß sie das sagte, und wenn sie's sagte, ist es eine Verleumdung. Zugegeben, ich war in meinen jungen, saftigen Tagen ziemlich munter, aber wenn man den reinen Tatsachen die Ehre gibt, konnte ich als Reporter Dinah nicht das Wasser reichen.“

„Na, so hab' ich's nicht gehört“, sagte Penny. „Und jetzt“, sie beugte sich vor, „erzähl. Erzähl mir alles über Afrika und was du da tun wirst.“

„Ungefähr als erstes“, erwiderte Alec, „muß ich feststellen, wer mein weißer Jäger ist. Davon hängt sehr viel ab. Ich habe zu verschiedenen Zeiten mit dreien gejagt – Eric Bronson, Joe Duffy und Mike Denton. Alle drei sind wunderbare Profis, aber Mike Denton ist der gebildetste von ihnen. Soll heißen, er kann lesen.“

„Aber wie ist die Situation? Warum schickt dich ein Magazin wie *Life* holterdiepolter nach Afrika, um eine Artikelserie über diese – was ist es gleich? –, diese Mau-Mau-Sache zu schreiben?“

„Ich nehme an, sie halten's für wichtig – möglicherweise für ein Vorspiel künftiger schwerer Unruhen. Für mehr als nur ein Buschfeuer. Und warum sie nun gerade mich rüberschicken? Nun, ich hab's schon teilweise erklärt, als ich die Jäger erwähnte. Ich kenne mich da drüben einigermaßen aus, und ich weiß zum mindesten, an wen ich mich wenden muß, um Genaueres zu erfahren. Der Fehler der meisten Sonderkorrespondenten ist, daß sie ohne jede Kenntnis von Land und Leuten ankommen und dann mit Halbwahrheiten wieder abbrausen.“

„Es muß dich schrecklich freuen, daß man dich gebeten hat, einen solchen Job zu übernehmen“, sagte Penny. „Als Mann, meine ich, nicht nur als Schriftsteller.“

„Ich muß zugeben, daß es mich freut. Wenn du älter wirst, so unwahrscheinlich dir das im Augenblick scheinen mag, wirst du wahrscheinlich entdecken, daß es dich mehr freut, wenn Leute sich an deine Leistungen als junges Mädel erinnern, als wenn sie sich lang und breit darüber auslassen, was du vielleicht als Erwachsene geschafft hast.“

„Du meinst, du möchtest lieber als der Reporter Alec Barr statt als Alexander Barr, der Romancier, bekannt sein?“

„So ungefähr. Es nimmt einige graue Strähnen aus meinem Haar.“

„Was wirst du tun, wenn du nach – Nairobi kommst? So heißt es doch?“

„Zunächst einmal sehr wenig. Werde mich im Stanley und im Norfolk aufhalten – das sind die zwei bedeutenden Hotels – und werde den alten Siedlern tüchtig Drinks ausgeben. Werde die Ohren aufmachen und wenig Fragen stellen. Dann werde ich vielleicht ins Massaigebiet runterfahren, um mich mit dem Wildpfleger zu unterhalten, der ein alter Freund von mir ist. Und dann fahr' ich nach Norden ins Wüstenland, um mit einem anderen alten Freund zu sprechen, der *dort* Wildpfleger ist. Meist ist es eine Angelegenheit des Gespürs – vielleicht wäre Geruch das bessere Wort."

Penny seufzte und schüttelte den Kopf.

„Es hört sich furchtbar einfach an, so, wie du's sagst, aber ich bin sicher, es ist viel verwickelter."

„Nein, eigentlich nicht. Die Reportertätigkeit – oder das Schreiben eines Romans, nebenbei bemerkt, ist zum großen Teil eine Angelegenheit der Erkundung des Schauplatzes. Die Menschen geheimnissen eine Menge in die Schriftstellerei hinein, aber im allgemeinen ist es der einfachste Beruf, den ich kenne."

„Ich werd's nie begreifen", sagte Penny. „Aber erzähl mir vom Land und vom Volk und warum du beide offenbar so liebst. Ich hab' dein letztes Buch gelesen – das du mir damals zum Lesen im Flugzeug mitgabst. Man kann die Liebe darin direkt schmecken."

Alec freute sich sehr.

„Es läßt sich ziemlich schwer erklären", sagte er. „Aber manchmal hat man das Gefühl, daß es in der ganzen Welt kein interessanteres Fleckchen zum Leben gibt. Ich bin zum Beispiel überzeugt, daß der Ursprung der menschlichen Rasse in Afrika liegt..."

Zwei Stunden später sah er mit Schrecken auf seine Armbanduhr.

„Großer Gott, Mädchen", sagte er. „Weißt du, daß ich genau zwei Stunden lang ununterbrochen gequatscht habe und daß niemand sich die Mühe genommen hat, uns einen zweiten Drink zu mixen? Ganz abgesehen von der Tatsache, daß ich mich nicht rasiert und umgezogen habe und daß du mir nicht beim Packen geholfen hast? Wir müssen uns jetzt aber mächtig beeilen, oder die Geschichte geht ohne mich weiter."

„Ich mix' uns einen Drink", sagte Penny. „Darf ich dich noch um einen Gefallen bitten?"

„Schieß los, wenn du meine Schwatzhaftigkeit entschuldigen willst. Du fängst mit Afrika an, und ich verliere mich in den Sternen. Was für einen Gefallen?"

„Laß uns *nicht* zum Dinner ausgehen. Es war so reizend hier. Ich bin von deinem Afrika fasziniert. Wenn wir ausgehen, wirst du eine Menge Leute begrüßen und eine Menge Frauen küssen müssen, und ich werde für den Rest des Abends nichts mehr von dir haben. In der Küche hängt sicher irgendwo eine Schürze, und in deiner Tiefkühltruhe liegt bestimmt auch was, was ich grillen oder braten kann. Bleiben wir lieber hier, bis es Zeit wird, zum Flughafen zu fahren."

„Natürlich, wenn du wirklich willst – Im allgemeinen haben wir Dienstboten hier, aber da Amelia nach Washington und ich aufs Land fuhr, hab' ich ihnen die Weihnachtswoche freigegeben."

„Ich bin froh, daß keine Dienstboten da sind. Jetzt führ mich in die Küche, zeig mir, wo alles ist, und fang mit deiner Rasiererei und mit dem Umziehen an.“

„Na, dann komm. Ich kenn' die Küche zwar auch nicht besser als du, aber ich denke, wir werden sie schon finden.“

82

Nachdem er sich's, einen Krimi in der Hand, auf seinem Platz im Flugzeug bequem gemacht hatte, dachte Alec Barr an den Abend zurück. Du trottelhafter, alter Ziegenbock, sagte er zu sich, du solltest dich schämen. Aber gib's zu, es hat Spaß gemacht, sich wieder jung und interessant und attraktiv zu fühlen. Es geht doch nichts über einen alten Narren, Barr, sagte er und wandte sich den neuesten Abenteuern von Mr. Philip Marlowe, Privatdetektiv, zu.

Alec Barr litt am chronischen Fehler des Schriftstellers. Er wußte erstaunlich viel über erstaunlich viele Dinge, Orte und Menschen. In großen Dosen konnte die Mitteilung angesammelter Kenntnisse sich zur Langeweile auswachsen, und für eine Großzahl von Zeitgenossen war Alec lediglich „wieder mal dabei“, wenn er sich anekdotisch breit ausließ.

Als er sich mit Penny Lawrence monologisch unterhielt, hatte Alec nicht zu fürchten brauchen, daß seine x-mal erzählte Story auf gelangweilte Ablehnung stoßen könnte. Die Geschichten, die Amelia schon hundertmal gehört hatte, wurden frischer und knuspriger, wenn neue Ohren sie aufnahmen. Aufgeregt, glücklich, froh wie ein Kind, daß er nach Afrika fahren konnte – angeregt natürlich von der Gegenwart einer reizenden, jungen Frau, die jedes Wort von ihm förmlich verschlang –, hatte Alec zu viel und zu unverantwortlich geredet. Es war allzu einfach, dachte er, ein Kind mit Hintertreppengeschichten über Krieg und Abenteuer zu benebeln, über prächtige Leute in hohen Stellungen, über die exotischeren Bereiche des Theaters, der Literatur, der Politik und des Sports. Der einzige Nachteil, dachte er, während er versuchte, sich auf Philip Marlowes Abenteuer zu konzentrieren, war, daß der Benebler auch allzu leicht Gefahr lief, im Verlaufe des Benebelns selbst benebelt zu werden.

Alec dankte Gott, denn fast hätte er, angeregt durch das wirklich gute Abendessen, das Penny aus den Küchenreserven zusammengestellt hatte, durch den zungenlösenden Einfluß von mehr Drinks, als er brauchte, und die Anwesenheit einer gefesselten Zuhörerin das rote Gefahrensignal übersehen. Glücklicherweise war der Portier dazwischengekommen, der anrief und meldete, der Carey-Wagen stehe unten, um sie nach Idlewild zu fahren. Sie waren die ganze Strecke zum Flughafen seltsam still und doch im Zwiegespräch gefahren, und als sie sich Lebewohl sagten, hatte er sie leicht auf beide Wangen geküßt.

„Der eine ist für deine Ma", sagte er. „Der andere ist für dich."

Vielleicht war's auf den Alkohol zurückzuführen, daß Alec Barrs Gang so etwas wie lausbübischen Schwung an sich hatte. Das Magazin *Time* hätte seinen Rücken stockgerade wie einen Ladestock genannt, und so, wie der Mann wirkte und sich fühlte, hätte er in seinem Paß sehr gut als junger Leutnant bezeichnet werden können.

IV Jill

83

Sechs Jahre später, sechs lange Jahre nachdem Alec sich von ihr auf dem Flughafen verabschiedet hatte, trat sie durch die Tür und kam ihm zunächst nur entfernt bekannt vor. Eine Menge hübscher Frauen kamen ins „21", und sie sahen alle mehr oder weniger entfernt bekannt aus, je nachdem, wo sie ihre Kleider kauften und welcher schwule Friseur ihr Haar bearbeitete.

Alec lehnte an der Bar und unterhielt sich mit Henry, dem Barkeeper-Flügelmann, der bedeutend grauer geworden war, über Baseball. Er hatte sich auf der Suche nach einem Trinkkumpan träge im Raum umgeblickt, während er auf Marc Mantell wartete. Aber es schien niemand dazusein, den er aus den alten Tagen kannte. Wie schnell diese Tage verflogen waren – wie die Rauchfahne über einem Feuer!

Und da war sie also, seine hübsche Penny. Sie trug einen Nerz und darunter den Körper einer Frau.

„Du erinnerst dich meiner vielleicht nicht", sagte er, als sie vom Foyer hereinkam. „Ich bin der alte Onka Alec – aus der traurigen Vergangenheit. Aber ich war ein ziemlich guter Babysitter."

Penny kam schnell auf ihn zu und umarmte ihn.

„Weißt du, daß es beinah auf den Tag sechs Jahre her sind?" Sie trat zurück, hielt ihn an den Armen. „Oh, Alec, warum hast du nie angerufen?"

„Ich glaube nicht, daß dein Mann es besonders geschätzt hätte. Und –", er machte eine Pause, „– ich wußte nicht, wie kürzlich geschiedene Damen auf anrufende alte Babysitter reagieren. Wie geht's deiner Ma?"

„Wird immer reicher. Bücher, Filme, Magazine – aber das wirst du ohnehin wissen. Können wir uns setzen und irgendwas zusammen trinken? Oder erwartest du jemand?"

„Niemand, der was dagegen hat, wenn wir uns setzen und mit dem hübschesten Mädchen im Raum eins trinken. Aber ich möchte nicht von eifersüchtigen Verehrern attackiert werden."

„Girl Lunch", sagte Penny. „Keine Angst."

„Boy Lunch", sagte Alec und nahm sie am Arm. „He, Vincent, ich erwarte Mr. Mantell."

„Du erwartest immer Mr. Mantell", sagte Penny, nachdem sie sich gesetzt hatten. „Was jetzt?"

„Ich nehm' einen Pink Gin", sagte Alec zum Ober. „Und du willst einen Bloody Mary, stimmt's?"

„Stimmt. Wo bist du nun die letzten sechs Jahre gewesen?"

„Meist in Afrika. Ich scheine der Afrikaspezialist zu sein." Er zuckte die Schultern. „Es hängt einem langsam zum Hals heraus, mit Kannibalen zu verkehren, aber man kann davon leben." Er lächelte und hob sein Glas. „Prost. Außerdem liebe ich eben die Tiere."

„Prost", sagte sie. „Erinnerst du dich ans letztemal, als du mich küßtest?"

„Und ob ich mich erinnere. Ich war auf dem Weg nach Afrika. Apropos, du kannst mich wieder küssen, weil ich nämlich wieder mal rüberfahre."

„Ich werde dich mit dem größten Vergnügen küssen." Sie berührte seine Hand. „Aber warum bist du immer nach Afrika unterwegs? Was ist es diesmal?"

„Mantell. Anscheinend ein großer Abschluß mit Magazinen und ein Buch und vielleicht ein Film. Ich bin nicht ganz sicher. Marc behält alles bis zur letzten Minute für sich."

„Wie lange diesmal?"

„Vielleicht sechs Monate. Vielleicht ein Jahr." Alec zuckte die Schultern. „Es ist schließlich ein großes Land."

Penny beugte sich über den Tisch und küßte ihn zart, diesmal auf den Mund. „Der ist nicht für Ma", sagte sie. „Und sechs Jahre zwischen einem Kuß und dem nächsten sind eine lange Zeit. Ich bin jetzt ein erwachsenes Mädchen."

„Du siehst auch wie ein erwachsenes Mädchen aus." Alec zündete sich eine Zigarette an. „Was war mit deiner Ehe los? Ich las die Todesanzeige."

Jetzt zuckte Penny die Schultern.

„Wer weiß? Zuwenig, zuviel, nicht genug. Am Ende gegenseitige Langeweile. Nichts Dramatisches. Ich empfehle die Ehe nicht um der Ehe willen. Man kann einen faulen Kompromiß schließen, aber nach einer Weile wird er ein bißchen zu faul, als daß man ihn noch ertragen könnte. Und das ist die Geschichte meines Lebens."

„Wahrscheinlich", meinte Alec, „ist es auch die meine. Nur, daß ich nicht den Mut hatte, sie zu ändern. Schätze, ich hatte zuviel zu tun."

„Da kommen die Mädchen", sagte Penny. „Ich nehm' den anderen Kuß als Glücksbringer. Laß bitte nicht wieder sechs Jahre vergehen, bis du dich meldest."

„Erster Punkt auf der Tagesordnung nach meiner Rückkehr", sagte Alec. „Grüß mir herzlich deine Mama." Dann ging er zur Bar zurück, um zu brüten.

Sie kamen ihm nicht einmal so sehr lange vor, diese sechs Jahre, außer, wenn man an den Fingern alle Orte runterzählte, wo man gewesen war, wer tot war und wer noch lebte, wer verheiratet und wer geschieden war, wer auf dem College graduiert hatte, der das letztemal, als man ihn gesehen hatte, noch eine kleine Rotznase gewesen war. Dann sah ein Mann sich die zunehmend grauen Schläfen an, die nichts Distinguiertes mehr an sich hatten, sondern nur noch schmutzig und dünn aussahen.

Die Menschen um einen wechselten immerzu, und man merkte es nicht, bis man die Zeitungen las, auf deren Nachrufseiten immer mehr bekannte Namen standen. Man verlor die Orientierung, wenn man sich erinnerte, daß dieser Schauspieler und jener Kapellmeister tot und verwest waren; daß dieser Athlet untergegangen, jener Politiker in Vergessenheit geraten war. Selbst die Gangster hatten sich gemausert und ein neues öffentliches Image hervorgebracht. Die Strolche waren heute alle Geschäftsleute mit der entsprechenden Kleidung und den dazugehörigen Anwälten. Alec Barr litt unter einer akuten Attacke von mittelalterlicher Melancholie. Es war ihm, als wäre es erst gestern gewesen, daß Dinah Lawrence ihn zu einer Tasse Kaffee eingeladen und ihm bemerkenswert gelassen erzählt hatte, Penny lasse sich von ihrem Donald scheiden – Alecs Penny, seine hübsche Penny, der man den Hof gemacht, die geheiratet hatte, entjungfert worden und jetzt geschieden war. Alles wie gestern, als er zum Indianerspielen mit den Mau Mau nach Kenia aufgebrochen war. Aber dieses Gestern war sechs lange Jahre her, und Alec Barr war achtundvierzig Jahre alt und der anerkannte Afrikaspezialist. Und es schien ihm ein sehr zweifelhafter Trost, anerkannter Afrikaspezialist zu sein, wenn man immer noch damit beschäftigt war, sich selbst zu entdecken.

Wo war die Zeit geblieben? Eisenhower beendete gerade seine zweite Amtszeit, und Alec hatte einen Artikel über Eisenhower geschrieben, als der alte Bursche gerade vom Oberstleutnant zum General befördert worden war, zu Beginn des Großen Krieges. Alecs Zeitgenossen hatten jetzt Enkelkinder, und Alec überlegte sich mit schiefem Grinsen, daß er sehr leicht auch Großvater sein könnte, mehrere Male sogar, wenn die Dinge sich so entwickelt hätten.

So viele Gesichter waren entschwunden. Ben Lea, zum Beispiel. Alec konnte es noch immer nicht glauben, daß Ben Lea tot war, plötzlich vom Krebs niedergemäht. Jedesmal, wenn Alec in eins der alten Stammlokale trat, erwartete er so halb und halb, Ben an der Bar lehnen zu sehen, mit irgend jemand, der gerade zur Hand war, über Baseball oder Stierkämpfe oder Frauen sprechend. Er hatte immer mehr Drinks als nötig ausgegeben und war nie langweilig oder kriecherisch gewesen. Von allen Menschen, die verstorben waren, vermißte Alec Ben am meisten. Aber nach New Orleans würde er auch nicht mehr fahren, wegen Owen Brennans Herz. Und Houston würde er meiden wegen Gran Adams' Herz – Herzen, die plötzlich stillgestanden waren, aus Gründen, die nur Gott allein kannte.

Und doch kam Alec sich unverändert vor, genau wie Marc Mantell sich anscheinend nicht verändert hatte, genau wie Dinah Lawrence, und wie Amelia sich ganz gewiß nicht verändert hatte. Alec wußte immer noch nicht, welche Haarfarbe Amelia augenblicklich trug, da sie sie der jeweiligen Jahreszeit anzupassen schien, aber ihre Figur und ihr

Naturell hatte sie behalten. Alec seufzte, fühlte sich plötzlich schrecklich müde.

Das halbe Dutzend Jahre war eine einzige Flucht gewesen. Es war, als hätten er und Amelia einen Pakt unterzeichnet, sich gegenseitig zu meiden, mit dem Ziel, zusammenzubleiben. Alec benahm sich zu Hause untadelig. Er arbeitete regelmäßig und ging regelmäßig in die üblichen Lokale.

Er war, wie er sich wiederholt sagte, über Dinah Lawrences schnelle Erfolge sehr glücklich. Ihr erstes Buch war ein Bestseller geworden und hatte sowohl eine Film- wie eine Bühnenfassung nach sich gezogen. Sie hatte ein gutes Gespür für die Dialoge ihrer Charaktere und war jetzt für Fernsehskripts dauernd gefragt. Sie hatte eine alte Arbeit aus der Schublade gezogen, und es war ein Musical daraus geworden, für das noch nach zwei Jahren nur Stehplätze zu haben waren. Dinah hatte auf den großen Sprung gewartet, bis sie vierzig gewesen war; aber andererseits, dachte Alec, war Somerset Maugham vierundvierzig gewesen, bis er auf die Short storys kam, das Zeug, das ihn wirklich berühmt gemacht hatte.

Und er selbst, Alec Barr, der zuerst einen so frühen, oberflächlichen Erfolg gehabt hatte, war schließlich ein solider Büffler geworden – gesteh's nur, Junge, sagte er sich bitter. Folgerichtig, jawohl; er hatte das Buch geschrieben, das ihm auf der Seele gelegen hatte, als er für das Magazin zur Berichterstattung nach Kenia fuhr. Aber es schien ihm, daß sich mehr Leute seiner Afrikaberichte erinnerten als seines Buchs. Es war schließlich auch wieder nur eine dicke Scheibe eleganter Zeitschriftenschreiberei gewesen – Fortsetzungsroman, gebunden, Buch des Monats, Paperback und mittelmäßiger Film. Das Geld kam herein, und das Geld floß wieder davon. Der Staat bekam das meiste, und das Leben forderte den Rest. Die Wohnung kostete ein Vermögen, und das Anwesen in Jersey schien jedes Jahr mehr zu verschlingen, aber Alec weigerte sich standhaft, es aufzugeben. Es war das einzige, was ihm gehörte (und das schloß Luke ein), was wirklich sein Eigentum war.

Reisen waren immer mehr Teil seines und Amelias Leben geworden, dachte Alec – so nötig wie der Abendcocktail oder der Gang zum Friseur. Zwei Monate, drei, manchmal sogar sechs Monate pflegten in beiderseits sorgsam gehüteter guter Stimmung zu vergehen – ein bißchen Klatsch, ein paar Witze, ein paar Partys, ein bißchen wirkliche Zuneigung, ganz gelegentlich auch etwas heilsamer Sex. Dann pflegte die sorgfältige Dosierung vorsichtiger Toleranz Abnützungsanzeichen zu offenbaren, worauf Amelia den Vorschlag einfließen ließ, es wäre doch eine feine Idee, wenn Alec eine Seereise machte – Amelia *haßte* Schiffe – oder wenn sie, Amelia, wieder mal nach Europa oder Jamaika oder Mexiko führe. Ihr würde es gutgehen; Ruth würde mitkommen, und wenn Ruth keine Zeit hätte, stünde immer noch Francis zur Verfügung.

Francis war inzwischen zur Standardausrüstung für den Gang zum Friseur wie für die halbjährigen Ferien vom Ich und Du zwischen Alec und Amelia geworden. Er war auch grau geworden, hielt sich aber gut, achtete auf Diät und sorgte dafür, daß seine Figur elegant und schlank blieb. Gott segne Francis, dachte Alec. Ich würde wahnsinnig werden, wenn er mir Amelia nicht vom Hals hielte.

Er lehnte an seiner Barecke, wartete auf Marc Mantell und dachte über die sechs Jahre nach, die seit seiner letzten Begegnung mit Penny vergangen waren. Alec hatte nie eine Tochter gehabt. Das war vielleicht unter anderem der Grund, weshalb er sich über Penny Gedanken machte – zuerst über ihre Heirat, dann über ihre Scheidung.

In der väterlichen Sterilität seines Geistes hatte Penny tatsächlich den Rang einer Tochter eingenommen. Auf jeden Fall war sie das einzige junge Ding, mit dem er beinah von Geburt an, wenn auch nur sporadisch, verbunden gewesen war. Er hatte den Stich väterlicher Eifersucht verspürt – wenigstens redete Alec sich ein, es wäre väterliche Eifersucht gewesen –, als er die Braut zum Altar geführt hatte. An sich hatte er die Braut nicht zum Altar führen wollen, aber Dinah hatte ihn gebeten, Zeuge zu sein, wenn seine hübsche Penny diesem Donald Wie-hieß-er-gleich angetraut würde – Jesus, fragte sich Alec, hatte er sich absichtlich geweigert, den Bräutigam eines Familiennamens zu würdigen?

Er fragte sich mit der selbstauferlegten Grausamkeit reifer Rückschau, was Penny in diesem Donald-Burschen gesehen, was sie in seine Arme und in sein Bett geführt haben mochte. Dann schlug seine Stimmung um, und er verteidigte seine feste Überzeugung, daß alle jungen Amerikaner mit demselben Kuchenmesser aus demselben Teig geschnitten seien. Alle trugen sie Crewcut, und selbst die Dünnen sahen dick aus. In der Jugend schienen sie alle schrecklich alt, und wenn sie über Dreißig waren, sahen sie alle unmöglich unreif aus, selbst wenn sie schon weiße Strähnen im Haar und dicke Bäuche unter der Weste hatten. Man konnte sich unmöglich vorstellen, daß sie eine Frau nahmen – aus einem Mädchen eine Frau *machten*.

Alec schob den Gedanken an dieses glattwangige Bürschchen Donald beiseite, der peinlicherweise mit seiner hübschen Penny schwitzend ins Bett gestiegen war. Seine hübsche Penny hatte einen Mann verdient, und sie hatte einen ewigen Jungen geheiratet, und jetzt war die Scheidung Zeugnis dafür, daß sie keinen Mann gehabt hatte, der ihren Geist und ihren Körper erfüllte. Oder so ungefähr dachte Alec, sich selbst verteidigend, als wäre er selbst schuldhaft an der Sache beteiligt.

Und jetzt, bei Gott, müßte er eigentlich traurig sein, freute sich statt dessen aber schrecklich über die Scheidung. Dieser Donald Wie-hieß-er-gleich hatte sie in Wirklichkeit nicht berührt, und Alec hatte seine hübsche Penny wieder, die ihm respektvolle Fragen stellen und mit sklavischer Aufmerksamkeit seiner reifen Weisheit lauschen würde, wie sie kein *junger* Mann jemals besäße.

Großer Gott im Himmel, dachte Alec Barr, ich werde schon senil. Wenn solcherlei Gedanken das nahende Alter, die tiefen Runen der Enttäuschung anzeigen, dann bist du schon auf dem besten Weg zur Abdeckerei. Wird gar nicht mehr lange dauern, dann werden alle außer dir in jeder Hinsicht unrecht haben, und du wirst anfangen, dich an die nie stattgefundene Stapferei durch den Schnee zur Kleinen Roten Backsteinschule zu erinnern.

Aber, zum Teufel noch mal, dir gefiel der Gedanke gar nicht, Barr, daß der verderblichste aller Artikel an ein Männchen verlorenging, den nur sein Anzug zum Mann machte. Brooks Brothers waren obszönerweise bei der Entjungferung beteiligt gewesen. Wenigstens hätte der Überzieher nach Maß geschneidert sein sollen.

Wie hatte er sie berührt? Wann zum erstenmal? Vor oder nach dem Gelübde? Oder vielleicht im Wagen, auf einem Beet zerquetschter Blumen im Park? Am Strand? Unter einer Decke?

„Du hörst dich wie ein Vater an, Barr“, sagte Alec laut, „ein Vater, der auf den jungen Mann eifersüchtig ist, der von seiner Tochter das nahm, was er so leichthin der Tochter eines anderen auf einem Vordersitz oder am Strand oder unter einer Decke nahm. Und du bist überhaupt niemandes Vater. Du bist ein uralter Jugendlicher, der sich noch verlieben möchte. Du jammerst nach der Jugend, die dich irgendwie übergangen hat, und freust dich über den Fehlschlag einer Ehe, die trotz aller jugendlicher Stützpfeiler zusammenkrachte. Und du denkst wie ein verdammter Autor auf der Suche nach einer Fabel für eins der Magazine, das mehr Respekt vor der Empfindlichkeit seiner Anzeigenkunden als vor dem Handlungskonzept seiner Autoren hat. Es gibt keine verruchten Frauen in der Welt, und Scheidung ist verboten, weil's in den Magazinen auch keine verruchten Männer gibt, und wenn sie nicht gestorben sind, dann leben sie noch heute.“

Mein Leben mit Amelia würde einen großartigen Vorwurf für einen unverkäuflichen Roman abgeben, dachte Alec. Der freundliche Feind. Der oder die nichtvertrauende Vertraute. Die abwesende Gegenwart, die gegenwärtige Abwesenheit. Wie geht's wohin und, wenn überhaupt, wann? Wer hat den ersten Schlag, und wie steht die Partie?

Es ist Zeit, wieder zu verreisen, Barr, dachte Alec. Es ist Zeit, neue Horizonte anzuvisieren, um das müde Blut aufzufrischen. Jesus, wenn die bloß wieder einen richtigen, anständigen Krieg aufzögen, wo man die Menschen, die man tötete, auch mochte. Korea war eine halbe Sache, ein Scheißdreck von einem Krieg. Man durfte nicht über den Yalu hinaus, und Koreaner umzubringen war ungefähr so witzlos, wie mit ihnen in die Schule zu gehen. Es war verboten, die Chinesen zu töten, und alle koreanischen Mädchen schielten und hatten eine besondere

Sorte von unheilbarem Tripper. Sogar die Kriegsberichterstatter waren aufgemöbelte Veteranen, und es gab nichts Nutzloseres als einen alten Kriegsberichterstatter.

Und da stiefelte endlich Mantell in sein Blickfeld. Und als sein breiter Mund sich öffnete, klang es ganz nach Mantell und wärmte Alecs kaltes Herz. „Alec, Sie sehen zum Kotzen aus."

„Und wer ist das?" fragte Marc Mantell. Sie hatten sich in den weniger eleganten Raum gesetzt, wo es ruhiger war. Penny hatte von der Tür gewinkt.

„Ein Geist", antwortete Alec. „Ein sehr junger Geist aus meiner alten Vergangenheit. Um's genau zu sagen, ihre Mutter ist eine Klientin von Ihnen. Sie ist Dinahs Kind. Hat sich soeben scheiden lassen. Schade, ein sehr nettes Mädchen. Aber sie hat mir meinen Tag verhunzt. Stellen Sie sich vor, es sind, großer Gott, sechs Jahre her, seit sie mich zum Flugzeug nach Afrika brachte."

„Nun, bleiben wir lieber weiter dabei", sagte Marc Mantell. „Diesmal ist es eine wirklich große Sache. Ich nehme einen Hamburger", wandte er sich an den Ober.

„Und mir bringen Sie ein Beefsteak Tatar", sagte Alec. „Ich muß mich wieder an rohes Fleisch gewöhnen. Ich leide an chronischen Beschwerden. Ich hab' nachgedacht, und es kommt alles umgekehrt raus. Denken bekommt mir nicht. Ich bin ein Reaktor. Fügen Sie noch ein bißchen Whisky zu, und was rauskommt, buchstabiert sich MUTTER. Haben Sie in letzter Zeit interessante Künstler kennengelernt?"

„All right, jetzt aber Schluß", sagte Marc Mantell. „Ich vertrete keine Komödianten mehr, außer mir. Man muß eine Art Komödiant sein, um Agent sein zu können, wegen der Leute, mit denen man Umgang hat. Ihr alter Witz. Es tut bloß weh, wenn ich lache. Wollten Sie reisen, Ihr Leben bereichern, Geld verdienen, während Sie lernen?"

„Sie interessieren mich ungeheuer. Es ist phantastisch", sagte Alec. „Haben Sie die Güte, fortzufahren."

„Nein, im Ernst. Ich werd's Ihnen sagen. Sie erinnern sich vielleicht an Ray Schell, von *Cosmic*?"

„Und ob ich mich erinnere! Wir haben ihm immer Beiträge geschickt, die im gleichen prächtigen Technicolorverfahren gedruckt wurden wie in *National Geographic*. In letzter Zeit haben wir allerdings nicht viele Geschäfte mit ihm gemacht. Was ist mit Ray Schell? Sollte er wieder in mein Leben treten?"

„Sie sind nicht betrunken?"

„Nein. Nüchtern wie eine Kiste voll Mormonen."

„Nun, Sie hörten sich ein bißchen unheimlich an. Also, was Ray Schell anbelangt: Er rief mich eben aus London an. Er hat mit ein paar Parlamentsmitgliedern gesprochen, nehme ich an, oder Buchverlegern oder Beamten des Kolonialministeriums – ich weiß es nicht. Aber er ist plötzlich ganz wild auf Afrika. Er will ein ganzes Jahr eine Artikelserie über das sich entwickelnde Afrika bringen. Jeweils auf der ersten Seite."

„Ein ganzes Jahr? Zwölf große Beiträge? Das ist aber furchtbar viel über Afrika, was er da dem Publikum vorsetzen will. Die Leserschaft glaubt immer noch, der Kongo liege in einem Land namens Nairobi."

„Eben. Ray ist der Meinung, der gesamte Kontinent werde eins der wichtigsten Entwicklungsgebiete der Welt werden, bei all diesen Freiheitsbestrebungen und Unabhängigkeitserklärungen – die Konferenz in Belgien, dieses ganze Mau-Mau-Zeugs, das noch in Kenia schwelt, der alte Kenyatta noch im Gefängnis, die vielen Nachrichten über Afrika, die sich immer mehr in die Zeitungen schleichen. Und er will, sagt er, richtig massiv auftreten."

„Höchst empfehlenswert, und es wird auch langsam Zeit. Aber wieso betrifft mich das? Sie haben mich sicherlich nicht angerufen, nur um über Ray Schells Hoffnungen und Ängste bezüglich seines hübschen Kunstdruckmagazins zu plaudern."

„Es betrifft Sie aus folgendem Grund, Kamerad: Schell möchte, daß *Sie* den ganzen Klumpatsch schreiben. Daß Sie über *ganz* Afrika berichten, mit Potentaten dinieren und mit den Armen essen. Beschreiben Sie das Land, wie es *ist*, und zwar so, daß sogar die Rotnacken von Georgia den Unterschied zwischen einem Hippopotamus und einem hydroelektrischen Damm kapieren. Deuten Sie die Winde des Wandels, sondieren Sie den Untergang des Kolonialismus, prophezeien Sie die Zukunft, wenn zweihundert Millionen Afrikaner plötzlich und unvorbereitet in Hosen steigen. So ungefähr."

„Sagen Sie, sind Sie ganz sicher, daß *Sie* nicht betrunken sind? Das ist kein Auftrag für einen Mann; es ist ein Job für eine Armee. Und warum ausgerechnet *ich*? Ich bin keine Autorität in dieser Sache. Auf jeden Fall ist das reine Berichterstattung, kein Job für einen Belletristen."

Alec spürte leise Ungeduld in der Stimme seines Agenten.

„Sie wollen keinen Reporter rausschicken, der bloß an der Oberfläche kratzt. Sie wollen einen Buch-Mann dafür. Sie wollen einen Mann, der in die Tiefe geht und in breiter Prosa schreibt, nicht im knappen Journalistenstil. Sie sollen sich, wenn nötig, ein Jahr Zeit nehmen. Sie sollen ein richtiges *Buch* schreiben, nicht nur eine Artikelserie."

„Wollen wir das mal festhalten: Sie werden mir eine Menge Zeit geben, und sie wollen eine laufende Artikelserie, sobald ich den Leitfaden gefunden habe, aber ich soll sie als Bestandteile eines künftigen Buchs schreiben. Das sie natürlich, als Eigentümer von *Cosmic House*, rausbringen werden? Und, könnte ich mir denken, schließlich nochmals als Paperback?"

„So ungefähr sieht's aus. Und die scheinen nur Sie haben zu wollen, weil Sie wenigstens ein paarmal drüben waren und etwas von Land und Leuten kennen."

„Sehr schmeichelhaft, muß ich sagen." Alec machte eine Pause. „Und jetzt soll ich wohl fragen: *Wieviel?* Also gut, *wieviel?*"

Diesmal war das Lachen etwas lauter.

„Es wird Ihnen gefallen. Sie werden hunderttausend für zwölf Artikel bezahlen, alle Auslagen ersetzen. Wir haben den üblichen Buchvertrag, und die Hunderttausend sind Ihr Vorschuß drauf. Und wir haben einen Mordsabschluß für den Paperback – noch mal hunderttausend auf fünfzehn Prozent. Das ist eine garantierte Viertelmillion, mein Junge, wenn ich einkalkuliere, daß Ihr Anteil am Bucherlös mindestens fünfzigtausend betragen wird und Sie ein Jahr lang in Saus und Braus auf Unkostenkonto leben können."

„Wann soll der große Auftrag beginnen? Und wo ist der Bocksfuß?" fragte Alec.

„Es gibt einen Bocksfuß. Es geht sofort los. Sofort. Unmittelbar. Jemand hat Schell etwas über die bevorstehende Belgien-Konferenz erzählt, auf der die Freiheit im Kongo diskutiert werden soll. Er glaubt nicht, daß es eine Sache von Jahren ist, sondern nur von Monaten, und er glaubt, daß alle anderen Hals über Kopf hinstürzen werden – Somaliland, Guinea, Nigeria, die ganze Pressesippe. Eine einzige große Minnesängerschau. Was sagen Sie dazu?"

„Ich muß mir's überlegen", antwortete Alec langsam. „Es ist ein Riesenauftrag. Faszinierend natürlich und eine lockende Aufgabe, aber riesig und sehr anstrengend. Wissen Sie, wie groß dieser Kontinent ist? *Ich* weiß es. Außerdem hab' ich lange nicht mehr ernsthaft reportiert. Das ist Sache von jungen Männern."

„Vielleicht brauchen Sie einen Jungmännerjob. Und vielleicht ist es Zeit, daß Sie sich wieder der Berichterstattung widmen. Sie werden sich jünger fühlen, wenn Sie dann auf Belletristik zurückschalten."

„Das ist ein Argument", meinte Alec. „Sogar ein sehr einleuchtendes. Nun, ich werd's mir überlegen."

„Besser als überlegen ist *packen*. Schell wird nur noch bis Neujahr in London sein, danach geht er auf eine Spritztour nach Kambodscha oder sonst so einem Drecksland. Er betonte ausdrücklich, daß er Sie sofort sehen möchte, um die ganze Kampagne festzulegen."

„Sofort? Wann also?"

„Übermorgen. Sie können sich die nötigen Impfungen in London machen lassen. Und – ich will's Ihnen gleich sagen – ich war so sicher, daß Sie dieses Angebot mit Vergnügen annehmen würden, daß ich Schell sagte, er solle die verschiedenen Visen von den Londoner Gesandtschaften und Konsulaten, die Sie brauchen, durch sein Büropersonal besorgen lassen."

„Das war verdammt vermessen von Ihnen." Jetzt lag beste Laune und Aufregung in Alecs Stimme, und er merkte, daß Marc Mantell auf der anderen Seite des Tisches lächelte. „Gut, ich nehme an. Aber wir müssen uns noch mal unterhalten, ohne störende Telefonanrufe. Treffen wir uns um eins im Louis Fourteenth?"

„Fein. Ich bin wirklich der Meinung, Sie sollten die Sache übernehmen, Alec, aus vielen Gründen. Unter anderem brauchen wir ein neues Image. Wir werden langsam ein bißchen typisiert, und das möchte ich nicht haben. Okay?"

„Okay", sagte Alec. „Was noch?"

„Ich hab' Ihnen einen Platz für den morgigen Nachtflug per Düsenmaschine nach London buchen lassen. Außerdem ist im Savoy ein Zimmer für Sie reserviert. Sie werden in London nicht sehr viel Zeit haben. Ich glaube, Schell fährt am Zweiten, und diese Konferenzen in Brüssel beginnen nächste Woche. Sie werden sie wahrnehmen wollen; alle politischen Heißsporne aus Leopoldville werden in der Stadt sein, um dem armen, kleinen Baudouin zu sagen, was er tun soll, und sie werden ihm hart zusetzen. Dann schlage ich einen schnellen Abstecher in den Kongo vor, und danach sind Sie Ihr eigener Herr. All das werden Sie natürlich mit Schell absprechen müssen."

„Sagen Sie mir noch eins, Boß. Warum wollen die eigentlich *mich* für diesen Job? Eine Menge Leute – Steinbeck, Hemingway, Gunther, Stuart Cloete –, eine Menge Leute würden sich die Finger nach einer solchen Chance lecken."

„Da haben Sie einige gute Namen genannt", sagte Marc Mantell. „Aber Sie vergessen etwas, Autor Barr. Man erinnert sich immer noch an Sie als Starreporter von diesen Mau-Mau-Berichten in *Life* her. Und dieser Job verlangt zuerst Berichterstattung, bevor Sie in die Tiefe gehen."

„Nun, es klingt ziemlich wunderbar", meinte Alec. „Und ich werde wirklich ein Jahr zur Verfügung haben, wenn nötig?"

„Jawohl. Mehr, wenn nötig. Und wenn Sie beschließen, die ganzen achtzehn Monate in Übersee zu bleiben, bringt Ihnen das auch noch steuerliche Vorteile. Sie sparen Geld."

„Ich werd's vielleicht tun. Wissen Sie, daß Sie mich vor sechs Jahren fortschickten, um bei den Mau Mau umzukommen? Diese Woche vor sechs Jahren, meine ich? Wie kommt's eigentlich, daß Sie mich nie irgendwo hinschicken, bevor ich meine Weihnachtseinkäufe rechtzeitig erledigt habe?"

„Ich möchte Amelias Besuchsprogramm bei ihren Eltern nicht durcheinanderbringen. Ich möchte sozusagen nicht, daß Sie diese Weihnachtsorgie unter den Ulmen verpassen. Wer würde denn Sankt Nikolausens Geschenke auspacken? Wer würde in Entzückensschreie über die Taschentücher ausbrechen?"

„Oh, gehen Sie zum Teufel", sagte Alec. „Wiedersehen morgen, und jetzt werd' ich der kleinen Frau die Nachricht überbringen. Ich schätze, wenn das mit der Steuerermäßigung funktioniert, kann ich Amelia immer noch nachkommen lassen."

„Ja, das wäre immer noch möglich." Marc Mantells Stimme klang trocken. „Sie können Amelia immer nachkommen lassen."

84

Nun, die Besprechung mit Ray Schell war so schmerzlos verlaufen wie der Flug hinüber. Alec wunderte sich immer noch über den Service, den die Düsen nach so vielen enttäuschenden Versprechungen lieferten. Man kam fast früher hin, als man abflog, wenn man seine Uhr richtig einstellte.

Mit Schell war es leicht gewesen. Er wollte bloß, daß Alec sich des Schiffs, des Flugzeugs, Jeeps, Kamels und der eigenen Beine bediente, um auf dem Sub-Sahara-Kontinent überall gleichzeitig zu sein. Alec versuchte, geltend zu machen, daß Addis Abeba nicht eng mit Leopoldville verbunden sei, daß ein paar Rhodesien dazwischenlägen. Sein Argument wurde jedoch mit einer grandiosen Handbewegung und einem noch grandioseren Kreditbrief beiseite gefegt.

„Machen Sie's, wie Sie wollen", sagte Schell. „Ich hab' keine verdammte Ahnung von dem Land, außer, daß es für das nächste Jahrhundert nach echten Nachrichten riecht. Ich erinnere mich an Ihre Sachen von vor sechs Jahren, und deshalb möchte ich Sie für diesen Job haben. Fangen Sie mit Ihren Berichten an, sobald Sie die Lage im Griff haben. Ich bleibe mit Ihrem Mann in New York in Verbindung. Glückliches neues Jahr. Ich muß Montag in Bangkok sein, und jetzt habe ich eine Verabredung, muß eine Dame aufs Kreuz legen."

Und er entschwand, ein blühender, üppiger Mann mit rundem Gesicht, weißen Haaren und kräftiger Stimme in einem gelben Hemd mit schwarzer Strickkrawatte. Sein Vater hatte ein Vermögen in Öl gemacht. Ray Schell gab es auf einem anderen spekulativen Gebiet aus, in Magazinen. Und als Alec sich den Betrag des Kreditbriefs ansah, freute er sich, festzustellen, daß ein netter Happen des Ölfeldervermögens für Alec Barr abgefallen war.

London war toter als tot. Es war zwei Tage nach dem zweiten Weihnachtsfeiertag, aber die Stadt war immer noch wie ausgestorben. Nachdem Schell ihn verlassen hatte, um „eine Dame aufs Kreuz zu legen“ – Alec griente über den Ausdruck –, war er ganz allein und hatte nichts zu tun, bis die Konferenz in Brüssel nach Neujahr begann. Und Neujahr schien noch einen ganzen Monat entfernt zu sein, nicht nur drei Tage.

Alec liebte London, war aber aus gewichtigen Gründen seit dem Krieg sehr selten dagewesen. Und es fiel ihm sinnend ein, als er in seiner Suite im Savoy saß, daß Kinder, die während des „Blitzes“ geboren waren, jetzt schon selbst Kinder hatten und daß die meisten seiner Zeitgenossen tot oder ausgewandert waren oder sich neue Ehegefährten zugelegt hatten. Alec Barrs Kopf war jetzt ganz grau, so grau wie London, und der Gedanke, daß er einmal eine besondere Verabredung nicht hatte einhalten können, weil ein sehr hübsches Mädchen von Bomben getötet worden war, verlieh ihm das Gefühl, noch älter und grauer und trauriger und noch unerwünschter in einer Stadt zu sein, die ihre Läden über die Feiertage dichtgemacht hatte. Wie hieß sie gleich? Sheila. Jawohl, so hieß sie. *Sheila.*

Es hatte keinen Sinn, vor dem eigentlichen Konferenzbeginn nach Brüssel zu fahren, weil die ersten Scheinkämpfe doch nur beim Cocktail ausgetragen würden. Hier in London wurde in den Filmen wenigstens englisch gesprochen, es gab Fernsehen und Zimmerservice. Aber es wäre schon hübsch, wenn man fröhlich sagen könnte: „Ich habe eine Verabredung, muß eine Dame aufs Kreuz legen“, und zwar im Ernst.

Alec Barr schnalzte mit den Fingern. Sechs verdammte Jahre waren vergangen, sechs Jahre einer verworrenen Zeit, aber er sah sie so klar vor sich, wie er sich an die Sommersprossen auf ihrer Nase erinnerte. Jill Soundso. Ben Leas Britendame. Jill – nicht Esmond. Jill – komischer Nachname. Klang nach Einzahl, wo die Jones sich alle mit „s“ am Ende schrieben. Pritchard? Nein. *Richard.* Natürlich. *Jill Richard.* Lunch im Laurent, als Ben nicht hatte kommen können. Und ihr verstorbener Mann hatte Import-Export-Geschäfte mit dem Fernen Osten betrieben, und es war zwei Tage nach seinem monumentalen Krach mit Barbara gewesen. Jill *schöne* Richard.

Natürlich hätte er sich's nicht einfallen lassen, ihre Adresse in seinem Notizbuch laufend zu ändern, selbst wenn er sie überhaupt aufgeschrieben hätte. Und der arme alte Ben war nicht mehr da, um ihm zu helfen. Auf jeden Fall mußte eine so attraktive Frau sich bestimmt wiederverheiratet haben. Aber, zum Teufel, Barr, du kannst's ja mal versuchen. Er nahm sich das Telefonbuch vor, schlug die Rubrik „R“ auf, und es war nicht zu glauben, da stand sie, direkt im Buch. Chester Square. Es konnte nur die eine Mrs. J. Richard sein, und unverheiratet auch noch, wenn sie ihren Mädchennamen hinter dem *Mrs.* führte.

Die Stimme war so kühl, wie er sie in einer plötzlichen Erinnerungswallung im Gedächtnis hatte. Er konnte die Smaragdaugen und das sonnenfarbene Haar und die winzigen Sommersprossen vor sich sehen.

„Es wäre zuviel verlangt zu erwarten, daß Sie sich noch meiner erinnern", sagte Alec Barr. „Nach den vielen Jahren. Barr. Alec Barr. Schriftstellerfreund Ben Leas. Es sind genau sechs Jahre her. Sechs zu lange Jahre."

„Aber natürlich erinnere ich mich an Sie." Die Stimme blieb unverändert kühl. „Wie geht es Ihnen, Alec, und was ist aus der dringenden Geschäftsreise nach London geworden, die Sie damals planten?"

„Ich glaube, das erklär' ich Ihnen lieber persönlich", erwiderte Alec. „Von Angesicht zu Angesicht wird's mir noch peinlich genug sein. Das heißt natürlich, wenn Ihr Privatleben uns nicht hindert, zusammen einen Drink zu nehmen oder zu Abend zu essen."

„Ich bin immer noch eine einsame Witwe, wenn Sie das meinen. Und ich würde Sie sehr gern wiedersehen. Werden Sie lange hierbleiben?"

„Bis nach Neujahr. Ich befinde mich auf einer teuflisch langen Spritztour nach Afrika, beruflich. Ich nehme an, Sie sind über die Feiertage sehr in Anspruch genommen?"

„Eigentlich nicht. Ich habe ein sehr langes Weihnachtswochenende auf einem äußerst zugigen Landsitz in Sussex glücklich überstanden und bin gerade erst zurückgekommen, um mich wieder aufzuwärmen. Hätten Sie Lust, heute abend zum Dinner zu kommen, wenn Sie frei sind? In den Lokalen der Stadt ist es so unsagbar traurig, und hier zu Hause kann ich Ihnen wenigstens einen einwandfrei brennenden Kamin und das Fehlen freudloser Gesichter in der angeblich so fröhlichen Weihnachtszeit bieten."

„Ich wüßte nicht, was ich lieber täte. Werden wir allein sein, oder ist Smoking oder Entsprechendes angebracht?"

„Nur wir. Und es wird auch kein sehr großartiges Essen sein. Kommen Sie in dem Anzug, in dem Sie gerade stecken. Aber ich muß Sie warnen, daß ich selbst koche. Das ganze Personal ist ausgegangen, um verschiedene Dielen und Hallen mit Mistelzweigen zu behängen."

„Ich werde dann selbst abwaschen und Ihnen jede Art unnötiger Ratschläge in der Küche offerieren", sagte Alec. „Wie bald darf ich mich einfinden?"

„Sobald Sie wollen. Sagen wir etwa um fünf auf einen Drink?"

„Nur ein kompletter Zusammenbruch des Verkehrssystems würde mich hindern."

„Gut also. Es wird nett sein, Sie wiederzusehen."

Alec verabschiedete sich und ging sofort daran, zu baden und sich anzuziehen. Das Haar hatte er sich letzte Woche schneiden lassen; er überlegte, ob er's noch einmal stutzen lassen sollte, entschied sich aber dagegen. Er läutete nach dem Diener und gab ihm seinen besten schwarzen Mohairanzug zum schnellen Bügeln. Dann fragte er sich, ob er Blumen mitbringen sollte. *Nein.* Bloß nicht zu begierig erscheinen, mein Junge. Die Blumen konnte er morgen hinschicken lassen.

Er pfiff laut und sang dann unter der Dusche. Er rasierte sich sehr sorgfältig und widmete seinen Nägeln besondere Aufmerksamkeit. Der Anzug war inzwischen mit scharfen Bügelfalten zurückgekommen, wie Signor Brioni in Rom ihn seinerzeit geliefert hatte. Er sah unentschlossen einen Halter voller Krawatten durch und wählte schließlich eine taubengraue Seidenkrawatte. Dabei fiel ihm ein, daß er seiner Garderobe schon lange nicht mehr so viel Aufmerksamkeit geschenkt hatte – tatsächlich nicht mehr seit jenem längst entschwundenen Tag von Amelias Rückkehr.

Noch einmal inspizierte er sich eingehend im Spiegel. Ein Anflug von Bräune von der Herbstjagd her war noch in seinem Teint zu bemerken. Das graue Haar gegen die braune Gesichtshaut ließ ihn jünger aussehen als früher die weißen Schläfen. Wie Dinahs völlig weißes Haar, dachte er. Seltsam, wie man sich so an ein Gesicht gewöhnen kann, daß man's eigentlich nie sieht, obwohl man sich täglich wäscht, rasiert und sich die Zähne putzt, dachte er. Es ist gar kein so übles Gesicht, wenn man's bedenkt. Zu lang, ein bißchen knochig, aber Leslie Howard wirkte fuchsartig, und er hatte Ohren wie ein Rehkitz, und Clark Gable hat ein rundes Gesicht und Fledermausohren, und Gary Cooper ist so hager und melancholisch wie ich. Der arme, alte Bogey lispelte und war fast kahl. Cary Grant macht ewig weiter, auch Jim Stewart, der noch weißer ist als ich. Und die haben sich jahrelang die Damen herdenweise eingefangen. Gott sei Dank, daß ich meine Figur behalten habe, dachte Alec, an dem glänzenden Mohair über seinen Hüften herunterstreichend. Ich schwöre, ich hab' in dreißig Jahren auf die Dauer kein Pfund zugelegt oder abgenommen.

Aber, großer Gott, dachte er. Jill ist fast so alt wie ich. Es wäre furchtbar, wenn sie dick geworden wäre und Falten im Gesicht hätte – aber nicht bei dem Gesicht, nicht bei dieser feinen, schlanken Figur. Nie und nimmer, auf keinen Fall.

85

Es war ein schmales, schlankes Haus im georgianischen Stil, das kühl-distanziert an dem ruhigen Platz stand. Alec hörte einen Gong, als er auf den Klingelknopf drückte. Schnell öffnete sich die Tür.

„Ich hätte mir keine Sorgen zu machen brauchen", sagte er. „Hallo, Jill Richard." Sie gaben sich förmlich die Hand.

„Hallo, Alec Barr. Worüber hätten Sie sich keine Sorgen zu machen brauchen?"

„*Sie*", sagte er. „Sie sind dauerhaft, alterslos."

„Ich nehme Ihnen nur schnell den Mantel ab und führe Sie zum Getränketrog", sagte sie. „Dann können Sie Ihre Inventur weiter ausdehnen."

In einem Adam-Kamin zischte ein Feuer mit blauer Flamme, auf seinem Sims lagen wohlgeordnet Einladungskarten mit Goldschnitt. Die Wände des Raums waren mit weißgestrichenem Holz verkleidet und darüber zart apfelgrün getüncht. Eine Wand leuchtete von Büchern. Auf den braunen, glänzend-schönen Möbeln spiegelte sich Kerzenlicht aus dem anschließenden Zimmer. „Da", sagte sie und klopfte auf die eine Hälfte eines weißen zweiteiligen Plüschdiwans.

„Undeutlich erinnere ich mich, daß es früher Pink Gin war", sagte sie. „Haben Sie Ihren Geschmack in Gin geändert?"

„Habe meinen Geschmack in nichts geändert", sagte Alec. „Daher sagte ich ja, ich hätte mir keine Sorgen zu machen brauchen. Sie sind wirklich bemerkenswert, wissen Sie."

Sie setzte sich ihm vor dem Feuer gegenüber, auf die andere Hälfte des weißen Diwans. Sie trug enge schwarze Samthosen und eine Pucci-Bluse in mattem Elfenbein. Die Augen waren noch genauso grün, das Haar war noch so rot und der Mund noch immer in den Winkeln aufwärts gebogen. Ihre Sandalen waren aus geflochtenen Goldschnüren.

Sie hob ihr Glas. Die Zähne waren nach wie vor blendend.

„Willkommen in meinem Wigwam, wie die Amerikaner sagen."

„Es war eine sehr lange Pause, wie die Briten sagen. Sie sehen einfach reizend aus."

Sie lachte, ihr Clownsmund bog sich empor.

„Ein Fältchen hier, eins da. Vielleicht eine etwas höhere Rechnung beim Friseur. Man wird alt. Aber Sie sehen selbst wunderbar aus, Alec."

„Ich lebe. Wir haben in letzter Zeit einige Freunde verloren. Daß man noch da ist, hat auch seine Vorteile."

Jill Richards Gesicht umwölkte sich.

„Ich habe von Bens Tod gehört. Wie schade, wie wirklich schade, so voll Leben und Lebensfreude und – nun . . ."

„Nicht jetzt. Dies ist eine Feier", seufzte Alec. „Ich kann nicht sagen, was in den letzten sechs Jahren alles passierte. Fangen *Sie* zuerst an. Wie kommt's, daß ich Sie immer noch im Einzelgeschirr antreffe?"

Sie zuckte die Schultern.

„Sie wissen ja. Hier ein Gentleman, da ein Gentleman, vielleicht sogar ein Beau. Aber nicht genügend Beau, um mich *dem da* zu entwurzeln." Sie wies mit der Hand durchs Zimmer. „Es ist ruhig hier. Es ist einfach. Ich habe Bücher und ein Feuer. Und es ist gerade genug Geld vorhanden, daß ich mich nicht aufs wirtschaftliche Schlachtfeld der Ehe begeben muß. Ich habe den Nachlaß meines Mannes schließlich auf annehmbare Weise in Ordnung gebracht. Es gab nichts, was ich unbedingt tun mußte – niemand, den ich ernstlich haben wollte –, um mich zu künftigen Risiken von Seele und Verstand anzuspornen. Man reist, geht ins Kino und pusselt an Sonntagen, wenn es wie üblich regnet, mit dem Gaskocher herum. Und dann gibt's natürlich immer noch das Fernsehen. Und jetzt sind *Sie* dran, bitte."

„Ich bin eine Art literarischer Aal in Aspik. Ich bin gereist. Ich *reise*. Ich arbeite. Ich bin auf Schreiben abonniert. Ich befinde mich augenblicklich in einem herausfordernden Einsatz, eine leichte, kleine Arbeit, genannt ‚Ganz Afrika'."

„Ich habe Ihre Mau-Mau-Artikel gelesen und die beiden letzten Bücher." Jills Stimme klang vorsichtig. „Die Mau-Mau-Sache war absolut erstklassig. Die Bücher waren sehr gut."

Alec grinste.

„Den Ton kenn' ich. Eine andere Dame, die ich kenne – eine Schauspielerin –, hat sich einmal als ‚annehmbar' bezeichnet. Ich war ein annehmbarer Bücherschreiber, seitdem ich Sie das letztemal gesehen habe. Viel mehr würde ich nicht sagen."

„Aber nein, bitte, Sie haben sich großartig gehalten", sagte sie. „Aber ich habe das Gefühl, daß Sie nicht zufrieden waren. Damals, als wir uns kennenlernten, sprühten Sie geradezu. Ich habe die Hoffnung, daß Sie etwas zurückhalten, bis es reif und gut und fertig ist. Und das soll nicht gönnerhaft klingen."

„Sie haben vollkommen recht." Alecs Stimme klang trocken wie vergilbte Blätter. „Bloß, ich scheine nicht zu wissen, *was* reif und gut und fertig ist. In der Zwischenzeit arbeite ich. Es gibt da einen großen literarischen Polypen namens *Cosmic*, der mich die nächsten zwölf Monate im dunkelsten Afrika herumjagen will. Eine Magazinserie und danach ein Buch. Ich weiß nicht. London ist die erste Etappe der Reise. Nächster Aufenthalt ist Brüssel zu einer Konferenz, und dann in den Kongo zur Inaugenscheinnahme. Dann eine allgemeine Erkundungsfahrt vom Kap bis Kairo."

„Wenn man Sie so hört, klingt es eher nach schwerer Arbeit als nach Abenteuer", sagte sie. „Ich wäre ganz verrückt vor Aufregung."

Alec grinste, und sein Gesicht hellte sich auf.

„Ich könnte meine Überschwenglichkeit darauf zurückführen, daß ich Sie wiedersehe. Aber das tu' ich nicht. Ich *bin* verrückt vor Aufregung. Afrika hat etwas an sich, was meinen persönlichen Phönix aus der Asche hebt. Wahrscheinlich erlebe ich alle sechs Jahre eine Wiedergeburt. Jedesmal, wenn ich mich ganz schwach und verbraucht fühle und mir wie ein kleines Würstchen vorkomme, ruft mein Agent an und erklärt mir, eine gute Fee biete mir wieder mal eine Chance, mein Fabuliertalent auf meinem Lieblingserdteil zu betätigen."

„Was ist an dem Kontinent so interessant und besonders? Ich hab' viel drüber gelesen. Alan Moorehead zum Beispiel, seine Vergangenheit, Baker und Speke und so weiter. Afrika hört sich fast wie eine übertragbare Krankheit an."

„Ich könnt's Ihnen nicht erklären. Ich sprach vor sechs Jahren einmal geschlagene zwei Stunden mit einem reizenden Kind namens Penny darüber, das ganz aus dem Häuschen war, daß es mich zum Flughafen bringen konnte, weil es noch nie jemand zum Flugzeug nach Afrika gebracht hatte. Aber ich glaube nicht, daß sie begriffen hat, um was es ging. Vielleicht könnte ich's in einem Satz zusammenfassen, aber hundert Bücher werden's nicht erklären können."

Jill Richard stand auf und mixte einen frischen Drink.

„Versuchen Sie, es in einem Satz zusammenzufassen. Und da es noch früh ist, könnten Sie ja mit der ersten Hälfte der hundert Bücher beginnen, die Sie schreiben werden, wenn Sie Ihre Reise beendet haben."

Alec fuhr sich mit der Hand durchs Haar und streckte die Beine aus. Dann nahm er sorgfältig einen Schluck aus seinem Glas.

„Ich weiß nicht, wie ich's sagen soll. Vielleicht, weil es so viele Kontraste gibt. Die Hitze ist so *heiß*, und in derselben Nacht friert man. Der Tod ist immer in Ihrem Leben – jeder Augenblick ein Mahner an die unvermeidliche Vergänglichkeit –, aber irgendwie hat man sich nie so munter gefühlt. Die Hyäne ist der Todesengel, und ich finde ihr Geheul beruhigender als das Zwitschern eines Rotkehlchens. Die Sterne stehen tiefer am Firmament, der Mond erscheint näher, das Licht des Feuers ist heller, die Luft frischer. Ein Löwe ist sanft wie ein Hund, und ein Elefant scheint immer mit Bedauern davonzutrotten, außer, wenn er kreischend geradewegs auf Sie losgeht. Der Gin schmeckt besser. Es gibt Käfer und Schlangen und Hunger und Durst und alle Arten ekelhafter Krankheiten und, mein Gott, Schmutz! Aber ich fühl' mich nie dreckig, wenn ich schmutzig bin, und ich kann mich in New York oder London schon dreckig fühlen, wenn ich nur schmuddelig bin. Da ist etwas an einem hellen Morgen und an der schnell hereinbrechenden Nacht und an der Aussicht auf ein Feuer, was für mich erregender ist als die erwartete Umarmung einer Frau, die man liebt. Ich kann mir wahrhaftig nichts Lohnenderes vorstellen, als es jemand zu zeigen, den man liebt, aber die ganze Zeit wäre man unglücklich, falls sie es nicht mit den eigenen Augen sähe, nicht auf die eigene Weise liebte. Das ist ein ziemlich langer Absatz, aber das Land in seinem verschiedenartigen Aspekt ist zu riesig, um sich verallgemeinern zu lassen." Alec zuckte die Schultern. „Und diesen Eindruck soll ich nach dem Willen meiner Auftraggeber im nächsten Jahr zu Papier bringen."

„Ich würde sagen, Sie befinden sich auf dem Weg zu einem ausgezeichneten Start. Ich würde es mit Vergnügen eines Tages mit Ihren Augen sehen, und sei es auch nur auf Papier."

„Es ist in Wirklichkeit ein großes Risiko, das man da übernimmt, Fremden das Land zu beschreiben. Manche Leute sehen nur Schlangen und beklagen den Mangel an Eis, beschweren sich über den Staub und die Schwellungen von Insektenbissen. Nächtlicher Lärm ist eine Bedrohung, und die Eingeborenen sind eine Übertragungsquelle von Seuchen. Andere wieder sehen dasselbe als reine Schönheit und können in ihrem eigenen Land nur leben, bis der liebe Gott es gut genug mit ihnen meint und genügend Geld vorhanden ist, daß sie wieder in die Wüsten und stinkenden Sümpfe und zu den schwärmenden Moskitos und Wilden zurückkehren können."

„Ich glaube, Hemingway hat Ihre Ansicht in ‚Schnee am Kilimandscharo' eingefangen. Auch die riskante, die andere Seite in der ‚Macomber'-Geschichte, als es Zeitverschwendung zu sein schien, das Mädchen überhaupt mitzunehmen, ob sie einen nun ins Genick schoß oder nicht."

„Ernest hat's erfaßt, aber ich glaube, oberflächlich. Er war nie in einem Zug lange genug da, und er war immer auf einer Art Hausparty, mit einer neuen Frau und dem Ruf des Supermannes, den er aufrechterhalten mußte. Er schrieb, *bevor* er's bereiste, bevor er's wirklich sah – bereitete sich auf etwas vor, was er noch nicht gesehen hatte. Ich hab' nichts gegen den alten Hem; er hatte ein Leiden, das den meisten Schriftstellern eigen ist. Sie modeln die Landschaft um, damit sie später zum Druck paßt. Sie formen ihre Charaktere im Geist, bevor sie sich selbst definieren können. Außerdem hat Hemingway nie Elefanten gejagt, und er hat auch nie richtig in einem Krieg dringesteckt."

„Die Öffentlichkeit scheint diesen Punkt doch ein bißchen anders zu sehen", sagte Jill. „Höre ich da nicht einen leisen Anflug von Bösartigkeit heraus?"

„Nicht beabsichtigt", erwiderte Alec, ihre Zigarette anzündend. „Es gibt eben zwei Arten Kriege, einen für freiwillige Sanitätswagenfahrer an einer Witzfront und für berühmte Kriegsberichterstatter, die sich vollzählig zum Endsieg einfinden, nachdem der eigentliche Kampf schon vorüber ist, und die nie im Dreck schlafen. Die andere Art Krieg ist die, in der man stinkt und nie Whisky hat und vielleicht dann und wann über die eigenen Gedärme stolpert, physisch und im übertragenen Sinn. Diese Art Krieg dauert schrecklich lange und ist fast hundertprozentig unangenehm."

„Und welcherart war der Ihre?"

„Meiner? Ich war gut genährt und gut mit Schnaps versorgt. Ich hörte im Zorn abgefeuerte Schüsse, floh in Angst und bekam keine Kriegsauszeichnungen. Ich trat früh ein und schnell wieder aus, tötete persönlich niemand, soviel ich weiß. Ich wurde nicht mal verwundet."

„Das macht Ihre Abwertung Hemingways etwas weniger anfechtbar. Aber was sagten Sie da über Elefanten?"

Jetzt grinste Alec.

„Auf dem Gebiet bin ich zu Hause. Solange man keine Elefanten gejagt hat, hat man auch nicht Menschen gejagt, auch hat man nicht Demut, Angst, Ehrfurcht und die kurze Dauer des Lebens, die unermeßlichen Tiefen des Todes kennengelernt. Ich glaube nicht, daß man das jemand klarmachen kann, der nicht auch Elefantenjäger ist."

„Und Sie sind Elefantenjäger?"

Alec neigte den Kopf.

„Mit Verlaub, ich bin Elefantenjäger. Kein Elfenbeinjäger, sondern Sucher nach großen Zähnen. Der Unterschied ist ebenso groß wie bei Stierkämpfen oder Kriegen."

„Ich verstehe die Elefantenmystik nicht, obgleich Ben mich ziemlich gut über Stiere unterwiesen hat. Wie hat Ben . . . ?"

„Nach dem Dinner, wenn Sie nichts dagegen haben", sagte Alec. „Ich spreche über Ben besser bei einem Brandy. Ich hab' mich immer noch nicht dran gewöhnt, daß er nicht mehr unter uns ist."

Jill deutete auf sein leeres Glas.

„Noch einen – vor meinen unbedeutenden Kochkünsten?"

„Danke, nein. Bei Ihnen brauch' ich wirklich kein Extrastimulans. Ich laufe unter eigenem Dampf. Wollen Sie wirklich noch mehr über Afrika hören? Es ist ein weitschweifiges Thema."

„Doch, ich möchte wirklich noch mehr über Afrika hören. Und dann möchte ich einiges über das Buch hören, für dessen Niederschrift Sie jetzt vielleicht reif genug sind."

Alec machte eine abwehrende Handbewegung.

„Ich würde lieber über einen Mann namens Melville und *sein* Buch sprechen und Ihnen was aus Hemingways ‚Grünen Hügeln' zitieren. Gelegentlich lernt ein Mann etwas über die Dinge, wie sie wirklich *sind*, zum Beispiel Wale. Wenn ich mich richtig erinnere, sprach Ernest einmal mit jemand über Literatur, und das Thema Melville kam am Lagerfeuer aufs Tapet. Ich glaube, und ich habe ein fürchterliches Gedächtnis in solchen Dingen, Hemingway sagte da: ‚Es hat Schriftsteller gegeben, die das Glück hatten, ein bißchen zu entdecken, wie die Dinge sein können, durch Reisen oder aus den Aufzeichnungen anderer Leute – über Wale, zum Beispiel. Dieses Wissen wird in Rhetorik gepackt wie

Pflaumen in einen Pudding. Ganz selten mal steht es allein da, ohne Pudding drumrum, und dann ist es gut. Das war Melville. Die Menschen, die es lobten, taten es wegen der Rhetorik, was nicht wichtig ist. Sie geheimnisten etwas hinein, was nicht da ist.' Zwar nicht wörtlich so, aber annähernd."

Jill Richard sah entzückend aus in ihren schwarzen Hosen und der elfenbeinfarbenen Bluse am Kaminfeuer in dem weiß-grünen Zimmer, in das die Kerzen wie ein fernes Lagerfeuer aus dem anschließenden Raum hereinglühten. Sie lehnte sich vor, die Ellbogen auf den Knien, so ähnlich, wie Alec in einem Land Rover saß, wenn jemand anders fuhr. Sie war ganz Ohr und Aufmerksamkeit, und Alec hatte das Gefühl, daß sie sich wirklich für das, was er sagte, interessierte – nicht beeindruckt, weil *er* es sagte, aber interessiert an dem, *was* er sagte. Es war viel Zeit seit dem einstigen Interesse Amelias, dem frischen Interesse Barbara Baynes, der kindlichen Neugier Penny Lawrences vergangen.

„Es heißt, der Mensch sei Gottes Meisterstück, und ich hab's nicht mehr geglaubt, seit ich meinen ersten Elefanten sah. Wale vielleicht – ich bin noch nie einem Wal direkt begegnet, aber ich weiß, was Hemingway ausdrücken wollte, als er von Melville und Moby Dick sprach. Für mich ist der Elefant Moby Dick, aber nicht, weil der Elefant mir etwa ein Bein abgerissen oder ähnliches angetan hätte. Wenn man die Nutzlosigkeit der Politiker sieht, die unnötigen Kriege, die ausgesprochen verfluchte Stupidität und Grausamkeit des Menschen gegen sich selbst, dann steht der Elefant als ein Denkmal für Gott in Seiner Weisheit da."

„Und Sie schießen ihn wegen seiner Zähne?"

„Ich schieße ihn wegen seiner Seele, und seine Zähne sind das Denkmal, wie das Kreuz im Namen Christi verehrt wird. Und ich schieße ihn, wenn er für den Himmel bereit ist, und möchte nicht, daß er von *Menschen* –", Alec spuckte das Wort fast heraus, „– Menschen, die ihn nicht verdienen, in den Dreck gezogen wird. Menschen, die sein Fleisch zu gefolterten Fetzen degradieren würden und seine Stoßzähne zu blödem religiösem Schnitzwerk, zu Billardkugeln oder Spangen für die Handgelenke irgendeines indischen Weibes. Ich schieße ihn, um ihn zu *behalten*, ihn und das Gedächtnis an ihn, wie er wirklich *war*."

„Das klingt verdammt wie Vorsehung spielen." Jill Richard runzelte die Stirn.

„Jedermann spielt Vorsehung, so oder so. Einige tun es dümmer als andere. Und ich schieße nicht alle Elefanten, die ich sehe. Wenn ich einen alten Elefanten schieße, dann schieße ich zum Andenken an den Menschen und im Bewußtsein meiner besonderen Hoffnung, der Hoffnung nämlich, es möge mir beschieden sein, in der Blüte meiner Jahre von einem Menschen – oder Tier – niedergestreckt zu werden. Ich könnte Ihnen einen verkrüppelten, von Hyänen bedrängten Löwen anführen; ich könnte Ihnen einen besonderen Elefantenbullen anführen. Romain Gary schlug die Saite in ‚Wurzeln des Himmels' an, aus dem später ein miserabler Film gemacht wurde. Ben Lea schlug die Saite in mehr als einer Hinsicht an."

Jill stand auf.

„Ich ließe mir gern von einem besonderen Elefantenbullen erzählen. Aber jetzt muß ich mich rühren und um den Gaskocher kümmern, wenn wir etwas zu essen bekommen sollen. Bitte, mixen Sie sich noch einen Winzigen. Der Raum für Herren ist dort drüben, und zur Stimmungsförderung werde ich noch ein bißchen Musik anstellen."

„Kann ich Ihnen gar nicht behilflich sein?"

„Lieber nicht. Da liegen *Times* und *Express* und Ihre eigene *Time*. Machen Sie sich's bequem, während ich mich jetzt in die Speisekammer verziehe."

Alec lehnte sich mit einem neuen Drink zurück, hörte Debussy aus dem Hi-Fi und schloß kurz die Augen. Es war fast, als säße er wieder am Lagerfeuer – an dem Lagerfeuer, das er, wie er hoffte, bald wieder erleben würde, trotz Politik und Entwicklungsländern und Redaktionsterminen und Reisen. Diese Jill – das war eine Frau, mit der man reden konnte, ohne das Gefühl zu haben, daß sie nur höflich zuhörte. Nach dem Essen, das sicher köstlich sein würde, würde er zusehen, ob er ihr nicht klarmachen konnte, was das Land bedeutete. Auf eine gewisse Weise war es eine Vorübung für das Buch, das er eines Tages vielleicht schreiben würde.

Aus der Küche konnte er undeutliche Klappergeräusche hören, und getrieben von der Ruhelosigkeit aller wartenden Männer, stand er schließlich auf und lief im Zimmer auf und ab. Zielbewußt lenkte er seine Schritte zu den Bücherregalen, und die Gesellschaft, in der er sich antraf, gefiel ihm. Es standen einige Standardwerke da, aber sie waren abgegriffen, standen nicht unberührt in ihren steifen Umschlägen im Regal. Nicht unbenutzt waren die Dickens, die Poe, die Hemingway, nicht die Proust, die Steinbeck, die Twain, die Kipling – und bestimmt nicht die Bücher von Alexander Barr. Alle Barrs waren da, außer dem letzten. Sie hatte gesagt, sie habe es gelesen, aber? Nun ja, jemand hatte es gestohlen, denn Jill Richard schien nicht zu den Ausleihern oder Bibliotheksabonnenten zu gehören. Merk dir das, Barr.

Er schlenderte zu dem schönen, schlanken Kamin hinüber, der sich elfenbein-grazil von den blaßgrünen, apfelfarbenen Wänden und dem tieferen, sommergrünen Teppichbelag abhob. Was da für ein Haufen Karten lag! Schuldbewußt, ein Ohr nach den Küchengeräuschen gespitzt, hob er eine auf und nahm sich dabei sehr in acht, die straffe, militärische Ordnung, in der sich die Einladungen Jill Richards präsentierten wie die Soldaten in Bärenmützen, die im Wachtpostenschritt vor dem Buckingham-Palast auf und ab marschierten, nicht durcheinanderzubringen. Bloß einen schnellen Blick.

Oberst und Mrs. bitten um. General Sir und Lady bitten um. John und Wendy würden sich freuen, wenn. Lord und Lady bitten. Mary und Peter würden sich schrecklich freuen, wenn. Sir Bertram (keine Dame) bittet um das Vergnügen. Kartekartekartekarte. Und Jill, Liebling, wenn. Und Jill, Süße, wenn. Und noch mehr Kartenkartenkartenkarten. Bis zu dieser: Es wäre tragisch, ohne Dich ins neue Jahr zu gehen. Bitte, sei lieb. Alles Liebe, stets der Deine, Miles.

„Miles?" Alec fauchte im Innern. „Wer, zum Henker, ist dieser Miles mit seinem tragischen neuen Jahr und seiner Liebe stets der Deine?"

Er hörte Schritte, und es gelang ihm gerade noch, sich wieder in den Sessel zu werfen, die *Time* in der Hand, deren Titelbild einen afrikanischen Politiker zeigte (Mboya, wie er mit einem schnellen Blick auf den Text feststellte), bevor Jill hereinkam.

„Das Abendessen, wie es eben ist, ist angerichtet", sagte sie. „Hoffentlich haben Sie sich nicht während des langen Wartens gelangweilt."

„Nein, nein, ich hab' mich nicht gelangweilt." (Worauf du dich verlassen kannst. Du und dieser verdammte Miles und dieses verflucht tragische Neujahr, in das er nicht ohne dich gehen kann.) „Ich fürchte, ich hab' mich von der Musik ein bißchen einschläfern lassen. Der lange Flug, nicht wahr? Langer Tag im Büro."

86

Sie saßen jetzt im Kamin- und Kerzenlicht; Jill hatte, auf dem weißen Diwan sitzend, die Beine untergeschlagen. Das Essen war trotz ihrer Dementis einfach und prächtig gewesen. Das Geschirr hatten sie in der Küche für die tägliche Zugehfrau zusammengestellt, die, wie Jill sagte, morgen auf ein paar Stunden zu kommen versprochen hatte. Der Friede hing wie der Rauch eines Holzfeuers um Alecs Haupt, und der Brandy schmeckte weich auf der Zunge, der Kaffee war heiß und köstlich. Das Kaminfeuer war zu einem Bett rotglühender Kohlen heruntergebrannt.

„Und jetzt", sagte Jill, „erzählen Sie mir weiter von Afrika. Beschreiben Sie es mir genau, als sähen Sie es zum erstenmal – genau, wie Sie es beschreiben würden, wenn Sie schrieben. Ich werde Sie nicht unterbrechen, das verspreche ich Ihnen. Ich bin eine gute Zuhörerin."

„Gut", sagte Alec. „Aber es wird ziemlich langatmig werden. Ich bin schon so lange im Prosageschäft, daß ich mich schwer wieder an knappe

Sätze gewöhnen kann und zu blumenhaften Ausschmückungen in meiner Schilderung neige. Wenn Sie's ertragen, dann gerne."

„Ich kann's ertragen", erwiderte sie. „Schießen Sie los."

Dies war eine sehr wichtige Reise für mich, sagte Alec. *Ich sah mir das Land, dem später meine selbstsüchtige Liebe galt, zum erstenmal wirklich an, nach ein paar gewöhnlichen Safaris und einigen oberflächlichen Berichten für Zeitungen.* (Alec schloß die Augen. Es war, wie er so darüber sprach, fast, als sei er wieder im Busch. In der Erinnerung saß Alec auf der Veranda von Cottage Vier im hinteren Gartenhof des Norfolk-Hotels in der Government Road in der Stadt Nairobi der Kronkolonie Kenia, Britisch-Ostafrika, Mitte Februar des Jahres 1953. Die Aschbecher waren wie gewöhnlich zu klein für einen Mann, der bei der Arbeit rauchte, und die üblichen unerwünschten Hunde strolchten auf dem Kopfsteinpflaster des Compound umher.)

Alec Barrs Sonnenbräune kam an die Farbe seiner Stiefel heran, und sein Haar war von der Sonne so gebleicht, daß es ganz natürlich in seine grauen Schläfen überging. Er war ein paar Pfund dünner; die Mahlzeiten waren ziemlich unregelmäßig auf dem hohen Berg gewesen. Er trug einen Khakijägeranzug, den das Ausklopfen durch die Safarileibboys ziemlich ramponiert hatte, und ein Lächeln beruflicher Zufriedenheit. Er hatte soeben „Finis" hinter die dritte Fortsetzung einer Serie über den Mau-Mau-Aufstand geschrieben. Neben ihm, von einer Whiskyflasche am Geländer festgehalten, lag ein Kabel Marc Mantells mit folgendem Wortlaut: „Jungs entzückt erste beide Artikel auch Kunstwerk stop erwarten begierig dritte Folge stop wie steht's mit großem Buch Fragezeichen Bankkonto Amelias Eltern gesund stop wir vermissen Sie kommen Sie heim stop aber schießen Sie mir zuerst Stoßzähne für Büro herzlichst Marc."

Er schob die frischen Seiten zu einem sauberen Haufen zusammen und steckte ihn in eine alte Mappe für Durchschlagpapier. Es schien alles gut zu klappen, dachte er, aber vielleicht sollte er's noch einmal durchlesen, um festzustellen, ob er etwas wirklich Wichtiges ausgelassen hatte. Er war mit der Herausgabe seiner ersten Folge durch das Magazin durchaus zufrieden. Es war Schnellarbeit gewesen, war aber groß mit reichhaltigem Bildmaterial herausgebracht worden, wenn er auch Amateurfotos von seinem Jäger und sich selbst hatte verwenden müssen. Auf jeden Fall sahen die Bilder echt aus. Da stand er, der Alte Held Barr, inmitten eines Haufens Mau-Mau-Gefangener, eine verdammt große Pistole in der Hand. Er sah haarig genug aus, um selbst *Reader's Digest* zu überzeugen, daß die Aufnahmen nicht gestellt waren.

Mein Gott, die Story hatte sich leicht zusammentragen lassen, dachte er, während er automatisch die Durchschläge noch einmal überflog. Er brauchte nur direkt in die Morde auf dem Kinangop hineinzulaufen; unerwartet blutdurchtränkte Heime von Leuten, die er kannte, zu betreten. Dann der Handstreich der Bürgermiliz, die eine riesige Brut Kikuyu-Terroristen aus ihrem Bergversteck aufstöberte. Und die Typen, mein Gott... Wie die Australier zu sagen pflegten: Gedruckt liest man so was nicht.

So wie diese besondere Type jetzt, die sich übers Geländer seiner Veranda lehnte. Er schien mindestens neun Fuß groß zu sein und hatte einen Schnurrbart, groß genug, um eine Schar Sandhühner drin zu verstecken.

„Man sagt mir, Sie arbeiten für Ihren Lebensunterhalt", erklärte das Monstrum. „Ich wollt's nicht glauben. Sagen Sie mal, würden Sie einen durstigen Burschen nicht reinbitten und ihm einen Drink anbieten?"

„In Ihrem Fall werd' ich eine Ausnahme machen", erwiderte Alec. Er stand auf und streckte dem großen Mann die Hand entgegen. „Und wie geht's Ihnen, Kamerad? Haben Sie in letzter Zeit ein paar interessante Leute umgebracht?"

Der große Mann zuckte die Schultern.

„Das Geschäft ließ ein bißchen nach, nachdem Sie fort waren. Wahrscheinlich ist der ganze Unsinn nur für die Presse inszeniert worden. Oder vielleicht fehlte es uns an Zielscheiben. Nun, *gully-gully*." Er hob sein Glas.

„*Gully-gully* und prosit?" sagte Alec. „Kommen Sie rein, und setzen Sie sich."

„Was ist das für Klosettpapier? Die letzte Lieferung von Unrichtigkeiten?" Der große Mann wies auf die Durchschläge.

„Die letzte Lieferung. Ich hab' mich aus einer kitzligen Lage rausgehurt", sagte Alec. „Die ganze Welt wird jetzt wissen, was sich in diesem miserablen kleinen Bollwerk freier Liebe und gewaltigen Saufens tut. Ich hab' mein Bestes getan. Ich wär' gar nicht überrascht, wenn Kenyatta nicht eines Tages Premierminister würde."

„Großartig", meinte der große Mann. „Wir könnten einen Mann von Jomos Erfindungsgabe schon brauchen, wenn man bedenkt, was bei uns im Kolonialministerium sitzt. Übrigens, wo sind alle Ihre zahmen weißen Jäger geblieben? Ich dachte, als ich den Whisky sah, daß wenigstens einer der Helden sich hier rumdrücken würde, um aufzupassen, daß er Ihnen nicht gestohlen wird."

Alec machte eine flatternde Handbewegung.

„Fort. Die ganze Bande *kwaheri*. Metro-Goldwyn-Mayer hat Mau Mau im nationalen Interesse abgelöst. Sie machen jetzt ‚Mogambo', was immer, zum Teufel, das sein soll, und meine tapferen Stutzer sind alle losgestürzt, um aufzupassen, daß Grace Kelly nicht von Hyänen gefressen wird. Natürlich werden sie dafür bezahlt. Auf Ava passen sie umsonst auf."

Der große Mann zuckte die Schultern.

„Ich ziehe den Mau Mau dem Film vor", meinte er. „Die Zeremonien sind weniger schauerlich. Ich bin vorbeigekommen, um Ihnen ein Angebot zu machen, *rafiki*."

„Ich bin also ein Freund, was? Ein Blutsbruder?" Alec grinste.

„Blutiger Bruder würde eher passen. Und seien Sie nicht so verdammt unhöflich. Hören Sie, Alec, ich hab's satt und Sie wahrscheinlich auch, hab' diesen mörderischen Unsinn der letzten beiden Monate dick. Die Regierung hat uns die Vergeltung aus den Händen genommen. Es macht keinen Spaß mehr, *denen* die Köpfe sozusagen als Privatunternehmer abzuschneiden. Sie haben die *Black Watch* und die *Buffs* hergeholt, damit sie's für uns erledigen. Alles rechtens jetzt. Wir befinden uns in einem Krieg, den selbst die Steuerzahler verstehen können."

„Sie hören sich wie ein Leitartikler an", sagte Alec. „Wie lautet Ihr Angebot, Sandy?"

„Ich packe das Heldengeschäft ein und fahre zu meinen Tieren in Südtanganjika zurück. Das Angebot – freibleibend, nebenbei bemerkt, wenn Sie mir nicht mehr Whisky liefern – lautet: Kommen Sie mit, und spielen Sie eine Weile stellvertretenden Wildpfleger. Ich muß sehen, daß ich das Blut von meinen Händen und vom Herzen kriege, und bei Ihnen, schätze ich, sieht's ebenso aus. Nach diesem letzten Monat. Sind Sie noch Yankee-Staatsbürger?"

„Wenn man entdeckt, was ich angestellt habe, nicht mehr", meinte Alec. „Aber Ihr Angebot wird bereitwilligst angenommen. Wird nett sein, wieder eine Hyäne zu sehen, die nicht menschlich ist, weder schwarz *noch* weiß."

87

Man nannte Sandy Lang häufig „den Langen Sandy", weil er vom Scheitel bis zu den Riesenfüßen, mit denen er eine Million Meilen über den ostafrikanischen Boden gewandert war, über sechs Fuß maß – falls er die Vermessung nicht per Ochsenkarren oder, wie neuerdings üblich, im Land Rover besorgt hatte. Den Krieg ausgenommen, hatte Sandy seine gesamten fünfzig Jahre in Afrika verlebt. Einige dreißig dieser Jahre waren den verschiedenen Abteilungen des Wilddepartements gewidmet gewesen. In Südtanganjika, wo er ein Riesengebiet unter sich hatte, wurde er einfach „Bwana Wild" genannt, und zwar von den Eingeborenen wie von den Weißen.

Er war mit einer kleinen blauäugigen Frau verheiratet, die gerade halb so groß wie er und nur wenig zäher als ihr Mann war. Die Kinder waren herangewachsen und aus dem Haus. Offiziell versah Sandy sein Amt in seinem Büro in Musoma, war aber selten im Büro. In Wirklichkeit verwaltete er die weiten Ländereien von einer *boma* außerhalb einer winzigen Niederlassung namens Ikoma aus, in der Nähe des alten deutschen Forts aus der Zeit vor dem Ersten Weltkrieg, am Rande des Grummettiflusses. Sandy Langs bester Freund war beinahe ein Abklatsch von ihm, wurde auch „Bwana Wild" genannt, weil er seit fast dreißig Jahren Chef der Südlichen Massaisteppe von Kenia war, die sich an Sandy Langs Tanganjikaterritorium anschloß. Die beiden zusammen herrschten über ein Land, das so groß wie Texas war. Sie lebten nach einem einfachen Kodex: Sei gnädig zu den Tieren und hege sie, und verfolge die Wilddiebe ohne Gnade. Von beiden Männern ging das Gerücht, daß sie imstande seien, selbst ihre lieben, ergrauten Großmütter glatt ins Gefängnis zu stecken, falls sie die alten Enten dabei erwischten, daß sie aus geringerer Entfernung als dem dogmatisch vorgeschriebenen Minimum von zweihundert Metern aus einem Jagdwagen Wild schossen.

„So, wie diese Mau-Mau-Sache sich entwickelt", sagte Sandy Lang jetzt zu Alec Barr auf der Veranda von Alecs Norfolk-Cottage, „werden wir nicht umhin können, das Massaigebiet und ein Gutteil meines Territoriums zu schließen. Zu viele von den Burschen rotten sich im Massaigebiet zusammen und schwappen in mein Land über. Sehr bald werden wir nicht mehr Wilddiebe jagen; es werden wieder die Mickymäuse sein."

„Glaub' ich auch", sagte Alec. „Was haben Sie vor?"

„Nichts besonders Wichtiges, außer für mich – und, nach Ihrem Gesichtsausdruck zu schließen, auch vielleicht für Sie. Ich dachte, Sie hätten vielleicht Lust, sich das Paradies noch einmal anzusehen, bevor es von der Politik dieser schmutzigen Welt völlig kaputtgemacht wird. Ich hab' eine Menge Arbeit vor mir – muß meine Löwen zählen, muß ein paar Wilddiebbanden auseinanderjagen, muß einige Brücken reparieren, die wir in der Regenperiode verloren haben. Ich dachte, es würde Ihnen vielleicht Spaß machen, ein paar Wochen im Schlafsack mitzukommen, keine Zeltsafari."

„Ich könnte mir nichts Besseres denken", sagte Alec, seine Papiere einsammelnd. „Es ist ein großes Kompliment. Und ziemlich ungewöhnlich, was?"

„Das erstemal in dreißig Jahren. Mit Ausnahme Sehr Wichtiger Persönlichkeiten oder hin und wieder eines Mitglieds des Königshauses, das der Gouverneur mir gelegentlich für ein Wochenende aufhalst."

„Lassen Sie mich nur noch die letzte Lieferung zur Post bringen und ein paar Kabel aufgeben", sagte Alec. „Dann bin ich Ihr Mann. Was hat ein stellvertretender Wildpfleger zu tun?"

„Trinkt Gin und schießt Vögel mit dem Hauptwildpfleger", sagte Sandy Lang, wieder grinsend. „Und hört sich eine Menge Lügen über den Krieg in Burma an, ohne ihre Wahrscheinlichkeit in Frage zu stellen. Von Zeit zu Zeit wird vielleicht von ihm verlangt, einen Reifen zu wechseln oder eine alte Elefantenkuh mit schlechtem Charakter und einem Talent zum Zertrampeln von Maisfeldern zu schießen. Aber im allgemeinen fährt er bloß mit."

Worauf Alec mitgefahren war, und es schien ihm, als habe er noch nie etwas so Herrliches erlebt wie die sonnenhellen Tage in den hohen, kühlen Wiesen – man konnte sie nicht eigentlich Ebenen nennen – mit ihrem gelben Gras und den obstgartenähnlichen Buschwäldern, in denen sich so viele Millionen Tiere aufhielten. Das Ikomagebiet grenzte einerseits an das Massaiterritorium von Kenia und andererseits an die Serengetiebene von Tanganjika. Es war der natürliche Kanal für die Wanderung von Zebra und Wildebeest, die riesigen Herden, die das zarte, im Ikomagebiet immer freßbare, kurze Gras suchten. Die großen Katzen folgten den Herden, und Alec lernte mehrere Dutzend Löwen auf freundlicher, persönlicher Basis kennen.

Es bestand nicht der Wunsch zu töten, obwohl täglich geschossen werden mußte, um das Lager zu ernähren. Sandy Lang fuhr mit einem Gefolge von einem halben Dutzend Wildkundschaftern herum, ausnahmslos früheren Wilderern und nun engagierten Pflegern, nachdem sie von ihrem ursprünglichen Fänger aus dem Kingo Georgi Hoteli – oder Gefängnis – gegen Bürgschaft herausgeholt worden waren. Alec und Sandy schossen Frankoline und Perlhühner für ihren eigenen Tisch und gelegentlich ein großes Stück Fleisch für die Boys. Meist aber streiften sie glücklich durch das Gelände, bauten eine von den Regenfällen weggeschwemmte Brücke wieder auf, beseitigten Sandverwehungen in ausgetrockneten Bächen und überprüften das Gebiet stets auf Wilddieblager.

Das einzige bemerkenswerte Geschöpf, das Alec auf diesem Trip geschossen hatte, war ein Löwe. Sie waren hysterischem Hyänengeheul und einigen träge kreisenden Geiern gefolgt, bis sie in einer schattigen Lichtung auf den Löwen stießen. Er war am Verhungern, das war klar, wie er, von Fliegen umschwärmt, so unter den gelbgesprenkelten Fieberbäumen lag. Sein Fell hing ihm in Falten herunter, und seine Rippen waren wie Sprossen unter der von Fangzähnen narbigen, von Dornen zerfetzten Haut zu sehen.

Er war von allen Seiten von Hyänen eingekesselt – hockenden, mit heraushängender Zunge wartenden Hyänen. Gelegentlich wagte sich eine dichter heran, und das alte Männchen versuchte, sich mit den Vorderpranken näher an die Hyäne heranzuziehen.

Sandy Lang ließ seinen Feldstecher am Riemen auf die Brust fallen.

„Armer, alter Bursche", sagte er. „Das muß Brutus sein. Ich fragte mich schon immer, warum er uns nicht übern Weg lief. Kennen Sie die ganze Geschichte dieser pittoresken Situation?"

„Mir scheint, sein Rückgrat ist gebrochen, und die *fisi* warten bloß drauf, daß er schwach genug wird, um einen schnellen K.-o.-Schlag zu rechtfertigen."

„Da haben Sie verdammt recht. Ich hätte wirklich schneller schalten sollen, als wir diesen hübschen, jungen Burschen neulich seine Wunden lecken sahen. Offenbar war's ein verteufelt harter Kampf. Jüngeres Männchen stieß den alten Mann aus dem Rudel aus und brach Papa dabei das Rückgrat. Aber hier ist er immer noch König. Da, sehen Sie."

Eine andere Hyäne war näher herangeschlichen, und der alte Löwe knurrte schwach, die Schultern in einer erfolglosen Anstrengung bukkelnd, dem frech gewordenen Aasfresser auf den Leib zu rücken. Die Hyäne zog sich zurück.

„Bunduki", rief Sandy Lang über die Schulter einem seiner Wildkundschafter zu. „*Bunduki ya Bwana.*" Er wandte sich an Alec. „Nach seinem Aussehen zu schließen, hat der alte Junge eine Woche lang nichts gefressen und sich nur durch den Tau vom Gras am Leben erhalten. An eine Wasserstelle hätte er nicht kriechen können. Würde es Ihnen was ausmachen, ihn für mich zu erledigen, Alec? Er ist nämlich ein alter Freund von mir – sentimental, ich geb's zu, aber ich kenn' ihn schon gute fünfzehn Jahre."

„Natürlich." Alec nahm die Büchse, die der Gewehrträger ihm reichte. Sie überquerten die kleine Lichtung, und als sie sich näherten, zokkelten die Hyänen davon; ihre angeboren verkrüppelte Hinterhand lieferte eine obszöne Parodie des alten Löwen mit dem gebrochenen Rückgrat. Geier, die auf den Dornenbäumen und in sicherer Entfernung von den Hyänen auf dem Boden gesessen hatten, stiegen mit knarrenden Flügeln auf.

Der alte Löwe schwang seinen großen Kopf mit der vollen Mähne herum, als sie näher kamen, und richtete seine traurigen gelben Augen auf die Männer.

Sandy Lang ahmte das Hustengeräusch des Löwen in der Kehle nach. „Armer, alter Brutus, armer, alter Kerl", sagte er, die Worte mit der Löwensprache verschmelzend. „Armer, alter Bursche. Lebwohl, alter Junge. Schießen Sie ihn ins Ohr, Alec", sagte er und entfernte sich, bis er den flachen Knall der Büchse hörte. Dann blieb er stehen und drehte sich um.

„Gut gemacht", sagte er. „Jetzt überlassen wir ihn den Hyänen und den Vögeln. Nein!" herrschte er einen der Wildkundschafter an, der mit einem Messer in der Hand dem Löwen zustrebte. „*Hapana kata ndefu!* Laß seine Schnurrhaare in Ruhe!"

Dann sagte Sandy Lang: „Die würden ihn glatt auseinandernehmen, wenn ich's zuließe. Sie würden ihm die Hoden abschneiden – geröstete

Löwenhoden machen tapfer. Sie würden seine Schnurrhaare abschneiden – zermahlener Löwenbart, in Tee eingenommen, heilt Impotenz wie pulverisiertes Rhinozeroshorn. Wenn er Fett am Leib hätte, würden sie auch das abschälen – zum Verkauf an die Wahindi, weil Löwenfett Gonorrhoe heilt. Die Mähne käme auch herunter, zum Verkaufen, und seine Klauen und Zähne für Schmucksachen. Laß ihn in Ruhe!" sagte er wieder zu dem Wildkundschafter. „Lieber will ich, daß die Hyänen und Vögel ihn ganz und gar bekommen, als daß so ein verdammter indischer *dukuh-wallah* seine Ersatzteile aufkauft."

Sie gingen jetzt zum Land Rover zurück. Über die Schulter sah Alec, wie die Hyänen sich in Bewegung setzten und die Geier mit einem Plumps hinter den Hyänen zu landen begannen. Sandy Lang blickte geradeaus und sprach fast zu sich selbst.

„Ich weiß nicht", sagte er, „ich weiß wirklich nicht, wie ich's erklären soll. Sie waren doch dabei, als wir neulich ziemlich eigenmächtig die Welt von ein paar Dutzend eingeborener Gentlemen befreiten. Hat mir gar nichts ausgemacht, obgleich ich immerhin den Befehl dazu gab. Aber es macht mich immer gewaltig traurig, wenn ich einen meiner Freunde wie diesen alten Herrn dahinten erledigen muß. Das ist die Hauptschwierigkeit mit diesem wundervollen, verdammten Land. Es gibt kein anständiges Ende, weder fürs Tier noch für den Menschen. Die einzigen wilden Geschöpfe, die vom Tod profitieren, sind die Hyänen und die Geier, und die erwischt's schließlich auch. Die Hyäne frißt sich sogar selbst auf, armes Biest. Gott auf dem Berge muß scheußlicher Laune gewesen sein, als er *fisi* schuf, die hermaphroditische Mißbildung mit den Löwenklauen und dem verkrüppelten Rückgrat. Das läßt einen an allem zweifeln."

„Ich glaube, wir sollten die Lebensmittelkiste aufmachen und das Gedächtnis unseres Freundes mit einem Schlückchen Gin begießen", meinte Alec. „Totenwachen sind in den meisten Teilen der Welt üblich."

Sandy Lang grinste wieder.

„Ich schätze, ich war tatsächlich ein bißchen niedergedrückt", sagte er. „Schließlich endet jeder im Innern der Hyänen. So oder so verlieren wir die Hoden, die Fänge und die Klauen. Selbst den Bart. Wissen Sie, das war wirklich ein trauriger Tag. Ich schlage vor, wir nehmen unsere Schrotflinten und bessern unsere Stimmung durch ein paar ermordete Sandhühner an der nächsten Wasserstelle auf. Irgendwie hat der Knall einer Flinte die Eigenschaft, einen aufzuheitern."

88

„Hier absolviere ich meine schwere Gedankenarbeit“, sagte Sandy Lang. „Offiziell gehört’s Ihrer Majestät. Inoffiziell gehört’s mir. Noch inoffizieller gehört’s Meg und einer gekreuzten Gypsie-Gans plus einigen importierten Pfauen, ein paar umgesiedelten Fasanen und zahmen örtlichen Perlhühnern. Hübsch?“

„Fabelhaft“, sagte Alec Barr. „Hier würde ich nie mehr weggehen wollen.“

„Ich tu’s auch nicht – jedenfalls nicht für lange. Dann und wann ruft Musoma oder Arusha an, und ich muß mich um meinen Job kümmern, sonst verliere ich ihn, aber im Grunde ist das mein Heim.“

Sie hatten in zwei Wochen einen riesigen Kreis geschlagen und waren jetzt wieder zur *boma* zurückgekehrt – dem umgatterten Wildposten. Smarte *askari* in Khaki und Käppi salutierten zackig, bevor sie den Schlagbaum hoben.

„Memsaab *iko*?“ fragte Sandy Lang den *askari*-Sergeanten.

Der schüttelte den Kopf, seine riesigen Ohrringe schlenkernd.

„Arusha. Morgen zurück, sagte sie.“

„Gut.“ Sandy Lang kuppelte ein und wandte sich an Alec. „Wir fahren zum Haus und nehmen ein richtiges Bad.“

„Wenn’s einen Himmel oben gibt, dann glaube ich, hat Gott hier einen Vorgeschmack gegeben“, meinte Alec, als sie den Fluß überquerten und auf einen hartgetretenen Lehmpfad einbogen. Große Bäume – leopardengescheckte Fieberbäume mit mächtigen, schaumigen Kronen, riesige, zum Himmel strebende Feigenbäume, biegsame, purpurfarbene Baobab-Bäume – lehnten sich über den Fluß. Eine Schar metallblauer Perlhühner eilte über den Weg, und Tauben flatterten auf, setzten sich und flatterten von neuem vor ihnen auf. Von der Flußbiegung klang das Quaken ägyptischer Gänse, und eine Herde hellgoldener Impala stand einen Moment furchtlos, feierlich starrend da, bis die ganze Gesellschaft wie ein Ballettkorps davonsprang. Ein Warzenschweinweibchen, den antennenartigen Schwanz drollig steil hochgestreckt, trottete in den Busch zur Seite, hinter ihm eine Rotte von vier Schweinchen. Ein Wasserbock stand vierschrötig auf dem Pfad, lange Hörner, dicker Nacken und zottiges Tweedfell.

„Die Burschen sind mächtig zahm“, sagte Alec.

„Sind praktisch Familienmitglieder. Haben Sie das Verbotsschild gesehen? Kein Abschuß von Tieren innerhalb von fünf Meilen rund um die *boma*. Es kann Ihnen passieren, daß Sie einen oder zwei Löwen auf dem Rasen antreffen. Meg füttert sie, und sie folgen ihr zum Haus.“

Sie fuhren vom Pfad herunter auf eine smaragdgrüne Rasenfläche, die sich sanft abfallend zum Fluß hin erstreckte. Das quadratische Haus aus einheimischem grauem Stein mit dem klassischen roten Blechdach schmiegte sich in einen riesigen Hain aus gelben Dornakazien. Das Haus selbst erstickte beinah in einem Dschungel von Blumen – dem goldenen Schauer von Schlingpflanzen, umrahmt von einer Schwelgerei rot-gelber Cannas –, die Nebengebäude waren unter purpurfarbenen Bougainvillea begraben. Zinnienbeete verliefen am Rand des Rasens. Rosarote Frangipanibäume und der lavendelfarbene Flor der Jacaranda und leuchtend-flammende Nandi standen verstreut auf dem weiten Rasen. Hibiscus und Poinsettia setzten auffallend rote Akzente in die schimmernden Krotonhecken. Ein ganzer Acker schien ausschließlich Petunien gewidmet zu sein.

Zwei Rhodesienhunde, ein Dackel und ein Cockerspaniel, stürzten bellend herbei, und ein junger Löwe erhob sich faul aus einem Nest im Blumenbeet und trottete schläfrig dem Wagen zu. Ein Pfau stelzte heran, schlug ein riesiges Rad. Mongolische Fasane mischten sich sorglos mit eingeborenen gelbhälsigen Spornhühnern. In der Mitte des Rasens, als wollte sie die Besucher am Eintreten hindern, stand hoch aufgereckt eine Art halbwilde Gans und schnatterte ihnen einen Kriegsruf entgegen, der von auf den Fluß niedergehenden Kameraden beantwortet wurde.

„Wo haben Sie Ihre Arche?“ fragte Alec. „Sie scheinen alles, was dazugehört, vollzählig hierzuhaben, Bwana Noah.“

„Wir haben uns tatsächlich ein bißchen stark aufs Wildleben eingestellt“, sagte Sandy Lang. „Besonders, seit die Kinder in die Jahre kamen und fortgingen. Die Memsaab scheint alle ihre Energien auf Haustiere und Blumen konzentriert zu haben.“

„Ich kann mir so ungefähr die Farbe ihres Daumens vorstellen“, sagte Alec. „Solche Blumen hab' ich in meinem Leben noch nicht gesehen. Mein Gott, sind das wirklich Rosen? Die sind so groß wie Rüben.“

„Meggie ist auf ihren Garten stolz“, sagte Sandy Lang. „Ich schwöre, sie könnte ein Loch in einen Granitblock bohren, und irgendwas würde sprießen. Ganz gut, nebenbei bemerkt, weil die örtliche Antilopen-Gazellen-Bevölkerung einen besonderen Geschmack für exotisches Futter entwickelt hat.“

Sie schritten jetzt dem Haus zu, wo ein barfüßiger Hausboy in rotem Tarbusch und langem, weißem, nachthemdartigem *kanzu* die Tür aufhielt. Das Löwenjunge – gar nicht mehr so verflixt jung, dachte Alec, als ihn das Bürschchen spielerisch von hinten ansprang – schien fest entschlossen, sie ins Haus zu begleiten, zusammen mit den vier Hunden und der Halbblutgans, die hinterherwatschelte.

„Haut ab, alle!“ Sandy Lang kickte den Löwen leicht in den Hintern und scheuchte mit fuchtelnden Händen die Hunde und die Gans zurück. „*Sa!*“

Er schüttelte den Kopf.

„Die Bande würde mir ins Bett folgen, wenn ich's erlaubte", sagte er. „Sie sind viel mit der Mem allein, und sie läßt sie laufen, wie sie wollen. Treten Sie in mein Schloß ein. Wie ich sehe, hat Molo das Eis bereit, er muß den Wagen gehört haben. Gin, nehme ich an?"

„Klar." Alec sah sich im Zimmer um, das mehr oder weniger dem Standard des ostafrikanischen Farmhauses entsprach. Leopardenfelle schmückten die Rückenlehnen von Kuhhautdiwanen und bedeckten die mit Zedernholz getäfelten Wände. Kamin, Köpfe, Stoßzähne, Hörner, Felle, Bücher, Zinnbecher – Alec lachte glücklich.

„Ich könnte genausogut zu Hause sein", sagte er. „Ich hab' so ein Haus in New Jersey. Obgleich wir an lebendem Inventar ein bißchen knapp sind. Sagen Sie, wie halten Sie die örtlichen Raubtiere davon ab, Ihre Hauslieblinge aufzufressen? Ich könnte mir vorstellen, daß die Sterblichkeitsziffer beträchtlich ist."

Sandy Lang schenkte die Drinks ein und reichte Alec ein Glas.

„Gar nicht so schwierig. Ich hab' einen Boy, der sie betreut. Es ist leichte Arbeit. Er hat nur eine Aufgabe: alle gefiederten Freunde vor Einbruch der Nacht in ein ziemlich stabil gebautes Hühnerhaus zu treiben. Sonst würden die Zibetkatzen und Leoparden und Schakale ... Die Hunde schlafen im Haus, und der kleine Löwe – nebenbei bemerkt, es ist ein Weibchen namens Sheba – wandert allein herum. Wenn Meg hier ist, schläft die Löwin bei ihr. Für mich hat sie nicht allzuviel übrig."

Alec ließ sich in einen gefleckten Kuhhautsessel fallen und streckte die langen Beine dem Feuer entgegen, das Sandy Lang angefacht hatte.

„Ich hab' in meinem Leben eine Menge reicher Leute kennengelernt", sagte Alec. „Aber nach diesen letzten vierzehn Tagen ..." Er schüttelte fast ungläubig den Kopf. „Sie sind der reichste Mann, den ich kenne."

„Bin ganz Ihrer Meinung", erwiderte Sandy Lang fröhlich. „In meiner Domäne wenigstens bin ich Kaiser von allem, was ich beaufsichtige, und es gibt verteufelt viel zu beaufsichtigen, wenn man bedenkt, daß ich meinen eigenen Treibstoff bezahlen muß. He, Molo, *kuja hapa*!"

Der Hausboy trat ein und verschränkte die Arme über dem weißen *kanzu*.

„*Bafu wawile. Bwana Alec kwanza. Maji* verdammt viel *moto*, *sikia?*" Er sah auf seine Armbanduhr.

„Ich glaube, wir nehmen ein Bad, bevor wir essen. Ich hab' Wind von mir in die Nase gekriegt, und der Geruch gefiel mir gar nicht." Er wandte sich wieder an den Diener. „*Na leti chakula saa nane.*" Der Boy verbeugte sich und verließ das Zimmer.

„Das *verdammt viel* und *moto* und *maji* hab' ich verstanden", sagte Alec. „Aber die Zeitangaben werde ich nie lernen. Wann, sagten Sie, würden wir essen?"

„In etwa anderthalb Stunden von jetzt an. *Saa nane* ist zwei Uhr, also acht Stunden nach sechs Uhr morgens. Vergessen Sie's. Eines schönen Tages, wenn der Fiskus die Pfund-, Shilling- und Pencerechnung abgeschafft haben wird, werden wir den Leuten hier das Zählen auf weniger komplizierte Art beibringen. Wir haben immer noch Zeit für einen zweiten Gin, während der Boy Ihr *bafu*-Wasser heiß macht."

Alec setzte sich noch tiefer in seinen Sessel und aalte sich förmlich vor Behagen. Er sah seinem Freund zu, der den bitteren Angostura im Glas wälzte, um ihn gleichmäßig zu verteilen.

„Wissen Sie", meinte er, „dieses Leben hier ist viel zu gut für die Leute, die's angeht." Er winkte zu der Wand voll meist in Leder gebundener Bücher hinüber, deren Seiten gelb und trocken vor Alter waren, ausgenommen ein farbenprächtiges Fach mit modernen Paperbacks. Er deutete mit dem Kinn zum Feuer.

„All die armen, unterdrückten Schwarzen, die ihr Kolonialherren täglich totprügelt. All diese schrecklichen Blumen, die ebensogut auf Zement statt auf Gras wuchern könnten. Der Löwe, der sich mit den Hunden schlafen legt. Schnaps auf dem Büfett, Badewasser bereitet, Essen in Sicht. Nichts zu tun, als die Landschaft zu bewundern und die Pfauen zu zählen, nachdem man die Löwen gezählt hat. Und dafür werden Sie auch noch bezahlt."

„Sagen Sie's nicht weiter", erwiderte Sandy Lang lächelnd. „Seit Jahren hab' ich Angst, daß man entdeckt, womit ich mir meinen Lebensunterhalt verdiene. Man könnte mir den Posten nehmen."

Sie badeten in eisenrostigem Wasser und aßen kaltes Rebhuhn mit Salat. Dann suchte Alec das Bett auf, während sein Freund sein kleines Büro aufsuchte, um sich Amtskorrespondenzen zu widmen. Gegen vier Uhr stand Alec auf und traf Sandy Lang auf dem Rasen an, mit einer Delegation von Wa-Ikoma-Kriegern palavernd – ockerbemalt wie die Massai, auf ihre Speere gestützt, während der Häuptling gestikulierte. Kuhschädel, stinkend und noch teilweise mit verfaultem Fleisch bedeckt, lagen auf einem Haufen.

„Problem mit den Hiesigen", erklärte Sandy Lang. „Viehkiller in der Gegend. Ich glaube natürlich kein einziges verdammtes Wort, verstehen Sie? Sie kriegen jetzt für getötetes Vieh Schadenersatz von der Regierung. Vermutlich töten sie es selbst, essen das Fleisch, bringen mir den Kopf und die Hörner und schieben die ganze Sache auf einen armen, alten *simba*. Gut, gut!" Er sprach jetzt Suaheli mit dem ergrauten Ältesten. „Zeig mir, wo er die letzte Kuh schlug, und wir werden ihm heute nacht auflauern."

Zu Alec gewandt, zuckte er mit den Schultern.

„So ist es fast immer, wenn ich zu Hause bin. Der alte Gauner hat einen Vogel mit seinen ewigen Viehdieben. Ich – oder wir, wenn Sie den Gedanken ertragen können – haben also die Nacht bei einem übelriechenden Kadaver aufzusitzen und einen unglücklichen Löwen abzuknallen. Tun wir's nicht, schlägt der Häuptling beim District Officer Krach, und der D. O. gibt's an die District Constabulary weiter, und wenn's nach Daressalam und Arusha gelangt, kehrt's mit Raketengeschwindigkeit zu mir zurück, mit sechs politischen Schleifen dran."

Er fuhr herum und lächelte den Häuptling an. „*Kwaheri*, hol' deine blutunterlaufenen, kleinen Augen der Teufel", sagte er mit liebenswürdiger Stimme. „Hau ab, und ich hoffe, deine jüngste Frau kriegt von ihrem neuesten Liebhaber den Tripper und steckt dich an."

Der Häuptling lächelte glücklich, verbeugte sich und stelzte wie ein Storch auf weißschorfigen, mageren braunen Beinen davon, sein roter Mantel schwang und enthüllte den halben Körper.

„Wissen Sie", sagte Sandy Lang zu Alec, „ich hab' in Wirklichkeit nicht gemeint, was ich auf englisch sagte. Sie sind ein ganz angenehmes Volk, diese Ikomaburschen, aber sie werden langsam verdorben – werden politisch wie jedermann. In ein paar Jahren wird der alte Junge Hosen und einen Hut tragen, wenn die großmäuligen Geschichten von unseren Freunden in den Keniabergen erst mal bis hierher durchsickern. In der Zwischenzeit, verdammt noch mal, muß ich was schießen, um ihn zu beschwichtigen, sonst geht der Kerl hier und läßt *alle* meine Löwen von seinen Jungs mit Speeren und vergifteten Pfeilen töten."

„Schade, daß wir den armen, alten Jungen mit dem gebrochenen Rückgrat nicht mitgebracht haben", meinte Alec. „Wir hätten's auf ihn schieben können."

„Dann und wann, wenn auch nur selten, mach' sogar ich einen Fehler", sagte Sandy Lang. „Kommen Sie, holen wir die große *fackeli*, und fahren wir zum Schauplatz des Verbrechens."

„Sucherlampe? Das ist gegen das Gesetz."

„Es ist gegen das Gesetz, wenn *Sie* sie benutzen", sagte Sandy Lang. „Es ist nicht gegen das Gesetz, wenn *ich* sie benutze. Wenn Sie glauben, ich mach' mir einen Sport draus, meine Freunde auf den Kopf zu hauen, dann irren Sie sich. Wir legen uns ziemlich komfortabel im Rover auf die Lauer. Der Löwe, wenn's überhaupt einen gibt, kommt dann zu seiner Beute. Wir lassen den Sucher ins Gesicht des armen Biestes blitzen, blenden es und schießen es zwischen die Augen. Dann bringen wir den Kadaver zum Häuptling und fahren heim zu einem – wenn wir Glück haben – Nightcap. Wenn ich's schon tun muß, dann wenigstens vernünftig."

Sie – oder eigentlich Sandy Lang – schossen den Löwen, der sich als Löwin mit zwei fehlenden Eckzähnen und einer verkrüppelten, eitriggeschwollenen Pranke entpuppte. Die Entzündung rührte von den Stacheln eines Stachelschweins her, die schon lange im Fleisch steckten.

Das Tier war alt und, wie Lang sagte, nur noch einen Monat davon entfernt, Menschen anzufallen.

„Wäre ohnehin nicht mehr viel für die alte Dame zum Futtern übrig gewesen", meinte Sandy, die große Sucherlampe auf den Kadaver richtend. „Ich bin erstaunt, daß sie noch imstande war, selbst eine sehr kleine Kuh zu schlagen. Die nächste Etappe wäre der Herdenjunge, und dann kriegten wir wieder politisch Saures vom Stadtvolk. Schade, daß sie kein Männchen war. Sie hätten aus der Mähne eine neue Haube für den alten Mann machen können."

Sie rumpelten über die Ebene in Richtung Heimat, nachdem sie die tote Löwin vor dem Compound des Häuptlings abgeworfen hatten. Der Mond stand hoch am Himmel, und Alec war überrascht, seinen Gastgeber singen zu hören, sehr unrein, aber immerhin.

„Bei Mondlicht muß ich immer bellen", sagte Sandy. „Außerdem freut's mich, daß wir früh nach Hause kommen. Wir werden noch vor Mitternacht im Bett und frisch und schön für die Mem sein, wenn sie morgen eintrudelt."

„Ich sagte Ihnen schon", bemerkte Alec, während sie über die rauhe, von Hufen gezeichnete Ebene ratterten, „daß Ihr Haus mich an meins erinnert – den Landsitz in Jersey. Das halbe Leben verbringe ich mit Versuchen, den Leuten, die zu mir kommen, zu erklären, daß die Dinger, die ich an meine Wand gehängt habe, genau wie die Dinger sind, die wir schossen – alt, unglücklich, nicht mehr fortpflanzungsfähig und im allgemeinen elend. Sonst würden sie keine Trophäe abgeben. Die meisten alten Leutchen brauchen eine Wand, um sich für die Nachwelt zu bewahren, oder sie enden wie der Löwe mit dem gebrochenen Rückgrat oder das arme, alte Mädchen heut nacht."

„Es ist wahr", sagte Sandy. „Ich glaube, ich schieße ein halbes Tausend Tiere pro Jahr im Interesse der Erhaltung. Da ist die Elefantenwanderung, die ganze Strecke von Addis bis Rhodesien runter, und ein paar von den alten, ausgestoßenen Bullen sind immer Schurken, ein paar von den dürren, alten Kühen immer verrückt. Außerdem die Kranken und Lahmen und Hinkenden und Halbblinden, und sie alle wünschen sich den Tod."

„Schade, daß wir für die Menschen keine Wildpfleger haben", meinte Alec. „Aber wer würde schon im eigenen Interesse umgelegt werden wollen?"

„Ich nicht", erwiderte Sandy Lang. „Mir käme nicht der Gedanke, daß jemand mir damit einen großen Gefallen täte."

„Mir auch nicht", meinte Alec. „Hoppla, Bwana Wild! In der *boma* scheint allerhand los zu sein!"

„Probleme, immer Probleme", sagte Sandy Lang.

Schnell fuhren sie dem Schlagbaum zu, und der *askari* sprach aufgeregt in einer fremden Sprache, Wa-Chagga, wie Alec später erfuhr. Sandy fluchte und trat aufs Gaspedal, daß die Räder wirbelten, während der Rover davonsauste.

„Was hat er gesagt? Vor ein paar Minuten waren Sie noch bester Laune." Alecs Frage wurde mit einer Kette von Flüchen beantwortet.

„So wahr mir Gott helfe, ich bring' ihn um, ich reiß' ihn mit meinen eigenen Händen in Stücke!"

„Wen? Weshalb?"

Sandy Lang knirschte mit den Zähnen.

„Warten Sie. Ich möchte zuerst das ganze Ausmaß des Schadens sehen." Er bog mit kreischenden Rädern in seinen Hinterhof ein und sprang hinaus, ohne den Motor abzuschalten. Alec beugte sich hinüber und drehte den Zündschlüssel herum.

Der Oberboy Molo stand an der Tür, diesmal nicht mit verschränkten Armen. Er rang die Hände, und trotz des schwachen Lichts der Acetylenlampe hätte Alec schwören können, daß sein braunes Gesicht sich grünlich verfärbt hatte.

„Wo? Gottverdammt noch mal, wo? *Wapi?*"

„*Nyumba ya kuku.*" Der Junge deutete aufs Hühnerhaus.

„*Ngapi?*"

„*Yote*", erwiderte der Junge, sich duckend, als erwartete er, geschlagen zu werden.

Sandy Lang riß dem Jungen die Laterne aus der Hand.

„Sehen wir uns das Gemetzel an", stieß er zwischen zusammengepreßten Lippen hervor. „Jesus, ich weiß nicht, wie ich Meg gegenübertreten soll, wenn sie zurückkommt. Alle –"

Alec schritt rasch aus, versuchte, mit den Riesenschritten des großen Mannes mitzuhalten. Er zupfte Sandy am Ärmel.

„Hätten Sie was dagegen, mich ins Bild zu setzen, was Sie so in Aufregung versetzt hat?"

„Ja", fuhr Sandy ihn an. „Ich hab' zwar nichts dagegen, aber es wär' mir lieber, wenn ich's nicht müßte. Offenbar hat sich der Hühnerherdenmann betrunken oder zuviel *bhang* geraucht und vergessen, das Tor zum Geflügelhof fest zu schließen. Ein Honigdachs hat die Tür aufgebrochen und die ganze Bande gerissen, sagen die Boys."

Sandy Lang stellte die Laterne neben der Hühnerhaustür ab und musterte die Klauenmale.

„Stimmt genau. Die kleinen Halunken können sich den Weg durch eine Zwei-zu-Vier kratzen. Klauen wie Bären."

Er hob die Laterne wieder auf und leuchtete ins Geflügelhaus hinein.

Es stank nach Blut, Federn und Dung. Alles da drinnen war tot. Keiner der toten Vögel war gefressen worden. Sie lagen in Haufen herum, die Pfauen, die Fasane, die Perlhühner, die Gänse, die zahmen Frankoline, die Enten. Jede Kehle war durchgebissen.

Sandy Lang bedeckte die Augen mit der Hand.

„Kommen Sie", sagte er. „Gehen wir ins Haus, und trinken wir eins auf etwa zehn Jahre vergeblicher Liebesmüh'." Er hielt die Laterne hoch, und Alec sah Tränen in seinen Augen.

„Schauen Sie sich das an, *schauen* Sie. Das gottverdammte Aas macht sich nicht mal die Mühe zu fressen, was es reißt. Tötet bloß aus Spaß und verzieht sich woandershin. Wie die Menschen. Kommen Sie! Ich trau's mir nicht zu, mit dem Geflügelherdenjungen noch heute nacht zu sprechen – ich glaube, ich könnt' ihn glatt totschlagen."

Sandy Langs Hände zitterten, als er einen steifen Scotch in zwei Gläser goß.

„Entschuldigen Sie die Operettenaufführung, Alec", sagte er, jetzt etwas ruhiger. „Es sind nicht die toten Vögel, obgleich es Meg weiß Gott das Herz brechen wird, wenn ich ihr erzähle, daß ihre ganze Arbeit – die ganze *Zeit* – in einer einzigen Nacht ausgelöscht worden ist. Es sind die verfluchten Menschen, die mich wahnsinnig machen. Dieser dämliche *nugu* hat eine einzige Aufgabe, die Vögel einzuschließen, und was tut er? Raucht noch eine Pfeife Hanf oder besäuft sich mit *pombe*, und sein ganzer Lebenszweck ist vergessen."

Sandy Lang warf sich in einen Sessel.

„Sie können's eigentlich nicht verstehen – das Gefühl der Aussichtslosigkeit, das einen befällt, wenn man mit Afrikanern zu tun hat. Ich glaube, niemand außer uns Oldtimers kennt es. Man kann ihnen in nichts trauen, was mit gesundem Menschenverstand zu tun hat. Schikken Sie einen Boy nach Ihrem Hut, und er jagt einen Schmetterling. Das einzige, was der Afrikaner bestens erledigt, ist warten. Ach, zum Teufel ..."

Er klatschte in die Hände. Der Oberboy erschien, immer noch verängstigt.

„*Mambia askari leti* Falle", sagte er. „*Upese!*"

„Das Ding wird zurückkommen", sagte er. „Hat noch nicht genug Blut gesoffen."

„Hören Sie", sagte Alec, nachdem der *askari* mit der Falle gekommen war und seine Instruktionen erhalten hatte, „ist nicht ein bißchen viel Staub um ein paar tote Hühner aufgewirbelt worden?"

„*Achtundfünfzig* tote Hühner, für die ich der Memsaab Rechenschaft ablegen muß." Sandy knirschte wieder mit den Zähnen.

„Nun, ich brauche einen kleinen Nachhilfeunterricht in Naturwissenschaft. Was, zum Teufel, ist eigentlich ein Honigdachs?"

„Genaugenommen, wird er *ratel* genannt. Eine große Wieselspezies.

Kommt in Afrika und Indien vor. Ist scharf auf Honig – und jede Art Geflügel. Er ist nicht sehr groß – etwa von derselben Größe, würde ich sagen, wie Ihre amerikanischen Vielfraße. Dieselben typischen Merkmale – lange Klauen, scharfe Zähne, zähe Haut. Und tapfer, meine Fresse, verdammt tapfer. Ein kaltblütiger Killer aus Sport." Dann sagte Sandy Lang mit gebleckten Zähnen: „Wie Sie und ich. Nur, daß er noch tapferer ist."

„Was macht ihn so tapfer?"

„Ich weiß es nicht. Unter den Eingeborenen gibt's eine Geschichte, nach der seine Haut so zäh sein soll, daß ihn, wenn er einen Bienenstock angreift, nichts stechen kann außer im Arschloch. Sie sagen, er habe eine besondere Gärung im Darm, die ihm einen so tödlichen Furz erlaubt, daß er den Bienenstock rückwärts angehen und die Bienen mit seinem Wind betäuben kann. Darüber weiß ich nicht Bescheid; alles, was ich weiß, ist, daß er ein Bienenvolk, das einen Löwen zu Tode stechen würde, vernichten kann und es auch tut."

„Hört sich an, als wär's ein verdammtes Biest für so einen kleinen Burschen. Was noch?"

„Wenn man sein Gewicht berücksichtigt, ist es wahrscheinlich das stärkste, bösartigste Tier der Welt. Und es unterscheidet sich in seiner Angriffsmethode von den meisten Tieren. Wenn der Durchschnittsfleischfresser in die Enge getrieben wird und um sein Leben kämpft, geht er auf die Kehle los. Nicht der kleine Honigdachs. Der zielt direkt auf Ihre Hoden. Aus diesem Grunde haben die Wogs eine Mordsangst vor ihm. Sie haben ohnehin ein überentwickeltes Hodenbewußtsein."

„Hört sich an, als ob's ein Scheusal von einem Vieh wäre, Ihr Honigdachs. Erinnert mich an ein paar Leute, die ich kannte", sagte Alec. „Noch was?"

„Sehr wenig. Ich hätte gar nicht so viel gegen das, was der kleine Halunke tut. Selbst das Risiko einer möglichen Kastrierung würde ich in Kauf nehmen, wenn er tötete, um zu fressen. Aber er tötet zum Vergnügen und kastriert aus reiner Bosheit."

„Bei Eichhörnchen in Amerika hab' ich's auch beobachtet", sagte Alec. „Ein Eichkater folgt eindeutig der Kastrierungstechnik. Ich glaube, die Wiesel und Eichhörnchen – und vielleicht die heutige amerikanische Frau – haben was Gemeinsames. Meine Mutter hat da großartige Arbeit bei meinem Alten Herrn geleistet – und vor ihr ihre Mutter bei meinem Großvater."

„Darüber weiß ich nicht Bescheid", sagte Sandy Lang. „Aber eins weiß ich bestimmt." Er ging zum Kamin hinüber und zog einen knotigen, keulenartigen Stock aus einer alten messingnen deutschen Sechszoll-Granathülse.

„Ich werde nicht auf seine *Hoden* losgehen, wenn ich ihn in der Falle fange", sagte Sandy Lang. „Ich werde ihm das Hirn mit diesem *rungu* zu

Brei schlagen. Es wird zwar eine dürftige Genugtuung für den Ausdruck auf Meggies Gesicht sein, wenn sie morgen die Nachricht hört, aber besser eine winzige Rache als keine. Wenigstens werde *ich* mich besser fühlen."

Er legte den *Knob-Kerrie* neben seinen Sessel.

„Sie können schlafen gehen, wenn Sie wollen, Alec", sagte er. „Ich bleibe auf, bis ich die Falle zuschnappen und ein bestimmtes Knurren von dem, der drinsteckt, höre. Wenn Sie aber an der Wut eines gefangenen wilden Tiers interessiert sind, schlage ich vor, daß Sie mit mir aufbleiben."

„Werde ich", erwiderte Alec. „Das kann ich Ihnen versichern. Es kommt heutzutage selten vor, daß man einen Schurken fangen und ihm persönlich das Hirn zu Brei schlagen kann."

89

Es brauchte nicht erst an die Tür geklopft zu werden, um ihnen anzuzeigen, daß die Falle zugeschnappt war. Die Hunde hatten auf das Knurren, das aus dem Hühnerverschlag drang, angeschlagen. Nachdem die Tür aufgerissen war, um die Nacht hereinzulassen, war der zischende Haß deutlich aus dem Geflügelhof zu hören. Sandy Lang griff nach seinem *rungu*, einem dicken Schlehdornknüppel, der schon von einem Vorfahren aus der Steinzeit getragen worden sein konnte.

„Unser kleiner Freund ist zurückgekehrt", sagte er. „Und nach den Geräuschen zu schließen, ist er von seiner augenblicklichen Lage nicht entzückt. Würden Sie sich eine Schrotflinte aus dem Gewehrschrank nehmen, Alec? Es könnte ihm gelingen, eine Pfote aus der Falle frei zu beißen, und ich möchte nicht, daß er sich mir in die Leistengegend gräbt."

Alec nahm eine Flinte, prüfte die Läufe und sah den Flintenbesitzer fragend an.

„Heben Sie diese Dinger immer mit grobem Schrot geladen auf?"

„Jawohl. Ich kann mir bei einem plötzlichen Nachtalarm nichts Nutzloseres vorstellen als eine ungeladene Flinte. Und zu allem, was man nachts schießen muß, braucht man Schrot."

Sie gingen über den Hof und zum Geflügelverschlag nach hinten, von dem das wimmernde, knurrende, zischende Geräuschgemisch von Haß und Schmerz lauter herüberklang.

Es war erstaunlich, daß ein so kleines Tier – es konnte unmöglich mehr als vierzig Pfund wiegen – solche Wut entfalten konnte. Die Augen glühten vor Haß. Als die Männer sich näherten, sprang der stämmige Körper sie knurrend an und riß die schwere Falle, so weit die Kette reichte, mit.

„Tapferes, kleines Biest, wie ich schon sagte", bemerkte Sandy Lang. Er packte seine Keule und schritt auf das Tier zu.

„Tut mir leid", sagte er, plötzlich stehenbleibend. „Ich glaube, ich bin doch noch kein richtiger Afrikaner." Er reichte Alec die Keule. „Geben Sie mir die Flinte."

Das kleine lohfarben-graue Biest mit dem schwarzfleckigen Rücken sprang erneut, die Bärenklauen gekrümmt, die nadelscharfen Zähne gebleckt. Es sprang so weit, wie die Kette der Falle reichte, drehte sich, um wild an seinen fest in der eisernen Klammer steckenden Füßen zu nagen. Die Falle hätte für einen Leoparden genügt. Wieder wütend über den Anblick und Geruch von Menschen, machte es einen blinden Satz in Richtung auf Sandy Langs Leistengegend. Doch die Kette riß es zurück.

Sandy Langs Schuß mit der Schrotflinte riß dem Tier den Kopf ab.

„Ich nehme an, es handelte nur nach seinem beschränkten Verstand", sagte er, und ein leises Lächeln glitt im Lampenlicht über seine Lippen. „Den Verbrecher treibt's zum Ort seiner Untat zurück, und alle Welt hat unrecht außer ihm. Da", sagte er zum Hausboy, die Flinte hinhaltend. „*Chukuwa.*" Er berührte das Tier mit dem Fuß.

„*Kufa.* Tot. Erledigt. Und morgen nacht oder in irgendeiner anderen Nacht, wenn wir die Tür wieder unverschlossen lassen, wird sein Bruder oder sein Vetter kommen, um uns daran zu erinnern, daß man in diesem gottverfluchten Land nichts wirklich und dauernd schützen kann."

Sie gingen zum Haus zurück.

„Wissen Sie", sagte Alec Barr, „es freut mich wirklich, daß Sie's nicht mit der Keule erschlagen haben, weil es die Sünde beging, nach seinem beschränkten Verstand zu handeln."

„Mit zunehmendem Alter werde ich weich", entgegnete Sandy Lang. „Wirklich zornig werde ich nur, wenn ich's mit Menschen zu tun habe. Ich hätte lieber den Mann erschossen, der die Tür offenließ."

„Eins noch", sagte Alec Barr, als sie ins Haus traten. „Würde es viel Umstände machen, wenn Sie mich von einem Ihrer Boys morgen früh nach Arusha fahren ließen, bevor Mrs. Lang zurückkommt? Ich müßte auf jeden Fall in ein oder zwei Tagen verschwinden, und irgendwie passe ich nicht recht in einen Familienkrach."

„Sie sind ein Mann von seltenem Verständnis", erwiderte Sandy Lang. „Wenn's keinen Gast im Haus gibt, gibt's auch kein ewiges Übelnehmen. Sie wird bloß heulen und wieder mal alles auf mich schieben. Kommen Sie jederzeit wieder, Alec. Sie haben ein Heim in unserem Land, bis die Politiker alles vermurksen."

„Ich werd's brauchen", sagte Alec Barr. „Ich fahre zu einigen Honigdachsen eigener Provenienz zurück."

90

Alec stand auf und reckte sich. Er unterdrückte ein Gähnen.

„Jesus, ich rede zuviel, oder vielleicht hören Sie zu gut zu. Aber die ganze Sache hängt irgendwie mit Ben zusammen. Mit Ben, mit dem alten Löwen, den ich ins Ohr schoß, mit der Frage, warum ich von Zeit zu Zeit eine Tendenz zur Mutlosigkeit entwickle. Sie wollten was über Afrika hören. Ich glaube, Sie bereuen Ihren Wissensdrang bereits."

„Seien Sie nicht so schrecklich dumm", sagte Jill. „Ich war fasziniert, und Sie wissen das ganz genau. Sie haben noch nicht über den alten Löwen oder den Honigdachs geschrieben? Sie haben es noch niemand erzählt, wie Sie's mir erzählt haben?"

Alec schüttelte den Kopf.

„Wahrscheinlich war ich ein bißchen – nun, vielleicht schüchtern. Vielleicht wollte ich's für mich behalten. Ben hätte ich's wahrscheinlich nicht erzählt, weil er der Clown war, der gescheite Bursche, der halbernste Spaßvogel, der sich nicht eingestehen wollte, daß er alt wurde, bereit für den Schnitter Tod." Er sah auf seine Armbanduhr. „Es war ein wunderbarer Abend, aber ehrlich, ich muß jetzt verschwinden und Ihnen Ruhe gönnen. Wenn ich erst mal in Fahrt komme –" Hilflos gestikulierte er. „Es ist so verdammt selten, daß mir jemand zuhört. Ich wollte es diesem Kind erzählen – der Tochter einer Freundin von mir, von der ich sprach, und sie war damals etwa zwanzig. Aber schließlich hab' ich mich anders besonnen. Mit zwanzig hat man keinen Sinn für das pathetische Greisenalter."

„Ich glaube, Sie haben recht. Man muß im mittleren Alter stehen, um das Endgültige zu akzeptieren. Und jetzt noch einen Nightcap auf unsern lieben Ben. Wie eigentlich und warum? Sie haben mich mit Ihrer faszinierenden afrikanischen Ablenkung nicht hinters Licht geführt, wissen Sie." Sie goß einen Schluck Brandy in sein Glas.

„Ich weiß. Es war ziemlich einfach. Ben war ein flotter Bursche – flott mit dem Kopf, flott mit den Händen und noch flotter mit dem Scheckbuch. Er war wie die besseren Stierkämpfer, die er liebte. Direkter Stoß über die Hörner in den Nacken, aufs Beste hoffend. So war's auch mit seinem Krebs. Ich schätze, er hätte es noch ein paar Jahre rauszögern können, wenn er gewollt hätte." Alec schwenkte seinen Brandy herum. „Ich hab' ihn im Krankenhaus besucht. Es war entsetzlich. Ein paar Wochen vorher waren wir in Madrid gewesen und hatten eine großartige Fiesta zusammen erlebt. Der Mann Ben Lea, den ich kannte, war nicht mehr. Übrig blieb nur ein fremdes Gesicht. Er wandte sich mir zu und sagte – stört Sie das sehr, Jill?"

„Nicht in meinem Alter und zu dieser Stunde. Ich habe einige eigene Erfahrungen dieser Art hinter mir. Was sagte er?"

„Ben sagte: ‚Man sagt mir, ich kann nicht mehr trinken, nicht mehr rauchen, nicht mehr pimpern, und ich pinkle in eine Flasche statt in die Toilette. Es ist besser, tot zu sein, als so zu vegetieren, behelfsmäßig von der Wissenschaft am Leben erhalten. Also werde ich sterben. Ich hab' den Ärzten gesagt, sie sollen operieren. Wiedersehen, Kamerad. Dafür muß man mir beide Ohren und den Schwanz zuerkennen.'"

Alec zuckte die Schultern.

„Das war alles. Man hat ihn zerschnippelt, und er starb mit dem Gesicht zur Wand. Ben versuchte nicht, seinen Tod hinauszuzögern. Er kannte sich mit den Stieren, die Matadore töten, aus. Da geht's vom Ring direkt ins Schlachthaus."

„Ich kann nicht um ihn weinen", sagte Jill. „Als ich ihn kennenlernte, sagte er mal zu mir: ‚Ich bin kein Mann, der sich aufdrängt, wenn er unerwünscht ist.' Prost auf unsern Kameraden." Sie hob das Glas.

„Ich bin auch ein Mann, der weiß, wenn er nicht erwünscht ist", entgegnete Alec, sich erhebend. „Vielleicht ist die Wahl des Wortes falsch. Ich verzieh' mich jetzt in die liebe, alte Kneipe. Frage: Meine Zeit ist knapp. Wieviel von der Ihren gehört mir?"

„Ich stehe ziemlich früh auf", sagte sie. „Heute abend bin ich todmüde. Wir älteren Damen brauchen unseren Schönheitsschlaf, oder wir kriegen Falten und sehen schrecklich aus."

Alec nickte, und sein Gesicht wurde um einen Zoll länger. „Ich hab' mir Ihren Kaminsims angesehen. Ich weiß, daß Sie um Weihnachten herum mit Einladungen völlig eingedeckt sind."

„Ich bin eingedeckt. Ich bin immer mit Einladungen eingedeckt. Jedermann gibt Gesellschaften für dieselben Leute, die auf ihre eigenen Gesellschaften gehen. Es sind ein paar nette drunter ... Wie lange werden Sie vermutlich hier sein?"

„Ich hatte es mir eigentlich nicht überlegt, hatte nicht damit gerechnet, Sie vorzufinden. Dachte nur, daß Sie besetzt sein würden, ehelich oder sonstwie, und ..."

„Und nachdem ich's nun nicht bin?"

„Würde ich selbstsüchtigerweise jeden Augenblick Ihrer Zeit in Anspruch nehmen wollen."

Jill Richard warf Alec einen kühlen Blick zu. Bewußt hob sie die Hand und schlug gegen den stattlichen Haufen Einladungskarten. Das ganze Bataillon des prunkvoll uniformierten gesellschaftlichen Kriegsvolkes geriet ins Wanken, wurde vom Terrain des Simses gefegt und flatterte nutzlos zu Boden, ohne einen Schuß abgegeben zu haben.

Und das schließt den lieben, verfluchten Miles und seine Tragödie ein, dachte Alec.

91

Alec Barr pfiff eine lustige Melodie, während er sich anzog. Die ganze Kavalkade von Einladungskarten auf den Boden zu fegen war eine wunderbare Geste gewesen. Natürlich mußte es Männer – Liebhaber, möglicherweise einen ernsthaften Geliebten – in ihrem Leben während der letzten sechs Jahre gegeben haben. Aber diese anonymen Rivalen machten ihm keinerlei Sorgen. Man wurde nicht Mitte Vierzig ohne eine Reihe glücklicher und unglücklicher – wie nannten es die Spanier? – *accidentes del trafico de la corazon.* Darüber hatte er ein Buch geschrieben.

Er zog sich für England-bei-Tag (oder Alec Barr für das alte Ritz-Carlton) an: grauer Flanell, braune Wildlederhalbschuhe und einen schmucken blauen Trilby. Am Informations- und Zeitungsstand entdeckte er eine Ausgabe seines neuesten Buchs, während er auf die Blumenverkäuferin wartete, um ihren Vorrat an Treibhausrosen zu plündern. Jill hatte zwar gesagt, sie habe es gelesen, aber er hatte es nicht in ihren Bücherregalen gesehen. Er beschloß, ganz amerikanisch zu verfahren, und kaufte, da der konzessionierte Lebensmittelstand gerade aufgemacht hatte, eine große Flasche Mumm Extra. Dann kam ihm noch ein Gedanke:

„Halten Sie bei Fortnum“, sagte er zum Taxifahrer. „Ich brauche nur eine Minute.“

„Lassen Sie sich Zeit“, erwiderte der Fahrer. „'s Geschäft ist mäßig, Chef.“

Bei Fortnum kaufte Alec eine mit breiten roten Schleifen geschmückte Fünfpfund-Pralinenschachtel und einen Haufen Dosen Kaviar.

„Weihnachten war letzte Woche“, sagte der Fahrer, als er den Armvoll Geschenke sah.

Alec lachte.

„Ich hab's überflogen“, sagte er. „Sankt Nikolaus hat mich übergangen. Fahren Sie weiter, Kamerad, zum Chester Square.“

Alec summte vor sich hin. Jetzt war es *Jingle Bells*.

Der Fahrer blickte durch sein Schiebefenster nach hinten.

„Ich dacht', wir seien uns einig, daß Weihnachten vorbei is', Chef“, sagte er. „Kein gottverdammter Schnee, bloß dieser beschissene Matsch.“

„Für Sie ist es vielleicht Matsch, Kamerad“, sagte Alec. „Für mich fahren Sie einen offenen Einspänner durch eine Schneelandschaft. Fahren Sie schnell zu Omas Farm.“

Der Chauffeur schüttelte den Kopf. Sein Fahrgast sah englisch aus, war englisch angezogen, und sein Akzent klang fast englisch, aber er mußte ein verdammter Yankee sein. Der Bursche sang jetzt was. Für ihn, sang er, regne es keinen verdammten Regen, für ihn regne es verdammte Veilchen. Alle Yanks waren plemplem. Kein Wunder, daß sie alle so verdammt reich waren.

Alec sah zum Fenster hinaus. Die Rinnsteine waren voll Matsch, die Trottoire waren mit gefährlichem Glatteis, die Straßen wie Bauernhöfe mit den lehmfarbigen Resten festlicher Weihnachtsschneefälle bedeckt. Der Himmel war düster verhangen und so trübe grau wie sein Anzug. Die Dächer der Gebäude hatten noch ihre lustigen Schneehauben, aber tropfende Eiszapfen zeigten wie lange, schmutzige Finger von Dachrinnen abwärts, auf denen die Tauben mit geplustertem Gefieder herumtrippelten, um sich warm zu halten.

„Halten Sie das Pferd an“, sagte Alec. „Hier ist Omas Farm, das Haus da. Was zeigt die Uhr an? Ich kann's wegen der Blumen nicht sehen.“

„Vierzehn Eier, mit Warten“, sagte der Fahrer.

Alec schob eine Fünfpfundnote durchs Fenster.

„Laden Sie mir die Pakete auf, und behalten Sie das Wechselgeld“, sagte er.

„Aber Sie haben mir einen verdammten Fünfer gegeben“, sagte der Fahrer.

„Ich wünschte, es wäre der Einsatz für einen großen Fußballtotogewinn“, sagte Alec, die Bündel hoch in den Armen aufgetürmt. „Ich wünsche Ihnen einen guten Morgen, Cupido. Es sei denn, Sie hätten Lust, vielleicht noch ein paar Minuten zu warten?“

„Für einen Fünfer wart' ich noch 'n paar Stunden länger, Chef. Lassen Sie sich ruhig Zeit.“

Der Fahrer stand im Matsch, wartete, daß die Tür sich auf Alecs Läuten öffnete. Er sah eine rothaarige Frau in einem samtgrünen Hausmantel Alec mit strahlendem Lächeln begrüßen.

„Oho“, sagte der Fahrer, in seine Kutsche zurücksteigend. „Der is' ja gar nich' plemplem. Der arme Bursche is' verliebt. Der is' ja verdammt verrückt, bei sein' Alter.“

„Was, um Himmels willen, ist denn das alles?“ fragte Jill. „Und du kommst sehr früh. Ich bin noch gar nicht angezogen. Komm, laß dir helfen.“

„Nimm die Blumen, ich kümmere mich ums andere. *Was das alles ist?* Ich werde dir sagen, was es alles ist. Der junge Barr kommt, dir in bester, jugendlicher Form den Hof zu machen. Wenn du einen Zaun hättest, würde ich mit all dem Zeugs drauf balancieren.“

„Du bist verrückt. Pralinen. Kaviar. Blumen. Ein Buch. *Champagner.* O Alec, du bist wirklich ein Idiot.“

„Wie Charlie MacArthur einmal zu Helen Hayes sagte, als er ihr eine Tüte Erdnüsse anbot: ‚Ich wünschte bloß, es wären Smaragde.‘“ Er drückte ihr einen schmatzenden Kuß auf die Wange. „Laß mich dir helfen, den ganzen Krempel zu verstauen, und dann beeil dich und zieh dich an. Ich beabsichtige, dich mit feinen Fleischspeisen in einer gegen die bittere Kälte geschützten Höhle zu traktieren, und draußen wartet eine Einspännerkutsche.“

„Du scheinst heute schon ziemlich früh einen getrunken zu haben“, meinte Jill.

„Hab' ich, aber keinen Alkohol. So. Jetzt hol mir eine große Vase, damit ich die Blumen reinstellen kann. Dann gehst du dich anziehen. Du kannst sie später richtig arrangieren, wenn du zurückkommst.“

„Ja, Milord.“ Sie reichte ihm eine große Vase und küßte ihn flüchtig auf die Lippen.

„Hmmm“, sagte sie. „Tatsächlich kein Alkohol. Kokain?“

„Viel stärker. Ich bin gekommen, dich einzukassieren, wie ich's schon vor sechs Jahren wollte.“

„Ich glaub's dir“, sagte sie und ging in die Diele. Alec sah ihr nach, wie sie die Treppe hinaufschritt, bemerkte ihre gutgeformten Schultern, dieselbe süße, schmale Taille, die hübschen, sich unter dem Schwung des grünen Samtes fest abzeichnenden Hüften.

Er kehrte in den Salon zurück und warf einen Blick auf den fast leeren Sims des Adam-Kamins.

Nur eine Karte, eine quadratische weiße mit übergroßen Buchstaben, schmückte den Sims, der gestern noch von goldumrandeten Einladungen gestrotzt hatte.

Auf der Karte stand schlicht: „A. BARR – SOLANGE ER HIER IST.“

Alec lächelte und ging zum Tisch, auf den er das Buch gelegt hatte. Er nahm seinen Kugelschreiber heraus und schrieb: „Einkassierungstag sechs Jahre überfällig, aber das Warten lohnte sich, obschon es viel zu lange gedauert hat.“ Er unterschrieb mit „S. S. Barr“.

Sie kam schnell herunter, hinreißend in einem grünen Wollkleid mit kremfarbenem Jabot. Das rote Haar lebte förmlich.

„Du siehst entzückend aus“, sagte er, ihr beide Hände entgegenstrekkend, als sie den Fuß der Treppe erreichte. „Ich sah die Karte auf dem Kamin. Vielen Dank. Und ich hab' dir eine Widmung ins Buch geschrieben."

„Oh, laß mich sehen." Sie lief zum Tisch hinüber.

„Den ersten Teil verstehe ich. Aber was bedeuten die Initialen? Bestimmt nicht Alexander."

„Sie bedeuten ‚September Song'", sagte Alec. „Vielleicht kennst du ihn. War mal sehr beliebt."

„Ich hab' ihn oft gehört", sagte sie und kam schnell in seine Arme. „Ich liebe ihn. Glaubst du, das Taxi könnte noch eine Minute warten? Mein Lippenstift geht nämlich schwer ab."

„Das Taxi kann noch ein Jahr warten", sagte Alec Barr.

92

Die Versuchung war groß gewesen, den Taxichauffeur ein Jahr warten zu lassen, aber Alec empfand immer noch eine seltsame Schüchternheit. Er kam sich wie ein Kind vor, das mit anderen Kindern ausprobierte, wer mit seinem Bonbon oder seiner Limonade am längsten reichte. Es war nicht fair, bloß fünf Cent Taschengeld zum Ausgeben zu haben und dann den Lollipop zu verdrücken oder die Limonade einfach runterzustürzen. Nach einem Augenblick schob er Jill sanft von sich.

„Die Juden haben eine Redensart, die mir gefällt", sagte er. ‚„Iß zuerst und dann rede.' Ich kam, um dich zum Lunch abzuholen, und zum Lunch gehen wir. Die einzige Schwierigkeit ist, daß ich mich in den gemütlicheren Lokalen nicht auskenne, weil ich mich seit dem Krieg immer nur kurz in London aufgehalten habe. Mein *chef de cuisine* servierte mir in der Mirabelle gestern ein sehr gutes Essen, aber besonders gemütlich würde ich's da nicht nennen. Dasselbe gilt für Les A. Ich würde jeden kennen, und alle wären aus New York oder Hollywood. Vorschläge?"

„In der Curzon Street ist ein Privatklub, der dir, glaube ich, gefiele. Samtvorhänge, dunkel getäfelt und irgendwie schlupfwinklig. Wie euer Laurent. Es wird mitten in den Weihnachtsfeiertagen kaum voll sein. Und auf jeden Fall liebt Victor mich. Er wird uns bestimmt nicht in die Mitte setzen. Wir werden die ruhigste Ecke bekommen."

Alec verspürte ein winziges Eifersuchtsgefühl bei der Andeutung, daß Victor, der, wie er annahm, der Chefkellner war, Jill gut genug kannte, um sie zu lieben, und die Erfahrung besaß, sie in ruhigste Ecken zu führen. Aber natürlich, das Bataillon von Einladungskarten, das er so schamlos ausspioniert hatte, sagte ihm, daß die Dame in der Stadt herumkam, und welcher Chefkellner – oder wer immer – konnte es über sich bringen, die stupsnasige, sommersprossige Maid mit dem Harlekinslächeln nicht zu lieben?

Jeder, vom Türsteher bis zum Chefkellner Victor, begrüßte Jill mit freundlicher Achtung und sehr höflicher Vertraulichkeit. Er kam sich genauso vor wie vermutlich Penny, als er sich im „21" vor ihr zur Schau gestellt hatte, denn Jill wurde genauso behandelt wie damals er. Mr. Victor bestand darauf, ihnen einen Drink an der Bar zu spendieren, und meldete ein paar Minuten später:

„Ihr Tisch ist jetzt gerichtet, Mr. Barr", und Alec hätte schwören mögen, daß Mr. Victor sich auf die Zunge biß, um nicht zu sagen: „Ihr Tisch ist jetzt gerichtet, Mrs. Richard", und daß er wahrscheinlich ein paar weniger bekannte Gäste von ihm verjagt hatte.

93

Es fing schon an zu dunkeln, die düstere Winterdämmerung brach an, als sie im Haus am Chester Square ankamen. Jill knipste die Lichter an und zog die Vorhänge zu. Sie nickte zum Kamin hin, der kunstgerecht für ein Feuer hergerichtet worden war.

„Mrs. Thing war da, hat aufgeräumt und ist schon wieder fort, wie ich sehe", sagte sie. „Sei nett und zieh dir den Mantel aus. Zünd das Feuer an, und such dir ein paar Platten heraus, während ich die armen schönen Rosen aus ihrem häßlichen Krug berge. Die Platten sind in der Kommode dort. Der Plattenspieler ist einer der simpleren. Kennst du dich damit aus?"

„Ich glaube, ja."

Jill ging in die Diele und drehte sich am Fuß der Treppe noch einmal um.

„Es ist heute wirklich scheußlich draußen. Hättest du sehr viel dagegen, wieder mit dem vorliebzunehmen, was ich da habe? Vielleicht einfach Rührei und möglicherweise einen Klecks von deinem Weihnachtskaviar? Ich stelle den Champagner jetzt kalt."

„Mit dem größten Vergnügen. Ich kann mir nichts Netteres vorstellen, als heute keine fremden Leute mehr sehen zu müssen. Sie machen mich nervös. Vielleicht hast du's beim Lunch bemerkt. Wenn ich an die faden Unterhaltungen denke, bis wir beide kurzerhand aufbrachen und allerseits in Ungnade fielen ..."

„Denk nicht mehr dran. Ich wünschte, ich hätte ein Paar Pantoffeln für dich, aber leider hab' ich keine. Ich habe aber nichts dagegen, wenn du in Strümpfen rumlaufen willst. Was mich betrifft, beabsichtige ich, mir meinen Mädchenpanzer sofort auszuziehen und in Hosen zu steigen, bevor ich mich um die Blumen kümmere. Tu, als wärst du zu Hause. Feuer, bitte. Musik, bitte." Und sie verschwand.

Alec zog sich das Jackett aus und pries sich glücklich, daß die Männer in Amerika heutzutage meist einen Gürtel statt Hosenträger trugen. Er beugte sich hinunter, um das Feuer im Kamin anzuzünden, und dachte: *Himmel, ich hab' einen Mordsschiß. Ich komm' mir vor wie ein verdammter Ehemann in der Hochzeitsnacht.* Es ist alles so leicht, wenn's spätnachts und trunken-spontan vor sich geht, und man sinkt einfach in die Arme des andern und fällt automatisch mit ihm ins Bett. Dann macht man sich keine Gedanken, ob's klappt oder nicht, und im allgemeinen klappt's. Ich frage mich, ob die Frauen sich tatsächlich klarmachen, daß die Last des Beweises beim Manne liegt und in welchen Ängsten der arme Kerl schwebt, daß er beim erstenmal versagen könnte und beim zweitenmal nicht genug Kraft aufbringt, den Fehlschlag wettzumachen.

Das Feuer flammte auf und brannte schön. Alec knipste die größeren Lichter aus und drehte ein paar Lampen an. Das gedämpfte, weiche Licht gab ihm etwas mehr Mut.

Es ist da, und ich weiß, daß es da ist, dachte er. Aber, verdammt noch mal, ich weiß nicht, wie ich's anfangen soll. Ich kann sie doch nicht einfach packen oder rundheraus erklären, es wäre doch eine feine Art, einen Winternachmittag totzuschlagen, wenn sie sich die Kleider runterrisse und mich ins Heu führte. Es muß schon stimmen, dachte er, daß zum Verführen die Nacht gehört, wenn man voll Schnaps und Essen und Musik und Hochstimmung ist, wenn's spät und dunkel ist und man sofort ja sagt, wenn sie einen noch zu einem Nightcap raufbittet. Aber jetzt ist es knapp vier Uhr eines ausgehenden Tages, und jeder ist so nüchtern wie zehn Richter, und wir haben nicht viel zum Lunch gegessen, bloß lustlos auf dem Teller rumgestochert, während wir uns mit einem Haufen Gemeinplätzen gegenseitig auf den Zahn fühlten.

Musik. Des schüchternen Verführers Freund. Die passende Hilfe für den Geschlechtsverkehr. Rührt ihre sanften Ganglien an. Hal Kemp und Ray Noble und Glen Gray und Geißblatt auf den Knutschveranden der Verbindungshäuser. *The Very Thought of You. Talk of the Town. Heart of Stone.* Was man wohl in England gespielt hat, als Jill auftauchte? Bestimmt Noble. Al Bowlly, sei mein Freund. Ruf mir ein vergessenes Prickeln wach. Sinatra, hilf mir. Wo bist du, Kenny Sargent? Und, o Gott, Kern und Gershwin und Mercer und Arlen, Burke und Van Heusen, Matt Dennis und Sammy Cahn, Weill und Loesser, seid heute abend meine Kameraden. Wie in dem Song von Loesser aus *Guys and Dolls*.

Er ging den Schallplattenordner durch. Gott sei Dank, ihr Geschmack war vorurteilslos. Es gab eine Menge klassische und halbklassische Sachen, aber auch ein paar Lenas und Ellas und Franks und Louis' und Sarahs und Pearls. Offenbar liebte sie Klaviermusik, von Debussy abgesehen, denn hier waren Bushkin und Sutton und Short und Tatum und Garner. Spiel, Sam, wie Bogey in „Casablanca" sagte.

Versuch Sinatra, den alten König des Heimwehs. *Eeny, meeny, miny mo*. Die da. *Luck be a lady tonight*. Alec lächelte. Er kam sich wie ein Achtzehnjähriger vor, erhoffte sich das Schönste von seiner ersten Verabredung und fürchtete das Zerreißen einer Stimmung. Weil sie sich wirklich gut verstanden. Sie hörte sich seine Elefantengeschichten an, und sie lachten gemeinsam über die Schüchternheit, die aus dem Lunchgespräch die Travestie einer Reiseschilderung machte. Aber man konnte nicht ewig nach einer Zoologiediät leben.

Das da. Sinatra. Was für eine Sammlung zum blinden Zugreifen! Die immergrünen Schnulzen. *When the World Was Young. I'll Remember April. September Song*. Das beste von allen! Und *A Million Dreams Ago* und *I'll See You Again* und *There Will Never Be Another You* und *Somewhere Along the Way* und *These Foolish Things* und *As Time Goes By* (spiele, Sam) und *I'll Be Seeing You* und *Memories of You*.

Barr, du unglaublicher Bursche. Du und dein *September Song* als Widmung im Buch. Dank dir, Frank Sinatra. Dank euch, ihr Langspielplatten. Und dank euch, dank euch, dank euch, ihr wundervollen Komponisten, die ihr mit euren Fingern die kleinen, alten Melodien aufgeschrieben habt. Gott segne ASCAP.

Alec drehte an den verschiedenen Knöpfen. „Ich werde mit dem guten, alten *When the World Was Young* anfangen und hoffe, sie kann's in der Küche hören oder wo immer sie ist, und vielleicht wird sie das mit den Blumen zusammen becircen", murmelte er und drehte bei Axel Stordahl die Lautstärke auf. Die zarte Musik rührte an seinen Lieblingsnerv, wie die alten Melodien immer, und er setzte sich und starrte glücklich brütend ins Feuer. Das Brüten verlangte nach einem Drink, und er ging zum Whiskytablett hinüber. Eis, wie er bemerkte, war frisch in den Kupferkübel gefüllt worden, ein ungewöhnliches Ereignis in einem englischen Haus. Mrs. Thing war offenbar gut gezogen.

Sie war bei Gott ein wundervolles Mädchen; Kriegsveteranin, erfahren im Bett, doch nicht abgenutzt, und *simpática* in jeder nur denkbaren Hinsicht. Sie schien sich wirklich ehrlich für ihn zu interessieren, keine Anzeichen möglicher Eifersucht und eine intuitive Kenntnis seiner Eheverhältnisse und Verständnis dafür. Bis jetzt war Amelia noch nicht zum Gesprächsthema zwischen ihnen geworden, aber wie sie einfach seine Gegenwart akzeptierte, ließ vermuten, daß sie verdammt gut wußte, daß er und Amelia lediglich formelle Partner in einem öden ehelichen Tanz waren.

World war zu Ende, Frankies schöne Glissandi waren ganz groß, und jetzt fing *I'll Remember April* an. Alec stand auf und drehte die Lautstärke etwas auf. Da lief einem auch eine richtige Gänsehaut über den Rücken, wenn man alt genug war. Und sie war alt genug. Ihr brauchte man nichts zu erklären, wie etwa Depressionen und Kriege.

Alec seufzte. Diese moderne Generation, dachte er und war schokkiert, daß er damit nicht mehr seine eigene Altersgruppe meinte. Er wußte nicht, hatte keine Ahnung, was die dachten oder fühlten oder taten. Die Armut hatten sie nicht gekannt, nicht den Krieg, nicht echte Angst. Sie beteten Geschwindigkeiten an, Oldtimerautos mit hochgezüchtetem Motor und Motorräder, zogen sich schlampig an, verdarben sich die Augen am Fernseher, verlobten sich mit zwölf und heirateten mit vierzehn, hörten nasale Jazzmusik, die eine Viehherde in die Flucht jagen würde, und schienen unfähig zu sein, zusammenhängend zu lesen oder zu sprechen. Die junge Penny – *junge* Penny, daß ich nicht lache – war eine angenehme Ausnahme gewesen, aber die junge Penny war jetzt alt genug, um im College gewesen, verheiratet und geschieden zu sein, und die junge Penny war von einer klugen Mutter erzogen worden. *Das ist aber die unmöglichste Zeit, um über zwei andere Frauen nachzudenken,* dachte Alec. Nun, hier kommt's, der gute, alte *September Song. Wo, zum Teufel, bleibt eigentlich Jill?*

Sinatras Stimme klang zärtlich im Raum, sanft jedes Wort des Textes modulierend. Sie hatte nicht die rauhe Ehrlichkeit, die Johns alter Herr Walter ihm einst in *Knickerbocker Holiday* gegeben hatte, aber damals *war* Walter Huston ein alter Mann gewesen und hatte den Text mit echter, anrührender Bewegung gesprochen. Sinatra war erst in Alecs Alter, und sein Ausdruck war weicher als der jedes anderen. Die Worte kamen langsam, schön:

„For it's a long long time
From May to December,
But the days grow short,
When you reach September ..."

Sie betrat das Zimmer vor der Wiederholung:

„September, November,
And these few *precious* days,
I'll spend with *you*."

Sie trug einen einfachen, eng anliegenden elfenbeinfarbenen Samtdressinggown, der graziös von ihren Hüften zu Boden floß. Ihr Gesicht leuchtete süß wie eine Blume aus dem hohen Kragen des Gowns, der vorn mit großen Knöpfen geschlossen war.

Ihre Arme hingen gerade an den Seiten herunter, die Handflächen nach außen, die Finger leicht gekrümmt.

„Ich bin gekommen, um einkassiert zu werden", sagte sie.

94

„Dein Zeitgefühl war absolut vollkommen", sagte Alec viel später. „Nein, nicht *das*. Ich meine nicht, was du denkst."

„Ich weiß genau, was du meinst, Liebling", sagte sie. „Ich wußte, es war Nummer drei auf der Platte. Gestern abend, nachdem du gegangen warst, hab' ich sie mehrmals gespielt und mußte mich sehr zusammennehmen, um nicht direkt ins Savoy zu fahren. Von *When the World Was Young* dauert's genau sechzehn Minuten bis zur Wiederholung ‚September, November'. Es läßt einem Mädchen kaum Zeit, sich präsentierbar zu machen. Aber ich muß sagen, es war sehr anständig von dir, daß du Feuer gemacht und erst die anderen Platten durchgesehen hast."

Alec seufzte. „Sie sind wirklich nicht zu schlagen. Man muß sich einfach überfahren lassen."

„Ich würde sagen, wir haben uns ganz schön überfahren lassen", sagte sie und kicherte.

Alec hob den Kopf vom Kissen und schwang die Beine über die Bettkante. „Was ist mit den Rosen?"

„Ich glaube, die armen Dinger stehen immer noch einsam in der Küche. Ich hab' nicht an sie gedacht, seitdem wir nach Hause kamen."

Alec zündete sich eine Zigarette an.

„Meinst du nicht, daß mit den armen Rosen was geschehen sollte?"

Jill nahm ihm die Zigarette aus dem Mund und drückte sie aus. Sie zog ihn sanft ins Bett zurück. „Laß die verfluchten Rosen bis auf ein paar kostbare verwelken", sagte sie. „Wir haben keine Zeit zu verlieren."

„In Paris könnte so was nie vorkommen", sagte Alec an ihren Lippen. „Nicht mal im Frühling."

Sie hatten großartig diniert, Kaviar, Champagner und dänische Schinkenbrote, dazu die andere Seite der Sinatra-Platte gehört. Die Unterhaltung war ungezwungen und offen, Witze wurden kaum gemacht, und es hatte keine vorsichtigen Fragen nach der Vergangenheit gegeben, keine Erwähnung toter oder geschiedener Ehemänner oder Liebhaber, keine Fragen nach Amelia, keine anzüglichen Bemerkungen in Zusammenhang mit dem *September Song* und keine bohrenden Analysen, weshalb sie so schlicht zusammen ins Bett gesunken waren. Zu sehr früher Stunde gähnten sie beide gleichzeitig, und Alec folgte Jill wieder gehorsam ins Bett. Das zweitemal war so leicht wie das erste, und Alec schlief, ohne um sich zu fuchteln, die Hand kühl auf Jills warmer Hüfte, das Gesäß gelegentlich kameradschaftlich dem anderen Gesäß zugekehrt. Als er aufgewacht war, hatte er sich frisch gefühlt und sehr, sehr zärtlich, und es war der letzte Tag des Jahres.

95

Alec trat an das breite Fenster und blickte zur Festival Hall hinüber. Er hatte eine der besseren, zum Fluß hinausgehenden Suiten im Savoy inne, und die Themse, von bereiften Bäumen umsäumt, wälzte sich glatt, schwarz und winterlich vor seinen Augen vorbei. Das Savoy war, weiß Gott, alt und verwohnt-schäbig in manchen Teilen, aber es verfehlte nie seinen Reiz auf ihn – allein der Gedanke, im Savoy zu sein, erregte ihn. Heute erregte ihn das Savoy nicht.

Nach einem ausgedehnten Lunch im Les Ambassadeurs war Jill zum Friseur gegangen – sie hatten sich schließlich dazu durchgerungen, auszugehen –, und Alec war ins Hotel zurückgefahren, um Zeitung zu lesen und sich später für den Silvesterabend umzuziehen. Er behielt seine Suite, obgleich er die Nächte bei Jill verbrachte. Er dachte, ziemlich zimperlich, daß es doch reichlich vermessen wäre, wenn er mit Sack und Pack bei Jill einzöge.

Es funktionierte gut. Wenn er nach dem Frühstück ging, gab seine Fahrt zum Savoy zurück Jill die Möglichkeit, sich ihren fraulichen Obliegenheiten zu widmen, und es gab Alec die Chance, sich zu rasieren, zu duschen und sich zum Lunch umzuziehen. Die Frauen waren großartig, wundervoll, aber der Luxus, ohne weibliche Gegenwart zu baden und sich in aller Muße anzuziehen, war etwas Wichtiges für einen Mann. Alec fühlte sich wohl in Jills Bett, fühlte sich zu Hause in ihrem Salon und behaglich in der Küche. Aber im Bad lagen und hingen zu viele Mädchensachen für eine enge Gemeinschaft der Geschlechter herum, und im Schlafzimmer kamen sie sich in die Quere, wenn Alec wieder in die Hosen stieg. Es war einfacher, mit dem Schatten eines Bartes ins Savoy zurückzufahren und den Portier mit einem scharfen Blick einzuschüchtern, wenn er im Anzug vom Abend zuvor eintrat.

Dann gab es die egoistische Zeit, in der man allein und ungestört die Zeitung lesen und vielleicht noch einen Pink Gin in der Bar trinken konnte, bevor man ein Taxi nahm, um Jill zum Lunch zu treffen. Das Wiedersehen mit ihr war eine Beschwörung ihrer ersten Begegnung – ihr Gesicht, wie es heiter in der Tür erschien, versprach ihm Vergnügungen, die er zwar schon genossen, aber noch nicht völlig ausgeschöpft hatte. Der Gedanke: *Das ist mein Mädchen*, entzückte ihn, wenn er aufstand, um sie zu begrüßen.

Das selbstsüchtige Alleinsein vor dem Lunch war wundervoll, aber dieses Alleinsein am späten Nachmittag war etwas ganz anderes. Er tigerte rastlos durch die Suite, blickte finster auf die Nachmittagszeitungen und warf ein Exemplar der *Time* durchs Zimmer. Er hatte, dachte er, mehr als genug Zeit zur Verfügung und nicht mal eine Verabredung mit dem Zahnarzt, um sie auszufüllen.

„Sei dir drüber klar, Freund", sagte er, „dich hat's erwischt. Du sehnst dich nach einer Frau, die du nur eine Stunde lang nicht gesehen hast. Und du wirst sie nicht vor sechs wiedersehen, und jetzt ist es erst vier."

Plötzlich bedrückte ihn die wunderbare, phantastische Savoy-Suite für zweiundzwanzig Guineen pro Tag mit Blick auf die weißbereiften Bäume und die schwarz dahinfließende Themse und die Festival Hall. Er war einsam, sehnte sich ganz einfach nach einer Frau, mit der er erst letzte Nacht geschlafen, mit der er in dem lächerlich knappen Morgenrock, den sie ihm geliehen hatte, gefrühstückt hatte; mit der er im Les A. geluncht und ohne die er sein ganzes bisheriges Leben verbracht hatte.

Er zog seinen Mantel an, ging den Korridor hinunter und auf den Strand hinaus, am Coal-Hole-Eingang vorbei, an der Drogerie, am Geschäft für Herrenmodeartikel, dem Pfeifenladen, dem Waffengeschäft und dem Buchverkaufsstand. Er wußte nicht, was er kaufen könnte, weder für sich noch für Jill. Geschenke für Jill würden später kommen. Geschenke für sich brauchte er nicht.

Londons einladende Winterdämmerung reizte ihn nicht wie sonst. In den vergangenen Jahren hätte er Stunden damit verbringen können, Waffen bei Westley-Richards oder Purdey zu streicheln; oder er wäre vielleicht zu Rowland Ward gegangen, um ein bißchen in den Büchern zu schmökern oder mit dem Geschäftsführer über Trophäen und Schallplatten zu plaudern. Er war Gastmitglied von Buck, und dann gab's ja immer noch das Britische Museum. Jetzt pilgerte er den Strand auf der einen Seite hinunter, überquerte die Straße unten und ging auf der anderen Seite zurück, Milchbars und Kleiderläden zählend. Er hätte vielleicht zu Hatchards gehen können, um zwischen Büchern umherzuschweifen; er hätte seinen Agenten oder seinen Verleger anrufen können.

Aber er fühlte sich ausgesprochen mies, und die Minuten stolperten auf Klumpfüßen dahin.

Schließlich ging er ins Savoy zurück und bestellte ein Ansteckbukett elfenbein-grüner Orchideen. Er prüfte noch einmal, ob sein Tisch für die abendliche Festlichkeit auch wirklich reserviert war. Dann ging er zum Presseverbindungsbüro hinunter, in der Hoffnung, dort jemand, den er kannte, anzutreffen, aber Jeannie war nach Amerika gefahren, und er sah nur neue Gesichter. Solange Jeannie da war, konnte man sie immer zu einem Drink und einem kleinen Schwatz einladen, um einen brachliegenden Nachmittag auszufüllen.

Er ging auf sein Zimmer und hob die *Time* vom Boden auf, wo er sie hingeworfen hatte. Dann las er dieselbe Geschichte dreimal, bis es ihm zu dumm wurde und er nach dem Zimmerkellner läutete und sich etwas Eis bringen ließ. Er mixte sich einen Drink und überprüfte seine Abendgarderobe – kein Frack, sonst hätte er nützliche Zeit verschwenden müssen, um sich bei Chipp einen Zylinder zu kaufen. Der Smoking war frisch gebügelt. Er zählte seine Vorhemdknöpfe und sah sich seine Lackpumps an.

Dann rang er mit einem großen Entschluß.

Alec hatte einen großen Entschluß zu fassen. Er hatte beschlossen, sich die erste Woche der Konferenzeröffnung in Brüssel zu schenken, und hatte Jill dies auch mitgeteilt. Aber die Zeit schien so schrecklich kurz. Es schien töricht, so liebevoller Gesellschaft untreu zu werden, nur um in eine langweilige, kalte Stadt abzuhauen, von der er nichts wußte, außer, daß sie eine berühmte Postkartenstatue, genannt Manneken-Pis, und einen ziemlich kurzsichtigen, unfreiwilligen jungen König aufzuweisen hatte. London jetzt zu verlassen, um bei endlosen Konferenzen rumzulungern, über die er sich leicht in den Zeitungen informieren oder sich das Nötige aus dem Archiv von United Press heraussuchen konnte, schien verdammt blöde, besonders, wo er Jill jetzt im Arm hatte. Niemand erfuhr je Wichtiges bei der Berichterstattung über Konferenzen. Man fuhr an die Orte, um die es bei diesen Konferenzen ging, und forschte nach den dortigen Reaktionen. Dann hatte er noch eine triftige Entschuldigung für einen Aufschub. Er brauchte mehrere Visen für exotische Schweinesuhlen wie Sierra Leone, Kamerun und Gabun, und einige waren noch nicht erteilt worden. Er konnte es sich leisten, Dr. Schweitzer *nicht* zu besuchen.

Bislang hatten Jill und er sich damit begnügt, sich oberflächlich kennenzulernen. Sie plauderten und erzählten sich Anekdoten aus der Vergangenheit, aber ihre Plaudereien gingen allmählich in zielstrebige Gespräche über, die Erzählungen bezogen sich auf sie selbst, und die Anekdoten bewegten sich auf die Schwelle eines ernsthaften Planes zu. Alec spürte es, roch und schmeckte es. Dies war kein Zufall einer Nacht, einer Woche, eines Monats. Da war zuviel Frau zu bedenken, und die ganze Frau, die da war, war er bereit zu lieben – nein, nicht nur zu lieben. Ernstlich und wahrhaftig in sie verliebt zu sein.

Das Bett war großartig. Fein. Phantastisch. Ihre Körper kamen so leicht, so sensibel zusammen, wie sie sich auch im Ernst, im scharfen Witz oder bei dummen Albernheiten sofort verstanden. Nichts, was sie, im Bett oder außerhalb, tat, ärgerte ihn.

Sexuell war sie keine Turnerin, und das Bett mit Jill war kein Übungsplatz für Liebesgymnastik. Es gab keine entsetzliche Atomexplosion, bei der alle Sterne niederstürzten und die Erde barst – eher einen langen, allmählich sich steigernden, bewußten Aufstieg zum Gipfel eines ersehnten Berges mit dem endlichen Sprung über den Rand des freudigen Lebens in den ekstatischen Tod, aber immer mit der sicheren Gewißheit einer sofortigen Wiedergeburt im Fleische nach einer Ewigkeit vollendeten seelischen Friedens. Sex mit Jill, dachte Alec, war keine brutale Begegnung. Es war eine lange, liebende Wanderung, Hand in Hand, auf ein unbedingt sicheres Ziel zu.

Außerhalb des Bettes war sie rücksichtsvoll, lustig und zotig, gelegentlich auch scharf, ernst, wenn es seiner Stimmung entgegenkam, und entzückend fähig, jede Art Feierlichkeit mit einem hellen Sonnenstrahl der Lächerlichkeit zu durchstoßen. Sie liebte es, ihm kleine Gefälligkeiten zu erweisen, ohne sie wie eine schwere Arbeit erscheinen zu lassen. Und Alec hatte das Gefühl, daß sie mit jeder Krise ohne Hysterie fertig werden würde; daß sie, einmal entschlossen, den von ihr eingeschlagenen Kurs ohne die geringste Rücksicht auf eventuelle Folgen direkt verfolgen würde. In ihrer Sanftheit lag Zähigkeit, die man instinktiv spürte wie die Hitze aus den verborgenen Drähten eines Heizkissens.

Alec Barr fand keine leichte Erklärung für die zündende Dynamik, die sie einander direkt in die Arme getrieben hatte – etwas, wie Jill jetzt beichtete, was ihr schon an jenem Abend bei Clarke, noch bevor er sich ihr vorgestellt hatte, bewußt geworden war.

Natürlich war da das rein sinnliche Vergnügen, sie zu beobachten. Für einen hellen Rotkopf hatte sie ungewöhnliche Brauen und Wimpern; sie waren nicht rosafarben angehaucht, sondern von einem sehr dunklen Rötlichgrau, und brauchten sehr wenig Schminke zur Betonung. Mit frisch gewaschenem Morgengesicht sah sie ebenso gut aus wie mit einem Make-up für die Straße. Nackt war sie eine Offenbarung, aber für Alec wirkte sie erregender, wenn sie züchtig bekleidet war. Sie brauchte keine Polster oder Stützen für ihren Leib; ihre Brüste waren hoch und fest wie bei einem jungen Mädchen, und wenn sie Caprihöschen ohne Gürtel trug, marschierte ihr Popo fest und ohne zu hüpfen auf und ab. Die langen Beine entzückten ihn, in Strümpfen oder Hosen noch mehr, als wenn er sie in ihrer ganzen Länge streichelte.

Er liebte ihren Gang, liebte es, zu beobachten, wie sie sich setzte und die Beine kreuzte, liebte das elegante Fließen, mit dem sie ein Zimmer verließ oder eine Treppe hinaufging oder in ein Taxi stieg. Ob sie sich eine Zigarette anzündete oder über ihr Haar strich oder Blumen arrangierte, die Bewegung war immer eine einzige graziöse Gebärde. Alles, was sie tat, bereitete ihm riesiges Vergnügen, und er ertappte sich dabei, à la Cole Porter zu denken.

Wenn er ihr Wesen bedachte, sie mit anderen Leuten beobachtete, kam Alec selbst in diesen wenigen Tagen zu dem Schluß, daß sie einfach entzückend war. Wenn sie einen Raum betrat, wurde er hell. Sie war nicht schön; die Nase war stumpf und der Mund zu breit und in den Winkeln komisch hochgezogen. Und das Haar war in Wirklichkeit karottenfarben, wenn man's genau nahm. Aber sie glühte von innen, und die Welt wärmte sich an ihrer Glut.

Auf die kostbar-wenigen Tage hin war Alec Barr schon bereit, den Rest seines Lebens in Liebe mit Jill Richard zu verbringen; aber nun kam die Entscheidung, das Für und Wider dazwischen. Wenn er den Rest seines Lebens mit Jill Richard verbringen wollte, mußte er sich von Amelia scheiden lassen, und Alec Barr zuckte vor dem Gedanken zurück. Er würde in diesem Fall wieder sehr viel zu tun kriegen. Und er war, das gestand Alec sich notgedrungen ein, ein Egoist. Scheidungen waren bei Leuten seiner Herkunft und Erziehung selten und niemals angenehm. Scheidungen repräsentierten die Verteilung von Hunden und Kindern, wenn man welche hatte; die Aufteilung von Bibliotheken und Möbeln, des Geldes und alles sonstigen, was zusammen erworben und angeschafft worden war, einschließlich der Blumen im Garten und der Topfpflanzen. Scheidungen brachten Szenen mit sich, scheußliche Szenen. Und Scheidungen bedeuteten Rechtsanwälte, Gerichte, Erziehungsrechte und Geld und Spannungen. Eine Scheidung war kein gesundes Arbeitsklima für einen Mann, aber Alec kannte wenig Schriftsteller, die nur an einer Frau gehangen hatten. Hemingway hatte seine vierte, Steinbeck seine zweite oder dritte, und das einzige, was Fitzgerald vor einer mehrfachen Ehe bewahrt hatte, war die Geisteskrankheit seiner Frau gewesen – und der Alkohol, der ihn umbrachte. Scott hatte angeblich glücklich, wenn auch schmerzvoll nüchtern, mit Sheilah gelebt, bevor er, wie sie sich ausdrückte, abgekratzt war. Vielleicht war Sheilah es zufrieden, einfach Geliebte zu sein. Auf eins kannst du dein Leben aber wetten, dachte Alec grimmig, mein Mädchen Jill, ganz gleich, wie leicht wir zusammen ins Bett hopsten, wird sich nicht damit zufriedengeben, bloß Geliebte zu sein.

„Und hier, Barr“, sagte Alec, „liegt deine große Entscheidung. Sie ist ein bißchen gewichtiger als ein Haufen kongolesischer Nigger auf einer erpresserischen Konferenz in Brüssel. Werden wir das Mensch heiraten, oder werden wir die Rolle eines zeitweiligen Liebhabers und festangestellten Knilchs weiterspielen?“

Eins war sicher: Eine ehrliche, scharfe Gipfelaussprache war nötig. Sie hatten näheres Eingehen auf ihre Vergangenheit bislang vermieden, weil sie zu sehr mit sich selbst, mit ihrem glücklich-albernen Geschwätz und ihren Liebesspielen beschäftigt gewesen waren. Die Probleme waren zahlreich. Wer wollte wo lieben und auf Grund von wieviel? Alec hatte keine Ahnung, was eine Scheidung kosten würde, aber er akzeptierte im Grunde fairerweise, daß seine Ehe mit Amelia keine Sache à la Hollywood mit einer einzigen zusammen verbrachten Nacht gewesen war und daß sie ihren vollen Anteil an seinem Hab und Gut verdiente. Das Jersey-Haus würde er verkaufen müssen, dachte er, es kostete zuviel, und Amelia würde sicher das große Penthouse behalten wollen. Die Schriftstellerei war bestenfalls ein Glücksspiel, und Alec machte sich jetzt Gedanken, ob er sich eine Scheidung überhaupt leisten könnte. Wenn Amelia eine wirklich große Abfindung von ihm verlangte . . .

Endlich wurde es sechs Uhr, und an der Tür stand Jill in einem dreiteiligen Kostüm aus sehr schwerem grünem Tweed, mit vor Kälte geröteten Wangen und blendend frisiertem Haar.

„Du kommst zwei Minuten zu spät“, brummte Alec. „Wenn du glaubst, ich hab' nichts Besseres mit meiner Zeit anzufangen, als auf Frauen zu warten, die stundenlang beim Friseur sitzen, dann –“

„Was?“

„Hast du völlig recht.“ Er lächelte. „Mein Gott, was für ein langer Nachmittag das war! Ich hab' dich furchtbar vermißt. Ist das falsch?“

„Das ist richtig“, antwortete sie. „Wirst du mir jetzt einen Drink bestellen oder mich hier stehenlassen oder was?“

„*Was*, glaube ich“, sagte er und küßte sie auf die Wange. „Nach dem Drink. Aber dann müßtest du dich wieder anziehen und nach Hause fahren und dich wieder ausziehen, und dann würde ich mit dir nach Hause kommen und müßte mich ausziehen und wieder anziehen, dann hierher zurückkommen und meine Luxushosen anziehen. Nein, nein, ich glaube, wir bleiben bei dem Drink. Großer Gott, das moderne Leben ist sehr kompliziert.“

„Ich glaube, du bist ein Idiot“, sagte sie. „Aber ich habe einen vernünftigen Vorschlag zu machen. Du ziehst dir deine Luxushosen an und kommst mit mir nach Hause, und wir schmieren noch etwas von deinem Kaviar auf ein Stück Toast, und dann kannst du dich mit mir unterhalten, während ich mich anziehe, aber nur durch die Tür. Durch den Spalt gucken verboten! Ich hab' mir etwas Besonderes für eine festliche Gelegenheit gekauft, aber bis jetzt hat's keine festliche Gelegenheit gegeben."

„Bin ich die festliche Gelegenheit?"

„Du bist die festliche Gelegenheit."

„Es wäre schade, deine neue Frisur durcheinanderzubringen."

„Keine Angst, junger Mann", sagte Jill. „Sie wird sich bis nach Mitternacht halten."

96

Alec hatte den Hi-Fi angedreht und war in der Küche unten, musterte Speisekammer und Kühlschrank. Jill hatte einen netten Junggesellinnenhaushalt, dachte er. Ihre Speisekammer war eine Festung, bestückt mit Delikatessen aus Mr. Fortnums Werkstatt. Da gab es eine Tiefkühltruhe, vollgestopft mit Grundnahrungsmitteln für einen langen, kalten Winter. Der Schnaps stand in Reihen auf den Borden, und es schienen ausreichend Mixed Pickles, Essigfrüchte, Käse, Kekse, Oliven, Meeresprodukte in Dosen, Pasteten, Zunge und *Chili* und ähnliche Rohstoffe vorhanden zu sein, um das Essen nicht zum arktischen Abenteuer werden zu lassen. Er entdeckte eine Dose Perlzwiebeln, fand wunderbar aussehendes Schwarzbrot in einer luftdicht abgeschlossenen Büchse, stieß auf frische Zwiebeln und Staudensellerie und hartgekochte Eier im Eisschrank und beschloß, Küchenchef zu spielen. Als er alles angerichtet hatte, hätte sein kaltes Büfett selbst Monsieur Henri Soule in New Yorks Colony alle Ehre gemacht. Er stellte eine Flasche Sekt in einen Eimer und schob noch zwei weitere ins Kühlfach für künftigen Bedarf. Dies schien eine Wodkanacht zu sein; er schob also eine Flasche Wodka so dicht ans Kühlfach heran, wie es nur ging.

Er pfiff vor sich hin, während er in der Küche Verwirrung anrichtete. Es machte Spaß, aus der Vorratskammer eines anderen ein Picknick zusammenzustellen, Jackett ausgezogen, ein lächerliches Geschirrtuch als Schürze umgebunden. Er würde dieses feine Tablett mit Kaviar und halbgefrorenem Wodka vorbereiten, seinen grün-gelben Orchideenstrauß in die Mitte stecken und das Ganze mit einem heraldischen Schnörkel zu einer entsprechenden Silvestermelodie im Hi-Fi servieren.

Jetzt langweilte er sich nicht mehr, in seinem gestärkten Hemd mit Schürze. Er hatte das Kaminfeuer angefacht – das machte Spaß – und hatte die Musik eingestellt – das machte Spaß –, und jetzt richtete er den

Kaviar mit Beilagen an, und das machte ebenfalls Spaß. Mehr Spaß als diese tausend Partys, zu denen sie eingeladen waren – zu denen *sie* eingeladen war – und die sie für einen Tisch im Savoy abgesagt hatten.

Verdammt noch mal, die Dame brauchte eine Ewigkeit für ihre Toilette. Er hatte ihr ein paar unhöfliche Worte zugebrüllt, treppaufwärts, hatte ihr einmal einen Drink gebracht, den sie mit einem nackten, unpersönlichen Arm durch den Türspalt entgegengenommen hatte. Seltsame kleine Biester, Frauen. Schamlos, wenn splitternackt, aber sehr wenig geneigt, das Männchen den Verwandlungsprozeß des Rohmaterials in ein öffentliches Kunstwerk mitansehen zu lassen. Eine Menge unbequemer Aspekte, bis schließlich das Paket aus Zucker und Gewürzen komplett war.

Alec wünschte, es wäre schon Neujahr und alles vorbei. Er wünschte, sie wären all die Leute los und säßen wieder hier am Kaminfeuer. Geplante Festlichkeit war ihm zutiefst zuwider, aber an Neujahr mußte man sich wohl oder übel herausstaffieren, eine Menge Leute küssen, die man nicht kannte, und mit höchster Lautstärke „*Whoopee!*" brüllen.

Er arrangierte das Kaviartablett zu seiner Zufriedenheit, pflanzte das Orchideenbukett in die Mitte, drehte die Sektflasche im Eimer noch einmal herum und goß den Wodka in Gläschen, die in eisgefüllten Kaffeetassen ruhten. Er nahm seine Geschirrabtrockenschürze ab und zog sich sein Smokingjackett wieder an. Dann ging er zum Fuß der Treppe und rief:

„Welches Silvester hatten wir eigentlich im Sinn?"

„*Dieses*", rief sie zurück. „Zieh dich auf achtungsvolle Entfernung zurück. Vielleicht bin ich überwältigend."

Sie blieb am Kopfende der Treppe stehen und drehte sich schnell herum.

Sie trug ein raffiniert einfach geschnittenes schwarzes Kleid – Samt offenbar. Ein tiefes V entblößte die obere Hälfte ihrer Brüste. Ein Halsschmuck aus Smaragden reichte bis in die Höhlung dieser Brüste herunter, sie hatte Smaragde an den Ohren, Smaragde um ein Handgelenk. Das frisch frisierte Haar war hochgetürmt, und die Wirkung war harmonisch; Krem und Grün, Augen und Edelsteine übereinstimmend, der Teint elfenbeinfarben gegen den Samt; Rot und Grün, Krem und Schwarz verschmolzen zum Porträt einer hochgeborenen Dame.

Alec machte eine tiefe, zeremonielle Verbeugung.

„Ihr untertänigster Diener, Madame", sagte er. „Ich bin erschlagen."

„Das solltest du auch sein", erwiderte sie, langsam die Treppe hinunterschreitend. „Deswegen hat es so lange gedauert. Magst du mein besonderes Kleid?"

„Nenn diese Extraschicht pelziger schwarzer Haut nicht *Kleid*", sagte Alec. „Das ist bloß eine Sonderschicht von Farbe. Ist da was drunter?"

„Sei nicht unanständig“, sagte sie, eine Hand emporhaltend, um sich über die letzte Stufe zum Dielenboden hinuntergeleiten zu lassen. „Natürlich ist etwas drunter. *Ich.*“

„Ich hab’ noch nie mit einer Herzogin getanzt“, meinte Alec. „Jetzt brauch’ ich’s nicht mehr.“

„Das war süß – und *das* ist es auch!“ Sie hatte Alecs vollendete Bemühung, eine Cocktailplatte auf dem Kaffeetisch zusammenzustellen, bemerkt. Sie hauchte einen Kuß auf einen Finger und berührte seine Nase. „Ich wußte nicht, daß du so geschickt im Hause bist, und, oh, Liebling, die Orchideen hatte ich noch gar nicht gesehen.“

Alec zuckte die Schultern.

„Für dich Blumen auszusuchen ist nicht allzu schwer. Orchideen mit kleinen Flecken, zu denen passend, die du heute abend so listig zu verbergen suchst.“

„Warum machst du dir die Mühe, nach Afrika zu fahren? Warum bleibst du nicht einfach hier und führst den Haushalt, wählst meine Kleider aus, überwachst die Küche, schaffst dir eine Lebensstellung?“

„Ich bin Schriftsteller“, entgegnete Alec Barr stolz. „Und außerdem bin ich zu hübsch, um zu arbeiten.“

97

Die kleine Ormulu-Uhr auf dem Kaminsims schlug die Stunde.

„Mein Gott“, sagte Alec, „jetzt sitzen wir hier schon drei Stunden mit drei Flaschen Sekt. Wie ist der Abend bloß vergangen?“

Jill gähnte.

„Glücklicher Abend. Kaminfeuer und Musik und Kaviar und Sekt und ein gutaussehender Bursche. Viel, viel Unterhaltung.“ Sie schüttelte den Kopf. „Ich habe noch nie zwei Leute gekannt, die sich so viel zu sagen hatten. Ich schätze, ich fahre mir jetzt lieber mit dem Kamm durch meine Perücke, wenn wir noch ins Savoy gehen wollen. Es ist *elf* Uhr.“

„Wir haben mehrere hundert Partys versäumt“, sagte Alec. „Wenn wir uns beeilen, kommen wir noch rechtzeitig ins Savoy, um die Herzoginnen beim Aufsetzen von Papierhütchen anzutreffen, noch früh genug, bevor die Leute anfangen, sich gegenseitig in den Hintern zu kneifen. Hungrig?“

„Nach deinem Riesenbüfett? Wohl kaum. Nun, auf und davon, wenn’s recht ist." Sie stand auf. Auf ihrem Gesicht lag ein Widerschein des Kaminfeuers, und das Haar war goldbetupft.

Alec packte sie an den Ellbogen.

„Ich wünschte ..."

„Was wünschst du? Es ist noch ein bißchen früh am Abend für Wünsche."

„Ich wünschte – ich wünschte, wir müßten *nicht* ins Savoy gehen. Du bist viel zu schön, als daß ich dich mit einem Haufen lärmender Säufer teilen möchte, die alle ‚Auld Lang Syne' grölen, Schwärmer loslassen, mit Konfetti um sich schmeißen, dämliche Hütchen tragen und Fremde küssen. Ich wünschte, ich könnte dich hierbehalten, ganz allein für mich, damit uns ein kleines Stück des neuen Jahrs allein gehört."

Jill sah ihn fest an. Sie fuhr mit den Fingern leicht über ihre Hüften und Schenkel, berührte leise liebkosend den Samt.

„Nach all diesen Bemühungen, dieser tollen Inszenierung, willst du wirklich nicht ausgehen und mich der heulenden Menge präsentieren? Soll die ganze Luxuskostümerie nutzlos verschwendet sein?"

„Nicht *nutzlos verschwendet*. Reich dargeboten dem Mann, der dich liebt, unter Ausschluß aller anderen, der dich heute abend mit keinen anderen teilen möchte, nicht einmal durch einen einzigen Blick."

„Wenn das so ist", sagte Jill, „wenn das so ist, seh' ich nicht ein, weshalb wir uns über mein Make-up noch Sorgen machen sollten. Bist du der Meinung, daß wir bis Schlag zwölf auf den Neujahrskuß warten sollen?"

Einen Augenblick später sagte Alec:

„Ich versprech' dir, ich singe sogar ‚Auld Lang Syne', wenn du's wünschst."

Jill setzte sich und kickte ihre Schuhe von den Füßen.

„Eigentlich möchte ich lieber wieder ‚September Song' hören", sagte sie.

Weit nach Mitternacht sagte Jill:

„War das, was du von dem ‚Mann, der dich liebt', sagtest, bloß eine leere Redensart?" Ihr vorhin noch sorgfältig frisiertes Haar war zerwühlt, und ihre Augen funkelten. Ohrringe, Halsband und Armreifen lagen auf einem Haufen auf dem Kaffeetisch.

„Es war keine leere Redensart, so wahr mir Gott helfe", sagte Alec. „Ich liebe dich wirklich – ich bin so in dich verliebt – und möchte dich heiraten. Aber wir müssen noch tausend Dinge miteinander besprechen."

Jill schüttelte den Kopf.

„*Nein*. Keine Pläne. Ich bin zu voll mit Sekt und guter Stimmung.

Ernste Unterhaltungen gehören ins kalte graue Licht des neuen Tages. Tanz mit mir. Küß mich, und sag mir noch einmal, daß du mich liebst."

Alec hielt sie sachte, sich wiegend, und murmelte in ihr Haar. Plötzlich kicherte sie ihr Kleinmädchenkichern.

„Ich bin leicht beschwipst", sagte sie. „Ich seh' alle möglichen funkelnden Sachen vor den Augen. Und wir haben noch keine Beschlüsse gefaßt."

„Ich schon", sagte Alec bestimmt, sie zur Treppe steuernd. „*Einen*."

„Dann muß ich ihn mit dir teilen", erwiderte sie, sich an ihn lehnend, als sie auf Strümpfen in die Diele gingen. „Ich hab' keine eigenen Beschlüsse."

98

Sie gingen abends fast nie mehr aus, sondern glitten ganz natürlich in eine häusliche Gemeinsamkeit, die so behaglich war, als hätten sie sie schon jahrelang praktiziert. Alec hatte beschlossen, noch eine Woche länger in London zu bleiben, weigerte sich jedoch, sein Hauptquartier im Savoy aufzugeben. Er wollte eine formelle Adresse haben, und auf jeden Fall mußte er einmal täglich in den Büros der United Press vorbeischauen, die gleich um die Ecke in Bouverie Street lagen. Außerdem waren da noch gewisse andere Dinge zu erledigen: die Besorgung seiner Visen, Nachschlagearbeiten in der Bibliothek, Lunch mit dem Verleger im Garrick, ein Drink mit seinem Londoner Agenten und ein paar transatlantische Telefonate mit Marc Mantell.

Jill hatte ihn gebeten, zu ihr zu ziehen. Sie machte sich einen Dreck daraus, was die Nachbarn dachten, aber Alec weigerte sich standhaft. Er war glücklich, seine Nächte und einen Gutteil des Morgens bei ihr zu verbringen.

Ihre täglichen Gewohnheiten waren beinahe unveränderlich. Aufstehen, Frühstück, Ausgehen, Hotel, Bad, Rasieren, wieder Anziehen, Verabredung oder United Press, Jill zum Lunch treffen, wieder eine Verabredung, Jill zum Cocktail oder zu einem frühen Film treffen und dann heim zum Chester Square zu einem faulen Abend am Kamin und ein paar Happen aus der Küche. Gelegentlich stellten sie auch den Fernseher an.

Meist unterhielten sie sich. Es schien tausend Themen zu geben, über die man sprechen konnte, tausend Pläne, die man in der kurzen Zeit, die Alec London widmen konnte, ausführen mußte. Alec hatte sie gefragt, ob sie mit ihm nach Afrika fliegen würde. Sie schüttelte den Kopf.

„Gern – später mal. Aber du hast zu arbeiten und mußt ungebunden sein. Nein, mein Lieber." Sie schüttelte wieder den Kopf. „Du reist schneller allein. Arbeitest schneller und kehrst schneller zu mir zurück."

„Es wird ein langes halbes Jahr sein – vielleicht sogar ein ganzes", sagte Alec hartnäckig. „Ich weiß nicht, ob ich's ein Jahr ohne dich aushalte."

„Es ist nicht einzusehen, weshalb du nicht hierher zurückkehren solltest, um deine Artikel zu Ende zu schreiben und das Buch zu konzipieren. Und dann könntest du die Scheidung einreichen."

Jetzt schüttelte Alec den Kopf.

„Die Scheidung wird schwierig genug werden, auch ohne Amelia neue Munition zu liefern. Wir werden uns sehr vorsehen müssen, bis eine Vereinbarung zustande gekommen ist. Meine Eheakte ist nicht gerade makellos", sagte Alec. „Wenn sie merkt, daß ich diese Scheidung unbedingt haben will ..." Er zuckte die Schultern. „Wenn ich die Einkommensteuer in dieser Sache nicht hinters Licht führe", fuhr er fort, „seh' ich keine Möglichkeit, mir sowohl Amelia wie dich zu leisten. Wenn nur ..." Er ließ die Stimme ausklingen.

„Wenn nur was, Liebling?"

„Ich weiß, daß Amelia mein Haus in Jersey im Grunde nicht mag. Wenn ich das bloß aus dem Schiffbruch retten könnte ... Hättest du viel dagegen, die meiste Zeit auf dem Land zu leben, wenn wir uns noch eine kleine Stadtwohnung für späte Ausgänge, fürs Theater und so weiter zulegten?"

Jill stand auf und küßte ihn.

„Ich hab' immer in Städten gelebt", sagte sie. „Aber wenn nötig, wohne ich in einem Zelt. Ich will bloß meine Kleider, etwa sechs Bücher und bei dir sein. Aber wie wär's, wenn wir beschlössen, dauernd in London zu leben? Ich meine, wenn sie das Haus in Jersey nimmt?"

„Nein", erwiderte Alec, „Amerika ist meine Heimat. Für ein Emigrantenleben eigne ich mich vermutlich auf die Dauer nicht sehr."

„Ich möchte nur den Rest meines Lebens mit dir verbringen", sagte Jill. „Es ist mir gleich, wo. Beeil dich bloß, bitte."

Alec wandte sich Jill zu.

„Amelia und ich sind schon sehr lange verheiratet. Man kann eine Gemeinsamkeit von so langer Dauer nicht einfach auf den Kopf hauen, wie man einen Ochsen schlachtet. Es ist eine verwirrende Sache, nach allem, was ich beobachtet habe. Hat *deine* Scheidung dich sehr durcheinandergebracht?"

Sie sprachen zum erstenmal über Persönliches. Bislang waren sie mit einem an Angst rührenden Takt sorgfältig um ihre privaten Angelegenheiten herumgegangen.

War ihre Stimme etwas schärfer geworden?

„Es war sehr schmerzvoll *vor* dem Akt", sagte sie. „Mein erster Mann war unmöglich. Ich hatte großes Mitleid mit ihm, aber ich war noch ziemlich jung und sah keinen Grund, warum wir beide verrückt werden sollten. Nicholas? Das weiß ich eigentlich nicht. Ich hatte im Krieg einen Liebhaber verloren, und als ich Nicholas kennenlernte und er mich heiraten wollte, hab' ich ihm wahrscheinlich das Jawort gegeben, weil er es wollte. Ich litt immer noch an dem Schock Martins wegen, des – des Mannes, den ich sehr liebte und der fiel. Aber keine Scheidung ist angenehmer. Sobald die Anwälte derlei in die Finger kriegen, geht alles, was schön war, zum Teufel. Eine Scheidung ist ein ziemlich hoher Preis für eine neue Liebe." Sie kniff die Augen zusammen. „Manchmal kann's passieren, daß sie noch im Hintergrund hockt, wenn die neue Liebe, deretwegen die Scheidung zustande kam, nicht mehr der Mühe wert scheint."

Alec betrachtete ihr Gesicht. Sie machte eine Pause und fuhr dann fort:

„Das letzte Abenteuer mit Nicholas hatte mich bis jetzt von jedem Gedanken an eine neue Ehe geheilt. Ich war glücklich. Ich habe Freunde – gute Freunde. Ich hab' nie Mangel an – an Beaus gehabt, die mich ausführten, wenn ich ausgehen wollte. Und ich bin nicht sehr viel ausgegangen. Ich wollte mein Leben nicht noch mal verpfuschen. Ich wollte Ruhe und Heiterkeit, und das möchte ich immer noch. Aber jetzt möcht' ich jemand, *mit* dem ich ruhig und heiter sein kann. Unsere Begegnung kam mir schicksalhaft vor. Ich habe das Gefühl, wir liegen richtig, nachdem wir die meisten Fehler hinter uns haben."

„Amen", sagte Alec. Dann, leicht und nebenbei: „Was passiert mit deiner Schar von Bewunderern – den Kartenabsendern, die du neulich so lustig vom Kaminsims fegtest –, wenn du dich ernstlich mit einem verdammten Yankeeautor zusammentust?"

Jill lächelte.

„Es gibt nur einen unentwegten Burschen. Er ist furchtbar nett. Ziemlich viel älter als ich, Witwer, gut situiert, gesellig, liebenswürdig und sehr, sehr korrekt. Bloß, er ist Börsenmakler und fährt jeden Tag in die City, und Melonen konnte ich nie leiden. Außerdem liebe ich ihn nicht."

„Armer Miles", sagte Alec. „Wie stellst du dich nun zu uralten Autoren mit einer Quadratmeile unbeschriebenen Papiers vor sich?"

„Ich hätte nichts dagegen, einen zu heiraten", entgegnete Jill.

99

Ein paar Tage später saßen sie vor dem Kamin, als das Telefon läutete.

„Oh, hallo, Liebling“, hörte Alec Jill sagen. „Natürlich. Und dir auch ein glückliches neues Jahr. Ich bin soeben aus Paris zurückgekommen.“ Sie rollte die Augen zu Alec hinüber und bedeckte den Hörer. „Miles.“

„Aber natürlich *nicht*. Jetzt? Ich habe einen Freund zum Tee hier – einen amerikanischen Freund, der gerade hier durchkommt. Unterwegs nach Afrika. Vielleicht hast du seine Bücher gelesen. Barr. Alexander Barr.“

Sie nickte Alec zu, hob wieder die Lider.

„Aber ich würde dir gern einen Drink servieren und bin sicher, daß er dich gern kennenlernen möchte. Aber bitte bald, Liebling, ich muß nämlich gleich weg und hab' mich noch nicht zum Dinner umgezogen. Ich wollte gerade hinaufgehen, als du anriefst. Natürlich. Bis gleich, Liebling.“

Sie legte den Hörer auf und drehte sich zu Alec um.

„Da kann ich nicht viel dagegen tun“, sagte sie. „Er wohnt gegenüber und rief an, um zu sehen, ob ich aus Paris zurück sei. Er möchte auf einen Drink vorbeikommen und dich kennenlernen. Ist es dir sehr unangenehm?“

Alec lächelte.

„Natürlich nicht. Das Mädchen gehört mir. Und ich gebe zu, daß ich neugierig bin, meinen Rivalen kennenzulernen.“

„Exrivalen. Und wie gesagt, er ist wirklich ganz süß. Aber er ist alter Eton-Schüler, hat verschiedene Auszeichnungen, war im Krieg Oberst und neigt dazu, ein bißchen anzugeben. Ich glaube doch, daß er dir gefällt. *Mir* gefällt er.“

„Ich werde ihn mit einem Martini steinigen“, sagte Alec. „Und dann werde ich ihm seine alte Schulkrawatte stehlen. Aber seine verfluchten Aktien und Obligationen kaufe ich ihm nicht ab.“

„Wahrscheinlich versucht er gar nicht, dir welche anzudrehen. Er würde es für unter seiner Würde halten. Er hat Leute genug, die ihm die schmutzigere Seite seines Berufes abnehmen.“

Alec dachte insgeheim, daß Jill die Fähigkeiten ihres Boy friends ziemlich heruntergespielt habe. Miles war blühend, jawohl, aber sein Schnurrbart war kurz geschnitten und glänzte wie das volle Silberhaar weiß gegen die leicht gerötete Haut. Seine Augenbrauen waren schwarz – *gefärbt?* – und seine blauen Augen lebhaft und ganz klar. Er wog ein bißchen zuviel und war nicht übermäßig groß, vielleicht eins siebzig oder fünfundsiebzig, aber sein blauer Nadelstreifenanzug machte der besten britischen Schneiderkunst alle Ehre. Unter seinem steifen Kragen lag die alte Schulkrawatte, und im Knopfloch prunkte frisch eine Nelke.

Jill reichte ihm die Wange zum Kuß und wandte sich Alec zu.

„Darf ich dir einen alten Freund, Alexander Barr, vorstellen, Miles?" sagte sie. „Alec, das ist Oberst Miles Chalmers, ein sehr lieber Freund von mir."

Oberst Chalmers' Hand war fest und trocken.

„Wollte nicht stören", sagte er. „Aber ich kam gerade vorbei. Wollte mal kurz anrufen. Freut mich sehr, Sie kennenzulernen, Sir, fühle mich geehrt. Ich habe alles gelesen, was Sie geschrieben haben, glaube ich. Wie ich von Jill höre, sind Sie auf dem Weg nach Afrika?"

„Stimmt." Alec gefiel Jills Oberst. „Eine ziemlich unmögliche Aufgabe. Ich soll den gesamten Kontinent bereisen und alles auf ein paar Zahlen komprimieren."

„Hört sich einigermaßen verblüffend an." Der Oberst wandte sich an Jill. „Ja, ich würde gern einen Martini trinken, wenn du ihn gerade im Mixbecher hast."

Der Oberst stellte sich mit gespreizten Beinen vor den Kamin, als hätte er schon mehr als einmal davorgestanden. Er drehte sein Glas in den Fingern.

„Bin nie auf diesem Subsahara-Kriegsschauplatz gewesen", sagte er. „Hab' aber eine höllische Zeit in der westlichen Wüste verbracht. Hab' mich immer gesehnt, mal das schwarze Afrika kennenzulernen. Ich beneide Sie", sagte der Oberst. „Ernstlich, ich beneide Sie. Nicht um zu schießen, sondern um zu sehen."

Alec nickte. „Ganz meine Meinung. Obgleich ich geschossen habe."

„Kann mir nicht vorstellen, daß es einen sehr interessiert, wenn es mal tot ist", erwiderte der Oberst. „Wie Füchse. Macht Spaß, sie laufen zu sehen. Schrecklich, wenn die Hunde sie zerzaust haben."

„Löwen lassen sich sehr leicht zerzausen", sagte Alec.

„Japsen auch", sagte der Oberst. „Ich ging nach Burma – nach der Wüste. Deutsche scheinen sich nicht so leicht zerzausen zu lassen wie Japsen."

„Leoparden nicht so leicht wie Löwen", erwiderte Alec.

„Oder Mädchen", unterbrach Jill. „Wovon reden die Herren eigentlich, wenn ich fragen darf?"

„Krieg", antwortete der Oberst.

„Und Frieden", fügte Alec hinzu.

Jill näherte sich mit dem Martinishaker. Der Oberst präsentierte ihr sein Glas.

„Nur noch einen, dann muß ich mich tummeln." Er sah auf seine Armbanduhr. „Muß ein paar Leute treffen. Ich hoffe, du kommst bald wieder mal mit mir essen, Jill. Und Sie auch, Barr, wenn Sie noch einige Zeit hier sind?"

Alec lächelte. Ihm gefiel Jills munterer, kleiner Börsenmakleroberst.

„Vielleicht auf der Rückreise, Sir“, sagte er. „Ich fürchte, ich muß mir in den nächsten Tagen meinen Regenmantel und die Reiseschreibmaschine schnappen und zu einem großen Sprung ansetzen. Es wird mächtig viel Arbeit geben. In der Zwischenzeit versuche ich, soviel wie möglich von der Zeit unserer Gastgeberin mit Beschlag zu belegen.“

„Kann ich Ihnen nicht im geringsten verübeln. Nun, jetzt muß ich aber gehen. Ruf mich an, wenn du einen freien Augenblick hast, Jill, Liebling, dann kauf' ich dir was zu essen.“ Er streckte Alec Barr noch einmal die harte Hand hin. „Alles Gute in Afrika“, sagte er. „Und es würde mich wirklich interessieren, was Sie darüber zu berichten haben, wenn Sie zurück sind. Ich bin entweder im Büro oder bei White zu erreichen. Gute Nacht. *Bon voyage*.“

„Gute Nacht“, sagte Alec, zum Kamin tretend, während Jill den Oberst zur Tür begleitete.

„Nun“, sagte Jill, „was hältst du von meinem besten Beau?“

„Er gefällt mir“, meinte Alec, „gefällt mir sogar sehr. Mit dem würd' ich mich nicht gern in Nahkampf einlassen. Nicht in dunklen Gassen. Oder in einem Krieg. Ich fürchte mich vor mittelgroßen, runden Männern. Die haben keine Kanten, die man abschlagen kann.“

„Miles ist schon reizend. Aber er ist altmodisch. Er reicht den Portwein von links, muß unbedingt eine Melone tragen und wird nie jemand verraten, wie er zu seinem MC und seinem Streifen kam. Und dann ist er natürlich ungeheuer pünktlich.“

100

Es schien Alec Barr, daß er noch nirgendwo länger Dauergast gewesen war als im Norfolk oder im New-Stanley-Hotel in Nairobi. Er wohnte im einen oder anderen, je nachdem, wo ein Zimmer frei war. Manchmal hatte er Glück und bekam ein Cottage im Norfolk. Manchmal nahm er sich eine Suite oder ein Zimmer im Stanley. Manchmal schlief er auf dem Sofa des Managers. Nairobi war sein Arbeitshauptquartier, und in den Hotels ließ er sein überflüssiges Gepäck und empfing seine Post. Der Manager, ein dicklicher Irländer aus Liverpool mit einer großen Nase, war ihm im Laufe der Zeit ans Herz gewachsen.

Dieser Manager, der Burrows hieß, klopfte jetzt an die Tür seines Cottages. In der Hand hielt er einen braunen Umschlag.

„Telegramme, Bwana", sagte er. „Ihre gesammelte Post liegt in meinem Büro im Stanley. Ein ganz stattlicher Haufen."

„Herein, herein", sagte Alec müde. „Ich liege in der Wanne. Wie geht's Ihnen, Kamerad? Wären Sie so nett, mir durch einen Boy etwas Eis holen zu lassen? Auf dem Tisch dort steht eine Flasche Whisky. Jesus, wie zerschlagen ich mich fühle! Direkt durch von Angola. Lesen Sie mir bitte die Kabel vor, während ich mir den afrikanischen Dreck abkratze. Von wem sind sie?"

„Das erste ist von Ihrer wahren Liebe." Burrows räusperte sich. „Das zweite ist vom Büro. Keins von beiden wird Ihnen gefallen. Das eine lautet, ich zitiere: LESE VON KONGOKÄMPFEN SCHRECKLICH IN SORGE STOP HABE DREI WOCHEN NICHTS VON DIR GEHÖRT BIST DU GESUND FRAGEZEICHEN LIEBE JILL. Ende des Zitats. Das andere: AUFGABE ZU GROSS EIN MANN STOP SCHICKE EILIGST LARRY ORDE ZUR UNTERSTÜTZUNG. SCHELL. Ende des Zitats. Und das Eis hab' ich schon bestellt."

„O Gott!" sagte Alec aus dem Badezimmer. „Frauen und Krieg. Ich schätze, ich muß sie anrufen. Gibt's eine Möglichkeit, jetzt nach London durchzukommen? Und dieser neue Junge? Die scheinen zu glauben, der Alte wird langsam weich in den Knien. Eigentlich eine Art Ohrfeige."

„Nicht jetzt", sagte Burrows. „Das Fernamt schließt, wie Sie wissen. Aber ich melde Ihnen eins für morgen an."

„Morgen, Jesus, morgen soll ich ein langsames Kamel nach Somalia kriegen. Wie lange war ich diesmal weg?"

„Seit auf Verwoerd geschossen wurde", antwortete der Manager. „Schieben Sie das langsame Kamel auf, und beruhigen Sie Ihre Dame. Sie müssen sowieso auf den neuen Jungen warten. Hier kommt das Eis. Soll ich was mixen?"

„Irgendwas, wenn's nur ein Doppelter ist", sagte Alec. „Wissen Sie, daß ich schon acht Monate hier bin, seitdem ich mich von diesem Mädchen in London verabschiedet habe? Kommt mir wie acht Minuten vor."

Der Manager brachte ein Glas Whisky ins Bad, wo Alec sich abtrocknete. „Muß sagen, es bekommt Ihnen", meinte er. „Sie sind etwas magerer, aber braun wie ein Stiefel und scheinen sehr gesund zu sein."

„Danke für den Drink und für das medizinische Gutachten. Tatsächlich hab' ich mich nie in meinem Leben wohler gefühlt. Bis jetzt, dachte ich, hätt' ich gut gearbeitet und mir das Land angesehen. Aber, großer Gott, was für ein Riesenbrocken Land das ist! Dinner heute abend?"

„Gast des Hauses. Treffe Sie im Grill. Ich muß jetzt weiter: muß ein paar Beschwerden nachgehen. Ihr Gespräch melde ich für fünf Uhr morgen nachmittag an. Sie müssen ein paar Tage ausspannen, Kamerad. Der Markt in Lockenköpfen ist nicht schlecht. Da ist zum Beispiel eine kleine –"

„Hören Sie auf! Mein Gewissen pikt mich immer noch, wenn ich an eine Dame im *Relais* denke. Das ist in Brazzaville, Bauer."

„Weiße Dame?"

„Kann mich nicht genau erinnern. Wechselnde Winde, wissen Sie. War alles ein bißchen unklar. Aber irgendwie weiß ich noch, daß sie eine charmante Lufthostesse war, die ich im Club Caiman kennenlernte. Sie ging früh weg."

„Ich weiß, ich weiß", sagte der Manager, sich zurückziehend. „Sie mußte ja ihre Maschine kriegen."

101

Alec zog sich langsam an, genoß den Drink dabei. Es war nett, wieder zu Hause zu sein, Burrows wiederzusehen – was für ein reizender Kerl! – und sich wieder mal einen nicht durchgeschwitzten Anzug anzuziehen. Er hatte zu lange vom Inhalt eines fast platzenden Handkoffers gelebt. Buschkhaki war als ständige Arbeitskleidung schon recht, aber dann und wann sehnte sich ein Mann nach einem weißen Hemd und einer Bügelfalte in den Hosen.

Acht Monate. Acht Monate MMBA, wie es hieß – „Meilen und Meilen blutiges Afrika". Aber er scherzte nicht. Es war es alles wert. Er hatte sich nie wohler gefühlt, obgleich er wahrscheinlich sämtliche Schmerzen und Plagen durchgemacht hatte, die es in diesem wanzenverseuchten Paradies gab.

Er hatte von Gin und Paludrine gelebt, und wenn er kein Paludrine hatte, dann nur von Gin. Aber er schrieb recht gut und war glücklich bei seiner Arbeit.

Wahrscheinlich mußte er eine Menge Privatkorrespondenz nachholen, und er kam sich Jill gegenüber schuftig vor. Aber wenn man furchtbar viel zu tun hatte, an einem Tag einen Eingeborenenbus erwischen, eine Chartermaschine am nächsten herunterwinken, am übernächsten ein Kamel einfangen und dann in einem Jeep weiter durch den Urwald rumpeln mußte, sorgte man sich eher um schmerzende Leisten und geschwollene Füße als um Frauen. Die Frauen, selbst die weit entfernte, geliebte Frau, wurden in der Erinnerung undeutlich, und seltsamerweise fehlten sie einem eigentlich nicht. Wenn man's genau bedachte, war es gar nicht so seltsam. Sie hatten ihm nie gefehlt während des Kriegs, wenn er auf See war oder endlose Monate auf Inseln festsaß.

Und man bekam einen richtigen Horror vor handgeschriebenen Postkarten, wenn man Prosa mit der Maschine schrieb.

Er hatte von weißen Männern und ihrer Abhängigkeit von Eingeborenenfrauen in den Tropen gelesen und gehört. Er hatte Afrika von oben bis unten durchstreift, im Norden und Süden, im Osten und Westen. Namen schossen ihm durch den Kopf wie elektrische Impulse: *Mogadischu. Addis Abeba. Luanda. Ruanda-Urundi. Luluabourg. Lizville. Stanville. Accra. Leo. Brazza. Lampala Nairobi, Mombasa, Daressalam. Lumumba Gizenga Kalonji. Mboya. Kenyatta. Kasavubu. Balikongo. Tschombe. Verwoerd?* Er war an dem Tage in Johannesburg gewesen, als Pratt ihn erschoß. Und dieser arme, alte, fette König Mushenge. *Togoland.* Wer zum Teufel hat je vorher von Sylvanus Olympio gehört? Oder von Sekou Touré. Oder Abbé Youlou? Oder von den vielen schwarzen Gesichtern und Orten, die neuerdings in den Nachrichten auftauchten? Wer hatte die mit Asche beschmierten Frauen nackt durch die Straßen von Luluabourg marschieren sehen? Wer hatte die Kämpfe außerhalb Bakwangas miterlebt? Wer, um Himmels willen, hatte je vorher von Bakwanga gehört?

„Ich", sagte er, seine Krawatte bindend. „Der Alte Doktor Livingstone Barr. Und es scheint mir tatsächlich zu bekommen, wie der Mann da sagte. Selbst wenn ich mir keinen Bart wachsen ließ und kein Leben der Schande mit einer schwarzen *bibi* führte."

Er hatte sich nicht in Versuchung führen lassen, war auch nicht unerfüllt gewesen, obgleich der Kongo von belgischen und französischen Frauen wimmelte und obgleich Nairobi, wenn er dort wieder mal zwecks Neuorientierung aufkreuzte, von hübschen englischen Mädchen in kürzesten Shorts bevölkert war. Weiß Gott, Kapstadt, Johannesburg und Durban waren übervoll von Frauen. Aber den einzigen Treubruch hatte er im Hotel *Relais* begangen, auf der französischen Seite des Kongo, und das war ein hübsches SABENA-Gör gewesen, das, wie der Mann sagte, eine frühe Maschine hatte kriegen müssen.

Es war alles zu sehr durcheinandergegangen, zu geschäftig gewesen, seitdem er in Nairobi aus dem Flugzeug gestiegen war, nachdem er sich gesagt hatte, daß sich im Kongo bis nach dem Unabhängigkeitstag am 1. Juli nichts tun würde. Mit diesem Vorgefühl hatte er völlig recht behalten. Manchmal hatte er einen weißen Jäger als Chauffeur-Guide engagiert, manchmal war er allein losgefahren, hatte das benachbarte Land durchstreift – per Jeep von Nairobi nach Somalia, mit dem Flugzeug nach Äthiopien, wieder hinunter und quer durch den portugiesischen Westen, Angola, dann zurück nach Gabun, um eine Woche mit Dr. Schweitzer in Lambarene zu verbringen und ein paar seltene und wunderbare Leprakranke, zahme Bongos und jüdische Emigrantenärzte kennenzulernen.

Seine Berichte strotzten von Fakten und interessanten Details und hatten sich leicht und glatt geschrieben, wenn er sich gelegentlich für eine Woche zurückzog und sich mit seiner Reiseschreibmaschine in einem Hotel vergrub. Die wenigen Kabel Marc Mantells waren schmeichelhaft. Anscheinend waren die Herausgeber mit seiner Arbeit zufrieden und glücklich. Daß er gerade anwesend war, als Pratt Verwoerd erschoß, war reiner Zufall und ein glückliches Zusammentreffen. Man beabsichtigte in Nairobi, einen Engländer namens Peter Poole zu hängen, weil er einen Schwarzen getötet hatte; bei dieser Exekution war er auch zugegen gewesen. Es war das erstemal, daß ein weißer Mann gehängt wurde, weil er einen Eingeborenen in Kenia erschossen hatte. Wenn alles so gut lief, warum schickte man ihm dann einen Assistenten?

Alec konnte vor seinem inneren Auge sehen, wie die einzelnen Berichte und Artikel sich zu einem guten, soliden, umfassenden Sachbuch über Afrika, das neue Afrika, formten. Es würde eine ganze Menge Knüller enthalten, von denen die Husch-Husch-Berichte nichts wußten – zum Beispiel über den alten Häuptling mit seinen fünfhundertfünfzig Frauen; über Albert Kalonji, der sich in einer neuen Demokratie zum König küren ließ; über die Informationen, die er von Schweitzers japanischem Leprologen erhalten hatte, über die Kastrierungen en gros in Äthiopien und Somaliland, über die Grenzgefechte unter den Turkanas, den Suks und Karamajong ... Es würde ein gutes Buch werden, selbst wenn es letztlich aus Magazinartikeln zusammengesetzt sein würde.

Aber *irgendwo*, tiefer ruhend, war das Buch, das er schreiben mußte – ein Roman, den er noch nicht im Griff hatte. Manchmal glaubte er, ihn fast genau vor sich zu sehen, und dann entglitt er ihm wieder. Eines Tages, dachte er, würde der Groschen fallen, und dann hätte er *Das Buch*, *Das Große Buch*, das ihm jahrelang durch die Finger gerutscht war. Alles, der ganze reiche Stoff des Alten und Neuen, von Leben und Tod, von Schwarz und Weiß, von gestern und morgen war hier, in dem sich verwandelnden Afrika, und er, Alexander Barr, würde so lange hierbleiben, bis er, verdammt noch mal, fände, was er suchte.

102

Alec beschloß, in der Dämmerung langsam die Government Road hinunterzuschlendern und die erfrischende Kühle zu genießen, die sich um sieben Uhr abends schnell in Kenia einstellte. Hier würde er nicht auf einen Drink einkehren: Die Norfolk-Veranda würde voll von Bauernlümmeln in Kordhosen mit hochgerollten Hemdsärmeln sein, alle in höchster Lautstärke davon redend, daß sie nach Südafrika zurückkehren wollten. Die Leute, die er früher draußen im Land gekannt hatte, gingen nicht mehr so häufig ins Norfolk. Sie schienen das New Stanley zu bevorzugen, seitdem Burrows sein Hauptquartier dorthin verlegt hatte, und das Grill war jetzt wirklich ein verdammt feines Restaurant, besser als alles in Afrika, beinah so gut wie irgend etwas in London.

Gott, wie schön, sich wieder sauber zu fühlen, auf dem Wege zu einem schönen Dinner im dunklen, ruhigen Grillroom, immer in der Hoffnung, ein paar nette Burschen zu sehen, denen er überall auf dem Kontinent wieder in die Arme lief. Nairobi war das Nervenzentrum der afrikanischen Berichterstattung; der Kongo oder Westafrika waren nur auf kurze Zeit zu ertragen. Dann mußte man unbedingt zu einem anständigen Haarschnitt und einer Gesichtsmassage zurück. Die Stadt war in zehn Jahren enorm gewachsen. Es schien gar nicht mehr seltsam, schwarze Gesichter im Grill oder im Speisesaal oben anzutreffen – schwarze Gesichter an den Tischen, statt als Kellner daneben.

Wollen mal sehen. Morgen würde er sein Ferngespräch mit Jill führen, obgleich ihm jetzt schon angst und bange davor war. Er hatte sie schon mehrmals vorher angerufen, aus verschiedenen Städten des Kontinents, und das Ergebnis schien immer dasselbe zu sein. Nach endloser Wartezeit brach die Verbindung unweigerlich ab. Man konnte kaum noch etwas hören, da waren Nebengeräusche, und man legte enttäuscht auf, wenn irgendein afrikanisches oder asiatisches Telefonfräulein die Verbindung trennte, genau in dem Augenblick, in dem man sich etwas äußerst Wichtiges zu sagen hatte. Sie hatten ihn einmal getrennt – und das zwei Tage lang –, als Marc Mantell eben sagte: „Und der Filmpreis beträgt –" Versuch mal, mit diesem halb angefangenen Satz ins Bett zu gehen, dachte er, besonders, wenn du das Geld brauchst.

Jawohl, morgen würde er Jill bestimmt anrufen, die sich furchtbar langweilen mußte, da seine Abwesenheit sich noch Monate hinziehen würde. Es sei denn, der gute Oberst – wie hieß er gleich? Smathers oder so ähnlich – nahm sie noch unter seine Fittiche. Der Oberst – Chalmers war der Name, wie er sich jetzt erinnerte – gab ein schönes, standfestes Double ab für die Art vibrierender Erregung, die von Alec Barr erwartet wurde. Der Oberst trug eine Melone, und Alec Barr trug einen doppelrandigen *terai* oder eine schurkische Polizeibaskenmütze. Der Oberst verkaufte Obligationen und Aktien und fuhr jeden Tag in die City, wohingegen Alec Barr mit einem dicken Eingeborenenkönig im Dschungel warmen Benediktiner trank, Magazinberichte schrieb und größere und bessere Bücher entwarf und – du verdammter Hund Barr – gelegentlich mit einer flüchtigen Bekanntschaft in einem kongolesischen Hotel ins Bett hopste, dessen Portale von zwei riesigen Ebenholzgöttern bewacht wurden. Der Oberst trug eine alte Collegekrawatte, und Alec Barr gefiel sich in der Rolle eines heiteren Renommisten. Aber der Oberst war nützlich, und Alec war ehrlich froh, daß seine Liebe wenigstens etwas mit ihren Abenden anzufangen hatte, während Alec Barr wie Sir Richard Burton auf der Jagd nach erregenden Abenteuern herumpeste.

Morgen würde er sich neu organisieren und in Ordnung bringen, und während er auf das Ferngespräch mit Jill wartete, würde er zusehen, ob er sich nicht auch mit Amelia in Verbindung setzen könnte. Wenn Jill sich schon über sein Befinden Sorgen machte – und die Kämpfe im Kongo mußten riesige Schlagzeilen liefern, wenn man bedachte, daß die UNO in die Geschichte verwickelt war –, dann mußte Amelia erst recht besorgt sein. Es waren mindestens sechs Wochen vergangen, seit er Amelia das letztemal geschrieben hatte. Wenn er sie nicht anriefe – es war gar nicht so leicht, mit der eigenen Frau und der Geliebten am selben Tag zu telefonieren –, würde er wenigstens ein Telegramm schicken und sie beruhigen, daß er bis jetzt noch nicht aufgefressen worden war. Marc sollte er lieber auch noch kabeln und um Einzelheiten über den neuen Assistenten bitten.

Das würde er tun, nachdem er die Post durchgesehen hätte, die jetzt zweifellos in seinem Norfolk-Cottage einträfe. Er hatte keine Lust, heute abend noch Post zu öffnen und über nagende Probleme auf der anderen Seite der Welt nachzudenken. Er wollte die letzten Nachrichten über das schlechte Benehmen seiner Mutter, seines Vaters und Bruders gar nicht erst erfahren. Von der Amelia-Front wollte er ebenfalls keine Klagen hören – und, seltsamerweise, wollte er auch keine Berichte über die Gesellschaftssaison in London lesen oder irgendwelches kaum verschleiertes Drängen auf sofortige Rückkehr zur Kenntnis nehmen. Ganz besonders wollte er nicht an die Vereinbarung erinnert werden, die Scheidungsmaschinerie in Gang zu setzen, sobald sein Einsatz in Afrika beendet wäre. Einen Augenblick lang hoffte Alec Barr inständig, daß der Einsatz nie zu Ende ginge.

Nun, hier war er also, in der Hardinge Street, und dort war Thorn Tree, übervoll mit Gästen draußen, vor dem hellerleuchteten New Stanley. Er würde in die Bar im ersten Stock gehen, nicht in die Long Bar, die vermutlich voll zweitklassiger Leute steckte, knorrigen, alten

Siedlern, die den Wandel der Zeit beklagen und ein paar Drinks mit den durchreisenden Großgrundbesitzern nehmen würden. Bestimmt wäre jemand da, den er kannte – Peter Younghusband von der *Mail*, Ross Mark vom *Express*, der eine oder andere von den Nachrichtenburschen. Es wäre ganz angenehm, einige Informationen auszutauschen – man konnte in Afrika nicht über alles auf einmal berichten. Vielleicht hatten sie recht mit dieser kleinen Hilfe, diesem Extrapaar Beine.

Dann stellte sich die Erwartung auf ein gutes Abendessen mit dem höflich lächelnden Albert ein, den eingeborenen Kellnern, die glücklich wären, den Bwana wieder zu Hause zu begrüßen, und er wußte genau, was er bestellen würde. Er würde ungefähr sechsunddreißig winzige Mombasa-Austern bestellen, eine Dover-Seezunge, groß wie ein Badetuch, einen grünen, grünen Salat mit Roquefort und einen *Pokal* Dänemark mit dreitausend Kalorien in seiner Schokoladensauce. Er würde eine ganze Flasche Châteauneuf du Pape trinken, trotz des Fischs, weil er heute abend Lust auf Rotwein hatte. Und er würde ein paar Kognaks trinken und sich großartig fühlen, weil sein Freund Burrows die Zeche bezahlte. Dann würden er und Burrows eine Weile in den *Equator Club* gehen und schließlich in der Suite des Managers landen, des Managers Whisky trinken und die Platten des Managers spielen. Er würde sich betrinken und nicht ins Norfolk zurückkehren, aber morgen würde er mit einem Mordskater aufwachen und der Aufgabe gegenüberstehen, die er am meisten haßte – mit London zu telefonieren und Jill Richard zu sagen, daß er noch nicht so bald heimkehren werde.

103 Larry

Das wenigste, was er tun konnte, war, den Scheißkerl abzuholen, dachte Alec und haßte sich, weil er das Wort „Scheißkerl“ auch nur dachte. Larry Orde war kein Scheißkerl. *Jung*, jawohl, aber *Scheißkerl*, nein. Niemand, der das exklusive Abschlußtraining der United Press absolviert hatte, war auch nur annähernd ein Nichtskönner. Nicht, wenn man Mitarbeiter von Baillie in New York und Lyle Wilson in Washington und Fergy in London gewesen – und nicht geschaßt worden war. Hier stimmte das Wort „Scheißkerl“ nicht. Nein, Sir.

„Ich werde alt“, sagte Alec Barr, während er auf dem Flughafen Embakasi auf den Einflug des großen südafrikanischen Düsenklippers wartete – hoffentlich hatte der Klipper mehr Glück dabei als neulich, als ein Kollege ohne ausgefahrenes Fahrgestell auf seinem dicken, fetten Bauch hereingeschlittert war. Ich werde alt, wenn ich auch nur Scheißkerl *denke*; ich werde alt, wenn ich was gegen Unterstützung habe. Natürlich ist dieser gottverfluchte Kontinent zu groß, als daß er von einem Mann verarztet werden könnte. Ich brauch' wirklich noch ein Paar junge Beine, ein Paar helle, aufmerksame Augen und ein bißchen zusätzliche muskulös-jugendliche Begeisterung, die nicht von zu vielen Jahren, zuviel Schnaps und zu vielen Frauen abgestumpft ist, ganz zu schweigen von überfälligen Flugzeugen.

Nun, er sollte nicht schwer auszumachen sein, und da ist er ja. Der funkelnagelneue Assistent, mein Gott, wie schrecklich jung er aussah, wie er da über das blendendweiße Flugfeld schlenkerte. Die brennende Sonne Nairobis schlug Funken aus seinem rötlichen Haar und umgab es wie ein Heiligenschein im Morgenwind.

Alec pfiff. Er wedelte vom Geländer der Winkterrasse aus mit der Hand und zeigte mit dem Daumen nach unten. Orde grinste, stellte seine Reiseschreibmaschine ab und schüttelte die gefalteten Hände über dem Kopf im Boxkämpfergruß. Alec wandte sich um und ging hinunter, um vor dem Zoll zu warten. Orde würde keine Schwierigkeiten haben. Die Schreibmaschine sah zerbeult genug aus, um als nicht zollpflichtig erklärt zu werden, und so, wie er junge Schriftsteller kannte, hatte Orde sich genau an die Gewichtsbeschränkung beim Gepäck gehalten. Die Kleiderfrage würde er regeln müssen; Ahamed Brothers und der African Boot Shop würden den Jungen im Eiltempo ausstatten.

„Orde", sagte der junge Mann und streckte ihm die sommersprossige Hand entgegen, deren von der Sonne gebleichte Härchen der Wind bewegte. „Sie müssen Mr. Barr sein. Niemand sonst würde mich abholen."

„Barr stimmt", sagte Alec. „Willkommen in unserem Dorf. Waren Sie schon mal hier?"

„Nein", sagte der Junge und grinste, breite weiße Zähne in seinem sommersprossigen, stupsnasigen Gesicht entblößend. Wind hin, Wind her, dieser Rotschopf würde nie einen Kamm benötigen. Die blauen Augen sahen einen direkt an. „Harlem ist ungefähr das Äußerste, was ich vom Schwarzen Erdteil kenne, es sei denn, Sie rechnen Mississippi dazu. Ich komme rein und unschuldig zu Ihnen."

„Das hört sich wie eine verdammte Lüge an, für Anfänger", erwiderte Alec. „Ich hab' Ihren großen Bericht über den Spionageprozeß in Moskau gelesen. Ich pflegte auch Ihre täglichen Sachen zu lesen, als Sie noch für UP in der Welt rumfuhren. Beirut war ganz besonders gut."

Das Gesicht des Jungen hellte sich auf.

„Sie haben das über Beirut gelesen? Ich hatte einen Mordsspaß da drüben. War selbst mal Marinesoldat – in einem alten Krieg. Korea."

Himmel, dachte Alec und fühlte seinen Schnurrbart schneeweiß werden. *Korea* ein *alter* Krieg?

„Ich war auch mal beinah ein Mariner", entgegnete er. „Wurde Larson auf Guam ausgeliehen. Anscheinend hab' ich mich aber nicht bewährt. Sobald sie eine Gelegenheit hatten, schoben sie mich zur Air Force ab – The Baker Two Nines –, und dann hab' ich's mit denen offenbar auch nicht gekonnt. Die reichten mich an die britische Pazifikflotte weiter, nahmen wahrscheinlich an, in Australien könnte ich nicht viel Schaden anrichten. Das war in einem *älteren* Krieg." Er grinste, versuchte, den Stich aus dem Versuch des Jünglings zu nehmen, sich einen Erwachsenenstatus zuzulegen.

„Kommen Sie", sagte er und konnte nicht widerstehen, Suaheli zu sprechen. Er klatschte in die Hände und sagte zu den Trägern: „*Sikia! Lete sanduku motocar vango, na, upese sana!* Wie viele Gepäckstücke haben Sie?" fragte er, zu Larry Orde zurückgewandt.

„Zwei. Valpak und einen gewöhnlichen Koffer."

„*Sunduku mbile*", sagte Alec zu den Trägern. „*Ile mkubwa na ile kidogo.*" Er machte eine deutende Geste. „*Hapana hapa! Hapana pandi hi! Pandi hio!*"

„Ich glaube, die kämmen die Eingeborenenschulen nach Blödlingen für diese Träger hier durch", sagte er zu Larry Orde. „Verdammte *nugus.*"

„Ihr Suaheli klingt aber nicht wie meins", meinte Orde. „Mir scheint, ich hab' das falsche Buch erwischt."

„Meins ist *Ki-Settler-Suaheli*, so heißt das hier und bedeutet Küchenkaffernsprache. Babysprache. Geschäftssprache. Was haben Sie mitbekommen?" Er sah den jungen Mann mit neuem Interesse an.

„Ich verstand", sagte Orde bescheiden, „daß Sie die Boys anwiesen, ein kleines und ein großes Gepäckstück in Ihren Wagen zu verfrachten, und sie stünden nicht auf dieser Seite des Zolls, sondern auf der anderen, und sie sollten sich beeilen?"

„Stimmt", sagte Alec und kam sich ziemlich klein vor.

„Nun, dann war nicht alles umsonst", meinte Orde. „Ich hab' einen Monatsschnellkurs genommen, als ich diesen Job übernahm. Aber was die mir da beibrachten, klang eher wie reines Arabisch. Eine Menge veränderliche Vorsilben und Nachsilben. Zum Beispiel: *Ein* Messer heißt ‚kisu' und zwei Messer ‚wisu', und ‚mbile' wird zu ‚wawile'. Richtig?"

„Gott segne uns alle", erwiderte Alec. „Wir werden kurz auf einen Drink einkehren, während die das Gepäck verlieren. Sprechen Sie noch andere Sprachen?

Der Junge lachte und berührte seine abstehenden Ohren.

„Ich bin ein Karnickel", sagte er. „Ich spreche mehr Sprachen schlecht als irgend jemand auf der Welt. Das einzige, was mich je wirklich kleingekriegt hat, ist Baskisch und Albanisch. Mein Russisch können Sie im Grunde von meinem Italienisch nicht unterscheiden, aber in Zeichensprache bin ich großartig. Mein Französisch ist nicht übel, und Spanisch geht auch einigermaßen, und ein bißchen Arabisch spreche ich auch, *Hamdullilah!* zum Beispiel. Alles übrige ist reine Angabe."

„Nun, das werden wir alles brauchen können", meinte Alec. „Afrika ist in den letzten paar Monaten ganz schön durcheinandergewirbelt worden. Wie steht's mit Ihrem Rotchinesisch?"

„Kann ich nicht – noch nicht", antwortete der Junge. „Aber das kommt auch noch. Haben Sie eine Ahnung, wo ich unterkomme, während wir genau aussortieren, was ich für mein Geld tun soll, ohne Ihnen in die Quere zu kommen?"

Sie gingen jetzt auf den Mietwagen zu. Alec warf den Trägern je zwei Shilling zu.

Die Träger verbeugten sich und sagten: „*Asante sana, Bwana*", und verschwanden.

„Dieses ‚Bwana' werden Sie in Bälde auch nicht mehr häufig hören", sagte Alec, sich ans Steuer setzend. „Es kommt aus der Mode wie der *kanzu* und nackte Füße. Was Ihre Unterkunft betrifft, so hab' ich eine Suite. Sie hat zwei Betten. Ich hatte mir gedacht, daß Sie zu mir ziehen – es ist eigentlich ein Cottage –, bis wir uns klarwerden, wer was übernehmen wird."

„Fein", sagte Larry Orde. „Mein Gott, Zebras! Und diese büffelähnlichen Dinger mit den Mähnen – Wildebeest?"

„Richtig. Bis vor kurzem noch – besonders auf dem alten Flughafen – mußte man sie buchstäblich von der Piste runterschießen. Eine Stunde vor Ankunft des Flugzeugs wurden die weißen Jäger rausgerufen. Ich gehe weit in die Vergangenheit zurück", sagte er, wieder mit einem Schuldgefühl der Selbstzufriedenheit.

„Was ist ein *kanzu*?" fragte der Junge. Alec warf ihm einen neugierigen Blick aus dem Augenwinkel zu. Der Junge hat auf jeden Fall ein gutes Gedächtnis, dachte er.

„Ein *kanzu* ist eine Art Nachthemd, das im arabisch beeinflußten Küstenstreifen, in der Gegend von Mombasa-Malindi, klassisch ist. Wurde zur amtlichen Uniform der Diener. Weißer *kanzu*, rote Schärpe, barfuß. Jetzt schreien die Gewerkschaften nach Hosen und Tennisschuhen, und man kann heute nicht mehr viele afrikanische Freunde dazu bringen, ‚Boy!' zu rufen. Der Wind des Wechsels und so weiter. Die Dinge haben sich verändert, seit Tom Mboya sein Bild auf der Titelseite der *Time* hatte. Große Sache."

Die Reifen rauschten lieblich auf der schnurgeraden Asphaltstraße.

„Hübsche Blumen", sagte Larry Orde. „Sieht alles sehr neu aus."

„Ist es auch einigermaßen. Man hat sie eigens für die Queen gepflanzt. Diese Bougainvillea sind etwas ziemlich Besonderes. Wird nicht mehr lange dauern, und es heißt nicht mehr The Queen's Highway. Viel wahrscheinlicher Mboya-Boulevard."

„Wie ist er, dieser Mboya?"

„Smart. Um die Hälfte zu smart, wie die Briten sagen würden. Machtgierig. Hat sehr gemeine Augen. Schlitzaugen wie ein Leopard. Ich glaube, er *haßt* es, daß er schwarz ist. Das ist möglicherweise der Grund, weshalb er sich mit so vielen Weißen umgibt. Ich glaube, er sieht sich als Weißer, und eines Tages wird er sich verwandeln und Schwede werden. Auf mich ist er nicht allzugut zu sprechen."

„Gibt's einen besonderen Grund?"

Alec grinste.

„Einen. Vor ein paar Monaten hat Seine Kaiserliche Hoheit, Kwame Nkrumah I. von Ghana, ihn öffentlich abgekanzelt, und ich fragte Mr. Mboya, wie er sich vorkäme, nicht mehr Nkrumahs kleiner Arschwischer zu sein. Ich hatte die britische Nebenbedeutung vergessen. Er nicht. Mboya hat einen Fehler: Er verachtet wilde Afrikaner. Nach seinen eigenen Worten mag er ‚nackte Nigger mit Speeren' nicht. Die müssen weg. Sie werden's nicht glauben, aber er benutzte sogar das alte, abgeklapperte Klischee von den Eiern, die zerschlagen werden müssen, um ein Omelett zu machen. Das wird ein feines Omelett werden eines Tages, wenn die Köpfe rollen."

„Ich habe Ihre Berichte mit einer extrastarken Brille gelesen", sagte Larry Orde, jetzt wieder ernst. „Sie kennen wirklich verflucht viel von diesem Stück Land, nicht wahr?"

„Mit Schmeichelei kommen Sie überall weiter." Alec warf lachend den Kopf zurück. „Sie könnte uns sogar zu einer ernsten Unterhaltung führen. Ich möchte zum Beispiel gern wissen, ob ich auf die sanfte Tour rausgeworfen oder ersetzt werde oder eine Mithilfe bekomme. Aber das hat Zeit. Ich möchte Sie mit ein paar Freunden von mir bekannt machen. Einer ist der Manager der Hotels. Der andere ist der Wildpfleger. Und dann gibt's hier noch ein paar eingesessene Drahtzieher, die nützlich sein können."

„Alles, jedermann", entgegnete Larry Orde. „Ich bin in einem völlig fremden Land und komme mir wie ein unsolider Knilch vor, der zu Hilfe kommt – assistiert – was, zum Teufel, wäre das richtige Wort? –, die Nase in Ihre Angelegenheiten steckt. Erdulden Sie mich bitte, Mr. Barr. Ich bin ein Junges, das noch nicht von der Mutterbrust loskommt. Oder so ähnlich."

„Ich mach' mir über Sie keine Sorgen", sagte Alec, von der Government Road ab- und in den Hof des Norfolk einbiegend. „Wir sind da. Das liebe, alte Cottage Sieben. Wenn Wände reden könnten – Junge, Junge!"

„Das Bad, von dem Sie sprachen, klingt verheißungsvoll", sagte Larry Orde. „Vielleicht können manche Leute fliegen, ohne sich schmuddlig zu fühlen. Ich gehöre nicht dazu. Selbst meine Fingernägel riechen schlecht. Verzeihen Sie mir, wenn ich mich meinen heiligen Waschungen hingebe?"

„Nettes Wort dafür", meinte Alec. „Sie finden mich dann auf der Veranda, belgische Flüchtlinge zählend. Wir haben heutzutage eine Menge Kunden aus dem Kongo. Viel Vergnügen beim Segeln."

Nach dem Lunch saßen sie bequem in Korbsesseln auf der Veranda, die Füße gegen die halbhohe Wand, die sie umgab, gestemmt.

„Sagt Ihnen der Brief was?" fragte Larry Orde. „Mein Gott, das war aber ein Curry! Ich hab' noch Blasen im Bauch."

Alec schnippte wie nebenbei den Brief mit dem Zeigefinger. Er zuckte die Schultern.

„Jawohl, das tut er. Er sagt mir, was ich bereits wußte." Sein Lächeln zog seine Mundwinkel herunter. „Ich bin zu alt für die Aufgabe. Es steht zwar nicht so da, aber es ist laut und deutlich zwischen den Zeilen zu lesen. Und wissen Sie was, Larry? Er hat verdammt recht. Es ist eine Aufgabe für einen jungen Mann, sie ist wahrhaftig zu groß für einen alten Knacker."

Orde nahm langsam, bedächtig die Füße vom Geländer herunter und beugte sich vor, die Ellbogen auf die Knie gestützt. Die blauen Augen in dem sommersprossigen, stupsnasigen Gesicht waren sehr aufrichtig.

„Sagen Sie's mir", sagte er.

„Noch mehr Kaffee?"

„Nein, danke. Ich hab' genug. Sagen Sie's mir."

„Sie haben eine traurige Vorschau *Ihrer selbst*, in zwanzig Jahren von heute, vor sich", sagte Alec. „So seltsam es Ihnen vorkommen mag, voll von Saft und Essig, wie Sie zweifellos sind, aber der *Ich*, der vor Ihnen sitzt, ist eine trübselige Vorahnung von *Ihnen*."

„Vielleicht versteh' ich, was Sie meinen, vielleicht nicht", entgegnete Larry Orde. „Machen Sie's mir leicht, Alec. Sie kennen ja Schell. Er hat mir nicht viel gesagt, außer daß ich mich von meinem Hintern erheben, mich aufs Pferd schwingen und hierherrauschen soll, um mit Ihnen zu arbeiten. Er sagte, Sie würden die Sache schon organisieren." Orde schnitt eine Grimasse. „Sie wissen selbst, das Geld gibt den Ausschlag. Ich gehöre zum Stab, bin kein Sonderkorrespondent. Ich gehe hin, wohin man mich beordert, außer es wird absolut unerträglich."

„Um es ganz simpel auszudrücken", sagte Alec langsam, „Sie tun die Arbeit. Sie steigen aufs wilde Pferd. Ich sitze hier – oder höchstwahrscheinlich in Leopoldville – auf meinem Arsch. Sie sind die Beine, ich bin der Hintern. Sie berichten, ich schreibe, was Sie berichten. Wir sind jetzt wieder im Büro. Ich setz' meinen Namen drunter, Sie tun die Arbeit. Ich komme mir wie ein Zuhälter vor, und Sie sollten eigentlich übelnehmen. Sie sind meine Beine, und ich bin Ihre Finger. Und die Autorenzeile wird lauten: ‚Von Alexander Barr', und es wird Ihre Arbeit sein, von dem alten Daddy hier in leidenschaftliche Prosa geformt, während er in der kühlen Brise auf dieser Veranda sitzt, wohingegen Sie an Leistenfäule im Dschungel krepieren. Gefällt Ihnen das?"

„Nein, gefällt mir nicht, aber aus einem Grund, den Sie vielleicht nicht vermutet haben." Larry Orde grinste verschlagen. „Es gefällt mir *Ihretwegen* nicht."

„Das ist sehr gütig von Ihnen", sagte Alec und sah in Larry Ordes Augen schnell Ärger aufsteigen. Er hob abwehrend die Hand. „Nein. Halt. Das sollte weder herablassend noch schnoddrig klingen. Ich meinte es im gleichen Sinne, wie Sie das Wort ‚Waschungen' gebrauchten. Es ist verdammt anständig von Ihnen, Orde, daß Sie meine Seite der Sache sehen. Es ist nämlich nicht sehr nett, auf die Weide geschickt zu werden, weil man alt wird und nicht mehr den früheren Mumm hat, besonders, wenn man die letzten sechs Monate damit verbracht hat, sich einzureden, man sei tatsächlich dreißig Jahre alt, mit einem Haufen Pfeffer unter dem Schwanz."

„Nun, ich wollte auch nicht herablassend sein", erwiderte Larry Orde. „Ich wollte nur sagen, daß ich nichts gegen die Beine-Arbeit einzuwenden habe, wenn Sie Vertrauen zu dem haben, was ich Ihnen als Rohberichte schicke. Die Autorenzeile interessiert mich bei dieser Aufgabe nicht; ich möchte nur lernen. Und wenn das Zeug, das ich Ihnen schikke, gut genug für Artikel mit Verfasserangabe ist, dann bin ich glücklich mit meiner Rolle als stiller Teilhaber. Okay?"

„Darauf müssen wir uns die Hände schütteln", sagte Alec und streckte die Hand aus. „Ich glaube, wir werden für den Anfang weit kommen. Vielleicht bis zur Bar."

Orde grinste wieder. „Für den Augenblick ist das weit genug. Nachdem Sie mich nun nicht von einem befreundeten Medizinmann vergiften lassen, gibt's mehrere Millionen Dinge, die ich nicht kenne und über die Sie mich informieren können."

„Ich lasse mich leicht ausfragen", sagte Alec. „Stehe zu einer Gehirnwäsche zur Verfügung. Es ist jetzt Ihr Spesenkonto."

Wieder grinste Larry Orde.

„Vielleicht war's ein Fehler, Ihnen einen Assistenten zu schicken. Ihr letzter Bericht las sich, als hätten Sie Ihre Höchstform erreicht."

„Ich bin schon sehr lange im Geschäft", meinte Alec. „Etwa so lange, wie Sie alt sind. Erschreckend, nicht wahr?"

„Es wird erschreckend sein, wenn ich heute in zwanzig Jahren in dieselbe Lage komme", erwiderte Larry Orde mit ruhiger Stimme. „Hoffentlich meistere ich sie ebenso gut. Es hätte eine verdammt kitzlige Sache werden können, wissen Sie das?"

„Ich weiß das", sagte Alec kühl. „Und jetzt wollen wir den Weg des Lebens zusammen, Hand in Hand, hinunterschlendern, zur Bar, und Sie nehmen Ihr Notizbuch mit. Wenn Sie Fragen haben, wäre ich gar nicht überrascht, wenn ich keine Antwort darauf wüßte. Auf ein paar jedenfalls. Wir fangen mit Omas erstem ausdrücklichem Gebot an: Laß dich nie mit rothaarigen Frauen ein, die schwarze Unterwäsche tragen."

„Ich will mich wirklich nicht als fuchsiger Opa aufspielen", sagte Alec. „Aber ich hab' einiges auf dem Buckel, wie Sie ganz offen andeuteten. Zu den Dingen, die Sie nicht tun dürfen, gehört, sich törichterweise umbringen zu lassen. Dies ist ein dummes Land mit einem dummen Krieg, von dummen Leuten geführt. Niemand weiß, wer Befehle gibt, von einem Tag auf den anderen."

„Wär's nicht reichlich schwierig, in einem solchen Aufruhr Schaden zu nehmen? Ich meine, ich hab' woanders schon einiges Eisen gesehen und einen Haufen Lärm gehört."

Der junge Larry Orde tat die kongolesischen Kämpfe mit einer Handbewegung ab.

„Es muß ein Haufen Plünderer sein, der auf die Menschheit losgelassen worden ist. Höchst wahrscheinlich noch betrunken."

„Stimmt ganz genau", sagte Alec. „Das ist gerade die Schwierigkeit. Sie haben keine klare Front, keine richtigen Armeen – zum Teufel, der kommandierende General war noch vor ein paar Monaten Sanitätsgefreiter –, und jeder ist irgendwie schwarz. Aber das Risiko besteht immer, weil irgendein Patriot nach der letzten Mode mit einer Abwasserrohrmuskete Sie für einen belgischen Spion halten könnte."

Larry Orde feixte, wobei seine Sommersprossen sich ausdehnten und Alec plötzlich an Ben Lea erinnerten.

„Ich werd' mich schon vorsehen", sagte Larry Orde. „Ich hab' eine UN-Armbinde und eine Büchse schwarze Schuhcreme. Ich habe die Absicht, mir einen blauen Helm zu stehlen, meinem Gesicht eine schwarze Politur zu geben und mich der Szenerie anzupassen." Er summte eine Strophe vor sich hin. „*Dat's why de white folks call me shine.*"

„Was Sie nicht bedacht haben", sagte Alec, „ist, daß die Eingeborenenläufer noch nicht mit den neuesten Nachrichten hier sind. Entweder kämpfen sie im Kasaigebiet, oder sie kämpfen nicht. Entweder hat dieser bärtige Knilch Lumumba ein rotes Angebot angenommen oder nicht. Tschombe ist soeben gefangengenommen worden oder marschiert auf Leopoldville oder verteidigt Katanga bis zur letzten Kupfermine. Ob Sie's glauben oder nicht, neulich wurde auf Dr. Bunche geschossen."

„Ralph sieht ein bißchen zu hell für dieses Gebiet aus", sagte Larry

Orde, wieder grinsend. „Ich beabsichtige, dunkler auszusehen. Was soll ich als erstes tun, Boß?"

„Ich könnte vorschlagen, daß Sie nach Leopoldville fliegen und sich ins Bild setzen", antwortete Alec. „Aber das Bild wird sich ändern, bevor Sie sich hineinversetzen."

„Im Kasaigebiet sieht's lebhafter aus, und ein Weg dahin führt über Luluabourg. Heut abend geht eine Maschine dahin ab."

„Da ging's lebhaft zu, als ich's verließ", sagte Alec, dem Ober ein Zeichen gebend. „Ein Haufen Luluaweiber, die nackt durch die Straßen marschierten."

„Scheint der richtige Ort für mich zu sein", meinte Larry Orde. „Fange mit nackten Weibern an und hoffe aufs Beste."

Alec tippte ihm mit dem Finger auf die Schulter.

„Ein bißchen anders war diese Sache mit den nackten Weibern", sagte er. „Als sie nackt durch die Straßen marschierten, waren sie mit Asche beschmiert und hatten eben den Krieg erklärt. Am nächsten Tag fraßen sie meinen Chauffeur auf."

„Hört sich wie eine feine Stadt an, mit der man beginnen könnte, wenn man gar nichts weiß", sagte Larry Orde und stand auf. „Leopoldville würde mich nur verwirren. Ich glaube, ich packe meine paar Sachen zusammen und fahre zum Flugplatz zurück."

„Kein Dinner? Es sind ein paar nette Burschen soeben aus dem Gebiet zurückgekommen, die vielleicht hilfreich sein können ..."

„Kein Dinner. Ich möchte diese nackt durch die Straßen marschierenden Damen nicht verfehlen. Ich bleibe in Verbindung, Alec. Schicke ich meine Berichte hierher?"

„Per Adresse Burrows, den Manager. Er sieht mein ganzes Zeugs durch und hält Verbindung mit mir, wenn ich selbst fort bin. Passen Sie auf sich auf, Larry. Es ist ein großes Stück Land, und es hat eine große Zahl weißer Männer begraben."

„Ich pass' schon auf. Keine Sorge, und Sie machen sich's bequem. Ich hab' lange Beine und ein kleines Hirn. Ich schicke Ihnen, was immer ich habe, sobald ich's habe. Übrigens ..."

„Was?"

„Hoffentlich enttäusche ich Sie nicht. Wenn, dann wird's nicht an den Beinen liegen."

Der Ober erschien mit der Rechnung.

„Meine", sagte Larry Orde, warf einen Geldschein auf den Tisch und ging davon.

Alec Barr sah dem großen jungen Mann nach.

„So sah ich wahrscheinlich auch aus – mal", murmelte er und begab sich in den Grill zu seinen Dinnergenossen.

104

Alec Barr stand von seiner Schreibmaschine auf, reckte sich und grub seine Finger in die schmerzende Stelle seines rechten Schulterblattes. Er beugte seinen rechten Arm, bewegte ihn auf und ab. Er wußte immer, wann er einen guten Artikel geschrieben hatte, obgleich er seit langer Zeit kein fliegender Reporter mehr war. Heute, fast zwanzig Jahre später, wann immer er wütend auf seine Maschine eindrosch und zornig an der Story, die er gerade vorhatte, rumkorrigierte, tat ihm die Schulter weh, und der Rücken fühlte sich gewaltig müde an. Und heute war er besonders reizbar.

„Ein ziemlich guter aktueller Bericht für einen alten Bücherschreiber", murmelte er, ging zu einem Tisch hinüber und griff nach einer silbernen Kaffeekanne. Sie war kalt. Er zuckte die Achseln, knetete noch einmal die schmerzende Schulter und schenkte dann zwei Finger hoch Scotch in ein leicht trübes Glas ein. Das Eis in der Schale war geschmolzen, worauf er das kalte Wasser einfach ins Glas goß. Er nahm einen kleinen Schluck und zündete sich eine Zigarette an. „Ganz guter Bericht", sagte er wieder. „Ob ihn jemand noch in diesem Jahr lesen wird?"

Seine Lippen bewegten sich, während er das Manuskript mit dem Bleistift zusammenstrich, und gelegentlich zuckten seine Schultern, wenn er auf ein rüdes Verb oder ein treffendes Adjektiv stieß. Das war so ein Manuskript, das seine Kollegen in der Redaktion einen „Barr-hat's-wieder-mal-satt"-Bericht zu nennen pflegten, in den alten, befriedigenderen Tagen.

„Das dürfte für den Anfang genügen", meinte Alec Barr, die korrigierten Seiten zusammenfaltend und in ein frankiertes braunes Kuvert schiebend, das in einer Ecke den Vermerk „Original" trug. Dann schob er die korrigierten Durchschläge in einen zweiten Umschlag mit dem Vermerk „Durchschlag". Die erste Maschine konnte abstürzen; die Wahrscheinlichkeit, daß eine spätere Postsendung nicht ankäme, war äußerst gering. Er griff nach dem Telefonhörer, um sich einen Boy zum Abholen des Manuskripts zu bestellen, aber ehe er sein Anliegen vorbringen konnte, unterbrach ihn bereits das Fräulein von der Zentrale.

„Ich habe gerade *Sie* angerufen, Mr. Barr", sagte die Telefonistin. „Mr. Burrows möchte Sie sprechen."

„Verbinden Sie mich", erwiderte Alec Barr. „Kommen Sie doch rüber, Brian. Ich hab' gerade ein ehrliches Stück Arbeit geleistet. Ich bin jetzt ein Schriftsteller mit Muße, nachdem ich mir einen Frontassistenten angeschafft habe."

„Aus diesem Grunde rief ich Sie an", sagte der Manager. „Ich habe ein Kabel für Sie. Sie haben keinen Assistenten mehr. Er ist tot. Ich bringe Ihnen das Kabel."

Und da stand Burrows, aschfahl und grimmig. Alec reichte ihm einen Drink und trat mit dem Kabel ans Licht. Er las es laut, aus Gewohnheit, als wollte er sich vergewissern, daß nichts drin versteckt war. Es war gezeichnet: G371 WASHDC 4545665 121 PTRDIO, und lautete:

„ORDE DURCH KONGOLESISCHES ARMEE-MG BEI BERICHTERSTATTUNG KÄMPFE BAKWANGA GETÖTET STOP SCHICKE NEUEN ASSISTENTEN GUTEN MANN UNTER IHRER LEITUNG WIE ORDE FRAGEZEICHEN VORZIEHEN SIE SONDERKORRESPONDENT FRAGEZEICHEN GRUSS SCHELL."

Alec Barr las das Kabel noch einmal, knüllte es dann zusammen und warf es in den Papierkorb.

Dann ging er zur Schreibmaschine hinüber und spannte ein Telegrammformular in die Walze. Er hämmerte schnell auf die Tasten ein, riß das Telegrammformular heraus und reichte es seinem Freund Burrows, dem Manager.

„Schicken Sie's für mich ab, Blitztelegramm", sagte er.

Burrows salutierte nachlässig und ging hinaus. „Ihr Herrschaften glaubt ans Sparen von Worten, was?" sagte er.

Der Zimmerboy kam, brachte das Eis, nahm sein Trinkgeld entgegen und ging wieder. Alec Barr mixte sich einen neuen Drink in einem frischen, sauberen Glas und setzte sich auf den Diwan. Er legte die Füsse auf das Kaffeetischchen und begann nachzudenken. Dann langte er nach dem Bericht, den er soeben geschrieben, aber noch nicht abgeschickt hatte, und las ihn noch einmal langsam durch.

Es war klar, daß diese Geschichte einen Nachruf für Orde enthalten mußte. Er würde gut reinpassen. Ein „Von-Staub-zu-Staub"-Passus. Afrika rächt sich. Unter sechs Fuß Dreck sind alle Menschen gleich. Oder am Ende eines Stranges. Da tauchte dieser arme Peter Poole wieder auf. Würde der eine zum anderen passen? Könnte man sie miteinander verschmelzen? Was hatten sie gemeinsam, außer der afrikanischen Erde? Poole hatte getötet und war zur Strafe getötet worden. Afrika hatte Poole ebenso sicher getötet, wie Afrika nun den jungen Orde getötet hatte – so sicher, wie Afrika Missionare und Siedler und seine eigenen wilden Völker in blutigen Stammeskriegen getötet hatte, in Stürmen, Hungersnöten, durch wilde Tiere, durch Fieber, durch Schlangen, Pfeile und Speere, Langeweile und Schwarzwasserfieber, Ruhr, Malaria, Schlafkrankheit und Alkohol. Afrika nahm alles in seine große, feuchte Umarmung, in seine heißen, stinkenden, schwitzenden Arme; wie eine riesige, eifersüchtige Mutter, die gewillt ist, ihre Kinder zwar bis zu einem gewissen Punkt streunen zu lassen, dann aber ihre Hände ausstreckt und sie zurückreißt, um sie zu erdrücken.

Ich nehme an, man wird ihn an Ort und Stelle begraben, dachte Alec. *Fleisch hält sich nicht gut in diesem Klima.*

Was wußte er von dem jungen Larry Orde? Larry Orde war Ende Zwanzig, vielleicht sogar Dreißig. Der Junge fing gerade an und hatte ganz offen bei den Erfahrungen seiner älteren Kollegen Anleihen gemacht. Und Alec Barr erinnerte sich einer lange zurückliegenden Zeit, als er atemlos das reife Wissen eines anderen Mannes durchgekämmt hatte, weil damals alles so schwierig und unerträglich aufregend schien. Das kurze, glückliche Leben Larry Ordes, der seinen Tod nicht erwarten konnte.

Nun, er war ein netter Junge, groß genug, um vielleicht ein guter Marineinfanterist gewesen zu sein – zu jung für den letzten großen Krieg und fast zu jung für den größten Teil des Koreakriegs. Er war tüchtig. Man hätte ihm nicht mehr viel zu sagen gehabt. Unzweifelhaft stammte er aus guter Familie und war vom Zeitungskitzel geplagt gewesen, und vor allem, das vor allem, hatte er natürlich Auslandskorrespondent werden wollen. Zweifellos hatte er alle Bücher gelesen und ein paar Filme gesehen. Der lachende Mann im schmutzigen Trenchcoat mit dem zerknautschten Filzhut und der Reiseschreibmaschine – das war der zynische Held, der die Erde durchstreifte, von Blut genährt und vom Donner ferner Geschütze beruhigt.

Alec wußte nicht mal, wo Orde aufs College gegangen war, wenn er überhaupt eins besucht hatte. Wahrscheinlich ja, denn seine Familie hatte bestimmt genug Geld. Heutzutage hatte jedermann genug Geld. Er stammte von irgendwo aus dem Westen. Der Junge hatte offenbar an einem der Käseblättchen gearbeitet und war dann als sehr junger Washingtoner Korrespondent für eins der westlichen Konzernblätter zum Big Apple gekommen. Nach einer Weile wäre er in die Redaktion aufgestiegen, hätte in kurzem die anderen, müderen Männer übersprungen und wäre – war's tatsächlich – Nachrichtenspürhund für die besseren, exklusiven Sachen gewesen, denn seine Begeisterung war grenzenlos und seine Verdauung tadellos.

Es war ein schönes Leben für einen jungen Mann, den keine Frau zu Hause hielt. Auslandskorrespondenten fingen die ganze Aufregung des Krieges ein, nur waren sie nicht persönlich einbezogen, wenn sie die Schlachten anderer beobachteten. Aber die Gefahr erhöhte sich, wenn man ein guter Berichterstatter war und immer seine Nase dahin steckte, wo geschossen wurde.

Jetzt war Larry Orde tot. Getötet von der Hand eines Mannes, den er nicht kannte, wahrscheinlich eines Mannes, der nicht mal wußte, auf wen oder was er schoß oder ob er getroffen hatte. Umgebracht von so einem Dschungelwilden, der wahrscheinlich ein Steak aus ihm herausschneiden würde, wenn er Zeit dazu hätte. Warum nicht durch einen Pfeil, einen Speer, einen vergifteten Pfahl in einer Wildgrube? Warum so tot, so mausetot, als ob Adolf Hitler oder Hirohito oder Josef Stalin oder Mao Tse-tung sich persönlich drum gekümmert hätten?

Aber es gibt nichts Toteres als tot, dachte Alec, ob aufgehängt oder in einen elektrischen Stuhl geschnallt, von einer H-Bombe auf den Kopf gehauen oder von einem unfreundlichen Virus infiziert. Lawrence von Arabien lebte lange und kam bei einem Motorradunfall um; Bananenschale und Badewanne winken täglich ins Grab. Als er an all die Leute dachte, die er gut gekannt hatte und die jetzt tot waren, fühlte Alec Barr sich plötzlich sehr alt, müde und einsam.

Dann richtete Alec sich jäh auf. Vielleicht war's Larry Orde bestimmt gewesen, nicht lange genug zu leben, um allem gegenüber zynisch zu werden, einschließlich der Möglichkeit des Sterbens.

Tot sein, als Dauerzustand gesehen, bedeutete: keine Frauen mehr, keine halbgaren Steaks, keinen Mondaufgang und keine Sonnenuntergänge mehr; nicht mehr das Erlebnis des sauberen, beißenden Rauchs eines herbstlichen Holzfeuers, nicht mehr das mädchenzarte Vibrieren des Frühlings; keine Winterkälte mehr, keine weiche, weibliche Heiterkeit vor dem rosig glimmenden Kern des Kaminfeuers, keine schöne, schwitzende, sexerschöpfte Augustschläfrigkeit.

Er dachte träge über die Mädchen nach, die Larry Orde gekannt haben mochte. Jung und gut aussehend, wie er gewesen war, mußte er viele gekannt haben. Wie viele von den Hunderten würden weinen? Mehr als eine hätte ihn sich sicher verzweifelt gern geangelt. Ein paar hatten die warme Nähe dieses jungen Körpers gekannt, die ersten suchenden Hände und eiligen Küsse, später die wissende Sicherheit der Gewohnheit, die Intimität des Bring-mir-mal-das-Handtuch. Nichts dergleichen mehr für Larry Orde, keine sonnendurchtränkten Strandpicknicks mehr mit dem warmen, sauberen, salzig-feuchten Mädchenduft; nie mehr die streichelnde Schmiegsamkeit eines gutgeschnittenen Smokings über der gestärkten, kühlen Liebkosung eines Frackhemds und dem kalt-brennenden Geschmack eines Martinis vor dem Dinner. Nie mehr Golf, nie mehr Wasserski, nie mehr Vogeljagd; keine angenehmen Unterhaltungen am träge flackernden Kaminfeuer mehr. Keine Erregung mehr, wenn die Maschine zu fernen, fremden Orten startete; keine den Magen umdrehende Erregung mehr, wenn man an diesem neuen, fremden, fernen Ort landete, um sich mit neuen Problemen herumzuschlagen; kein Lebewohlwinken mehr, keine lächelnden Begrüßungen. *Nichts.* Kein Augenlicht, kein Ohr, kein Geruch, kein Geschmack, kein Gefühl mehr.

Nur die große schwarze Leere, für immer blind für den schwerfälligen Gang der Tage in die Unendlichkeit.

Nun, alle diese Dinge trafen auch auf einen Mann wie Peter Poole zu, nicht wahr? Er hatte mehr als einen Afrikaner getötet; manche möglicherweise mit Recht. Aber der letzte war ungerechterweise getötet worden, genau wie Larry Orde ungerechterweise getötet worden war. Wofür sie Peter Poole gestern abend gehängt hatten. Aber sie waren beide tot, und all die Lücken, die Larry Orde hinterließ, würde auch Peter Poole hinterlassen.

Doch so kam er nicht weiter. Er drehte einen Bogen in die Maschine, rieb sich die Hände, polierte seine Gedanken auf und wartete darauf, daß der einführende Satz sich formte. Es war, als wäre er wieder in der Redaktion. Der einführende Satz kam immer. Irgendwie. Jetzt kam er:

„Larry Orde war ein junger Mann voll Ehrgeiz, Tüchtigkeit und Glück", schrieb Alec. „Er hatte Glück, weil er nicht lange genug lebte, um zynisch zu werden, zynisch gegenüber dem, was er liebte, seine Arbeit, die ihn im Dschungel in der Nähe der kleinen Stadt Bakwanga in der Provinz Kasai des belgischen Kongo tötete. Er fand sich im Tod vereint mit einem jungen Engländer namens Peter Poole, der gestern abend im Gefängnis von Nairobi gehängt wurde, weil er einen Afrikaner getötet hatte. Die jungen Männer hatten eins gemeinsam: Afrika tötete sie beide, wie Afrika von Anbeginn der Zeit Menschen getötet hat, ohne Rücksicht auf ihre Schuld, ihre Unschuld oder ihre Hautfarbe. Larry Orde ..."

Alec tippte stetig auf seine Tasten. Es würde kein sehr langer Nachruf werden, weil er so wenig von dem Toten wußte, über den er schrieb. Aber es würde schön in den Artikel passen. Und was er vom Lande wußte, war zu lang, zu kompliziert, als daß er es in einer Geschichte über einen fröhlichen, wagemutigen jungen Mann hätte zusammenfassen können, der von der unschuldig-verirrten Kugel eines heulenden Wilden für immer zum Schweigen gebracht worden war. Es schien nur ein paar kurze Minuten, bis er fertig war, so kurz wie ein Leben heutzutage.

Er schloß seinen Schreibmaschinenkoffer, schenkte sich noch einen Schluck ein und rief die Rezeption an, um sich nach den Abflugszeiten der Maschinen nach dem Kongo zu erkundigen. Nachdem er den Hörer wieder aufgelegt hatte, summte er eine monotone Melodie und fing an zu packen, wie er schon tausendmal gepackt hatte. Es gab keine Verabschiedungen, kein Lebewohlsagen; er würde jetzt zum Dinner in den Grill gehen, dann auf ein paar Drinks in den Equator Club, und morgen früh würde er zeitig genug aufstehen, um seinen Handkoffer zuzudrücken, seine Hotelrechnung zu bezahlen und wieder in den Kongo abzufliegen. Ein paar von den Männern da würde er sicherlich kennen. Plötzlich kam es Alec Barr sehr wichtig vor, in den Kongo zu fliegen. Einer der Reporter würde ihn ins Bild setzen, und er würde einen neuen Bericht schreiben und soweit wie möglich die genauen Einzelheiten der näheren Todesumstände von Larry Orde mitteilen. Und dann würde er anfangen, nach neuen Storys rumzuschnüffeln, die noch nicht von den Telegrafenagenturen und den Nachrichtenreportern aufgespürt worden waren, die die Vorderseiten der Tageszeitungen mit Patrice Lumumbas wechselnden Launen füllten.

Wenn sein lederner Schultersack mit den Schreibutensilien, einem Karton Zigaretten, einer Flasche Whisky und zwei Paperbackromanen gepackt war, wenn sein Valpak mit seinen Reserveanzügen und Hemden vollgestopft und sein unverwüstlicher Schreibmaschinenkoffer fest verschlossen war, würde Alec Barr, Romancier, reisender Reporter, Nairobi verlassen, um Larry Ordes Abenteuer da aufzunehmen, wo es durch die Kugel eines kongolesischen Soldaten, der zum erstenmal gierig an der vergifteten Quelle zügelloser Unabhängigkeit getrunken hatte, so jäh beendet worden war.

Automatisch sah er sich noch einmal prüfend im Zimmer um. Da, auf dem Schreibtisch, lag der Durchschlag, der irgendwie beim Packen der Aktentasche übersehen worden war. Alec hob ihn auf und las ihn aus reiner, alter Packgewohnheit noch einmal. Er lautete:

„COSMICPRES WASHDC PARA SCHELL NICHTSCHICKEN WIEDERHOLE NICHTSCHICKEN NEUEN ASSISTENTEN TÖTE EIGENE SCHLANGEN STOP BALDIGST UNTERWEGS NACH KASAI STOP WENN SOLO NICHT ERWUENSCHT SCHICKT NEUEN BOY UND STECKT JOB IN HINTERN

Barr.“

Alec warf den erledigten Durchschlag in den Papierkorb. Erst im Flugzeug fiel ihm ein, daß er Jill Richard in London nun doch nicht angerufen hatte.

105 Alec

Mike Denton war Berufsjäger. Er war augenblicklich ohne Kundschaft. Alec Barr hatte schon früher mit ihm gejagt. Jetzt stellte er ihn als Reporterassistenten an. Seine Handgelenke waren so dick wie die Fesseln anderer Leute, und wenn man einen Wagenheber für einen Jeep brauchte und zufällig keinen zur Hand hatte, konnte Mike den Jeep heben, während man den Reifen wechselte. Mikes viereckige Fingerspitzen reagierten sofort auf die schmerzenden Eingeweide jedes Fahrzeugs. Sein Richtungssinn war beinahe unfehlbar, und was er anhand von Sonne oder Sternen oder Gelände nicht ausfindig machen konnte, fand er, indem er zurückspurte. Er war ein Buschmann, scharf und wachsam, wenn er auf Menschen traf. Hätte Larry Orde einen Mike Denton zur Seite gehabt, dachte Alec, wäre er nicht in den Hinterhalt gelaufen, in dem er umgekommen war. Mike Denton, groß, dunkel, sonnverbrannt. Erst witterte er, dann dachte er, dann handelte er. Er war ein sehr nützlicher Mann als Begleiter in einer Gegend, die nicht mal ihren eigenen Namen kannte, ganz zu schweigen von ihrer Existenzberechtigung.

Mikes animalisches Gespür kam ihm bei mehr als einer Gelegenheit zustatten. Etwa, wenn er die andere Straßenseite bearbeitete. Er hatte große, vertrauensvolle braune Augen, samtene braune Augen, die das scharfe Gehirn dahinter Lügen straften. Die Leute sprachen mit Mike, während sie sich wahrscheinlich vor Alec vorsahen, dessen Presseausweis bekannt war. Ihr abendlicher Austausch von Informationen bei einem Whisky erwies sich als recht fruchtbar. Irgendwie kristallisierte sich bei der Auswertung der unterschiedlichen Auskünfte, die dieselben Leute beiden gegeben hatten, schließlich doch die ungefähre Wahrheit heraus. In mehr als einer Hinsicht lieferte Mike Denton, was Larry Orde hätte liefern sollen – Beine und Ohren. Und ein nicht unbeträchtliches Extraplus seiner Fähigkeiten, abgesehen von seinem Suaheli und Shangaan und der Küchenkaffernsprache, bestand in seinem Ahnungsvermögen für Unannehmlichkeiten, längst bevor sie eintraten.

Sie kreuzten außerhalb Bakwangas im Kasai herum, in dem Gebiet, in dem Larry Orde umgekommen war. Etwas Sentimentalität war dabei, mehr Neugier. Der Tag war sonnig warm. Die Lianen hingen wie Stricke von den Bäumen. Affen plapperten; Vögel riefen. Es war die Sorte Tag, die in anderen Teilen Afrikas zu einem frühen Stop, einem Schluck Gin und einem Picknicklunch herauszufordern pflegt.

„Großartiger Tag", sagte Alec. „Fast wie im Massai."

„Gefällt mir nicht", meinte Mike. „Ist mir zu nett, zu freundlich."

„Was?"

„Ich weiß es nicht genau. Aber alle Affen scheinen sich hier versammelt zu haben. Alle Vögel sind anscheinend hier. Es hört sich an, als seien sie *nervös*, als leisteten sie einander Gesellschaft. Alec, Sie haben doch schon Leoparden gejagt und wissen, wie alle normalen Geräusche die *donga* entlanggetrieben werden, wenn der Leopard unterwegs ist. Die Geräusche ziehen voraus und hören plötzlich auf. Mir kommt's so vor, als wären sie vorausgezogen und hätten aufgehört . . ."

„Ihr Burschen seid alle gleich", sagte Alec. „Mystiker im Freien. Die Steine reden und lauter solch Unsinn."

„Vielleicht nicht die Steine." Mike Dentons Stimme klang ernst. „Aber vielleicht das Gras. Hören Sie zu: Sie haben ein Gewehr. Bleiben Sie hier, und schießen Sie alles, bloß nicht mich. Ich muß ein bißchen rekognoszieren gehen, und das tu' ich besser ohne Begleitung." Jetzt grinste er. „Diese großen, lauten Städterfüße, die Sie haben."

„Okay", sagte Alec. „Ich hab' einen Krimi mit und werde den Schnaps bewachen. Passen Sie auf, daß Sie nicht von was Großem und Häßlichem aufgefressen werden. Sonst würde ich nie mehr nach Hause finden."

„Richtig. Aber ich mein's ernst, wenn ich sage, Sie sollen alles schießen außer mir, und wenn Sie Zweifel haben, dann schießen Sie auf jeden Fall. Diese Leute haben keinen Dunst, wer gerade wen umbringt – und davon abgesehen, ist ein weißes Gesicht ein weißes Gesicht, und ein Land Rover ist große Beute. Ich komme wieder, und Sie werden mich pfeifen hören, bevor ich außer Deckung gehe."

„Na, dann gehen Sie und spielen Sie Cowboy", meinte Alec. „Wollen Sie zuerst noch einen Drink?"

„Nie bei Tag", erwiderte Mike und verschmolz mit dem alles umfassenden Busch. Alec dachte über die Verwendung des Wortes „verschmelzen" nach, das ihm früher nie eingefallen war. Aber genau das tat man hier draußen. Man verschmolz. Hier stand man, in voller Sicht, und eine Sekunde drauf, bumm! Niemand. Buchstäblich mit dem Busch verschmolzen.

Alec versuchte es mit dem Krimi, der ihn kurze Zeit amüsierte, weil in ihm eine Figur namens Biggie Burrows vorkam, die physisch mehr oder weniger seinem Freund, dem Hotelmanager, ähnelte. Aber Biggie nahm ein schlimmes Ende, wurde von einem Rennwagen überfahren, und Alec verlor das Interesse am Rest des Garns. Er gähnte und gähnte wieder und schlief schließlich ein.

Was ihn weckte, war eine Gewehrsalve.

Er griff nach seinem Gewehr und prüfte die Ladung. Es gab sonst nichts zu tun, bis Mike auftauchen oder nicht auftauchen würde. Das Magazin war voll; er schob eine Kugel in die Kammer und kontrollierte den Sicherungsbügel.

Jetzt hörte der Lauf der Zeit auf; das Warten schien endlos. Kein Gelärme von Vögeln oder Affen, nur die langsam nirgendswohin verrinnende Zeit.

Nach tausend Jahren, komprimiert in fünfzehn Minuten, hörte er Pfeifen. Es war eine Melodie, die ein Afrikaner unmöglich pfeifen würde: die ersten Takte von „Colonel Bogey". Nach ein paar Sekunden platzte Mike Denton aus dem Busch. Sein Gesicht war gerötet und verschwitzt. Er sprang in den Jeep, schob den Rückwärtsgang ein, wendete und knatterte in die Richtung davon, aus der sie gekommen waren.

„Ich schätze, Sie wollen mir nicht sagen, was das alles heißen soll", sagte Alec. „Ich meine, ich arbeite ja nur hier –"

„Beinah hätten Sie *nicht* mehr gearbeitet, Kumpel. Auch ich wär' beinah aus dem Geschäft ausgeschieden. Diese Halunken werden immer schlauer. Diesmal war's eine Umfassungspatrouille – hinten, nicht vorn. Vor uns steckt eine ganze Kompanie zerlumpter Ärsche und lauert mit hübschen tschechischen MGs auf unvorsichtige lokale Nigger mit anderen tschechischen MGs. Die Umfassungspatrouille hat bloß mich aufgestöbert."

Er verlangsamte das Tempo.

„Jetzt würde ich ganz gern einen trinken. *Und* eine Zigarette rauchen", sagte er. „Ich hatte eine Weile ziemlich viel zu tun, und außerdem hab' ich mein Feuerzeug verloren."

Alec zündete eine Zigarette an und reichte Mike dann eine Flasche Scotch.

„Erzählen Sie mir nichts, was ich nicht verwenden kann", sagte er. „Ich bin nur hergekommen, um über diesen verfluchten Krieg zu schreiben. Behalten Sie das andere für sich."

Mike hustete nach einem großen Schluck Whisky, nahm einen langen Zug von der Zigarette und grinste.

„Mann, eine Minute lang war's verdammt brenzlig. Ich wünschte, Sie wären mitgekommen."

„Ich auch", erwiderte Alec kurz. „Und dann?"

„Es ist schwer für eine Kompanie Wog-Soldaten, sich zu bewegen, ohne das Laub ein bißchen durcheinanderzubringen. Sie brachten eine ganze Menge durcheinander. Allen Anzeichen nach waren sie schon vor ein paar Stunden durchgekommen. Aber ich dämlicher Idiot, den's eines Tages noch bestimmt erwischen wird, wenn's nicht, was schlimmer wäre, einen Kunden erwischt – ich hatte nicht mit der Nachhut gerechnet. Ich spürte einer Fährte nach, erwartete so ungefähr ein paar hundert Leute vor mir zu sehen, und trat plötzlich jemand auf den Bauch. Die Flankenreiter machten ein kleines Nickerchen zum Verschnaufen, und ich landete direkt auf – vermutlich war's der Sergeant. Schien's nicht sehr freundlich aufzunehmen. Riß ihn aus einem Traum voll Schnaps und Frauen. Er hatte ein hübsches belgisches Gewehr bei sich – Mausermechanismus, vermute ich."

Mike Denton hielt inne.

„Geben Sie mir noch ein Schlückchen aus der Flasche", sagte er. „Es waren ein oder zwei durstige Stunden."

Alec seufzte gereizt.

„Ich werd' auch einen zwitschern", sagte er. „Dann aber erzählen Sie um Himmels willen weiter. Was *passierte*?"

Mike Denton lächelte glücklich und zufrieden, wie ein gutes Kind lächelt, wenn der Lehrer ihm ein Lob erteilt.

„Nun, ich hab' ziemlichen Lärm gemacht, als ich diesen Burschen von seinen Leiden kurierte, worauf der ganze Busch mich ansprang. Wogs rechts, Wogs links. Ich gesteh's ungern, aber nachdem ich die alte *bunduki* leergeschossen hatte, ergriff ich das Hasenpanier, versuchte im Laufen zu laden. Schwer, im Laufen zu laden. Dann bezog ich eine befestigte Stellung hinter einem dicken Baumstamm und ließ mich vom Rest des Rudels finden." Er lächelte wieder, aber diesmal war sein Lächeln nicht kindlich.

„Ich denke, wir haben Larry Ordes Konto eine Kleinigkeit ausgeglichen."

„Wie viele?"
Mike schüttelte gereizt den Kopf.
„Mit der halben kongolesischen Armee im Schlepptau war's mir leider nicht möglich, auch noch die verfluchten Skalpe einzusammeln!"
„Den Halunken hätt' ich auch gern eins vor den Latz geknallt", meinte Alec Barr ziemlich sehnsüchtig.
„Vergessen Sie's. Sie sind der Schriftsteller. Ich bin der Berufsjäger im Stück. Sie bleiben bei Ihrem Leisten, und ich bleibe bei meinem."
„Weiß ich. Ich bin der Kopf, und Sie sind die Beine. Jeder sagt mir das dauernd. Ich komm' mir wie ein uraltes Kind vor."
„Wollte Sie nicht kränken, Alec. Aber Beine sind Beine in diesem Katz-und-Maus-Spiel. Ich trete auch etwas kürzer. Bin von zu vielen Elefanten gejagt worden. Und gelegentlich auch von Menschen."
„All right. Aber wenn wir das nächstemal wieder Krieg spielen müssen, möcht' ich mitkommen. Ich fühl' mich einsam in Jeeps, während Sie den ganzen Spaß haben."
„Seien Sie nicht traurig. Das nächstemal sind Sie eingeladen. Mein Wort drauf."

106

B*eine*. Alec Barr fluchte.
„Verdammte Beine", sagte er. „Gottverfluchte Beine. Die Beine, die ich nicht mehr habe."
Komisch, um wieviel wichtiger die Beine eines Reporters waren als sein Hirn. Der Junge hatte es gesagt – der junge Orde, jetzt selbst tot und ohne Beine –, hatte versprochen, er könne kein Hirn garantieren, aber er habe lange Beine. Schell hatte Orde hergeschickt, um Alec mit Beinen zu versorgen, und jetzt versuchte Alec in mittelalterlicher Überheblichkeit, außer dem Hirn auch noch die eigenen Beine zu liefern.
„Knilch", sagte Alec Barr zu sich selbst und wackelte in eine schäbige Zinkbadewanne.
Alec Barr war sich durchaus bewußt, was ein Bad in einem Hotel in einer Stadt des Landes bedeutete, in dem er sich augenblicklich auf einer Art fruchtloser Suche nach Jugend aufhielt – von der Vorstellung verfolgt, daß man nur Rache mit übermenschlicher Tätigkeit zu kombinieren brauchte, um selbst wieder ein Larry Orde zu werden. Nicht, daß man Larry Orde auf diese Weise zu den Lebenden zurückbrachte.

Vielleicht aber brachte man Alec Barr in Ordes Kleidern zurück. Mit Beinen. Gottverfluchten *Beinen*.

Alec dachte über Beine nach, während er in seinem Bad lag. Im Zeitungsberuf gab's ein Wort – „Beinmann", was Rechercheur bedeutete. Das war Alec Barr ganz am Anfang gewesen, ein Bursche mit starken Muskeln und einer grenzenlosen Fähigkeit, herumzujagen und nach Ereignissen und Nachrichten zu schnüffeln.

Jetzt bedeuteten Beine etwas mehr. Beine bedeuteten, wie oft man in wie vielen Hotels oder mangels Hotels von Magenverstimmung befallen werden konnte. Beine bedeuteten Mangel an Widerstandsfähigkeit gegenüber dem örtlichen Knoblauch, dem Wasser, dem Schnaps. Beine bedeuteten, wie viele Flugzeuge man an einem bestimmten Tag verpassen konnte – wie viele Telefongespräche man nicht führen konnte, wie viele Artikel man nicht auf dem lokalen Postamt aufgeben konnte, wie viele Wagen man nicht mieten konnte. Beine bedeuteten, wie viele Dinge man kaufen, mit Schmiergeldern nachhelfen oder gelegentlich auch stehlen mußte.

Alec Barr besah sich seine Beine. Er lag in der einzigen Zinkwanne des lausigsten – und einzigen – Hotels in einem Drecknest namens Kismayu in Somalia. Zuvor hatte eine schwarze Hure Geld von ihm verlangt, als er in der lausigsten Bar des lausigsten Hotels der lausigsten Stadt eines der lausigsten Gebiete des Kamellandes in der Welt gesessen hatte. Sie hatte Geld verlangt, weil, wie sie ganz einfach sagte: „Ich schwarz bin."

Er war gerade noch lebend aus einer Messerstecherei mit einer edlen *harka* von Somali-*shiftas* herausgekommen. Die *shiftas* – Grenzräuber und Banditen – hatten Alecs Wasser haben wollen, das er als kostbares Gut in Benzinbehältern im Jeep mitführte. Sie hatten ihre Kamele quergestellt und ihre Wünsche mit Messern unterstrichen. Alec hatte keine Waffen, außer einer *panga*. Eine *panga*, sagte er sich nachträglich, ist in Ordnung, wenn sie nicht aus Blech besteht, und meine war reinstes Blech. Aber sie sah auf jeden Fall gefährlich aus, als ich dem Kameltreiber mit dem alten Zuckerrohrmesser vor der Nase rumfuchtelte. Wenigstens lenkte es ihn genügend ab, um meinem weißen Jägerkameraden Gelegenheit zu geben, ihm mit der Stablampe eins über den Schädel zu wichsen. Ich weiß nicht, was für eine Batterie Mike in dieser Stablampe benutzt, dachte er, aber sie muß schwer wie Blei sein.

Wir haben diesmal im schönen, nun unabhängig gewordenen Somalia nur dreimal im Gefängnis gesessen, und alle besuchenden Erziehungsreferenten sind Armeeoffiziere aus Kairo mit kulturellem Einschlag. Wenigstens nehmen sie Haltung an und machen eine Ehrenbezeigung, wie sie kein Erziehungsreferent je gelernt hat.

Und morgen muß ich wieder ins Gefängnis, dachte Alec. Ich hab's satt, ins Gefängnis zu gehen, während die Burschen die *documenti* verkehrt rum lesen. Was die Katzelmacher mit diesem Ziegenparadies anfangen wollten, kann ich mir nicht vorstellen. Was Wunder, verdammt noch mal, daß sie die Nordgrenze nach Kenia zu abstecken wollen! Da gibt's mehr Platz für Kamele, selbst wenn sie die Elefanten abknallen müssen.

Es kommt mir ein bißchen albern vor, dieses Ins-Gefängnis-Gehen, aber solange Mike und ich uns abwechseln, scheinen sie ganz zufrieden zu sein. Der alte Mike war eine großartige Idee, auch wenn er mein Unkostenkonto belastet. Hab' noch nie einen Burschen gekannt, der so mit seiner Stablampe umgehen konnte. Jetzt marschier' ich also ins Gefängnis zurück, und vielleicht lassen sie Mike für ein Bad hinaus. Das Gefängnis ist sehr knapp an Bademöglichkeiten, glaube ich. Wie wohl die Gefängnisse in Mogadischu sind? Sag mir nichts; ich werd's selbst rausfinden.

„Sie haben gerade unseren Anwalt eingebuchtet", sagte Mike in der Aga-Khan-Suite des Hotels Langham in Johannesburg. „Glauben Sie, wir sollten verschwinden?"

„Ich denke ja", meinte Alec Barr. „Sie kennen doch den alten Reim: ‚Wenn der Winter kommt et cetera.' Und wie sieht's mit der Unterkunft draußen aus?"

„Sie können's nicht wissen, aber ich hab' mit einer Stewardeß geschlafen", antwortete Mike. „Wir haben Plätze in der Expreßmaschine nach Nairobi gebucht."

„Hören Sie", sagte Alec zu Mike. „Das hier ist Äthiopien, und der alte Junge ist der König-Kaiser. Es wird von Ihnen erwartet, daß Sie sich beim Eintritt verbeugen. Versuchen Sie, nicht über Hauslöwen zu stolpern, wenn Sie sich rückwärts wieder rausbegeben."

Mike rollte die Augen.

„Wenn ich dran denke, daß ich sie zu schießen pflegte, um mir die Butter aufs Brot zu verdienen", sagte er.

„Was schoß?"

„Löwen und Wogs", antwortete Mike. „Müssen wir uns für den Empfang eine Krawatte umbinden?"

„Selbstverständlich. Sie können doch einem König-Kaiser nicht ohne Krawatte gegenübertreten. Von den Palastlöwen ganz zu schweigen."

„Wie ich höre, beträgt die Geschlechtskrankheitenrate hier siebenundneunzig Prozent", sagte Mike.

„Keine Ahnung. Aber das Land gehört zu siebenundneunzig Prozent ihm. Auf den Namen seiner Frau. Einschließlich dieses Hotels."

„Und die Goldminen mit den Sklaven?“
„*Nicht* auf den Namen seiner Frau. Die Beute wird wöchentlich mit seiner eigenen Luftverkehrslinie nach der Schweiz verfrachtet.“
„Werden sie uns nach Ogaden fliegen?“
„O Gott, nein!“ Alecs Stimme klang entsetzt. „Das ist Off-limits. Niemandsland. Nicht mal der König-Kaiser geht dahin, sonst schneiden sie ihm die –“
„Das genügt mir“, meinte Mike. „Bloß zwei für einen Kunden, und ich bin mein eigener Kunde. Und wie steht's mit den Russen hier?“
„Sie können ihr neues Haus sehen“, erwiderte Alec. „Leih-und-Pacht.“

„Aber die Währung taugt nichts, nicht mal im eigenen Land“, sagte Mike.
„Natürlich nicht“, entgegnete Alec. „Sie wird in der Tschechoslowakei gemacht.“
„Aber das hier ist doch Guinea.“
„Trotzdem wird sie in der Tschechoslowakei gemacht.“
„Was nehmen die dann zum Bezahlen?“
„Dollar“, sagte Alec. „Oder vielleicht Schweizer Franken. Aber wissen Sie was? Werfen Sie das alte Somaligeld nicht weg. Es paßt haargenau in die Parkuhren in Nairobi.“

„In welchem Land sind wir jetzt?“
„Weiß nicht. Hab' nicht in meinem Paß nachgesehen. Wir sind entweder in Ruandi-Urundi oder Ostpreußen. Ich glaube aber, in Angola. Wenn wir Glück haben, in der Hauptstadt.“
„Wie heißt sie?“
„Entweder Usumbura oder Luanda.“
„Ich dachte, Luanda liegt in Buganda.“
„Seien Sie nicht blöd. Bugunda liegt in Uganda. Impala oder Kampala oder so was Ähnliches. Gleich neben Daressalam.“
„Aber Daressalam ist im Jemen, jenseits des Stroms. Wo alle alten Somalis zum Sterben hingehen. Das ist, wo die Briten einem einreden, ihnen gehöre Aden.“
„O nein, die Briten reden einem ein, ihnen gehöre Singapur. Und vielleicht der Stützpunkt Kahawa in Kenia.“
„Wo ist Kenia? Irgendwie kommt mir der Name bekannt vor. Ich muß da mal gearbeitet haben.“
„Kenia liegt im Kongo. Die Hauptstadt heißt Schweitzerville.“

„Liegt sie auf der anderen Seite des Flusses gegenüber Leopoldville?"
„Nein, Leopoldville liegt in Sansibar. Es ist eine Kolonie des Küstenstreifens Gabun."
„Und Gabun?"
„Keine Ahnung. Sie fügten ein ‚o' ein und nannten eine Giftschlange danach."
„Was ist eigentlich mit der übrigen Welt passiert?"
„Die Russen haben sie gekauft, damit die Rotchinesen sich irgendwohin ausdehnen können, nachdem sie Ungarn eingesteckt haben."

107

Es war bitter, Mike zu verlieren. Aber ein Jäger war ein Jäger, und ein Kunde war ein Kunde, und schließlich hatte Mike drei Kinder zu ernähren. Mike hatte fest abgeschlossen und mußte zu seinem Kunden zurück. Sein Gebiet war nicht der Journalismus – es war das Töten von Tieren, damit die Leute sie ausgestopft an die Wände ihrer Landhäuser hängen konnten –, und auf jeden Fall hatte er seine Lizenz bei dieser kitzligen Sache im Kasai überschossen. Alec fehlte Mikes Gesellschaft am Lagerfeuer oder in der Hotelhalle, aber in einer Hinsicht war er erleichtert, nun ganz auf sich selbst gestellt zu sein.

Mike war als erwachsener Dauerassistent Larry Orde zu ähnlich. „Lassen Sie's mich machen", pflegte Mike zu sagen. „Ich flitze mal schnell und –"

Alec Barr war jetzt ganz allein, wirklich allein. Es gab keinen Mike, der ihm etwas abnahm, keinen Larry, der etwas für ihn tat, nur Alec Barr. Er mußte alles selbst tun. Und Beine hin, Beine her, es gefiel ihm so. Er fühlte sich ausgezeichnet bei seiner Arbeit – dem Kampf mit den Dialekten, dem Herumstreichen aufs Geratewohl, beim Abrackern mit dem, was ihm über den Weg lief.

Vielleicht unterschieden sich die Storys in den Augen der Welt nicht, wenn man sie las, aber sie flossen leicht in die Maschine des Verfassers. Keine Anstrengung, hätte der alte Admiral gesagt. Es war nett, wieder Pfadfinder zu sein, ganz allein im dunkelsten Afrika.

108

Geschieht mir recht, wenn ich mich für Fledermausdung interessiere, dachte Alec. Das hat mir gerade noch zur Vervollkommnung meines Lebens gefehlt: eine eingehende Kenntnis von Höhlen voll Fledermausdung. Heute abend gibt's kein Bukavu, keinen Kivusee für diesen Jungen. Keine Klein-Schweiz-in-Afrika, kein heißes Bad, keine einladende Bar. Nicht mit dieser zusammengehauenen Karikatur von einem Jeep, dieser traurigen Imitation eines Fahrer-Mechanikers und diesem verfluchten, über die Ufer getretenen Lualaba-River. Stanleyville, wo bist du, und wann erreiche ich dich? Nicht, daß die Fledermaushöhlen im Mount Hoyo nicht interessant wären, wenn man leidenschaftliches Interesse für Fledermausmist hegte.

„*Cas de passage* nicht mehr weit", sagte der kongolesische Fahrer auf babyfranzösisch. „Wir bleiben Nacht da, arbeiten an *jip*, vielleicht gehen runter in ein Tag oder zwei."

Alec schnitt eine Grimasse.

„Wahrscheinlich", sagte er. „Eins ist jedenfalls sicher, auf drei Rädern und einem Stock kommen wir nicht mehr weit. Du verstehen, wie zusammengeschossen Kugellager reparieren?"

„Ich fixen, erstes Licht morgen. Wir halten *cas de passage, hein?*"

„Bettler können nicht wählerisch sein", erwiderte Alec. „Wir halten *cas de passage*. Ich Tarzan. Du aber verflucht schlecht Ersatz für Jane."

„*Oui*", sagte der Fahrer, breit grinsend, und Alec dachte, daß er nie erwartet hatte, die französische Sprache in amerikanisch-indianischen Grunzlauten gesprochen zu hören.

Wenigstens würde der *cas de passage* ein Dach haben und eine Art Bett und, wenn er Glück hatte, sogar eine Speisehütte. Keine Seife, kein Trinkwasser, nichts zu essen, kein Bettzeug, aber wenigstens ein Kreis von Lehm-und-Ruten-Hütten und möglicherweise etwas schmutziges Waschwasser. Sie konnten morgen am Wagen rumflicken, bis der Flußspiegel sich senkte, und in Bukavu würde er eine Art Flugzeug nach Stanleyville bekommen. Er hatte es satt, in dieser Blechtragödie von einem Jeep von einer Backe auf die andere zu rutschen.

Sie humpelten in den *cas de passage* – eine traurige Ansammlung von Hütten. Es dunkelte schon. Außer dem Wärter und zwei seiner Frauen war niemand da. Der Wärter hatte schon ein Gutteil seiner Tagesration Palmwein intus, aber eine Art Feuer gab's doch, um etwas Wasser heiß zu machen, und es gelang Alec, ein Paar miese, schlechte, blakende Sturmlampen aufzutreiben. Die Rasthütte war wie die meisten, die er gesehen hatte: ein großer, rissiger, lehmgetünchter Bienenstock mit spitzem Strohdach, von dem Eidechsen herunterguckten – und gelegentlich eine Schlange purzelte. Die Betten bestanden aus rohen Planken mit Strohmatratzen auf einem Geflecht aus alten Reifenschläuchen. Die beiden Stühle waren von einem Idioten aus Kisten gefertigt worden, und der einzige Tisch *war* eine Kiste, der hinterher noch Beine angefügt worden waren. Doch in einen Querbalken waren Haken für die Lampen eingetrieben, und ein behauenes Granitbecken stand auf dem Tisch.

„Daheim“, sagte Alec kurz zum Fahrer. „Bring die *équipage* aus dem Wagen.“

Das erste Stück *équipage* war die Kiste mit Alkoholika, halb Gin, halb Whisky, die das Vorrecht hatte, überall zuerst transportiert zu werden. Dann kamen die *chaguls*, die Wasserbeutel, vorn und hinten an die Kotflügel gebunden, Drillichsäcke der Lebenserhaltung. Dann kamen die Benzinkanister und noch mehr Wasser, dann die Lebensmittelkiste mit Dosen, die Zigarettenkartons, die Pistole, das kleine Gewehr und Munition und schließlich der Schlafsack. Inzwischen wußte Alec, was die Leute zuerst stahlen. Die Schreibmaschine kam zuletzt.

„Geh und stiehl etwas Feuer“, sagte er zum Fahrer, „und wir werden unser eigenes kleines Lagerfeuer-Mädchenpalaver an der lodernden Flamme haben.“

„*Comment?*“ Der Fahrer, ein Bakongo mit sehr flachem, pockennarbigem Gesicht, verstand wie üblich kein Wort, wenn Alec etwas auf englisch zu ihm sagte.

„*Apporte-moi du feu*“, sagte Alec. „*Prends-le de l'autre grand feu.*“

„*Oui*“, sagte der Fahrer und kam kurze Zeit darauf mit ihrem kombinierten Schaufel-Schanz-Werkzeug voller Kohlen wieder.

„Dort“, sagte Alec, vor die Hütte zeigend. „Und jetzt klau uns noch ein bißchen Holz zum Drauflegen. Wir werden ein feines Picknick haben.“

Er goß sich einen großen Schuß Scotch in einen roten Plastikbecher, kippte eine Kleinigkeit nur mäßig warmes Wasser dazu, zog einen Stuhl vor die Hütte ans eben aufflackernde Feuer und hängte eine Lampe an den Ast eines nahen Baums. Später, nach einem zweiten Drink, würde er irgendwas aus den Büchsen in der Lebensmittelkiste essen – Sardinen, Kekse, Wiener Würstchen, Käse in Dosen, Mixed Pickles, kalte Bohnen oder diesen schrecklichen gemischten Kartoffelsalat mit klebriger Mayonnaise.

Er war nicht unglücklich. Die Mondscheibe spielte mit einigen ziemlich munteren Wolken Versteck, und Sterne blinkten verschmitzt hindurch. Das Feuer hatte sich inzwischen kräftig entwickelt, und der Whisky fing an, sich in seinem Magen häuslich niederzulassen. Man lernte eine Menge über einfache Genüsse, wenn man auf dem Boden durch die Gegend ratterte, Genüsse, die man nie schätzen würde, wenn man nur drüberwegflog.

Irgendein Nachtvogel kreischte, und ein Tier, vielleicht ein Nachtaffe unbekannter Spezies, antwortete. Grillen zirpten und sägten in allen Tonarten. Weit entfernt kicherte eine Hyäne, und stromabwärts ließ sich das Grunzen eines Flußpferds vernehmen. Moskitos waren noch da, aber Alec hatte gelernt, wie man die empfindliche Haut der Fußknöchel durch dicke Leinwandgamaschen schützte, und Handgelenke und Nacken waren schon ziemlich immun gegen Insektenstiche geworden. Auf das Netz verzichtete er seit langem. So umsichtig man's auch befestigte – ein Moskito wenigstens brachte es immer fertig, sich zu einem reinzuschmuggeln.

Es war erstaunlich, auf was man alles zu verzichten lernte, wenn man sich lange genug rumtrieb. Er hatte genügend Arzneien in seiner Rotkreuztasche, um alles, außer einer Kugel ins Herz, zu kurieren. Er hatte Whisky, Zigaretten, Wasser und Feuer, einen Schlafsack und einen kräftigen Büchsenöffner – *tinni-kata*, wie er auf suaheli hieß. Er hatte eine große *panga* – eine Machete –, die sich sowohl zum Maniküren wie zum Feuerholzmachen eignete. Für seinen Schlafsack hatte Alec eine Menge Decken. Aber er stank auch, und seine Kopfhaut juckte, und seine Buschjacke war zerknittert und schmierig und rot vom Staub, aber alles in allem genommen, war es ein lohnender Trip gewesen. Immerhin lebte er noch. Und er hatte eine stattliche Anzahl Toter im Kongo seit *L'indépendence* gesehen.

Alec streckte seine Füße dem Feuer entgegen, nahm noch einen Schluck von seinem Drink und langte in seine Jackentasche nach einem frischen Päckchen Zigaretten. Die Finger berührten Papier. O Gott, dieser letzte Brief, dachte er. *Und ich hab' ihn immer noch nicht beantwortet.*

Er zog den Brief heraus und sah ihn mit abwesenden Augen an. Der Umschlag war eingeknickt und zerknüllt und fettig vom Insektenpulver. Er hatte ihn mehrere Male gelesen, hatte sich aber bis jetzt noch keine Antwort zurechtgelegt.

Er stand auf, goß sich noch einen Whisky ein und schob dann seinen Stuhl näher an die Sturmlampe heran. Er las langsam, als suchte er eine versteckte Bedeutung in der zierlichen Schulmädchenhandschrift.

„Mein Liebling,

es sind jetzt vier Wochen, seitdem ich von Dir aus Stanleyville gehört habe, und offen gesagt, bin ich starr vor Angst. Ich kann mir nicht vorstellen, daß Du in dieser ganzen Zeit nicht geschrieben hast, und kann nur annehmen, daß der Brief verlorengegangen ist oder daß Du krank warst. Die Zeitungen hier sind voller Greuelgeschichten aus dem Kongo, und ich weigere mich, meiner Phantasie über die Risiken, die Du eingehen mußt, freien Lauf zu lassen. Ich habe alles über Afrika gelesen, dessen ich habhaft werden konnte, und meine Träume sind zu reinen Alpdrücken geworden.

Es sind fast neun Monate vergangen, seitdem Du abflogst, und ich hatte gehofft, daß Du inzwischen wieder zurück sein würdest und wir unsere Pläne nachdrücklichst verwirklichen könnten. Ich weiß, Du wirst das nicht gerne lesen, aber bitte, hasse mich nicht dafür, daß ich es schreibe. Daß ich Dich gefunden habe, nur, um Dich so schnell und so lange wieder zu verlieren, macht mich elend, von der schieren Angst der Gefahren wegen, denen Du Dich aussetzt, ganz abgesehen. Mir scheint, daß Du mehr als Deinen Teil zur Erfüllung des Vertrags mit Deinen Verlegern beigetragen hast. Kannst Du noch viel mehr gewinnen, indem Du immer und immer wieder Dein Glück aufs Spiel setzt?

Bitte, komm heim, Liebling, und bald, solange ich mich noch daran erinnern kann, wie der Mann, den ich liebe, aussieht. Das Foto auf meinem Frisiertisch ist ein schwacher Ersatz für meinen wirklichen Alec.

Ich hatte mir gedacht, da das britische Klima so scheußlich ist und Du Dich inzwischen so sehr an die Tropen gewöhnt hast, daß es nett wäre, wenn wir zwei passende Villen in Spanien oder Italien mieteten (kein Kompromiß, während die *gefürchtete Maschinerie* läuft), während Du Deine schwere Arbeit an Deinem afrikanischen Buch beendest. Ich verspreche Dir, Dich in Deinen Arbeitsstunden nicht zu stören! Aber wäre es nicht wunderbar, Liebling, wenn mit der Scheidung alles klappte und sie ungefähr zur selben Zeit ausgesprochen würde, wenn Du die letzten Seiten an Deine Verleger abschickst?! Das ist das ganze Hochzeitsgeschenk, das ich mir wünschte!

Bitte, *bitte*, paß auf Dich auf, und eile heim zu

ewig Deiner

Jill

PS. Ich hasse mich wirklich dafür, daß ich das sage, aber ich glaube nicht, daß ich den Gedanken ertrüge, von einer Hoffnung zu leben, die sich nicht erfüllt. Ich bin jetzt gewohnt, ohne Dich zu leben, und finde es erträglich, wenn ich denken und planen und mich beruhigen kann, daß alles gutgehen wird, daß Du nicht aufgehört hast, mich zu lieben, daß Du zu mir zurückkehren und Deine Scheidung einreichen wirst, obgleich ich weiß, daß Dir der Gedanke, nach so vielen Jahren mit Amelia zu brechen, verhaßt sein muß. Ich achte Dich nur um so mehr für Deine Rücksicht auf Amelia, aber ich kann mich nicht weiter so hinschleppen. Vage Hoffnungen genügen nicht, um mein Herz und mein Bett zu wärmen. Wenn es nichts zwischen uns werden sollte, dann sag es mir bitte jetzt, solange ich noch gewohnt bin, ohne Dich zu leben.

Meine ganze Liebe

J."

Alec faltete den Brief zusammen, stopfte ihn in seine Tasche zurück und seufzte. Die Grillensinphonie steigerte sich jetzt zum gewaltigen Krescendo – Geigen, Oboen, Fagotte, Kesselpauken. Irgendwo undeutlich entfernt vom Compound schlug eine echte Trommel leise, wie nachdenklich. Riesige Motten flogen in die Sturmlampen. Wieder klagte die Hyäne, jetzt näher, wahrscheinlich vom Geruch des Fleischs angezogen, denn der betrunkene Wärter und Alecs Fahrer hockten an einem Feuer und brieten Fleischstücke auf Spießen. Das Flußpferd blubberte und schnaubte und brüllte dann. Der Mond war hinter den Wolken hervorgekommen und hing stetig am Himmel, und die Sterne funkelten unentwegt.

Alec stand auf, stieß ein Scheit tiefer ins Herz des Feuers und schenkte sich noch einen Drink ein.

„Ich *kann* jetzt nicht hier weg", sagte er. „Ich *kann nicht* und *will nicht* jetzt alles liegenlassen. Und es wird das beste sein, wenn ich den Stier bei den Hörnern packe und ihr das sage, während ich noch voll Whisky und Nachtgeräuschen bin. Es gibt so viel – so sehr *viel* –, was ich noch nicht gesehen habe." Seine Stimme klang seltsam in der Nachtluft, als wär's ein Fremder, den er da belauschte.

Er ging in die Hütte, zog den Reißverschluß seiner Reiseschreibmaschine auf und stellte die Maschine auf den Kistentisch. Er langte in seine Büroutensilientasche und zog Papier und Durchschlagpapier heraus. Seinen Drink stellte er vorsichtig auf den hartgetretenen Lehmboden neben sich, zündete sich eine Zigarette an und massierte sich erst einmal die Hände. Er kratzte sich den Kopf, und unter seinen Fingernägeln sammelte sich Schmutz. Dies würde nicht leicht werden, nicht glatt, nicht... Vorsichtig näherte er sich der Maschine, strich über die Tasten und begann zu schreiben:

„Irgendwo im Kongo

Jill, Liebling,

ich kann mich nicht genug entschuldigen, daß ich ein so schlechter Briefeschreiber bin, aber an den meisten Orten, wo ich in letzter Zeit war, gibt es bemerkenswert wenig Briefkästen, und bei den wenigen vernünftigen Postbeförderungsmöglichkeiten, die ich erreichen kann, habe ich den Verdacht, daß von jedem dritten Brief die Marken entfernt werden und der Brief in den Papierkorb wandert. Ich habe ein halbes Dutzend Durchschläge gemacht (und verflucht noch mal, wie ich Durchschlagpapier in diesem klebrigen Klima hasse!) und habe Duplikate meiner Berichte aus verschiedenen Städten abgeschickt, in der schwachen Hoffnung, daß wenigstens eins ankommt. Aber es ist wahr, daß mir regelmäßige Korrespondenz hier draußen schwerfällt, da es eigentlich nicht viel gibt, worüber man plaudern kann, außer über den letzten Schub geschändeter Nonnen oder den letzten Haufen Priester, denen man die Ohren abgeschnitten hat. Das eignet sich nicht sehr gut für Plaudereien, und ich möchte Dich nicht mit Berichten über meinen letzten Hakenwurmanfall oder über WAWA belasten. ‚Wawa' bedeutet in unserem seltsamen Humor ‚West Africa Wins Again'.

Bis jetzt habe ich mir noch keine Lepra zugezogen oder mich mit eingeborenen Squaws eingelassen.

Im Ernst, es läßt sich schwer erklären, wie dieses schreckliche Land einen mit Beschlag belegt. Ich eigne mir allmählich dieses fürchterlich vulgäre Leiden, die Afrika-Eifersucht, an, was bedeuten soll, daß man, lebt man nur lange genug hier draußen, auf jeden wütend eifersüchtig wird, der an Orten war, die man selbst noch nicht kennt, oder der etwas über dieses entsetzlich weit ausgedehnte Stück Land weiß, was man selbst nicht weiß. Ich habe immer das Gefühl, daß es über dem nächsten Berg drüben oder im nächsten Dorf etwas Neues gibt, und die gewohnheitsmäßigen Verhaltensweisen dieses riesigen, grausamen Kindes, genannt Afrika, sind einfach unheimlich in ihrem Reiz.

Ich habe sehr vieles gesehen, meist Schreckliches, einiges überwältigend schön, und eine gräßliche Menge nacktes Leben und nackten Tod. Ich glaube, der Tod des jungen Larry Orde, von dem ich Dir schrieb, hat mir mehr zugesetzt, vom Gesichtspunkt der menschlichen Vergänglichkeit aus, als alles seit dem Krieg, und die zufällig-nebensächliche Art, wie das Leben im heutigen Afrika ausgelöscht und der Tod veranschlagt wird, ist ein schockierendes Erlebnis, wenn man es mit Tee und Kuchen vor lustig flackerndem Kaminfeuer vergleicht. Wahrscheinlich wirst Du sagen, ich hätte nicht alle Tassen im Schrank. Ich gehe das Risiko ein, Dich mit dieser langen Einleitung als Antwort auf Deinen letzten Brief zu langweilen, aber ich glaube, ich bin jetzt im Begriff, das große Buch zu finden, das ich mein ganzes Schreiberleben lang gesucht habe, und ich sehe nicht, wie ich in diesem Augenblick nach Hause fahren kann, wo es rings um mich gärt. Die Magazinbeiträge für das vertraglich vereinbarte Buch zusammenzusetzen ist fast akademisch einfach und kann mit Klebestreifen und einem Köcher voll Bleistiften gemacht werden. Aber das Buch, das ich schreiben möchte, ist größer, tiefer und viel umfangreicher als der aufgemöbelte Journalismus, den ich die letzten neun Monate praktiziert habe.

Hoffentlich kann ich Dir klarmachen, daß dies Zeit und Konzentration, Freiheit von Spannungen und Ablenkungen benötigt. Ich möchte mit diesem großen Buch bald beginnen, und wie Du sicherlich aus eigener Erfahrung weißt, Liebling, ist das Klima eines Scheidungsprozesses einer ernsten literarischen Produktion nicht gerade förderlich. Auch der Gedanke an zeitweilige schriftstellerische Arbeit während inoffizieller Flitterwochen in Spanien oder Italien ist nicht eigentlich ideal für ein Vorhaben, das mir während der sechs Monate konzentrierter Arbeit, die ich dem zu widmen haben werde, was ich als meine einzige Chance ansehe, in meinem erwählten Beruf etwas wirklich Großes zu leisten, alles abfordern wird.

Du weißt nicht allzuviel über Schriftsteller, mein Liebling, aber sie sind bestenfalls kuriose Biester, Geschöpfe mit seltsamen Grillen, mit bestimmten Gewohnheiten und nicht voraussagbarem Temperament. Ich kann eine Kurzgeschichte oder einen Artikel in einem Hotelzimmer oder in einem fremden Haus schreiben, aber ein großes Buch erfordert ein Maximum an Komfort, vertraute Einrichtungen und eine gewohnte Umgebung. Daher schlage ich vor und hoffe, Du bist mit dem Vorschlag, den ich jetzt mache, einverstanden, daß ich nach Amerika zurückfahre und – zum Teufel mit dem steuerlichen Vorteil – mich in meine gewohnten Jagdgründe in Jersey mit meinen Nachschlagewerken und anderen Stützen für die literarische Arbeit vergrabe, mir dieses große Buch von der Seele schreibe und dann die Scheidungsklage gegen Amelia einreiche, mit freien Händen und klarem Kopf. Es wird nur auf einen Unterschied von ein paar weiteren Monaten hinauskommen, was eigentlich unwichtig erscheint, wenn man die vielen Jahre bedenkt, die wir nicht zusammen waren, und die ganzen Jahre, die wir in Zukunft zusammen zu sein hoffen.

Bitte, versteh mich richtig, Liebling: Ich bin kein Feigling und versuche auch nicht, mich vor Amelia und der Scheidung mit all ihren Unannehmlichkeiten zu drücken, aber, wie ich bereits gesagt zu haben glaube, man kann kein Buch schreiben, während man die Hunde untereinander aufteilt, die Bibliothek halbiert, die Möbel zählt, Bankkonten schließt und den größten Teil seiner wachen Stunden bei Rechtsanwälten und den Nachtschlaf mit Alpdrücken über Rechtsanwälte verbringt. Außerdem ist die Tatsache zu berücksichtigen, daß ich diese Scheidung wirklich nicht mit Ferngesprächen einleiten kann und der ekelhaften Notwendigkeit ins Auge sehen muß, die ganze Sache gründlich mit Amelia zu erörtern.

Das Buch ist in mehr als einer Hinsicht wichtig. Finanziell wird Amelia mich so ziemlich kahl scheren, wie es nach all diesen Jahren ihr Recht ist, und ein wirklich großes Buch, das außerhalb des Vergleichs mit Amelia steht, wird uns eine Art Mitgift geben, mit der wir unser Leben zusammen beginnen können. Aber das ist nicht der wichtigste Aspekt. Vor allem bin ich Schriftsteller, Schriftsteller von Beruf, und wenn ich diesem Buch nicht gerecht werde, das im Augenblick in mir brodelt, würde ich als Ehemann weder bei Dir noch bei sonst einer Frau viel taugen. Hoffentlich kannst Du das verstehen, so lahm es klingen mag, und stimmst mir zu, wenn ich sage, daß ein paar weitere Monate der Trennung keinen so riesigen Unterschied in unserem Leben bedeuten. Sie versetzen uns in die Lage, in jeder Hinsicht einen sauberen und neuen Anfang zu machen.

In ein paar Monaten werde ich wahrscheinlich hier Schluß machen und sofort nach London kommen, wo wir die ganze Angelegenheit weiterbesprechen können. Dann habe ich vor, direkt nach New York zurückzukehren, um zuerst das Buch zu schreiben und dann die Scheidung einzuleiten, und dann können wir das Schloß in Spanien oder die

Villa in Rom mieten, weil ich Dich wirklich liebe und Dich wirklich heiraten und glücklich bis an mein Lebensende mit Dir leben möchte.

Schreib mir weiter per Adresse Burrows im New Stanley, und, bitte, hab noch etwas Geduld mit Deinem Wanderburschen, der Dir, und sei es mit reitendem Boten,

alle Liebe schickt,

Alec"

Alec Barr las seinen Antwortbrief noch einmal durch, unterschrieb ihn automatisch und beschloß, seinen improvisierten Aufbau nicht zu korrigieren. Er haßte es, Privatbriefe zu schreiben, besonders Erwiderungen auf Briefe, die ihm auf mehr oder weniger versteckte Weise etwas aufzwingen wollten. Natürlich verstand er Jills Standpunkt. Er war wirklich lange genug fort; viel zu lange. Er sollte wirklich nach Hause fahren und sich Amelia stellen. Er hatte seine Aufgaben mehr als erfüllt; er hatte genug Material für zwei Dutzend Artikel statt für die vertraglich vereinbarten zwölf gesammelt, weil er den Kontinent wirklich von oben bis unten durchstreift hatte, meist ganz allein, bewußt die Herden importierter Berichterstatter meidend, die in Leopoldville, Nairobi, Stanleyville und Johannesburg blutschänderisch voneinander lebten. Er hatte die meisten amtlichen Interviews abgelehnt und war allen Pressekonferenzen ferngeblieben. Er war bis zum Hals voll von *Africana* und war doch noch nicht zufrieden. Zum Beispiel hatte er noch nicht genügend Zeit gehabt, Mosambik anzupacken, auch war er nicht auf den Seychellen gewesen. Die Westküste kannte er nur oberflächlich. Und in Kenia gab's verschiedene Teile – die Insel Lamu, die alte arabische Sklavensiedlung auf der Höhe der Küstenspitze, zum Beispiel –, die er noch nicht gesehen hatte.

Und natürlich der Kongo – der Kongo veränderte sich täglich. Manchmal hatte er zwei Regierungen, und es tobte ein scharfer Kampf um die Macht zwischen dem wildäugigen Lumumba, dem kälter-äugigen Gizenga, dem dicklichen Kasavubu und dem verschlagenen Belgophilen Tschombe in Katanga, wo das große Geld in den Schächten der *Union Minière* verdient wurde. Sicherlich würde es in Katanga, das von der neuen Regierung abgefallen war, bald zur Explosion kommen, weil Katanga den Hauptteil der Reichtümer des Kongo besaß und Tschombe nicht kampflos nachgeben würde. Die nächste große Story würde Katanga sein, und er hatte nicht die Absicht, sie zu verpassen.

Alec adressierte seinen Brief, versiegelte das Original und zwei Durchschläge (die er in verschiedenen Städten aufgeben würde) und kehrte zu seinem Feuer zurück. Jetzt war er hungrig, nachdem er Brief und Entscheidung hinter sich hatte. Er stöberte in der Lebensmittelkiste herum und entschied sich für Wiener Würstchen, eingedosten, nach Seife schmeckenden australischen Käse und eine Büchse Sardinen. Er goß sich noch einen Scotch ein, als Tischwein sozusagen, und kaute glücklich schmatzend unter den Sternen, dachte dabei, daß er seit Jahren nicht an Magenverstimmung gelitten hatte, und dabei hatte er alles gegessen, von gebratenen Raupen (nicht schlecht übrigens, schmeckten wie in Teig gebratene Krabben) bis zu einer Suppe, die er stark im Verdacht hatte, daß ihre Grundsubstanz ein menschliches Schienbein gewesen war.

Alec fühlte sich wunderbar selbstgenügsam, überreichlich sogar, obgleich sein Frohlocken möglicherweise auf die drei steifen Drinks zurückzuführen war, die er sich genehmigt hatte. Dieses besondere Gefühl des Frohlockens, dieses Glücksgefühl verursachte ihm Afrika, und er verstand jetzt sehr wohl, wie die alten amerikanischen Gebirgler sich in der Weite und Menschenleere ihrer Landschaft gefühlt hatten. Guthrie hatte es so wunderbar in seinem „Großen Himmel“ beschrieben. Er fragte sich, wo Guthrie das Gespür bekommen hatte. Guthrie war ein Moderner, und ihm hatte natürlich eine Tonne Informationsmaterial zur Verfügung gestanden, aber das Gespür mußte man selbst haben, das war nicht in Büchern zu finden. Alec war der Meinung, er habe jetzt einiges Gespür in sich entwickelt, und er führte es voll und ganz auf sein afrikanisches Vagabundenleben zurück.

Er war für sein großes Buch bereit, dachte er – nicht nur für eins, für eine Reihe, für die ineinandergreifende Saga einer Familie. Die Grundidee war natürlich nicht neu. Galsworthy hatte sie ausgeführt, auch Faulkner, aber keiner hatte bis jetzt Afrika als Kulisse gewählt, keiner hatte die Schicksalswege mit den klaren Augen von Menschen verfolgt, die Berge vor sich sahen, welche ihren Namen trugen. Es war ein riesiger Schmelztiegel, dieses Afrika, und es schmiedete Romanciers, auch wenn es dabei Menschen tötete.

Alec leerte seinen Becher, trat in die Hütte und breitete seinen Schlafsack über die Gummiriemen des Bettes. Die Strohmatratze hatte er in eine Ecke geworfen. Gott allein wußte, was für eine Art Wildleben sie beherbergen mochte. Er legte sich nieder und dachte, daß sie morgen versuchen würden, den Jeep wieder so weit zusammenzuleimen, daß sie nach Bukavu hineinhumpeln konnten, und schloß dann die Augen. Aber sein Gehirn arbeitete weiter, und er zuckte und drehte sich unter seinen Decken, als der Schlaf sich nicht einstellen wollte. Ein paar Gedanken über den Aufbau der Fabel rasten ihm durchs Gehirn, und seine Aufregung nahm zu und machte ihn noch wacher. Dann überdachte er noch einmal seinen Brief an Jill und sagte sich wieder, daß er recht hatte. Zugegeben, er war egoistisch, aber recht hatte er.

Er konnte kein großes Projekt, schon gar nicht den ersten Band seines geplanten Familienromans, sein großes Arbeitspensum, in einem Irrenhaus juristischer Komplikationen, weiblicher Tränen und geifernder Beschuldigungen durchführen. Er konnte sich nicht mit dem bitteren

Geschmack einer alten Ehe, kombiniert mit den nagenden Notwendigkeiten einer ganz neuen Ehe, in einer ganz neuen Umgebung, unter völlig neuen Umständen an seine große Arbeit machen. Wenn Alec arbeitete, widmete er sich voll und ganz seiner Arbeit. Er war weder ein Liebhaber noch ein Salonlöwe. Er war ganz in Anspruch genommen, in sich gekehrt und von seinen Charakteren und ihren Handlungen vollkommen besessen. In dieser Hinsicht war Amelia eben fabelhaft gewesen. Sie hatte nie versucht, sich einzumischen oder, nach Art der kleinen, süßen Frau, an seinen literarischen Wehen teilzunehmen.

In seinem Brief an Jill hatte er zu erklären versucht, nicht gerade sehr gut, daß Schriftsteller nicht wie andere Männer waren, Bankiers oder – sagen wir, Börsenmakler. Die Atmosphäre war wichtig. Es war nicht so sehr eine Frage des Temperaments als eine Angelegenheit eingefahrener Gewohnheiten. Alec brauchte Luke, wenn er schwer arbeitete. Luke machte alles, was Alec nicht tun wollte oder aus Zeitmangel nicht tun konnte. Alec brauchte seine Bücher – und bei diesem großen, neuen Projekt würde er sie doppelt nötig haben.

Alec hatte seine persönliche Nachschlagebücherei zu lange benutzt, um Leihkarteninhaber der öffentlichen Bibliothek zu werden. Vor seinem inneren Auge konnte er die Bücher jetzt alle sehen – nicht nach dem Alphabet oder nach Sachgebieten geordnet, sondern nach Gebrauch und Bedarf. Er konnte unfehlbar auf jeden Band, den er haben wollte, zugehen und sofort mit untrüglicher Sicherheit beinah die Seite aufschlagen, auf der sich das befand, was er suchte. Er hatte sich eine riesige und teure Bibliothek über Afrika angeschafft, seitdem er Kolumnist geworden war, nach seiner ersten Safari, und er würde alles brauchen, von Baker, Speke, Selous, Teleki, Burton und Gordon, den älteren, zu Huxley und Cloete unter den Modernen. Er würde auch seinen Kamin und seinen See zur Erfrischung und Entspannung brauchen und Luke, der ihm das tägliche Konzept, durchkorrigiert von oben bis unten, ins reine schreiben mußte. Er würde Luke zum Ansprechen brauchen, wenn er halbgeformte Ideen in Worte kleiden wollte. Er würde Luke für den tröstlichen Drink am Ende eines arbeitsreichen Tages brauchen, und er würde die Gegenwart eines unaufdringlichen Menschen brauchen, dem man nicht die Zigarette anzünden, keine Drinks mixen und mit dem man nicht schlafen mußte, wenn der Kopf des Autors voll von der Fabel, der Geschichte und dem Dialog war.

Das war der Grund, dachte er, weshalb er den literarischen *Lieber-John*-Brief heute abend geschrieben hatte, inmitten eines heulenden Dschungels auf seine Maschine auf der Schreibtischkiste in einem verlausten *cas de passage* einhämmernd. Sie war eine wunderbare Frau, Jill. Er versuchte, sie vor sein inneres Auge zu bannen, aber das Bild kam nicht klar heraus. Er war zu lange fort gewesen, dachte er; Amelia konnte er sich überhaupt nicht vorstellen. Seine Gedanken waren wie eine Flikkendecke. Larry Orde konnte er ganz klar sehen, und er erinnerte sich an Jim James, als wär's gestern gewesen. Er konnte Fran Mayfield sehen, sogar ihr Erröten, das ihre kühle braune Haut über den hohen Backenknochen färbte. Er merkte schon, diese Nacht eignete sich nicht dazu, in einem Haus oder einer Hütte verbracht zu werden.

Alec stand auf und zog das Bett hinaus neben das herunterbrennende Feuer. Er goß sich einen leichten Betthupfer ein, nippte daran, während er noch eine Zigarette rauchte, und legte sich unter den blitzenden Sternen nieder. Es war kühl, vom Fluß stieg Nebel auf. Die Moskitos waren alle zu Bett gegangen. Eine Hyäne schrie, eine andere fiel kichernd ein. Die Grillen steigerten die Lautstärke ihres Konzerts. Diesmal sank Alec mühelos in den Schlaf.

109

Bei Gott, das alte New Stanley sah aus wie Heim und Mutter, wenn man ein Heim hatte und seine Mutter liebte. Man würde ihm sicherlich ein Zimmer reserviert haben; er hatte Burrows vor ein paar Tagen aus Musoma telegrafiert und die Rückantwort erhalten: HOTELS VOLL UNTERKOMMEN BEI MIR. Der Manager hatte eine Penthousewohnung mit einem Plattenspieler, einer gutassortierten Bar und einem schönen Blick auf die Stadt. Bei diesen Preisen könnte es mir viel schlechter gehen, dachte Alec, und ein warmes Willkommensgefühl stieg in ihm auf, als der alte John, der frühere Gepäckträger, ihn mit *Jambo Bwana* begrüßte und die hübsche Empfangsdame sagte: „Willkommen, Mr. Barr. Mr. Burrows hat den Schlüssel und eine Notiz für Sie dagelassen."

„Ich bin froh, daß ich telegrafiert habe", sagte Alec. „Kein Hotel mit Selbstachtung würde mich ohne ein *laissez passer* des Managers einlassen." Er schnitt eine Grimasse und wies auf sein von der Reise beschmutztes Khaki, die zerbeulte Safari-Blechkiste, den staubdurchtränkten Schulterbeutel, den zerrissenen Schreibmaschinenüberzug.

„Ein heißes Bad, und alles ist wieder in Ordnung", meinte die hübsche junge Dame. „Oh, und die Wirtschafterin hat das Gästezimmer aufgeschlossen, in dem Ihre Anzüge hängen. Hier ist Mr. Burrows' Notiz."

Die Notiz war eiligst hingekritzelt: „Die Pflicht (weiblich) ruft. Bin etwa um sechs wieder zurück. Ihre Post ist im Safe. In der Bar ist Schnaps, Eis im Kübel. Willkommen zu Hause. B."

Die Wohnung des Managers war groß, quadratisch angelegt und sparsam möbliert, aber sie hatte Bücherregale, und er konnte den hohen Eiskübel in der Barecke sehen, und auf dem Kaffeetisch lagen Haufen von neuen Zeitungen und Illustrierten.

„Stellt die Kiste dort hinein", sagte er, auf das Gästezimmer zeigend, dessen Tür jetzt offenstand. Er gab den Boys ein Trinkgeld und trat dann auf den kleinen Balkon hinaus, um zu sehen, ob Lord Delamere von seinem Sockel entfernt worden war oder ob sich während seiner Abwesenheit jemand an der Khoja-Moschee vergriffen hatte. Und bei Gott, was für eine Abwesenheit! Mit mir verglichen, dachte Alec, war der Ewige Jude ein Kinderspiel.

Es müßte eigentlich eine Unmasse Post dasein, überlegte er, während er sich auszog und das schmutzige Zeug in eine Ecke warf, damit Murungwa es morgen zum *dhobi* bringen konnte. Ich hab' zwei Monate lang von niemand gehört; andererseits war ich eigentlich nirgends, wo ich in den letzten zwei Monaten von irgend jemand hätte hören können. Im Kongo ist der Postdienst völlig zusammengebrochen, und ich wußte nicht mal, daß ich zum Victoriasee fahren würde, kurz bevor ich Burrows aus Musoma telegrafierte. Na ja, keine Nachrichten sind gute Nachrichten, hat mal jemand gesagt, dachte er und sank selig in die Badewanne. Von Zeit zu Zeit nippte er an einem Gin-and-Tonic und überlegte sich, daß Frömmigkeit in puncto Wichtigkeit erst nach Sauberkeit kam. Als er eine halbe Stunde später aus der Wanne stieg, hinterließ er einen haftenden Rand von Schmutz, der ihn vage an den Indischen Ozean vor dem Tana River erinnerte, wenn die schweren Überschwemmungen den Humus von Kenia ins Meer hinausschwemmten.

Er putzte sich die Zähne, bis sein Zahnfleisch blutete, und rasierte sich gleich zweimal hintereinander. Seine Nägel bedurften immer noch einiger Ausgrabungsarbeit, aber schließlich trottete er in einem frischen *kikoi* – dem Somalisarong für alle Zwecke – glücklich und barfuß in der Wohnung herum und stellte den Plattenspieler an. Bei Gott, es war schön, wieder in Nairobi zu sein, nachdem die Beinarbeit beendet, die Aufgabe erfüllt war, große Bücher in seinem Kopf ungefähre Gestalt angenommen hatten und bevor er nach London zu Jill und dann heim nach Jersey zu Luke und den Rehen fahren, abends seinen Drink nehmen und ein großes, dickes, fettes Buch Nummer eins gebären würde. Er war jetzt fast auf den Tag genau ein Jahr draußen, und er brauchte nur noch zwei Artikel für seine Serie zu liefern. *Dieses* Buch würde er zusammenhauen und sich dann voll und ganz auf sein Lieblingsprojekt konzentrieren. Alec Barr fühlte sich sehr jung und etwas benommen im Kopf, als sein Freund Burrows wie ein Stier durch die Tür stürmte, einen ganzen Ballen Korrespondenz in den Händen. Er warf das große, mit einer Schnur umwickelte Bündel auf den Kaffeetisch.

„Well, well", sagte Burrows. „Der verlorene Sohn. *Habari?* Ich hatte schon gefürchtet, Sie wären in einem Kochtopf im Kasai gelandet, bis ich Ihr Telegramm aus Musoma bekam. Wieso sind Sie eigentlich nach Tanganjika gefahren?"

„Wollte herausfinden, ob der Victoriasee tatsächlich die Quelle des Nils ist. Ich trau' diesen altmodischen Reportern nicht. Was gibt's Neues? Hat Kolumbus Amerika schon entdeckt?"

„Nein, aber wie ich höre, ist Gladstone gestorben", erwiderte Burrows, sich einen Drink mixend. „Willkommen in unserem betriebsamen Dorf. Geschäfte alle abgewickelt?"

„Geschäfte alle abgewickelt. Werde hier ein paar Artikel über die lokalen Aussichten von *uhuru* schreiben – das hat mich wirklich veranlaßt, nach Tanganjika zu fahren –, und dann ab nach London und später nach New York. Ich hab' große Pläne, Mann, sehr große Pläne."

„Warum London?" Burrows' Stimme klang sehr vorsichtig. „Warum nicht direkt nach New York?"

„Sind Sie verrückt?!" sagte Alec. „Ich hab' ein *Mädchen* in dieser Stadt London sitzen. Das Mädchen, das ich heiraten werde, lebt in London. Ich bin schon so lange unbeweibt, daß ich mich frage, ob ich ein Junge oder ein Mädchen bin. Wohin sonst als London?"

„Setzen Sie sich", sagte Burrows. „Ruhen Sie Ihre Füße aus. Sie haben die Telegramme, die ich überall rumgeschickt habe, offenbar nicht bekommen – Leopoldville, Stanleyville, Usumbura –, Orte, von denen ich annahm, daß Sie vorbeikommen würden?"

„Kein Telegramm", antwortete Alec fröhlich. „Was, zum Teufel, ist eigentlich mit Ihnen los? Sie sehen aus, als hätte Ihnen jemand Ihre Gummiente gestohlen."

Burrows stand auf und knüpfte die Schnur um das Korrespondenzbündel auf. Eine Zeitung – der Londoner *Daily Express* – war als Einwickelpapier für die viele Post benutzt worden. Burrows nahm einen braunen Telegrammumschlag, der zuoberst auf dem Haufen lag, und reichte ihn Alec. „Dann haben Sie *das* nicht erhalten", sagte er. „Tut mir leid, Kamerad. Es wird Ihnen nicht gefallen."

Alec runzelte die Stirn und riß den Umschlag auf. Seine Augen verengten sich zu Schlitzen, während er las.

„DEIN BRIEF SCHRECKLICH KLAR LEB WOHL UND VIEL GLÜCK MIT DEM BUCH JILL." Er las es noch einmal, ungläubig, laut.

„Tut mir furchtbar leid, Alec", sagte Burrows. „Aber ich dachte, Sie wußten es. Ich glaubte, als ich die Durchschläge an die verschiedenen Konsulate und Hotels schickte ... aber offenbar haben Sie sie nicht erhalten."

„Nein, hab' ich nicht." Alec stieß die Worte durch die Zähne. „Ich hab' kein Wort erhalten, seit ich diesen einen Brief schrieb. Es hat mich nicht gestört. Ich erwartete, einen Haufen Post hier vorzufinden – ich hab' inzwischen zwei- oder dreimal geschrieben und die Briefe abgeschickt, wenn ich konnte, wo ich mich gerade befand. Antworten erwartete ich nicht. Auf jeden Fall nicht *diese* Antwort. Hört sich endgültig an, wie?"

„Bestimmt. Sehr endgültig."

„Na ja", sagte Alec verächtlich. „Dann wollen wir mal schnell ein Blitzgespräch nach London anmelden. So endgültig kann's auch nicht sein. Es kann eingerenkt werden. Es muß ein Mißverständnis sein – zu lange weg, Sie wissen ja, was Briefe bedeuten, wenn man zu lange weg war. Man verliert die Verbindung, schreibt weniger, sie würde –"

„Wegen des Telefonanrufs würde ich mir keine Gedanken machen, Alec. Es ist *wirklich* endgültig. Da. Schauen Sie sich Seite drei an. William Hickeys Spalte. Featurebild. Tut mir leid."

Alec nahm den *Express. Finanzier heiratet.* In Blockbuchstaben. Die oberen drei Spalten der Gesellschaftsklatschseite waren einem Bild von Jill gewidmet, *seiner* Jill, wie sie mit dem galanten Oberst Miles Chalmers aus der Kirche trat. Ein Rolls-Royce stand blitzend bereit. Die junge Frau sah strahlend aus. Der Ehemann sah sehr jung aus, trotz des gestutzten weißen Schnurrbarts und des schneeweißen Haars. Die junge Frau trug wahrscheinlich etwas Grünes, und ihr Mieder war wahrscheinlich elfenbein-grün, zweifellos gesprenkelt, Orchideen. Der stämmige Ehemann, der als D.S.O., M.C. *und Bar* bezeichnet wurde, trug eine Nelke in seinem gutgeschnittenen Revers.

„Ich schätze, sie hatte es einfach satt zu warten", sagte Alec schwerfällig nach einem Augenblick. „Ich schätze, die Frauen lieben es nicht, sich zu sehr von zwangsläufigen Gaunern abhängig zu machen. Ich schätze –"

„Ich schätze, Sie sollten sich einen großen Martini genehmigen und den Tonic wegschütten", sagte Burrows. „Tonic ist mächtig blähend."

110

Alec schüttelte den Kopf wie ein Boxer, der nach einem Kinnhaken wieder einen klaren Kopf zu bekommen versucht.

„Aber wir hätten's doch *besprechen* können. Sie hätte noch ein bißchen länger warten können. Ich hätte meine Meinung und meine Pläne ändern können – zum Teufel hätte ich können! Zum Teufel hätte ich *wollen*!" Er blitzte Burrows wütend an.

„Reißen Sie mir nicht den Kopf ab, *rafiki*", sagte Burrows. „Ich hab' Sie nicht sitzenlassen."

„Verzeihen Sie." Alec grinste matt. „Es hat mich eben ziemlich getroffen. Das hab' ich wirklich nicht erwartet."

Burrows zeigte auf den Haufen Post.

„Wahrscheinlich werden Sie eine lange Erklärung dafür in Ihrer Post finden", sagte er. „Hören Sie, ich könnte mir vorstellen, daß Sie gern allein sein möchten – lesen Sie Ihre Post durch, informieren Sie sich über alles. Ich muß jetzt weiter und –"

„Wenn Sie sich unterstehen, zur Tür zu gehen, dreh' ich Ihnen das Genick um", sagte Alec. „Heute abend will ich keine Erklärungen, ausführlichen Schilderungen, Informationen oder sonstigen gottverdammten -onen. Ich will meine Post nicht öffnen. Ich möcht' mich anständig besaufen und mir ein Mädchen anlachen und vielleicht – He!"

Burrows ging zum Plattenspieler und sah den Stapel durch.

„Komisch", sagte er. „Das hier ist eine Nat-Cole-Platte. Heißt ‚Welcome to the Club'. Was, he?"

„Wissen Sie, wonach mir ist?" fragte Alec. „Vielleicht fühl' ich mich ein ganz klein bißchen erleichtert. Die Dinge sehen plötzlich einfacher aus. Mir ist nach Fischengehen zumute. Mir ist danach, morgen eine Maschine zu chartern und zum Rudolfsee hinauf in dieses samoanische Dorf zu fliegen, das Bob Maytag für die Universität von Miami gebaut hat. Mir ist danach, einen Fisch zu fangen und eine pfeifende Krickente zu schießen, ein Krokodil zu jagen und in diesem hübschen, heißen Teich zu baden, ein bißchen Schnaps zu trinken und eine Woche lang in der Sonne zu liegen. Und mir ist danach, Sie mitzunehmen."

„Eine reizende Idee", meinte Burrows. „Aber zufällig muß ich in meiner Freizeit zwei oder drei Hotels leiten. Ich kann mir keine Woche Urlaub nehmen."

„Zum Teufel können Sie! Nennen Sie's Mitleidsurlaub. Mitleid mit mir. Wie kämen Sie sich vor, wenn ich mir eine Kugel durch den Kopf jagte, weil Sie nicht mit mir fischen kommen wollen?"

„Schrecklich", erwiderte der Manager. „Einfach entsetzlich. Besonders, wenn Sie's im Grill oder im oberen Salon täten. Na ja, wollen mal sehen, vielleicht kann ich eine Woche rausschlagen."

Alec streckte die Hand mit seinem leeren Glas aus.

„Noch einen Martini, Junge, fürs Nachdenken. Wie, fragte mich mal ein Mr. Collings aus der Nachrichtenmagazin-Welt, ist im Augenblick die Lage auf dem Weibermarkt? Ich bin viel zu lange ohne Frau gewesen."

Burrows kratzte sich das blaurasierte Kinn.

„Nun, da sind ein paar geeignete Überbleibsel vom letzten Metro-Goldwyn-Mayer-Film, im Augenblick sozusagen ohne Beschäftigung. Die eine ist nicht allzu häßlich. Die andere ist nicht übertrieben prächtig. Aber es sind bestimmt Mädchen, soweit man das aus der Entfernung beurteilen kann, und sie sehen ebenso bestimmt nicht jungfräulich aus. Auf jeden Fall sehen sie sauber aus. Was hatten Sie im Sinn?"

„Ich hatte folgendes im Sinn. Wie wär's – und Sie sind der Manager dieses wunderbaren Hotels, ein Manager mit einem gewissen *cachet* –, wie wär's, wenn Sie die Idee verbreiteten, ein berühmter amerikanischer Autor mit Adlerblick im einen und geheimem Kummer im anderen Auge habe den Wunsch, zu einem ausgelassenen Abend in den bezaubernden Mount-Kenia-Safari-Club einzuladen, mit der geringen Aussicht, Bill Holden, einen persönlichen Freund des Autors, zu sehen, und dann in bequemen Etappen mit ihnen ins palmenüberrauschte Paradies am magischen Rudolfsee zu reisen? Teleki hat zwei Jahre gebraucht, zu Fuß hinzukommen. Wir können ihn in einer Flugstunde von Mawingo aus erreichen."

„Sie halten sich jetzt mit dem Gin lieber etwas zurück", sagte Burrows. „Ich glaube, wir sollten die Fischereiidee fallenlassen und uns auf den Swimming-pool konzentrieren. Diese Menscher machen mir im Grunde nicht den Eindruck von Freiluftsportlerinnen."

„Mein Schicksal liegt in Ihren Händen", sagte Alec. „Ich werde mich mit Öl salben und Sie *mit* den Hollywoodvestalinnen im Grill zu Champagner und Kaviar treffen; später geht's in den Equator und von da in die blaue Wildnis in einer der besseren Chartermaschinen der Firma Wilkens Airways."

„Passen Sie auf den Gin auf", mahnte Burrows. „Oder es wird nicht mehr viel Sinn haben, daß ich die Truppen zusammentrommle." Er klopfte Alec auf die Schulter. „Ich sagte, es tut mir leid, Freund. Nehmen Sie's nicht zu tragisch. Und jetzt", fragte er rasch, „wie steht's mit der Post?"

„Die Post?" fragte Alec. „Lassen Sie sie hier. Es ist nichts drin, was ich mir näher ansehen möchte. Ich lese alles, wenn ich zurückkomme. Jetzt hab' ich Ferien."

„Notgedrungen fielen mir drei oder vier Briefe von Ihrer Frau auf", meinte Burrows. „Vielleicht –"

„Sie würden mir nichts Neues zu sagen haben, und im Augenblick möcht' ich Krokodile hätscheln oder was weiß ich, weil ich krank nach Liebe bin. Es wird nett sein, wieder ein Zedernfeuer zu riechen und den Berg zu sehen, noch netter, mit der tapferen alten *Lady of the Lake* aufzubrechen und einen guten Barsch zu fangen."

Seine Begeisterung legte sich ein wenig, und die Kränkung zeigte sich nun unverhohlen in seinen Augen.

„Wissen Sie, Mr. B.", sagte er, „ich hab' sie wirklich nicht für eine Ausreißerin gehalten. Ich hab' wirklich geglaubt, endlich jemand zu finden, der vielleicht verstehen würde."

„Was Sie brauchen", sagte Burrows barsch, aber herzlich, „ist eine Zigeunerin. Und jetzt ziehen Sie sich an, und wir laden uns die Weiber auf. Nach dem Aufladen sind Sie auf sich selbst gestellt, was diese flotte Woche in der Wildnis betrifft."

111

Alec und Burrows gingen einfach fischen. Die Mädchen hatten sich als besser herausgestellt, als sie von Burrows beschrieben worden waren, hübsch, keine Alkoholikerinnen, und eine davon, Sheila oder Sonia oder wie immer sie hieß, hatte sogar Anzeichen von Intelligenz bewiesen. Es hätte sich möglicherweise zu einer netten Wochenlustbarkeit auswachsen können, wenn Alecs falsche, aufgeputschte Erregung im Laufe des Abends nicht zu höflicher Verdrießlichkeit abgeebbt wäre. Die Mädchen waren durchaus gewillt mitzuspielen; Burrows steckte voller Witz und munterer Scherze, aber Alec war während des Dinners und danach im Equator, wo die Tanzfläche überfüllt und die Musik viel zu laut war, einfach langweilig.

In der Herrentoilette sagte Alec:

„Entschuldigen Sie, Freund. Mein lautes, großspuriges Geschwätz war umsonst. Es sind nette Kinder, aber ich glaube nicht, daß ich ihnen eine ganze Woche lang erklären könnte, warum es in Afrika im Norden heiß und im Süden kalt ist. Ich liebe Jacketkronen, aber diese Mädchen haben entschieden zu viele. Vielleicht ein andermal."

„Ich dachte mir schon, daß das Adrenalin seine Wirkung verlieren würde", sagte Burrows. „Meist hält's nicht lange vor. Haben Sie heute abend irgendwelche erotischen Absichten mit diesen Kindern?"

Alec beugte sich über das Handwaschbecken. Er feuchtete sein Taschentuch an und fuhr sich damit über die Stirn. Die Handtücher an der Rolle sahen nicht ganz koscher aus.

„Zu meiner Schande muß ich gestehen, *compadre:* keine Absichten. Ich hab' plötzlich keine Lust mehr. Ich war schon immer schüchtern Fremden gegenüber. Es sind sehr nette Kinder, aber wenn Sie nichts dagegen haben, wär' mir's lieber, wir gingen fischen und würden, was den heutigen Abend anlangt, die Damen mit einem Tusch und einem Handkuß nach Hause bringen. Ich schätze, ich verehre Mädchen immer noch lieber aus der Ferne, wie das im Mittelalter üblich war."

Burrows rückte seine Schleife zurecht.

„Will Ihnen was sagen. Wir gehen in meine Wohnung zurück und trinken einen Nightcap. Sie können ja plötzlich den übermüdeten Forscher spielen. Ich sehe zu, daß die Mädchen gut nach Hause kommen – und vielleicht überwache ich eine der Truppenbewegungen persönlich." Er grinste unternehmungslustig. „Schließlich bin ich Junggeselle – ohne verlorene Lieben in London."

112

Die Mädchen hatten Verständnis gezeigt, als man ihnen klarmachte, daß sie nicht als weiße Sklavinnen ins Samburuland verschleppt werden sollten. Die hübscheste, Shirley oder Sonia oder wie immer sie hieß, schien mächtig enttäuscht, daß der distinguierte Autor so spießig war und immer an ihr vorbeizusehen schien, wenn sie ihre Reize ins beste Licht zu setzen und sich wie Shirley Maclaine zu geben suchte. Dieser Mr. Burrows war so nett, wie er sein konnte, aber schließlich war er nur ein Hotelmanager, und irgendwie hatte sie immer gedacht, Autoren seien anders. Dieser Autor kam ihr vor, als ob er Gespenster über ihrer Schulter sähe, und sein Geplauder war alles andere als geistreich. Keine dieser schlagfertigen, witzigen Bemerkungen à la Noel Coward. Alles, was dieser Autor sagte, war: „Wie? Verzeihung", wenn er aus seinen Träumen in die Wirklichkeit zurückkehrte. Nairobi war eine fade Stadt. Bestimmt war's anders gewesen, als Ava Gardner den „Schnee vom Kilimandscharo" oder Stewart Granger „König Salomons Minen" gefilmt hatten. Nichts für ungut, wirklich, aber dieser Autor, dieser Mr. Barr, schien doch ein bißchen schwer von Begriff.

Der Autor, der schwer von Begriff schien, Mr. Barr, amüsierte sich großartig am Rudolfsee. Die Fische bissen gierig an, die Ufer wimmelten von den köstlichsten Wasservögeln der Welt, den schwarz-weißen, pfeifenden Krickenten, und der Swimming-pool, aus massivem Fels herausgesprengt, war so warm, daß man fror, wenn man in eine Temperatur von fünfzig Grad hinauskam, während der scharfe Seewind blies. Die Südinsel, die Geisterinsel, lag da drüben, und die Krokodile lagen wie Treibholz auf dem Kieselstrand von Molo-Island. Die Luft war so trocken, die Temperatur so hoch, daß man den getrockneten salzigen Schweiß mit der Handkante abschrubbte, aber man fröstelte, wenn man aus dem Pool stieg. Alec fing einen guten Barsch, ein seltenes Exemplar, einen hundertpfündigen Goldfisch. Als der metallischschuppige Fisch aus dem grünen Wasser aufstieg, den großen Kopf schüttelte und dann sanftmütig ans Boot kam, sah er wie Mae West in einem goldenen Lamékleid aus.

„Ich glaube, ich bin geheilt", sagte Alec zu Burrows am letzten Tag, als sie in dem kühlen, polynesischen Urtyp einer strohgedeckten Hütte saßen, geeisten Tee tranken und auf Freddie warteten, der mit der angeforderten Chartermaschine einfliegen sollte. „Ich glaube, ich hab' alle meine Vitamine in einer sauberen kleinen Reihe wieder zurück.

Schauen Sie mich an. Barr, der reformierte Liebhaber, Barr, der engagierte Schriftsteller, Barr, strahlendes Exempel sauberer Lebensweise und reiner Gedanken und Angler eines Goldfischs von mindestens hundert Pfund.“

„Die Palmen knarren im Winde der Vermessenheit, sagt der Koran“, bemerkte Burrows, der immer noch seinen schlappen Panamahut im Haus trug. „*Hamdullilah!* Die Knie auch.“ Mit seiner großen, von der sengenden Sonne des Rudolfsees dunkelbraun gebrannten irisch-spanischen Nase und seinen dunklen Wachtelhundaugen mit den schweren Tränensäcken sah er wie ein sehr liederlicher Pascha am uralten Hof des Großtürken aus. Er schüttelte weise das Haupt auf indische Art. „Mann, der durch Hintern spricht, fällt manchmal in Mist.“ Dann ernsthaft: „Was jetzt, Alec?“

Alec begab sich zur Bambusbar.

„Zuerst gehen wir, denke ich, vom geeisten Tee auf Gin über. Zweitens haue ich ab, Bruder B. Zurück zum Pflug. Erinnern Sie sich, ich sagte, ich hätte zwei Versuche als glücklicher mittelalterlicher Liebhaber unternommen, und es klappte nicht? Nun, jetzt werd' ich zur Ruhe kommen. Ich werde eine ganze Menge erledigen, aber hauptsächlich werde ich zur Ruhe kommen. Ich hab' Bücher zu schreiben, und ich brauche Ruhe und Frieden. Ich fahre nach Hause zum alten, gewohnten Feuerbock und werde meine literarischen Talente an meinem eigenen Feuer in meinem eigenen Wigwam zum Glühen bringen.“

Burrows, schwermütiger als je aussehend, fragte:

„Amelia? Was ist mit Amelia?“

„Sie gehört zu meinem Leben“, erwiderte Alec und spreizte die Hände. „Sie ist Amelia. Sie ist eben da. Sie wird immer dasein. Ich hab' einmal zu oft versucht auszureißen. Ich werde zu Amelia zurückkehren, Bücher schreiben und vergessen, daß ich ein ‚ergrauter Jüngling‘ bin, wie's ein Bursche, der Ihnen gefallen hätte, einmal nannte. Er hieß Ben – Ben Lea. Der hat mir auch gesagt, ich sei zu kantig für einen richtigen Liebhaber.“

„Ich bin nicht berufen zu sagen, es sei was dran. Aber Ihre Absicht zu arbeiten gefällt mir. Haben Sie schon bestimmte Vorstellungen über diese Forsyte Saga von Ihnen?“

„Sie ist schon fix und fertig, braucht nur noch geschrieben zu werden“, antwortete Alec. „Ich brauch' nur noch den wohlbekannten Block Schreibpapier und einen gespitzten Bleistift.“

„Achtung! Ich höre das Flugzeug“, sagte Burrows. „Das wird Freddie sein, der bestimmt noch wenigstens einen Fisch fangen will, bevor wir abfliegen.“ Er warf einen Blick auf die Uhr an seinem schwarzbehaarten Handgelenk. „Ein Fisch für Freddie bedeutet noch zwei Drinks für uns, und wir kommen gerade noch in der Abendkühle nach Nairobi.“

„Ich muß meine Post wirklich mal durchsehen", meinte Alec. „Dies war die erste regelrecht gestohlene Woche, die ich in einem ganzen Jahr genossen habe. Ich werde wieder ein paar Tage in Ihrem Penthouse hausen, bevor ich fahre. Einverstanden?"

„Einverstanden. Und jetzt schicken wir dem edlen Flieger lieber den Wagen. Er wird schon mit der Angelrute in der Hand warten."

113

Sie saßen sonnverbrannt-frisch und fröstelnd in der Kühle Nairobis. Alec hockte auf dem Boden. Er trug wieder einen *kikoi*, hatte sich aber einen alten Sweater um die Schultern geschlungen. Ein unordentlicher Haufen Briefe und Zeitungen umgab ihn. Der Hotelmanager Burrows saß auf dem Diwan und las den *East African Standard*. Plötzlich brach Alec Barr in Lachen aus – in wahnsinniges Gelächter. Er fuchtelte mit einem Brief in der Hand herum.

„Sind Sie plötzlich übergeschnappt?" fragte Burrows. „So stark ist die Sonne am Rudolfsee doch gar nicht gewesen."

„Hier", sagte Alec. „Der war die ganze Zeit schon hier, weiß Gott wie lange. *Da!*" Er schüttelte sich förmlich vor Lachen, als er seinem Freund den Brief zuschnippte.

„Was ist daran so verdammt komisch?" fragte Burrows, den Brief vom Boden aufhebend.

„Lesen Sie ihn! Er ist umwerfend. Von Amelia. Sie will nicht länger mit einem Irrwisch verheiratet sein. Sie reicht die Scheidung ein, weil sie's satt hat, und die ganze Geschichte ist geschrieben worden, bevor ich Jills Kabel bekam, bevor Jill den Oberst heiratete! Und *ich* scheute mich vor der Scheidung!"

Burrows las den Brief sorgfältig durch.

„Sie armer Halunke", sagte er. „Was werden Sie jetzt tun?"

Alec Barr sah ihn an, sein falsches Gelächter war erstorben. Seine Nasenflügel waren weiß und die Augen kalt.

„Wie ich's, verdammt noch mal, schon sagte. Heimfahren und mein Buch schreiben."

V Penny

114

Es war nicht überraschend, daß das Telefon genau in dem Augenblick läutete, in dem Alexander Barr eine Seite aus seiner Maschine riß und sie haßerfüllt in die ungefähre Richtung des Papierkorbs warf. Diesmal war das Läuten eine Erleichterung, ganz gleich, welche Katastrophe es ankündigen mochte. Alec schätzte, daß im Laufe der Jahre die meisten wichtigen Informationen, die ihn beruflich, gesellschaftlich und emotionell beeinflußt hatten, durch dieses schrille Klingeln eingeleitet worden waren, vergleichbar dem nervösen Lachen, das er anschlug, wenn er etwas tat, was er nicht tun wollte.

Es war Morgen in New Jersey – ein funkelnder, sanft windiger, sonnenwarmer Julitag. Es war die Art Tag, die, wie die Leute oft sagten, einen froh stimme, daß man am Leben sei. Die Fische sprangen, und alles war bester Laune. Aber für Alec Barr war das Leben nicht besonders leicht. Erstens war Daddy noch immer nicht reich, und hübsche Mamas gab es auch keine. Nur Luke war da. Aber Luke war nicht gerade das Nonplusultra an Geselligkeit.

Das Große Buch war als Aufgabe so leicht erschienen, als er es in Afrika in rohen Umrissen konzipiert hatte. Seiner Meinung nach hatte er alle notwendigen Ingredienzen für den Obstkuchen zur Hand. Die Eier, das Mehl und die Milch hatte er sich mit seiner grundlegenden Hintergrundarbeit verdient. Die prickelnderen Histörchen seines Lebens konnten, weiß Gott, Zitrone, Kirschen, Nüsse, Rosinen und den letzten Schuß Kognak liefern. Aber er hatte keinen Obstkuchen. Alles, was er vor sich hatte, war eine Menge feuchten, widerspenstigen Teigs, und die Sorte Teig, die er hatte, war nicht zu verwenden.

Er blickte über den See – er schimmerte in der Morgensonne und kräuselte sich im Wind. Die Tür war offen, und er konnte das Flüstern der Brise hören, die sich in den Bäumen regte. Der Wind stand in seiner Richtung; er konnte das Plumpsen eines Barschs hören, der nach einem Insekt geschnappt hatte. Eine Unzahl Vögel sang ganz nah. Er konnte den Ruf der Wachteln im Unterholz am anderen Ufer des Sees hören. Ein Kardinal hockte am Seerand und sah ihn höhnisch an, den Kamm arrogant erhoben.

Als das Telefon klingelte, stand Alec mit all der eingefleischten Furcht moderner Krieger auf, die nach dem Telefonsystem leben.

„Schlechte Nachrichten. Hemingway ist tot“, sagte Marc Mantell barsch, ohne einleitendes Hallo. „Hat sich umgebracht. In den Kopf geschossen.“

„Jesus“, sagte Alec. „Wann?“

„Soeben. Steht noch nicht in den Zeitungen. Hab's aus dem Radio.

Eins meiner Büromädchen, die Sorte, die ihr Transistorgerät zur Arbeit mitbringt – ich dachte, es würde Sie interessieren. Wie kommen Sie mit dem Buch voran?"

„Nicht gut. Etwa so gut, wie Ihr Anruf ermunternd ist. Vielleicht sollte ich mich auch nach einem Gewehr umsehen. Was hat er verwendet?"

„Schrotflinte. Ziemlich gründliche Arbeit, wie ich höre, wenn man den ersten Berichten Glauben schenken kann."

„Wo?"

„In seinem zweiten Wohnsitz nach Kuba. Ketcham, Idaho. Und im Salon oder in der Bibliothek. Auf dem Teppich. Ziemliche Schweinerei, glaube ich."

„Armer Kerl. Gibt's eine plausible Erklärung?"

„Weiß nicht. Er war in dieser Klinik. Insulinspritzen, sagte jemand. Muß ein Nervenzusammenbruch gewesen sein. Schnaps. Hoher Blutdruck – Sie wissen ja."

Luke ging durchs Zimmer und sah Alec fragend an. In letzter Zeit war nicht oft angerufen worden. Alec legte die Hand auf den Hörer.

„Bringen Sie mir einen Scotch und eine Zigarette", sagte er zu Luke. „Freund von mir hat sich umgebracht. Hemingway."

Luke nickte und verschwand in die Bar.

„Muß mich stärken", sagte er wieder in den Apparat. „Luke. Ich lass' mir gerade einen Drink von ihm holen. Ich weiß, es ist noch zu früh, aber was halten Sie wirklich davon?"

„Ich glaube, er war allem einfach nicht mehr gewachsen", sagte Marc Mantell. „Ich glaube, es hing ihm alles zum Hals heraus."

„Da steht er nicht gerade allein", erwiderte Alec, die Hand nach dem Drink ausstreckend, den Luke unheimlich schnell herangeschafft hatte. „Entschuldigen Sie mich. Ich trinke auf einen guten Burschen. Ah, das ist besser! Sie haben mir wirklich einen Schock versetzt."

„Ich weiß. Ich habe auch ein Glas in der Hand. Hat mich auch durcheinandergebracht. Ich hielt Papa immer für unverwüstlich."

„Wissen Sie, daß ich ihn nie Papa nannte?" sagte Alec. „Nicht mal Ernie hab' ich ihn genannt. Wir bewahrten eine Art gegenseitiger Reserve. Ben nannte ihn Papa. Die letzte Mrs. Hemingway nennt ihn Papa. Leonard Lyons nennt ihn Papa. Alle sagten Papa zu ihm. Ich dachte immer als ‚Mr. Hemingway' an ihn. Mich nannte er Alexander."

„Mir ging's auch so", sagte Marc Mantell. „Ich dachte als ‚Mister' an ihn. Aber andererseits hab' ich Sinclair Lewis in Gedanken nie ‚Red' genannt. Instinktive Würde des Könners, nehme ich an. Selbst als Lewis keiner mehr war, behielt *ich's* bei. Ich glaube auch nicht, daß ich zu Maxwell Perkins ‚Max' oder zu Thomas Wolfe ‚Tom' gesagt hätte."

„Wie denken Sie an mich?"

Alec hörte seinen Agenten leise in sich hineinlachen.

„Mister Alexander Barr, Pulitzerpreiser und potentieller Nobelgewinner. Wie viele Seiten haben wir denn?“

„Nicht genug für einen Nobel. Nicht genug für Sie. Nicht genug für mich. Einfach nicht *genug*.“

„Irgendwelche Schwierigkeiten, bei denen ich behilflich sein könnte?“

Alec schüttelte auf seine charakteristische Art den Kopf, obgleich er sich klar war, daß der Agent seine verneinende Geste nicht sehen konnte.

„Sie haben gerade den Kopf in Zweifel und Qual geschüttelt“, sagte Marc Mantell. „Stimmt's?“

„Sie sind mehr als zu clever“, sagte Alec und blies spöttisch den Rauch in die Muschel. „Das ist der englische Ausdruck für ‚Wir haben zu lange zusammen gearbeitet‘. Ja, ich hab' den Kopf in Zweifel und Qual geschüttelt. Und ich werde ihn wieder schütteln. Diesmal werde ich von einem Riesen niedergetrampelt, Vater. Früher haben mich die Knirpse erwischt. Die Piranhas knabberten mich zu Tode. Jetzt bin ich an einen Tigerhai geraten.“

„Beide gehören zur Familie der Fische“, sagte Marc Mantell. „Sie brauchen bloß den richtigen Haken, um sie zu fangen.“

„Haken ist das passende Wort“, meinte Alec, „aber ich weiß nicht, ob ich der richtige Wurm bin.“

„Hören Sie mit den Gags auf. Was Neues von Amelia?“

„Eigentlich nichts seit der Scheidung. Ich glaube, sie ist in Acapulco. Fragen Sie die Anwälte, an die Sie die Unterhaltszahlungen schicken. Die wissen's immer.“

„Was Neues aus ... England?“

„Ich glaube, er ist zu alt zum Kinderkriegen“, sagte Alec. „Was noch?“

„Wann kann ich Manuskript sehen? Sie machen mich ganz närrisch mit Ihrer Geheimniskrämerei. Früher haben Sie mich nach Jersey eingeladen, zum Kundschafterspielen –“

„Ich werde Ihnen Manuskript zeigen, wenn ich Manuskript habe, das ich Ihnen zeigen kann. Das Manuskript, das ich im Augenblick in der Hand habe, eignet sich nicht dazu, Chef.“

„Ich nehme an, es ist Zeitverschwendung, Sie zu fragen, ob Sie sich glücklich fühlen, bei der Arbeit und außerhalb, nachdem Sie jetzt wieder ledig sind?“

„Da haben Sie ganz recht“, erwiderte Alec. „Vollkommene Zeitverschwendung. Aber wer hat je einen glücklichen Schreiber gekannt? Verheiratet *oder* ledig?“

„Ich nicht“, sagte Marc Mantell. „Und ich bin jetzt vierzig Jahre in der Branche. Schießen Sie sich bloß keine Kugel in den Kopf, he!“

„Ich fürchte“, sagte Alec, „im Moment würde ich ihn nicht mal mit einer Schrotflinte treffen.“

115

Das ist das Leben, dachte Alec, das Große Spielkasino. Der Richtige Stich. Die Letzte Sensation. Alles, was man ist, ist man nicht mehr. Es ist ein Existenzzustand. *Is' nicht* genannt. Das ist alles, was man ist. *Is' nicht.*

Ich nenne es ausgesprochen unkameradschaftlich von meinem alten Kumpel aus Pamplona und Madrid, meinem Helden aus den alten, fröhlichen Pariser Tagen, dem Mann, der mich lehrte, daß man einen Köder ebenso liebevoll an einen Fischhaken picken wie man eine Landschaft beschreiben kann, einfach herzugehen und sich sein verdammtes Hirn so gründlich auszublasen, daß, wie die *Time* sagt, bloß noch die Lippen übrigbleiben. Es ist nicht fair, sich's so einfach zu machen; einfach vor seiner Verantwortung auszureißen. Und Ernest hatte eine Verantwortung. Zum Beispiel hatte er eine neue Welt erfunden. Luke hatte ihn danach gefragt, nachdem Marc Mantell vor ein paar Tagen angehängt hatte.

„Nimmt Sie verdammt mit, was, Boß?" sagte Luke. „Kommen Sie, geben Sie mir das Glas. Möchten Sie ein bißchen Musik auf dem Krachmacher?"

„Keine traurigen Lieder", sagte Alec. „Und nichts von dieser anderen Welt. Einen Drink, ja, danke, Chef. Musik, nein. Die ganze gute Musik wurde ungefähr zu jener Zeit erfunden."

„Sie haben einen Tick mit der Musik, Käpten. Ich hab' das schon häufig bemerkt. Wenn Sie mit dem Buch gut vorankommen, spielen wir eine Sorte. Wenn nicht, spielen wir eine andere. Als wir in Scheidung lagen –"

„Hören Sie auf", sagte Alec. „Ich brauch' keine Musik, um mich zu erinnern. Man hat jetzt eine neue Art Musik für Scheidungen geschrieben. Das meiste ist für Schlagzeug ohne Hörner."

Luke kam von der Bar zurück und reichte Alec einen frischen Drink. Er setzte sich auf einen Puff aus gelbem Marokkoleder neben dem Kamin und sagte:

„Was für ein Mann war er wirklich, Boß? Man liest diesen ganzen Quatsch in den Zeitungen und weiß wirklich nicht, was man glauben soll."

Es schien Alec, daß er, je älter er wurde, desto mehr den Kopf schüttelte wie ein alter, verwirrter Löwe. Er schüttelte ihn jetzt, während er durchs Fenster auf den unter der Brise sich kräuselnden kleinen See blickte.

„Ich weiß es nicht, Luke", sagte er. „Wir stammen alle aus anderen Orten und anderen Zeiten. Manche Leute gehören zu einer besonderen

Epoche, einer Ära, einem Krieg, zum Beispiel. Manche Leute können nur in der Zeit ihrer unfreiwilligen Wahl zu sich selbst finden. Manche finden überhaupt nie zu sich. Erinnern Sie sich an den Krieg? An den Jovialen John, den Admiral?"

„Oh, Junge, und ob ich mich erinnere, Käpten. Das außer Dienst gestellte Flaggschiff in Saipan. Und ob! Er und Henry Fonda."

„Der Joviale John paßte vollkommen in seine Zeit. Auch der Bulle. Auch Mush mit den U-Booten und Slade mit den U-Booten. Der eine starb, der andere nicht. Mush nahm die *Wahoo* mit sich runter, so tief es nur ging. Ich frage mich, wie's Mush Morton ergangen wäre, wäre er wieder hochgekommen. Ich weiß, wie es Adams erging, der von der Sandbank freikam und bei der Beförderung übergangen wurde. Er lebt in Mexiko. Hoffentlich ist er glücklich."

Luke hob sein Bier.

„Es war eine verdammt gute Zeit, Käpten. Mir scheint's heute, als wär's die schönste Zeit meines Lebens gewesen. Aber Sie haben meine Frage noch nicht beantwortet. Was für ein Mann war er?"

„Ich wünschte, es wäre Winter, daß wir ein Feuer anzünden könnten", sagte Alec. „Was für ein Mann er war? Nun, wollen uns mal Ernie Pyle betrachten. Bei all den Schwierigkeiten, mit denen er sich rumschlagen mußte, lebte er das vollkommenste Leben, das ein Schriftsteller je hatte. Hemingway war ein Witz-Krieger und ein Witz-Kriegskorrespondent. Er nannte sich Ernie Hämorrhoid, der Pyle des armen Mannes. Pyle war vollkommen. Die Welt drehte sich um und um und hielt vor einem komischen, kleinen, ängstlichen Mann, der keinen Alkohol vertrug, bei seiner Frau impotent war, die ihrerseits eine echte Säuferin war und eine wilde –"

Luke hob protestierend die Hand.

„Das können Sie doch nicht von Mr. Pyle sagen", rief er. Warum –?"

„*Warum* mein Hintern", gab Alec barsch zurück. „Lee Miller hat's in seinem Buch über Pyle besser als ich gesagt, und er war Ernies bester Freund. Ich war nicht Ernies bester Freund, aber verdammt noch mal, ich hab' auf einem halben Dutzend Inseln im Pazifik seine Berichte geschrieben, als er zu müde zum Arbeiten war. Ernie war vollkommen ausgepumpt. Er wollte nicht in den Pazifik raus, um über einen bereits gewonnenen Krieg zu schreiben und sich vom letzten verdammten Japsen auf dem letzten, unmöglichsten Eiland eine Kugel in den Kopf jagen zu lassen. Was Ernie dann in Ie Shima passierte. Der Krieg war vorbei, und so stieg Pyle zur Vollkommenheit auf. Walhall mit Pauken und Trompeten."

„Ich erinnere mich an Ernie Pyle, aber ich dachte, wir sprächen über Mr. Hemingway." Luke runzelte die Stirn. „Sie reden auf 'ne vertrackte Art um die Ecke rum, Käpten. Dieses Walhall ist eine Insel, auf der ich nie war."

Alec lächelte kurz. Seine Stimme klang sehr sanft.

„Entschuldigung, Chef, aber ich rede nicht wirklich um die Ecke. Ich mach' nur einen ermüdenden Umweg. Passen Sie auf: Vor dem Krieg war Pyle ein braver Heimatschreiber, die Quintessenz des Kleinen Mannes. Niemand achtete viel auf Ernie, abgesehen von seiner Heimatzeitung und ein paar ländlichen Wurstblättchen. Ernie war zu klein, um größere Zeitungen zu interessieren, in New York oder so. Er war reiner Lokalmann. Er war kitschig. Er war ein *kleiner* Mann, der komische kleine Sachen über seinen klemmenden Reißverschluß und ähnliches schrieb." Alec machte eine Pause und hielt sein Glas hin. „An dem Tag damals in Australien, als ich die Zeitung zur Hand nahm und die Überschrift las, ein berühmter Kriegsberichter sei in einem Rattenloch von einer Insel namens Ie Shima gefallen, wußte ich, daß es Ernie war, noch bevor ich die Geschichte las. Ich hatte schon auf Guam so eine Ahnung gehabt."

Luke kam mit seinem frisch gefüllten Glas wieder.

„Er trank 'ne Menge, Hemingway, was?"

„Wir trinken alle viel. Auch Ernie Pyle trank viel, obgleich er so zart war, daß er's nicht gut vertrug. Hemingway war nicht zart – nicht bis zum Schluß. Dann wurde er brüchiger. Aber Ernie . . ."

Armer, kleiner, tapferer, ängstlicher Halunke, dachte Alec und ließ die Gedanken zu den letzten Tagen auf Guam zurückschweifen, kurz vor dem Iwo Angriff, armer, kleiner, verängstigter, tapferer, betrunkener Halunke, mit einem zahmen Hafenkommandanten, der Botengänge für ihn machte und ihm Material besorgte, Max Miller hieß er, und Leuten wie mich, die ihm halfen, seine Berichte zu schreiben. Berichte, die ziemlich scheußlich waren, selbst wenn man berücksichtigte, daß Ernie sowieso gar nicht hatte kommen wollen, aber die Marine hatte drauf bestanden, die Baker Two Nines desgleichen, und jeder riß sich um Ernies noch lebenden Körper. Wie Besoffene, die sich wegen der einzigen Hure in der Kneipe in den Haaren liegen.

„Ernie beging durch seine Anwesenheit im Pazifik Selbstmord", sagte Alec langsam. „Sie könnten das nicht verstehen, Luke. Sie lebten sauber und wohlgenährt bei den Berufsadmiralen. Aber Ernie hatte den schlimmsten Blitz in London mitgemacht. Er war von Anfang bis Ende in Nordafrika dabeigewesen. Er war in Sizilien, hat den ganzen Feldzug in Italien mitgemacht, war bei der Invasion in Frankreich dabei und blieb da, bis die Krauts verdufteten. Er wog nicht mehr als eine Flasche Scotch. Er hatte einen miesen, schwachen Magen – er pflegte zu sagen, er habe in mehr Hotelzimmern gekotzt als irgend jemand anders, und das schon *vor* dem Krieg."

„Er muß ein toller Kerl gewesen sein", meinte Luke. „Ich hab' ihn bloß ein-, zweimal auf Guam mit diesem zahmen Zivilkommandanten gesehen."

„Er war bei Gott ein toller Bursche. Ernie wollte gern wie ein Offizier leben, wie ein General, und statt dessen lebte er wie ein Schütze Arsch, obgleich die Generäle ihm in den Hintern krochen und alle Kriegsschauplätze ihn unbedingt als Berichter haben wollten. Er schlief im Dreck mit den vor Angst bibbernden Männern. Ernie war größer als Bradley, größer als Eisenhower. Noch nie hat's in einem Krieg irgendwas so Großes wie Ernie Pyle gegeben. Einschließlich Alexanders des Großen und Napoleons."

„Warum?" fragte Luke. „Es gab doch noch 'ne Menge anderer Kriegsberichter?"

Alec zog einen Mundwinkel hoch, als Pendant zu seiner zuckenden Augenbraue, und blies eine Rauchwolke aus.

„Ernie war Ernie, weil die ganze Welt eines Tages stillstand und ihre ganze Aufmerksamkeit auf *Den Kleinen Mann* richtete. Es war genau, als wäre die Welt blind gewesen und jemand hätte plötzlich die Lichter angedreht. Die Welt war voll *Kleiner Männer*, und Ernie war *Der* Kleine Mann. Er war *Jedermann*. Er war verdammt nahe dran, in den Augen des armen, lausigen Burschen im Schützenloch und in den Augen der armen, verängstigten Trottel in der Heimat Jesus Christus zu werden."

Alec zuckte die Schultern und spreizte die Hände.

„Alles, was ich sagen kann, um's zu erklären, ist, daß Ernie *Amerika* war – Ernie war die Welt im Krieg. Er hatte den Dreh heraus, die wunderbare Fertigkeit, über das rund um die Leiche eines neunzehnjährigen GI aus Ohio verstreute Klopapier zu schreiben oder über einen toten Polackenhauptmann, der, auf ein Maultier gebunden, einen italienischen Berg runterkam. Er wußte, was heiß und kalt, naß und trokken war und was Angst, bibbernde, erbärmliche Angst bedeutete. Hemingway wußte es auch, aber in einer anderen Zeit, in einem anderen Land, in einem anderen Krieg."

„Pyle wurde von einem Japsen umgelegt", sagte Luke. „Mister Hemingway erschoß sich selbst."

„Kaum Unterschied in der Methode. Beide gaben sie sich ganz einer Zeit. Beide starben sie mehr oder weniger für ihr Land – das heißt: nicht für ihr eigenes Land, sondern für ihre *Epoche* – ihre *Zeit*. Manchen Leuten ist der Tod bestimmt, wenn sie ihre Nützlichkeit überlebt haben. Pyle wäre nach dem Krieg, der ihn so wichtig machte, nutzlos gewesen. Hemingway erkannte, daß er fast nutzlos geworden war. Ein Japse erledigte Ernie im Eilverfahren. Der andere Ernest hatte den ganzen Schwindel einfach satt und erledigte die Aufgabe bei sich selbst. Ich hab' mal einen Elefanten geschossen ..."

„Yeah, das haben Sie mir erzählt, Boß. Der alte, alte Junge."

„Richtig", sagte Alec. „Ich hab' dasselbe für den Elefanten getan, was die Japsen für Ernie Pyle taten. Ich hab' dasselbe für den Elefanten getan, was Ernest Hemingway mit der eigenen Flinte für sich selbst tat."

116

Die ganze Sache sei ziemlich gruselig, hatte Luke gesagt. Gruselig war nicht das richtige Wort dafür, dachte Alec. Unvermeidlich, ja. Aber Hemingway! Dieses ganz einmalige Talent, zugehörig einer bestimmten Ära, der Ära der schreibenden Entdeckung. All die vielen vergeudeten Worte, die er nie geschrieben hatte, die Fitzgerald nie geschrieben hatte, die die ganze Bande nie geschrieben hatte, weil sie im *Dôme* und in den *Deux Magots* herumsitzen und quatschen mußte, so daß sie vor lauter Quatschen keine Zeit zum Schreiben mehr fand.

Pyle war wenigstens auf dem Gipfel seines Wirkens gefallen. Ernest hatte zu lange gezögert, wie der alte Bulle am Wasserloch in Illaut in Kenia. Jeder hatte alle Witze gehört und konnte sich nicht mehr weit von seiner Wasserstelle entfernen.

Und wo, zur gottverdammten Hölle, gehörst du nun hin, Alec Barr? An welcher Wasserstelle hast du dich so lange herumgetrieben, daß du nicht mehr lieben, nicht mehr schreiben kannst? Und was bist du, Alec Barr? Ein alter, räudiger Löwe mit gebrochenem Rückgrat. Du hast keine Frau. Du hast kein Mädchen. Du hast in Wirklichkeit auch kein Buch. Du kannst nicht mehr trinken wie früher, und im Bett taugst du nicht mehr, was du getaugt hast, und die ganze billige Liebe, von der du immer glaubtest, es mache Spaß, sie auszuprobieren, macht keinen Spaß mehr, weil:

Du nichts mehr hochkriegst, Alec Barr. Weder deine Begabung noch deinen Schwanz. *Du kriegst beide nicht mehr hoch.*

Und wenn du ihn nicht mehr hochkriegst, kannst du genausogut tot sein, wie Ben Lea sagte, als er dafür optierte (was für ein Haufen scheußlicher Wörter sich heutzutage in die Sprache einschlich, *optierte*, um Himmels willen, man könnte ebensogut *eskalierte* sagen oder dieses Mistwort *kontaktierte* oder, noch schlimmer, *postdatierte*), als Ben Lea dafür optierte, zersägt zu werden, weil er nichts mehr tun konnte, nicht mal mehr ins Badezimmer gehen, brauchte eine Flasche dafür. Ben sagte, zum Teufel damit, und starb. Ernie sagte, zum Teufel damit, und wurde von einem Japsen niedergeknallt, der wahrscheinlich nicht mal seinen Fuß zwecks Selbstverstümmelung getroffen hätte. Und Mister Hemingway konnte es nicht mehr länger ertragen, weshalb er sich eine 12kalibrige Schrotflinte in den Schlund schob und abdrückte.

Alec stand auf und massierte sich den Rücken. Es kam ihm vor, als hätte er an allen möglichen Stellen mehr unerklärliche Schmerzen als früher. Er fühlte sich entsetzlich niedergeschlagen. Das Leben nahm mehr und mehr die Gewohnheiten dieses unvergessenen Honigdachses an. Das Leben ging instinktiv und direkt auf die Leisten los und tötete einen dann zum Spaß. Es war wie mit dem Alkohol. Man entwickelte einen Geschmack für guten Wein, und ganz plötzlich bekam man gesagt, die Leber sei in lausigem Zustand. Alec fühlte sich allein, einsam und traurig, verlassen von all den netten Menschen, die er in einem ganzen Leben gekannt hatte. Am traurigsten stimmte ihn Amelia, trauriger als Barbara Bayne, trauriger sogar noch als Jill Richard. Er hatte nie erwartet, daß Amelia sich von ihm scheiden lassen würde. Er hatte auf Amelia *gezählt*. Viele Male hatte er gedacht und es auch viele Male gesagt, früher, wenn er deprimiert gewesen war, daß er, wenn das Schlimmste zum Schlimmsten käme, immer wieder zur See gehen könnte. Und immer wieder zu Amelia heimkehren könnte.

Natürlich war er schockiert gewesen, als Jill sich weigerte, ihm sein ewiges Aufschieben und Zögern zu verzeihen, ihm das Kabel geschickt und dann beschlossen hatte, den zuverlässigen, gedrungenen Burschen zu heiraten, der abends nach Hause käme – einen Burschen, der nicht böse und selbstsüchtig immer nur mit sich und seinen kleinen beruflichen Schnüffelproblemen beschäftigt war. Das einzige, wofür Jills neuer Mann sich interessieren würde, war die Lage auf dem Aktienmarkt, und sobald die Börse schloß, würde er immer zu Jill und den Petunien heimkommen. Oder vielleicht in umgekehrter Reihenfolge, aber heimkommen würde er bestimmt. Wie eine Taube.

Doch Jills summarische Entlassung hatte ihn nicht so tief getroffen. Dafür war Amelias sehr legaler, sehr logischer Brief ein Schlag unter die Gürtellinie gewesen. Amelia hatte geschrieben, sie habe es verdammt satt, mit einem Eheflüchtling verheiratet zu sein; was sie brauche, sei ein Mann im Haus, keine literarische Erinnerung. Und sie wolle sich von ihm lösen, solange sie noch jung genug sei, noch gut genug aussehe, um sich einen Mann zu angeln. Sie würde Alec immer lieben, aber sie hätten sich zu weit voneinander entfernt, als daß es noch eingerenkt werden könnte. Die Namen ihrer Anwälte seien ...

Die Scheidung hatte keine Sensationen für die Presse geliefert. Keine andere Frau war in sie verwickelt – Alec grinste traurig, als er dachte, das kann man wohl sagen –, und sie hatten eine anständige, würdige finanzielle Vereinbarung geschlossen. Amelia war für die Scheidung nach Reno gefahren, und die Sache war nur in wenigen Zeilen in Zeitungen und Nachrichtenmagazinen erwähnt worden. Aber die Einzelheiten vor der Scheidung waren aufreibend und nervenbelastend gewesen; die wiederholten Besprechungen mit den Anwälten, die Spannungen zwischen Alec und Amelia, wenn sie sich gezwungenermaßen treffen mußten, um über Details zu plänkeln und zu streiten, hatten nicht dazu beigetragen, die Ausführung seines Großen Projektes zu beschleunigen.

Alec Barr war zu sehr Berufsschreiber, als daß er seine Afrikaserie nicht trotzdem aus seinen mehr als reichlichen Notizen zu Ende geführt hätte. Er revidierte die Artikel und brachte sie in glatte Buchform, besprach sich mit den Herausgebern über Umschlag und Fotobeilagen, schrieb Texte für die Fotos und las schließlich die Korrekturfahnen. Er absolvierte Fernsehauftritte und gab Interviews. Er konnte solche Verpflichtungen fast unbeteiligt erledigen, während seine Gedanken die erbärmliche Muße fanden, sich mit seiner ihm selbst offenbaren Unzulänglichkeit als Mensch zu beschäftigen. Es stimmte ihn zwar traurig, aber er bemitleidete sich nicht, und er machte weder Amelia noch Jill Vorwürfe, daß sie das S.S. Barr verlassen hatten. In diesem Fall Sinkendes-Schiff-Barr, nicht mehr September-Song-Barr.

Nachdem er die letzten Artikel und das Buch an Ray Schells Verlag abgeschickt hatte, nahm er einen kurzen Urlaub. Er flog nach Mexico City hinunter und sah sich ein paar Stierkämpfe an, aber irgendwie fehlte ihnen die mit Carlos Arruza und Silverio, Gaona und anderen aus der Vergangenheit verbundene *alegría*. Den neuen Jungs schienen die Stiere ziemlich gleichgültig zu sein. Es fehlte ihm auch Ben Lea als lustiger Trinkkumpan und gelegentlicher Begleiter bei Ausflügen in die Weiberlokale der Stadt und in die Amüsierorte außerhalb. Das von Neubauten wimmelnde Acapulco hatte nicht die geringste Ähnlichkeit mit dem aus den alten Tagen mehr.

Der Urlaub hatte seinen emotionellen Adern kein frisches Blut injiziert. Er trank, genoß es aber nicht; auch die Stierkämpfe genoß er nicht, weil niemand da war, mit dem er irgendwas hatte genießen können. Er hatte sich überlegt, ob er Dinah Lawrence zu diesem Ferientrip einladen sollte, aber Marc Mantell teilte ihm mit, Dinah sei verreist und filme in Spanien oder Palästina oder sonstwo, und sonst fiel ihm niemand ein, an dem ihm gelegen gewesen wäre. Er flog mit dem Gefühl ab, völlig ausgepumpt und erschöpft zu sein, und er kehrte mit demselben Gefühl zurück. Eine Frau hatte er kennengelernt – eine sehr hübsche amerikanische *turista*, der er mit ein paar anderen langweiligen Leuten auf einem überfüllten Cocktailempfang der Botschaft, zu dem er sich hatte breitschlagen lassen, begegnet war. Aber auch das war eine große Pleite geworden. Nach den üblichen höflichen Präliminarien waren sie ins Bett gegangen, und Alec hatte zu seinem Entsetzen festgestellt, daß er völlig impotent war. Das Wochenende wurde in beiderseitigem Einvernehmen frühzeitig abgebrochen.

Eins war gut: Amelia hatte sich bei den finanziellen Abmachungen des Scheidungsvergleichs vernünftig gezeigt. Natürlich waren ihr die Wohnung und die Möbel zugesprochen worden, aber sie hatte kein Interesse an dem Haus in Jersey gezeigt. Als die endgültigen Scheidungsdokumente unterzeichnet waren, überschrieb Alec ihr fünfzig Prozent ihres Nettovermögens und ein Drittel seiner etwaigen Zukunftseinkünfte. Honorare aus Neuauflagen früherer Bücher würden dafür sorgen, daß Amelia auf die Mädchenlunches im „21" nicht zu verzichten brauchte und daß sie das Penthouse in der Fifth Avenue aufrechterhalten konnte, ohne sich einen Untermieter suchen zu müssen.

Alec hatte sich noch nicht um eine dauernde Bleibe in Manhattan gekümmert. Eine Anzahl Appartementhotels hatte ihm während des Scheidungsprozesses durchgeholfen, wenn seine Anwesenheit in New York unbedingt erforderlich gewesen war. Carl und Elsa waren von Amelia entlassen worden; in Zukunft würde sie sich mit einer täglichen Aufwartefrau begnügen.

Es war eine verdammte Ironie, dachte Alec, daß er, bei dem schon immer von ihm ersehnten Stadium angelangt – komplette Freiheit, klares Anrecht auf das Jersey-Haus, weniger gesellschaftliche Verpflichtungen in Manhattan, weder durch romantische Verwicklungen noch durch häuslichen Betrieb beeinträchtigte unbegrenzte Arbeitsmöglichkeit, jede erdenkliche Gelegenheit, seine Zuflucht in Jersey mit saftigen, lüsternen Damen zu füllen –, genaugenommen nur sich selbst und Luke in Jersey und Marc Mantell am anderen Ende der Telefonstrippe hatte.

„Was wir hier brauchen", sagte er zu Luke ein paar Tage nach Hemingways Selbstmord, „sind eine fette Miezekatze und ein Gummibaum. Wissen Sie, daß wir nichts Besseres als ein Paar alte Jungfern sind?"

„Mir behagt's so", meinte Luke. „Es ist wirklich nett und friedlich. Wir tragen uns doch nicht etwa mit dem Gedanken, irgendwann in naher Zukunft wieder zu heiraten, Boß?"

„Großer Gott, nein. Als Anfänger können wir's uns nicht leisten. Und auf jeden Fall, wie's in dem alten Witz heißt, wer würde uns schon heiraten?"

„Da ist was dran", meinte Luke. Er goß die Zimmerphilodendren mit den gespaltenen Blättern. „Und Pflanzen haben wir genug. Übrigens, wie geht's dieser netten Mrs. Lawrence, die gelegentlich hier rauskam? Mit der hübschen Tochter?"

„Diese nette Mrs. Lawrence ist, nach Mr. Mantells Auskunft, in Europa und arbeitet an einem Film. Und ihre nette, hübsche Tochter ist – oder war – verheiratet und geschieden und wahrscheinlich wieder verheiratet."

„Sie war schon 'ne Wucht, die Tochter. Wie alt ist sie wohl heute?" Luke behielt den gleichgültig-plaudernden Ton bei, während er ein paar Schnittblumen in die Barvase stellte. „Wollen Sie was zu trinken haben, Boß?"

„Nein", sagte Alec. Er sah Luke aufmerksam an. „Die Tochter wird jetzt auf die Dreißig zugehen – siebenundzwanzig, achtundzwanzig, das genaue Alter hab' ich vergessen. Was führen Sie im Schild, Chef?"

„Ich führe nichts im Schild, Käpten. Ich dachte bloß, daß wir hier ein bißchen Leben brauchen könnten, und wenn diese Miß Soundso alt ge-

nug ist, um verheiratet und geschieden zu sein – na ja, sie bleiben nicht ewig Kinder, stimmt's, Käpten?"
Alec stand vom Schreibtisch auf und ging in den Terrassenraum.
„Sie haben alle Fähigkeiten für einen Berufskuppler", sagte er. „Ich glaube, ich werde doch was trinken. Wie wär's mit einem Pimms? Haben wir Gurke im Haus?"
„Haben wir. Hätten Sie was dagegen, wenn ich auch einen nehme? Blumen arrangieren ist eigentlich Frauenarbeit. Einen Mann macht's durstig."
Alec lachte zum erstenmal herzhaft, seit Marc Mantell ihn angerufen und ihm den Tod Hemingways mitgeteilt hatte.
„Bei Gott, Luke, Sie sind ungefähr so hinterlistig wie eine Unterwasserbombe. Was haben Sie im Sinn? Wollen Sie mir durch Heiratsvermittlung einen neuen Haufen Probleme aufhalsen?"
„Ich will Ihnen nichts aufhalsen, Käpten. Ich will Ihnen was vom Halse schaffen. Sie blasen Trübsal und laufen wie ein krankes Huhn mit hängendem Kopf herum. Sie sind zu jung, um ohne ein bißchen Spaß zu leben. Die Welt ist noch nicht am Ende."
Alec sah über den blauen See, zum klaren, mit spärlichen Wölkchen bestäubten Himmel empor, sah das wuchernde Grün um den Teich, die flammenden Blumen im Hof.
„Sie sind ein guter Freund, Obermaat Luca Germani", sagte er. „Ich werd' mir Ihren Rat überlegen und ihn möglicherweise an die nächsthöhere Instanz zur Ausführung weiterreichen."
Luke verschwand in die Küche und kam einen Augenblick später mit einer Schale in Scheiben geschnittener Gurken, Äpfel und einem Glas voll Minzezweigchen wieder.
„Das war 'ne gute Idee mit dem Pimms", sagte er. „Macht den Sommer irgendwie festlicher als ein Gin-and-Tonic. Wie 'n Mädchen in einem hübschen Strandanzug am Teich."
„Schon gut, schon gut, Sie haben Ihr Ziel erreicht." Alec stand auf, ging zu seinem Schreibtisch zurück und nahm ein Adreßbuch aus der linken Schublade. „Ich hab' ihren Frauennamen vergessen. Ich weiß nicht mal, ob sie noch bei ihrer Mutter wohnt."
„O ja –" Luke brach plötzlich ab und hielt sich den Mund zu.
Alec legte das Adreßbuch hin und kehrte in den Terrassenraum zurück. Seine Finger umspannten Lukes Schulter.
„Was, zum Teufel, ist hier eigentlich los? Was für ein verdammter Unsinn steckt dahinter?"
Luke entzog sich seinem Griff und rieb sich die Schulter.
„Sie haben kräftige Finger, Boß. Nichts steckt dahinter, wirklich. Aber eine Dame – eine Mrs. Montgomery – rief an, während Sie Ihren Morgenspaziergang machten, und gab mir ihre Nummer. Sie sagte, ich solle Ihnen ausrichten, Penny habe angerufen, und Sie sollten doch zurück-

rufen. Ich hab' mich noch undeutlich erinnert, daß Mrs. Lawrences Tochter Penny hieß. Deshalb hab' ich in Ihrem Adreßbuch nachgesehen, und es ist immer noch dieselbe alte Nummer. Daher wußte ich auch, daß sie noch bei –"

„Hören Sie auf, und mixen Sie endlich den Drink", sagte Alec. „Aber versuchen Sie nicht mehr, mir was vorzumachen."

Luke reichte ihm das geeiste Glas gleichsam als Friedensangebot. „Ich hab's wirklich nicht böse gemeint, Boß. Ich wollt' nur mal bei Ihnen auf den Busch klopfen. 'ne Art Vorderdeckpolitik. Mal sehen, wie der Alte gelaunt ist, bevor man sein Gesuch für den achtundvierzigstündigen Landurlaub einreicht."

„All right. Jetzt können Sie auch noch den Schlußpunkt unter Ihre Liebeskummerbemühungen setzen. Verbinden Sie mich mit Mrs. Montgomery. Übrigens, es ist ein verdammt guter Pimms."

Alec setzte sich bequem in einen Sessel und blickte wieder auf den See hinaus. War es wirklich so offensichtlich, so klar zu sehen, daß selbst der treue Luke ihn aufzumuntern versuchte? Sein ganzes Leben lang hatte noch nie jemand den Kuppler für Alec Barr gespielt, und da war Luke, erging sich in Hintertreppenromantik und brüstete sich vermutlich, diesen einen lausigen Telefonanruf zustande gebracht zu haben. Alec seufzte. Er wünschte, es wäre Barbara Bayne statt Penny gewesen, die um seinen Rückruf gebeten hatte.

117

„Ich dachte, du wärst vielleicht ein bißchen niedergeschlagen", sagte Penny. „Wegen deines Freundes Hemingway, mein' ich. Ma sprach immer von euch beiden. Auf jeden Fall hab' ich's versucht."

Die Stimme klang völlig anders. Das eifrige Mädchen war nicht mehr. Die Stimme klang jetzt glatt, zurückhaltend und ziemlich weltklug. Sie paßte zu Capri-Samthosen, Seidenblusen und einer Neigung für Martinis und einer weiteren Neigung für Männer.

„Furchtbar nett von dir." Alec verfiel in das britische Defensivklischee. „Ich fühl' mich großartig. Wie geht's dir? Was hörst du von deiner Mutter?"

„Niemand könnte es bessergehen als unserer Dinah. Sie wird schon so jung, daß jedermann sie für die Tochter hält. Ich glaube, augenblicklich ist sie in Griechenland. Der Film macht Fortschritte, und Ma muß jedesmal ein neues Skript schreiben, wenn sie einen Regisseur rausschmeißen. Was mich betrifft, so bin ich ein freches, kesses Frauenzimmer. Ich wollt' mich nämlich bei dir zum Wochenende einladen. Das heißt, falls ich irgendwelche ermutigenden Geräusche am anderen Ende des Drahtes hören sollte."

Alec saß auf der Ecke seines Schreibtischs und schlenkerte mit einem Bein.

„Die Stimme, die du hörst, ist die Stimme der Ermutigung. Du hast mir eben meine gute Laune wiedergegeben."

Ihre Stimme hob sich reizend, nicht zu falsch.

„Ich hab' ein winziges Wochenende nie vergessen", sagte die Stimme. „Das Wochenende, an dem du Ma einludst, rauszukommen und draußen zu wohnen, während ihr beide an euern Büchern arbeiten wolltet. Es ist schrecklich, was ich jetzt sage, Alec Liebling, aber ich dachte – schließlich hab' ich auch eine Scheidungsgeschichte hinter mir, und so was ist nicht gerade nett –, ich dachte, ob jetzt nicht vielleicht der richtige Augenblick für wenigstens ein Familienmitglied wäre, aufzustehen und sich zum Wort zu melden. Für den Fall –"

„Für den Fall?" Alecs Stimme spannte sich.

Jetzt klang die Stimme völlig ausgeglichen und ehrlich.

„Für den Fall, daß du dich einsam fühlst und krank im Herzen wegen des Selbstmords deines Freundes und vielleicht auch Schwierigkeiten mit deiner Arbeit hast – nichts Besonderes, wirklich. Nur, daß du vielleicht jemand da haben möchtest, der dir ein anderes Spiegelei vorsetzt."

„Du bist sehr süß. Soll ich hinkommen und dich abholen und wann?"

„Natürlich nicht. Ich hab' einen kleinen Wagen. Ich werde den Weg schon finden – wie heißt es, Wycoff?"

„Richtig."

„Wenn ich dann hinter Wycoff nicht mehr weiterkomme, ruf' ich dich von der nächsten Tankstelle an, und du kannst Luke schicken, um mir weiterzuhelfen. Alec?"

„Ja?" Ihre Stimme hatte sich wieder verändert. Ein brüchiger Ton war hinzugekommen.

„Dies ist kein jugendlicher Altruismus, geboren aus alter Babysittertreue oder uralter Familienfreundschaft. Wenn du die reine Wahrheit wissen willst – ich fühl' mich elend. Ich brauch' ein Knie, an das ich meinen Kopf lehnen kann, und eine Hand, die ich halten kann und die mir nicht sofort unter den Rock greift, weil ich jung und geschieden und Freiwild bin. Am Telefon klingt das wahrscheinlich furchtbar. Aber ich liebte dein Haus im Herbst, und ich sah dich so gern in ihm – und, nun, mir ist eben einsam und melancholisch zumute, und ich rief nur so auf einen Impuls hin an."

„Dein Impuls war völlig richtig", sagte Alec.

Er legte auf.
„Legen Sie die Ohren an, Chef", sagte er, „und richten Sie das Gästezimmer so her, daß es für die Aufnahme einer Dame einigermaßen geeignet ist."
„Wir sind wieder im Geschäft, was, Boß?"
„Wir sind *nicht* wieder im Geschäft, Sie miserabler Straßenkehrer. Wir haben lediglich eine junge Dame auf ein langes Wochenende zu Gast. Und fahren Sie nur gleich in die Stadt, und kaufen Sie uns was Anständiges und Schmackhaftes in der Nahrungsmittelabteilung."
Luke salutierte zackig.
„Aye, aye, Sir", sagte er. „Ist gemacht, Käpten. Und, Boß?" Luke grinste. „Mir bleibt gerade noch Zeit, Ihnen die Haare zu schneiden."

118

Das Leben verläuft in Siebenerperioden, hat mal jemand gesagt, dachte Alec, als er in der Auffahrt stand und Penny Lawrence – zum Teufel mit diesem Namen Montgomery! – langbeinig aus ihrem kleinen MG klettern sah. Dies ist eine große, große Sieben, die mit der ersten anfing und jetzt in die vierte geht. Dies war eine höchst verblüffende junge Frau von sieben- oder achtundzwanzig, reif, wie er ihre Mutter aus den frühen Tagen her in Erinnerung hatte, in der Ehe gereift, voll Saft wie eine sonnendurchtränkte Frucht und mit den ersten winzigen Fältchen trüber Erfahrungen um die Augen. Die Augen waren so blau wie eh und je, aber die einstmals aufrührerischen schwarzen Locken waren zu einer mehr matronenhaften Haube gezähmt. Sie hatte immer eine gute Figur und ein gutes Gesicht gehabt. Der Babyspeck war von beiden verschwunden.
„Ich glaube an Gott", sagte Alec, sie auf die Wange küssend. „Suche, und du wirst finden. Dies war ein Tag, an dem ich frisch aus grünen Auen kam. Tritt ein, tritt ein, und ich werde dich neben einen Mint Julep betten. Dies ist ein Tag des Dreiundzwanzigsten Psalms."
„Bei Gott, Onkel Alec", sagte Penny Lawrence. „Du siehst gar nicht so niedergedrückt aus. Du wirkst richtig sprühend, wie das letztemal, als ich dich sah. Ich könnt's nicht ertragen, wenn du noch mal nach Afrika verschwändest. Hallo, Luke! Ich hab' bloß den einen kleinen Koffer. Hast du was dagegen, Alec, wenn ich mich sofort verziehe und in ein Paar Shorts und eine Bluse steige? Wo wohne ich, im selben Zimmer?"

Alec zählte an den Fingern ab.

„Ich bin *nicht* niedergedrückt. Ich fühl' mich wirklich sprühend. Ich verschwinde *nicht* wieder nach Afrika – oder sonstwohin. Du *darfst* dich gleich verziehen und in ein Paar Shorts und eine Bluse steigen. Du *wohnst* im selben Zimmer."

„Aye, aye, Sir", sagte Luke. „Wissen Sie jetzt, was ich meine, Boß?"

„Ich weiß sehr wohl, was Sie meinen, und Sie sind soeben zum Obermatrosen degradiert worden, weil Sie zu verdammt frech waren", sagte Alec.

Alec bereitete den Julep in einem geeisten Zinnbecher zu. Er nahm sich Zeit mit dem Sirup, dem Bourbon-Whisky, dem geschabten Eis und den Minzezweigen. Es war wirklich verblüffend, wie die Zeit verging. Gestern noch hatte er sie auf Knien gewiegt, und sie hatte ihn „Onka" Alec genannt. Heute nannte sie ihn Onkel Alec und vorhin am Telefon schon mit sicherer Frauenstimme „Alec Liebling".

„Praktisch Zeitgenossen", murmelte er, während er zusah, wie der Frost sich im Zinnbecher verdickte. „Wie die Zeit fliegt."

„Was?" fragte eine Stimme hinter ihm.

„Schlechte Altmännerangewohnheit", sagte er. „Selbstgespräche führen. Das Denken fällt mir so leichter. Kind, du bist wirklich eine Augenweide."

„Ich bin zu dick." Sie trug rauchblaue Shorts und eine heller getönte blaue Seidenbluse. Die Schenkel waren fest, die vollen Brüste nicht mehr keck und jung, und ihr Teint war von der Sonne keksbraun gebrannt. Sie war jetzt ein großes Mädchen – eine große Frau –, seine hübsche Penny. Sie würde ungefähr hundertsiebzig messen und gute hundertsiebzehn bis hundertzwanzig wiegen. „Aus reiner Langeweile. Ich bin eine heimliche Kühlschrankplünderin geworden."

„Du bist gar nicht zu dick. Du bist ein schönes Stück Baby", sagte er. „Trink einen Julep, und erzähl mir deine Lebensgeschichte, seitdem ich dein Trauzeuge in der Kirche war."

„Du hast eben das Wort benutzt, das ich im Sinn hatte, um die Geschichte meines Lebens zu erklären", sagte sie. „*Zeitgenosse.* Bleiben wir drin, oder gehen wir raus an den Teich?"

„Drin, denke ich. Da ist ein bequemer Sessel –" Scharf fiel ihm der Abend in seinem Arbeitszimmer in der Stadtwohnung ein, als er fast genau dasselbe gesagt hatte. „*Zeitgenosse?* Wieso?"

„Ich hab' einen Fehler gemacht. Ich heiratete einen. Zwei Jahre hab' ich gebraucht, bis ich entdeckte, daß man Zeitgenossen nicht heiraten kann, es klappt nicht. Jemand muß älter sein als der andere. In diesem Fall war ich's. Und weißt du was?"

„Nein. Sag mir's."

„Ich mache dich und Ma dafür verantwortlich. Ma erzog mich immer als Gleichberechtigte, und du hast mich stets wie eine Frau behandelt, selbst als ich noch ein kleines Mädchen war – auf jeden Fall, damals, als ich noch ein verträumtes Fohlen war, war ich's gewohnt, nur mit Erwachsenen zusammen zu sein, und ich heiratete einen männlichen Backfisch." Sie schnitt eine Grimasse. „Ich weiß immer noch nicht recht, warum – außer daß er prächtig aussah und ich langsam eine alte Jungfer wurde."

„Ich erinnere mich." Alec rieb sich das Kinn. „Du wirst dich wahrscheinlich nicht mehr dran erinnern, aber wir unterhielten uns damals ziemlich lange drüber. Du sagtest, du wolltest eine Karriere draus machen, einem Mann eine gute Frau zu sein."

„Oh, ich erinnere mich sehr gut. Aber ich sagte *Mann*. Ich hab' den Fehler gemacht, einen Jungen zu heiraten. Wir schienen ein bißchen knapp an verfügbaren Männern in meinem Verein zu sein. Sie waren alle verheiratet."

Alec stand auf und schlenderte zur anderen Seite des Swimming-pool hinüber, wo der Hügel steil zum See abfiel. Die Unterhaltung hatte peinlich, brüsk, plump begonnen, fast als ob –

Gott sei Dank, sagte er sich. Da kommt Luke mit den *hors d'œuvres*. Dann laut: „Danke, Chef. Dort hinüber. Was gibt's denn heute abend?"

„Gute Sachen", antwortete Luke. „Alles fertig und bereit für den Küchenchef. Filetsteak, süßen Mais, frische Tomaten und sonst noch alles mögliche. Aber ich wollt' Sie um Urlaub bitten, Boß. Ich hab' schon mit Miß Penny gesprochen. Sie wird für mich die Kombüsenwache übernehmen. In der Stadt ist 'ne Kleine – na ja, ich hab' ihr versprochen, mit ihr und ihrer Mutter ins Kino zu gehen, und sie hat schon die Karten und ..."

Du ränkeschmiedender Halunke, sagten Alecs Augen zu Luke. *Du und deine verfluchte Intrigiererei.*

„Sie könnten ja anrufen und es rückgängig machen", sagte er.

„Boß, Sie sagen ja selbst immer, daß Sie mich abends nie brauchen", fing Luke an, und Penny fiel ein:

„Oh, Alec, ich würde dir mit dem größten Vergnügen das Dinner kochen. Ich hatte eine kleine, private Unterhaltung mit Luke, und wir kamen zu dem Schluß, daß ihr euch beide zum Hals raushängt, von der Kocherei ganz zu schweigen", sagte sie. „Ich *möchte* dein Dinner kochen, Alec. Erinnerst du dich ans letztemal?"

„Viel Vergnügen heute abend, Matrose", sagte Alec zu Luke. „Sie können sich verflucht bald nach einer neuen Stellung umsehen."

„Bevor du's sagst: Dies ist ein klarer Fall von abgekartetem Spiel", gestand Penny. „Sei nicht böse auf Luke. Ich hab' bis jetzt nur eine einzige Chance gehabt, bei dir zu sein, ohne daß noch andere dabei waren. Ich sagte ihm, wir hätten eine Menge zu besprechen, und es wäre ganz nett, wenn er verduftete. Wenn das unverschämt ist, ruf ihn zurück."

Alec setzte sich in den Sessel gegenüber und stützte die Ellbogen auf die Knie. Er sah unter buschigen, angegrauten Augenbrauen zu ihr auf. „Es ist unverschämt, und du bist ein richtiger Fratz, aber ich werde ihn nicht zurückrufen. Ich fühl' mich geschmeichelt. Willst du noch kurz schwimmen, bevor die Sonne untergeht? Es wird kühl in diesen Bergen hier draußen, selbst im Juli."

Sie streckte und räkelte sich leicht in ihrem Sessel. Ihre goldene Haut schwitzte in der Sonne winzige feuchte Diamanten aus.

„Nein. Ich möchte nur hier sitzen und alles über dich hören. Ich weiß wirklich nichts mehr von dir. Und jetzt hab' ich dich ganz für mich allein. Endlich."

119

Alec schlief fest, als leise an die Tür geklopft wurde. Es war ein feines Dinner gewesen, reizend serviert, mit Kerzenlicht und leiser Musik. Er hatte sich heiser geredet, vorher und nachher. Zum erstenmal hatte er – vielleicht hatte der Brandy dazu beigetragen – den Wunsch verspürt, alles offen darzulegen, Schritt für Schritt, einschließlich der Sache mit Jill, des Amelia-Briefs und seines Afrikaticks, der schuld daran war, daß er seinen Aufenthalt so lange ausgedehnt hatte, seiner Pläne für den großen Roman – *alles*. Zweimal hatte er Penny aus Versehen „Dinah" genannt, und einmal wäre ihm beinah „Jill" rausgerutscht; er hatte den Namen gerade noch unterdrücken können. Er war vollkommen und rechtschaffen müde und vom Brandy und von seiner eigenen Redekunst reichlich benebelt gewesen, als er Penny vor ihrer Tür einen Gutenachtkuß gab und zu Bett ging.

Wieder wurde geklopft.

Er knipste das Licht an und sah auf seine Uhr.

Vier Uhr morgens.

„Was? Luke?" Seine Stimme klang noch sehr verschlafen.

„Nicht Luke. *Ich.* Penny."

„Was ist los, Süße? Ist dir schlecht?" Alec richtete sich auf.

„Nein. Nicht schlecht. Aber ich hatte schreckliches Alpdrücken. Konnte nicht schlafen. Darf ich für einen Augenblick auf eine Zigarette reinkommen? Ich bin nicht übergeschnappt."

„Nein, du bist sicher nicht übergeschnappt. Hatte selbst schon Alpdrücken. Wart einen Augenblick, bis ich mir einen Dressing gown übergeworfen habe. Ich bin ganz im Rohzustand. Geh runter, und wir werden Feuer machen und einen Port oder sonstwas trinken."

„All right", ihre Stimme klang sehr kleinlaut. „Entschuldige, aber ich –" Die Stimme wurde leiser und erstarb.

„Denk nicht mehr dran. Ich komm' gleich runter." Alec stieg aus dem Bett, langte nach einer Badehose und suchte in seinem Kleiderschrank nach einem Morgenrock. Er fröstelte. Es war verdammt kühl, Juli hin, Juli her. *Frauen, o Gott!* Er schlüpfte in einen leichten Flanellmorgenrock, fand ein Paar Hausschuhe und ging kurz ins Badezimmer, um sich die Zähne zu putzen, das Gesicht zu erfrischen und sich mit der Bürste übers Haar zu fahren. *Du nimmst doch nicht etwa an, dieses Kind sei in den letzten Jahren ein bißchen sonderbar geworden?* dachte er, während er runterging.

Sie lief ihm entgegen und drückte ihr Gesicht an seine Schulter. Sie trug einen dünnen Dressing gown und ein Nachthemd drunter, und er fühlte, wie sie zitterte.

„Bitte, halt mich nur eine Sekunde", sagte sie. „Ich möchte eine Sekunde gehalten werden. Ich hatte es dringend nötig." In ihren Shorts hatte sie groß ausgesehen, groß, gesund und fast robust. In seinen Armen schien sie ihm sehr klein.

Er gab ihr einen leichten Klaps, küßte sie flüchtig auf die Stirn und schob sie von sich.

„Roll dich im Sessel zusammen, während ich nach dem Feuer sehe. Dann hol' ich uns einen Drink."

„Ich will keinen Drink. Ich will bloß jemand nahe sein." Sie zog einen der Lederpuffe dicht an den Kamin. „Es ist lange her, seitdem ich jemand nahe war."

Alec brachte einen brennenden Span aus der Küche, knüllte eine Zeitung zusammen, und die vorsorglich zurechtgelegten Scheite loderten hell auf.

Dann ging er in die Bar und schenkte ein großes Glas Kognak und Port ein, halb und halb.

„Das ist die beste Schlaftablette, die die Menschheit kennt", sagte er. „Wir wollen einen Liebespokal draus machen."

Er sank in einen Sessel. Penny zog ihren Puff vom Feuer zurück und setzte sich zu seinen Füßen, ließ den Kopf auf seinem Knie ruhen. Sie nippte am Glas und schnitt eine Grimasse.

„Starke Arznei", sagte sie. „Ich brauch' eigentlich keinen Liebespokal. Ich brauche einen liebenden Mann."

„Großes Wort, gelassen ausgesprochen", sagte Alec und reichte ihr eine angezündete Zigarette. „Sehr großes Wort von einem kleinen Mädchen."

„Ich bin kein kleines Mädchen! Ich bin schon lange kein kleines Mädchen mehr! Ich bin eine erwachsene Frau, Alec Barr. Ich war verheiratet und, wie ich glaubte, verliebt – mehr als einmal, wenn du's genau wissen willst. Und mir ging plötzlich auf, daß ich mich an die falschen Leute verschwendet hatte. Ich liebe dich, Alec Barr. Ich liebte dich als Kind, als linkisches Mädchen, und jetzt liebe ich dich als erwachsene Frau. Ich dachte, die Zeit sei endlich reif, daß ich's dir sage – denn wenn du mich nicht willst, kann ich mir die Mühe sparen."

Penny Lawrence biß sich auf die Lippen und nahm dann einen Schluck aus dem Glas. Sie hob die Hand und berührte ihn leicht an der Schulter.

„Ich weiß alles, was du sagen wirst. Ich hab's mir vorgesprochen, immer wieder, seit ich ins Bett ging. Und ich weiß, daß ich's hätte anders anfangen können – gutes Essen, Brandy, Mondschein über dem Wasser, Musik, verführerisches Parfüm, körperliche Nähe, kein Luke, zwitschernde Nachtvögel – zum Teufel damit! Es ist zu einfach, Mondschein und Wein und Rosen mit dem zu vermengen, was ich dir sagen wollte. Ich bin eine Frau, wir sind beide einsam ... Noch mal zum Teufel damit! Die Zeit ist so kurz, Alec. Ich möcht' sie nicht vergeuden. Und deswegen konnte ich nicht schlafen. Deswegen hab' ich an deine Tür geklopft. Und jetzt könnte ich zu heulen anfangen, und du könntest sagen: ‚Da, putz dir die Nase, sei ein gutes Mädchen, und ich bring' dich heim zu Mammi.' Und ich werd' auch gehen, falls ich dich in Verlegenheit gebracht habe, aber nicht heim zu Mammi."

„Ich weiß nicht, ich weiß wirklich nicht." Alec verschränkte und löste nervös die Finger. Er lächelte leise. „Du mußt zugeben, daß du mich ziemlich stürmisch überfallen hast. Ich komm' mir ein bißchen jungfräulich vor – ‚Oh, Sir, das kommt so plötzlich.' Es gibt noch andere Redensarten, zum Beispiel: ‚Ich wußte gar nicht, daß Sie Interesse für mich haben.' Und ich hab's auch nicht gewußt. Oder zumindest hab' ich mir keine Gedanken drüber gemacht. Ich weiß nicht, ich weiß wirklich nicht, was ich sagen soll. Ich bin nicht drauf vorbereitet."

Er legte ihr den Finger unters Kinn und hob es sanft.

„Da ist der Altersunterschied. Ich kenne dich, seit ich dir beinah, nicht ganz, aber immerhin beinah, die Windeln wechselte. Ich will nicht behaupten, daß ich immer – jedenfalls nicht in den letzten Jahren – an dich nur als kleines Mädchen gedacht hätte. Ich war fast eifersüchtig, als du geheiratet hast, aber ich hab's auf väterliche Neigung geschoben –"

Penny fuhr auf. Sie rückte sich in ihrem Sessel gerade, die Knie eng aneinandergepreßt.

„Es war kein verdammtes bißchen väterlich! Wenn du an jenem Abend damals vor sieben Jahren, als wir in deiner Wohnung zu Abend aßen, nicht deine Maschine nach Afrika hättest kriegen müssen, hätte ich dich haben können – hätte ich dich dazu rumkriegen können, mich zu nehmen – damals schon! Und das weißt du, Alec Barr! Dein letzter Kuß – ich zitiere: ‚Einen für dich und einen für deine Ma, aber der letzte ist für *mich*' –, da war nichts Väterliches dabei. Du hattest nur keine Zeit, und der Kuß war eine Entschuldigung für die unväterliche Avance, die du nie machtest!"

„Hier kommt's mir zu, zu sagen: ‚Du mußt mir etwas Zeit lassen'", bemerkte Alec. „Und: ‚Sind deine Absichten ehrbar?'"

„Kein gottverdammtes bißchen", antwortete Penny.

Alec stand auf, nahm das leere Glas und ging zur Bar. Das Tageslicht griff rosig über den See.

„Wenigstens könntest du bis zum Eintritt der Dunkelheit warten", sagte er. „Ich bin so schüchtern bei Tag" – und war höchst erleichtert, als sie den Kopf zurückwarf und lachte. Die Linie ihres Halses war entzückend, exquisit, dachte Alec, und dachte gleich darauf, daß er kein Recht habe, derartiges zu denken, und daß ihn die Notwendigkeit, sich in den nächsten Minuten zu bewähren, wieder einmal mit Panik erfüllte.

„Es ist jetzt wirklich Zeit, daß wir uns gute Nacht sagen", meinte er. „Luke wird sich bald regen. Es ist Zeit, daß wir unsere verschiedenen Betten aufsuchen."

„Ich will nicht unsere *verschiedenen* Betten aufsuchen", sagte sie aufstehend und nahe an ihn herantretend. „Ich möchte nie mehr allein sein."

120

Ein überwältigendes Schuldgefühl fiel Alec Barr an, als er beinah um Mittag erwachte und Penny mit rosigem Gesicht und zerzaustem schwarzem Haar in der Biegung seines fast gelähmten Arms schlafend vorfand. Allmächtiger Gott, dachte er, plötzlich hellwach, ich hab' ein Kind verführt – und dann fiel ihm ebenso schnell ein, daß er kein Kind verführt hatte; das Kind hatte ihn verführt. Aber was für eine köstliche Verführung und was für eine wunderbare Frau, ganz und gar kein Kind!

Er zog seinen Arm so sanft wie möglich zurück, und sie bewegte sich, lächelte und schmiegte sich sinnlich näher an ihn. Finger berührten ihn wissend, und es schien sinnlos, in diesem Augenblick das Bett zu verlassen. Erst als Alec Barr ins Badezimmer ging, um sich zu rasieren und zu duschen, überfiel ihn mit voller Gewalt eine massive Offenbarung.

Alec Barr ist wieder ein Mann, dachte er, und ein richtig guter Mann obendrein. Der Beweis für seine Männlichkeit pfiff, während sie im Gästebadezimmer hantierte, eine glückliche Melodie, das Klappern von Lukes geräuschvoller Haushaltsarbeit einen Stock tiefer übertönend. Es war wirklich ein glückliches Lied, auch Alec Barrs mißtönig unter der Dusche geträllerter Jubelgesang. Es war so *gut* – es war verflucht wundervoll –, sich auf einem lebenswichtigen Gebiet, auf das es wirklich ankam, wieder als Mann zu fühlen. Der nagende Schmerz in seinem Rücken war verflogen, und der noch hartnäckigere Schmerz war aus seiner Seele gewichen. Sein Kopf war klar, und er fühlte sich großartig, stark – er sehnte sich nach Arbeit, und gleichzeitig sehnte er sich nach Spiel –, und plötzlich verspürte er das starke Gefühl dankbarer Verantwortung.

Als Penny zum Lunch herunterkam, in schwarzen Helancahosen und einem hellroten Sweater, leuchtete sie förmlich.

„Sie sehen aus, als wär' jemand gestorben und hätte Ihnen eine Million Dollar vermacht, Miß Penny", sagte Luke. „Sie sehen wie eine Dame aus, die gut ausgeschlafen hat."

„Sie haben nie ein wahreres Wort gesprochen", erwiderte Penny. „Was gibt's zum Frühstück – zweiten Frühstück –, Luke? Ich könnte ein Pferdegespann vertilgen."

„Der Boß ist noch nicht unten, aber festtags fängt er meist mit Whisky Sours an", sagte Luke. „Ich hab' also welche gemixt. Und dann haben wir Wachteln aus der Tiefkühltruhe von der letzten Herbstjagd – mit dieser Pilzsahnensauce, die der Boß kennt. Außerdem gibt's Rührei mit Schweinswürstchen und heißes Brot, dazu einen sehr leichten Wein, Rosé, und Salat, Obst und Käse. Klingt das gut?"

„Ich hatte mich schon auf Reste von gestern abend gefaßt gemacht", sagte Penny, als Alec ins Zimmer trat. „Aber Luke hat mir's ausgeredet. Gut geschlafen, Käpten?"

„Hab' köstlich geträumt, danke. Und ich danke *Ihnen*, Luke, daß Sie uns gestern abend abtrünnig wurden. Miß Penny ist eine richtige Köchin."

„Sie war ja auch nie in der Marine", meinte Luke. „Trinken Sie etwas Torpedosaft, Käpten. Wird Ihnen mächtig guttun."

„Man hat mir schon mächtig gutgetan", erwiderte Alec.

121

„Da ist was zu bedenken, Liebling", sagte Alec Barr drei Tage später. „Wir haben unsere Flitterwochen gehabt. Würdest du's nun sehr unhöflich von mir finden, wenn ich mich nach deinen Zukunftsplänen erkundigte – zum Beispiel Heirat?"

„Heiraten, das schwör' ich, war nicht meine ursprüngliche Absicht", antwortete Penny. „Und ich lüge das Blaue vom Himmel runter. Ich würde dich liebend gern heiraten, und komm mir nur nicht mit solch muffigen, alten Argumenten wie diesem kitschigen Altersunterschiedgeschwätz. Dieser fremde Mann, der in meine Intimsphäre eingedrungen ist, ist eine richtige Sensation!"

„Danke gleichfalls. Da ist aber die nicht wegzuleugnende Tatsache, daß ich achtundvierzig bin und du mal gerade achtundzwanzig Lenze zählst. Ich war der Freund deiner Mutter und –"

„*Und ich bin jung genug, deine Tochter zu sein*", äffte Penny zimperlich nach. „Und wenn ich achtunddreißig bin, wirst du achtundfünfzig sein, und wenn ich achtundvierzig bin – oh, um Himmels willen, Mr. Barr. Geh mir bloß weg, Kamerad, wie du sagen würdest, daß die Briten sagen. Bei mir brauchst du nicht in die Großvaterdefensive zu gehen. Du bist nicht verpflichtet, mich zu heiraten, weil wir großartig zusammen geschlafen haben, nachdem ich falsches Luder geplant und intrigiert hatte, um dich in mein Bett zu locken. Bloß, wenn du nicht schrecklich viel dagegen hättest, würde ich dich sehr gern heiraten, und sei's auch nur, um vor Luke nicht immer Versteck spielen zu müssen."

„Wie sollen wir's nur deiner Mutter beibringen?"

„Mammi ist jetzt ein großes Mädchen. Ich glaube, sie ist alt genug, den Tatsachen des Lebens ins Auge zu sehen."

Alec zuckte innerlich zusammen. „Ich dachte nicht so sehr an Mammi als großes Mädchen, das jetzt alt genug ist, den Tatsachen des Lebens ins Auge zu blicken. Ich dachte eben, es könnte Mammi einfallen, daß sie vor einer erklecklichen Anzahl Jahren sich einen anderen Babysitter hätte zulegen können, und daß Mammi nicht mit einem *ihrer* Zeitgenossen einverstanden sein könnte –"

„Als Verführer ihres Töchterchens? Von wegen Schwiegermutter eines alten Boy friends und eventuellem Hohngekicher in den literarischen Kneipen, weil die Tochter den Literaturpreis stahl? Sei nicht albern, Liebling. Sei nicht so albern. Es gibt mindestens eins, was alle Frauen gemeinsam haben, und das ist ein allgemeiner Respekt vor der ungehemmten, rücksichtslosen Jagd nach Männern."

„Nenn mich in Zukunft Hemmungslos Gejagter Barr", sagte Alec. „Wollen Sie mich also um Himmels willen heiraten, Miß Lawrence?"

„Sehr gern, und so bald wie irgend möglich, wenn dich der Schuldkomplex wegen deiner hübschen Penny nicht allzu gewaltig niederdrückt. Du wirst ohnedies nur ein verschlagenes Mensch heiraten, das dich zuerst ins Bett lockte und dann in die Enge trieb."

„Du gibst die Richtlinie an", sagte Alec. „Also, ich bin in die Enge getrieben. Wann und wo?"

„Eine neue Ehe hat gewisse Aspekte, die eine Dame zu berücksichtlgen hat", sagte Penny. „Da ist die Kleiderfrage, und wo schick' ich sie hin, und wo wohnen wir in der Stadt, und wie und wie rasch können wir Ma mitteilen, daß ich ihren ältesten Beau geklaut habe? Wären drei Wochen zuviel verlangt für die Formalitäten, wenn ich jetzt noch eine kleine, angenehme Formwidrigkeit gewährte?"

„Du hast dir einen Jungen geangelt", sagte Alec und zuckte wieder zusammen, als er sich erinnerte, von wem der Satz stammte.

„Irgendwas ist dir eben über die Leber gekrochen", sagte Penny. „Was?"

„Eine alte Zeitungsredensart", sagte Alec. „Ich nehme an, wir werden uns in Kürze Verlobungsringe kaufen müssen?"

„Mir wäre eine Widmung auf der ersten Seite eines großen Buchs lieber. Küß mich fest und entführ mich in die Kasba und – oh, Alec, ich liebe dich so! Erlaube nie, daß ich's leicht und schnippisch und nebensächlich nehme! Ich liebe dich so!"

„Ich bin über das Alter raus, wo ich's leicht und schnippisch und nebensächlich haben will", sagte Alec. „Ich möchte es echt, ehrlich und so kitschig, wie du willst. Ich hab' genug leichte Sachen in meinem Leben gehabt. Ich will keine mehr."

Im darauffolgenden Monat wurden sie in Greenwich, Connecticut, getraut. Die Mutter der Braut war bei der Hochzeit nicht anwesend. Filmaufnahmen an der Küste hielten sie ab.

122

Sie waren, so schien es Alec, unerhört glücklich. Auf jeden Fall war sein Selbstbewußtsein gestiegen. Es war erregend, dieses blühende Mädchen als Mrs. Barr vorzustellen, die jähe Aufmerksamkeit zu spüren, die sie hervorrief, wenn sie ein Restaurant betraten oder den Mittelgang eines Theaters hinunterschritten oder in einem Nachtklub saßen. Penny war absolut großartig, wenn sie immer wieder betonte, sie *wolle* nicht in Restaurants gehen, nicht ins Theater und nicht in Nachtklubs. Sie lebe am liebsten in New Jersey, sagte sie, und sie kam mit Luke einigermaßen aus, wenn man berücksichtigte, daß Luke nicht mehr der Kapitän des Schiffes war. Penny hatte schnell den größten Teil seiner Pflichten an sich gerissen und dadurch viele seiner Vorrechte beseitigt. Doch so zwanglos wie früher war's nicht mehr. Luke nahm anfänglich die Hauptmahlzeiten mit ihnen ein, aber die Situation führte immer wieder zu Verlegenheiten, so daß er bald nach Vorwänden zu suchen begann, um nicht mehr bei Tisch erscheinen zu müssen. Es wurden kaum mehr deftige Marineerinnerungen ausgetauscht, und auch das lockernde Geflachse zwischen Herr und Diener wurde selten. Luke war nie ein dienstbarer Geist gewesen, eher ein Jagdgenosse, und nachdem jetzt eine Frau ins Haus gezogen war, wurde er, abgesehen von seiner Tätigkeit als Sekretärhandlanger, ziemlich überflüssig. Die Atmosphäre war, um das wenigste zu sagen, gespannt, solange Luke nicht in die Stadt fuhr oder schlafen ging.

Alec arbeitete sehr angestrengt, und Penny erwies sich auch darin als wunderbar. Sie verhielt sich so still wie ein Schatten, las viel und beschäftigte sich ansonsten damit, kleinere Veränderungen im Haus vorzunehmen. Unter Lukes schlampiger Haushaltsführung und bei Alecs häufiger Abwesenheit und Interesselosigkeit für Einzelheiten des Haushalts waren viele Dinge, Handtücher, Laken, Aschbecher, Vorhänge, Lampen, Geschirr, abhanden gekommen oder schadhaft geworden. Nachdem sich nun eine Frau für das Haus interessierte, sah es so aus, als ob praktisch das gesamte Gebäude, innen und außen, dringend das Trockendock und eine komplette Überholung brauchte. Die ständige Tätigkeit von Klempnern und Malern und die nicht abreißenden Warensendungen machten Alec nervös, obgleich diese Dinge sorgfältig auf andere Teile des Hauses beschränkt wurden.

Offenbar machten sie auch Luke nervös. Eines Tages, als Penny ins Dorf gefahren war, näherte er sich Alec, unruhig mit den Fingerknöcheln knackend. Sein hageres italienisches Gesicht sah tief bekümmert aus. „Hätten Sie was dagegen, wenn wir eine kleine Kaffeeunterhaltung hätten, Käpten?“

Alec sah leicht irritiert von seinem Schreibtisch auf. Er hatte gerade den letzten Haufen neuen Manuskripts durchkorrigiert, und es schien ihm, daß er mehr durchgestrichen als belassen hatte.

„Was haben Sie auf dem Herzen? Und hören Sie auf, mit den Knöcheln zu knacken.“

Luke starrte auf seine Füße und versteckte die Hände hinter dem Rücken.

„Es ist schwer zu sagen, Boß, aber ich hab' mir's lange überlegt. Es ist nicht ganz fair gegenüber der neuen Missus, daß ich noch hier bin."

„Was, zum Teufel, meinen Sie eigentlich?" Alec war jetzt ausgesprochen irritiert. Er stieß seinen Stuhl zurück und ging in den Terrassenraum. „Kommen Sie hier heraus, und setzen Sie sich. Was ist mit der Missus?"

Luke sah unglücklich aus. Jetzt trat er verlegen von einem Fuß auf den anderen.

„Die Missus und ich kommen großartig zusammen aus. Ich wollte nichts gegen Miß Penny sagen. Aber – na, zum Teufel, Käpten, ich bin nicht eigentlich ein richtiger Diener. Ich bin überhaupt nichts so Richtiges in diesem Haus. Es belastet Miß Penny, und mich bringt's in eine komische Lage. *Sie* will mir keine Anweisungen für die meisten Dinge geben, die ein Diener zu tun hat. Also tut sie's selbst. Ich bin eine Art dritter Daumen. Ich bin weder Fisch noch Fleisch."

„War mir bis jetzt nicht aufgefallen." Alecs Stimme klang scharf.

„Sie hatten viel mit Ihrem Buch zu tun. Aber Sie müssen sich drüber klarwerden, Boß, keine junge Frau möchte einen Dauergast im Haus, der die ganze Zeit da ist, zu den Mahlzeiten und so weiter, immer ein Fremder im Haus. Vielleicht haben Sie's nicht bemerkt, aber ich spür's, daß sich jemand Mühe gibt, mich höflich zu behandeln, und das macht *mich* nervös. Es ist niemand in diesem Haus außer uns dreien, und drei sind schon eine Menge."

„Worauf wollen Sie also hinaus?" Alec trommelte mit den Fingern.

Lukes Stimme klang jetzt noch unglücklicher.

„Ich glaube, es ist besser, wenn ich kündige, Boß. Ich glaube, es ist besser, wenn ich abhaue. Es ist großartig hier draußen für zwei Junggesellen –" Luke machte eine hilflose Geste. „Für zwei Männer ist es fein, eine Art primitives Leben, aber ich pass' einfach nicht in ein dauerndes häusliches Dreigespann. Es ist ganz gut dann und wann, übers Wochenende, wie früher, aber –" Er machte wieder eine Geste. „Ich glaube, es ist besser, ich schau' mich nach einem neuen Job um, Boß."

Alec lehnte sich im Sessel zurück und kratzte sich den Kopf.

„Holen Sie uns ein Bier, Chef", sagte er. „Sprechen wir's noch ein bißchen eingehender durch. Wo ist die Missus hin?"

„Sie sagte was vom Friseur und ein paar anderen Besorgungen. Sie steckten in Ihrer Arbeit, und sie wollte Sie nicht stören."

„Nun, wenn sie beim Friseur ist, haben wir reichlich Zeit, das auszuklamüsern. Aber zuerst das Bier."

„Aye, aye, Sir."

„Also", sagte Alec mit einem Becher kalten Biers in der Hand. „Hat jemand was getan, was Ihre Gefühle verletzt hat?"

Luke schüttelte heftig den Kopf.

„Nein, nein, Boß! Mißverstehen Sie mich bitte nicht. Ich finde Miß

Penny wundervoll. *Ich* bin das fünfte Rad am Wagen. Sie können aus einem Jagdlager keinen geregelten Haushalt machen – entschuldigen Sie, aber es ist wahr. Als Sie mit Miß Amelia verheiratet waren, kam sie praktisch nie hier raus. Auf jeden Fall lebte sie nicht hier. Das Anwesen gehörte Ihnen und mir. Allein."

Alec nahm einen Schluck Bier und zündete sich eine Zigarette an, bevor er sprach. Er rieb sich das Kinn.

„Sie könnten recht haben. Ich hab' selbst schon drüber nachgedacht – aber das heißt nicht, daß Sie gehen sollen. Sie müssen zugeben, daß es für eine junge Frau hier draußen verdammt einsam ist. Ich hämmere den ganzen Tag auf meine Maschine ein, und sie hat bloß die Haubentaucher auf dem See zur Unterhaltung. Und Sie sind nicht gerade der Prototyp einer perfekten Kammerzofe."

Luke grinste schwächlich.

„Ich wär' der erste, der's zugäbe, Käpten. Und Missus Barr würde es auch bestätigen."

„Das beste wäre, denke ich", sagte Alec, seine Worte abwägend, „eine Stadtwohnung zu nehmen – eine kleine, die leicht in Ordnung zu halten ist – und zur alten Routine zurückzukehren. Das wird Penny mehr beschäftigen und ihr mehr Umgang mit anderen Leuten verschaffen. Sie liebt dieses Haus, Luke, wir können an vielen Wochenenden rausfahren, vielleicht jedes Wochenende. Und wenn ich viel zu tun habe, kann ich mich auch an den Wochentagen hier rausschleichen und die Missus in den fähigen Händen ihrer Ma zurücklassen. Beide können uns übers Wochenende besuchen, und wir können alle zusammen Indianer spielen. Wie hört sich das an? Ich möcht' Sie wirklich nicht verlieren."

Lukes bekümmertes Gesicht hellte sich auf.

„Es hört sich großartig an. Ich werd' das Schiff die Woche über sauberhalten und verschwinde übers Wochenende, es sei denn, Sie brauchten mich wirklich. Und – bitte, nehmen Sie's mir nicht übel, Boß – ich möcht' weniger Bezahlung haben. Ich hab' mir's angewöhnt, dieses Haus als mein Heim anzusehen. Ich möcht's nicht verlassen, aber ich weiß, Sie haben – Sie haben auch andere Verpflichtungen. Die kosten Geld."

Alec klopfte seinem alten Obermaat auf die Schulter.

„Vergessen Sie's, Chef, so pleite bin ich noch nicht. Ganz und gar nicht. Aber überanstrengen Sie sich eine Weile nicht, halten Sie steten Kurs, und die Missus und ich werden sehen, was wir in der Frage einer Stadtwohnung erreichen. Okay?"

„Aye, aye, Sir. Entschuldigen Sie, wenn ich mir rausnahm, Sie anzusprechen."

„Sie haben sich nichts rausgenommen. Ich hätte das Thema selbst anschneiden sollen. Und jetzt gehen wir an die Arbeit zurück. Ich hab' den letzten Haufen Manuskript nahezu erledigt."

123

Sie hatten die Wohnung durch einen reinen, blinden Zufall gefunden – diesmal ziemlich im Zentrum, gleich neben Gramercy Park. Das Haus gehörte einer Genossenschaft, und die Wohnung wurde untervermietet. Sie war nicht annähernd so großartig und geräumig wie das alte Penthouse, aber hell und luftig und, was wichtiger war, geschmackvoll eingerichtet. Sie würde für die nächsten paar Jahre genügen, sagten sich Alec und Penny, bis sie etwas wirklich Schönes, Eigenes fänden und dann anfangen könnten, es allmählich komplett zu möblieren. Alec dankte im stillen Gott; er hatte für die Möblierung zweier Häuser bezahlt und war sich der schandbar hohen Preise von Aschbechern und Gardinen bewußt. Sie hatten zwei Jahre Schonfrist von der Eigentümerin dieser Wohnung bekommen, einer kürzlich verwitweten Dame, die ins Ausland wollte, um ihren letzten Mann zu vergessen und einen anderen aufzutreiben.

Es war ziemlich seltsam, wieder in der Stadt zu leben, nach einem Jahr im afrikanischen Busch und einem ausgedehnten Aufenthalt in New Jersey am See. Es war so – so *lärmend*. Auch schmutzig war es, und der Verkehr schien dauernd ins Stocken zu geraten. Ein Regentropfen brachte sämtliche Verkehrsmittel durcheinander; ein Zoll hoch Schnee, und die Stadt war völlig gelähmt. Selbst an schönen Tagen war vor zehn Uhr vormittags kein Taxi zu kriegen, und jeder Esel, der sich einbildete, um vier oder während der Theaterstunde ein vorbeifahrendes Taxi erwischen zu können, war verrückt. New York war voll schmutziger Tauben und noch schmutzigerer Leute und asiatischer Grippe, von Streikenden, Streithammeln und promenierenden Nichtstuern. Alec dachte an die afrikanischen Nächte am Lagerfeuer, an die ruhigen Tage an seinem See in Jersey und seufzte still. Aber er war bereit, sich mit der Belastung seines Nervensystems abzufinden, weil seine junge Frau entzückt zu sein schien, wieder nahe bei einem Friseur zu wohnen. In Jersey hatte Alec nichts besonders Seltsames darin gesehen, daß er mit einem Mädchen, das halb so alt war wie er, verheiratet war. In New York war das anders – ganz entschieden anders. Er ging nicht mehr viel aus, und wenn er die neue Wohnung verließ, besuchte er selten alte Bekannte und Freunde – zum Beispiel die Hazeltines, dachte er, innerlich grinsend –, sondern ging nur in Lokale. Die Altersdifferenz machte schon einen Unterschied. Die Leute, denen er in Restaurants zuwinkte oder die er mit einer Kußhand begrüßte, waren seines Alters oder älter. Sie sahen die *neue* Mrs. Barr abschätzend an, kamen auch an den Tisch, um „Hallo!“ zu sagen, sprachen jedoch selten eine Einladung zum Cocktail oder Essen aus. Schließlich waren sie so alt wie er und gewöhnlich sogar viel älter und hatten ihren festen Freundeskreis in Greenwich, Bucks und den Hamptons. Alec vermutete einigermaßen bekümmert, daß sie ebensowenig mit seiner Frau näheren Verkehr pflegen würden wie etwa mit seiner Tochter, falls er eine hätte. Im „21" oder im Colony oder (ganz besonders) in den älteren Lokalen der Third Avenue wie Clarke und Costello fühlte er sich immer ein bißchen verlegen, als hätte er ein Kind zu einer Erwachsenenparty mitgebracht. Die Ober beobachteten ihn mit einer Art „Na, na, Mr. Barr"-Ausdruck, und Alec spürte, daß zumindest Tim ihm in Kürze einen Verweis wegen „Umhalsens in meinem Laden", wie der alte Costello es nannte, erteilen würde.

Alec kam sich vor, als wiederhole er die einstigen Zoobesuche mit Penny. Er machte einen Ausflug mit einem Kind, arrangierte ein Sonnabendpicknick oder eine Party für einen regnerischen Sonntag, um das Kind bei guter Laune zu halten. Was, in gewisser Hinsicht, seiner Frau gegenüber gänzlich unfair war.

Penny war die vollkommene Konzeption der Modellfrau eines Autors. Sie lief auf Zehenspitzen geräuschvoll in der neuen Wohnung herum. Sie drang bewußt nie in das kleine Zimmer ein, das er sein Büro nannte. Es war ein klägliches Zimmer (Alec seufzte wieder, als er sich der ausgedehnten Räumlichkeit der Penthousebude mit ihrer Bar, dem Hi-Fi und den langen Bücherreihen, dem gesonderten Satz der Encyclopaedia Britannica und ihrer durch die lange Diele vom übrigen Haushalt getrennten Lage erinnerte), aber er hatte wenigstens einen Schreibtisch und eine Schreibmaschine und ein paar kurze Bücherregale und einen bequemen grünen Ledersessel und eine Art Liebesecke mit Diwan, den Penny seiner Farbe wegen als „Tangerorangen-Diwan" bezeichnete. Aber es war nicht genug Platz, auf und ab zu gehen und sich die Fabel auszudenken; nicht genug Platz, um eine Sekretärin unterzubringen oder, was das anbetraf, mit einer Katze herumzutollen. Der Kamin taugte nichts, es war kein Platz da, um Papiere in geordneter Unordnung herumzustreuen. Und das gesamte Gebäude war modernisiert worden, als es in Wohnungen aufgeteilt und von der Genossenschaft erworben worden war. Man konnte die Toiletten im ganzen Haus rauschen hören, und die Fernsehapparate der Mitbewohner störten einen dauernd in der Unterhaltung.

Es war eine Wohnung zum Ausziehen. Sie sah aus, wie der Durchschnittsbürger sich eine geschmackvolle Wohnung vorstellte, und die Aschbecher waren zu klein. Wenn man aufstand und durchs Fenster blickte, sah man höchstens eine Taube auf dem Sims. Zeitungen und Magazine häuften sich unheimlich auf den Kaffeetischen. Sie hatte eine kleine Bar mit komischen Steinberg-Karikaturen auf der Tapete und eigentlich keinen Ort, wo man die Gläser und Flaschen in Reichweite des Barkeepers aufstellen konnte. Ebenfalls amüsante, gerahmte Reproduktionen aus dem *New Yorker* hingen an den Wänden. Alles war da, es fehlte nur ein großer messingner Spucknapf, um ihr den rechten Anstrich falscher Gemütlichkeit zu geben.

Die ganze, verdammte Wohnung machte Alec nervös, und weil er nervös war, trat er mit seiner frisch angetrauten Frau in ein seltsames neues Leben ein. Es war eine Reprise, dachte er, seiner Verbindung mit Barbara Bayne – er floh jetzt aus demselben Grunde, der ihn damals in so viele Spelunken geführt und so viele Nägel in seinen Sarg getrieben hatte.

Es *war* wahr. Er fühlte die Verantwortung, Penny in den Abendstunden, nach einem arbeitsreichen Tag an der Maschine oder mit dem Korrekturbleistift, zu unterhalten. Es war nicht fair, dachte er, daß die Kleine den ganzen Tag wie in der Mausefalle saß, aus Angst, Den Großen Amerikanischen Autor bei der Arbeit zu stören, und ihr dann zu erklären, ihm täte der Rücken weh, die Schulter schmerze ihn ständig und am liebsten bliebe er mit einem Drink bequem im Sessel, um die Morgenzeitungen durchzuschnuppern und dann ins Bett zu fallen. Auch war es unbillig, seine neueste Produktion auf dem Papier von ihr noch einmal durchkauen zu lassen – sie mit Adleraugen zu beobachten, während sie das Zeugs pflichtschuldig las, das sie kaum beurteilen konnte, nicht mangelnder Erfahrung wegen, sondern weil er selbst nicht wußte, was er als nächstes schreiben würde. Ein Schriftsteller schrieb den ganzen Tag. Er brauchte nicht auch noch die ganze Nacht übers Schreiben zu reden, wenn er eine junge und hübsche Frau hatte.

Und dann war dies: Er pflegte im Scherz zu sagen, er könne schreiben oder er könne trinken. Jetzt mußte er klipp und klar zugeben, daß er entweder Autor oder Liebhaber sein konnte; beides zusammen war fast unmöglich. Wenn er schrieb, nahm er zu viele fremde Figuren mit ins Bett. Wenn er liebte, vergaß er, wie diese Figuren waren – was sie ihrer Anlage nach denken, sagen oder tun würden. Er hatte die gleiche Schwierigkeit schon mit Barbara Bayne erlebt, die sich als Ablenkung erwiesen hatte. Jetzt erlebte er sie mit einer funkelnagelneuen Frau, die ihn ihres ehelichen Status und außerdem – da war's wieder, Jungs! – des gefürchteten Altersunterschieds wegen womöglich noch mehr ablenkte.

Die Wahrheit war, daß sie nicht viel Gesprächsstoff hatten, außer sich selbst, ihrer Mutter und dem verdammten Buch. Sein Vorrat an neueren Anekdoten erschöpfte sich schnell, und die Grundlagen der alten begriff sie nicht. Ihr gesellschaftliches Leben war fast gänzlich auf *ihre* Freunde beschränkt; *seine* Freunde waren auch Amelias Freunde, und wenn sie auch durchaus höflich waren . . . nun, um fair zu sein, sie wollten eben kein peinliches *contretemps* mit Amelia riskieren und hatten überdies wenig Interesse an einer neuen Frau, die jünger als ihre eigenen Töchter war.

Alec Barr hätte vor Verzweiflung heulen können, wenn er der Typ danach gewesen wäre. Da er's nicht war, erfand er Spiele für ein Kind, das unmöglich (dachte er) den Reichtum seiner Vergangenheit ermessen konnte, von dem sich die ergiebigen Unterhaltungen nährten, die er mit Ben Lea, der tot war, oder mit Marc Mantell, der noch lebte, hätte führen können. Man mußte es ihr Schritt für Schritt erklären, zum Beispiel, warum Lou Gehrig das Eiserne Roß genannt wurde und wer Damon Runyon war, bevor er postum durch Abe Burrows Bearbeitung von „Guys and Dolls" berühmt wurde.

Dieser letzte Aspekt war eines Abends schmerzlich offenbar geworden, als Marc Mantell auf ein paar Drinks vorbeikam. Alec war bester Stimmung. Sein Agent hatte die erste Hälfte des neuen Projekts gelesen und war offensichtlich sehr davon angetan. Vielleicht hatten ihn die ersten beiden Martinis mehr aufgekratzt als gewöhnlich, denn er und Marc Mantell waren in eine dieser Unterhaltungen geglitten, die mit „Erinnern Sie sich an die guten, alten Tage, als ..." zu beginnen pflegen. Es hatte mit einer nebensächlichen Bemerkung begonnen, die Marc Mantell über die Selbsteinschätzung der Schriftsteller gemacht hatte – immer ein beliebtes Thema – und über die Schwierigkeit, ihre Arbeiten mit dem Geschmack der Redaktionen der gängigen Magazine und Illustrierten in Einklang zu bringen.

„Manchmal kommt's mir vor, als lebte ich noch in der Lebertranzeit", sagte Marc. „Oder in der Periode von Fletchers Castoria. Welche Babys kriegen heutzutage noch Lebertran oder schreien nach Fletchers Castoria? Wer hat heute je von einer Lokomobile oder einem Pierce Arrow gehört?"

Alec grinste.

„Sie, ich und John O'Hara, schätze ich. John ist wieder ganz groß, und er fesselt seine Leser immer noch."

„Sicher, aber er schreibt absichtlich historische Sachen und hat's raus, seine Geschichten aufzumöbeln, indem er Galoschen ‚Arctics' nennt und seine Frauen in Matrosenblusen und Lockenköpfchen auftreten läßt. Gewerbekunde ist immer noch wichtig für John."

Penny saß still in einer Ecke, jedem der Sprecher wie ein Zuschauer beim Tennis folgend. Sie hatte die Hände im Schoß gefaltet, die Knie züchtig zusammengepreßt wie ein gut erzogenes Kind in Anwesenheit von Erwachsenen. Sie klammerte sich an diese unechte Pose in dem tapferen Bemühen, ein Gähnen zu unterdrücken.

„Mein Gott, manchmal fühl' ich mich alt", sagte Alec. „Selbst wenn ich in den Zeitungen Namen aus den alten Tagen des New Deal lese. Man liest, wo all die gescheiten Jungtürken – Corcoran und Landis und Bill Douglas und Fortas und Henderson und Frankfurter – mit fünfzig oder sechzig abgeblieben sind, und als ich Berichterstatter in Washington war, wurden sie als gefährliche junge Radikale oder so was angesehen, die die Volkswirtschaft mit Bomben bewarfen. Und alle alten Generäle und Admiräle aus *meinem* Krieg sind tot oder zum größten Teil verschwunden. Alle Generäle und Admiräle aus dem Koreakrieg werden jetzt pensioniert. Die jungen Senatoren von einst sind alle Vorsitzende von Ausschüssen oder wurden gerade zum Präsidenten der Vereinigten Staaten gewählt."

„Und ich bin Ihnen etwa fünfzehn Jahre voraus", sagte Marc Mantell. „Mein erstes Auto war ein Stanley Steamer, und ich war erwachsen, als Gene Austin anfing, ‚My Blue Heaven' zu singen. Ich erinnere mich noch gut, wie man in den Kneipen einen Lunch umsonst bekam. Und ich erinnere mich noch an Station KDKA und Grover Cleveland Alexander als jungen Baseballspieler. Nicht zu vergessen Ty Cobb."

„Erinnern Sie sich an die Doodlesockers und die ersten Amos and Andy und die Two Black Crows und Gooper Feathers? Und Jones und Hare? Damals war ich natürlich noch ein Baby, aber Cab Calloway kam gerade in Mode und Little Jack Little auch."

Marc Mantell lachte.

„Teufel, meine Freunde sahen in ihnen freche Eindringlinge, Erzeugnisse der Prohibition. Auch in Jack Benny und Rudy Vallee. Ich bin ein alter Fan von Jean Goldkette und Coon-Sanders, und ich könnte heute noch den Bunny Hug tanzen, wenn mich jemand herausforderte. Oder wenigstens den Original-Charleston."

„Es scheint erst gestern gewesen zu sein, und doch ist das alles älter als Penny."

„Und mir fällt ein, daß wir sehr unhöflich zu Penny sind, zwei alte Trottel, die uralte Erinnerungen auskramen. Verstehen Sie eigentlich was von diesem rührseligen Unsinn, den wir reden, Kind?"

Penny lächelte ein bißchen zögernd.

„Ich fürchte nein, aber lassen Sie sich dadurch nicht stören. Ich bilde mich. Ich hab' Alecs Bücher alle nachgelesen, und ich weiß jetzt über Al Capone und die Prohibition und ein paar von den trüberen Aspekten der Depression Bescheid."

„Sie weiß schon über die Depression Bescheid." Alec tätschelte seiner Frau übers Knie. „Ich hab' sie bis zum Wahnsinn mit meinen hundertmal wiederholten Geschichten gelangweilt, wie's mir auf dem Weg zum kleinen roten Schulhaus erging. Armes Kind. Sie ist sehr tapfer. Auf jeden Fall wird ihre Mutter bald wieder aus Europa zurück sein, und ich werde eine ergraute Zuhörerschaft für meine Erzählungen haben, wie's vor dem Krieg war."

„Es interessiert mich wirklich sehr", sagte Penny. „Alec hat mir fast alles wieder ins Gedächtnis zurückgerufen. Mir scheint, daß eine Menge Dinge in der Welt passierten, bevor ich von Mary Janes abging. Ich komm' mir ein bißchen dumm vor, daß ich nichts drüber weiß."

„Brauchen Sie nicht. Wir sind beide zwei langweilige Burschen. Wie wär's, wenn Sie einem alten Langweiler noch einen Martini kredenzten? Dem alten Langweiler tun die Knochen weh.“ Marc Mantell grinste sie an.

„Mit dem größten Vergnügen. Und Sie bleiben zum Dinner da. Das Mädchen hat heute abend Ausgang, aber ich hab' gelernt, andere Sachen zu brutzeln außer Steak, nicht wahr, Alec?“

„*Cordon Bleu*“, sagte Alec und gab ihr einen liebevollen Klaps auf den Po. „Du kannst das Glas dieses alten Langweilers auch gleich füllen, Liebling, solange du noch jung und gesund bist.“

Penny brachte die frischen Drinks und entschuldigte sich dann. Sie müsse in die Küche. Alec bemerkte, daß sein Agent fragend die Augenbrauen hob.

„Problem?“

„Ungefähr“, sagte Alec. „Der heutige Abend war ziemlich typisch. Penny hat die Rolle der liebenden Frau des Autors ein bißchen übertrieben. Sie hat so verdammt angestrengt versucht, mir nicht in die Quere zu kommen, daß sie das Gegenteil erreichte. Sie geht auf Zehenspitzen rum und ist trotz ihrer Rücksichtnahme ebenso laut, als wenn sie sich normal bewegte. Und sie zeigt fortwährend Verständnis für alles, wie heute abend, als ich vergaß, daß sie noch nicht geboren war, als das meiste sich zutrug, worüber wir sprachen. Manchmal wünschte ich mir, daß sie fluchte und mit harten Gegenständen schmisse, wenn ich über den Krieg oder die WPA in Fahrt gerate.“

„Es ist nicht einfach. Aber das Mädchen liebt Sie, und sie ist ein Neuling und versucht ernstlich, zu gefallen. Vielleicht übertreibt sie. Aber sie wird's überstehen. Sie wird Fortschritte machen, und Sie werden etwas nachgeben.“

Alec kratzte sich den Kopf.

„Mißverstehen Sie mich nicht. Sie ist wunderbar. Bloß, wenn sie ihre Freunde da hat – nicht sehr oft –, hab' ich im allgemeinen nicht die geringste Ahnung, worüber die reden. Ich weiß, es gibt solche Sachen wie *nouvelle vague* und Brigitte Bardot und diesen ganzen Quatsch – sehen Sie, es steckt an –, aber mein Sexideal war Jean Harlow, und mein Filmregisseur war Frank Capra, nicht so ein französischer Frosch namens Roger Vadim. Ich weiß nicht, worüber, zum Teufel, Françoise Sagan eigentlich schreibt, und diese neuen Aufundab-Klavierspieler machen mich krank. Es ist wie in den alten Tagen, wenn ich mit Barbara die Stadt durchstreifte. Ich kam mir vor wie Alice im Wunderland. Jetzt komm' ich mir genauso vor, bloß rückgeblendet.“

„Was glauben Sie wohl, wie *sie* sich jedesmal vorkommt, wenn so ein alter Knochen wie ich hereinschneit und wir anfangen, von Lefty Grove, Ray Noble und John Gilbert zu sprechen? Wenn dieses Mädchen ihn nicht im Museum of Modern Arts gesehen hat, ist sie sogar noch etwas zu jung für W. C. Fields. Für sie ist Frank Sinatra ein älterer Staatsmann, und Bing Crosby ist bloß ein reicher Golfspieler.“

„Na, ich hoffe nur, Bings Unterhaltungen mit Kathy verlaufen erfolgreicher als meine mit *meinem* Teenager", sagte Alec. „Aber ernstlich, ich hab' Hemmungen bei meinen Unterhaltungen. Ich hab' immer das Gefühl, daß ich näher erklären muß, was ich sage, weil ich sonst unhöflich zu meinem kleinen Mädchen wäre. Und ich liebe mein kleines Mädchen. Es macht mich eben nervös, das ist alles."

„Nun, Daddy Longlegs, da kann ich Ihnen nicht raten", sagte Marc Mantell. „Bing sorgt dafür, daß Kathy so oft wie möglich schwanger ist. Vielleicht könnten Sie das als Lösung übernehmen. Oder Sie beschäftigen sie tüchtig in der Küche. Nach einem leisen Duft zu schließen, fühlt sie sich dort ganz heimisch. Beim Essen wollen wir übrigens nicht zuviel über Libby Holman und Harry Richman und wer 1934 die Weltserie gewann reden. Auch das Thema Buch könnte etwas ruhen."

Alec grinste.

„Da verlangen Sie aber viel von mir. Worüber sonst soll ein Autor reden, wenn er gerade ein Buch schreibt? Im Ernst, was halten Sie wirklich davon?"

„Bei Gott, Sie sind so schlimm wie die anderen. Ich *sagte* es Ihnen doch. Nach dem, was ich bis jetzt gelesen habe, halte ich's für großartig. Wenn Sie so weitermachen, werden Sie ein wunderbares Buch bekommen. Das Thema hat's in sich, die Familie hat's in sich, das Land hat's in sich, und die Zeit ist reif. Was, zum Teufel, soll ich Ihnen denn noch mehr sagen, solange Sie nicht fertig sind?"

„Ich gebe mein Unrecht zu. Morgen werde ich mit neuem Enthusiasmus an den Pflug zurückkehren. In der Zwischenzeit reicht's noch für einen köstlichen Martini, bevor's zum Essen gongt."

„Ich halte mit, aber ich bin kein Schriftsteller. Ein Agent kann trinken und dann nach Hause gehen. Wieviel von diesen harten Sachen trinken Sie gegenwärtig?"

Alec zuckte die Schultern.

„Nicht viel. Dies ist ein besonderer Anlaß. Nichts während der Arbeit – nun ja, vielleicht einen vor dem Lunch – und abends vielleicht eine Kleinigkeit mehr, als ich wirklich mag. Aber wir gehen ziemlich viel aus, und man kann sich nicht mit einem Glas Milch in ein Lokal setzen. Ich jedenfalls nicht."

„Geht Penny denn so gern aus?"

„Ich weiß es wirklich nicht. Aber sie ist *jung*, Marc, und es ist die meiste Zeit des Tages verdammt langweilig für sie. Und ich meine, ich muß ihr ein bißchen Amüsement bieten – und sei's auch nur zur Belohnung für . . ."

Marc Mantell hob die Hand.

„Hören Sie auf, Sohn. Sie hat, was sie haben wollte. Reden Sie sich um Himmels willen keinen Komplex ein, weil sie Ihnen diesen großen Gefallen getan hat. Sie wäre die letzte, die's wollte, glauben Sie mir. Sie hat keinen Taugenichts geheiratet, wissen Sie. Sie ist ein großes Mädchen. Und so alt sind Sie auch wieder nicht."

„Ich weiß." Alecs Stimme klang schüchtern. „Na schön, lassen wir's. Da kommt sie, mit Schürze und allem."

Pennys Gesicht war von der Küche gerötet, und sie sah bezaubernd wie ein französisches Zöfchen in einer kleinen, gekräuselten Schürze über ihrem Cocktailkleid aus.

„Das Essen ist aufgetragen", sagte sie. „Lassen Sie mich nur noch schnell mein Gesicht in Ordnung bringen."

„Ich seh' nichts Unordentliches drin, so, wie es ist", meinte Marc Mantell.

124

Während die Männer im Wohnzimmer plauderten, widmete sich Penny den üblichen Notwendigkeiten der Zubereitung des Dinners an Abenden, an denen das Mädchen frei hatte. Mechanisch durchlief sie die einzelnen Arbeitsgänge: Tisch decken, Kühlschrank inspizieren, Herd einstellen, Gewürze nachprüfen – Aufgaben, die keines Nachdenkens bedurften und ihr gestatteten, die Gedanken wandern zu lassen.

Sie waren jetzt, dachte sie, fast ein halbes Jahr verheiratet. Weihnachten war gerade vorbei, Neujahr auch, Mr. Kennedy war schon ein ganzes Jahr im Amt, und jetzt, 1962, war es kalt. Etwas lag bereits schief in ihrer Ehe, dachte sie, das Salatzubehör aus dem Kühlschrank nehmend, und es mußte ohne Zweifel ihre Schuld sein, weil Alec, ihr Alec, derselbe Alec war, den sie letzten Juli in New Jersey praktisch überrumpelt hatte, dieser Alec, den sie nach seiner Enttäuschung über Amelia einkassiert hatte, dieser Alec, den sie in eine Ehe gezwungen hatte, aus einer Mischung von Vaterkomplex, persönlicher Einsamkeit, alt-junger körperlicher Anziehung und – jawohl, gesteh dir's nur ein, Penny – aus der üblichen Tochter-Mutter-Rivalität, von der die Psychiater immer so viel hermachten. „Die Tochter will Mammis Mann" war ihrer Generation geradezu eingeimpft worden.

Sie hatte es falsch gemacht, dachte sie, in die Kasserolle guckend und die Ofenhitze einstellend. Sie hatte es falsch gemacht in ihrer ersten Ehe, als sie entdeckte, daß sie ein Jüngelchen geheiratet hatte. Sie hatte die Führung übernommen, hatte die Hosen angezogen, sie war gewachsen, während ihr Mann schrumpfte. Am Schluß war nichts mehr, als daß

Mammi Baby an der Hand führte, ihn in einem psychischen Kinderwagen spazierenfuhr, und sie hatte es satt bekommen, Mammi zu spielen, und hatte die Nabelschnur mittels Scheidung durchgeschnitten. Obgleich sie in allerlei Affären herumgestümpert hatte, mit denen man's unausweichlich zu tun bekam, wenn man abends in Manhattan ausging, hatte sich nichts ereignet, was sie zu dem Gedanken an eine neue Verbindung ermuntert hätte, bis sie las, daß Alec Barr von seiner lieben Frau Amelia geschieden worden war. Sie wußte ziemlich viel von dieser Geschichte durch ihre Mutter und beschloß, sie nicht zu wiederholen. Sie wollte nicht, daß Alec Barr wieder zu fernen Kontinenten ausriß oder auf eine Tasse Kaffee (Tasse Kaffee!) bei ihrer Mutter vorbeikam und seine hübsche Penny in den Zoo führte. Sie wollte ihn daheim und glücklich und als Herr des Hauses. Und im Bett wollte sie ihn auch.

Sie hatte ihre Mutter lange genug bei der Arbeit beobachtet, um eine ganze Menge über Schriftsteller zu wissen. Sie kannte sich bereits genug mit den Männern aus, um zu wissen, daß sie dem Schicksal mit dieser Heirat ein wenig nachgeholfen hatte – sie wußte, daß Alec, wäre ihm nur genügend Zeit geblieben, sich wiederzufinden, ihre Mutter hätte heiraten können, es wäre durchaus plausibel gewesen. Sie hatte ihren Mann zu einer Zeit geerntet, in der er durch den jähen Bruch einer ernsthaften Romanze und die völlig unerwartete Scheidung von einer Frau, auf die er sich immer als ruhenden Pol in seinem Leben verlassen hatte, tief erschüttert war. Sie war über ihn hergefallen, als sie ihn durch den Tod seiner Freunde Ben Lea und Ernest Hemingway tief deprimiert wußte, zu einer Zeit, als er noch das riesige Schwarzweißpanorama von Leben und Tod in Afrika vor Augen gehabt hatte. Außerdem vermutete sie – er hatte es ihr zwar nie klar gesagt –, daß er als Ergebnis der vielen zusammenwirkenden Schocks impotent geworden war, was bei allen Männern möglich war (der liebe geschiedene Mr. Montgomery hatte sie das zu ihrer beträchtlichen Enttäuschung gelehrt), und daß Alec durch ihren vibrierenden, jungen Körper wieder jung geworden war. Das wenigstens hatte sie ihm gegeben.

Und noch etwas hatte sie ihm gegeben – neue, frische Arbeitskraft. Die Arbeit am großen Buch, dem ersten von geplanten vier Bänden, ging langsam, aber gut vonstatten. Marc Mantell hatte es gesagt. So weit, so gut. Außer daß die Arbeit den Leib dem Bett stahl.

Sie hatte einen Fehler begangen, einen sehr großen Fehler. Sie war zu verdammt übertrieben das süße Frauchen gewesen, das ruhige Heimpusselchen, die verständnisvolle Frau des Autors, die geduldig aus der Hand fraß, während die Erwachsenen sich weiter amüsierten. Das paßte nicht zur Natur dieses vitalen Mädchens – nicht dumm, nicht weltfremd, nicht ungeschult in der Kunst der Erotik und in der Sozialwissenschaft –, das den Mann praktisch vergewaltigt hatte, von dem es wußte, daß er es heiraten würde. Und *wieso* hatte es das gewußt? Schuldkomplex, unter anderem, wegen der Entjungferung (haha! schnaubte Penny und nahm einen Kochtopf vom Feuer) einer zarten Maid, Schuldkomplex, Erwachsenendankbarkeit und männliche Eitelkeit natürlich und dazu echte Zärtlichkeit. Aber wenn ich achtunddreißig statt achtundzwanzig gewesen wäre, bezweifle ich sehr, ob wir's so eilig gehabt hätten, zum Herrn Pfarrer zu laufen. (Wo, zum Donnerwetter, hat dieses Mädchen eigentlich das neue Olivenöl hingestellt?)

Also machte ich den Fehler. Bei meinem liebenden Exgatten beging ich den Fehler, mich älter zu machen. Bei dem Herrn, den ich liebe und mit dem ich verheiratet bin, beging ich den Fehler, mich nach der Milchmädchenrechnung zu einer zarten, zimperlichen Neunzehnjährigen zurückzubilden. Ich bin alles in allem zu verdammt verständnisvoll und unterwürfig, mit dem Ergebnis, daß er glaubt, er müsse mich abends ausführen wie eine Debütantin, aus Angst, er könnte mich langweilen, wenn wir wie ein altes Ehepaar zu Hause blieben. Und weshalb fürchtet er, mich zu langweilen?

(Ah, da ist das Olivenöl.) Er fürchtet, mich zu langweilen, weil er den Verdacht hat, ich hielte Lou Gehrig für eine Frau oder Babe Ruth für ein Zuckerstängchen, wenn er sich mit Leuten seiner Altersklasse unterhält. Ich kann nichts dafür, daß ich nicht in der Depression aufgewachsen bin, die ihm persönlich gehört, könnte man wahrhaftig meinen, oder daß ich nie jemand namens Deane Janis *Remember That Forgotten Man* hab' singen hören. Ich hab's zwar im Fernsehen gesehen, aber *My Man Godfrey* hat keine soziale Bedeutung für mich, weil ich nie in einem Hooverville lebte. Ich hatte noch nicht mal was von William Powell gesehen, bevor er den Arzt in *Mister Roberts* spielte. Greta Garbo?

Das macht die Lage nicht aussichtslos. Ich seh' nicht ein, weshalb ich Kreuzworträtsel lösen soll, wenn er sich mit seinen Freunden unterhält, obgleich ich mich so gottverdammt langweile, daß ich schreien könnte, wenn sie sich in Reminiszenzen ergehen wie heute abend. Sie sind so verflucht gönnerhaft, diese graubärtigen Alten, wenn sie einen ansehen und seufzend erklären, die kleine Schwester da könnte unmöglich was von selbstgedrehten Zigaretten und von Home Run Baker verstehen, wer immer, zum Teufel, das war.

Wenn ich mich über diesen heißen Herd beuge, werd' ich innen *und* außen heiß, dachte Penny. Tatsächlich koch' ich besser in guter Stimmung. Was aber mein Bursche nicht versteht, ist, daß *ich* volles Verständnis dafür habe, daß er nicht den ganzen Tag schreiben, sich dann die halbe Nacht als Playboy in den Klubs aufspielen und zum Abschluß noch als aufgemöbelter Liebhaber fungieren kann. Die Lieberei ist fein, wenn sich's ergibt; ich bin vernünftig genug, nicht mit einem Bett voller Romanfiguren konkurrieren zu wollen. Ich kann immer bis Sonntag warten.

Aber etwas muß anders werden. Ich muß aufhören, das demütig-süße Weibchen zu spielen, und er muß aufhören, die Rolle des wehmütigen Gatten, der sein Weibchen amüsieren muß, zu spielen. Schluß mit der dämlichen Einstellung: „Wir können nicht offen sprechen, weil wir die kleine Penny langweilen, die zu jung ist, um zu wissen, was für einen QUATSCH wir reden."

In diesem Augenblick verbrannte Penny sich den Finger und sagte nachdrücklichst: „Scheiße!"

Jetzt geh' ich rein und hol' sie zum Essen, sagte sie sich, und dem ersten, der bemerkt, man könne von mir nicht erwarten zu wissen, wer Calvin Coolidge war, stülpe ich den Kartoffelauflauf über den Kopf.

„Das Essen ist aufgetragen, meine Herren", kündigte sie eintretend an und wußte, daß sie in ihrer Spitzenschürze sehr „sexy" aussah.

125

Die jungen Leute kamen immer häufiger ins Haus – stramme Mädchen mit Bardot-Frisuren, junge Männer mit Milchgesichtern und Crewcuts, Leute, die anscheinend nichts anderes zu tun hatten als Ski zu laufen und sich übers Skilaufen zu unterhalten. Alec war übers Skilaufen längst hinaus, wie er längst über das Verständnis für die meisten Fernsehprogramme, die nicht Nachrichten oder alte Wildwestfilme betrafen, hinaus war. Es gab offenbar nichts, was er diesen jungen Freunden seiner Frau sagen konnte, außer „Hallo" und „Trinken Sie was?", obgleich er tapfer versuchte, sich an den Unterhaltungen zu beteiligen. Was ihn am meisten verdroß, war das ewige „Sir", mit dem sie ihn anredeten, und daß sie ihn häufig höflich übergingen, als könnte man von ihm unmöglich erwarten, daß er ihre Scherze und Anspielungen verstand. Plötzlich kam ihm das Bild von dem verkehrten Spiegel in den Sinn – sie behandelten ihn genauso gönnerhaft, wie er Penny behandelt hatte, aber diesmal war das richtige Ende des Fernrohrs eingestellt. Seitdem sie ins Haus kamen, tat ihm der Rücken noch mehr weh.

Sie schienen alle so verdammt gesund. In der ganzen Bande war sicher nicht einer, der Rückenschmerzen oder einen bösartigen Sinus hatte. Die Verheirateten hatten meist drei oder vier Kinder, zogen sich gut an und wohnten in Scarsdale oder Westport oder Bronxville – und keiner war dreißig. Die meisten hatten das Zigarettenrauchen aufgegeben – die Männer fummelten ausnahmslos mit Pfeifen herum oder steckten sich umständlich Zigarren an, wenn sie überhaupt rauchten – und nahmen herablassend ein Glas Sherry an, wenn sie überhaupt tranken. Wenn nicht, dann wurde das gebührend laut verkündet.

Sie sprachen über Aktien und Obligationen und Werbebudgets und Wirkungsteste von Fernsehprogrammen mit derselben Leidenschaft, mit der sie Ski liefen. Sie unterhielten sich ausführlich, lange und mit verzweifeltem Eifer über Sicherheit: Pensionierungspläne, Renten, Blue Cross, Versicherung auf Gegenseitigkeit. Der Jargon war eine schlechte Mischung von Madison Avenue und vorstädtischer Ersatzeleganz, und immer durch die Nase. Wenn sie über Musik sprachen, dann waren es Folkloresänger oder Dave Brubeck oder Gerry Mulligan. Wenn sie über Theaterstücke diskutierten, dann über langweilige Neuaufführungen des modrigen Eugene O'Neill oder diese Einakter in den Off-Broadway-Theatern, bei denen das Publikum mitspielte. An Baseball oder an Autoren eines reiferen Jahrgangs als dem Edward Albees waren sie anscheinend nicht interessiert. Sie argumentierten über die mörderische Wirkung von gesättigten und ungesättigten Fetten und hielten jede Art Jagd für barbarisch. (Ein ländliches Wochenende mit zwei Paaren im Jersey-Haus war eine Katastrophe gewesen. Sie hatten sich die Trophäen angesehen, den Tiger, die Leoparden, die Antilopen und die Elefantenzähne, und, so schien es Alec wenigstens, ihn glatt für einen Mörder gehalten.)

Abgedroschene psychiatrische Floskeln wurden gespreizt in die Unterhaltung gestreut, und bei ihrer scharfsinnigen Durchleuchtung der psychologischen Vorgänge während des weiblichen Orgasmus wurde es Alec schlecht. Er war jetzt ein Außenseiter, genau wie einstmals in der Schule, als er so schäbig arm gewesen war. Er fühlte, daß er jetzt das war, was er sich einst scherzhaft genannt hatte: ein „schmutziger alter Mann" und dumm obendrein. Und er war wütend, wenn Pennys Freunde ganz offen über seinen Kopf hinweg sprachen – als ob er gar nicht anwesend wäre, als ob er weder Drinks noch Tee herumreichte; genau wie er Südstaatler durch ihre Dienstboten hindurch oder Erwachsene über die Köpfe ihrer für das Verständnis der Unterhaltung noch zu jungen Kinder hinweg hatte plaudern sehen.

Was ihn besonders ärgerte, war, daß die gesamte Bande sich arroganterweise über die Tagesnachrichten hinwegzusetzen schien. Für Alec war die Frage „Haben Sie gelesen, daß . . . ?" der Anfang beinah jeder Unterhaltung, und schlafen zu gehen, ohne noch schnell die Spätnachrichten gehört oder eine Nachtausgabe gekauft zu haben, war undenkbar. Er las *alles* in den Zeitungen, abends und morgens, und in den Nachrichtenmagazinen, von der Wettervoraussage bis zu den Liebeskummerspalten. Nachrichten waren Fleisch, Brot und Arznei zugleich für Alec, und Pennys Kreis ignorierte sie als etwas Langweiliges, das sich ohnehin wiederholen würde. Wenn sie überhaupt Bücher lasen, dann war's Mickey Spillane, oberflächlich im Flugzeug durchgeblättert, oder ein noch nicht besprochener und meist unverkäuflicher Schinken irgendeiner glatthaarigen Nervenärztin oder eines obskuren Volkswirtschaftlers mit Hornbrille.

Sie ergingen sich des langen und breiten über die Atombombe und die Astralwelt; sie redeten eingehend über Kinderpflege und Erziehung, und Doktor Spock war ganz groß, aber Alec war bereit, seine literarische Zukunft zu wetten, daß niemand im Zimmer „Huckleberry Finn", „Madame Bovary", „Anna Karenina" oder gar „Vanity Fair" gelesen hatte.

Penny, die liebende Penny, Gott segne ihr süßes, gutes Herz, gab sich alle Mühe, Alec in die Unterhaltung einzubeziehen, besonders, indem sie ihn über Afrika ausfragte. Aber ihr Bemühen war fast immer erfolglos. Es schien niemand dazusein, den er *ansprechen* konnte, und wenn Alec tatsächlich mal über das eine Thema sprach, für das er *die* moderne Autorität war, kam er sich unglaublich langweilig vor und ging stokkend auf etwas anderes über. Er konnte nicht über Stammesrivalitäten, afrikanische Unsicherheit, afrikanische Eifersucht, Gier und kulturelle Konflikte zu einer Zuhörerschaft sprechen, die von der fixen Idee besessen war, daß alle Kolonialen Ungeheuer seien und alle Rebellen (einschließlich der Terroristen) für das Recht kämpften. Alec kam sich als Autor der Bücher und Artikel, die er geschrieben hatte, schuldig vor, als wäre er ein Teil des brutalen Kolonialsystems zur Versklavung der Welt, und er bezweifelte sehr, ob einer der Anwesenden der Tatsache Glauben schenken würde, daß einige „Freiheitskämpfer" Kinderhirne aßen, Menstruationsausscheidungen tranken und bei ihren „freiheitskämpferischen" Ritualen Sodomie trieben.

Es war alles traurig, alles sehr trostlos, und Alec fühlte sich immer häufiger genötigt, sich mit einem gemurmelten „Muß noch ein paar Fahnen korrigieren, äußerster Termin, wissen Sie, wenn Sie mich bitte entschuldigen wollen" zu verziehen und in seine kleine Bude zu fliehen, um *Field and Stream* zu lesen und in seinem Sessel zu dösen, bis er aus der Diele die Abschiedsgeräusche hörte.

„Es tut mir so leid", sagte Penny dann immer, wenn die Bande gegangen war und sie sich über ihn beugte, um ihn auf den Scheitel zu küssen. „Sie müssen dich furchtbar gelangweilt haben, aber es sind ungefähr die einzigen Leute, die ich kenne, und in gewisser Hinsicht sind sie doch tüchtig in ihren verschiedenen Berufen. Du mußt zugeben, daß Vera die beste moderne Bühnenbildnerin ist, die wir im Augenblick haben, und Roger ist bei Belton, Bratton & Knowles buchstäblich wie ein Blitz an die erste Stelle gerückt. Kenny ist der beste Dekorateur in der Branche, und wenn Ian je eine richtige Chance kriegt, werden seine Stücke fabelhaft sein."

„Ich weiß, ich weiß, Süße, aber sie geben mir einfach das Gefühl, verdammt alt zu sein, und ich versteh' nicht die Hälfte von dem, was sie sagen. Nun komm, sei ein gutes Mädchen und mix dem alten Mann einen Nightcap, und dann wollen wir uns was Langsames auf dem Quietschkasten anhören, was nicht Mulligan oder Brubeck ist."

„Ella oder Sinatra oder Nat King?" Alec stellte sich das Lächeln hinter seinem Rücken vor, während sie sich über den Sessel beugte und seine Wange streichelte.

„Einer oder alle drei", sagte Alec. „Es tut mir leid, daß ich so ein Rückschrittler bin. Aber ich gehör' eben einer anderen –"

„Pst", sagte sie, setzte sich ihm auf den Schoß und schloß ihm den Mund mit einem Kuß. „Wo's drauf ankommt, bist du jünger als der Frühling."

(Und ich frag' mich, wie ich diesen Gag ihrer Meinung nach auffassen soll, dachte Alec, als sie davonging, um ihm seinen Drink zu holen.)

Peter war eins der wenigen unverheirateten Mitglieder des Penny-Kreises, das gelegentlich zum Tee und zu einem Schwatz vorbeikam. Peter hatte irgendwie in der Werbebranche zu tun, meist in Verbindung mit dem Fernsehen, und er bot, wie Alec sich gezwungenermaßen eingestand, einen großartigen Anblick für „entzündete Augen", männliche *oder* weibliche.

Peter hatte ein scharfgeschnittenes indianisches Profil, eine Hakennase, die von einem langen, vorstehenden Kinn und einer sinnlichen Unterlippe bestens ergänzt wurde. Sein Teint war fast kaffeefarben, und nur einiges davon stammte von der Bräune, die er sich beim Skifahren im Winter und beim Wasserski im Sommer holte. Er hatte glitzernde schwarze Augen, tief schwarz wie griechische Oliven, und vollkommene, glänzend weiße Zähne. (Alec hätte schwören können, daß es alles Jacketkronen waren.) Peter hatte die Art kurz-wachsendes schwarzes Haar, das sich so weich wie Seehundsfell kräuselte, ihm wie ein Helm paßte und immer tadellos geschnitten über den kleinen, hübschen Ohren lag. Peters Hals war lang, kräftig und muskulös, und seine Anzüge schienen nie in die Verlegenheit zu geraten, auszubeulen oder zu knittern. Im Smoking oder im sauberen grauen Flanell seines Berufs schien Peter nach wie vor einen Rollkragenpullover mit grünem Rentier-Einschuß zu tragen. Peter war Skiläufer, Toboganfahrer, Tennisspieler und, da nun die Kennedys den Ton angaben, höchstwahrscheinlich auch eifriger Fußballer. Auf jeden Fall spielte er in den Seventys Golf und spielte außerdem ganz gut Klavier. Er trainierte mit den Schwergewichtlern im New Yorker A.C., nur um seine Muskeln auf Draht zu halten.

Peter hielt seine Schwarzdornaugen klar. Er schweifte zwar mit dem Haufen herum, schien aber unter dessen Angehörigen keinen festen Kumpan zu haben. Peter war eingefleischter Junggeselle, zwangsläufiger Sammler von Weibern, und offensichtlich trug er sie nur ein- oder zweimal, bevor er sie wieder wegwarf. Alec war insgeheim beeindruckt von der Mannigfaltigkeit der hübschen Gespielinnen, die Peter in die Wohnung brachte und die ihn auf die Skiwochenenden begleiteten. Alec war ein reiches Junggesellenleben versagt geblieben, und die stete Folge heiratsfähiger Mädchen, die Peter vorstellte, war so etwas wie ein Vortrag mit Lichtbildern über das Potential eines gutaussehenden, jungen Burschen, der bis zu zwanzigtausend Dollar pro Jahr verdiente und sich dabei nicht überanstrengte. Junge Schauspielerinnen, Fotomodelle, Gesellschaftshyänen, schicke Sekretärinnen, leicht angeschlagene geschiedene Frauen (und, durchaus möglich, ein paar heimlich Noch-Verheiratete?) begleiteten Peter auf seinen Runden. Eins bewunderte Alec an Peter sehr, und das war die Tatsache, daß er sich gewöhnlich früh empfahl – höchstwahrscheinlich, wie Alec einmal zu Penny bemerkte, ins Bett, und sei's auch nur, um wieder aufzustehen.

Trotz seiner universellen Kollektion hatte Peter nicht das Aussehen eines klassischen Wolfs. Keine seiner Frauen war billig; er war ausgesucht höflich zu allen; nie schielte er lüstern oder deutete Intimitäten an. Er war nur der gutaussehende Peter, Peter, das Profil, mit einem neuen Rotkopf, Braunkopf, Blondkopf, gefärbten Kopf, groß, dünn, mollig, klein, pummelig, blauäugig, grünäugig, braunäugig, schwarzäugig, unweigerlich eine gutangezogene und höfliche Frau am Arm. Er sorgte dafür, daß er und seine Frauen bemerkenswert nüchtern blieben, und machte niemand öffentlich Avancen, weder seiner eigenen noch einer fremden Frau. Aber seine Frauen verschlangen ihn mit den Augen.

Alec hatte sich mit der Skigesellschaft abgefunden. Dankbar ermutigte er Penny, an den Wochenenden mit den Jungs und Mädchen nach New Hampshire und Vermont zu fahren, sich Skier anzuschnallen und die schneeigen Hügel hinunterzugleiten. Es erleichterte ein bißchen sein Gewissen, denn es war verdammt langweilig für ein Mädchen, mit der *Times*-Literaturbeilage rumzusitzen, während Vater sich mit seinem Buch im Hinterzimmer vergraben hatte. Egoistisch genoß er die kurze Pause, die Erleichterung, daß er sich keine Sorgen mehr zu machen brauchte, ob Penny sich zu Tode langweilte – und auch die Erleichterung, die bewußte athletische Leistung einmal nicht vollbringen zu müssen, die sie daran hindern mochte, sich zu Tode zu langweilen. Auch das Bett konnte langweilen, dachte er, wenn es dauernd den Aspekt eines Tricks oder eines geplanten Picknicks annahm.

Die Skisportler fuhren meist freitags ab, am frühen Nachmittag, und kamen sonntags spät zurück, windzerzaust, von der Wintersonne gebräunt und vor strotzender Gesundheit glühend, voll von Geschichten, wer was an welchem Hang fertiggebracht hatte, und erfahrene Ansichten über die Beschaffenheit des Schnees heraussprudelnd. (Für Alec war Schnee etwas Schmutziges, nicht ganz Weißes, womit die New Yorker Stadtreinigung nichts anfangen konnte, weil sie nicht wußte, wohin damit.) Jetzt aber mochte er den Schnee sehr gern und las die Zeitungen durch, um zu erfahren, wie er in den Bergen der Umgebung beschaffen war. Oft wunderte er sich, weshalb die Skifahrer nicht drei oder vier Paar Skier besaßen und in den verschiedenen Gebieten deponierten, statt die verdammten Dinger immer hin- und herschleppen zu müssen. Der Schnee befreite ihn und schenkte ihm stille Wochenenden mit Luke in Jersey draußen oder gab ihm den gesegneten Frieden mit seinen Büchern in der Wohnung. Verdrossen ertappte er sich bei dem Gedanken, daß er, sobald der Frühling käme, ein paar neue Spiele für seine schöne Mädchen-Frau erfinden müßte – zumindest, bis es wieder warm genug zum Wasserskilaufen wäre.

Penny hingegen war durchaus nicht so sehr auf das Freiluftleben erpicht, wie es schien. Aber da war das stetig wachsende Schuldgefühl, daß ihre Anwesenheit Alec von der vollen Konzentration auf seine Arbeit ablenkte; außerdem begann sie zu argwöhnen, daß Alecs Besuche in ihrem Bett den Charakter von Pflichttänzen annahmen – ein Einschläferungsmittel, um die Jagdhunde ruhig zu halten. Und während die Zahl der Tage zwischen den Bettbesuchen zunahm und die Arbeit am Buch sich intensivierte, war sie ganz glücklich, ihre animalische Energie am Skihang abreagieren zu können.

Alec wußte einiges von der Après-Ski-Atmosphäre, wenn die Mädchen sich in hautenge Helancahosen und dicke, schmuckbeladene Sweater umzogen, wenn das heiße Feuer sich mit der heißen Musik, dem heißen Grog, der kalten Nacht, den funkelnden Sternen und den Pelzdecken in den Schlitten vermischte, deren Glöckchen bei der Spazierfahrt durch die Mondnacht fröhlich klingelten. Er machte sich über Penny oder ihren etwas seltsamen Status als verheiratete Frau bei diesen Wochenendausflügen keine Sorgen. Natürlich würde immer ein schlanker junger Mann dabeisein, und sei's auch nur ein Skilehrer, aber Alec konnte sich eigentlich nicht vorstellen, daß Penny ihr physisches Kapital an schlanke junge Männer *oder* Skilehrer verschwenden würde. Außerdem waren Skifahrer *anders*. Sie fanden sich seltener zu Paaren zusammen, waren meist gute Freunde, in der Stadt und außerhalb. Jungverheiratete schienen das Extramädchen und den Extramann heutzutage ganz gern zu haben, und sei es auch nur als Picknickkoch oder für ein zweites Frühstück am Sonntag.

Es war wirklich schade, dachte Alec, daß er sich für diese Schneesafaris nicht begeistern konnte, aber er hatte nie Skilaufen gelernt, war zu alt, jetzt noch damit anzufangen, und wollte sich ganz entschieden nicht den Arm brechen und sich arbeitsunfähig machen. Alec wurde, während die Jahre sich rundeten, immer vorsichtiger statt neugieriger. Er war sogar vorsichtig im Umgang mit Feuerzangen, Duschmatten und sonstigen Geräten, die Zufallsgefahren bargen. Kein Mann kann mit einem entzündeten Finger schreiben, dachte er, und eine verbrannte Hand dämpft das dichterische Feuer.

Es war Freitag, und Alec hatte eine frühe Verabredung mit Marc Mantell – vor dem Lunch, um mit den Anwälten über einen Filmkontrakt zu konferieren. Er nahm seine Papiere, steckte sie in eine Aktentasche und ging hinaus, um sich von Penny zu verabschieden, die mit Der Gruppe nach New Hampshire fahren wollte. Als er durch die Diele ging, Penny im Wohnzimmer oder in der Küche auf der anderen Seite der Wohnung suchend, läutete es an der Wohnungstür. Blödsinnig die Akustik in diesen neuen, aufgeteilten Wohnungen. Vom Wohnzimmer aus konnte man die Türglocke nicht hören, aber in seinem Büro klang sie wie eine Feuerwehrsirene, und jedesmal, wenn ein Nachbar die Kette in der Toilette zog, hätte man „Olé!" brüllen können.

Es war Peter, das Profil. Peter, gebräunt, frisch, mit sauber geschnittenem Haar und sehr sportlich in einer grünlichen Harris-Tweed-Kombination, die bestimmt nicht von der Stange war. Er hatte seinen Handkoffer und die Skier bei sich.

„Hallo, kommen Sie rein", sagte Alec. „Sind Sie nicht ein bißchen früh für den Lungenentzündungsausflug?"

„Ich glaube, ja", meinte Peter, die Skier an die Wand lehnend. „Aber ich hab' die Führung an diesem Wochenende und wurde von der Bande beauftragt, Ihre Frau abzuholen. Wir haben diesmal ein Flugzeug gechartert. Die Leute trinken zuviel in diesen Skizügen. Ich dachte also, ich komme vorbei und plündere Ihre Bar ein bißchen, während Penny sich in Schale wirft."

„Die Bar ist für Plünderungen hervorragend geeignet", sagte Alec. „Legen Sie ab, und ich serviere Ihnen gleich einen, aber dann muß ich mich beeilen. Ich hab' mich heute mit Anwälten verabredet, und ich kann Ihnen sagen, der Zahnarzt wäre mir bedeutend lieber. Penny!" rief er. „Besuch da!"

Keine Antwort.

„Sie muß dasein", sagte er zu Peter. „In diesen verdammten Wohnungen hört man alles vom einen Ende und nichts vom anderen. Kommen Sie rein, und nehmen Sie Platz. Ich hol' die alte Dame."

Er fand Penny mit Kopftuch und umgebundener Schürze in der Küche.

„Dein Boy friend ist zeitig gekommen", sagte er. „Anscheinend habt ihr ein neues Transportmittel. Charterflugzeug. Liebling, ich muß verduften. Mantell hat eine ganze Flotte Juristen zusammengetrommelt, und ich gehör' zur Parade. Amüsier dich gut, und komm bitte bald nach Hause. Ich werd' dich vermissen."

Penny fuhr sich mit den Händen an den beturbanten Kopf und runzelte die Stirn.

„Wer ist der Boy friend? Ich hab' noch die Wickler im Haar."

„Erprobt und zuverlässig. Der Alte Treue. Pete. Das Profil. Offenbar sind ihm die Frauen ausgegangen – obgleich mir's unbegreiflich ist –, und er ist als dein Knappe abgeordnet worden. Tu mir den Gefallen und versuche, dich nicht im Schnee verführen zu lassen. Wie ich höre, ist es ungesund für Mädchen – der Schnee, meine ich. Und amüsier dich gut beim Zugucken, wenn sie sich den Hals brechen. Bye."

Er kniff sie zärtlich in die Wange und ging durchs Wohnzimmer zurück.

„Sie wissen ja, wo die Bar ist", sagte er zu Peter. „Mixen Sie sich einen. Die Memsahib weiß nicht, wo ihr der Kopf steht. Sie hat noch die Lokkenwickler im Haar, Sie müssen sich also noch eine Weile gedulden. Entschuldigen Sie meine Eile, und fliegen Sie in New England nicht gegen einen Berg. Wiedersehen, Pete."

„Wiedersehen, Alec. Ich komm' schon zurecht."

Alec griff nach seinem Mantel und drückte auf den Aufzugsknopf. Er schnappte sich seine Aktentasche und fuhr hinunter. Der Portier war – wie üblich und in allen New Yorker Apartmenthäusern – nicht da, hatte was anderes zu tun. Schließlich fand Alec ein Taxi und saß ungeduldig auf dem Sitz, fluchend über den dichten Verkehr, auf dem Weg zu Nr. 30 Rockefeller Plaza. Aus reiner Gewohnheit griff er noch einmal in die Aktentasche und prüfte nach, ob er auch alles hatte.

Genau an der Ecke 46th und Park entdeckte er, daß ein höchst wichtiger Bogen mit statistischen Angaben fehlte, den Marc Mantells Anwälte brauchten – eine unterzeichnete Verzichterklärung einer in seinem Roman vorkommenden Person aus dem wirklichen Leben, die möglicherweise wegen Verletzung der Intimsphäre hätte Klage erheben können.

„Gottverdammt noch mal!" brüllte er. „Fahrer, wir müssen wieder zurück. Hab' was Wichtiges vergessen. Tut mir leid."

„Macht nichts, Boß. Der Zähler ist eingeschaltet und tickt. Wohin wir fahren, spielt keine Rolle."

Als sie Gramercy Park erreichten, sagte Alec zum Chauffeur:

„Tun Sie mir den Gefallen und warten Sie, ja? Ich bin gleich wieder unten. Sie kriegen auch einen Extradollar."

„Aber g-e-r-n-e", sagte der Fahrer. „Lassen Sie sich ruhig Zeit. Ich hab' nichts Besseres vor. Kennedy braucht mich heut nicht."

„Danke." Alec stieg aus, und einen Augenblick mußte er an London denken, an den Cockney-Taxifahrer, der gesagt hatte, er warte 'n ganzes verdammtes Jahr, wenn nötig, vor Jill Richards Haus. Eiligst verscheuchte er die Erinnerung und öffnete still die Wohnungstür. Es hatte keinen Sinn, das ganze Verabschiedungszeremoniell zu wiederholen.

Als er leise in die Diele trat, hörte er eine Stimme. Es war Peters Stimme, leise, drängend.

„... Aber wir *brauchen* doch nicht mit den anderen zu fahren", sagte Peter. „Da ist dieses Häuschen, wo wir allein sein könnten. Es ist wunderbar, Kaminfeuer im Schlafzimmer, bestes Essen, und die Besitzer wohnen woanders. Die Schneeverhältnisse sind besser, und wir sitzen nicht alle aufeinander – jeder mit den Fingern in den Taschen von *jedem* anderen."

Pennys Stimme klang laut und klar.

„Nein, Peter. Auf keinen Fall. Ich versteh' nicht, wie du auf die Idee kommen konntest, daß du und ich uns zu einem verschwiegenen Wochenende wegschleichen könnten."

Peters Lachen klang wie Schnauben.

„Du verstehst nicht, wie ich auf die Idee kommen konnte? Die Schlittenfahrt letztes Wochenende brachte mich auf die Idee. Der Gutenachtkuß vor der Schlafzimmertür brachte mich auf die Idee. Und vor fünf Minuten hast du auch nicht gerade gespielt, oder ist mein Lippenstift verschmiert, nur weil ich ein bißchen nachlässig bin?"

Schweigen. Dann:

„Schön. Ich hab' dich im Schlitten geküßt. Ich hab' dich geküßt, als du mich nach Hause brachtest. Und du hast mich eben hier geküßt, und ich – ich hab' dich wiedergeküßt. Du bist ein sehr attraktiver Mann, Peter. Und ich bin bloß eine Frau."

Jetzt klang Peters Lachen fröhlich.

„Das kann man wohl sagen. Viel zuviel Frau für –"

„Für *was?*" Pennys Stimme war scharf.

„Ich meinte bloß, zu sehr Frau, um nicht entsprechend gewürdigt zu werden."

„Das heißt gar nichts. Und das wolltest du auch nicht sagen. Klar hab' ich dich geküßt. Aber ich hab' dich nicht dazu herausgefordert. Nur: Ich bin zu alt, um zu schreien, wenn die Küsse nichts bedeuten."

Jetzt kam ein leises, samtenes, schmeichelndes Kichern.

„Du bist eine kleine Lügnerin, und du weißt es. Du bist zweimal verheiratet gewesen. Du küßt einen Mann nicht so, wenn du die Tür nicht für was anderes offenläßt. Was Besseres, Größeres. Deshalb hab' ich dich gebeten, mit mir übers Wochenende zu verreisen. Du hast mich *gebeten*, dich zu bitten."

„Vielleicht hast du von dir aus gesehen recht", hörte Alec seine Frau sagen. „Und ich hab' völlig unrecht. Es war eine schöne Nacht nach einem schönen Tag, und es gab eine Menge zu trinken und –"

„Ach, Unsinn, versuchen wir's noch mal, und sehen wir, wer recht und wer unrecht hat."

Alec stand fasziniert und keineswegs entsetzt da. Es hatte keinen Sinn, dachte er, den empörten Gatten zu spielen und mit – ja, womit? –, mit einem Gewehr oder einem Regenschirm fuchtelnd reinzustürmen.

„Siehst du", sagte Peter, leise triumphierend. „Hat dir gefallen. Es wird dir noch besser gefallen. Und dem alten Somerset Maugham in seiner Höhle dahinten ist es völlig Wurscht. Der alte Paps wird nichts dagegen haben, wenn du dir einen kleinen, unschuldigen Spaß außer Haus machst –"

Jetzt hörte man etwas knallen, scharf wie ein Pistolenschuß.

„Mach, daß du rauskommst, raus mit dir – sofort! Ich will dein grinsendes Gesicht nie wieder sehen!" Pennys Stimme klang zornig, tränenerstickt, wütend.

„O doch, du willst es, ganz bestimmt", erwiderte Peter. „Die Ohrfeige nehm' ich dir nicht übel. Das war eine taktlose Bemerkung über den alten Daddy. Aber du wirst mich wiedersehen, weil du mich wiedersehen willst und weil der alte Pops nichts taugt und du –"

Klatsch!

„Offenbar meinst du's im Ernst", sagte Peter. „Das sind jetzt schon zwei. Du mußt über deine eigenen Gefühle mächtig beunruhigt sein, wenn du mich zweimal schlägst."

„Raus! Raus!" Pennys Stimme stieg zum Kreischen an.

„Okay, okay, reg dich nicht auf, Baby, ich geh' schon. Aber wenn du dich anders besonnen hast und mich wieder heile-heile küssen willst, dann ruf mich an. Der alte Daddy wird nichts dagegen haben. Nicht nach allem, was ich so gehört habe. Er wird froh sein, wenn er dich eine Weile los ist. Nein, he, schlag mich nicht noch mal", spottete die Stimme. „Ich geh' wirklich. Grüß Großpappi schön."

Alec drückte sich in sein Büro, als er hörte, daß sich die wütenden Schritte der Diele näherten.

Pops, wiederholte sein Hirn zornig. *Daddy. Der liebe alte Dad. Großpappi. Daddy Longlegs.*

Alecs Magen zog sich zusammen, und er ballte die Fäuste.

Und wenn ich eine Szene mache, sagte er sich, wenn ich eine große Sache, einen Mordsstunk draus mache, wird mich dieses Muskelpaket in meinem eigenen Haus erschlagen, und meine Frau wird mir zwei Dinge nie verzeihen – daß ich ihr kleines Drama mitangehört habe und in meinem eigenen Haus verprügelt worden bin. Und der Kerl ist eine Kugel ebensowenig wert, wie sich dieser Beleidigung wegen so schlechtes Theater lohnt. Das beste ist, ich schleich' mich wieder raus und vergesse, daß ich überhaupt ein Papier verlegt habe.

Er fand das vergessene Dokument, schob es in die Aktentasche und wartete volle fünf Minuten, nachdem er den Aufzug raufkommen und wieder runterfahren hörte. Dann ging er vorsichtig zur Nottreppe und stieg zur Straße hinunter.

Sein Taxi stand noch wartend da.

„Ich hab' mir 'n Kunden entgehen lassen", sagte der Fahrer fröhlich. „Ein Bursche kam wütend mit einem Köfferchen und einem Paar Skier heraus und hätte mich verdammt beinah überfallen. Ich sagte ihm, ich wartete auf einen Herrn, der hier wohnt, und sei nicht frei. Aber Junge, Junge, hat der vielleicht 'n Zorn im Bauch gehabt!"

„Sie kennen diese Sportluden ja", sagte Alec. „Temperamentvoll. Jetzt wollen wir so schnell wir können zu 30 Rock zurückfahren. Es war nicht ganz einfach, rauszufinden, was ich wissen wollte."

„Ganz, wie Sie wünschen, Boß", sagte der Fahrer.

Da hätten wir's also, frisch von der Pfanne serviert, dachte Alec, während sie *uptown* fuhren. Das ist das unvermeidliche Bild – die grimmige Zukunft à la George Orwell. *Pops. Der alte Dad. Großpappi.* Die schöne junge Frau und der langweilige alte Hund, stinkend im Hinterzimmer. Enttäuschtes junges Mutterschaf mitten unter dem raubgierigen Wolfsrudel. Wenn's nicht Peter ist, dann wird's Paul sein – oder Matthäus, Markus, Lukas (nicht mein Luke) und Johannes. Ich hab' mir ein Problem aufgehalst, das ich unter allen Umständen hätte meiden sollen, diesen Mai-und-Dezember-Quatsch. Na ja. Jetzt zu den Anwälten und dann zurück an den Pflug.

Ich werde sie mit meinen Lauscher-an-der-Wand-Kenntnissen nicht zur Rede stellen, dachte er. Ich werd' mich einfach ins Büro zurückschleichen und ein paar Sätze, irgendwelche, auf der Eisernen Jungfrau runterklappern. Wenn sie durch das Geräusch genügend beruhigt ist, wird sie kommen und mir erzählen, sie hätte das Skilaufen satt, hätte Kopfschmerzen und beschlossen, nicht zu fliegen.

Später sah Alec von der Schreibmaschine auf.

„Ich hab' dich nicht reinkommen hören, Süße", sagte er. „Ich dachte, du wärst auf die Lungenentzündungsweiden gefahren?"

„Ich lauf' in diesem Jahr nicht mehr Ski, Liebling", sagte sie. „Ich habe die ganze Sache satt – die Leute und alles. Fahren wir doch nach Jersey raus, spielen mit Luke und fangen einen Fisch durchs Eis oder so was. Es sei denn, du hättest gerade ein Kapitel vor, wo du nicht aufhören kannst?"

„Ich kann sofort aufhören", sagte Alec. Er stand auf und nahm sie in die Arme. „Ich kann sofort aufhören. Und später wollen wir ausgehen und die Stadt ein bißchen unsicher machen. Wir sind eine Ewigkeit nicht im ‚21' gewesen, und in The Blue ist eine neue Sängerin."

„Oh, ich liebe dich!" sagte Penny. „Ich liebe dich wirklich!"

„Deswegen brauchst du aber nicht zu weinen", meinte Alec und strich ihr übers Haar. „Das ist völlig legitim zwischen verheirateten Leuten."

126

Alec Barr war die alte Redensart wohlbekannt, wonach der Lauscher an der Wand seine eigne Schand' hört. Er war sich ebenso der Tatsache bewußt, daß er eine gute und treue – und junge – Frau hatte, die den ersten einer unvermeidlichen Serie von Angriffen auf ihre Treue abgewehrt hatte (tatsächlich in Grund und Boden gehauen hatte). Alec war weder überstolz auf ihre Abweisung des All-American Boy noch durch den Umstand allzusehr bedrückt, daß sie sich von Mr. Peter Profil hatte küssen lassen. Alec kannte sich in diesen Dingen ziemlich gut aus; meistens, das wußte er, waren sie unvermeidbar, es sei denn, man fesselte sich seine Frau ans Handgelenk.

Er, Alec Barr, war alt und wurde älter. Und sie, Penny Barr, war jung und wurde reifer. Er würde nur welken; sie würde lediglich frische Säfte absondern. Im Augenblick war Alec noch Herr im Schlafzimmer, und sein Name stand auf einer ganzen Anzahl von Buchumschlägen. Es würde nicht lange dauern, und das Bett würde ihm nur noch als Schlummerstätte dienen, und die Buchumschläge würden sich in Paperbacks verwandeln. Und Penny? Eine Folge von Peter und Konsorten, unablässig die Festung berennend? Und er, der im Salon nichts mehr zu bieten hätte als uralte, abgedroschene Erinnerungen und im Bett überhaupt nichts?

Alec knirschte mit den Zähnen und kam zu dem Schluß, daß die Literatur für diesen Tag genug von seiner Zeit in Anspruch genommen hätte. Er würde zum Lunch ausgehen. Die Wohnung war leer. Penny war beim Friseur oder bei Macy oder sonstwo. Alec war der Ansicht, er brauche eine richtige Unterhaltung unter Männern, die nichts mit Arbeit oder Geld zu tun hatte. Er würde zu Toots fahren. Vielleicht war DiMag oder Conzelman oder Holden oder Horace MacMahon oder sonst einer der alten Knochen in der Stadt. Schade, daß Herman Hickman und Julie Garfield und Johnny Hodiak so früh gestorben waren.

Es wurde immer schwieriger, ein altbekanntes Gesicht bei Toots anzutreffen, wenn man sich nicht gerade mit Pat O'Brien unterhalten wollte.

Eine kräftige, unsichtbare Faust schlug ihm in den Magen.

Das Haar war noch dasselbe, das flaumige gelbe Entchenhaar. Die Kehrseite war ein bißchen breiter, aber der Nacken war noch köstlich. Sie saß auf einem Barhocker in angeregtem Gespräch mit Ziggy, aber kein Zweifel: diesen Kopf, Diesen Nacken gab's nur einmal, und jenseits von Haar und Nacken mußten die kameenklar geschnittenen Züge, das tiefe Grübchen und die schöngeformten, aufwärts gebogenen Lippen sein.

„Spendieren Sie einem alten Freund einen Drink, Barbara Bayne?" Er sprach bewußt leise und zwanglos.

„Geben Sie dem Herrn einen Drink, Zig", sagte sie, ohne sich umzuwenden. „Ich hab' seine Arbeit immer sehr bewundert. Das macht mich noch nicht zur Nutte, nicht wahr?"

„Nein, Madame, Miß Bayne", sagte der Barkeeper. „Was soll's sein, Alec?"

„Irgendwas", sagte Alec und drehte Barbara Bayne auf dem Hocker herum. Er küßte sie leicht auf die Wange und sagte einfach: „Mein Gott, noch schöner, als ich dich in Erinnerung hatte."

„Na, das ist eine verdammte Lüge", sagte Barbara. „Wie geht's dir, Alec? Wir haben uns an die zwei Millionen Jahre nicht gesehen. Wie ich höre, bist du glücklich mit einer charmanten jungen Dame verheiratet. Meine herzlichsten Glückwünsche."

Alec glitt auf den Hocker daneben.

„Danke. Aber erzähl mir alles über dich", sagte er. „Was du getan hast, was du tust und was du vorhast."

Barbaras Grübchen vertiefte sich, als sie lächelte.

„Barr, derselbe aalglatte Bursche", sagte sie. „Du hast dich nicht ein bißchen verändert. ‚Erzähl mir alles über dich', um Himmels willen. Bring sie dazu, über sich selbst zu reden, bevor du sie am Bein packst. Also, chronologisch: Noch eine Ehe im Eimer, seitdem wir uns das letztemal sahen. Stete Arbeit für ein zweifelhaftes Massenmedium genannt Fernsehen. Zukunftspläne? Zehn Pfund abnehmen. Ich hatte einen üppigen Urlaub und hab' mich aus der Form gegessen."

„Mir gefällst du üppig", sagte Alec. „Was trinkt die Dame, Zig? Ich nehme das gleiche."

„Gin", sagte der Barkeeper. „Was sonst? Wie wollen Sie's haben?"

„Rosa", erwiderte Alec. „Paßt zu meinen Augen."

„Immer noch groß mit Gags, was?" sagte Barbara. „Immer noch das brechende Herz unter der flinken Zunge verbergend?"

„Kann schon sein. Vielleicht hätt' ich für dein Massenmedium schreiben sollen, aber Fred Allen ist tot, und die anderen wollen mich nicht haben."

Barbara Bayne glitt von ihrem Hocker.

„Ich wollte einen Altjungfernlunch essen", sagte sie. „Ich hab' ziemlich früh nachmittags eine Bandaufnahme. Würdest du dich gern den Damen anschließen – nämlich mir?"

„Aber ja. Noch ein Paar von diesen Gin-Dingern an den Tisch, bitte, Zig, und wenn Der Große Mann erscheint, sagen Sie ihm, wir seien inkognito."

„Mit Vergnügen, Alec", sagte der Barkeeper. „Nett, Sie beide wieder zusammen zu sehen."

„Was hat er damit eigentlich gemeint?" murmelte Barbara, als sie einer entfernten Ecke zugingen.

„Aus ehrlichem Herzen gesprochen, auf jeden Fall. Bestellen wir fürs erste noch nicht. Ich muß mit dir sprechen. Du kommst mir wie gerufen. Meine Seele war krank und weh nach dem armen alten Ben."

„Ich würde sagen, das war eine Art Kompliment. Selbst wenn meine Figur anfängt, unserem verstorbenen Kameraden nachzueifern. Sag Mutter, wo's weh tut."

„Ich hab' ein Problem, das ich mir selbst aufgebürdet habe, und das ist meine Lebensgeschichte", sagte Alec. „Es scheint, daß . . ."

„. . . Und ich bin nicht sonderlich drauf erpicht, Dad und Pops und Großpappi genannt zu werden", sagte Alec um sechs Uhr abends, nachdem Barbara ihre Aufnahme beendet hatte. Sie hatten sich im English Grill wieder zu Cocktails getroffen.

„Du bist ausgezogen, dir eine Frau zu kaufen, und hast eine Tochter heimgebracht", sagte Barbara. „Es ist das große amerikanische Supermarketsystem. Etwas muß getan werden. Was du brauchst, ist erstens ein Zuhörer, zweitens ein Ratgeber, und dann landest du als Berater in einem Mädchensommerlager. Stimmt's ungefähr?"

„Stimmt ungefähr." Alecs Stimme klang grämlich. „Mit dir kann ich reden. Mit wem kann ich sonst reden?"

„Wir haben uns mächtig gestritten. Wahrscheinlich, weil ich dich verzweifelt liebte – und ich glaube, du hast mich auch geliebt –, und keiner von uns war damals groß genug, die Sache zu meistern."

„Außerdem hatten wir furchtbar viel zu tun, Liebling", sagte Alec. „Aber wenigstens kannten wir den Unterschied zwischen Paul Robeson und Jackie Robinson, als wir uns stritten. Mein Grundübel im Nest ist, daß wir keine Unterhaltungsthemen haben, über die zu streiten sich's lohnt, mit Ausnahme von Elvis Presley."

„Du armer, armer Junge", sagte Barbara. „Du hast dir dein Bett gemacht, entschuldige den Ausdruck, et cetera."

„Weiß ich", sagte Alec. „Und ich hab' das noch zu niemand gesagt.

Nicht seit Ben Lea. Aber ich kann nicht Liebhaber *und* Arbeiter sein. Ich kann nicht Arbeiter *und* Liebhaber sein. Und ich werde schnell knapp an Betriebsstoff als Liebhaber."

„Das hast du mir früher mal gesagt, und ich sagte –"

„‚Niemand wird sich je zwischen dich und diese gottverdammte Underwood drängen.' Das hast du gesagt, stimmt's?"

„Stimmt. Und ich glaube, du hast Ben Lea zitiert, der gesagt haben soll – entschuldige wieder den Ausdruck –, deine Eier seien in die Zwischenraumtaste dieser gottverdammten Underwood eingeklemmt."

„Genau. Und das Dumme ist jetzt, daß ich in Eiern knapp werde", sagte Alec. „Paß auf, ich muß jetzt gehen. Ich möchte keine alten Funken wieder aufrühren, Barbara, und ich mach' dir bestimmt keine Avancen mit Verzögerungseffekt, aber würde es dich schrecklich langweilen, wenn wir hin und wieder einen Drink zusammen nähmen und über Baseball oder so was redeten? Irgendwas, was mich von den Kindern ablenkt?"

„Ich hab' keinen Dauerfreund und keine Absicht, mich nächstens in eine Romanze zu stürzen", sagte Barbara Bayne. „Ich hab' ein sehr anständiges kleines Stadthaus und bin meist zu Hause, weil mir das alte Nachtleben zum Hals raushängt. Und außerdem brauch' ich Schlaf. Es steht dir jederzeit frei, Freund, auf einen Whisky und zu mitfühlender Unterhaltung vorbeizukommen. Aber eins, etwas sehr Wichtiges." Sie hob warnend die Hand. „Keine krummen Sachen. Ich bin heutzutage eine sehr moralische Dame und möchte nichts Ernstes mehr anfangen – nicht in meinem Alter, das ungefähr dasselbe wie deins ist. Okay?"

„Okay", sagte Alec. „Abgemacht. Die Hand drauf."

127

Der Pakt hielt, und Alec begann wieder ein Doppelleben. Der fast tägliche Kurzbesuch bei Barbara Bayne wurde zur feststehenden Regel in seinem Tagesprogramm, wie einst zu Amelias Zeiten seine Kaffeestunde bei Dinah Lawrence zur Regel geworden war. Es gab keine Versuchung zu körperlichen Intimitäten; wenn Barbara ein fleischliches Verlangen verspürte, verbarg sie es jedenfalls sehr gut, und Alec war der Gedanke widerlich, mit dem Moschusduft der Leidenschaft einer anderen Frau durchtränkt zu Penny nach Hause zu kommen. Dies, dachte er mit einiger Belustigung, hatte weniger mit moralischen Gefühlen als mit seinem Alter zu tun. Penny war wahrhaftig genug für einen einzelnen Mann.

Aber es war ganz wunderbar, einen – *ebenbürtigen* Menschen zur Unterhaltung zu haben. Barbara Bayne war nachrichtenverrückt, möglicherweise noch schlimmer als Alec. Sie las in der Zeitung sogar die Anzeigen und verschlang Bücher wie Erdnüsse. Galsworthy und Thomas Hardy waren in ihrem Vokabular keine Namen von Popsängern, und man brauchte ihr nicht zu erklären, daß Walter Johnson kein Blutsverwandter des Senators aus Texas war. Sie sprach von Fats Waller in der Gegenwartsform, obgleich Gott allein wußte, wie lange Fats schon im Mülleimer versunken war. Und wenn sie im Gespräch den „Duke" erwähnte, dann meinte sie damit weder Windsor noch Wayne, sondern nur Ellington.

Sie zankten sich glücklich über Worte und stritten eine Stunde lang wütend über Barbaras Benutzung des Wortes „ausgebeutet" in Verbindung mit der britischen Kolonialpolitik. Sie spickten ihre Unterhaltung mit „Erinnerst du dich, als –?" und Redensarten, wie „Das war, als die Hindenburg explodierte" oder „die Morro Castle brannte" oder „die Pig-Frau aussagte" oder „Capone Colosimo umbrachte", ohne sich auf Fußnoten beziehen zu müssen. Gallico war ihr Sportberichter, und sie ratterten ein glückliches Lexikon herunter, einschließlich des *Orchid Man*, ohne Georges Carpentier nennen zu müssen. Sie sprachen von Tiger Flowers, Earl Sande, Suzanne Lenglen, Big Red, René Lacoste, Red Grange, dem Match King, Clara Bow, Rod LaRoque und Wallace Reid. Wenn sie Den Krach erwähnten, dann war es Wallstreet, nicht der neueste Düsenabsturz.

Es war alles wunderbar und alles katastrophal, wenn Alec, wie er sich nachlässig – und beschämt – auszudrücken pflegte, in den Kindergarten heimging. Und weiß Gott, dachte er, Penny hat nicht die geringste Schuld. Sie ist verdammt beinahe vollkommen – zu verdammt beinahe vollkommen. Sie fragt nie, wo ich war, was ich tat, warum ich jeden Tag ein oder zwei Stunden ausgehe, wo doch kein Hund auszuführen ist, oder was es mit dem Buch Neues gibt. Sie hat Angst, nach dem Buch zu fragen oder selbst drüber nachzugrübeln – zumindest laut –, weshalb ich eigentlich dicke Packen davon mitnehme, wenn ich ausgehe.

Das war auch ein Ritual geworden. Mit Barbara Bayne konnte er über sein Buch reden und eine ehrliche Antwort von ihr bekommen, auch wenn sie nicht selten unangenehm war. Er begann damit, Teile seines Manuskripts zu ihr zu schleppen, die sie durchlesen sollte, um ihm danach ihre Meinung zu sagen. Und da Barbaras Kritik scharf und treffend war, gewöhnte er sich rasch daran, einen Notizblock mitzunehmen und ihre Vorschläge fürs nächste Kapitel aufzuschreiben. Zu seiner Befriedigung wie zu seiner Bestürzung entdeckte er, daß es besser war, in der Auseinandersetzung mit Barbara Bayne eine neue Szene zu entwickeln, bevor er sie niederschrieb, statt sie sechsmal umzuschreiben, nachdem er sich in eine Sackgasse verrannt hatte.

Alec Barr steckte wieder bis zum Hals in Untreue. Er fand sich in der ungewöhnlichen Lage, gleichsam in Gedanken zu betrügen, während sein Körper treu zu Hause auf der ehelichen Couch lag. Dieses schizoide Leben wurde immer ermüdender, besonders, da sein Geschlechtstrieb nachließ und seine Gedanken strahlend erblühten.

Aber Das Buch gedieh großartig – großartig, bekam Schwung und endete eines Tages wunderbarerweise, während die folgenden schon eifrig winkten. In bitterer Selbsteinschätzung führte Alec ein Gutteil auf Barbara Bayne zurück, mit der er sich nicht herumzuboxen oder bei der er sich nicht vorsichtig zu verhalten brauchte wie bei Amelia oder sich völlig zurückzuhalten brauchte wie bei seiner hübschen Penny. Es hätte keinen Sinn gehabt, mit Penny zu diskutieren, weil sie automatisch „Aber das ist ja wunderbar, Liebling, einfach phantastisch!" sagen würde, während Alec sich in Gedanken schon eine Notiz des Wortlauts gemacht hätte: „Das stinkt. Das Ganze noch mal schreiben."

Wie unheimlich das alles ist, dachte Alec Barr. Ich bin ein intellektueller Ehebrecher, der sich aus dem Haus schleicht, um mit einer alten Freundin über Baseball und Politik zu reden, während ich die hübscheste, reizvollste Frau in der Stadt habe, die traurig am Tor auf Papas physische Rückkehr ins Boudoir wartet.

Als Romanautor hatte Alec die abscheulich unbequeme Angewohnheit, sich selbst zu kritisieren, und die Kritiken fielen fast immer ungünstig aus. Er hatte, überlegte er sich, in allem richtig Mist gemacht. Er hatte Amelia wegen Barbara verlassen und war erleichtert vor Barbara geflohen. Er hatte sich in Jill verliebt, hatte sie aus Angst und Schwäche und in dem Wunsch, der Wirklichkeit in Form einer Scheidung auszuweichen, im Stich gelassen. Er war dann von Jill sitzengelassen worden und hatte schließlich doch Amelias Scheidungsklage hinnehmen müssen, die ihn nicht etwa wegen anderer Frauen verließ, sondern weil er ein sehnsüchtiger Wanderer war, der davonlief, statt den Tatsachen ins Auge zu sehen und unangenehme Dinge anzugehen. Dann hatte er Penny geheiratet, Tochter einer Frau, die ihn liebte und die er, wenn man's genau nahm, hätte heiraten sollen. Und jetzt betrog er Penny intellektuell mit Barbara Bayne, die er einst zum endgültigen Verzicht getrieben hatte, weil sie sich in die gleiche Arbeit einmischte, die sie jetzt förderte.

„Jesus, Barr", sagte er laut, während er sich rasierte. „Kein Wunder, daß jeder jeden davor warnt, sich an einen Schriftsteller zu binden. Es sind eigentlich keine Menschen."

Und das war auch ein Plagiat, dachte er, weil Ben Lea es schon gesagt hatte und Marc Mantell es immer sagte, und das einzige, was die Schriftstellerei lohnend machte, waren die Titelseiten von *Time* und *Newsweek*, die vorbereitet und für die Woche auf Eis gelegt worden waren, in der er seinen zweiten Pulitzerpreis für den ersten Band der geplanten Afrikabücher erhielt.

Der Tag, an dem sein Gesicht auf der *Time*-Titelseite prangte und die Meldungen über die Auszeichnung erschienen, war auch der Tag, an dem er seinen Arzt aufsuchte.

128

Die Aufnahme des neuen Buchs war mehr als berauschend gewesen. Alec hatte ihm den Titel „Dunkles Morgenrot“ gegeben, und die Rezensenten ergingen sich im allgemeinen in langen und lobenden Besprechungen darüber. „Barrs neues Erwachen“ war der allgemeine Tenor der Kritiken. „Endlich erfüllt Barr sein Versprechen.“ Die ganze Geschichte erinnerte an die Zeit, als John Marquand mit „Mr. Moto“ aufhörte und zu jedermanns Erstaunen mit „The Late George Apley“ und „H. N. Pulham, Esq.“ herauskam. Wie bei Marquand sagten die Kritiker, niemand glaube wirklich an einen ernstlichen Stilwandel Alecs, worauf Alec wütend schnaubte. Er hatte sich, wie er zu Marc Mantell sagte, auf diesen Wandel die letzten dreißig Jahre vorbereitet.

Mantell schloß gediegene Verträge für die gebundene Ausgabe, für Paperbacks und für den Film ab, mit Vorausoptionen für die nächsten zwei Bände des Serienzyklus. Alec Barr entdeckte, daß er endlich und tatsächlich Millionär war, was ihn jedoch nicht beeindruckte. Er kaufte Penny einen Nerz und einigen Schmuck; für sich selbst hatte er keine besonderen Wünsche. Er besaß mehr als genug Schrotflinten und war weder an einem Rolls-Royce noch an einer Jacht interessiert. Er und Penny waren zu dem Schluß gekommen, daß sie in der Wohnung während der langen Perioden, die sie sie benutzten, zu beengt waren, worauf er hunderttausend Dollar in eine Wohnbaugenossenschaft in Sutton Place investierte und Penny zur Möblierung der neuen Wohnung freie Hand mit dem Scheckbuch gab. Der Blick auf den Fluß war besänftigend, und die Nachbarschaft war ruhig, vom Getute der Schlepper abgesehen. Das Grundübel war, daß das Übersetzen zur Stadt einer Safari gleichkam, besonders bei schlechtem Wetter.

Natürlich gefiel ihm das Buch. Es war voller Tatsachen und solide gebaut, und die Fabel war ehrlich und bündig. Die Aussicht auf die folgenden Bände erregte ihn wirklich, aber er war müde, schrecklich müde, und der Gedanke an die physische Seite der bevorstehenden Arbeit erfüllte ihn mit Sorge.

Er beschloß, mit Penny nach Europa und vielleicht auch nach Afrika zu reisen, bevor er Buch zwei anpackte.

In der Zwischenzeit wollte er eine gründliche ärztliche Untersuchung. Gelegentliche Blutungen im After und ein allgemeines Gefühl der Unpäßlichkeit beunruhigten ihn. Die Rückenschmerzen waren stärker geworden – nicht so schlimm bei Tag, aber fast unerträglich bei Nacht. Die Blutungen regten ihn nicht sonderlich auf, weil sie ein allgemein bekanntes Symptom waren, wenn man zuviel trank, und Alec hatte der Flasche ziemlich regelmäßig zugesprochen – meist, um sein brodelndes Hirn am Ende einer langen Tagessitzung an der Schreibmaschine zu beruhigen.

Alec verabscheute Friseure, Zahnärzte, Ärzte und Anwälte, wenn auch nicht unbedingt in dieser Reihenfolge, aber schließlich raffte er sich auf, eine Verabredung mit dem Hausquacksalber zu treffen, wie er seinen Freund, Dr. Jacob Ernst, nannte. Alec mochte Jake Ernst sehr gern, und sei's auch nur, weil Jake Ernst seine Intelligenz nicht in der abgedroschenen Tradition von Fernsehdoktortypen beleidigte, die schmerzliche Wahrheiten von ihren Patienten fernhielten, „zu ihrem Besten", wie es immer so schön hieß.

Jake Ernst war ein kleiner, runder Mann mit einer Glatze wie eine Billardkugel, einer blühenden, molligen Frau, drei erwachsenen Kindern – zwei Jungen und einem Mädchen, alle Mediziner – und einem Hang zu Poker und Pferdewetten. Als Diagnostiker war er in drei Ländern berühmt. Außerdem trank er Whisky und rauchte Zigaretten wie ein Schlot. Er war ziemlich grob und fluchte, daß es eine Art hatte.

„Was, zum Teufel, ist mit Ihnen los?" war sein Gruß. „Saufen oder Weiber oder beides?"

„Ich weiß nicht", antwortete Alec. „Ich fühl' mich allgemein miserabel. Ich hab' Rückenschmerzen und blutiges Klopapier und der Himmel weiß, was sonst noch alles. Außerdem muß ich mich mit ein paar Versicherungsmiesmachern rumschlagen und möchte zuerst die Meinung eines altmodischen Quacksalbers mit schmutzigen Fingernägeln und Whiskyfahne einholen."

„Da sind Sie in den richtigen Laden gekommen, Söhnchen", sagte Dr. Ernst. „Wollen Sie den vollen Kurs oder bloß das verlogene Patientengeschwätz: Sie sind in Ordnung, wenn Sie auf Ihren Cholesterinspiegel achten und die Pillen gegen hohen Blutdruck nehmen?"

„Geben Sie mir die volle Behandlung", sagte Alec. „Tun Sie so, als wär' ich eine Leiche."

„Das lass' ich mir gefallen, ehrliche Selbsteinschätzung", sagte Jake Ernst. „Ich hoffe, Sie haben meine telefonischen Anweisungen befolgt:

keinen Alkohol, kein Frühstück und keinen Schwindel mit der Urinprobe?"
„Ich komme rein wie ein Baby zu Ihnen", sagte Alec. „Was tun wir zuerst?"
„Blut abzapfen. Röntgen. Barium. Lebertest. Und schließlich bücken Sie sich für mich. Ich möchte wissen, ob ich Tageslicht sehen kann."
„Das einzige, was ich noch mehr hasse als spaßige Friseure, sind spaßige Ärzte", sagte Alec. „Fangen wir mit der Sezierung an."
Am Schluß des endlosen Morgens nahm Alec die klassische Stellung auf dem Tisch ein, Kopf runter, Rumpf hoch. Alecs Arme waren unter der Brust gekreuzt, der Kopf war zur Seite gedreht, während er seinen nackten Hintern dem Proktoskop des Doktors entgegenstreckte.
„Seien Sie vorsichtig mit diesem Bohrinstrument, Doc", sagte Alec.
„Muß bloß mal nachsehen. Vielleicht stoßen wir auf Öl."
„Der Finger hat mich nicht gestört", sagte Alec grinsend, „aber diese verdammte große Maschine weist gewisse Merkmale von ‚lèse majesté' auf. Ich hab' nie begriffen, was an Päderastie so amüsant sein soll."
„Sie haben einen sehr engen Schließmuskel", sagte Dr. Ernst. „Vielleicht den engsten, den ich je gesehen habe."
Alec grinste gequält in seiner unangenehmen Stellung.
„Ich wette, das sagen Sie allen Ihren Patienten", meinte er, „und wenn Sie mich küssen, schreie ich."
Nach einer Weile fragte Alec: „Können Sie mit Ihrem Teleskop da drin irgendwelche neuen Planeten sehen?"
„Keine Planeten, aber ein Klümpchen, das mir nicht gefällt, und die Prostata ist vergrößert. Ich möchte Sie nicht unnötig beunruhigen, aber ich glaube, Sie gehen besser zu einem guten Urologen zur weiteren Untersuchung. Diese Sachen sind kein Problem, wenn man sie beizeiten behandelt, aber wenn man nichts tut, können sie verdammt unangenehm werden. Das ist vorläufig alles, was mich betrifft. Ich kenne einen guten Burschen – Nate Einmann. Ich werde einen Termin für Sie festmachen."
Dankbar stand Alec vom Tisch auf. „Bruder", sagte er, „was bin ich froh, daß ich keine Frau bin! Das ist das erstemal, daß man in mich reingeguckt hat, und ich hoffe zu Gott, es ist das letztemal."
„Einmann wird weitere Röntgenaufnahmen und Blutproben machen wollen. Vielleicht will er auch etwas Gewebe von Ihnen haben. Es wird nicht weh tun, aber ich möchte, daß wir über Ihr Allgemeinbefinden ganz klarsehen."
Wieder angezogen und eine Zigarette rauchend, sagte Alec:
„Sie können offen mit mir sein, Doc. Was suchen Sie wirklich? Ich bin schließlich erwachsen. Haben Sie da was gesehen, was Ihnen nicht gefällt?"
Der Doktor schüttelte den Kopf.

„In Ihrem Alter, mein Freund, gefallen mir nirgendwo Schwellungen, die ich nicht verstehe. Das ist das Problem des Urologen. Nichts weiter."

Alec hob eine Augenbraue. „Sie wollen doch nicht etwa leise andeuten, daß ich möglicherweise einen krebsigen Hintern habe, wie?"

„Ich will nichts andeuten. Ich möchte bloß ganz sicher sein, daß Sie ihn nicht haben."

„Angenommen, ich *hätte* was", entgegnete Alec. „Wie sähe die Therapie bei dieser Prostatageschichte aus? Ich meine, gegen Krebs?"

„Nicht so schlimm, wie Sie vielleicht denken", sagte der Doktor. „Wenn man diese Dinge beizeiten erkennt, kann man die Prostata entfernen, und Sie können erwarten, Ihr Leben voll und ganz zu Ende zu leben – mit einer kleinen Ausnahme. Ich nehme an, Sie haben genügend Physiologie studiert, um zu wissen, daß bei einer Prostataentfernung auch das Geschlechtsleben des Mannes zum Teufel geht. Sie können Ihren normalen Lusttrieb noch haben – das heißt, Sie werden ihn im Kopf haben –, aber da unten werden Sie sich nicht mehr praktisch betätigen können. Im Effekt kommt's darauf raus, daß wir Ihre Amüsierfabrik rausschneiden."

„Das scheint ziemlich hart", sagte Alec. „Wie geht das nun vor sich?"

„Nun, der Chirurg hat bei dieser Operation die zum Penis führenden Nerven zu durchschneiden", antwortete Dr. Ernst. „Die Nerven also, die die Blutgefäße kontrollieren, durch die die Erektion bewirkt wird. Das ist der Preis, den Sie für eine Heilung oder zumindest einen Aufschub bezahlen."

„Reizende Aussicht, muß ich sagen", erwiderte Alec. „Kommt mir vor wie ‚Lieber rot als tot'."

„So ungefähr sieht's aus", sagte der Doktor. „Und nun machen Sie sich auf die Socken, und besuchen Sie diesen Kollegen von mir. Er wird Ihnen eine kleine Nadel in den Hintern stecken, die Ihnen nicht soviel Verlegenheit verursachen wird wie diese Maschine, die ich soeben aus Ihnen rausgeholt habe. Dann wird er Ihre Blutbefunde nachprüfen, ein bißchen röntgen, und in zwei Tagen werden Sie glücklich mit einem Befund wieder zu Hause sein. So oder so."

„Nun, da haben Sie mir für die Woche was zu tun gegeben", meinte Alec. „Ich bleibe in Verbindung mit Ihnen. Kann ich Alkohol trinken, während ich auf das Urteil warte?"

„Klar", sagte der Doktor. „Über Ihre Leber machen wir uns keine Sorgen mehr. Die ist sowieso rettungslos verloren."

„Schade, daß es nicht so was wie einen Markt für gebrauchte Männer gibt", sagte Alec. „Ich hab' die größte Lust, mich für ein neues Modell in Zahlung zu geben ..."

Der Urologe war ein hagerer Mann, der Alec an Marc Mantell erinnerte. Er hatte ein ähnliches Habichtsgesicht, riesige Augen hinter dicken Brillengläsern, und er schien ein ernster Mann zu sein. (Ich wäre auch ernst, dachte Alec, wenn ich ein Mikroskop hätte, dessen Objektträger über Leben und Tod bestimmte. Es kann keinen großen Spaß machen, das harte Wort auszusprechen. Hab' ich Krebs, Doc? *Yeah.* Muß schwer sein, diese Rolle zu spielen.)

Dieser neue Herr, Dr. Nathan Einmann, sei ein Heidelberg-Wien-Typ, hatte Jake gesagt. Die Nazis hätten ihn durch die meisten ihrer besseren Sommererholungscamps geschleppt – Auschwitz, Dachau, Buchenwald. Er schien ein ziemlich zäher Gentleman zu sein. Die KZ-Tätowierungen waren auf seinem Arm unter dem kurzärmligen Arbeitskittel zu sehen, und plötzlich mußte Alec an den jüdischen Tuberkulosespezialisten in Dr. Schweitzers Hospital in Gabun denken, der die Bemerkung gemacht hatte, während des Kriegs in Deutschland Jude gewesen zu sein sei eine sehr billige Methode gewesen, Europa zu bereisen.

Er war nicht ganz so ein Rauhbein wie sein Kollege Dr. Ernst, aber immer noch grob genug. Es schien seltsam, dachte Alec, daß alle wirklich guten Mediziner, die er kennengelernt hatte, sinnliche Typen gewesen waren, die Alkohol, Weiber und dreckige Witze liebten. Es waren die Zurückhaltenden, die einen ausnutzten, einem Angst einjagten und unverschämte Rechnungen schickten.

Auf den ersten Blick war ihm dieser Einmann sehr sympathisch. Er ging gleich *in medias res*.

„Wir suchen einen Krebs", sagte er nach einigen höflichen Begrüßungsworten. „Ich werde mich nach der sauren Phosphatase bei Ihnen umsehen.

„Das ist nett", sagte Alec. „Wär' noch netter, wenn ich wüßte, was das ist."

„Das ist ein Enzym, das normal ist für die Prostata", sagte Dr. Einmann. „Es ist normalerweise nicht im Blut. Bei Bestehen einer Metastase – Krebs – findet man im allgemeinen einen hohen Spiegel dieses Enzyms im Blutstrom. Falls ich keinen ungewöhnlich hohen Prozentsatz im allgemeinen Blutspiegel finde, werden wir alle hurra schreien, weil der Krebs, wenn Sie einen haben, sich wenigstens nicht über Ihre gesamte Beckengegend ausgebreitet hat."

„Dann geh' ich aus, besaufe mich und kneife alle Mädchen in den Popo."

Dr. Einmann lächelte und schob Alec ein Zigarettenkästchen hin. Dabei kam die Tätowierung auf seinem behaarten Unterarm zum Vorschein.

„Nein. Ich bin Skeptiker. Sobald ich das Röntgenbild gesehen habe und überzeugt bin, daß Sie nichts in den Knochen haben – kein Karzinom –, und wenn ich mit Ihrem Blutbild zufrieden bin, bin ich noch immer nicht überzeugt. Ich werde Sie dann auf zwei Tage in ein Krankenhaus legen und eine Biopsie, das ist heilkundlich angewandte Physik, bei Ihrer Ekstaseabteilung vornehmen. Man nennt es einen ‚prostatic punch'."

„Bei Gott, ihr Burschen denkt euch die hübscheste Nomenklatur aus", sagte Alec grinsend, sich eine Zigarette anzündend. „Prostatic punch, auch noch. Hört sich wie ein tödlicher Haken von einem Profiboxer oder wie ein Drink an, den jemand verfälscht hat, als der Gastgeber gerade wegsah."

„Sie werden's kaum merken", sagte Dr. Einmann. „Wir stechen Ihnen einfach eine Nadel durch den Mastdarm und in die Drüse. Leichte Lokalanästhesie. Aber dann werden wir wissen, ob oder ob nicht."

„Ihr Jungs müßt eine Menge Zeit in diesen Konzentrationslagern zur Verfügung gehabt haben. Jeder einzelne von euch Summa-cum-laude-Graduierten, die ich kennengelernt habe, macht mehr schlechte Witze als der verstorbene Al Jolson."

„Man entwickelt tatsächlich eine Art verschrobenen Humors unter solchen Bedingungen", erwiderte Dr. Einmann lächelnd. „Er ist ziemlich nötig, um sich den Verstand zu bewahren. Also: Machen wir uns an die Arbeit."

„Nichts wie drauf", sagte Alec. „Und halten Sie mich über diese Enzyme auf dem laufenden."

„Nun sagen Sie mir, Dr. Einmann", sagte Alec, „ist es – oder ist es nicht?"

„Ich wünschte, ich könnte sagen, es ist nicht", entgegnete Einmann. „Leider *ist* es aber. Es ist nicht notwendigerweise so schlimm, wie es klingt, aber es ist da, und wir müssen was dagegen tun."

„Zum Beispiel?" fragte Alec. „Diese Dinge interessieren mich naturgemäß als Autor außerordentlich. Kann sein, daß ich mal darüber schreiben muß. Und jeder sagt, es sei nicht so schlimm, wie's klingt."

„Es gibt eine Anzahl von Alternativen", entgegnete der Doktor. „Ich weiß noch nicht, wie ausgedehnt es ist. Wir werden noch mehr Untersuchungen machen müssen, um das festzustellen. Wenn es Ihre Stimmung hebt, kann ich Ihnen sagen, daß gut fünfzig Prozent der Leute, die dieses Leiden haben, selbst wenn es vorgeschritten ist, fünf und mehr Jahre gegeben sind. Wenn wir es lokalisieren und entfernen können, haben Sie wahrscheinlich eine normale Lebenserwartung, und wenn Sie noch ein bißchen Glück haben, können Sie an einem Herzinfarkt sterben, bevor die Geschichte zu schmerzhaft wird."

„Das sind ja reizende Aussichten", sagte Alec. „Ein glücklicher Herzinfarkt. Also schenken Sie mir reinen Wein ein, sagen Sie mir die ganze Schweinerei. Was machen wir jetzt?"

„Nun", sagte Dr. Einmann, „als erstes werden wir Ihnen mal einen Drink vorsetzen, und während Sie sich den einverleiben, werde ich Ihnen sagen, daß die meisten dieser Fälle durch eine entsprechende Behandlung unter Kontrolle gehalten werden können und die meisten Männer ein einigermaßen normales Leben führen, allerdings müssen Sie einige Opfer bringen. Sie werden weibliche Hormone nehmen müssen. Es kann sein, daß wir Ihre Hoden entfernen müssen, aber auf jeden Fall werden Sie Ihr Geschlechtsleben aufgeben müssen. Das ist ein ziemlich kleiner Preis, den Sie für das Leben selbst zu bezahlen haben."

„Jesus Christus", sagte Alec Barr. „Wahrscheinlich muß ich auf meinen alten Witz von dem Negerjungen mit der durchgeschnittenen Kehle zurückkommen, der sagt: ‚Es tut bloß weh, wenn ich lache.' Das bedeutet also: endgültig Schluß mit der Liebe?"

Der Doktor nickte.

„Endgültig Schluß mit der Liebe, mein Junge. Ich hoffe, Sie haben eine Menge angenehmer Erinnerungen."

„Die hab' ich", sagte Alec. „Aber besteht nicht wenigstens eine kleine Aussicht, daß ich meine Eier behalten kann, nur, sagen wir, quasi als Verzierung – ich meine, daß meine Hosen richtig sitzen, wie sie bisher saßen?"

„Sicher", antwortete der Doktor, „eine Weile auf jeden Fall. Sie werden wie die Zitzen an einem Eber sein. Greifbar, aber funktionslos. Das Ideal wäre, Sie – ich hasse das Wort – zu kastrieren, damit die weiblichen Hormone nicht zuviel männlichen Widerstand finden. Wenn Sie aber keine Orchidektomie wollen, werden wir's mit den Hormonen allein versuchen und abwarten, wieweit sie die Metastase zurückdrängen können."

„Für den Anfang", sagte Alec, „lassen Sie mich bitte meine Eier behalten, selbst wenn sie nur noch Schaufensterauslage sind, da ich mich schließlich in den vielen Jahren an sie gewöhnt habe. Sie sind sozusagen freundliche Anhängsel meiner Persönlichkeit geworden. Sagen Sie mir, Doktor, was ist eigentlich dieser weibliche Hormonquatsch?"

„Ungefähr das beste ist eine Sache namens Diaethylstilboestrol. Es ist eine Pille, die Sie zweimal pro Tag einnehmen. Sie wird Ihre Rückenschmerzen fast sofort beseitigen, und Sie werden zu der Überzeugung kommen, daß es der Mühe wert ist, weil Sie sich sehr bald wieder ziemlich wohl fühlen werden. Aber keine Betätigung im Bett." Der Doktor schüttelte wieder den Kopf. „Keine Betätigung in der Liebe mehr, weil diese Diaethylstilboestrol-Pillen, wenn Sie Ihren Geschlechtstrieb nicht schon durch die Sorge über Ihre Krankheit verloren haben, Ihnen sowieso nach ein paar Wochen den Sex ausgetrieben haben würden. Aber ich kann Ihnen versichern, daß Sie emotionell bald wieder im

Gleichgewicht sein und großartig weiterleben werden – vielleicht sind Sie sogar froh, am Leben zu sein."

„Das bezweifle ich", sagte Alec Barr. „Andererseits hab' ich noch nie versucht, tot zu sein. Jetzt sagen Sie mir folgendes, Doktor: Wenn Sie eine Frau aus mir machen, welche physischen Veränderungen treten da ein? Muß ich mir Büstenhalter kaufen? Kann ich schwanger werden?"

„So komisch ist es nicht", erwiderte Dr. Einmann. „Nach etwa sechs Wochen werden Sie merken, daß Ihre Brust stärker wird und Ihre Brustwarzen schmerzen, wenn sie sich an Ihrem Hemd reiben. Manchmal verschwindet das wieder nach ein paar Wochen. Manchmal hält es den Rest des Lebens an. Ihre Haut wird glatter, und Sie werden sich nicht mehr so oft zu rasieren brauchen."

„Mein Gott", sagte Alec. „Mama hat mir schon gesagt, es würden solche Tage kommen, aber sie hat mich nie auf ein Eunuchendasein vorbereitet. Das wird einiger Übung bedürfen. Wird meine Stimme sich verändern?"

Doktor Einmann lächelte. „Nein, Ihre Stimme wird sich nicht verändern, aber wenn ich Sie wäre, würde ich mich nach etwa einem halben Jahr in der Öffentlichkeit nicht mehr in engen Sporthemden sehen lassen. Es sei denn, Sie wollen mit den Filmstars wetteifern und besorgen sich einen guten plastischen Chirurgen."

„Was Cary Grant recht ist, ist mir billig", erwiderte Alec. „Und was wird dieser plastische Chirurg tun?"

„Nun", sagte der Doktor, „er wird eine kleine Brustoperation vornehmen, bei der das Fettgewebe Ihrer Brust beseitigt und die Haut wieder flach angenäht wird, eine Operation, der sich die Hälfte der Frauen, die Sie in den besseren Restaurants sehen, im Interesse modischen Stilgefühls schon längst unterzogen haben."

„Jesus", sagte Alec, „seit zwanzig Jahren hab' ich denselben Schneider, und jetzt muß ich mich auf einmal auf Yves Sankt Laurent umstellen. Was wird Angelo bei Brioni denken? Aber da ich nun mal hier bin, Doc, und bevor ich mir Hüftgürtel kaufe, sagen Sie mir alles, alles. Was kommt dann?"

„Ich weiß nicht, ob Sie's hören wollen. Warum lassen Sie's nicht einfach dabei bewenden? Vielleicht brauchen Sie der Sache gar nicht ins Auge zu blicken."

„Die Flugzeuge werden im Laufe der Zeit immer sicherer", sagte Alec. „Sagen Sie mir alles."

„Gut, hier ist also der Rest. Ich werde Sie alle drei Monate untersuchen, Bluttests auf Ihre Enzyme, besonders die saure Phosphatase. Inzwischen werden Ihre Enzyme auf die Hormone reagiert haben, aber in etwa achtzehn Monaten wird der Spiegel wieder steigen, weil alle weiblichen Hormone der Welt den Krebs nicht völlig unter Kontrolle bringen können. Dann werden wir Ihre Hoden entfernen müssen. Der

Gedanke wird Ihnen nicht gefallen, aber die Operation ist leicht. Man kann sie sogar ambulant ausführen. Persönlich empfehle ich eine Woche in einem Krankenhaus, bloß um Sie davon abzuhalten, sich auf ein Fahrrad zu setzen."

„Sehr komisch", sagte Alec. „Es ist also keine gefährliche Operation? Wie geht das nun vor sich, die Trennung von meinen Kronjuwelen?"

„Einfach", erwiderte der Doktor. „Wir machen einen kleinen Einschnitt in den Hodensack, trennen die Verbindungen, nehmen die Hoden raus, nähen den Hodensack wieder zu, legen ein Drain ein, das nach einem Tag wieder entfernt wird, lassen die Darmsaiten drin, die Natur absorbiert sie. Praktisch könnten Sie am nächsten Tag wieder auf den Beinen stehen. Aber natürlich, reiten kommt eine Weile nicht in Frage."

„Hört sich einfach an, wenn's jemand anders passiert", meinte Alec. „Nehmen wir mal an, ich sei sehr eitel bezüglich des Sitzes meiner Hosen links und wär' nicht gerade scharf drauf, da unten ein Vakuum zu haben."

Jetzt hob Dr. Einmann die Brauen. „Es ist nicht das erstemal, daß man mir diese Frage stellt", sagte er. „Es gibt Prothesen zum Ersatz für Hoden. Ich hatte einen Fall, wo ich zwei hohle Plastikkugeln einsetzte wie die, die wir gewöhnlich bei Tb-Patienten verwenden, um den Brustkorb bei stillgelegten Lungen zu stützen, aber sie haben sich als ziemlich lästig erwiesen."

„Lästig?"

„Nun ja", sagte der Doktor. „Der Patient kam wieder und bat mich, sie rauszunehmen. Anscheinend hatte sich die Membrane, die sie trennte, verschlissen, und sie hatten die Tendenz, in den unangebrachtesten Augenblicken zu klappern. Wir haben zwar sein Aussehen nicht verbessert, aber er machte bestimmt weniger Geräusche, wenn er den Salon betrat."

„Wenn das also gemacht ist, werde ich glücklich weiterleben?" fragte Alec.

„Wenn Sie Glück haben, ja – auf jeden Fall zehn Jahre."

„Zehn Jahre. Zehn Jahre. In zehn Jahren kann ich noch fünf Bücher schreiben. Das ist eine faire Chance. Aber werde ich dann einen schrecklichen Tod haben? Genieren Sie sich nicht, mir alles zu sagen, da ich's zweifellos in einem Buch verwenden werde." Alec schnippte mit den Fingern. „Da kommt mir ein besserer Gedanke, Doktor. Wie wär's, wenn Sie mir die ganze Sache in einfacher, verständlicher Sprache aufschrieben, damit ich sie in Muße verdauen kann?"

„Wenn Sie's so haben wollen, bitte, sehr gern."

„Fein", sagte Alec Barr, „wenn ich die Zeit berücksichtige, die ich durch Nichtpimpern einspare, werde ich eine ganze Menge Muße haben, mit meinen Brüsten Schritt zu halten."

129

Alec las mit zunehmendem Entsetzen den Bericht, den Dr. Einmann ihm per Boten zugeschickt hatte.

„Wir nehmen die synthetischen weiblichen Hormone weiter und machen Bluttests. Irgendwann, es kann ein paar Monate, aber auch bis zu zehn Jahren dauern, bekommt unser Patient zuerst eine ‚Harnentleerungsstörung'. Sie ist durch häufiges Urinieren gekennzeichnet, obgleich er seine Blase nicht völlig leeren kann. Der Schmerz ist stetig und wird stärker, wenn er Wasser läßt. Möglicherweise ist Blut im Urin zu sehen.

Wir führen zeitweilig einen weichen Gummikatheter in den Penis ein und durch die Harnröhre hinauf in die Blase. Dieser Katheter hat am Ende eine Klammer. Unser Patient öffnet die Klammer, wenn er Wasser lassen muß.

Wenn wir zu dem Schluß kommen, daß es sich nicht um eine einfache Infektion handelt, geht unser Patient für eine Woche bis zu zehn Tagen ins Krankenhaus. Der Chirurg dringt mit einem Resektoskop genannten Operationsblasenspiegel in den Harnröhrenkanal ein. Vor allem braucht man dann keinen Katheter mehr.

Doch nach zwei bis drei Monaten tauchen die Symptome wieder auf, das Gewebe wächst erneut, und die Harnröhre schließt sich so weit, daß es nicht mehr möglich ist, den Katheter wieder einzuführen.

Dann ist eine Zystostomie angezeigt, ein Einschnitt in den Unterbauch genau über dem Penis und direkt in die Blase. Sobald der Einschnitt genügend verheilt ist, wird der Patient mit einem Katheter ausgerüstet, der sich von den im Krankenhaus verwendeten Abflußkathetern unterscheidet. Er hat einen Ballon oder Flansch am Ende, der ihn in der Blase festhält. Am anderen Ende des Katheters ist eine Klammer, die er öffnet, wenn er Wasser lassen will. Er kann, wenn er will, ein Harnglas in der üblichen Weise benutzen.

Leider überzieht sich der Katheter mit einer steinartigen Materie aus dem Urin. Daher muß unser Patient alle vierzehn Tage den Arzt aufsuchen, um den Katheter wechseln zu lassen.

Wenn der Krebs sich bis zu den unteren Eingeweiden ausbreitet, müssen wir einräumen, daß der Patient nunmehr in der Endphase angelangt ist. Krebs dieses Typs bedeutet im allgemeinen, daß eine Obstruktion der Harnleiter zwischen Nieren und Blase besteht und daß der Patient in kurzem an Urämie sterben wird. Die Urämie ist als der Freund des alten Mannes bekannt – sie tötet den Patienten und erspart ihm den größten Teil der Schmerzen des Endstadiums.

Ein Patient mit Krebs im Unterbauch hat Stuhlgangschwierigkeiten.

Es treten Blutungen aus dem Mastdarm auf, begleitet von leichten Schmerzen und Schwellungen. Im Krankenhaus zeigen ein Bariumeinlauf und Röntgenaufnahmen die beinahe völlige Obstruktion des Dickdarms an.

Daher ist es nötig, eine Kolostomie anzulegen. In Ihrem besonderen Fall wird es eine sigmoidale Kolostomie sein, tief links am Unterleib, weil Ihre Passagebehinderung tief sitzen wird.

Vor der Operation muß der Darm jedoch soweit wie möglich entleert werden. Der Patient hat einen Schlauch bis zu den oberen Darmabschnitten zu schlucken, um das Gas herauszuziehen. Dieser Schlauch wird gewöhnlich etwa achtundvierzig Stunden an Ort und Stelle belassen. In der Zwischenzeit wird der Patient intravenös ernährt.

Der Einschnitt wird tief links gemacht und der Darm bloßgelegt. Klammern werden am Darm befestigt, und er wird geteilt. Das untere Ende wird abgenäht. Der Chirurg holt das obere Ende aus der Bauchwand heraus und verbindet es mit der Haut. Zwei bis drei Tage wird ein Darmrohr für die Absonderung von Gasen und Fäkalien in dem Loch belassen. Dann wird das Rohr entfernt, und der Patient trägt eine Tasche über der Öffnung.

Nach seiner Kolostomie nimmt der Patient wahrscheinlich jeden Morgen ein kleines Klistier, um seinen Darm auszuräumen. Dann befestigt er eine Tasche über der Öffnung. Manche Leute befestigen diese Tasche mit einer Gürtelkonstruktion, die den kleinen pneumatischen Ring dicht über die Öffnung preßt. Andere kleben die Tasche einfach mit chirurgischem Klebstoff direkt auf die Haut.

Die ersten zwei bis drei Wochen muß der Patient die Tasche mehrmals am Tag wechseln, später genügt jedoch einmal pro Tag. Es gibt keinen dauernden Abfluß, es sei denn, der Patient bekommt Durchfall.

Die meisten Urologen sind der Meinung, daß der Patient, wenn der Krebs sich so weit ausgebreitet hat, nur noch drei bis vier Monate zu leben hat.“

130

So, das wär's ungefähr, dachte Alec. Was für eine glänzende Zukunft die reizenden Doktoren mir da ausgemalt haben. Genau wie der alte Ben; ins Badezimmer mit einer Flasche gehen, keine Hoden mehr, ein Wallach in einer Welt der Hengste. Dann das Große Kasino. Gute Nacht, Irene. War reizend, dich gekannt zu haben, Alexander Barr. Zwei Jahre, zehn Jahre, wer weiß? Mein BH wird immer enger werden. Alec Barr, Autorin, mit einer sigmoidalen Kolostomie und einem Katheter in der Blase obendrein. Ganz zu schweigen von der Zystostomie über dem Penis und den anderen reizenden Sächelchen. Jesus Maria!

Ich hab' mich oft gefragt, wie ich's ertrüge, wenn es mich wirklich treffen sollte. Wahrscheinlich erträgt man's eben so, wie ich's ertrage. *Betäubt.* Witze reißend, um nicht vor Angst und Schmerz aufzuschreien. Und vielleicht, wie die lieben Doktoren behaupten, kommt's sogar noch so weit, daß mir die Hormone gefallen. Vielleicht kann ich sogar noch bei den Pfadfinderinnen eintreten. Aber das tolle ist, daß ich eine gute Chance habe, noch lange genug am Leben zu bleiben, um vier oder fünf Bücher schreiben zu können. Lusttrieb? Vergiß es, Charlie. Meiner ist endgültig zum Teufel gegangen, als man mir die traurige Eröffnung machte, und sie haben mich noch nicht mal kastriert.

Nun, Barr, dachte er, wir können zwischen zwei Dingen wählen. Wir können alle Pillen auf einmal schlucken und ein für allemal Schluß machen – aber es ist mächtig schwarz da draußen im Nichts –, oder wir können das Beste aus unserer Badezimmerflasche und unseren Attrappen in den Eierchen machen. Und ich glaube, es fehlt uns der Mut, diese unruhige Sphäre sofort zu verlassen, wo es doch noch eine ganze Menge Sonnenuntergänge und -aufgänge zu betrachten gibt und wo noch eine Menge Worte ungeschrieben sind. Und, zum Teufel, es sind wirklich eine ganze Menge Worte in mir ungeschrieben – Worte, die ich schreiben *möchte.* Was uns nun zum Kern der Sache bringt. Penny? Was wird mit meiner hübschen Penny, die, noch nicht dreißig, mit einem alten Tropf belastet ist, der auf sein zähes Ende wartet, ihr im Bett nichts mehr geben kann und so gottverflucht schlechter Laune sein wird, daß er sie absolut unglücklich machen wird, selbst wenn sie wirklich ein Unterhaltungsthema hätte, das nicht von Mitleid gefärbt ist?

Und sie wird dableiben. Sie wird bleiben, bis die Hölle mich holt. Aber es ist eine Vergeudung ihres Lebens und in gewisser Hinsicht auch eine Vergeudung des Wenigen, was mir noch vom Leben bleibt. Ich möchte keine junge Krankenpflegerin. Ich möchte keine strotzende, unerfüllte Frau, die einem schwachen Gatten ohne Hoden treu ist. Mitleid brauch' ich nicht; Treue will ich nicht auf Kosten eines jungen Lebens, das noch lange zu leben hat. Zum Teufel damit. Was ich jetzt brauche, ist ein Drink und niemand, mit dem ich sprechen muß. Vielleicht fahr' ich einfach nach Hause, leg' mich hin und denke über diesen alten Elefanten nach. Es erweist sich, daß uns eine Menge gemeinsam ist, einschließlich der Tatsache, daß wir niemand zum Reden haben.

Der alte Bulle war schrecklich, furchtbar alt. Er hatte zu lange gelebt – viel zu lange. Durchaus möglich, daß er mehr als eine Jahrhundertwende erlebt hat – vom achtzehnten zum neunzehnten, vom neunzehnten zum zwanzigsten. Niemand wird je genau wissen, wie lange ein wilder Elefant lebt. In den Zoos beträgt seine Lebensdauer ein durchschnittliches Menschenalter von etwa siebzig. Einundzwanzig zum Heranwachsen, einundzwanzig zum Kämpfen und zur Fortpflanzung, einundzwanzig, um seine Weisheit an die jungen Bullen weiterzugeben, und noch zehn oder zwanzig, um zu grübeln und zu sterben. In Afrika müßte man ihm auf seinen tausend ziellosen Wanderungen von Äthiopien bis Rhodesien folgen, um das nachzuprüfen; müßte ihn riesig werden und kämpfen und sich fortpflanzen und schließlich als Ausgestoßenen sehen, und man wüßte noch immer nicht, ob es derselbe Elefant ist, selbst wenn man hundert Jahre zur Verfügung hätte, seinen Spuren zu folgen. Nach seinem Aussehen zu schließen, war unser alter Herr mindestens hundertfünfzig Jahre alt.

Viele, viele Jahre lang war er eingepfercht gewesen. Er hatte von diesem ausgetrockneten Fluß-*luga* namens Illaut gelebt. Solange der älteste Eingeborene in der Nähe des Wasserlochs zurückdenken konnte, hatte er nahe bei Illaut gelebt. Täglich kam er zur Tränke ans Wasserloch, ein paar hundert Meter von der einzigen Spielhölle der Stadt entfernt, dem aus einem Raum bestehenden Somali-Kramladen. Er hatte sich schon so weit seiner Würde begeben, daß es ihm nichts mehr ausmachte, mit Ziegen und Affen zu saufen. Er versuchte nicht einmal mehr, Menschen zu töten, weil Menschen, Ziegen und Schafe die einzige Gesellschaft waren, der er sich zugesellen konnte.

Der alte Bulle war möglicherweise fünfzig Jahre über seine letzte Paarung hinaus. Er war aus der Welt der anderen Elefanten verbannt. Durchaus möglich, daß einer seiner eigenen Söhne ihn ausgestoßen hatte. Auf jeden Fall war seine Erinnerung an Weibchen und Palmgrog undeutlich und möglicherweise übertrieben. Die jungen Bullen kamen nicht mehr zu ihm, um sich Rat zu holen, obgleich seine Erfahrung und erworbene Weisheit umfassend waren. Er hatte sein Repertoire an Witzen schon lange erschöpft und fand keine Zuhörer mehr für die brustrasselnden, rüsselsondierenden, heimwehkranken Geschichten von den guten alten Tagen, ehe der weiße Mann mit Flinten kam – den ruhigen

Tagen, bevor die Eisenvögel den Himmel mit ihrem rohen Lärm auf dem Weg nach Äthiopien auseinanderrissen. Irgendwie war der Himmel in diesen Tagen blauer gewesen, und man hatte sich auf die Jahreszeiten verlassen können. Heute war das Wetter, wie alles andere auch, einfach wahnsinnig geworden. Drei Jahre ununterbrochene Dürre, zum Beispiel – und dann regnete es, bis das Land fast weggespült wurde.

Er war natürlich ziemlich taub, und die Jahre hatten sein Augenlicht entschieden getrübt. Seine großen Ohren, die einst wie Riesenhände gereizt die kleinen Halt-mich-fest-Fliegen fortgewedelt hatten oder in hellem Zorn gegen den Kopf klatschten, wenn er mit erhobenem Rüssel kreischend angriff, hingen jetzt wie traurige Lumpen herab, waren schlaff und zerfetzt und bewegten sich nur schwach. Sein ganzer Rücken war moosgrün überwuchert. Er war mit Kletten bedeckt wie eine alte Schildkröte oder ein uralter Pfahl im Salzwasser mit Muscheln. Er war ungeheuer runzlig und hatte vielleicht drei Tonnen Gewicht von seinen ursprünglichen sieben verloren. Seine Stoßzähne trug er unbeholfen, als wären sie zu schwer für seinen Kopf; zu schwer, um sie bequem zu schleppen, nachdem das Gegengewicht des Hinterns weg war. Wie er dieses hohe Alter erreicht hatte, ohne sich einen oder beide Stoßzähne in diesem rauhen, steinigen Land zu brechen, wenn man die vollen dreißig Jahre seines Kämpferlebens in Betracht zog, blieb eins von Gottes Geheimnissen. Aber da waren sie, große, elfenbeinerne Parenthesen, die von seiner hängenden Unterlippe aus tief herunter und auswärts und wieder nach oben verliefen. Das Alter hatte ihm ein lächerliches Aussehen gegeben; vorn trug er die schweren Waffen eines Kriegers, und auf seinem obszön nackten Schwanz war kein Haar stehengeblieben.

In seinem Bauch waren sicher seltsame Wucherungen, die alte Elefanten häufig haben, wie die Haarknäuel, die man im Magen eines Krokodils oder eines großen Welses findet. Ameisen waren wahrscheinlich seinen Rüssel hinaufgekrochen; seine Füße waren bestimmt rissig und ließen ihn schmerzhaft zusammenzucken, wenn er über den steinigen Lavaboden seines selbstgewählten Gefängnisses trottete. Man konnte es an der furchigen Fährte seiner Wege erkennen, die zehn Meilen des Landes außerhalb des Wassergebietes bedeckten. Alte Herren haben immer irgendwo Schmerzen.

Jetzt schwankte er von Seite zu Seite und brummte in sich hinein, wie alte Männer es tun, und die dumpfen Töne seiner Klage schwebten deutlich im Wind. Der alte Bulle war zu seiner Zeit ein gewaltiger Reisender gewesen – von den hohen blauen Bergen Äthiopiens durch Tanganjika nach Rhodesien hinunter, Meile auf Meile des blutigen Afrikas durchquerend, den Doompalmen folgend, deren rote Nüsse er so liebte. Gelegentlich hatte er ein Maisfeld geplündert, aus einer Laune heraus einen Eisenbahnzug aufs Korn genommen und einen Wassertank umgestülpt oder aus reinem Übermut seinen Rüssel wie eine gummiartige Sense geschwungen und ein Eingeborenendorf dem Erdboden gleichgemacht. Kühe hatten ihn in mädchenhafter Anhimmlung zaghaft mit ihren Rüsseln berührt, er hatte das Blut eines nahen Vetters gerochen, als er seine Stoßzähne aus den heraustretenden Gedärmen eines Bauches zog. Speichellecker hatten ihn umschwärmt – junge *askaris*, die begierig auf sein Wissen waren, das er so reichlich zu geben hatte; Handlanger und Lakaien, die seine Intelligenz und seine Weisheit respektierten.

Jetzt aber war er sehr, sehr allein; angekettet aus Notwendigkeit an den knarrenden Schaukelstuhl der Altersbeschränkungen. Alle Kühe, Kälber und Bullen waren schon lange fort. Sie hatten seine Anwesenheit in dem Gebiet geduldet, obgleich er sie mit seinen Geschichten von alten Sklavenkarawanen und Regimentern von Speerjägern gelangweilt hatte. Das Land war erledigt. Auf der anderen Seite des Berges hatte es wieder geregnet, und jedermann hatte sich davongemacht, dem frischen Grün folgend, das auf den Abhängen emporschoß. Alle waren sie gegangen, außer dem alten Bullen. Er war zu schwach, um mit ihnen zu trecken. Sein Kopf war zu schwer, und seine Füße schmerzten.

Traurig war er allein geblieben, weil er das sichere Wasser nicht um ungewisser Futtersuche willen verlassen konnte. Und er hungerte sich zu Tode, weil er das umliegende Land kahl gefressen hatte. Aber er wollte nicht die übliche Zweitagestour wandern, zweihundert Meilen von Weide zu Weide, wie die jüngeren Bullen. Er hatte sein Land felsenkahl abgeweidet, und seine Fährten hatten sich in Schichten übereinander eingeprägt. Sein Dung lag in Haufen umher oder war von seinen Füßen auf seinen ewigen Wanderungen zerstreut worden. Er hatte genug Fährten für zweihundert Elefanten gemacht, und alle waren seine eigenen.

Bald würde er sterben. Wenn der Regen nicht unverzüglich käme und seinen Gefängnishof zum Grünen brächte, würde er an Altersschwäche und Futtermangel – und am allermeisten an purer Langeweile – sterben. Die Langeweile war das schlimmste aller Übel, und er wäre nur zu froh, wenn bald alles zu Ende ginge.

Da stand er nun, rührend prächtig am Hang einer versengten braunen Anhöhe, die rote Morgensonne hinter sich. Da stand er vor dem Hintergrund eines grausam-blauen Berges, die riesigen gebogenen Stoßzähne ein Monument seiner selbst und des Afrikas, das einmal gewesen war – des Afrikas, das sich gewandelt hatte, sich noch wandelte und sich ewig wandeln würde, bis nichts, was er so geliebt hatte, mehr übrigbliebe.

„Armer, alter Kerl“, sagte der weiße Jäger. „Armer, armer, alter Junge.“

Wir waren gekommen, um einen Elefanten zu schießen, in einem unberührten, wilden Land, einem Land, über das noch keine Autoreifen gefahren waren, das noch keine Touristen gesehen hatte. Ich weinte nicht, als ich den alten Bullen zweimal ins Herz schoß und er auf seine knarrenden Knie sackte. Rückblickend, ja, natürlich würde ich weinen – doch nur als Ehrenbezeigung für eine andere Zeit. Als der alte Bulle mit einem mächtigen Krachen niederstürzte, starb vieles von dem mit ihm, was ich vom alten Afrika am meisten liebte.

131

Barbara war der einzige Mensch, den er kannte, bei dem er sein Herz ehrlich ausschütten konnte. Er hatte sich kurz überlegt, ob er es Marc Mantell erzählen sollte, und sich dann dagegen entschieden. Marc Mantell sah in Alec Barr die sachliche Berufsfunktion – die Produktionsmaschine. Ihre Freundschaft war tief, viel tiefer als die üblichen Beziehungen zwischen Autor und Agent. Aber Marc Mantell hatte Alec und seine Arbeit stets stahlhart bewertet, und jetzt wollte Alec diese Bewertung auf keinen Fall durch Mitleid getrübt sehen. Wenn er Glück hatte – er grinste hämisch –, blieben ihm vielleicht zehn Jahre, in denen er nichts Interessanteres zu tun haben würde, als Bücher zu schreiben. Er wollte nicht, daß diese Bücher von Mitleid gefärbt, von Mitleid entschuldigt und auf offenem Markt unter dem Schutz der Wohltätigkeit verkauft würden. Wenn das nächste Buch nichts taugte, sollte Marc Mantell ihm offen und ehrlich sagen, es tauge nichts. Er wollte nicht, daß ein schlampiger Aufbau oder langweilige Dialoge durch den Umstand entschuldigt würden, daß er eine Tasche über ein Loch in seinem Bauch geklebt trug und keine Hoden mehr hatte, die in der Sommerhitze jucken konnten.

Worauf er Barbara also zu einem Drink in Michaels Kneipe einlud und sagte:

„Dreimal darfst du raten."

„Nun? Doch nicht etwa eine neue Triumphserie, nachdem du in derselben Woche die Titelseiten von *Time* und *Newsweek* geziert hast? Ist der Nobelpreis in Sicht?"

„Noch nicht. Ich möchte dir bloß sagen, daß du für immer vor jeder wollüstigen Nachstellung meinerseits sicher bist. Keine Vergewaltigung. Keine Verführung. Es scheint, daß ich's mit einem leichten Fall von Krebs zu tun habe – in einem sehr kostbaren Teil meiner überanstrengten Anatomie."

„Oh, Alec! Das kann nicht wahr sein! Und wenn's wahr ist, warum hast du einen solchen Ort gewählt, um es mir zu sagen?"

„Weil ich mir sagte, wenn ich's dir in einem Lokal wie diesem erzählte, würdest du nicht weinen. Und das letzte, was ich im Augenblick brauchen kann, sind Tränen, weil mir sonst auch die Tränen kämen. Trinken wir noch einen Martini. Wenn du später die scheußlichen Einzelheiten wissen willst, ich hab' sie alle hier –", er tippte auf seine Brusttasche, „– und zwar sehr eingehend. Dieser Emigrantendoktor, den ich da habe, würde sich wunderbar als medizinischer Mitarbeiter beim *Reader's Digest* eignen. Selbst ich kann verstehen, was ich habe."

„Aber du wirst nicht, wirst bestimmt nicht –"

„*Sterben?*" Alec stieß ein kurzes Lachen aus. „Nein. Nicht gleich. Wahrscheinlich auf Jahre und Jahre und gottverflucht trübselige Jahre hinaus nicht. Ich werde lernen müssen, mit dem zu leben, was ich habe. Ich werde guten Mutes und tapfer sein, wie der Quatsch heißt. Ich werde die Ohren steifhalten, weil es die einzigen steifen Sachen sind, die ich noch haben werde. Ich schätze, du weißt, was ich meine?"

Barbara schüttelte den Kopf. „Es ist unfair von dir, mich so plötzlich damit zu überfallen. Wo? Wie schlimm?"

„Wo es zählt. Schlimm genug. Liebhaber Barr schert aus. Kurz gesagt, man wird mich kastrieren, um mich am Leben zu erhalten. Ich werde mit weiblichen Hormonen bombardiert, und wir können ohne Bedenken zusammen auf die Damentoilette gehen. Was meinst du, kann ich mich als Kandidat für den BH-Oscar melden? Ich weiß so wenig über den Kauf von Büstenhaltern, und der Doktor sagt, ich würde der bestgepolsterte männliche Autor im Schaugeschäft werden."

„Hör auf! Hör auf! *Hör auf!* Ich ertrag's nicht, daß du so leichtfertig drüber sprichst! Fahren wir lieber zu mir nach Hause, wo wir wenigstens beide laut heulen können!"

„Ich liebe dich, Barbara Bayne", sagte Alec. „In Wirklichkeit wollt' ich schon den ganzen Tag losheulen. Es ist ziemlich scheußlich, wenn's einem selbst passiert statt Damon Runyon."

„... Bleibt das große, große Problem: Was geschieht mit Jung Penny?" sagte Alec, das Papierbündel in die Tasche zurücksteckend. Barbara, blaß, aber nicht mehr weinend, hatte gerade Dr. Einmanns Traktat zu Ende gelesen.

„Ich hab' dieses Kind sehr gern", sagte er. „Nicht Liebe, nicht verliebt, wie ich's bei dir war, nicht einmal dieselbe Art Liebe, die ich für Amelia empfand. Aber ich liebe sie wirklich, und ich werde sie nicht mit einem leidenden, alten Ehemann belasten, der als Mann nutzlos und als Gefährte ungesellig ist. Ich kann noch Jahre leben, sagen die Quacksalber. Und sie, armes Ding, ist noch nicht mal dreißig. Ein ganzes Leben zu vergeuden, wenn sie bei mir bleibt."

„Und sie *wird* bei dir bleiben, dessen bin ich ganz sicher", sagte Barbara. „Ich kenn' sie natürlich nicht, aber nach allem, was du sagst ... Du willst mich doch nicht etwa beschwindeln mit diesem ‚Ich weiß was viel, viel Besseres, was ich tue'?"

„Ich erkläre dir absolut ehrlich, schamlos, daß ich vollkommen egoistisch bin", sagte Alec. „Ich lass' mich nicht als Gegenstand des Mitleids hegen und pflegen. Und ich will auch nicht schuldbewußt und schwächlich eifersüchtig in den paar Jahren sein, die mir noch zum Whiskytrinken, Bücherlesen, Bücherschreiben und Wachtelnschießen bleiben. Eine Haushälterin-Nurse brauch' ich nicht. Ich liebe Penny als Schoßkind; ich hab' Penny als Frau geliebt, im Bett. Aber darüber hinaus haben wir nicht viel Gemeinsames, außer ihrer Mutter."

„Du hättest sie hei–"

„Sei still", sagte Alec. „Ich weiß, daß ich ihre Mutter hätte heiraten sollen. Aber ihre Mutter ist heute reich und berühmt und längst nicht mehr erreichbar, und ihre Mutter ist in Wirklichkeit nicht sehr entzückt, daß ich ihre Tochter ins Bett genommen habe."

Barbara stand auf und ging vor dem Kamin auf und ab, im Bette-Davis-Schritt, wie Alec es mal genannt hatte.

„Aber du wirst es ihr doch sagen müssen? Ich meine, du kannst einen Krebs doch nicht *geheim*halten."

„Das hat noch Zeit. So verzweifelt ist die Lage nicht. Aber ich muß sie fortjagen, Barbara! Ich muß dafur sorgen, daß sie geht! Sonst wird sie welken und brachliegen und schließlich als heimliche Moglerin enden, und sie wird mich hassen, daß ich sie dazu brachte. Sie wird mich hassen, daß ich alt und krank und an sie gebunden bin."

Alec grinste unglücklich.

„Ich bin egoistisch, wie gesagt. Ich möcht' einfach nicht zu Tode gelangweilt werden, wenn ich das einzige, was mich vor der tödlichen Langeweile bewahrt, nicht liefern kann. Bin ich dadurch ein ekelhafter Halunke?"

Barbara küßte ihn auf die Wange.

„Nein", sagte sie. „Du bist kein Halunke. Im Gegenteil, du bist ein ziemlich tapferer Bursche."

„Tapfer oder nicht, auf jeden Fall hab' ich recht", sagte Alec. „Und wenn der unerbittliche Fortschritt meiner – meiner Indisposition allgemein bekannt wird, wird sie sich einen neuen Jungen angelacht haben, der was von *Schußfahrten*, *Slaloms* und *Christianias* und von der Musik Ahmad Jamals und Gerry Mulligans versteht. Wenn ich mich zum Sterben lege, möcht' ich's mit der Begleitung von Joe Bushkin, Jonah Jones und möglicherweise Artie Shaw tun."

„*Schaugeschäft*", sagte Barbara, aber sie konnte nicht weitersprechen, weil sie weinte.

132

Das Buch war beendet, die Party war aus, der Umzug in die neue Wohnung erledigt, und „Dunkles Morgenrot" stand immer noch an erster Stelle auf den besseren Bücherlisten. Hedda und Louella waren voll von intimeren Einzelheiten über die geplante Besetzung des Films.

Und Alec Barr ging nicht mit seiner Frau ins Bett. Dies verwirrte seine Frau, die zwar einen gewissen Mangel an physischem Interesse seitens ihres Mannes verstehen konnte, wenn er Korrekturfahnen las, Fernsehauftritte absolvierte und Verlegerpartys besuchte, aber jetzt, nachdem die Arbeit getan war und das Geld hereinfloß, war Alecs Zurückhaltung für Penny Barr völlig unbegreiflich. Ebenso unbegreiflich war ihr Alecs gleichbleibende Gewohnheit, fast täglich auswärts zu Mittag zu essen und selten vor sieben Uhr wieder zu Hause zu sein. Weil Alec nämlich keine Packen neuen Manuskripts mehr unter dem Arm trug, die er vermutlich seinem Agenten oder seinem Verleger zeigen wollte.

Penny hatte keine Vorstellung, was sie falsch machte oder falsch gemacht hatte. Sie zerbrach sich den Kopf. Sie war weiß Gott eine liebende Frau. Sie holte die Pantoffeln, ging ans Telefon, und wäre Alec Pfeifenraucher gewesen, hätte sie ihm ungebeten auch die Pfeife gestopft. Sie trug stets ihre hübschesten Shorty-Nachthemden, und nie, niemals erschien sie zum Frühstück mit Lockenwicklern und eingekremtem Gesicht. Sie versuchte und versuchte es immer wieder, und genauso konsequent, wie Alec sich „Bonanza" im Fernsehen ansah, schlugen alle ihre Versuche fehl.

Obgleich er nicht an einem Buch schrieb, war Alec ebenso entrückt, als ob er eins schriebe. Er sah sie mit leeren Augen an, wenn sie von Möbeln, Vorhängen und Bildern sprach, und starrte auf die Ergebnisse ihrer sparsamen Streifzüge durch die Galerien und Antiquitätengeschäfte, ohne sie wirklich zu sehen. Wenn sie ihn bedrängte, gab er zu, die neue Wohnung sei „hübsch", aber einmal, als Penny, von seiner vagen Gleichgültigkeit in Rage gebracht, ihn fragte, ob sie den Sessel, in dem er saß, wieder rauswerfen solle, erwiderte er: „Ich glaube, das wäre sehr nett."

Penny probierte es mit Verführung, physisch und geistig, offen und versteckt, und erlitt in beidem Niederlagen. Es schien nun, als ob Alec entweder vor oder nach Penny ins Bett zu gehen versuchte. Sie hatten in dem einen großen Bett zusammen geschlafen; jetzt griff er wieder auf seine alte Amelia-Taktik zurück und erklärte, er schlage im Schlaf um sich, schnarche und knirsche mit den Zähnen, und es sei wohl besser, wenn sie eine kleine Weile in getrennten Zimmern schliefen. Penny lag allein im großen Bett, knirschte mit *ihren* Zähnen und schlug um sich und hatte wahrscheinlich auch scheußliche Träume. Alec konnte sie im Zimmer nebenan hören, und was sie im Schlaf dauernd sagte, nachdem sie ihre Schlaftabletten geschluckt hatte, war: „Alec, Alec, Alec."

Alec hatte entsprechende Gegenmaßnahmen gegen die nächtlichen Schreie ergriffen. Er nahm die Flasche Scotch mit ins Bett, und das, zusammen mit Amylenhydrat und den weiblichen Hormonpillen, genügte, um ihn wie einen Toten schlafen zu lassen.

Pennys Verstörtheit wuchs. Es kam zwischen ihnen zu keiner Unterhaltung mehr, abgesehen von den üblichen Höflichkeitsfloskeln. Penny hatte nichts zu tun, nachdem die Wohnung einmal möbliert und eingewohnt war. Penny hatte ihre Verbindung mit der Skigruppe und den Skiwochenenden aufgegeben. Jetzt machte sie neue Annäherungsversuche an die Gruppe, wenn auch nicht, um Ski zu laufen, so doch zum Lunch.

Und so ergab es sich eines Tages, als sie sich gegen „21", gegen „Colony", gegen „Laurent", gegen „Pavillon" entschied, daß sie unvermeidlicherweise ins „Absinthe House" geriet und Alec Barr, der dort mit Barbara Bayne lunchte, direkt in die Arme lief.

133

Natürlich gab es keine Szene, nur ein freundliches Zuwinken aus den gegenüberliegenden Ecken des Raums. An sich war nicht einzusehen, weshalb Alec nicht im „Absinthe House" oder in irgendeinem anderen Restaurant der Welt mit einer alten Freundin aus einem anderen Krieg Mittag essen sollte. Aber in den Augen ihrer Freundinnen lag etwas Unausgesprochenes, sehr Bezeichnendes, als Alec ihr über den vollbesetzten Raum zuwinkte. Es lag all das in den Augen ihrer Freundinnen, was Penny Barr gefürchtet hatte, seit Alec Barr aus ihrem Schlafzimmer ausgezogen war.

„Das war eine sehr hübsche Frau, mit der du geluncht hast", sagte Penny an jenem Abend bei Cocktails zu Hause. „Ich konnt' sie nicht sehr gut sehen, es ist ziemlich dunkel da drin, aber sie sah wie jemand aus den alten Filmen aus, die übers Fernsehen gehen – älter natürlich –, aber sie ähnelte sehr Barbara Sowieso – Wayne?"

„Nein", antwortete Alec kurz. „Bayne. Barbara Bayne. Ein Geschöpf aus meiner dunklen Vergangenheit. Eine alte Freundin. Geht auf die Nachkriegszeit zurück, und damit mein' ich nicht Korea."

„Oh.“ Penny rührte mit dem Finger in ihrem Martini herum, pickte die Olive heraus und legte sie sorgfältig in einen Aschbecher.

„Nun?“

„Nichts. Ich fragte mich nur – du hast sie nie erwähnt. Triffst du sie oft?“

„Ziemlich. Ich hab' jetzt wenig Leute zur Unterhaltung mehr, seit deine Mutter nie mehr in der Stadt ist. Alte Freunde, meine ich. Die meisten anderen sind tot.“

Penny stand auf. „Ich denke, ich nehme noch einen Drink. Soll ich dir auch einen mixen?“

„Ich tu's lieber selber. Du nimmst mir immer zuviel Wermut. Komm, gib mir dein Glas.“

Penny sah an diesem Abend uneingeschränkt fabelhaft aus, anders konnte man's nicht beschreiben. Sie trug enge schwarze Capri-Samthosen und eine seidene Pucci-Bluse in changierenden Farben, die das Blau ihrer Augen besonders unterstrichen und ihren schönen, frischen Teint und ihr sorgfältig gewelltes schwarzes Haar noch um einen Grad mehr zur Geltung brachten. An den Füßen trug sie goldene Sandalen und ein paar Tupfen Parfüm am Hals und hinter den Ohren. Alle Künste des Friseurs und der Badesalzindustrie wirkten zusammen, sie für den Kampf zu gürten. Auch die BH-Industrie war am Schauspiel beteiligt; ihre Bluse war fast bis zum Nabel aufgeknöpft, aber die Brüste zeichneten sich hoch und fest unter der hauchdünnen, schimmernden Seide aus Rom ab.

Alec kam von der Bar – er hatte darauf bestanden, daß in der Wohnung eine Bar eingerichtet wurde, die eine unmerkliche Ähnlichkeit mit der alten Bar im Amelia-Penthouse aufwies – mit den Drinks zurück.

„So“, sagte er. „Was wolltest du sagen?“ Seine Stimme klang unpersönlich höflich.

Penny nahm einen großen Schluck aus dem Martiniglas.

„Du gibst mir das Gefühl, so – so jung zu sein! So ausgeschlossen! Ich müßte dich eigentlich fragen, was, zum Teufel, du mit einer alten Flamme machtest, und du gibst mir das Gefühl, als wär's *mein* Fehler, daß ich dich sah.“

Alec zupfte sich am Ohrläppchen.

„Vielleicht“, sagte er, „war es das. Oder ist es.“

„Ich kann nichts dafür, daß ich jung bin!“ Penny versuchte, ein kindliches Jammern aus ihrer Stimme zu bannen, was ihr aber nur teilweise gelang. „Als du mich geheiratet hast, wußtest du, daß ich jung bin! Es ist nicht meine Schuld, daß ich jünger bin als du! Oder daß ich einen Mann liebe, der älter ist als ich!“

„Wollen wir doch um Gottes willen wegen einer solchen Angelegenheit nicht hysterisch werden“, sagte Alec. „Du bist jung, du bist schön, intelligent, sexy und reich. Darüber braucht man nicht zu weinen.“

Penny biß sich auf die Lippe.

„Ich bin soeben ein klein bißchen gealtert", sagte sie. „Was, zum Donnerwetter, treibst du eigentlich mit einer alten Flamme, und hast du das die ganzen Monate lang getrieben, wenn du mittags ausgingst und nicht vor sieben wieder zurückkamst? Ist das der Grund, weshalb du müde heimkommst, kein Wort mit mir redest und früh zu Bett gehst? Hast du eine – bist du wieder in Barbara Baynes Bett zurückgekehrt, und ist das der Grund, weshalb du nicht mehr in meinem schläfst?"

„Nicht in ihr *Bett*", sagte Alec. „Darüber waren wir schon raus, als du noch in Söckchen rumliefst. Vielleicht nur in ihr Hirn. Barbaras *brain*, wenn du ein blödes Wortspiel willst."

„Ich möchte kein blödes Wortspiel!" Penny schlug sich mit der Faust aufs Knie. „Ich möchte wissen, was mit uns schiefgegangen ist – und ob eine andere Frau der Grund ist – und was mit mir nicht stimmt? Was hat die alte Schachtel, das ich nicht habe?"

„Na, na, na!" sagte Alec. „Wir wollen uns doch nicht so aufregen. Barbara Bayne hat die Standardausrüstung der weiblichen Maschinerie, und ich könnte mir vorstellen, daß das meiste bereits veraltet ist. Wir wollen uns nicht mit Injurien bewerfen und schweinigeln."

„Schweinigeln hat uns einst Spaß gemacht, wenn wir im Bett lagen. Jetzt gehen wir nicht mehr zusammen ins Bett, und du magst keine Schweinigeleien, wenn du angezogen bist. Was ist an mir so falsch, daß du zu dieser Hure Barbara zurückgegangen bist?"

Alec zuckte zusammen.

„Nicht Hure Barbara, *bitte*. *Freundin* Barbara. *Alte* Freundin."

„Alte Freundin!" Pennys Stimme flackerte vor Wut. „Du und deine gottverdammte gönnerhafte Klüngelei mit Leuten, die zufällig früher geboren wurden als andere! Man könnte meinen, du arbeitest für eine Geheimgesellschaft oder geschlossene Körperschaft oder so was! Du hättest –"

Alec hob die Hand.

„Sag's nicht. Jeder sagt mir das. Ich hätte deine Mutter heiraten sollen. Wenn ich deine Mutter jedesmal geheiratet hätte, wenn's mir jemand riet –"

„Und *doch* hättest du meine Mutter heiraten sollen! Sie war einst gut genug fürs Bett! Und sie gehört bestimmt zu deiner kostbaren Altersklasse, die alle Geheimnisse des Universums kennt!"

„Das genügt jetzt", sagte Alec kühl. „Ich kann mir nicht vorstellen, daß Dinah Lawrence ihr gesamtes Liebesleben vor ihrer Tochter offenbarte. Daß ich mit deiner Mutter geschlafen habe, ist lediglich eine Vermutung deinerseits."

Jetzt schlug sich Penny mit beiden Fäusten auf beide Knie.

„Hör auf, wie ein Anwalt zu reden! Ich bin deine Frau, vergiß das nicht. Ich bin kein – kein Thema zum Analysieren! Ich bin kein Möbelstück! Ich bin eine erwachsene Frau – eine erwachsene Frau, mit der du einst schliefst!“

„Eine Frau, ja“, sagte Alec gedehnt. „Viel Frau. Aber erwachsen?“ Er hob die linke Augenbraue. „Ich bezweifle, ob das Adjektiv stimmt.“

„Was versuchst du, mir anzutun?“ Pennys Stimme klang jetzt sehr klein. „Willst du mir alle Flügel ausreißen? Mich Stück für Stück zerlegen? Was ist über dich gekommen, Alec?“

„Nichts ist über mich gekommen, außer daß ich jetzt im mittleren Alter bin und möglicherweise den Wunsch habe, mich über was zu unterhalten, was nichts mit dem Pulverquotienten des letzten Schneefalls zu tun hat oder ob Zigarettenrauchen wirklich Krebs hervorruft oder über das neueste Bulletin von Doktor Spock. Ich finde die Zeitungen gelegentlich interessant, und dann gibt's da einen tollen Autor namens Charles Dickens. Er schrieb eine Sache namens ‚Oliver!‘, von Lionel Bart. Das war gleich, nachdem Rex Harrison ‚My Fair Lady‘ nach Shaws ‚Pygmalion‘ schrieb.“

„Du bist wirklich ein grausamer Halunke“, sagte Penny. „Wirklich. Du drehst zu gern das Messer noch in der Wunde herum, nicht wahr?“

„Wie Charles Lamb zu Mary Lamb sagte: Mir scheint, ich hab' dieses Lied schon mal gehört“, sagte Alec. „Noch einen Martini?“

„Warum nicht? Warum nicht? Was kann ich schon durch eine Unze mehr Gin verlieren?“

„Sehr wenig, könnt' ich mir denken“, sagte Alec aufstehend. „Bin gleich wieder da. Gin ist Muttermilch für mich. Das stammt aus dem alten Film mit Leslie Howard und Wendy Hiller – der eine tot, die andere schon recht verwittert. Hab' ich dir mal von Bill Gargan und Howard in ‚Sadie Thompson‘ erzählt? Ein alter Bursche namens Maugham schrieb's als Kurzgeschichte, betitelt ‚Miß Thompson‘, an die sich sehr wenige erinnern. Wird gar nicht lange dauern, und man wird ein Musical draus machen, Titel: ‚Entzückende Hure‘, das Buch von Gerold Frank.“

„Oh, Alec, Alec! Was tust du? Du weißt doch, daß ich dich liebe!“

Alec zündete sich eine Zigarette an und hüstelte leicht. Er blickte interessiert auf das glühende Zigarettenende.

„Ich frage mich, ob diese Dinger *wirklich* Krebs hervorrufen“, sagte er sinnend. „Wahrscheinlich nicht. Wahrscheinlich kommt er von der Milch der menschlichen Güte. Um deine Frage zu beantworten: Natürlich weiß ich, daß du mich liebst, sonst hättest du mich nicht am Kragen gepackt und in dein Bett und mit dem Ring aufs Standesamt geschleift. Und weiter darf ich, da wir gerade beim Thema sind, sagen, daß wir sehr wenig Gemeinsames haben außer dem Bett und der Erinnerung an deine Mutter. Ich scheine gut über beides hinaus zu sein.“

„Du scheinst wirklich die Absicht zu haben, mir alles wegzunehmen, um –“

„Um es zu verbrennen, wie die Wikinger, als sie Pferd und Hund erschlugen und das ganze Schiff in Brand setzten", beendete Alec den Satz. „Wenn ich mich richtig erinnere, fing es mit deiner vorsichtigen Sondierung an, warum ich eventuell ein Verhältnis – mit, ich zitiere: einer alten Schachtel wie Barbara Bayne – habe?"

„Ich wollte dich nicht ausspionieren. Du weißt, daß ich nie Rechenschaft von dir verlangte, was du mit deiner Zeit anfingst –"

„Aber?" Alecs Stimme klang sehr unbeschwert. „Es gibt immer dieses große, dicke *Aber.*"

„Aber du kannst einer Frau kaum einen Vorwurf machen, wenn sie sich Gedanken macht, warum ihr Mann nicht mehr zu ihr ins Bett kommt, das Haus regelmäßig verläßt, den ganzen Nachmittag außer Haus verbringt und keinerlei Erklärung abgibt, wo er war und was er tat, wenn er zum Abendessen heimkommt, um danach mit einem Buch zu Bett zu gehen. Das kannst du doch wahrhaftig nicht als Standardverfahren bezeichnen!"

„‚*Stehende* Operationsregel' ist der korrekte Marineausdruck dafür", sagte Alec gedehnt. „Die Wahrheit der Sache ist, daß ich Barbara Bayne zur geistigen Auffrischung besuche, etwas, was ich in diesem Haus sehr selten finde. Du hast einen schönen Körper, ein gutes Herz und zweifellos eine reizende Seele, meine Liebe, aber, ganz offen gesagt, du langweilst mich zu Tode. Oder wie dein Kreis sagen würde: schon auch sehr zu Tode."

Penny brach in eine Tränenflut aus.

„Du bist entsetzlich, entsetzlich! Und du marterst mich absichtlich! Warum? Warum? Ich hab' mein Bestes versucht, dir eine gute Frau zu sein, dich zu lieben, auf deine Arbeit Rücksicht zu nehmen, zu –"

„Wahrscheinlich hast du's zu sehr versucht", sagte Alec sanft. „Du läufst zu leise herum. Du platzt nie mit den neuesten Problemen des Kolonialwarenfritzen und des Milchmanns ins Büro. Du *verstehst* mich zu gut. Du drängst mir deinen schönen Körper nie auf, wenn ich mich mit meinem Roman rumschlage. Du bist im ganzen zu gottverdammt und unausstehlich vollkommen, und, wie ich schon sagte, solltest du's beim erstenmal überhört haben, ich langweile mich zu Tode. *Und*", er machte eine Pause, „Barbara Bayne, alte Schachtel, die sie vielleicht ist, langweilt mich nicht zu Tode. Deshalb verbringe ich eine Menge Zeit mit Barbara Bayne. Ich kann nicht erwarten, daß du mir glaubst, aber ich hab' sie nicht mal mit Handschuhen angefaßt, seitdem du in Spielhöschen stecktest. Ich schätze, der Versuch ist zwecklos, dich von dieser unwichtigen, aber tatsächlichen Wahrheit zu überzeugen."

Der Zorn trocknete Pennys Tränen, und sie putzte sich die Nase mit lautem Schnauben.

„Es ist mir scheißegal, ob du sie aufs Kreuz gelegt hast oder nicht! Ich möchte bloß wissen, was sie hat, das ich nicht habe! Ich möchte wissen, was sie geben kann, das ich dir nicht bieten kann! Was, zum Teufel, ist denn so falsch an mir – deiner ‚hübschen Penny', wie du mich immer nanntest! Ich bin immer noch hübsch, siehst du?"

Penny riß sich die Bluse herunter, zerriß den Verschluß ihres Büstenhalters mit einer wütenden Bewegung. Sie stand auf, mit steilen Brüsten und gespreizten Beinen.

„Sind ihre besser? Hat sie was Außergewöhnlicheres zwischen den Beinen?" Sie hob ihre Brüste mit hohlen Händen. „Hat sie was Besseres als die hier? Oder soll ich perverse Sachen mit dem Postboten machen, damit du zugucken kannst?"

„Gut, gut, Gipsy Rose Lee", sagte Alec, leicht und spöttisch Applaus klatschend. „Ich schlage vor, du ziehst dich wieder an, sonst könntest du dir eine scheußliche Erkältung holen. Ich gebe bereitwilligst zu, daß Barbaras körperliche Reize den deinen entschieden unterlegen sind. Und ich kann mir auch nicht vorstellen, daß du ein perverses Interesse am Postboten nimmst. Da wäre der Bursche vom Finanzamt schon eher was."

Er stand auf, massierte sich den Rücken und sagte überdrüssig:

„Hören wir mit diesem Unsinn auf. Ich hab' einen Fehler gemacht. Ich hab' eine Tochter geheiratet. Ich möchte nicht mit einer Tochter verheiratet sein. Genaugenommen, möcht' ich überhaupt mit niemand verheiratet sein. Ich passe nicht dazu – tauge nicht zum Ehemann. Wenn du Zweifel hast, frag deine Mutter, frag Amelia, eine Dame in London, die du nicht kennst, frag sogar Barbara Bayne. Geben wir's auf, Süße. Machen wir Schluß."

Penny vergrub das Gesicht in den Händen. Er machte unwillkürlich eine Bewegung auf sie zu, hielt sich aber sofort zurück.

„Es ist eine hübsche Wohnung", sagte er. „Und sie ist seltsamerweise auf deinen Namen eingetragen. Ich glaube, ich vergaß, dir das zu sagen. Du bist mein Alleinerbe. In Mexiko kann man sich leicht scheiden lassen. Such dir jemand deiner Altersklasse, mit dem du das Leben genießen kannst, und vergiß, daß du je an einen alten Pfuscher namens Alexander Barr gekettet warst. Diese Daddy-Longlegs-Sache war vielleicht ganz gut für Wallace Reid, aber bei mir ist es nicht das richtige. Und, Penny?"

Sie blickte auf, die Finger noch vor dem Gesicht.

„Ich bin in Wirklichkeit kein so großer Halunke, wie's den Anschein hat. Bloß –", seine Stimme fing sich, „– bloß liebe ich dich mit einer kleinen Einschränkung, die in meinem Alter sehr wichtig ist. Wir haben gar nichts zusammen zu reden, und für einen schwatzhaften alten Mann ist das ein viel schlimmeres Schicksal als der Tod, der in jeder Bananenschale lauert."

„Alec, ich – Dann ist alles erledigt, alles vorbei, keine Hoffnung?"

Er hob die Hand, und seine Stimme war sanft.

„Nein“, sagte er. „Pack’s weg. Such dir einen netten jungen Mann, sieh zu, daß du Kinder kriegst und ein bißchen Spaß im Leben hast. Man kann wirklich nicht von dir erwarten, daß du dich für The Black Crook oder Primo Carnera interessierst, nicht wahr? Ich gehe jetzt und werde später meinen Krempel holen lassen. Auf der Bank liegt eine Tonne Geld.“

Er warf noch einen kurzen Blick auf die neuen Möbel in der neuen Wohnung und zuckte die Schultern. Dann schüttelte er den Kopf auf seine chronisch-trübsinnige Löwenart.

„Wie der indische Gentleman sagte: ‚Ewig auspacken.‘ Ich schätze, das ist meine Lebensgeschichte. Tjüs, Baby“, sagte er und ging zur Tür hinaus.

134

Es war fast Mitternacht, als Alec die Wohnung verließ, etwa zwei Uhr, als er im Jersey-Haus ankam. Das Jersey Haus schien mehr als ein Refugium zu sein, und Alec dankte still Gott dafür und für Luke. Solange er, Alec Barr, ein Kriegsopfer sein würde, war es angenehm, das richtige Lazarett dafür zu haben. Krankenhäuser deprimierten ihn, wie auch die meisten Ärzte und besonders Krankenpflegerinnen. Luke würde sich als guter Krankenpfleger erweisen. Gott segne Obermaat Luca Germani. Verflucht schade, daß Luke kein Apothekergehilfe war, nur ein verdammter Bleistiftspitzer, dachte Alec. Na schön. Er wird sich bald einarbeiten, wenn ich ihn erst mal in so kleinen Sächelchen wie Phosphatase und Hodenoperation und dem süßen Klappern meiner funktionslosen Atträppchen in der Herbstbrise unterwiesen habe.

Er hielt im hinteren Teil des Hofs und sah ein weißes Cadillac-Kabriolett mit der Nase dicht an der Küchentür stehen. Das Haus war strahlend hell.

Sieh mal einer an, dachte Alec Barr, wie schnell es bekannt wird! Tee, Mitgefühl und höchstwahrscheinlich ein Einmachglas mit Kalbsfußgelee für den Patienten. Oder gibt Luke einen Ball?

Er trat ins Haus, und da, im Terrassenraum, saß mit einem Bier Barbara Bayne.

„Nun, recht schönen guten Abend.“ Alec verbeugte sich. „Was bringt dich zu dieser späten Stunde an unsere Küste? Und wo ist Luke?“

„Im Bett. Mit ein paar Tabletten. Ich hab’ ihn bereits über dein

Problem ins Bild gesetzt. Ich dachte mir, es könnte dir zusätzlichen Schmerz ersparen!"

„Lieb von dir." Alecs Stimme klang leicht und spöttisch. „Ich hoffe, er nahm unsere Tragödie gut auf?"

„Ich hab's im allgemeinen nicht gern, wenn Männer weinen", entgegnete Barbara kurz. „Besonders mittelalterliche Exmaate. Ich glaube wirklich, er wäre froh, mit dir tauschen zu können."

„Er ist ein guter Junge – *Junge?* Guter Mann, Luke. Ein Glück, daß ich ihn habe. Wenigstens wird er mich nicht mit dem königlichen ‚wir' anreden, wie's bei Krankenschwestern Brauch ist. Er braucht nur einmal zu sagen: ‚Und wie geht's unserem Patienten heute morgen?' oder ‚Warum essen wir denn unser gutes Süppchen nicht?', und ich schlag' ihm den Schädel ein."

„Soll ich dir einen Drink mixen? Ich hab' schon die Bar inspiziert, und Luke hat eine Palastbesichtigung für mich veranstaltet. Ich liebe dein Kleinjungenhaus, Alec. Weißt du, daß ich's nie gesehen habe?"

„Ja, wahrscheinlich nicht. Wir hatten zuviel im Ritz zu tun oder waren damit beschäftigt, Mülleimer umzukippen. Nun, jetzt kommt's wie gerufen. Es ist ruhig, und es gehört mir. Ich werde langsam knapp an Stadtwohnungen. Du kannst mir einen Pink Gin mixen, bitte, solange du dich als Barkeeper betätigst. Wenigstens brauch' ich mir um meine Leber keine Sorgen mehr zu machen. Bis diese böse schwarze Blume hochwuchert, wird nichts mehr zu retten übrig sein."

„Hör auf, dich so gottverdammt lustig à la Noel Coward zu geben", sagte Barbara. „Ich sah deine Augen, bevor du Zeit hattest, ihren Ausdruck für mich zu ändern. War's sehr schlimm mit Penny?"

„Sehr schlimm mit Penny. Ich war großartig. Du hast mich mal einen Schmierenschauspieler genannt, einen Mimen. Du hattest recht. Ich hätte einen wunderbaren Schauspieler abgegeben. ‚Der Schurke', gespielt von Alexander Barr statt von Coward. Hecht und MacArthur wären stolz auf mich gewesen. Nebenbei bemerkt, nur aus purer, müßiger Neugier, was, zum Teufel, *machst* du eigentlich hier, mitten in der Nacht?"

Barbara reichte ihm seinen Drink. Sie sah reizend in Slacks und hochgeschlossenem Pulli aus, dachte er, obgleich ein bißchen breit ums Heck ... Aber so was denke ich ja nicht mehr, nicht wahr, Barr? Sinnlos, wenn man's bloß im Kopf hat.

„Was, zum Teufel, ich hier mache, ist eine blöde Frage. Ich wußte, daß du keine Zeit vergeuden würdest, Penny zu ihrem – und deinem – Besten zu zerstören. Ich dachte mir, daß du krank und wund und sehr einsam sein würdest und vielleicht die Gesellschaft einer alten Schachtel haben möchtest, vor der du dich nicht als tapferer Mann aufzuspielen, der du nichts vorzumachen brauchtest. Das ist alles. Ich gehe wieder, wenn du willst."

„Um Himmels willen, nein. Im Gegenteil, es ist wundervoll von dir."

„Ich bin ungebeten reingeplatzt, weil ich mir dachte, du würdest dich nicht trauen, mich anzurufen und zu fragen, ob ich nicht rauskommen und dir die Hand halten wollte. Ich rief also Luke an, und er hat mich reingelotst. Deine Nummer bekam ich von Mantell. Wann wirst du's *ihm* denn erzählen?"

„Nicht bevor mein Hintern wirklich anfängt abzufallen. Und aus demselben Grund wollt' ich mich dir nicht aufladen, abgesehen vom ersten Impuls, eine Gleichaltrige zu finden – die ich liebe –, um mich an ihrer Schulter auszuweinen. Mantell verkauft Manuskripte. Ich möchte nicht, daß er Sympathie verkauft. Ich möchte nicht, daß Barrs traurige Lage in Verlegerkreisen publik wird. Ich hab' Bücher zu schreiben, die nicht das geringste mit Vorsteherdrüsenkrebs zu tun haben." Plötzlich grinste er, fast lustig. „Weißt du – Bücher, in denen viel gepimpert wird. Ich möchte, daß die unzüchtigen Stellen authentisch klingen."

Die Dämmerung brach an, als Barbara an das breite Fenster trat und über den See blickte. Der Himmel färbte sich rosa, und das Wild kam zur Tränke – ein halbes Dutzend Rehe und ein Bock mit schwerem Gehörn.

„Es ist wirklich entzückend hier", sagte sie. „Die Rehe sind eben runtergekommen. Ein wundervoller Bock."

„Ich weiß", sagte Alec. „Als junger Bursche war er fast ein Haustier hier. Dann wurde er erwachsen, entwickelte sein Gehörn und große Ideen über die Mädchen, und jetzt kommt er nicht mehr zu uns. Das ist sein Harem. Wir schießen hier keine Rehe mehr. Deshalb hat er sein Gehörn behalten."

Barbara wandte sich um und sah ihn an. Sie war gegen das rosige Licht wirklich immer noch ziemlich schön, dachte Alec, wenn man in Betracht zog, daß sie beide etwa gleichaltrig waren – zwei alte Schachteln zusammen. Man würde sie für keinen Tag älter als dreißig halten, im richtigen Licht, es sei denn, man träte nahe genug heran, um sie unter die Lupe zu nehmen.

„Weißt du", sagte sie ruhig, „wir sind jetzt beide beträchtlich älter und haben, glaube ich, mehr praktische Erfahrung in der Bescheidung als damals, vor so vielen Jahren. Ich war schrecklich in dich verliebt, Alec. Wir hatten einfach zuviel Schießpulver füreinander. Jetzt, glaube ich, könnte es zwischen uns klappen – mit oder ohne Ring und Standesamt. Ich würde hierbleiben, wenn du mich bätest."

Alec schüttelte den Kopf.

„Nein. Auf gar keinen Fall. Nicht, daß ich nicht dankbar wäre für dein Angebot – nicht, daß ich nicht wünschte, mir deine Freundschaft zu erhalten. Was wir vor langer Zeit hatten, war Sex und Streit ohne Mitleid. Ich kann mich nicht für Mitleid ohne Sex verpflichten. Und aus Rücksicht auf meinen delikaten Zustand würden wir uns nicht mehr streiten. Summa summarum hätten wir genau das, was ich mit Penny annullierte – ein großes, dickes, fettes Nichts."

„Aber du würdest dir meinetwegen keine Sorgen zu machen brauchen –"

Alec hob die Hand.

„Still. Ich würde mir keine besonderen Sorgen um *dich* zu machen haben. Aber um *mich*. Einer der Quacksalber sagte, er hoffe, ich hätte ein paar angenehme Erinnerungen, weil Barr der Bock nicht mehr als Zuchthengst in Frage käme. Und ich hab' wirklich angenehme Erinnerungen – reizende Erinnerungen an meine schöne Barbara und meine hübsche Penny. Ich beabsichtige, sie mir ungeschmälert zu erhalten, weil sie alles sind, was mir von diesem Teil meiner Person übrigbleibt."

Barbara seufzte.

„Ich wollt's nur eben mal versuchen", meinte sie. „Ich war fast sicher, daß du so drauf reagieren würdest – dickköpfig bis zum Ende, läßt sich von niemand helfen, immer der alte Barr, der Bastardboy."

Alec grinste sie an.

„Na, das klingt eher wie mein Mädchen. Du warst fürs Bett geboren, nicht dafür, trostreich am Bettrand zu sitzen, mein gutes Mensch. Florence Nightingales Haube paßt dir nicht. Mach uns noch einen Schnaps zurecht, während ich mir was Bequemes anziehe. Diese Stadtkleider sind nicht gut für meinen Krebs."

Nach ein paar Minuten kam er wieder herunter, in bauschigen Kordhosen, Pantoffeln und einem verschossenen Flanellhemd.

„Das ist von jetzt an die Uniform des Tages", sagte er. „Ich glaube nicht, daß ich noch oft in die Stadt fahren werde, außer zu meinem Quacksalber. Es gibt in dieser Stadt zu viele Erinnerungen an die Tage, in denen ich ein ganzer Mann war."

„Oh, mein Lieber, es tut mir leid, es tut mir so schrecklich leid", sagte sie, sich mit der Hand über die Augen fahrend. „Ich hab' mir geschworen, ich tät's nicht. Ich werd's auch nicht mehr tun. Ich versprech's. Trink noch einen."

„Danke." Alec trat ans Fenster. Er blickte über den See, ehe er sprach.

„Die Rehe sind jetzt fort", sagte er. „Bitte, Barbara, versuche, mich zu verstehen. Zwischen Penny und mir bestand eine zu große Alterslücke. Aber sie war im Begriff, sich zu schließen – zumindest intellektuell –, und wenn das hier nicht gekommen wäre, hätt' ich ziemlich glücklich Pygmalion gespielt und mir eine Frau nach meinen Vorstellungen zurechtgeschustert. Aber die wichtigste Voraussetzung dafür war, Galatea als Frau, als körperliches Wesen, glücklich zu machen, während ich ihren Geist geformt hätte. Und ein kastrierter, übelriechender alter Mann kann von einer strotzenden jungen Frau nicht viel Aufmerksamkeit erwarten. Also mußte Penny gehen – schmerzlich oder nicht –, und eines Tages denkt sie vielleicht an diesen Halunken

Barr liebevoll zurück. Du mußt aus demselben Grund gehen – ich möchte, daß du dich an diesen Halunken Barr mit Liebe erinnerst und auch mit einer deutlich ins Gedächtnis zurückgerufenen ehrlich-schwitzenden Lust. Und jetzt, denke ich, fangen wir lieber mit dem Fortgehen an."

Er ging hinüber, zog Barbara auf die Füße und küßte sie lange und innig. Dann führte er sie sanft zur Tür.

„Dieser letzte Kuß war von dem alten Halunken Barr", sagte er. „Er war noch vom alten Ruch nach schwarzer Magie begleitet. Ich möcht' ihn nie verlieren. *Geh*", sagte er und schob sie durch die Tür. „Um Himmels willen, *geh!*"

Alec Barr wartete, bis er den Wagen anspringen und das Knirschen der Räder auf dem Kies hörte. Dann warf er sich auf den Diwan, um zu weinen, wie er seit seiner Kindheit nie mehr geweint hatte.

135

Langsam fuhr Barbara im Morgenlicht nach New York zurück. Gewiß, dachte sie, saßen die verstoßene Penny und die zurückgewiesene Barbara Bayne im selben lecken Boot. Armer Alec Barr, allein, verlassen, mit nichts zwischen sich und dieser gottverdammten Schreibmaschine.

„Wir beide ein flüchtiges nächtliches Abenteuer", sagte sie barsch und laut. „Einmal im Klee gewälzt, und dann, wenn's vorbei ist, sag mir, Liebling, wie heißt du eigentlich?"

Natürlich hatte er recht mit Penny. Es hatte keinen Sinn, das junge Leben des Mädchens zu ruinieren. Aber ich hätte weitergemacht, dachte sie. Ich *wäre*, dachte sie, *wirklich willens gewesen, die Aufgabe zu übernehmen*. Ich hab' im großen und ganzen mein Leben als Frau hinter mir, und ein Buch und eine Flasche ist ungefähr alles, was ich noch brauche. Aber andererseits hab' ich Verständnis für seinen Standpunkt. Er würde nicht *mich* sehen – die breithüftige Barbara mit den Fältchen, die ihm die Urinflasche wechselt und ihm ein Klistier gibt. Er würde sich an die schöne, junge, komische, schlagfertige Barbara Bayne erinnern – an die Barbara Bayne der Kneipe in Chikago, die Müllkästen umkippende, in Liebe machende, sich im Ritz amüsierende, Martini trinkende, wilde Barbara Bayne im Bett erinnern. Er hat vollkommen recht; man kann die Unzulänglichkeit eines Mannes nicht durch dauerndes Erinnern an das, was einmal war, verhöhnen. Süßigkeiten nutzten Diabetikern wenig, und es kam nichts Gutes dabei heraus, wenn man einem Mann mit Lungenkrebs Zigarettenrauch ins Gesicht blies.

„Aber er *muß* etwas haben, *jemand*, der mehr ist als Luke", sagte sie laut zum Morgenwind. „Jemand, der ihn liebt und ihn nicht dauernd daran erinnert, daß er – bei Gott, ich glaube, ich hab's!"

Barbara Bayne war bis jetzt in mäßigem Tempo dahingefahren. Jetzt trat sie aufs Gaspedal. Sie war plötzlich in Eile, in ihr Haus zurückzukehren, zu baden, sich umzuziehen, zu frühstücken, sich das Telefonbuch vorzunehmen und einen Anruf zu tätigen.

„Du wirst furchtbar reinfallen, B. B.", sagte Barbara laut und wählte eine Nummer, nachdem sie die schickliche Stunde elf Uhr abgewartet hatte. „Ich glaube nicht, daß ich in diesem gewissen Haus übermäßig geliebt werde. Immerhin..."

Sie zündete sich eine Zigarette an, während das Rufzeichen im Apparat ertönte, und sagte dann:

„Mrs. Barr? Hoffentlich störe ich Sie nicht. Hier ist Barbara Bayne. Bitte, hängen Sie nicht auf. Es ist wichtig und hat nichts mit mir zu tun."

Worte kamen kalt vom anderen Ende.

„Ich verstehe Ihre persönliche Einstellung mir gegenüber vollkommen", sagte Barbara. „Aber ich glaube, selbst die Neugier könnte es rechtfertigen, daß Sie mir eine Stunde Ihrer Zeit schenkten, in meinem oder Ihrem Haus."

„Welche gemeinsamen Interessen könnten wir haben, die eine Stunde meiner Zeit rechtfertigten?" Die Stimme am anderen Ende des Drahtes klang eisig.

„Nur eins, ein sehr wichtiges. Ein Mann namens Alexander Barr."

136

Barbara zog sich mit besonderer Sorgfalt an. Sie legte nur die leiseste Andeutung von Augenschatten auf, benutzte einen sehr hellen Lippenstift und nahm sich keine Mühe, ihre Fältchen zuzukleistern. Sie trug ein dunkelblaues, untailliertes Seidenkostüm, kurze weiße Handschuhe und ein Paar Pumps mit etwas abgerundeten Spitzen und ziemlich niederen Absätzen. Sie wählte eine kleine Lacklederhandtasche, straffte die Schultern, holte tief Luft und trat auf die Straße hinaus, um ein Taxi anzuhalten.

Amelia empfing sie an der Tür in Straßenkleidung – einem schwarzen Kleid von Balenciaga, Perlen, Hut. Das Haar war sorgfältig frisiert, und das Gesicht war ebenfalls tadellos zurechtgemacht. Sie streckte die behandschuhte Hand nicht aus. Sie sah ziemlich jung und sehr gepflegt aus, dachte Barbara. Barbara beneidete sie um ihren Teint. Er war noch so klar und rosig wie der eines Mädchens.

„Wollen Sie bitte hereinkommen", sagte Amelia kalt, ohne Fragezeichen am Ende der Einladung. „Entschuldigen Sie, daß ich zum Ausgehen angezogen bin. Aber ich habe mich früh zum Lunch verabredet."

„Sie sind sehr liebenswürdig, mich zu empfangen", sagte Barbara. „Vielen Dank."

„Hier entlang", sagte Amelia. „Es ist bequemer als das Wohnzimmer. Ich benutze es für die meisten geschäftlichen Besprechungen."

Sie ging zu Alec Barrs altem Büro voraus. Alle Spuren, die an einen Mann hätten erinnern können, waren entfernt worden, mit Ausnahme der Bar, bemerkte Barbara. Kein Ledersessel mehr, kein Leopard, auch keine Encyclopaedia Britannica mehr. Alecs Büro war erfolgreich in ein Damenzimmer verwandelt worden. Die Schreibmaschine war klein und hellgrün, zum Telefonapparat passend, und die Möbelüberzüge und Vorhänge waren eindeutig aus Chintz.

„Bitte, nehmen Sie Platz", sagte Amelia kalt. „Was hatten Sie im Sinn, als Sie meinen früheren Mann erwähnten?"

Barbara holte tief Atem. *Kanaille*, sagte sie zu sich. Ich werde *nicht* die Ruhe verlieren. Dazu bin ich nicht hier, mit dem Hut in der Hand. Ich werde mein Verschen hersagen, und damit hat sich's.

„Ich habe Sie aufgesucht, weil ich Ihren Mann sehr gern habe, obgleich wir uns viele Jahre lang selten oder überhaupt nicht gesehen haben", sagte sie sachlich. „Darf ich rauchen?"

Amelia tippte mit der behandschuhten Hand auf ein gelacktes Zigarettenkästchen.

„Hier sind Zigaretten", sagte sie. „Ja? Mein Mann?"

„Ich glaube, Sie sollten wissen", sagte Barbara, „daß er Krebs hat.

Und ich glaube, Sie sollten wissen, wo er Krebs hat und was es für ihn bedeutet." Sie zündete sich eine Zigarette an.

Amelia stand auf und ging zum anderen Ende des Zimmers. Sie fuhr mit dem Finger über eine Bücherreihe, als wollte sie kontrollieren, ob Staub drüberlag, und öffnete dann die Tür zur Terrasse. Ein Windhauch fuhr durch die Vorhänge. Dann kam sie zurück, wo Barbara saß, und blieb unmittelbar vor ihr stehen. Ihr Gesicht war sehr weiß.

„Das ist ein schwerer Schlag für Alec", sagte sie. „Und natürlich auch für mich. Es ist für jeden ein furchtbares Schicksal, aber für einen Mann wie Alec – ich glaube, wir könnten vernünftiger bei einem Drink drüber sprechen. So sehr zu früh ist es auch nicht mehr. Was hätten Sie gern?"

„Ich glaube, einen einfachen Scotch-on-the-rocks", sagte Barbara mit der Andeutung eines Lächelns. „Es ist nicht die Art Unterhaltung, die allzu vieler Nachhilfe des Barkeepers bedürfte."

Amelia lächelte ebenso schwach zurück und ging zur ausschwenkbaren Bar hinüber, an die Barbara sich von ihrem einzigen Besuch her noch erinnerte.

„Erzählen Sie."

„Ihr Mann hat einen vorgeschrittenen Prostatakrebs, der sich bereits weit im Unterleib verbreitet hat", sagte Barbara. „Voraussichtlich ist er noch nicht unmittelbar tödlich. Aber einige drastische Maßnahmen müssen ergriffen werden."

„Ja?" Die Frage drang durch zusammengepreßte Lippen. „Und woher wissen Sie das, wenn Sie meinen Mann in vielen Jahren so selten gesehen haben? Seit Sie ein Verhältnis mit ihm hatten?" Das letzte klang verletzend. „Wieso vertraute er sich *Ihnen* an?"

Barbara hob beschwichtigend die Hand.

„Bitte. Bevor ich Ihnen die Tatsachen mitteile, hat es wenig Sinn, alte Geschichten aufzuwärmen. Ihr Mann kam zu mir, weil wir seit Ihrer Scheidung sehr gute *Freunde* geworden sind."

„Ich nehme an, seine neue Frau billigte die Freundschaft weitgehend." Amelias Stimme klang rauh und bitter. Sie nahm einen zornigen Schluck von ihrem Gin. „Eine große, glückliche Familie."

„Bitte", sagte Barbara wieder. „Es hat keinen Zweck, so zu reden. Alec hat seine Frau verlassen. Alec will nichts mit mir zu tun haben. Alec kam nur zu mir, als die Ärzte ihm den Befund mitteilten, weil – höchstwahrscheinlich – sonst niemand da war, dem er sich anvertrauen konnte. Seine gegenwärtige Frau – Penny – weiß nicht einmal, daß er Krebs hat. Er hat es ihr absichtlich verschwiegen. Offen gesagt, er will nicht, daß sie ihr Leben an einen langen, aber unvermeidlich tödlich ausgehenden Krankheitsfall verschwendet."

„Sehr rücksichtsvoll von ihm, gewiß", sagte Amelia. „Obgleich ich sicher bin, daß sie jung genug ist, die Hiobsbotschaft zu ertragen."

„Ich scheine nur noch ‚bitte' zu sagen", bemerkte Barbara. „Aber *bitte:* Alec hat eine Krankheit, die ihn als Mann vernichtet hat und weiter vernichten wird. Alles, was er als Mann war, ist erledigt. Alles, was Alec noch bleibt, ist seine Arbeit."

„Es tut mir leid", sagte Amelia und stand auf, um ihr Glas neu zu füllen. Als sie von der Bar zurückkam, war sie gefaßt, und ihr Gesicht hatte wieder Farbe angenommen. „Es tut mir sehr leid, aber ich weiß wirklich nicht viel über diese Dinge. Bitte, erklären Sie es mir. Ich – ich wollte nicht unhöflich sein. Ich weiß, daß es Sie viel Überwindung gekostet haben muß, hierherzukommen –"

„Danke." Barbara zündete sich eine neue Zigarette an. „Es hat tatsächlich viel Überwindung gekostet. Daher ist es wohl am besten, ich sag's Ihnen kurz, schnell und ehrlich. Ihr Mann hat seine Männlichkeit bereits eingebüßt. Selbst die glücklichste Behandlungskombination würde eine erfolgreiche Entfernung seiner Vorsteherdrüse bedeuten, was ihn automatisch impotent macht. Diese glücklichste Kombination bedeutet stetes Einnehmen weiblicher Hormone, was ihn physisch impotent machen würde, wenn er's nicht schon durch die Sorge über sein Leiden wäre. Und –"

„Und?" Über Amelias Pupillen zeigte sich das Weiße der Augäpfel. „Und?"

„Schließlich wird er kastriert, und in seinen Leib werden gewisse Löcher zur Ermöglichung seiner elementaren körperlichen Funktionen gebohrt werden müssen. Es ist kein sehr hübsches Lebensende für einen Mann wie Alec – wie Ben Lea eine Flasche statt des Badezimmers benutzen zu müssen."

Amelia fuhr sich mit den Händen über die Augen, schüttelte den Kopf, schloß die Augen und biß sich auf die Unterlippe.

„Das ist ja furchtbar – entsetzlich! Für einen Mann wie Alec –"

„Oh, er trägt's ganz tapfer", sagte Barbara. „Viel zu tapfer. Das wird nicht ewig währen. Er wird in Zukunft viel Hilfe brauchen. Und von mir nimmt er keine Hilfe an. Und seiner jungen Frau will er auch nicht zur Last fallen. Er hat sie gestern abend buchstäblich hinausgeworfen."

„Warum? *Warum?*" Amelias Stimme wurde wieder scharf. „Er kam zu *Ihnen* mit seinem Problem – mit seinem tragischen Problem –, und dabei hat er doch eine Frau! Warum *will* er keine Hilfe von ihr annehmen – oder von Ihnen?"

„Alec nimmt nicht gern an", sagte Barbara. „Wenigstens in den meisten Fällen. Er mag Ihr Hirn stehlen, aber er wird nicht den Körper verschachern – seinen *oder* Ihren. Die einfache Erklärung hier ist, daß ich ihm kein Hirn oder lange körperliche Vertrautheit geben konnte. Verzeihen Sie mir, aber das einzige, was Alec und ich zusammen hatten, war eine Art Strohfeuer, ein Flutlicht. Es dauerte nur ein paar Wochen und – glauben Sie mir bitte – hatte wirklich nichts mit Ihnen zu tun."

„Ich glaube Ihnen, ehrlich", sagte Amelia. „Solche Dinge kommen vor. Aber diese –", sie zögerte, das Wort auszusprechen, „– diese neue *Frau*. Diese Penny."

„Darf ich mir noch einen Drink mixen?" fragte Barbara sanft. „Ganz schnell?"

„Bitte. Aber diese –"

„Diese Penny war auch ein Verkehrsunfall", sagte Barbara, von der Bar zurückkommend. „Ich könnte mir vorstellen, daß Alec sich in einer Art männlicher Wechseljahre befand. Sie hatten sich damals von ihm scheiden lassen, und in Afrika oder England war auch was los, und eine Menge Leute sind inzwischen gestorben. Alec litt an Einsamkeit und Unsicherheit und an diesem alten, traurigen männlichen Gefühl – Sie wissen ja, das Leben geht an mir vorüber. Und da tritt eine elfenhafte Miß herein, macht ihm hübsche Komplimente, und der Vaterkomplex vermengt sich mit einem spätblühenden Lustgefühl. Er wollte seine Jugend zurückerobern. Oder so ähnlich. Aber Penny war für Alexander Barr nicht wichtiger als ich. Das eine waren *verfrühte* männliche Wechseljahre – das war bei mir –, und das andere waren die richtigen, normalen."

Barbara setzte sich wieder und zeigte mit dem Finger auf Amelia Barr.

„Er hatte in Wirklichkeit immer nur eine Frau, nur eine Ehefrau. Und das waren Sie, Amelia Barr!" Ihre Stimme hob sich nun zum Schauspielerpathos. „Willst du sie nach Gottes Wort und Willen haben und halten, sie lieben und ehren, in Freud und Leid nicht verlassen und den Bund der Ehe mit ihr unverbrüchlich halten, bis daß der Tod euch scheidet? Und wie dieser biblische Quatsch heißt. Alles, was er je als Frau hatte, waren Sie!"

Amelia schüttelte wieder den Kopf.

„Ich hab' das Gefühl, als hätt' ich einen schweren Stirnhöhlenkatarrh", sagte sie. „Es kommt mir alles ein bißchen zu schnell. Mein Schädel fühlt sich an, als wär' er voll Wolle und eingezwängt in einen engen Ring. Ich muß der Sache auf den Grund gehen."

„Ich kenne den Ausdruck", sagte Barbara lächelnd. „Ich stamme selbst aus den Südstaaten. Was für einen Grund?"

Amelia sah verwirrt und in ihrer Verwirrung jünger aus.

„Was, in Gottes Namen, sind Sie, Barbara Bayne, die Frau, die mit meinem Mann durchging und hierherkommt, um bei einer Frau, die Sie nie kannten und nicht kennen wollten und die Sie ganz natürlich haßt, die Kleine Mutter Trösterin zu spielen? Warum spinnen Sie dieses Garn und entschuldigen Alec Barr mit sich selbst und einem Backfisch, mit dem er sich zusammentat, weil er, wie ich annehme, bei ihrer Mutter keinen Erfolg hatte?"

„Weil ich Alec Barr zufällig liebe", antwortete Barbara. „Und er will mich nicht haben. Und er will Penny nicht haben, und er will auch

Pennys Mutter nicht haben. Er hat niemand, der ihm in der schlimmsten Not, die ein Mann überhaupt haben kann, beisteht."

„Wen, zum Donnerwetter, *will* er dann haben? Wen wird er finden, der ihm in dieser Stunde der Not beisteht? Bestimmt nicht diese britische Kanaille! Wen will er *haben*?"

„*Sie*", sagte Barbara. „*Sie* will er haben. Wenn Sie Frau genug sind, um für den Mann, der nie jemand anders liebte als Sie, ganz gleich, was für Dummheiten er zwischendurch gemacht haben mag, einen Kompromiß zu schließen."

„Ich kann nicht aus Mitleid zu Alec zurück!"

„Sie können zu ihm zurück, weil Sie fast ein Vierteljahrhundert mit ihm gelebt haben, weil Sie ein Teil von ihm sind, weil Sie ihn lieben und –", Barbara erinnerte sich jetzt methodischer Notwendigkeiten, „– weil er Sie braucht und Sie ihn brauchen. Und außerdem –", nun gab sie die Methodik auf und ließ die Stimme zum Unterhaltungston absinken, „– sind Sie das einzig Wichtige in der Stadt für Alec Barr. Sie hätten's nicht so lange bei ihm ausgehalten, wenn Sie ihn nicht liebten. Er ist immer zu Ihnen zurückgekehrt, um sich Trost zu holen. Sie sind die einzige Person, die er kennt, von der er heute Liebe ohne allzuviel Mitleidsbetonung annimmt. Sehen Sie, Mädchen", sagte Barbara leise, „ein Mann, der keine Eier mehr hat, will seinen Lebensabend nicht mit einem alten, kurzfristigen Betthasen oder einer neuen, kurzfristigen jungen Frau verbringen. Er verbringt ihn, wie jemand – es war wohl der Herzog von Windsor – mal sagte, mit der Frau, die er liebt. Und das sind Sie."

„Sie kommen mir vor, als schrieben Sie irgendwo eine Kummerspalte!" Amelia war wieder zornig. „Wer, zum Donnerwetter, sind Sie eigentlich, daß Sie sich herausnehmen, mir zu sagen, was ich mit dem Rest *meines* Lebens tun soll? Ich hab' auch ein Leben! Woher wollen Sie wissen, daß ich nicht verliebt bin? Woher wissen Sie, ob ich nicht wieder heiraten will – und zwar einen ganzen Mann? Woher wissen Sie, ob ich so überglücklich wäre, meine letzten besten Jahre damit hinzubringen, Bettschüsseln zu leeren und Klistiere zu geben?"

Barbara zuckte die Schultern. Sie stand auf und schnippte ein Aschenstäubchen vom Rock.

„Ich gehe jetzt. Ich danke Ihnen, daß Sie mich empfangen und mir Gelegenheit gegeben haben, mein Sprüchlein aufzusagen. Ich war nur vermessen genug anzunehmen, daß Sie für den Mann, an dessen Seite Sie den größten Teil Ihres Lebens verbrachten, noch was übrig haben."

„Natürlich hab' ich was für ihn übrig, aber –"

„Leben Sie wohl", sagte Barbara. „Bemühen Sie sich nicht, mich zum Aufzug zu begleiten."

137

Amelia Barr war in zwei oder drei zufällige Liebesabenteuer geschlittert, seitdem sie von Alec Barr geschieden war. Sie hätte diese Amouren „Probieren geht über Studieren" nennen können – *Ich bin frei und kann mir ein Kostpröbchen leisten.* Das Feld ist da, und ich bin noch leidlich jung, leidlich hübsch, leidlich sexy. Was für ein dämliches Wort: „*leidlich*"!

Die Amouren waren unbefriedigend. Sex schien doch nicht so viel zu bedeuten, und Amelia war nicht darauf erpicht, oberflächlich und so nebenher vernascht zu werden. Und sei dir drüber klar, Baby, sagte sie sich, wenn man dich überhaupt nimmt, dann nebenher und oberflächlich. Bei *deinem* Alter. Es wimmelt nämlich geradezu von diesem begierigen, pausbäckigen jungen Volk in der Gegend.

Die erste Tragödie lag darin, daß es eine Menge junger Männer gab, die den Komfort des Heims liebten – und den beruhigenden Gedanken an eine fette Rolle Banknoten zur Schmierung des Heimkomforts –, und eine Menge älterer Männer, die behutsam und vorsichtig vorgingen, um nicht noch einmal einen großen Fehler zu begehen, nach dem ersten, zweiten, dritten oder vierten.

Und die zweite Tragödie war, daß Amelia Barr nicht die Absicht hatte, sich einen jungen Mann aufzuhalsen und in die unvermeidliche Untreue zu treiben – nicht mit ihrer Zeit und ihrem Geld –, und schon gar nicht, ältere Herren an sich herumfummeln zu lassen, die auf dem Gebiet, auf das es einer Strohwitwe wirklich ankam, meist untüchtig waren, einer Strohwitwe, die von ihrer alten Liebe noch nicht geheilt war oder noch keinen Winterersatz gefunden hatte.

Ebenfalls sehr wichtig dabei waren die Finanzen. Amelia Barr war sehr gut gestellt, besonders jetzt, nach Alecs allerletztem Erfolg. Diese zynische Lebewohlgeste kam unfehlbar an jedem Monatsersten herein. Zusehends Gewicht ansetzend, neigte Amelia mehr und mehr zu den kreatürlichen Annehmlichkeiten des Daseins. Geld war wirklich etwas Tröstliches, wenn ein Mädchen nicht mehr auf dem Markt gefragt war. Ein Drittel von Alecs Einkommen, zuzüglich zu dem Lösegeld auf der Bank und in Obligationen, war mehr als genug. Sie hatte es wirklich nicht nötig, ihren letzten Nerz aufarbeiten zu lassen. Und sie konnte immer genug zusammenkratzen, um dann und wann ins Ausland zu reisen.

Die andere Sache war, daß man träge wurde. Es lohnte die Anstrengung nicht, große Partys zu geben. Es lohnte die Anstrengung nicht, einen Haufen Leute zum Mittagessen einzuladen, wenn das Tagesmädchen einem ein Käsebrot zurechtmachen konnte. Das Fernsehen hatte unvermutete Vorteile. Wenn man nicht schlafen konnte, gab's immer noch die *Spät-Spät-Schau.* Die meisten ihrer besten Freundinnen erholten sich auch von ihren Spät-Spät-Ehen, und Amelia hatte keine Lust, sich einer Menge neuer schlechter männlicher Angewohnheiten anzupassen.

Es war ein friedliches Leben – weitgehend von der *Libido* ungereizt –, und da war natürlich immer Francis Hopkins, der sie tröstete und ihr Gesellschaft leistete. Francis war jetzt auch in den Wechseljahren; in einem Anfall alkoholischer Offenheit hatte er ihr einmal gestanden, er werde die Jungen aufgeben und sich dafür Büchern widmen. Francis besuchte sie regelmäßig mit dem neuesten Klatsch. Auf Francis konnte sie sich immer noch als Begleiter ins Theater, zum Dinner in der Stadt oder zu Modeschauen verlassen. Francis war großartig, wenn man sich nicht mit sechzigjährigen Fummlern oder übereifrigen jungen Verehrern herumschlagen wollte, die nur darauf aus waren, sich ein kostenloses Abendessen zu erschnorren. Francis war immer da, wenn man ihn brauchte. Und wenn man ihn nicht brauchte, schickte man ihn einfach weg.

Die Ruhe hatte Amelia tief durchdrungen. Und jetzt, *jetzt*, ganz plötzlich, wie aus heiterem Himmel, hatte dieses Luder Barbara Bayne sie aus ihrer Ruhe aufgestört.

Es war lästig, wieder denken zu müssen. Eins mußte man Alec Barr zugute halten: Wenn man mit ihm lebte, mußte man zum mindesten *denken.* Bis alles kaputtgegangen war, hatte es Witze, vertrauliche Gespräche, Intrigen und Pläne gegeben. Früher hatte man sich ihm anvertrauen können, ohne befürchten zu müssen, daß einem eines Tages alles vorgeworfen würde – bis etwas eintrat, was alles verdarb. Und ich fürchte, dachte Amelia, ich weiß, wer's verdarb. Kein Mann läßt sich besitzen, und ich hab's bei Alec versucht. Man kann einen Tiger nicht wirklich zähmen, wenn er die Art Tiger ist, die man überhaupt zähmen will.

Amelia Barr zog ihre Handschuhe aus, schlüpfte aus ihrem Balenciaga-Kleid, kickte ihre Schuhe weg, knöpfte ihren BH auf und schlängelte sich aus ihrem Hüftgürtel. Natürlich war sie gar nicht zum Lunch verabredet gewesen, als Barbara Bayne sie aufgesucht hatte. Dieser ganze Manhattan-Damenaufzug gehörte zu dem Oberflächenkrampf, dem Frauen frönten, wenn sie Rivalinnen gegenübertreten mußten. Die ganze Unterhaltung wäre in Slacks möglicherweise besser verlaufen. Amelia hatte den Krampf satt – was für ein großartiges, ausdrucksvolles Wort: „Krampf"!

Auch den Kampf zwischen Mann und Frau, zwischen Frau und Frau,

Mann und Mann hatte sie satt. Ihre Brüste fingen an zu hängen. Ihre Kehrseite war zweifellos breiter geworden und würde sich noch mehr ausbreiten, wenn sie nicht wieder einen dieser schrecklichen Kurse wie damals im Rancho Nuyu nahm und sich das Fleisch von den Knochen klopfen ließ. Diät war langweilig, ganz gleich, wie fashionabel sie war. Sie bot nur Unterhaltungsstoff beim Lunch, wenn man sie nicht einhielt.

Das meiste heutzutage langweilte einen, wenn man ein einsames Mädchen war, das zehn Pfund über die Bikinigrenze wog und stetig auf zwanzig zuging. Man brauchte sich nicht mal mehr um die Periode zu sorgen. Francis Hopkins langweilte einen. Die meisten ihrer Freundinnen langweilten sie ebenfalls.

Was Amelia Barr sich in diesem Stadium wünschte, dachte sie, während sie sich einen frischen Gin mit etwas Tonic mischte, war Ruhe und Gemütlichkeit – ein gelassenes, kühles Leben mit jemand, den sie mochte, mit dem sie sich unterhalten konnte, sich nicht zu streiten brauchte und dem sie Vertrauen schenken konnte –

Wenn er außer Sicht war?

Amelia Barr schnappte nach Luft.

Und Liebe? Liebe ohne Eifersucht, ohne Schmerz, ohne wirklichen körperlichen Besitz, Liebe ohne das Surrogat eines Knilchs oder eines Mädchenlunchs plus Martini zur Unterhaltung? Einfach Liebe und die Schuhe ausziehen und mit ihm am Kamin sitzen und nur Liebe ohne Sexbedrängung, wenn's im benachbarten Kintopp einen wirklich guten Film oder im Fernsehen was Besonderes gab? Einfach älter werden und ohne Gewissensbisse Gewicht ansetzen und es sich schlampig bequemer machen und *nicht* in den Rancho Nuyu fahren, dreimal die Woche zum Friseur gehen und dauernd auf Diät aus sein müssen – vielleicht zusammen lesen und sich unterhalten, ohne den Brand sexueller Eifersucht, der immer und zuvorderst in ihrem Kopf schwelte?

Einfache, simple *Liebe* und vielleicht eine Menge Kameradschaft, vielleicht ein klein wenig *wir* statt des alten *du* und *ich*? Vielleicht etwas mehr *geben* und etwas weniger *nehmen*?

Der Mann ist kein Mann mehr, aber zwei Frauen wollten ihn haben, Kein-Mann hin, Kein-Mann her. Er hat beide abgelehnt. Das Angebot der einen und die Treue der anderen. Aber ich – *ich* kann ihn zurückgewinnen. Nur *ich*. Weil er immer mir gehörte, selbst als er mich verließ.

„Nenn es Gewohnheit", sagte Amelia Barr, „oder nenn's Liebe. Aber das wäre eine, die ich, scheint mir, meistern könnte."

Jeder, dachte Amelia Barr, brauchte jemand, an den er sich um Rat wenden konnte. Offenbar hatte sich Alec Barbara Bayne dazu erwählt. Nun, bei Gott, ich brauche auch Rat, und an wen kann ich mich wenden? Antworte nicht, Mädchen, sagte sie sich. An wen denn sonst? Sie nahm den Hörer und wählte die alte – mein Gott, *wie* alt – bekannte Nummer.

„... Und so sieht's aus, liebes Herz", sagte sie. „Das ist die ganze tragische Geschichte. Bitte, komm her und sag mir, was ich tun soll."

Francis schob den rechten Fuß unter das linke Fußgelenk. Er war gerade aus Jamaika zurückgekehrt; die Sonnenbräune unter dem weißen Crewcut stand ihm ausgezeichnet zu Gesicht. Francis hielt sich wirklich erstaunlich gut. Er paßte auf seine Drinks und auf seine Diät auf, weil er, wie er häufig sagte, Leute haßte, die sich gehenließen. Es war in gewisser Weise mit dummen Belästigungen in U-Bahn-Stationen zu vergleichen. Man wollte nicht gern in einem Polizeibericht erscheinen, weder so noch so, nur weil man sich zu Unüberlegtheiten hatte hinreißen lassen. Eine Herrentoilette war nicht gerade die geeignetste Kulisse für einen Nachruf.

„Ich muß schon sagen, es ist beklagenswert", sagte er. „*So* ein *lebensprühender* Mann. Und was geschieht eigentlich mit diesem armen Kind, das er mit vorgehaltener Pistole geheiratet hat?"

„Nur einmal, bitte, nur dieses *eine Mal*", sagte Amelia, „hör auf, *chic* zu sein. Ich brauche Hilfe, echte, ehrliche Hilfe."

Francis tippte sich mit zwei Fingern an die Zähne. Er hob die Augenbrauen und schwang den Fuß auf und ab.

„Zuerst müßte ich mal wissen, was für eine Art Hilfe du haben willst, bevor ich dir meine Dienste anbiete", sagte er. „Was ist mit dieser Person – dieser Penny?"

„Ich glaube, Alec hat sie einfach rausgeworfen, nach dem, was ich von seiner alten Spielgefährtin hörte. Wollte das arme junge Ding nicht mit der Verantwortung für einen alten und nutzlosen Mann belasten."

„Aber diese Barbara will, daß du auf die Bühne zurückkletterst? Schlägt vor, daß *du* diese alte und nutzlose Verantwortung übernimmst?"

„Das hat sie gesagt. Es sei *meine* Verantwortung, wegen der guten alten Zeit. So ähnlich."

Francis betrachtete fasziniert seinen schwingenden Fuß. Auf und ab, auf und ab wie ein Metronom. Schließlich sagte er:

„Ich dachte gerade, was raufgeht, muß auch wieder runter. Das ganze Leben ist ein Wartezimmer. *Die Frauen* – die warten nur. Sie warten auf die erste Periode, damit die Jungs nicht mehr bloß eine Plage sind. Sie warten drauf, daß man ernstlich um sie wirbt, und dann warten sie auf die Heirat, und sie warten auf die Periode, wenn sie mal einen Seitensprung gemacht haben, und dann verkünden sie ihr Ausbleiben, wenn sie verheiratet und schwanger sind. Dann warten sie auf Papas Heimkehr von der Arbeit. Dann warten sie auf die gefürchteten Wechseljahre, um von der uralten Sorge des Wartens auf die Periode befreit zu werden oder des Wartens auf das Baby – oder einfach des Wartens auf Papas Heimkehr, der meist zu süß nach dem Parfüm einer anderen Frau duftet. Hab' ich recht oder unrecht?"

Francis stand auf und ging einen Augenblick im Zimmer auf und ab. Dann trat er an den hochpolierten Steinway, stützte die Ellbogen darauf und blickte über die Schulter zu Amelia Barr hinüber.

„Ich liebe dich wirklich, Amelia, auf meine besondere Weise. Es hat keinen Sinn, mich näher über etwas zu verbreiten, was du bereits weißt. Ich bin homosexuell, nach Veranlagung und Überzeugung, aber ich bin nicht völlig unfähig, eine Frau zu lieben. Und hier möcht' ich's ganz klar sagen: Du liebst mich auch. Und weißt du auch, *warum* du mich liebst?"

„Nun – weil wir gut miteinander auskommen und uns Gesellschaft leisten und lachen und reisen und zusammen ins Theater gehen und uns amüsieren, wenn wir uns einsam fühlen, und –"

„*Und?*"

„Wir reden beide freimütig und offen. Und weil du keine Bedrohung, kein Wagnis, keinen möglichen Herzenskummer darstellst, weil du –"

„*Knilch* ist das anerkannte Wort. Ein Knilch bist. Ein Eunuche für die normalen Frauen von meiner frühesten Jugend an. Zwischen dir und mir gibt's diese Sache nicht, die die Psychiater ‚Penisneid' nennen. Stimmt's? Wir sind zwei richtige, lustige Mädchen zusammen?"

Amelia stand auf und legte Francis den Arm um die Schulter. Dann küßte sie ihn zart auf die Wange.

„Es klingt roh, wenn man's so sagt", meinte sie. „Aber du bist wirklich mein bester Freund, männlich oder weiblich. Und das weißt du."

„Gut also", sagte Francis. „Noch ein paar andere Dinge müssen wir uns aber vor Augen halten, Miezekätzchen. Das eine ist, daß du nicht mehr so jung bist."

„*So* alt bin ich auch wieder nicht." Sie spreizte die Hände und glättet ihr Kleid über den Hüften. „Ich bin nicht gerade ein altes Weib."

„Du bist auch nicht gerade eine Debütantin." Francis gab seinen Worten einen grausamen Unterton. „Wie viele Männer haben in letzter Zeit ehrlich um dich angehalten? Und ich meine nicht *Boys*. Und ich meine auch nicht Halbknilche, die auf ein kostenloses Mittagessen aus sind. Wie viele Männer haben dich einfach ins Bett genommen und erwartet, daß du als verlassene Frau dankbar dafür wärst – ohne die geringste Andeutung eines sonnigen Morgens, einer Zukunft?"

„Es hat keinen Sinn, solche Fragen zu beantworten. Du kennst die Antwort, sonst hättest du nicht gefragt. Verlassene Frauen gibt's eine Million für fünf Cent. Der Mann tut *dir* einen Gefallen. Du gehst mit ihm zum Dinner, du gehst heim, du wirst aufs Kreuz gelegt. Oder man geht eben nicht zum Dinner. Nicht mehr. Nicht mit diesem Mann. *Boys?* Man sieht förmlich die Dollarzeichen in ihren Augen – die Dollarzeichen *meines* Gelds."

Francis ließ sich auf den Runddiwan fallen und nahm sein Glas.

„Komm her und setz dich neben mich", sagte er. „*Sag mir ehrlich:* Wieviel Spaß hast du wirklich an solchen Dinnerverabredungen? Wie viele Männer hast du in letzter Zeit kennengelernt, mit denen du wirklich zusammen leben möchtest?"

Amelia schüttelte den Kopf.

„Keinen. Ungefähr soviel Spaß wie beim Auf-die-Toilette-Gehen. Eine Art Erleichterung. Keine Sternschnuppen, keine Gewitter, keine einstürzenden Decken. Und was die zweite Frage anlangt: Ich bin in letzter Zeit überhaupt niemand begegnet, den ich haben möchte."

„Das paßt alles nicht zu mir", sagte Francis und legte die Hand fest auf ihr Knie. „Ich werde für eine männliche Kanaille gehalten – *ich* riet dir, dich von ihm scheiden zu lassen, *ich* hörte mir dein Stöhnen und Wehklagen an –, aber diesmal werd' ich keine Kanaille sein, weder männlich noch weiblich. Du weißt natürlich, daß es in Wirklichkeit so etwas wie ein Happy-End nicht gibt?"

„Ich habe Shakespeare, Hemingway und Tennessee Williams gelesen", erwiderte Amelia. „Das Leben scheint sich nicht so abzuspielen, wie die Kamera in Großaufnahme einen herrlichen Sonnenuntergang schießt."

„Okay. Aber es gibt so was wie einen Kompromiß. Ich habe Kompromisse geschlossen – und fast jeder meiner Art hat's getan –, mein ganzes Leben lang. Weißt du, es macht nämlich nicht viel Spaß, schwul zu sein, selbst wenn man konsequent ist, Lippenstift benutzt und sich entsprechend anzieht. Ich weiß genau, was du und deine Freundinnen und dein Mann von mir und meinesgleichen denken. ‚Der liebe Francis. *So* sicher. *So* nett, einen Hausknilch zu haben, der einen zum Tee ausführt.'" Francis verlieh seiner Stimme einen schneidend-verletzenden Klang. „Ich weiß, daß es unter meiner Kundschaft nie einen gegeben hat, der einen nicht wegen der Pinke oder wegen des Schnapses oder wegen der Aufnahme ins Haus genommen hat. Wenn sie männlich genug sind, daß *ich sie* haben will, dann betrügen sie mich mit einer Kellnerin, auf *meine* Kosten, oder holen sich die Weiber ins Haus, um *meinen* Whisky zu trinken. Das kenn' ich alles", sagte Francis.

„Du brauchst dich nicht so klein zu machen", sagte Amelia. „Ich liebe dich wirklich als Freund, Francis."

„Scheiße", sagte Francis. „Entschuldige den Ausdruck. Du magst mich, *gewiß* – als bequeme Einrichtung. Aber ich bin kaum besser als eine öffentliche Bedürfnisanstalt für dich und alle Frauen deinesgleichen – für euch desillusionierte Frauen mit gelangweilten und bestimmt fremdgehenden Gatten. Aber ich bedeute in deinem Leben nicht sehr viel mehr als die Wechseljahre."

„Du armer, armer Mann", sagte Amelia. „Und dein ganzes Leben hast du damit zugebracht?"

„Im Grunde ja." Seine Stimme klang kalt und bitter. „Seit ich zum erstenmal entdeckte, daß ich gern die Hüte meiner Mutter trug. Ein Mädchen in Hosen zu sein macht *wirklich* nicht viel Spaß, und von Fremden, die man in Parks aufgabelt, zusammengeschlagen zu werden, noch weniger. Von Menschen verraten zu werden, die man wirklich liebt – ich meine damit die wenigen wichtigen Männer in meinem Leben –, macht sogar noch weniger Spaß, als von Fremden zusammengeschlagen zu werden. Was aber am allerwenigsten Spaß macht, ist das Wissen, daß man von beiden Geschlechtern als öffentliche Bedürfnisanstalt benutzt wird. Alles, was du und deinesgleichen von mir haben wollt, ist meine *Zeit*", zischte Francis. „Und alles, was die andere Sorte von mir will, ist mein *Geld*. Der einzige Unterschied ist der, daß ich wenigstens meinen Körper den anderen Leuten *gebe* und mein Geld. Ich gebe meinen Körper in einem Bett. Dir leihe ich bloß meinen Körper als Ersatzmann, der eine Lücke am Dinnertisch bei den Hazeltines ausfüllt, wenn dein Mann dich wegen einer Hure verläßt!"

„Ich glaube, wir könnten beide noch einen Drink vertragen, Lieber", sagte Amelia und legte die Hand leicht auf seinen Kopf.

„Du wirst nie wissen, wie schrecklich und wie schlimm es ist", sagte Francis, als sie mit den Drinks zurückkam. „Weil du eine richtige Frau bist, kein billiger Frauenersatz, keine Pappkartonimitation von einem Mann – wie ich. Du wirst nie wissen, was es heißt, unter dem Gürtel eine normale Männerausrüstung zu haben, während du dir viel lieber Sorgen machen möchtest, warum deine Periode sich verspätet hat. Du weißt nicht – du *kannst* es nicht wissen –, was es wirklich heißt, von beiden Geschlechtern verachtet zu werden, zu niemand zu gehören, alt und trocken zu werden und an *dich* selbst als unerwünschte alte Tante zu denken, die nicht genug auf Draht ist, um normalen Frauen Befriedigung zu geben, und nicht hübsch genug, um auf dem Männermarkt ordentlich ranzugehen! Nicht mal zum Schein! Selbsttäuschung taugt nur so lange was, wie du attraktiv genug bist, einen hübschen Burschen in einer Bar in der Third Avenue aufzulesen, ihn mit nach Hause zu nehmen und dir vorzumachen, das sei's, das sei die große Sache, das Echte, das Wirkliche, bevor die neue Liebe dich zusammenschlägt und mit deinem Geld abhaut!"

„Du hast dich ganz schön in Wut geredet", sagte Amelia scharf. „*Hör auf*. Es hat sowieso nichts mit dem zu tun, weswegen ich dich anrief."

„Zum Teufel hat es nichts damit zu tun, weshalb du mich anriefst! Ich bin mein ganzes Leben lang kastriert gewesen und hatte niemand, der mir Hilfe oder Trost spendete! Du hast einen Alec Barr, der erst jetzt seine Eier verliert, aber meine Erinnerungen hat er nicht! Alec Barr erinnert sich an Frauenlächeln, an freundliches weibliches Tätscheln, kleine weibliche Liebesgesten und ehrliches weibliches Gestöhne im Bett, Schwitzen, Schreie und impulsive schweinische Worte und den ganzen stinkenden Triumph, der mit der Unterwerfung der Frau Hand in Hand geht, an das Nehmen, Halten und Vernichten einer Frau am einzigen lohnenden Ort der Welt, das einzig Lohnende in der Welt vollbringend mit der einzig lohnenden Person in der Welt – und das ist, eine Frau, die einen liebt, ins Bett zu nehmen!"

„Jesus", sagte Amelia. „Es tut mir wirklich und wahrhaftig leid. Und zu denken, daß *ich dich* anrief, um mit dir über meine Probleme zu sprechen!"

„Entschuldige den Ausbruch eines Knilchs", sagte Francis. „Aber ich bin so alt und erledigt und wahrhaftig so *durchgedreht*, und ich hab' keinen Holzklotz der Liebe in Reserve, den ich in den Kamin legen könnte, um meine knackenden Knochen zu wärmen."

Er stupste sie mit dem Finger an.

„Aber *du*! Du hast fünfundzwanzig Jahre Holzklötze in Reserve! Du hast einen *Mann*! Gut, man schneidet ihm die Eier ab, und er kann nicht mehr tun, was er mal tat! Aber auch du bist ausgetrocknet, mein Mädchen, und dieser alte Eierstockprozeß funktioniert bei dir auch nicht mehr! Alles, was du von nun an im Bett anstellst, ist fast nur Einbildung, eine übertriebene Erinnerung an Vergangenes. Aber du hast immer noch Leben, und ich glaube, du hast auch noch Liebe, und ich glaube, du hast immer noch einen Mann, der dich für seinen Lebensabend und seine Liebe braucht! Alec kann nicht mehr pimpern? Das hätte sich ohnehin bald gelegt. Und dann mußt du auch die positive Seite der Angelegenheit berücksichtigen." Francis ließ seine Stimme in den alten katzenhaften, schleichenden Ton gleiten.

„Wenn er *dich* nicht pimpern kann, dann kann er auch sonst niemand pimpern. Er wird nicht wie ein geiler Kater herumschleichen und nach neuen Abenteuern Ausschau halten. Er wird zu Hause so glücklich sein, wie ein Mann es sein kann, der sein elementares Gerät nicht mehr hat. Und du, Kätzchen, du wirst völlig sicher sein, und du wirst bestimmt nicht mehr an alte Wunden rühren, und du wirst bestimmt keine alten Kränkungen mehr aufs Tapet bringen und häßliche alte Narben aus der verschwommenen Vergangenheit wieder aufbrechen lassen, aus *einem* alten, triftigen Grund. Nur aus einem Grund." Francis machte eine Pause.

„*Nun?*" fragte Amelia. „Laß mich's hören, nachdem ich den ganzen müden Vortrag genossen habe."

Jetzt war Francis' Stimme eiskalt, und seine Augen waren halb geschlossen. Er lehnte sich zurück und wippte mit seinem Fuß sanft auf und ab, eins-zwei, rauf-runter, zwei-drei, runter-rauf.

„Weil du deinen Mann genau da hast, wo du und alle deinesgleichen ihn haben wollen! Blind in Gaza! Das Haar wie Samson abgeschnitten! Hodenlos in deinem eigenen, sterilen Utopia! Du hast ihn da, wo du ihn haben wolltest, als du ihn dir kauftest – kastriert und, als Ergebnis der Kastrierung: sicher! Daddy wird bestimmt pünktlich zum Essen nach Hause kommen. Daddy wird bestimmt der Blonden bei der Party keine Augen machen. Daddy wird bestimmt schwer arbeiten und bestimmt Geld verdienen und bestimmt Mammi nicht mit ungezogenen Aufmerksamkeiten belästigen. Daddy wird genau das sein, was Mammi bestellt hat! Seemann, der nicht zur See fährt, Jäger, der nicht jagt, Reporter, der nicht auf Reportage geht. Und Mammi wird sich im siebten Himmel fühlen, weil sie alles vollkommen unter Kontrolle hat. Daddy wird bestimmt wieder Mammis Baby sein!"

Francis hielt inne und seufzte.

„Es tut mir sehr leid", sagte er dann. „Aber du mußt der Tatsache ins Auge sehen, daß du die weibliche Vollkommenheit erreicht hast. Du hast deinen Jungen an den Knien amputiert, wie seine Mutter ihren Jungen an den Knien amputierte, wie seine Großmutter den alten Jungen zum Rauchen auf die Veranda schickte – wie alle ihr gottverfluchten Weiber eure Männer von Anbeginn der ganzen trüben Geschichte an entmannt habt. Eine Frau – *meine* Mutter – machte aus mir einen Homosexuellen. Du hast aus Alec Barr einen Flüchtling gemacht. Okay. Du hast deine Rache bekommen. Nur, daß in diesem Fall ein Chirurg Alec Barrs Hoden entfernen wird, wie andere Ärzte schon seine um den schönen weiblichen Körper schweifenden Gedanken entfernt haben. Du hast von niemand was zu befürchten – weder von Barbara, der Lunchkameradin, noch von Penny, die auf und davon ist –, du hast Alec Barr ganz für dich. Und hoffentlich gefällt's dir. Wenigstens wird mir seine Anwesenheit im Haus zur Unterhaltung und beim Whisky ein bißchen mehr Zeit lassen, mich elend zu fühlen. Ich kann einen Sommerersatz gut brauchen!"

Francis stand auf.

„Ich liebe dich, und ich möchte dich besuchen, und ich möchte auch Alec besuchen. Ihr seid beinah die einzige Familie, die ich habe. Wir sind geschlechtslos zusammen, und von diesem Punkt an sind wir alle gleich – so oder so –, Samsons ohne Haar. Und wir brauchen nicht notwendigerweise alle Säulen einzureißen."

Er küßte Amelia leicht. „Geh ans Telefon und sag dem armen, traurigen Halunken, er soll heimkommen! Du bist alles, was er in der Welt noch hat und was ihm sein Stolz erlaubt zu akzeptieren!"

Francis ging zur Tür und drehte sich um.

„Daß du's weißt: Nichts von diesem neuentdeckten Edelmut würde mich abhalten, zum Lunch zu kommen", sagte er. „Oder zu einem kleinen Glas Whisky, wenn der Boß sich in sein Buch vergraben hat."

Amelia hörte, wie die Aufzugtür sich öffnete und schloß. Sie weinte nur kurz, aber diesmal weinte sie weder aus Zorn noch über sich, noch wegen Alec Barr.

139

Alec Barr sah seinen alten Obermaat an. Er sah einen hageren, silberhaarigen Italiener seines Alters – einen Junggesellen nach eigener Wahl, beinah einen Asketen, außer am Sonnabendabend. Luke hatte sich schon seit langem an die Kleidung des ländlichen Lebens gewöhnt – kurzer Plaidmantel im Winter, Kord- und Flanellhosen in der Zwischensaison, Shorts und Texashemd im Sommer.

Ich hab' ihn wirklich schon verdammt lange, dachte Alec. *Ohne* an ihn zu denken. Verdammt fast so lange, wie er mich hat.

„Chef", sagte er, „ich werd' Ihnen Saures geben müssen."

„Wie meinen Sie das, Käpten? Hab' ich die Signale durcheinandergebracht?"

„Sie haben die Signale durcheinandergebracht. Erinnern Sie sich an ein altes Marinewort namens ‚Abhauen'?"

Luke grinste. Er trat zu Alec ins Terrassenzimmer und stellte sich vor den Kamin, die Hände im Rücken verschränkt, in der Pose „Rühren", die Beine gespreizt, aber der Körper „Habacht".

„Ich hab' in meinem Leben genug ‚Hau ab' gehört. Wieso soll ich jetzt abhauen?"

„Wollen Sie in diesem Jahr auf Safari nach Afrika gehen?"

„Safari nach Afrika? Boß, ich würde ein Ei dafür geben –" Luke hielt entsetzt inne. „Verzeihung. So hab' ich's wirklich nicht gemeint. Nur 'ne Redensart –"

Alec nickte.
„Das mein' ich mit *Abhauen*. Sie können mit Ihrer ganzen Überempfindlichkeit meines tragischen Zustands wegen ‚abhauen'. Sie können, zum Donnerwetter, aufhören, auf Katzenpfoten hier im Haus rumzuschleichen, als hätten Sie Angst, ich sei zerbrechlich. Sie können aufhören, bei jedem Wort drauf zu achten, was Sie sagen. Ich bin kein, wiederhole: KEIN Stück hauchzartes Porzellan. Und jetzt setzen Sie sich hin, und hören Sie mir zu."
„Yes*sir*", sagte Luke. „Könnt' ich uns beiden zuerst noch einen Drink holen?"
„Genehmigt", sagte Alec. „Aber passen Sie auf." Er redete auf Lukes Rücken ein, während Luke der Bar zuging.
„Punkt *eins*", sagte Alec, „ich hab' Krebs. Punkt *zwei*, mit den Frauen ist es bei mir Schluß, jetzt und in aller Zukunft, aus sehr praktischen Gründen. Punkt *drei*, eines Tages werden mir die Eier abgeschnitten. Punkt *vier*, ich werde eine Menge Apparate tragen müssen, um die Abfälle von Niere und Darm loszuwerden. Man wird zu diesem betrüblichen Behufe Pfortluken in mich bohren müssen. Man wird mir täglich Einläufe machen müssen. Und Punkt *fünf*, ich werde die ganze Zeit immer gemeiner werden. Aber Punkt *sechs*, so gemein ich auch sein werde, ich werde Sie höchstwahrscheinlich überleben."
„Funkspruch laut und klar empfangen", sagte Luke. „Also?"
„Also sind Sie entlassen. Neuer Dienst. Dreißig Tage Transportzeit und natürlich *per diem*. Wiedersehen, Chef. Hat mich gefreut, Sie kennengelernt zu haben. Schreiben Sie sich Ihre eigenen Befehle aus. Sie können Ihr Ruhegehalt mit einbeziehen. Es wird monatlich zum regulären Tarif weiterbezahlt. Das ist alles." Er salutierte zwanglos.
Alec stand auf und ging in den Hof hinaus. Luke folgte ihm.
„Sie haben recht, Käpten, Sie geben mir wirklich Saures", sagte er. „Aber ich kann's einfach nicht glauben. *Warum?* Ich hab' kein anderes Heim als dieses. Ich hab' keinen anderen Job als bei *Ihnen*."
Alec drehte sich zu ihm um, und sein Gesicht war wütend.
„Bei Gott, das hat man davon, wenn man Mannschaften als Gleichgestellte behandelt! Können Sie nicht sehen, Sie dummer Hundesohn, daß ich Sie von einem Trauerdampfer abberufe? Wollen Sie eine gottverfluchte Krankenschwester für einen Mann ohne Eier mit einem Haufen trauriger Erinnerungen und miserabler Laune sein, jedesmal, wenn er Titten sieht? Wollen Sie angebellt und angeschrien werden, wenn Sie was gemacht haben, was nicht *Ihre* Schuld ist, nur weil ich den Gedanken an Morgeneinläufe hasse?"
„Jawohl, Käpten", sagte Luke einfach und mit Würde. „Das genau will ich. Ich geh' nicht. Ich bin Eigentümer einer Planke auf diesem Schiff."
Tränen liefen über Alec Barrs Gesicht.

„Hol' Sie der Teufel! Hol' euch alle der Teufel! Sie und Barbara und alle anderen! Sie wollen bei einem Mann arbeiten, der heult – ein Mann, der in seinem ganzen Leben noch nie geheult hat?"

„Regen Sie sich nicht so auf, Käpten", sagte Luke. „Ich weiß nicht, ob Miß Barbara es Ihnen erzählt hat, aber ich kann auch heulen. Bloß nicht gerade jetzt. Jemand muß schließlich Chef auf dem Schiff sein, wenn der kommandierende Offizier jedesmal, wenn er glaubt, daß er sich keine Freiheiten mehr rausnehmen kann, in Tränen ausbricht. Ich hatte ein paarmal den Tripper. Nach 'ner Weile vermißt man die Frauen gar nicht mehr."

„O Gott", sagte Alec und zuckte die Schultern. „Sie heuern also für neue Fahrt an?"

„Ich hab' nicht die Absicht, mich zur Ruhe zu setzen", sagte Luke. „Ich hab' noch nicht genug Dienstjahre. Außerdem gefällt mir der Dienst."

„Na ja", sagte Alec. „Des Menschen Wille ist sein Himmelreich. Aber wenn Sie glauben, der Geniale John sei schwierig gewesen –"

„Nach dem Genialen John *und* Admiral King gibt's überhaupt nichts Schwieriges mehr", sagte Luke. „Sie haben Ihren Drink vernachlässigt. Ist dies ein trockenes Schiff oder nicht?"

„Nein, *bestimmt* nicht", erwiderte Alec. „Übrigens, Chef?"

„Ja, Käpten?"

„Die Sache mit der Safari war kein Scherz von mir. Eins der wenigen Dinge, die mir verblieben sind, ist die Jagd. Vielleicht fahren wir später in diesem Jahr los, nachdem ich meine Reiseausrüstung verpaßt bekommen habe und die Nähte verheilt sind. Sie können alle Elefanten schießen, und ich seh' aus sicherer Entfernung zu. Das heißt, wenn Sie nichts dagegen haben, mein Klistierspritzenträger zu sein."

Jetzt grinste Luke von einem Ohr zum anderen.

„Käpten", sagte er, „ich hab' mein ganzes Leben lang einen Haufen Mist von den hohen Offizieren hinnehmen müssen. Eine neue Variation wird nichts sehr Ungewöhnliches sein."

„Ich nehme Sie also beim Wort, daß Sie für die Fahrt angeheuert haben", sagte Alec später. „Wir haben ein paar neue Artikel. Ich bin veraltet, wenn nicht total verbraucht. Aber keine Änderung, es bleibt alles beim alten. Kein Auf-Zehenspitzen-übers-Deck-Schleichen. Keine Änderung in der üblichen Nomenklatur – keine Korrektur des stehenden Dienstverfahrens. Okay? Oder Sie sind noch mal entlassen, und das ist mein vollster Ernst."

„Aye, aye. Kapiert. Verstanden, ist gemacht. Nur eins noch, Käpten –"

„Schießen Sie los."

„Seien Sie nicht zu tapfer, wenn's zu weh tut. Sie können so tapfer sein, wie Sie wollen, wenn's weh tut, wo's weh tun soll. Aber seien Sie nicht zu tapfer im Kopf. Wir haben eine Menge Übergeschnappte von den Inseln nach Hause gebracht, die den Fehler machten, zu tapfer im Kopf zu sein. Im Kopf kann man unbedenklich ein richtiger Feigling sein – und –", Luke grinste, „– wenn's niemand hier außer dem Chef des Schiffes sieht, wird's niemand je erfahren. Wenn Sie schreien wollen, *schreien Sie*. Ich werd' Sie hören und die Akten verbrennen."

Alec fühlte sich plötzlich ungemein besser.

„Wir haben eine ganze Menge Arbeit vor uns", sagte er. „Fangen wir lieber gleich damit an. Haben Sie sonst noch was auf dem Herzen, bevor wir anfangen?"

„Da wir gerade dabei sind, Boß: Ich hab' eigentlich ein schlechtes Gewissen wegen Miß Penny. In gewisser Hinsicht war ich wohl ein bißchen verantwortlich für – für das Amateuramor-Spielen, schätze ich. Wie stehen wir jetzt mit Miß Penny, damit ich Bescheid weiß? Es wird eine ziemlich ernste Operation werden."

„Mit Miß Penny stehen wir genau folgendermaßen: Sie weiß nicht, weshalb ich einen Streit vom Zaun gebrochen und ihr den direkten Befehl gegeben habe, mich zu verlassen. Gott geb's, daß sie's nicht merkt, bis sie einen guten, neuen Mann gefunden hat und der größte Teil des Schadens, den ich angerichtet habe, wiedergutgemacht ist. Ich mußte ihre Befehle ändern. Zufrieden?"

„Klipp und klar, alles in Ordnung. Und mit mir haben Sie dasselbe versucht, Boß?"

„Ja, wahrscheinlich. Aber bei Ihnen blieb mir die Wahl, weil Sie ein alter, häßlicher Katzelmacher sind, den sonst ohnehin niemand nehmen würde. Bei Penny hatte ich keine Wahl."

„Boß, ich wünschte –" Luke verzog schmerzlich das Gesicht.

„Lassen Sie's. Im *Kopf* bin ich noch immer ein Mann – und im Herzen hoffentlich auch. Machen Sie sich darüber keine Sorgen, Buster." Alec lächelte sanft. „Es ist nur so, daß der Anblick schöner Frauen auf den anderen, nicht mehr vorhandenen Teil meiner selbst leicht beunruhigend wirkt. Wir werden uns männliche Gesellschaft zulegen und möglicherweise auch pokern, bis meine psychischen Wunden verheilt sind."

„Wenn wir diesen Kurs anlegen", sagte Luke, „dann werden wir mit etwas Glück das Schlachtschiff wieder populär machen."

„Mir scheint, Sie entwickeln so etwas wie Humor", sagte Alec. „Und mir scheint auch, daß Sie ihn brauchen werden, wenn Sie bei mir aushalten. Morgen fangen wir das neue Buch an."

„Aye aye", sagte Luke. „Das Essen wird aufgetragen, sobald ich's auftauen kann."

140

Alec diktierte Luke eben eine Rohfassung von Buch zwei, als das Telefon klingelte. Luke einen Entwurf von Buch zwei zu diktieren schien ihm ein netter, guter Zeitvertreib zu sein, bevor er mit seiner Therapie der weiblichen Hormone begann. Alec hatte Luke noch nie die Rohfassung eines Buchs diktiert, aber es war immerhin eine Methode, jemand bei sich im Zimmer zu haben. Und es entlastete zum mindesten seine Gedanken.

„Ich glaube, da haben Sie einen richtigen Knüller in diesem zweiten Kapitel, Käpten", sagte Luke. „Dieses Mombasa muß vor fünfzig Jahren eine Wucht gewesen sein. Diese ersten Siedler hatten offenbar viel mehr zu tun, als zu trinken und zu –"

„Weiter. Sagen Sie's ruhig, Luke. Ich kann's vertragen."

„Aye, aye, Käpten", sagte Luke und stand auf, um den Hörer abzunehmen.

„Es ist Mrs. Barr", sagte er.

„Ich bin nicht zu sprechen", sagte Alec.

„Aber es ist nicht *diese* Mrs. Barr – nicht Miß Penny. Es ist Miß Amelia. Die alte Mrs. Barr."

„O Jesus, welch neue Katastrophe, die wir nicht brauchen können! Okay, ich komme. Sie können anfangen, das Stenogramm zu übertragen."

„Sofort, Boß. Ich verschwinde."

Alec ging absichtlich zuerst zur Bar und mischte sich einen Scotch-Soda. Dann suchte er nach einem Päckchen Zigaretten und ging ans Telefon.

„Hallo, Amelia", sagte er. „Wie geht's dir? Ist was nicht in Ordnung?"

„Doch", sagte die Stimme. „Bei mir ist alles in Ordnung. Aber ich möchte *dich* gern sehen – möchte mit dir reden – über eine ganze Menge Sachen."

„Was Besonderes?"

„Ja. Über *uns*."

„Kapiert. Du kennst also das Neueste?"

„Ich kenne das Neueste. Und, oh, Alec –"

„Gefühlsäußerungen am Telefon sind mir zuwider", sagte Alec Barr. „Du möchtest also mit mir reden? Willst du rauskommen, oder soll ich – heimkommen?"

„Würdest du – heimkommen?"

„Na schön. Warum nicht? Jawohl. Ich werde heimkommen. Dank für den Anruf."

Er legte den Hörer auf und brüllte nach Luke.

„Ich fahr' auf einen Tag oder so in die Stadt – geschäftlich. Muß sowieso die Quacksalber aufsuchen. Passen Sie auf den Laden auf, Luke. Wir haben ein paar Bücher zu schreiben, und Sie könnten die Unterlagen so weit ordnen, daß die Papiere irgendwie chronologisch aufeinanderfolgen. Okay?"

„Aye, aye. Käpten?"

„Ja?"

„Geht's Miß Amelia gut? Kein großer Kummer da?"

„Kein Kummer da, Luke. Halten Sie uns das Schiff vor dem Wind."

„Das freut mich aber, Käpten", sagte Luke. „Wenn ich was tun kann, brauchen Sie bloß ins Horn zu stoßen."

„Sie sind ein guter Junge", sagte Alec. „Eines Tages werden Sie's noch zum Deckoffizier bringen. Wiedersehen."

Alec ging hinauf, um sich für die Stadt umzuziehen. Der alte, mit Vogelmist bekleckerte Hut hing unerklärlicherweise in seinem Wandschrank. Aus uralter Gewohnheit probierte er ihn, ob er noch paßte, und warf ihn dann aufs Bett.

„Aus mir wäre ein guter Vogelkundler geworden", sagte er laut. „Wenn ich die Chance gehabt hätte. Ob sie immer noch auf dem Bauch liegend liest?"

Luke rief nach oben.

„Mr. Mantell", sagte er. „Geschäftlich."

„Ich nehme das Gespräch am Nebenapparat ab", sagte Alec. Er steckte goldene Manschettenknöpfe in ein weißes Stadthemd und hob den Hörer.

„Ja, Marc? Ich wollte gerade wegfahren."

„Zweierlei, Alec. *Erstens,* Otto Erlinger möchte ein Stück nach ‚Dunkles Morgenrot' herausbringen. *Zweitens,* Notsignale aus dem Süden."

„Mutter oder Vater? Wer ist jetzt wieder dran? Und wieviel kostet's?"

„Mutter. Und es wird eine Menge kosten."

„Wiedersehen, ich komm' in die Stadt", sagte Alec. „Wir unterhalten uns morgen drüber. Wie wär's mit einem netten, betrunkenen Lunch? Sie zahlen?"

„Fein. Wie geht's Ihnen? Separat, meine ich?"

„Ist mir nie bessergegangen", erwiderte Alec Barr. „Großartig. Erstklassig. Schön. Wunderbar. Die Idee mit dem Stück klingt phantastisch. Leben Sie wohl bis morgen."

Alec legte auf und schüttelte den Kopf. Die Lage schien völlig normal. Zuerst würde er Marc aufsuchen und dann nach Hause gehen. Es würde nett sein, Francis wieder zu einem gelegentlichen Drink da zu haben. Vielleicht könnten sie alle zusammen zum Dinner zu den Hazeltines gehen.